BASTEI LÜBBE

STEPHEN KING

FEUERKIND

2 ROMANE IN EINEM BAND

CUJO

BASTEI LÜBBE

BASTEI LÜBBE TASCHENBUCH
Band 25 936

Vollständige Taschenbuchausgabe

Bastei Lübbe Taschenbücher ist ein Imprint der Verlagsgruppe Lübbe

Titel der Originalausgaben: *Firestarter*; *Cujo*

Umschlaggestaltung: HildenDesign, München
Satz: hanseatenSatz-bremen, Bremen
Druck und Verarbeitung: Elsnerdruck, Berlin
Printed in Germany
ISBN 3-404-25936-X

STEPHEN KING

FEUERKIND

ROMAN

Ins Deutsche übertragen
von Harro Christensen

BASTEI LÜBBE

New York/Albany

1

Daddy, ich bin müde«, sagte das kleine Mädchen in der roten Hose und der grünen Bluse gereizt. »Können wir nicht stehen bleiben?«

»Noch nicht, Honey.«

Der Mann war groß und breitschultrig und trug eine schäbige Cordjacke mit abgewetzten Ärmeln und eine braune Hose aus grobem Stoff. Er und das kleine Mädchen gingen Hand in Hand die Third Avenue in New York City hinauf. Sie gingen schnell. Fast liefen sie. Er schaute über die Schulter zurück, und der grüne Wagen war immer noch da und schlich langsam auf der rechten Spur dahin.

»Bitte, Daddy, *bitte*.«

Er schaute sie an und sah, wie blass ihr Gesicht war. Sie hatte dunkle Ringe unter den Augen. Er nahm sie hoch und ließ sie in seiner Armbeuge sitzen, aber er wusste nicht, wie lange er das noch schaffte. Auch er war müde, und Charlie war kein Leichtgewicht mehr.

Es war fünf Uhr dreißig nachmittags, und die Third Avenue war verstopft. Sie passierten die Querstraßen in den oberen Sechzigern, und diese Querstraßen waren dunkler und weniger belebt ... Aber gerade das fürchtete er.

Sie rempelten eine Dame an, die einen Einkaufswagen mit Lebensmitteln schob. »Passen Sie doch auf«, sagte sie, und dann war sie verschwunden, aufgesogen von der hastenden Menge.

Sein Arm ermüdete, und er verlagerte Charlies Gewicht auf den anderen. Noch einmal schaute er sich kurz um, und der grüne Wagen war immer noch da. Er verfolgte sie und war nur noch einen halben Block hinter ihnen. Auf dem Vordersitz saßen zwei Männer, und er meinte, auf dem Rücksitz einen Dritten ausgemacht zu haben.

Was soll ich jetzt tun?

Darauf wusste er keine Antwort. Er war müde und hatte Angst und konnte kaum noch denken. Sie hatten ihn zu einer ungünstigen Zeit erwischt, und die Schweine wussten das wahrscheinlich. Er wollte jetzt nur eins: sich auf die dreckige Bordsteinkante setzen und seine Verzweiflung und seine Angst herausschreien. Aber das war keine Lösung. Schließlich war er der Erwachsene. Er musste für sie beide denken.

Was sollen wir jetzt tun?

Kein Geld. Das war, von den Männern im grünen Wagen abgesehen, vielleicht das größte Problem. Ohne Geld war in New York nichts zu machen. Leute ohne Geld verschwanden ganz einfach von der Bildfläche; sie tauchten in den Gassen unter und wurden nie mehr gesehen.

Wieder schaute er sich um und sah, dass der grüne Wagen aufgerückt war, und der Schweiß lief ihm noch ein wenig schneller den Rücken und die Arme hinunter. Wenn sie so viel wussten, wie er vermutete – nämlich wie wenig ihm von seinen außergewöhnlichen Kräften noch verblieben war –, könnten sie vielleicht versuchen, ihn gleich hier zu greifen. Selbst die vielen Leute würden sie davon nicht abhalten. Wenn man in New York nicht selbst betroffen war, entwickelt man eben diese eigenartige Gleichgültigkeit. Haben sie meine sämtlichen Daten?, überlegte Andy verzweifelt. Wenn ja, dann ist alles gelaufen; dann saß er in der Falle. Wenn sie die Daten hatten, dann kannten sie auch das ganze Muster. Wenn Andy Geld bekam, passierten die seltsamen Dinge für eine Weile nicht mehr. Die Dinge, an denen sie so brennend interessiert waren.

Weitergehen. Klar, Chef. Gewiss doch, Chef. Wohin?

Er war mittags zur Bank gegangen, denn sein inneres Radar hatte ihn alarmiert – diese komische Ahnung, dass sie schon wieder näher gekommen waren. Und war das nicht eigenartig? Andrew McGee hatte bei der Chemical Allied Bank von New York kein Konto mehr, kein persönliches, kein Giro-, kein Sparkonto. Alle Konten hatten sich in Luft aufgelöst. Und nun wusste er, dass sie diesmal wirklich Ernst machten. War das Ganze tatsächlich erst fünfeinhalb Stunden her?

Aber vielleicht war ihm von seinen Fähigkeiten ein kleiner Rest geblieben. Nur ein winziger Rest. Das letzte Mal lag fast eine Woche zurück – da war dieser Selbstmordkandidat aus der von ihm geleiteten Selbsterfahrungsgruppe, der an einem der regelmäßig am Donnerstagabend stattfindenden Beratungsgespräche teilgenommen hatte und dann mit geradezu gespenstischer Gelassenheit über Hemingways Selbstmord referiert und sich dafür begeistert hatte. Und auf dem Weg nach draußen hatte Andy wie beiläufig den Arm um die Schultern des Selbstmordkandidaten gelegt und ihn psychisch beeinflusst. Hatte sich das wirklich gelohnt? Denn jetzt sah es so aus, als ob er und Charlie dafür büßen müssten. Fast hoffte er, dass ein Echo ...

Aber nein. Entsetzt und von sich selbst angewidert, gab er den Gedanken sofort auf. Das durfte man *niemandem* wünschen.

Nur ein kleiner Rest, betete er. Lieber Gott, nur ein kleiner Rest. Nur genug, Charlie und mich aus dieser Klemme zu retten.

Und wie ich dafür büßen werde ... ganz abgesehen davon, dass ich einen Monat lang so tot sein werde wie ein Radio mit einer geplatzten Röhre. Vielleicht sogar sechs Wochen lang. Vielleicht sogar wirklich tot, und mein nutzloses Gehirn wird mir aus den Ohren hinausrinnen. Aber was soll dann aus Charlie werden?

Vor ihnen lag die 70. Straße, und die Ampeln zeigten auf Rot. Der Querverkehr strömte vorbei, und an der Ecke stauten sich die Passanten. Und plötzlich wusste er, dass dies genau die Stelle war, wo die Männer aus dem grünen Wagen sie erwischen würden. Wenn möglich, natürlich lebendig, aber wenn sie Ärger befürchteten ... über Charlie wussten sie wahrscheinlich ebenfalls genau Bescheid.

Vielleicht sind sie gar nicht mehr daran interessiert, uns lebend zu erwischen. Was macht man mit einer Gleichung, die nicht stimmt? Man wischt sie einfach von der Tafel.

Ein Messer in den Rücken, eine Pistole mit Schalldämpfer,

möglicherweise auch etwas noch Unauffälligeres – ein Tropfen eines seltenen Giftes an der Spitze einer Nadel. Zuckungen an der Ecke Third Avenue und 70. Straße. Officer, sehen Sie doch, der Mann hat einen Herzanfall!

Diesen letzten Rest seiner Fähigkeiten musste er nutzen. Es gab keine andere Möglichkeit.

Jetzt erreichten sie die an der Ecke wartenden Passanten. Die Ampel drüben zeigte immer noch Rot, es schien eine Ewigkeit zu dauern. Er schaute zurück. Der grüne Wagen stand. Zum Bürgersteig hin öffnete sich der Schlag, und zwei Männer in Straßenanzügen stiegen aus. Es waren junge Leute mit glatten Gesichtern, und sie sahen sehr viel frischer aus, als Andy McGee sich fühlte.

Mit den Ellbogen bahnte er sich einen Weg durch die Menge, und dabei sah er sich verzweifelt nach einem Taxi um.

»Heh, Mann ...«

»Verdammt noch mal, Sie Idiot!«

»Bitte, Mister, Sie haben meinen *Hund* getreten ...«

»Entschuldigen Sie bitte ... Verzeihung ...«, sagte Andy verzweifelt.

Er suchte ein Taxi. Es gab keins. Zu jeder anderen Zeit hätte es auf der Straße von Taxis gewimmelt. Er spürte körperlich, wie die Kerle aus dem grünen Wagen sich ihnen näherten, ihn und Charlie greifen wollten, um sie Gott weiß wohin zu schaffen. Vielleicht zur Firma, vielleicht auch an einen anderen verdammten Ort, und vielleicht kam es noch schlimmer.

Charlie lehnte ihren Kopf an seine Schulter und gähnte.

Andy sah ein leeres Taxi.

»Taxi, Taxi!«, brüllte er und winkte wie verrückt mit der freien Hand.

Hinter ihm ließen die Männer die Maske fallen. Sie rannten los.

Das Taxi stoppte.

»Halt!«, brüllte einer der Männer. »Polizei! Polizei!«

Hinten in der Menge kreischte eine Frau, dann rannte alles auseinander.

Andy öffnete die hintere Tür und schob Charlie in den Wagen. Dann glitt er selbst hinein. »La Guardia, aber zügig«, sagte er.

»Warten Sie, Fahrer. Polizei!«

Der Taxifahrer drehte sich um, und Andy setzte seine psychischen Waffen ein. Es war, als würde ihm ein Dolch mitten in die Stirn gestoßen und rasch wieder herausgezogen. Zuerst rasender und stechender Schmerz, dann ein dumpfer Schmerz wie nach einer Nacht, wenn man schief in seinem Bett gelegen hat.

»Sie sind hinter dem Schwarzen her, dem mit der karierten Mütze«, sagte er dem Fahrer.

»Wahrscheinlich«, meinte der Fahrer und gab Gas. Sie fuhren die 70. Straße Ost hinunter.

Andy schaute zurück. Die beiden Männer standen allein am Bordstein. Die übrigen Passanten wollten mit ihnen nichts zu tun haben. Einer der Männer nahm ein Funksprechgerät, das er am Gürtel hängen hatte, und sprach hinein. Dann waren sie verschwunden.

»Dieser Schwarze«, sagte der Fahrer, »was hat er gemacht? Schnapsladen ausgeräumt, was?«

»Ich weiß es nicht«, sagte Andy und überlegte fieberhaft, was er tun konnte, um mit geringstem Aufwand möglichst viel aus diesem Taxifahrer herauszuholen. Hatten sie die Wagennummer? Das musste er wohl annehmen. Aber sie würden sich nicht an die City Police oder die Jungs von der Staatspolizei wenden wollen. Fürs Erste waren sie ausgetrickst worden und tappten im Dunklen.

»Die Schwarzen hier. Alles rauschgiftsüchtiges Pack«, sagte der Fahrer. »Erzählen Sie mir nichts, sag ich Ihnen.«

Charlie war eingeschlafen. Andy zog sich die Cordjacke aus, faltete sie zusammen und legte sie ihr unter den Kopf. Er hatte einen vagen Hoffnungsschimmer. Wenn er keinen Fehler machte, könnte es funktionieren. Die Glücksgöttin hatte ihm einen Mann geschickt, der, wie Andy (ohne jedes Vorurteil) dachte, leicht zu beeinflussen war. Der Fahrer war in jeder Hinsicht leicht zu beeinflussen: er war ein Weißer (bei Farbigen war es aus unerfindlichen Gründen am schwierigsten); er war ziemlich jung (bei alten Leuten war es fast unmöglich) und von mittlerer Intelligenz (gescheite Leute schaffte man am leichtesten, bei dummen war es schwerer, und bei geistig zurückgebliebenen klappte es nie).

»Ich habe es mir anders überlegt«, sagte Andy. »Fahren Sie uns nach Albany, bitte.«

»Wohin?« Der Fahrer starrte ihn im Rückspiegel an. »Mann, ich kann doch keine Fuhre nach Albany annehmen. Sind Sie denn verrückt geworden?«

Andy zog seine Brieftasche, in der noch eine Eindollarnote steckte. Er konnte Gott danken, dass dies kein Taxi mit einer schusssicheren Trennscheibe war, in dem man außer durch den Geldschlitz keinen Kontakt mit dem Fahrer hatte. Bei ungehindertem Kontakt konnte man die Leute besser beeinflussen. Er hatte nie ganz begriffen, ob es sich dabei um irgendetwas Psychologisches handelte, aber das spielte im Augenblick keine Rolle.

»Ich gebe Ihnen fünfhundert Dollar«, sagte Andy ruhig, »wenn Sie mich und meine Tochter nach Albany fahren, okay?«

»Mein Gott, Mister ...«

Andy drückte ihm den Schein in die Hand, und als der Fahrer die Banknote betrachtete, stieß Andy zu ... und er stieß hart zu. Eine schreckliche Sekunde lang fürchtete er, dass er es nicht schaffen würde, dass einfach nichts mehr übrig war, dass er seine letzte Kraft damit verbraucht hatte, dem Fahrer einen nicht existierenden schwarzen Räuber mit karierter Mütze einzureden.

Und dann kam das Gefühl – wie immer begleitet von diesem scharfen Schmerz, als hätte er einen Dolchstoß empfangen. Im gleichen Augenblick schien sein Magen immer schwerer zu werden, und seine Eingeweide zogen sich schmerzhaft zusammen. Er fuhr sich mit der Hand übers Gesicht. Die Hand zitterte, und er überlegte schon, ob er aufgeben sollte ... oder sterben. In diesem einen Augenblick *wollte* er sterben. Das war immer so, wenn er von seinen Kräften übermäßigen Gebrauch gemacht hatte – *nehmt es, aber übernehmt euch nicht*, dieser Spruch, mit dem vor langer Zeit ein Discjockey sein Programm zu beenden pflegte, schoss ihm durch den Kopf und erregte zusätzliche Übelkeit – was immer dieses »es« bedeuten sollte. Wenn ihm genau in diesem Moment jemand eine Kanone zugesteckt hätte ...

Dann schaute er zu Charlie hinüber, Charlie, die schlief, Charlie, die sich darauf verließ, dass er sie beide aus dieser Klemme herausholen würde wie aus allen anderen, Charlie, die darauf vertraute, dass er bei ihr sein würde, wenn sie aufwachte. Ja, all diese Schwierigkeiten, außer dass es immer die gleiche Schwierigkeit war, die gleiche verdammte Schwierigkeit, und auch jetzt wieder konnten sie nur eines tun: abhauen. Schwarze Verzweiflung quälte ihn.

Das Gefühl verschwand ... aber nicht die Kopfschmerzen. Die Kopfschmerzen würden immer schlimmer werden, bis es war, als hämmerte ihm ein schweres Gewicht auf Kopf und Nacken, das ihm bei jedem Pulsschlag rot glühende Qual verursachte. Helle Blitze würden ihm die Augen tränen lassen, und wie mit brennenden Pfeilen würde der Schmerz das Gewebe ringsum durchdringen. Seine Nasenhöhlen würden verstopfen, sodass er nur noch durch den Mund atmen konnte. Die Schläfen wie durchbohrt. Leise Geräusche enorm verstärkt, normale Geräusche wie die von Presslufthämmern, laute Geräusche unerträglich. Die Kopfschmerzen würden so arg werden, dass es sich anfühlte, als werde ihm in einer Folterkammer der Inquisition der Kopf zerquetscht. Bei dieser Intensität verharrte der Schmerz dann sechs, acht, vielleicht zehn Stunden.

Wie es diesmal sein würde, wusste er nicht. Noch nie hatte er seine psychischen Kräfte bei schon fast eingetretener Leere so sehr verausgabt. Wie lange ihn auch die Kopfschmerzen in den Klauen behielten, er würde während dieser Zeit nahezu hilflos sein. Charlie würde ihn in ihre Obhut nehmen müssen. Weiß Gott, das hatte sie schon mehr als einmal getan ... aber sie hatten immer Glück gehabt. Wie oft hatte man Glück?

»Verdammt, Mister, ich weiß nicht recht –«

Das bedeutete, dass er irgendeinen Ärger mit der Polizei vermutete.

»Der Handel gilt nur, wenn Sie meiner kleinen Tochter nichts davon sagen«, bemerkte Andy. »Sie war in den letzten zwei Wochen bei mir. Sie muss morgen früh wieder bei ihrer Mutter sein.«

»Besuchsrechte«, sagte der Fahrer. »Darin kenn ich mich aus.«

»Wissen Sie, ich sollte eigentlich mit ihr fliegen.«

»Nach Albany? Wahrscheinlich Ozark, stimmt's?«

»Stimmt. Nun habe ich aber eine Todesangst vor dem Fliegen. Ich weiß, wie verrückt sich das anhört, aber es ist so. Gewöhnlich bringe ich sie mit dem Wagen zurück, aber diesmal hat meine Frau gemeckert, und ... ich weiß nicht.« Andy wusste wirklich nicht. Er hatte die Geschichte ohne lange Überlegung zusammengebastelt, und jetzt schien er in eine Sackgasse geraten zu sein. Das lag an seiner Erschöpfung.

»Dann setze ich Sie also am alten Flugplatz von Albany ab, und Mutti meint, Sie sind geflogen, klar?«

»Natürlich.« Ihm dröhnte der Kopf.

»Und außerdem denkt Mutti dann nicht, dass Sie ein Jammerlappen sind, stimmt's?«

»Ja.« Konnte der Kerl nicht endlich die Klappe halten? Die Schmerzen wurden schlimmer.

»Fünfhundert Dollar, nur um nicht fliegen zu müssen«, murmelte der Fahrer, und schüttelte den Kopf.

»Das ist es mir wert«, sagte Andy und setzte noch einmal nach. Mit ruhiger Stimme und dem Fahrer fast direkt ins Ohr fügte er hinzu: »Und Ihnen sollte es das auch wert sein.«

»Hören Sie zu«, sagte der Fahrer mit verträumter Stimme, »ich lehne doch keine fünfhundert Dollar ab. Das brauchen Sie mir nicht zu erzählen, sag ich Ihnen.«

»Okay«, sagte Andy und lehnte sich zurück.

Der Taxifahrer war beruhigt. Er wunderte sich nicht über Andys fadenscheinige Geschichte. Er wunderte sich nicht darüber, wieso ein siebenjähriges Mädchen im Oktober ihren Vater besuchte, wo sie doch zur Schule musste. Er wunderte sich auch nicht darüber, dass die beiden nicht einmal eine Tasche bei sich hatten. Er machte sich nicht die geringsten Sorgen. Er war psychisch beeinflusst worden.

Und dafür würde Andy jetzt büßen müssen.

Er legte eine Hand auf Charlies Knie. Sie schlief fest. Den

ganzen Nachmittag waren sie unterwegs gewesen – seit Andy sie in der Schule aufgesucht und mit einer Allerweltsausrede aus der zweiten Klasse herausgeholt hatte ... ihre Großmutter ist schwer krank ... muss nach Hause ... tut mir Leid, dass ich mitten im Unterricht stören muss. Und dann die große Erleichterung. Wie hatte er gefürchtet, Charlies Platz in Mrs Mishkins Unterrichtsraum leer zu finden, die Bücher fein säuberlich im Pult verstaut: *Nein Mr McGee ... sie wurde vor zwei Stunden von Freunden abgeholt ... sie hatten ein Entschuldigungsschreiben von Ihnen ... das war doch in Ordnung?* Ihm kamen Erinnerungen an Vicky, das plötzliche Entsetzen an jenem Tage, als er in das leere Haus kam. Die wilde Suche nach Charlie. Schließlich hatten sie sie schon einmal in ihrer Gewalt gehabt, o ja.

Aber Charlie hatte an ihrem Platz gesessen. Wie groß war sein Vorsprung? War er ihnen um eine halbe Stunde zuvorgekommen? Fünfzehn Minuten? Weniger? Er mochte gar nicht daran denken. Sie hatten bei *Nathans* noch eine Kleinigkeit gegessen, und den Rest des Nachmittags waren sie unterwegs gewesen, immer in Bewegung. Jetzt konnte Andy sich eingestehen, dass er in einem Zustand blinder Panik gewesen war – sie waren mit der U-Bahn und mit dem Bus gefahren, aber die meiste Zeit waren sie gelaufen. Und jetzt war die Kleine völlig fertig. Er warf ihr einen langen liebevollen Blick zu. Sie trug schulterlanges Haar von leuchtendem Blond, und im Schlaf war ihr Gesicht von überwältigender Schönheit. Sie sah Vicky so ähnlich, dass es wehtat. Auch er schloss die Augen.

Auf dem Vordersitz betrachtete der Fahrer nachdenklich die Fünfhundertdollarnote, die der Kerl ihm gegeben hatte. Er schob sie in eine Extratasche am Gürtel, in der er sein Trinkgeld aufbewahrte. Es kam ihm nicht eigenartig vor, dass dieser Mann auf dem Rücksitz mit einem kleinen Mädchen und einer Fünfhundertdollarnote in der Tasche durch New York gelaufen war. Er machte sich auch keine Gedanken darüber, wie er die Sache mit seinem Fahrdienstleiter regeln sollte. Er dachte nur daran, wie aufgeregt seine Freundin Glyn sein würde. Glynis lag ihm ständig damit in den Ohren, was Taxifahren doch für ein elender und uninteressanter Job sei. Abwarten, bis sie diese elende, uninteressante Fünfhundertdollarnote sah.

Andy hielt auf dem Rücksitz den Kopf nach hinten und die Augen geschlossen. Die Kopfschmerzen suchten ihn heim, so unvermeidlich wie ein schwarzes Pferd zu einem feierlichen Leichenbegängnis gehört. Er spürte den Hufschlag in den Schläfen. Ein monotones Stampfen.

Auf der Flucht. Er und Charlie. Er war vierunddreißig Jahre alt, und bis vor einem Jahr war er Dozent für Englisch am Harrison State College in Ohio gewesen. Harrison war eine verschlafene kleine Universitätsstadt. Das gute alte Harrison im Herzen Amerikas. Der gute alte Andrew McGee, ein anständiger und stattlicher junger Mann. Eine solide Stütze der Gesellschaft.

Erbarmungslos trabte der reiterlose Rappe in seinem Kopf herum, warf mit eisenbeschlagenen Hufen weiche Brocken grauen Gehirngewebes auf, hinterließ Hufabdrücke, die sich mit geheimnisvollen Blutströmen füllten.

Der Taxifahrer war leicht zu beeinflussen gewesen. Das stand fest. Ein ausgezeichneter Fahrer.

Er nickte ein und sah Charlies Gesicht. Und Charlies Gesicht verwandelte sich in Vickys Gesicht.

Andy McGee und seine Frau, die hübsche Vicky. Sie hatten ihr die Fingernägel herausgerissen, einen nach dem anderen. Vier Stück hatten sie ihr herausgerissen, und dann hatte sie geredet.

Das war jedenfalls seine Vermutung. Daumen, Zeigefinger, Mittelfinger, Ringfinger. Dann: Aufhören. Ich werde reden. Ich werde alles sagen, was Sie wissen wollen. Wenn Sie nur aufhören. Bitte. Sie hatte also geredet. Und dann ... vielleicht war es nur ein Unfall ... dann war seine Frau gestorben. Nun, es gibt Dinge, die größer sind als wir beide, und andere Dinge sind größer als wir alle.

Die Firma zum Beispiel.

Der reiterlose Rappe trabte weiter und immer weiter: seht nur, ein schwarzes Pferd.

Andy schlief.

Mit seinen Erinnerungen.

2

Das Experiment wurde von Dr. Wanless durchgeführt. Er war fettleibig, fast kahlköpfig und hatte mindestens eine recht bizarre Gewohnheit.

»Wir werden allen zwölf anwesenden jungen Damen und Herren je eine Injektion verpassen«, sagte er und zerfaserte dabei eine Zigarette, deren Bestandteile er in den vor ihm stehenden Aschenbecher fallen ließ. Seine kurzen, rosigen Finger zupften an dem dünnen Zigarettenpapier, bis es zerriss und feine Stränge goldbraunen Tabaks freigab. »Sechs dieser Injektionen bestehen aus Wasser. Die anderen enthalten zusätzlich eine chemische Verbindung, die wir Lot Sechs nennen. Die genaue Zusammensetzung dieser Verbindung ist geheim, aber im Wesentlichen handelt es sich um ein Hypnotikum zusammen mit einem milden Halluzinogenikum. Verstehen Sie bitte, dass wir das Mittel blind verabfolgen ... das heißt, dass vorerst weder Sie noch wir wissen, wer nur das Wasser und wer zusätzlich die Wirkstoffe bekommen hat. Sie alle werden nach der Injektion achtundvierzig Stunden lang unter sorgfältiger Überwachung stehen. Noch Fragen?«

Es gab einige, und die meisten drehten sich um die genaue Zusammensetzung von Lot Sechs – das Wort *geheim* wirkte, als hätte man Bluthunde auf die Spur eines entwichenen Sträflings gesetzt. Wanless wich allen Fragen geschickt aus. Niemand hatte die Frage gestellt, an deren Beantwortung der zweiundzwanzigjährige Andy McGee am meisten interessiert war. In der Pause, die im fast leeren Hörsaal des kombinierten Psychologie/Soziologie-Instituts der Universität von Harrison entstand, wollte er sich schon zu Wort melden, um zu fragen, warum der Kerl denn Zigaretten zerriss, die wirklich noch zu gebrauchen waren. Aber lieber nicht. Lieber der Fantasie die Zügel schießen lassen, während dieser langweilige Mist hier ablief. Er wollte sich doch selbst gern das Rauchen abgewöhnen. Rauchen ist ein Zeichen dafür, dass man in der Oralphase stecken geblieben ist. Wer sich noch nicht aus der Analphase gelöst hat, reißt Zigaretten kaputt (Andy musste grinsen, aber er hielt sich die Hand vor den Mund, damit es nicht auffiel). Der Bruder von Dr. Wanless war an Lungenkrebs gestorben, und symbolisch ließ Wanless nun seinen Aggressionen gegen die Zigarettenindustrie freien Lauf. Vielleicht handelte es sich auch nur um eine jener dekorativen Marotten, die Universitätsprofessoren eher zur Schau stellten als unterdrückten. In seinem zweiten Jahr in Harrison hatte Andy einen Englischdozenten gehabt (der Mann lehrte glücklicherweise nicht mehr), der während einer Vorlesung über William Den Howells und den aufkommenden Realismus ständig an seiner Krawatte herumschnüffelte.

»Wenn es keine Fragen mehr gibt, bitte ich Sie, diese Formulare auszufüllen. Ich erwarte Sie dann pünktlich um neun Uhr am nächsten Dienstag.«

Seine beiden Assistenten verteilten Fotokopien mit fünfundzwanzig albernen Fragen, die mit Ja oder Nein zu beantworten waren. *Mussten Sie sich jemals einer psychiatrischen Behandlung unterziehen? – Nr. 8. Glauben Sie, dass Sie schon jemals ein authentisches parapsychisches Erlebnis gehabt haben? – Nr. 14. Haben Sie jemals halluzinogene Drogen genommen? – Nr. 18.* Nach einer kleinen Pause beantwortete Andy die letztere mit Nein und dachte, *wir schreiben 1969. Gibt es noch einen, der noch keine genommen hat?*

Quincey Temont, der Junge, mit dem er am College in einem Zimmer gewohnt hatte, hatte ihn auf den Gedanken gebracht, hier mitzumachen. Quincey wusste, dass es mit Andys Finanzen nicht gerade rosig aussah. Es war Mai, und Andy befand sich im letzten Studienjahr; er rangierte leistungsmäßig als Vierzigster in einer Klasse von fünfhundertsechs, und im Englischkursus war er Drittbester. Aber dafür konnte man sich nichts kaufen, wie er Quincey gesagt hatte, der Psychologie als Hauptfach hatte. Neben einer Assistentenstelle hatte Andy für den Herbst ein mit einem Darlehen kombiniertes Stipendium in Aussicht. Alles zusammen würde ausreichen, zu leben und in Harrison weiterzustudieren. Aber das begann alles erst im Herbst, und dazwischen lag eine lange Sommerpause. Er hatte nichts Besseres gefunden als den verantwortungsvollen und höchst abwechslungsreichen Job eines Arco-Tankwarts für die Nachtschicht.

»Möchtest du nicht auf die Schnelle zweihundert Dollar verdienen?«, hatte Quincey gefragt.

Andy wischte sich eine Strähne dunkles Haar aus den grünen Augen und grinste. »Für welche Herrentoilette soll ich 'ne Konzession beantragen?«

»Nein, es handelt sich um ein psychologisches Experiment«, sagte Quincey.

»Es wird allerdings von dem ›Verrückten Doktor‹ durchgeführt. Lass dich also warnen.«

»Wer ist das denn?«

»Ein gewisser Wanless, Tonto. Bedeutender Medizinmann aus der Psycho-Abteilung.«

»Warum nennt man ihn den ›Verrückten Doktor‹?«

»Nun«, sagte Quincey, »er hat es mit Rattenexperimenten, und außerdem ist er Verfechter der Lehre Skinners. Ein Behaviorist. Und Verhaltensforscher dieser Art werden heutzutage nicht gerade mit Liebe überschüttet.«

»Aha«, sagte Andy und wusste nicht recht, was Quincey meinte.

»Ansonsten trägt er eine sehr dicke randlose Brille, mit der er dem Kerl sehr ähnlich sieht, der in dem Film *Dr. Cyclops* die Menschen schrumpfen ließ. Hast du den Streifen mal gesehen?«

Andy sah sich gewohnheitsmäßig die Nachtprogramme an, kannte den Film und war jetzt schon besser im Bilde. Er war aber nicht sicher, ob er an Experimenten eines Professors teilnehmen sollte, den man wie folgt beschrieb: a) als den Mann mit den Rattenexperimenten und b) als den ›Verrückten Doktor‹.

»Die werden doch hoffentlich nicht versuchen, Menschen schrumpfen zu lassen?«, fragte er.

Quincey musste lachen. »Nein, das tun nur die Spezialisten, die an den Horrorfilmen arbeiten«, sagte er. »Die Psycho-Abteilung testet eine Reihe von harmlosen Halluzinogenen. Sie arbeiten mit dem US-Geheimdienst zusammen.«

»CIA?«, fragte Andy.

»Weder CIA, DIA noch NSA«, sagte Quincey. »Etwas weniger Bekanntes. Hast du schon mal von einem Laden gehört, den sie ›die Firma‹ nennen?«

»Vielleicht in einer Sonntagsbeilage oder so was. Ich weiß es nicht genau.«

Quincey zündete sich die Pfeife an. »Diese Dinge laufen in allen Disziplinen gleich ab«, sagte er. »Psychologie, Chemie, Physik, Biologie ... selbst die Jungs von der Soziologie kriegen etwas vom Kuchen ab. Gewisse Forschungsprogramme werden von der Regierung subventioniert. Vom Paarungsverhalten der Tsetsefliege bis zur Endlagerung verbrauchter Plutoniumstäbe. Ein Laden wie ›die Firma‹ muss zum Beispiel seinen jährlichen Etat ganz ausgeben, damit im nächsten Jahr der gleiche Betrag wieder überwiesen wird.«

»Wenn ich so was höre, wird mir ganz anders«, meinte Andy.

»Da wird jedem denkenden Menschen anders«, sagte Quincey in seiner ruhigen, sorglosen Art. »Aber diese Dinge laufen automatisch. Was will ein Zweig unserer Geheimdienste mit harmlosen Halluzinogenen? Wer weiß das? Ich nicht. Du nicht. Wahrscheinlich nicht einmal die Leute selbst. Aber in den Geheimausschüssen machen sich diese Berichte gut, wenn es um die Festlegung des Budgets geht. Sie haben in jeder Abteilung ihre Lieblinge. In Harrison ist Wanless in der Psycho-Abteilung ihr Liebling.«

»Kümmert sich die Regierung nicht darum?«

»Sei nicht naiv, mein Junge.« Die Pfeife brannte inzwischen zu seiner Zufriedenheit, und er stieß dichte, stinkende Rauchwolken aus, mit denen er das schäbige Wohnzimmer des Appartments verpestete. Mit rollender und entsprechend voll tönender Stimme sagte er: »Was für Wanless gut ist, ist gut für Harrisons psychologische Fakultät, die nächstes Jahr ihr eigenes Gebäude haben wird – ohne sich mit den Typen von der Soziologie quetschen zu müssen. Und was für die Psychologie gut ist, ist auch gut für das Harrison State College. Und für Ohio. Und das ganze übrige Blabla.«

»Glaubst du, dass es ungefährlich ist?«

»Wenn es nicht ungefährlich wäre, würden sie es nicht an freiwilligen Probanden aus der Studentenschaft testen«, sagte Quincey. »Wenn sie auch nur den geringsten Zweifel hätten, würden sie es zuerst an Ratten und dann an Sträflingen ausprobieren. Du kannst sicher sein: was man dir injiziert, hat man schon dreihundert Leuten vor dir injiziert, deren Reaktionen dann sorgfältig überwacht wurden.«

»Mir gefällt die Sache mit der CIA nicht ...«

»Du meinst ›die Firma‹.«

»Wo ist denn da der Unterschied?«, fragte Andy mürrisch. Er betrachtete Quinceys Poster mit Richard Nixon, der vor einem verbeulten Gebrauchtwagen stand. Nixon grinste, und aus jeder seiner behaarten Fäuste spreizten sich zwei Finger zum V-Zeichen. Andy konnte kaum glauben, dass dieser Mann noch vor kurzem gewählter Präsident gewesen war.

»Nun, ich dachte nur, dass du die zweihundert Dollar vielleicht brauchen könntest, weiter nichts.«

»Warum zahlen die denn so viel?«, fragte Andy misstrauisch.

Quinceys Hände fuhren hoch. »Andy, die hohen Zuschüsse von der Regierung! Kapierst du das denn nicht? Vor zwei Jahren hat die Firma ungefähr dreihunderttausend Dollar für eine Studie bezahlt, in der die Möglichkeit der Massenproduktion von Fahrrädern untersucht wurde, die selbsttätig explodierten – und *das* stand in der *Sunday Times*. Vermutlich waren die Dinger für Vietnam bestimmt, obwohl das wahrscheinlich niemand genau weiß. Wie der alte Spinner McGee immer sagte: ›Damals hielt man es für eine gute Idee‹.« Mit schnellen, ruckartigen Bewegungen klopfte Quincey seine Pfeife aus. »Für solche Leute ist jeder Universitäts-Campus in Amerika wie ein großes Warenhaus. Hier kaufen sie eine Kleinigkeit, dort sehen sie sich nur die Auslagen an. Wenn du also nicht willst ...«

»Vielleicht will ich doch. Machst du denn selbst mit?«

Quincey hatte gelächelt. Sein Vater besaß in Ohio und Indiana eine Kette von äußerst gut gehenden Herrenmodegeschäften. »Ich brauche die zweihundert nicht so dringend«, sagte er. »Außerdem hasse ich Injektionsnadeln.«

»Hmm.«

»Hör zu, ich will dir die Sache nicht aufdrängen, verdammt noch mal; ich hatte nur den Eindruck, dass du knapp bei Kasse bist. Das Risiko, dass du in die eigentliche Kontrollgruppe gerätst, ist ohnehin nur fifty-fifty. Zweihundert Dollar für eine Wasserinjektion. Übrigens nicht einmal Leitungswasser. *Destilliertes* Wasser.«

»Kannst du das für mich arrangieren?«

»Ich gehe öfter mit einer von Wanless' Assistentinnen aus«, sagte Quincey. »Es werden sich vielleicht fünfzig Leute melden, darunter viele Anfänger, die beim ›Verrückten Doktor‹ Punkte sammeln wollen ...«

»Kannst du nicht aufhören, ihn so zu nennen?«

»Dann eben Wanless«, sagte Quincey und lachte. »Er wird persönlich dafür sorgen, dass die Radfahrer aussortiert werden. Und mein Mädchen wird dafür sorgen, dass dein Antrag im Eingangskorb landet. Danach, mein Lieber, kommt es nur noch auf dich selbst an.«

Also hatte er, als auf einer Bekanntmachung am schwarzen Brett der psychologischen Fakultät Freiwillige gesucht wurden, seinen Antrag bereits ausgefüllt. Eine Woche nachdem er ihn eingereicht hatte, rief ihn eine junge Assistentin (wahrscheinlich Quinceys Freundin) an, um einige Auskünfte einzuholen. Er sagte ihr, dass seine Eltern nicht mehr lebten; dass er die Blutgruppe 0 habe; dass er noch nie an einem Test der psychologischen Fakultät teilgenommen habe; dass er in Harrison ordnungsgemäß als Student eingeschrieben sei, dass er 1969 angefangen und die erforderliche Stundenzahl belegt habe. Aber ja, er sei schon über einundzwanzig und berechtigt, jede Art Verträge abzuschließen.

Eine Woche später erhielt er mit der Universitätspost ein Schreiben, in dem seine Teilnahme am Test bestätigt und er gebeten wurde, eine Freistellungsbescheinigung zu unterschreiben. Bitte geben Sie das unterschriebene Formular am 6. Mai in Zimmer 100 im Jason-Gearneigh-Gebäude ab.

Und jetzt saß er hier, die Freistellungsbescheinigung war schon abgegeben, der Zigarettenzerreißer Wanless gegangen (er sah tatsächlich dem ›Verrückten Doktor‹ in diesem Horrorfilm ein wenig ähnlich), und beantwortete zusammen mit elf weiteren Studenten Fragen über etwaige religiöse Erscheinungen. Ob er Epileptiker sei? Nein. Sein Vater war, als Andy elf war, plötzlich an einem Herzanfall gestorben. Als Andy siebzehn war, hatte er seine Mutter bei einem Autounfall verloren – eine hässliche, traumatische Sache. Seine einzige Verwandte war eine Schwester seiner Mutter, Tante Cora, und die war schon ziemlich alt.

Er ging die Fragen durch und hakte sie ab. NEIN, NEIN, NEIN. Nur eine Frage beantwortete er mit JA: *Haben Sie je eine Fraktur oder eine ernsthafte Verstauchung gehabt? Wenn JA, bitte nähere Angaben.* In der vorgesehenen Rubrik notierte er, dass er vor zwölf Jahren bei einem Baseball-Spiel in einer Jugendmannschaft vor der Grundlinie ausgeglitten sei und sich den linken Knöchel gebrochen habe.

Noch einmal überprüfte er seine Antworten und ließ dabei die Spitze seines Kugelschreibers leicht über die Zeilen gleiten. Plötzlich berührte jemand seine Schulter, und eine angenehme, ein wenig raue Mädchenstimme bat: »Leihst du mir den, wenn du fertig bist? Meiner schreibt nicht mehr.«

»Gern«, sagte er, drehte sich um und reichte ihr den Stift. Hübsches Mädchen. Groß. Rötliches Haar, wunderbar klarer Teint. Sie trug einen rauchblauen Pullover und einen kurzen Rock. Klasse Beine. Keine Strümpfe. Beiläufige Taxierung der künftigen Ehefrau.

Sie nahm den Kugelschreiber und lächelte dankbar. Die Deckenbeleuchtung zauberte Kupferglanz in ihr Haar, das sie hinten lose mit einer weißen Schleife zusammengebunden hatte. Dann beugte sie sich wieder über den Tisch.

Er nahm sein Formular und ging nach vorn, um es dem Assistenten zu geben. »Danke«, sagte der Assistent monoton wie ein programmierter Roboter. »Zimmer siebzig, Samstagvormittag, neun Uhr. Kommen Sie bitte pünktlich.«

»Wie heißt das Kennwort?«, flüsterte Andy heiser.

Der Assistent lachte höflich.

Andy verließ den Hörsaal und ging durch die Halle zu den

großen Doppeltüren. Der Frühsommer hatte das Viereck draußen schon mit Grün überzogen, und planlos schlenderten einige Studenten auf und ab. Andy dachte plötzlich an seinen Kugelschreiber. Fast hätte er darauf verzichtet; das Ding hatte nur neunzehn Cent gekostet, und er musste noch für sein Vorexamen arbeiten. Aber das Mädchen war hübsch gewesen. Vielleicht lohnte es sich, sie noch einmal anzuquatschen. Er machte sich keine Illusionen über sein Aussehen oder seine Gesprächstechnik, die beide schwer einzuordnen waren, oder über die persönlichen Verhältnisse des Mädchens (sie mochte einen festen Freund haben oder sogar verlobt sein), aber es war ein schöner Tag, und er fühlte sich ausgezeichnet. Er beschloss zu warten. Wenigstens würde er diese Beine noch einmal sehen.

Drei oder vier Minuten später kam sie heraus, ein paar Schreibhefte und ein Buch unter dem Arm. Sie sah wirklich sehr gut aus, und Andy fand, dass es sich gelohnt hatte, auf den Anblick ihrer Beine zu warten. Sie waren nicht nur einfach wohlgeformt; sie waren fantastisch.

»Oh, da bist du ja«, sagte sie lächelnd.

»Ich habe gewartet«, sagte Andy McGee. »Was hältst du von der ganzen Sache?«

»Ach, ich weiß nicht recht«, sagte sie. »Meine Freundin sagt, dass dauernd solche Experimente laufen – sie hat im letzten Semester einen Psycho-Test nach Professor J. B. Rhine mitgemacht und fünfzig Dollar dafür bekommen, obwohl sie bei fast allen Fragen versagt hat. Und da dachte ich eben ...« Sie beendete den angefangenen Satz mit einem Achselzucken und warf ihr kupferglänzendes Haar sorgfältig über die Schulter zurück.

»Mir ging's ähnlich«, sagte er und nahm seinen Kugelschreiber wieder in Empfang. »Studiert deine Freundin Psychologie?«

»Ja«, sagte sie, »und mein Freund auch. Er hat einen Kursus bei Dr. Wanless belegt und durfte deshalb nicht mitmachen. Interessenkonflikt oder so was.«

Ein Freund. Ganz klar, dass eine gut gewachsene rothaarige Schönheit wie sie einen Freund hatte. Das war nun einmal der Lauf der Welt.

»Und wie war das bei dir?«, fragte sie.

»Genauso. Ein Freund von mir studiert ebenfalls Psychologie. Ich heiße übrigens Andy. Andy McGee.«

»Und ich bin Vicky Tomlinson. Die ganze Geschichte beunruhigt mich ein wenig, Andy McGee. Wenn es nun ein Horrortrip wird?«

»Soweit ich weiß, handelt es sich um ziemlich harmloses Zeug. Aber selbst wenn es sich um halluzinogene Drogen handelt, nun ... die im Labor hergestellten sind etwas anderes als der Stoff, den man an der Straßenecke kauft. Da müsste ich mich sehr irren. Nein, das Zeug ist mild und ausgewogen und wird unter den günstigsten äußeren Umständen verabreicht. Wahrscheinlich wird dabei Musik von Jefferson Airplane gespielt.« Andy grinste.

»Kennst du dich mit LSD aus?«, fragte sie mit einem angedeuteten kleinen Grinsen, das ihm sehr gefiel.

»Eigentlich wenig«, gab er zu. »Ich habe es zweimal genommen – einmal vor zwei Jahren und einmal im vorigen Jahr. Irgendwie war es ein gutes Gefühl. Ich wurde ganz klar im Kopf – jedenfalls war das mein Eindruck. Aber ich würde mich nicht daran gewöhnen wollen. Das Gefühl, mich nicht mehr in der Gewalt zu haben, gefällt mir nicht. Trinken wir eine Cola zusammen?«

»Okay«, meinte sie, und sie gingen zusammen zum Unionsgebäude hinüber.

Am Ende hatte er zwei Cola für sie ausgegeben, und sie verbrachten den Nachmittag gemeinsam. Abends tranken sie in der Kneipe ein paar Bier. Es stellte sich heraus, dass sie im Begriff war, sich von ihrem Freund zu trennen, und nicht recht wusste, wie sie es anstellen sollte. Er tat schon so, als seien sie verheiratet, erklärte sie Andy; er hatte ihr streng verboten, an dem Experiment bei Wanless teilzunehmen. Aus Trotz hatte sie die Bescheinigung unterschrieben, und jetzt war sie entschlossen, die Sache durchzustehen, wenn sie auch ein wenig Angst hatte.

»Dieser Wanless sieht tatsächlich aus wie ein ›Verrückter Doktor‹«, sagte sie und zeichnete mit ihrem Bierglas Ringe auf den Tisch.

»Wie gefiel dir sein Trick mit den Zigaretten?«

Vicky kicherte. »Seltsame Methode, sich das Rauchen abzugewöhnen, was?«

Er fragte, ob er sie am Tage des Experiments morgens abholen solle, und sie stimmte erleichtert zu.

»Es wäre schon gut, wenn man dieses Experiment mit einem Freund zusammen durchsteht«, sagte sie und sah ihn aus ihren blauen Augen offen an. »Weißt du, ich habe wirklich ein bisschen Angst. George war so – ich weiß nicht, so *unnachgiebig.«*

»Wieso? Was sagte er denn?«

»Das ist es ja gerade«, antwortete Vicky. »Er wollte überhaupt nichts sagen, außer dass er Wanless nicht traut. Er meinte, dass kaum jemand aus der Fakultät ihm traut, aber viele von ihnen melden sich zu den Tests, weil er das Prüfungsprogramm leitet. Außerdem wissen sie, dass ihnen nichts passieren kann, denn er sortiert sie sowieso wieder aus.«

Er griff über den Tisch und berührte ihre Hand. »Wir beide bekommen wahrscheinlich ohnehin das destillierte Wasser«, sagte er. »Mach dir keine Sorgen, Kleines. Es ist alles in Ordnung.«

Aber, wie sich herausstellen sollte, war nichts in Ordnung. Nichts.

3

Albany
flughafen albany mister

heh Mister, wir sind da

Eine Hand schüttelte ihn. Sein Kopf fiel zur Seite. Schreckliche Kopfschmerzen – oh, mein Gott! Klopfende, stechende Schmerzen.

»Heh, Mister, wir sind am Flughafen.«

Andy öffnete die Augen, schloss sie dann wieder vor dem weißen Licht einer Leuchtstoffröhre, das von oben einfiel. Dann ein fürchterlich kreischendes Jaulen, das immer lauter wurde. Er zuckte zusammen und wand sich vor Schmerzen. Es war, als würden ihm stählerne Nadeln in die Ohren gestoßen. Ein Flugzeug. Beim Start. Der Gedanke kam ihm durch einen roten Nebel von Qual. O ja, Doc, ich erinnere mich wieder an alles.

»Mister?« Die Stimme des Fahrers klang besorgt. »Mister, ist alles in Ordnung?«

»Kopfschmerzen.« Seine Stimme kam wie von weit, vom Düsenlärm überdeckt, der zum Glück schwächer wurde. »Wie spät ist es?«

»Gleich Mitternacht. Schlechtes Durchkommen nach hier oben. Erzählen Sie mir nichts, sag ich Ihnen. Busse fahren nicht mehr, falls Sie einen nehmen wollten. Soll ich Sie nicht doch lieber nach Hause fahren?«

Andy zerbrach sich den Kopf wegen der Geschichte, die er dem Fahrer erzählt hatte. Sie musste ihm unbedingt wieder einfallen – trotz der grauenhaften Kopfschmerzen. Das war wegen des Echos wichtig. Wenn er seiner ursprünglichen Geschichte in irgendeiner Weise widersprach, könnte das im Kopf des Fahrers eine Art Abpralleffekt auslösen. Dieser Effekt könnte wieder abflauen, aber sicher wusste man das nicht. Es konnte auch sein, dass der Mann auf einen bestimmten Punkt ansprang und darauf fixiert blieb; wenig später würde er jede Kontrolle verlieren und an nichts anderes mehr denken können; am Ende würde er ganz einfach verrückt werden. Das hatte es schon gegeben.

»Mein Wagen parkt dort«, sagte er. »Es ist alles in Ordnung.«

»Ach so.« Der Fahrer lächelte erleichtert. »Wissen Sie, das wird Glyn mir nie glauben. Heh! ›Erzähl mir nichts‹, wird sie sagen ...«

»Natürlich wird sie es glauben. Sie glauben es doch auch, nicht wahr?«

Der Fahrer grinste breit. »Ich hab den großen Schein als Beweis, Mister. Vielen Dank.«

»*Ich* habe zu danken«, sagte Andy. Er bemühte sich, höflich zu sein. Er musste durchhalten. Allein wegen Charlie. Wenn sie nicht gewesen wäre, hätte er schon lange ein Ende gemacht. Ein Mensch war einfach nicht dazu geschaffen, solche Schmerzen zu ertragen.

»Sind Sie sicher, dass Sie es schaffen, Mister? Sie sind ja leichenblass.«

»Es geht schon, danke.« Er rüttelte Charlie wach. »Heh, Kleine.« Er vermied es, ihren Namen auszusprechen. Wahrscheinlich hätte es nichts ausgemacht, aber diese Vorsicht war so automatisch wie das Luftholen. »Aufwachen, wir sind da.«

Charlie murmelte etwas und versuchte, sich von ihm wegzurollen.

»Komm, Kleines. Wach auf, Schatz.«

Blinzelnd öffnete Charlie die Augen – diese strahlend blauen Augen, die sie von ihrer Mutter hatte –, setzte sich auf und rieb sich das Gesicht. »Daddy? Wo sind wir?«

»In Albany, Liebling. Am Flughafen.« Er beugte sich zu ihr hinab und flüsterte: »Sag jetzt nichts.«

»Okay.« Sie lächelte den Taxifahrer an, und der lächelte zurück. Dann glitt sie aus dem Wagen, und Andy folgte ihr, wobei er sich bemühte, nicht zu schwanken.

»Noch mal vielen Dank, Mister«, sagte der Fahrer. »War 'ne großartige Fuhre.«

Andy schüttelte die Hand, die der andere ihm entgegenstreckte. »Passen Sie auf sich auf.«

»Mach ich. Glyn wird das alles einfach nicht glauben.«

Der Fahrer stieg wieder ein und zog vom gelb gestrichenen Bordstein weg. Wieder startete ein Jet mit aufheulenden Düsen, und Andy hatte das Gefühl, sein Kopf würde in zwei Stücke gespalten, um wie ein hohler Kürbis zu Boden zu fallen. Er schwankte, und Charlie legte ihm die Hände auf den Arm.

»Oh, Daddy«, sagte sie, und ihre Stimme kam von weit her.

»Gehen wir hinein. Ich muss mich setzen.«

Sie betraten die Halle, das kleine Mädchen in roter Hose und grüner Bluse und der große Mann mit zerzaustem Haar und hängenden Schultern. Ein Flughafenangestellter beobachtete sie und dachte, welche Schande es doch sei: da lief dieser große Kerl nach Mitternacht stockbesoffen mit seiner kleinen Tochter herum, die seit Stunden im Bett sein müsste und die ihn führte wie ein Blindenhund. Dann gingen sie durch die elektronisch gesteuerten Türen, und der Angestellte vergaß die beiden, bis er sich vierzig Minuten später wieder an sie erinnerte, als ein grüner Wagen am Bordstein hielt und zwei Männer ausstiegen und ihn ansprachen.

4

Es war zehn Minuten nach Mitternacht. Die Flughafenhalle gehörte nun den Leuten, die schon am frühen Morgen unterwegs waren: Armeeangehörige, deren Urlaub ablief, gequält wirkende Frauen, die ein buntes Durcheinander von übermüdeten Kindern zusammenzuhalten versuchten, junge Leute auf Reisen, einige von ihnen mit Rucksäcken, ein Pärchen mit Tennisschlägern. Die Lautsprecher kündeten Start- und Landezeiten an und riefen einzelne Personen aus.

Andy und Charlie saßen nebeneinander an Tischen mit aufgeschraubten Fernsehgeräten. Die Apparate waren zerkratzt, verbeult und tiefschwarz angestrichen. Sie kamen Andy wie unheimliche, surrealistische Kobraschädel vor. Er warf seine letzten beiden Münzen ein, damit niemand sie von den Sitzen scheuchte. Charlies Gerät zeigte eine Wiederholung von *Starsky und Hutch*, während auf Andys Schirm Johnny Carson mit Sonny Bono und Buddy Hackett um die Wette wirbelte.

»Daddy, muss ich wirklich?«, fragte Charlie zum zweiten Mal. Sie war den Tränen nahe.

»Honey, ich bin völlig erledigt«, sagte er. »Wir haben kein Geld, und hier können wir nicht bleiben.«

»Kommen die bösen Männer wieder?«, fragte sie und ließ die Stimme zu einem Flüstern herabsinken.

»Ich weiß es nicht.« Wieder ein dumpfes Pochen in seinem Gehirn. Es war kein reiterloser Rappe mehr; jetzt waren es mit scharfkantigem Eisenschrott gefüllte Postsäcke, die im fünften Stock aus dem Fenster geworfen wurden. »Aber es ist zu befürchten.«

»Wie könnte ich denn Geld beschaffen?«

Er zögerte und sagte dann: »Das weißt du doch.«

Die Tränen kamen und liefen ihr die Wangen herab. »Es ist unrecht. Stehlen ist unrecht.«

»Das weiß ich«, sagte er. »Aber es ist auch unrecht, dass sie uns verfolgen. Ich habe es dir erklärt, Charlie. Oder wenigstens zu erklären versucht.«

»Das mit ein bisschen schlimm und sehr schlimm?«

»Ja. Das geringere und das größere Unrecht.«

»Hast du wirklich solche Kopfschmerzen?«

»Ziemlich schlimm«, sagte Andy. Es war sinnlos, ihr zu erzählen, dass er in ein oder zwei Stunden vor Schmerzen nicht mehr zusammenhängend würde denken können. Es war sinnlos, ihr noch mehr Angst zu machen, als sie schon hatte. Sinnlos, ihr zu sagen, dass er diesmal nicht mehr an ein Entkommen glaubte.

»Ich will's versuchen«, sagte sie und stand vom Stuhl auf. »Armer Daddy«, sagte sie und küsste ihn.

Er schloss die Augen. Das Fernsehgerät vor ihm spielte weiter. Entfernte Sprechgeräusche erreichten ihn durch die ständig stärker werdenden Schmerzen in seinem Kopf. Als er die Augen wieder öffnete, sah er ihre Gestalt in der Ferne, sehr klein, in Rot und Grün gekleidet, fast wie ein Christbaumschmuck, und so trippelte sie zwischen den in der weiten Halle verstreuten Menschen davon.

Oh Gott, lass ihr nichts geschehen, dachte er. *Lass nicht zu, dass jemand sie belästigt oder ihr noch mehr Angst einjagt. Oh Gott, bitte! Okay?*

Und wieder schloss er die Augen.

5

Ein kleines Mädchen in roter Hose und grüner Bluse. Schulterlanges blondes Haar. Zu spät noch wach und auf den Beinen. Offensichtlich allein. Dies war eine der wenigen Örtlichkeiten, wo ein kleines Mädchen nach Mitternacht nicht unbedingt auffiel. Sie ging an verschiedenen Leuten vorbei, aber eigentlich bemerkte sie niemand. Wenn sie geweint hätte, wäre vielleicht ein Sicherheitsbeamter auf sie zugegangen und hätte gefragt, ob sie sich verlaufen habe, ob sie wisse, für welche Fluglinie ihre Eltern gebucht hätten und wie sie hießen, damit man sie ausrufen könne. Aber sie weinte nicht und schien ein Ziel zu haben.

Sie hatte kein genaues Ziel – aber sie wusste doch ungefähr, was sie suchte. Sie brauchten Geld; das hatte Daddy gesagt. Die bösen Männer waren hinter ihnen her, und Daddy hatte Schmerzen. Wenn er solche Schmerzen hatte, fiel ihm das Denken schwer. Er musste sich hinlegen und brauchte möglichst viel Ruhe. Er musste schlafen, bis die Schmerzen aufhörten. Und die bösen Männer könnten kommen ... die Männer von der Firma, die sie auseinander nehmen wollten, um zu sehen, wie sie funktionierten – zu sehen, ob sie sie brauchen könnten, um irgendwelche Dinge zu tun.

In einem Abfallbehälter entdeckte Charlie eine Einkaufstüte aus Papier und nahm sie mit. Etwas weiter unten in der Halle fand sie, was sie suchte: Telefonzellen.

Charlie betrachtete die Dinger und hatte Angst. Sie hatte Angst, weil Daddy ihr immer wieder gesagt hatte, dass sie es nicht tun durfte ... seit frühester Kindheit wusste sie, dass es etwas Böses war. Sie konnte dieses Böse nicht immer kontrollieren. Dabei konnte es gefährlich sein. Für sie selbst, für andere, vielleicht für viele. Damals

(oh, Mami, es tut mir so Leid, ich habe ihr wehgetan, sie hat geschrien, ich bin schuld, dass Mami so geschrien hat, und ich will es nie ...nie ... wieder tun, denn es ist etwas Böses)

in der Küche, als sie noch ganz klein war ... aber es tat zu weh, daran zu denken. Es war etwas Böses, denn wenn man es nicht kontrollierte, war es plötzlich überall. Und das konnte einem schon Angst einjagen.

Es gab noch anderes. Das Zustoßen zum Beispiel; so nannte Daddy es jedenfalls: Zustoßen. Nur, dass sie viel härter zustoßen konnte als Daddy, und sie bekam hinterher nie Kopfschmerzen. Aber manchmal ... gab es anschließend Feuer.

Das Wort für dieses Böse klang ihr durch den Kopf, als sie da stand und nervös zu den Telefonzellen hinübersah: Pyrokinese. »Mach dir nichts daraus«, hatte Daddy ihr gesagt, als sie noch in Port City waren und närrischerweise glaubten, sie seien in Sicherheit. »Du bist ein Feuerkind, Honey. Ganz einfach ein riesengroßes Feuerzeug.« Damals war es ihr komisch vorgekommen, und sie hatte gekichert, aber jetzt fand sie es überhaupt nicht mehr komisch.

Der andere Grund, warum sie nicht zustoßen sollte, war die Sorge, dass *sie* es merken könnten. Die bösen Männer von der Firma. »Ich weiß nicht, wie viel sie schon über dich wissen«, hatte Daddy ihr gesagt, »aber mehr dürfen sie auf keinen Fall erfahren. Du stößt anders zu als ich, Kleine. Oder bringst du es vielleicht fertig, dass die Leute ... sich so verhalten, wie du willst?«

»Nnn-ein.«

»Aber du kannst Gegenstände beeinflussen, dass sie sich bewegen. Und wenn sie ein Muster erkennen und mit dir in Verbindung bringen würden, wären wir in einer noch viel übleren Lage als jetzt.«

Und es war Diebstahl, und Diebstahl war auch etwas Böses.

Aber das spielte jetzt keine Rolle. Daddy hatte Kopfschmerzen, und sie brauchten einen ruhigen und warmen Platz, bevor es so schlimm wurde, dass er überhaupt nicht mehr denken konnte. Charlie gab sich einen Ruck.

Sie sah insgesamt fünfzehn Telefonzellen, alle mit Rundschiebetüren. Wenn man in der Zelle war, saß man wie in einer großen Kapsel mit einem Telefon. Die meisten Zellen waren unbeleuchtet, erkannte Charlie, als sie an ihnen entlangschlenderte. Eine fette Frau im Hosenanzug hatte sich in eine von ihnen hineingezwängt. Sie redete unablässig und lächelte dabei. Und in der dritten Zelle von hinten saß auf dem kleinen Hocker ein junger Mann in Armeeuniform, dessen Beine durch die geöffnete Tür nach draußen ragten. Er redete schnell.

»Hör zu, Sally, ich verstehe ja deine Gefühle, aber ich kann dir alles erklären. Absolut. Ich weiß ... ich weiß ... aber lass mich dir doch nur ...« Er hob den Kopf und sah, dass das kleine Mädchen ihn beobachtete. Mit einer einzigen Bewegung, wie eine Schildkröte, die sich in ihren Panzer zurückzieht, zog er die Beine ein und schloss die Tür. Er streitet sich mit seiner Freundin, dachte Charlie. Wahrscheinlich hat er sie versetzt. Ich würde mich nie von einem Jungen versetzen lassen.

Hallende Lautsprecher. Wie eine nagende Ratte saß ihr die Angst im Nacken. Nur fremde Gesichter. Sie fühlte sich verlassen und sehr klein und war ganz krank vor Kummer, denn sie musste wieder an ihre Mutter denken. Dies war Diebstahl, aber was machte das schon aus? Ihrer Mutter hatte man das Leben gestohlen.

Sie glitt in die Zelle am Ende der Reihe, und ihre Einkaufstüte knisterte. Sie nahm den Hörer vom Haken und täuschte ein Gespräch vor – Hallo, Großmama, ja, Daddy und ich sind gerade angekommen, ja, alles in Ordnung – und dabei hielt sie durch die Glasscheibe nach Neugierigen Ausschau. Sie sah niemanden. In der Nähe war nur eine Schwarze, die gerade die Police ihrer Flugversicherung aus einem Automaten zog, aber sie drehte Charlie den Rücken zu.

Charlie betrachtete den Münzapparat, um dann plötzlich *zuzustoßen.*

Vor Anstrengung entfuhr ihr ein kleiner Seufzer, und sie biss sich auf die Unterlippe. Sie mochte es, wenn die sich unter ihren Zähnen verformte. Nein, es tat nicht weh. Es machte Spaß, Dinge in Bewegung zu bringen, und auch das ängstigte sie. Wenn so etwas Gefährliches ihr nun zur lieben Gewohnheit wurde?

Wieder beeinflusste sie ganz behutsam das Telefon, und plötzlich ergoss sich ein Strom von Silbermünzen aus dem Rückgabeschacht. Sie versuchte rasch, ihre Tüte darunter zu halten, aber als sie es endlich geschafft hatte, lagen die meisten Münzen schon auf dem Boden verstreut. Sie bückte sich und schaufelte das meiste davon in ihre Tüte. Dabei schaute sie immer wieder durch die Scheibe nach draußen.

Als sie das Kleingeld aufgesammelt hatte, ging sie zur nächsten Zelle. Am nächsten Telefon hing immer noch der junge Soldat. Er hatte die Tür wieder geöffnet und rauchte. »Sal, ich sage dir, es stimmt! Frag doch deinen Bruder, wenn du mir nicht glaubst. Er wird ...«

Charlie schloss die Tür, um seine leicht weinerliche Stimme nicht mehr zu hören. Sie war erst sieben, aber wenn sie jemanden reden hörte, wusste sie, ob er log oder nicht. Sie konzentrierte sich auf das Telefon, und gleich darauf lieferte der Apparat sein Kleingeld ab. Diesmal hielt sie die Tüte richtig, und die Münzen klimperten melodisch, als sie hineinfielen.

Als sie herauskam, war der Soldat verschwunden, und Charlie schlüpfte in seine Zelle. Der Sitz war noch warm, und trotz des Ventilators roch die Luft ekelhaft nach Zigarettenrauch.

Das Geld rasselte in ihre Tüte, und Charlie machte weiter.

6

Eddie Delgardo saß auf einem der harten Plastikstühle, starrte gegen die Decke und rauchte. Das Miststück, dachte er. Das nächste Mal wird sie es sich zweimal überlegen, ob sie ihre verdammten Beine zusammenkneift. Eddie dies und Eddie das und Eddie, ich will dich nie wiedersehen, und Eddie, wie konntest du nur so *grausam* sein. *Ich will dich nie wiedersehen.* Diesen Unsinn hatte er ihr wenigstens ausgetrieben. Er hatte jetzt dreißig Tage Urlaub und war auf dem Weg nach New York City, dieser enormen Stadt, deren Sehenswürdigkeiten er sich anschauen und deren Bars für Singles er abklappern wollte. Wenn er zurückkam, würde Sally ihm wie eine reife Frucht in den Schoß fallen. Mit Geschwätz wie ›hast du denn gar keine Achtung vor mir?‹ konnte man bei Eddie Delgardo aus Marathon in Florida ohnehin nicht landen. Sally Bradford würde schon stillhalten, und wenn sie die Scheiße, er habe sich sterilisieren lassen, wirklich glaubte, geschah es ihr nur recht. Wenn sie wollte, konnte sie dann ruhig wieder zu ihrem Bruder rennen, diesem albernen Schulmeister, der noch dazu ein Trottel war. Inzwischen würde Eddie Delgardo längst in Westberlin einen Armeelastwagen fahren. Er würde ...

Eddies teils wütende, teils angenehme Überlegungen wurden durch ein eigenartiges Hitzegefühl gestört, das von seinen Füßen ausging; es war, als hätte der Fußboden sich plötzlich um zehn Grad erhitzt. Und gleichzeitig registrierte er einen komischen, aber irgendwie vertrauten Geruch ... nicht, als ob etwas brannte ... eher von etwas *Versengtem* vielleicht?

Er öffnete die Augen, und das Erste, was er sah, war dieses kleine Mädchen, das sich für die Telefonzellen interessiert hatte, ein kleines Mädchen von sieben oder acht Jahren, das recht übermüdet wirkte. Jetzt trug sie eine große Papiertüte, die sie am unteren Ende hielt, als seien Lebensmittel oder Ähnliches darin.

Aber was war mit seinen Füßen?

Sie waren nicht mehr warm, sie waren *heiß*.

Eddie Delgardo sah nach unten und schrie entsetzt auf. *»Gott im Himmel!«*

Seine Schuhe brannten.

Eddie sprang auf. Köpfe fuhren herum. Eine Frau sah, was geschehen war, und kreischte vor Schreck. Zwei Sicherheitsbeamte, die sich mit dem Mann am Schalter der Allegheny Airlines unterhalten hatten, schauten herüber, um zu sehen, was los war.

Aber das kümmerte Eddie Delgardo einen Dreck. Alle Gedanken an Sally Bradford und seine Liebesrache an ihr waren wie weggeblasen. Seine Armeestiefel flackerten lustig, und auch seine Uniformhose fing Feuer. Wie von der Sehne geschnellt, sprintete er, eine Rauchfahne hinter sich herziehend, durch die Halle. Die Damentoilette lag am nächsten, und Eddie, dessen Selbsterhaltungstrieb stark ausgeprägt war, stieß mit dem Arm die Tür auf und rannte ohne auch nur eine Sekunde zu zögern hinein.

Eine junge Frau kam aus einer der Kabinen. Sie hatte den Rock bis über die Hüfte geschürzt und ordnete ihre Unterwäsche. Sie sah Eddie als lebende Fackel und stieß einen Schrei aus, den die gekachelten Wände noch verstärkten. »Was war das?«, und »Was ist denn los?«, hörte man aus einigen anderen besetzten Kabinen. Eddie stieß gegen die Tür der Münztoilette, bevor sie wieder ins Schloss fallen konnte. Er griff oben an die Seitenwände, zog sich hoch und ließ sich mit den Füßen zuerst ins Becken hinab. Es gab ein zischendes Geräusch und eine bemerkenswerte Dampfwolke.

Die beiden Sicherheitsbeamten stürmten herein.

»Halt, Sie da!«, rief einer von ihnen. Er hatte seinen Revolver gezogen. »Kommen Sie heraus, aber die Hände schön oben lassen!«

»Können Sie nicht wenigstens warten, bis ich meine Füße herausgezogen habe?«, knurrte Eddie.

7

Charlie war zurückgekommen. Und wieder weinte sie.

»Was ist denn los, Kleines?«

»Ich hab das Geld ... aber ich konnte es wieder nicht aufhalten, Daddy ... da war ein Mann ... ein Soldat ... ich konnte nichts dafür ...«

Andy fühlte Angst in sich aufsteigen. Sie wurde durch die Schmerzen in Kopf und Nacken gedämpft, aber sie war da. »Hat ... hat es Feuer gegeben, Charlie?«

Sie konnte nicht sprechen, aber sie nickte. Tränen liefen ihr über die Wangen.

»Oh, mein Gott«, flüsterte Andy und erhob sich mühsam. Das war Charlie zu viel. Sie fing hemmungslos an zu schluchzen.

Ein Haufen Leute hatte sich vor der Damentoilette versammelt. Die Tür war geöffnet, aber Andy konnte nichts erkennen ... und dann sah er es doch. Die beiden Sicherheitsbeamten, die dorthin gelaufen waren, führten einen kräftigen jungen Mann in Armeeuniform aus dem Waschraum zu ihren Diensträumen hinüber. Der junge Mann beschimpfte sie laut, und was er sagte, war ausgesucht vulgär. Unterhalb der Knie war seine Uniform kaum noch vorhanden, und er trug zwei tropfnasse, schwarze Gegenstände in der Hand, die einmal Schuhe gewesen sein mochten. Dann verschwanden die Männer im Büro und ließen die Tür hinter sich zuschlagen. Aufgeregtes Raunen entstand in der Halle.

Andy setzte sich wieder und legte seinen Arm um Charlie. Das Denken fiel ihm jetzt schwer; seine Gedanken waren wie winzige silbrige Fische, die in einem großen schwarzen Meer pochender Schmerzen umherschwammen. Aber er musste tun, was er nur irgend konnte. Er brauchte Charlie, wenn sie aus ihrer jetzigen Lage herauskommen wollten.

»Ihm ist nichts passiert, Charlie. Es ist alles in Ordnung. Sie haben ihn nur ins Sicherheitsbüro gebracht. Und nun erzähl. Was ist geschehen?«

Unter Tränen, die langsam versiegten, berichtete Charlie. Dass sie den Mann am Telefon hatte sprechen hören. Dass sie sich ein paar beiläufige Gedanken über ihn gemacht und geglaubt hatte, er belüge das Mädchen, mit dem er gesprochen hatte. »Und dann, als ich zu dir zurückkam, sah ich ihn ... und bevor ich es aufhalten konnte ... passierte es eben. Ich konnte es nicht ändern. Ich hätte ihn verletzten können, Daddy. Ich hätte ihn schwer verletzen können. Ich habe ihn in *Brand* gesteckt!«

»Sprich nicht so laut«, sagte er. »Ich will, dass du mir zuhörst, Charlie. Ich finde, dies ist das Schönste, was seit einiger Zeit passiert ist.«

»W-wirklich?« Sie sah ihn ungläubig und überrascht an.

»Du sagst, du konntest es nicht aufhalten«, sagte Andy, und jedes Wort kostete ihn Anstrengung. »Und so war es auch. Aber nicht wie sonst. Diesmal war es nur ein kleines bisschen. Es war zwar gefährlich, Honey, aber ... du hättest ihm ja auch die Haare in Brand setzen können. Oder das Gesicht.«

Der Gedanke ließ sie entsetzt zusammenzucken. Behutsam drehte Andy ihr Gesicht, sodass sie ihn wieder ansah.

»Du tust es unbewusst, und es trifft immer jemanden, den du nicht magst«, sagte er. »Aber ... du hast ihn nicht wirklich verletzt, Charlie. Du ...« Er wusste nicht mehr, was er sagen wollte, und nur die Schmerzen blieben. Redete er immer noch? Einen Augenblick wusste er nicht einmal das.

Charlie merkte, dass dieses Böse immer noch in ihrem Kopf

herumraste und herauswollte, um etwas anderes zu tun. Es war wie ein kleines, bösartiges und ziemlich dummes Tier. Man musste es aus seinem Käfig lassen, damit es etwas unternehmen konnte – wie Geld aus den Telefonapparaten holen. Aber es könnte auch etwas anderes, etwas wirklich Schlimmes tun,

(wie bei Mami in der Küche, oh, Mann, es tut mir so Leid)

bevor man es wieder einfangen konnte. Aber das war jetzt nicht wichtig. Sie wollte nicht daran denken. Sie wollte jetzt

(die Verbände, meine Mami muss Verbände tragen, weil ich ihr wehgetan habe)

an nichts dergleichen denken. Jetzt ging es um ihren Vater. Er war in seinem TV-Sessel nach vorn gesunken und stampfte vor Schmerzen mit den Füßen. Er war kalkweiß, und seine Augen waren blutunterlaufen.

Oh, Daddy, dachte sie, *wenn ich könnte, würde ich mit dir tauschen. Du hast etwas, das dir wehtut, aber es kommt nie aus seinem Käfig heraus. Ich habe etwas Großes, das mir überhaupt nicht wehtut, aber ich bekomme manchmal solche Angst –*

»Ich habe das Geld«, sagte sie. »Ich bin nicht zu allen Telefonen gegangen. Die Tüte wurde so schwer, und ich hatte Angst, dass sie reißt.« Sie sah ihn besorgt an. »Wohin können wir gehen, Daddy? Du musst dich hinlegen.«

Andy griff in die Tüte und begann langsam eine Hand voll Kleingeld nach der anderen in die Tasche seiner Kordjacke zu stecken. Er fragte sich, ob diese Nacht je enden würde. Nichts hätte er lieber getan, als noch ein Taxi zu nehmen, in die Stadt zu fahren und im nächstbesten Hotel oder Motel abzusteigen ... aber er hatte Angst. Ein Taxi war leicht zu verfolgen, und er hatte das bestimmte Gefühl, dass die Männer im grünen Wagen ihnen hart auf den Fersen waren.

Er versuchte, sich ins Gedächtnis zurückzurufen, was er über den Flughafen von Albany wusste. Erstens lag er überhaupt nicht in Albany, sondern in der Kleinstadt Colnie. Hier war das Land der Shaker – hatte sein Großvater ihm nicht einmal erzählt, dass dies das Land der Shaker war? Oder war die Sekte inzwischen ausgestorben? Wie stand es mit Landstraßen? Gab es Schlagbäume? Die Antwort kam langsam. Es gab eine Straße ... eine Art Durchgangsstraße. Nordroute oder Südroute, dachte er.

Er öffnete die Augen und sah Charlie an. »Kannst du noch ein Stück laufen, Kleines? Vielleicht ein paar Meilen?«

»Oh, ja.« Sie hatte geschlafen und fühlte sich relativ frisch. »Du denn?«

Das war die Frage. Er wusste es nicht. »Ich will's versuchen«, sagte er. »Ich denke, wir gehen zur Hauptstraße hinüber und versuchen, mitgenommen zu werden.«

»Anhalter?«, fragte sie.

Er nickte. »Einen Anhalter zu finden, ist ziemlich schwierig, Charlie. Wenn wir Glück haben, fahren wir mit jemandem, der morgen früh in Buffalo ist.« Und wenn nicht, stehen wir noch mit ausgestrecktem Daumen auf der Standspur, wenn der grüne Wagen kommt.

»Wenn du meinst«, sagte Charlie zweifelnd.

»Komm«, sagte er, »hilf mir.«

Schmerzen wie von Hammerschlägen, als er aufstand. Er schwankte ein wenig, schloss die Augen, öffnete sie dann wieder. Die Menschen sahen unwirklich aus. Die Farben waren viel zu hell. Eine Frau in hochhackigen Schuhen ging vorbei, und jedes Klicken auf den Fußbodenfliesen verursachte ein Geräusch, als würde eine Tresortür zugeschlagen.

»Daddy, bist du sicher, dass du es schaffst?« Ihre Stimme klang dünn und sehr ängstlich.

Charlie. Nur Charlie machte einen munteren Eindruck.

»Ich denke doch«, sagte er. »Komm.«

Sie verließen die Halle durch eine andere Tür, und der Angestellte, der sie aus dem Taxi hatte steigen sehen, stand am Kofferraum eines Wagens und lud Gepäckstücke aus. Er sah sie nicht gehen. »Welche Richtung, Daddy?«, fragte Charlie.

Er schaute nach beiden Seiten und sah die Nordroute, die rechts am Flughafengebäude vorbeiführte und sich dann in der Ferne verlor. Die Frage war, wie sie dorthin kamen. Überall gab es Straßen – Überführungen, Unterführungen, NICHT RECHTS ABBIEGEN, AUF STOPPSIGNAL ACHTEN, LINKS HALTEN,

PARKEN VERBOTEN. Verkehrsschilder blitzten in der Dunkelheit des frühen Morgens auf wie geisternde Irrlichter.

»Ich glaube, hier geht's lang«, sagte er, und sie gingen die überall mit LADEZONE markierte Zubringerstraße entlang, bis sie das Ende des Gebäudekomplexes erreicht hatten, wo auch der Fußweg endete. Ein silbermetallic lackierter Mercedes zog gemächlich an ihnen vorbei, und der von seiner Oberfläche zurückgeworfene Schein der Leuchtstofflampen ließ ihn grell aufleuchten.

Charlie sah ihn fragend an.

Andy nickte. »Bleib so weit wie möglich auf der Seite. Ist dir kalt?«

»Nein, Daddy.«

»Gott sei Dank haben wir eine warme Nacht. Deine Mutter würde ...«

Er biss sich auf die Lippen.

Die beiden verschwanden in der Dunkelheit, der große Mann mit den breiten Schultern und das kleine Mädchen in roter Hose und grüner Bluse, das seine Hand hielt und ihn zu führen schien.

8

Eine Viertelstunde später tauchte der grüne Wagen auf und hielt am gelb markierten Bordstein. Zwei Männer stiegen aus. Es waren dieselben, die Andy und Charlie in Manhattan bis zum Taxi verfolgt hatten. Der Fahrer blieb am Steuer sitzen.

Ein Flughafenpolizist näherte sich. »Sie können hier nicht parken, Sir«, sagte er. »Wenn Sie Ihren Wagen bitte dort drüben ...«

»Und ob ich kann«, sagte der Fahrer. Er zeigte dem Beamten seinen Ausweis. Der Flughafenpolizist prüfte ihn, sah den Fahrer an und sah sich noch einmal das Bild im Ausweis an.

»Oh«, sagte er. »Das tut mir Leid, Sir. Geht es um etwas, das wir wissen sollten?«

»Es hat nichts mit der Sicherheit des Flughafens zu tun«, sagte der Fahrer, »aber vielleicht können Sie uns helfen. Haben Sie diese Leute heute Nacht gesehen oder wenigstens einen davon?« Er reichte dem Beamten ein Bild von Andy und ein unscharfes Bild von Charlie. Damals war ihr Haar länger gewesen. Auf dem Schnappschuss war es zu Zöpfen geflochten. Ihre Mutter hatte damals noch gelebt. »Das Mädchen ist jetzt etwa ein Jahr älter«, sagte der Fahrer. »Ihr Haar ist ein wenig kürzer. Ungefähr schulterlang.«

Der Polizist studierte die Bilder eingehend, mal das eine, dann das andere, schließlich wieder das Erste. »Wissen Sie, ich glaube, ich habe das Mädchen gesehen«, sagte er. »Sie ist blond, nicht wahr? Nach dem Bild ist das schwer zu beurteilen.«

»Das ist richtig, blond.«

»Ist der Mann ihr Vater?«

»Stellen Sie keine Fragen, und ich erzähle Ihnen keine Lügen.«

Eine Welle der Abneigung gegen den glattgesichtigen Jüngling am Steuer des unauffälligen grünen Wagens durchfuhr den Flughafenpolizisten. Er hatte schon vorher kurz mit FBI, CIA und dem Laden, den man »die Firma« nannte, zu tun gehabt. Die Agenten dieser Dienste waren alle gleich, ganz einfach arrogant und herablassend. Sie betrachteten einen Mann in blauer Uniform als eine Art Spielzeugpolizisten. Aber als es hier vor fünf Jahren die Flugzeugentführung gegeben hatte, waren es die Spielzeugpolizisten gewesen, die den mit Handgranaten bewaffneten Kerl aus der Maschine holten. Als der dann Selbstmord beging, indem er sich mit den Fingernägeln die Halsschlagader aufriss, hatte er sich allerdings schon im Gewahrsam der »richtigen« Polizisten befunden. Reife Leistung, Jungs.

»Sehen Sie ... Sir. Ich wollte wissen, ob er ihr Vater ist, weil sie sich dann ähnlich sehen könnten. Auf den Bildern ist es schlecht zu erkennen.«

»Eine gewisse Ähnlichkeit besteht. Die Haarfarbe ist verschieden.«

Das seh ich doch selbst, du Arschloch, dachte der Flughafenpolizist. »Ich habe sie beide gesehen«, sagte er dem Fahrer des grünen Wagens. »Er ist ziemlich groß, größer, als er auf dem Bild wirkt. Er sah irgendwie krank aus.«

»Tatsächlich?« Es schien den Fahrer zu freuen.

»Allerhand los hier heute Nacht. Irgendein Trottel brachte es sogar fertig, sich die Schuhe in Brand zu stecken.«

Ruckartig schoss der Fahrer hinter dem Steuer hoch. »*Was* haben Sie da gesagt?«

Der Flughafenpolizist nickte. Er freute sich, dass er die gelangweilte Fassade des Fahrers ein wenig aufgelockert hatte.

Er hätte sich sehr viel weniger gefreut, hätte er gewusst, dass er sich soeben die Vorladung zu einem Verhör im Büro der Firma in Manhattan eingehandelt hatte.

Und Eddie Delgardo hätte ihn vermutlich gern zu Brei geschlagen, weil er, statt während seines Urlaubs in New York die Bars für Singles zu inspizieren (und die Massage-Salons und die Porno-Shops am Times Square), die Zeit weit unangenehmer verbringen musste. Er würde durch Drogen in einen Zustand totalen Erinnerns versetzt werden und immer wieder über die Ereignisse vor und nach dem plötzlichen Schuhbrand berichten müssen.

9

Die beiden anderen Männer aus der grünen Limousine sprachen mit dem Flughafenpersonal. Einer von ihnen befragte den Angestellten, der gesehen hatte, wie Andy und Charlie aus dem Taxi gestiegen und in die Halle gegangen waren.

»Gewiss habe ich sie gesehen. Eine Schande, habe ich gedacht, dass ein so besoffener Kerl noch so spät mit einem kleinen Mädchen unterwegs ist.«

»Vielleicht haben sie ein Flugzeug genommen«, meinte einer der Männer.

»Das könnte sein«, sagte der Angestellte. »Was hält wohl die Mutter der Kleinen davon? Ob sie überhaupt weiß, was hier gespielt wird?«

»Das bezweifle ich«, sagte der Mann im blauen Anzug. Er sagte das sehr ernst. »Haben Sie die beiden gehen sehen?«

»No, Sir. Sie müssten noch hier sein ... wenn ihr Flug nicht inzwischen aufgerufen wurde.«

10

Die beiden Männer machten eine Runde durch die Halle und gingen dann durch die Tore zu den Flugsteigen. Dabei hielten sie ihre Ausweise in den Handflächen, um nicht von den Sicherheitsbeamten aufgehalten zu werden. Am Flugschalter der United Airlines trafen sie sich wieder.

»Nichts«, sagte der Erste.

»Denkst du, sie haben ’ne Maschine genommen?«, fragte der Zweite. Es war der Mann in dem blauen Anzug.

»Ich glaube nicht, dass der Kerl mehr als fünfzig Dollar in der Tasche hatte ... vielleicht noch viel weniger.«

»Das müssen wir auf jeden Fall nachprüfen.«

»Ja, aber wir sollten uns beeilen.«

United Airlines, Allegheny, American, Braniff. Die Chartergesellschaften. Kein breitschultriger, krank aussehender Mann hatte Flugkarten gelöst. Der Mann am Gepäckschalter der Albany Airlines meinte sich allerdings zu erinnern, ein kleines Mädchen in roter Hose und grüner Bluse gesehen zu haben. Hübsches blondes Haar. Schulterlang.

Die zwei Männer trafen sich in der Nähe der TV-Geräte wieder, wo Andy und Charlie noch vor kurzem gesessen hatten. »Was meinst du?«, fragte der Erste.

Der Agent im blauen Anzug war ganz aufgeregt. »Wir sollten die ganze Gegend abriegeln. Ich denke, sie sind zu Fuß gegangen.«

Sie machten sich auf den Weg zum grünen Wagen. Sie rannten.

11

Andy und Charlie marschierten auf den Banketten der Zubringerstraße durch die Dunkelheit. Gelegentlich jagten Wagen an ihnen vorbei. Es war fast ein Uhr. Eine Meile hinter ihnen hatten die beiden Männer am Flughafen ihren dritten Partner erreicht, der im grünen Wagen gewartet hatte. Andy und Charlie gingen jetzt parallel zur Nordroute, die rechts von ihnen und etwas unterhalb entlangführte. Sie lag im fahlen Licht der Leuchtstofflampen. Man könnte vielleicht die Böschung hinuntersteigen und versuchen, auf der Standspur einen Wagen anzuhalten. Wenn allerdings ein Polizist sie sah, war auch die geringste Chance wegzukommen vertan. Andy überlegte, wie weit sie wohl noch gehen mussten, um eine Auffahrt zu erreichen. Er spürte bei jedem Schritt einen dumpfen Schmerz im Kopf.

»Daddy? Kannst du noch?«

»Es geht schon«, sagte er, aber eigentlich ging es nicht. Er machte sich nichts vor, und er bezweifelte, ob er Charlie etwas vormachen konnte.

»Wie weit ist es noch?«

»Wirst du müde?«

»Noch nicht ... aber Daddy ...«

Er blieb stehen, senkte den Kopf und sah sie ernst an. »Was ist denn, Charlie?«

»Ich glaube, die bösen Männer sind in der Nähe«, flüsterte sie.

»Nun ja«, sagte er. »Ich denke, wir sollten den Weg abkürzen, Schatz. Schaffst du den Abhang, ohne hinzufallen?«

Sie schaute die mit Oktobergras bedeckte Böschung hinab.

»Ich glaube ja«, sagte sie zaghaft.

Er stieg über die Leitplanke und half auch ihr hinüber. Wie so oft unter extremen Schmerzen und extremer Belastung, versuchten auch heute seine Gedanken, sich in die Vergangenheit zu flüchten. Es hatte gute Jahre gegeben, es war schön gewesen, bevor diese Schatten über ihre Leben fielen – zuerst nur über seines und Vickys, dann waren sie alle drei betroffen, und Stück für

Stück wurde ihr Glück ausgelöscht, so unerbittlich wie eine Mondfinsternis das Mondlicht auslöscht. Es war ...

»Daddy!«, schrie Charlie entsetzt. Sie hatte auf dem trügerischen glatten Gras den Halt verloren. Andy versuchte, ihren Arm zu packen, aber er griff vorbei und verlor selbst das Gleichgewicht. Der Aufprall auf den Boden ließ seinen Kopf so schmerzen, dass er laut aufbrüllte. Dann rollten und glitten sie beide den Abhang hinab der Nordroute entgegen, wo die Autos vorbeirasten, viel zu schnell, als dass sie noch hätten bremsen können, wenn einer von ihnen – er oder Charlie – auf die Fahrbahn gestürzt wäre.

12

Der Assistent wickelte eine Gummimanschette dicht über dem Ellbogen um Andys Oberarm und sagte: »Machen Sie bitte eine Faust.« Andy gehorchte. Sofort trat die Vene hervor. Er schaute weg und fühlte sich unwohl. Zweihundert Dollar hin, zweihundert Dollar her, er hatte keine Lust, auch noch zu sehen, wie der intravenöse Tropf angebracht wurde.

Vicky Tomlinson lag auf dem nächsten Klappbett. Sie trug eine ärmellose weiße Bluse und taubengraue Hosen und lächelte ihm gequält zu. Wieder musste er daran denken, wie schön ihr rotes Haar war und wie gut es zu ihren strahlenden blauen Augen passte ... dann der stechende Schmerz, und anschließend das dumpfe Hitzegefühl im Arm.

»So, das hätten wir«, sagte der Assistent beruhigend.

»Jetzt fängt's erst an«, sagte Andy und war kein bisschen beruhigt.

Sie lagen in Zimmer siebzig des Jason-Gearneigh-Gebäudes. Die Universitätsklinik hatte freundlicherweise ein Dutzend Klappbetten zur Verfügung gestellt, und die zwölf Freiwilligen lagen auf Schaumstoffkissen und verdienten ihr Geld. Dr. Wanless beteiligte sich nicht selbst an der technischen Durchführung, sondern ging zwischen den Betten auf und ab und hatte für jeden ein Wort und ein frostiges Lächeln. *Jetzt fangen wir jeden Augenblick an zu schrumpfen,* dachte Andy voll Entsetzen. Als sie alle versammelt gewesen waren, hatte Wanless eine kurze Ansprache gehalten, die darauf hinauslief: *Habt keine Angst. Ihr ruht geborgen im Schoß der Wissenschaft.* Andy hatte nicht viel Vertrauen in die moderne Wissenschaft, die der Welt zusammen mit Salk-Impfstoff und Clearasil die Wasserstoffbombe, Napalm und das Lasergewehr beschert hatte.

Der Assistent tat jetzt etwas anderes. Er kniffte die Zuleitung. Der intravenöse Tropf enthielt Wasser mit fünf Prozent Dextrose, hatte Wanless gesagt ... er nannte es eine D5W-Lösung. Unterhalb der abgeklemmten Stelle der Zuleitung ragte ein kleiner Nippel hervor. Wenn Andy Lot Sechs bekam, würde man es dort mit einer Spritze hineingeben. Wenn er zur Vergleichsgruppe gehörte, würde man normale Salzlösung injizieren. Kopf oder Zahl.

Wieder schaute er zu Vicky hinüber. »Wie fühlst du dich, Mädchen?«

»Okay.«

Wanless war aufgetaucht. Er stand zwischen ihnen und sah zuerst Vicky, dann Andy an.

»Sie spüren einen leichten Schmerz, nicht wahr?« Er sprach völlig dialektfrei, und ein regionaler amerikanischer Dialekt war schon gar nicht herauszuhören. Er konstruierte die Sätze so, wie Andy es von einem Mann vermutete, der Englisch als Fremdsprache gelernt hatte.

»Einen Druck«, sagte Vicky. »Einen leichten Druck.«

»So? Das geht vorüber.« Wohlwollend sah er Andy an. In seinem weißen Arztkittel wirkte Wanless sehr groß. Seine Brillengläser aber wirkten sehr klein. Ein eigenartiger Gegensatz.

Andy sagte: »Wann fangen wir an zu schrumpfen?«

Wanless hörte auf zu lächeln. »Haben Sie das Gefühl, dass Sie schrumpfen werden?«

»Schschrrrumpfen«, sagte Andy und grinste albern. Er spürte, wie sich etwas in ihm veränderte. Mein Gott, er wurde high. Er war wie benebelt.

»Es geht in Ordnung«, sagte Wanless, und sein Lächeln wurde

noch freundlicher. Er ging weiter. Reiter, reite weiter, dachte Andy wirr. Wieder schaute er zu Vicky hinüber. Wie ihr Haar leuchtete! Es war verrückt, aber ihr Haar erinnerte ihn an den Kupferdraht in der Lichtmaschine eines neuen Automotors ... Generator ... Alternator ... welch Geschwätz ...

Er musste laut lachen.

Mit einem leichten Lächeln, als hätte er den Witz verstanden, klemmte der Assistent wieder die Zuleitung ab und injizierte ein wenig mehr vom Inhalt der Spritze in Andys Arm. Dann schlenderte er davon. Andy betrachtete den Schlauch des intravenösen Tropfes. Jetzt störte das Ganze ihn nicht mehr. *Ich bin eine Fichte,* dachte er. *Seht nur meine schönen Nadeln.* Und wieder lachte er.

Vicky lächelte ihn an. Mein Gott, war sie schön. Er wollte es ihr sagen, ihr sagen, dass ihr Haar wie brennendes Kupfer aussah.

»Danke«, sagte sie. »Welch schönes Kompliment.« Hatte sie das wirklich gesagt? Oder hatte er es sich nur eingebildet?

Er nahm die letzten Fetzen seines Verstandes zusammen und sagte: »Ich glaub, ich bin von dem destillierten Wasser besoffen geworden, Vicky.«

»Ich auch«, sagte sie ruhig.

»Ist es nicht schön?«

»Ja, schön«, sagte sie verträumt.

Irgendwo weinte jemand. Lallte hysterisch. In interessanten Zyklen schwoll das Geräusch an, um dann wieder zu verebben. Nach einem Nachdenken, das eine Ewigkeit gedauert zu haben schien, wandte Andy den Kopf, um zu sehen, was vor sich ging. Es war interessant. Alles war interessant geworden. Alles schien sich in Zeitlupe abzuspielen. Er musste an den avantgardistischen Filmkritiker der Unizeitung und seine Rezensionen denken. *Wie schon in früheren Filmen, gelingen Antonioni auch in diesem die spektakulärsten Effekte durch die Verwendung von Zeitlupeneinstellungen.* Zeitlupe. Welch interessantes und gescheites Wort. Es hörte sich an, als kröche eine Schlange aus einem Kühlschrank heraus: Zeitlupe.

Einige Assistenten rannten in Zeitlupe auf eines der Betten zu, die in der Nähe der Wandtafel von Zimmer siebzig aufgestellt waren. Der junge Bursche, der dort lag, tat etwas mit seinen Augen. Ja, er tat wirklich etwas mit seinen Augen, denn er hatte die Finger in sie hineingewühlt und schien sich die Augäpfel herauszureißen. Seine Hände waren zu Klauen gekrümmt, und Blut spritzte ihm aus den Augen. Es spritzte in Zeitlupe. In Zeitlupe löste sich die Nadel aus seinem Arm. Wanless kam in Zeitlupe herbeigerannt. Die Augen des Jungen lagen jetzt auf dem Bett, und Andy stellte mit klinischer Sachlichkeit fest, dass sie wie zusammengefallene verlorene Eier aussahen. Ja, tatsächlich.

Dann hatten sich die Weißkittel alle um das Bett herum versammelt, und man konnte den Jungen nicht mehr sehen. Direkt hinter ihm hing eine Karte herab. Sie zeigte die einzelnen Abschnitte des menschlichen Gehirns. Mit großem Interesse schaute Andy sich die Darstellung eine Weile an. *Serrr inderrressant,* wie Arte Johnson in seiner Fernsehshow immer sagte.

Eine blutige Hand erhob sich aus dem Gedränge der weißen Kittel wie die emporgereckte Hand eines Ertrinkenden. Die Finger waren blutbeschmiert, und Gewebefetzen hingen von ihnen herab. Die Hand schlug auf die Karte und hinterließ eine kommaförmige Blutspur. Mit einem klatschenden Geräusch schoss die Karte nach oben und rollte sich auf ihrer Walze auf.

Dann wurde das Bett angehoben (den Jungen, der sich die Augen ausgekratzt hatte, konnte man immer noch nicht sehen) und rasch aus dem Zimmer getragen.

Ein paar Minuten (Stunden? Tage? Jahre?) später trat einer der Assistenten an Andys Bett und injizierte noch ein wenig Lot Sechs in Andys Verstand.

»Wie fühlen Sie sich, mein Junge?«, fragte der Assistent, aber natürlich war er gar kein Assistent, genauso wenig wie die anderen. Erstens sah der Mann aus wie fünfunddreißig, und das wäre für einen Assistenten reichlich alt. Zweitens arbeitete der Kerl für die Firma. Das wusste Andy plötzlich. Es war absurd, aber er wusste es. Und der Mann hieß ...

Andy dachte mühsam nach. Dann hatte er den Namen. Der Mann hieß Ralph Baxter.

Er lächelte. Ralph Baxter. Sehr gut.

»Ich fühle mich gut«, sagte er. »Wie geht es dem anderen Burschen?«

»Welchem anderen Burschen, Andy?«

»Dem, der sich eben die Augen ausgekratzt hat«, sagte Andy heiter.

Ralph Baxter lächelte und schlug ihm leicht auf die Hand. »Hübsche Einbildung, nicht wahr, mein Junge?«

»Nein, es stimmt«, sagte Vicky. »Ich hab's auch gesehen.«

»Das denken Sie nur«, sagte der Assistent, der kein Assistent war. »Sie hatten lediglich die gleiche Illusion. Der Mann dort bei der Tafel hatte eine Muskelreaktion ... eine Art Muskelkater. Keine ausgekratzten Augen. Kein Blut.«

Er wollte wieder weggehen.

»Guter Mann«, sagte Andy, »es ist unmöglich, die gleiche Illusion zu haben, ohne dass man das vorher verabredet.« Er kam sich ungeheuer schlau vor. Die Logik war makellos. Unangreifbar. Er hatte Ralph Baxter festgenagelt.

Ralph lächelte ungerührt zurück. »Bei dieser Droge ist es durchaus möglich«, sagte er. »Ich bin sofort zurück.«

»Okay, Ralph«, sagte Andy.

Ralph blieb stehen und trat wieder an Andys Bett. Er bewegte sich in Zeitlupe. Nachdenklich sah er Andy an. Andy grinste ihn an. Es war ein breites, albernes Grinsen, dem man die Wirkung von Drogen ansah. Ich habe dich am Haken, Ralph, alter Junge. Ich habe dich am sprichwörtlichen Haken. Plötzlich stürzte eine Flut von Informationen über Ralph Baxter auf ihn herab, gleich tonnenweise: Baxter war fünfunddreißig Jahre alt und arbeitete seit sechs Jahren für die Firma. Vorher war er zwei Jahre lang beim FBI gewesen. Er hatte ...

Er hatte im Laufe seiner Karriere vier Menschen getötet, drei Männer und eine Frau. Und die Frau hatte er, als sie tot war, vergewaltigt. Sie war Klatschspaltenjournalistin gewesen und hatte einiges gewusst über –

Die näheren Informationen darüber waren nicht ganz klar. Es spielte auch keine Rolle. Andy wollte es plötzlich gar nicht mehr wissen. Das Grinsen verschwand aus seinem Gesicht. Immer noch starrte Ralph Baxter auf ihn herab, und Andy wurde von schwarzem Irrsinn gepackt, wie er ihn aus seinen beiden LSD-Trips kannte ... aber diesmal war er intensiver und weit erschreckender. Er hatte keine Ahnung, wie er alle diese Dinge über Ralph Baxter wissen konnte – oder woher er überhaupt dessen Namen kannte. Entsetzliche Angst stieg in ihm auf. Wenn er Ralph erzählte, was er über ihn wusste, würde er vermutlich genauso schnell aus Zimmer 70 des Jason-Gearneigh-Gebäudes verschwinden wie der Junge, der sich die Augen ausgekratzt hatte.

Oder war alles wirklich nur Halluzination gewesen? Auf einmal schien es ganz und gar unwirklich.

Immer noch sah Ralph ihn an. Fast unmerklich fing er an zu lächeln. »Sehen Sie?«, sagte er leise. »Mit Lot Sechs passieren alle möglichen komischen Dinge.«

Er ging. Andy stieß einen Seufzer der Erleichterung aus. Er schaute zu Vicky hinüber, und auch sie sah ihn mit schreckgeweiteten Augen an. *Sie nimmt meine Gefühle auf*, dachte er. *Sie empfängt sie wie ein Radiogerät. Ich muss vorsichtig mit ihr sein! Schließlich ist sie auf einem Trip, oder wie man diese unheimliche Scheiße nennen soll.*

Er lächelte sie an, und nach einer Weile lächelte Vicky unsicher zurück. Sie fragte ihn, was denn los sei. Er sagte ihr, dass er es nicht wisse, es sei wahrscheinlich alles in Ordnung.

(Aber wir sprechen nicht miteinander – ihr Mund bewegt sich nicht)

(bewegt sich nicht?)

(Vicky, bist du das?)

(Ist es Telepathie, Andy? Ist es das?)

Er wusste es nicht. Aber irgendetwas war es. Er schloss die Augen.

Sind diese Männer wirklich Assistenten?, fragte sie ihn ängstlich. Sie sahen jetzt ganz anders aus. Kommt das von der Droge,

Andy? Ich weiß es nicht, sagte er, die Augen immer noch geschlossen. Ich weiß nicht, wer sie sind. Was ist aus dem Jungen geworden? Der, den sie weggetragen haben? Er schlug die Augen wieder auf und sah sie an, aber Vicky schüttelte den Kopf. Sie erinnerte sich nicht daran. Andy stellte überrascht und bestürzt fest, dass auch er sich kaum daran erinnerte. Es schien vor Jahren geschehen zu sein. Hatte der Kerl nicht einen Muskelkater? Ein Muskelzucken, weiter nichts. Er –

hat sich die Augen ausgekratzt.

Aber war das wirklich wichtig?

Eine Hand, die sich wie die Hand eines Ertrinkenden aus dem Gedränge der weißen Kittel emporreckt.

Aber das geschah vor langer Zeit. Vielleicht im zwölften Jahrhundert.

Eine blutige Hand, die auf die Karte schlägt. Die Karte schießt mit einem klatschenden Geräusch nach oben und rollt sich auf.

Lieber nicht nachdenken. Vicky sah wieder besorgt aus.

Plötzlich erklang Musik aus den Deckenlautsprechern, und das war angenehm ... viel angenehmer, als über Muskelkater und blutbeschmierte Augäpfel nachzudenken. Die Musik war leise und dennoch erhaben. Viel später befand Andy (in Übereinstimmung mit Vicky), dass es Rachmaninov gewesen war. Und immer, wenn er später Rachmaninov hörte, zogen wie Träume die Erinnerungen an jene endlose, zeitlose Zeit in Zimmer 70 des James-Gearneigh-Gebäudes herauf.

Wie viel davon war Wirklichkeit, wie viel Halluzination gewesen? Zwölf Jahre ständig wiederholten Nachdenkens darüber hatten Andy McGee der Antwort auf diese Frage nicht näher gebracht. Einmal hatte er geglaubt, Gegenstände durch den Raum fliegen zu sehen, als bliese ein unsichtbarer Wind – Pappbecher, Handtücher, eine Manschette zum Blutdruckmessen, ein tödlicher Hagel von Bleistiften und anderen Schreibgeräten. Zu einem späteren Zeitpunkt (Oder war es in Wirklichkeit früher gewesen? Es gab einfach keinen linearen Zeitablauf.) hatte eine der Testpersonen Muskelkrämpfe erlitten, denen Herzstillstand folgte – wenigstens dem Anschein nach. Es hatte aufgeregte Bemühungen gegeben, ihn durch Mund-zu-Mund-Beatmung wieder zu beleben. Dann hatte Mari ihm etwas direkt in die Brusthöhle injiziert und endlich eine Maschine eingesetzt, die ein schrilles jaulendes Geräusch von sich gab und an der mit dicken Drähten zwei Gegenstände befestigt waren, die wie schwarze Schröpfköpfe aussahen. Andy meinte sich zu erinnern, auch einen der »Assistenten« gesehen zu haben, der laut brüllte: »Schnell! Beeilen Sie sich doch! Oh, verdammt, geben Sie mir die Dinger, Sie Idiot!«

Dann wieder hatte Andy geschlafen, war dabei immer wieder halb zu Bewusstsein gekommen. Er sprach mit Vicky, und jeder berichtete dem anderen über sich selbst. Andy erzählte ihr von dem Autounfall, bei dem seine Mutter tödlich verunglückt war, und wie er das nächste Jahr bei seiner Tante verbracht hatte, vor Kummer einem Nervenzusammenbruch nahe. Sie erzählte ihm, dass sie im Alter von sieben Jahren von einem halbwüchsigen Babysitter missbraucht worden war und jetzt schreckliche Angst vor Sex hatte. Noch mehr fürchtete sie, dass sie frigide sein könnte, und das sei es auch gewesen, was den Bruch mit ihrem Freund herbeigeführt hatte. Er hatte sie immer wieder ... bedrängt.

Sie erzählten einander Dinge, die man sonst erst bespricht, wenn man sich jahrelang kennt ... Dinge, über die Mann und Frau oft überhaupt nicht miteinander sprechen, nicht einmal bei gelöschtem Licht im Ehebett, nachdem sie schon jahrzehntelang zusammen waren.

Sprachen sie aber?

Das wusste Andy nicht.

Die Zeit war stehen geblieben, aber irgendwie verging sie dennoch.

13

Ganz allmählich erwachte er aus seinem Halbschlaf. Die Musik von Rachmaninov war nicht mehr zu hören ... wenn es sie je gegeben hatte. Vicky schlief friedlich auf dem Bett neben ihm. Die Hände hatte sie zwischen den Brüsten gefaltet, die Hände eines Kindes, das beim Abendgebet eingeschlafen ist. Andy sah sie an, und ihm wurde klar, dass er irgendwann angefangen hatte, sie zu lieben. Es war ein tiefes und umfassendes Gefühl. Daran bestand kein Zweifel.

Ein wenig später schaute er sich um. Einige der Betten waren leer. Im Raum befanden sich vielleicht noch fünf Probanden. Einige schliefen. Einer saß aufrecht im Bett, und ein Assistent – ein völlig normaler Assistent von etwa fünfundzwanzig Jahren – befragte ihn und machte auf einem Block Notizen. Der Proband hatte wahrscheinlich eben etwas Komisches gesagt, denn beide lachten – leise und rücksichtsvoll, wie man es tut, wenn andere schlafen.

Andy setzte sich auf und machte für sich eine Bestandsaufnahme. Er fühlte sich gut. Er versuchte ein Lächeln und fand, dass es vollkommen angebracht war. Seine Muskeln waren entspannt, und er fühlte sich frisch und munter. Seine Wahrnehmung schien geschärft, und er kam sich irgendwie unschuldig vor. Dieses Empfinden kannte er aus seiner Kindheit, wenn er an einem Samstagmorgen aufwachte und wusste, dass sein Fahrrad in der Garage stand. Es war ein Gefühl, als läge das Wochenende vor ihm wie ein einziges Traumvergnügen, bei dem ihm alles offen stand.

Der Assistent kam zu ihm und fragte: »Wie fühlen Sie sich, Andy?«

Andy sah ihn an. Es war der Mann, der ihm die Injektion verabreicht hatte – wann? Vor einem Jahr? Er strich sich mit der Handfläche über die Wange und hörte das Knistern von Bartstoppeln. »Ich fühle mich wie Rip van Winkle«, sagte er.

Der Assistent lächelte. »Es waren nur achtundvierzig Stunden, nicht zwanzig Jahre. Wie fühlen Sie sich nun wirklich?«

»Großartig.«

»Normal?«

»Was immer Sie darunter verstehen, ja. Normal. Wo ist Ralph?«

»Ralph?« Der Assistent hob die Brauen.

»Ja, Ralph Baxter. Ungefähr fünfunddreißig. Ziemlich groß. Mittelblondes Haar.«

Der Assistent lachte. »Den haben Sie geträumt«, sagte er.

Andy sah den Assistenten unsicher an. »Was habe ich?«

»Sie haben ihn geträumt. Eine Halluzination. Der einzige Ralph, den ich kenne und der überhaupt irgendetwas mit den Lot-Sechs-Tests zu tun hat, ist ein Repetitor für Pharmakologie, und der ist fünfundfünfzig.«

Lange sah Andy den Assistenten schweigend an. Ralph nur eine Illusion? Nun, es könnte sein. Hierin lagen alle paranoiden Elemente eines Drogenrauschs. Ganz gewiss. Andy glaubte sich zu erinnern, dass Ralph eine Art Geheimagent war, der alle möglichen Leute umgebracht hatte. Er zeigte die Andeutung eines Lächelns. Der Assistent lächelte zurück ... ein wenig zu eifrig, dachte Andy. Oder war das auch paranoid? Bestimmt war es das.

Der Mann, der gesessen und sich unterhalten hatte, als Andy aufwachte, wurde nun aus dem Raum geleitet, wobei er Orangensaft aus einem Pappbecher trank.

Vorsichtig fragte Andy: »Es hat sich doch niemand verletzt, oder?«

»Verletzt?«

»Nun – es hat doch niemand Krämpfe bekommen? Oder –«

Der Assistent beugte sich vor und machte einen besorgten Eindruck. »Hören Sie, Andy, ich will doch hoffen, dass Sie nichts dergleichen bei Ihren Kommilitonen herumerzählen. Das könnte für Dr. Wanless bei seinem Forschungsprogramm eine Menge Scherereien bringen. Im nächsten Semester testen wir Lot Sieben und Lot Acht, und ...«

»Ist denn etwas vorgefallen?«

»Einer der Jungs hatte eine Muskelreaktion, nicht der Rede wert, aber sehr schmerzhaft«, sagte der Assistent. »Sie war nach weniger als fünfzehn Minuten vorbei und hat ihm nicht geschadet. Aber jetzt herrscht hier die Atmosphäre einer Hexenjagd. Dann darf kein Mensch mehr zur Armee einberufen werde, man müsste die Militärakademien schließen und Dow Chemical verbieten, Leute einzustellen, weil sie Napalm produzieren ... Das steht doch alles in keinem Verhältnis mehr, und im Übrigen bin ich der Ansicht, dass es sich hier um ein sehr wichtiges Forschungsprojekt handelt.«

»Wer war der Mann?«

»Nun, das kann ich Ihnen nicht sagen. Denken Sie bitte daran, dass Sie unter dem Einfluss einer leicht halluzinogenen Droge standen. Verwechseln Sie die durch die Droge verursachten Halluzinationen bitte nicht mit der Wirklichkeit, um dann die ganze Horrorstory in der Uni zu verbreiten.«

»Würde man das überhaupt zulassen?«

Der Assistent sah ihn befremdet an. »Ich wüsste nicht, wie wir Sie daran hindern könnten. Jedes Testprogramm an der Universität ist nun einmal auf freiwillige Probanden angewiesen. Für lausige zweihundert Dollar können wir von Ihnen doch kaum einen Treueeid erwarten, finden Sie nicht auch?«

Andy verspürte Erleichterung. Wenn dieser Kerl log, gab er jedenfalls eine ausgezeichnete Vorstellung. Es war alles nur eine Serie von Halluzinationen gewesen. Und auf dem Bett neben ihm begann Vicky, sich zu regen.

»Nun, was ist?«, fragte der Assistent lächelnd. »Ich denke, ich sollte eigentlich die Fragen stellen.«

Und er stellte Fragen. Als Andy sie alle beantwortet hatte, war auch Vicky wach. Sie wirkte ausgeruht und kaum nervös und lächelte ihn strahlend an. Die Fragen waren detailliert. Viele von ihnen waren genau die Fragen, die Andy selbst gestellt hätte.

Warum hatte er also das Gefühl, dass es sich nur um Augenwischerei handelte?

14

Andy und Vicky saßen in einem der kleineren Aufenthaltsräume des Hauptgebäudes auf einer Couch und verglichen ihre Halluzinationen.

Sie hatte keine Erinnerung an das, was ihm am meisten Sorgen machte: jene blutige Hand, die sich schlaff aus dem Gedränge der weißen Kittel hervorgestreckt und gegen die Karte geschlagen hatte, um dann wieder zu verschwinden. Andy hatte keine Erinnerung an das, was ihr am lebhaftesten vor Augen stand: ein Mann mit langem blondem Haar hatte einen Klapptisch neben ihrem Bett aufgestellt, sodass die Platte für sie in Augenhöhe lag. Dann hatte er eine Reihe großer Dominosteine auf dem Tisch aufgestellt und gesagt: »Werfen Sie sie um, Vicky. Werfen Sie alle Steine um.« Und gehorsam hatte sie die Hand gehoben, um die Steine umzuwerfen, aber der Mann hatte ihr die Hand behutsam, aber energisch auf die Brust zurückgedrückt. »Sie brauchen dazu die Hände nicht, Vicky«, hatte er gesagt. »Werfen Sie sie einfach um.« Deshalb hatte sie die Dominosteine nur angesehen, und sie waren einer nach dem anderen umgefallen. Im Ganzen ungefähr ein Dutzend.

»Ich fühlte mich anschließend sehr müde«, erzählte sie Andy und lächelte dabei ihr kleines schiefes Lächeln. »Und dann kam mir irgendwie der Gedanke, dass wir über Vietnam diskutierten. Und ich sagte ungefähr Folgendes: ›Ja, das ist der Beweis. Wenn Südvietnam fällt, fällt auch alles andere.‹ Und er lächelte und streichelte mir die Hände und sagte: ›Warum schlafen Sie nicht ein wenig, Vicky? Sie müssen müde sein.‹ Und das war ich auch.« Sie schüttelte den Kopf. »Aber jetzt erscheint es mir ganz unwirklich. Entweder habe ich mir das alles nur eingebildet, oder ich habe einen völlig normalen Test mit einer Halluzination ausgeschmückt. Erinnerst du dich, den Mann gesehen zu haben? Er war groß, mit langen blonden Haaren, und am Kinn hatte er eine kleine Narbe.«

Andy schüttelte den Kopf.

»Ich verstehe aber immer noch nicht, wieso wir *überhaupt*

eine dieser Fantasien gemeinsam hatten«, sagte Andy. »Es könnte höchstens sein, dass sie eine Droge entwickelt haben, die nicht nur halluzinogen wirkt, sondern außerdem telepathische Fähigkeiten bewirkt. Ich weiß, dass während der letzten paar Jahre darüber geredet wurde ... der Gedanke dabei ist wohl, dass eine halluzinogene Droge die Wahrnehmungsfähigkeit schärfen kann ...« Er grinste. »Carlos Castaneda, wo bist du, wenn man dich braucht?«

»Ist es nicht wahrscheinlicher, dass wir nur die gleiche Fantasievorstellung diskutiert und das dann vergessen haben?«

Auch er meinte, dies sei durchaus eine Möglichkeit, aber er war über das Erlebnis noch immer höchst beunruhigt.

Dann nahm er seinen ganzen Mut zusammen und sagte: »Das Einzige, was ich wirklich bestimmt weiß, ist, dass ich mich wahrscheinlich in dich verliebt habe, Vicky.«

Sie lachte nervös und küsste ihn am Mundwinkel. »Das ist lieb von dir, Andy, aber ...«

»Aber du hast ein wenig Angst vor mir. Vielleicht vor Männern allgemein.«

»Vielleicht stimmt das«, sagte sie.

»Ich wollte dich ja nur bitten, mir eine Chance zu geben.«

»Du wirst deine Chance bekommen«, sagte sie. »Ich mag dich, Andy. Sehr sogar. Aber vergiss bitte nicht, dass ich Angst habe. Manchmal habe ich ganz einfach ... Angst.« Sie wollte nur ganz leicht die Achseln zucken, aber es wurde ein Erschauern daraus.

»Ich werde daran denken«, sagte er, zog sie in seine Arme und küsste sie. Nach einigem Zögern erwiderte sie seinen Kuss, und hielt seine Hand ganz fest in ihrer.

15

Daddy!«, kreischte Charlie.

Hässlich drehte sich vor Andys Augen die Welt. Die Lampen, die die Nordroute säumten, lagen unter ihm, der Boden hing über ihm und schüttelte ihn wieder ab. Dann saß er plötzlich, und, wie ein Kind auf einem Schlitten, glitt er den unteren Teil der Böschung hinab. Unter ihm rollte Charlie hilflos den Hang hinunter.

Oh nein, sie wird direkt auf der Straße im Verkehr landen –

»Charlie!«, brüllte er heiser, dass es ihm im Kopf und in der Kehle wehtat. »Pass auf!«

Dann war sie unten und hockte im grellen Licht der vorbeirasenden Wagen auf der Standspur. Sie schluchzte. Wenige Augenblicke später landete er mit einem Aufprall neben ihr, der ihm durch das Rückgrat bis in den Kopf fuhr. Er sah alles doppelt, dann dreifach, bis sich allmählich der alte Zustand wieder einstellte.

Charlie saß da und hielt die Arme vor das Gesicht.

»Charlie«, sagte er und berührte ihren Arm. »Es wird schon alles gut, Schatz.«

»Ich wünschte, ich wäre vor die Autos gefallen!«, rief sie aus, und ihre Stimme klang hell und böse, denn sie empfand Ekel vor sich selbst. Es schnitt Andy ins Herz. »Ich habe es verdient, weil ich den Mann in Brand gesteckt hab!«

»Schscht«, sagte er. »Daran darfst du nicht mehr denken.«

Er hielt sie fest. Die Wagen fegten vorbei. In jedem von ihnen konnte ein Polizist sitzen, und das würde ihren Ausflug beenden. In diesem Stadium wäre das fast eine Erleichterung.

Ihr Schluchzen ließ nach. Zum Teil war ihr Zustand wohl auf Müdigkeit zurückzuführen, sagte sich Andy. Und auch bei ihm war es Müdigkeit, die seine Kopfschmerzen ins Unerträgliche steigerte und diese unwillkommene Flut von Erinnerungen bewirkte. Wenn sie sich nur irgendwo hinlegen könnten ...

»Kannst du aufstehen, Charlie?«

Sie stand langsam auf und wischte sich die letzten Tränen ab. Ihr Gesicht war ein bleicher kleiner Mond in der Dunkelheit. Als er sie so ansah, empfand er ein bohrendes Schuldgefühl. Sie sollte warm und geborgen in einem Bett liegen, irgendwo in einem Haus, dessen Hypothek langsam abgetragen wurde, mit einem Teddybär im Arm, bereit, am nächsten Tag in die Schule zu gehen und sich für Gott, Vaterland und die Versetzung in die zweite Klasse einzusetzen. Stattdessen stand sie nachts um ein Uhr fünfzehn auf der Standspur einer Autostraße, war auf der Flucht und hatte Schuldgefühle, weil sie von ihren Eltern etwas geerbt hatte – etwas, das sie selbst so wenig hatte bestimmen können wie das strahlende Blau ihrer Augen. Wie erklärt man einem siebenjährigen Mädchen, dass Daddy und Mami einmal zweihundert Dollar brauchten, und dass die Leute, an die sie sich gewendet hatten, behaupteten, es sei völlig ungefährlich, was aber gelogen war?

»Wir werden versuchen, einen Wagen anzuhalten«, sagte Andy, und er wusste nicht, ob er den Arm um ihre Schulter gelegt hatte, um sie zu trösten oder um sich abzustützen. »Wir werden zu einem Hotel oder Motel fahren, und dann werden wir schlafen. Dann werden wir überlegen, was wir als Nächstes tun. Was meinst du dazu?«

Sie nickte teilnahmslos.

»Okay«, sagte er und hob den Daumen. Aber die Wagen rauschten vorbei, und zwei Meilen weiter war der grüne Wagen wieder unterwegs. Andy wusste nichts davon; sein gemartertes Hirn dachte an jenen Abend in der Uni zurück, den er mit Vicky verbracht hatte. Sie wohnte in einem der Studentenwohnheime, und er hatte sie hingebracht. Auf den Stufen vor der großen Doppeltür hatte er sie noch einmal geküsst, und zögernd hatte sie ihm die Arme um den Hals gelegt, das Mädchen, das damals noch unberührt gewesen war. Sie waren jung gewesen, mein Gott, sie waren so jung gewesen.

Die Wagen rasten vorbei, und jedes Mal wurde Charlies Haar im Fahrtwind hochgeweht, und er erinnert sich an den Rest dessen, was an jenem Abend vor zwölf Jahren geschehen war.

16

Nachdem Andy Vicky zu ihrer Wohnung gebracht hatte, ging er über das Unigelände in Richtung Hauptstraße, von wo aus er per Anhalter in die Stadt wollte. Obwohl er ihn nur schwach spürte, pfiff der Wind kräftig durch das Laub der Ulmen zu beiden Seiten der Allee, wie ein unsichtbarer Strom, der dicht über ihm durch die Luft fließt, ein Fluss, von dem er nur ein schwaches und weit entferntes Plätschern wahrnahm.

Das Jason-Gearneigh-Gebäude lag auf seinem Weg, und er blieb vor dem dunklen, massigen Bau stehen. Die Bäume mit ihrem frischen Laub bogen sich elastisch im Ansturm des unsichtbaren Windstromes. Ein Kälteschauer lief ihm über den Rücken und setzte sich im Magen fest, sodass ihn fror. Er zitterte, obwohl der Abend warm war. Groß und wie ein Silberdollar stand der Mond zwischen den aufziehenden Wolkenmassen – wie goldverzierte große Schiffe liefen sie auf dem Strom dort oben vor dem Wind. Der Mond spiegelte sich in den Fenstern des Gebäudes, und es war, als starrten unheimliche tote Augen in die Nacht.

Etwas musste dort drinnen geschehen sein, dachte er. Mehr als wir wissen und mehr, als man uns gegenüber angedeutet hat. Aber was war es?

Im Geiste sah er wieder die emporgereckte blutige Hand – aber diesmal sah er, wie sie gegen die Karte schlug und eine kommaförmige Blutspur hinterließ ... und mit einem rasselnden und klatschenden Geräusch rollte sich dann die Karte auf.

Er schritt auf das Gebäude zu. Wahnsinn. Man würde ihn nach zehn Uhr abends doch nicht in einen Hörsaal lassen. Und ...

Und ich habe Angst.

Ja. Das war es. Zu vieles, Erinnerungsfetzen, beunruhigte ihn. Es war zu leicht, sich einzureden, dass alles nur Fantasien gewesen waren. Auch Vicky sah das allmählich ein. Eine Testperson kratzt sich die Augen aus. Einer schreit, dass er lieber tot sein will, als dies zu ertragen, selbst wenn es bedeutet, zur Hölle zu fahren und dort bis in alle Ewigkeit zu schmoren. Ein anderer hat

Herzstillstand und wird dann eiskalt wie irgendein Gegenstand aus dem Weg geräumt. Mach dir nichts vor, Andy, alter Junge: Der Gedanke an Telepathie hat nichts Erschreckendes. Schrecklich ist nur der Gedanke, dass diese Dinge vielleicht wirklich geschehen sind.

Laut waren seine Schritte auf dem Pflaster zu hören, als er die Stufen zu der großen Doppeltür hinaufging. Er rüttelte daran. Verschlossen. Durch die Scheiben sah er die leere Eingangshalle. Andy klopfte, und als er eine Gestalt aus den Schatten auftauchen sah, wäre er fast weggerannt. Er wäre fast weggerannt, weil das Gesicht, das aus den verschwimmenden Schatten zum Vorschein kommen würde, das Gesicht Ralph Baxters sein musste oder das eines großen Mannes mit schulterlangem blondem Haar und einer Narbe am Kinn.

Aber es war keiner von beiden; der Mann, der an die Eingangstür trat, aufschloss und ihm sein mürrisches Gesicht entgegenstreckte, war ein typischer College-Wachmann: etwa zweiundsechzig, Stirn und Wangen faltig, wache blaue Augen, denen man ansah, dass er gern an der Flasche nuckelte. Am Gürtel hatte er eine große Stechuhr hängen.

»Das Gebäude ist geschlossen!«, bellte er.

»Ich weiß«, sagte Andy, »aber ich habe an einem Experiment in Raum 70 teilgenommen, das heute Morgen beendet war, und ...«

»Das spielt keine Rolle! Wochentags ist ab neun geschlossen! Kommen Sie morgen wieder!«

»... und ich glaube, ich habe meine Uhr dort vergessen«, sagte Andy. Er besaß gar keine Uhr. »Was meinen Sie? Könnte ich nicht mal nachschauen?«

»Das geht nicht«, sagte der Mann, aber plötzlich lag eine seltsame Unsicherheit in seiner Stimme.

Ohne sich darüber in irgendwelcher Weise Gedanken zu machen, sagte Andy leise: »Natürlich geht das. Ich schaue nur nach, und dann bin ich schon wieder weg. Sie werden nicht einmal wissen, dass ich hier war. Was ist nun?«

Plötzlich hatte er ein komisches Gefühl im Kopf; es war, als hätte er zugepackt und dem Mann einen Stoß gegeben, aber nicht mit den Händen, sondern mit dem Kopf. Und der Wachmann trat tatsächlich unsicher ein paar Schritte zurück und ließ die Tür los.

Andy war ein wenig besorgt, als er eintrat. Er spürte einen scharfen Schmerz im Kopf, der aber nachließ, zu einem dumpfen Pochen wurde und nach einer halben Stunde ganz verschwunden war.

»Fehlt Ihnen was?«, fragte er den Wachmann.

»Was? Nein, nein, mir fehlt nichts.« Das Misstrauen des Wachmanns war wie weggeblasen. Er lächelte Andy freundlich an. »Wenn Sie wollen, können Sie nach oben gehen und Ihre Uhr suchen. Lassen Sie sich Zeit. Ich werde mich wahrscheinlich überhaupt nicht mehr daran erinnern, dass Sie hier waren.«

Und er schlenderte davon.

Ungläubig schaute Andy ihm nach und rieb sich die Stirn, als wolle er den leichten Schmerz fortwischen. Was, in Gottes Namen, hatte er mit dem alten Kerl gemacht? *Irgendetwas,* so viel stand fest.

Er drehte sich um und stieg die Treppe hinauf. Das Obergeschoss mit seinem schmalen Korridor lag in tiefem Schatten. Ein unangenehmes Gefühl von Platzangst befiel ihn. Wie ein unsichtbares Hundehalsband schien es ihm die Luft abzuschnüren. Hier oben war das Gebäude dem Windstrom ausgesetzt, und leise pfeifend fegte die Luft am Dachrand entlang. Raum 70 hatte zwei Doppeltüren mit Milchglasscheiben. Andy blieb stehen und lauschte auf das Geräusch des Windes, der die alten Dachrinnen und Abflüsse entlangfuhr und die welken Blätter toter Jahre aufwirbelte. Das Herz schlug ihm bis zum Hals.

Fast wollte er wieder gehen; es schien plötzlich besser, nichts mehr zu erfahren und einfach alles zu vergessen. Dann griff er an den Türknopf und sagte sich, dass der verdammte Raum ohnehin verschlossen sein musste und zum Teufel damit. Er brauchte sich keine Sorgen zu machen.

Aber der Raum war nicht verschlossen. Der Knopf ließ sich drehen. Die Tür öffnete sich.

Der Raum war leer. Der Mond hinter den windzerzausten Zweigen der Ulmen draußen tauchte ihn in zitterndes Licht. Es war hell genug, um zu erkennen, dass die Klappbetten entfernt worden waren. Die Wandtafel hatte man abgewaschen. Die Karte war aufgerollt, und nur der Zugring hing herab. Andy trat heran, und seine Hand flatterte, als er danach griff. Er zog die Karte herunter.

Gehirnsegmente; der menschliche Verstand, dargeboten wie auf einem Diagramm in einer Schlachterei. Allein der Anblick schickte ihn wieder auf einen Trip. Es durchfuhr ihn wie ein scharfer Blitz. Aber es war kein Spaß. Es machte ihn krank, und das Stöhnen, das aus ihm hervorbrach, war so zart und leise wie die silbrigen Fäden eines Spinngewebes.

Die Blutspur war noch da, ein schwarzes Komma im wechselnden Licht des Mondes. Eine gedruckte Aufschrift, die vor dem Experiment zweifellos CORPUS CALLOSUM gelautet hatte, las er jetzt als COR OSUM. Die fehlenden Buchstaben waren vom Blut ausgelöscht.

So eine Kleinigkeit.

So etwas Gewaltiges.

Er stand im Dunkel und sah es sich an, versuchte, in die Wirklichkeit zurückzufinden. Was wurde hier bestätigt? Etwas? Das meiste? Alles? Überhaupt nichts?

Er hörte hinter sich ein Geräusch, er glaubte es wenigstens: das leise Knarren eines Schuhs.

Er bewegte ruckartig die Hände, und mit dem gleichen klatschenden Geräusch rollte sie sich rasselnd auf. Überlaut hörte er diese widerlichen Geräusche in der schwarzen Höhle des Raumes.

Ein plötzliches Klopfen am mondlichtbestäubten Fenster; ein Zweig. Oder vielleicht tote, mit Blut und Gewebe beschmierte Finger: *lass mich rein, ich habe meine Augen da oben vergessen, oh, lass mich rein, lass mich rein –*

In einem Zeitlupentraum wirbelte er herum, in diesem Zeitlupentraum wusste er noch im Versinken, dass es jener Junge sein musste, ein Geist im weißen Gewand und mit tropfenden schwarzen Löchern, wo einmal seine Augen gewesen waren. Sein Herz erwachte in seiner Kehle wieder zum Leben.

Niemand da.

Nichts.

Aber seine Nerven hielten es nicht mehr aus, und als der Zweig unerbittlich gegen das Fenster schlug, rannte er davon, ohne die Tür zum Hörsaal hinter sich zu schließen. Er raste den schmalen Korridor entlang, und plötzlich verfolgten ihn *wirklich* Schritte, das Echo seiner eigenen. Er rannte die Treppe hinab, zwei Stufen auf einmal nehmend, und erreichte schwer atmend die Eingangshalle. Das Blut hämmerte in seinen Schläfen. Wie frisches Heu kratzte der Atem in seiner Kehle.

Vom Wachmann war nirgends etwas zu sehen. Andy machte sich davon, nachdem er eine der großen Glastüren geschlossen hatte, und schlich sich über den Platz wie der Flüchtling, der er später werden sollte.

17

Fünf Tage später und sehr gegen ihren Willen schleppte er Vicky Tomlinson zum Jason-Gearneigh-Gebäude. Sie hatte schon beschlossen, nie mehr an das Experiment zu denken. Sie hatte den Scheck der psychologischen Fakultät erhalten und ihn ihrer Bank zur Gutschrift eingereicht. Sie wollte überhaupt nicht mehr daran denken, woher das Geld gekommen war.

Er überredete sie mitzukommen und tat das mit einer Eloquenz, die er sich zu keiner Zeit zugetraut hätte. Sie gingen hin, als um vierzehn Uhr fünfzig die Vorlesungen zu Ende waren und die Studenten andere Hörsäle aufsuchten. Die Glocken der Kapelle von Harrison läuteten durch die unbewegte Luft des Frühlingstages. »Am hellen Tag kann uns doch nichts passieren«, sagte er und war sich selbst nicht darüber klar, wovor er sich denn fürchten sollte. »Da sind doch so viele Menschen.«

»Ich will einfach nicht, Andy«, hatte sie gesagt, aber sie war dann doch mitgekommen.

Zwei oder drei junge Leute mit Büchern unter dem Arm verließen gerade den Hörsaal. Die Sonnenstrahlen malten schönere Muster auf die Scheiben, als es der diamantene Staub des Mondes vermocht hätte. Andy erinnerte sich und konnte vergleichen.

Als Andy und Vicky hereinkamen, wurden sie von ein paar anderen begleitet, die an einem Seminar in Biologie teilnehmen wollten. Einer von ihnen redete leise, aber ernst auf die anderen ein. Er sprach über eine bevorstehende Demonstration gegen Militarismus, die am nächsten Wochenende stattfinden sollte. Niemand nahm von Andy und Vicky auch nur die geringste Notiz.

»Okay«, sagte Andy, und seine Stimme klang ein wenig belegt und sehr nervös. »Du musst es dir ansehen.«

Er zog die Karte herunter. Sie sahen einen nackten Mann ohne Haut, dessen Organe genau bezeichnet waren. Seine Muskeln sahen aus wie Stränge ineinander verwobenen roten Garns. Irgendein Witzbold hatte »Oskar der Griesgram« darunter geschrieben.

»Mein Gott«, sagte Andy.

Sie packte seinen Arm, und ihre Hand war schweißnass vor Nervosität. »Andy«, sagte sie. »Bitte, lass uns gehen. Bevor uns jemand erkennt.«

Ja, auch er wollte fort. Die Tatsache, dass die Karte ausgewechselt worden war, erschreckte ihn irgendwie mehr als alles andere. Heftig riss er am Zugring und ließ los. Als sie sich aufrollte, gab es das gleiche klatschende Geräusch.

Eine andere Karte. Das gleiche Geräusch. Zwölf Jahre später konnte er dieses Geräusch immer noch hören – wenn seine Kopfschmerzen es zuließen. Seit jenem Tage hatte er nie wieder den Raum Nr. 70 im Jason-Gearneigh-Gebäude betreten, aber das Geräusch blieb ihm vertraut.

Er hörte es häufig in seinen Träumen ... und sah diese emporgereckte blutbeschmierte Hand.

18

Fast lautlos glitt der grüne Wagen die Zubringerstraße des Flughafens entlang, um die Auffahrt zur Nordroute zu erreichen. Auf dem Fahrersitz saß Norville Bates und hielt die Hände am Lenkrad konstant auf zehn und zwei Uhr. Gedämpft und weich tönte klassische Musik aus dem UKW-Empfänger. Norville Bates trug sein Haar jetzt kurz und zurückgekämmt, aber die kleine halbkreisförmige Narbe an seinem Kinn hatte sich nicht verändert – an der Stelle hatte er sich als Kind an der Scherbe einer Colaflasche verletzt. Vicky hätte ihn wieder erkannt, wenn sie noch gelebt hätte.

»Es ist noch jemand unterwegs«, sagte der Mann im blauen Anzug. Er hieß John Mayo. »Der Kerl ist nicht astrein. Außer für uns arbeitet er auch noch für den DIA.«

»Eine ganz gewöhnliche Nutte«, sagte der dritte Mann, und alle drei lachten nervös und ein wenig zu laut. Sie wussten, dass sie den Verfolgten dicht auf der Spur waren. Sie rochen schon Blut. Der Name des dritten Mannes war Orville Jamieson, aber er zog es vor, OJ genannt zu werden, oder besser noch The Juice. Im Büro unterschrieb er seine Aktennotizen immer mit OJ. Einmal hatte er eine mit »The Juice« unterschrieben, und Cap, dieser Mistkerl, hatte ihm einen Verweis erteilt. Nicht nur mündlich, sondern einen schriftlichen Verweis, der in seine Personalakte gekommen war.

»Du glaubst also, es ist die Nordroute?«, fragte OJ.

Norville Bates zuckte die Achseln. »Entweder die Nordroute, oder sie sind direkt nach Albany gegangen«, sagte er. »Ich habe dem Dorftrottel die Hotels in der Stadt überlassen, denn es ist schließlich seine Stadt. Ist das richtig?«

»Natürlich«, sagte John Mayo. Er und Norville kamen gut miteinander aus. Das hatte schon eine lange Geschichte. Sie führte in den Raum 70 im Jason-Gearneigh-Gebäude zurück, und *das*, mein Freund, falls man Sie jemals fragen sollte, war eine *haarige* Angelegenheit gewesen. Etwas so Haariges wollte John nie wieder durchmachen müssen. Er war der Mann, der den Jungen mit dem Herzstillstand behandelt hatte. Zu Anfang des Krieges war er Sanitäter in Vietnam gewesen, und er wusste mit einem Defibrillator umzugehen – wenigstens theoretisch. In der Praxis hatte es nicht so gut funktioniert, und der Junge war nicht mehr zu retten gewesen. Zwölf junge Leute hatten an dem Tag Lot Sechs bekommen. Zwei von ihnen waren gestorben – der Junge mit dem Herzstillstand und ein Mädchen, das sechs Tage später in ihrer Wohnung offenbar eine plötzliche Gehirnembolie nicht überlebt hatte. Zwei andere waren unheilbar geisteskrank geworden – einer von ihnen der junge Mann, der sich die Augen ausgekratzt hatte, die andere ein Mädchen, das später vom Hals an total gelähmt war. Wanless hatte behauptet, das habe psychologische Gründe, aber wer konnte das schon wissen? Es war schon ein höllisches Stück Arbeit gewesen.

»Der Dorftrottel nimmt seine Frau mit«, sagte Norville gerade. »Sie sucht ihre Enkelin. Ihr Sohn ist mit dem kleinen Mädchen abgehauen. Natürlich geht es um Ehescheidung. Sie will die Polizei nur im Notfall verständigen, aber sie hat Angst, ihr Sohn könnte durchdrehen. Wenn sie das richtig bringt, gibt es keinen Nachtportier in der ganzen Stadt, der ihr nicht erzählt, ob die beiden bei ihm ein Zimmer genommen haben.«

»Wenn sie es richtig vorträgt«, sagte OJ. »Bei diesen Weibern kann man das nie wissen.«

John sagte: »Wir fahren zur nächsten Auffahrt, klar?«

»Klar«, sagte Norville. »Noch drei bis vier Minuten.«

»Hatten sie denn überhaupt genug Zeit, dorthin zu kommen?«

»Ja, aber sie müssen verdammt gewetzt sein. Vielleicht erwischen wir sie schon an der Auffahrt, wenn sie dort versuchen, mitgenommen zu werden. Vielleicht haben sie auch den Weg abgekürzt und sind gleich zur Standspur runtergelaufen. In beiden Fällen brauchen wir nur weiterzufahren, bis wir sie finden.«

»Wo soll's denn hingehen, mein Freund, steigen Sie ein«, sagte The Juice und lachte. Er trug eine 357 Magnum im Schulterhalfter.

»Wenn sie schon einer mitgenommen hat, Norv«, sagte John, »sind wir aber angeschissen.«

Norville zuckte die Achseln. »Eine Frage der Wahrscheinlichkeit. Es ist jetzt Viertel nach ein Uhr nachts. Es sind nicht viele Leute unterwegs. Und was denkt der Herr Geschäftsmann, wenn er um diese Zeit einen großen Mann und ein kleines Mädchen sieht, die mitgenommen werden wollen?«

»Er wird ins Grübeln kommen.«

»Darauf wette ich jeden Betrag.«

Wieder lachte The Juice. Oben vor ihnen lag die Blinklichtanlage, die die Auffahrt zur Nordroute markierte. OJ legte die Hand an den Nussbaumkolben seines Revolvers. Für alle Fälle.

19

Ein Lieferwagen fuhr vorbei, sie spürten die kühle Luft des Fahrtwindes ... dann leuchteten die Bremslichter auf, der Wagen fuhr auf die Standspur hinüber und hielt vierzig Meter weiter.

»Gott sei Dank«, sagte Andy leise. »Lass mich reden, Charlie.«

»In Ordnung, Daddy.« Ihre Stimme klang apathisch. Sie hatte wieder dunkle Ringe unter den Augen. Der Wagen fuhr rückwärts, als sie auf ihn zuliefen. Andys Kopf fühlte sich wie ein langsam anschwellender Ballon aus Blei an.

Die Seite des Wagens war mit Szenen aus Tausendundeiner Nacht bemalt – Kalifen, verschleierte Mädchen und ein geheimnisvoll in der Luft hängender Teppich. Der Teppich sollte zweifellos rot sein, aber im Licht der Straßenbeleuchtung hatte er die braune Farbe von trocknendem Blut.

Andy öffnete die Tür an der Beifahrerseite, hob Charlie hinein und stieg hinterher. »Danke, Mister«, sagte er. »Sie haben uns das Leben gerettet.«

»Es ist mir ein Vergnügen«, sagte der Fahrer. »Hallo, kleine Freundin.«

»Hallo«, sagte Charlie mit dünner Stimme.

Der Fahrer sah in den Außenspiegel, gab Gas, verließ die

Standspur und fädelte sich in die Fahrspur ein. Als Andy über Charlies gesenkten Kopf hinweg den Fahrer ansah, bekam er so etwas wie ein schlechtes Gewissen: Der Fahrer war genau der Typ eines jungen Mannes, an dem Andy stets vorbeifuhr, wenn er ihn mit erhobenem Daumen am Straßenrand stehen sah. Er war groß und schlank und trug einen dichten schwarzen Bart, der bis auf die Brust reichte, sowie einen breitkrempigen Filzhut, der wie eine Requisite aus einem Film über das alte Kentucky aussah. Eine selbst gedrehte Zigarette hing ihm aus dem Mundwinkel, und kräuselnd stieg der Rauch auf. Nach dem Geruch war es eine normale Zigarette; sie hatte nicht den süßlichen Duft von Cannabis.

»Wo wollen Sie denn hin, mein Freund?«, fragte der Fahrer.

»Zwei Städte weiter«, sagte Andy.

»Hastings Glen?«

»Stimmt.«

Der Fahrer nickte. »Ist jemand hinter euch her?«

Charlie wurde starr vor Schreck, und Andy strich ihr sanft mit der Hand über den Rücken, bis ihre Spannung sich löste. Er hatte aus der Stimme des Fahrers keinen drohenden Unterton herausgehört.

»Am Flughafen wartete schon ein Zustellbeamter«, sagte er.

Der Fahrer grinste – das Grinsen war unter seinem wilden Bart kaum zu erkennen –, nahm die Zigarette aus dem Mund und überließ sie dann vorsichtig dem am ausgestellten Fenster saugenden Wind. Der Luftstrom verschluckte sie.

»Hat wohl etwas mit Ihrem kleinen Engel zu tun, denke ich«, sagte er.

»Sie haben nicht ganz Unrecht«, sagte Andy.

Der Fahrer sagte nichts mehr. Andy lehnte sich zurück und versuchte, mit seinen Kopfschmerzen fertig zu werden. Sie schienen sich auf einen letzten grauenhaften Höhepunkt zu konzentrieren. War es jemals so schlimm gewesen? Immer wenn er es übertrieb, schien es schlimmer zu sein als je zuvor. Dann dauerte es immer einen Monat, bevor er wieder zuzustoßen wagte. Er wusste, dass zwei Städte weiter nicht annähernd weit genug war, aber mehr schaffte er heute Nacht einfach nicht. Er war fertig. Hastings Glen musste reichen.

»Auf wen tippen Sie?«, fragte ihn der Fahrer.

»Wie, was?«

»Football. Die San Diego Padres im Endspiel – das darf doch wohl nicht sein.«

»Ziemlich unwahrscheinlich«, stimmte Andy zu. Seine Stimme kam aus weiter Ferne, wie die Glocke eines längst versunkenen Schiffs.

»Ist was nicht in Ordnung, Mann? Sie sehen so blass aus.«

»Kopfschmerzen«, sagte Andy. »Migräne.«

»Sie stehen unter Dampf«, sagte der Fahrer. »Das kann ich verstehen. Gehen Sie in ein Hotel? Brauchen Sie vielleicht Geld? Ich kann Ihnen einen Fünfer geben. Ich wollte, es wäre mehr, aber ich muss nach Kalifornien, und ich muss vorsichtig sein wie die Familie Joad in *Früchte des Zorns*.«

Andy lächelte dankbar. »Wir kommen schon klar.«

»Gut.« Der Fahrer schaute zu Charlie hinüber, die eingeschlafen war. »Hübsches kleines Mädchen. Sie werden gut auf sie aufpassen?«

»So gut ich kann«, sagte Andy.

»In Ordnung«, sagte der Fahrer. »So gehört es sich.«

20

Hastings Glen war wenig mehr als eine Ausbuchtung an der Straße. Um diese Zeit waren alle Verkehrsampeln der Stadt auf Blinklicht umgeschaltet. Der bärtige Fahrer im Schlapphut nahm die Abfahrt und fuhr durch die schlafende Stadt über Route 40 zum Slumberland-Motel, einem aus dem Holz von Mammutbäumen errichteten Gebäude, hinter dem ein abgeerntetes Kornfeld lag, und an dessen Fassade man auf einem rosaroten Neonschild die verstümmelten Worte lesen konnte: ZIM ER FR I. Charlie schlief inzwischen ganz fest, war nach links gerutscht und lag jetzt mit dem Kopf auf dem jeansumhüllten Schenkel des

Fahrers. Andy wollte sie anders hinlegen, aber der Fahrer schüttelte den Kopf.

»Sie liegt so gut, Mann. Lassen Sie sie schlafen.«

»Können Sie uns etwas weiter hinten absetzen?«, bat Andy. Das Denken fiel ihm immer noch schwer, aber diese Vorsichtsmaßnahme traf er intuitiv.

»Der Nachtportier soll nicht wissen, dass Sie kein Auto haben?« Der Fahrer lächelte. »Aber klar, Mann. Obwohl es denen hier auch egal wäre, wenn Sie auf einem Einrad hergefahren kommen.« Die Reifen des Wagens wühlten den Kies auf. »Sind Sie sicher, dass Sie keinen Fünfer brauchen?«

»Ich könnte ihn brauchen«, sagte Andy zögernd. »Aber dann schreiben Sie mir doch Ihre Adresse auf. Ich schicke ihn zurück.«

Wieder erschien ein Grinsen im Gesicht des Fahrers. »Meine Adresse lautet ›unterwegs‹«, sagte er und zog die Brieftasche. »Vielleicht sehen Sie mein freundlich lächelndes Gesicht irgendwann mal wieder. Wer weiß. Nehmen Sie schon, Mann.« Er gab Andy die Fünfdollarnote, und plötzlich weinte Andy – nicht sehr, aber er weinte.

»Nicht doch, Mann«, sagte der Fahrer freundlich. Er strich Andy über den Kopf. »Das Leben ist kurz, und der Schmerz ist lang, und wir sind alle auf diese Welt gekommen, um einander zu helfen. Das ist Jim Paulsons komische Philosophie. Pass auf die kleine Fremde auf.«

»Bestimmt«, sagte Andy und wischte sich die Augen. Er steckte den Schein in die Tasche seiner Kordjacke. »Charlie? Kleines? Wach auf. Nur noch ein paar Minuten.«

21

Drei Minuten später lehnte Charlie sich schläfrig gegen ihn, als er Jim Paulson nachschaute, der bis zu einem geschlossenen Restaurant weiterfuhr, wendete und dann an ihnen vorbei Kurs auf die Interstate nahm. Andy hob die Hand, und Paulson grüßte zurück. Der alte Ford mit den Szenen aus Tausendundeiner Nacht, mit Tänzerinnen und Großwesiren und einem geheimnisvollen fliegenden Teppich. Kalifornien soll dich gut behandeln, Junge, dachte Andy, und dann machte er sich mit Charlie auf den Weg zum Slumberland-Motel.

»Warte hier draußen und lass dich nicht blicken«, sagte Andy. »Okay?«

»Okay, Daddy.« Es kam sehr schläfrig.

Er ließ sie neben einer Konifere stehen, ging zum Büro und drückte die Nachtglocke. Nach zwei Minuten erschien ein in einen Morgenmantel gehüllter Mann in mittleren Jahren, der eifrig seine Brillengläser polierte. Er öffnete die Tür und ließ Andy wortlos ein.

»Könnte ich vielleicht das Apartment am Ende des linken Flügels bekommen?«, fragte Andy. »Da steht mein Wagen.«

»Wenn Sie wollten, könnten Sie um diese Jahreszeit den ganzen Westflügel haben«, sagte der Nachtportier und entblößte sein gelbes Gebiss. Er reichte Andy ein Formular und einen Reklamekugelschreiber. Draußen fuhr ein Wagen vorbei. Er war nicht zu hören. Seine Scheinwerfer leuchteten hell auf, dann waren sie nicht mehr zu sehen.

Andy unterschrieb das Formular mit Bruce Rozelle. Bruce fuhr einen 1978er Vega mit dem New Yorker Kennzeichen LMS 240. Dann schaute er ganz kurz auf die Rubrik ORGANISATION/FIRMA und trug einer plötzlichen Eingebung folgend den Namen einer Automatenvertriebsfirma ein: United Vending Company of America. Unter der Rubrik Zahlungsart trug er BAR ein.

Wieder fuhr ein Wagen vorbei.

Der Portier zeichnete gegen und steckte das Formular weg. »Macht siebzehn Dollar und fünfzig Cents.«

»Nehmen Sie Kleingeld?«, fragte Andy. »Ich kam nicht mehr zur Bank und schleppe ein Kilo Silber mit mir herum. Wie ich diese Sammelfahrten auf dem Lande hasse.«

»Geben Sie ruhig her. Gibt sich genauso schnell aus.«

»Danke.« Andy griff in die Jackentasche, schob den Fünfdollarschein zur Seite und holte eine Hand voll Silbergeld heraus. Er zählte vierzehn Dollar ab und griff noch einmal in die Tasche. Dann hatte er den Betrag zusammen. Der Portier hatte die Münzen inzwischen säuberlich aufgeschichtet und verteilte sie jetzt in die entsprechenden Fächer seiner Kassette.

»Wissen Sie«, sagte er und schloss die Schublade. Dann sah er Andy erwartungsvoll an. »Ich würde Ihnen ja fünf Dollar nachlassen, wenn Sie den Zigarettenautomaten reparieren könnten. Der funktioniert schon seit einer Woche nicht mehr.«

Andy trat zum Automaten, der in der Ecke stand, und tat so, als ob er ihn sich ansah. Dann wandte er sich ab. »Nicht unser Fabrikat«, sagte er.

»Pech. Aber was soll ich machen. Gute Nacht, Junge. Im Schrank liegt eine Extradecke, falls Sie sie brauchen.«

»Prima.« Er ging. Der Kies knirschte unter seinen Füßen, und grauenhaft verstärkt drang ihm das Geräusch in die Ohren. Er ging zur Konifere hinüber, wo er Charlie zurückgelassen hatte, aber Charlie war nicht da.

»Charlie?«

Keine Antwort. Er ließ den Zimmerschlüssel mit dem grünen Plastiketikett von einer Hand in die andere gleiten. Beide Hände waren plötzlich schweißnass.

»Charlie?«

Immer noch keine Antwort. Er versuchte sich zu erinnern, und jetzt schien es ihm, als ob der letzte Wagen, während er das Formular ausfüllte, abgebremst hatte. Vielleicht war es ein grüner Wagen gewesen.

Sein Herz begann schneller zu schlagen, und wilder Schmerz fuhr ihm ins Gehirn. Er überlegte, was er tun sollte, wenn Charlie weg war, aber er konnte nicht denken. Zu sehr tat ihm der Kopf weh. Er ...

Von den Büschen her hörte er leises Schnauben und Schnarchen. Ein Geräusch, das er nur zu gut kannte. Er rannte hinüber, dass der Kies spritzte. Die harten Zweige der Konifere schlugen ihm um die Beine und verhakten sich in seiner Kordjacke.

Mit fast bis ans Kinn angezogenen Knien lag Charlie hinter dem Gebüsch auf dem Rasen. Sie war fest eingeschlafen. Einen

Augenblick stand Andy mit geschlossenen Augen da. Dann rüttelte er sie wach und hoffte, dass es in dieser Nacht das letzte Mal sein würde. In dieser entsetzlich langen Nacht.

Ihre Augenlider bewegten sich, und dann sah sie zu ihm auf. »Daddy?«, fragte sie kaum verständlich und noch halb im Traum.

»Ich habe mich nicht sehen lassen, wie du sagtest.«

»Ich weiß, mein Kleines«, sagte er. »Ich weiß. Komm. Wir gehen schlafen.«

22

Zwanzig Minuten später lagen sie beide im Doppelbett von Apartment 16. Charlie schlief ganz fest, und ihr Atem ging ruhig. Andy war noch wach, aber er dämmerte dem Schlaf entgegen. Nur das unablässige Hämmern in seinem Kopf hielt ihn wach. Und die vielen Fragen.

Seit einem Jahr schon waren sie auf der Flucht. Es war fast nicht zu glauben, vielleicht deshalb nicht, weil es nicht wie Flucht *ausgesehen* hatte, jedenfalls nicht, als sie noch in Port City lebten. In Port City in Pennsylvania hatte er Abmagerungskurse verkauft, und dort war Charlie auch zur Schule gegangen. Und wie konnte jemand auf der Flucht sein, der einen Job hatte und dessen Tochter das erste Jahr zur Schule ging? In Port City hätte man sie fast erwischt, nicht, weil die anderen besonders gut gewesen wären (obwohl sie äußerst hartnäckig waren, was Andy sehr beunruhigte), sondern weil Andy einen entscheidenden Fehler gemacht hatte: Er hatte sich erlaubt, vorübergehend zu vergessen, dass sie auf der Flucht waren.

Das konnte jetzt nicht passieren.

Wie dicht waren sie ihnen auf den Fersen? Waren sie noch in New York? Wenn er doch nur davon ausgehen könnte, dass sie die Nummer des Taxis nicht hatten und immer noch versuchten, den Fahrer zu finden. Aber höchstwahrscheinlich waren sie in Albany und krochen über den Flughafen wie Maden über einen

Fleischklumpen. Hastings Glen? Vielleicht am Morgen. Aber vielleicht auch nicht. Hastings Glen lag fünfzehn Meilen vom Flughafen entfernt. Nur nicht verrückt machen lassen.

Ich habe es verdient, vor die Autos zu rollen, weil ich den Mann in Brand gesteckt habe! Und er hörte seine Stimme antworten: Es *hätte schlimmer kommen können. Du hättest ihm das Gesicht verbrennen können.*

Geisterstimmen, die ihn verfolgten.

Etwas anderes fiel ihm ein. Er fuhr angeblich einen Vega. Wenn der Nachtportier morgen früh vor Apartment 16 keinen geparkten Vega sah, würde er dann einfach annehmen, dass der Mann von der United Vending Company weitergefahren sei, oder würde er der Sache nachgehen? Aber jetzt konnte er nichts unternehmen. Er war total erledigt.

Ich dachte mir doch gleich, dass etwas mit ihm nicht stimmt. Er sah so blass und krank aus. Und er hat mit Kleingeld bezahlt. Angeblich arbeitet er für eine Verkaufsautomatenfirma, aber er kann keinen Zigarettenautomaten reparieren.

Geisterstimmen, die ihn verfolgten.

Er drehte sich auf die Seite und hörte Charlies langsame und gleichmäßige Atemzüge. Er hatte geglaubt, sie hätten sie gefunden, dabei war sie nur tiefer unter die Büsche gekrochen. Und hatte sich nicht blicken lassen. Charlene Norma McGee. Charlie nannten sie sie seit ... nun, eigentlich immer schon. *Wenn sie dich gekriegt hätten, Charlie, weiß ich nicht, was ich tun würde.*

23

Eine letzte Stimme, die seines Zimmergenossen Quincey vor sechs Jahren.

Charlie war damals ein Jahr alt gewesen, und sie wussten natürlich, dass sie nicht normal war. Sie hatten es gewusst, seit sie eine Woche alt war. Vicky hatte sie mit in ihr gemeinsames Bett genommen, denn wenn man sie in ihrem Kinderbett allein ließ, fing das Kissen an zu ... nun, es fing an zu glimmen. Eines

Abends, als es so heiß wurde, dass sie Brandblasen an der Wange bekam und trotz eines Beruhigungsmittels, das Andy in der Hausapotheke gefunden hatte, die ganze Nacht schrie, hatten sie das Kinderbett endgültig weggestellt, und in ihrer Angst – einer Angst, die zu tief saß und zu seltsam war, als dass man sie hätte artikulieren können – hatten sie überhaupt nicht darüber gesprochen. Das erste Jahr war völlig verrückt. Kein Schlaf, die andauernde Angst. Wenn man ihr zu spät die Flasche gab, brannten die Papierkörbe. Einmal fingen die Vorhänge Feuer, und wenn Vicky nicht im Zimmer gewesen wäre ...

Es war ihr Sturz die Treppe hinunter, der ihn schließlich veranlasste, Quincey zu rufen. Sie war damals im Krabbelalter und konnte schon recht gut auf Händen und Knien die Treppe hinaufklettern und rückwärts wieder herunter. An jenem Tage hatte Andy auf sie aufgepasst.

Vicky war mit einer Freundin einkaufen gegangen. Sie hatte zuerst gezögert, sodass Andy sie praktisch hinauswerfen musste. Sie sah immer so abgespannt und so müde aus. In ihren Blicken lag etwas Starres, das ihn an die Geschichten über den Frontkoller im Krieg erinnerte.

Er hatte im Wohnzimmer in der Nähe der Treppe gesessen und gelesen. Charlie krabbelte immer wieder die Treppe rauf und runter. Auf den Stufen saß ein Teddybär. Andy hätte ihn natürlich wegnehmen sollen, aber jedes Mal, wenn sie raufkrabbelte, kroch Charlie um den Teddy herum, und Andy hatte sich durch das friedliche Bild einlullen lassen – wie ihn das, was ihr normales Leben in Port City zu sein schien, eingelullt hatte.

Als sie das dritte Mal herunter wollte, geriet ihr der Teddy zwischen die Füße, und sie purzelte die Treppe hinunter und heulte dabei vor Wut und Angst. Die Treppe war mit Teppichen belegt, und sie hatte nicht einmal eine Schramme – Betrunkene und kleine Kinder haben einen Schutzengel, hatte Quincey immer gesagt, und das war an jenem Tage sein erster bewusster Gedanke an Quincey –, aber Andy sprang hinzu, nahm sie auf und tröstete sie, während er nachschaute, ob sie blutete, sich etwas verrenkt oder sich sonst wie verletzt hatte. Und ...

Und er *fühlte* ihn an sich vorbeiziehen, den unsichtbaren, unglaublichen Todesstrahl aus den Gedanken seiner Tochter. Es war wie die Luftströmung von einem rasch fahrenden U-Bahn-Zug im Sommer, wenn man vielleicht ein wenig zu dicht an der Bahnsteigkante steht. Ein sanftes, geräuschloses Vorbeiziehen warmer Luft ... und dann stand der Teddybär in Flammen. Der Teddy hatte Charlie wehgetan. Also wollte Charlie dem Teddy wehtun. Die Flammen loderten auf, und einen Augenblick sah Andy die schwarzen Knopfaugen durch einen Flammenvorhang, und die Flammen griffen auf den Teppich über, auf dem der Teddybär lag.

Andy setzte seine Tochter ab und rannte zum Feuerlöscher an der Wand neben dem Fernsehgerät. Er und Vicky sprachen nie über diese Fähigkeit ihrer Tochter – es gab Zeiten, da Andy es gern getan hätte, aber Vicky wollte davon nichts wissen; sie mied das Thema mit einem geradezu hysterischen Eigensinn und bestand darauf, dass mit Charlie alles in Ordnung sei, *alles in Ordnung* – aber in aller Stille und ohne darüber zu sprechen, waren immer mehr Feuerlöscher im Haus aufgetaucht, so unbemerkt wie der Löwenzahn hervorsprießt, wenn Frühling und Sommer ineinander übergehen. Sie sprachen nicht über Charlies unheimliche Fähigkeit, aber das Haus wimmelte von Feuerlöschern.

Rasch nahm er diesen von der Wand, roch den beißenden Rauch des brennenden Teppichs und stürzte die Treppe hinauf ... und dabei hatte er noch Zeit, an eine Geschichte zu denken, die er einmal als Kind gelesen hatte. »Das Leben ist *schön*« war der Titel, und ein gewisser Jerome Bixby hatte das Buch geschrieben. Es handelte von einem kleinen Kind, das seine Eltern mit Psychoterror versklavte, ein Albtraum von tausendfältig drohendem Tod, und man wusste nie ... man wusste nie, wann das kleine Kind wieder böse wurde ...

Charlie saß am Fuß der Treppe auf dem Hintern und heulte.

Andy drehte wütend am Knopf des Feuerlöschers und spritzte den Schaum auf das sich ausbreitende Feuer, das schnell erstickt wurde. Andy hob den schwarz verbrannten und schaumbesprühten Teddy auf und trug ihn die Treppe hinunter.

Er hasste sich dafür, aber er wusste irgendwie ganz primitiv, dass es getan werden musste. Der Strich musste gezogen, die Lektion gelernt werden. Fast stieß er ihr den Bären in das schreiende, ängstliche, tränenüberströmte Gesicht. *Oh, du Scheißkerl,* dachte er verzweifelt, *warum gehst du nicht einfach gleich in die Küche, holst ein Messer und ziehst ihr einen Strich über jede Wange? Um sie auf diese Weise zu zeichnen?* Und darauf konzentrierten sich seine Gedanken. Narben. Ja, das musste er tun. Er musste seinem Kind Narben beibringen. Ihr Narben in die Seele brennen.

»Findest du, dass der Teddy jetzt schön aussieht?«, brüllte er. Der Bär war versengt und schwarz und lag noch so warm wie abkühlende Holzkohle in seiner Hand. »Gefällt es dir, dass der Teddy so verbrannt ist, dass du nicht mehr mit ihm spielen kannst, Charlie?«

Charlie weinte in schrillen, lang gezogenen Schluchzern. Ihr Gesicht war totenblass mit roten fiebrigen Flecken, und ihre Augen schwammen in Tränen. *»Bääääähh! Teddy! Teddy!«*

»Ja, Teddy«, sagte er wütend. »Teddy ist ganz verbrannt, Charlie. Und wenn du den Teddy verbrennst, könntest du auch Mami und Daddy verbrennen. Du ... *du darfst es nie wieder tun*!« Er lehnte sich zu ihr hinüber, ohne sie auf den Arm zu nehmen oder zu berühren. »Du darfst es nie wieder tun, denn *es ist etwas Böses*!«

»Bääääääähh –«

Er ertrug es nicht, ihr noch mehr Herzeleid zuzufügen, sie noch mehr in Angst und Schrecken zu versetzen. Er hob sie hoch und ging mit ihr auf und ab, bis – sehr viel später – ihr Schluchzen abebbte, bis man schließlich nur noch hin und wieder ein leises Schnauben hörte. Als er sie ansah, hatte sie die Wange an seine Schulter gelegt und war fest eingeschlafen.

Er legte sie auf die Couch, ging ans Telefon und rief Quincey an.

Quincey wollte nicht reden. Damals, 1975, arbeitete er für eine große Flugzeugfabrik, und auf seinen jährlichen Weihnachtskarten an die McGees bezeichnete er sich immer als den für Streicheleinheiten zuständigen Vizepräsidenten. Wenn die Männer, die die Flugzeuge bauten, Probleme hatten, erwartete man, dass sie sich an Quincey wandten. Quincey half ihnen dann bei ihren Problemen – Entfremdung, Identitätskrisen, vielleicht auch ganz einfach das Gefühl, dass ihre Jobs eine enthumanisierende Wirkung auf sie hatten –, und dann gingen die Leute ans Band zurück und setzten keine Teile mehr falsch ein, und dann stürzten auch keine Flugzeuge mehr ab, und die Demokratie in der Welt war gerettet. Dafür bekam Quincey zweiunddreißigtausend Dollar im Jahr, siebzehntausend mehr als Andy verdiente. »Ich habe nicht das geringste schlechte Gewissen«, hatte er geschrieben. »Ich finde, es ist ein kleines Gehalt für einen Mann, der Amerika fast allein über Wasser hält.«

Das war Quincey. Immer noch der gleiche zynische Humor. An dem Tag allerdings, an dem Andy ihn in Gegenwart seiner auf der Couch schlafenden Tochter, den Geruch des versengten Teddys und des angesengten Teppichs noch in der Nase, aus Ohio anrief, war er weder zynisch noch humorvoll gewesen.

»Ich habe zwei Dinge erfahren«, sagte Quincey endlich, als er sah, dass Andy sich so nicht abspeisen lassen wollte. »Aber es kommt vor, dass Telefone überwacht werden, alter Junge. Wir leben im Watergate-Zeitalter.«

»Ich habe Angst«, sagte Andy. »Vicky hat Angst. Und Charlie hat auch Angst. Was hast du erfahren, Quincey?«

»Es hat einmal ein Experiment gegeben, an dem zwölf Leute teilnahmen. Erinnerst du dich daran? Es war vor etwa sechs Jahren.«

»Und wie ich mich erinnere«, sagte Andy grimmig.

»Von den zwölf Leuten sind nicht mehr viele übrig. Als ich das letzte Mal davon hörte, waren es noch vier. Zwei davon haben einander geheiratet.«

»Ja«, sagte Andy, aber er fühlte Entsetzen in sich aufsteigen. Nur vier übrig? Wovon redete Quincey?

»Soweit ich weiß, kann einer von ihnen Schlüssel verbiegen oder Türen öffnen, ohne sie auch nur zu berühren.« Quinceys Stimme klang dünn. Sie kam über Tausende von Meilen Telefonkabel, über Schaltstationen und Relais und Kabelkästen in Nevada, Idaho, Colorado, Iowa. Millionen Stellen, um Quinceys Stimme mitzuschneiden.

»Tatsächlich«, sagte Andy und versuchte, in normalem Tonfall weiterzusprechen. Und er dachte an Vicky, die manchmal das Radio aus- und das Fernsehgerät einschalten konnte, ohne ranzugehen – und Vicky war sich dieser Fähigkeit anscheinend nicht einmal bewusst.

»Oh ja, kein Zweifel. Er ist – wie kann man es nennen? – ein dokumentierter Fall. Wenn er diese Dinge zu oft tut, bekommt er Kopfschmerzen, aber tun kann er sie. Sie haben ihn in einen kleinen Raum gesperrt, dessen Tür er nicht öffnen und dessen Schloss er nicht verbiegen kann. Dort machen sie Tests mit ihm. Er verbiegt Schlüssel. Er öffnet Türen. Und er soll schon fast verrückt sein.«

»Oh ... mein ... Gott«, sagte Andy schwach.

»Er ist Teil der Friedensbemühungen, und darum schadet es auch nichts, wenn er verrückt wird«, fuhr Quincey fort. »Er verliert den Verstand, damit zweihundertzwanzig Millionen Amerikaner frei und sicher leben können. Verstehst du?«

»Ja«, flüsterte Andy.

»Was mit den beiden ist, die geheiratet haben? Nichts. Soweit man weiß. Sie leben unauffällig in einem ruhigen Staat im Mittleren Westen, zum Beispiel Ohio. Vielleicht werden sie jährlich einmal überprüft. Damit man feststellt, ob sie auch Schlüssel verbiegen oder Türen öffnen, ohne sie zu berühren, oder ob sie bei irgendeinem obskuren Straßenfest als Zauberkünstler auftreten. Gut, dass die beiden so etwas nicht können, nicht wahr, Andy?«

Andy schloss die Augen und roch verbrannten Stoff. Manchmal öffnete Charlie die Kühlschranktür, schaute hinein und kroch wieder davon. Wenn Vicky gerade bügelte, schaute sie nur zum Kühlschrank hinüber, und die Tür fiel zu – ohne dass sie das Empfinden hatte, etwas Ungewöhnliches zu tun. Das war aber nur manchmal. Bei anderen Gelegenheiten schien es nicht zu funktionieren, und sie unterbrach das Bügeln und schloss die Kühlschranktür selbst (oder schaltete das Radiogerät aus oder das Fernsehgerät ein). Vicky konnte keine Schlüssel verbiegen, sie konnte nicht Gedanken lesen oder fliegen oder Feuer entfachen oder die Zukunft voraussagen. Sie konnte manchmal über das ganze Zimmer hinweg eine Tür schließen, und das war's auch schon. Manchmal, nachdem sie mehrere solche Dinge getan hatte, klagte sie über Kopfschmerzen oder einen verdorbenen Magen, wie Andy bemerkt hatte. Und Andy wusste nicht, ob es sich dabei um eine physische Reaktion handelte oder um eine Art Warnung aus dem Unterbewusstsein. Wenn sie ihre Periode hatte, war ihre Fähigkeit, diese Dinge zu tun, vielleicht ein wenig ausgeprägter. Diese Kleinigkeiten, die noch nicht einmal häufig geschahen, sah Andy mittlerweile als normal an. Was ihn selbst betraf ... er konnte Menschen psychisch beeinflussen. Es gab eigentlich keinen Namen dafür. Autohypnose kam der Sache vielleicht am nächsten. Und er schaffte es nicht oft, weil er davon Kopfschmerzen bekam. An den meisten Tagen dachte er überhaupt nicht daran, dass er nicht völlig normal war und es seit jenem Tag in Raum 70 des Jason-Gearneigh-Gebäudes auch nie wieder gewesen war.

Er schloss die Augen und sah auf dem dunklen Feld unter den geschlossenen Augenlidern jene kommaförmige Blutspur und die verstümmelten Worte COR OSUM.

»Ja, das ist ganz gut«, fuhr Quincey fort, als ob Andy ihm zugestimmt hätte. »Sonst hätte man sie in zwei kleine Räume gesperrt, wo sie die ganze Zeit arbeiten müssten, damit zweihundertzwanzig Millionen Amerikaner frei und sicher leben können.«

»Eine gute Sache«, stimmte Andy zu.

»Diese zwölf Leute«, sagte Quincey. »Vielleicht hat man diesen zwölf Leuten eine Droge gegeben, die man selbst noch nicht kannte. Es könnte sein, dass jemand – ein gewisser verrückter Doktor – sie absichtlich getäuscht hat. Oder vielleicht dachte er, dass er sie täuschte, und sie täuschten absichtlich ihn. Aber das spielt keine Rolle.«

»Nein.«

»Man gab ihnen also diese Droge, und sie hat vielleicht ihre Chromosomen ein wenig verändert. Oder sogar sehr stark. Wer weiß. Und vielleicht haben zwei von ihnen geheiratet und beschlossen, ein Kind zu bekommen, und vielleicht hat dieses Baby mehr als Mund und Augen. Müssten sie an diesem Kind nicht sehr interessiert sein?«

»Darauf möchte ich wetten«, sagte Andy, der jetzt solche Angst hatte, dass er kaum noch sprechen konnte. Er hatte sich schon vorgenommen, Vicky nichts über seinen Anruf bei Quincey zu erzählen.

»Es ist, als ob du eine Zitrone hast, und das ist etwas Gutes, und du hast ein Baiser, und auch *das* ist etwas Gutes, aber wenn man beides zusammentut, bekommt man ... einen völlig neuen Geschmack. Ich wette, dass sie sehr gern erfahren möchten, wozu das Kind imstande ist. Vielleicht wollen sie es holen und in einen kleinen Raum sperren, um zu sehen, ob es dazu beitragen kann, die Demokratie in der Welt sicherer zu machen. Und ich denke, mehr werde ich nicht sagen, alter Junge, außer ... lass dich nicht erwischen.«

24

Geisterstimmen, die ihn verfolgten.
Lass dich nicht erwischen.

Er drehte sich zu Charlie um, die fest schlief. *Charlie, mein Kleines, was sollen wir nur tun? Wohin können wir nur gehen, wo man uns in Ruhe lässt? Wie wird dies alles enden?*

Es gab auf keine dieser Fragen eine Antwort.

Und am Ende schlief er ein, während nicht weit entfernt ein grüner Wagen durch die Dunkelheit fuhr, dessen Insassen immer noch hofften, einen großen, breitschultrigen Mann in einer Kordjacke und ein blondes, kleines Mädchen in roter Hose und grüner Bluse aufzuspüren.

Longmont, Virginia: Die Firma

1

Zwei hübsche Landhäuser im Südstaatenstil lagen einander gegenüber. Die weite Rasenfläche zwischen beiden Gebäuden war von einigen elegant gewundenen Fahrradwegen durchzogen, und eine zweispurige Kiesanfahrt führte von der Hauptstraße her über einen Hügel auf das Gelände. Ein wenig entfernt stand neben einem dieser Häuser eine leuchtend rot gestrichene und in makellosem Weiß abgesetzte, große Scheune. In der Nähe des anderen sah man einen langen Stall, der in dem gleichen hübschen, weiß abgesetzten Rot gehalten war. Hier standen Pferde aus den besten Gestüten, die im Süden zu finden waren. Zwischen Scheune und Stall befand sich ein großer, flacher Ententeich, in dessen unbewegter Oberfläche sich der Himmel spiegelte.

In den sechziger Jahren des neunzehnten Jahrhunderts hatten die ursprünglichen Eigentümer ihre Anwesen verlassen und waren im Bürgerkrieg gefallen, und alle überlebenden Angehörigen waren ohne Nachkommen gestorben. Im Jahre 1954 waren beide Grundstücke zu einem Komplex zusammengelegt und in Regierungsbesitz übernommen worden. Hier hatte die Firma ihr Hauptquartier.

Um zehn Minuten nach neun an einem sonnigen Oktobertag – es war der Tag, nachdem Andy und Charlie New York mit dem Taxi in Richtung Albany verlassen hatten – fuhr ein älterer Mann mit freundlich blitzenden Augen und einer britischen Wollmütze auf dem Kopf mit dem Rad auf eines der Häuser zu. Hinter ihm, am zweiten Hügel, lag der Kontrollpunkt, den er passiert hatte, nachdem der Computer der Sicherungsanlage seinen Daumenabdruck überprüft hatte. Der Kontrollpunkt befand sich innerhalb einer doppelten Stacheldrahtumzäunung. Der über zwei Meter hohe äußere Zaun war alle zwanzig Meter mit Hinweisschildern markiert: VORSICHT! REGIERUNGSGELÄNDE. DIESER ZAUN FÜHRT STROM VON GERINGER SPANNUNG! Tagsüber war die Spannung tatsächlich niedrig. Nachts jedoch ließ der auf dem Grundstück installierte Generator sie auf eine tödliche Voltzahl steigen, und jeden Morgen fuhren fünf Bedienstete mit kleinen elektrisch betriebenen Golfkarren um den Zaun herum und entfernten die toten verschmorten Kaninchen, Maulwürfe, Vögel und Murmeltiere, gelegentlich ein in einer Lache von Gestank liegendes Stinktier und manchmal ein Stück Rotwild. Und zweimal fand man sogar auf ähnliche Weise verbrannte Menschen. Der Abstand zwischen beiden Stacheldrahtzäunen betrug gut neun Meter. Tag und Nacht ließ man in diesem Areal Wachhunde frei laufen. Es waren Dobermannhunde, und sie waren darauf dressiert, sich vom elektrisch geladenen Zaun fern zu halten. An jeder Ecke der Anlage gab es Wachtürme, die ebenfalls rot und weiß gestrichen waren. Sie waren mit Leuten besetzt, die als Experten im Umgang mit todbringendem Präzisionsstahl bezeichnet werden konnten. Der ganze Komplex wurde von TV-Kameras überwacht, und die Bilder wurden ständig vom Computer ausgewertet. Das Anwesen von Longmont war absolut einbruchsicher.

Der ältere Mann fuhr weiter und hatte für jeden, der ihm begegnete, ein freundliches Lächeln. Ein kahlköpfiger alter Mann, der eine Baseballmütze trug, bewegte ein Stutfohlen mit schmalen Fesseln. Er hob die Hand und rief: »Hallo, Cap! Ist das nicht ein herrlicher Tag?«

»Wunderbar«, stimmte der Mann auf dem Rad zu. »Und viel Spaß, Henry.«

Er erreichte die Vorderseite des nördlichen Gebäudes, stieg vom Rad und klappte den Ständer hinab. Tief atmete er die warme Morgenluft ein und eilte die breiten Verandastufen hinauf und zwischen den hohen dorischen Säulen hindurch.

Er öffnete die Tür und betrat die große Eingangshalle. Hinter einem Schreibtisch saß eine rothaarige junge Frau, die eine Statistik vor sich liegen hatte. Eine Hand deutete auf eine Stelle in dem Buch, die andere lag in der halb geöffneten Schublade und berührte eine Smith & Wesson, Kaliber achtunddreißig.

»Guten Morgen, Josie«, sagte der ältere Herr.

»Hallo, Cap. Nicht gerade sehr pünktlich.« Hübsche Mädchen durften sich solche Dreistigkeiten erlauben. Duane hätte sich das nicht erlauben dürfen, wenn er heute am Empfang gesessen hätte.

»Meine Gangschaltung klemmt, Darling.« Er steckte den Daumen in den dafür vorgesehenen Schlitz. Etwas in der Konsole rasselte, und auf Josies Tischplatte flackerte ein grünes Licht auf, das nicht wieder ausging. »Und nun sei schön brav.«

»Ich werde mir Mühe geben«, sagte sie kokett und schlug die Beine übereinander.

Cap lachte dröhnend und durchquerte die Halle. Sie sah ihm hinterher und überlegte, ob sie ihm hätte sagen sollen, dass Wanless, dieser alte Schleicher, vor zwanzig Minuten gekommen war. Aber er würde es ohnehin bald erfahren. Sie seufzte. Der Vormittag dieses herrlichen Tages war garantiert versaut, wenn man sich mit diesem alten Gespenst unterhalten musste. Aber ein Mann wie Cap, der in seiner Stellung so viel Verantwortung trug, musste so etwas wohl gelegentlich schlucken.

2

Caps Büro lag im hinteren Teil des Gebäudes. Durch das breite Erkerfenster hatte man einen wunderschönen Ausblick auf den Rasen, die Scheune und den Ententeich, der teils von Erlen umstanden war. Hinten auf dem Rasen saß Rich McKeon rittlings auf einem kleinen motorgetriebenen Rasenmäher. Cap schaute ihm eine Weile zu, die Hände auf dem Rücken, und trat dann an die Kaffeemaschine in der Ecke. Er ließ ein wenig Kaffee in seinen Becher laufen, fügte Trockenmilch hinzu, setzte sich und schaltete die Sprechanlage ein.

»Hallo, Rachel«, sagte er.

»Hallo, Cap. Dr. Wanless ist –«

»Ich wusste es«, sagte Cap. »Ich *wusste* es. Schon gleich als ich reinkam, roch ich diesen alten Sack.«

»Soll ich ihm sagen, dass Sie heute keine Zeit haben?«

»Sie sollen ihm gar nichts sagen«, antwortete Cap energisch. »Der soll ruhig den ganzen Vormittag im gelben Raum hocken. Wenn er nicht vorher nach Hause geht, werde ich wohl noch vor dem Essen mit ihm reden.«

»Geht in Ordnung, Sir.« Problem gelöst – jedenfalls für Rachel, dachte Cap mit einem Anflug von Wut. Eigentlich war Wanless überhaupt kein Problem. Tatsache war, dass er ganz einfach lästig wurde. Er hatte seinen Nutzen und seinen Einfluss überlebt. Nun, es gab immer noch die Möglichkeit, ihn nach Maui zu schaffen. Und schließlich war Rainbird auch noch da.

Cap spürte ein innerliches Schaudern ... und er war nicht der Mann, dem das oft passierte.

Wieder drückte er den Kippschalter der Sprechanlage nach unten. »Ich brauche den gesamten Vorgang McGee, Rachel, und um zehn Uhr dreißig möchte ich Al Steinowitz sprechen. Wenn ich mit Al fertig bin und Wanless dann noch da ist, können Sie ihn herschicken.«

»Wird gemacht, Cap.«

Cap lehnte sich zurück, legte die Fingerspitzen gegeneinander und schaute zu George Pattons Bild hinüber, das an der Wand hing. Der General stand breitbeinig über der Einstiegsluke eines Panzers und hielt sich wahrscheinlich für John Wayne oder sonst wen. »Das Leben ist hart, wenn man nicht weich wird«, sagte Cap zu Pattons Bild und schlürfte seinen Kaffee.

3

Fast geräuschlos rollte Rachel den Vorgang auf einem Bibliothekskarren herbei. Die Akte bestand aus sechs Kästen mit Papieren und Berichten und vier Kästen mit Fotos. Auch Aufzeichnungen von Telefongesprächen waren dabei. Seit 1978 wurde McGees Apparat ständig überwacht.

»Danke, Rachel.«

»Gern geschehen. Mr Steinowitz wird um zehn Uhr dreißig hier sein.«

»Natürlich. Ist Wanless schon gestorben?«

»Leider nein«, sagte sie lächelnd. »Er sitzt nur da und schaut zu, wie Henry die Pferde bewegt.«

»Zerreißt er dabei seine verdammten Zigaretten?«

Rachel hielt sich wie ein Schulmädchen die Hand vor den Mund, kicherte und nickte. »Er hat schon eine Packung geschafft.«

Cap brummte etwas vor sich hin. Rachel ging, und er wandte sich den Unterlagen zu. Wie oft hatte er das Material während der letzten elf Monate durchgesehen? Ein dutzend Mal? Zwei dutzend Mal? Er kannte es schon fast auswendig. Und wenn Al Recht hatte, würde er die beiden letzten McGees bis zum Ende der Woche aufgespürt haben. Bei diesem Gedanken spürte er ein heißes Prickeln der Erregung im Magen.

Wahllos blätterte er in den Akten, zog hier einen Bogen heraus und las dort einen Bericht. Sein bewusster Verstand war auf neutral geschaltet, sein Unterbewusstsein aber lief auf hohen Touren. Was er jetzt brauchte, waren keine Einzelheiten, er musste das Ganze in den Griff bekommen. Und diesen Griff musste er erst finden, wie Baseballspieler sagen.

Er fand eine Notiz von einem jüngeren Wanless (ach, waren sie nicht damals alle jünger gewesen?), die das Datum »13. September 1968« trug. Caps Augen blieben an einem Absatz hängen:

... von enormer Wichtigkeit für das weitere Studium kontrollierbarer psychischer Phänomene. Weitere Versuche mit Tieren wären unverwertbar (siehe unten 1), und, wie ich während der Gruppentreffen im

Sommer schon betonte, könnten Versuche mit Sträflingen oder anderen Probanden mit von der Norm abweichendem Persönlichkeitsbild zu ernsthaften Problemen führen, falls Lot Sechs auch nur annähernd so wirksam ist, wie wir vermuten (siehe unten 2). Ich empfehle deshalb weiterhin ...

Du empfiehlst weiterhin, dass wir das Zeug an Kontrollgruppen von Studenten verfüttern, wobei, im Falle eines Misserfolgs, für alle Eventualitäten Vorsorge getroffen ist, dachte Cap. Wanless hatte damals wirklich nicht lange gefackelt. Sein Motto war gewesen: Volldampf voraus, und den Letzten beißen die Hunde. Man hatte zwölf Leute getestet. Zwei von ihnen waren gestorben, einer während des Tests, der andere kurz darauf. Zwei waren unheilbar geisteskrank geworden, und diese beiden waren noch dazu Krüppel – der eine war erblindet, der andere litt an einer psychotischen Lähmung, und beide waren in Maui eingesperrt, wo sie bleiben würden, bis ihr elendes Leben zu Ende war. Es blieben also noch acht. Einer von ihnen war 1972 bei einem Autounfall gestorben, einem Autounfall, der mit an Sicherheit grenzender Wahrscheinlichkeit überhaupt kein Unfall war, sondern Selbstmord. Ein anderer war 1973 vom Dach des Postamts in Cleveland gesprungen. In diesem Fall gab es keine Zweifel; der Mann hatte eine Nachricht des Inhalts hinterlassen, er könne »die Bilder in seinem Kopf nicht länger ertragen«. Die Polizei von Cleveland hatte zum Selbstmord führende Depressionen und Paranoia diagnostiziert. Cap und die Firma hatte einen tödlichen Lot-Sechs-Schock angenommen. Nun blieben noch sechs.

Drei andere hatten zwischen 1974 und 1977 Selbstmord begangen, wonach man von vier erwiesenen Selbstmorden ausgehen konnte. Wahrscheinlich aber war die Gesamtzahl fünf. Fast die halbe Klasse, könnte man sagen. Alle vier Probanden, die nachweislich durch Selbstmord endeten, hatten einen völlig normalen Eindruck gemacht, bevor sie dann zu Schusswaffe oder Strick griffen oder sich von einem hohen Gebäude stürzten. Aber wer wusste schon, was sie vielleicht durchgemacht hatten? Wer wusste das wirklich?

Jetzt waren also nur noch drei übrig. Seit 1977, als das Lot-Sechs-Projekt, das lange geruht hatte, plötzlich wieder brandaktuell wurde, hatte man einen Burschen namens James Richardson, der mittlerweile in Los Angeles lebte, ständig unter geheimer Überwachung gehalten. Er hatte 1969 am Lot-Sechs-Experiment teilgenommen, und während er unter dem Einfluss der Droge stand, hatte er die gleichen erstaunlichen Fähigkeiten wie die anderen an den Tag gelegt: Telekinese, Gedankenübertragung und das vielleicht interessanteste Symptom von allen (jedenfalls vom speziellen Standpunkt der Firma aus gesehen): die gedankliche Beherrschung anderer.

Aber, wie es auch bei den Übrigen der Fall gewesen war, schienen Richardsons durch die Droge bewirkten besonderen Kräfte mit Nachlassen der Drogenwirkung völlig geschwunden zu sein. Folgeuntersuchungen in den Jahren 1971, 1973 und 1975 blieben ohne Ergebnis. Das hatte selbst Wanless zugeben müssen, und er war bei dem Thema Lot Sechs ausgesprochen fanatisch. Ständige Computer-Stichproben (und als die Sache mit McGee anfing, hatte man es nicht mehr bei Stichproben belassen) hatten keine Hinweise darauf ergeben, dass sich Richardson, bewusst oder unbewusst, irgendwelcher Psi-Kräfte bediente. Er hatte 1971 sein Examen gemacht. Nach einer Reihe von Manager-Jobs auf untergeordneter Ebene – dabei konnte von gedanklicher Beherrschung anderer keine Rede sein – war er nach Westen gegangen und arbeitet jetzt für die Telemyne Corporation.

Außerdem war er eine verdammte Flasche.

Cap seufzte.

Sie behielten Richardson zwar immer noch im Auge, aber Cap persönlich war davon überzeugt, dass mit dem Mann nichts anzufangen war. Blieben noch zwei: Andy McGee und seine Frau. Die Eheschließung der beiden war natürlich weder der Firma noch Wanless verborgen geblieben, und dieser hatte angefangen, das Büro mit Briefen zu bombardieren, in denen er anregte, auch etwaige Kinder aus dieser Verbindung sorgfältig zu überwachen, und mehr als einmal hatte Cap mit dem Gedanken gespielt, Wanless zu sagen, sie hätten erfahren, Andy McGee habe sich sterilisieren lassen. Das hätte dem alten Idioten das Maul gestopft. Aber dann hatte Wanless seinen Schlaganfall bekommen und war nun effektiv nutzlos, wirklich nur noch ein Ärgernis.

Mit Lot Sechs hatte es nur dies eine Experiment gegeben. Die Ergebnisse waren so verheerend gewesen, dass man sie massiv und vollständig hatte vertuschen müssen ... und das war teuer gewesen. Die Anweisung, weitere Tests auf unbestimmte Zeit zu unterlassen, war von ganz oben gekommen. Wanless hatte damals jeden Grund zu jammern ... und er hatte auch gejammert. Aber es hatte keine Anzeichen dafür gegeben, dass die Russen oder irgendeine andere Großmacht an durch Drogen geweckten Psi-Kräften interessiert waren, und die hohen Militärs nahmen an, dass es sich bei Lot Sechs trotz einiger positiver Resultate um einen Schlag ins Wasser handelte. Im Hinblick auf langfristige Ergebnisse brachte einer der Wissenschaftler, die an dem Projekt mitgearbeitet hatten, den Vergleich mit einem Düsenantrieb, den man in einen alten Ford steckt. Er funktioniert prima ... bis er auf das erste Hindernis trifft. »Wir sollten der Menschheit noch weitere zehntausend Jahre Zeit lassen, sich zu entwickeln«, hatte dieser Wissenschaftler gesagt, »und es dann noch einmal versuchen.«

Ein Teil des Problems bestand darin, dass in dem Zeitraum, in dem die durch Drogen geweckten Psi-Kräfte am stärksten ausgeprägt waren, die Probanden gleichzeitig zu geistigen Fehlleistungen neigten. Eine Kontrolle war nicht möglich. Angesichts dieser Sachlage bekamen es die hohen Militärs mit der Angst zu tun. Den Tod eines Agenten oder selbst den eines ahnungslosen Zeugen, der bei einer Aktion zufällig zugegen ist, geheim zu halten – das war schon schwierig genug. Den Tod eines Studenten, der einem Herzanfall erlegen war, zu vertuschen, das Verschwinden zweier anderer und Anzeichen von Hysterie und Paranoia bei weiteren anderen nicht bekannt werden zu lassen – das war eine völlig andere Sache. Sie hatten alle Freunde und Verwandte, wenn auch das Vorhandensein möglichst weniger naher Verwandter eines der Kriterien war, nach denen man die Probanden ausgesucht hatte. Die Kosten und Risiken waren enorm gewesen. So hatten fast siebenhunderttausend Dollar Schweigegeld bezahlt werden müssen, und mindestens eine Zwangsmaßnahme war nötig geworden – sie hatte sich gegen den Paten eines Studenten gerichtet, der sich die Augen ausgekratzt hatte. Der Patenonkel wollte einfach nicht aufgeben. Er wollte den Dingen auf den Grund gehen. Wie es denn kommen musste, war der einzige Grund, den er erreichte, der Meeresgrund vor Baltimore, wo er vermutlich immer noch lag, und zwar mit zwei Betonklötzen an dem, was von seinen Beinen noch übrig geblieben sein mochte.

Und doch war viel, sehr viel nur Glücksache gewesen.

So war das Lot-Sechs-Projekt auch weiterhin mit einem gewissen Etat ausgestattet worden. Das Geld wurde darauf verwendet, die Überlebenden stichprobenartig zu überwachen für den Fall, dass es neue Erkenntnisse gab – dass vielleicht irgendein Muster sichtbar wurde.

Am Ende war genau das eingetreten.

Cap durchstöberte eine Mappe mit Fotos und fand die schwarz-weiße Hochglanzaufnahme eines kleinen Mädchens. Das Bild hatte das Format achtmal zehn und war vor drei Jahren aufgenommen worden, als das Kind vier Jahre alt war und den Kindergarten in Harrison besuchte. Man hatte die Aufnahme mit einem Teleobjektiv von der Ladefläche eines Lieferwagens aus geschossen und später einen Ausschnitt vergrößert, bis aus einem Rudel von Jungen und Mädchen beim Spiel das Porträt eines kleinen Mädchens mit fliegenden Zöpfen entstand, das in jeder Hand den Griff eines Springseils hielt.

Gerührt betrachtete Cap das Bild eine Zeit lang. Wanless hatte als Folge seines Schlaganfalls Ängste entwickelt. Wanless war jetzt der Ansicht, dass gegen das Mädchen Zwangsmaßnahmen eingeleitet werden müssten. Obwohl Wanless mit dem Projekt nichts mehr zu tun hatte, gab es einige, die seine Ansicht teilten – und die waren sehr wohl mit der Angelegenheit befasst. Cap hoffte, dass es dazu nicht kommen würde. Er hatte selbst drei Enkelkinder, etwa im gleichen Alter wie Charlene McGee.

Natürlich mussten sie das Mädchen von ihrem Vater trennen.

Wahrscheinlich für immer. Und es war fast sicher, dass man gegen ihn Zwangsmaßnahmen würde ergreifen müssen ... natürlich erst, wenn er seinen Zweck erfüllt hatte.

Es war zehn Uhr fünfzehn. Er betätigte den Summer und meldete sich bei Rachel. »Ist Albert Steinowitz schon da?«

»Er ist eben eingetroffen, Sir.«

»Gut. Schicken Sie ihn bitte her.«

4

Ich möchte, dass Sie die restlichen Aktionen persönlich leiten, Al.«

»In Ordnung, Cap.«

Albert Steinowitz war ein kleinwüchsiger Mann mit blassgelblicher Gesichtsfarbe und pechschwarzem Haar; früher war er gelegentlich mit dem Schauspieler Victor Jory verwechselt worden. Cap hatte schon seit acht Jahren hin und wieder mit Steinowitz zusammengearbeitet – sie waren zusammen aus der Marine in die Firma übergewechselt –, und auf ihn hatte Al immer den Eindruck eines Mannes gemacht, der kurz vor seinem letzten Krankenhausaufenthalt steht. Außer an diesem Ort, wo es nicht gestattet war, rauchte er unablässig. Er befleißigte sich eines langsamen, majestätischen Gangs, der ihm eine eigenartige Würde verlieh, und solche durch nichts zu erschütternde Würde ist selten. Cap, der die Krankengeschichten aller Agenten der Sektion Eins kannte, wusste, dass Alberts würdevoller Gang aus der Not geboren war; er litt schwer an Hämorrhoiden und war deshalb schon zweimal operiert worden. Eine dritte Operation hatte er abgelehnt, denn sie hätte damit enden können, dass er für den Rest seines Lebens einen Plastikbeutel zwischen den Beinen tragen müsste. Sein würdevoller Gang erinnerte Cap immer an die Nixe aus dem Märchen, die gern eine Frau werden wollte, und an den Preis, den sie für Beine und Füße bezahlte. Cap konnte sich vorstellen, dass auch ihr Gang ziemlich würdevoll gewesen sein musste.

»Wann können Sie in Albany sein?«, fragte Cap.

»Eine Stunde nach meiner Abfahrt.«

»Gut. Ich werde Sie nicht lange aufhalten. Wie ist die Lage da oben?«

»Die örtliche Polizei arbeitet gut mit uns zusammen. Um Albany herum sind alle Ausfallstraßen gesperrt. Die Sperren sind in konzentrischen Kreisen angelegt, und in ihrem Zentrum liegt der Flughafen von Albany. Der Radius beträgt fünfunddreißig Meilen.«

»Sie nehmen also an, dass es ihnen nicht gelungen ist, per Anhalter zu entwischen?«

»Davon müssen wir ausgehen«, sagte Albert. »Wenn jemand sie allerdings, sagen wir, zweihundert Meilen weit mitgenommen hat, müssen wir natürlich wieder von vorn anfangen. Aber ich wette, dass sie sich noch innerhalb dieses Kreises aufhalten.«

»So? Und wie kommen Sie darauf?« Cap beugte sich vor. Albert Steinowitz war zweifellos der beste Agent, den die Firma beschäftigte, vielleicht von Rainbird abgesehen. Er war intelligent, hatte Fantasie – und reagierte mitleidslos, wenn es der Job erforderte.

»Teils habe ich so eine Ahnung«, sagte Albert. »Teils schließe ich das aus den Computerangaben. Wir hatten alles eingegeben, was wir über Andrew McGees letzte drei Lebensjahre wissen. Wir wollten jedes Muster erfahren, das sich aus der Fähigkeit ergibt, die er haben soll.«

»Er hat sie wirklich, Al«, sagte Cap leise. »Das macht dieses Unternehmen ja gerade so heikel.«

»Gut, er hat sie also«, sagte Al. »Aber die Computerdiagnosen lassen vermuten, dass er große Schwierigkeiten hat, sie anzuwenden. Wenn er übermäßigen Gebrauch davon macht, wird er krank.«

»Richtig. Damit rechnen wir ja auch.«

»In New York hat er Managementkurse abgehalten, so in dem Stil: Wie mache ich meinen Leuten Feuer unterm Hintern?«

Cap nickte. Der Laden nannte sich Confidence Associates, und die Zielgruppe waren leitende Angestellte, die nicht genügend Selbstvertrauen besaßen. Andrew McGee verdiente genug, um sich und seine Tochter über Wasser zu halten, zu viel mehr reichte es nicht.

»Wir haben die Teilnehmer des letzten Kurses befragt«, sagte Albert Steinowitz. »Es waren sechzehn Leute, die ihre Unterrichtsgebühren in zwei Raten bezahlten – hundert Dollar bei der Anmeldung und weitere hundert nach Absolvierung des halben Kurses, wenn der Teilnehmer der Ansicht war, dass er aus dem Kurs Nutzen gezogen hatte. Und der Ansicht waren natürlich alle.«

Cap nickte. McGees Fähigkeit war hervorragend dazu geeignet, Leute mit Zuversicht zu erfüllen. Er *stieß* sie buchstäblich in diese Zuversicht hinein.

»Wir haben ihre Antworten auf gewisse Schlüsselfragen dem Computer eingegeben. Die Fragen lauteten: Waren Sie zu bestimmten Zeiten besonders zufrieden mit sich und dem Erfolg des Kurses bei Confidence Associates? Ist es vorgekommen, dass Sie sich nach einem Abend bei Confidence Associates am folgenden Arbeitstag wie ein Tiger fühlten? Haben Sie –«

»Wie ein Tiger gefühlt?«, fragte Cap. »Verdammt, Sie haben sie gefragt, ob sie sich wie *Tiger* gefühlt haben?«

»Die Frage stammt aus dem Computer.«

»Okay, erzählen Sie weiter.«

»Die dritte Schlüsselfrage lautete: Haben Sie, seit Sie an den Kursen bei Confidence Associates teilnehmen, in Ihrem Beruf irgendwelche besonderen und messbaren Erfolge erzielt? Diese Frage konnten sie alle mit größter Objektivität und Zuverlässigkeit beantworten, denn jeder neigt dazu, sich an den Tag zu erinnern, an dem er eine Gehaltsaufbesserung bekommt oder der Boss ihm anerkennend auf die Schulter klopft. Darüber erzählten sie alle gern. Ich fand es ein wenig gespenstisch, Cap. Er hat wirklich gehalten, was er versprochen hatte. Von den sechzehn sind elf befördert worden – *elf.* Von den restlichen fünf haben drei Jobs, in denen man nur nach festgesetzten Zeiträumen befördert wird.«

»Niemand bezweifelt McGees Fähigkeit«, sagte Cap. »Jedenfalls jetzt nicht mehr.«

»Okay. Aber jetzt wieder zur Sache. Der Kurs dauerte sechs Wochen. Nach Auswertung der Antworten auf die Schlüsselfragen warf der Computer vier interessante Daten aus ... das heißt Tage, an denen McGee wahrscheinlich die gewohnte Ihr-schafft-es-wenn-ihr-nur-wollt-Arie durch konzentrierte psychische Beeinflussung ergänzt hat. Die Daten, die uns vorliegen, sind der siebzehnte August, der erste September, der neunzehnte September ... und der vierte Oktober.«

»Und was beweist das?«

»Nun, den Taxifahrer hat er gestern Abend intensiv beeinflusst. Er hat hart zugestoßen. Der Trottel ist immer noch nicht ganz da. Wir nehmen an, dass Andy McGee umgekippt ist. Krank. Vielleicht kann er sich kaum bewegen.« Albert sah Cap ruhig an. »Laut Computer steht die Wahrscheinlichkeit, dass er tot ist, bei sechsundzwanzig Prozent.«

»Was?«

»Na ja, er hat sich schon vorher manchmal übernommen und musste dann ins Bett. Irgendetwas geschieht dabei mit seinem Gehirn ... Was, weiß man nicht. Möglicherweise winzige Blutungen. Es könnte schlimmer werden. Der Computer schätzt die Chance, dass er gestorben ist, etwas höher ein als eins zu vier ... entweder an einem Herzanfall oder, wahrscheinlicher, an einem Gehirnschlag.«

»Er musste es anwenden, bevor er wieder aufgeladen war«, sagte Cap.

Albert nickte und holte etwas aus der Tasche. Es war in weiches Plastik eingeschweißt. Er gab es Cap, der es sich ansah und dann zurückreichte.

»Was soll das denn bedeuten?«, fragte er.

»Nichts Besonderes«, sagte Al und betrachtete nachdenklich die Banknote in der Plastikhülle. »Damit hat McGee seine Taxirechnung bezahlt.«

»Er ist für einen Dollar von New York City nach Albany gefahren, was?« Cap nahm die Hülle und betrachtete den Schein mit erneutem Interesse. »Die Taxipreise müssen aber ... was ist denn das?« Er ließ den Umschlag fallen, als hätte er sich daran verbrannt, lehnte sich zurück und blinzelte.

»Sie also auch«, sagte Al. »Haben Sie es gesehen?«

»Verdammt, ich weiß nicht, was ich gesehen habe«, sagte Cap und griff nach der Keramikdose, in der er seine Tabletten gegen Sodbrennen aufbewahrte. »Eine Sekunde lang sah das Ding überhaupt nicht wie eine Eindollarnote aus.«

»Jetzt aber, nicht wahr?«

Cap sah sich die Note noch einmal an. »Aber ja, das ist tatsächlich George Wash – *mein* Gott!« Er lehnte sich so heftig nach hinten, dass er beinahe mit dem Kopf gegen die Holztäfelung hinter seinem Schreibtisch geknallt wäre. Er starrte Al an. »Das Gesicht ... es schien sich ganz kurz zu verändern. Bekam plötzlich eine Brille oder so etwas. Ist das ein Trick?«

»Oh, ein verdammt guter Trick«, sagte Al und nahm den Schein wieder an sich. »Ich habe es auch gesehen, jetzt allerdings nicht mehr. Wahrscheinlich habe ich mich darauf eingestellt ... obwohl ich verdammt nicht weiß, wie. Es ist natürlich nicht da. Es ist nur eine verrückte Halluzination. Aber ich habe das Gesicht erkannt. Es ist Benjamin Franklin.«

»Sie haben den Schein vom Taxifahrer bekommen?«, fragte Cap und betrachtete die Banknote fasziniert. Er wartete darauf, dass sie sich wieder veränderte, aber er sah nur George Washington.

Al lachte. »Ja«, sagte er. »Wir nahmen den Schein und gaben ihm dafür einen Scheck über fünfhundert Dollar. Der Mann steht sich jetzt wirklich besser.«

»Wieso?«

»Benjamin Franklin ist nicht auf der Fünfhundertdollarnote. Er ist auf dem Hunderter. Das hat McGee anscheinend nicht gewusst.«

Al reichte Cap den Eindollarschein erneut, und Cap starrte ihn volle zwei Minuten lang an. Gerade als er ihn wieder zurückgeben wollte, flimmerte das Bild wieder – nahm ein anderes Aussehen an. Aber diesmal hatte Cap wenigstens das Gefühl, dass dieses Flimmern in seinem Kopf stattfand und nicht in der Banknote oder auf der Banknote oder wo auch immer.

»Ich sage Ihnen noch etwas. Ich bin nicht ganz sicher, aber ich glaube nicht, dass Franklin auf den Banknoten eine Brille trägt. Sonst ist es ...« Seine Stimme verlor sich, und er wusste nicht, wie er den Gedanken fortführen sollte.

Verdammt *komisch,* fiel ihm ein, aber er sagte es nicht.

»Ja«, sagte Al. »Was es auch ist, die Wirkung wird schwächer. Heute Morgen habe ich das Ding sechs Leuten gezeigt. Einige meinten, eine Veränderung zu erkennen, aber nicht so deutlich wie der Taxifahrer und das Mädchen, mit dem er zusammenlebt.«

»Sie glauben also, McGee hat sich übernommen?«

»Ja. Ich bezweifle, ob er sich noch auf den Beinen halten kann. Sie müssen im Wald geschlafen haben oder in einem abseits gelegenen Motel. Vielleicht sind sie in der Gegend auch in ein Wochenendhaus eingebrochen. Aber ich denke, dass sie dort noch irgendwo sind, und wir werden sie ohne große Mühe schnappen können.«

»Wie viele Leute brauchen Sie dafür?«

»Wir haben alles, was wir brauchen. Wenn man die State Police mitzählt, nehmen etwa siebenhundert Mann an dieser kleinen Party teil. Höchste Dringlichkeitsstufe. Sie gehen von Tür zu Tür und von Haus zu Haus. Wir haben jedes Hotel und Motel in der unmittelbaren Umgebung von Albany überprüft – mehr als vierzig. Jetzt dehnen wir die Suche auf die Nachbarstädte aus. Ein Mann und ein kleines Mädchen ... die fallen auf wie ein verbundener Daumen. Wir werden sie kriegen. Oder das Mädchen, falls er tot ist.« Albert stand auf. »Und ich denke, ich sollte mich auf den Weg machen. Ich möchte gern dabei sein, wenn es losgeht.«

»Das kann ich verstehen. Schaffen Sie sie her, Albert.«

»Mach ich«, versprach Albert und ging zur Tür.

»Albert?«

Er drehte sich um; ein kleiner Mann mit ungesunder Gesichtsfarbe.

»Wer *ist* denn nun auf der Fünfhundertdollarnote? Haben Sie das festgestellt?«

Albert Steinowitz lächelte. »McKinley«, sagte er. »Er wurde ermordet.«

Albert ging, schloss leise die Tür hinter sich und überließ Cap seinen Gedanken.

5

Zehn Minuten später betätigte Cap mit dem Daumen wieder die Sprechanlage. »Ist Rainbird schon aus Venedig zurück, Rachel?«

»Seit gestern«, sagte Rachel, und Cap meinte selbst aus Rachels sorgfältig kultivierter Sekretärinnenstimme einen Unterton von Ekel herauszuhören.

»Ist er hier oder in Sanibel?« Die Firma unterhielt ein Erholungszentrum auf Sanibel Island in Florida.

Es entstand eine kurze Pause, denn Rachel musste den Computer befragen.

»Longmont, Cap. Seit gestern achtzehn Uhr. Vielleicht schläft er die durch den Flug bedingte Zeitverschiebung aus.«

»Veranlassen Sie, dass jemand ihn weckt«, sagte Cap. »Ich möchte ihn gern sprechen, wenn Wanless geht ... immer vorausgesetzt, dass Wanless noch hier ist.«

»Vor fünfzehn Minuten war er es noch.«

»Gut ... sagen wir also, Rainbird um zwölf Uhr.«

»Ja, Sir.«

»Sie sind ein gutes Mädchen, Rachel.«

»Danke, Sir.« Das klang ganz gerührt. Cap mochte sie. Er mochte sie sehr gern.

»Schicken Sie bitte Dr. Wanless herein, Rachel.«

Er lehnte sich zurück, faltete die Hände auf dem Tisch und dachte: *Für meine Sünden.*

6

Dr. Joseph Wanless hatte seinen Schlaganfall an dem Tage erlitten, an dem Nixon seinen Rücktritt von der Präsidentschaft erklärte – am 8. August 1974. Es war ein Gehirnschlag von mittlerer Schwere gewesen, und physisch hatte er sich nie wieder so richtig davon erholt. Nach Caps Ansicht auch geistig nicht. Erst seit dem Schlag war sein Interesse an dem Experiment mit Lot Sechs und dessen Folgen zur Besessenheit geworden.

Auf einen Stock gestützt, betrat Wanless den Raum. Das Licht vom Erkerfenster fing sich in seinen runden, randlosen Brillengläsern und ließ sie funkeln. Seine linke Hand war zu einer Klaue gekrümmt. In seinem linken Mundwinkel klebte ein eisiges Grinsen.

Rachel schaute Wanless über die Schulter und warf Cap einen mitfühlenden Blick zu. Mit einer Kopfbewegung bedeutete Cap ihr, den Raum zu verlassen. Sie tat es und schloss leise die Tür.

»Der gute Doktor«, sagte Cap ohne jeden Humor.

»Na, wie läuft's?«, fragte Wanless und nahm ächzend Platz.

»Geheim«, sagte Cap. »Das wissen Sie doch, Joe. Was kann ich heute für Sie tun?«

»Ich habe mir angesehen, was hier so los ist«, sagte Wanless, der Caps Frage völlig ignorierte. »Was blieb mir sonst übrig, wo ich mir den ganzen Vormittag die Beine in den Leib stehen musste.«

»Dann müssen Sie eine Verabredung treffen, bevor Sie herkommen.«

»Sie glauben schon wieder, dass Sie sie fast erwischt haben«, sagte Wanless.

»Was sollte Steinowitz sonst hier? Nun, vielleicht stimmt es ja. Vielleicht. Aber das haben Sie ja schon einmal geglaubt, nicht wahr?«

»Was wollen Sie, Joe?« Cap mochte nicht gern an vergangene Fehlschläge erinnert werden. Sie hatten das Mädchen tatsächlich schon einmal gehabt. Die Männer, die daran mitgewirkt hatten, waren immer noch nicht einsatzfähig und würden es vielleicht nie wieder sein.

»Was will ich denn immer?«, fragte Wanless auf seinen Stock gebeugt. Oh Gott, dachte Cap, das alte Arschloch wird wieder rhetorisch. »Warum bleibe ich am Leben? Um Sie zu überreden, gegen beide Zwangsmaßnahmen einzuleiten. Auch gegen die Leute in Maui. Extreme Zwangsmaßnahmen, Captain Hollister. Löschen Sie sie aus. Tilgen Sie sie von der Erdoberfläche.«

Cap seufzte.

Wanless deutete mit seiner verkrümmten Hand auf den Bibliothekskarren. »Ich sehe, dass Sie sich wieder mit den Akten beschäftigt haben.«

»Ich kenne sie fast auswendig«, sagte Cap und lächelte dann schwach. Während des letzten Jahres war Lot Sechs sein tägliches Brot gewesen; während der zwei Jahre davor hatte es bei jeder Besprechung auf der Tagesordnung gestanden. Vielleicht war Wanless hier also nicht der Einzige, der besessen war.

Mit einem Unterschied: Ich werde dafür bezahlt. Für Wanless ist es ein Hobby. Ein gefährliches Hobby.

»Sie lesen sie, aber Sie lernen nichts«, sagte Wanless. »Lassen Sie mich noch einmal versuchen, Sie zur Wahrheit zu bekehren, Captain Hollister.«

Cap wollte protestieren, aber dann dachte er an Rainbird, mit dem er für zwölf Uhr verabredet war, und seine Miene glättete sich. Sein Gesicht wurde ganz ruhig, sogar freundlich. »In Ordnung«, sagte er. »Schießen Sie los.«

»Sie glauben doch immer noch, dass ich verrückt bin. Ein Irrer.«

»Das haben *Sie* gesagt.«

»Es wäre gut, wenn Sie sich daran erinnerten, dass ich als Erster ein Testprogramm mit dilysergischer Triumsäure vorschlug.«

»Es gibt Tage, an denen ich wünschte, dass Sie es nicht getan hätten«, sagte Cap. Wenn er die Augen schloss, sah er noch Wanless' ersten Bericht vor sich, eine zweihundert Seiten dicke Schrift über eine Droge, die anfangs als DLT bekannt gewesen war, dann von den beteiligten Technikern »Verstärkersäure« genannt wurde, bis man sie dann endlich als Lot Sechs bezeichnete. Caps Vorgänger hatte das ursprüngliche Projekt genehmigt; und dieser Gentleman war vor sechs Jahren mit allen militärischen Ehren in Arlington zu Grabe getragen worden.

»Ich sage nur, dass meine Ansicht doch einiges Gewicht haben sollte«, sagte Wanless. An diesem Morgen klang seine Stimme müde, und er sprach langsam und undeutlich. Das schiefe Grinsen in seinem linken Mundwinkel blieb auch beim Sprechen.

»Ich höre zu«, sagte Cap.

»Soweit ich weiß, bin ich der einzige Psychologe oder Mediziner, der bei Ihnen noch Gehör findet. Es gibt nur eins, was Ihren Leuten den Blick verstellt hat: was dieser Mann und dieses Mädchen für Amerikas Sicherheit bedeuten könnten ... und möglicherweise für das künftige Kräftegleichgewicht. Nach dem, was wir über McGees Geschichte wissen, ist er eine Art gütiger Rasputin. Er veranlasst ...«

Monoton redete Wanless weiter, aber Cap hörte vorübergehend nicht mehr zu. *Gütiger Rasputin,* dachte er. Es war zwar nur eine schillernde Phrase, aber sie gefiel ihm. Er überlegte, was Wanless wohl sagen würde, wenn er ihm mitteilte, dass der Computer eine Eins-zu-vier-Chance ausgerechnet hatte, dass McGee nach seiner Flucht aus New York City schon tot war. Wahrscheinlich wäre er überglücklich. Und wenn er Wanless die Banknote zeigte? Dann wäre ein zweiter Schlaganfall fällig, dachte Cap und hielt sich die Hand vor den Mund, um sein Lächeln zu verbergen.

»Hauptsächlich mache ich mir wegen des Mädchens Sorgen«, sagte Wanless ihm zum zwanzigsten? dreißigsten? fünfzigsten? Mal. »Dass McGee und Tomlinson geheiratet haben ... eine Chance tausend zu eins. Das hätte um jeden Preis verhindert werden müssen. Dennoch hätten Sie voraussehen können –«

»Damals waren Sie sehr dafür«, sagte Cap und fügte trocken hinzu: »Sie hätten sogar den Brautführer gemacht, wenn Sie gebeten worden wären.«

»Keiner von uns war sich darüber klar«, murmelte Wanless. »Ich musste erst den Schlaganfall bekommen, damit mir die Augen geöffnet wurden. Lot Sechs war schließlich nichts anderes als eine synthetische Kopie eines Schilddrüsenextrakts ... eine unglaublich wirksame schmerzstillende halluzinogene Droge, die uns damals in ihren Auswirkungen unbekannt war und die wir auch heute noch nicht einschätzen können. Wir wissen – oder sind wenigstens zu neunzig Prozent davon überzeugt –, dass das natürliche Gegenstück zu dieser Substanz auf irgendeine Weise für das gelegentliche Aufflackern von Psi-Fähigkeiten verantwortlich ist, die fast jeder Mensch von Zeit zu Zeit demonstriert. Es ist eine überraschend breite Palette von Phänomenen: Hellsichtigkeit, Telekinese, geistige Beherrschung anderer, Ausbrüche übermenschlicher Kraft, zeitweilige Kontrolle über das vegetative Nervensystem. Wissen Sie, dass die Hypophyse bei fast allen biochemischen Rückkopplungsexperimenten plötzlich eine Überaktivität entfaltet?«

Cap wusste es. Wanless hatte ihm dies und alles andere zahllose Male erzählt. Aber eine Antwort erübrigte sich. Wanless ließ seine Rhetorik ungehemmt erblühen, gefiel sich in seinem Vortrag. Und Cap war geneigt zuzuhören ... dieses eine letzte Mal. Sollte der alte Mann noch einmal seinen Vortrag halten. Für Wanless lief die Uhr ab.

»Ja, das stimmt«, antwortete er an Caps Stelle. »Sie ist aktiv bei biochemischer Rückkopplung, aktiv beim REM-Schlaf, und Leute mit beeinträchtigter Hypophyse träumen selten normal. Bei solchen Leuten treten außerordentlich häufig Gehirntumore und Leukämie auf. Die Hypophyse, Captain Hollister. Sie ist entwicklungsgeschichtlich gesehen die älteste endokrine Drüse im menschlichen Körper. Während der Mensch heranwächst, gibt sie ein Vielfaches ihres eigenen Gewichts an Drüsensekreten in den Blutstrom ab. Es ist eine ungeheuer wichtige Drüse, eine ungeheuer geheimnisvolle Drüse. Wenn ich an die menschliche Seele glaubte, Captain Hollister, würde ich ihren Sitz in der Hypophyse vermuten.«

Cap grunzte.

»Wir kennen diese Dinge«, sagte Wanless, »und wir wissen, dass Lot Sechs bei den Testpersonen irgendwie die physische Beschaffenheit der Hypophyse verändert hat. Selbst bei dem von Ihnen als ›ruhig‹ eingestuften James Richardson. Wichtiger noch, aus unseren Erkenntnissen über das Mädchen können wir schließen, dass Lot Sechs ebenfalls die Chromosomenstruktur irgendwie verändert ... und dass diese Veränderung in der Hypophyse eine echte Mutation sein könnte.«

»Der X-Faktor wurde weitergegeben.«

»Nein«, sagte Wanless. »Das ist eins der vielen Dinge, die Sie nicht begreifen, Captain Hollister. In seinem postexperimentellen Leben wurde Andrew McGee ein X-Faktor. Victoria Tomlinson wurde ein Y-Faktor – ebenfalls betroffen, aber anders als ihr Mann. Die Frau behielt telekinetische Fähigkeiten auf niedriger Stufe. Der Mann behielt mittlere Fähigkeiten zu geistiger Beeinflussung. Das kleine Mädchen aber ... das kleine Mädchen, Captain Hollister ... was ist sie? Wir wissen es eigentlich nicht. Sie ist der Z-Faktor.«

»Das beabsichtigen wir herauszufinden«, sagte Cap leise.

Nun grinste Wanless mit beiden Mundwinkeln. »Sie beabsichtigen es herauszufinden«, kam sein Echo. »Ja, wenn Sie darauf bestehen, können Sie es gewiss ... ihr blinden, besessenen Narren.« Er schloss die Augen und bedeckte sie mit der Hand. Cap beobachtete ihn mit Gelassenheit.

Wanless sagte: »Eins wissen Sie bereits. Sie kann willkürlich Feuer entfachen.«

»Ja.«

»Sie nehmen an, dass sie die telekinetischen Fähigkeiten ihrer Mutter geerbt hat. Sie sind sogar fest überzeugt davon.«

»So ist es.«

»Als sie noch sehr klein war, konnte sie diese ... diese Talente, mir fällt kein anderes Wort ein, in keiner Weise kontrollieren ...«

»Ein sehr kleines Kind kann auch seinen Darm nicht kontrollieren«, sagte Cap und zitierte damit ein Beispiel aus dem Bericht. »Aber wenn das Kind älter wird –«

»Ja, ja, diese Analogie ist mir vertraut. Aber auch einem älteren Kind kann ein Missgeschick widerfahren.«

Cap antwortete lächelnd: »Wir werden die Kleine in einem feuersicheren Raum aufbewahren.«

»In einer Zelle.«

Immer noch lächelnd sagte Cap: »Wenn Ihnen das lieber ist.«

»Ich biete Ihnen folgenden Schluss an«, sagte Wanless. »Sie wendet die Fähigkeiten, die sie hat, nur ungern an. Man hat ihr davor Angst gemacht, und diese Angst wurde ihr absichtlich eingeflößt. Ich will Ihnen ein Parallelbeispiel nennen. Das Kind meines Bruders. Es gab Streichhölzer im Haus. Freddy wollte damit spielen. Sie anzünden und wieder ausmachen. ›Hübsch, hübsch‹, sagte er dann. Und so begann mein Bruder, in dem Jungen einem Komplex zu züchten. Ihn so sehr zu erschrecken, dass er nie mehr mit den Streichhölzern spielen würde. Er erzählte Freddy, die Streichholzköpfe seien aus Schwefel und dass seine Zähne davon verfaulen und herausfallen würden. Dass er, wenn er die Streichhölzer nur ansah, am Ende blind werden würde. Und schließlich hielt er Freddys Hand einen Augenblick über ein brennendes Streichholz und versengte ihm den Finger.«

»Ihr Bruder«, murmelte Cap, »scheint ein wahrer Wohltäter unter den Menschen zu sein.«

»Besser eine Brandblase an der Hand eines Knaben als ein nassverpacktes Kind auf der Intensivstation mit Verbrennungen dritten Grades an über sechzig Prozent seiner Körperoberfläche«, sagte Wanless wütend.

»Noch besser wäre es, die Streichhölzer vor Kindern zu verschließen.«

»Können Sie Charlene McGees Streichhölzer vor ihr verschließen?«, fragte Wanless.

Cap ruckte bedächtig. »Sie haben in gewisser Weise Recht, aber –«

»Fragen Sie sich doch selbst, Captain Hollister: Wie muss es wohl für Andrew und Victoria McGee gewesen sein, als dieses Kind noch klein war? Als sie sich mit diesem Kind auseinander setzen mussten? Es bekommt die Flasche zu spät. Schon geht ein Stofftier *direkt in ihrem Bett* in Rauch und Flammen auf. Sie hat sich den Latz bekleckert. Das Baby schreit. Und gleich darauf fängt spontan die Schmutzwäsche im Deckelkorb zu brennen an. Das steht doch alles in Ihren Akten, Captain Hollister; Sie wissen doch, wie es in diesem Haus zuging. Ein Feuerlöscher und ein Rauchanzeiger in jedem Raum. Und einmal war es das *Haar* der Kleinen, Captain Hollister. Die Eltern gingen in das Zimmer ihrer Tochter, und sie stand schreiend im Bett, und ihr Haar brannte.«

»Ja«, sagte Cap, »das muss die Leute verdammt nervös gemacht haben.«

»Also«, sagte Wanless, »wurde sie nicht nur zur Sauberkeit erzogen, sondern auch dazu, kein Feuer zu machen.«

»Dazu erzogen, kein Feuer zu machen«, sagte Cap nachdenklich.

»Was lediglich bedeutet, dass ihre Eltern, wie mein Bruder bei seinem Sohn Freddy, bei ihr einen Komplex erzeugt haben. Sie haben da eine Analogie zitiert, Captain Hollister. Lassen Sie uns diese doch einmal prüfen. Was ist denn diese Erziehung zur Sauberkeit? Sie besteht ganz einfach darin, dass man einen Komplex erzeugt.« Und plötzlich veränderte sich die Stimme des alten Mannes auf erstaunliche Weise. Sie wurde zu einem schrillen, zitternden Diskant. Es hörte sich an, als schimpfte eine Frau mit ihrem Baby. Cap ließ das Theater mit angewidertem Erstaunen über sich ergehen.

»Du böses Kind«, zeterte Wanless. »Sieh nur, was du gemacht hast. Pfui, du böses Kind. Es ist abscheulich, in die Hose zu machen, du Ferkel. Machen Erwachsene in die Hose? Geh auf den Topf, Baby, auf den *Topf.*«

»Bitte«, sagte Cap gequält.

»Es geht darum, einen Komplex zu erzeugen«, sagte Wanless. »Die Erziehung zur Sauberkeit wird dadurch erreicht, dass die Aufmerksamkeit des Kindes auf die eigenen Ausscheidungsvorgänge gelenkt wird, und zwar auf eine Weise, die wir für ungesund hielten, wäre der Gegenstand dieser Aufmerksamkeit ein anderer. Sie könnten jetzt fragen, wie stark dieser eingeimpfte Komplex das Verhalten des Kindes bestimmt. Richard Damon von der Universität Washington hatte sich diese Frage gestellt und veranstaltete ein Experiment, um das herauszufinden. Durch Zeitungsanzeigen fand er fünfzig Studenten, die sich freiwillig zur Verfügung stellten. Er ließ sie reichlich Wasser, Soda und Milch trinken, bis sie alle dringend urinieren mussten. Nach Ablauf einer vorher festgesetzten Zeit sagte er ihnen, dass sie sich jetzt erleichtern dürften ... vorausgesetzt, sie machten sich in die Hose.«

»Wie ekelhaft!«, sagte Cap laut. Er war schockiert und angewidert. Das war kein Experiment, sondern ein Beispiel von Entartung.

»Sie sehen, wie stark dieser Komplex in Ihrer eigenen Psyche verwurzelt ist«, sagte Wanless ruhig. »Als Sie zwanzig Monate alt waren, hielten Sie es nicht für so ekelhaft. Wenn Sie damals mussten, taten Sie es auf der Stelle, und wenn Sie beim Papst auf dem Schoß gesessen hätten. Was bei Damons Experiment herauskam, ist dies: die meisten *konnten* nicht. Ihnen war klar, dass normale Verhaltensregeln für die Dauer des Experiments außer Kraft gesetzt waren; sie befanden sich in Räumlichkeiten, die ebenso privat waren wie jedes gewöhnliche Badezimmer ... aber achtzig Prozent *konnten* einfach nicht. Ganz gleich, wie stark das physische Bedürfnis war: der von ihren Eltern erzeugte Komplex war stärker.«

»Sinnloses Geschwafel«, sagte Cap kurz.

»Durchaus nicht. Ich möchte, dass Sie die Parallelen zwischen der Erziehung zur Sauberkeit und der zum Verzicht auf Feuermachen bedenken ... und den einen wichtigen Unterschied – den Unterschied der Folgen. Wenn die Erziehung zur Sauberkeit bei einem Kind schwierig ist, was sind dann die Folgen? Geringfügige Unannehmlichkeiten. Sein Zimmer riecht, wenn es nicht ständig gelüftet wird. Die Mutter steht dauernd an der Waschmaschine. Vielleicht muss nach einiger Zeit der Teppich gereinigt werden. Schlimmstenfalls ist das Kind öfter wund, aber das passiert nur, wenn es eine besonders empfindliche Haut hat oder die Mutter zu schlampig ist, es sauber zu halten. Was aber sind die Folgen bei einem Kind, das Feuer machen kann?«

Seine Augen funkelten. Seine linke Mundhälfte grinste.

»Meine Einschätzung der McGees als Eltern ist sehr hoch«, sagte Wanless. »Irgendwie haben sie es bei ihr geschafft. Ich kann mir vorstellen, dass sie damit lange vor dem Zeitpunkt angefangen haben, zu dem Eltern normalerweise mit der Erziehung zur Sauberkeit beginnen, vielleicht sogar noch bevor sie krabbeln konnte. ›Das darf Baby nicht! Baby tut sich weh! Böses Mädchen! Nein, nein, nein! Böses Mädchen! *Bö-öses* Mädchen!‹

Aber Ihr eigener Computer, Captain Hollister, informiert uns, dass sie im Begriff ist, ihren Komplex zu überwinden. Sie ist dazu in einer beneidenswerten Ausgangsposition. Sie ist jung, und der Komplex konnte sich noch nicht über Jahre hinweg zementieren. Und ihr Vater ist bei ihr! Können Sie die Bedeutung dieser einfachen Tatsache ermessen? Natürlich können Sie es nicht. Der Vater ist die Autoritätsfigur. Beim weiblichen Kind beeinflusst er jede Fixationsphase. Oral, anal, genital; hinter jeder steht wie ein Schatten hinter einem Vorhang die väterliche Autoritätsfigur. Für das weibliche Kind ist er Moses; die Gesetze sind seine Gesetze, wie auch immer überliefert, und er sorgt dafür, dass sie befolgt werden. Er ist vielleicht die einzige Person auf der Welt, die diese Blockade aufheben kann. Unsere Komplexe, Captain Hollister, verursachen uns die meisten Qualen und psychischen Nöte, wenn diejenigen, die sie in uns erzeugt haben, sterben und damit jenseits aller Argumente ... und allen Mitleids sind.«

Cap schaute auf die Uhr und stellte fest, dass Wanless erst vierzig Minuten bei ihm war. Ihm kam es vor wie Stunden. »Sind Sie bald fertig? Ich habe noch eine weitere Verabredung –«

»Wenn Komplexe verschwinden, ist es, als ob bei Sturmflut die Deiche brechen«, sagte Wanless leise. »Wir kennen ein sexuell sehr freizügiges Mädchen, das neunzehn Jahre alt ist und schon dreihundert Männer gehabt hat. Ihr Körper ist voll sexueller Verseuchung wie der einer vierzigjährigen Prostituierten. Mit siebzehn war sie noch Jungfrau. Ihr Vater war Geistlicher, der ihr, als sie noch klein war, immer wieder erzählte, dass Sex in der Ehe ein notwendiges Übel sei, Sex außerhalb der Ehe aber Hölle und Verdammnis bedeute. Wenn ein solcher Komplex verschwindet, brechen wirklich alle Dämme. Erst gibt es einen oder zwei kleine Risse, durch die so wenig Wasser sickert, dass man es nicht bemerkt.

Und nach den Informationen aus Ihrem Computer befindet sich das kleine Mädchen genau in dieser Phase. Wir haben die Information, dass sie ihre Fähigkeit benutzt hat, um ihrem Vater zu helfen, vermutlich auf dessen Drängen. Und dann bricht alles, und in gewaltigen Fluten stürzt das Wasser herein und zerstört und ertränkt alles auf seinem Wege und verändert die Landschaft für immer!«

Wanless, der vorher leise gesprochen hatte, sprach jetzt mit lauter, zittriger Greisenstimme, die aber eher mürrisch als pathetisch klang.

»Hören Sie zu«, sagte er zu Cap. »Hören Sie mir ein einziges Mal zu. Nehmen Sie die Scheuklappen von den Augen. Der Mann ist von sich aus nicht gefährlich. Er hat gewisse Fähigkeiten, aber das ist nur Spielzeug. Das weiß er. Er hat keine Millionen damit verdienen können. Er beherrscht keine Menschen und Nationen. Er hat seine Fähigkeiten angewendet, um fetten Frauen abnehmen zu helfen. Er hat sie angewendet, um leitenden Angestellten zu mehr Selbstvertrauen zu verhelfen. Er ist außer Stande, diese Fähigkeiten oft und wirksam anzuwenden ... irgendein innerer physiologischer Faktor setzt ihm Grenzen. Aber das Mädchen ist unglaublich gefährlich. Sie ist mit ihrem Vater auf der Flucht und sieht sich einer Situation ausgesetzt, in der es ums nackte Überleben geht. Sie hat große Angst. Und auch er hat Angst, und das macht ihn gefährlich. Er ist es nicht von sich aus, sondern weil Sie ihn zwingen, seine Tochter umzuerziehen. Sie zwingen ihn, ihre Vorstellungen über ihre inneren Kräfte zu ändern. Sie bringen ihn dazu, sie zu zwingen, ihre Fähigkeiten zu gebrauchen.«

Wanless atmete schwer.

Cap spielte weiter mit – das Ende war jetzt in Sicht – und sagte ruhig: »Was schlagen Sie vor?«

»Der Mann muss getötet werden. Rasch. Bevor er die Axt an den Komplex legen kann, den er und seine Frau in das Mädchen eingebaut haben. Und ich glaube, das Mädchen muss auch getötet werden. Für den Fall, dass der Schaden schon eingetreten ist.«

»Sie ist schließlich nur ein kleines Mädchen, Wanless. Sie kann Feuer anzünden, ja. Wir nennen es Pyrokinese. Aber bei Ihnen hört es sich an, als sei es der Weltuntergang.«

»Vielleicht wird es das noch«, sagte Wanless. »Lassen Sie sich durch ihr Alter und ihre Größe nicht dazu verleiten, den Z-Faktor zu vergessen ... und genau das tun Sie natürlich. Wenn das Verursachen von Feuern nur die Spitze des Eisbergs ist? Wenn ihre Fähigkeiten sich noch erweitern? Sie ist erst sieben. Als John Milton sieben war, hat er vielleicht ein Stück Holzkohle genommen und versucht, seinen Namen mit Buchstaben zu schreiben, die seine Eltern lesen konnten. Als er erwachsen war, schrieb John Milton *Das verlorene Paradies*.«

»Ich weiß nicht wovon, zum Teufel, Sie reden«, sagte Cap ärgerlich.

»Ich rede vom Zerstörungspotenzial. Ich rede über eine Fähigkeit, die mit der Hypophyse zusammenhängt, einer Drüse, die bei einem Kind im Alter von Charlene McGee noch fast untätig ist. Was geschieht, wenn sie heranwächst und die Drüse aus ihrem Schlaf erwacht und für zwanzig Monate zur stärksten Kraft im menschlichen Körper wird, die vom Reifen der primären und sekundären Geschlechtsmerkmale bis zur erhöhten Produktion von Sehpurpur im Auge alles veranlasst? Stellen Sie sich vor, wir hätten ein Kind, das irgendwann *allein durch Willenskraft* in der Lage sein wird, eine nukleare Explosion auszulösen!«

»Einen solchen Wahnsinn hab ich noch nie gehört.«

»So? Dann lassen Sie mich von Wahnsinn zu ausgesprochenem Irrsinn übergehen. Wenn irgendwo dort draußen ein kleines Mädchen herumläuft, das die nur vorläufig noch latente Fähigkeit besitzt, den ganzen Planeten in zwei Hälften zu spalten wie einen Porzellanteller auf einem Schießstand?«

Sie sahen einander schweigend an. Und plötzlich summte die Sprechanlage.

Nach einer Weile beugte Cap sich vor und drückte auf den Knopf. »Ja, Rachel?« Verdammt, der alte Kerl hatte ihn doch tatsächlich einen Augenblick beeindruckt. Er war wie eine Aaskrähe. Das war ein weiterer Grund dafür, dass Cap ihn nicht mochte. Er selbst war eher ein Draufgänger, und wenn es etwas gab, das er hasste, dann waren das diese ewigen Pessimisten.

»Auf dem Zerhacker ist ein Gespräch für Sie«, sagte Rachel. »Aus dem Einsatzgebiet.«

»Gut, Mädchen. Vielen Dank. Lassen Sie ihn ein paar Minuten warten.«

»Yes, Sir.«

Er lehnte sich im Sessel zurück. »Ich muss diese Unterhaltung beenden, Dr. Wanless. Sie können sich darauf verlassen, dass ich mir alles, was Sie gesagt haben, sorgfältig durch den Kopf gehen lassen werde.«

»Wirklich?«, fragte Wanless, und mit der gelähmten Mundhälfte schien er zynisch zu grinsen.

»Ja.«

Wanless sagte: »Das Mädchen ... McGee ... und dieser Richardson sind die letzten Faktoren in einer Gleichung, die nicht aufgeht, Captain Hollister. Löschen Sie sie aus. Fangen Sie schnellstens damit an. Das Mädchen ist sehr gefährlich.«

»Ich werde berücksichtigen, was Sie gesagt haben«, wiederholte Cap.

»Tun Sie das.« Und endlich fing Wanless an, sich mühselig aus seinem Stuhl hochzuarbeiten, wobei er sich auf seinen Stock stützte. Es dauerte lange, aber schließlich stand er.

»Der Winter steht vor der Tür«, sagte er zu Cap. »Davor haben diese alten Knochen Angst.«

»Bleiben Sie über Nacht in Longmont?«

»Nein, in Washington.«

Cap zögerte und sagte dann: »Übernachten Sie im Mayflower. Es könnte sein, dass ich mich mit Ihnen in Verbindung setzen möchte.«

Etwas in den Augen des alten Mannes leuchtete auf – Dankbarkeit? Höchstwahrscheinlich.

»Gern, Captain Hollister«, sagte er und schleppte sich, auf seinen Stock gestützt, zur Tür – ein alter Mann, der einst die Büchse der Pandora geöffnet hatte und nun alles erschießen wollte, was herausgeflogen war, anstatt abzuwarten, was sich daraus entwickelte.

Als die Tür sich hinter ihm geschlossen hatte, stieß Cap einen Seufzer der Erleichterung aus und nahm den Hörer des Zerhackertelefons auf.

7

Mit wem spreche ich?«

»Orv Jamieson, Sir.«

»Haben Sie sie, Jamieson?«

»Noch nicht, Sir, aber auf dem Flughafen haben wir etwas Interessantes festgestellt.«

»Und das wäre?«

»Alle Münzfernsprecher sind leer. In einigen Zellen lagen noch ein paar Münzen auf dem Fußboden.«

»Geknackt?«

»No, Sir. Deshalb rufe ich Sie an. Sie sind nicht geknackt worden, sie sind ganz einfach leer. Die Telefongesellschaft spielt schon verrückt.«

»Ich habe verstanden, Jamieson.«

»Das beschleunigt die Sache. Wir haben uns überlegt, ob der Mann das Mädchen vielleicht draußen versteckt und nur für sich selbst ein Zimmer genommen hat. Wie dem auch sei, wir suchen jetzt einen Kerl, der mit ’ner Menge Kleingeld bezahlt hat.«

»Wenn sie überhaupt in ein Motel gegangen sind und nicht irgendwo draußen schlafen.«

»Ja, Sir.«

»Machen Sie weiter, OJ.«

»Ja, Sir. Vielen Dank.« Er schien sich auf absurde Weise darüber zu freuen, dass der andere sich an seinen Spitznamen erinnerte.

Cap legte auf. Fünf Minuten lang saß er mit halb geschlossenen Augen da und dachte nach. Das weiche Herbstlicht fiel durch das Erkerfenster herein, erwärmte und erhellte das Büro. Dann beugte er sich vor und sprach über die Sprechanlage mit Rachel.

»Ist John Rainbird da?«

»Ja, Cap.«

»Schicken Sie ihn in fünf Minuten rein. Ich will vorher noch mit Norville Bates sprechen. Er hat draußen das Kommando, bis Al dort ist.«

»Ja, Sir«, sagte Rachel zweifelnd.

»Das müsste eine offene Leitung sein. Über Walkie-Talkie. Nicht sehr –«

»Machen Sie schon«, sagte er ungeduldig.

Es dauerte zwei Minuten. Bates war nur leise zu hören, und es knackte in der Leitung. Der Mann war gut – ein wenig fantasielos, aber ein Arbeitstier. Er war genau der Typ, der die Stellung halten konnte, bis Albert Steinowitz eintraf. Norville berichtete, dass sie die Suche jetzt auf die benachbarten Städte ausgedehnt hätten – Oakville, Tremont, Messalonsett, Hastings Glen, Looton.

»Okay, Norville, das ist gut«, sagte Cap und dachte an Wanless, der gesagt hatte: *Sie zwingen ihn dazu, das kleine Mädchen umzuerziehen.* Er dachte an Jamieson, der berichtet hatte, dass alle Münzapparate leer seien. Das war nicht McGee gewesen. Das hatte das Mädchen getan. Und dann hatte sie, weil sie so spät noch auf war, dem Soldaten die Schuhe in Brand gesetzt, wahrscheinlich aus Versehen. Wanless würde sich freuen, wenn er wüsste, dass Cap trotz allem seine Ratschläge zu fünfzig Prozent befolgen wollte – der alte Knacker hatte heute Morgen erstaunliche Beredsamkeit an den Tag gelegt.

»Es hat sich etwas geändert«, sagte Cap. »Wir müssen gegen McGee Zwangsmaßnahmen einleiten. Extreme Zwangsmaßnahmen. Haben Sie verstanden?«

»Extreme Zwangsmaßnahmen«, sagte Norville gleichmütig. »Jawohl, Sir.«

»Gut, Norville«, sagte Cap leise. Er legte den Hörer auf und wartete auf John Rainbird.

Im nächsten Augenblick ging die Tür auf, und da stand er

schon, in Lebensgröße, aber doppelt so hässlich. Dieser Irokesenmischling bewegte sich so leise, dass man seine Anwesenheit im Zimmer überhaupt nicht wahrnahm, wenn man sich gerade mit Lesen oder der Erledigung von Korrespondenz beschäftigte. Cap wusste, wie ungewöhnlich das war. Die meisten Leute spürten die Anwesenheit eines anderen im Raum. Wanless hatte diese Fähigkeit einmal beschrieben. Er hatte sie nicht den sechsten Sinn genannt, sondern sie als eine Art Instinkt bezeichnet, der unmerklich aus den Wahrnehmungen der normalen Sinne gespeist wird. Aber bei Rainbirds Erscheinen funktionierte dieser Instinkt nicht. Bei ihm hatte man keine Wahrnehmung, und es gab nichts, was auch nur einen Nerv vibrieren ließ. Bei einem Glas Portwein in Caps Wohnung hatte sich Al Steinowitz einmal ganz seltsam über Rainbird geäußert: »Er ist der einzige Mensch, den ich kenne, der die Luft nicht vor sich her schiebt, wenn er geht.« Und Cap war froh, dass Rainbird auf ihrer Seite war, denn er war der einzige Mensch, den *er* kannte, vor dem er sich fürchtete.

Er war ein Ungeheuer, ein Ungetüm von einem Mann. Er war fast zwei Meter groß und trug sein glänzendes schwarzes Haar zurückgekämmt und zu einem kurzen Pferdeschwanz gebunden. Vor zehn Jahren, während seines zweiten Einsatzes in Vietnam, war direkt vor ihm ein Sprengsatz hochgegangen, und jetzt war sein Gesicht ein Chaos aus vernarbtem Gewebe und verbranntem Fleisch. Sein linkes Auge fehlte, und wo es gesessen hatte, war nur noch die Höhle. Plastische Chirurgie oder ein künstliches Auge hatte er abgelehnt, weil er, wie er sagte, in den ewigen Jagdgründen seine Kampfnarben würde vorzeigen müssen. Wenn er so etwas sagte, wusste man nie, ob man ihm glauben konnte; man wusste nie, ob er es ernst meinte oder ob er einen aus irgendeinem Grund einfach nur zum Narren halten wollte.

Über die Jahre hinweg war Rainbird ein überraschend guter Agent gewesen – teils, weil er wie alles andere aussah, nur nicht wie ein Agent, hauptsächlich aber, weil hinter der hässlichen Maske ein fähiger, hell lodernder Verstand steckte. Er sprach vier Sprachen fließend, in drei weiteren konnte er sich verständigen.

Zurzeit nahm er an einem Hypnosekurs in Russisch teil. Wenn er sprach, klang seine Stimme angenehm leise, musikalisch und kultiviert.

»Guten Abend, Cap.«

»Ist es schon so spät?«, fragte Cap überrascht.

Rainbird lächelte und zeigte dabei ein Gebiss von makellosem Weiß – Haifischzähne, dachte Cap. »Um vierzehn Minuten zu spät«, sagte Rainbird. »Ich habe in Venedig auf dem schwarzen Markt eine Seiko-Digitaluhr gekauft. Es ist faszinierend. Kleine schwarze Ziffern, immer andere. Eine technologische Leistung. Ich denke oft, Cap, dass wir den Krieg in Vietnam nicht geführt haben, um ihn zu gewinnen, sondern um technologische Leistungen zu vollbringen. Wir haben ihn geführt, um billige Digitaluhren zu erfinden, das Pingpong-Spiel, das man an sein Fernsehgerät anschließen kann, den Taschenrechner. Im Dunkel der Nacht schaue ich auf meine Armbanduhr. Sie sagt mir, dass ich Sekunde um Sekunde meinem Tode näher bin. Eine gute Nachricht.«

»Setzen Sie sich, alter Freund«, sagte Cap. Wie immer, wenn er mit Rainbird sprach, hatte er ein trockenes Gefühl im Mund, und er musste auf seine Hände achten, damit sie sich auf der polierten Tischplatte nicht nervös ineinander verkrampften. Bei alledem war er davon überzeugt, dass Rainbird ihn *mochte* – wenn überhaupt die Rede davon sein konnte, dass Rainbird irgendeinen Menschen mochte.

Rainbird setzte sich. Er trug alte Bluejeans und ein verschossenes Leinenhemd.

»Wie war Venedig?«, fragte Cap.

»Es versinkt«, sagte Rainbird.

»Ich habe einen Job für Sie, wenn Sie wollen. Es ist eine Bagatellsache, könnte aber zu einem Auftrag führen, den Sie wesentlich interessanter finden werden.«

»Worum geht es?«

»Natürlich nur freiwillig«, sagte Cap. »Schließlich haben Sie noch Urlaub.«

»Worum geht es?«, wiederholte Rainbird leise, und Cap sagte

es ihm. Rainbird blieb nur fünfzehn Minuten, aber es kam Cap wie eine Stunde vor.

Als der baumlange Indianer gegangen war, stieß Cap einen langen Seufzer aus. Wanless und Rainbird an einem einzigen Vormittag – das konnte jedem den Tag vermiesen. Aber der Vormittag war vorbei, er hatte eine Menge geschafft, und wer konnte wissen, was ihn am Nachmittag noch erwartete. Er betätigte den Summer, um Rachel zu rufen.

»Ja, Cap.«

»Ich esse hier, Darling. Würden Sie mir bitte etwas aus der Cafeteria holen lassen? Ganz gleich was. Vielen Dank, Rachel.«

Endlich war er allein. Das Zerhackertelefon mit seinen Mikroschaltkreisen und Chips, und was immer sonst noch zu seinen Bestandteilen gehörte, schwieg, und wenn es wieder summte, war es wahrscheinlich Albert oder Norville, die ihm berichten wollten, dass im Staat New York alles gelaufen war – das Mädchen geschnappt, ihr Vater tot. Das wäre eine gute Nachricht.

Wieder schloss Cap die Augen. Langsam und träge gingen ihm Gedanken und Sätze durch den Kopf. Geistige Beherrschung anderer. Die Wissenschaftler sahen darin enorme Möglichkeiten. Man müsste sich einen Mann wie McGee in der Umgebung Castros oder Ayatollah Khomeinis vorstellen. Man müsste sich vorstellen, dass er in den engeren Kreis um Ted Kennedy gelangte, um ihm im Brustton der Überzeugung zu suggerieren, dass Selbstmord die beste Lösung wäre. Man müsste sich vorstellen, ein solcher Mann würde auf die Führer der verschiedenen kommunistischen Guerillagruppierungen angesetzt. Eine Schande, dass sie ihn beseitigen mussten. Aber ... was einmal gelungen war, konnte auch ein zweites Mal gelingen.

Das kleine Mädchen. Was hatte Wanless gesagt? *Die Fähigkeit, eines Tages den ganzen Planeten in zwei Hälften zu spalten wie einen Porzellanteller auf einem Schießstand* ... das war natürlich lächerlich. Wanless war so verrückt geworden wie der kleine Junge in der Geschichte von D. H. Lawrence, der auf der Rennbahn die Sieger bestimmen konnte. Für Wanless hatte sich Lot Sechs in Schwefelsäure verwandelt; es hatte große, klaffende

Löcher in seinen Verstand gefressen. Sie war ein kleines *Mädchen,* keine Waffe, die den Weltuntergang herbeiführen konnte. Und sie musste man wenigstens lange genug behalten, um genau zu dokumentieren, was in ihr steckte, und aufzuzeichnen, was vielleicht aus ihr werden könnte. Das allein würde ausreichen, das Testprogramm mit Lot Sechs wieder aufzunehmen. Wenn man sie dazu bringen konnte, ihre Fähigkeiten zum Nutzen des Landes einzusetzen, umso besser.

Umso besser, dachte Cap.

Plötzlich ertönte das heisere Summen des Zerhackertelefons.

Cap nahm den Hörer auf. Sein Puls jagte plötzlich.

Der Zwischenfall auf der Mandersfarm

1

Charlie McGee saß auf der Kante ihres Motelbetts in Apartment 16 und gähnte und reckte sich, während Cap mit Steinowitz in Longmont über ihre Zukunft diskutierte. Die helle Morgensonne schien aus einem Himmel von makellosem Herbstblau herab schräg durchs Fenster. Im freundlichen Tageslicht sah alles schon nicht mehr so schlimm aus.

Sie sah zu ihrem Daddy hinüber, der als regloser Klotz unter den Decken lag. Ein schwarzes Haarbüschel schaute hervor – das war alles. Sie lächelte. Er gab sich immer solche Mühe. Wenn er hungrig war und sie auch, und sie hatten nur einen Apfel, biss er nur einmal ab, und sie durfte den Rest essen. Wenn er wach war, gab er sich immer große Mühe.

Aber wenn er schlief, klaute er alle Decken.

Sie ging ins Bad, streifte die Unterwäsche ab und drehte die Dusche auf. Während das Wasser warm wurde, benutzte sie die Toilette und ging dann in die Duschkabine. Als das heiße Wasser herabrieselte, schloss sie lächelnd die Augen. Es gab nichts Schöneres auf der Welt, als die ersten zwei Minuten unter einer heißen Dusche.

(Gestern Abend warst du sehr böse)

Sie blickte finster vor sich hin und legte die Stirn in Falten.

(Nein. Daddy sagte, das war ich nicht.)

(Du hast dem Mann die Schuhe in Brand gesteckt, du böses, böses Mädchen, findest du es schön, dass der Teddy ganz verbrannt ist?)

Ihr Unbehagen mischte sich jetzt mit Angst und Scham. Der Gedanke an den Teddy wurde ihr gar nicht recht bewusst; er schwang nur mit, und wie es so oft der Fall war, schien ihr Schuldgefühl untrennbar mit einem Geruch zusammenzuhängen – einem Geruch von Brand und Rauch. Glimmender Stoff. Ein brennender Teddybär. Und dieser Geruch ließ verschwommen das Bild ihrer Eltern vor ihr erstehen, wie sie sich riesengroß über sie beugten; und sie hatten Angst; sie waren wütend, sie sprachen laut, und ihre Stimmen klangen, als ob Felsbrocken einen Berghang hinunterpoltern, wie man es im Kino sieht.

(»Du böses, böses Mädchen! Das darfst du nicht tun! Tu es nie, nie wieder!«)

Wie alt war sie damals gewesen? Zwei? Drei? Wie weit konnte ein Mensch sich zurückerinnern? Das hatte sie Daddy einmal gefragt, aber er wusste es nicht. Er sagte nur, dass er sich daran erinnerte, einmal von einer Biene gestochen worden zu sein, und seine Mutter hatte ihm erzählt, dass er damals erst fünfzehn Monate alt war.

Dies war ihre erste Erinnerung: die großen Gesichter, die sich über sie beugten; die lauten Stimmen, wie Felsbrocken, die einen Berghang hinunterrollen; und ein Geruch wie eine verbrannte Waffel. Der Geruch war von ihrem Haar gekommen. Sie hatte ihr eigenes Haar in Brand gesteckt, und es war fast ganz abgebrannt. Danach hatte Daddy von »Hilfe« gesprochen, und Mami war ganz komisch geworden, zuerst lachte und dann weinte sie. Und dann lachte sie wieder so schrill und seltsam, dass Daddy ihr ins Gesicht schlug. Sie erinnerte sich daran, weil es, so viel sie wusste, das einzige Mal war, dass Daddy so etwas getan hatte. Vielleicht sollten wir daran denken, ihr »helfen« zu lassen, hatte Daddy gesagt. Sie waren im Bad, und ihr Kopf war nass, denn Daddy hatte sie unter die Dusche gesteckt. Oh ja, hatte Mami gesagt, lasst uns Dr. Wanless aufsuchen, der wird uns *sehr* »helfen«, wie er es schon einmal getan hat ... und dann das Gelächter, das Weinen, wieder Gelächter, dann der Schlag.

(Du warst so BÖSE gestern Abend)

»Nein«, murmelte sie unter dem Rauschen der Dusche. »Daddy sagte nein. Daddy sagte, es hätte ... auch ... sein ... Gesicht treffen können.«

(DU WARST EIN SEHR BÖSES MÄDCHEN GESTERN ABEND)

Aber sie hatten das Geld aus den Münzapparaten doch gebraucht. Daddy hatte es gesagt.

(SEHR BÖSE)

Und dann dachte sie wieder an Mami zu der Zeit, als sie selbst fast sechs war. Sie dachte nicht gern daran, aber es kam ihr nun einmal in den Sinn, und sie konnte es nicht verdrängen. Es war gewesen, bevor die bösen Männer kamen und Mami wehtaten.

(Nein, getötet, sie haben sie getötet)

Ja, also bevor sie sie *töteten* und Charlie abholten. Daddy hatte sie auf den Schoß genommen, um ihr vorzulesen, aber diesmal waren es nicht die gewohnten Märchenbücher mit Bildern. Stattdessen hatte er einige dicke Bücher ohne Bilder. Sie hatte widerwillig die Nase gerümpft und ihre Bilderbücher verlangt.

»Nein, Charlie«, hatte er gesagt. »Ich will dir ein paar andere Geschichten vorlesen. Ich denke, du bist jetzt alt genug, und deine Mutter meint das auch. Die Geschichten erschrecken dich vielleicht ein wenig, aber es ist wichtig, dass du sie kennst. Es sind wahre Geschichten.«

Sie erinnerte sich an die Titel einiger der Bücher, aus denen Daddy vorgelesen hatte, denn die Geschichten *hatten* sie erschreckt. Das eine hieß *Vorsicht!,* und war von einem gewissen Charles Fort. Ein anderes, *Was keine Wissenschaft erfasst,* hatte ein Frank Edwards geschrieben. Ein weiterer Titel lautete *Die Wahrheit der Nacht*. Ein anderes Buch war *Pyrokinese: Fallbeschreibungen,* aber Mami hatte Daddy gebeten, ihr daraus nichts vorzulesen. »Später«, hatte Mami gesagt, »wenn sie älter ist, Andy.« Und dann war das Buch weggestellt worden, und Charlie war froh gewesen.

Die Geschichten waren wirklich erschreckend gewesen. Die eine handelte von einem Mann, der sich in einem Park selbst verbrannt hatte. In einer ging es um eine Frau, die in ihrem Wohnanhänger verbrannt war, und außer der Frau und einem Teil des Stuhls, auf dem sie vor dem Fernseher gesessen hatte, war nichts mitverbrannt. Einiges war zu kompliziert gewesen, als dass sie es verstanden hätte, aber sie erinnerte sich daran, dass ein Polizist gesagt hatte: »Wir haben für diesen Todesfall keine Erklärung. Vom Opfer waren nur noch die Zähne und ein paar verkohlte Knochen übrig. Um einen Menschen so zuzurichten, hätte man eine Lötlampe gebraucht. Dabei war im übrigen Raum nicht einmal etwas angesengt. Wir können uns nicht erklären, warum nicht der ganze Anhänger in Flammen aufgegangen ist.«

Die dritte Geschichte handelte von einem großen Jungen – er war elf oder zwölf –, der zu brennen begonnen hatte, während er sich am Strand aufhielt. Sein Vater hatte ihn ins Wasser geworfen und sich selbst dabei schwere Verbrennungen zugezogen, aber der Junge hatte weitergebrannt, bis er total verkohlt war. In einer Geschichte war ein junges Mädchen verbrannt, als sie dem Priester im Beichtstuhl ihre Sünden beichtete. Charlie wusste gut über die katholische Beichte Bescheid, denn ihre Freundin Deenie hatte ihr davon erzählt. Deenie sagte, man müsste alle die schlimmen Dinge, die man während der Woche getan hatte, dem Priester erzählen. Deenie ging noch nicht zur Beichte, denn sie hatte ihre heilige Kommunion noch nicht empfangen, aber ihr Bruder Carl tat es. Er ging in die vierte Klasse und musste alles erzählen, selbst, dass er in Mutters Zimmer geschlichen war und von ihrer Geburtstagsschokolade genommen hatte. Denn wenn man es nicht dem Priester erzählte, konnte man nicht mit CHRISTI BLUT gewaschen werden und kam an DEN HEISSEN ORT.

Charlie hatte sehr wohl verstanden, worum es in all diesen Geschichten ging. Als sie die mit dem Mädchen im Beichtstuhl gehört hatte, war sie so erschrocken gewesen, dass sie in Tränen ausbrach. »Werde ich mich denn verbrennen?«, fragte sie schluchzend. »Wie damals, als ich klein war und mein Haar Feuer fing? Werde ich ganz aufbrennen?«

Und Mami und Daddy waren ganz bestürzt gewesen. Mami war blass und biss sich auf die Lippen, aber Daddy hatte den Arm um Charlie gelegt und gesagt: »Nein, mein Kleines. Nicht, wenn du immer vorsichtig bist und nicht an diese ... Sache denkst. Diese Sache, die dir manchmal passiert, wenn du aufgeregt bist oder Angst hast.«

»Was ist das?«, hatte Charlie weinend gefragt. »Was ist das, sagt mir, was das ist, ich weiß es nicht einmal. Ich will es auch nie wieder tun, das *verspreche* ich!«

Mami hatte gesagt: »Soweit wir wissen, Schatz, nennt man es Pyrokinese. Es bedeutet, dass man Feuer verursachen kann, indem man einfach nur an Feuer denkt. Es passiert meistens, wenn die Leute sich aufregen. Einige Leute haben offenbar diese ... diese Fähigkeit ihr ganzes Leben lang, ohne es überhaupt zu wissen. Und andere Leute ... nun, sie verlieren plötzlich die Kontrolle über diese Fähigkeit und dann ...« Sie konnte nicht weitersprechen.

»Dann verbrennen sie«, hatte Daddy gesagt. »Wie es bei dir war, als dein Haar Feuer fing. Aber du kannst lernen, es zu kontrollieren, Charlie. Du *musst* es lernen. Und Gott weiß, dass es nicht deine Schuld ist.« Als er das sagte, hatten sich seine und Mamis Blicke kurz getroffen, und es schien etwas zwischen ihnen vorzugehen.

Wieder hatte er ihr den Arm um die Schultern gelegt und gesagt: »Ich weiß, dass du manchmal nichts dafür kannst. Es ist ein Missgeschick, wie damals, als du noch klein warst und nicht daran dachtest, zur Toilette zu gehen, weil du spieltest, und als du dir dann die Hosen nass machtest. Wir nannten es damals ein Missgeschick – weißt du das noch?«

»Ich tu das nie mehr.«

»Nein, natürlich nicht. Und bald wirst du auch diese andere Sache unter Kontrolle haben. Aber vorläufig, Charlie, musst du uns versprechen, dass du dich *nie, nie, nie* wieder so aufregen wirst, wenn du es irgend schaffst. Denn sonst zündest du Feuer an. Und wenn du es tust, wenn du es nicht verhindern kannst, dann versuch, es von dir wegzuschieben. Versuch, ins Freie zu laufen. Versuch, es ins Wasser zu lenken, wenn Wasser in der Nähe ist.«

»Aber richte es niemals gegen einen Menschen«, hatte Mami gesagt, und ihr Gesicht war ganz ruhig und blass und sehr ernst. »Das wäre sehr gefährlich, Charlie. Du wärest ein sehr böses Mädchen. Du könntest nämlich« – sie rang nach Worten – »du könntest einen Menschen töten.«

Und dann hatte Charlie hysterisch geweint; es waren Tränen des Entsetzens und der Reue, denn Mami hatte beide Hände verbunden, und Charlie wusste, warum Daddy ihr diese schrecklichen Geschichten vorgelesen hatte. Denn am Vortag, als Mami ihr verboten hatte, Deenie zu besuchen, weil sie ihr Zimmer nicht aufgeräumt hatte, war Charlie *sehr* böse geworden, und dann war plötzlich aus dem Nichts dieses schreckliche Feuerding gekommen, wie ein böser, nickender und grinsender Kastenteufel, und sie war so wütend gewesen, dass es aus ihr herausgefahren war und Mami getroffen hatte, und dann hatten Mamis Hände gebrannt. Und es hätte schlimmer kommen können,

(Es hätte viel schlimmer kommen können, hätte ihr Gesicht treffen können.)

denn, weil das Becken voll Seifenwasser für den Abwasch gewesen war, wurde es nicht *ganz* so schlimm, aber trotzdem war es SEHR SCHLIMM gewesen, und sie hatte versprochen, dass sie es *nie, nie, nie wieder –*

Das warme Wasser prasselte ihr über Gesicht, Brust und Schultern und hüllte sie so warm ein, dass ihre bösen Erinnerungen und ihre Besorgnisse schwanden. Daddy hatte *gesagt,* dass es in Ordnung war. Und wenn Daddy etwas sagte, stimmte es. Er war der klügste Mann der Welt.

Dann richtete sie ihre Gedanken auf die Gegenwart, und sie dachte über die Männer nach, von denen sie verfolgt wurden. Sie waren von der Regierung, hatte Daddy gesagt, aber von einem bösen Teil der Regierung. Sie arbeiteten für einen Teil der Regierung, den man »die Firma« nannte. Von diesen Männern wurden sie ständig verfolgt. Wo sie auch hinkamen, tauchten wenig später die Männer von der Firma auf.

Wie es ihnen wohl gefallen würde, wenn ich sie in Brand stecke?, fragte etwas in ihr kalt, und schuldbewusst und entsetzt schloss sie ganz fest die Augen. Es war hässlich, so etwas zu denken. Es war böse.

Wenn man böse Gedanken hatte, musste man dafür büßen.

Das hatte Deenie ihr gesagt.

2

Nur ganz allmählich wurde Andy wach, und nur vage nahm er das Plätschern der Dusche wahr. Zuerst war es Teil eines Traums: Er war acht Jahre alt und mit seinem Großvater auf den Tashmore-See hinausgefahren. Er versuchte, einen zappelnden Regenwurm auf den Haken zu bekommen, ohne sich den Haken in den Daumen zu bohren. Der Traum war unglaublich deutlich. Im Bug des Bootes sah er den zersplitterten Weidenkorb für die Fische, er sah die roten Gummiflicken an Großvater McGees alten grünen Stiefeln, er sah die abgewetzten alten Baseballhandschuhe an seinen Händen, und dabei fiel ihm ein, dass die zweite Mannschaft morgen in Roosevelt Field Training hatte. Aber jetzt war erst heute Abend, und über ihnen hielten sich das letzte Tageslicht und die heraufziehende Dunkelheit in einem perfekten Zwielicht die Waage, und der See lag so ruhig, dass man die kleinen Wolken von Mücken und anderen Insekten über die Wasseroberfläche huschen sah, die die Farbe von Chrom hatte. Hin und wieder wetterleuchtete es ... oder vielleicht waren es richtige Blitze, denn es regnete. Große Tropfen fielen auf Großvaters Kahn und färbten die verwitterten Planken dunkel. Dann hörte man die Tropfen auf das Wasser klatschen, ein seltsames zischendes Geräusch, wie – wie das Geräusch einer –

– *Dusche, Charlie duscht.*

Er öffnete die Augen und starrte gegen eine ihm gar nicht vertraute Balkendecke. Wo *sind wir?*

Stück für Stück kam die Erinnerung zurück, aber es gab einen Augenblick, da er ins Bodenlose zu stürzen glaubte. Entsetzen überfiel ihn. Er war im letzten Jahr zu oft an immer wieder anderen Orten gewesen, zu oft nur mit knapper Not seinen Verfolgern entkommen, und zu sehr hatte er ständig unter Druck gestanden. Sehnsüchtig wünschte er sich in seinen Traum und zu Großvater McGee zurück, der nun schon seit zwanzig Jahren tot war.

Hastings Glen. Er war in Hastings Glen. *Sie* waren in Hastings Glen.

Was war mit seinem Kopf? Er schmerzte, aber es war nicht

mehr so schlimm wie gestern Abend, als der bärtige Bursche sie abgesetzt hatte. Der Schmerz hatte sich in ein unangenehmes dumpfes Pochen verwandelt. Wenn es so war wie sonst, würde er heute Abend nur noch einen leichten Druck spüren und morgen schmerzfrei sein.

Die Dusche war jetzt abgestellt.

Er richtete sich im Bett auf und sah auf die Uhr. Es war Viertel vor elf. »Charlie?«

Sie kam ins Zimmer zurück und rieb sich dabei kräftig mit einem Handtuch ab.

»Guten Morgen, Daddy.«

»Guten Morgen. Wie fühlst du dich?«

»Ich habe Hunger«, sagte sie. Dann trat sie an den Stuhl, auf dem ihre Kleidung lag, nahm die grüne Bluse auf und roch daran. Sie verzog das Gesicht. »Ich brauche sauberes Zeug.«

»Dies muss noch eine Weile reichen, Kleines. Wir werden dir später ein paar Sachen besorgen.«

»Hoffentlich können wir wenigstens bald etwas essen.«

»Wir halten einen Wagen an«, sagte er, »und lassen uns vor dem nächsten Restaurant absetzen.«

»Daddy, als ich in die Schule kam, hast du mir gesagt, dass ich nie mit Fremden mitfahren darf.« Sie war schon in ihre Unterwäsche und die grüne Bluse geschlüpft und sah ihn fragend an.

Andy stand aus dem Bett auf, ging zu ihr und legte ihr die Hände auf die Schultern. »Der unbekannte Teufel ist manchmal besser als der bekannte«, sagte er. »Weißt du, was das bedeutet?«

Sie dachte angestrengt darüber nach. Der Teufel, den sie kannten, waren diese Männer von der Firma, sagte sie sich. Die Männer, von denen sie gestern in New York durch die Straßen gejagt worden waren. »Ich glaube, es bedeutet, dass die meisten Menschen, die im Auto vorbeifahren, nicht für diese Firma arbeiten.«

Er lächelte sie an. »Du hast es begriffen. Und was ich dir früher gesagt habe, stimmt immer noch, Charlie: aber wenn man in einer bösen Schwierigkeit steckt, muss man manchmal Dinge tun, die man unter normalen Umständen nie tun würde.«

Charlie lächelte nicht mehr. Ernst und aufmerksam sah sie ihren Vater an. »Zum Beispiel Geld aus den Münzapparaten holen?«

»Ja«, sagte er.

»Und das war nicht schlimm?«

»Nein. Wenn man unsere Lage bedenkt, war es nicht schlimm.«

»Denn wenn man in einer bösen Schwierigkeit steckt, muss man alles tun, um wieder herauszukommen.«

»Nicht alles. Es gibt Ausnahmen.«

»Welche Ausnahmen?«

Er fuhr ihr mit der Hand durch das Haar. »Lassen wir das. Mach ein freundliches Gesicht.«

Aber sie blieb ernst. »Ich wollte dem Mann die Schuhe doch gar nicht in Brand stecken. Ich habe es nicht absichtlich getan.«

»Nein, natürlich nicht.«

Endlich lächelte sie. Ihr Lächeln war so strahlend, wie er es von Vicky kannte. »Was macht dein Kopf heute Morgen, Daddy?«

»Es ist schon viel besser, danke.«

»Gott sei Dank.« Sie sah ihn aufmerksam an. »Dein Auge sieht so komisch aus.«

»Welches?«

Sie deutete auf sein linkes. »Das da.«

»So?« Er ging ins Bad und wischte über den beschlagenen Spiegel.

Er sah sich lange sein Auge an, und seine gute Stimmung war weg. Sein rechtes Auge sah aus wie immer, graugrün – wie die Farbe des Meeres unter verhangenem Himmel an einem Frühlingstag. Sein linkes Auge war auch graugrün, aber das Weiße war blutunterlaufen, und die Pupille sah kleiner aus als die rechte. Und das Lid fiel eigenartig herab, etwas, das er an sich noch nie beobachtet hatte.

Plötzlich drang Vickys Stimme in seine Gedanken. Er hörte sie so deutlich, als ob sie neben ihm stünde. *Diese Kopfschmerzen machen mir Angst, Andy. Wenn du diese Fähigkeit, andere psy-*

chisch zu beeinflussen, oder wie immer du es nennst, anwendest, fügst du nicht nur anderen, sondern auch dir selbst etwas zu.

Nach diesem Gedanken hatte er die Vorstellung, als würde ein Ballon aufgeblasen ... er wurde immer größer ... größer ... und größer, um endlich mit einem lauten Knall zu zerplatzen.

Sorgfältig betrachtete er seine linke Gesichtshälfte, betastete sie überall mit den Fingerspitzen seiner rechten Hand. Er sah aus wie ein Mann in einem Werbespot, der seine vollendete Rasur bewunderte. Er fand drei Stellen – eine unter dem linken Auge, eine am linken Jochbein und eine dicht unter der linken Schläfe –, an denen er nicht das geringste Gefühl hatte. Angst legte sich auf ihn, so wie sich in der Abenddämmerung der Nebel auf das Land senkt. Er hatte weniger Angst um sich selbst als um Charlie, denn was würde mit ihr geschehen, wenn er sie allein zurücklassen müsste?

Als ob er sie gerufen hätte, sah er sie jetzt im Spiegel.

»Daddy?« Es klang ein wenig ängstlich. »Ist alles in Ordnung?«

»Alles in Ordnung«, sagte er. Seine Stimme klang normal. Kein Zittern; aber auch keine übermäßige Zuversicht, kein falscher Ton. »Mir fällt nur ein, dass ich mich dringend rasieren müsste.«

Sie hielt sich den Mund zu und kicherte. »Kratzig wie eine Topfbürste. Iiiih!«

Er rannte ihr ins Zimmer nach und rieb seine kratzige Wange an ihrer glatten. Charlie kicherte und strampelte.

3

In dem Augenblick, als Andy seine Tochter mit seinem Stoppelbart kitzelte, stiegen Orville Jamieson, alias OJ, alias The Juice und ein weiterer Agent der Firma vor dem einzigen Speiselokal in Hastings Glen aus einem hellblauen Chevrolet.

OJ blieb einen Augenblick stehen und schaute die Hauptstraße entlang. Er sah den Eisenwarenladen, den Lebensmittelladen, die beiden Tankstellen, die Drogerie und das aus Holz gebaute öffentliche Gebäude, an dem eine Tafel angebracht war, die auf irgendein historisches Ereignis hinwies, für das sich niemand im mindesten interessierte. Die Hauptstraße war gleichzeitig die Route 40, und die McGees waren keine vier Meilen von der Stelle entfernt, an der OJ und Bruce Cook gerade standen.

»Guck dir dieses Kaff an«, sagte OJ angewidert. »Ich bin hier in der Nähe aufgewachsen. Die Stadt heißt Lowville. Hast du schon jemals was von Lowville im Staat New York gehört?«

Bruce Cook schüttelte den Kopf.

»Es liegt auch in der Nähe von Utica. Dort wird das Utica-Club-Bier gebraut. Ich war noch nie in meinem Leben so glücklich wie an dem Tag, als ich von Lowville abhauen konnte.« OJ griff unter seine Jacke und rückte seinen Revolver zurecht.

»Da sind ja Tom und Steve«, sagte Bruce. Auf der anderen Straßenseite war ein hellbrauner Pacer gerade in eine Parklücke gefahren, die ein landwirtschaftliches Fahrzeug soeben freigemacht hatte. Zwei Männer in dunklen Anzügen stiegen aus dem Pacer. Sie sahen aus wie Bankiers. Weiter unten auf der Straße bei den Warnlichtern unterhielten sich zwei andere Leute von der Firma mit der alten Tante, die mittags aufpassen musste, dass die Schulkinder heil über die Straße kamen. Sie zeigten ihr das Bild, und sie schüttelte den Kopf. Insgesamt hielten sich in Hastings Glen jetzt zehn Agenten der Firma auf, die alle mit Norville Bates in Verbindung standen, der noch in Albany war und auf Caps persönlichen Abgesandten Al Steinowitz wartete.

»Ach, ja, Lowville«, seufzte OJ. »Hoffentlich erwischen wir die Narren bis zum Mittag. Und hoffentlich ist mein nächster Job in Karachi. Oder Island. Oder sonst wo, wenn es nur weit genug von New York und Umgebung ist. Mit stinkt die ganze Gegend hier und besonders Lowville.«

»Glaubst du denn, dass wir sie bis zum Mittag haben?«, fragte Bruce.

OJ zuckte die Achseln. »Wenn nicht, dann spätestens vor Sonnenuntergang. Du kannst dich darauf verlassen.«

Sie betraten das Speiselokal, setzten sich an die Theke und bestellten Kaffee. Eine junge Serviererin mit einer sehr guten Figur bediente sie.

»Wie lange sind Sie heute schon im Dienst, Schwester?«, fragte OJ sie.

»Wenn Sie eine Schwester haben, tut sie mir Leid«, sagte die Serviererin. »Jedenfalls, wenn sie Ihnen ähnlich sieht.«

»Nun mal langsam, Schwester«, sagte OJ und zeigte ihr seinen Ausweis. Sie betrachtete ihn lange. Hinter ihr drückte ein alternder jugendlicher Krimineller in einer Motorradjacke die Knöpfe einer Musicbox.

»Ich bin seit sieben hier«, sagte sie. »Wie jeden Morgen. Sie wollen sicher Mike sprechen. Er ist der Inhaber.« Sie wollte sich abwenden, aber OJ packte sie mit hartem Griff am Handgelenk. Er mochte keine Frauen, die sich über sein Aussehen lustig machten. Die meisten Weiber waren ohnehin Schlampen, darin wenigstens hatte seine Mutter Recht gehabt, wenn sie sich auch sonst meistens geirrt hatte. Seine Mutter hätte bestimmt gewusst, was von dieser dummen Nutte mit den dicken Titten zu halten war.

»Habe ich gesagt, dass ich mit dem Inhaber sprechen will, Schwester?«

Sie bekam es langsam mit der Angst zu tun, und das konnte OJ nur recht sein. »N-nein.«

»So ist es. Ich wollte mit Ihnen sprechen und nicht mit einem Kerl, der den ganzen Morgen in der Küche Rühreier und Hamburger gemacht hat.« Er nahm die Bilder von Andy und Charlie aus der Tasche und reichte sie ihr, ohne ihren Arm loszulassen. »Erkennen Sie die beiden, Schwester? Haben Sie ihnen heute Morgen vielleicht Frühstück serviert?«

»Lassen Sie mich los. Sie tun mir *weh.*« Abgesehen von der Hurenschminke, mit der sie sich bemalt hatte, war alle Farbe aus ihrem Gesicht gewichen. Wahrscheinlich war sie in der Schule Vorturnerin gewesen. Der Typ von Mädchen, die Orville Jamieson auslachten, wenn er mit ihnen ausgehen wollte, weil er Präsident des Schachclubs war statt Linksaußen in einer Fußballmannschaft. Genau wie die billigen Misthuren damals in

Lowville. Mein Gott, wie hasste er New York. Selbst New York City lag noch zu sehr in der Nähe.

»Sagen Sie mir, ob Sie sie bedient haben oder nicht. Dann lasse ich Sie los, *Schwester.*«

Sie sah sich kurz das Bild an. »Nein! Habe ich nicht. Und nun lassen Sie –«

»Sie haben sie sich nicht lange genug angesehen, Schwester. Schauen Sie lieber noch mal hin.«

Sie tat es. »Nein! Nein!«, sagte sie laut. »Ich habe sie noch nie gesehen! Nun lassen Sie mich doch endlich los!«

Der ältliche jugendliche Kriminelle in der Schlussverkaufsjacke aus dem Ramschladen schlenderte herüber. Seine Reißverschlüsse klingelten, und die Daumen hatte er in die Hosentaschen gehakt.

»Sie belästigen die Dame«, sagte er.

Bruce Cook bekam ganz große Augen und starrte den anderen mit unverhohlener Verachtung an. »Pass auf, dass wir dich nicht als Nächsten belästigen, Teiggesicht«, sagte er.

»Oh«, sagte der alte Jüngling in der Lederjacke, und seine Stimme war plötzlich ganz klein. Rasch machte er sich davon. Ihm war offenbar eingefallen, dass er draußen Wichtiges zu erledigen hatte.

Von einer Nische her beobachteten zwei alte Damen nervös die kleine Szene an der Theke. Ein großer Kerl in einem einigermaßen sauberen Kochkittel – vermutlich Mike, der Inhaber – stand im Kücheneingang und schaute ebenfalls herüber. Er hielt ein Schlachtermesser in der Hand, wirkte aber nicht sehr entschlossen.

»Was wollt ihr, Leute?«, fragte er.

»Es sind Bundesbeamte«, sagte die Serviererin nervös. »Sie –«

»Sind Sie ganz sicher, dass Sie die beiden nicht bedient haben?«, fragte OJ. *»Schwester?«*

»Ganz sicher«, sagte sie. Sie war den Tränen nahe.

»Hoffentlich. Ein Fehler kann Sie fünf Jahre Knast kosten, *Schwester.*«

»Ich weiß«, flüsterte sie, und ein paar Tränen lösten sich und flossen ihr über die Wange. »Bitte, lassen Sie mich doch los. Tun Sie mir doch nicht mehr weh.«

Einen Augenblick noch verstärkte OJ den Druck und genoss es, wie ihre schmalen Knochen sich unter seinem Griff bewegten. Er genoss es, zu wissen, dass er noch härter zupacken und sie brechen konnte ... dann ließ er los. Es herrschte jetzt Schweigen im Lokal, und nur Stevie Wonders Stimme klang aus der Musicbox herüber und versicherte dem verängstigten Personal, dass sie »es in jeder Faser spürten«. Die beiden alten Damen standen eilig auf und gingen.

OJ nahm seine Kaffeetasse, lehnte sich über die Theke, schüttete den Inhalt auf den Fußboden und ließ die Tasse fallen. Porzellansplitter spritzten nach allen Seiten. Und jetzt fing die Serviererin wirklich an zu weinen.

»Scheißbrühe«, sagte OJ.

Der Inhaber machte eine halbherzige Geste mit dem Messer, und OJs Gesicht schien sich aufzuhellen.

»Los, Mann«, sagte er. »Los. Versuch's.«

Mike legte das Messer neben den Toaster und brüllte plötzlich voll Scham und Wut: »Ich habe in Vietnam gekämpft! Mein Bruder hat in Vietnam gekämpft! Ich werde mich an meinen Kongressabgeordneten wenden. Sie werden schon sehen!«

OJ sah ihn nur an. Nach einiger Zeit schlug Mike die Augen nieder. Er hatte Angst.

Die beiden gingen.

Die Serviererin bückte sich, um die Scherben aufzusammeln. Sie schluchzte.

Draußen sagte Bruce:

»Wie viele Motels?«

»Drei Motels, und an sechs Stellen gibt es Ferienhäuser für Touristen«, sagte OJ und schaute zur flackernden Leuchtreklame hinüber. Sie faszinierte ihn. Im Lowville seiner Jugend hatte es ein Speiselokal gegeben, in dem über den Heizplatten ein Plakat angebracht war: WENN IHNEN UNSERE STADT NICHT GEFÄLLT, MÜSSEN SIE SICH EINEN FAHRPLAN KAUFEN. Wie oft hätte er dieses Plakat abreißen mögen, um es irgendjemandem ins Maul zu stopfen.

»Irgendwer sieht sie, wenn sie ein Motel verlassen. Sie müssen doch am Empfang vorbei«, sagte er, als sie zu ihrem von der Regierung zur Verfügung gestellten und vom Steuerzahler finanzierten hellblauen Chevrolet zurückgingen. »Wir werden bald mehr wissen.«

4

Der Agent, mit dem John Mayo zusammen war, hieß Ray Knowles. Sie befanden sich auf Route 40 und fuhren in Richtung Slumberland-Motel. Sie fuhren einen hellblauen Ford, neueres Modell, und als sie den letzten Hügel hinauffuhren, platzte ein Reifen.

»Verdammte *Scheiße*«, sagte John, als der Wagen auf und ab hüpfte und nach rechts ausbrechen wollte. »Diese verdammten Regierungsfahrzeuge. Alle Reifen runderneuert. Beschissen!« Er lenkte den Wagen von der Straße und schaltete die Warnlichter ein. »Du gehst weiter«, sagte er. »Ich wechsle den verdammten Reifen.«

»Lass mich helfen«, sagte Ray. »Es dauert doch keine fünf Minuten.«

»Nein. Geh schon voraus. Es müsste gleich hinter dem nächsten Hügel liegen.«

»Bist du sicher?«

»Ja. Du kannst dann wieder einsteigen. Wenn der Ersatzreifen nicht ebenfalls platt ist. Überraschen würde es mich nicht.«

Der Lastwagen eines Farmers rumpelte an ihnen vorbei. Es war der Wagen, der gerade aus der Stadt fuhr, als OJ und Bruce Cook in Hastings Glen vor dem Speiselokal eine Parklücke suchten.

Ray grinste. »Hoffentlich nicht. Dann müsstest du eine Anforderung in vierfacher Ausfertigung einreichen, um einen neuen zu bekommen.«

John blieb ernst. »Als ob ich das nicht wüsste«, sagte er mürrisch.

Sie gingen an den Kofferraum, und Ray schloss auf. Der Ersatzreifen war in einwandfreiem Zustand.

»Okay«, sagte John. »Geh schon.«

»Es dauert tatsächlich keine fünf Minuten, das Ding aufzuziehen.«

»Natürlich nicht, und die beiden sind auch nicht im Motel. Aber wir müssen so tun, als ob sie es wären. Irgendwo müssen sie schließlich sein.«

»Meinetwegen.«

John nahm Wagenheber und Ersatzreifen aus dem Kofferraum. Ray Knowles sah ihm einen Augenblick zu und ging dann auf dem Bankett entlang weiter in Richtung Slumberland-Motel.

5

Nicht weit vom Motel entfernt standen Andy und Charlie McGee auf dem Bankett der Autostraße 40. Andys Sorge, dass jemand merken könnte, dass er keinen Wagen hatte, erwies sich als unbegründet; die Frau im Büro war nur an dem kleinen Hitachi-Fernsehgerät auf dem Regal interessiert. Auf dem winzigen Bildschirm lief eine Show mit Phil Donahue, und sie sah sie sich hingerissen an. Den Schlüssel, den Andy ihr reichte, fegte sie mit der Hand in ein Brieffach, ohne den Blick vom Schirm abzuwenden.

»Hoffentlich hatten Sie einen angenehmen Aufenthalt«, sagte sie. Sie beschäftigte sich mit mit einer Schachtel Schokoladenkekse.

»Oh ja«, sagte Andy und ging.

Charlie wartete draußen auf ihn. Die Frau hatte ihm eine Kopie der Rechnung gegeben, die er in die Seitentasche seiner Kordjacke schob, als er die Stufen hinunterging, wobei das Geld aus den Münztelefonen in Albany leise in seinen Taschen klingelte.

»In Ordnung, Daddy?«, fragte sie, als sie zur Straße hinübergingen.

»Sieht ganz gut aus«, sagte er und legte ihr einen Arm um die Schultern.

Hinter dem Hügel zu ihrer Rechten behoben Ray Knowles und John Mayo gerade ihre Reifenpanne.

»Wohin gehen wir, Daddy?«, fragte Charlie.

»Ich weiß es nicht«, antwortete er.

»Mir gefällt es nicht. Ich bin ganz nervös.«

»Ich denke, wir haben noch einen guten Vorsprung«, sagte er. »Mach dir keine Sorgen. Wahrscheinlich suchen sie immer noch den Taxifahrer, der uns nach Albany gebracht hat.«

Aber er pfiff in der Dunkelheit auf dem Friedhof; das wusste er, und wahrscheinlich wusste Charlie es auch. Als er da so an der Straße stand, kam er sich so auffällig vor wie die Karikatur eines Strafgefangenen im gestreiften Anzug. Schluss damit, sagte er sich. Denn sonst würde er sie bald überall vermuten – einen hinter jedem Baum und hinter dem nächsten Hügel gleich eine ganze Gruppe. Hatte nicht einmal jemand gesagt, dass vollkommene Geistesgestörtheit nichts anderes ist als vollkommene Wahrnehmungsfähigkeit?

»Charlie –«

Sie unterbrach ihn. »Lass uns zu Großvater gehen«, sagte sie.

Er sah sie erschrocken an. Sein Traum überwältigte ihn, der Traum vom Angeln im Regen, in dem Regen, der sich dann in das Rauschen von Charlies Dusche verwandelt hatte. »Wie kommst du denn darauf?«, fragte er. Großvater war viele Jahre vor Charlies Geburt gestorben. Er hatte sein ganzes Leben in Tashmore in Vermont, etwas westlich der Grenze nach New Hampshire, verbracht. Als Großvater starb, ging sein Anwesen am See auf Andys Mutter über, und als sie starb, bekam Andy es. Die Stadtverwaltung hätte es schon lange wegen rückständiger Steuern eingezogen, hätte Großvater nicht eine kleine Summe hinterlassen, von der sie abgedeckt wurden.

Bis Charlie geboren wurde, waren Andy und Vicky einmal im Jahr während der Sommerferien hingefahren. Der Ort lag zwanzig Meilen von der nächsten zweispurigen Straße entfernt in einer waldreichen, fast unbewohnten Gegend. Am jenseitigen Ufer des Tashmore-Sees lag die kleine Stadt Bradford, New Hampshire. Aber um diese Jahreszeit würden die wenigen Sommerhäuser leer stehen. Andy bezweifelte, ob man im Winter überhaupt die Straße schneefrei hielt.

»Ich weiß nicht«, sagte Charlie. »Es ... fiel mir nur so ein. Gerade eben.« Jenseits des Hügels war John Mayo damit beschäftigt, den Kofferraum zu öffnen und den Reservereifen zu inspizieren.

»Ich habe heute Morgen von Großvater geträumt«, sagte Andy langsam. »Wahrscheinlich war es das erste Mal seit einem Jahr, dass ich an ihn gedacht habe. Also könnte man sagen, dass er auch mir einfach so einfiel.«

»War es ein schöner Traum, Daddy?«

»Ja«, sagte er und lächelte ein wenig. »Das war es.«

»Nun, was hältst du davon?«

»Ich finde es eine ausgezeichnete Idee«, sagte Andy. »Wir könnten hingehen und eine Weile bleiben und uns überlegen, was wir tun sollen. Wir müssten eine Zeitung finden, die unsere Geschichte druckt, sodass viele Leute sie erfahren. Dann müssten unsere Verfolger aufgeben.«

Der alte Lastwagen eines Farmers ratterte heran, und Andy hob den Daumen. Auf der anderen Seite des Hügels ging Ray Knowles auf dem Bankett die Straße hinauf.

Der Lastwagen fuhr rechts heran und stoppte. Ein Mann mit einer Baseballmütze der New York Metropolitans lehnte sich aus dem Fenster.

»Was haben wir denn da für eine hübsche junge Dame?«, sagte er lächelnd. »Wie heißt du denn, kleines Fräulein?«

»Roberta«, sagte Charlie rasch. Roberta war ihr zweiter Vorname.

»Nun, Roberta, wo soll's heute Morgen denn hingehen?«

»Wir wollen nach Vermont«, sagte Andy. »St. Johnsbury. Meine Frau besucht dort ihre Schwester, und dann hatte sie ein kleines Problem.«

»Was Sie nicht sagen«, antwortete der Farmer nur, aber mehr sagte er nicht. Er sah Andy nur kurz scharf an.

»Wehen«, sagte Andy und brachte ein breites Lächeln zu Stande. »Dies Mädchen hat einen kleinen Bruder bekommen. Heute Morgen um ein Uhr einundvierzig.«

»Er soll Andy heißen«, sagte Charlie. »Ist das nicht ein schöner Name?«

»Ich finde ihn wunderbar«, sagte der Farmer. »Steigt ein. Auf jeden Fall bringe ich euch zehn Meilen weiter in Richtung St. Johnsbury.«

Sie stiegen ein, und der Lastwagen ratterte und rumpelte auf die Straße zurück und fuhr der strahlenden Morgensonne entgegen.

In diesem Augenblick hatte Ray Knowles den Hügelkamm erreicht. Er sah die leere Straße, die zum Motel hinabführte, und weit hinter dem Hotel beobachtete er den Lastwagen, der an ihnen vorbeigefahren war und der jetzt gerade am Horizont verschwand.

Er sah keinen Grund, sich zu beeilen.

6

Der Farmer hieß Manders – Irv Manders. Er hatte gerade eine Ladung Kürbisse in die Stadt gefahren und bei der Firma A&P einen guten Preis erzielt. Früher, so erzählte er, habe er an die First National verkauft, aber die Leute dort verstanden nichts von Kürbissen und wollten ihn ständig im Preis drücken. Der Manager von A&P dagegen sei ein Pfundskerl. Andy und Charlie erfuhren auch, dass Irvs Frau im Sommer einen Laden für Touristen betrieb, während er an der Straße einen Obst- und Gemüsestand hatte. Mit beidem kämen die beiden ganz gut zurecht.

»Hoffentlich nehmen Sie es mir nicht übel, wenn ich mich um Ihre Angelegenheiten kümmere«, sagte Irv Manders zu Andy, »aber Sie und Ihre kleine Tochter sollten nicht per Anhalter fahren. Nicht bei dem Pack, das heutzutage auf den Straßen unterwegs ist. Bei der Drogerie in Hastings Glen ist eine Haltestelle der Greyhound-Busgesellschaft. Das wäre das Richtige.«

»Nun –« sagte Andy. Er war ein wenig verlegen, aber Charlie sprang sofort in die Bresche.

»Daddy ist arbeitslos«, sagte sie fröhlich. »Darum musste Mammy zu Tante Em fahren, um dort das Baby zu bekommen. Tante Em mag Daddy nicht. Deshalb blieben wir zu Hause. Aber jetzt wollen wir Mammy besuchen, nicht wahr, Daddy?«

»Das sind doch alles Privatangelegenheiten«, sagte Andy und fühlte sich dabei sehr unbehaglich. Dazu hatte er auch allen Grund, denn Charlies Geschichte klang alles andere als plausibel.

»Kein Wort weiter«, sagte Irv. »Ich weiß, was Ärger mit der Familie bedeutet. Es kann manchmal sehr unangenehm sein. Und ich weiß auch, wie es ist, wenn man in Not ist. Das ist keine Schande.«

Andy räusperte sich, aber er sagte nichts. Ihm fiel auch keine Antwort ein. Eine Weile fuhren sie schweigend weiter.

»Sagen Sie, warum kommen Sie nicht zum Essen zu mir und meiner Frau?«, fragte Irv plötzlich.

»Oh nein, das können wir doch nicht –«

»Oh ja, gern«, sagte Charlie. »Nicht wahr, Daddy?«

Er wusste, dass Charlies Einfälle meistens gut waren, und er fühlte sich geistig und körperlich zu schwach, um ihr zu widersprechen. Sie war ein selbstbewusstes und aggressives kleines Mädchen, und mehr als einmal hatte Andy sich überlegt, wer nun eigentlich das Sagen hatte.

»Wird es denn auch reichen –«

»Es ist immer genug da«, sagte Irv und schaltete in den dritten Gang zurück. Sie ratterten an herbsthellen Bäumen vorbei: Ahorn, Ulmen und Pappeln. »Wir würden uns freuen.«

»Recht vielen Dank«, sagte Charlie.

»Es ist mir ein Vergnügen, Kleine«, sagte Irv. »Und meiner Frau bestimmt auch, wenn sie dich sieht.«

Charlie lächelte.

Andy rieb sich die Schläfen. Unter den Fingern seiner linken

Hand lag eine der Stellen, an denen die Nerven abgestorben zu sein schienen.

Irgendwie gefiel ihm das alles nicht. Und außerdem hatte er immer noch sehr deutlich das Gefühl, dass ihre Verfolger ihnen dicht auf den Fersen waren.

7

Die Frau, der Andy vor kaum zwanzig Minuten im Slumberland-Motel die Schlüssel zurückgegeben hatte, wurde nervös. Sie hatte Phil Donahue und seine Show ganz vergessen.

»Sind Sie sicher, dass dies der Mann war?«, fragte Ray Knowles zum dritten Mal. Sie mochte diesen kleinen, adretten, irgendwie verbissen wirkenden Mann nicht. Er arbeitete vielleicht für die Regierung, aber das tröstete Lena Cunningham wenig. Sie mochte sein schmales Gesicht nicht, sie mochte die Falten um seine kalten blauen Augen nicht, und am allerwenigsten mochte sie die Art, wie er ihr immer wieder das Bild unter die Nase hielt.

»Ja, das war er«, sagte sie noch einmal. »Aber er hatte kein kleines Mädchen bei sich. Ehrlich, Mister, mein Mann wird Ihnen dasselbe erzählen. Er macht den Nachtdienst. Es ist inzwischen so, dass wir uns außer beim Abendessen kaum noch sehen. Er wird Ihnen –«

Der andere Mann kam wieder herein, und mit steigendem Entsetzen sah Lena, dass er in der einen Hand ein Walkie-Talkie und in der anderen Hand einen großen Revolver hielt.

»Das waren sie«, sagte John Mayo. Er war fast hysterisch vor Wut und Enttäuschung. »In dem Bett haben zwei Leute geschlafen. Blonde Haare auf einem Kissen, schwarze auf dem anderen. Diese verdammte Reifenpanne! Zur Hölle mit dieser verdammten Scheiße! Im Bad hängen nasse Handtücher! Sogar die Dusche tropfte noch! Wir haben sie um vielleicht fünf Minuten verpasst, Ray!«

Er schob seine Waffe ins Schulterhalfter zurück.

»Ich hole meinen Mann«, sagte Lena schwach.

»Nicht mehr nötig«, sagte Ray. Er nahm Johns Arm und ging mit ihm nach draußen. John fluchte immer noch über den platten Reifen. »Vergiss den Reifen, John. Hast du mit OJ drüben in der Stadt gesprochen?«

»Ich habe mit ihm gesprochen und er mit Norville. Norville ist auf dem Weg von Albany nach hier, und er hat Al Steinowitz bei sich. Er ist vor knapp zehn Minuten gelandet.«

»Das ist nicht schlecht. Hör zu. Denk einen Augenblick nach. Sie müssen per Anhalter gefahren sein.«

»Das glaube ich auch. Wenn sie kein Auto geklaut haben.«

»Der Kerl ist Englischlehrer. Der könnte nicht einmal Bonbons aus einem Stand in einem Blindenheim klauen. Sie sind auf jeden Fall per Anhalter gefahren. Gestern Nacht sind sie von Albany mitgenommen worden. Heute Morgen von hier. Ich wette ein Jahresgehalt, dass sie dort an der Straße standen und die Daumen hochhielten, als ich den Hügel raufkroch.«

»Wenn nur dieser verdammte Reifen –« Unglücklich schauten Johns Augen durch die Gläser seiner Nickelbrille. Mit langsamen, trägen Lidschlägen sah er seine nächste Beförderung davonfliegen.

»Zum Teufel mit dem Reifen!«, sagte Ray. »Was ist an uns vorbeigefahren? Nachdem wir die Panne hatten – was ist an uns vorbeigefahren?«

John dachte darüber nach, während er sich das Walkie-Talkie wieder an den Gürtel hängte. »Der Lastwagen«, sagte er.

»An den erinnere ich mich auch«, sagte Ray. Er drehte sich um und sah Lena Cunninghams großes Mondgesicht im Fenster des Motelbüros auftauchen. Sie merkte, dass er sie sah, und ließ die Gardine fallen.

»Ziemlicher Klapperkasten«, sagte Ray. »Wenn sie nicht von der Hauptstraße abbiegen, sollten wir sie einholen können.«

»Dann los«, sagte John. »Wir können mit Al und Norville über OJ per Walkie-Talkie in Verbindung bleiben.«

Sie trabten zum Wagen zurück und stiegen ein. Einen Augenblick später schoss der hellbraune Ford mit aufheulendem Motor vom Parkplatz und schleuderte mit den Hinterrädern eine Kiesfontäne durch die Gegend. Lena Cunningham sah ihnen erleichtert nach. Ein Motel zu betreiben, war auch nicht mehr das, was es mal gewesen war. Sie trat vom Fenster zurück, um ihren Mann zu wecken.

8

Während der Ford mit Ray Knowles am Steuer und John Mayo auf dem Beifahrersitz mit fast hundertzwanzig Stundenkilometern die Route 40 entlangjagte (und während eine Karawane von zehn oder elf ähnlich unauffälligen Wagen, sämtlich neuere Modelle, von den Suchgebieten in der Umgebung nach Hastings Glen fuhren), gab Irv Manders ein Handzeichen nach links und bog von der Hauptstraße in eine schlecht geteerte Nebenstraße ab, die ungefähr nach Nordosten führte. Der Lastwagen ratterte und rumpelte die Straße entlang. Auf Irvs Drängen hatte Charlie das meiste aus ihrem Repertoire von neun Liedern vorgesungen, einschließlich solch unverwüstlicher Hits wie »Happy Birthday to You«, »This Old Man«, »Jesus Loves Me« und »Camptown Races«. Das Letzte sangen Irv und Andy mit.

Die Straße schlängelte und wand sich durch immer stärker bewaldetes Hügelgelände und führte dann abwärts durch flacheres Land, das bebaut und schon abgeerntet war. Einmal flog ein Rebhuhn aus einem Gebüsch an der linken Straßenseite auf, und Irv rief: »Fang ihn, Mädchen!«, und Charlie zielte mit ausgestrecktem Arm, schrie: »Peng-peng-PENG!«, und lachte dann unbändig.

Ein paar Minuten später bog Irv in einen Feldweg ein, und eine Meile weiter erreichten sie einen verbeulten rot-weiß-blauen Briefkasten, auf dem an der einen Seite der Name MANDERS stand. Irv bog in eine holprige Zufahrt ein, die fast eine halbe Meile lang war.

»Es muss ein Heidengeld kosten, hier im Winter den Schnee wegpflügen zu lassen«, meinte Andy.

»Das mache ich selbst«, sagte Irv.

Dann lag ein großes, aus Holz erbautes weißes Farmhaus vor ihnen. Das Gebäude war drei Stockwerke hoch, und die Fenster waren in leuchtendem Grün abgesetzt. Andy kam es vor wie eines jener Häuser, die anfangs ganz normal gebaut werden, im Laufe der Jahre aber ein bizarres Aussehen erlangen. Hinten lagen zwei Schuppen. An der Südseite hatte man ein Gewächshaus angebaut, und an der Nordseite ragte eine breite, mit Sonnenblenden versehene Veranda hervor.

Hinter dem Haus stand eine rot gestrichene Scheune, die schon bessere Tage gesehen hatte, und zwischen Scheune und Haus lag ein Vorhof, eine Sandfläche, auf der ein paar Dutzend Hühner gackernd einherstolzierten. Als der Wagen auf sie zufuhr, stoben sie laut schimpfend und mit ihren nutzlosen Flügeln schlagend davon. Zurück blieb ein Hauklotz mit einer tief eingeschlagenen Axt.

Irv fuhr den Lastwagen in die Scheune, in der es angenehm nach Heu roch. Andy erinnerte sich an den Geruch aus seinen vielen Sommern in Vermont. Als Irv den Motor abstellte, war von irgendwo aus dem dunklen Inneren der Scheune ein tiefes, melodisches Muhen zu hören.

»Sie haben eine *Kuh*«, sagte Charlie, und etwas wie Verzückung lag in ihrem Gesicht. »Ich *höre* sie.«

»Wir haben drei«, sagte Irv. »Die du jetzt hörst, ist Bossy – ein sehr origineller Name, findest du nicht auch, Kleine? Sie glaubt, sie müsste dreimal am Tage gemolken werden. Du kannst sie dir später ansehen, wenn dein Daddy es dir erlaubt.«

»Darf ich, Daddy?«

»Ich denke schon«, sagte Andy, der im Geiste schon kapitulierte. Sie hatten sich an die Straße gestellt, um eine Mitfahrgelegenheit zu finden, und stattdessen waren sie entführt worden.

»Kommen Sie herein und lernen Sie meine Frau kennen.«

Sie schlenderten über den Vorhof und warteten auf Charlie, die sich nicht von den Hühnern trennen konnte. Die hintere Tür öffnete sich, und eine etwa fünfundvierzigjährige Frau trat auf die Stufen hinaus. Gegen die Sonne legte sie die Hand über die Augen und rief: »Ach, du bist es, Irv. Wen hast du denn mitgebracht?«

Irv lächelte. »Nun, die Kleine hier ist Roberta, und dieser Bursche ist ihr Daddy. Ich habe den Namen nicht ganz verstanden. Deshalb weiß ich nicht, ob wir verwandt sind.«

Andy trat vor und sagte: »Ich heiße Frank Burton, Madam. Ihr Mann hat meine Kleine und mich zum Essen eingeladen, wenn es keine Mühe macht. Wir freuen uns, Sie kennen zu lernen.«

»Ich auch«, sagte Charlie, die an den Hühnern mehr interessiert war als an der Frau – wenigstens im Augenblick.

»Ich bin Norma Manders«, sagte die Frau. »Treten Sie näher. Sie sind willkommen.«

Aber Andy bemerkte den erstaunten Blick, den sie ihrem Mann zuwarf.

Dann betraten sie das Haus durch einen Eingang, in dem bis in Kopfhöhe Brennholz aufgestapelt war, und erreichten eine riesige Küche, in der ein großer Holzofen und ein langer, mit einem rot-weiß karierten Wachstuch bedeckter Tisch besonders ins Auge fielen. In der Luft lag ein Geruch von Obst und Paraffin. Es riecht nach Einmachen, dachte Andy.

»Frank hier und seine kleine Tochter sind auf dem Weg nach Vermont«, sagte Irv. »Ich dachte, es würde ihnen nicht schaden, wenn sie unterwegs einmal eine gute, warme Mahlzeit bekämen.«

»Natürlich nicht«, pflichtete die Frau ihrem Mann bei. »Aber wo haben Sie denn Ihren Wagen, Mr Burton?«

»Nun –«, druckste Andy und schaute zu Charlie hinüber, aber sie würde ihm nicht helfen können; sie ging mit ihren kleinen Schritten in der Küche auf und ab, und mit der unverstellten Neugier eines Kindes schaute sie sich alles an.

»Frank hatte ein paar Schwierigkeiten«, sagte Irv und sah seine Frau direkt an. »Aber darüber müssen wir nicht unbedingt reden. Nicht jetzt.«

»Wie du meinst«, sagte Norma. Sie hatte ein angenehmes, offenes Gesicht – eine hübsche Frau, die es gewöhnt war, hart zu arbeiten. Ihre Hände waren rot und rissig. »Ich habe Hühnerfleisch und könnte einen schönen Salat zusammenstellen. Und dann ist da noch reichlich Milch. Magst du gern Milch, Roberta?«

Charlie drehte sich nicht um. Sie fühlt sich mit dem Namen nicht angesprochen, dachte Andy. Mein Gott, dies wird immer schöner.

»Kleines!«, sagte er laut.

Sie drehte sich jetzt um und lächelte ein wenig zu breit. »Oh ja, ich trinke sehr gern Milch.«

Andy sah den warnenden Blick, den Irv seiner Frau zuwarf: *Keine Fragen, jetzt nicht*. Andy war ganz verzweifelt. Was immer von ihrer Geschichte noch übrig geblieben war ... jetzt war alles ein einziges Durcheinander. Aber es blieb ihm nichts übrig, als sich zum Essen an den Tisch zu setzen und abzuwarten, was Irv Manders im Sinn hatte.

9

Wie weit sind wir vom Motel entfernt?«, fragte John Mayo.

Ray sah auf den Tachometer. »Siebzehn Meilen«, sagte er und fuhr rechts ran. »Das ist weit genug.«

»Aber vielleicht –«

»Nein, wir hätten sie schon längst einholen müssen. Wir werden zurückfahren und uns mit den anderen treffen.«

John schlug mit dem Handballen auf das Armaturenbrett. Diese verdammte Reifenpanne! »Bei diesem Job haben wir von Anfang an Pech gehabt, Ray. Ein Intelligenzler und ein kleines Mädchen. Und dennoch verfehlen wir sie ständig.«

»Nein, ich glaube, wir haben sie«, sagte Ray und griff nach seinem Walkie-Talkie. Er zog die Antenne heraus und hielt sie aus dem Fenster. »In einer halben Stunde haben wir die ganze Gegend abgeriegelt. Und ich wette, bevor wir ein Dutzend Häuser überprüft haben, erkennt jemand diesen Lastwagen. Modell aus den späten Siebzigern, dunkelgrüner International Harvester, Vorrichtung zum Anbringen eines Schneepflugs, hölzerne Seitenstäbe an der Ladefläche, um hohe Ladung aufzunehmen. Ich glaube immer noch, dass wir sie vor Einbruch der Dunkelheit haben.«

Wenig später sprach er mit Al Steinowitz, der sich gerade dem Slumberland-Motel näherte. Al verständigte seine Agenten entsprechend. Bruce Cook erinnerte sich daran, den Wagen in der Stadt gesehen zu haben. OJ ebenfalls. Er hatte vor dem A&P-Laden geparkt.

Al schickte sie in die Stadt zurück, und eine halbe Stunde später wussten sie alle, dass der Lastwagen, der die Flüchtigen mit an Sicherheit grenzender Wahrscheinlichkeit mitgenommen hatte, Irving Manders, RFD No. 5, Baillings Road, Hastings Glen, New York, gehörte.

Es war kurz nach zwölf Uhr dreißig.

10

Das Essen war sehr gut. Charlie aß wie ein Pferd – drei Portionen Hühnerbraten mit Soße, eines von Norma Manders' heißen Brötchen, eine Schüssel Salat und drei von ihren selbst eingelegten Dillgurken. Sie schlossen die Mahlzeit mit einigen Scheiben heißem Apfelkuchen sowie ein paar Ecken Cheddarkäse ab – wozu Irv seine Meinung beisteuerte: »Apfelkuchen ohne Käse ist wie ein Kuss ohne Umarmung.« Das trug ihm einen liebevollen Rippenstoß von seiner Frau ein. Irv rollte mit den Augen, und Charlie lachte. Andy war über seinen eigenen Appetit erstaunt. Charlie rülpste und nahm schuldbewusst die Hand vor den Mund.

Irv lächelte sie an. »Draußen ist mehr Platz als drinnen, Kleine.«

»Wenn ich noch mehr esse, platze ich«, antwortete Charlie. »Das sagte meine Mutter früher ... ich meine, das sagt meine Mutter immer.«

Andy lächelte müde.

»Norma«, sagte Irv und stand auf, »warum gehst du mit der Kleinen nicht raus und fütterst die Hühner?«

»Ich muss das Geschirr spülen«, sagte Norma.

»Das erledige ich schon«, sagte Irv. »Ich möchte mich ein wenig mit Frank unterhalten.«

»Möchtest du gern die Hühner füttern?«, fragte Norma.

»Oh ja.« Charlies Augen strahlten.

»Nun, dann komm. Hast du eine Jacke? Es ist kühl geworden.«

»Hmm ...« Charlie sah Andy an.

»Du kannst einen Pullover von mir anziehen«, sagte Norma. Wieder diese Blicke zwischen ihr und Irv. »Roll die Ärmel ein wenig hoch, dann geht's schon.«

»Okay.«

Norma holte eine alte Wolljacke und einen zerschlissenen weißen Pullover, in dem Charlie fast ertrank, obwohl sie die Ärmel viermal aufgerollt hatte.

»Hacken sie?«, fragte Charlie, ein wenig nervös.

»Nur nach ihrem Futter, Honey.«

Sie gingen hinaus und schlossen hinter sich die Tür. Man hörte Charlie immer noch plappern. Andy schaute Irv Manders an, und Irv hielt seinen Blicken gelassen stand.

»Möchten Sie ein Bier, Frank?«

»Ich heiße nicht Frank«, sagte Andy. »Ich vermute, dass Sie das wissen.«

»Das stimmt. Und wie lautet nun Ihr Titel?«

Andy sagte: »Je weniger Sie wissen, umso besser für Sie.«

»Also gut«, sagte Irv, »ich nenne Sie einfach Frank.« Schwach hörten sie von draußen Charlies entzücktes Quietschen. Norma sagte etwas, und Charlie stimmte ihr offenbar zu.

»Ich könnte schon ein Bier vertragen«, sagte Andy.

»Okay.«

Irv holte zwei Dosen Utica Club aus dem Kühlschrank, öffnete sie, stellte Andys Dose auf den Tisch und seine auf die Anrichte. Dann nahm er eine Schürze vom Haken neben der Spüle und band sie um. Die Schürze war rot und gelb, und der Saum hatte Rüschen, aber irgendwie gelang es ihm, nicht lächerlich auszusehen.

»Kann ich Ihnen helfen?«, fragte Andy.

»Nein. Ich weiß, wo alles hingehört«, sagte Irv. »Fast alles wenigstens. Von Woche zu Woche räumt sie allerdings um. Keine Frau hat es gern, wenn ihr Mann sich in ihrer Küche auskennt. Sie wollen zwar, dass man ihnen hilft, aber sie lassen sich lieber fragen, wo der Kochtopf hingehört oder der Lappen seinen Platz hat.«

Andy, der sich an seine Tage als Vickys Küchenlehrling erinnerte, lächelte und nickte.

»Es ist nicht gerade meine Stärke, mich um anderer Leute Angelegenheiten zu kümmern«, sagte Irv, während er Wasser einlaufen ließ und ein Spülmittel hinzufügte. »Ich bin Farmer, und, wie ich Ihnen schon sagte, hat meine Frau an der Ecke Baillings Road und Albany High Street ein kleines Souvenirgeschäft. Wir leben hier schon fast zwanzig Jahre.«

Er drehte sich zu Andy um.

»Aber als ich Sie beide dort hinten an der Straße stehen sah, wusste ich sofort, dass etwas nicht stimmte. Ein erwachsener Mann und ein kleines Mädchen sieht man selten als Anhalter. Verstehen Sie, was ich meine?«

Andy nickte und trank einen Schluck von seinem Bier.

»Außerdem sah es so aus, als seien Sie gerade aus dem Slumberland gekommen, aber sie hatten kein Reisegepäck, noch nicht einmal ein Köfferchen. Da beschloss ich weiterzufahren. Dann hielt ich an. Weil ... nun, sich um anderer Leute Angelegenheit zu kümmern, ist eine Sache, etwas Bedürftiges zu sehen und einfach wegzuschauen, eine andere.«

»Den Eindruck hatten Sie also? Sahen wir so schlimm aus?«

»Zuerst«, sagte Irv, »jetzt nicht mehr.« Er spülte sorgfältig das bunt zusammengewürfelte alte Geschirr und stellte es zum Ablaufen in einen Drahtkorb. »Jetzt weiß ich einfach nicht, wie ich Sie beide einschätzen soll. Mein erster Gedanke war, dass Sie es sein müssen, hinter denen die Polizisten her sind.« Er sah, wie Andys Gesichtsausdruck sich veränderte und ruckartig das Bier absetzte. »Ich vermute, dass Sie es sind«, sagte er leise. »Ich hoffte, dass es nicht der Fall ist.«

»Welche Polizisten?«, fragte Andy heiser.

»Sie haben um Albany herum alle Ausfallstraßen abgeriegelt«, sagte Irv. »Wenn wir auf Route 40 noch sechs Meilen weitergefahren wären, hätte man uns an der Sperre bei der Kreuzung mit Route neun gestoppt.«

»Und warum sind Sie dann nicht einfach weitergefahren?«, fragte Andy. »Dann wäre die Sache für Sie erledigt gewesen. Sie hätten nichts mehr damit zu tun.«

Irv machte sich nun über die Töpfe her. Dann wühlte er im Wandschrank über der Spüle herum. »Was habe ich gesagt? Ich kann den berühmten Topfschrubber nicht finden ... Moment, hier ist er ... Warum ich nicht einfach weitergefahren bin? Vielleicht wollte ich meine natürliche Neugier befriedigen.«

»Sie wollen also ein paar Fragen beantwortet haben?«

»Jede Menge«, sagte Irv. »Ein erwachsener Mann und ein kleines Mädchen, die ein Auto anhalten wollen. Das kleine Mädchen hat nicht mal eine Tasche, und die Polizei ist hinter den beiden her. Also habe ich eine Idee. Gar nicht mal so weit hergeholt. Ich denke also, hier ist vielleicht ein Daddy, der seine kleine Tochter haben wollte, obwohl sie ihm nicht zugesprochen wurde. Also hat er sie entführt.«

»Das hört sich für mich aber sehr weit hergeholt an.«

»Das passiert doch jeden Tag, Frank. Und ich denke, das hat der Mami nicht gefallen, und sie hat Daddy angezeigt. Dann gab es einen Haftbefehl, und nun wird Daddy gesucht. Das würde diese Straßensperren erklären. Eine Fahndung von solchem Umfang gibt es nur bei Kapitalverbrechen ... oder Entführung.«

»Sie ist meine Tochter, aber ihre Mutter hat uns nicht die Polizei auf den Hals gehetzt. Ihre Mutter ist seit einem Jahr tot.«

»Na ja, ich hatte die Idee inzwischen selbst schon auf den Misthaufen geworfen«, sagte Irv. »Man braucht kein Detektiv zu sein, um zu erkennen, dass ihr beiden euch recht gut versteht. Ganz gleich, was sonst noch im Spiel sein mag, es sieht nicht so aus, als hätten Sie das Mädchen gegen seinen Willen bei sich.«

Andy sagte nichts.

»Hier sind wir also bei meinem Problem angelangt«, sagte Irv.

»Ich habe euch beide mitgenommen, weil ich dachte, dass man dem kleinen Mädchen helfen müsste. Nun weiß ich nicht, woran ich bin. Sie sind nicht der Typ eines Gesetzesbrechers. Trotzdem, Sie und Ihre Tochter verwenden falsche Namen und erzählen eine Geschichte, die so dünn ist wie Klosettpapier. Und Sie sehen krank aus, Frank. Sie sehen so krank aus, wie ein Mann nur aussehen kann, wenn er noch auf den Füßen steht. Soweit meine Fragen. Es wäre gut, wenn Sie ein paar davon beantworten könnten.«

»Wir kamen von New York nach Albany und fuhren heute Morgen von dort per Anhalter nach Hastings Glen«, sagte Andy. »Es ist schlimm, dass sie schon hier sind, aber ich habe es geahnt. Charlie wohl auch.« Er hatte Charlies Namen erwähnt, und das war ein Fehler. In dieser Lage spielte das allerdings kaum noch eine Rolle.

»Warum werden Sie gesucht, Frank?«

Andy dachte lange nach, dann schaute er in Irvs ehrliche graue. Augen. Er sagte: »Sie kamen doch aus der Stadt. Haben Sie Fremde gesehen? Stadttypen? Leute mit Anzügen von der Stange, die man vergisst, sobald die Leute, die sie tragen, außer Sicht sind? Die ziemlich neue Wagen fahren, ungefähr ebenso unauffällig wie ihre Anzüge?«

Nun musste Irv nachdenken. »Zwei solche Kerle waren im A&P. Sie sprachen mit Helga. Sie arbeitet dort im Wareneingang. Es sah so aus, als zeigten sie ihr etwas.«

»Wahrscheinlich unsere Bilder«, sagte Andy. »Es sind Agenten der Regierung. Sie arbeiten mit der Polizei zusammen, Irv. Genauer gesagt: die Polizei arbeitet für sie. Die Polizisten wissen nicht, warum wir gesucht werden.«

»Von welcher Regierungsbehörde reden wir? FBI?«

»Nein. Von der Firma.«

»Was? Ist das die CIA?« Irv sah ihn an, als ob er kein Wort glaubte.

»Sie haben nichts mit der CIA zu tun«, sagte Andy. »Die Firma heißt eigentlich DSI – eine Art wissenschaftlicher Geheimdienst. Vor drei Jahren las ich in einem Artikel, dass irgendein Schlaukopf ihm Anfang der Sechziger den Spitznamen ›die Firma‹ gab, und zwar nach einem Science-Fiction-Roman mit dem Titel ›Die Waffenhändler von Isher‹. Den hat, glaube ich, ein gewisser van Vogt geschrieben, aber das ist unwichtig. Sie befassen sich mit nationalen wissenschaftlichen Projekten, die jetzt oder in Zukunft für Angelegenheiten der nationalen Sicherheit von Bedeutung sind oder sein werden. Diese Definition stammt aus ihren eigenen Statuten. In der Öffentlichkeit sind sie eher bekannt für die aus ihren Mitteln betriebene und von ihnen überwachte Energieforschung – elektromagnetisches Zeug und Fusionsenergie. In Wirklichkeit gehen ihre Aktivitäten viel weiter. Charlie und ich sind Teil eines Experiments, das schon vor langer Zeit stattfand. Charlie war damals noch nicht einmal geboren. Auch meine Frau nahm an diesem Experiment teil. Sie wurde ermordet. Dafür war die Firma verantwortlich.«

Irv schwieg eine Weile. Er ließ das Spülwasser ablaufen, trocknete sich die Hände und kam an den Tisch, um das Wachstuch abzuwischen. Andy griff nach seiner Dose Bier.

»Ich will nicht direkt sagen, dass ich Ihnen nicht glaube«, sagte Irv endlich. »Zumal sich in diesem Land so viele merkwürdige Dinge ohne Wissen der Öffentlichkeit ereignet haben, die dann erst später herauskamen. Die Kerle vom CIA sollen gewissen Leuten Getränke mit einem Schuss LSD gegeben haben. Ein FBI-Agent wurde beschuldigt, während der Bürgerrechtsdemonstrationen Menschen umgebracht zu haben. Dann die vielen Schmiergeldaffären. Ich behaupte deshalb nicht ohne weiteres, dass ich Ihnen nicht glaube. Sagen wir lieber, Sie haben mich noch nicht überzeugt.«

»Ich glaube nicht einmal, dass sie an mir noch interessiert sind«, sagte Andy. »Früher vielleicht. Aber jetzt haben sie ein anderes Ziel. Sie wollen Charlie.«

»Soll das heißen, dass sie aus Gründen nationaler Sicherheit hinter einem Kind her sind?«

»Charlie ist kein gewöhnliches Kind«, sagte Andy. »Man hat ihrer Mutter und mir eine Droge mit der Geheimbezeichnung Lot Sechs injiziert. Ihre Zusammensetzung kenne ich bis heute nicht.

Ich vermute aber, dass es sich um irgendein synthetisches Drüsensekret handelt. Es hat bei mir und dem Mädchen, das ich später heiratete, eine Veränderung der Chromosomen bewirkt. Diese veränderten Chromosomen haben wir an Charlie weitergegeben, und bei ihr haben sie sich auf völlig andere Weise vermischt. Wenn sie sie an ihre Kinder weitergeben könnte, würde man sie wahrscheinlich einen Mutanten nennen. Wenn sie es aus irgendeinem Grund nicht kann, oder wenn die Veränderung bei ihr Sterilität verursacht hat, wäre sie als Spielart oder Maultier zu bezeichnen. Wie auch immer, sie suchen sie. Sie wollen sie untersuchen, um festzustellen, was sie in die Lage versetzt, die Dinge zu tun, die sie tun kann. Und mehr noch, sie benötigen sie als Beweisstück. Man will sie vorführen, um zu erreichen, dass das Lot-Sechs-Programm wieder aufgenommen wird.«

»Was kann sie denn tun?«, fragte Irv.

Durch das Küchenfenster sahen sie Norma und Charlie aus der Scheune kommen.

Der weiße Pullover flatterte ihr um den Leib, er reichte ihr bis an die Waden. Ihre Wangen waren gerötet, und sie unterhielt sich mit Norma, die lächelnd nickte.

Andy sagte leise: »Sie kann Feuer anzünden.«

»Wer kann das nicht?«, sagte Irv und sah Andy merkwürdig vorsichtig an. Etwa so, wie man Leute ansieht, die man für verrückt hält.

»Sie kann es, indem sie einfach nur daran denkt«, sagte Andy. »Der wissenschaftliche Ausdruck dafür heißt Pyrokinese. Es ist eine Psi-Begabung, wie Telepathie, Telekinese, oder die Fähigkeit, die Zukunft vorauszusehen – davon versteht sie übrigens auch ein bisschen –, aber Pyrokinese ist sehr viel seltener ... und sehr viel gefährlicher. Sie hat Angst davor, und das mit Recht. Sie kann es nicht immer kontrollieren. Sie könnte Ihr Haus oder Ihre Scheune in Brand stecken, oder Ihren Vorgarten, wenn sie es wollte. Sie könnte Ihnen auch die Pfeife anzünden.« Andy lächelte müde.

»Aber während sie Ihnen die Pfeife anzündet, könnten zufällig auch gleich Ihr Haus, Ihre Scheune und Ihr Vorgarten in Flammen aufgehen.«

Irv trank sein Bier aus und sagte: »Ich, finde, Sie sollten die Polizei anrufen und sich stellen, Frank. Sie brauchen Hilfe.«

»Das hört sich alles ziemlich verrückt an, nicht wahr?«

»Ja«, sagte Irv sehr ernst. »Etwas Verrückteres habe ich noch nie gehört.« Er saß locker, dennoch leicht angespannt auf seinem Stuhl, und Andy dachte, *er glaubt, dass ich bei nächster Gelegenheit tatsächlich irgendetwas Verrücktes tue.*

»Ich nehme an, das ist nicht mehr so wichtig«, sagte Andy. »Sie werden sowieso bald hier sein. Die Polizei wäre allerdings wahrscheinlich besser. Die halten einen wenigstens nicht gleich für eine Unperson, wenn sie einen gegriffen haben.«

Irv wollte gerade antworten, als die Tür aufging. Norma und Charlie kamen herein. Das Mädchen strahlte über das ganze Gesicht, und seine Augen leuchteten. »Daddy, ich hab die Hühner und die Kühe ge...«

Sie verstummte. Ihr Gesicht sah jetzt viel blasser aus, und sie schaute kurz Irv Manders an, dann ihren Vater, dann wieder Irv. Sie war plötzlich nicht mehr fröhlich. Sie wirkte ganz elend. Es war, als ob etwas sie völlig verstörte. *Genauso sah sie gestern Abend aus*, dachte Andy. *Genauso sah sie aus, als ich sie gestern aus der Schule holte. Es geht immer so weiter. Wie soll das für sie nur enden?*

»Du hast es verraten«, sagte sie. »Oh, Daddy, warum hast du es verraten?«

Norma trat vor und legte schützend den Arm um Charlie. »Irv, was geht hier vor?«

»Ich weiß es nicht«, sagte Irv. »Was soll er verraten haben, Roberta?«

»So heiße ich nicht«, sagte sie. Die Tränen begannen zu fließen. »Sie wissen genau, dass ich nicht so heiße.«

»Charlie«, sagte Andy. »Mr Manders wusste, dass etwas nicht stimmte. Ich habe es ihm gesagt, aber er glaubt mir nicht. Wenn du darüber nachdenkst, wirst du auch wissen, warum.«

»Ich weiß überhaupt ni...« sagte Charlie, und es war ein Kreischen. Dann schwieg sie. Sie legte den Kopf schief, als ob sie lauschte, obwohl, soweit es die anderen beurteilen konnten, gar nichts zu hören war. Alle sahen jetzt Charlie an, und ihr Gesicht verlor jede Farbe.

»Was ist denn los, Honey?«, fragte Norma und warf einen besorgten Blick zu Irv hinüber.

»Sie kommen, Daddy«, flüsterte Charlie. Ihre Augen waren angstgeweitet. »Sie wollen uns holen.«

11

Sie hatten sich auf der Route 40 genau an der Stelle getroffen, wo die nicht beschilderte Straße, in die Irv eingebogen war, von der Hauptstraße abzweigte – auf dem Stadtplan von Hastings Glen war sie als Old Baillings Road verzeichnet. Al Steinowitz hatte endlich all seine Leute versammelt und übernahm schnell und entschlossen das Kommando. Sie waren sechzehn Mann in fünf Wagen. Als sie sich auf den Weg zur Mandersfarm machten, wirkte das Ganze wie ein, wenn auch schneller, Leichenzug.

Norville Bates hatte die Leitung der Operation – und damit auch die Verantwortung – an Al abgegeben und war sehr erleichtert. Er stellte noch eine Frage im Zusammenhang mit der örtlichen und der Staatspolizei, die bei der Aktion hinzugezogen worden waren.

»Wir sagen den Leuten vorläufig noch nichts«, sagte Al. »Wenn wir sie kriegen, können sie ihre Straßensperren einpacken. Wenn nicht, sollen sie sich auf das Zentrum des abgesperrten Gebiets zubewegen. Aber, unter uns, wenn wir sie mit sechzehn Mann nicht schaffen, schaffen wir sie überhaupt nicht, Norv.«

Norv spürte den leisen Vorwurf und schwieg. Er wusste, dass es besser wäre, die beiden ohne fremde Einmischung zu greifen, denn Andy McGee sollte einen bedauerlichen Unfall erleiden. Einen tödlichen Unfall. Wenn keine Blaukittel herumlungerten, konnte das umso diskreter über die Bühne gehen.

Vor ihm und Al ließ OJ die Bremslichter seines Wagens kurz aufleuchten und bog in den Feldweg ein. Die anderen folgten.

12

Mir ist das alles schleierhaft«, sagte Norma. »Roberta ... Charlie. Nun beruhige dich doch.«

»Sie verstehen es nicht«, sagte Charlie. Ihre Stimme klang schrill und doch wie erstickt. Es machte Irv ganz nervös, sie anzusehen. Sie machte ein Gesicht wie ein Kaninchen in der Schlinge. Sie riss sich von Normas Arm los und rannte zu ihrem Vater hinüber, der ihr die Hände auf die Schultern legte.

»Ich glaube, sie wollen dich töten, Daddy.«

»Was?«

»Dich töten«, wiederholte sie. In panischer Angst starrte sie ihn an. Ihre Lippen zuckten. »Wir müssen weg, wir müssen –«

Heiß. Zu heiß hier drinnen.

Er schaute nach links. An der Wand zwischen Ofen und Spüle hing ein Zimmerthermometer, wie man es bei jedem Versandhaus kaufen kann. Es hatte unten einen roten Plastikteufel mit einer Forke, der grinste und sich die Stirn wischte. Unter seinen gespaltenen Hufen stand: HEISS GENUG FÜR EUCH? Das Quecksilber im Thermometer stieg langsam an, ein drohend erhobener roter Finger.

»Ja, genau das wollen sie tun«, sagte Charlie. »Dich töten, dich töten, wie sie es mit Mami getan haben. Bring mich weg, ich will nicht, ich will nicht, dass es wieder passiert. *Ich will nicht* ...«

Sie wurde immer lauter. Und unablässig stieg die Quecksilbersäule.

»*Charlie?* Pass auf!«

Ihre Augen flackerten nicht mehr so sehr. Norma lehnte sich ganz eng an ihren Mann.

»Irv ... was –?«

Aber Irv war Andys Blick zum Thermometer nicht entgangen, und plötzlich wusste er, dass Andys Geschichte stimmte. Im Raum war es wärmer geworden. So warm, dass man schwitzte. Das Quecksilber im Thermometer stand bei über dreißig Grad.

»Heiliger Himmel«, sagte Irv. »Hat sie das getan, Frank?«

Andy ignorierte ihn. Seine Hände lagen noch auf Charlies Schultern. Er sah ihr in die Augen. »Charlie, glaubst du, es ist zu spät? Was sagt dir dein Gefühl?«

»Ja«, sagte sie, und ihr Gesicht war leichenblass. »Sie sind schon auf dem Feldweg. Oh, Daddy, ich habe Angst.«

»Du könntest sie aufhalten«, sagte er ruhig.

Sie sah ihn an.

»Ja«, sagte er.

»Aber – Daddy –, es ist etwas Böses. Ich weiß es. Ich könnte sie töten.«

»Ja«, sagte er.

»Jetzt ist wahrscheinlich die Frage, ob man tötet oder getötet wird. So weit ist es wohl gekommen.«

»Ist es dann nichts Böses?« Ihre Stimme war kaum zu hören.

»Doch«, sagte Andy. »Es ist böse. Mach dir nur nichts vor. Und tu's nicht, wenn du es noch kontrollieren kannst. Nicht einmal für mich.«

Sie schauten einander in die Augen. Andys Augen müde, blutunterlaufen und erschrocken. Charlies Augen weit aufgerissen, wie hypnotisiert.

Sie sagte: »Wenn nun doch ... etwas passiert ... hast du mich dann noch lieb?«

Träge stand die Frage zwischen ihnen im Raum.

»Charlie«, sagte er, »ich werde dich immer lieb haben. Ganz gleich, was geschieht.«

Irv war ans Fenster getreten und kam jetzt wieder zu den anderen. »Ich glaube, ich habe mich zu entschuldigen«, sagte er. »Da kommt eine ganze Wagenkolonne den Weg herauf. Wenn Sie wollen, helfe ich Ihnen. Ich habe mein Jagdgewehr.« Aber er sah ängstlich aus, fast krank.

Charlie sagte: »Sie brauchen Ihr Gewehr nicht.«

Sie entzog sich den Händen ihres Vaters und trat an den Ausgang. In Normas weißem Strickpullover sah sie noch kleiner aus. Sie ging nach draußen.

Nach kurzem Zögern folgte Andy ihr. Sein Magen fühlte sich

wie gefroren an, als hätte er einen ganzen Eisblock verschluckt. Das Ehepaar Manders blieb in der Küche zurück. Andy drehte sich noch kurz um und sah das erstaunte und verschreckte Gesicht des Mannes. Flüchtig schoss ihm ein Gedanke – *das wird dich lehren, Anhalter mitzunehmen* – durch den Kopf.

Dann standen Charlie und er auf der Veranda und sahen den ersten Wagen in die Zufahrt einbiegen. Die Hühner rannten gackernd und flügelschlagend davon. In der Scheune muhte Bossy; sie wollte wohl gemolken werden. Eine fahle Oktobersonne hing über den bewaldeten Hügeln und herbstbraunen Feldern dieser abgelegenen kleinen Stadt im Staate New York. Fast ein Jahr waren sie auf der Flucht, und Andy war erstaunt darüber, dass ein seltsames Gefühl der Erleichterung sein grauenhaftes Entsetzen überlagerte. In äußerster Not, so hatte er gehört, würde sogar ein Kaninchen, in instinktiver Erinnerung an eine frühere, weniger sanftmütige Entwicklungsphase seiner Art, sich den Hunden stellen, um dann zerrissen zu werden.

Jedenfalls war es gut, nicht mehr laufen zu müssen. Er stand neben Charlie, und ihr Blondhaar glänzte in der Sonne.

»Oh, Daddy«, stöhnte sie. »Ich kann es kaum noch ertragen.«

Er legte den Arm um ihre Schultern und zog sie ganz fest an sich. Der erste Wagen hielt, wo der Vorgarten anfing, und zwei Männer stiegen aus.

13

Hallo, Andy«, sagte Al Steinowitz und lächelte. »Hallo, Charlie.« Er hatte nichts in den Händen, aber seine Jacke war aufgeknöpft. Hinter ihm, am Wagen, stand wachsam der andere Mann. Er ließ locker die Arme hängen. Der zweite Wagen hielt hinter dem ersten, und vier Männer stiegen aus. Alle Wagen hielten, und aus allen sprangen Männer ins Freie. Andy zählte ein Dutzend, dann gab er es auf.

»Geht weg«, sagte Charlie. Dünn und hell klang ihre Stimme durch die Kühle des frühen Nachmittags.

»Sie haben uns ganz schön an der Nase herumgeführt«, sagte Al zu Andy. Er sah Charlie an. »Honey, du musst doch nicht so ...«

»Geht weg«, kreischte sie.

Al zuckte die Achseln und setzte ein entwaffnendes Lächeln auf. »Das können wir leider nicht, Honey. Ich habe meine Befehle. Niemand will dir oder deinem Daddy etwas tun.«

»Sie lügen! Sie sollen ihn töten! Ich weiß es!«

Andy mischte sich ein und war selbst erstaunt, dass seine Stimme so gelassen klang. »Ich rate Ihnen zu tun, was meine Tochter sagt. Sie sind gewiss genügend informiert, um zu wissen, warum meine Tochter gesucht wird. Sie wissen doch, was mit dem Soldaten auf dem Flughafen geschah.«

OJ und Norville warfen sich plötzlich besorgte Blicke zu.

»Steigen Sie doch einfach zu uns in den Wagen. Dann können wir über alles reden«, sagte Al. »Es ist doch weiter nichts außer –«

»Wir wissen, was los ist.«

Die Männer aus den hinteren Wagen hatten sich verteilt und gingen jetzt langsam aus allen Richtungen auf die Veranda zu.

»Bitte«, sagte Charlie zu dem Mann mit dem seltsam gelben Gesicht. »Zwingen Sie mich nicht dazu, es zu tun.«

»Es hat keinen Zweck«, sagte Andy.

Irv Manders trat auf die Veranda heraus. »Sie haben hier keine Befugnis«, sagte er. »Sie werden, verdammt noch mal, mein Grundstück verlassen.«

Drei von den Männern waren die ersten Stufen zur Veranda hochgestiegen und standen jetzt links von Andy und Charlie. Sie waren kaum acht Meter entfernt. Charlie warf ihnen einen warnenden, verzweifelten Blick zu, und sie blieben stehen – vorläufig.

»Wir sind Regierungsbeauftragte«, sagte Al Steinowitz leise und höflich zu Irv. »Diese Leute werden gesucht, weil sie verhört werden sollen. Weiter nichts.«

»Und wenn sie wegen Ermordung des Präsidenten gesucht werden«, sagte Irv mit hoher, überschnappender Stimme. »Sie zeigen mir den Haftbefehl oder, bei Gott, Sie verschwinden von meinem Grundstück.«

»Wir brauchen keinen Haftbefehl«, sagte Al. Seine Stimme war jetzt von metallischer Kälte.

»Sie brauchen einen, außer ich wäre heute Morgen in Russland aufgewacht«, sagte Irv. »Ich sage Ihnen, Sie verschwinden jetzt, und das ein bisschen plötzlich. Das ist mein letztes Wort.«

»Irv, komm rein!«, sagte Norma.

Andy fühlte, wie sich etwas in der Luft aufbaute, um Charlie herum aufbaute wie eine elektrische Ladung. Die Haare an seinen Armen bewegten sich plötzlich wie Seetang in einer unsichtbaren Dünung. Er sah zu ihr hinunter. Ihr kleines Gesicht sah jetzt ganz seltsam aus.

Sie tut es, dachte er hilflos. *Oh, mein Gott, sie tut es wirklich.*

»Verschwinden Sie!«, brüllte er Al an. »Kapieren Sie denn nicht, was sie jetzt gleich tut. Spüren Sie es denn nicht? Seien Sie kein Narr, Mann!«

»Bitte«, sagte Al. Er sah zu den Männern auf der anderen Seite der Veranda und nickte ihnen kaum merklich zu. Dann sah er wieder Andy an. »Wenn wir dies nur diskutieren könnten –«

Die drei Männer auf der anderen Seite der Veranda sprangen plötzlich auf sie zu und zogen im Laufen ihre Waffen. »Halt, stehen bleiben!«, brüllte einer von ihnen. »Keine Bewegung! Nehmen Sie die Hände –«

Charlie drehte sich zu ihnen um, und gleichzeitig rannten ein halbes Dutzend Männer, unter ihnen John Mayo und Ray Knowles, mit gezogenen Revolvern zum hinteren Ende der Veranda.

Charlies Augen weiteten sich, und Andy spürte einen heißen Lufthauch.

Die drei Männer vorn auf der Veranda hatten sie halb erreicht, als ihre Haare Feuer fingen.

Der betäubende Knall eines Revolvers, und ein zwanzig Zentimeter langer Holzsplitter fetzte von einem der Stützpfosten der Veranda. Norma Manders kreischte laut, und Andy zuckte zusammen. Aber Charlie schien es nicht zu bemerken. Ihr Gesicht war verträumt und nachdenklich, und ein Lächeln wie das der Mona Lisa spielte um ihre Mundwinkel.

Es *macht ihr Spaß*, dachte Andy mit einigem Entsetzen. *Hat sie deshalb solche Angst davor, weil es ihr Spaß macht?*

Charlie wandte sich wieder Al Steinowitz zu. Die drei Männer, die er auf Andy und Charlie gehetzt hatte, dachten nicht mehr im Geringsten an ihre Pflicht gegenüber Gott, Firma und Vaterland. Brüllend bedeckten sie mit den Händen ihre Köpfe, um die Flammen zu ersticken. Der beißende Geruch von brennendem Haar erfüllte die Luft.

Wieder löste sich ein Schuss. Ein Fenster zersplitterte.

»Nicht das Mädchen!«, schrie Al Steinowitz. *»Nicht das Mädchen!«*

Brutal wurde Andy festgehalten. Auf der Veranda herrschte ein wirres Durcheinander von Männern. Andy wurde durch das Chaos gegen das Geländer gezerrt. Dann versuchte jemand, ihn in eine andere Richtung zu ziehen. Andy kam sich wie eine Schiffstrosse vor.

»Lasst ihn los!«, brüllte Irv Manders laut wie ein Stier. »Lasst ihn –«

Noch ein Schuss fiel, und plötzlich kreischte Norma laut auf. Immer wieder schrie sie den Namen ihres Mannes.

Charlie schaute zu Al Steinowitz hinüber, und plötzlich war der kalte, selbstsichere Ausdruck aus seinem Gesicht verschwunden. In Als Zügen lag Entsetzen. Seine gelbe Haut verfärbte sich käsig.

»Nein, tu's nicht«, sagte er, und seine Stimme klang nicht viel anders, als führte er eine normale Unterhaltung. »Tu's nicht –«

Es war unmöglich zu erkennen, wo das Feuer anfing. Plötzlich standen seine Hosen und sein Sportsakko in Flammen. Sein Haar war ein brennender Busch. Schreiend fuhr er zurück und stieß gegen den Wagen. Mit ausgestreckten Armen drehte er sich halb zu Norville Bates um.

Wieder spürte Andy diesen heißen Luftzug. Es war, als ob ein heißes Geschoss an ihm vorbeizischte.

Al Steinowitz' Gesicht fing an zu brennen.

Einen Augenblick lang war er noch ganz da, schrie stumm unter einer durchsichtigen Flammenhülle, und dann liefen seine

Züge ineinander, verloren jede Form, zerschmolzen wie Talg. Schaudernd wandte sich Norville von ihm ab. Al Steinowitz war eine brennende Vogelscheuche. Blind taumelte er davon, wedelte mit den Armen und brach neben dem dritten Wagen zusammen. Er lag auf dem Gesicht und sah gar nicht mehr wie ein Mensch aus; er sah aus wie ein brennendes Bündel Lumpen.

Die Leute auf der Veranda standen wie erstarrt und betrachteten fassungslos das unerwartete Feuerwerk. Den drei Männern, deren Haar Charlie in Brand gesetzt hatte, war es gelungen, die Flammen zu löschen. Sie hatten sich für die Zukunft – wie lange sie auch dauern mochte – ein entschieden seltsames Aussehen eingehandelt. Ihr nach Vorschrift schon kurzes Haar war nur noch schwarzes, verbranntes Gestrüpp.

»Raus hier«, sagte Andy heiser. »Schnell raus hier. Das hat sie noch nie getan, *und ich weiß nicht, ob sie aufhören kann.*«

»Es ist schon in Ordnung, Daddy«, sagte Charlie. Ihre Stimme klang ruhig und gefasst und merkwürdig gleichgültig. »Es ist alles okay.«

Und dann explodierten die Wagen.

Einer nach dem andern ging hoch, und bei allen explodierte der hinten gelegene Benzintank. Als Andy später noch einmal über den Zwischenfall auf der Mandersfarm nachdachte, war er davon überzeugt, dass bei allen der Benzintank explodierte.

Zuerst flog Als hellgrüner Plymouth in die Luft. Es gab einen dumpfen Knall, und hinten aus dem Plymouth schoss ein Feuerball hoch, der die Augen blendete. Das Heckfenster platzte. Kaum zwei Sekunden später war der Ford, in dem John und Ray gekommen waren, an der Reihe. Zerfetztes Metall schoss durch die Luft und landete klatschend auf dem Dach.

»Charlie!«, brüllte Andy. *»Charlie, hör auf!«*

Mit ruhiger Stimme sagte sie: »Das kann ich nicht.«

Der dritte Wagen ging hoch.

Jemand rannte. Ein Zweiter folgte ihm. Die Männer auf der Veranda wichen zurück. Jemand wollte Andy mitzerren. Er leistete Widerstand, und plötzlich fasste ihn niemand mehr an. Und plötzlich rannten alle, mit weißen Gesichtern und in wilder Panik. Einer der Männer, deren Haar verkohlt war, wollte sich über das Geländer schwingen, blieb mit dem Fuß hängen und stürzte kopfüber in den kleinen Garten, in dem Norma im Frühjahr Stangenbohnen angebaut hatte. Die Stangen waren noch dort, und eine bohrte sich mit einem hässlichen Geräusch in die Kehle des Mannes und trat hinten wieder aus. Er zappelte im Garten wie ein Fisch auf dem Trockenen, und die Spitze der Stange ragte wie ein Pfeil aus seinem Hals heraus. Blut spritzte ihm vorn auf das Hemd, während er schwache, gurgelnde Laute von sich gab.

Mit ohrenbetäubendem Krachen explodierten die restlichen Wagen wie eine Kette nacheinander gezündeter Feuerwerkskörper.

Zwei der Flüchtenden wurden durch den Druck wie Stoffpuppen zur Seite geschleudert.

Der eine brannte von der Hüfte abwärts, der andere war mit Glassplittern gespickt.

Schwarzer, öliger Qualm stieg in die Luft. Die fernen Hügel und Felder jenseits der Zufahrt schienen sich im Hitzeflimmern zu bewegen, als ob sie sich entsetzt abwandten. Wie wild liefen laut gackernd die Hühner durcheinander. Plötzlich gingen drei von ihnen schlagartig in Flammen auf. Sie rannten noch ein Stück, um dann weiter hinten liegen zu bleiben.

»Charlie, hör sofort auf! Hör auf!«

Eine Feuerschlange raste quer über den Vorhof, selbst der Sand schien in einer einzigen geraden Linie zu brennen, als hätte man eine Pulverspur gelegt. Die Flammen erreichten den Hauklotz, in dem Irvs Axt steckte, und zügelten um ihn herum, bis sie aus ihrem Kreis nach innen schlugen und der Klotz zu brennen anfing.

»CHARLIE, UM GOTTES WILLEN!«

Die Pistole eines Agenten der Firma lag auf dem Grasstreifen zwischen der Veranda und der brennenden Wagenschlange. Plötzlich explodierten die Patronen eine nach der anderen. Es gab jedes Mal einen scharfen Knall. Bizarr tanzte und hüpfte die Waffe auf dem Rasen.

Andy schlug sie, so hart er konnte.

Ihr Kopf fuhr zurück, die blauen Augen blicklos. Dann sah sie ihn an, überrascht, gekränkt und wie betäubt, und er fühlte sich plötzlich wie in einen Hitzeschleier eingehüllt, in dem die Temperatur rasch anstieg. Es fiel ihm schwer, die heiße Luft zu atmen, und die Härchen in seiner Nase fühlten sich an, als würden sie geröstet.

Spontane Verbrennung, dachte er. *Ich werde durch spontane Verbrennung in Flammen aufgehen.*

Dann war es weg.

Charlie stand taumelnd auf und schlug die Hände vors Gesicht. Und dann kam durch ihre Hände hindurch ein schriller, immer lauter werdender Schrei solchen Entsetzens und solcher Angst, dass Andy fürchtete, sie hätte den Verstand verloren.

Er riss sie in seine Arme und drückte sie.

»Schsch«, sagte er. »Oh, Charlie, Liebling, schsch.«

Der Schrei verstummte, und sie lag schlaff in seinen Armen. Charlie war ohnmächtig geworden.

14

Andy hob sie auf, und ihr Kopf sank gegen seine Brust. Die Luft war heiß, und es stank nach brennendem Benzin. Die Flammen waren schon über den Rasen gehuscht und hatten den Efeu am Haus erreicht. Rasch züngelten die Flammen am Spalier hoch, schneller als der geübteste Fassadenkletterer. Das Haus war nicht mehr zu retten.

Irv Manders lehnte an der Küchentür. Er hatte sich den Fuß verrenkt. Norma kniete neben ihm. Er hatte oberhalb des Ellbogens einen Treffer abbekommen, und sein Hemdärmel war rot von Blut. Norma hatte einen langen Stoffstreifen von ihrem Kleid gerissen und versuchte nun, ihrem Mann vorsichtig die Ärmel aufzurollen, um ihn zu verbinden. Irvs Augen waren weit aufgerissen, sein Gesicht schimmerte fahlgrau. Seine Lippen waren blau angelaufen, und sein Atem ging schnell.

Andy ging auf dic beiden zu, und Norma zuckte zurück. Sie

warf sich über ihren Mann und sah Andy mit blitzenden Augen an.

»Verschwinden Sie«, zischte sie. »Nehmen Sie ihr Monstrum mit und verschwinden Sie.«

15

OJ rannte.

Der Revolver unter seinem Arm schnellte auf und ab, während er lief. Er stürzte, stand auf und rannte weiter. Er knickte mit dem Fuß in einem Erdloch um, und als er wieder stürzte, stieß er einen verzweifelten Schrei aus. Er rappelte sich auf und rannte weiter. Manchmal schien es, als renne er allein, dann wieder kam es ihm vor, als liefe jemand mit. Es spielte keine Rolle. Wichtig war nur, dass er wegkam, weg von diesem brennenden Bündel Lumpen, das vor Minuten Al Steinowitz gewesen war, weg von der brennenden Wagenschlange, weg von Bruce Cook, der mit einem spitzen Stück Holz durch den Hals in dem kleinen Garten lag. Weg, weg, nur weg. Der Revolver glitt aus dem Halfter und traf ihn schmerzhaft am Knie. Die Waffe fiel ins Gras, aber OJ achtete nicht darauf. Er rannte durch ein Waldstück und stolperte über einen umgefallenen Baum. Der Länge lang lag er da und spürte heftige Stiche. Er hielt sich die Seite. Sein Atem ging pfeifend. Er weinte vor Angst und Entsetzen. *Nie wieder New York*, dachte er. *Nie wieder. In New York soll arbeiten wer will. Ich werde den Staat nicht mehr betreten, und wenn ich zweihundert Jahre alt werde.*

Nach einer Weile stand OJ auf und humpelte zur Straße hinüber.

16

»Wir müssen ihn von der Veranda wegschaffen«, sagte Andy. Er hatte Charlie draußen auf den Rasen gelegt. Die eine Seite des Hauses brannte schon, und wie große Glühwürmchen senkten sich Funken auf die Veranda herab.

»Verschwinden Sie«, sagte Norma rau. »Rühren Sie ihn nicht an.«

»Das Haus brennt«, sagte Andy. »Lassen Sie mich Ihnen helfen.«

»Verschwinden Sie! Sie haben genug angerichtet!«

»Schluss jetzt, Norma.« Irv sah sie an. »Dieser Mann ist nicht schuld an dem, was hier passiert ist. Halt also deinen Mund.«

Sie sah ihn an, als ob sie eine Menge zu sagen wüsste, aber sie schwieg.

»Helfen Sie mir auf«, sagte Irv. »Meine Beine sind wie Gummi. Ich glaube, ich habe mir in die Hose gepisst. Sollte mich nicht wundern. Eins von den Schweinen hat mich angeschossen. Ich weiß nicht welcher. Helfen Sie mir, Frank.«

»Ich heiße Andy«, sagte er und legte Irv einen Arm um den Rücken. Ganz langsam stand Irv auf. Andy sagte: »Ich mache Ihrer Frau keinen Vorwurf. Sie hätten heute Morgen an uns vorbeifahren sollen.«

»Wenn ich es noch einmal tun müsste, würde ich genauso handeln«, sagte Irv. »Die verdammten Hunde! Mit Kanonen auf mein Grundstück zu kommen. Diese verfluchten Hurensöhne und ... aauuau. *Verdammt!*«

»Irv?«, rief Norma.

»Ruhig, Frau. Es geht schon. Kommen Sie, Frank oder Andy oder wie immer Sie heißen. Es wird heiß hier.«

Es wurde wirklich heiß. Der Wind blies einen Funkenregen auf die Veranda, als Andy Irv die Stufen hinabhalf und vom Haus wegzog. Der Hauklotz auf dem Vorhof war ein schwarz gebrannter Stumpf. Von den Hühnern, die Charlie in Brand gesetzt hatte, waren nur ein paar verkohlte Knochen und ein wenig Asche –

wahrscheinlich von den Federn – übrig. Die Tiere waren nicht gebraten, sie waren vollständig verbrannt.

»Setzen Sie mich bei der Scheune ab«, keuchte Irv. »Ich will mit Ihnen reden.«

»Sie brauchen einen Arzt«, sagte Andy.

»Ich werde meinen Arzt schon holen lassen. Was ist mit Ihrer Tochter?«

»Sie ist ohnmächtig.« Er lehnte Irv mit dem Rücken gegen das Scheunentor. Irv sah zu ihm auf. Sein Gesicht hatte wieder ein wenig Farbe, und seine Lippen waren nicht mehr so blau. Er schwitzte. Hinter ihnen ging das große weiße Farmhaus, das seit 1868 an der Baillings Road gestanden hatte, in Flammen auf.

»Solche Fähigkeiten wie sie dürfte kein Mensch haben«, sagte Irv.

»Das mag sein«, sagte Andy und schaute von Irv weg in Normas versteinertes, unversöhnliches Gesicht. »Aber dann dürfte auch kein Mensch Querschnittslähmung haben oder Muskelschwund oder Leukämie. Aber diese Dinge gibt es. Es gibt sie sogar bei Kindern.«

Irv nickte. »Sie wurde nicht gefragt.«

Andy sah immer noch Norma an. »Sie ist genauso wenig ein Monstrum wie ein Kind in einer eisernen Lunge oder in einem Heim für geistig behinderte Kinder«, sagte er.

»Es tut mir Leid, dass ich das gesagt habe«, erwiderte Norma und schlug die Augen nieder. »Ich habe mit ihr nur die Hühner gefüttert. Ich habe zugeschaut, wie sie die Kuh streichelte. Aber Mister, mein Haus brennt nieder, und es hat Tote gegeben.«

»Es tut mir Leid.«

»Das Haus ist versichert, Norma«, sagte Irv und streckte die gesunde Hand nach ihr aus.

»Das ändert nichts daran, dass Mutters Geschirr verloren ist, das sie von ihrer eigenen Mutter geerbt hat«, sagte Norma. »Und mein schöner Schreibtisch. Und die Bilder, die wir im letzten Juli in Schenectady auf der Kunstausstellung gekauft haben.« Eine Träne lief ihr über die Wange, und sie wischte sie mit dem Ärmel weg. »Und all die Briefe, die du mir geschrieben hast, als du in der Armee warst.«

»Ist Ihrer Kleinen auch nichts passiert?«, fragte Irv.

»Ich weiß es nicht.«

»Dann hören Sie zu. Wir können nicht viel für Sie tun, aber hinter der Scheune steht ein alter Willys Jeep –«

»Irv, nein! Du darfst nicht noch tiefer in diese Sache hineingeraten!«

Er wandte sich ihr zu und sah sie an. Sein faltiges, immer noch graues Gesicht glänzte von Schweiß. Hinter ihnen brannte ihr gemeinsames Heim. Das Knallen der zerplatzenden Schindeln hörte sich an, als würden Rosskastanien in ein Feuer geworfen.

»Diese Männer sind ohne Haftbefehl gekommen und wollten die beiden von unserem Grundstück entführen«, sagte er. »Leute, die ich eingeladen hatte, wie es in einem zivilisierten Land mit vernünftigen Gesetzen der Brauch ist. Einer von ihnen hat mich angeschossen, und einer wollte Andy erschießen. Er hat ihn nur um Zentimeter verfehlt.« Andy dachte an den ersten betäubenden Knall und an den Holzsplitter, der vom Stützpfosten der Veranda sprang. Es lief ihm eiskalt über den Rücken. »All das haben sie getan. Was verlangst du von mir, Norma? Soll ich hier sitzen und ihn der Geheimpolizei ausliefern, sobald die Leute Verstärkung geholt haben und zurückkommen? Soll ich mich wie ein Feigling verhalten?«

»Nein«, sagte sie heiser. »Nein, sicherlich nicht.«

»Sie dürfen aber nicht –«, fing Andy an.

»Doch«, sagte Irv. »Und wenn sie zurückkommen ... sie werden doch zurückkommen, nicht wahr, Andy?«

»Oh ja, sie werden zurückkommen. Mit noch mehr Leuten.«

Irv lachte. Es war ein pfeifendes, atemloses Lachen. »Das geht in Ordnung. Wenn sie wieder auftauchen, weiß ich nur, dass Sie den Willys genommen haben. Mehr weiß ich nicht. Ich wünsche Ihnen viel Glück.«

»Danke«, sagte Andy leise.

»Wir müssen uns beeilen«, sagte Irv. »Bis zur Stadt zurück ist es weit, aber man hat bestimmt schon den Rauch gesehen. Die Feuerwehr wird kommen. Sie sagten, Sie und die Kleine wollten nach Vermont. War das denn wenigstens richtig?«

»Ja«, sagte Andy.

Zur linken hörten sie ein Stöhnen. »Daddy –«

Charlie richtete sich auf. Die rote Hose und die grüne Bluse waren mit Dreck beschmiert. Sie sah blass aus und blickte die anderen völlig verwirrt an. »Daddy, was brennt denn? Ich rieche es. War ich das? *Was brennt?*«

Andy ging zu ihr und nahm sie auf den Arm. »Es ist alles in Ordnung«, sagte er und fragte sich, warum man Kindern so etwas sagt, obwohl sie, genauso gut wie man selbst, wissen, dass es nicht stimmt. »Es ist alles in Ordnung. Wie fühlst du dich, Honey?«

Sie schaute über seine Schulter zu der brennenden Wagenkolonne hinüber. Sie sah die zusammengekrümmte Leiche im Garten und das brennende Haus der Manders'. Auch die Veranda war jetzt von Flammen eingehüllt. Der Wind trug den Rauch und die Hitze von ihnen weg, aber der Geruch von brennendem Benzin und Holz war dennoch penetrant.

»Das war ich«, sagte Charlie so leise, dass man es kaum hörte. Wieder begann ihr Gesicht zu zucken.

»Nicht doch!«, sagte Irv streng.

Sie sah ihn an und durch ihn hindurch. »Ich«, stöhnte sie.

»Lassen Sie sie runter«, sagte Irv. »Ich will mit ihr reden.«

Andy trug sie zu Irv hinüber, der immer noch gegen das Scheunentor gelehnt auf dem Boden saß, und setzte sie ab.

»Jetzt hör einmal zu, Kleine«, sagte Irv. »Diese Männer wollten deinen Daddy töten. Du wusstest es vor mir, vielleicht auch bevor er es wusste, wenn ich auch verdammt nicht weiß, wie. Habe ich Recht?«

»Ja«, sagte Charlie. Ihre Augen verrieten immer noch ihr ganzes Elend. »Aber Sie verstehen es nicht. Es war wie bei dem Soldaten, nur schlimmer. Ich konnte ... ich konnte es nicht aufhalten. Es ging überallhin. Ich habe ein paar von Ihren Hühnern verbrannt ... und ich hätte fast meinen Vater verbrannt.« Die Tränen liefen ihr aus den Augen, und sie fing hilflos an zu schluchzen.

»Deinem Daddy ist nichts passiert«, sagte Irv. Andy sagte nichts. Er erinnerte sich an das plötzlich erstickende Gefühl, von einer Hitzehülle umschlossen zu sein.

»Ich will es nie wieder tun«, sagte sie. *»Nie.«*

»Schon gut«, sagte Andy und legte ihr die Hand auf die Schulter.

»Nie«, wiederholte sie mit Nachdruck.

»Das darfst du nicht sagen, Kleine«, sagte Irv. »Du darfst dich nicht so blockieren. Du wirst tun, was du tun musst. Du wirst dir Mühe geben. Mehr kannst du nicht tun. Wenn es etwas auf der Welt gibt, das Gott nicht liebt, dann sind es Leute, die ›nie‹ sagen. Verstehst du mich?«

»Nein«, flüsterte Charlie.

»Ich denke, du wirst es eines Tages verstehen«, sagte Irv und schaute Charlie mit so tiefem Mitgefühl an, dass Angst und Kummer Andy in die Kehle stiegen. Dann sah Irv seine Frau an. »Gib mir den Stock, der neben deinem Fuß liegt, Norma.«

Norma brachte den Stock, reichte ihn Irv und bat ihn, sich nicht zu übernehmen, sondern sich lieber auszuruhen. Deshalb hörte nur Andy, wie Charlie noch einmal ganz leise »Nie« sagte. Es war wie ein heimlicher Schwur.

17

Schauen Sie her, Andy«, sagte Irv und zeichnete eine gerade Linie in den Sand. »Dies ist der Feldweg, den wir heraufkamen. Die Baillings Road. Wenn Sie eine Viertelmeile nach Norden fahren, kommen Sie an einen Waldweg, der rechts abgeht. Mit einem normalen Wagen kann man den Weg nicht befahren, aber der Willys sollte es schaffen, wenn Sie vernünftig Gas geben und richtig mit der Kupplung umgehen. Ein paar Mal wird es so aussehen, als ob der Weg nicht weiterführt. Fahren Sie einfach weiter, Sie finden ihn dann schon wieder. Er ist auf keiner Karte verzeichnet. Verstehen Sie? Auf keiner Karte.«

Andy nickte und schaute zu, wie Irv mit dem Stock den

Waldweg zeichnete. »Der Weg führt zwölf Meilen nach Osten und, wenn Sie sich nicht festfahren oder verirren, erreichen Sie in der Nähe von Hoag Corners die Route hundertzweiundfünfzig. Dort biegen Sie links ab – nach Norden –, und etwa eine Meile weiter kommen Sie wieder an einen Waldweg. Flaches Gelände. Viel Schlamm und Morast. Der Willys könnte es schaffen. Oder auch nicht. Ich habe den Weg wahrscheinlich seit fünf Jahren nicht mehr befahren. Er ist der einzige, der nach Osten in Richtung Vermont führt, und er wird nicht gesperrt sein. Dieser zweite Weg trifft nördlich von Cherry Plain und südlich der Grenze nach Vermont auf die Route zweiundzwanzig. Bis dahin sind Sie wohl aus dem Gröbsten heraus – obwohl ich annehme, dass Ihr Name und Ihre Beschreibung schon über den Draht gegangen sind. Aber wir wünschen euch alles Gute. Nicht wahr, Norma?«

»Ja«, sagte Norma, und das Wort klang fast wie ein Seufzer. Sie sah Charlie an. »Du hast deinem Vater das Leben gerettet. Daran muss man auch denken.«

»Muss man das?«, sagte Charlie, und ihre Stimme klang so völlig tonlos, dass Norma sie verwirrt und ein wenig ängstlich anschaute. Dann versuchte Charlie ein zögerndes Lächeln, und erleichtert lächelte Norma zurück.

»Die Schlüssel stecken im Willys.« Irv legte den Kopf schief. »Hört ihr?«

Es war das auf- und abschwellende Geräusch von Sirenen, schwach zwar, aber es kam rasch näher.

»Die Feuerwehr. Beeilt euch, wenn ihr es noch schaffen wollt.«

»Komm, Charlie«, sagte Andy. Mit rot geweinten Augen ging sie zu ihm. Das kleine Lächeln war verschwunden wie die Sonne hinter einer Wolkenbank, aber Andy war schon froh, dass sie überhaupt gelächelt hatte. Ihr Gesicht war wie das einer Überlebenden, von Angst und Qual gezeichnet. In diesem Augenblick wünschte Andy, dass er ihre Fähigkeit besäße; er würde sie anwenden, und er wusste auch gegen wen.

Er sagte: »Danke, Irv.«

»Es tut mir so Leid«, sagte Charlie leise. »Das mit Ihrem Haus und Ihren Hühnern ... und alles andere.«

»Es war ja nicht deine Schuld. Sie haben es sich selbst eingebrockt. Pass gut auf deinen Daddy auf.«

»Okay«, sagte sie.

Andy nahm sie bei der Hand und führte sie hinter die Scheune, wo der Willys unter einem Schutzdach parkte.

Die Feuerwehrsirenen waren schon sehr nahe, als er den Motor gestartet hatte und über den Rasen auf den Feldweg gefahren war. Das Haus war ein einziges Inferno. Charlie vermied es, sich umzuschauen. Im Rückspiegel sah Andy noch einmal Irv und Norma Manders. Irv saß immer noch gegen die Scheune gelehnt, und der weiße Kleiderfetzen um seinen verletzten Arm hatte sich rot gefärbt. Norma saß neben ihm. Mit dem gesunden Arm hielt er sie umfasst. Andy winkte, und Irv hob seinen verbundenen Arm. Norma winkte nicht zurück. Sie dachte vielleicht an das Porzellan ihrer Mutter, ihren Schreibtisch und die Liebesbriefe – Dinge, die keine Versicherung der Welt ihr wiedergeben konnte.

18

Genau an der von Manders bezeichneten Stelle trafen sie auf den Waldweg. Andy schaltete auf Vierradantrieb und bog ab.

»Halt dich fest, Charlie, wir werden gleich durchgerüttelt.«

Charlie hielt sich fest. Ihr Gesicht war blass und teilnahmslos, und es machte Andy nervös, sie anzusehen. *Die Hütte,* dachte er. *Großvater McGees Hütte am Tashmore-See. Wenn wir sie nur erreichen könnten, um auszuruhen. Dann wird es ihr wieder besser gehen, und wir werden über unsere nächsten Schritte nachdenken. Wir werden morgen darüber nachdenken. Wie heißt es noch? Morgen ist auch ein Tag.*

Mit heulendem Motor quälte sich der Wagen den Weg hinauf, der praktisch nur aus zwei ausgefahrenen Spuren bestand, zwischen denen Büsche und sogar vereinzelte Krüppelkiefern wuchsen. Diese Schneise war vor vielleicht zehn Jahren in den Wald geschlagen worden, und Andy bezweifelte, dass sie, außer von einem gelegentlichen Jäger, seitdem als Weg benutzt worden war. Nach sechs Meilen schien der Weg tatsächlich zu Ende zu sein, und zweimal musste Andy anhalten, weil umgestürzte Bäume wegzuräumen waren. Als er beim zweiten Mal mit Herzklopfen und Kopfschmerzen von seiner Arbeit aufschaute, stand eine große Hirschkuh am Weg und sah ihn nachdenklich an. Sie blieb einen Augenblick stehen und verschwand dann im Wald. Andy schaute zu Charlie hinüber und sah, dass sie voller Staunen das Tier beobachtete ... das war ein gutes Zeichen. Wenig später fanden sie die Wagenspuren wieder, und gegen drei Uhr erreichten sie eine zweispurige Asphaltstraße: die Route 152.

19

Orville Jamieson war zerkratzt und verdreckt und konnte mit seinem verletzten Knöchel kaum gehen. Er saß etwa eine halbe Meile von der Mandersfarm entfernt an der Baillings Road und sprach in sein Walkie-Talkie. Seine Botschaft ging an einen provisorischen Kommandoposten, der in einem in der Hauptstraße von Hastings Glen geparkten Lieferwagen eingerichtet worden war. Der Wagen hatte eine Funkausrüstung mit eingebautem Zerhacker und einem starken Sender. OJs Bericht wurde zerhackt, verstärkt und nach New York City gesendet, von wo er über eine Relaisstation nach Longmont, Virginia, weitergegeben wurde. Dort saß Cap in seinem Büro und hörte ihn sich an.

Caps Gesicht war nicht mehr so lustig und heiter wie am Vormittag, als er mit dem Fahrrad zur Arbeit gefahren war. OJs Bericht war fast unglaublich: Sie hatten gewusst, dass das Mädchen *gewisse* Fähigkeiten hatte, aber die Geschichte von diesem plötzlichen Gemetzel und der völligen Umkehrung der Situation kam (wenigstens für Cap) wie ein Blitz aus heiterem Himmel. Vier bis sechs Männer tot. Ein halbes Dutzend Wagen in Flammen. Ein Haus bis auf die Grundmauern niedergebrannt, ein Zivilist verwundet, der jetzt jedem, der es hören will, erzählen wird, dass eine Horde von Neonazis ohne Haftbefehl auf sein Grundstück gekommen sei und versucht habe, einen Mann und ein kleines Mädchen zu entführen, die er zum Essen eingeladen hatte.

Als OJ seinen Bericht beendet hatte (in Wirklichkeit beendete er ihn überhaupt nicht, sondern wiederholte sich ständig in einer Art Hysterie), legte Cap auf, setzte sich in seinen bequemen Drehstuhl und versuchte nachzudenken. Soviel er wusste, war seit der Landung in der Schweinebucht keine Geheimaktion auf so spektakuläre Weise fehl geschlagen – und diese hatte sich auf amerikanischem Boden ereignet.

Jetzt, da die Sonne an der anderen Seite des Gebäudes stand, war es im Büro dunkel, und lange Schatten hatten sich über den Raum gelegt, aber Cap schaltete nicht das Licht ein. Rachel hatte ihn über die Sprechanlage gerufen, und er hatte ihr kurz gesagt, dass er mit niemandem, aber auch niemandem sprechen wolle.

Er fühlte sich alt.

Er hörte Wanless sagen: *Ich rede vom Zerstörungspotenzial.* Nun, das war wohl keine Frage des Potenzials mehr. *Aber wir werden sie kriegen,* dachte er und starrte dumpf die Wand an. *Oh ja, wir werden sie kriegen.*

Er drückte die Taste, um mit Rachel zu sprechen.

»Sobald er eingeflogen werden kann, will ich mit Orville Jamieson sprechen«, sagte er. »Und ich will mit General Brackman in Washington sprechen. Höchste Dringlichkeitsstufe. Wir haben eine möglicherweise sehr unangenehme Situation im Staat New York, und ich will, dass Sie ihm das ohne Umschweife sagen.«

»Jawohl, Sir«, sagte Rachel voller Respekt.

»Um neunzehn Uhr möchte ich alle sechs stellvertretenden Direktoren hier sehen. Dann will ich mit dem Chef der Staatspolizei oben in New York sprechen.« Sie waren an der Suchaktion beteiligt gewesen, und Cap wollte sie darauf noch einmal hinweisen. Wenn Dreck geworfen werden sollte, wollte er einen großen Kübel voll für sie reservieren. Aber er wollte sie auch darauf hinweisen, dass man aus dieser Geschichte vielleicht einigermaßen ungeschoren herauskommen könnte, wenn man eine gemeinsame Front bildete.

Er zögerte und sagte dann: »Und wenn John Rainbird kommt, sagen Sie ihm, dass ich mit ihm reden will. Ich habe wieder Arbeit für ihn.«

Cap ließ den Kippschalter der Sprechanlage los. Er lehnte sich im Stuhl zurück und blickte in die aufziehende Dunkelheit.

»Nichts ist passiert, das man nicht in den Griff bekommen könnte«, sagte er zu den Schatten im Zimmer. Das war immer sein Motto gewesen – nicht aufgestickt und nicht in Kupfer geprägt als Tischschild: Er hatte dieses Motto im Kopf.

Nichts, das man nicht in den Griff bekommen könnte. Bis OJs Bericht kam, hatte er daran geglaubt. Diese Philosophie hatte den Sohn eines armen Minenarbeiters aus Pennsylvania recht weit gebracht. Und er glaubte immer noch daran, wenn dieser Glaube auch ein wenig wankend geworden war. Manders und seine Frau hatten wahrscheinlich von Neu-England bis Kalifornien verstreut Verwandte, und von allen musste man annehmen, dass sie über die Vorfälle reden würden. Es gab genug Geheimdossiers hier in Longmomt, um sicherzustellen, dass bei einer Anhörung im Kongress in Angelegenheiten der Firma ... nun, mancher vielleicht ein wenig schwerhörig sein würde. Die Wagen und selbst die Agenten waren nur Material, obwohl es einige Zeit dauern würde, sich an den Gedanken zu gewöhnen, dass Al Steinowitz nicht mehr da war. Wer könnte Al schon ersetzen? Das kleine Mädchen und ihr Vater würden für das, was sie mit Al gemacht hatten, büßen müssen, wenn schon für nichts anderes. Dafür würde er sorgen.

Aber das Mädchen. Konnte man das Mädchen in den Griff bekommen?

Es gab Mittel und Wege. Es gab Methoden der Eindämmung.

Die McGee-Akten waren noch in seinem Büro. Er stand auf und blätterte hastig in ihren herum. Er hätte gern gewusst, wo Rainbird sich jetzt aufhielt.

Washington D. C.

1

In dem Augenblick, als Cap Hollister kurz an ihn dachte, saß John Rainbird in seinem Zimmer im Mayflower Hotel und sah sich eine Fernsehshow an. Er war nackt. Er saß im Sessel, die bloßen Füße genau nebeneinander gestellt, und verfolgte die Sendung. Er wartete darauf, dass es dunkel wurde. Wenn es dunkel war, würde er darauf warten, dass es spät wurde. Wenn es spät war, würde er darauf warten, dass es früh wurde. Wenn es früh wurde, würde er aufhören zu warten, ins Zimmer 1217 hinaufgehen und Dr. Wanless töten. Dann würde er wieder nach unten gehen und über das nachdenken, was Dr. Wanless ihm vor seinem Tod gesagt haben würde, und irgendwann nach Sonnenaufgang würde er noch ein wenig schlafen.

John Rainbird war mit sich im Reinen. Er war mit fast allem im Reinen – mit Cap, der Firma und den Vereinigten Staaten. Er war im Reinen mit Gott, Satan und dem Universum. Wenn er mit sich selbst noch nicht völlig im Reinen war, dann nur, weil seine Reise noch nicht zu Ende war. Er hatte viele ehrenvolle Narben davongetragen. Es war nicht wichtig, dass die Leute sich vor Angst und Ekel von ihm abwandten. Es war nicht wichtig, dass er in Vietnam ein Auge verloren hatte. Wie viel man ihm zahlte, war nicht wichtig. Er nahm es, und das meiste davon gab er für Schuhe aus. Er liebte Schuhe außerordentlich. Er besaß ein Haus in Flagstaff, und, obwohl er selbst sich dort selten aufhielt, ließ er sich all seine Schuhe dorthin schicken. Wenn er einmal Gelegenheit fand, sein Haus aufzusuchen, bewunderte er seine Schuhe – Gucci, Bally, Bass, Adidas, Van Donen. Schuhe. Sein Haus war ein seltsamer Wald; in jedem Zimmer wuchsen

Schuhbäume, und er ging dann von Raum zu Raum, um die Schuhfrüchte zu bewundern, die an ihnen wuchsen. Aber wenn er allein war, ging er barfuß. Sein Vater, ein reinrassiger Irokese, war barfuß beerdigt worden. Jemand hatte seine Mokassins gestohlen.

Außer an Schuhen war Rainbird nur an zwei Dingen interessiert. Das eine war der Tod. Natürlich sein eigener Tod. Auf dieses Unvermeidliche hatte er sich schon seit zwanzig Jahren vorbereitet. Anderen den Tod zu geben, war immer sein Beruf gewesen, das einzige Metier, das er meisterhaft beherrschte. Als er älter wurde, begann er, sich immer mehr für den Tod zu interessieren, wie Maler sich immer mehr auf Licht und Schatten konzentrieren, wie Schriftsteller nach immer neuen Sprachnuancen tasten, ähnlich Blinden, die Braille lesen. Was ihn am meisten interessierte, war der *Augenblick* des Todes ... der Augenblick, da man seinen Geist aushaucht ... der Übergang aus dem Körper und dem, was die Menschen als Leben kennen, in etwas anderes. Welche Empfindungen hatte man bei diesem Hinweggleiten? Glaubte man, es sei ein Traum, aus dem man erwachen würde? Gab es den Christenteufel mit seiner Gabel, bereit, mit ihr die kreischende arme Seele aufzuspießen wie Fleisch auf einen Bratspieß, und mit ihr zur Hölle zu fahren? Ob es ein Glücksgefühl sein würde? Wusste man, dass man starb? Was sehen die Augen eines Sterbenden?

Rainbird hoffte, dass er es eines Tages selbst feststellen würde. In seinem Gewerbe kam der Tod oft rasch und unerwartet innerhalb von Sekundenbruchteilen. Er hoffte, dass er, wenn sein eigener Tod ihn ereilte, Zeit haben würde, sich darauf vorzubereiten und alles bewusst zu erleben. In letzter Zeit war er immer mehr dazu übergegangen, die Gesichter der Menschen, die er tötete, genau zu beobachten. Er versuchte, das Geheimnis in ihren Augen zu lesen.

Der Tod interessierte ihn.

Was ihn außerdem noch interessierte, war das kleine Mädchen, um das sie sich alle solche Sorgen machten. Diese Charlene McGee. Cap war überzeugt, dass Rainbird über die McGees kaum etwas wusste und von Lot Sechs noch nie gehört hatte. In Wirklichkeit wusste Rainbird fast so viel wie Cap selbst – was, das extreme Zwangsmaßnahmen gegen ihn gerechtfertigt hätte, wenn es Cap zu Ohren gekommen wäre. Man vermutete bei dem Mädchen große Fähigkeiten – vielleicht eine ganze Reihe von Fähigkeiten. Er, Rainbird, hätte das Mädchen gern kennen gelernt, um sich über diese Fähigkeiten zu informieren. Er wusste auch, dass Andy McGee ein Mann war, der, wie Cap es nannte, »potenziell die Fähigkeit hatte, andere geistig zu beherrschen«. Das allerdings kümmerte John Rainbird wenig. Er hatte noch nie einen Mann kennen gelernt, der ihn beherrschen konnte.

Die Fernsehsendung war zu Ende, und es folgten die Nachrichten. Eine Gute war nicht darunter. Rainbird blieb sitzen. Er aß nicht, trank nicht und rauchte nicht. Sauber und nüchtern saß er da und wartete auf die Zeit des Tötens.

2

Am Vormittag dieses Tages hatte Cap noch mit einem Gefühl des Unbehagens daran gedacht, wie lautlos Rainbird sich bewegte. Wanless hörte ihn nicht. Er erwachte aus tiefem Schlaf. Er erwachte, weil ein Finger ihn unter der Nase kitzelte. Er erwachte und sah ein Ungeheuer aus einem Albtraum, dessen große Gestalt sich mächtig über sein Bett lehnte. Das eine Auge schimmerte schwach im Licht aus dem Bad, das Wanless immer brennen ließ, wenn er auswärts schlief. Wo das andere Auge hätte sein müssen, war nur ein leerer Krater.

Wanless riss den Mund zu einem Schrei auf, und John Rainbird kniff ihm mit den Fingern einer Hand die Nasenlöcher zu. Die andere legte er ihm auf den Mund. Wanless schlug um sich.

»Schscht«, sagte Rainbird. Er sprach mit der freundlichen Nachsicht einer Mutter, die ihr Kind wickelt.

Wanless wehrte sich noch wütender.

»Liegen Sie still, wenn Sie am Leben bleiben wollen, und keinen Laut!«

Wanless schaute zu ihm auf, versuchte noch einmal, Luft zu holen, und lag dann still.

»Werden Sie jetzt ruhig sein?«, fragte Rainbird.

Wanless nickte. Sein Gesicht war stark gerötet.

Rainbird nahm die Hände weg, und Wanless keuchte heiser. Ein wenig Blut rann aus einem Nasenloch.

»Wer ... sind Sie ... hat Cap ... Sie geschickt?«

»Rainbird«, sagte er feierlich. »Ja, Cap schickte mich.«

In der Dunkelheit wirkten Wanless' Augen riesig. Seine Zunge fuhr heraus, und er leckte sich die Lippen. Wie er da im Bett lag, die knochigen Füße freigestrampelt, sah er aus wie das älteste Kind der Welt.

»Ich habe Geld.« Es war fast ein Flüstern. »Schweizer Konto. Viel Geld. Es gehört Ihnen. Ich werde nicht reden. Ich schwöre es bei Gott.«

»Ich will nicht Ihr Geld, Dr. Wanless«, sagte Rainbird.

Wanless starrte ihn an, und seine linke Mundhälfte grinste irr. Sein linkes Lid hing herunter und zitterte.

»Wenn Sie bei Sonnenaufgang noch leben wollen, werden Sie zu mir sprechen, Dr. Wanless. Sie werden eine Vorlesung halten. Ich bin ein Einmannseminar. Ich werde sehr aufmerksam sein, ein guter Schüler. Dafür werde ich Sie leben lassen, und dieses Leben werden Sie sehr weit von Cap und der Firma entfernt verbringen. Verstanden?«

»Ja«, sagte Wanless heiser.

»Sind Sie einverstanden?«

»Ja ... aber was –«

Rainbird legte zwei Finger an die Lippen, und sofort verstummte Wanless. Rasch hob und senkte sich seine dürre Brust.

»Ich sage zwei Worte«, sagte Rainbird, »und dann beginnt Ihr Vortrag. Sie werden alles sagen, was Sie wissen, alles, was Sie vermuten, und alles, was Sie an Theorien haben. Wollen Sie diese zwei Worte hören?«

»Ja«, sagte Dr. Wanless.

»Charlene McGee«, sagte Rainbird, und Dr. Wanless begann zu sprechen. Zuerst kamen seine Worte langsam, und dann redete er schneller. Er erzählte. Er gab Rainbird einen kompletten Bericht über die Geschichte der Experimente mit Lot Sechs, insbesondere des entscheidenden Experiments. Viel von dem, was er sagte, wusste Rainbird schon, aber Wanless konnte dennoch einige Lücken ausfüllen. Der Professor wiederholte den ganzen Sermon, den Cap sich schon am Vormittag hatte anhören müssen, aber hier traf er nicht auf taube Ohren. Rainbird hörte aufmerksam zu. Manchmal runzelte er die Stirn. Als Wanless das Beispiel mit dem Baby brachte, das zur Sauberkeit erzogen werden sollte, klatschte Rainbird leise in die Hände und kicherte. Aber als Wanless anfing, sich zu wiederholen, wie es alte Männer gern tun, hielt Rainbird ihm wieder Nase und Mund zu.

»Tut mir Leid«, sagte Rainbird.

Wanless sträubte sich und zappelte unter Rainbirds Gewicht. Rainbird verstärkte seinen Griff, und als Wanless' Widerstand schwächer wurde, ließ er plötzlich dessen Nase los. Der pfeifende Atem des guten Doktors hörte sich an, als ob aus einem Reifen, in dem ein großer Nagel steckte, zischend die Luft entwich. Wild rollten seine Augen in den Höhlen, wie die eines Pferdes in Todesangst ... aber sie waren nicht deutlich zu sehen.

Rainbird packte Dr. Wanless am Pyjamakragen und zerrte ihn an die Bettkante, sodass das kalte weiße Licht aus dem Bad ihm direkt ins Gesicht fiel.

Und wieder kniff er dem Doktor die Nase zu.

Ein Mann, dem man die Luftzufuhr abschneidet, kann, wenn er sich völlig ruhig verhält, manchmal länger als neun Minuten ohne bleibenden Gehirnschaden überleben. Eine Frau mit etwas größerer Lungenkapazität und einem etwas effizienteren System der Kohlendioxidausscheidung schafft zehn oder zwölf Minuten.

Vierzig Sekunden lang wehrte sich Dr. Wanless heftig. Dann erlahmten seine Versuche, sich zu retten. Schwach schlug er mit den Händen gegen Rainbirds granitenes Gesicht. Seine Hacken trommelten dumpf auf den Teppich, aber das Trommeln wurde rasch schwächer. Das Ende war nah. Sein Speichel troff in Rainbirds schwielige Handfläche.

Dies war der Augenblick.

Rainbird beugte sich vor und studierte mit kindlichem Eifer Wanless' Augen.

Aber es war dasselbe, immer dasselbe. Der angstvolle Blick veränderte sich zu einem Ausdruck großer Bestürzung. Es war kein Erstaunen, kein dämmerndes Begreifen, aber auch keine Furcht. Für einen Augenblick hing dieser Blick an Rainbirds einzigem Auge, und Rainbird wusste, dass der andere ihn sehen konnte. Vielleicht unklar und immer verschwommener, in dem Maße, wie den Doktor das Leben verließ, aber er konnte ihn *sehen.* Dann trübten sich die Augen. Dr. Wanless befand sich nicht mehr im Mayflower Hotel; Rainbird saß mit einer lebensgroßen Puppe auf diesem Bett. Mit einer Hand auf dem Mund der Puppe blieb er ruhig sitzen. Mit der anderen kniff er der Puppe die Nase zu. Er wollte sichergehen. Er würde noch zehn Minuten lang so sitzen bleiben.

Er dachte über das nach, was Wanless ihm im Zusammenhang mit Charlene McGee erzählt hatte. Konnte ein kleines Kind solche Kräfte besitzen? Er hielt es für denkbar. In Kalkutta hatte er einmal gesehen, dass ein Mann sich Messer in den Körper stieß – in Beine, Bauch, Brust und Hals – und sie dann herauszog, ohne dass Wunden zurückblieben. Es war denkbar, und es war bestimmt ... interessant.

Er dachte über diese Dinge nach, und dann ertappte er sich dabei, dass er überlegte, wie es wohl wäre, ein Kind zu töten. Wissentlich hatte er so etwas noch nie getan (obwohl er einmal eine Bombe an Bord eines Flugzeugs versteckt hatte, und die Bombe war explodiert, und alle siebenundsechzig Passagiere waren getötet worden. Unter ihnen mochten sich Kinder befunden haben, aber das war nicht dasselbe; es war unpersönlich). In seinem Gewerbe war der Tod von Kindern selten erforderlich. Schließlich waren sie keine terroristische Organisation wie die IRA oder die PLO, wenn auch manche Leute – zum Beispiel einige dieser verdammten Bastarde im Kongress – es gern glaubten.

Sie waren schließlich eine der Wissenschaft verpflichtete Organisation.

Vielleicht wäre bei einem Kind das Ergebnis anders. Vielleicht fand er, wenn der Tod eintrat, in den Augen eines Kindes einen anderen Ausdruck als nur diese Bestürzung, die ihm so fade erschien und ihn – ja, das stimmte – so traurig machte.

Bei einem Kind wie Charlene McGee.

»Mein Leben ist wie ein gerader Pfad durch die Wüste«, sagte Rainbird leise. Gebannt schaute er in die trüben, blauen Murmeln, die einst die Augen des Dr. Wanless waren. »Aber dein Leben ist überhaupt kein Pfad, mein Freund ... mein guter Freund.«

Er küsste Wanless, erst auf eine Wange, dann auf die andere. Dann zog er ihn auf das Bett zurück und warf das Laken über ihn. Ganz langsam, wie ein Fallschirm, fiel es, und Wanless' vorspringende Nase hob sich unter dem Laken ab wie aus einem weißen Rasen. Zeitlos.

Rainbird verließ das Zimmer.

In dieser Nacht dachte er an das Mädchen, von dem man annahm, sie könnte Feuer anzünden. Er dachte die ganze Zeit an sie. Er hätte gern gewusst, wo sie war, was sie dachte, wovon sie träumte. Er hatte ein zärtliches Gefühl für sie. Er fühlte sich sehr als ihr Beschützer.

Als er endlich einschlief, war es schon kurz nach sechs. Er wusste genau: das Mädchen würde ihm nicht entkommen.

Tashmore, Vermont

1

Zwei Tage nach dem Brand auf der Mandersfarm erreichten Andy und Charlie McGee die Hütte am Tashmore-See. Der Willys war von Anfang an in schlechtem Zustand gewesen, und die Schlammfahrt über die Waldwege, die Irv ihnen beschrieben hatte, konnte diesen Zustand kaum gebessert haben.

Als nach einem endlosen Tag, der in Hastings Glen begonnen hatte, die Dämmerung herabsank, hatten sie die Route 22 erreicht und hielten in einiger Entfernung an. Die Straße lag, hinter dichtem Buschbestand verborgen, unter ihnen, und sie konnten sie nicht sehen. Sie hörten aber gelegentlich das Zischen und Jaulen vorbeifahrender Fahrzeuge. In dieser Nacht schliefen sie im Willys, wobei sie sich gegen die Kälte eng aneinander kuschelten. Am nächsten Morgen – gestern Morgen – brachen sie auf. Es war kurz nach fünf, und das Tageslicht war erst ein heller Strich am östlichen Horizont.

Charlie sah blass aus und wirkte teilnahmslos und erschöpft. Sie hatte Andy nicht gefragt, was aus ihnen werden würde, wenn die Straßensperren nach Osten verlegt worden wären. Aber das war auch gleichgültig, denn wenn die Sperren verlegt worden wären, würde man sie schnappen. Mehr war dazu nicht zu sagen. Sie konnten den Willys auch nicht einfach stehen lassen, denn Charlies Verfassung ließ weite Märsche nicht zu, und ihm selbst ging es nicht anders.

Deshalb war Andy zuerst auf die Hauptstraße gefahren, und dann hatten sie sich diesen ganzen Oktobertag auf Nebenstraßen durchrütteln lassen, immer bei verhangenem Himmel, der Regen ankündigte, ohne diese Ankündigung wahrzumachen. Charlie schlief sehr viel, und darüber machte Andy sich Sorgen – er machte sich Sorgen, weil sie sich vor den jüngsten Ereignissen auf ungesunde Weise in den Schlaf flüchtete, anstatt sie aufzuarbeiten.

Zweimal hielt er an Imbissständen an. Beim zweiten Mal musste er die Fünfdollarnote angreifen, die Jim Paulson, der Lieferwagenfahrer, ihm aufgedrängt hatte. Fast das ganze restliche Geld aus den Münztelefonen war weg. Er musste es während des Durcheinanders auf der Mandersfarm aus den Taschen verloren haben, aber er erinnerte sich nicht daran. Noch etwas war verschwunden: diese beängstigenden gefühllosen Stellen im Gesicht waren heute Morgen nicht mehr da. Dieser Verlust konnte ihm allerdings nur lieb sein.

Charlie hatte ihr Essen kaum angerührt.

Gestern Abend war er eine Stunde nach Einbruch der Dunkelheit auf einen Rastplatz gefahren. Der Platz lag verlassen da. Es war Herbst, und die Zeit des Ausflugsverkehrs war vorläufig vorbei. Auf einem verwitterten Holzschild stand: CAMPING UND FEUERANZÜNDEN VERBOTEN HUNDE ANLEINEN 500 DOLLAR STRAFE FÜR VERUNREINIGUNG!

»Scheinen nette Leute zu sein«, murmelte Andy und fuhr den Willys am hinteren Rand des Platzes einen Abhang hinunter zwischen die Büsche. Sie hielten an einem schmalen Wasserlauf, der leise glucksend dahinfloss. Er und Charlie stiegen aus und gingen wortlos zum Wasser hinunter.

Die Bewölkung hielt sich, aber es war nicht kalt. Kein einziger Stern war zu sehen, und die Nacht schien ungewöhnlich dunkel. Sie setzten sich einen Augenblick und lauschten dem Geplätscher des Baches. Er nahm Charlies Hand, und eben jetzt fing sie an zu weinen – ein lautes, herzzerreißendes Schluchzen.

Er nahm sie in die Arme und wiegte sie. »Charlie«, murmelte er. »Charlie, Charlie, nein. Du darfst nicht mehr weinen.«

»Bitte, Daddy, lass es mich nie wieder tun«, schluchzte sie. »Denn wenn du es mir sagst, tu ich es, und dann würde ich mich wahrscheinlich umbringen. Bitte ... bitte ... nie ...«

»Ich hab dich doch so lieb«, sagte er. »Sei ruhig und sprich nicht mehr davon, dass du dich umbringen würdest. Das ist verrücktes Gerede.«

»Nein«, sagte sie.

»Das ist es nicht. Versprich es mir, Daddy.«

Er dachte lange nach und sagte dann langsam: »Ich weiß nicht, ob ich das kann, Charlie. Aber ich will es versuchen. Das verspreche ich dir. Bist du damit zufrieden?«

Ihr trauriges Schweigen war Antwort genug.

»Auch ich habe Angst«, sagte er leise. »Auch Daddys können Angst bekommen. Das darfst du mir ruhig glauben.«

Auch diese Nacht verbrachten sie im Willys. Um sechs Uhr morgens waren sie wieder unterwegs. Die Wolken waren aufgerissen, und gegen zehn Uhr war es ein herrlicher Frühherbsttag. Kurz nachdem sie die Grenze nach Vermont überquert hatten, sahen sie Männer auf Leitern in den Apfelbäumen, und überall in den Obstplantagen standen Lastwagen, mit Apfelkisten voll beladen.

Um halb zwölf bogen sie von der Route 34 in einen ausgefahrenen Feldweg ein, den ein Schild als PRIVATGRUNDSTÜCK bezeichnete, und Andy fiel ein Stein vom Herzen. Sie hatten es geschafft. Sie hatten Großvater McGees Grundstück erreicht.

Langsam fuhren sie auf den See zu, der etwa anderthalb Meilen entfernt lag. Rot und golden wirbelten Oktoberblätter vor der platten Nase des Jeeps. Sie sahen hier und da schon das Wasser durch die Bäume schimmern, als sich der Weg gabelte. Eine schwere Stahlkette versperrte die schmalere Abzweigung, und an dieser Kette hing ein angerostetes gelbes Schild: BETRETEN VERBOTEN. DIE ÖRTLICHE POLIZEIBEHÖRDE. Die Rostflecken hatten sich um sechs oder acht Dellen im Metall gebildet, und Andy nahm an, dass irgendein Besucher aus Langeweile das Schild mit seinem Kleinkalibergewehr bepflastert hatte. Aber das war vor Jahren gewesen.

Er stieg aus dem Willys und nahm sein Schlüsselbund aus der Tasche. Es trug einen Lederanhänger mit seinen Initialen. AMcG, die Buchstaben waren kaum noch zu erkennen. Vicky hatte ihm den Anhänger einmal zu Weihnachten geschenkt – Weihnachten zuvor war Charlie geboren worden.

Er stand einen Augenblick vor der Kette und betrachtete erst den Lederanhänger, dann die Schlüssel. Es waren fast zwei Dutzend. Schlüssel sind seltsame Gegenstände. An den Schlüsseln, die sich an seinem Bund angesammelt hatten, konnte er sein ganzes Leben ablesen. Wahrscheinlich warfen Leute mit mehr Organisationstalent als er einfach ihre alten Schlüssel weg, genauso wie diese Typen etwa alle sechs Monate ihre Brieftaschen ausmisteten. Andy hatte beides nie getan.

Da war der Schlüssel zum Ostflügel der Prince Hall in Harrison, wo er sein Büro gehabt hatte. Da der Schlüssel zum Büro selbst. Zum Büro der Abteilung für Englisch. Da war der Schlüssel zum Haus in Harrison, das er zum letzten Mal am Tag der Ermordung seiner Frau und der Entführung Charlies durch die Leute von der Firma gesehen hatte. Zwei oder drei andere konnte er nicht mehr identifizieren. Schlüssel waren schon seltsame Gegenstände.

Seine Vorstellungen verschwammen. Plötzlich vermisste er Vicky, und sie fehlte ihm so sehr, wie sie ihm seit jenen ersten entsetzlichen Tagen der Flucht mit Charlie nicht mehr gefehlt hatte. Er war müde, er hatte Angst, und er empfand eine grauenhafte Wut. Wenn in diesem Augenblick die Männer von der Firma auf Großvaters Weg vor ihm gestanden hätten, und jemand hätte ihm eine Thompson-Maschinenpistole gereicht ...

»Daddy?« Es war Charlies besorgte Stimme. »Kannst du den Schlüssel nicht finden?«

»Ich habe ihn schon«, sagte er. Es war ein kleiner Yaleschlüssel, in den er mit dem Taschenmesser die Buchstaben T P – Tashmore Pond – geritzt hatte. Sie waren zuletzt in Charlies Geburtsjahr hier gewesen, und Andy musste den Schlüssel einige Male hin und her bewegen, bis sich die Verriegelung bewegen ließ. Dann sprang das Schloss auf.

Er fuhr mit dem Willys durch, hielt an und schloss die Kette wieder.

Der Weg war in schlechtem Zustand, und das beruhigte Andy. Wenn sie regelmäßig jeden Sommer herkamen, blieben sie drei oder vier Wochen, und Andy fand immer ein paar Tage Zeit, sich um den Weg zu kümmern – aus Sam Moores Kiesgrube eine Ladung Kies zu holen, um die schlimmsten Löcher zuzuschütten, das Gebüsch zurückzuschneiden und Sam zu bitten, selbst herzukommen, um den Weg mit seiner alten Planierraupe ein wenig einzuebnen.

Die andere, breitere Abzweigung führte zu fast zwei Dutzend Wochenendhäusern und Hütten am Seeufer, und diese Leute hatten ihre eigene Wegeverwaltung, zahlten jährliche Gebühren und hielten im August eine Versammlung ab (obwohl diese Versammlung eigentlich nur ein Vorwand war, sich gründlich zu besaufen, bevor der Tag der Arbeit im September einem weiteren Sommer ein Ende setzte). Großvaters Anwesen war hier unten jedoch das einzige, weil Großvater während der Depressionszeit das ganze umliegende Land für einen Spottpreis selbst gekauft hatte.

Früher hatten sie hier ein Fahrzeug gehabt, einen alten Ford-Kombi. Es war aber zweifelhaft, ob der alte Schlitten es hier noch geschafft hätte, denn selbst der Willys mit seinen hochgelegenen Achsen war ein paar Mal mit der Wanne aufgeschlagen. Andy war das nur recht. Es bedeutete nämlich, dass in der Zwischenzeit niemand hier gewesen war.

»Gibt es dort Elektrizität, Daddy?«, fragte Charlie.

»Nein«, sagte er, »und auch kein Telefon. Wir dürfen den Strom nicht einschalten, Kleines. Dann könnten wir ebenso gut ein Plakat anbringen: HIER SIND WIR. Aber da sind Kerosinlampen und zwei Fässer Öl. Wenn das Zeug nicht inzwischen geklaut wurde.« Seit sie das letzte Mal hier waren, hatte es derartige Ölpreiserhöhungen gegeben, dass ein solcher Diebstahl sich vermutlich gelohnt hätte.

»Gibt es da auch –« Charlie wollte etwas fragen.

»Verdammte Scheiße«, sagte Andy.

Er ging voll in die Bremse. Ein Baum war quer über den Weg gestürzt, eine große alte Birke, die wohl ein Wintersturm abgeknickt hatte. »Ab hier müssen wir zu Fuß gehen. Es ist nur noch eine Meile. Das schaffen wir.« Später würde er mit Großvaters Gerät zurückkommen und den Baum zersägen. Er wollte Irvs Willys hier nicht stehen lassen. Das war zu auffällig.

Er fuhr sich durchs Haar. »Komm.«

Sie stiegen aus dem Willys, und Charlene schlüpfte mühelos unter dem Stamm hindurch, während Andy vorsichtig über ihn hinwegstieg und darauf achtete, sich nicht zu verletzen. Das Laub raschelte unter ihren Füßen, als sie weitergingen, und der Wald roch nach Herbst. Ein Eichhörnchen schaute aus einem Baum auf sie herab und beobachtete sie aufmerksam. Blau schimmerte nun wieder das Wasser zwischen den Bäumen.

»Was wolltest du sagen, als wir bei dem Baum waren?«, fragte Andy sie.

»Ich wollte wissen, ob wir auch genug Öl haben. Falls wir den Winter über bleiben.«

»Nein, aber für den Anfang reicht's. Ich werde eine Menge Holz schlagen. Und du kannst eine Menge sammeln.«

Zehn Minuten später mündete der Weg in eine Lichtung am Ufer des Tashmore-Sees, und sie waren da. Einen Augenblick blieben sie schweigend stehen. Andy wusste nicht, was Charlie empfand, aber er selbst wurde so total von seinen Erinnerungen überwältigt, dass ein so milder Ausdruck wie Nostalgie nicht angebracht war. In die Erinnerungen wob sich sein Traum von vor drei Tagen – der Kahn, der zappelnde Regenwurm, sogar die Gummiflicken an Großvaters Stiefeln.

Die Hütte war aus Holz auf einem Felssteinfundament errichtet und hatte fünf Räume. Zum See hin lag eine Art Veranda, und eine kleine Steinmole führte ins Wasser hinaus.

Abgesehen von dem zusammengewehten Laub und den in drei Wintern abgefallenen dürren Ästen, hatte sich hier nicht das Geringste verändert. Fast erwartete er, Großvater in einem seiner grün-schwarz karierten Hemden herauskommen zu sehen, um ihm zuzuwinken und ihn mit seiner dröhnenden Stimme zu begrüßen. Ihn zu fragen, ob er seinen Angelschein erneuert habe, da die Forellen in der Dämmerung noch immer gut bissen.

Wie gut und sicher hatte man sich hier immer gefühlt. Weit hinten, jenseits des Tashmore-Sees, schimmerten die Tannen graugrün in der Sonne. *Dumme Bäume,* hatte Großvater einmal gesagt, *sie kennen nicht einmal den Unterschied zwischen Sommer und Winter.* Das einzige Anzeichen von Zivilisation am gegenüberliegenden Ufer war die Anlegestelle der kleinen Stadt Bradford. Niemand hatte ein Einkaufszentrum oder einen Vergnügungspark gebaut. Hier raunte noch der Wind in den Bäumen. Hier gab es noch moosbedeckte Schindeln aus Holz, und die Tannennadeln wurden in jeden Dachwinkel und in die Auffangschale der Holztraufe geweht.

Hier war er Knabe gewesen, und Großvater hatte ihm gezeigt, wie man den Köder am Haken anbringt. Hier hatte er sein eigenes, ahorngetäfeltes Schlafzimmer gehabt und in dem schmalen Bett seine Knabenträume geträumt. Aber hier war er auch Mann gewesen und hatte in Großvaters und Großmutters Ehebett seine eigene Frau geliebt – Großmutter, diese schweigsame und irgendwie unangenehme Frau, die Mitglied der Amerikanischen Atheistengesellschaft war und einem auf Befragen die dreißig größten Unvereinbarkeiten in der Bibel zu erklären pflegte, oder, wenn man es vorzog, den lächerlichen Trugschluss der Uhrfedertheorie in Bezug auf das Universum, und das alles mit der schlagenden, unumstößlichen Logik des fanatischen Missionars.

»Dir fehlt Mami, nicht wahr?«, sagte Charlie ganz verloren.

»Ja«, sagte er. »Ich vermisse sie sehr.«

»Ich auch«, sagte Charlie. »Ihr habt es schön hier gehabt, nicht wahr?«

»Ja«, sagte er. »Jetzt komm, Charlie.«

Sie zögerte und sah ihn an.

»Daddy, wird es für uns je wieder besser werden? Werde ich wieder zur Schule gehen können und so was?«

Er suchte nach einer Lüge, aber eine Lüge wäre eine erbärmliche Antwort. »Ich weiß es nicht«, sagte er. Er versuchte zu lächeln, aber es gelang nicht; er konnte die Lippen nicht überzeugend bewegen. »Ich weiß es nicht, Charlie.«

2

Großvaters Werkzeuge lagen immer noch geordnet auf den Regalen im Werkzeugschuppen des Bootshauses, und Andy fand ein Geschenk, das er erhofft, aber kaum ernsthaft erwartet hatte: fast acht Kubikmeter Holz, sauber gespalten und abgelagert, aufgestapelt in dem Verschlag unterhalb des Bootshauses. Das meiste hatte er noch selbst gehackt, und es lag immer noch unter der schmutzigen alten Plane, die er selbst darüber geworfen hatte. Acht Kubikmeter würden nicht für den ganzen Winter reichen, aber wenn er erst die herabgefallenen Äste und die Birke drüben auf dem Weg zersägt hatte, würden sie gut versorgt sein.

Er nahm die Steifsäge und ging zu dem gestürzten Baum zurück. Er sägte so viel ab, dass er mit dem Willys durchkam. Inzwischen war es fast dunkel geworden, und er war müde und hungrig. Niemand hatte sich die Mühe gemacht, die gut sortierte Vorratskammer zu plündern. Wenn während der letzten sechs Winter Einbrecher oder Diebe auf Schneemobilen gekommen waren, hatten sie sich auf das dichter besiedelte Südufer des Sees beschränkt. Auf den fünf Regalen türmten sich Suppen von Campell, Sardinen von Wyman und Rindfleisch von Dinty Moore. Außerdem standen dort alle möglichen Arten von Dosengemüse. Zuletzt fand er noch einen halben Karton Hundefutter in Dosen – für Großvaters guten alten Hund Bimbo bestimmt –, aber Andy glaubte nicht, dass es soweit kommen würde.

Während Charlie sich die Bücher auf den Regalen im großen Wohnzimmer ansah, stieg Andy in den kleinen Keller hinab, der von der Küche aus zu erreichen war. Er riss an einem der Balken ein Streichholz an und steckte den Finger in das Astloch eines der Bretter, mit denen der verdreckte kleine Raum ausgeschlagen war, und zog. Das Brett löste sich, und Andy schaute hinein. Dann grinste er. In dem spinnwebverhangenen kleinen Versteck standen vier mit einer klaren, ein wenig öligen Flüssigkeit gefüllte Krüge, die aus hundertprozentig reinem ›weißen Blitz‹ bestand – Großvater nannte das Getränk »Vaters Eselstritt«.

Andy verbrannte sich an dem Streichholz die Finger. Er blies es aus und zündete ein zweites an. Wie die strengen alten Prediger in Neu-England (sie stammte selbst direkt von einem ab) missbilligte Hulda McGee die einfachen und oft ein wenig dümmlichen Vergnügen der Männer, die sie weder verstand noch tolerierte. Sie war eine puritanische Atheistin gewesen, und Großvater hatte dies kleine Geheimnis vor ihr gehabt. Im Jahr vor seinem Tod hatte er es mit Andy geteilt. Neben dem weißen Blitz stand dort ein Kästchen für Poker-Chips. Er nahm es heraus und griff hinein. Er hörte ein knisterndes Geräusch und zog ein dünnes Bündel Banknoten hervor – ein paar Zehner und Fünfer und einige Eindollarnoten. Insgesamt achtzig Dollar. Kartenspielen war Großvaters Schwäche gewesen, und dieses Geld nannte er seine »letzte Reserve«.

Andy verbrannte sich auch am zweiten Streichholz die Finger und trat es aus. Im Dunklen legte er die Chips und das Geld wieder in den Kasten und stellte ihn zurück. Es war gut zu wissen, dass es da war. Er schob das Brett wieder vor und ging durch die Küche ins Wohnzimmer.

»Möchtest du Tomatensuppe?«, fragte er Charlie. Wunder über Wunder, sie hatte auf einem der Regale Märchenbücher gefunden und befand sich gerade mit ihren Märchenfiguren mitten im Märchenwald.

»Ja, gern«, sagte sie, ohne aufzuschauen.

Er machte einen großen Topf Tomatensuppe und öffnete für jeden eine Dose Sardinen. Nachdem er sorgfältig die Vorhänge zugezogen hatte, zündete er eine der Kerosinlampen an und stellte sie mitten auf den Esstisch. Sie setzten sich und aßen, ohne viel zu sprechen. Anschließend rauchte er eine Zigarette, die er an der Lampe anzündete. Charlie entdeckte das Kartenfach in Großmutters Frisierkommode; es lagen acht oder neun Kartenspiele darin, und aus jedem fehlte die eine oder andere Karte. Charlie verbrachte den Rest des Abends damit, die Karten zu ordnen und mit ihnen zu spielen, während Andy das Haus durchstreifte.

Als er sie später ins Bett brachte und zudeckte, fragte er sie, wie sie sich fühle.

»Sicher«, antwortete sie, ohne auch nur eine Sekunde zu zögern. »Gute Nacht, Daddy.«

Wenn es gut genug für Charlie war, war es gut genug für ihn. Er blieb noch eine Weile bei ihr sitzen, aber sie schlief schnell und mühelos ein. Er ließ die Tür halb offen, damit er merkte, falls sie während der Nacht unruhig werden sollte.

3

Bevor er ins Bett ging, suchte Andy noch rasch den Keller auf, nahm einen der Krüge mit »weißem Blitz« heraus und goss sich einen Schluck in ein Saftglas. Dann ging er durch die Schiebetür auf die Veranda hinaus und setzte sich in einen der Segeltuchstühle (sie rochen muffig, und er überlegte kurz, ob man dem abhelfen könne) und schaute auf die dunkle, sich sanft bewegende Fläche des Sees hinaus. Es war ein wenig kühl, aber ein paar kleine Schlucke von Großvaters »Eselstritt« erledigten das. Zum ersten Mal seit jener schrecklichen Jagd die Third Avenue hinauf fühlte auch er sich sicher und beruhigt.

Er rauchte und schaute auf den Tashmore-See.

Sicherheit und Ruhe, aber nicht zum ersten Mal seit New York City. Zum ersten Mal, seit an jenem fürchterlichen Augusttag vor vierzehn Monaten die Firma wieder in ihr Leben eingegriffen hatte. Seitdem waren sie entweder auf der Flucht gewesen oder hatten in irgendeinem Versteck gehockt, und weder das eine noch das andere hatte ihnen auch nur einen Augenblick der Ruhe gelassen.

Er erinnerte sich an sein Telefongespräch mit Quincey, als er noch den Geruch des verbrannten Teppichs in der Nase hatte. Er in Ohio, Quincey unten in Kalifornien, das er in seinen spärlichen Briefen immer das Zauberland der Erdbeben nannte.

Ja, das ist eine gute Sache, hatte Quincey gesagt. *Sonst hätte man sie in zwei kleine Räume gesperrt, wo sie die ganze Zeit arbeiten mussten, damit zweihundertzwanzig Millionen Amerikaner in Freiheit und Sicherheit leben können ... wahrscheinlich wollen sie das Mädchen holen und in einen kleinen Raum sperren, um festzustellen, ob sie dazu beitragen kann, die Welt für die*

Demokratie zu retten. Und ich denke, mehr werde ich nicht sagen, alter Junge, außer... lass dich nicht erwischen.

Damals hatte er gelernt, was Angst ist. Was Angst ist, hatte er vorher nicht gewusst. Es bedeutete Angst, nach Hause zu kommen und seine Frau mit herausgerissenen Fingernägeln tot aufzufinden. Sie hatten ihr die Fingernägel herausgerissen, um zu erfahren, wo Charlie sich aufhielt. Charlie hatte zwei Tage und zwei Nächte im Haus ihrer Freundin Terri Dugan verbracht. Einen Monat später hätten sie Terri auch für zwei Tage zu sich einladen wollen. Vicky hatte das den großen Tausch von 1980 genannt.

Als er jetzt auf der Veranda saß und rauchte, konnte Andy rekonstruieren, was geschehen war, obwohl er damals in einem Wust von Kummer, panischem Schrecken und Wut gelebt hatte: es war unwahrscheinliches Glück gewesen (oder vielleicht ein wenig mehr als Glück), das ihn in die Lage versetzt hatte, sie überhaupt wieder einzuholen.

Sie hatten unter Bewachung gestanden. Die ganze Familie. Das musste schon einige Zeit so gewesen sein. Und als Charlie an jenem Mittwochnachmittag von einem Sommerausflug nicht nach Hause gekommen war und auch am Donnerstagabend nicht auftauchte, mussten die Überwacher angenommen haben, dass Andy und Vicky die Überwachung aufgefallen war. Statt festzustellen, dass Charlie sich keine zwei Meilen entfernt im Haus einer Freundin aufhielt, mussten die Kerle geglaubt haben, dass die Eltern mitsamt ihrer Tochter untergetaucht waren.

Es war ein alberner und dummer Fehler, aber es war nicht der erste, der auf das Konto der Firma ging – nach einem Artikel, den Andy in *Rolling Stone* gelesen hatte, hatte die Firma bei der Verhinderung einer Flugzeugentführung durch rote Terroristen die Hände im Spiel gehabt und wesentlich zu einem Blutbad beigetragen (die Entführung war zwar vereitelt worden, aber es hatte sechzig Tote gegeben). Außerdem sollte die Firma im Austausch gegen größtenteils unwichtige Informationen über kubanisch-amerikanische Gruppen in Miami einer gewissen Organisation Heroin verschafft haben. Weiter wurde der Firma die kommunistische Machtergreifung auf einer Insel in der Karibik angelastet, die sonst nur für ihre teuren Strandhotels und ihre voodoo-gläubige Bevölkerung bekannt war.

Angesichts dieser Serie katastrophaler Fehlleistungen der Firma verstand man schon eher, wieso die zur Überwachung der McGees abgestellten Agenten den zweitägigen Aufenthalt eines Kindes bei seiner Freundin für eine überstürzte Flucht halten konnten.

Aber schlimme Fehler hatte es auf beiden Seiten gegeben, überlegte Andy – und wenn die Verbitterung bei diesem Gedanken im Laufe der Zeit auch ein wenig schwächer und unschärfer geworden war, so hatte sie ihn doch zuerst bis aufs Blut gepeinigt, eine Verbitterung mit vielen Pfeilen, und jede Pfeilspitze in das Curare der Schuld getaucht. Die Dinge, die Quincey an dem Tag, als Charlie stolperte und die Treppe hinabstürzte, am Telefon andeutete, hatten Andy erschreckt, aber anscheinend hatten sie ihn nicht genügend erschreckt. Wenn das der Fall gewesen wäre, hätte er sich wahrscheinlich *tatsächlich* entschlossen unterzutauchen.

Er hatte zu spät gemerkt, dass der menschliche Verstand wie hypnotisiert reagieren kann, wenn ein Leben oder das Leben einer Familie sich von den normalen Abläufen entfernt und sich einer Welt der Fantasie überlässt, die man sonst nur eine Stunde lang im Fernsehen oder hundertzehn Minuten lang im nächsten Kino erlebt.

Als Folge seiner Unterhaltung mit Quincey hatte ihn allmählich ein seltsames Gefühl beschlichen: Es schien fast so, als stünde er ständig unter Drogen. Das Telefon überwacht? Leute, die sie beobachteten? Die Möglichkeit, dass man sie alle einfing und in die Kellerräume irgendeines Regierungsgebäudes einsperrte? Es gab eine Tendenz, albern zu lächeln und untätig zuzuschauen, wie die Dinge immer bedrohlicher wurden, eine Tendenz, sich ganz einfach wie ein zivilisierter Mensch zu verhalten und seinen Instinkten nicht zu trauen ...

Draußen auf dem Tashmore-See war plötzlich Bewegung. Ein Schwarm Enten flatterte auf und flog nach Westen davon. Die Mondsichel legte einen matten Silberglanz auf die Flügel des davonziehenden Schwarms. Andy zündete sich noch eine Zigarette an. Er rauchte zu viel, aber damit war ohnehin bald Schluss; er hatte nur noch vier oder fünf.

Ja, er hatte geargwöhnt, dass man sein Telefon überwachte. Manchmal gab es ein eigenartiges Knacken in der Leitung, wenn er aufgenommen und sich gemeldet hatte. Ein- oder zweimal hatte er mit einem Studenten gesprochen, der sich wegen einer Arbeit erkundigen wollte, und plötzlich war die Verbindung auf unerklärliche Weise abgebrochen. Das war auch bei Gesprächen mit Kollegen passiert. Er hatte vermutet, dass in seinem Haus Wanzen sein könnten, aber er hatte nicht die Wohnung auseinander genommen, um sie zu suchen (vielleicht, weil er fürchtete, sie zu finden). Und manchmal hatte er den Verdacht gehabt – nein, er war fast sicher gewesen –, dass sie beobachtet wurden.

Sie hatten im Lakeland-Distrikt von Harrison gewohnt, und Lakeland war eine typische Vorstadt. Nach einer durchzechten Nacht konnte man stundenlang um sechs oder acht Blocks herumlaufen, nur um sein Haus zu suchen. Die Leute in ihrer Nachbarschaft arbeiteten im IBM-Werk außerhalb der Stadt oder bei Ohio Semi-Conductor, einer Fabrik für elektronische Bauteile, in der Stadt selbst, oder sie waren Dozenten am College. Auf einer Liste der durchschnittlichen Einkommen hätte man mit dem Lineal zwei Striche ziehen können, den unteren bei achtzehneinhalbtausend, den oberen bei etwa dreißigtausend, und fast jeder in Lakeland hätte irgendwo dazwischen gelegen.

Man lernte Leute kennen. Auf der Straße nickte man Mrs Bacon zu, die ihren Mann verloren hatte und seitdem mit dem Wodka verheiratet war – und so sah sie auch aus; die Flitterwochen mit diesem Herrn spielten ihrem Gesicht und ihrer Figur übel mit.

Man grüßte die beiden Mädchen mit dem Jaguar, die das Haus Ecke Jasmin Street und Lakeland Avenue gemietet hatten – und überlegte, wie es wohl wäre, mit den beiden eine Nacht zu verbringen. Mit Mr Hammond in der Laurel Lane, der ständig seine Hecke beschnitt und der bei IBM arbeitete, unterhielt man sich unter dem unablässigen Surren der elektrischen Heckenschere über Baseball. Er stammte aus Atlanta und war fanatischer Anhänger der Atlanta Braves. Er hasste die Big Red Maschine von

Cincinnati, was ihn in der Nachbarschaft nicht gerade beliebt machte. Aber das kümmerte Hammond nicht. Ihn interessierte eher seine nächste Gehaltsaufbesserung bei IBM.

Aber es ging nicht um Mr Hammond. Es ging nicht um Mrs Bacon, und es ging auch nicht um die beiden Puppen in ihrem weißen Jaguar mit der roten Grundierung um die Scheinwerfer. Es ging einfach darum, dass das Gehirn sich im Unterbewusstsein seine eigene Vorstellung bildete: Leute, die nach Lakeland gehören.

Aber in den Monaten, bevor Vicky getötet und Charlie aus dem Haus der Dugans entführt wurde, waren Leute dort gewesen, die dieser Vorstellung nicht entsprachen. Aber dann hatte Andy nicht mehr an sie gedacht. Er sagte sich, dass es albern wäre, Vicky zu beunruhigen, bloß weil er sich von dem Gespräch mit Quincey hatte verrückt machen lassen.

Die Leute in dem hellgrauen Lieferwagen. Der Rothaarige, den er eines Abends hinter dem Steuer eines AMC Matador hatte hocken sehen und an einem anderen Abend, etwa zwei Wochen später, hinter dem Steuer eines Plymouth Arrow, und zehn Tage danach auf dem Beifahrersitz des grauen Lieferwagens. Zu viele Handelsvertreter kamen an die Tür. Es hatte Abende gegeben, an denen sie von einem Ausflug zurückgekommen waren oder von einem Kinobesuch mit Charlie, um das jüngste Disney-Epos zu sehen, da er das Gefühl hatte, dass jemand in der Wohnung gewesen war, dass nicht alles genau an seinem Platz lag.

Das Gefühl, beobachtet zu werden.

Aber er hatte geglaubt, dass sie es beim Beobachten belassen würden. Das war *sein* alberner Fehler gewesen. Er war immer noch nicht ganz davon überzeugt, dass es sich bei ihnen um Panik gehandelt hatte. Vielleicht hatten sie Charlie und ihn erwischen und Vicky töten wollen, da sie relativ nutzlos war – wer brauchte denn schon eine Telepathin minderer Qualität, deren großer Trick darin bestand, vom anderen Ende des Zimmers aus den Kühlschrank zu schließen? Dennoch ließ ihr brutales und überstürztes Vorgehen ihn vermuten, dass Charlies überraschendes Verschwinden sie dazu veranlasst hatte, schneller als geplant zu handeln. Wäre Andy untergetaucht, hätten sie vielleicht noch stillgehalten.

Aber es war Charlie gewesen, und Charlie war es auch, an der sie eigentlich interessiert waren. Davon war Andy jetzt überzeugt.

Er stand auf, reckte sich und hörte dabei seine Gelenke knacken. Zeit, ins Bett zu gehen. Zeit, nicht mehr diese alten, schmerzlichen Erinnerungen zu wälzen. Er wollte sich nicht für den Rest seines Lebens wegen Vickys Tod Vorwürfe machen. Er war schließlich nur Mitwisser. Und so lange mochte der Rest seines Lebens nun auch wieder nicht dauern. Die Vorgänge auf der Veranda der Mandersfarm hatte Andy gut begriffen. Sie hatten ihn umbringen wollen. Jetzt wollten sie nur noch Charlie.

Er ging ins Bett, und nach einer Weile schlief er ein. Er hatte keine schönen Träume. Immer wieder sah er die Flammen über den festgetretenen Boden des Vorhofs rasen, sah sie sich teilen und einen Zauberring um den Hauklotz herum bilden, sah die Hühner in Flammen aufgehen wie lebende Brandsätze. Im Traum spürte er die Hitzehülle um sich, die immer heißer wurde.

Sie hatte gesagt, sie wollte kein Feuer mehr anzünden.

Und das war vielleicht auch besser.

4

Manchmal hatte Andy McGee Gefühle – Vorahnungen von ungewöhnlicher Intensität. Seit dem Experiment im Jason-Gearneigh-Gebäude. Er wusste nicht, ob es sich um eine schwach ausgeprägte Fähigkeit handelte, die Zukunft vorauszusehen, aber er hatte gelernt, sich auf seine Vorahnungen zu verlassen, wenn sie sich einstellten.

Am Mittag jenes Augusttages 1980 hatte er eine böse Vorahnung.

Es begann während des Mittagessens in der Fakultätskantine im obersten Stock des Unionsgebäudes. Er hatte mit Ev O'Brian, Bill Wallace und Dan Grabowski Brathuhn mit Sahnesoße und Reis gegessen. Alle drei in der Abteilung für Englisch. Alle gute Freunde. Und wie gewöhnlich hatte jemand einen Polenwitz für Don mitgebracht, der solche Witze sammelte. Ev hatte ihn erzählt, und es ging um den Unterschied zwischen einer polnischen und einer normalen Leiter: die polnische Leiter hatte an der obersten Sprosse ein Stoppschild. Alle lachten, als sich in Andy eine leise, sehr ruhige Stimme meldete.

(Zu Hause stimmt etwas nicht)

Das war alles. Es war genug. Es verstärkte sich auf ähnliche Weise wie seine Kopfschmerzen, wenn er seine Fähigkeit, andere psychisch zu beeinflussen, übertrieben eingesetzt hatte und umkippte. Aber dies hatte nichts mit dem Kopf zu tun; all seine Emotionen schienen sich ineinander zu verwirren, fast träge, als ob sie Fäden wären und eine bösartige Katze auf seine Nervenbahnen losgelassen worden wäre, um mit ihnen zu spielen und sie durcheinander zu bringen. Er fühlte sich nicht mehr wohl.

Das Huhn in Sahnesoße verlor jeden, wenn auch ohnehin faden Reiz. Sein Magen flatterte, und sein Herz schlug so schnell, als ob er gerade einen schlimmen Schreck bekommen hätte. Und dann fing es in den Fingern seiner rechten Hand plötzlich an zu klopfen, als hätte er sie sich an einer Tür geklemmt.

Abrupt stand er auf. Ihm brach der kalte Schweiß aus.

»Hört mal, ich fühle mich nicht wohl«, sagte er. »Kannst du meine Ein-Uhr-Vorlesung übernehmen, Bill?«

»Ach, diese Möchtegernpoeten? Aber ja. Kein Problem. Was hast du denn?«

»Ich weiß nicht. Vielleicht etwas Falsches gegessen.«

»Du siehst ein bisschen blass aus«, sagte Don Grabowski. »Du solltest mal zur Krankenabteilung rübergehen, Andy.«

»Das sollte ich vielleicht«, sagte Andy.

Er ging, aber er hatte durchaus nicht die Absicht, die Krankenabteilung aufzusuchen.

Es war Viertel nach zwölf. An diesem Spätsommertag lag der Campus recht schläfrig da. Zudem war es die letzte Vorlesungswoche des Semesters. Als er hinauseilte, winkte er Ev, Bill und Don noch kurz zu. Seit jenem Tage hatte er keinen von ihnen wiedergesehen.

Im Erdgeschoss des Unionsgebäudes ging er in eine Telefonzelle und rief zu Hause an. Niemand nahm ab. Warum auch?

Charlie war bei den Dugans, und Vicky konnte einkaufen gegangen sein. Oder zum Friseur ... Vielleicht hatte sie auch Tammy Upmore besucht, und möglicherweise hatte sogar Eileen Bacon sie zum Essen eingeladen. Dennoch, seine Nerven strafften sich um eine ganze Drehung. Fast kreischten sie schon.

Er verließ das Unionsgebäude, und halb ging, halb rannte er zu seinem Kombiwagen, den er vor der Prince Hall geparkt hatte. Er fuhr quer durch die Stadt nach Lakeland. Er fuhr verkrampft und riskant. Er ignorierte Rotlicht, schnitt andere Wagen und hätte fast einen Hippie von seinem Fahrrad geholt. Der Hippie zeigte ihm einen Vogel. Andy bemerkte es kaum. Sein Herz schlug jetzt wie ein Schmiedehammer. Er fühlte sich, als hätte er ein Aufputschmittel genommen.

Sie wohnten am Conifer Place – in Lakeland waren, wie in so vielen Vorortsiedlungen der fünfziger Jahre, die meisten Straßen nach Bäumen oder Buschpflanzen benannt. In der Mittagshitze dieses Augusttages lag die Straße seltsam verlassen da. Das verstärkte noch sein Gefühl, dass etwas Schlimmes geschehen war. Weil so wenige Wagen am Bordstein parkten, wirkte die Straße viel breiter.

Auch die paar Kinder, die hier und da spielten, konnten dieses seltsame Gefühl der Verlassenheit nicht vertreiben; die meisten aßen gerade zu Mittag oder waren drüben auf dem Spielplatz. Mrs Flynn aus der Laurel Lane zog mit einem Einkaufswagen voll Lebensmitteln vorbei, und unter ihren avocadofarbenen Stretchhosen hob sich rund und stramm wie ein Fußball ihr fetter Wanst ab. Die ganze Straße entlang drehten sich träge die Rasensprenger und sprühten Wasser ins Gras und zauberten Regenbogen in die Luft.

Andy fuhr auf den Bordstein und stieg so hart auf die Bremse, dass sein Sitzgurt blockierte und der Wagen sich nach vorn neigte. Als er den Motor abstellte, ließ er den Schalthebel in Fahrtstellung, etwas, was er nie tat, und ging dann über den bröckelnden Betonweg zum Haus. Er hatte ihn immer schon ausbessern wollen, war aber nie dazu gekommen. Selbst das Geräusch seiner Schritte klang verfremdet. Er bemerkte, dass die Jalousie vor dem großen Panoramafenster des Wohnzimmers (*Ein Fenster wie ein Wandgemälde,* hatte es der Makler genannt, der ihnen das Haus verkauft hatte) heruntergelassen war, was dem Haus ein unbewohntes und geheimnisvolles Aussehen gab, das ihm gar nicht gefiel. Ließ sie gewöhnlich die Jalousie herunter? Vielleicht, um die Sommerhitze nicht eindringen zu lassen? Er wusste es nicht. Er erkannte plötzlich, wie wenig er über ihr Leben während seiner Abwesenheit wusste.

Er griff nach dem Türknopf, aber er ließ sich nicht drehen; er glitt ihm nur durch die Finger. Schloss sie immer die Tür ab, wenn sie fortging? Das glaubte er nicht. Das sah Vicky nicht ähnlich. Seine Unruhe – nein, es war jetzt Entsetzen – wurde größer. Und doch gab es einen Augenblick (er würde es sich später nie eingestehen), einen winzigen Augenblick, da er nichts empfand als den Impuls, sich von der verschlossenen Tür abzuwenden. Einfach wegzurennen. Vicky hin, Charlie her, und ganz gleich, wie schwach später die Rechtfertigung ausfallen würde.

Einfach rennen.

Stattdessen griff er in die Tasche nach seinen Schlüsseln.

In seiner Nervosität ließ er sie fallen und musste sich nach ihnen bücken – die Wagenschlüssel, der Schlüssel zum Ostflügel der Prince Hall, der schwärzliche Schlüssel, mit dem er nach jedem Sommeraufenthalt die Kette vor Großvaters Zufahrt anschloss. Komisch, wie Schlüssel sich ansammelten.

Er suchte den Haustürschlüssel aus dem Bund und schloss auf. Er trat ein und zog die Tür hinter sich zu. Das Licht im Wohnzimmer war ein gedämpftes, hässliches Gelb. Es war heiß. Und still. Oh Gott, es war so still.

»Vicky?«

Keine Antwort. Und keine Antwort bedeutete, dass sie nicht hier war. Sie hatte ihre Boogie-Schuhe angezogen, wie sie sie gern nannte, und war einkaufen gegangen. Oder jemanden besuchen. Außer, dass keins von beidem der Fall war. Davon war er überzeugt. Und seine Hand, seine rechte Hand ... warum klopfte es so in den Fingern?

»Vicky!«

Er ging in die Küche. Dort stand ein kleiner Tisch mit drei Stühlen. Er, Vicky und Charlie frühstückten meistens in der Küche. Einer der Stühle war umgefallen und lag jetzt auf der Seite wie ein toter Hund. Das Salzfass war umgestoßen worden, und Salz lag auf dem Tisch verstreut. Ohne dass ihm sein Tun bewusst wurde, nahm er etwas davon zwischen Daumen und Zeigefinger der linken Hand und warf es über die Schulter nach hinten. »Salz, Salz, Malz, Malz, Unglück bleib draußen«, murmelte er leise, wie es sein Vater und sein Großvater vor ihm getan hatten.

Auf der Heizplatte stand ein Topf mit Suppe. Sie war kalt. Die leere Suppendose stand auf der Anrichte. Essen für eine Person. Aber wo war sie?

»Vicky!«, brüllte er die Treppe hinunter. Es war dunkel unten. Dort lagen der Wäscheraum und ein weiteres großes Zimmer, die sich zusammen über die ganze Front des Hauses erstreckten.

Keine Antwort.

Noch einmal sah er sich in der Küche um. Ordentlich und aufgeräumt. Zwei Zeichnungen von Charlie, die sie im Juli während der Ferien in der Bibelschule gemacht hatte, waren mit kleinen Plastikscheiben, auf denen Gemüse abgebildet war, am Kühlschrank befestigt. Auf einem Spieß steckten Strom- und Telefonrechnung. Am Sockel stand das Motto DIESE ZULETZT BEZAHLEN. Alles an seinem Platz und für alles einen Platz.

Außer dass der Stuhl umgefallen war. Außer dass Salz verschüttet war.

Er hatte keinen Speichel im Mund, gar keinen. Sein Mund war so trocken wie Chrom in der Sommersonne.

Andy ging nach oben, schaute in Charlies Zimmer, ging ins Schlafzimmer, ins Gästezimmer. Nichts. Er ging in die Küche zurück, schaltete das Treppenlicht an und ging nach unten. Ihre Waschmaschine der Marke Maytag war geöffnet. Die Trockenschleuder starrte ihn mit ihrem gläsernen Bullauge an. Zwischen beiden hing ein Sticktuch an der Wand, das Vicky irgendwo gekauft hatte; es trug die Aufschrift LIEBLING, SICH WASCHEN MACHT SPASS.

Er ging in das große Zimmer und tastete nach dem Lichtschalter, strich mit den Fingern über die Wand und hatte die verrückte Gewissheit, dass sich jeden Augenblick fremde, kalte Finger auf seine legen und sie an den Schalter heranführen würden. Endlich fand er den Schalter, und die Leuchtstoffröhren an der Decke erwachten zum Leben.

Ihm gefiel dieses Zimmer. Hier hatte er sich oft aufgehalten, um irgendwelche Sachen zu reparieren, und dabei hatte er oft lächeln müssen, denn er war all das geworden, was jeder Universitätsabsolvent niemals werden will. Sie waren oft hier unten gewesen. Es fehlte weder ein in der Wand eingebautes Fernsehgerät noch ein Pingpongtisch und ein übergroßes Brett für Backgammon. Weitere Brettspiele lehnten an der Wand, und einige sehr große Bücher waren an einem niedrigen Tisch, den Vicky selbst gebaut hatte, aufgereiht. Eine Wand war ganz mit Taschenbüchern dekoriert, und an den übrigen Wänden hingen, teils gerahmt, einige von Vicky gestrickte, kleinere Wandbehänge in afghanischem Stil. Sie witzelte manchmal, dass sie eine starke Begabung für die kleine Form, aber einfach nicht die Ausdauer habe, eine ganze verdammte Decke zu stricken. In einem Kinderschrank bewahrte Charlie ihre Bücher auf, in exakter alphabetischer Reihenfolge, was Andy ihr zwei Jahre vorher an einem kalten, schneereichen Winterabend beigebracht hatte. Sie war heute noch davon fasziniert.

Ein schönes Zimmer.

Ein leeres Zimmer.

Er redete sich ein, erleichtert zu sein. Das Vorgefühl, die Vorahnung, oder wie man es auch nennen wollte, war Einbildung gewesen. Vicky war ganz einfach nicht zu Hause. Er schaltete das Licht aus und ging in den Wäscheraum zurück.

Die Waschmaschine, ein Modell, das von vorn gefüllt wurde, und das sie für sechzig Dollar auf einer Versteigerung erworben hatten, stand noch immer offen. Ohne nachzudenken, ähnlich wie er eine Prise des verstreuten Salzes hinter sich geworfen hatte, schloss er die Klappe. Am Glasfenster des Geräts klebte Blut. Nicht viel. Nur drei oder vier Tropfen. Aber es war Blut.

Andy starrte darauf. Hier unten war es kühler. Zu kühl. Hier unten war es wie im Leichenschauhaus. Jetzt sah er, dass auch auf dem Fußboden Blut war. Es war noch nicht einmal getrocknet. Ein kleines Geräusch, ein leises und doch schreiendes Flüstern drang ihm aus der Kehle.

Er durchforschte den Wäscheraum, der nicht viel mehr war als eine weiß getünchte Nische. Er öffnete den Wäschekorb. Nur eine einzelne Socke lag darin. Er schaute in das kleine Fach unter der Spüle. Nichts außer Waschpulver und Weichspüler und anderen Reinigungsmitteln. Er sah unter der Treppe nach. Nichts als Spinnweben und das Plastikbein einer von Charlies älteren Puppen – dieses abgerissene Glied, das Gott weiß wie lange hier unten gelegen und darauf gewartet hatte, wiedergefunden zu werden.

Er öffnete die Tür zwischen der Waschmaschine und der Trockenschleuder, und krachend fiel das große Bügelbrett auf den Fußboden, und dort, mit hochgebundenen Beinen, sodass ihre Knie dicht unter dem Kinn lagen, mit geöffneten, blicklosen Augen und tot, hockte Vicky Tomlinson McGee, mit einem Putzlappen geknebelt. Der dicke, widerliche Geruch von Möbelpolitur lag in der Luft.

Andy gab ein dumpfes, ersticktes Geräusch von sich und stolperte zurück. Er fuchtelte mit den Händen, als wolle er diese schreckliche Vision vertreiben, und mit einer traf er die Schaltleiste der Schleuder, die sich heulend in Bewegung setzte. Die Wäsche im Gerät wurde mit einem klickenden Geräusch umgewälzt. Andy kreischte. Und dann rannte er. Er rannte die Treppen hoch in die Küche, wo er stolperte und mit dem Kopf aufschlug. Schwer atmend richtete er sich wieder auf.

Das Bild kam zurück. Es wurde in Zeitlupe wiederholt wie eine Torszene bei einer Fußballübertragung. Es sollte ihn später noch oft bis in seine Träume verfolgen. Die Tür, die sich öffnete, das Bügelbrett, das krachend auf den Fußboden schlug, mit einem Geräusch, das ihn irgendwie an eine Guillotine erinnerte, und dann seine zusammengekauerte Frau mit einem Lappen im Mund, der zum Polieren der Möbel gebraucht worden war. Es kam in einer Art totaler Erinnerung zurück, und er wusste, dass er wieder schreien würde, und schlug sich mit dem Unterarm gegen den Mund, biss hinein, und sein Schrei war nur als ersticktes

Winseln zu hören. Zweimal tat er es, und etwas fuhr aus ihm heraus, und er war wieder ruhig. Es war die trügerische Ruhe eines schweren Schocks, aber sie war nützlich. Die dumpfe Angst und das allgemeine Entsetzen fielen ab. Das Pochen in seiner rechten Hand war weg, und der Gedanke, der sich jetzt in seinen Kopf schlich, war so kalt wie die Ruhe, die sich über ihn gelegt hatte, so kalt wie der Schock, und dieser Gedanke hieß CHARLIE.

Er stand auf und ging ans Telefon. Dann wandte er sich wieder der Treppe zu. Er blieb einen Augenblick oben stehen und biss sich auf die Lippen. Dann gab er sich einen Ruck und stieg nach unten. Die Schleuder lief und lief. Es waren nur ein paar Jeans darin, und es war der große Messingknopf am Verschluss, der dieses klickende Geräusch verursachte, während das Wäschestück herumwirbelte. Andy schaltete das Gerät ab, ging an den Wandschrank, in dem das Bügelbrett gestanden hatte, und schaute genauer hin.

»Vicky«, sagte er leise.

Sie starrte ihn aus toten Augen an. Seine Frau. Er war mit ihr gewandert, hatte ihre Hand gehalten, war im Dunkel der Nacht in ihren Leib eingedrungen. Er erinnerte sich an den Abend, als sie auf einer Fakultätsparty zu viel getrunken hatte und er ihr, als sie sich erbrach, den Kopf gehalten hatte. Und dann kam die Erinnerung an den Tag, als er den Kombiwagen gewaschen hatte und in die Garage gegangen war, um ein Pflegemittel zu holen. Sie hatte den Schlauch genommen, war hinterhergerannt und hatte ihm den Schlauch hinten in die Hose gesteckt. Er erinnerte sich an den Tag ihrer Eheschließung, als er sie vor allen Leuten geküsst hatte. Wie hatte er diesen Kuss genossen, wie hatte er ihren Mund genossen und ihre vollen, weichen Lippen.

»Vicky«, sagte er noch einmal und stieß einen langen, zitternden Seufzer aus. Er zog sie aus dem Schrank und entfernte den Lappen aus ihrem Mund. Der Kopf sank ihr schlaff auf die Schultern. Er sah, dass das Blut von ihrer rechten Hand stammte, an der einige Fingernägel ausgerissen waren. Ein wenig Blut war ihr aus der Nase getröpfelt. Sonst sah er kein Blut. Sie hatten ihr mit einem einzigen harten Schlag das Genick gebrochen.

»Vicky«, flüsterte er.

Charlie, flüsterte es zu ihm.

In der völlig ruhigen Gemütsverfassung, in der er sich jetzt befand, begriff er, dass Charlie wichtig geworden war. Sie war das einzig Wichtige. Alles andere blieb der Zukunft überlassen.

Er ging in das große Zimmer zurück, ohne das Licht anzuschalten. Hinten im Zimmer, neben dem Pingpongtisch, stand eine Couch, auf der eine Decke lag. Er nahm sie, ging in den Wäscheraum zurück und deckte Vicky mit ihr zu. Irgendwie war der Anblick der reglosen Gestalt unter der Decke noch schlimmer. Er stand wie hypnotisiert. Würde sie sich nie wieder bewegen? Konnte das sein?

Er deckte ihr Gesicht auf und küsste ihre Lippen. Sie waren kalt.

Sie haben ihr die Nägel ausgerissen. Sein Verstand konnte es nicht fassen. *Mein Gott, sie haben ihr die Nägel ausgerissen.*

Und er wusste, warum. Sie wollten wissen, wo Charlie war. Als sie zu Terri Dugans Haus ging, anstatt nach dem Ausflug nach Hause zu gehen, mussten sie irgendwie ihre Spur verloren haben. Sie gerieten in Panik, und jetzt war die Zeit der Überwachung vorüber. Vicky war tot – entweder nach Plan, oder einer der Agenten der Firma hatte die Nerven verloren. Andy kniete sich neben Vicky und hielt es für möglich, dass sie, von Angst getrieben, etwas viel Spektakuläreres getan hatte, als von weitem eine Kühlschranktür zu schließen. Vielleicht hatte sie durch Telekinese einen von ihnen weggeschoben, einen anderen vielleicht von den Füßen geholt. Schade, dass sie nicht genügend psychische Kraft gehabt hatte, sie mit einer Geschwindigkeit von fünfzig Meilen in der Stunde gegen die Wand zu schmettern, dachte er.

Er nahm an, dass sie gerade genug wussten, um nervös zu werden. Vielleicht hatten sie sogar spezifische Anweisungen bekommen: *Die Frau könnte äußerst gefährlich sein. Wenn sie etwas unternimmt – irgendetwas –, das den Erfolg der Aktion gefährden könnte, erledigt sie. Schnell.*

Vielleicht wollten sie auch nur keine Zeugen zurücklassen. Für sie stand schließlich mehr auf dem Spiel, als die Steuern der Staatsbürger auszugeben.

Aber das Blut. Er musste an das Blut denken, das noch nicht trocken gewesen war, als er es fand, nur klebrig. Sie konnten noch nicht lange weg sein.

Drängender sagte seine innere Stimme: *Charlie!*

Noch einmal küsste er seine Frau und sagte: »Vicky, ich komme zurück.«

Aber er hatte auch Vicky nie wieder gesehen.

Er war nach oben zum Telefon gegangen und hatte die Nummer der Dugans in Vickys Telefonverzeichnis gefunden. Er wählte die Nummer, und Joan Dugan war am Apparat.

»Hallo, Joan«, sagte er, und nun half ihm der Schock: Seine Stimme war völlig ruhig, eine ganz normale Stimme. »Könnte ich Charlie kurz sprechen?«

»Charlie?« Mrs Dugans Stimme klang unsicher. »Aber die wurde doch von Ihren beiden Freunden abgeholt. Von diesen Lehrern. Ist ... war das denn nicht in Ordnung?«

Etwas in ihm explodierte und kam dann wieder zur Ruhe. Sein Herz vielleicht. Aber es hatte keinen Zweck, diese nette Frau in Panik zu versetzen, die er höchstens vier- oder fünfmal auf Partys getroffen hatte. Es würde ihm nicht nützen und Charlie schon gar nicht.

»Verdammt«, sagte er. »Ich hatte gehofft, sie dort noch anzutreffen. Wann ist sie gegangen?«

Mrs Dugans Stimme wurde ein wenig schwächer. »Terri, wann ist Charlie gegangen?«

Eine Kinderstimme piepste etwas. Er verstand es nicht. Zwischen den Knöcheln brach ihm der Schweiß aus.

»Sie sagt, vor ungefähr fünfzehn Minuten.« In ihrer Stimme lag Bedauern. »Ich war gerade mit der Wäsche beschäftigt, und ich habe keine Uhr. Einer kam zu mir runter und sprach mit mir. Es *war* doch in Ordnung, Mr McGee, oder? Er sah ganz sympathisch aus ...«

Ein irrer Impuls überkam ihn, einfach zu lachen und zu sagen *Sie haben also gewaschen? Meine Frau auch. Ich fand sie tot unter dem Bügelbrett. Sie haben heute Glück gehabt, Joan.*

Er sagte: »Schön. Wollten sie gleich herkommen?«

Die Frage wurde an Terri weitergegeben, die es nicht wusste. Wunderbar, dachte Andy. Das Leben meiner Tochter liegt in den Händen einer anderen Sechsjährigen.

Er griff nach einem Strohhalm. »Ich muss noch zum Markt an der Ecke«, sagte er zu Mrs Dugan. »Würden Sie bitte Terri fragen, ob sie den Kombi oder den Lieferwagen hatten? Falls ich sie sehe.«

Diesmal verstand er, was Terri sagte. »Es war der Lieferwagen. Sie sind in einem grauen Lieferwagen weggefahren, wie der, den David Pasiocos Vater hat.«

»Danke«, sagte er, und Mrs Dugan meinte, es sei gern geschehen. Wieder kam der Impuls. Diesmal aber hätte er am liebsten durch den Draht geschrien. *Meine Frau ist tot. Und warum haben Sie Wäsche gewaschen, während meine Tochter mit ein paar fremden Männern in einen grauen Lieferwagen stieg?*

Aber statt zu schreien oder sonst etwas zu tun, legte er auf und ging nach draußen. Die Hitze traf ihn wie ein Schlag auf den Kopf, und er schwankte ein wenig. War es genauso heiß gewesen, als er herkam? Es schien jetzt viel heißer zu sein. Die Post war gekommen. Ein Werbeprospekt der Firma Woolco steckte halb im Briefkasten. Der war vorher noch nicht da gewesen. Der Zusteller war gekommen, während er im Keller war und seine tote Frau im Arm hielt. Seine arme tote Vicky: sie hatten ihr die Fingernägel ausgerissen, und es war komisch – wirklich viel komischer als die Art und Weise, wie sich Schlüssel ansammeln –, wie die Tatsache des Todes einen von verschiedenen Seiten und aus verschiedenen Ecken überfiel. Man drehte und wendete sich, man versuchte, einen Schutzwall aufzurichten, aber seine schreckliche Wahrheit bohrte sich von der anderen Seite in einen hinein. Der Tod ist wie ein Fußballspieler, dachte er. Kaum hat man den Ball, lässt er einen auf den Arsch fallen.

Beweg dich, dachte er. Die Spur ist noch heiß. Es sei denn, Terri Dugan kennt nicht den Unterschied zwischen fünfzehn Minuten und zwei Stunden. Wie dem auch sei, beeil dich.

Und er beeilte sich. Er ging zu seinem Kombiwagen zurück, der halb auf dem Fußweg, halb auf der Fahrbahn parkte. Er riss die Tür zum Fahrersitz auf und gönnte dem schmucken Vorstadthaus, dessen Hypotheken schon zur Hälfte abgetragen waren, noch einen letzten Blick. Wenn es nötig war, gewährte einem die Bank für zwei Monate im Jahr eine »Zahlpause«. Andy hatte eine solche Pause noch nie benötigt. Er sah zum Haus hinüber, das in der Sonne zu schlafen schien, und wieder fiel sein entsetzter Blick auf den rot leuchtenden Werbeprospekt von Woolco, und wieder wurde ihm die Tatsache dieses Todes so erschreckend klar, dass ihm alles vor den Augen verschwamm und er mit aller Gewalt die Zähne zusammenbiss.

Er stieg ein und fuhr los. Er wollte zu der Straße, in der Terri Dugan wohnte. Nicht, weil er ernsthaft und logisch glaubte, die Spur aufnehmen zu können, sondern aus einer blinden Hoffnung heraus. Seitdem hatte er sein Haus am Conifer Place nicht mehr wiedergesehen.

Er fuhr jetzt besser. Nun, da er das Schlimmste wusste, fuhr er sogar sehr viel besser. Er stellte das Radio an. Bob Seger sang gerade »Still the Same«.

Er fuhr quer durch Lakeland und fuhr so schnell, wie er es noch gerade wagen konnte. Einen entsetzlichen Augenblick lang fiel ihm der Name der Straße nicht ein, aber dann wusste er ihn wieder. Die Adresse der Dugans war Blassmore Place. Vicky und er hatten darüber ihre Witze gemacht: Die Häuser am Blassmore Place hatte ein gewisser Bill Blass entworfen. Er musste bei dieser Erinnerung lächeln, und wieder traf ihn die Tatsache ihres Todes wie ein Faustschlag, und er zuckte zusammen. In zehn Minuten war er da. Blassmore Place war eine kurze Sackgasse. Hinten gab es keine Ausfahrt, denn ein durchgehender Zaun markierte dort die Begrenzung des Geländes der John-Glenn-Junior-Oberschule.

Andy parkte den Kombiwagen, wo der Blassmore Place auf die Ridge Street stieß. An der Ecke stand ein hellgrün gestrichenes Haus. Ein Rasensprenger drehte sich, und vorn spielten zwei Kinder von etwa zehn Jahren, ein Mädchen und ein Junge. Sie lösten einander auf einem Skateboard ab. Das Mädchen trug Shorts, und sie hatte an beiden Knien Schürfwunden.

Er stieg aus dem Wagen und ging auf die beiden zu. Sie schauten auf und musterten ihn argwöhnisch.

»Hallo«, sagte er. »Ich suche meine Tochter. Sie ist hier vor ungefähr einer halben Stunde in einem grauen Lieferwagen vorbeigefahren. Zusammen mit ... nun, mit einigen Freunden von mir. Hast du einen grauen Lieferwagen vorbeifahren sehen?«

Der Junge zuckte vage die Achseln.

Das Mädchen sagte: »Machen Sie sich Sorgen um sie, Mister?«

»Du hast den Lieferwagen gesehen, nicht wahr?«, fragte Andy freundlich und stieß ganz leicht zu. Mit zu massiver psychischer Beeinflussung hätte er eine gegenteilige Wirkung erzielt. Sie hätte den Lieferwagen in jede von ihm gewünschte Richtung fahren sehen, einschließlich himmelwärts.

»Ja, ich habe den Lieferwagen gesehen«, sagte sie. Sie stellte sich auf das Skateboard, rollte zu einem Hydranten an der Ecke und stieg ab. »Sie sind dort rauf gefahren.« Sie deutete mit der Hand die Richtung an. Zwei oder drei Kreuzungen weiter in der Richtung lag die Carlisle Avenue, eine der Hauptdurchgangsstraßen von Harrison. Andy hatte schon vermutet, dass sie diesen Weg nehmen würden, aber man musste sich vergewissern.

»Danke«, sagte er und stieg wieder in den Wagen.

»Machen Sie sich Sorgen um sie?«, wiederholte sie.

»Ja, ein bisschen schon«, sagte Andy.

Er wendete und fuhr drei Blocks weiter bis zur Carlisle Avenue. Es war hoffnungslos, völlig hoffnungslos. Er spürte, wie Panik in ihm aufkam, ein Anflug nur, aber so fing es an. Er unterdrückte das Gefühl gewaltsam und konzentrierte sich darauf, ihnen so dicht wie möglich auf den Fersen zu bleiben. Wenn er seine psychischen Fähigkeiten einsetzen musste, würde er es tun. Wenn er nicht übertrieb, konnte er hier und da ein bisschen zustoßen, ohne krank zu werden. Er dankte Gott, dass er das Talent – oder den Fluch, wenn man es so betrachten wollte – den ganzen Sommer über nicht eingesetzt hatte. Er war voll aufgeladen, was immer es ihm nützen mochte.

Die Carlisle Avenue war vierspurig, der Verkehr wurde hier durch Blinklicht geregelt. Rechts lag eine Wagenwaschanlage und links ein aufgegebenes Speiselokal. Auf der gegenüberliegenden Seite sah er eine Exxon-Station und Mikes Foto-Laden.

Wenn sie links abgebogen waren, mussten sie auf dem Weg in die Stadt hinein sein. Rechts ging es zum Flughafen und zur Interstate 80.

Andy bog in die Waschanlage ein. Ein junger Bursche, dem eine unglaubliche Mähne von drahtartigem rotem Haar über den Kragen seines grünen Overalls herabfiel, tänzelte herbei. Er aß ein Eis am Stiel.

»Geht leider nicht, Mann«, sagte er, bevor Andy überhaupt den Mund aufbekam. »Vor ungefähr einer Stunde ist uns die Spülanlage verreckt. Wir haben geschlossen.«

»Ich will nicht waschen lassen«, sagte Andy. »Ich suche einen grauen Lieferwagen, der vor vielleicht einer halben Stunde hier über die Kreuzung gefahren ist. Meine Tochter sitzt drin, und ich mache mir ein wenig Sorgen um sie.«

»Glauben Sie, dass jemand sie entführt hat?« Der junge Mann aß weiter sein Eis.

»Nein, das nicht«, sagte Andy. »Haben Sie den grauen Lieferwagen gesehen?«

»Grauer Lieferwagen? He, Mann, haben Sie eine Ahnung, wie viele Wagen hier in einer Stunde vorbeifahren? Oder in einer halben? In der Carlisle ist viel Verkehr. Sehr viel Verkehr.«

Andy zeigte mit dem Daumen über die Schulter. »Er kam vom Blassmore Place. Dort ist es ruhiger.« Er machte sich bereit, dem Jungen einen kleinen Anstoß zu geben, aber das brauchte er nicht. Die Augen des Burschen leuchteten plötzlich auf. Er brach sein Eis in zwei Teile, und mit einem einzigen unwahrscheinlichen Schlürfen lutschte er das ganze purpurfarbene Eis von einem der Stiele.

»Ja, okay, richtig«, sagte er. »Ich habe ihn gesehen. Wissen Sie auch warum? Der Kerl fuhr über unser Grundstück, um nicht an der Ampel halten zu müssen. Mir ist es egal, aber der Boss schreit Scheiße, wenn er so was sieht. Nicht, dass es heute was ausmacht, wo doch die Spülanlage im Arsch ist. Aber der ärgert sich über Gott und die Welt.«

»Der Lieferwagen ist also in Richtung Flughafen gefahren.«

Der Junge nickte, warf den Stiel weg und machte sich an das restliche Eis. »Hoffentlich finden Sie Ihr Mädchen, alter Junge. Ich kann Ihnen gratis einen guten Rat geben. Wenn Sie sich wirklich Sorgen machen, rufen Sie doch die Bullen.«

»Ich glaube, das würde nicht viel nützen«, sagte Andy. »Unter diesen Umständen.«

Er stieg wieder in den Wagen, fuhr selbst über das Gelände und bog in die Carlisle Avenue ein. Er fuhr nun in westlicher Richtung.

In der Gegend wimmelte es von Tankstellen, Wagenwaschanlagen, Imbissbuden, Gebrauchtwagenhändlern. Ein Drive-in-Kino pries zwei Filme in einer Vorstellung an: DIE LEICHENSCHÄNDER UND BLUTIGER TOD. Andy schaute unter das Schutzdach und hörte das Bügelbrett wie eine Guillotine rasselnd hinabsausen. Ihm drehte sich der Magen um.

Er fuhr unter einem Schild durch, auf dem zu lesen stand, dass man anderthalb Meilen weiter westlich auf die Interstate 80 fahren konnte. Weiter hinten stand ein kleineres Schild, auf dem ein Flugzeug abgebildet war. Okay, so weit war er gekommen. Was nun?

Plötzlich rollte er auf den Parkplatz eines Pizza-Restaurants. Es hatte keinen Sinn, sich hier in der Gegend noch einmal zu erkundigen. Wie der Wagenwäscher ihm schon gesagt hatte, herrschte in der Carlisle Avenue ständig starker Verkehr. Er konnte die Leute psychisch beeinflussen, bis ihm das Gehirn tropfte; es würde ihm höchstens gelingen, sich selbst durcheinander zu bringen. Es war entweder die Interstate oder der Flughafen. So viel stand für ihn fest.

Er hatte sich nie im Leben um Vorahnungen *bemüht.* Wenn er sie tatsächlich hatte, betrachtete er sie einfach als eine Art Geschenk, und meistens richtete er sich nach ihnen. Er ließ sich noch tiefer in den Fahrersitz sinken, berührte die Schläfen leicht mit den Fingerspitzen und hoffte, dass etwas kam. Der Motor lief im Leerlauf, das Radio war noch eingeschaltet. Dance, little sister, dance.

Charlie, dachte er. Als sie zu Terri ging, hatte sie ihre Kleider in den Rucksack gestopft, den sie fast immer bei sich hatte. Das hatte wahrscheinlich dazu beigetragen, die Leute von der Firma irrezuführen. Als er sie zuletzt sah, trug sie Jeans und eine lachsfarbene Bluse. Wie fast immer, war ihr Haar zu Zöpfen geflochten. Ein lässiges Good bye, Daddy, und ein Kuss und, heiliger Himmel, wo bist du jetzt, Charlie?

Nichts kam.

Macht nichts.

Einfach ein wenig länger sitzen bleiben. Die Stones hören. Das Pizza-Restaurant. Sie können wählen, dünne Kruste oder ganz knusprig. Ihr zahlt euer Geld und habt die Wahl, wie Großvater McGee immer sagte. Die Stones ermahnen die kleine Schwester zu tanzen, zu tanzen, zu tanzen. Quincey sagt, sie werden sie wahrscheinlich in einen Raum sperren, damit zweihundertzwanzig Millionen Amerikaner in Sicherheit und Freiheit leben können. Vicky. Er und Vicky hatten anfangs, was die sexuelle Seite ihrer Ehe betraf, große Schwierigkeiten gehabt. Sie hatte sich zu Tode geängstigt. Nenn mich doch einfach das Mädchen aus Eis, hatte sie nach diesem elenden, verpfuschten ersten Mal unter Tränen gesagt. Kein Sex, bitte, wir sind britisch. Aber irgendwie hatte das Experiment Lot Sechs dabei geholfen – die Gesamtsumme dessen, was sie gemeinsam erlebt hatten, war in gewisser Weise schon eine Art Paarung. Dennoch war es schwierig gewesen. Schritt für Schritt. Zärtlichkeit. Tränen. Vicky fing an, auf ihn einzugehen. Dann wieder die Verkrampfung. Der Aufschrei *tu's nicht, es wird wehtun, tu's nicht, Andy, hör auf*! Und irgendwie war es das Experiment mit Lot Sechs, diese gemeinsame Erfahrung, die ihn in die Lage versetzt hatte, es immer wieder zu versuchen, wie ein Geldschrankknacker, der weiß, dass es eine Möglichkeit gibt, dass es immer eine Möglichkeit gibt. Und es hatte eine Nacht gegeben, in der es klappte. Später kam eine Nacht, in der es gut war. Dann plötzlich eine Nacht, in der es wunderschön war. Er war bei ihr gewesen, als Charlie geboren wurde. Eine schnelle und leichte Geburt.

Nichts kam. Die Spur erkaltete, und er hatte nichts. Flughafen oder Interstate?

Die Stones waren verstummt. Es folgten die Doobie Brothers, die wissen wollten, wo man ohne Liebe jetzt wohl sei. Andy wusste es nicht. Die Sonne brannte vom Himmel. Die Streifen auf dem Parkplatz des Restaurants waren frisch gestrichen worden. Sie hoben sich sehr weiß und sehr deutlich von der Asphaltdecke ab. Der Platz war zu mehr als drei Vierteln besetzt. Es war Essenszeit. Hatte Charlie ihr Essen bekommen? Würden sie ihr etwas geben? Vielleicht.

(Vielleicht halten sie irgendwo an der Straße an, um zu tanken und etwas zu essen – sie können schließlich nicht immer nur fahren und fahren und fahren)

Wohin? Wohin können sie nicht fahren?

(Sie können nicht bis Virginia fahren, ohne eine Rast einzulegen, nicht wahr? Ein kleines Mädchen muss doch einfach manchmal anhalten, weil sie mal muss, nicht wahr?)

Er richtete sich auf und empfand ein ungeheures Gefühl der Dankbarkeit. Es war gekommen, einfach nur so. Nicht der Flughafen, was seine erste Vermutung gewesen wäre, wenn er nur spekuliert hätte. Nicht der Flughafen, sondern die Interstate. Er war nicht völlig sicher, ob seine Vorahnung sich bewahrheiten würde, aber er war ziemlich sicher. Auf jeden Fall war es besser, als ganz im Dunkeln zu tappen.

Er ließ den Kombi über den frisch gemalten Pfeil rollen, der auf den Ausgang zur Straße zeigte, und bog wieder in die Carlisle ein. Zehn Minuten später hatte er den Schlagbaum vor der Interstate passiert, und die Gebührenquittung steckte in einer abgegriffenen und mit Anmerkungen versehenen Ausgabe von *Das verlorene Paradies,* die neben ihm auf dem Sitz lag. Weitere zehn Minuten später lag Harrison, Ohio, hinter ihm. Vierzehn Monate später sollte er dann die Reise antreten, die ihn nach Tashmore, Vermont, führen würde.

Seine Ruhe hielt an. Er stellte das Radio lauter und fühlte sich besser. Ein Song folgte dem anderen, und er kannte nur die älteren, denn er hatte vor drei oder vier Jahren aufgehört, Popmusik zu hören. Aus keinem besonderen Grund; eher zufällig.

Sie hatten ihm gegenüber immer noch einen Vorsprung, aber seine innere Ruhe hatte ihre eigene kalte Logik. Sie sagte ihm, dass der Vorsprung so gewaltig nicht sein konnte – und dass er

Ärger bekommen würde, wenn er jetzt einfach mit hundertzwanzig Stundenkilometern die Überholspur entlangrauschte.

Er hielt den Tacho stur auf knapp unter hundert, weil er sich ausrechnete, dass die Männer, die Charlie entführt hatten, die Geschwindigkeitsbegrenzung von knapp neunzig nicht gern überschreiten würden. Gewiss, wenn eine Streife sie deshalb anhielt, konnten sie ihre Ausweise zücken, aber sie dürften trotzdem einige Schwierigkeiten haben, die Anwesenheit eines schreienden sechsjährigen Kindes zu erklären. Es würde sie aufhalten und ihnen ganz sicher bei den Leuten Ärger eintragen, die hier die Drähte zogen, wer immer die sein mochten.

Sie konnten sie unter Drogen gesetzt und versteckt haben, flüsterte sein Verstand. Wenn sie dann gestoppt werden, weil sie mit hundertzwanzig oder hundertdreißig Stundenkilometern durch die Gegend jagten, brauchten sie nur ihre Ausweise zu zeigen und konnten gleich weiterfahren. Wird ein Beamter der Ohio State Police einen Wagen beschlagnahmen, der der Firma gehört?

Während Andy mit diesen Problemen kämpfte, floss der östliche Ohio vorbei. Erstens könnten sie Bedenken haben, Charlie Drogen zu geben. Ein Kind ruhig zu stellen, war eine heikle Sache, wenn man kein Experte war ... und vielleicht wussten sie auch nicht, welchen Einfluss eine solche Behandlung auf die Fähigkeiten haben würde, die sie untersuchen sollten. Zweitens könnte ein Beamter der State Police sehr wohl den Lieferwagen beschlagnahmen, zumindest konnte er sie auf die Standspur dirigieren und sie dort festhalten, bis er die Gültigkeit ihrer Ausweise hatte prüfen lassen. Drittens, warum sollten sie sich denn ein Bein ausreißen? Sie hatten keine Ahnung, dass sie verfolgt wurden. Es war noch nicht ein Uhr. Andy hatte bis zwei Uhr im College zu tun. Die Leute von der Firma kannten seine Dienststunden und mussten annehmen, dass er frühestens um halb drei zu Hause sein konnte. Wahrscheinlich rechneten sie damit, dass es dann noch eine halbe bis zwei Stunden dauern konnte, bis der Alarm ausgelöst wurde.

Warum sollten sie sich nicht Zeit lassen? Andy fuhr schneller.

Vierzig Minuten vergingen, fünfzig. Es erschien ihm länger. Er fing an, ein wenig zu schwitzen; Sorge durchnagte das künstliche

Eis der Ruhe, des Schocks. War der Lieferwagen wirklich irgendwo vor ihm, oder war das Ganze nur Wunschdenken gewesen?

Der Verkehr bot ein ständig wechselndes Bild. Er sah zwei graue Lieferwagen. Keiner von beiden sah so aus wie der, den er gelegentlich durch Lakeland hatte fahren sehen. Den einen fuhr ein älterer Mann mit wehenden weißen Haaren. Der andere war voll gestopft mit Freaks, die verhascht aussahen. Der Fahrer sah Andys prüfenden Blick und winkte ihm zu. Das Mädchen neben ihm hob den Mittelfinger, küsste ihn sanft und hielt ihn in Andys Richtung. Dann hatte er sie hinter sich gelassen.

Sein Kopf begann zu schmerzen. Es herrschte dichter Verkehr, und die Sonne strahlte hell. Jeder Wagen hatte reichlich Chrom, und jedes Stück Chrom reflektierte die Sonne schmerzhaft in seine Augen. Er sah ein Schild: RASTPLATZ 1 MEILE.

Er war auf der Überholspur gefahren. Jetzt blinkte er rechts und fädelte sich in die rechte Spur ein. Er ging auf siebzig zurück, dann auf fünfundsechzig. Ein kleiner Sportwagen überholte ihn und hupte irritiert, als er vorbeizog.

RASTPLATZ stand auf dem Zeichen. Hier gab es weder Restauration noch Tankstelle, nur eine Parkfläche, einen Trinkwasserspender und Waschräume. Er sah vier oder fünf Wagen. Und einen grauen Lieferwagen. *Den grauen* Lieferwagen. Er musste es sein. Sein Herz schlug gegen die Rippen. Hart riss er das Steuer herum, und die Räder jaulten.

Langsam fuhr er die Zufahrt entlang und auf den Lieferwagen zu. Dabei schaute er sich um und versuchte, mit einem Blick alle Einzelheiten wahrzunehmen. Zwei Picknicktische waren mit je einer Familie besetzt. Eine Gruppe räumte gerade ab und machte sich reisefertig. Die Mutter packte die Reste in eine orangerote Tragetasche, während der Vater und die zwei Kinder sich des Abfalls annahmen und ihn in die vorgesehenen Behälter warfen. Am anderen Tisch aß ein junges Paar Sandwiches und Kartoffelsalat. Zwischen ihnen schlief ein Baby in einem Kindersitz. Das Baby trug einen Kordjumper mit lauter tanzenden Elefanten darauf. Zwischen zwei herrlichen großen Ulmen lagen zwei etwa zwanzigjährige Mädchen im Gras, die ebenfalls aßen. Charlie war nirgends zu sehen. Er sah auch keine zwei Männer, die jung und robust genug aussahen, dass sie zur Firma gehören könnten.

Andy würgte den Motor ab. Andy spürte seinen Herzschlag jetzt bis in die Augen. Der Lieferwagen schien leer zu sein. Andy stieg aus.

Eine alte Frau, die am Stock ging, kam aus dem Waschraum für Damen und ging langsam zu einem burgundfarbenen Biscayne hinüber. Ein Herr etwa ihres Alters, der am Steuer gesessen hatte, stieg jetzt aus, ging um den Kühler herum, öffnete die Tür und half ihr hinein. Dann setzte er sich wieder ans Steuer und ließ den Motor an. Eine dichte Wolke öligen, blauen Qualms kam aus dem Auspuff, als er zurücksetzte.

Die Tür des Waschraums für Männer öffnete sich, und Charlie kam heraus. Zwei etwa dreißigjährige Männer in Sportsakkos, offenen Hemden und dunklen Hosen hatten sie in die Mitte genommen. Charlies Gesicht war ausdruckslos. Sie schaute von einem der Männer zum anderen, dann wieder zum ersten. Andy krampfte sich der Magen zusammen. Sie trug ihren Rucksack. Sie gingen auf den Lieferwagen zu. Charlie sagte etwas zu dem einen, und der schüttelte den Kopf. Sie wandte sich an den anderen. Dieser zuckte die Achseln und sprach über Charlies Kopf hinweg mit seinem Partner. Der andere nickte. Sie drehten sich um und traten an den Trinkwasserspender.

Andys Herz schlug schneller als je zuvor. Er spürte intensiv den Adrenalinausstoß in seinem Körper. Er hatte Angst, große Angst, aber etwas anderes kam in ihm hoch, und das war Wut, unsägliche Wut. Die Wut war noch besser als die innere Ruhe. Fast war es ein angenehmes Gefühl. Diese beiden Männer da drüben hatten seine Frau getötet und seine Tochter entführt, und wenn sie sich nicht gut mit Jesus standen, konnten sie ihm nur Leid tun.

Als sie mit Charlie zum Wasserspender gingen, hatten sie ihm den Rücken zugewandt. Andy sprang aus seinem Kombi und trat rasch hinter den Lieferwagen.

Die vierköpfige Familie, die gerade ihre Mahlzeit beendet hatte, ging zu einem Mittelklasse-Ford hinüber, stieg ein und setzte zurück. Ohne jede Neugier schaute die Mutter zu Andy herüber, so wie es Leute eben tun, die sich auf einer weiten Reise nur langsam von Raststätte zu Raststätte entlang den Schnellstraßen fortbewegten. Sie fuhren weg, und er sah ihr Kennzeichen. Sie waren aus Michigan. Jetzt standen noch drei Fahrzeuge, der graue Lieferwagen und Andys Kombi auf dem Rastplatz. Eins der Fahrzeuge gehörte den Mädchen. Zwei weitere Leute gingen auf dem Platz auf und ab, und ein Mann saß in dem kleinen Informationsstand und studierte die Karte der Gegend im Umfeld der Interstate 80, die Hände in den hinteren Taschen seiner Jeans.

Andy hatte keine Ahnung, was er jetzt tun wollte.

Charlie hatte Wasser getrunken. Einer der Männer beugte sich vor und nahm auch einen Schluck. Dann gingen sie auf ihren Lieferwagen zu. Von der linken hinteren Seite des Wagens beobachtete Andy sie. Charlie schien Angst zu haben, richtige Angst. Sie hatte geweint. Andy prüfte die Hintertür, ohne zu wissen warum, aber es war ohnehin zwecklos; die Tür war verschlossen.

Dann trat er abrupt hinter dem Wagen hervor und zeigte sich.

Sie waren sehr schnell. Andy sah an ihren Augen, dass sie ihn schon erkannten, bevor noch Charlies Gesicht aufleuchtete.

»Daddy!«, rief sie so schrill, dass die jungen Leute mit dem Baby erstaunt aufschauten. Eins der Mädchen unter der Ulme schirmte ihre Augen mit der Hand gegen die Sonne ab, um zu sehen, was los war.

Charlie wollte zu ihm laufen, aber einer der Männer packte sie an der Schulter und hielt sie fest, wobei er ihr den Rucksack halb vom Rücken riss. Eine Sekunde später hielt er eine Waffe in der Hand. Er hatte sie irgendwo unter seinem Sakko so rasch hervorgeholt, dass man an den üblen Trick eines Zauberers glauben mochte. Er hielt den Lauf an Charlies Schläfe.

Der andere Mann löste sich von Charlie und seinem Partner und schlenderte lässig auf Andy zu. Er hatte die Hand unter der Jacke, aber seine Zauberei funktionierte nicht so gut wie die seines Partners; er hatte ein wenig Mühe, seine Waffe zu ziehen.

»Weg vom Wagen, wenn Sie nicht wollen, dass Ihrer Tochter etwas passiert«, sagte der Mann mit dem Revolver.

»Daddy!«, schrie Charlie wieder.

Andy bewegte sich langsam vom Lieferwagen weg. Auch der andere Kerl, der vorzeitig kahl geworden war, hatte jetzt einen Revolver in der Hand. Er richtete ihn auf Andy. Er stand keine fünf Meter entfernt. »Ich rate Ihnen dringend, sich nicht zu bewegen«, sagte er leise. »Dies ist ein Fünfundvierziger-Colt, und er macht *riesige* Löcher.«

Der junge Mann mit Frau und Baby stand auf. Streng blickten seine Augen durch die randlose Brille. »Was geht hier eigentlich vor?«, fragte er im getragenen, kultivierten Tonfall des Collegelehrers.

Der Agent bei Charlie wandte sich ihm halb zu und nahm den Lauf seiner Kanone von Charlies Schläfe, damit der junge Mann sie sehen konnte. »Regierungsangelegenheit«, sagte er. »Bleiben Sie, wo Sie sind; es hat alles seine Ordnung.«

Die Frau griff den Arm ihres Mannes und zog ihn auf den Stuhl zurück.

Andy sah den Agenten mit der beginnenden Glatze an und sagte mit leiser, freundlicher Stimme: »Das Ding ist viel zu heiß, um es in der Hand zu halten.«

Der Kahlkopf sah ihn erstaunt an. Dann, ganz plötzlich, kreischte er auf und ließ den Revolver fallen. Er schlug auf den Boden, und ein Schuss löste sich. Eines der Mädchen unter den Ulmen stieß einen entsetzten Schrei aus. Der Kahlkopf hielt sich die Hand und hüpfte vor Schmerz. In seiner Handfläche erschienen weiße Blasen, die aufgingen wie Brotteig.

Der Mann bei Charlie starrte seinen Partner an, und einen Augenblick lang war die Waffe nicht mehr auf ihr Köpfchen gerichtet.

»Sie sind blind«, sagte Andy zu ihm und stieß zu, so hart er konnte. Eine grauenhafte Welle von Schmerz raste durch seinen Kopf.

Der Mann schrie plötzlich gellend auf, ließ Charlie los und fuhr sich mit der Hand an die Augen.

»Charlie«, sagte Andy ganz leise, und seine Tochter rannte auf ihn zu und umklammerte zitternd seine Beine. Der Mann im Informationsstand stürzte nach draußen, um zu sehen, was hier los war.

Der Kahlkopf hielt sich noch immer die verbrannte Hand und rannte zu Andy und Charlie hinüber. Sein Gesicht war verzerrt.

»Geh schlafen«, sagte Andy kurz und stieß wieder zu. Der Kahlkopf stürzte wie von der Axt gefällt zu Boden und schlug mit der Stirn auf das Pflaster. Die junge Frau des strengen Lehrers stöhnte auf.

Andy hatte jetzt üble Kopfschmerzen, und halb unbewusst war er froh, dass Sommer war und er seit Mai seine Fähigkeit nicht mehr eingesetzt hatte, nicht einmal, um einem Studenten einen kleinen Anstoß zu geben, der ohne guten Grund seine Zwischenprüfung sausen lassen wollte. Er war also aufgeladen – aber aufgeladen oder nicht, Gott wusste, dass er für das würde büßen müssen, was er an diesem Sommernachmittag tat.

Der Blinde taumelte über das Gras, hielt sich die Hände vors Gesicht und schrie. Er stolperte gegen eine grüne Tonne mit der Aufschrift ABFÄLLE und stürzte in ein wildes Durcheinander von Sandwichtüten, Bierdosen, Zigarettenkippen und leeren Sodaflaschen.

»Oh, Daddy, hatte ich eine Angst«, sagte Charlie und fing an zu weinen.

»Der Wagen steht gleich da drüben. Siehst du ihn?«, hörte Andy sich sagen. »Steig ein, ich komme gleich nach.«

»Ist Mami hier?«

»Nein. Aber steig jetzt ein, Charlie.« Damit konnte er sich jetzt nicht befassen. Jetzt musste er sich irgendwie mit den Zeugen befassen.

»Was, zum Teufel, ist hier los?«, rief der Mann vom Informationsstand entsetzt.

»Meine Augen«, schrie der Mann, der Charlie den Revolver an die Schläfe gehalten hatte. »Meine *Augen,* meine *Augen.* Was hast du mit meinen Augen gemacht, du Hurensohn?« Er stand auf. An einer Hand klebte Sandwichpapier. Er wankte davon, auf den Informationsstand zu, und der Mann in Bluejeans rannte wieder in seine Bude.

»Geh jetzt, Charlie.«

»Kommst du nicht auch, Daddy?«

»Ja, in einer Sekunde. Und nun geh.«

Andy ging an dem schlafenden Agenten vorbei, dachte kurz an dessen Revolver und beschloss, ihn liegen zu lassen. Er ging zu dem jungen Paar am Picknicktisch hinüber. Nur nicht übertreiben, sagte er sich. Nur ganz leicht. Nur anticken. Bloß kein Echo hervorrufen. Es geht darum, diesen Leuten nicht zu schaden.

Grob riss die junge Frau ihr Baby aus dem Kindersitz, sodass es aufwachte. Es fing an zu weinen. »Bleiben Sie mir vom Leibe, Sie Wahnsinniger!«, sagte sie.

Andy sah den Mann und seine Frau an.

»Das ist alles nicht so schlimm«, sagte er und stieß zu. Erneuter Schmerz legte sich wie eine riesige Spinne auf seinen Hinterkopf ... und drang tief ein.

Der junge Mann schien erleichtert. »Na, Gott sei Dank.«

Seine Frau brachte nur ein kleines Lächeln zustande. Bei ihr hatte es nicht so sehr gewirkt; ihr mütterliches Empfinden war geweckt worden.

»Ein hübsches Kind haben Sie da«, sagte Andy. »Ein kleiner Junge, nicht wahr?«

Der Blinde stolperte und knallte mit dem Kopf gegen den Türpfosten des roten Pinto, der wahrscheinlich den beiden Mädchen gehörte. Er heulte auf. Von seiner Schläfe floss Blut. *»Ich bin blind!«*, schrie er wieder.

Das vorsichtige Lächeln der jungen Frau war jetzt strahlend. »Ja, ein Junge«, sagte sie. »Er heißt Michael.«

»Hallo, Mike«, sagte Andy. Er strich dem Baby über den fast kahlen Kopf.

»Ich weiß überhaupt nicht, warum er schreit«, sagte die junge Frau. »Bis eben hat er noch so schön geschlafen. Er hat gewiss Hunger.«

»Das wird's sein«, sagte ihr Mann.

»Entschuldigen Sie mich.« Andy ging zum Informationsstand. Er hatte keine Zeit zu verlieren. Jeden Augenblick konnten weitere Leute dieses Tollhaus an der Landstraße aufsuchen.

»Was ist los, Mann?«, fragte der Bursche in den Bluejeans. »Ein Überfall?«

»Es ist nichts passiert«, sagte Andy und stieß noch einmal leicht zu. Es machte ihn langsam krank. In seinem Kopf dröhnte und hämmerte es.

»Oh«, sagte der andere. »Ich wollte gerade nachsehen, wie man von hier nach Chagrin Falls kommt. Entschuldigen Sie mich.« Und er schlenderte an seinen Platz zurück.

Die beiden Mädchen hatten sich bis an den Sicherheitszaun zurückgezogen, der den Rastplatz von dem darunter liegenden Farmland trennte. Sie starrten ihn mit aufgerissenen Augen an. Der Blinde schlurfte mit ausgestreckten Armen im Kreis herum. Er fluchte und weinte.

Langsam ging Andy auf die Mädchen zu und zeigte ihnen dabei, dass er nichts in der Hand hatte. Er sprach mit ihnen. Die eine fragte ihn etwas, und er antwortete. Bald darauf fingen sie beide an zu lächeln und nickten ihm zu. Andy winkte ihnen zu, und sie winkten zurück. Dann ging er rasch über das Gras zu seinem Kombiwagen. Kalter Schweiß stand ihm auf der Stirn, und sein Magen schien zu rotieren. Er konnte nur beten, dass niemand auf den Rastplatz fahren würde, bevor er und Charlie verschwunden waren. Es war nichts mehr übrig. Er hatte sich völlig verausgabt. Er glitt hinter das Steuer und ließ den Motor an.

»Daddy«, sagte Charlie und umarmte ihn. Ihr Kopf lag an seiner Brust. Er drückte sie kurz und setzte den Wagen zurück. Den Kopf zu drehen, war eine Qual. Das schwarze Pferd. Dieser Gedanke war es, der ihm anschließend immer kam. Irgendwo in der dunklen Scheune seines Unterbewusstseins hatte er das schwarze Pferd aus dem Stall gelassen, und jetzt würde es wieder in seinem Gehirn hin und her rennen. Er musste irgendwohin, wo er sich ausruhen konnte. Schnell. Er würde nicht mehr lange fahren können.

»Das schwarze Pferd«, sagte er mit belegter Stimme. Es kam. Nein ... nein. Es kam nicht; es war schon da. *Es stampfte ... und stampfte ... und stampfte.* Ja, es war da. Es war losgelassen.

»Daddy, pass auf!«, schrie Charlie.

Der Blinde war ihnen direkt vor den Wagen getaumelt: Andy bremste. Der Blinde trommelte auf die Kühlerhaube und schrie um Hilfe. Zu ihrer Rechten gab die junge Frau dem Baby die

Brust. Ihr Mann las in einem Taschenbuch. Der Mann vom Informationsstand war zu den Mädchen mit dem roten Pinto hinübergegangen – vielleicht hoffte er, von ihnen eine Schilderung des Vorfalls zu bekommen, die interessant genug war, dass er sie einer Zeitung verkaufen konnte. Der Kahlkopf lag immer noch da und schlief.

Immer wieder schlug der Agent mit den Fäusten auf die Kühlerhaube »Helft mir!«, schrie er. »Ich bin blind! Das verdammte Schwein hat was mit meinen Augen gemacht! *Ich bin blind!!*«

»Daddy«, stöhnte Charlie.

Einem verrückten Impuls folgend, hätte er fast das Gaspedal durchgetreten. In seinem schmerzenden Kopf hörte er das Geräusch, das die Räder machen würden, fühlte das dumpfe Stoßen der Räder, wenn sie über den Körper hinwegrollten. Der Mann hatte Charlie entführt und ihr den Lauf eines Revolvers an den Kopf gehalten. Vielleicht war er es gewesen, der Vicky den Lappen in den Mund gestopft hatte, damit sie nicht schreien konnte, als sie ihr die Fingernägel ausrissen. Es wäre so gut, ihn zu töten ... aber was würde ihn dann noch von diesen Leuten unterscheiden?

Stattdessen hupte er. Der Schmerz durchbohrte ihn wie ein glühender Speer. Wie von der Tarantel gestochen, sprang der Blinde zur Seite. Andy riss das Steuer herum und fuhr an ihm vorbei. Zuletzt sah er im Rückspiegel den Blinden auf dem Pflaster sitzen, das Gesicht entstellt vor Wut und Entsetzen ... und die junge Mutter, die ruhig ihr Baby Michael im Arm hielt. Dann hatte Andy die Straße erreicht.

Ohne auf den fließenden Verkehr auf der Interstate zu achten, fuhr er weiter. Eine Hupe dröhnte; Reifen quietschten. Ein schwerer Lincoln musste dem Kombi ausweichen, und der Fahrer ballte drohend die Faust.

»Daddy, ist alles in Ordnung mit dir?«

»Es wird schon besser werden«, sagte er. Seine Stimme schien von weit her zu kommen.

»Charlie, sieh mal auf der Gebührenquittung nach, wo die nächste Abfahrt ist.«

Der Verkehr verschwamm vor seinen Augen. Er sah ihn doppelt, dann dreifach, und dann war alles wieder eins, um dann wieder auseinander zu laufen wie die Fragmente eines Prismas. Überall brachen sich die Strahlen der Sonne in hellem Chrom.

»Und leg dir den Gurt an, Charlie.«

Die nächste Abfahrt war Hammersmith, zwanzig Meilen weiter. Irgendwie schaffte er es. Später dachte er, dass es nur das Bewusstsein war, Charlie neben sich sitzen zu haben, das ihn durchhalten ließ, denn sie war von ihm abhängig. Genauso wie Charlie ihm in all den Schwierigkeiten geholfen hatte, die später kamen – das Wissen, dass Charlie ihn brauchte. Charlie McGee, deren Eltern einmal dringend zweihundert Dollar nötig gehabt hatten.

An der Abfahrt nach Hammersmith lag ein Motel, in dem Andy und Charlie abstiegen, und es gelang ihm, einen hinten gelegenen Raum zu bekommen. Er nannte einen falschen Namen.

»Sie werden uns verfolgen, Charlie«, sagte er. »Ich muss schlafen. Aber nur bis es dunkel ist. Mehr Zeit haben wir nicht ... dürfen wir uns nicht nehmen. Weck mich, wenn es dunkel ist.«

Sie sagte noch etwas, aber er war schon aufs Bett gefallen. Die Welt verschwamm zu einem grauen Punkt, und dann war selbst dieser Punkt verschwunden, und alles war Dunkelheit, in die der Schmerz nicht eindringen konnte. Es gab keinen Schmerz, und es gab keine Träume. Als Charlie ihn an diesem heißen Augustabend um Viertel nach sieben wachrüttelte, war es im Zimmer erstickend heiß, und seine Kleidung war von Schweiß durchnässt. Sie hatte versucht, die Klimaanlage anzustellen, war aber mit den Schaltern nicht zurechtgekommen.

»Alles okay«, sagte er. Mit einem Schwung hatte er die Füße auf dem Fußboden und legte die Hände an die Schläfen. Er presste den Kopf zusammen, damit er nicht explodierte.

»Ist es besser, Daddy?«, fragte sie besorgt.

»Ein wenig«, sagte er. Und das stimmte ... aber nur ein wenig. »Wir werden bald anhalten und was zu essen besorgen. Dann wird's noch besser.«

»Wohin fahren wir?«

Er bewegte den Kopf langsam hin und her. Er hatte nur das Geld, mit dem er am Morgen das Haus verlassen hatte – ungefähr siebzehn Dollar. Er hatte seine Kreditkarten, aber das Zimmer hatte er mit den beiden Zwanzigern bezahlt, die er immer hinten in der Brieftasche hatte *(für den Notfall, hatte er manchmal im Scherz zu Vicky gesagt, aber als grausam wahr hatte sich das herausgestellt),* anstatt eine der Karten zu benutzen. Hätte er eine der Karten benutzt, hätte er genauso gut ein Schild aufstellen können: HIER GEHT ES ZUM FLÜCHTIGEN COLLEGELEHRER UND SEINER TOCHTER. Von den siebzehn Dollar konnten sie Essen kaufen und den Tank auffüllen lassen. Dann waren sie völlig abgebrannt.

»Ich weiß nicht, Charlie«, sagte er. »Nur weg.«

»Wann holen wir Mami?«

Andy sah sie an, und seine Kopfschmerzen wurden wieder schlimmer. Er dachte an die Blutstropfen auf dem Fußboden und am Fenster der Waschmaschine. Er dachte an den Geruch nach Möbelpolitur.

»Charlie –«, sagte er, und mehr konnte er nicht sagen. Es war auch nicht mehr nötig.

Sie sah ihn an, und ihre Augen wurden langsam größer. Sie hob die Hand zum Mund. Ihre Lippen zitterten.

»Oh nein, Daddy ... bitte, sag, dass es nicht wahr ist.«

»Charlie –«

Sie kreischte auf. *»Oh, bitte, sag, dass es nicht wahr ist!«*

»Charlie, diese Männer, die –«

»Bitte, sag, dass sie *lebt*, sag, dass sie *lebt*, sag, dass sie *lebt*.«

Das Zimmer ... das Zimmer war so heiß, die Klimaanlage war abgeschaltet, das war alles, aber es war so *heiß*, sein Kopf schmerzte, der Schweiß lief ihm über das Gesicht, nicht kalter Schweiß, diesmal war er heiß wie Öl, *heiß* –

»Nein«, sagte Charlie. »Nein, nein, nein, nein, nein.« Sie schüttelte den Kopf. Ihre Zöpfe flogen, und es war absurd: Er musste an den Tag denken, als er und Vicky sie zum ersten Mal in den Vergnügungspark mitgenommen hatten. Das Karussell ...

Es lag nicht an der Klimaanlage.

»Charlie!«, brüllte er. »Charlie, die Badewanne! *Das Wasser!*«

Sie schrie. Sie drehte den Kopf zur geöffneten Badezimmertür um, und plötzlich flammte ein blauer Blitz auf, als ob eine Glühbirne ausbrannte. Das Endstück der Dusche löste sich aus der Aufhängung und fiel scheppernd in die Wanne, geschwärzt und verbogen. Mehrere der blauen Wandfliesen gingen in Trümmer.

Er konnte sie gerade noch auffangen, als sie schluchzend zu Boden sank.

»Daddy, es tut mir Leid, es tut mir so Leid –«

»Es ist ja schon gut«, sagte er mit zitternder Stimme und umarmte sie.

Vom Bad her trieb Rauch aus der zusammengeschmolzenen Badewanne herüber. Alle Keramikflächen zeigten Sprünge. Es sah aus, als sei das ganze Badezimmer in einem leistungsfähigen, aber defekten Brennofen gewesen. Die Handtücher schwelten.

»Es ist ja schon gut«, wiederholte er und hielt sie im Arm. »Charlie, es wird alles wieder gut, irgendwann wird es wieder gut, das verspreche ich dir.«

»Ich will Mami«, schluchzte sie.

Er nickte. Er wollte sie auch. Er drückte Charlie fest an sich und roch Ozon und Keramik und geröstete Motelhandtücher. Fast hätte sie sich selbst und ihn gleich mit verbrannt.

»Es wird wieder gut«, versicherte er ihr und wiegte sie in den Armen, wenn er es auch selbst nicht glaubte, aber es war die Litanei, es war der Psalter, die Stimme des Erwachsenen, die in den dunklen Brunnen der Jahre hinunterruft, in das Elendsloch einer gequälten Kindheit; es war das, was man eben sagte, wenn etwas schief ging; es war das Licht in der Nacht, das zwar das Ungeheuer nicht bannen, aber eine Weile in Schach halten konnte; es war die Stimme ohne Kraft, die dennoch sprechen musste.

»Es wird wieder gut«, tröstete er sie, obwohl er es selbst nicht glaubte, obwohl er, wie jeder Erwachsene, wusste, dass nichts auf der Welt jemals wirklich gut ist. »Es wird wieder gut.«

Er weinte. Er konnte nicht anders. Seine Tränen strömten nur so, und er drückte Charlie ganz fest an die Brust.

»Charlie, ich schwöre es dir, irgendwie wird alles wieder gut.«

5

Das Einzige, was sie ihm nicht hatten anhängen können – wie gern sie es auch getan hätten –, war der Mord an Vicky. Stattdessen hatten sie es vorgezogen, was im Wäscheraum geschehen war, einfach zu löschen. Manchmal – nicht oft – überlegte Andy, was die Nachbarn in Lakeland wohl gedacht haben mochten. Geldeintreiber? Eheprobleme? Vielleicht Drogenprobleme oder ein Fall von Kindesmisshandlung? Sie hatten niemanden am Conifer Place gut genug gekannt, als dass die Angelegenheit mehr hergegeben hätte als Stoff für eitles Geschwätz am Abendbrottisch, das vergessen sein würde, sobald die Bank, bei der sie die Hypothek aufgenommen hatten, das Haus versteigerte.

Während er hier auf der Veranda saß, dachte Andy, dass ihm damals wohl gar nicht klar gewesen war, wie viel Glück er an jenem Tag gehabt hatte. Er war zu spät gekommen, um Vicky zu retten, aber er war schon weg gewesen, als die Leute kamen, die die Leiche beseitigen sollten.

Es hatte niemals etwas darüber in der Zeitung gestanden, nicht einmal eine winzige Bemerkung, wie – komische Sache – ein Collegelehrer für Englisch namens Andrew McGee und seine Familie so einfach verschwinden konnten. Vielleicht hatte die Firma auch das unterdrückt. Bestimmt hatte man nach seinem Verschwinden eine Vermisstenanzeige aufgegeben; von den Kollegen, mit denen er zu Mittag gegessen hatte, hätte es mindestens einer, wenn nicht gar alle drei getan. Aber keine Zeitung war informiert worden, und Geldeintreiber inserieren natürlich nicht.

»Sie hätten es mir angehängt, wenn sie gekonnt hätten«, sagte Andy und wusste gar nicht, dass er laut gesprochen hatte.

Aber das wäre ihnen kaum möglich gewesen. Die Gerichtsmediziner hätten den Zeitpunkt des Todes feststellen können, und Andy, der den ganzen Tag von unparteiischen Zeugen (und während seiner Vorlesung über Style und die Novelle von zehn Uhr bis elf Uhr dreißig sogar von fünfundzwanzig unparteiischen

Zeugen) gesehen worden war, konnte man nichts anlasten. Selbst wenn er nicht in der Lage gewesen wäre, jeden seiner Schritte während der kritischen Zeit konkret nachzuweisen: er hatte kein Motiv.

Die beiden hatten also Vicky getötet und dann die Jagd auf Charlie aufgenommen – nicht ohne Leute damit zu beauftragen, die Leiche fortzuschaffen (Andy stellte sich unter diesen Leuten glattgesichtige junge Männer in weißen Kitteln vor). Und irgendwann, vielleicht nur fünf Minuten, ganz bestimmt aber nicht mehr als eine Stunde, nachdem *er* die Jagd auf Charlie aufgenommen hatte, mussten diese Leute bei seinem Haus vorgefahren sein. Während Conifer Place den Nachmittag verträumte, war Vicky fortgeschafft worden.

Vielleicht hatten sie sich – richtig – überlegt, dass eine vermisste Frau für Andy ein größeres Problem darstellen würde als eine nachweislich tote. Ohne Leiche wusste man nicht, wann der Tod eingetreten war, und wenn man das nicht wusste, gab es kein Alibi. Man würde ihn beobachten, ihn sogar hätscheln und äußerst höflich seine Bewegungsfreiheit einschränken. Natürlich wäre Charlies Beschreibung schon weitergegeben worden – und Vickys selbstverständlich auch –, aber Andy wäre daran gehindert worden, auf eigene Faust etwas zu unternehmen. Sie war also fortgeschafft worden, und jetzt wusste er nicht einmal, wo sie begraben war. Oder vielleicht war sie auch eingeäschert worden. Oder –

Verdammte Scheiße, warum quäle ich mich so?

Er stand abrupt auf und goss den Rest von Großvaters Eselstritt über das Geländer. Das war alles Vergangenheit; man konnte nichts daran ändern; es war Zeit, dass er nicht mehr daran dachte.

Hervorragender Trick, wenn er es nur schaffte.

Er schaute zu den dunklen Schatten der Bäume auf, und fester schloss er die rechte Hand um das Glas, und wieder kam ihm der Gedanke:

Charlie, ich schwöre es dir, es wird alles gut werden.

6

In diesem Winter in Tashmore, so lange nach diesem elenden Erwachen in einem Motel in Ohio, schien es, als hätte sich seine verzweifelte Voraussage endlich bewahrheitet.

Sie verbrachten einen nicht gerade idyllischen Winter. Kurz nach Weihnachten erkältete Charlie sich und schniefte und hustete sich durch die Monate, bis sie Anfang April endlich wieder ganz gesund war. Eine Zeit lang hatte sie Fieber. Andy gab ihr halbe Aspirintabletten und sagte sich, dass, wenn das Fieber innerhalb von drei Tagen nicht sinken würde, er sie ohne Rücksicht auf die Konsequenzen zum Arzt nach Bradford jenseits des Sees würde schaffen müssen. Aber dann ging das Fieber doch zurück, und für den Rest des Winters war Charlies Erkältung für sie nicht mehr als eine ständige Belästigung.

Andy brachte es zu einem denkwürdigen Anlass im März fertig, sich eine geringfügige Erfrierung zuzuziehen, und in einer klirrenden Frostnacht im Februar hätte er es fast geschafft, sie beide zu verbrennen, weil er den Holzofen überheizt hatte. Ironischerweise war es Charlie, die mitten in der Nacht aufwachte und feststellte, dass es in der Hütte viel zu heiß war.

Am 14. Dezember feierten sie seinen Geburtstag und am 24. März Charlies. Sie wurde acht, und manchmal betrachtete Andy sie mit Erstaunen, wie jemanden, den man zum ersten Mal sieht. Sie war kein so kleines Mädchen mehr; sie reichte ihm schon bis über die Ellbogen. Ihr Haar war länger, und sie flocht es zu Zöpfen, um es nicht immer im Gesicht zu haben. Sie würde eine schöne Frau werden. Sie war es schon, trotz ihrer roten Nase.

Sie waren ohne Wagen. Irv Manders' Willys war im Januar eingefroren, und Andy vermutete, dass der Zylinderblock gerissen war. Er hatte jeden Tag den Motor gestartet, mehr aus Verantwortungsgefühl als aus einem anderen Grund, denn selbst ein Vierradantrieb hätte sie nach Neujahr nicht von Großvaters Grundstück weggebracht. Der Schnee, makellos, abgesehen von den Spuren von Eichhörnchen und Hirschen und denen eines aufdringlichen Waschbären, der herkam, um erwartungsvoll an der Abfalltonne zu schnüffeln, lag bis dahin über einen halben Meter hoch.

In dem kleinen Schuppen hinter der Hütte standen altmodische Langlaufskier – sechs Paar, aber keines, das Charlie gepasst hätte. Das war auch gut so. Andy wollte sie möglichst in der Hütte lassen. Mit ihrer Erkältung konnte man leben, aber Andy wollte kein erneutes Fieber riskieren.

Er fand ein Paar von Großvaters Skistiefeln. Sie waren verstaubt und rissig und steckten in einem Pappkarton unter der Werkbank, an der der alte Mann früher Fensterläden gehobelt und Türen gezimmert hatte. Er fettete sie ein, um sie geschmeidiger zu machen, und stellte fest, dass sie immer noch zu groß waren, wenn er kein Zeitungspapier hineinstopfte. Das Ganze hatte etwas Komisches, aber es war auch ein wenig unheimlich. Während dieses langen Winters musste er oft an Großvater denken. Wie hätte er ihre heikle Lage wohl beurteilt?

Im Laufe des Winters schnallte er sich ein halbes Dutzend Mal die Langlaufskier unter (sie hatten keine modernen Bindungen, sondern ein verwirrendes und irritierendes Durcheinander von Riemen, Schnallen und Ringen) und machte sich auf den Weg über die weite, gefrorene Fläche des Tashmore-Sees zur Anlegestelle von Bradford. Von dort führte ein schmaler Weg in vielen Windungen zu dem zwei Meilen östlich des Sees zwischen den Hügeln versteckten Dorf.

Er brach immer schon vor dem Morgengrauen auf, Großvaters Rucksack auf dem Rücken, und kam nie vor drei Uhr nachmittags zurück. Einmal entging er nur knapp einem heulenden Schneesturm, der ihm jede Orientierung genommen hätte und ihn blind auf dem Eis hätte umherirren lassen. Als er endlich kam, weinte Charlie vor Erleichterung – und bekam dann einen beängstigenden Hustenanfall.

Er unternahm diese Ausflüge nach Bradford, um Vorräte und Kleidung für sich und Charlie zu kaufen. Zuerst bezahlte er mit Großvaters ›letzter Reserve‹ und später brach er in drei der größeren Häuser am entfernten Ufer des Sees ein und stahl Geld. Er war nicht stolz darauf, aber für ihn war es eine Frage des Überlebens. Die Häuser, die er wählte, hätten auf dem Immobilienmarkt vielleicht achtzigtausend Dollar eingebracht, und er nahm an, dass die Eigentümer ihre dreißig oder vierzig Dollar Kleingeld verschmerzen konnten. Das Einzige, was er in diesem Winter sonst noch stahl, war Öl aus dem großen Fass hinter einem modernen Bungalow mit dem sonderbaren Namen HAUS WIRRWARR. Er zapfte etwa vierzig Gallonen ab.

Er ging ungern nach Bradford. Er wusste genau, und das missfiel ihm, dass die alten Kerle, die bei der Registrierkasse um den großen bauchigen Ofen herumsaßen, über den Fremden redeten, der jenseits des Sees in einer der Hütten wohnte. Geschichten machten sich manchmal selbstständig, und manchmal kamen sie in die falschen Ohren. Ein geflüstertes Wort genügte – und schon stellte die Firma unvermeidlich die Verbindung zwischen Andy, seinem Großvater und der Hütte seines Großvaters in Tashmore, Vermont, her. Aber er wusste einfach nicht, was er sonst tun sollte. Sie mussten essen und konnten nicht den ganzen Winter von Sardinenkonserven leben. Er brauchte frisches Obst für Charlie und Vitamintabletten und Kleidung. Charlie war mit einer dreckigen Bluse, ihrer roten Hose und einer Garnitur Unterwäsche hergekommen. Im Haus war kein Hustensaft, dem er traute, es gab kein frisches Gemüse und, verrückt genug, kaum Streichhölzer. Jedes Haus, in das er einbrach, hatte eine Feuerstelle, aber er fand nur eine einzige Schachtel Streichhölzer. Er hätte es weiter entfernt versuchen können – es gab noch mehr Hütten –, aber dort drüben war das Gelände zum großen Teil voll erschlossen, und die Bezirkspolizei fuhr gelegentlich Streife. Außerdem wohnten manche Leute das ganze Jahr dort.

In der kleinen Gemischtwarenhandlung in Bradford konnte er alles kaufen, was er brauchte, dazu drei derbe Hosen und drei Wollhemden, die ungefähr Charlies Größe hatten. Unterwäsche für Mädchen gab es nicht, und sie musste sich mit Knabenunterwäsche Größe acht begnügen. Das ärgerte und amüsierte sie zugleich. Der Sechsmeilen-Ausflug nach Bradford auf Großvaters Skiern war Andy lästig, aber gleichzeitig machte er ihm Spaß. Er ließ Charlie ungern allein, nicht, weil er ihr nicht traute, sondern weil er ständig mit der Angst lebte, sie bei der Rückkehr nicht mehr vorzufinden ... oder tot. Von den alten Stiefeln bekam er Blasen, ganz gleich, wie viele Socken er anzog. Wenn er sich zu schnell bewegte, bekam er Kopfschmerzen, und dann erinnerte er sich an die abgestorbenen Stellen an seinem Gesicht, und er stellte sich sein Gehirn als alten, abgefahrenen Reifen vor, der durch langen, rücksichtslosen Gebrauch schon bis auf die Leinwand abgewetzt war. Wenn er mitten auf diesem verdammten See einen Schlaganfall bekäme und erfrieren würde, was sollte dann aus Charlie werden?

Aber auf diesen Ausflügen konnte er am besten denken. Der Tashmore-See war nicht sehr breit – der Weg von einem Ufer zum anderen maß knapp eine Meile –, aber er war sehr lang. Als der Schnee im Februar über einen Meter hoch das Eis bedeckte, machte Andy manchmal auf halber Strecke eine Pause und schaute nach rechts und links über den See. Der See erschien dann wie ein langer, mit blendend weißen Fliesen ausgelegter Korridor, der sich ohne Unterbrechung nach beiden Seiten hin erstreckte und sich fern am Horizont verlor. Zuckerbestäubte Tannen säumten seine Ufer. Und oben das kalte, strahlende, unbarmherzige Blau des Winterhimmels oder das tief hängende, gestaltlose Weiß bevorstehenden Schnees. Vielleicht hörte man den fernen Schrei einer Krähe oder ein dumpfes Knarren, wenn das Eis arbeitete, sonst keinen Laut. Die Anstrengung kräftigte seinen Körper. Zwischen Haut und Kleidung bildete sich eine warme Schweißschicht, und es war ein gutes Gefühl, in Schweiß zu geraten und ihn sich dann von der Stirn zu wischen. Als er noch Yeats und Williams lehrte und Examenshefte korrigierte, war ihm dieses Gefühl fast abhanden gekommen.

In dieser Stille und durch die volle Anspannung seiner Körperkräfte kamen ihm klare Gedanken, und er konnte über das Problem nachdenken. Etwas musste geschehen – hätte schon lange geschehen müssen, aber das war Vergangenheit. Sie waren zu Großvaters Haus gekommen, um hier den Winter zu verbringen, aber sie waren immer noch auf der Flucht. Die Sorgen, die er sich wegen der alten Männer machte, die mit ihren Pfeifen und ihren neugierigen Blicken um den Ofen herumsaßen, führte ihm das überdeutlich vor Augen. Er und Charlie waren in die Enge getrieben, und es musste einen Ausweg geben.

Und immer noch war er wütend, denn *es war unrecht.* Sie *hatten* kein Recht, ihn zu verfolgen. Er und seine Familie waren amerikanische Bürger und lebten in einer angeblich offenen Gesellschaft, aber seine Frau war ermordet, seine Tochter entführt worden, und jetzt wurden sie gejagt wie Kaninchen auf dem Feld.

Wieder überlegte er, dass, wenn er seine Geschichte jemandem – oder mehreren Leuten – erzählen könnte, die ganze Sache wahrscheinlich auffliegen würde. Er hatte es vorher nie versucht, weil diese seltsame Hypnose – die gleiche Hypnose, die zu Vickys Tod geführt hatte – noch wirksam gewesen war, wenigstens in gewissem Ausmaß. Er hatte seine Tochter nicht wie eine zur Schau gestellte Missgeburt auf der Kirmes aufwachsen lassen wollen. Er hatte sie nicht zur Institution werden lassen wollen – weder zum Besten des Landes noch zu ihrem eigenen Besten. Selbst nachdem er seine Frau mit diesem Lappen im Mund in den Schrank gezwängt vorgefunden hatte, hatte er sich noch belogen und sich eingeredet, dass man sie früher oder später in Ruhe lassen würde. *Wir spielen nur aus Spaß,* hatten sie als Kinder gesagt. *Am Ende gibt jeder das Geld zurück.*

Aber sie waren keine Kinder, die aus Spaß spielten, und niemand würde ihm oder Charlie etwas zurückgeben, wenn das Spiel zu Ende war. Bei diesem Spiel war alles ernst.

In dieser lautlosen Stille begriff er einige harte Wahrheiten. In gewisser Weise *war* Charlie eine Missgeburt, nicht sehr verschieden von den contergan-geschädigten Kindern aus den Sechzigern oder den Töchtern der Mütter, die DES genommen hatten; die Ärzte hatten einfach nicht gewusst, dass diese Mädchen in abnormer Häufigkeit schon im Alter von vierzehn oder sechzehn Jahren Vaginaltumore entwickeln würden. Es war nicht Charlies Schuld, aber das änderte nichts an der Tatsache. Nur, das Seltsame, das Abnorme an ihr war nicht äußerlich sichtbar. Was sie auf der Mandersfarm getan hatte, war entsetzlich, wirklich entsetzlich, und seitdem hatte Andy sich oft gefragt, wie weit ihre Fähigkeiten eigentlich reichten, wie weit sie reichen *könnten.* Er hatte eine Menge Literatur über Parapsychologie durchgearbeitet, seit sie sich versteckt hielten, genug um zu wissen, dass sowohl Pyrokinese als auch Telekinese vermutlich mit der Fehlfunktion gewisser Drüsen zusammenhing, über die man wenig wusste. Seine Lektüre hatte ihm auch gezeigt, dass beide Fähigkeiten eng verwandt waren und dass die meisten beschriebenen Fälle Mädchen betrafen, die nicht sehr viel älter waren als Charlie jetzt.

Im Alter von sieben Jahren war sie in der Lage gewesen, die Zerstörungen auf der Mandersfarm herbeizuführen. Jetzt war sie fast acht. Was könnte geschehen, wenn sie zwölf wurde und das Jungmädchenalter erreichte? Vielleicht nichts. Vielleicht sehr viel. Sie hatte versprochen, von ihrer Fähigkeit keinen Gebrauch mehr zu machen, aber wenn sie dazu gezwungen wurde? Was wäre, wenn es spontan geschah? Was, wenn sie im Schlaf Feuer anzündete, als Teil ihrer eigenen seltsamen Pubertät, ein feuriges Gegenstück zu den nächtlichen Samenergüssen, die fast alle Knaben in der Pubertät erlebten? Was, wenn die Firma sich am Ende entschloss, ihre Hunde zurückzupfeifen ... und Charlie von einer fremden Macht gekidnappt wurde?

Fragen über Fragen.

Auf seinen Skiwanderungen über den See versuchte Andy, sich mit ihnen auseinander zu setzen, und widerwillig kam er zu der Überzeugung, dass Charlie sich wahrscheinlich mit irgendeiner Art lebenslänglicher Verwahrung würde abfinden müssen, und wenn auch nur zu ihrem eigenen Schutz. Es könnte für sie so nötig sein wie die grausamen Beinschienen für die Opfer von Muskelschwund oder die seltsamen Prothesen für contergan-geschädigte Babys.

Dann war da noch die Frage seiner eigenen Zukunft. Er erinnerte sich an die tauben Stellen, an das blutunterlaufene Auge. Kein Mensch glaubt gern, dass sein Todesurteil datiert und unterschrieben ist, und Andy glaubte es auch noch nicht ganz, aber er war sich darüber klar, dass es ihn umbringen könnte, wenn er sich noch einige Male so völlig verausgabte, und er vermutete, dass seine normale Lebenserwartung schon jetzt erheblich verkürzt war. Falls das geschah, musste für Charlie Vorsorge getroffen sein.

Aber nicht so, wie es sich die Firma vorstellte.

Sie würde nicht in jenen kleinen Raum gesperrt werden. Das wollte er um jeden Preis verhindern.

Er dachte darüber nach und kam zu einer schmerzlichen Entscheidung.

7

Andy schrieb sechs Briefe. Sie waren fast gleich lautend. Zwei waren an die beiden Senatoren von Ohio gerichtet. Einer an die Frau, die den Bezirk, zu dem Harrison gehörte, im Repräsentantenhaus der Vereinigten Staaten vertrat. Einer ging an die New York *Times*. Einer an die Chicago *Tribune*. Der letzte schließlich war an die Toledo *Blade* adressiert. Alle sechs Briefe erzählten die ganze Geschichte, vom Experiment im Jason-Gearneigh-Gebäude bis zu seiner und Charlies erzwungener Isolierung am Tashmore-See.

Als er fertig war, gab er Charlie einen der Briefe zu lesen. Sie tat es langsam und sorgfältig und brauchte fast eine Stunde. Es war das erste Mal, dass sie die ganze Geschichte erfuhr.

»Willst du sie abschicken?«, fragte sie, als sie fertig war.

»Ja«, sagte er. »Morgen. Morgen wird es wohl das letzte Mal sein, dass ich mich über den See wagen kann.« Es war etwas wärmer geworden. Zwar war das Eis noch fest, aber es knarrte standig, und er wusste nicht, wie lange es noch halten würde.

»Und was geschieht dann, Daddy?«

Er schüttelte den Kopf. »Genau weiß ich es nicht. Ich kann nur hoffen, dass die Leute, die uns jagen, aufgeben werden, wenn die Geschichte erst bekannt ist.«

Charlie nickte ernst. »Das hättest du früher tun sollen.«

»Ja«, sagte er und wusste, dass sie an den Zwischenfall auf der Mandersfarm im Oktober dachte, der fast zur Katastrophe geworden wäre. »Vielleicht hast du Recht. Aber ich hatte keine Gelegenheit, viel nachzudenken, Charlie. Ich konnte nur daran denken, wie wir weiterkommen. Wie kann man viel nachdenken, wenn man auf der Flucht ist ... meistens sind es dumme Gedanken. Ich habe immer gehofft, dass sie aufgeben und uns in Ruhe lassen würden. Das war ein schrecklicher Fehler.«

»Sie werden mich doch nicht zwingen wegzugehen?«, fragte Charlie. »Von dir, meine ich. Wir können doch zusammenbleiben, nicht wahr, Daddy?«

»Ja«, sagte er, denn er wollte ihr nicht erzählen, dass er wahrscheinlich genauso wenig wie sie wusste, was geschehen würde, wenn die Briefe ihre Empfänger erreicht hatten. Man musste abwarten.

»Dann ist mir alles andere egal. Und ich werde auch kein Feuer mehr anzünden.«

»Schon gut«, sagte er und strich ihr übers Haar, und er konnte kaum weitersprechen, weil ihn plötzlich wieder die Angst befiel vor dem, was kommen konnte, und plötzlich dachte er an etwas, das hier in der Nähe geschehen war und an das er seit Jahren nicht mehr gedacht hatte. Er war mit seinem Vater und seinem Großvater draußen gewesen, und Großvater hatte ihm sein Zweiundzwanziger-Gewehr, das er seine Diebsflinte nannte, gegeben, als Andy darum gebettelt hatte. Andy hatte ein Eichhörnchen gesehen, das er schießen wollte. Sein Vater hatte protestieren wollen, doch Großvater hatte ihn mit einem eigenartigen Lächeln zum Schweigen gebracht.

Andy hatte gezielt, wie Großvater es ihm gezeigt hatte; er suchte den Druckpunkt, anstatt ruckartig abzudrücken (was Großvater ihm ebenfalls beigebracht hatte), und er schoss das Eichhörnchen. Es purzelte von seinem Ast herab wie eine ausgestopfte Puppe. Andy reichte Großvater das Gewehr und rannte aufgeregt hin. Dann stand er sprachlos vor dem, was er angerichtet hatte. Aus der Nähe war das Eichhörnchen keine ausgestopfte Puppe. Es war nicht tot. Er hatte es hinten getroffen, und nun lag es sterbend in seinem hellroten Blut. Seine schwarzen Augen waren wach und lebendig, und man sah in ihnen, wie schrecklich das Tier litt. Seine Flöhe, die die Wahrheit schon kannten, verließen eilig den kleinen Körper.

Er hatte trocken geschluckt, und mit seinen neun Jahren erlebte er zum ersten Mal ganz deutlich das Gefühl des Ekels vor sich selbst. Wie betäubt starrte er auf sein blutendes Opfer, und er wusste, dass sein Vater und sein Großvater hinter ihm standen, dass ihre Schatten über ihm lagen – drei Generationen McGee standen über einem ermordeten Eichhörnchen irgendwo in den Wäldern von Vermont. Und hinter ihm sagte Großvater leise: *Du hast es getan, Andy. Wie gefällt es dir?* Und dann waren plötzlich die Tränen gekommen, hatten ihn überwältigt, heiße Tränen des Entsetzens und der Erkenntnis – der Erkenntnis, dass einmal Geschehenes nicht ungeschehen gemacht werden kann. In diesem Augenblick schwor er, dass er nie wieder mit dem Gewehr etwas töten würde. Er schwor es vor Gott. *Ich werde keine Feuer mehr anzünden,* hatte Charlie gesagt, und in Gedanken hörte Andy Großvaters Antwort an dem Tag, als er das Eichhörnchen geschossen hatte. *Das darfst du nie sagen, Andy. Gott lässt die Menschen gern ihre Schwüre brechen. Dann betrachten sie ihren Standort in der Welt und ihre Fähigkeit zur Selbstbeherrschung mit der gebotenen Demut.* Ähnlich hatte Irv Manders zu Charlie gesprochen.

Charlie hatte auf dem Dachboden ein paar Bücher über Bomba, den Dschungelboy, gefunden, die sie langsam, aber genau durchlas. Andy saß in dem alten schwarzen Schaukelstuhl in der Sonne, in deren Strahlen der Staub tanzte, und schaute zu ihr hinüber. In diesem Stuhl hatte Großmutter immer gesessen, meistens mit ihrem Flickkorb zwischen den Füßen. Er kämpfte mit dem Impuls, Charlie zu bitten, den Schwur zurückzunehmen, ihn zurückzunehmen, solange es noch möglich war, ihr zu sagen, dass sie von der schrecklichen Versuchung keine Ahnung hatte: wenn ein Gewehr lange genug irgendwo liegt, wird man es früher oder später aufnehmen. *Gott lässt die Menschen gern ihre Schwüre brechen.*

8

Niemand sah Andy seine Briefe einstecken außer Charles Payson, der Mann, der im November nach Bradford gezogen war und der seitdem versucht hatte, den alten Laden von Bradford wieder in Gang zu bringen. Payson war ein kleiner Mann mit einem traurigen Gesicht, der schon mal versucht hatte, Andy bei einem seiner Stadtbesuche einen Drink auszugeben. In der Stadt selbst erwartete man, falls Payson es im Sommer nicht schaffte, spätestens am 15. September ein Schild im Schaufenster des Ladens zu finden: ZU VERKAUFEN ODER ZU VERMIETEN. Er war ein netter Kerl, aber er tat sich schwer. Bradford war nicht mehr die Stadt, die es einmal gewesen war.

Andy ging die Straße hinauf – er hatte seine Skier am Ende des Weges, der zu der Anlegestelle von Bradford hinabführte, in den Schnee gesteckt – und näherte sich der kleinen Gemischtwarenhandlung. Die alten Männer beobachteten ihn mit mäßigem Interesse. Man hatte während des Winters allerhand über Andy geredet. Man war sich darüber einig, dass der Mann vor irgendetwas auf der Flucht war – ein Konkurs vielleicht oder eine Ehegeschichte. Vielleicht eine wütende Ehefrau, die er um das Sorgerecht für das Kind betrügen wollte: Es war nicht verborgen geblieben, dass Andy Kinderkleidung gekauft hatte. Man war sich auch darüber einig, dass er und das Kind vielleicht in eine der Hütten am anderen Seeufer eingebrochen waren und dort den Winter verbrachten. Niemand deutete diese Möglichkeiten dem Ortspolizisten von Bradford an, einem Neuling, der erst zwölf Jahre hier wohnte und schon glaubte, dass ihm die Stadt gehörte. Der Mann dort kam von jenseits des Sees, aus Tashmore in Vermont. Keiner der Alten, die in Jack Rowleys Laden um den Ofen herumsaßen, hatte viel für Vermont übrig. Die mit ihrer Einkommenssteuer und ihren übertriebenen Alkoholgesetzen, und dann dieser verdammte Russe, der in seinem Haus lebte wie der Zar persönlich und Bücher schrieb, die niemand verstand. Sollten doch die Vermonter ihre Probleme selbst lösen, war die einhellige, wenn auch unausgesprochene Meinung. »Er wird nicht mehr sehr oft rüberkommen«, sagte einer von ihnen. Er biss von seinem Milky-Way-Riegel ab und fing an zu kauen.

»Nicht, wenn er keinen Schwimmgürtel hat«, sagte ein anderer, und alle kicherten.

»Wir werden ihn nicht mehr lange sehen«, meinte Jake selbstgefällig, als Andy sich dem Laden näherte. Er trug Großvaters alten Mantel und hatte sich ein breites wollenes Band über die Ohren gezogen, und irgendeine Erinnerung – vielleicht eine Familienähnlichkeit, die auf Großvater deutete – ging Jake flüchtig durch den Sinn und war dann wieder weg. »Wenn das Eis taut, sitzt er auf dem Trocknen und muss abhauen. Er und wer sonst noch bei ihm ist.«

Andy war draußen stehen geblieben und nahm gerade seinen Rucksack von der Schulter, aus dem er dann einige Briefe hervorzog. Die im Laden versammelten Männer betrachteten ihre Fingernägel, schauten auf die Uhr oder betrachteten den alten, bauchigen Ofen. Einer holte ein riesiges Taschentuch aus der Tasche und schnäuzte sich gewaltig.

Andy schaute sich um. »Guten Morgen, meine Herren.«

»Guten Morgen«, sagte Jake Rowley. »Was darf es sein?«

»Sie haben doch auch Briefmarken, nicht wahr?«

»Oh ja, so weit traut mir die Regierung.«

»Ich hätte gern sechs zu fünfzehn, bitte.«

Jake holte die Marken und trennte die gewünschte Anzahl säuberlich von einem Bogen in seiner alten, schwarzen Postmappe. »Haben Sie sonst noch Wünsche?«

Andy überlegte. Dann lächelte er. Heute war der zehnte März. Ohne Jake zu antworten, ging er an den Ständer neben der Kaffeemühle und suchte eine große Schmuckkarte zum Geburtstag aus. DIR, MEINE TOCHTER, ZU DEINEM EHRENTAG stand darauf. Er brachte sie zum Ladentisch und bezahlte.

»Vielen Dank«, sagte Jake und ließ die Kasse klingeln.

»Bitte, bitte«, erwiderte Andy und verließ den Laden. Sie beobachteten ihn, als er sein Wollband anlegte und die Briefe frankierte. Sein Atem dampfte. Sie sahen ihn um das Gebäude herumgehen, wo der Briefkasten stand, aber keiner der hier

Anwesenden hätte vor Gericht bezeugen können, ob er die Briefe eingesteckt hatte oder nicht. Als er wieder in Sicht kam, schulterte er gerade seinen Rucksack.

»Jetzt haut er ab«, sagte einer der Alten.

»Höflicher Bursche«, sagte Jake, und damit war das Thema beendet. Man unterhielt sich über andere Dinge.

Charles Payson stand im Eingang seines Ladens, der den ganzen Winter keine dreihundert Dollar Umsatz gebracht hatte, und sah Andy gehen. Payson hätte bezeugen können, dass die Briefe abgeschickt worden waren; er hatte hier gestanden und gesehen, wie Andy das Bündel durch den Schlitz schob.

Als Andy außer Sicht war, ging Payson wieder in den Laden zurück und trat hinter den Ladentisch, an dem er Bonbons und Bubble Gum verkaufte. Dann verschwand er in seinen dahinter gelegenen Privaträumen. Sein Telefon war mit einem Zerhacker ausgerüstet. Payson rief Virginia an. Er brauchte Anweisungen.

9

Es gab und gibt kein Postamt in Bradford, New Hampshire (übrigens auch nicht in Tashmore, Vermont); beide Ansiedlungen waren zu klein. Das Bradford am nächsten gelegene Postamt befand sich in Teller, New Hampshire. Um ein Uhr fünfzehn nachmittags an diesem zehnten März hielt das kleine Postauto aus Teller vor der Gemischtwarenhandlung, und der Briefträger leerte den Kasten neben dem Haus, wo Jake bis 1970 noch eine kleine Zapfanlage für Benzin betrieben hatte. Die eingesteckte Post bestand aus Andys sechs Briefen und einer Postkarte von Miss Shirley Devine, einer fünfzig Jahre alten ledigen Dame an ihre Schwester in Tampa, Florida. Auf der anderen Seite des Sees schlief Andy McGee gerade, und Charlie McGee baute einen Schneemann.

Robert Everett, der Briefträger, stopfte die Post in einen Sack und warf diesen in seinen blau-weißen Wagen. Dann fuhr er weiter nach Williams, einer anderen kleinen Stadt in Tellers Zustellbezirk. Dann wendete er mitten auf der Straße, die von den Einwohnern höhnisch Hauptstraße genannt wurde, und fuhr nach Teller zurück, wo man die Post sortieren und um drei Uhr weiterbefördern würde. Fünf Meilen außerhalb der Stadt parkte ein beigefarbener Chevrolet Caprice quer, sodass er beide Spuren blockierte. Everett parkte neben einer Schneeverwehung und stieg aus, um zu sehen, ob er helfen konnte.

Zwei Männer kamen vom Wagen her auf ihn zu. Sie zeigten ihm ihre Ausweise und erklärten ihm ihren Wunsch.

»Nein!«, sagte Everett. Er lachte, und es hörte sich so ungläubig an, als hätte ihm jemand erzählt, am Tashmore-Strand werde noch heute Nachmittag die Badesaison eröffnet.

»Wenn Sie Zweifel haben, ob wir diejenigen sind, für die wir uns ausgeben –«, fing einer von ihnen an. Es war Orville Jamieson, gelegentlich als OJ, gelegentlich auch als The Juice bekannt. Es machte ihm nichts aus, sich mit diesem Trottel von Briefträger abzugeben; es gab überhaupt nichts, das ihm etwas ausmachte, solange seine Anweisungen ihn nur mindestens drei Meilen von diesem höllischen kleinen Mädchen entfernt hielten.

»Nein, darum geht es nicht; darum geht es überhaupt nicht«, sagte Robert Everett. Er hatte Angst, die Angst, die vielleicht jeder hat, wenn er direkt mit der Staatsmacht konfrontiert ist, wenn die Bürokratie, die sonst alles anonym erzwingt, plötzlich ein richtiges Gesicht annimmt, wie etwas, das aus einer Kristallkugel hervorsteigt und erbarmungslos Gestalt annimmt. Dennoch war er entschlossen. »Aber, was ich hier habe, ist die Post. Die Post der *Vereinigten Staaten.* Das müssen Sie verstehen.«

»Diese Angelegenheit berührt die nationale Sicherheit«, sagte OJ. Nach dem Fiasko in Hastings Glen war eine Schutzabsperrung um die Mandersfarm gelegt worden. Das Grundstück und die Reste des Hauses waren genau abgesucht worden. Deshalb hatte er auch seinen Revolver wiederbekommen, der jetzt bequem in seinem Schulterhalfter steckte.

»Das sagen Sie, aber das genügt mir nicht«, sagte Everett.

OJ knöpfte seinen Carol-Reed-Parka auf, sodass Robert Everett den Revolver sah. Everetts Augen weiteten sich, und OJ lächelte freundlich. »Sie wollen doch nicht, dass ich das Ding heraushole?«

Everett konnte das Ganze nicht glauben. Er versuchte es ein letztes Mal. »Kennen Sie die Strafe für Raub von Post der Vereinigten Staaten? Dafür gehen Sie nach Leavenworth, Kansas.«

»Das können Sie mit Ihrem Postmeister klären, wenn Sie wieder in Teller sind«, sagte der andere Mann, der sich zum ersten Mal einmischte. »Und jetzt Schluss mit dem verdammten Unsinn. Geben Sie uns den Sack mit der Landpost.«

Everett gab ihm den kleinen Sack mit der Post aus Bradford und Williams. Sie öffneten ihn gleich auf der Straße und sortierten ungerührt den Inhalt. Robert Everett empfand Wut und eine Art Scham. Was sie taten, war unrecht, selbst wenn er die Geheimnisse der Atombombe in seinem Postsack hatte. Am Straßenrand die Post der Vereinigten Staaten zu öffnen, war unrecht. Merkwürdigerweise fühlte er sich ungefähr so, wie er sich gefühlt hätte, wenn ein fremder Mann in sein Haus eingedrungen wäre und seine Frau ausgezogen hätte.

»Davon werden Sie noch hören«, sagte er mit erstickter und ängstlicher Stimme. »Sie werden schon sehen.«

»Hier sind sie«, sagte der andere zu OJ. Er gab ihm sechs Briefe, die alle in derselben sauberen Handschrift adressiert waren. Robert Everett erkannte sie sofort. Sie stammten aus dem Kasten neben der Gemischtwarenhandlung in Bradford. OJ steckte die Briefe ein und ließ den offenen Postsack an der Straße stehen. Dann gingen die beiden Männer zu ihrem Caprice zurück.

»Davon werden Sie noch hören«, sagte Everett mit zitternder Stimme.

Ohne sich umzudrehen, sagte OJ: »Sprechen Sie mit Ihrem Postmeister, bevor Sie mit anderen darüber reden. Das heißt, wenn Sie jemals von der Post eine Pension haben wollen.«

Sie fuhren weg. Voll Wut und Angst und mit einem hässlichen Gefühl im Magen sah Everett sie verschwinden. Endlich nahm er den Postsack auf und warf ihn in den Wagen zurück.

»Beraubt«, sagte er und war selbst überrascht, dass er den Tränen nahe war. »Beraubt, sie haben mich beraubt, oh, verdammt, sie haben mich beraubt.«

So schnell die aufgeweichten Straßen es zuließen, fuhr er nach Teller zurück. Er sprach mit dem Postmeister, wie die Männer es ihm geraten hatten. Der Postmeister von Teller hieß Bill Cobham, und Everett blieb länger als eine Stunde in seinem Büro. Gelegentlich waren ihre lauten, wütenden Stimmen durch die Tür zu hören.

Cobham war sechsundfünfzig. Er war schon fünfunddreißig Jahre im Postdienst, und er hatte fürchterliche Angst. Am Ende gelang es ihm, diese Angst auch auf Robert Everett zu übertragen. Und Everett ließ über den Tag, an dem er auf der Straße zwischen Bradford und Williams beraubt worden war, kein Wort verlauten, nicht einmal seiner Frau gegenüber. Aber er vergaß den Vorfall nie, und nie verließ ihn dieses Gefühl der Wut und der Scham ... und völliger Desillusionierung.

10

Um zwei Uhr dreißig hatte Charlie ihren Schneemann fertig, und Andy war, von seinem kurzen Schlaf ein wenig erfrischt, aufgestanden. Orville Jamieson und sein neuer Partner George Sedaka saßen im Flugzeug. Vier Stunden später, als Andy sich nach dem Abwasch mit Charlie zu einem Rommé-Spiel hingesetzt hatte, lagen die Briefe auf Cap Hollisters Schreibtisch.

Cap und Rainbird

1

Am 24. März, Charlie McGees Geburtstag, saß Cap Hollister mit einem Gefühl starken, aber schwer zu beschreibenden Unbehagens hinter seinem Schreibtisch. Der *Grund* für dieses Unbehagen war nicht schwer zu beschreiben; in nicht ganz einer Stunde erwartete er John Rainbird, und das war fast so, als hätte man ein Rendezvous mit dem Teufel.

Und der Teufel hielt sich jedenfalls an eine Abmachung, wenn sie einmal getroffen war und man seinen Presseverlautbarungen glauben durfte. In John Rainbirds Persönlichkeit jedoch, und das hatte Cap schon immer empfunden, lag etwas grundsätzlich nicht zu Beherrschendes. Alles in allem war er nicht mehr als ein Killer, und Killer zerstören sich früher oder später selbst. Cap hatte das Empfinden, dass, wenn Rainbird einmal abtrat, es mit einem spektakulären Knall geschehen würde. Wie viel wusste er eigentlich über das Unternehmen McGee? Sicherlich nicht mehr, als er sollte, aber ... es machte ihm Sorgen. Nicht zum ersten Mal überlegte er, ob man, wenn diese McGee-Affäre vorüber war, nicht besser für den langen Indianer einen Unfall arrangieren sollte. In den bedenkenswerten Worten seines, Caps, Vaters war Rainbird so verrückt wie ein Mann, der Rattenscheiße frisst und sie Kaviar nennt.

Er seufzte. Draußen trieb ein heftiger Wind kalten Regen gegen die Scheiben. Sein Büro, im Sommer so hell und angenehm, war jetzt von grauen, wechselnden Schatten erfüllt. Sie behandelten ihn unfreundlich, als er hier so saß, die McGeeAkte immer noch auf dem Aktenkarren zu seiner Linken. Der Winter hatte ihn altern lassen; er war nicht mehr der unbeschwerte

Mann der mit dem Rad an der Eingangstür vorgefahren war, damals im Oktober, als die McGees wieder entkommen waren und dabei einen Feuersturm hinterließen. Die damals kaum sichtbaren Falten in seinem Gesicht hatten sich zu Furchen vertieft. Er hatte seitdem die Demütigung erlebt, Zweistärkengläser tragen zu müssen – Altmännerbrille nannte er das –, und sich an sie zu gewöhnen, hatte bei ihm während der ersten sechs Wochen Übelkeit erregt. Das waren die kleinen Dinge, die äußeren Zeichen für das wahnsinnige Misslingen aller Aktionen, die mit den McGees zusammenhingen. Er machte sich die schwersten Vorwürfe, denn seine ganze Ausbildung, seine ganze Erziehung hatten ihn darauf ausgerichtet, solche ernsten Angelegenheiten, die noch dazu so dicht unter der Oberfläche lagen, nicht zu verpfuschen.

Als ob dies verdammte kleine Mädchen ihm persönlich Unglück brachte, waren die beiden einzigen Frauen, die er seit dem Tod seiner Mutter sehr gern gehabt hatte, in diesem Winter an Krebs gestorben – seine Frau Georgia drei Tage nach Weihnachten, seine persönliche Sekretärin Rachel erst vor einem Monat.

Er hatte gewusst, dass Georgia ernsthaft krank war; eine Mastektomie vierzehn Monate vor ihrem Tod hatte das Fortschreiten der Krankheit verlangsamen, aber nicht aufhalten können. Rachels Tod war eine grausame Überraschung gewesen. Er erinnerte sich (wie unversöhnlich scheinen wir manchmal, wenn wir zurückblicken), dass er kurz vor dem Ende noch scherzhaft gesagt hatte, sie müsse aber dicker werden, und auch sie hatte noch gescherzt.

Nun war ihm nur noch die Firma geblieben – und auch die hatte er vielleicht nicht mehr lange. Cap war selbst von einem heimtückischen Krebs befallen. Wie würde man diesen Krebs nennen? Ein Krebs, der seine Zuversicht zerstörte? So ähnlich. Auf höherer Ebene war diese Art Krankheit fast immer tödlich. Nixon, Lance, Helms ... alles Opfer eines Krebses an ihrer Glaubwürdigkeit.

Er öffnete die Akte McGee und nahm das neu Hinzugekommene heraus – die sechs Briefe, die Andy vor knapp einer Woche abgeschickt hatte. Er ging sie flüchtig durch, ohne sie zu lesen. Im Wesentlichen waren sie gleich lautend, und er kannte ihren Inhalt fast auswendig. Unter ihnen lagen Glanzfotos, einige von Payson, einige von anderen Agenten auf der Tashmore-Seite des Sees aufgenommen. Da waren Fotos, die Andy zeigten, als er Bradfords Hauptstraße entlangging. Fotos von Andy beim Einkaufen in der Gemischtwarenhandlung. Fotos von Andy und Charlie, die am Bootshaus neben der Hütte standen, mit dem Willys als schneebedecktem Haufen im Hintergrund. Auf einem Foto schlitterte Charlie auf einem großen Stück Pappe einen vereisten, glitzernden Schneehang hinunter, und ihre Haare wehten unter einer Strickmütze hervor, die für sie viel zu groß war. Auf diesem Bild stand ihr Vater mit in die Hüften gestemmten behandschuhten Fäusten und zurückgeworfenem Kopf laut lachend hinter ihr. Dieses Foto hatte Cap sehr oft betrachtet, und er war manchmal überrascht, dass seine Hände zitterten, wenn er es weglegte. Wenn er die beiden doch nur hätte. Er stand auf und trat einen Augenblick ans Fenster. Kein Rich McKeon mähte heute Gras. Nackt und wie Skelette standen die Erlen. Der Ententeich zwischen den beiden Gebäuden sah wie eine kahle Schieferplatte aus. Die Firma hatte in diesem beginnenden Frühjahr eine Menge pikanter Fälle, aber Cap hatte nur Appetit auf einen – Andy McGee und Tochter Charlene.

Das Fiasko auf der Mandersfarm hatte viel Schaden angerichtet. Die Firma hatte das überstanden und er auch, aber es hatte kritische Erregung ausgelöst, die schon bald Konsequenzen zeitigen konnte. Hauptursache dieser Erregung war die Art und Weise, wie man, seit Victoria McGee tot und das Mädchen vorübergehend entführt war, das Problem McGee behandelt hatte. Insbesondere richtete sich die Kritik auf die Tatsache, dass ein Collegelehrer, der noch nicht einmal in der Armee gedient hatte, imstande war, zwei ausgebildeten Agenten der Firma seine Tochter wieder abzunehmen, von denen einer verrückt wurde, während der andere in ein Koma fiel, das sechs Monate dauerte. Auch der Letztere würde nie wieder zu etwas zu gebrauchen sein; wenn irgendjemand in seiner Gegenwart das Wort »schlafen« aussprach, sank er schlaff zu Boden und blieb mindestens vier Stunden, manchmal auch einen ganzen Tag, so liegen. Auf bizarre Weise war das sogar komisch.

Weiter erstreckte sich die Kritik auf die Tatsache, dass es den McGees gelungen war, so lange immer einen Schritt voraus zu sein. Das ließ die Firma schlecht aussehen. Das ließ sie alle dumm dastehen.

Aber die schärfste Kritik blieb dem Zwischenfall auf der Mandersfarm vorbehalten, denn das hätte fast die ganze Firma auffliegen lassen. Cap wusste, dass schon geflüstert wurde. Das Flüstern, die Notizen, vielleicht sogar die Aussagen vor einem ultrageheimen Kongressausschuss. *Wir wollen nicht, dass er so lange an seinem Sessel klebt wie Hoover. Die Geschichte mit Kuba ging völlig über Bord, weil er seine Nase nicht aus dieser verdammten McGee-Akte nehmen konnte. Seine Frau ist kürzlich gestorben, wissen Sie. Ein Jammer. Hat ihn schwer getroffen. Die ganze McGee-Affäre ist nichts als ein Katalog der Unfähigkeit. Vielleicht sollte ein jüngerer Mann ...*

Aber keiner von ihnen begriff, um was es ging. Sie glaubten, dass sie es begriffen, aber das war nicht der Fall. Immer wieder hatte er es erlebt, dass man die simple Tatsache, dass das kleine Mädchen eine Pyrokinetikerin war – ein Feuerkind –, einfach nicht glauben wollte. Dutzende von Berichten kamen zu dem Schluss, dass das Feuer durch verschüttetes Benzin entstanden sei oder dass die Frau eine Kerosinlampe haben fallen lassen oder durch Selbstentzündung und ähnlichen Unsinn. Einige dieser Berichte stammten von Leute, die dabei gewesen waren.

Als er am Fenster stand, wünschte er sich auf perverse Weise Wanless her. Wanless hatte begriffen. Mit Wanless hätte er über diese ... diese gefährliche Blindheit reden können.

Er ging an seinen Schreibtisch zurück. Es hatte keinen Zweck, sich etwas vorzumachen; wenn der Prozess des Unterminierens einmal anfing, war er nicht mehr aufzuhalten. Es war wie Krebs. Man konnte sein Fortschreiten verzögern, indem man eigene Verdienste ausspielte (und im letzten Winter hatte Cap schon die Verdienste von zehn Jahren eingesetzt, nur um sich im Sattel zu halten); man konnte ihn vielleicht sogar zum Stillstand bringen. Aber früher oder später war man erledigt. Er hatte das Gefühl, dass ihm noch bis Juli Zeit blieb, wenn er die Spielregeln einhielt, vielleicht noch bis November, wenn er sich dazu entschloss, mit aller Härte einzusteigen. Das allerdings konnte bedeuten, den Laden auffliegen zu lassen, und das wollte er nicht. Er wollte nichts zerstören, in das er sein halbes Leben investiert hatte. Wenn man ihn dazu zwang, würde er es allerdings tun: Den Fall McGee wollte er bis zum Ende durchstehen.

Der Hauptgrund dafür, dass er noch im Amt war, lag in der Geschwindigkeit, mit der sie den neuen Aufenthaltsort der McGees ermittelt hatten. Cap war froh, dass man es ihm zuschrieb, denn das festigte seine Position, aber eigentlich war das lediglich Computerarbeit gewesen.

Sie hatten lange genug mit dieser Sache zu tun gehabt, um das McGee-Feld gründlich zu beackern. Im Computer waren Fakten über mehr als zweihundert Verwandte und vierhundert Freunde im Umfeld der Familien McGee und Tomlinson gespeichert. Bei den Freundschaften war man sogar so weit zurückgegangen, dass auch Vickys beste Freundin aus der ersten Klasse, Kathi Smith, registriert war, die heute Mrs Frank Worthy hieß, in Cabral, Kalifornien, lebte und vermutlich seit mehr als zwanzig Jahren keinen einzigen Gedanken an Vicky Tomlinson verschwendet hatte.

Man gab dem Computer ein, wann und wo die beiden zuletzt gesehen wurden, und prompt spuckte er eine Liste von Wahrscheinlichkeiten aus. Ganz oben auf der Liste rangierte der Name von Andys verstorbenem Großvater, der ein Anwesen am Tashmore-See in Vermont besessen hatte; der Besitz war inzwischen auf Andy übergegangen. Die McGees hatten dort regelmäßig ihren Urlaub verbracht, und das Grundstück war von der Mandersfarm aus über Nebenstraßen einigermaßen schnell zu erreichen. Der Computer war der Ansicht, dass, wenn Andy und Charlie irgendeinen »bekannten Ort« aufgesucht hatten, es dieser sein würde.

Weniger als eine Woche nach ihrer Ankunft in Großvaters Hütte wusste Cap, dass sie sich dort aufhielten. Um das Grundstück herum wurden in loser Anordnung Agenten postiert. Der Kauf des Ladens in Bradford wurde veranlasst, da man von der Wahrscheinlichkeit ausging, dass McGee seine Einkäufe in Bradford erledigen würde.

Passive Überwachung, weiter nichts. Alle Fotos waren aus geeigneten Verstecken mit Teleobjektiven aufgenommen worden. Cap hatte nicht die Absicht, einen zweiten Feuersturm zu riskieren.

Sie hätten Andy leicht auf einem seiner Ausflüge über den See greifen können. Sie hätten beide genauso leicht erschießen können, wie sie die Aufnahme gemacht hatten, die Charlie zeigte, als sie auf dem Stück Pappe den Hang hinunterschlitterte. Aber Cap brauchte das Mädchen, und inzwischen war er davon überzeugt, dass sie auch den Vater brauchten, wenn sie Kontrolle über das Mädchen erlangen wollten.

Nachdem man sie wieder geortet hatte, war es das Wichtigste gewesen, dafür zu sorgen, dass sie sich ruhig verhielten. Cap brauchte keinen Computer, um zu wissen, dass in dem Maße, in dem Andys Angst wuchs, die Chancen stiegen, dass er sich um Hilfe von außen bemühen würde. Vor der Manders-Affäre hätte man es verkraften können, wenn Informationen an die Presse durchgesickert wären. Danach aber war eine etwaige Einmischung der Presse völlig anders zu bewerten. Wenn Cap daran dachte, was geschehen würde, wenn die New York *Times* Kenntnis von der Angelegenheit erhielt, bekam er Albträume.

Während der allgemeinen Verwirrung nach dem Feuersturm hätte Andy seine Briefe abschicken können. Aber anscheinend hatten die McGees mit ihrer eigenen Verwirrung genug zu tun gehabt. Sie ließen die goldene Gelegenheit, ihre Briefe loszuwerden oder ein paar Telefongespräche zu führen ungenutzt ... und möglicherweise hätte sich daraus auch gar nichts ergeben. Die Wälder wimmelten heutzutage von Verrückten, und die Presseleute waren so zynisch wie alle anderen. Ihr Beruf war zu einem Glamour-Beruf geworden. Sie waren mehr an dem interessiert, was Margaux und Bo und Suzanne und Cheryl gerade taten. Das war ungefährlicher.

Nun hatte man die beiden im Kasten. Cap hatte den ganzen Winter Zeit gehabt, sich die weiteren Schritte zu überlegen. Allmählich hatte er sich zu einem Aktionsplan entschlossen, und jetzt war er so weit, dass er diesen Plan in die Wirklichkeit umsetzen konnte. Payson, ihr Mann in Bradford, sagte, dass das Eis auf dem Tashmore-See in Bewegung geriet. Und McGee hatte endlich seine Briefe abgeschickt. Wahrscheinlich wartete er schon ungeduldig darauf, dass etwas geschah – und vielleicht begann er zu vermuten, dass seine Briefe ihre Adressaten nie erreicht hatten. Möglicherweise bereiteten sie sich darauf vor, ihre Flucht fortzusetzen, und Cap wollte sie genau da haben, wo sie jetzt waren.

Unter den Fotos lag ein umfangreicher maschinegeschriebener Bericht – mehr als dreihundert Seiten – in einem blauen TOP-SECRET-Einband. Elf Ärzte und Physiologen hatten diesen umfassenden Bericht unter Leitung von Dr. Hockstetter, einem klinischen Psychologen und Psychotherapeuten, zusammengestellt. Dr. Hockstetter war nach Caps Ansicht einer der zehn oder zwölf besten Köpfe, die der Firma zur Verfügung standen. Bei den achthunderttausend Dollar, die dieser Bericht den Steuerzahler gekostet hatte, musste er das wohl auch sein. Als Cap den Bericht wieder einmal durchblätterte, überlegte er, was wohl Wanless, diese alte Unke, davon gehalten hätte.

Der Bericht bestätigte seine eigene Auffassung, dass man Andy lebend in die Hände bekommen müsse. Die Voraussetzung, auf der die Hockstetter-Mannschaft ihre Logik gründete, war der Gedanke, dass die Fähigkeiten, an denen sie interessiert waren, freiwillig angewandt wurden ... *Wille* war das Schlüsselwort.

Die Fähigkeiten des Mädchens, zu denen Pyrokinese nur die Grundlage bildete, konnten außer Kontrolle geraten, die Schranken ihres Willens überspringen, aber diese Studie, in der jede verfügbare Information ausgewertet war, zeigte auf, dass das Mädchen es selbst bestimmte, ob sie die Dinge in Bewegung setzen wollte oder nicht – wie sie es auf der Mandersfarm getan hatte, als sie merkte, dass die Agenten der Firma ihren Vater töten wollten.

Cap durchblätterte die Seiten mit der Zusammenfassung des ursprünglichen Experiments mit Lot Sechs. Alle Diagramme und Computerausdrucke bestätigten: Der Wille war der Auslöser.

Indem sie den Willen als Basis für alles andere ansahen, hatten Hockstetter und seine Kollegen einen erstaunlichen Drogenkatalog geprüft, bevor sie sich bei Andy für Thorazin, bei dem Mädchen für eine neue, Orasin genannte Droge entschieden. Siebzig Seiten in dem Bericht besagten nichts anderes, als dass die Drogen die beiden in einen angenehmen traumähnlichen Rauschzustand versetzen würden. Keiner von ihnen würde dann genug Willenskraft aufbringen, zwischen Kakao und Milch zu wählen, geschweige denn, Feuer anzuzünden oder Leute davon zu überzeugen, dass sie blind oder was auch immer waren.

Andy McGee könnten sie ständig unter Drogen halten. Für ihn hatten sie eigentlich keine Verwendung; sowohl der Bericht als auch Caps eigene Intuition sagten ihm, dass bei McGee nichts herauszuholen war. Er war ein erledigter Fall. Nur das Mädchen war für sie interessant. Gebt mir sechs Monate, dachte Cap, und wir wissen genug. Nur lange genug, um in diesem erstaunlichen kleinen Kopf das Terrain zu sondieren. Kein Unterausschuss des Senats oder des Repräsentantenhauses würde der Aussicht auf chemisch bewirkte Psi-Kräfte mit ihren enormen Auswirkungen auf das Wettrüsten widerstehen können, wenn das Mädchen auch nur halb das war, was Wanless vermutet hatte.

Und es gab weitere Möglichkeiten. Sie waren in dem blauen Einband nicht enthalten, denn sie waren selbst für etwas, das unter TOP SECRET lief, zu explosiv. Hockstetter, dessen Interesse fortschreitend wuchs, als das Bild vor seinen Augen und denen der Experten seines Komitees Gestalt annahm, hatte erst vor einer Woche eine dieser Möglichkeiten Cap gegenüber erwähnt.

»Dieser Z-Faktor«, sagte Hockstetter. »Haben Sie die Folgen bedacht, wenn es sich herausstellt, dass das Mädchen keine Spielart, sondern eine echte Mutation ist?«

Das hatte Cap getan, wenn er es Hockstetter auch nicht auf die Nase band. Es warf die interessante Frage der Eugenik auf ... die potenziell explosive Frage der Eugenik mit allen ihr innewohnenden Assoziationen hinsichtlich der Nazis und der von ihnen angestrebten Superrasse – Dinge, für deren Verhinderung die Amerikaner im Zweiten Weltkrieg gekämpft hatten. Aber es war eine Sache, einen philosophischen Brunnen zu graben und aus ihm einen Schwall von Unfug über das Sichanmaßen göttlicher Allmacht aufsteigen zu lassen, eine andere, im Labor die Beweise dafür zu erbringen, dass die Nachkommen von Lot-Sechs-Eltern menschliche Fackeln, Tele- oder Telempathen sein könnten, oder auch Leute, die imstande sind, Gegenstände schweben zu lassen, oder Gott weiß was sonst noch. Ideale waren leicht zu vertreten, solange sie nicht durch solide Argumente über den Haufen geworfen werden konnten. War das aber der Fall, was dann? Menschliche Zuchtfarmen? So verrückt es auch klang, Cap konnte es sich vorstellen. Es könnte der Schlüssel zu allem anderen sein. Weltfrieden oder Beherrschung der Welt, und wenn man sich der Trickspiegel der Rhetorik und des Schwulstes entledigte, bezeichneten die beiden Begriffe nicht eigentlich ein und dieselbe Sache?

Es war eine ganze Dose voll Würmer. Die Möglichkeiten wiesen weit in die Zukunft. Cap wusste, dass ihm selbst allenfalls noch sechs Monate blieben, aber vielleicht reichte die Zeit, die Ziele abzustecken – das Land zu vermessen, durch das die Strecke gebaut werden würde, auf der der Zug fahren sollte. Das wäre sein Vermächtnis an das Land und an die Welt. Daran gemessen, bedeutete das Leben eines Collegelehrers und seiner lumpigen Tochter weniger als Staub im Wind.

Das Mädchen konnte nicht mit der Hoffnung auf ein gültiges Resultat getestet und beobachtet werden, wenn sie ständig unter Drogen stand, aber ihr Vater würde als Geisel für das Gelingen dienen. Und für die wenigen Tests, die man mit ihm vorhatte, würde das Gegenteil gelten. Es war ein simples Hebelsystem. Und, wie Archimedes bemerkt hatte, würde ein Hebel, der lang genug war, die Welt bewegen.

Die Sprechanlage summte.

»John Rainbird ist hier«, sagte die neue Sekretärin. Ihre sonst freundliche Stimme klang wie abgerissen und ließ deutlich ihre Angst erkennen.

Das kann ich dir nicht verdenken, dachte Cap.

»Schicken Sie ihn bitte herein.«

2

Es war derselbe alte Rainbird.

Er betrat ganz langsam das Büro. Er trug eine schäbige braune Lederjacke über einem verblichenen Wollhemd. Zu seinen alten Jeans hatte er ein paar abgewetzte alte Lederstiefel angezogen. Sein großer Kopf schien fast die Decke zu streifen. Die blutrote Ruine seiner leeren Augenhöhle ließ Cap innerlich schaudern. »Cap«, sagte er und setzte sich. »Ich bin zu lange in der Wüste gewesen.«

»Ich habe von Ihrem Haus in Flagstaff gehört«, sagte Cap. »Und von Ihrer Schuhsammlung.«

Rainbird sah ihn mit dem gesunden Auge nur starr an.

»Wie kommt es, dass ich Sie immer nur in diesen alten Tretern sehe?«

Rainbird lächelte dünn und sagte nichts. Cap empfand wieder das alte Unbehagen, und wieder überlegte er, wie viel Rainbird wohl wusste, und warum er sich deswegen so viele Sorgen machte.

»Ich habe einen Job für Sie.«

»Gut. Ist es der, den ich haben will?«

Cap sah ihn überrascht an, dachte eine Weile nach und sagte dann: »Ich denke schon.«

»Dann erzählen Sie, Cap.«

Cap entwickelte den Plan, mit dem er Andy und Charlie McGee nach Longmont schaffen wollte. Es dauerte nicht lange.

»Können Sie mit dem Gewehr umgehen?«, fragte er, als er fertig war.

»Ich kann mit jedem Gewehr umgehen. Und Ihr Plan ist gut. Er wird gelingen.«

»Wie nett von Ihnen, dass Sie ihn billigen«, sagte Cap. Er hatte das leicht ironisch sagen wollen, aber ihm gelang nur ein gereizter Ton. Wie dem auch sei, zur Hölle mit dem Kerl.

»Und ich werde das Gewehr abfeuern«, sagte Rainbird. »Unter einer Bedingung.«

Cap stand auf, pflanzte seine Hände auf den Tisch, auf dem der Inhalt der McGee-Akte verstreut lag, und beugte sich zu Rainbird hinüber.

»Nein«, sagte er. »Sie stellen mir keine Bedingungen.«

»Diesmal doch«, sagte Rainbird. »Aber ich glaube, es wird Ihnen leicht fallen, sie zu erfüllen.«

»Nein«, wiederholte Cap. Plötzlich fing sein Herz an zu hämmern, und er wusste nicht, ob aus Angst oder aus Wut. »Sie verstehen mich falsch. Ich bin in diesem Laden der Boss. Ich bin Ihr Vorgesetzter. Sie waren lange genug in der Armee, um zu wissen, was ein vorgesetzter Offizier ist.«

»Ja«, sagte Rainbird lächelnd. »Ich habe einen oder zwei von ihnen umgelegt. Einmal direkt auf Anweisung der Firma. *Ihre* Anweisung.«

»Ist das eine Drohung?«, brüllte Cap. Er war sich seiner Überreaktion bewusst, aber er konnte nicht an sich halten. »Verdammt noch mal, ist das eine Drohung? Wenn ja, müssen Sie völlig verrückt geworden sein! Wenn ich nicht will, dass Sie das Gebäude verlassen, brauche ich nur auf einen Knopf zu drücken! Wir haben dreißig Mann, die das Gewehr abfeuern können –«

»Aber keinen, der so genau trifft wie dieser einäugige rote Nigger«, sagte Rainbird. Sein sanfter Tonfall hatte sich nicht geändert. »Sie glauben, dass Sie die McGees haben, Cap, aber sie sind wie Irrlichter. Vielleicht wollen irgendwelche Götter nicht, dass Sie sie bekommen. Vielleicht wollen sie nicht, dass Sie sie in Ihren Räumen der Niedertracht und der Leere festhalten. Sie haben schon einmal geglaubt, dass Sie sie hätten.« Er zeigte auf das Aktenmaterial und auf die blaue Mappe. »Ich habe die Akten gelesen. Und ich habe auch Dr. Hockstetters Bericht gelesen.«

»Den Teufel haben Sie!«, rief Cap aus, aber er las die Wahrheit in Rainbirds Gesicht. Er hatte. Irgendwie hatte er es gelesen. Wer hatte es ihm gegeben? Er raste. Wer?

»Oh ja«, sagte Rainbird. »Ich bekomme, was ich will, wenn ich will. Die Leute geben es mir. Ich glaube ... das muss an meinem hübschen Gesicht liegen.« Sein Lächeln wurde breiter. Ein schändliches Lächeln. Sein gesundes Auge rollte in seiner Höhle.

»Was sagen Sie da?«, fragte Cap. Er brauchte dringend ein Glas Wasser.

»Nur, dass ich in Arizona viel Zeit gehabt habe, spazieren zu gehen und die Winde zu riechen, die dort wehen ... und für Sie, Cap, riechen die Winde bitter, als trügen sie Alkali. Ich hatte Zeit, viel zu lesen und nachzudenken. Und ich denke, ich bin vielleicht der einzige Mann auf der ganzen Welt, der die beiden mit Sicherheit herbringen kann. Und es kann sein, dass ich der einzige Mann auf der ganzen Welt bin, der mit dem kleinen Mädchen etwas anfangen kann, wenn es hier ist. Ihr dicker Bericht, Ihr Thorazin und Ihr Orasin – hier mag es sich um mehr handeln, als man mit Drogen bewältigen kann. Hier mögen mehr Gefahren lauern, als Sie begreifen.«

Rainbird hörte sich an wie der Geist des Dr. Wanless, und Cap war von solcher Angst und Wut gepackt, dass er nicht sprechen konnte.

»Ich werde das alles tun«, sagte Rainbird freundlich. »Ich werde sie herschaffen, und Sie können all Ihre Tests durchführen.« Er war wie ein Vater, der seinem Kind erlaubte, mit dem neuen Spielzeug zu spielen. »Unter der Bedingung, dass Sie mir das Mädchen überlassen, wenn Sie es nicht mehr brauchen.«

»Sie sind verrückt«, flüsterte Cap.

»Wie Recht Sie haben«, sagte Rainbird und lachte. »Aber Sie sind es auch. Sie sind total übergeschnappt. Sie sitzen hier und machen Pläne, wie Sie Kräfte unter Kontrolle bringen können, die Ihre Vorstellungen weit übersteigen. Kräfte, die nur den Göttern gehören ... und diesem kleinen Mädchen.«

»Und was könnte mich davon abhalten, Sie zu erledigen? Gleich hier und jetzt?«

»Ich gebe Ihnen mein Wort«, sagte Rainbird, »dass, wenn ich verschwinde, innerhalb von einem Monat eine solche Welle der Empörung durch das Land rasen wird, dass Watergate sich dagegen ausmachen wird, als hätte jemand ein paar Bonbons geklaut. Sie haben mein Wort, dass, wenn ich verschwinde, die Firma innerhalb von sechs Wochen nicht mehr existiert, und dass Sie innerhalb von sechs Monaten wegen so schwer wiegender Verbrechen vor Gericht stehen werden, dass man Sie für den Rest Ihres Lebens hinter Gitter stecken wird.« Wieder lächelte er und zeigte seine schiefen Zähne, die wie Grabsteine aussahen. »Sie brauchen meine Worte nicht zu bezweifeln, Cap. Ich habe lange Tage in diesem stinkenden, verfaulten Weinberg zugebracht, und die Lese würde in der Tat sehr bitter sein.«

Cap versuchte zu lachen. Er brachte nur ein ersticktes Knurren hervor.

»Seit über zehn Jahren habe ich meine Vorräte für den Winter gesammelt«, sagte Rainbird heiter, »wie jedes Tier, das den Winter kennt und sich an ihn erinnert. Ich habe eine ganze Sammlung, Cap – Fotos, Bänder, Xerox-Kopien von Dokumenten. Die Öffentlichkeit würde vor Schreck erstarren.«

»Das ist unmöglich«, sagte Cap, aber er wusste, dass Rainbird nicht bluffte, und er hatte das Gefühl, dass eine kalte, unsichtbare Hand auf seine Brust drückte.

»Oh, es ist sehr gut möglich«, sagte Rainbird. »Während der letzten drei Jahre litt ich nie an Informationsmangel, denn während der letzten drei Jahre war ich, wann immer ich es wollte, in der Lage, Ihren Computer anzuzapfen. Natürlich auf einer Time-Sharing-Basis, was die Sache verteuerte, aber ich konnte zahlen. Mein Einkommen war nie schlecht und wurde immer gut investiert. Ich stehe vor Ihnen, Cap – oder sitze, was der Wahrheit entspricht aber nicht so poetisch klingt –, als triumphales Beispiel für amerikanischen Unternehmergeist.«

»Nein«, sagte Cap.

»Ja«, erwiderte Rainbird. »Ich bin John Rainbird, aber ich bin gleichzeitig das US-Büro für Geologische Forschung. Sie können es nachprüfen. Mein Computer-Code ist AXON. Prüfen Sie die Time-Sharing-Codes an Ihrem Hauptterminal. Nehmen Sie den Lift. Ich warte.« Rainbird schlug die Beine übereinander. Sein rechtes Hosenbein schob sich hoch, und an der Naht des

Stiefels waren ein Riss und eine Wulst zu erkennen. Er sah aus wie ein Mann, der ein ganzes Zeitalter abwarten konnte, wenn es nötig werden sollte.

Caps Verstand war völlig durcheinander gewirbelt. »Zugang zum Computer auf Time-Sharing-Basis vielleicht. Aber damit zapfen Sie noch immer nicht –«

»Sprechen Sie doch mit Dr. Noftzieger«, sagte Rainbird freundlich. »Fragen Sie ihn, wie viele Möglichkeiten es gibt, einen Computer anzuzapfen, wenn man Zugang auf Time-Sharing-Basis hat. Vor zwei Jahren hat ein gescheiter Zwölfjähriger den USC-Computer angezapft. Im Übrigen kenne ich *Ihren* Code für den Zugang. In diesem Jahr lautet er AUGENBRAUE. Im vorigen Jahr war es REIBEISEN. Das hielt ich für sehr viel passender.«

Cap saß da und starrte Rainbird an. Sein Verstand hatte sich dreigeteilt. Ein Teil wunderte sich, denn Rainbird hatte noch nie so viel auf einmal gesagt. Ein Teil versuchte, sich damit auseinander zu setzen, dass dieser Verrückte alle Geheimnisse der Firma kannte. Ein dritter Teil erinnerte sich an einen chinesischen Fluch, einen Fluch, der so trügerisch höflich klang. *Mögest du interessante Zeiten erleben.* Während der letzten anderthalb Jahre hatte er äußerst interessante Zeiten erlebt. Er hatte das Gefühl, dass auch nur eine einzige weitere interessante Sache ihn vollends in den Wahnsinn treiben würde.

Und dann dachte er wieder an Wanless – mit ganz langsam in ihm aufsteigendem Entsetzen. Er hatte fast das Gefühl, als ob ... als ob ... er sich in Wanless verwandelte. Auf allen Seiten von Dämonen bedrängt, aber unfähig, sich gegen sie zu wehren, ja, selbst Hilfe herbeizurufen.

»Was wollen Sie, Rainbird?«

»Ich habe es Ihnen schon gesagt, Cap. Ich will nur Ihr Wort, dass meine Beschäftigung mit diesem Mädchen Charlene McGee nicht mit dem Gewehr endet, sondern dort erst beginnt. Ich will –« Rainbirds Augen verdunkelten sich, wurden nachdenklich, schwermütig, nach innen gerichtet – »ich will sie intim kennen lernen.«

Cap sah ihn entsetzt an.

Rainbird verstand plötzlich und schüttelte verächtlich den Kopf. »So intim nun wieder nicht. Nicht im biblischen Sinn. Aber ich werde sie kennen lernen. Charlene und ich werden Freunde sein, Cap. Und wenn sie wirklich die Kräfte hat, auf die alles hinzuweisen scheint, werden wir sehr gute Freunde sein.«

Cap versuchte zu lachen, aber es war eigentlich kein Lachen; eher ein spitzes Kichern.

Der verächtliche Ausdruck wich nicht aus Rainbirds Gesicht. »Nein, Sie denken natürlich, dass das nicht möglich ist. Sie betrachten mein Gesicht, und Sie sehen ein Ungeheuer. Sie betrachten meine Hände, und Sie sehen an ihnen das Blut, das ich in Ihrem Auftrag vergießen musste. Aber ich sage Ihnen, Cap, es wird so sein. Das Mädchen hat seit fast zwei Jahren keine Freundin und keinen Freund gehabt. Da war immer nur ihr Vater. Sie sehen sie genauso, wie Sie mich sehen. Sie betrachten sie, und Sie sehen ein Ungeheuer. Nur, dass Sie in ihr ein nützliches Ungeheuer sehen. Das ist vielleicht so, weil Sie ein weißer Mann sind. Weiße Männer sehen überall Ungeheuer. Weiße betrachten ihre eigenen Schwänze und sehen Ungeheuer.« Rainbird lachte wieder.

Cap hatte sich endlich beruhigt und konnte wieder vernünftig denken. »Warum sollte ich es gestatten, selbst wenn alles, was Sie sagen, stimmt? Ihre Tage sind gezählt, und wir wissen es beide. Sie sind zwanzig Jahre lang Ihrem eigenen Tod nachgejagt. Alles andere war beiläufig, allenfalls ein Hobby. Sie werden Ihren Tod früh genug finden. Und einmal ist es für uns alle zu Ende. Warum sollte ich Ihnen also das Vergnügen gönnen, zu bekommen, was Sie haben wollen?«

»Vielleicht ist es so, wie Sie sagen. Vielleicht bin ich meinem eigenen Tod nachgejagt – ein farbigerer Satz, als ich Ihnen zugetraut hätte, Cap. Vielleicht sollte man Ihnen öfter die Furcht vor Gott nahe bringen.«

»Sie entsprechen nicht meinen Vorstellungen von Gott«, sagte Cap.

Rainbird grinste. »Gewiss eher denen des christlichen Teufels. Aber ich sage Ihnen eins – wenn ich wirklich meinem eigenen Tod nachgejagt wäre, hätte ich ihn wohl schon lange gefunden.

Vielleicht habe ich mich zur Probe an ihn herangepirscht. Aber ich habe keine Lust, Sie in Schwierigkeiten zu bringen, Cap, und auch nicht die Firma oder die Geheimdienste der Vereinigten Staaten. Ich bin kein Idealist. Ich will nur das kleine Mädchen. Und Sie werden vielleicht merken, dass Sie mich brauchen. Sie werden vielleicht merken, dass ich etwas bewerkstelligen kann, was alle Drogen aus Dr. Hockstetters Gruselkabinett nicht schaffen.«

»Und die Gegenleistung?«

»Wenn die Affäre McGee erledigt ist, wird auch das US-Büro für Geologische Forschung aufhören zu existieren. Ihr Computer-Chef kann seine sämtlichen Codes ändern. Und Sie, Cap, werden privat mit mir zusammen nach Arizona fliegen. Wir werden in meinem Lieblingsrestaurant in Flagstaff ausgezeichnet essen, und dann werden wir mein Haus aufsuchen, und hinter dem Haus werden wir in der Wüste unser eigenes Feuer anzünden und eine Menge Papiere und Bänder und Filme rösten. Wenn Sie wollen, zeige ich Ihnen sogar meine Schuhsammlung.«

Cap dachte darüber nach. Rainbird ließ ihm Zeit. Er blieb ruhig sitzen.

Endlich sagte Cap: »Hockstetter und seine Kollegen meinen, dass es zwei Jahre dauern könnte, bis wir das Mädchen völlig erschlossen haben. Es hängt davon ab, wie tief ihre Schutzhemmungen eingeprägt sind.«

»Und Sie werden in vier bis sechs Monaten weg sein.«

Cap zuckte die Achseln.

Rainbird fasste sich mit dem Zeigefinger seitlich an die Nase und legte den Kopf schief – eine groteske Geste, wie aus einem Schauermärchen. »Ich denke, wir können Sie viel länger im Sattel halten, Cap. Unter uns, wir wissen, wo Hunderte von Leichen begraben liegen – im wörtlichen und im übertragenen Sinn. Und ich bezweifle, dass es Jahre dauern wird. Am Ende werden wir beide bekommen, was wir wollen. Was meinen Sie?«

Cap überlegte. Er fühlte sich alt und müde und den Schwierigkeiten kaum noch gewachsen. »Ich schätze«, sagte er, »Sie haben gewonnen.«

»Fein«, sagte Rainbird schnell. »Ich denke, ich werde ihr Stubenmädchen spielen. Ich werde nicht Teil des allgemeinen Plans sein. Ich werde nicht dazugehören. Das wird für sie wichtig sein. Und sie wird natürlich nie erfahren, dass ich es war, der das Gewehr abfeuerte. Das wäre ein gefährliches Wissen, nicht wahr? Ein sehr gefährliches.«

»Warum?«, sagte Cap endlich. »Warum sind Sie denn so wahnsinnig versessen darauf?«

»Wieso wahnsinnig?«, fragte Rainbird leichthin. Er stand auf und nahm eins der Bilder von Caps Schreibtisch. Es war das Foto, auf dem Charlie auf dem Stück Pappe den verharschten Schneehang hinunterschlitterte und dabei lachte. »In diesem Gewerbe, Cap, legen wir alle unsere Wintervorräte an. Hoover hat es getan und unzählige CIA-Direktoren. Und Sie haben es auch getan, denn sonst wären Sie heute schon lange pensioniert. Als ich anfing, war Charlene McGee noch nicht einmal geboren, und ich habe mir nur den eigenen Arsch warm gehalten.«

»Aber warum das Mädchen?«

Rainbird antwortete lange nicht. Er studierte ausführlich das Foto, fast zärtlich. Er berührte es.

»Sie ist sehr schön«, sagte er. »Und sehr jung. Und doch trägt sie ihren Z-Faktor in sich. Die Macht der Götter. Sie und ich werden einander nahe sein.« Sein Auge bekam etwas Verträumtes. »Ja, wir werden einander sehr nahe sein.«

Im Kasten

1

Am 27. März entschied Andy McGee abrupt, dass sie nicht länger in Tashmore bleiben konnten. Es war mehr als zwei Wochen her, dass er seine Briefe abgeschickt hatte, und wenn daraufhin irgendetwas geschehen sollte, wäre es schon geschehen. Es war gerade die Tatsache, dass es um Großvaters Grundstück herum so ruhig blieb, die ihm Sorgen machte. Es konnte ja sein, dass sie ihn einfach als Verrückten aufgegeben hatten, der ihnen nichts nützen konnte, aber er glaubte es nicht.

Was er glaubte, was seine Intuition ihm zuflüsterte, war, dass die Briefe abgefangen worden waren. Und das würde bedeuten, dass sie wussten, wo er und Charlie sich aufhielten.

»Wir müssen hier weg«, sagte er zu Charlie. »Lass uns unsere Sachen packen.«

Sie sah ihn nur vorsichtig an und auch ein wenig ängstlich, aber sie sagte nichts. Sie fragte nicht, wohin sie denn gehen wollten oder was sie nun tun würden. Und auch das machte ihn nervös. In einem der Schränke hatte er zwei alte Handkoffer gefunden, die mit Aufklebern bepflastert waren – Grand Rapids, Niagara Falls, Miami Beach –, und sie sortierten zusammen aus, was sie mitnehmen und was sie hier lassen wollten.

Blendend helles Sonnenlicht fiel durch die Fenster an der Ostseite der Hütte. In der Traufe tropfte und gurgelte das Wasser. Er hatte nachts wenig geschlafen; das Eis war gebrochen, und er hatte wachgelegen und auf die Geräusche gelauscht – ein hohes, leichtes und doch unheimliches Geräusch vom Splittern des alten gelben Eises, das sich langsam auf die Landenge am Ende des Sees zubewegte, wo der Great Hancock River ostwärts durch

New Hampshire und Maine floss und auf seinem Weg immer mehr stank und verschmutze, bevor er ekelhaft und tot in den Atlantik kotzte. Das Geräusch war wie ein ständiges Klirren von Kristall, oder wie das eines Bogens, der endlos über eine hohe Violinsaite streicht, ein andauerndes flötendes Singen, das über den Nervenenden schwebte und sie mitfühlend vibrieren ließ. Er war noch nie hier gewesen, wenn das Eis brach, und er war auch nicht sicher, ob er dazu je wieder Lust haben würde. Es war etwas Schreckliches und Unirdisches an diesem Geräusch, das zwischen den schweigenden, immergrünen Seiten dieses flachen, ausgewaschenen Tals zwischen den Hügeln vibrierte.

Er spürte, dass sie wieder so nah waren wie das schemenhafte Ungeheuer in einem immer wiederkehrenden Albtraum. Am Tag nach Charlies Geburtstag hatte er noch einmal einen Ausflug über den See gemacht, die Langlaufskier unter die Füße geschnallt, und war dabei auf eine Spur von Schneeschuhen gestoßen, die zu einer hohen Rottanne führte. Er fand Einkerbungen in der Schneekruste, als wären die Schneeschuhe abgeschnallt und in den Schnee gesteckt worden. Es war auch deutlich im Schnee zu erkennen, wo der Unbekannte sich die Schneeschuhe wieder untergeschnallt hatte (Schlammboote hatte Großvater sie immer genannt, der diese Geräte aus irgendeinem Grund verachtete). Unter dem Baum hatte Andy sechs Zigarettenkippen der Marke Vantage und eine zerknüllte gelbe Packung eines Kodak-Tri-X-Films gefunden. Besorgter als je zuvor hatte er die Skier abgeschnallt und war auf den Baum geklettert. Von halber Höhe aus hatte man einen guten Ausblick auf Großvaters eine Meile entfernte Hütte. Sie war klein und wirkte unbewohnt. Aber mit einem Teleobjektiv ...

Er hatte seine Entdeckung Charlie gegenüber nicht erwähnt.

Die Koffer waren gepackt. Charlies beharrliches Schweigen zwang ihn zu nervösem Sprechen, als ob sie ihn durch ihr Schweigen anklagte. »Wir werden per Anhalter nach Berlin fahren«, sagte er, »und mit einem Greyhound-Bus nach New York City. Dann fahren wir ins Büro der New York *Times* –«

»Aber Daddy, denen hast du doch einen Brief geschrieben.«

»Honey, den haben sie vielleicht nicht erhalten.«

Einen Augenblick sah sie ihn schweigend an. Dann sagte sie: »Glaubst du, *sie* haben ihn genommen?«

»Natürlich ni...« Er schüttelte den Kopf und sprach weiter. »Charlie, ich weiß es einfach nicht.«

Charlie antwortete nicht. Sie kniete sich hin, schloss einen der Koffer und mühte sich erfolglos mit den Verschlüssen ab.

»Lass mich dir helfen, Honey.«

»Das kann ich selbst!«, schrie sie ihn an und fing an zu weinen.

»Nicht weinen, Charlie«, sagte er. »Bitte, bald ist alles vorbei.«

»Nein«, sagte sie und weinte lauter. »Es wird nie vorbei sein.«

2

Ein gutes Dutzend Agenten waren um Großvaters Hütte verteilt. Sie hatten in der Nacht zuvor ihre Positionen bezogen. Sie trugen weiß und grün gesprenkelte Tarnkleidung. Keiner von ihnen war bei der Mandersfarm dabei gewesen, und außer Rainbird, der das Gewehr hatte, und Don Jules, der eine Pistole Kaliber zweiundzwanzig trug, war keiner von ihnen bewaffnet.

»Ich will nicht riskieren, dass jemand wegen der Ereignisse in New York State in Panik gerät«, hatte Rainbird zu Cap gesagt. »Dieser Jamieson sieht immer noch aus, als ob ihm die Eier bis zu den Knien hängen.«

Ebenso bestand er darauf, dass die Agenten keine Waffen mitführten. Es könnte einiges außer Kontrolle geraten, und er wollte von dieser Mission nicht mit zwei Leichen zurückkommen. Es waren alles ausgesuchte Männer, und der Mann, den er dazu bestimmt hatte, sich Andys anzunehmen, war Don Jules. Jules war klein, um die Dreißig, schweigsam und mürrisch. Jules verstand sein Gewerbe. Das wusste Rainbird, denn er war der Einzige, mit dem er bisher zweimal zusammengearbeitet hatte. Er war schnell und entschlossen und stand in kritischen Augenblicken nicht im Weg herum.

»Irgendwann heute wird McGee herauskommen«, hatte Rainbird bei der Einsatzbesprechung zu ihnen gesagt. »Das Mädchen kommt meistens heraus, McGee immer. Wenn der Mann allein herauskommt, übernehme ich ihn, und Jules schafft ihn sofort unauffällig außer Sicht. Sollte das Mädchen allein rauskommen, gilt dasselbe. Wenn sie gleichzeitig rauskommen, übernehme ich das Mädchen, und Jules kümmert sich um McGee. Ihr anderen seid nur für den Notfall da – kapiert?« Er sah jeden Einzelnen durchdringend an. »Ihr seid hier für den Fall, dass etwas drastisch schief geht, das ist alles. *Wenn* etwas drastisch schief geht, werden die meisten von euch ohnehin mit brennenden Hosen in den See rennen. Natürlich versteht es sich von selbst, dass ihr gleichzeitig als Beobachter und Zeugen hier seid, für den Fall, dass ich Scheiße baue.«

Das brachte ihm ein dünnes und nervöses Lachen der Männer ein. Rainbird hob einen Finger. »Wenn einer von euch nicht spurt, sodass sie Verdacht schöpfen, werde ich persönlich dafür sorgen, dass er im lausigsten Dschungeltal Südamerikas endet, das ich finden kann – und zwar mit aufgerissenem Arsch. Das dürfen Sie mir glauben, Gentlemen. Sie sind in meiner Show nur Statisten. Vergessen Sie das nicht.«

Später, in ihrer »Operationsbasis« – einem verlassenen Motel in St. Johnsbury –, hatte er Don Jules beiseite genommen.

»Sie haben die Akten über diesen Mann gelesen«, sagte Rainbird.

Jules rauchte eine Camel. »Ja.«

»Sie wissen, was geistige Beherrschung anderer bedeutet?«

»Ja.«

»Sie wissen, was mit den beiden Männern in Ohio passiert ist? Die versuchten, seine Tochter zu entführen?«

»Ich habe mit Waring gearbeitet«, sagte Jules gleichmütig. »Der Kerl konnte Wasser verbrennen, wenn er Tee machte.«

»In der Familie dieses Mannes ist das nichts Ungewöhnliches. Das müssen wir uns einhämmern. Sie müssen verdammt schnell sein.«

»Ja, okay.«

»Der Kerl hat sich den ganzen Winter über ausgeruht. Wenn er Zeit hat, Ihnen ein Ding zu verpassen, können Sie damit rechnen, die nächsten drei Jahre Ihres Lebens in einer gepolsterten Zelle zu verbringen, und dabei denken Sie dann, Sie sind ein Vogel oder eine Steckrübe oder etwas Ähnliches.«

»In Ordnung.«

»Was ist in Ordnung?«

»Ich werde schnell sein. Geben Sie endlich Ruhe, John.«

»Wahrscheinlich werden sie zusammen rauskommen«, sagte Rainbird. »Sie stehen hinter der Ecke an der Veranda, sodass man Sie von der Tür aus nicht sieht. Sie warten, bis ich das Mädchen habe. Ihr Vater wird zu ihr gehen. Sie sind dann hinter ihm. Sie müssen ihn im Nacken erwischen.«

»Geht in Ordnung.«

»Machen Sie keine Scheiße, Don.«

Jules lächelte kurz und rauchte weiter. »Nein«, sagte er.

3

Die Koffer waren gepackt. Charlie hatte ihren Mantel und ihre Schneehosen angezogen. Andy schlüpfte in seine Jacke, zog den Reißverschluss zu und nahm die Koffer auf. Er fühlte sich nicht wohl. Er fühlte sich ganz und gar nicht wohl. Er war nervös. Eine seiner Vorahnungen.

»Du spürst es auch, nicht wahr?«, fragte Charlie. Ihr kleines Gesicht war blass und ausdruckslos.

Andy nickte widerstrebend. »Was sollen wir tun?«

»Wir wollen hoffen, dass es ein voreiliges Gefühl ist«, sagte er, obwohl er davon nicht überzeugt war. »Was bleibt uns anderes übrig?«

»Was bleibt uns anderes übrig?«, kam ihr Echo.

Dann kam sie zu ihm und hob die Arme, damit er sie aufnahm, etwas, das sie schon lange nicht mehr getan hatte – zuletzt vielleicht vor zwei Jahren. Es war erstaunlich, wie die Zeit verging, wie schnell ein Kind sich verändern konnte, während man zuschaute, und das mit einer Unaufdringlichkeit, die fast schrecklich war.

Er setzte die Koffer ab, nahm sie auf den Arm und drückte sie. Sie küsste ihn auf die Wange und umarmte ihn ganz fest.

»Bist du fertig?«, fragte er und setzte sie wieder ab.

»Ich glaube ja«, sagte Charlie. Sie war wieder den Tränen nahe. »Daddy ... ich werde kein Feuer mehr machen. Auch nicht, wenn sie kommen, bevor wir weg sind.«

»Ja«, sagte er. »Das ist gut, Charlie. Ich kann es verstehen.«

»Ich hab dich lieb, Daddy.«

Er nickte. »Ich hab dich auch lieb, mein Kleines.«

Andy ging an die Tür und zog sie auf. Für einen Augenblick war die Sonne so hell, dass er überhaupt nichts sehen konnte. Dann verengten sich seine Pupillen, und klar lag der Tag vor seinen Augen, hell vom schmelzenden Schnee. Zu seiner Rechten lag der Tashmore-See. Strahlend blau und gezackt sah man an verschiedenen Stellen die Wasseroberfläche zwischen den treibenden Eisschollen. Direkt vor ihnen lag Tannenwald. Zwischen den Bäumen konnten sie gerade noch die endlich vom Schnee befreiten grünen Dachschindeln der Nachbarhütte erkennen.

Der Wald lag schweigend da, und das beunruhigte Andy zusätzlich. Wo war das Zwitschern der Vögel, das sie seit dem Ansteigen der Temperaturen morgens immer begrüßt hatte? Heute war es nicht zu hören ... man hörte nur das Tropfen des schmelzenden Schnees. Er wünschte sich verzweifelt, dass Großvater ein Telefon hätte legen lassen. Er musste den Impuls niederkämpfen, so laut er konnte zu schreien: *Wer ist da?* Das hätte Charlie nur noch mehr erschreckt.

»Es sieht nicht schlecht aus«, sagte er. »Ich denke, wir sind noch weit vor ihnen ... wenn sie überhaupt kommen.«

»Das ist gut«, sagte sie matt.

»Komm, wir machen uns aus dem Staub, Kleines«, sagte Andy und dachte wie hundertmal vorher, *was sollen wir auch sonst tun?* Und er dachte auch, wie sehr er seine Verfolger hasste.

Quer durch den Raum, vorbei an dem Geschirr, das sie morgens nach dem Frühstück gespült hatten, ging Charlie zu ihrem

Vater. Sie hinterließen die Hütte, wie sie sie vorgefunden hatten: blitzsauber. Großvater hätte sich gefreut.

Andy legte einen Arm um Charlies Schulter und drückte das Mädchen noch einmal an sich. Dann nahm er die Koffer auf, und zusammen traten sie in den strahlenden Sonnenschein des beginnenden Frühlings hinaus.

4

John Rainbird hatte in hundertfünfzig Metern Entfernung in einer großen Rottanne Posten bezogen. Er trug Steigeisen an den Füßen, und ein Gürtel, wie ihn Telegrafenarbeiter benutzen, gab ihm am Stamm des Baumes sicheren Halt. Als sich die Tür der Hütte öffnete, riss er das Gewehr hoch und brachte es in Anschlag. Ruhe legte sich über ihn wie ein schützender Mantel. Sein gesundes Auge sah alles überraschend klar. Durch den Verlust des anderen Auges war sein räumliches Sehvermögen beeinträchtigt, aber in Augenblicken extremer Konzentration stellte sich seine alte Sehkraft wieder ein; es war, als ob sein zerstörtes Auge sich für kurze Zeit regenerieren konnte.

Die Entfernung war nicht groß, und wenn es eine Kugel gewesen wäre, die er dem Mädchen durch den Hals schießen wollte, hätte er sich keine Sekunde lang Sorgen gemacht – aber hier hatte er es mit etwas weit Schwierigerem zu tun, ein Risiko, das zehnmal größer war als normal. Im Lauf dieser eigens modifizierten Waffe steckte nämlich ein Pfeil mit einer Ampulle Orasin, und bei dieser Entfernung bestand immer die Gefahr, dass dieses Geschoss sich überschlagen oder abdriften konnte. Glücklicherweise war es an diesem Tag fast windstill.

Wenn es der Wille des großen Geistes und meiner Ahnen ist, betete Rainbird stumm, *dann mögen meine Hände und mein Auge geführt werden, damit der Schuss trifft*.

Das Mädchen kam heraus, an ihrer Seite der Vater – Jules war also dabei. Durch das Zielfernrohr sah das Mädchen so groß wie ein Scheunentor aus. Ihr Parka hob sich wie eine grelle blaue

Flamme gegen das verwitterte Holz der Hütte ab. Rainbird sah die beiden Koffer, die McGee trug, und wusste, dass sie gerade noch rechtzeitig gekommen waren. Das Mädchen hatte die Kapuze nicht über den Kopf gezogen, und ihr Reißverschluss war nicht ganz geschlossen, sodass ihre Jacke am Hals offen war. Es war ein warmer Tag, und auch das war für ihn günstig.

Er nahm Druckpunkt und zielte auf ihren Halsansatz.

Wenn es der Wille des großen Geistes –

Er drückte ab. Es gab keine Explosion, nur ein hohles *Plopp!,* und aus dem Schloss der Waffe stieg ein wenig Rauch auf.

5

Sie hatten die untere Stufe erreicht, als Charlie plötzlich stehen blieb und ein ersticktes gurgelndes Geräusch von sich gab. Andy ließ sofort die Koffer fallen. Er hatte nichts gehört, aber auf schreckliche Weise stimmte etwas nicht. Etwas an Charlie hatte sich verändert.

»Charlie? *Charlie?«*

Er starrte sie an. Sie stand unbewegt wie eine Statue, unbeschreiblich schön gegen die helle Schneefläche. Unglaublich klein. Und plötzlich wusste er, worin die Veränderung bestand. Sie war so grundlegend und so furchtbar, dass er es zuerst gar nicht hatte fassen können.

Etwas, das wie eine lange Nadel aussah, steckte unterhalb des Kehlkopfes in Charlies Hals. Ihre behandschuhte Hand griff nach dem Gegenstand, fand ihn und bog ihn zu einem grotesken Winkel nach oben. Ein wenig Blut tröpfelte aus der Wunde und lief an ihrem Hals herab. Eine Blume aus Blut, klein und zart, benetzte ihren Hemdkragen und berührte den Pelzbesatz ihrer Jacke.

»Charlie!«, schrie er. Er sprang vor und ergriff sie am Arm, als sie die Augen verdrehte und zur Seite fiel. Er legte sie auf die Veranda und rief immer wieder ihren Namen. Der Pfeil in ihrer Kehle glänzte hell in der Sonne. Ihr Körper fühlte sich so schlaff

an wie etwas Totes. Er hielt sie im Arm und schaute zum sonnenbeschienenen Wald hinüber, der so leer schien – und in dem keine Vögel sangen.

»Wer hat das getan?«, brüllte er. *»Wer hat das getan? Kommt heraus, dass ich euch sehen kann!«*

Don Jules trat hinter der Ecke der Veranda hervor. Er trug Tennisschuhe von Adidas. In einer Hand hielt er die Zweiundzwanziger.

»Wer hat meine Tochter erschossen?«, schrie Andy. Der laute Schrei ließ etwas in seiner Kehle schmerzhaft vibrieren. Er presste Charlie an sich, und sie lag so schrecklich schlaff in ihrem warmen blauen Parka. Seine Finger packten den Pfeil und zogen ihn aus der Wunde.

Sie muss in die Hütte, dachte er. *Ich muss sie in die Hütte schaffen.*

Jules trat hinter ihn und schoss ihm in den Nacken, fast so wie der Schauspieler Booth einst einen Präsidenten erschossen hatte. Andy fuhr ruckartig hoch und drückte Charlie nur noch fester an sich. Dann brach er über ihr zusammen. Jules sah ihn sich genau an und winkte dann die Männer aus dem Wald herbei. »Kleinigkeit«, sagte er zu sich selbst, als Rainbird durch den klebrigen, schmelzenden Schnee zur Hütte watete. »Kleinigkeit. Wozu die ganze Aufregung?«

Stromausfall

1

Die Kette der Ereignisse, die in solcher Zerstörung und dem Verlust so vieler Leben enden sollte, begann mit einem Sommergewitter und dem Ausfall zweier Generatoren.

Das Gewitter kam am 19. August, fast fünf Monate, nachdem Andy und Charlie bei Großvaters Hütte in Vermont gefasst wurden. Das Wetter war zehn Tage lang schwül und ruhig gewesen. An jenem Augusttag begannen sich kurz nach Mittag die Gewitterwolken zusammenzuballen, aber niemand, der auf dem Gelände der beiden idyllischen, durch einen sanft gewellten Rasen und gepflegte Blumenbeete getrennten Landsitze arbeitete, glaubte, dass die Wolken die Wahrheit sagten – die Gartenarbeiter auf ihren Rasenmähern nicht, die Frau nicht, die für die Computer-Unterabteilungen A-E (und für die Kaffeeköchin im Computerraum) verantwortlich war und die während ihrer Mittagspause eins der Pferde genommen hatte und jetzt den gepflegten Reitweg entlanggaloppierte, und ganz gewiss nicht Cap, der in seinem klimatisierten Büro ein Sandwich aß und ohne Rücksicht auf die Feuchtigkeit und die Hitze, die draußen herrschten, am Budget für das kommende Jahr arbeitete.

Vielleicht die einzige Person auf dem Gelände der Firma in Longmont, die glaubte, dass es wirklich regnen würde, war Rainbird, der Mann, der nach dem Regen benannt worden war. Der lange Indianer fuhr um zwölf Uhr dreißig vor, um dann gegen ein Uhr den Kontrollcomputer zu passieren. Seine Knochen und das zerfaserte Loch, wo früher das linke Auge gewesen war, schmerzten wie immer, wenn Regen bevorstand.

Er fuhr einen sehr alten und völlig verrosteten Thunderbird

mit einem Parkaufkleber der Kategorie *D* an der Windschutzscheibe. Er trug weiße Wärterkleidung. Bevor er aus dem Wagen stieg, legte er eine bestickte Augenklappe an. Er trug sie nur während der Dienstzeit, und zwar mit Rücksicht auf das Mädchen, aber auch nur dann. Die Augenklappe störte ihn. Sie ließ ihn an sein verlorenes Auge denken.

Auf dem Gelände der Firma gab es vier Parkplätze. Rainbirds Privatwagen, ein neuer gelber Cadillac-Diesel, trug einen *A*-Aufkleber. *A* war der Parkplatz für die VIPs und lag unter dem weiter nach Süden gelegenen Gebäude. Von dort aus konnte man durch einen unterirdischen Tunnel und ein Fahrstuhlsystem den Computer-Raum, die Räume für Lagebesprechungen, die große Bibliothek, die Räume für Nachrichtenübermittlung und, natürlich, den Besuchertrakt erreichen – eine nichts sagende Bezeichnung für die Labors und die in ihrer Nähe gelegenen Wohnquartiere, in denen man Charlie McGee und ihren Vater festhielt.

Der *B-Parkplatz* war für die Leute von der zweiten Ebene; er lag weiter weg. Der *C-Parkplatz* war den Sekretärinnen, Monteuren, Elektrikern und ähnlichen Leuten vorbehalten; er lag noch weiter entfernt. Der *D-Parkplatz* schließlich war für die ungelernten Angestellten – die Statisten, wie Rainbird sie nannte. Er lag fast eine halbe Meile von allen Gebäuden entfernt, und auf ihm stand immer eine traurige und bunt gemischte Kollektion von Schrott aus Detroit, die alle Anwärter auf den wöchentlichen Auto-Crash in Jackson Plains waren.

Die bürokratische Hackordnung, dachte Rainbird, schloss sein Wrack von einem Thunderbird ab und hob den Kopf, um nach den Gewitterwolken zu sehen. Der Sturm braute sich zusammen. Etwa um vier Uhr würde es losgehen, schätzte Rainbird.

Er machte sich auf den Weg zu der idyllisch in einem kleinen Zuckerkiefernbestand gelegenen Hütte, in der die Eingangskontrolle für die kleinen Angestellten der Klassen V und VI durchgeführt wurde. Seine weiße Kleidung flatterte beim Gehen. Auf einem der etwa ein Dutzend motorgetriebenen Rasenmäher der Abteilung für Grundstückspflege tuckerte ein Gärtner an ihm vorbei. Über dem Sitz war ein grellbuntes Sonnendach angebracht. Der Gärtner nahm von Rainbird keine Notiz; auch das gehörte zur bürokratischen Hackordnung. Wenn man der Klasse IV angehörte, wurde jemand, der zur Klasse V zählte, praktisch unsichtbar. Nicht einmal Rainbirds zerstörtes Gesicht erregte viel Aufsehen. Wie jede andere Regierungsbehörde, beschäftigte die Firma genügend Veteranen, um ihr Soll an Patriotismus zu erfüllen und damit gut auszusehen. Max Factor konnte der US-Regierung wenig über gute Kosmetik beibringen. Und es war klar, dass ein Veteran mit irgendeiner sichtbaren Behinderung – einer Armprothese, einem Rollstuhl mit Elektromotor, einem zerhackten Gesicht – drei, die »normal« aussahen, aufwog. Rainbird kannte Leute, deren Verstand während der vietnamesischen Landpartie genauso viel Schaden zugefügt worden war wie seinem Gesicht, Männer, die froh gewesen wären, überhaupt irgendwo einen Job zu finden. Aber sie waren nicht optisch verschandelt. Nicht, dass sie Rainbird Leid taten. Er fand die ganze Sache sogar eher komisch.

Auch von den Leuten, mit denen er jetzt zusammenarbeitete, erkannte ihn keiner als früheren Agenten der Firma; darauf wäre er jede Wette eingegangen. Bis vor siebzehn Wochen war er für sie nur ein Schatten hinter der getönten Windschutzscheibe seines gelben Cadillac gewesen, einfach noch jemand mit einer *A-Klassifizierung.*

»Glauben Sie nicht, dass Sie das Ganze ein wenig übertreiben?«, hatte Cap gefragt. »Das Mädchen hat weder Verbindung mit den Gärtnern noch mit den Angestellten aus dem Schreibzimmer. Sie sind mit ihr ganz allein auf der Bühne.«

Rainbird schüttelte den Kopf. »Man braucht nur einen einzigen Fehler zu machen. Es muss nur jemand beiläufig erwähnen, dass der freundliche Wärter mit dem kaputten Gesicht seinen Wagen auf dem Parkplatz der VIPs abstellt und sich im Waschraum für die leitenden Angestellten seine weißen Klamotten anzieht. Ich versuche, ihr Vertrauen zu gewinnen, ein Vertrauen, das sich auf der Tatsache aufbaut, dass wir beide Außenseiter sind – Freaks, wenn Sie so wollen –, die im tiefsten Inneren der amerikanischen Filiale des KGB begraben sind.«

Das gefiel Cap überhaupt nicht. Er mochte es nicht, wenn jemand über die Methoden der Firma billige Witze riss, besonders in diesem Fall, in dem die Methoden zugegebenermaßen extrem gewesen waren.

»Auf jeden Fall haben Sie einen höllischen Job«, hatte Cap gesagt.

Und darauf gab es keine befriedigende Antwort, denn es *war* gar kein höllischer Job, während der ganzen Zeit ihres Aufenthalts hatte die Kleine noch nicht einmal ein Streichholz angezündet. Und dasselbe konnte man von ihrem Vater sagen, der nicht das geringste Anzeichen irgendeiner Fähigkeit der geistigen Beherrschung anderer zu erkennen gegeben hatte, falls er diese Fähigkeiten überhaupt noch besaß. Man bezweifelte immer stärker, dass das der Fall war.

Das Mädchen faszinierte Rainbird. Während seines ersten Jahres bei der Firma hatte er an einer Reihe von Lehrgängen teilgenommen, die in keinem College-Lehrplan zu finden waren – Anzapfen von Leitungen, Autodiebstahl, unauffällige Ermittlungen, ein Dutzend weitere. Der einzige Lehrgang, den Rainbird mit wirklichem Interesse besucht hatte, war der im Geldschrankknacken, der von einem alternden Einbrecher namens G. M. Rammaden veranstaltet wurde. Rammaden war von einer gewissen Institution in Atlanta, dem Zuchthaus, eigens zu dem Zweck beurlaubt worden, neuen Agenten der Firma diese Kunst beizubringen. Er galt als der Beste seiner Zunft, und Rainbird bezweifelte das nicht, obwohl er glaubte, dass er Rammaden inzwischen fast ebenbürtig war.

Rammaden, der vor drei Jahren gestorben war (Rainbird hatte zu seiner Beerdigung Blumen geschickt – was für eine Komödie konnte das Leben manchmal sein!), hatte sie über Skidmore-Schlösser informiert, über Tresore mit quadratischen Türen, über Sekundärvorrichtungen, mit denen die Verriegelung eines Safes unverrückbar festgehalten wird, wenn man die Kombinationsscheibe mit Hammer und Meißel abschlägt; er hatte über Zylindertresore und Negerköpfe und Schneidschlüssel berichtet; die vielen Verwendungsmöglichkeiten von Grafit; er hatte ihnen gezeigt, wie man mit einem Topfreiniger einen Schlüsselabdruck nimmt und in der Badewanne Nitroglyzerin herstellt. Er hatte auch erklärt, wie man einen Tresor von hinten Schicht um Schicht aufschält.

Rainbird hatte auf Rammaden immer mit kalter und zynischer Faszination reagiert. Rammaden hatte einmal gesagt, dass Tresore wie Frauen seien. Mit dem richtigen Werkzeug und ein wenig Zeit konnte man sie alle knacken. Einige seien schwer zu knacken und einige leicht, aber widerstehen könne auf Dauer keiner.

Das Mädchen war schwer zu knacken.

Zuerst hatten sie Charlie intravenös ernähren müssen, um sie daran zu hindern, sich zu Tode zu hungern. Nach einiger Zeit begriff sie, dass die Verweigerung der Nahrungsaufnahme ihr nur Blutergüsse an den Innenseiten der Ellbogen eintrug, und sie fing an zu essen, nicht mit Begeisterung, sondern ganz einfach, weil es weniger schmerzhaft war, den Mund zu benutzen.

Sie las einige der Bücher, die man ihr gegeben hatte – blätterte sie wenigstens durch –, und manchmal schaltete sie das Farbfernsehgerät in ihrem Zimmer ein, um es nach wenigen Minuten wieder auszuschalten. Im Juni hatte sie eine Fernsehserie mit dem Titel *Schwarze Schönheit* durchgestanden, und ein oder zwei Mal hatte sie sich *Disneys wunderbare Welt* angesehen. Das war alles. In den wöchentlichen Berichten über sie erschien immer öfter die Bezeichnung »Sporadische Aphasie«.

Rainbird schlug den Begriff in einem medizinischen Wörterbuch nach und verstand ihn sofort – auf Grund seiner eigenen Erfahrungen als Indianer und Krieger verstand er ihn vielleicht besser als die Ärzte selbst. Manchmal fand das Mädchen keine Worte. Ohne sonderliche Erregung stand sie dann einfach da und bewegte stumm die Lippen. Und manchmal gebrauchte sie ein Wort, das nicht in den Zusammenhang passte, anscheinend, ohne es selbst zu merken. »Ich mag dieses Kleid nicht, ich möchte lieber das in Heu.« Manchmal korrigierte sie sich dann zerstreut – »ich meine das in *Grün*« –, aber meistens fiel es ihr nicht auf.

Laut Wörterbuch bedeutete Aphasie Vergesslichkeit infolge einer Fehlfunktion des Gehirns. Die Ärzte hatten sofort angefangen, mit Medikamenten an ihr herumzupfuschen. Das Orasin wurde durch Valium ersetzt, ohne dass sich ihr Zustand merklich besserte. Dann probierte man Orasin zusammen mit Valium, aber eine unvorhergesehene Wechselwirkung zwischen beiden führte dazu, dass sie ständig und monoton weinte, bis die Wirkung der Drogen abgeklungen war. Dann probierte man eine ganz neue Droge, ein mit einem Beruhigungsmittel kombiniertes Halluzinogenikum, das zuerst zu helfen schien. Aber dann hatte sie angefangen zu stottern, und ein leichter Ausschlag hatte sich auf ihrer Haut gebildet. Man setzte sie wieder auf Orasin, aber sie wurde sorgfältig überwacht für den Fall, dass sich die Aphasie verschlimmern sollte.

Eine Menge war über ihren schwachen psychischen Zustand geschrieben worden und über das, was diese Trottel ihren »im Grunde angelegten Feuerkonflikt« nannten, einen überspannten Ausdruck dafür, dass ihr Vater gesagt hatte, sie dürfe nicht, während die Leute von der Firma sie dazu ermutigten. Dieser Konflikt wurde noch durch ihr Schuldgefühl wegen des Zwischenfalls auf der Mandersfarm kompliziert.

Nichts von alledem konnte man Rainbird verkaufen. Es lag nicht an den Drogen, es lag nicht daran, dass sie eingesperrt war und ständig überwacht wurde. Es lag auch nicht daran, dass sie von ihrem Vater getrennt war.

Sie war ganz einfach schwer zu knacken. Damit hatte es sich.

Sie hatte sich irgendwie dazu entschlossen, nicht mitzumachen, ganz gleich, was geschah. Ende. Schluss. Aus. Die Psychiater konnten ihr Tintenkleckse zeigen, bis der Mond sich blau färbte, die Ärzte konnten mit ihren Medikamenten herumspielen und in den Bart murmeln, wie schwer es doch sei, ein achtjähriges Mädchen erfolgreich mit Drogen zu behandeln, die Papiere konnten sich türmen, und Cap konnte vor Wut rasen.

Und Charlie McGee würde ganz einfach durchhalten.

Das spürte Rainbird so deutlich, wie er spürte, dass es heute Nachmittag regnen würde. Und dafür bewunderte er sie. Sie ließ die ganze Bande wie Blinde herumtappen, und wenn man es ihnen überließ, würden sie auch noch wie Blinde herumtappen, wenn das Erntedankfest und Weihnachten schon lange vorbei waren. Aber sie würden nicht ewig wie Blinde herumtappen, und das machte Rainbird mehr Sorgen als alles andere.

Rammaden, der Geldschrankknacker, hatte eine amüsante Geschichte von zwei Dieben erzählt, die an einem Freitagabend in einen Supermarkt eingebrochen waren, weil sie wussten, dass der Wells-Fargo-Transporter, der die satten Wochenendeinnahmen zur Bank schaffen sollte, durch einen Schneesturm aufgehalten worden war. Es handelte sich um einen zylindrischen Tresor. Sie versuchten erfolglos, die Kombinationsscheibe herauszubohren. Sie versuchten, das Ding von hinten aufzuschälen, aber es gelang ihnen nicht, auch nur eine Ecke aufzubiegen, um einen Ansatz zu haben. Endlich hatten sie ihn gesprengt. Es war ein totaler Erfolg. Sie hatten den Zylinder weit aufgesprengt, so weit, dass alles Geld vernichtet war. Was übrig blieb, waren nur noch Fetzen.

»Worum es geht«, hatte Rammaden in seinem trockenen Tonfall und mit seiner ein wenig keuchenden Stimme gesagt, »ist, dass diese Diebe den Tresor nicht geschafft haben. Es geht aber darum, den Tresor zu schaffen. Man hat einen Tresor nicht geschafft, wenn man den Inhalt nicht in gutem Zustand mitnehmen kann. Verstehen Sie, was ich meine? Sie haben zu viel Sprengstoff eingesetzt und das Geld ruiniert. Sie waren Arschlöcher, und der Tresor hat *sie* geschafft.«

Rainbird hatte kapiert. Mindestens sechzig Leute mit Universitätsausbildung waren mit diesem Fall befasst, aber dennoch war es nichts anderes als Geldschrankknacken. Sie hatten versucht, die Kombination des Mädchens mit ihren Drogen herauszubohren; die Idioten waren zahlreich genug, eine ganze Softballmannschaft zu stellen, und all diese Attrappen bemühten sich, den »im Grunde angelegten Feuerkonflikt« zu lösen, und diese ganze Scheiße bedeutete doch nichts anderes, als dass sie versuchten, das Mädchen von hinten aufzuschälen.

Rainbird betrat die kleine Hütte, nahm seine Zeitkarte aus dem Fach und stempelte. T. B. Norton, der Schichtführer, sah von dem Taschenbuch auf, das er gerade las.

»Für zu frühes Stempeln gibt's keine Überstunden, Rothaut.«

»Ja?«, sagte Rainbird.

»Ja.« Norton starrte ihn herausfordernd an und legte die wütende, fast feierliche Selbstsicherheit an den Tag, die ein Mann mit geringer Machtbefugnis gern zeigt.

Rainbird schlug die Augen nieder und trat ans Schwarze Brett. Das Bowling Team der Wärter hatte gestern Abend gewonnen. Jemand wollte »zwei gute, gebrauchte Waschmaschinen verkaufen«. Eine offizielle Mitteilung besagte, dass alle Arbeiter W1 bis W6 sich vor Verlassen des Büros die Hände waschen müssen.

»Sieht nach Regen aus«, sagte er über die Schulter zu Norton.

»Das glaubst du doch selbst nicht, Rothaut«, sagte Norton. »Warum haust du nicht ab. Du stinkst mir die Bude voll.«

»Gleich, Boss«, sagte Rainbird. »Ich hab doch nur gestempelt.«

»In Zukunft stempelst du erst, wenn du anfängst.«

»Ja, Boss«, sagte Rainbird beim Hinausgehen und sah gerade noch Nortons rosigen Hals von der Seite, sah die weiche Stelle dicht unterhalb des Kieferknochens. Würdest du noch Zeit haben zu schreien, Boss? Würdest du noch Zeit haben zu schreien, wenn ich dir den Finger an der Stelle durch die Kehle stieße? Genau wie einen Fleischspieß durch ein Steak ... Boss.

Er trat in die schwüle Hitze hinaus. Die Gewitterwolken waren schon näher gekommen. Sie bewegten sich langsam und regenschwer. In der Ferne grollte der Donner. Es würde ein heftiges Gewitter geben. Das Haus war nicht mehr weit. Er würde den Seiteneingang benutzen, wo früher die Küche war, und dann mit Fahrstuhl C vier Stockwerke nach unten fahren. Heute sollte er die Fußböden im Quartier des Mädchens schrubben und bohnern; das würde ihm eine gute Chance geben. Nicht, dass sie es ablehnte, mit ihm zu sprechen; das war es nicht. Aber sie war so verdammt distanziert. Er versuchte, den Tresor auf seine Weise zu knacken, und wenn er sie zum Lachen bringen könnte, nur einmal zum Lachen bringen, wenn sie über einen Witz auf Kosten der Firma gemeinsam lachen könnten, dann hätte er schon eine Ecke aufgebogen, an der er den Meißel ansetzen könnte.

Nur ein Lachen. Das würde zwischen ihnen eine Gemeinsamkeit begründen, sie wären wie ein Komitee in geheimer Sitzung. Zwei gegen das Haus.

Aber bisher hatte er ihr dieses Lachen noch nicht entlockt, und gerade darum bewunderte Rainbird sie mehr, als er in Worten hätte ausdrücken können.

2

Rainbird schob seine Ausweiskarte in den dafür bestimmten Schlitz und ging in den Aufenthaltsraum für die Wärter, um noch eine Tasse Kaffee zu trinken, bevor er anfing. Er wollte eigentlich keinen Kaffee, aber es war noch früh. Er konnte es sich nicht leisten, seinen Eifer auch noch zu zeigen. Es war schon schlimm genug, dass Norton ihn bemerkt und dazu einen Kommentar abgegeben hatte.

Er ging an die Heizplatte und schenkte sich ein wenig von der schwarzen Brühe ein. Dann setzte er sich. Wenigstens war noch keiner von den anderen Dummköpfen da. Er saß auf dem zerschlissenen grauen Sofa mit den ausgeleierten Sprungfedern und trank seinen Kaffee. Sein verunstaltetes Gesicht (für das Charlie nur sehr flüchtiges Interesse gezeigt hatte) war unbewegt und ließ kein Gefühl erkennen. Er dachte über die gegenwärtige Situation nach und versuchte, sie zu analysieren.

Die Leute, die mit dieser Sache zu tun hatten, waren wie Rammadens grüne Jungs, die den Tresor im Supermarkt knacken wollten. Vorläufig fassten sie das Kind noch mit Samthandschuhen an, und das taten sie nicht aus Liebe zu dem Mädchen. Früher oder später würden sie erkennen, dass sie mit Samthandschuhen nichts erreichten, und wenn sie alle »weichen« Möglichkeiten durchgespielt hatten, würden sie sich dazu entschließen, den Tresor zu sprengen. Wenn sie das taten, und davon war Rainbird überzeugt, würden sie den Inhalt vernichten, wie Rammaden ihnen klar gemacht hatte.

In zwei oder drei Berichten der Ärzte hatte er schon den Ausdruck »leichte Schockbehandlung« gelesen – und einer dieser Ärzte war Pynchot gewesen, auf den Hockstetter hörte. Rainbird hatte einen Bericht über eventuelle Maßnahmen gelesen, der in einem so albernen Jargon abgefasst war, dass es fast wie eine andere Sprache klang. Übersetzt lief die Empfehlung auf Gewaltanwendung hinaus. Wenn das Kind Zeuge wäre, wie man seinem Vater erhebliche Schmerzen zufügte, würde es seinen Widerstand aufgeben.

Rainbird dachte darüber ganz anders. Wenn das Kind seinen Vater an eine Delco-Batterie angeschlossen sah und Zeuge war, wie er mit gesträubten Haaren eine schnelle Polka tanzte, würde es möglicherweise ruhig auf sein Zimmer gehen, ein Wasserglas zerbrechen und die Scherben essen.

Aber das konnte man ihnen nicht erzählen. Geld vernichten hatte bei der Firma, genau wie beim FBI und CIA, Tradition. Wenn sie jemanden ohne fremde Hilfe nicht schafften, gingen sie einfach mit ein paar Thompson-Maschinenpistolen und mit etwas Sprengstoff selbst hin und erledigten ihn. Man praktiziert einfach etwas Cyanidgas in Castros Zigarre. Das war verrückt, aber das konnte man ihnen nicht erzählen. Sie sahen nur ERGEBNISSE, Ergebnisse, die strahlten und blinkten wie ein Jackpot in Las Vegas. Also vernichteten sie das Geld und standen da mit ein paar grünen Fetzen in den Händen und wussten nicht, wie, zum Teufel, das geschehen war.

Jetzt trafen weitere Wärter ein. Sie scherzten, schlugen einander auf die Schultern und berichteten von ihren Erlebnissen. Sie erzählten, welche Ersatzteile sie bei ihren Autos ausgewechselt hatten, sie sprachen über Weiber und Sauftouren, dann wieder über Autos. Derselbe Mist, immer wieder und immer wieder bis zum Ende der Welt, halleluja, Amen. Sie gingen Rainbird aus dem Weg. Keiner von ihnen mochte Rainbird. Er bowlte nicht, und er wollte sich nicht über sein Auto unterhalten, und er sah aus, als sei er einem Frankensteinfilm entsprungen. Er machte sie nervös. Wenn einer von ihnen Rainbird auf die Schulter geklopft hätte, hätte Rainbird ihn aufs Kreuz gelegt.

Er holte einen Beutel Red Man und ein Blättchen aus der Tasche und drehte sich rasch eine Zigarette. Er blieb auf dem Sofa sitzen und rauchte, bis es Zeit war, in das Quartier des Mädchens hinunterzugehen.

Alles in allem fühlte er sich so gut und so lebendig wie schon seit langem nicht mehr. Er spürte es deutlich und war dem Mädchen dafür dankbar. Sie würde nie erfahren, wie sie ihm für eine Weile das Leben zurückgegeben hatte – das Leben eines Mannes, der ein feines Empfinden für die Dinge hat und der große Hoffnungen hegt; das heißt, eines Mannes mit einem vitalen Anliegen. Es war gut, dass sie so schwierig war. Am Ende würde er sie bezwingen (einige sind schwer zu knacken, andere leicht, aber keiner ist unmöglich zu knacken); er würde sie für die anderen tanzen lassen, welchen Wert es auch immer haben mochte; und wenn der Tanz zu Ende war, würde er sie töten und ihr in die Augen schauen, in der Hoffnung, einen Funken des Begreifens zu erkennen, eine Botschaft zu erhalten aus diesem Übergang in etwas anderes, was immer es sein mochte.

Bis dahin aber würde er leben.

Er drückte seine Zigarette aus und stand auf, zur Arbeit bereit.

3

Die Gewitterwolken ballten sich immer dichter zusammen. Um drei Uhr hing der Himmel tief und schwarz über dem Komplex von Longmont. Der Donner grollte schon vernehmlicher, machte sich immer deutlicher bemerkbar, und die Leute unten glaubten es jetzt auch. Die Gartenarbeiter stellten ihre Rasenmäher ab. Die Tische wurden von den Innenhöfen der beiden Häuser hineingenommen. In den Ställen versuchten zwei Pferdeknechte, die nervösen Tiere zu beruhigen, die sich bei jedem Donnern unruhig bewegten.

Um drei Uhr dreißig brach der Sturm los; er kam so plötzlich, wie ein Revolvermann die Waffe zieht, und dann ging es gleich mit aller Gewalt los. Was als Regen begann, verwandelte sich rasch in Hagel. Der Wind kam von Westen und drehte sich dann plötzlich, sodass er aus der entgegengesetzten Richtung heranfegte. Blau-weiß zuckten die Blitze und hinterließen einen leichten Ozongeruch. Dann wirbelten die Winde gegen den Uhrzeigersinn, und abends in den Wettermeldungen wurden in einem Film die Zerstörungen gezeigt, die ein Tornado angerichtet hatte, der das Longmont-Zentrum eben noch gestreift hatte.

Die Firma überstand den Sturm einigermaßen. Der Hagel hatte zwei Fenster zerschlagen und eine Sturmbö den Zaun um das eigenartige kleine Sommerhaus jenseits des Ententeichs herausgerissen und fünfzig Meter fortgefegt, aber das war schon der ganze Schaden (von abgebrochenen Zweigen und einigen zerstörten Blumenbeeten abgesehen – lediglich Arbeit für die Gärtner). Während des Unwetters rannten die Wachhunde zwischen dem äußeren und dem inneren Zaun wie verrückt hin und her, aber sie beruhigten sich schnell, als sich der Sturm legte.

Der eigentliche Schaden entstand durch das Gewitter, das dem Hagel, dem Regen und dem Sturm folgte. Bis Mitternacht waren Teile des östlichen Virginia ohne Strom, denn die Kraftwerke von Rowantree und Briska waren durch Blitzschlag lahm gelegt. Das Hauptquartier der Firma gehörte zu dem Gebiet, das vom Kraftwerk in Briska versorgt wurde.

In seinem Büro schaute Cap Hollister verärgert auf, als die Lichter ausgingen und das ruhige, unaufdringliche Summen der Klimaanlage verstummte. Der Stromausfall und die Gewitterwolken ließen für Sekunden ein schattiges Halbdunkel entstehen – Cap hatte gerade noch Zeit, »Verdammt!« zu flüstern und sich zu fragen, was, zum Teufel, mit den Notstromaggregaten los war.

Er schaute aus dem Fenster und sah fast ununterbrochen die Blitze zucken. Am Abend würde einer der Posten im Wachgebäude seiner Frau berichten können, er habe eine Feuerkugel so groß wie zwei Bratenplatten gesehen, die vom schwächer aufgeladenen äußeren Zaun an den stärker aufgeladenen inneren Zaun und wieder zurück gesprungen sei.

Cap griff nach dem Hörer, um sich wegen des Stromausfalls zu erkundigen – und dann gingen die Lichter wieder an. Die Klimaanlage nahm ihr Summen wieder auf, und statt nach dem Telefon zu greifen, griff Cap nach seinem Bleistift.

Dann gingen die Lichter wieder aus.

»Scheiße«, sagte Cap. Er warf den Bleistift hin und nahm nun doch den Hörer auf. Die Lichter sollten verdammt ausbleiben, bis er die Gelegenheit hatte, irgendjemanden zusammenzustauchen. Die Lichter nahmen die Herausforderung nicht an.

Die beiden hübschen Landhäuser, durch den sanft gewellten Rasen voneinander getrennt, und der ganze unterirdische Komplex der Firma, wurden von der Energiebehörde für das östliche Virginia mit Strom versorgt, aber es gab zwei von Dieselgeneratoren gespeiste Hilfsaggregate. Das eine versorgte die »lebenswichtigen Funktionen« – den Elektrozaun, die Computer (ein Stromausfall kann Unsummen an Computer-Zeit kosten) und die kleine Krankenstation. Das andere stellte die untergeordneten Funktionen des Komplexes sicher – Beleuchtung, Klimaanlage, Fahrstühle und dergleichen. Das Sekundärsystem war so konstruiert, dass es sich bei Überlastung des Primärsystems einschaltete, aber das Primärsystem schaltete sich bei Überlastung des Sekundärsystems nicht ein. An jenem 19. August waren beide Systeme überlastet. Das Sekundärsystem schaltete sich ein, als das Primärsystem Überlastung zeigte, genau wie es die Konstrukteure des Systems geplant hatten (obwohl von Anfang an zu keiner Sekunde vorgesehen war, dass das Primärsystem überhaupt jemals überlastet sein könnte), und deshalb funktionierte das Primärsystem volle siebzig Sekunden länger als das Sekundärsystem. Dann brannten die Generatoren für beide Systeme einer nach dem anderen durch wie ein paar Feuerwerkskörper. Nur, dass diese Feuerwerkskörper achtzigtausend Dollar das Stück gekostet hatten.

Eine spätere Routineuntersuchung führte zu der gnädigen Beurteilung »technisches Versagen«, obwohl das Urteil genauer »Habgier und Bestechlichkeit« hätte lauten müssen. Als die Hilfsaggregate 1971 installiert werden sollten, hatte ein Senator, der die Zahlen des niedrigsten Angebots kannte, seinem Schwager einen Tipp gegeben. Dieser war beratender Ingenieur der Elektrotechnik und hatte sich ausgerechnet, dass er das niedrigste Angebot bequem noch unterbieten konnte, wenn er es hier und da nicht so genau nahm.

Es war nur eine Gefälligkeit auf einem Gebiet, das von Gefälligkeiten und Informationen unter der Hand lebt, und nur deshalb bemerkenswert, weil es das erste Glied in der Kette war, die zu so viel Zerstörung und zu so vielen Todesfällen führen sollte. In all den Jahren seit ihrer Installierung waren die Hilfsaggregate nur sporadisch benutzt worden. Bei ihrer ersten größeren Bewährungsprobe während des Gewitters, das das Kraftwerk in Briska lahm legte, versagten sie vollkommen. Inzwischen hatte der genannte Ingenieur natürlich Karriere gemacht. Zurzeit war er gerade in Coki Beach auf St. Thomas am Bau eines Ferienzentrums für viele Millionen Dollar beteiligt.

Die Firma hatte erst wieder Strom, als das Kraftwerk in Briska wieder produzierte ... das heißt zu einem Zeitpunkt, als auch die übrigen Teile des östlichen Virginia wieder Saft bekamen – gegen Mitternacht.

Bis dahin war schon das nächste Glied der Kette geschmiedet worden. Als Folge des Stromausfalls und des Gewitters war sowohl Andy als auch Charlie McGee etwas Schreckliches passiert, obwohl keiner der beiden auch nur die geringste Ahnung hatte, was dem anderen zugestoßen war.

Nach fünf Monaten des Stillstands waren die Dinge wieder ins Rollen gekommen.

4

Als der Strom ausfiel, sah Andy McGee gerade den *PDH-Club* im Fernsehen. PDH hieß »Preiset den Herrn«. Ein Sender in Virginia strahlte den *PDH-Club* anscheinend jeden Tag vierundzwanzig Stunden lang aus. Das war wohl nicht der Fall, aber Andys Zeitgefühl war so durcheinander geraten, dass er völlig die Orientierung verloren hatte.

Er hatte zugenommen. Manchmal – meistens wenn er nicht unter Drogen stand – betrachtete er sich im Spiegel und dachte dabei an Elvis Presley, der gegen Ende seines Lebens aufgegangen war wie ein Hefekuchen. Dann wieder dachte er an kastrierte Kater, die ebenfalls manchmal fett und faul wurden.

Noch war er nicht fett, aber die Anzeichen waren da. In Hastings Glen hatte er sich im Slumberland-Motel auf der Badezimmerwage gewogen und einundachtzig Kilo abgelesen. Jetzt blieb der Zeiger bei fünfundneunzig Kilo stehen. Sein Gesicht war voller geworden, und er hatte die Andeutung eines Doppelkinns und dessen, was sein alter Sportlehrer an der Oberschule (voller Verachtung) »Männertitten« genannt hatte. Und bei seinem Bauch konnte man von Andeutung schon nicht mehr reden. Er hatte wenig Bewegung – und wenn der Thorazinrausch ihn im Griff hatte, verspürte er auch kaum das Bedürfnis, sich zu bewegen –, und das Essen war ausgezeichnet.

Wenn er high war, machte er sich um sein Gewicht keine Sorgen, und high war er fast immer. Wenn sie wieder einmal einen ihrer nutzlosen Tests machen wollten, nahmen sie ihn manchmal achtzehn Stunden lang in die Mangel, ein Arzt kontrollierte seine physischen Reaktionen, ein Elektroenzephalogramm wurde gemacht, um festzustellen, ob die Gehirnströme normal waren, und dann schaffte man ihn in die Testkabine, einen kleinen weißen, mit Korkeiche getäfelten Raum.

Schon im April hatten sie unter Zuhilfenahme von freiwilligen Probanden mit den Tests begonnen. Sie sagten ihm, was er tun sollte, und warnten ihn vor Überreaktionen – etwa jemanden erblinden zu lassen –, da man ihn sonst bestrafen würde, und er wäre nicht der Einzige, so der drohende Unterton, der dann leiden müsste. Das betrachtete Andy als leere Drohung; er glaubte nicht, dass sie Charlie wirklich etwas antun würden. Sie war schließlich ihr Paradestück, während er selbst nur eine Nebenrolle spielte.

Der Arzt, der die Tests mit ihm leitete, war ein Mann namens Herman Pynchot. Er war Ende dreißig und ein völlig unauffälliger Mann, außer dass er zu viel grinste. Manchmal machte das ewige Gegrinse Andy ganz nervös. Gelegentlich schaute ein älterer Arzt herein, der Hockstetter hieß, aber meistens war es Pynchot.

Als sie den ersten Test in Angriff nahmen, erzählte ihm Pynchot, dass man einen Tisch in die kleine Testkabine gestellt habe. Auf dem Tisch stünden eine Flasche Traubensaft mit der Aufschrift TINTE, eine Schreibgarnitur mit Füllfederhalter und Notizblock, ein Krug Wasser und zwei Gläser. Der Proband würde keine Ahnung haben, dass sich in der Tintenflasche etwas anderes als Tinte befand. Pynchot bat Andy, den Probanden so zu beeinflussen, dass er sich Tinte einschenkte und austrank.

»Sehr ordentlich«, sagte Andy. Aber er selbst fühlte sich ganz und gar nicht ordentlich. Er vermisste sein Thorazin und die Ruhe, die es vermittelte.

»Sehr ordentlich«, sagte Pynchot. »Werden Sie es tun?«

»Warum sollte ich?«

»Sie werden etwas dafür bekommen. Etwas Schönes.«

»Sei eine gute Ratte, und du bekommst deinen Käse«, sagte Andy. »Nicht wahr?«

Pynchot zuckte die Achseln und grinste. Sein Kittel wirkte himmelschreiend elegant. Er hätte von Brooks Brothers geschneidert sein können.

»Gut«, sagte Andy. »Ich gebe auf. Und was bekomme ich dafür, dass ich dieses arme Schwein Tinte trinken lasse?«

»Nun, Erstens dürfen Sie Ihre Pillen wieder nehmen.«

Das war ein starkes Stück, und Andy fragte sich, ob man nach Thorazin süchtig wurde, und wenn ja, ob diese Sucht psychisch oder physiologisch bedingt war. »Sagen Sie mir, Pynchot«, sagte er. »Wie fühlt man sich als Drogendealer? Ist das im hippokratischen Eid enthalten?«

Pynchot zuckte die Achseln und grinste. »Sie dürfen dann auch eine Weile nach draußen«, sagte er. »Hatten Sie nicht danach gefragt?«

Das hatte Andy getan. Sein Wohnquartier war gut ausgestattet – so gut, dass man manchmal fast vergaß, dass es nichts anderes war als eine gepolsterte Gefängniszelle. Drei Zimmer und Bad. Es gab ein Farbfernseh- und Videogerät mit Münzeinwurf, das wöchentlich drei neuere Filme anbot. Einer der Ärzte – möglicherweise war es Pynchot gewesen – musste darauf hingewiesen haben, dass es sinnlos wäre, ihm seinen Gürtel wegzunehmen und ihm nur Buntstifte zum Schreiben und Plastiklöffel zum Essen zu geben. Wenn er sich das Leben nehmen wollte, gab es keine Möglichkeit, ihn davon abzuhalten. Er brauchte nur hart und lange genug zuzustoßen, und ihm würde das Gehirn platzen wie ein alter Reifen.

Die Wohnung bot also alle Annehmlichkeiten; in der Kochnische stand sogar ein Mikrowellenherd. Die Räume waren in hellen Farben gestrichen, und im Wohnzimmer lag ein dicker, flauschiger Teppich. Als Raumschmuck hingen Kunstdrucke an den Wänden. Aber trotz alledem, glasierte Hundescheiße ist kein Hochzeitskuchen; und dies war ganz einfach glasierte Hundescheiße, und keine der Türen, die aus diesem geschmackvoll eingerichteten Apartment nach draußen führten, hatte einen Türknauf. Hier und da, in den Räumen verteilt, waren verglaste Gucklöcher angebracht, wie man sie bei Hoteltüren antrifft. Sogar im Bad war eins, und Andy hatte ausgerechnet, dass man mit ihrer Hilfe jeden Winkel der Wohnung einsehen konnte. Andy vermutete eingebaute Fernsehkameras, die wahrscheinlich mit Infrarot arbeiteten, sodass nicht einmal im Dunkeln eine gewisse Privatsphäre gewahrt blieb.

Er neigte nicht zu Platzangst, aber es gefiel ihm nicht, längere Zeit eingesperrt zu sein. Trotz der Drogen machte ihn das nervös. Es war eine hässliche Nervosität, die sich gewöhnlich durch lang gezogene Seufzer und Perioden völliger Apathie bemerkbar machte. Er hatte tatsächlich darum gebeten, ins Freie gehen zu dürfen. Er wollte wieder einmal die Sonne und grünes Gras sehen.

»Ja«, sagte er leise zu Pynchot. »Ich hatte Interesse daran geäußert, nach draußen zu gehen.«

Aber daraus sollte nichts werden.

Der freiwillige Proband war anfangs nervös; zweifellos vermutete er, dass Andy ihn veranlassen würde, auf dem Kopf zu stehen oder wie eine Henne zu glucken oder etwas ähnlich Lächerliches zu tun. Er war Fußballfan. Andy bekam den Mann, der Dick Albright hieß, dazu, ihm über die letzte Saison zu berichten

– wer es bis zum Endspiel geschafft hatte, wie das Spiel ausgegangen war, wer den Supercup gewonnen hatte.

Albright taute auf. Er verbrachte die nächsten zwanzig Minuten damit, den Verlauf der gesamten Saison zu schildern, und verlor dabei allmählich seine Nervosität. Er beschwerte sich gerade über die miserable Schiedsrichterleistung beim Spiel der Pats gegen die Dolphins, wodurch die Ersteren gewonnen hatten, als Andy sagte: »Möchten Sie nicht ein Glas Wasser? Sie müssen doch durstig sein.«

Albright sah ihn an. »Ja, ich habe ein wenig Durst. Sagen Sie ... rede ich zu viel? Meinen Sie, dass dadurch die Tests versaut werden?«

»Nein, das glaube ich nicht«, sagte Andy. Er schaute zu, wie Albright sich ein Glas Wasser einschenkte.

»Wollen Sie auch etwas?«, fragte Albright.

»Nein, jetzt nicht«, sagte Andy und stieß plötzlich hart zu. »Warum tun Sie sich nicht etwas Tinte rein?«

Albright sah ihn an und griff nach der Flasche mit »Tinte«. Er nahm sie hoch, betrachtete sie und stellte sie wieder hin. »Tinte? Sie müssen verrückt sein.«

Pynchot grinste jetzt genauso wie vor dem Test, aber er war nicht sehr erfreut. Im Gegenteil. Auch Andy war nicht sehr glücklich. Als er versucht hatte, Albright zu beeinflussen, hatte es nicht dieses Gefühl des Weggleitens gegeben ... dieses merkwürdige Gefühl einer *Verdoppelung* seiner Kräfte, das normalerweise mit einem solchen Versuch verbunden war. Und er hatte keine Kopfschmerzen. Er hatte seine ganze Willenskraft darauf konzentriert, Albright zu suggerieren, dass es völlig vernünftig sei, Tinte in das Wasser zu schütten, und Albright hatte völlig vernünftig geantwortet: dass Andy verrückt sei. Trotz aller Schmerzen, die es ihm verursacht hatte, empfand er eine gelinde Panik bei dem Gedanken, dass seine Fähigkeit ihn verlassen haben könnte.

»Warum wollen Sie es uns nicht demonstrieren?«, fragte Pynchot ihn. Er zündete sich eine Chesterfield an und grinste. »Ich verstehe Sie nicht, Andy. Welchen *Vorteil* haben Sie denn davon?«

»Zum zehnten Mal«, erwiderte Andy. »Ich habe mich nicht zurückgehalten. Ich habe nicht so getan als ob. Ich habe so hart zugestoßen, wie ich konnte. Aber nichts passierte. Das ist alles.« Er brauchte dringend seine Pille. Er fühlte sich nervös und deprimiert. Alle Farben schienen zu grell, das Licht zu stark, die Stimmen zu laut. Mit den Pillen konnte er seine sinnlose Wut über das, was geschehen war, seine Sehnsucht nach Charlie und seine Sorge darüber, was man ihr vielleicht antat, besser ertragen – diese Dinge verblassten dann und waren leichter zu kontrollieren.

»Es tut mir Leid, aber das glaube ich Ihnen nicht«, sagte Pynchot und grinste. »Überdenken Sie es noch einmal, Andy. Wir verlangen von Ihnen ja nicht, dass Sie jemanden veranlassen, sich von einer Klippe zu stürzen oder sich eine Kugel in den Kopf zu schießen. Ich glaube, Sie legen auf einen Ausgang nicht so viel Wert, wie Sie dachten.«

Er stand auf, als ob er gehen wollte.

»Hören Sie zu«, sagte Andy, und es gelang ihm nicht ganz, die Verzweiflung aus seiner Stimme herauszuhalten. »Ich hätte gern eine von diesen Pillen.«

»Tatsächlich?«, sagte Pynchot. »Nun, es dürfte Sie interessieren, dass ich Ihre Dosis verringern werde ... für den Fall, dass das Thorazin Ihre Fähigkeit ungünstig beeinflusst.« Wieder erblühte sein Grinsen. »Allerdings, wenn sich Ihre Fähigkeit plötzlich wieder einstellt ...«

»Es gibt einige Dinge, die Sie wissen sollten«, sagte Andy zu ihm. »Erstens war der Kerl nervös, erwartete etwas. Zweitens war er nicht gerade sehr gescheit. Es ist viel schwerer, alte Leute oder solche mit einem geringen oder höchstens durchschnittlichen IQ zu beeinflussen. Bei intelligenten Leuten ist es leichter.«

»Stimmt das?«, fragte Pynchot.

»Ja.«

»Warum veranlassen Sie mich dann nicht auf der Stelle dazu, Ihnen Ihre Pille zu geben? Mein ermittelter IQ beträgt hundertfünfundfünfzig.«

Andy hatte es versucht – ohne jeden Erfolg.

Am Ende hatte er dann doch seinen Ausgang bekommen, und

man hatte seine Dosis wieder heraufgesetzt – nachdem man überzeugt war, dass er nichts vortäuschte, sondern tatsächlich verzweifelt und erfolglos versuchte, psychische Beeinflussung auszuüben. Unabhängig voneinander fragten sich Andy und Dr. Pynchot, ob er sich auf der wilden Flucht, die ihn und Charlie von New York über Albany nach Hastings Glen geführt hatte, nicht völlig übernommen, seine Fähigkeit ganz einfach verbraucht hatte. Und beide überlegten, ob es sich nicht um eine Art psychischer Sperre handeln konnte. Andy selbst glaubte, dass er seine Fähigkeit entweder verloren hatte, oder dass es sich um einen Schutzmechanismus handelte: Sein Verstand weigerte sich ganz einfach, die Fähigkeit anzuwenden, weil er wusste, dass es ihn töten könnte. Er hatte die gefühllosen Stellen an Wange und Hals und das blutunterlaufene Auge nicht vergessen.

Wie dem auch sei, es lief auf dasselbe hinaus – eine totale Pleite. Pynchots Träume vom Ruhm, den es ihm eintragen würde, dass er als Erster beweisbare empirische Daten über psychische mentale Beherrschung anderer vorlegen konnte, war verflogen, und er ließ sich immer seltener bei Andy blicken.

Die Tests waren den ganzen Mai und den ganzen Juni hindurch fortgesetzt worden – zuerst mit weiteren Freiwilligen, dann mit völlig ahnungslosen Testpersonen. Sich der Letzteren zu bedienen, war nicht sehr moralisch, wie Pynchot als Erster zugab, aber die ersten Tests mit LSD waren auch nicht gerade moralisch gewesen. Andy staunte darüber, wie Pynchot das eine Unrecht zusammen mit dem anderen in eine Gleichung einbrachte, deren Lösung ergab, dass alles seine Ordnung habe. Es spielte ohnehin keine Rolle, denn Andy versagte bei allen Probanden.

Vor einem Monat, gleich nach dem Unabhängigkeitstag, hatte man angefangen, ihn an Tieren zu testen. Andy protestierte und gab zu bedenken, dass es noch schwerer war, ein Tier zu beeinflussen als einen dummen Menschen, aber seine Proteste verfingen bei Pynchot und seinem Team nicht, die in Wirklichkeit nur noch eine wissenschaftliche Untersuchung routinemäßig zu Ende führten. Und so sah sich Andy einmal wöchentlich mit einem Hund, einer Katze oder einem Affen zusammen in einem Raum und kam sich vor wie eine Figur aus einem absurden Roman. Er erinnerte sich an den Taxifahrer, der eine Dollarnote betrachtete und fünfhundert gesehen hatte. Er erinnerte sich an die gehemmten leitenden Angestellten, denen er Zuversicht und Selbstsicherheit vermittelt hatte. Vorher, in Port City, Pennsylvania, waren es die Schlankheitskurse gewesen, deren Klassen meist von einsamen, fetten Hausfrauen besucht wurden, die einen Hang zu Kuchen, Pepsi-Cola und allem hatten, was man zwischen zwei Schnitten Brot unterbringen konnte. Mit diesen Dingen füllten sie die erbärmliche Leere ihres Lebens aus. Sie hatte er nur ein wenig anzuticken brauchen, denn die meisten von ihnen wollten wirklich schlank werden. Er hatte ihnen dabei geholfen. Er dachte auch daran, was aus den beiden Agenten der Firma geworden war, die Charlie entführt hatten.

Er *hatte* diese Fähigkeit gehabt, jetzt hatte er sie nicht mehr. Also saß er hier in einem Raum mit Hunden, die ihm die Hand leckten, Katzen, die schnurrten, und Affen, die sich mürrisch den Hintern kratzten und manchmal das Maul zu einem Grinsen voller Fangzähne öffneten, das auf obszöne Weise Pynchots Grinsen ähnelte. Und natürlich tat keines dieser Tiere irgendetwas Ungewöhnliches. Danach brachte man Andy dann in seine Wohnung ohne Türknöpfe zurück, in einem weißen Napf in der Kochnische lag eine blaue Pille, und wenn er sie genommen hatte, fühlte er sich nicht mehr nervös und deprimiert, sondern wieder ganz gut. Und dann sah er sich einen Film an – etwas mit Clint Eastwood, wenn es im Programm war – oder vielleicht den *PDH-Club*. Dass er seine Fähigkeit verloren hatte und überflüssig geworden war, störte ihn kaum noch.

5

Als das Unwetter kam, saß er vor dem Fernseher und sah sich den *PDH-Club* an. Eine Frau mit einer Frisur wie ein Bienenkorb erzählte dem Gastgeber, dass die Macht Gottes sie von der Brightschen Krankheit geheilt hätte. Andy war von ihr fasziniert. Ihr Haar glänzte unter der Studiobeleuchtung wie ein poliertes Tischbein. Sie sah aus wie eine Zeitreisende aus dem Jahr 1963. Das war, zusammen mit der schamlosen, im Namen Gottes veranstalteten Bettelei um Geld, eines der Dinge, die ihn am *PDH-Club* faszinierten. Andy hörte sich diese von jungen Männern mit harten Gesichtern und in teuren Anzügen vorgetragenen Betteleien an und dachte verwirrt daran, wie Christus die Geldwechsler aus dem Tempel vertrieben hatte. Und *alle* Leute in *PDH* sahen aus wie Zeitreisende aus dem Jahre 1963.

Die Frau beendete ihre Geschichte darüber, wie Gott sie davor bewahrt hatte, sich zu Tode zu schütteln. Vorher hatte ein Schauspieler, der in den fünfziger Jahren berühmt gewesen war, erzählt, wie Gott ihn vor der Flasche gerettet hatte. Nun fing die Frau mit der Bienenkorbfrisur an zu weinen, und der einst berühmte Schauspieler umarmte sie. Die Kamera zeigte die Szene in Großaufnahme. Im Hintergrund fingen die PDH-Sänger an zu summen. Andy rutschte auf seinem Stuhl hin und her. Es wurde langsam Zeit für seine Pille.

Er empfand dumpf, dass die medikamentöse Behandlung nur zum Teil für die merkwürdigen Veränderungen verantwortlich war, die sich während der letzten fünf Monate bei ihm eingestellt hatten, Veränderungen, für die seine Gewichtszunahme nur ein äußeres Zeichen war. Als die Firma ihm Charlie genommen hatte, war der letzte solide Halt aus seinem Leben gerissen worden. Nun, da Charlie weg war – oh, sie war zweifellos irgendwo in der Nähe, aber sie hätte genauso gut auf dem Mond sein können –, schien es keinen Grund mehr zu geben, sich im Griff zu behalten.

Darüber hinaus hatte die ständige Flucht eine Art Neurose verursacht. Er hatte den Drahtseilakt so lange durchgehalten, dass sein Absturz völlige Lethargie zur Folge hatte. Ja, er glaubte sogar, einen – wenn auch wenig spektakulären – Nervenzusammenbruch erlitten zu haben. Und *falls* er mit Charlie zusammentraf, war er nicht einmal sicher, dass sie ihn wieder erkennen würde, und das stimmte ihn traurig.

Er hatte sich nie die Mühe gemacht, Pynchot zu täuschen oder bei den Tests zu betrügen. Er glaubte eigentlich nicht, dass es sich ungünstig auf Charlie ausgewirkt hätte, aber was das betraf, wollte er nicht das geringste Risiko eingehen. Und es war leichter, einfach zu tun, was sie verlangten. Er war passiv geworden. Seine letzte Wut hatte er auf Großvaters Veranda hinausgeschrien, als er seine Tochter im Arm hielt, der ein Pfeil im Hals steckte. In ihm war keine Wut mehr geblieben. Er hatte sein Pulver verschossen.

Das war Andy McGees seelische Verfassung, als er an jenem 19. August vor dem Fernsehgerät saß, während sich draußen über den Hügeln der Sturm zusammenbraute. Der Gastgeber in *PDH* bettelte um Spenden und sagte dann ein Gospel-Trio an. Das Trio fing an zu singen, und plötzlich gingen die Lichter aus.

Auch das Gerät ging aus, und das Bild schrumpfte zu einem hellen Fleck, um dann zu verlöschen. Andy blieb reglos auf seinem Stuhl sitzen und wusste nicht, was passiert war. Er konnte gerade noch die beängstigende, vollkommene Dunkelheit registrieren, als die Lichter wieder angingen. Das Gospeltrio erschien wieder auf der Mattscheibe und sang vom Himmel und Jesus. Andy seufzte erleichtert, und dann gingen die Lichter wieder aus.

Er saß da und umklammerte die Stuhllehnen, als fürchtete er davonzufliegen, wenn er losließe. Verzweifelt starrte er auf den hellen Fleck auf dem Bildschirm, selbst als er wusste, dass er verschwunden war und er nur noch das Nachflimmern sah ... vielleicht war es Wunschdenken.

Die Lichter werden in ein paar Sekunden wieder brennen, sagte er sich. *Es muss irgendwo Reserve-Aggregate geben. In einem solchen Laden verlässt man sich nicht allein auf das öffentliche Stromnetz.*

Dennoch, er hatte Angst. Er musste plötzlich an die Abenteuergeschichten denken, die er in seiner Kindheit gelesen hatte. In den meisten gab es immer irgendeinen Zwischenfall in einer Höhle, bei dem Lampen oder Kerzen ausgeblasen wurden, und immer gab sich der Autor große Mühe, die Dunkelheit als »mit Händen zu greifen« oder »völlig« oder »total« zu beschreiben. Manchmal wurde sie sogar »die lebende Dunkelheit« genannt wie in dem Beispiel: »Lebende Dunkelheit umfing Tom und seine Freunde.«

Wenn all dies den neunjährigen Andy McGee hatte beeindrucken sollen, dann war das nicht gelungen. Was ihn betraf, so brauchte er sich nur in seinen Schrank zu hocken und die Ritzen mit einer Wolldecke abzudichten, wenn er wollte, dass ihn »lebende Dunkelheit umfing«. Dunkelheit war schließlich Dunkelheit.

Jetzt aber wusste er, dass er sich darin geirrt hatte; es war nicht das Einzige, worin er sich als Kind geirrt hatte, aber diesen Irrtum hatte er vielleicht als letzten entdeckt. Dunkelheit *war* nicht Dunkelheit. Eine Dunkelheit wie diese hatte er in seinem ganzen Leben noch nicht kennen gelernt. Abgesehen von dem Gefühl des Stuhls, auf dem er saß und den er mit den Händen berührte, hätte er in einem lichtlosen Abgrund zwischen den Sternen schweben können. Er hob eine Hand und bewegte sie vor seinen Augen. Und obwohl er spürte, dass die Handfläche leicht seine Nase berührte, sah er die Hand nicht.

Er nahm die Hand vom Gesicht und umklammerte wieder die Stuhllehne. Rasch und ängstlich klopfte ihm das Herz in der Brust. Draußen rief jemand heiser: »Ritchie! Wo bist du, verdammt noch mal?«, und Andy duckte sich auf seinem Stuhl, als bedrohte man ihn. Er leckte sich die Lippen.

Es wird in ein paar Sekunden wieder angehen, dachte er, aber ein ängstlicher Teil seines Verstands wollte sich durch Vernunftgründe nicht trösten lassen. *Wie lange dauern ein paar Sekunden? Wie lange dauern ein paar Minuten in dieser totalen Dunkelheit? Wie kann man bei totaler Dunkelheit die Zeit messen?*

Draußen, weiter von seiner »Wohnung« entfernt, hörte er etwas fallen, und jemand schrie vor Schmerz und Überraschung auf. Wieder duckte Andy sich und stöhnte und zitterte. Dies gefiel ihm überhaupt nicht. Es war gar nicht gut.

Nun, wenn es länger als ein paar Minuten dauert, bis sie es repariert haben – vielleicht die Kontakte neu einstellen –, werden sie kommen und mich rauslassen. Das müssen sie.

Selbst der ängstliche Teil seines Verstands – der Teil, der schon nahe daran war, nur noch Unsinn zu denken – konnte sich dieser Logik nicht verschließen, und Andy beruhigte sich ein wenig. Schließlich war es nur die Dunkelheit; weiter nichts – nur die Abwesenheit von Licht. Es war ja nicht so, dass in der Dunkelheit *Ungeheuer* oder Ähnliches lauerten.

Er hatte ziemlichen Durst und überlegte, ob er es wohl wagen durfte, aufzustehen und sich eine Flasche Ginger Ale aus dem Kühlschrank zu holen. Er müsste es schaffen, wenn er vorsichtig war. Er stand auf, tat ein paar schlurfende Schritte und stieß sich prompt das Schienbein an dem niedrigen Kaffeetisch. Er bückte sich und rieb sich das Bein. Vor Schmerz tränten ihm die Augen.

Auch dies war wie in der Kindheit. Sie hatten »Blinde Kuh« gespielt; das taten wohl alle Kinder. Mit einer Binde vor den Augen musste man von einem Ende der Wohnung das andere erreichen. Und alle hielten es für furchtbar lustig, wenn man über ein Sitzkissen fiel oder an der Schwelle zwischen Esszimmer und Küche stolperte. Das Spiel konnte einem eine schmerzhafte Lektion darüber erteilen, wie wenig man sich an die Raumaufteilung in dem doch vertrauten Haus erinnerte und wie viel mehr man sich auf seine Augen als auf sein Gedächtnis verließ. Und bei dem Spiel überlegte man sich manchmal, wie, zum Teufel, man wohl als Blinder leben würde.

Es wird schon gehen, dachte Andy. *Ich schaffe es, wenn ich mich langsam und vorsichtig bewege.*

Er bewegte sich um den Beistelltisch herum und schlurfte langsam über die freie Fläche des Wohnzimmers, die Hände vor sich ausgestreckt. Es war komisch, wie bedrohlich in der Dunkelheit ein freier Raum wirken konnte. *Wahrscheinlich wird das Licht gleich wieder angehen, und ich kann nur noch über mich lachen.* Ganz *einfach la...*

»Au!«

Er war mit den ausgestreckten Fingern gegen die Wand gestoßen. Etwas fiel – es musste das im Stil von Wyeth gemalte Bild der Scheune und der gemähten Wiese sein, das neben der Küchentür hing. Es hörte sich an, als sauste eine Schwertklinge an ihm vorbei. Dann prallte es scheppernd auf den Boden auf. Das Geräusch war erschreckend laut. Andy blieb stehen und rieb sich die schmerzenden Finger. In seinem lädierten Schienbein pochte es. Sein Mund fühlte sich vor Angst wie Watte an.

»He!«, brüllte er. »He, vergesst mich hier nicht, Jungs!«

Er wartete und lauschte. Keine Antwort. Er hörte noch Geräusche und Stimmen, aber sie waren weiter entfernt. Wenn sie sich noch weiter entfernten, würde es hier totenstill sein.

Sie haben mich ganz vergessen, dachte er, und seine Angst wuchs.

Sein Herz raste. Er spürte den Schweiß an Stirn und Armen, und er dachte an das eine Mal am Tashmore-See, als er zu weit hinausgeschwommen und müde geworden war. Er hatte wie wild angefangen zu strampeln und zu schreien, weil er glaubte, dass er ertrinken würde ... aber als er die Füße ausstreckte, berührte er den Grund, und das Wasser reichte ihm nur bis an die Brust. Wo war hier der Grund? Er wollte sich mit der Zunge die trockenen Lippen anfeuchten, aber auch seine Zunge war trocken.

»He!«, schrie er, was die Lungen hergaben, und der Klang des Entsetzens in seiner Stimme ängstigte ihn nur noch mehr. Er musste sich zusammenreißen, denn er war der Panik nahe. Er stand hier wie ein hirnloser Ochse und schrie sich die Lunge aus dem Hals, und das alles nur, weil eine Sicherung durchgebrannt war.

Ach, zur Hölle mit allem. Warum musste es ausgerechnet jetzt passieren, wo es Zeit für meine Pille war? Wenn ich die Pille hätte, wäre alles in Ordnung. Oh Gott, ich habe das Gefühl, als hätte ich lauter Glassplitter im Kopf –

Schwer atmend blieb er stehen. Er hatte sich in Richtung Küchentür bewegt, hatte sie verfehlt und war gegen die Wand gerannt. Jetzt hatte er jede Orientierung verloren und wusste nicht einmal mehr, ob das dämliche Scheunenbild rechts oder links von der Tür gehangen hatte. In seiner Not wünschte er, er wäre auf seinem Stuhl sitzen geblieben.

»Reiß dich zusammen«, murmelte er laut. »Reiß dich zusammen.«

Er erkannte, dass es nicht *nur* Panik war. Es war die jetzt überfällige Pille, die Pille, von der er abhängig geworden war. Es war einfach nicht fair, dass es gerade passieren musste, als er die Pille nehmen wollte.

»Reiß dich zusammen«, murmelte er noch einmal.

Ginger Ale. Er war aufgestanden, um Ginger Ale zu holen, und, bei Gott, er würde es bekommen. Er musste sich auf etwas konzentrieren. Darauf lief es hinaus, und Ginger Ale war so gut wie alles andere.

Er bewegte sich weiter, diesmal nach links, und stolperte über das Bild, das von der Wand gefallen war.

Schreiend ging Andy zu Boden. Seine Arme wirbelten wie Windmühlenflügel, aber er konnte die Balance nicht halten. Hart schlug er mit dem Kopf auf, und wieder schrie er laut.

Er hatte jetzt schreckliche Angst. Helft mir, dachte er. Jemand muss mir doch helfen, bringt mir eine Kerze, um Gottes willen, irgendetwas. Ich habe Angst –

Er fing an zu weinen. Seine tastenden Finger fühlten klebrige Nässe seitlich an seinem Kopf – Blut –, und starr vor Schreck überlegte er, wie schlimm es wohl war.

»Wo seid ihr, Leute?«, brüllte er. Keine Antwort. Er hörte aus weiter Ferne einen einzelnen Schrei – oder glaubte, ihn zu hören. Dann herrschte wieder Stille. Seine Hände fanden das Bild, über das er gestolpert war, und aus Wut darüber, dass er sich an ihm verletzt hatte, schleuderte er es quer durchs Zimmer. Er traf den Tisch neben der Couch, und die jetzt nutzlose Lampe, die dort stand, fiel um. Die Glühbirne zerbarst mit hohlem Klang, und wieder schrie Andy auf. Er betastete seinen Kopf und fand mehr Blut. Es floss ihm in dünnen Rinnsalen über die Wange.

Keuchend kroch er weiter, wobei er mit der Hand an der Wand entlangstrich. Als er plötzlich ins Leere griff, zog er scharf den Atem ein, und seine Hand fuhr zurück, als fürchtete er, etwas Garstiges würde aus der Finsternis hervorkriechen und ihn packen. Zwischen seinen Lippen entstand ein zischendes Geräusch. Für ein paar Sekunden fühlte er sich total in seine Kindheit zurückversetzt, und er konnte das Flüstern der Kobolde hören, die sich um ihn drängten.

»Verdammt, es ist doch nur die Küchentür«, murmelte er rau. »Das ist alles.«

Er kroch hindurch. Der Kühlschrank stand rechts, und er hielt darauf zu. Er kroch langsam und atmete hastig. Seine Hände spürten die Kälte der Fliesen.

Über ihm im nächsten Stockwerk stürzte etwas um und verursachte einen gewaltigen Lärm. Andy fuhr auf den Knien hoch. Er war völlig mit den Nerven am Ende und wusste nicht mehr, was er tat. Er fing an zu schreien: *»Hilfe! Hilfe! Hilfe!«* Er schrie es immer wieder, bis er heiser war. Er hatte anschließend keine Ahnung, wie lange er dort auf Händen und Knien in der schwarzen Dunkelheit der Küche geschrien hatte.

Endlich hörte er auf und versuchte, sich neu zu orientieren. Seine Hände und Arme zitterten hilflos. Sein Kopf schmerzte vom Aufprall auf den Fußboden, aber die Wunde schien nicht mehr zu bluten. Seine Kehle fühlte sich vom Schreien heiß und wund an, und ihm fiel das Ginger Ale wieder ein. Er kroch weiter und fand den Kühlschrank ohne Schwierigkeit. Er öffnete ihn (wobei er lächerlicherweise erwartete, dass das Licht mit seinem vertrauten frostigen Glanz aufleuchten würde) und fummelte in der Kälte herum, bis er eine Dose fand, die oben einen Ringverschluss hatte. Andy schloss die Kühlschranktür und lehnte sich dagegen. Er riss die Dose auf und trank ihren halben Inhalt in einem Zug. Seine Kehle war ihm dankbar.

Dann kam ihm ein Gedanke, der ihm die Kehle zuschnürte. *Das Gebäude brennt*, sagte ihm sein Verstand mit trügerischer Ruhe. *Deshalb ist niemand gekommen, um dich herauszuholen. Sie räumen. Du bist ... du bist völlig entbehrlich.*

Dieser Gedanke brachte ein extremes Gefühl des Eingeschlossenseins mit sich, dessen Entsetzen jede Panik überstieg. Er sank einfach gegen den Kühlschrank, und seine Lippen gaben die Zähne frei, sodass sein Gesicht nur noch eine Fratze war. Aus seinen Beinen wich jede Kraft. Einen Augenblick glaubte er, Rauch zu riechen, und Hitze schien über ihn hereinzustürzen. Die Dose entglitt seiner Hand und versprudelte ihren restlichen Inhalt auf die Fliesen und über seine Hose.

Stöhnend blieb Andy in der Nässe sitzen.

6

John Rainbird meinte später, dass die Dinge nicht besser hätten laufen können, wenn man sie geplant hätte ... und wenn diese komischen Psychologen auch nur einen Pfifferling wert gewesen wären, *hätten* sie die Dinge geplant. Aber nach Lage der Dinge war es nur der glückliche Zufall, dass der Stromausfall in eben diesem Moment eintrat, der es ihm gestattete, seinen Meißel endlich unter einer Ecke des psychologischen Stahls anzusetzen, mit dem Charlie McGee gepanzert war. Nicht zuletzt half ihm auch seine eigene Intuition.

Um drei Uhr dreißig, als draußen gerade der Sturm losbrach, betrat er Charlies Quartier. Er schob einen Karren vor sich her, der sich nicht von denen unterschied, die in den Hotels und Motels die Hausmädchen von Zimmer zu Zimmer schieben. Auf dem Karren hatte er saubere Bettwäsche, Möbelpolitur, ein Fleckenmittel für den Teppich, einen Eimer und einen Wischlappen. An einem Ende war ein Staubsauger festgeklemmt.

Charlie saß vor der Couch auf dem Fußboden und trug nur einen hellblauen Kittel. Ihre langen Beine hatte sie im Lotussitz verschränkt. So saß sie oft. Ein unbefangener Betrachter hätte meinen können, dass sie unter dem Einfluss von Drogen stand, aber Rainbird wusste es besser. Sie wurde noch leicht medikamentös behandelt, aber die Dosierung war wenig mehr als ein Placebo. Enttäuscht waren sich alle Psychologen darüber einig, dass es ihr ernst war, wenn sie versprochen hatte, nie wieder Feuer anzuzünden. Die Drogen waren ursprünglich dazu bestimmt gewesen, sie daran zu hindern, sich den Weg freizubrennen, aber jetzt schien es sicher, dass sie das nicht tun würde ... und auch sonst nichts.

»Hallo, Kleine«, sagte Rainbird. Er löste den Staubsauger vom Karren.

Sie schaute zu ihm herüber, zeigte aber keine weitere Reaktion. Er schloss den Staubsauger an, und als er ihn in Betrieb setzte, stand sie leichtfüßig auf, verschwand im Bad und schloss die Tür hinter sich.

Rainbird saugte den Teppich. Er hatte keinen besonderen Plan. Es ging darum, kleine Zeichen und Signale zu erkennen, sie aufzunehmen und zu versuchen, einen Kontakt herzustellen. Seine Bewunderung für das Mädchen war ungetrübt. Ihr Vater war im Begriff, sich in einen fetten Pudding zu verwandeln; die Psychologen hatten dafür ihre eigenen Ausdrücke – »Abhängigkeitsschock«, »Identitätsverlust«, »leichtes Missverhältnis zur Realität« –, aber das alles bedeutete nichts weiter, als dass er aufgegeben hatte und nun aus der Gleichung ausgeklammert werden konnte. Ganz anders das Mädchen. Sie hatte sich einfach versteckt. Und Rainbird hatte sich noch nie so sehr als Indianer gefühlt wie in Charlie McGees Nähe.

Er saugte weiter und wartete darauf, dass sie wieder herauskam – vielleicht. Er hatte das Gefühl, dass sie in letzter Zeit etwas häufiger aus dem Bad kam. Am Anfang hatte sie sich immer versteckt, bis er wieder gegangen war. Jetzt kam sie manchmal heraus und schaute ihm zu. Vielleicht tat sie es auch heute. Vielleicht auch nicht. Er hatte Zeit. Und er würde auf Zeichen warten.

7

Charlie saß im Bad. Sie hätte sich eingeschlossen, wenn sie gekonnt hätte. Bevor der Wärter kam, hatte sie einige Übungen gemacht, die sie in einem Buch gefunden hatte. Der Wärter kam zum Saubermachen. Der Toilettensitz unter ihr fühlte sich kalt an. Das weiße Licht der Neonleuchten, die den Spiegel umgaben, ließen alles kalt und zu hell erscheinen.

Zuerst hatte man ihr eine »Wohngefährtin« gegeben, eine Frau von etwa fünfundvierzig. Sie hatte eine Art »Mutterstelle« einnehmen sollen, aber die »mütterliche Wohngefährtin« hatte harte grüne Augen mit kleinen Flecken darin. Die Flecken waren wie Eis. Dies waren die Leute, die ihre richtige Mutter getötet hatten, und nun sollte sie mit dieser »mütterlichen Wohngefährtin« zusammenleben. Charlie sagte ihnen, dass sie keine »mütterliche Wohngefährtin« wolle. Aber sie lächelten nur. Und dann hörte

Charlie auf zu reden, und sie sagte kein Wort mehr, bis die »Frau« ging und ihre eiskalten grünen Augen mit ihr. Charlie hatte mit diesem Hockstetter ein Abkommen getroffen: Sie würde seine Fragen beantworten, und nur seine, wenn er die »mütterliche Wohngefährtin« fortschaffte. Die einzige Gesellschaft, die sie wolle, sei die ihres Vaters, und wenn sie die nicht bekommen könne, wolle sie allein bleiben.

In mancher Hinsicht waren die letzten fünf Monate (man hatte ihr gesagt, dass es fünf gewesen seien; sie selbst hatte es nicht empfunden) wie ein Traum gewesen. Es gab keine Möglichkeit, die Zeit zu registrieren. Die Gesichter kamen und gingen, ohne dass sich Erinnerungen mit ihnen verknüpften, sie waren entkörperlicht wie Ballons, und auch das Essen hatte nie einen charakteristischen Geschmack. Manchmal kam sie sich selbst wie ein Ballon vor. Sie glaubte zu schweben. Aber irgendwie, das sagte ihr deutlich ihr eigener Verstand, verdiente sie ihr Schicksal. Sie war eine Mörderin. Sie hatte das wichtigste der Zehn Gebote gebrochen und war gewiss zur Hölle verdammt.

Nachts, wenn so wenig Licht eingeschaltet war, dass ihr der Raum selbst wie ein Traum erschien, dachte sie darüber nach. Sie sah alles vor sich. Die Männer auf der Veranda, die Flammenkronen trugen. Die explodierenden Autos. Die Hühner, die anfingen zu brennen. Und der Brandgeruch war immer wie der Geruch der glimmenden Füllung ihres Teddybärs.

(Und es hatte ihr gefallen)

Das war es; das war das Problem. Je öfter sie es getan hatte, umso mehr hatte es ihr gefallen; je öfter sie es getan hatte, umso mehr hatte sie ihre Macht empfunden, etwas, das in ihr lebte und immer stärker wurde. Es war wie eine Pyramide, die auf dem Kopf stand, und je öfter man es tat, umso schwerer fiel es einem, es aufzuhalten. Es aufzuhalten, *tat weh,*

(Und es machte Spaß)

aber sie wollte es trotzdem nie wieder tun. Sie würde eher hier drinnen sterben, als es noch einmal tun. Manchmal wollte sie sogar hier sterben. Die Vorstellung, in einem Traum zu sterben, hatte überhaupt nichts Beängstigendes.

Die einzigen Gesichter, die ihr nicht völlig verfremdet erschienen, waren die von Hockstetter und dem Wärter, der jeden Tag kam, um bei ihr sauber zu machen. Charlie hatte ihn einmal gefragt, warum er denn jeden Tag kommen müsse, da sie ja nichts schmutzig mache.

John – so hieß er – hatte einen zerknautschten alten Schreibblock aus der Gesäßtasche und einen billigen Kugelschreiber aus der Brusttasche hervorgeholt. »Das ist nun mal mein Job, Kleine«, sagte er. Und auf das Papier schrieb er: *Weil sie nur Scheiße im Kopf haben, warum sonst?*

Fast hätte sie losgelacht, aber sie dachte gerade noch rechtzeitig an Männer mit Feuerkronen, Männer, die rochen wie verbrannte Teddybären. Lachen wäre gefährlich gewesen. So tat sie einfach, als hätte sie die Notiz nicht gesehen oder nicht verstanden. Das Gesicht des Wärters war arg zugerichtet. Er trug eine Augenklappe und tat ihr Leid. Einmal hätte sie ihn fast gefragt, wie das denn passiert sei – ob er vielleicht einen Autounfall gehabt habe –, aber das wäre noch gefährlicher gewesen, als über seine Notiz zu lachen. Sie wusste nicht, warum, aber sie spürte es in jeder Faser.

Sein Gesicht bot einen schrecklichen Anblick, aber sonst schien er ganz nett zu sein, und sein Gesicht sah auch nicht schlimmer aus als das des kleinen Chuckie Eberhardt in Harrison. Als Chucky drei Jahre alt war, hatte seine Mutter Kartoffeln gebraten, und Chucky hatte die Pfanne mit heißem Fett vom Herd gerissen, sodass sich der Inhalt über ihn ergoss, und er wäre fast gestorben. Später hatten die Kinder ihn manchmal Chucky Hamburger oder Chucky Frankenstein genannt, und dann weinte Chucky immer. Das war gemein. Die anderen Kinder schienen nicht zu begreifen, dass so etwas jedem Kind passieren konnte. Aber mit drei Jahren war man nun mal noch nicht so gescheit.

Johns Gesicht war ganz zerfetzt, aber es erschreckte sie nicht. Was sie erschreckte, war Hockstetters Gesicht, und sein Gesicht war – abgesehen von den Augen – so normal wie das jedes anderen. Seine Augen waren sogar noch widerlicher als die der »mütterlichen Wohngefährtin«. Und dann sah er einen immer so neugierig an. Hockstetter wollte, dass sie Feuer anzündete. Er bat sie immer wieder darum. Er führte sie in einen Raum, in dem manchmal zusammengeknülltes Zeitungspapier lag, manchmal kleine Glasgefäße mit Öl standen, manchmal auch andere Dinge. Aber trotz all seiner Fragen, trotz aller geheuchelten Freundlichkeit, lief es immer wieder auf dasselbe hinaus: Charlie, zünde dies an.

Hockstetter machte ihr Angst. Sie hatte das Gefühl, dass er alle möglichen ...

(Dinge)

hatte, mit denen er sie dazu zwingen konnte, Feuer zu machen. Aber sie wollte nicht. Dennoch hatte sie Angst, dass sie es eines Tages doch tun würde. Er handelte nicht anständig, und eines Nachts hatte sie einen Traum gehabt, und in diesem Traum hatte sie Hockstetter in Brand gesteckt, und als sie aufwachte, hatte sie sich alle Finger in den Mund gesteckt, um nicht laut zu schreien.

Eines Tages hatte sie, um sein unvermeidbares Drängen noch aufzuhalten, gefragt, wann sie ihren Vater sehen dürfe. Sie hatte oft daran gedacht, aber nie gefragt, weil sie die Antwort schon kannte. Aber an diesem Tag war sie besonders müde und niedergeschlagen, und es war ihr einfach so herausgefahren.

»Charlie, ich denke, die Antwort darauf kennst du«, hatte Hockstetter gesagt. Er zeigte auf den Tisch in dem kleinen Raum. Dort stand eine mit Sägespänen gefüllte flache Metallschale. »Wenn du das anzündest, bringe ich dich sofort zu deinem Vater. Du kannst in zwei Minuten bei ihm sein.« Unter seinen kalten, lauernden Blicken öffnete sich Hockstetters Mund zu einem plumpvertraulichen Grinsen. »Nun, was meinst du?«

»Geben Sie mir ein Streichholz«, hatte Charlie gesagt und dabei die Tränen aufsteigen gefühlt. »Ich werde es anzünden.«

»Du kannst es anzünden, indem du einfach nur daran denkst. Das weißt du.«

»Nein, das kann ich nicht. Und selbst wenn ich es könnte, würde ich es nicht tun. Es ist etwas Böses.«

Hockstetter sah sie traurig an, und sein plumpvertrauliches Grinsen verschwand. »Charlie, warum schadest du dir denn selbst? Willst du deinen Vater denn nicht sehen? Er will dich sehen, und ich soll dir von ihm sagen, dass du es tun darfst.«

Und nun weinte sie *wirklich.* Sie weinte lange und heftig, denn sie hätte so gern ihren Vater gesehen, denn es verging keine Minute, ohne dass sie ihn vermisste, ohne dass sie sich in seine schützenden Arme wünschte. Hockstetter sah sie weinen, und sein Gesicht zeigte kein Mitgefühl, keine Besorgnis und keine Freundlichkeit, sondern nur kalte Berechnung. Oh, wie sie ihn hasste.

Das war vor drei Wochen gewesen. Seitdem hatte sie es hartnäckig vermieden, ihren Vater zu erwähnen, obwohl Hockstetter ihn ständig ins Spiel brachte und ihr erzählte, wie traurig ihr Vater sei, dass er ihr ausdrücklich erlaubte, Feuer anzuzünden, und – das war das Schlimmste – dass er Hockstetter gesagt hätte, er glaube, dass Charlie ihn nicht mehr lieb habe.

Sie betrachtete ihr blasses Gesicht im Badezimmerspiegel und lauschte auf das monotone Heulen des Staubsaugers, den John betätigte. Wenn er damit fertig war, würde er ihr Bettzeug wechseln. Dann würde er Staub wischen. Und dann würde er verschwinden. Plötzlich wünschte sie, dass er noch bliebe. Sie wollte ihn sprechen hören.

Zuerst war sie immer ins Bad gegangen, wenn er kam, und dort geblieben, bis er wieder ging, und einmal hatte er den Staubsauger ausgeschaltet und an die Badezimmertür geklopft und besorgt gefragt: »Ist alles in Ordnung, Kleine? Du bist doch nicht krank?«

Seine Stimme klang so freundlich – und Freundlichkeit, einfache Freundlichkeit, gab es hier so selten –, dass sie Mühe hatte, ruhig und gelassen zu antworten, denn sie war wieder den Tränen nahe. »Nein ... mir fehlt nichts.«

Sie wartete und überlegte, ob er das Gespräch fortsetzen wollte, ob er, wie die anderen, versuchen würde, in sie zu dringen, aber er war einfach weggegangen und hatte den Staubsauger wieder eingeschaltet. Irgendwie war sie enttäuscht.

Bei anderer Gelegenheit hatte er den Fußboden aufgewischt, und als sie aus dem Bad kam, hatte er, ohne aufzublicken, gesagt:

»Pass auf, dass du nicht fällst und dir die Arme brichst, Kleine. Der Fußboden ist nass.« Das war alles, aber auch diesmal hatte sie vor Überraschung fast geweint – seine Besorgnis war so echt und direkt, dass sie nicht gespielt sein konnte.

In letzter Zeit war sie dann immer öfter aus dem Bad gekommen, um ihm zuzuschauen. Ihm zuzuschauen ... und zuzuhören. Manchmal fragte er etwas, aber nie klang es drohend. Dennoch antwortete sie meist nicht. Einfach aus Prinzip. John machte es nichts aus. Er sprach trotzdem zu ihr. Er berichtete, wie er beim Bowling abgeschnitten hatte, erzählte von seinem Hund und davon, dass sein Fernsehgerät kaputt sei und er es erst in ein paar Wochen würde reparieren lassen können, weil diese kleinen Röhren so teuer waren.

Sie hielt ihn für einsam. Bei seinem Gesicht hatte er wahrscheinlich keine Frau. Sie hörte ihm gern zu, denn das war wie eine geheime Verbindung nach draußen. Er hatte eine tiefe, angenehm klingende Stimme, die sich manchmal ein wenig verlor. Nie klang sie scharf oder bohrend wie die Hockstetters. Anscheinend verlangte er keine Antwort von ihr.

Sie stand vom Toilettensitz auf und trat an die Tür, und in diesem Augenblick gingen die Lichter aus. Erschrocken stand sie da, eine Hand am Türknauf, den Kopf schief gelegt. Sofort fiel ihr ein, dass dies irgendein Trick sein könnte. Sie hörte, wie das Heulen des Staubsaugers erstarb. Dann sagte John: »Was, zum Teufel, ist das?«

Dann gingen die Lichter wieder an. Aber Charlie blieb noch im Bad. Der Staubsauger heulte wieder auf. Schritte näherten sich der Tür, und John fragte: »Ist das Licht dort drinnen eben kurz ausgegangen?«

»Ja.«

»Das kommt wohl vom Sturm.«

»Von welchem Sturm?«

»Es sah nach Sturm aus, als ich zur Arbeit kam. Dichte Gewitterwolken.«

Es sah nach Sturm aus.

Draußen. Wenn sie doch nur hinausgehen und die dichten Gewitterwolken sehen könnte. Die Luft atmen, die vor einem Sommergewitter immer so anders roch. So nass und so nach Regen. Alles sah dann so –

Wieder gingen die Lichter aus.

Und wieder erstarb das Heulen des Staubsaugers. Die Dunkelheit war total. Ihre einzige Verbindung zur Welt war der Türknauf aus Chrom. Nachdenklich spielte sie mit der Zunge an der Oberlippe.

»Kleine?«

Sie antwortete nicht. Ein Trick? Sturm, hatte er gesagt. Und sie glaubte ihm. Es war überraschend und beängstigend, dass sie nach all dieser Zeit wieder etwas glaubte, das ihr jemand erzählte.

»Kleine?« Das war er wieder. Und diesmal klang es ... ängstlich.

Ihre eigene Furcht vor der Dunkelheit, die sie jetzt beschlich, verband sich mit seiner.

»Was ist los, John?« Sie öffnete die Tür und streckte eine tastende Hand in die Dunkelheit aus. Sie verließ noch nicht das Bad, denn sie wollte nicht über den Staubsauger stolpern.

»Was ist los?« Nackte Panik lag in seiner Stimme. Das machte ihr Angst. »Was ist mit dem Licht?«

»Es ist aus«, sagte sie. »Sie sagten doch ... der Sturm ...«

»Ich kann die Dunkelheit nicht ertragen«, sagte er. Aus seiner Stimme hörte sie Entsetzen und den grotesken Versuch einer Entschuldigung. »Das kannst du nicht verstehen. Ich kann nicht ... ich muss hier raus ...« Sie hörte ihn verzweifelt durchs Zimmer eilen, und dann stolperte er über etwas und stürzte mit lautem, schrecklichem Gepolter zu Boden – wahrscheinlich war es der Beistelltisch.

Er schrie gequält auf, und das erschreckte sie noch mehr.

»John? John! Ist etwas passiert?«

»Ich muss hier raus. Sag ihnen, sie sollen mich rauslassen, Kleine!«

»Was ist denn nur los?« Lange antwortete er nicht. Dann hörte sie tiefe und erstickende Laute und wusste, dass er weinte.

»Hilf mir«, sagte er dann, und Charlie stand in der Badezimmertür und versuchte, zu einem Entschluss zu kommen. Ein Teil ihrer Angst war schon in Mitgefühl umgeschlagen, der Rest war noch hellwach und misstrauisch.

»Hilf mir, oh, jemand muss mir doch helfen«, sagte er leise, so leise, als glaubte er nicht, dass jemand ihm zuhörte oder sich um seine Worte überhaupt kümmerte. Und das gab den Ausschlag. Langsam tastete sie sich mit ausgestreckten Armen durch das Zimmer zu ihm hinüber.

8

Rainbird hörte sie kommen und konnte sich in der Dunkelheit ein Grinsen nicht verbeißen – ein hartes, humorloses Grinsen. Für den Fall, dass das Licht unvermutet wieder angehen sollte, hielt er vorsichtshalber die Hand vors Gesicht.

»John?«

Trotz seines Grinsens sprach er angestrengt, als empfände er Schmerzen. »Es tut mir Leid, Kleine. Es ist nur ... es ist die Dunkelheit. Ich kann die Dunkelheit nicht ertragen. Es ist wie damals, als sie mich gefangen nahmen und in dieses Loch sperrten.«

»Wer hat das getan?«

»Die Vietcong.«

Sie kam näher. Das Grinsen verschwand aus seinem Gesicht, und er dachte sich in seine Rolle hinein.

Angst. Du hast Angst, weil die Vietcong dich in ein unterirdisches Loch eingeschlossen haben, nachdem eine ihrer Minen dir das halbe Gesicht weggerissen hatte ... und da warst du sehr lange ... und jetzt brauchst du einen Freund.

Irgendwie war die Rolle lebensecht. Er musste sie nur davon überzeugen, dass seine freudige Erregung über diese unvermutete Chance nichts anderes war als extreme Angst. Und natürlich *hatte* er Angst – Angst davor, alles zu verderben. Verglichen damit erschien das Abschießen der Orazinampulle aus dem Baum wie ein Kinderspiel. Ihre Intuition war unheimlich scharf. Vor Nervosität floss ihm der Schweiß in Strömen.

»Wer sind die Vietcong?«, fragte sie ganz aus der Nähe. Ihre Hand huschte leicht an seinem Gesicht vorbei, und er packte sie. Sie zuckte nervös zusammen.

»He, hab keine Angst«, sagte er. »Es ist doch nur, dass –«

»Sie ... das tut weh. Sie tun mir weh.«

Das war genau der richtige Ton. Auch sie hatte Angst, Angst vor der Dunkelheit und Angst vor ihm ... aber sie machte sich auch Sorgen um ihn. Sie sollte das Gefühl haben, dass ein Ertrinkender nach ihr griff.

»Sei nicht böse, Kleine.« Er lockerte seinen Griff, ließ aber nicht los. »Es ist ja nur ... kannst du nicht neben mir sitzen?«

»Natürlich.« Mit einem leisen Plumpsen ließ sie sich neben ihm auf den Boden fallen. Draußen, ganz in der Ferne, schrie jemand.

»Lasst uns raus!«, brüllte Rainbird sofort. »Lasst uns raus! He, lasst uns raus! Hier sind Leute eingeschlossen!«

»Hören Sie doch auf«, sagte Charlie erschrocken. »Uns ist doch nichts passiert ... nicht wahr?«

Sein Verstand, diese hochgezüchtete Maschine, lief auf vollen Touren, schrieb das Drehbuch, schrieb immer ein paar Zeilen voraus, genug, um keinen Fehler zu machen, aber nicht genug, um jede Spontaneität zu verlieren.

Rasch überlegte er sich, wie viel Zeit ihm noch blieb, ehe die Lichter wieder angingen. Er warnte sich vor allzu großen Erwartungen. Er hatte seinen Meißel an einer Ecke des Tresors angesetzt. Alles Weitere war Glückssache.

»Ja, du hast Recht«, sagte er. »Es ist nur die verdammte Dunkelheit. Ich habe nicht einmal ein Scheißstreichholz oder – oh, Verzeihung, Kleine. Das fuhr mir so raus.«

»Macht nichts«, sagte Charlie. »Das sagt mein Vater auch manchmal. Einmal machte er in der Garage meinen Puppenwagen heil und schlug sich dabei mit dem Hammer auf die Hand. Da hat er es ein paar Mal gesagt. Auch noch was anderes.« Das war bei weitem der längste Satz, den sie jemals in Rainbirds Gegenwart gesprochen hatte. »Ob sie bald kommen und uns herausholen?«

»Das können sie erst, wenn der Strom wieder da ist«, sagte er kläglich, wenn ihm auch alles andere als kläglich zu Mute war. »Diese Türen haben alle elektrische Schlösser. Sie sind so konstruiert, dass sie bei Stromausfall fest schließen. Sie halten dich in einer Scheiß ... sie halten dich in einer Zelle, Kleine. Es sieht aus wie eine hübsche kleine Wohnung, aber es ist nichts anderes als ein Gefängnis.«

»Ich weiß«, sagte sie ruhig. Er hielt immer noch ihre Hand fest, aber es schien ihr nicht mehr so viel auszumachen. »Sie sollten so etwas aber nicht sagen. Ich glaube, sie belauschen uns.«

Sie, dachte Rainbird triumphierend. Seit zehn Jahren hatte er keine solche Erregung empfunden. *Sie! Sie nennt die Leute von der Firma »sie«!*

Er spürte, dass sein Meißel den Tresor ein wenig weiter geöffnet hatte, den Tresor, der Charlie McGee hieß, und unfreiwillig packte er ihre Hand fester.

»Au!«

»Verzeihung, Kleine«, sagte er und lockerte seinen Griff. »Ich weiß verdammt gut, dass sie uns belauschen. Aber ohne Strom geht das nicht. Oh, Kleine, das gefällt mir überhaupt nicht. Ich muss hier raus!« Er fing an zu zittern.

»Wer sind die Vietcong?«

»Das weißt du nicht? ... Nein, du bist noch zu jung. Es war der Krieg, Kleine. Der Krieg in Vietnam. Die Vietcong waren die Bösen. Sie hatten schwarze Pyjamas an. Im Dschungel. Du hast doch schon vom Vietnamkrieg gehört, nicht wahr?«

Sie hatte davon gehört ... aber nur vage.

»Wir waren auf Patrouille und gerieten in einen Hinterhalt«, sagte er. Das stimmte, aber an dieser Stelle verabschiedete sich John Rainbird von der Wahrheit. Wozu sie verwirren? Er hätte ihr erzählen können, dass sie alle mit Drogen voll gepumpt gewesen waren. Die meisten der Jungs hatten jede Menge roten Kambodschaner geraucht, genauso wie ihr Leutnant aus West Point, der so viele Mescalintabletten schluckte, dass er ständig eine Gratwanderung zwischen Normalität und Wahnsinn vollführte. Rainbird war Zeuge gewesen, als dieses Schwein mit seinem halbautomatischen Gewehr einmal eine schwangere Frau erschoss, hatte gesehen, wie die Kugeln ihr den sechs Monate alten Fötus aus dem Leib rissen; später hatte der Kerl das ihnen gegenüber als Abtreibung à la West Point bezeichnet. Sie waren auf dem Weg zu ihrer eigenen Stellung und waren auch tatsächlich in einen Hinterhalt geraten, aber das waren ihre eigenen Leute gewesen, die noch schlimmer unter Drogen standen als sie selbst, und vier der Jungs waren gleich tot. Rainbird sah keine Veranlassung, das Charlie zu erzählen, und auch nicht, dass die Mine, die sein halbes Gesicht zerfetzt hatte, in einer Munitionsfabrik in Maryland hergestellt worden war.

»Nur sechs von uns überlebten. Wir rannten. Wir rannten durch den Dschungel, wahrscheinlich in die falsche Richtung. In die falsche Richtung? Das konnte man nie wissen. In diesem verrückten Krieg gab es ja keine festen Fronten. Ich verlor die anderen aus den Augen. Ich versuchte immer noch, mich zu orientieren, als ich auf eine Mine trat. So geschah das mit meinem Gesicht.«

»Es tut mir so Leid«, sagte Charlie.

»Als ich aufwachte, hatten *sie* mich geschnappt«, sagte Rainbird, und das war nun wirklich erdichtet. In Wirklichkeit war er mit einem Tropf am Arm in einem Lazarett in Saigon aufgewacht. »Sie wollten mich nicht behandeln lassen, bevor ich ihre Fragen beantwortet hatte.«

Er musste vorsichtig sein. Alles musste überzeugend klingen. Vorläufig hatte er das Gefühl, dass sie ihm glaubte.

Er hob die Stimme und legte seine ganze Verbitterung hinein. »Fragen, immer wieder Fragen. Sie wollten etwas über Truppenbewegungen erfahren ... Nachschub ... wo die leichte Infanterie stand ... alles. Sie ließen mir keine Ruhe. Immer wieder setzten sie mir zu.«

»Ja«, sagte Charlie ganz aufgeregt, und er freute sich.

»Ich sagte ihnen immer wieder, dass ich nichts wüsste, dass ich ihnen nichts erzählen könnte, dass ich nur ein gewöhnlicher Soldat sei, nur eine Nummer mit Feldgepäck auf dem Rücken.

Sie glaubten mir nicht. Mein Gesicht ... der Schmerz ... ich fiel vor ihnen auf die Knie und bettelte um Morphium ... sie sagten, wenn ... wenn ich reden würde, könnte ich Morphium bekommen und würde in einem guten Krankenhaus behandelt werden ... aber erst müsste ich reden.«

Jetzt war es Charlie, die seine Hand fester packte. Sie dachte an Hockstetters kalte graue Augen, daran, wie er auf die Metallschale mit den Holzspänen gezeigt hatte. *Die Antwort darauf kennst du. Wenn du das anzündest, bringe ich dich sofort zu deinem Vater. Du kannst in zwei Minuten bei ihm sein.* Sie empfand Mitgefühl für diesen Mann mit dem so schwer verletzten Gesicht, mit diesem erwachsenen Mann, der sich im Dunkeln fürchtete. Sie meinte zu verstehen, was er durchgemacht hatte. Sie kannte seinen Schmerz. Und in der Dunkelheit fing sie stumm an, um ihn zu weinen, und auch um sich selbst ... all die ungeweinten Tränen der letzten fünf Monate. Es waren Tränen des Schmerzes und der Wut, Tränen für John Rainbird, ihren Vater, ihre Mutter und ihr eigenes Schicksal. Brennende, qualvolle Tränen.

Sie weinte nicht so stumm, als dass Rainbirds Radarohren es nicht registriert hätten.

Er hatte Mühe, ein weiteres Lächeln zu unterdrücken. Oh ja, er hatte den Meißel gut angesetzt. Einige waren schwer zu knacken, andere leicht, aber keiner war unmöglich zu knacken.

»Sie glaubten mir einfach nicht. Zuletzt warfen sie mich in ein Loch unter der Erde, und dort war es immer dunkel. Es war ein kleiner ... Raum, würdest du es wohl nennen, mit Wänden aus Erde, aus denen Wurzeln herausragten ... und manchmal konnte ich acht Meter höher ein wenig Tageslicht sehen. Manchmal kam jemand – wahrscheinlich der Befehlshabende – und fragte, ob ich bereit sei zu reden. Er sagte, ich würde dort unten so weiß werden wie ein Fisch. Mein Gesicht würde sich entzünden, und ich würde Wundbrand im Gesicht bekommen, wovon mein Gehirn verfaulen würde. Zuerst würde ich verrückt werden und dann sterben. Er fragte, ob ich nicht gern aus der Dunkelheit herauswollte, um wieder die Sonne zu sehen. Ich bat und winselte ... ich schwor bei meiner Mutter, dass es nichts gab, was ich ihnen mitteilen könnte. Und dann lachten sie und legten die Bretter wieder über das Loch und schütteten Erde darauf. Ich war wie lebendig begraben. Die Dunkelheit ... wie hier ...«

Ein ersticktes Geräusch kam aus seiner Kehle, und Charlie drückte seine Hand fester, um ihn ihre Anwesenheit spüren zu lassen.

»Von diesem Raum ging ein kleiner, etwa fünf Meter langer Tunnel ab. Ich musste bis zum Ende des Tunnels kriechen, wenn ich ... du weißt schon. Und die Luft war schlecht, und ich glaubte, da unten in der Dunkelheit ersticken zu müssen, ersticken am Gestank meiner eigenen Schei...« Er stöhnte. »Es tut mir Leid. Das sollte man einem Kind nicht erzählen.«

»Warum nicht? Wenn Sie sich dann besser fühlen, ist es schon in Ordnung.«

Er überlegte eine Weile und beschloss, noch ein wenig weiterzugehen.

»Fünf Monate lang war ich dort unten, bis ich ausgetauscht wurde.«

»Was bekamen Sie denn zu essen?«

»Sie warfen verfaulten Reis herunter. Und manchmal Spinnen. Lebende Spinnen. Ganz große – wahrscheinlich Baumspinnen. Ich fing sie in der Dunkelheit, tötete und aß sie.«

»Oh, wie *entsetzlich*!«

»Sie machten mich zum Tier«, sagte er und schwieg einen Augenblick. Er atmete schwer. »Du hast es besser als ich damals, Kleine, aber es läuft so ziemlich auf dasselbe hinaus. Eine Ratte in der Falle. Glaubst du, dass das Licht bald wieder angeht?«

Sie sagte längere Zeit nichts, und ihn fror bei dem Gedanken, dass er vielleicht ihr Misstrauen geweckt hatte. Dann sagte Charlie: »Das macht nichts. Wir sind doch zu zweit.«

»Du hast Recht«, sagte er und fügte dann hastig hinzu: »Du wirst doch nichts erzählen? Wenn sie wüssten, was ich gesagt habe, würden sie mich feuern. Ich brauche diesen Job. Wenn man so aussieht wie ich, braucht man einen guten Job.«

»Nein, ich werde nichts sagen.«

Er spürte, dass der Meißel weiter eindrang. Sie hatten jetzt ein gemeinsames Geheimnis.

Er hatte sie in der Hand.

In der Dunkelheit dachte er darüber nach, wie es sein würde, wenn er ihr die Hände um den Hals legte. Das war natürlich das eigentliche Ziel – nicht ihre albernen Tests, nicht ihre kindlichen Spiele. Er würde sie töten ... und dann vielleicht sich selbst. Er mochte sie, er mochte sie wirklich. Vielleicht fing er sogar an, sich in sie zu verlieben. Die Zeit würde kommen, da er sie in die Jagdgründe schicken würde, und dabei würde er ihr die ganze Zeit aufmerksam in die Augen schauen. Und dann, wenn ihre Augen ihm das Signal gaben, nach dem er schon so lange suchte, würde er ihr vielleicht folgen. Ja. Vielleicht würden sie gemeinsam in die wahre Dunkelheit hinübergehen.

Draußen, außerhalb der verriegelten Türen, gab es noch immer einigen Wirbel, manchmal näher, manchmal etwas weiter weg.

Im Geist spuckte Rainbird sich in die Hände und machte sich wieder daran, das Mädchen zu bearbeiten.

9

Andy hatte keine Ahnung, dass sie ihn deshalb nicht herausgeholt hatten, weil sich bei Stromausfall automatisch die Türen verriegelten. Halb betäubt vor Panik blieb er noch eine ganze Zeit sitzen, war davon überzeugt, dass das Gebäude brannte, und bildete sich ein, den Rauch riechen zu können. Draußen hatte sich das Gewitter verzogen, und die Sonne des späten Nachmittags schien schräg gegen die Dämmerung an.

Ganz plötzlich fiel ihm Charlie ein, und er sah ihr Gesicht so deutlich, als ob sie vor ihm gestanden hätte.

(Sie ist in Gefahr, Charlie ist in Gefahr)

Es war eine seiner Vorahnungen, die erste seit jenem letzten Tag in Tashmore. Er dachte, er hätte diese Fähigkeit zusammen mit der psychischen Beeinflussung verloren, aber das war offensichtlich nicht der Fall, denn eine so klare Vorahnung wie diese hatte er noch nie gehabt – nicht einmal an dem Tag, an dem Vicky ermordet wurde.

Konnte das bedeuten, dass er auch jene andere Fähigkeit noch besaß? War sie gar nicht weg? Hielt sie sich nur verborgen?

(Charlie ist in Gefahr!)

In was für einer Gefahr?

Er wusste es nicht. Aber der Gedanke an sie und die Angst ließen ihr Gesicht ganz deutlich vor ihm erscheinen. Jede Einzelheit sah er in der Dunkelheit vor sich, und das Bild ihres Gesichts, ihre großen blauen Augen, ihr seidiges Blondhaar ließen ein Schuldgefühl in ihm aufkommen ... aber Schuld war ein viel zu milder Ausdruck für seine Empfindungen; er empfand eher Entsetzen. Seit die Lichter ausgegangen waren, hatte er sich in dieser verrückten Panik befunden und dabei nur an sich gedacht. Zu keiner Sekunde war ihm eingefallen, dass auch Charlie im Dunkeln hocken musste.

Nein, sie werden kommen, um sie herauszuholen. Wahrscheinlich haben sie es schon lange getan. Nur Charlie ist ihnen wichtig. Nur an Charlie ist ihnen gelegen. Das klang ganz vernünftig, aber dennoch empfand er diese quälende Gewissheit, dass sie in irgendeiner schrecklichen Gefahr schwebte.

Seine Angst um sie bewirkte, dass seine Panik nachließ, oder er sie doch wenigstens besser beherrschen konnte. Jetzt konnte er die Dinge wieder objektiv wahrnehmen. Als Erstes fiel ihm auf, dass er in einer Pfütze Ginger Ale saß. Seine Hosen waren nass und klebrig, und er stöhnte angewidert.

Bewegung. Bewegung war das Mittel gegen die Angst.

Er kniete sich hin, suchte die umgefallene Dose Canada Dry und schleuderte sie weg. Scheppernd rollte sie über die Fußbodenfliesen. Er nahm eine zweite Dose aus dem Kühlschrank; sein Mund war immer noch trocken. Er zog den Ringverschluss auf, ließ ihn in die Dose fallen und trank. Plötzlich hatte er den Verschluss im Mund und spuckte ihn gleichgültig in die Dose zurück. Er machte sich keinen Augenblick Gedanken darüber, dass so etwas vorhin noch ausgereicht hätte, bei ihm eine Viertelstunde Angst und Zittern auszulösen.

Er suchte tastend den Weg aus der Küche, wobei er die freie Hand an der Wand entlanggleiten ließ. Im Gebäude herrschte wieder völlige Ruhe. Nur gelegentlich hörte man in der Ferne jemanden rufen, aber der Tonfall verriet keine Anzeichen irgendwelcher Aufregung oder gar Panik. Den Qualmgestank hatte er sich eingebildet. Die Luft war nur ein wenig verbraucht, da mit dem Strom auch die Konvektoren ausgefallen waren, aber das war alles.

Anstatt das Wohnzimmer zu durchqueren, wandte sich Andy nach links und kroch in sein Schlafzimmer. Vorsichtig ertasteten seine Hände den Weg zum Bett. Er stellte seine Dose Ginger Ale auf den Nachtschrank und zog sich aus. Zehn Minuten später hatte er sich frische Wäsche und einen anderen Anzug angezogen und fühlte sich viel besser. Er war selbst erstaunt, dass das Ganze ihm gar keine Schwierigkeiten gemacht hatte. Vorher, als er durch sein Wohnzimmer gekrochen war, hatte er noch das Gefühl gehabt, ein Minenfeld überqueren zu müssen.

(Charlie – was ist mit Charlie passiert?)

Aber es war eigentlich nicht das Gefühl, dass ihr etwas zugestoßen sein könnte. Es war das Gefühl, dass sie bedroht war. Er ahnte eine Gefahr für sie. Wenn er bei ihr wäre, könnte er sie fragen, was –

Er lachte voller Bitterkeit. Ja, richtig. Und die Schweine werden pfeifen und Bettler zu Pferd sitzen.

Da könnte ich mir genauso gut den Mond in einem Einmachglas wünschen. Da könnte ich genauso gut –

Eine Weile dachte er an gar nichts, aber dann fing er wieder an zu überlegen – jetzt aber ruhiger und ohne Verbitterung.

Genauso gut könnte ich mir wünschen, Geschäftsleuten zu mehr Selbstvertrauen zu verhelfen.

Ich könnte mir wünschen, dicke Damen in bildschöne Schlankheit hineinzudenken.

Ich könnte mir wünschen, einen der Kerle, die Charlie entführt hatten, erblinden zu lassen.

Ich könnte mir wünschen, dass meine Fähigkeit zurückkehrt.

Seine Hände beschäftigten sich mit dem Bettlaken, zogen daran, zerknüllten es, glitten darüber hin – es war sein fast unbewusstes geistiges Bedürfnis, ständig Sinnesempfindungen aufzunehmen. Er konnte nicht hoffen, dass seine Fähigkeit, andere psychisch zu beeinflussen, zurückkehren würde. Diese Fähigkeit war einfach weg. Durch diese Fähigkeit konnte er sich den Weg zu Charlie nicht freimachen. Sie war weg.

(Wirklich?)

Plötzlich war er sich dessen gar nicht mehr sicher. Etwas in ihm – ganz tief in ihm – hintertrieb vielleicht ganz einfach seine bewusste Entscheidung, den Weg des geringsten Widerstands zu gehen und den Leuten von der Firma entgegenzukommen. Dieses Etwas ganz tief in ihm hatte vielleicht beschlossen, nicht aufzugeben.

Er blieb noch sitzen, betastete das Laken und ließ immer wieder die Hände darüber hinweggleiten.

Stimmte das, oder war es nur ein durch diese plötzliche Vorahnung ausgelöstes Wunschdenken? Würde sich diese Vorahnung bewahrheiten, oder war sie so unecht wie der vermeintliche Brandgeruch und nur durch seine Angst entstanden? Sie war in keiner Weise nachprüfbar, und ganz gewiss war niemand in der Nähe, den er psychisch hätte beeinflussen können.

Er trank sein Ginger Ale.

Wenn seine Fähigkeit nun *wirklich* zurückgekehrt war. Das wäre natürlich kein Allheilmittel; das wusste er selbst am besten. Er konnte seine Fähigkeit viele Male einsetzen, wenn er von ihr vorsichtigen Gebrauch machte, und einige Male konnte er gewaltig zustoßen, bevor er wieder völlig ausgelaugt war. Vielleicht schaffte er es, Charlie zu erreichen, aber er hatte nicht den Schatten einer Chance, mit ihr von hier zu entkommen. Vielleicht würde er sich bei seinen Anstrengungen ganz einfach eine tödliche Gehirnblutung zuziehen (und bei diesem Gedanken fuhren seine Hände automatisch an die Stellen in seinem Gesicht, an denen er keine Empfindung gehabt hatte).

Dann gab es noch das Problem mit dem Thorazin, das sie ihm ständig gegeben hatten. Die Tatsache, dass seine Dosis überfällig war, als die Lichter ausgingen, hatte, das wusste er, seine Panik mit verursacht. Selbst jetzt, da er sich besser in der Gewalt hatte, *brauchte* er sein Thorazin, *brauchte* er das Gefühl der Ausgeglichenheit und Ruhe, das es ihm vermittelte. Am Anfang hatte man ihm das Thorazin vor den Tests zwei Tage lang entzogen. Das Resultat war beständige Nervosität und eine tiefe Depression gewesen, wie dichte Wolken, die nie zu weichen schienen ... aber damals war sein Zustand nie so schlimm gewesen wie jetzt.

»Mach dir nichts vor, du bist drogensüchtig«, flüsterte er.

Er wusste nicht, ob es wirklich stimmte. Er wusste, dass es körperliche Abhängigkeit, wie die von Nikotin oder Heroin, gab, die physiologische Veränderungen im Zentralnervensystem verursachte. Und es gab seelisch bedingte Abhängigkeit. Bill Wallace, ein Kollege von ihm, wurde immer sehr nervös, wenn er nicht seine zwei bis drei Flaschen Cola am Tag trank, und sein alter Studienfreund Quincey war ganz wild auf Kartoffelchips – aber es musste eine bestimmte, ziemlich unbekannte Marke aus Neu England sein, die Humpry Dumpty hieß; nur diese befriedigte ihn, wie er behauptete. Dabei, so vermutete Andy, handelte es sich um psychologische Süchte. Er wusste nicht, ob sein Verlangen nach der Droge physiologisch oder psychologisch war; er wusste nur, dass er sie brauchte, und das *dringend.* Allein dadurch, dass er hier saß und an die blaue Pille in dem weißen Napf dachte, hatte er wieder einen wattigen Geschmack im Mund. Sie entzogen ihm die Droge nicht mehr vor den Tests, aber ob es deshalb war, weil sie fürchteten, er könne üble Entzugserscheinungen bekommen, oder ob es ganz einfach zur Testroutine gehörte, wusste er nicht.

Das Ergebnis war ein auf grausame Weise unlösbares Problem: er konnte seine Fähigkeit nicht ausüben, wenn er mit Thorazin voll gepumpt war, und doch brachte er einfach nicht den Willen auf, die Droge nicht mehr zu nehmen (und wenn sie *merkten,* dass er sie nicht mehr nahm, würde er sich natürlich gewaltigen Ärger einhandeln). Wenn sie ihm nach diesem Stromausfall wieder die Pille brachten, würde er sie nehmen, und ganz allmählich würde er wieder den Zustand apathischer Ruhe erreichen, in dem er sich befunden hatte, bevor das Licht ausging.

Dann wäre dies alles nur ein gespenstischer kleiner Ausflug gewesen. Er würde sich wieder vor sein Fernsehgerät setzen und *PDH-Club* und Clint Eastwood sehen und dabei zu viel aus dem Kühlschrank naschen, der immer gut gefüllt war. Er würde weitere Pfunde ansetzen.

(Charlie, Charlie ist in Gefahr, Charlie hat alle möglichen Schwierigkeiten, auf sie wartet eine Welt von Ungemach.)

Und wenn es so kam, konnte er nichts daran ändern.

Und selbst wenn er etwas daran ändern könnte, selbst wenn er sich genügend zusammenreißen könnte, dass ihm und Charlie die Flucht gelang – warum, zum Teufel, sollten die Schweine *nicht* pfeifen und die Bettler *nicht* zu Pferd sitzen? –, läge eine endgültige Lösung für Charlies Zukunft nach wie vor in weiter Ferne.

Er legte sich flach ausgestreckt auf das Bett zurück, und der Teil seiner Gedanken, der sich jetzt ausschließlich mit Thorazin beschäftigte, hörte nicht auf, danach zu verlangen.

Hier und jetzt gab es keine Lösung, und die Vergangenheit stand vor ihm auf. Er sah Charlie und sich wie in einem in Zeitlupe ablaufenden Albtraum die Third Avenue hochlaufen, einen Mann in abgewetzter Kordjacke und ein kleines Mädchen in Rot und Grün. Er sah Charlies verzerrtes, blasses und tränenüberströmtes Gesicht, nachdem sie auf dem Flugplatz das Kleingeld aus den Münzfernsprechern geholt hatte ... das Kleingeld hatte sie bekommen und einem Soldaten die Schuhe in Brand gesteckt.

Seine Gedanken schweiften noch weiter zurück, und er dachte an seinen Laden in Port City, Pennsylvanien, und an Mrs Gurney. Betrübt war die fette Mrs Gurney in sein Büro gekommen und hatte auf den sorgfältig gemalten Slogan gedeutet, der eigentlich Charlies Idee gewesen war. *Sie werden abnehmen, oder wir bezahlen Ihre Lebensmittel für die nächsten sechs Monate.*

Mrs Gurney hatte ihrem Mann, einem Expedienten, zwischen 1950 und 1957 vier Kinder geboren, und nun waren die Kinder groß und von ihrer Mutter angewidert, und auch ihr Mann war von ihr angewidert und hatte eine andere, und das konnte sie gut verstehen, denn er war mit fünfundfünfzig immer noch ein gut aussehender vitaler und kräftiger Mann, und sie hatte im Laufe der Jahre um hundertfünfzig Pfund zugenommen. Seit ihrer Eheschließung, als sie hundertzwanzig wog, war ihr Gewicht auf satte zweihundertsiebzig Pfund geklettert. Prall und monströs und verzeifelt war sie in ihrem grünen Hosenanzug hereingekommen, und ihr Hintern war fast so breit wie der Schreibtisch eines Bankpräsidenten. Als sie sich hinabbeugte, um ihr Scheckheft aus der Handtasche zu holen, verwandelte sich ihr Dreifachkinn in ein sechsfaches.

Er hatte sie zusammen mit drei anderen fetten Frauen in einen Kursus gesteckt. Er machte mit ihnen Leibesübungen und verordnete eine leichte Diät. Über beides hatte Andy in der öffentlichen Bücherei nachgelesen; dann gab es aufmunternde Gespräche, die er »Beratung« nannte, und hin und wieder gab er ihnen psychische Anstöße von mittlerer Intensität.

Mrs Gurney hatte von zweihundertsiebzig auf zweihundertfünfzig, dann auf zweihundertdreißig abgenommen und mit einer Mischung aus Angst und Entzücken gestanden, dass sie beim Essen seit einiger Zeit auf die zweite Portion verzichtete. Sie schien ihr einfach nicht mehr zu schmecken. Vorher hatte sie immer schüsselweise Naschwerk im Kühlschrank stehen gehabt (und Schmalzgebackenes im Brotkasten und zwei oder drei Käsekuchen im Gefrierfach), um für den Fernsehabend gerüstet zu sein, aber in letzter Zeit ... es hörte sich verrückt an ... *vergaß* sie die Sachen einfach. Dabei hatte man ihr immer gesagt, dass man während einer Schlankheitskur an gar nichts anderes als an süße Sachen denken *kann*. Als sie es einmal bei den Weight Watchers versucht hatte, sei es ganz anders gewesen als jetzt.

Die anderen drei Frauen hatten ähnlich günstig auf die Beeinflussung reagiert. Andy wartete nur ab und verfolgte die Entwicklung und hegte seinen Klientinnen gegenüber auf absurde Weise väterliche Gefühle. Alle vier waren erstaunt und erfreut über ihre gemeinsamen guten Erfahrungen. Die körperlichen Übungen, die ihnen sonst immer so langweilig und anstrengend vorgekommen waren, erschienen ihnen jetzt fast als Vergnügen. Und dann dieser ständige Drang *spazieren zu gehen.* Sie waren sich alle darüber einig, dass sie sich erst richtig wohl fühlten, wenn sie im Laufe des Tages eine beachtliche Strecke zu Fuß zurückgelegt hatten. Mrs Gurney erzählte, dass sie es sich angewöhnt habe, jeden Tag zu Fuß in die Stadt und zurück zu gehen, und das, obwohl die Gesamtstrecke länger als zwei Meilen war. Früher hatte sie immer den Bus genommen, was auch eigentlich vernünftig war, denn die Haltestelle befand sich direkt vor ihrem Haus. Als sie eines Tages doch wieder mit dem Bus gefahren war – weil ihr die Muskeln an den Schenkeln so sehr wehtaten –, hatte sie ein so dummes und unruhiges Gefühl gehabt, dass sie an der zweiten Haltestelle wieder ausgestiegen war. Die anderen stimmten ihr zu, und sie priesen Andy McGee trotz aller Muskelschmerzen in höchsten Tönen.

Beim dritten Wiegen hatte Mrs Gurney ihr Gewicht auf zweihundertzehn Pfund gedrückt, und als ihr Sechswochenkursus zu Ende war, wog sie weit unter zweihundert Pfund. Ihr Mann, so berichtete sie, hätte es kaum glauben können, da sie doch schon so viele Diätprogramme ohne Erfolg ausprobiert hatte. Aus Angst, sie könnte Krebs haben, hatte er sie gebeten, einen Arzt aufzusuchen. Er hatte es für unmöglich gehalten, in nur sechs Wochen auf natürliche Weise über siebzig Pfund an Gewicht zu verlieren. Sie zeigte ihm ihre vom Nähen roten und schwieligen Finger, denn sie hatte mit Nadel und Faden all ihre Kleider enger machen müssen. Und dann schlang sie ihm die Arme um den Hals (wobei sie ihm fast das Genick brach) und weinte sich an seiner Schulter aus.

Genau wie einige seiner Kollegen besuchten ihn manchmal seine erfolgreicheren Studenten, einige, um sich zu bedanken, andere, um ihm gegenüber ihren Erfolg zu demonstrieren – nach dem Muster: Sehen Sie, der Student ist mehr geworden als der Lehrer ... etwas, das kaum so ungewöhnlich war, wie sie zu glauben schienen.

Aber Mrs Gurney hatte zur ersten Kategorie gehört. Nur etwa zehn Tage bevor Andy anfing, sich in Port City bespitzelt zu fühlen, war sie in sein Büro gekommen, um sich zu bedanken. Noch vor Ende jenes Monats waren sie nach New York City gegangen.

Mrs Gurney war immer noch eine stattliche Frau, aber wenn

man sie von früher kannte, sah man den enormen Unterschied – wie bei den Anzeigen mit den Vorher-Nachher-Fotos. Als sie jenes letzte Mal hereinschaute, wog sie noch hundertachtzig Pfund. Aber es ging natürlich gar nicht um ihr genaues Gewicht. Wichtig war, dass sie auch weiterhin sechs Pfund plus minus dreißig Prozent wöchentlich abnehmen würde. In der Folgezeit würde sie mit verringerter Geschwindigkeit abnehmen, um dann schließlich ihr ursprüngliches Gewicht zu erreichen. Dabei würde es keine explosive Gewichtsminderung geben, und auch keine Nachwirkungen wie Abscheu vor dem Essen, was gelegentlich zu nervöser Anorexie führt. Andy wollte ein wenig Geld verdienen, aber niemanden dabei umbringen.

»Für das, was Sie getan haben, sollte man Sie zum nationalen Wundertäter erklären«, hatte Mrs Gurney gesagt, nachdem sie berichtet hatte, dass sie sich mit ihren Kindern versöhnt habe, und dass das Verhältnis zu ihrem Mann jetzt besser sei. Andy hatte sich lächelnd bei ihr bedankt, aber jetzt, da er auf seinem Bett lag und allmählich müde wurde, überlegte er, dass genau dies ihm und Charlie passiert war: Man wollte aus ihnen nationale Wundertäter machen.

Dennoch, es war keine schlechte Fähigkeit. Nicht, wenn man damit einer Mrs Gurney helfen konnte.

Er lächelte ein wenig. Und lächelnd schlief er ein.

10

An die Einzelheiten des Traums konnte er sich später nicht mehr erinnern. Er hatte etwas gesucht. Er hatte sich in einem labyrinthartigen, von trüben roten Lampen erhellten Gewirr von Korridoren befunden. Er öffnete Türen zu leeren Zimmern und schloss sie wieder. In einigen Räumen lag eine Menge zusammengeknülltes Papier, in einem eine umgestürzte Tischlampe und ein von der Wand gefallenes Bild im Stil von Wyeth. Andy hatte das Gefühl, sich in einer Anlage zu befinden, die geschlossen und in aller Eile geräumt worden war.

Und dennoch hatte er zuletzt gefunden, was er suchte. Es war ... was? Eine Kiste? Eine Truhe? Was immer es war, es hatte ein entsetzliches Gewicht, und auf den Gegenstand war mit einer Schablone ein Totenkopf mit gekreuzten Knochen gemalt, wie man ihn auf einer Dose Rattengift findet, die man auf einem hohen Regal im Keller aufbewahrt. Trotz seines Gewichts (er musste mindestens so viel wiegen wie Mrs Gurney) konnte er den Gegenstand hochheben. Er spürte alle Muskeln und Sehnen straff und hart werden, aber er empfand keinen Schmerz.

Natürlich nicht, sagte er sich. *Ich empfinde keinen Schmerz, weil es ein Traum ist. Später werde ich dafür büßen. Der Schmerz wird sich später einstellen.*

Er trug die Kiste aus dem Raum, in dem er sie gefunden hatte. Es gab einen Ort, an den er sie schaffen musste, aber er wusste nicht, wo er lag und um was es sich dabei handelte –

Ich werde es wissen, wenn ich ihn sehe, flüsterte sein Verstand.

Also trug er die Kiste über endlose Korridore auf und ab, und das Gewicht zerrte schmerzlos an seinen Muskeln, und sein Nacken wurde steif; und obwohl ihm die Muskeln nicht wehtaten, zeigten sich Anzeichen von Kopfschmerzen.

Das Gehirn ist ein Muskel, dozierte sein Verstand, und diese Aussage wurde zu einem Kinderlied, zu einem fröhlichen Vers, wie ihn kleine Mädchen beim Hüpfen singen: *Das Gehirn ist ein Muskel, der die Welt bewegen kann. Das Gehirn ist ein Muskel, der die Welt –*

Jetzt sahen die Türen alle wie U-Bahn-Türen aus, leicht nach außen gewölbt und mit großen Fenstern; alle diese Fenster hatten abgerundete Ecken. Durch diese Türen (wenn es Türen waren) erkannte Andy eine verwirrende Vielfalt von Szenen. In einem Raum spielte Dr. Wanless auf einem riesigen Akkordeon. Vor sich hatte er ein Blechgefäß voller Bleistifte stehen, und um den Hals trug er ein Schild mit der Aufschrift: NIEMAND IST SO BLIND WIE DIEJENIGEN, DIE NICHT SEHEN WOLLEN. Durch ein anderes Fenster sah Andy ein Mädchen in einem weißen Gewand, das kreischend durch die Luft sauste und immer wieder von den Wänden abprallte. Von diesem Fenster rannte Andy rasch weg.

Durch ein weiteres Fenster erkannte er Charlie, und er war überzeugt, dass dies eine Art Piratentraum war – der vergrabene Schatz, Jo-ho-ho-Geschrei und dergleichen –, denn Charlie unterhielt sich offenbar mit Long John Silver. Dieser Mann hatte einen Papagei auf der Schulter sitzen und trug eine Augenklappe über dem einen Auge. Er grinste Charlie mit einer kriecherischen, falschen Freundlichkeit an, die Andy ganz nervös machte. Wie zur Bestätigung legte der einäugige Pirat den Arm um Charlies Schultern und rief heiser: »Die werden wir schon noch überlisten, Kleine!«

Andy wollte stehen bleiben und an das Fenster klopfen, damit Charlie auf ihn aufmerksam würde – wie hypnotisiert starrte sie den Piraten an. Andy wollte sie dazu bringen, den Fremden zu durchschauen, wollte ihr begreiflich machen, dass er nicht der war, der er schien.

Aber er konnte nicht stehen bleiben. Er musste diese verdammte

(Kiste? Truhe?)

fortschaffen.

(???)

Was musste er? Was, zum Teufel, sollte er mit ihr machen?

Aber er würde es wissen, wenn die Zeit gekommen war.

Er ging an Dutzenden von weiteren Räumen vorbei – er konnte sich nicht mehr an alles, was er gesehen hatte, erinnern –, und dann befand er sich plötzlich in einem langen, leeren Korridor, der an einer leeren Wand endete. Aber sie war nicht ganz leer; genau in der Mitte war etwas angebracht, ein großes, stählernes Rechteck, das aussah wie ein Briefkastenschlitz.

Dann sah er das in erhabenen Buchstaben aufgeprägte Wort.

BESEITIGUNG, las er. Und plötzlich stand Mrs Gurney neben ihm; eine schlanke und hübsche Mrs Gurney mit einer wohlgeformten Figur und schlanken Beinen, die dafür gemacht schienen, die ganze Nacht durchzutanzen, auf einer Terrasse zu tanzen, bis die Sterne am Himmel verblassten und sich im Osten wie einschmeichelnde Musik die Dämmerung erhob. Man würde nie glauben, dachte er benommen, dass ihre Kleidung einst von Omar, dem Zeltmacher, gefertigt wurde.

Andy versuchte, die Kiste anzuheben, aber es gelang ihm nicht. Plötzlich war sie zu schwer. Seine Kopfschmerzen waren schlimmer geworden. Sie waren wieder wie das schwarze Pferd, das reiterlose schwarze Pferd mit den roten Augen, und mit wachsendem Entsetzen erkannte er, dass es frei war, dass es sich irgendwo in dieser verlassenen Anlage befand, ihn suchte und sich ihm mit stampfenden Hufen näherte –

»Ich werde Ihnen helfen«, sagte Mrs Gurney. »Sie haben mir geholfen, und jetzt helfe ich Ihnen. Schließlich sind Sie der nationale Wundertäter, nicht ich.«

»Sie sehen so gut aus«, sagte er. Durch den immer wilderen Schmerz in seinem Kopf schien seine Stimme von weit her zu kommen.

»Ich fühle mich, als hätte man mich aus einem Gefängnis herausgelassen«, antwortete Mrs Gurney. »Lassen Sie mich Ihnen helfen.«

»Es ist nur, dass mir der Kopf wehtut.«

»Natürlich tut er das. Schließlich ist das Gehirn ein Muskel.«

Half sie ihm, oder tat er es selbst? Daran konnte er sich nicht erinnern. Aber er konnte sich daran erinnern, dass er glaubte, den Traum jetzt verstanden zu haben. Es war die Fähigkeit, andere psychisch zu beeinflussen, die er jetzt endgültig loswurde. Er wusste noch, dass er die Kiste gegen den Schlitz lehnte, auf dem BESEITIGUNG stand, dass er sie hochkantete und sich überlegte, wie es wohl aussehen würde, wenn es herauskam, dieses Ding, das seit seiner Studentenzeit in seinem Gehirn gesteckt hatte. Aber es kam etwas anderes heraus; er empfand Überraschung und Angst, als sich der Deckel öffnete. Was in den Schlitz hineinrauschte, war eine Flut von blauen Pillen, *seine* Pillen, und er hatte große Angst; er hatte, in den Worten Großvater McGees, genug Angst, um Fünfcentstücke zu scheißen.

»Nein!«, brüllte er.

»Doch«, sagte Mrs Gurney mit fester Stimme. »Das Gehirn ist ein Muskel, der die Welt bewegen kann.«

Und dann begriff er, was sie meinte.

Je mehr er ausschüttete, umso mehr schien ihn der Kopf zu

schmerzen, und je schlimmer er schmerzte, umso dunkler wurde es, bis es gar kein Licht mehr gab, bis die Dunkelheit total war, eine lebende Dunkelheit, jemand hatte irgendwo alle Sicherungen durchbrennen lassen, und es gab kein Licht, keine Kiste und keinen Traum, nur seine Kopfschmerzen und das reiterlose Pferd mit den roten Augen, das immer näher kam.

Mit stampfenden Hufen ...

11

Er musste lange wach gewesen sein, bevor es ihm bewusst wurde. Das völlig fehlende Licht machte es schwer, eine genaue Trennlinie zu ziehen. Vor ein paar Jahren hatte er von einem Experiment gelesen, bei dem eine Anzahl Affen in eine Umgebung gebracht wurden, die so eingerichtet war, dass sie all ihre sinnlichen Wahrnehmungen dämpfte. Die Affen waren alle verrückt geworden. Er wusste, warum. Er hatte keine Ahnung, wie lange er geschlafen hatte. Er hatte keine konkrete sinnliche Wahrnehmung gehabt außer –

»Oh, mein Gott!«

Als er sich aufrichtete, fuhr ihm wie mit grässlichen Speeren der Schmerz durch den Kopf. Er griff sich mit den Händen an den Kopf und schüttelte ihn hin und her. Langsam ließen die Schmerzen ein wenig nach oder wurden doch einigermaßen erträglich.

Es gab keine konkreten sinnlichen Wahrnehmungen außer diesen verdammten Kopfschmerzen. Ich muss falsch gelegen haben, dachte er. Ich muss –

Nein. Oh nein. Er kannte seine Kopfschmerzen, kannte sie gut. Solche Kopfschmerzen hatte er bekommen, wenn er mit mittlerer Intensität zugestoßen hatte ... härter als bei den fetten Weibern oder den verzagten Managern, aber nicht so hart wie bei den Kerlen auf dem Rastplatz an der Autobahn.

Wieder fuhr sich Andy mit den Händen ans Gesicht, tastete es von oben bis unten ab. Er fand keine Stellen, an denen er kein

Gefühl mehr hatte. Wenn er lächelte, hoben sich die Mundwinkel wie immer. Wie sehnte er sich nach irgendeinem Licht, damit er im Badezimmerspiegel seine Augen betrachten könnte, um zu sehen, ob es in einem von ihnen wieder diesen verräterischen roten Schimmer gab ...

Zustoßen?

Das war lächerlich. Gegen wen hätte er zustoßen sollen?

Gegen wen außer –

Ihm stockte plötzlich der Atem. Er hatte schon daran gedacht, es aber nie versucht. Man durfte einen Schaltkreis nicht überladen, indem man ständig neue Energie hineinschickte. Er hatte sich einfach nicht getraut.

Meine Pille, dachte er. *Meine Pille ist überfällig, und ich brauche sie, ich brauche sie dringend, wirklich dringend. Mit der Pille wird alles wieder gut.*

Es war nur ein Gedanke. Ein Verlangen stellte sich dabei nicht ein. Die Vorstellung, Thorazin zu nehmen, brachte einen ähnlichen Anstieg von Emotionen, als hätte er gesagt: *Würden Sie mir bitte die Butter reichen.* Tatsache war, dass er sich, von diesen verdammten Kopfschmerzen abgesehen, ganz wohl fühlte. Und Tatsache war auch, dass er schon viel schlimmere Kopfschmerzen gehabt hatte – die auf dem Flughafen von Albany zum Beispiel. Dagegen waren diese eine Bagatelle.

Ich habe mich selbst psychisch beeinflusst, dachte er erstaunt. Zum ersten Mal konnte er sich wirklich in Charlies Lage hineinversetzen, denn zum ersten Mal hatte er Angst vor seinem eigenen Psi-Talent. Zum ersten Mal begriff er, wie wenig er diese Fähigkeiten in seinen Möglichkeiten und Auswirkungen einschätzen konnte. Warum waren sie plötzlich nicht mehr vorhanden gewesen? Andy wusste es nicht. Warum hatte sich diese Fähigkeit wieder eingestellt? Auch das wusste er nicht. Hatte es etwas mit seiner grauenhaften Angst in der Dunkelheit zu tun? Mit seinem plötzlichen Gefühl, dass Charlie in Gefahr schwebte (gespenstisch kam ihm die Erinnerung an den einäugigen Piraten und war sofort wieder weg) und seinem elenden Selbsthass dafür, dass er gar nicht mehr an sie gedacht hatte? Hatte es vielleicht sogar etwas mit der Kopfverletzung zu tun, die er sich bei seinem Sturz zugezogen hatte?

Er wusste es nicht; er wusste nur, dass er sich selbst psychisch beeinflusst hatte.

Das Gehirn ist ein Muskel, der die Welt bewegen kann.

Plötzlich fiel ihm ein, dass er, anstatt kleinen Angestellten oder fetten Weibern Anstöße zu geben, ein Ein-Mann-Rehabilitationszentrum für Drogensüchtige hätte werden können, und diese aufkeimende Vermutung versetzte ihn in zitternde Ekstase. Er war mit dem Gedanken eingeschlafen, dass eine Fähigkeit, mit der der armen fetten Mrs Gurney zu helfen war, so schlecht nicht sein konnte. Wie wäre es mit einer Fähigkeit, die jeden armen Teufel in New York City, der Drogen nahm, von seiner Sucht befreien konnte? Wie wäre es *damit,* Sportsfreunde?

»Mein Gott«, flüsterte er. »Bin ich wirklich clean?«

Das Verlangen war weg. Thorazin, das Bild der blauen Pille in dem weißen Napf – dieser Gedanke war jetzt unmissverständlich neutral.

»Ich bin clean«, beantwortete er seine eigene Frage.

Die nächste Frage: konnte er clean bleiben?

Aber kaum hatte er sich diese Frage gestellt, als schon weitere Fragen auftauchten. Konnte er genau feststellen, was mit Charlie geschah? Im Schlaf hatte er seine Fähigkeit wie eine Art Autohypnose gegen sich selbst eingesetzt. Konnte er sie im Wachzustand gegen andere einsetzen? Gegen Pynchot zum Beispiel mit seinem ewigen widerlichen Grinsen? Pynchot wusste bestimmt, was man mit Charlie vorhatte. Konnte er ihn zum Reden veranlassen? Konnte er sie vielleicht trotz allem hier herausholen?

Gab es diese Möglichkeit? Und wenn sie es schafften, was dann? Ständige Flucht kam nicht mehr in Frage. Sie mussten ein festes Ziel haben.

Zum ersten Mal seit Monaten war er aufgeregt, schöpfte er wieder Hoffnung. Bruchstückhaft überlegte er einen Plan, hieß ihn gut, verwarf ihn wieder und stellte sich weitere Fragen. Zum ersten Mal seit Monaten fühlte er sich in seinem eigenen Kopf wieder zu Hause, regte sich Leben in ihm, war er wieder in der Lage zu handeln. Und vor allem dies: wenn es ihm gelang, sie zwei Dinge glauben zu machen – dass er noch unter Drogen stand und dass er die Fähigkeit, andere psychisch zu beeinflussen, verloren hatte, gab es für ihn vielleicht die Chance, *irgendetwas* zu unternehmen.

Während er noch unruhig grübelte, ging das Licht wieder an. Im Nebenraum plärrte das Fernsehen wieder die religiös verbrämte Bettelei des *PDH-Clubs*.

Die Augen, die elektronischen Augen! Sie beobachten mich wieder oder werden bald damit anfangen ... Das darf ich nicht vergessen!

Einen Augenblick lang stand ihm alles klar vor Augen – die Tage und Wochen der Verstellung, die vor ihm lagen, wenn er auch nur die geringste Chance haben wollte, dazu die fast sichere Gewissheit, dass er an irgendeinem Punkt auffliegen würde. Mutlosigkeit erfasste ihn ... aber das Verlangen nach der Pille blieb aus, und das half ihm, sich sofort wieder zu fangen.

Der Gedanke an Charlie war eine weitere Hilfe.

Langsam stand er vom Bett auf und ging ins Wohnzimmer hinüber. »Was war denn los?«, rief er laut. »Ich hatte Angst! Wo ist mein Medikament? Ich muss sofort mein Medikament haben!«

Mit stumpfem, schlaffem Gesicht setzte er sich vor das Fernsehgerät.

Und hinter seinen ausdruckslosen Zügen arbeitete sein Gehirn – jener Muskel, der die Welt bewegen kann – immer schneller.

12

Wie es ihrem Vater mit seinem Traum ergangen war, konnte auch Charlie McGee sich nicht an die Einzelheiten ihres langen Gesprächs mit Rainbird erinnern. Sie wusste nur das Wichtigste. Ihr war nicht ganz klar, warum sie ihm überhaupt ihre Geschichte erzählt hatte, warum sie von ihrer Sehnsucht nach ihrem Vater gesprochen hatte und von ihrer grauenhaften

Angst davor, dass man sie mit Tricks dazu veranlassen könnte, ihre pyrokinetischen Fähigkeiten anzuwenden.

Teils lag es natürlich am Stromausfall und an dem Wissen, dass *sie* nicht zuhörten. Teils lag es auch an John, der so viel durchgemacht hatte und sich so entsetzlich vor der Dunkelheit fürchtete und den damit verbundenen Erinnerungen an das grässliche Loch, in das die Vietcong ihn geworfen hatten. Er hatte sie fast teilnahmslos gefragt, warum man sie denn eingesperrt habe, und sie hatte angefangen zu reden, um ihn abzulenken. Aber es war rasch mehr geworden. Immer schneller hatte sie alles ausgesprochen, was sich in ihr aufgestaut hatte, bis die Worte nur so hervorsprudelten. Ein oder zwei Mal hatte sie geweint, und er hatte ungeschickt versucht, sie zu trösten. Er war ein netter Mann ... in mancher Hinsicht erinnerte er sie an ihren Vater.

»Wenn sie erfahren, dass Sie das alles wissen, werden Sie wahrscheinlich auch eingesperrt«, sagte sie. »Ich hätte Ihnen nichts erzählen sollen.«

»Sie würden mich bestimmt einsperren«, sagte John heiter, »ich bin in der Sicherheitskategorie D, Kleine. Das gibt mir höchstens die Berechtigung, eine Dose Bohnerwachs aufzumachen.« Er lachte. »Wenn du aber nicht verrätst, dass du mir alles erzählt hast, kann uns nichts passieren.«

»Das tue ich bestimmt nicht«, sagte sie eifrig. Sie war selbst ein wenig beunruhigt gewesen. Wenn John etwas verraten hätte, wäre er von ihnen vielleicht als Druckmittel gegen sie verwendet worden. »Ich habe schrecklichen Durst. Im Kühlschrank steht Eiswasser. Wollen Sie auch etwas?«

»Lass mich nicht allein«, sagte er sofort.

»Wir gehen zusammen. Wir können uns ja die Hände reichen.«

Er schien darüber nachzudenken. »Gut«, sagte er.

Sie hielten sich ganz fest an den Händen und schlurften gemeinsam zur Küche hinüber.

»Du darfst auch bestimmt nichts verraten, Kleine. Besonders nicht, dass ein riesengroßer Indianer sich vor der Dunkelheit fürchtet. Die Kerle würden sich über mich totlachen.«

»Sie würden nicht lachen, wenn sie wüssten –«

»Wer weiß.« Er lachte leise. »Aber lieber sollen sie es nicht erfahren. Wie bin ich froh, dass du hier warst, Kleine.«

Sie war so gerührt, dass sich ihre Augen wieder mit Tränen füllten. Sie nahm sich zusammen, und dann erreichten sie den Kühlschrank. Sie tastete nach dem Krug mit dem Eiswasser. Es war nicht mehr eiskalt, aber es löschte den Durst. Wieder überlegte sie voller Unruhe, wie lange sie wohl gesprochen hatte, aber sie wusste es nicht. Sie wusste nur, dass sie alles erzählt hatte.

Selbst was sie eigentlich verschweigen wollte, nämlich die Ereignisse auf der Mandersfarm. Leute wie Hockstetter wussten das natürlich alles, aber sie waren ihr gleichgültig. John aber war ihr nicht gleichgültig ... und auch nicht seine Meinung über sie.

Aber sie hatte geredet. Er war mit ein paar Fragen gleich auf das Wesentliche zu sprechen gekommen ... und sie hatte geredet, oft unter Tränen. Aber, statt weitere Fragen zu stellen oder sie misstrauisch zu verhören, hatte er sich alles nur ruhig angehört, und sie empfand deutlich sein Mitgefühl. Er schien zu wissen, durch welche Hölle sie gegangen war, vielleicht, weil er selbst die Hölle erlebt hatte.

»Hier ist das Wasser«, sagte sie.

»Danke.« Sie hörte ihn trinken, und dann gab er ihr den Krug zurück. »Vielen Dank.«

Sie stellte das Gefäß weg.

»Komm, wir gehen ins Zimmer zurück«, sagte er. »Ich möchte wissen, ob das Licht überhaupt je wieder angeht.« Er schätzte, dass sie bisher etwa sieben Stunden im Dunkeln gesessen hatten, und er wurde langsam ungeduldig. Er musste hier raus und über alles nachdenken. Nicht über das, was sie ihm erzählt hatte – das hatte er alles schon gewusst –, sondern darüber, wie er jetzt vorgehen sollte.

»Ich denke, das Licht wird bald wieder angehen«, sagte Charlie.

Sie tasteten sich zum Sofa vor und setzten sich.

»Haben sie dir denn überhaupt nichts über deinen Vater gesagt?«

»Nur, dass es ihm gut geht«, sagte sie.

»Ich wette, ich könnte ihn mal besuchen«, sagte Rainbird, als sei ihm dieser Gedanke eben gerade gekommen.

»Wirklich? Glauben Sie, dass Sie das schaffen?«

»Ich könnte an irgendeinem Tag mit Herbie tauschen. Ihn besuchen. Ihm sagen, dass es dir gut geht. Nein, nicht sagen, sondern ihm einen Zettel von dir zustecken oder so.«

»Wäre das nicht gefährlich?«

»Nur, wenn wir es zur Gewohnheit machen. Aber ich schulde dir eine Gefälligkeit. Ich werde hingehen und feststellen, wie es ihm geht.«

Sie fiel ihm in der Dunkelheit um den Hals und küsste ihn. Rainbird drückte sie zärtlich an sich. Auf seine Weise liebte er sie. Jetzt mehr als je zuvor. Sie gehörte ihm und er ihr wohl auch. Vorläufig.

Eine Weile blieben sie schweigend nebeneinander sitzen, und Charlie war kurz vor dem Einschlafen. Dann sagte er etwas, das sie so plötzlich weckte, als hätte man ihr kaltes Wasser ins Gesicht geschüttet.

»Scheiße, du solltest ihnen ihre verdammten Feuer anzünden, wenn du kannst.«

Charlie zog scharf die Luft ein. Sie war so schockiert, als hätte er sie geschlagen.

»Ich habe es Ihnen doch *gesagt*«, antwortete sie. »Es ist, als ob ... man ein wildes Tier aus dem Käfig lässt. Ich habe mir geschworen, es nie wieder zu tun. Dieser Soldat am Flughafen ... und die Männer auf der Farm ... ich habe sie umgebracht ... ich habe sie *verbrannt*!« Ihr Gesicht war heiß und gerötet, und sie wäre fast wieder in Tränen ausgebrochen.

»So, wie du es geschildert hast, klang es eher nach Notwehr.«

»Ja, aber das ist doch keine Entschuldigung –«

»Und es klang so, als hättest du deinem Vater das Leben gerettet.«

Charlie schwieg. Aber er spürte ihre Qual, ihre Verwirrung und ihr ganzes Elend. Er sprach rasch weiter, denn sie sollte sich nicht erst daran erinnern, dass sie auch ihren Vater fast umgebracht hätte.

»Was diesen Hockstetter anbetrifft, solche Leute kenne ich schon aus dem Krieg. Allesamt Wunderknaben. Wenn er es so nicht schafft, wendet er eben härtere Methoden an.«

»Davor habe ich ja am meisten Angst«, gab sie leise zu.

»Der Kerl ist zu allem fähig.«

Charlie erschrak. Dann sagte sie: »Trotzdem, ich zünde keine Feuer mehr an. Das habe ich mir geschworen. Es ist etwas Böses, und deshalb tue ich es nicht.«

Das reichte. Es war Zeit aufzuhören. Er hatte zwar das Gefühl, dass er weitermachen, einfach seiner Intuition folgen könnte. Aber dieses Gefühl mochte trügen. Außerdem war er müde. Das Mädchen zu bearbeiten, war mindestens so anstrengend gewesen wie Rammadens Tresore zu knacken. Wenn er jetzt nicht aufhörte, könnte ihm ein Fehler unterlaufen, der nicht gutzumachen wäre.

»Ja, ja, ich denke, du hast Recht.«

»Werden Sie wirklich zu Daddy gehen?«

»Ich will's versuchen, Kleine.«

»Es tut mir so Leid, dass Sie hier bei mir eingesperrt waren, John. Aber ich bin auch sehr froh.«

»Ja, ja.«

Sie sprachen noch über belanglose Dinge, und sie legte den Kopf gegen seinen Arm. Er merkte, dass sie wieder einschlafen wollte – es war schon sehr spät –, und als das Licht vierzig Minuten später wieder anging, schlief sie ganz fest. Das Licht fiel ihr ins Gesicht, und sie bewegte sich und wandte den Kopf, sodass er im Schatten lag. Nachdenklich schaute er auf sie hinab, sah ihren schlanken Hals, ihren kleinen Kopf. Solche Kräfte in dieser zerbrechlichen kleinen Hülle. Konnte das überhaupt stimmen? Sein Verstand wollte es nicht wahrhaben, aber sein Gefühl sagte das Gegenteil. Es war ein merkwürdiges und irgendwie schönes Gefühl, mit sich selbst so uneins zu sein. Sein Gefühl sagte ihm, dass sie wirklich diese Kräfte besaß, und zwar in einem Ausmaß, das die anderen nie glauben würden, vielleicht sogar in einem solchen Ausmaß, wie es der verrückte Wanless angedeutet hatte.

Er nahm sie hoch, trug sie zu ihrem Bett und deckte sie zu. Sie wurde halb wach.

Impulsiv beugte er sich vor und küsste sie. »Gute Nacht, Kleine.«

»Gute Nacht, Daddy«, sagte sie schläfrig, rollte sich auf die Seite und lag still.

Er betrachtete sie noch ein paar Minuten und ging dann in das Wohnzimmer zurück. Zehn Minuten später stürzte Hockstetter herein.

»Stromausfall«, sagte er. »Vom Sturm. Diese verdammten elektronischen Schlösser sind alle verriegelt. Ist sie –«

»Es ist alles in Ordnung, wenn Sie nicht so verdammt laut sprechen«, sagte Rainbird. Seine großen Hände packten Hockstetter an den Aufschlägen seines weißen Laborkittels, und er riss ihn zu sich heran, sodass Hockstetters plötzlich angsterfülltes Gesicht nur ein paar Zentimeter von seinem eigenen entfernt war. »Und wenn Sie hier noch einmal so tun, als ob Sie mich kennen, als sei ich etwas anderes als ein Wärter der Kategorie D, bringe ich Sie um, schneide Sie in kleine Stücke und verarbeite Sie zu Katzenfutter.«

Hockstetter stotterte hilflos. Der Speichel floss ihm aus den Mundwinkeln.

»Haben Sie verstanden? Ich werde Sie umbringen.« Der Indianer schüttelte Hockstetter.

»I-i-ich habe ver-ver-standen.«

»Dann raus hier«, sagte Rainbird und stieß Hockstetter auf den Korridor hinaus.

Der Indianer schaute sich noch einmal um, schob seinen Karren hinaus und ließ die Tür mit ihrer automatischen Verriegelung hinter sich ins Schloss fallen. In ihrem Bett schlief Charlie so friedlich wie seit Monaten, vielleicht seit Jahren nicht mehr.

Kleine Feuer, Großer Bruder

1

Der heftige Sturm verging. Auch die Zeit verging – drei Wochen. Noch herrschte ein feuchter, drückender Sommer über dem östlichen Virginia, aber die Schule hatte wieder angefangen, und die gelben Schulbusse rollten über die gepflegten Landstraßen im Gebiet von Longmont. Im nahen Washington, D.C. fing das neue Gesetzgebungsjahr mit seinen Gerüchten und Andeutungen an, mit dem üblichen, durch das Fernsehen noch verstärkten Zirkusrummel, mit gezielten Indiskretionen und einem alles beherrschenden Whiskeydunst.

In den nüchternen, klimatisierten Räumen und den unterirdischen Anlagen des Komplexes machte das alles wenig Eindruck, wenn man davon absah, dass auch Charlie jetzt in die Schule ging. Es war Hockstetters Idee gewesen, sie unterrichten zu lassen, und Charlie hatte sich geweigert, aber Rainbird hatte sie überredet.

»Das könnte dir wirklich nicht schaden«, sagte er. »Warum sollte ein so gescheites kleines Mädchen wie du so weit zurückfallen? Scheiße – entschuldige bitte, Charlie –, aber ich wäre heilfroh, wenn ich länger als acht Jahre zur Schule gegangen wäre. Dann würde ich heute keine Fußböden aufwischen – darauf kannst du dich verlassen. Außerdem vergeht die Zeit dann schneller.«

Sie hatte zugestimmt – John zuliebe. Die Lehrer kamen: der junge Mann, der ihr Englischunterricht gab, die ältere Frau für Mathematikunterricht, die jüngere Frau mit der starken Brille, die ihr Französisch beibrachte, und der Mann im Rollstuhl, der die naturwissenschaftlichen Fächer lehrte. Sie passte auf und lernte auch eifrig, aber eigentlich hatte sie es für John getan.

Dreimal hatte John schon seinen Job riskiert, um ihrem Vater Zettel zuzustecken, und aus ihrem Schuldgefühl heraus war sie umso eher bereit, ihm gefällig zu sein. Er hatte auch über ihren Vater berichtet – dass es ihm gut ginge, dass er sich gefreut hätte, von Charlie zu hören, und dass er sich für Tests zur Verfügung stellte. Das hatte sie ein wenig betrübt, aber sie war jetzt alt genug zu begreifen – wenigstens annähernd –, dass was für sie gut war, nicht unbedingt für ihren Vater gut sein musste. Und seit einiger Zeit hatte sie sich immer häufiger gefragt, ob John nicht am besten wusste, was gut für sie war. Auf seine ernste und gleichzeitig lustige Art (er fluchte immer und entschuldigte sich dann dafür, worüber sie lachen musste) klang das, was er sagte, immer sehr überzeugend.

Nach dem Stromausfall hatte er zehn Tage lang nicht mehr über das Feueranzünden gesprochen. Wenn sie über diese Dinge sprachen, taten sie das immer in der Küche, wo es, wie er sagte, keine »Wanzen« gab, und sie sprachen immer sehr leise.

An dem Tag hatte er gesagt: »Hast du schon mal wieder über das Feueranzünden nachgedacht, Charlie?« Er sagte nicht mehr »Kleine« zu ihr, sondern nannte sie jetzt Charlie. Sie hatte ihn darum gebeten.

Sie fing an zu zittern. Seit den Vorfällen auf der Mandersfarm hatte der bloße Gedanke an das Feueranzünden diese Wirkung auf sie. Sie wurde dann immer ganz kalt und starr und zittrig. In Hockstetters Berichten hieß das »eine leichte phobische Reaktion«.

»Ich sagte Ihnen doch«, antwortete sie. »Ich kann es nicht tun, und ich will es auch nicht.«

»Nicht können und nicht wollen ist nicht dasselbe«, sagte John. Er wischte den Fußboden auf, aber ganz langsam, um mit ihr sprechen zu können. Er bewegte beim Sprechen kaum die Lippen, wie ein Strafgefangener, der nicht will, dass seine Bewacher ihn verstehen.

Charlie antwortete nicht.

»Ich habe mir darüber ein paar Gedanken gemacht«, sagte er. »Aber wenn du sie nicht hören willst – wenn du wirklich fest entschlossen bist –, dann halte ich eben einfach das Maul.«

»Nein, das ist schon in Ordnung«, sagte Charlie höflich, aber in Wirklichkeit wäre sie froh gewesen, wenn er tatsächlich den Mund gehalten hätte, nicht darüber geredet, ja, nicht einmal daran gedacht hätte, denn ihr wurde dabei ganz schlecht. Andererseits hatte John ihr so sehr geholfen ... und sie wollte ihn wirklich nicht verärgern oder kränken. Sie brauchte einen Freund.

»Ich habe mir gerade überlegt, dass sie wissen, wie es auf der Farm außer Kontrolle geriet«, sagte er. »Sie werden wahrscheinlich sehr vorsichtig sein. Ich glaube nicht, dass sie dich in einen Raum voller Papierfetzen und Öllappen sperren werden, oder du vielleicht?«

»Nein, aber –«

Er hob die Hand. »Lass mich doch ausreden.«

»Okay.«

»Und sie wissen bestimmt auch, dass du damals zum ersten Mal – wie soll man es nennen? – ein Großfeuer verursacht hast. Kleine Feuer, Charlie. Darum geht es. Kleine Feuer. Und wenn doch etwas passieren sollte – was ich bezweifle, denn ich glaube, dass du dich besser unter Kontrolle hast, als du denkst –, wenn *doch* etwas passiert, wen wollen sie dann verantwortlich machen? Dich etwa? Nachdem die Arschlöcher dir ein halbes Jahr lang den Arm umgedreht haben, damit du es endlich tust? Verdammt, das glaubst du doch selbst nicht.«

Was er sagte, machte ihr Angst. Trotzdem legte sie die Hände an den Mund und lachte über seinen todtraurigen Gesichtsausdruck. Auch John musste lächeln. Dann zuckte er die Achseln. »Und dann habe ich mir noch überlegt, dass du nie lernen wirst, es zu kontrollieren, wenn du nicht ständig übst.«

»Es ist mir gleich, ob ich es je kontrollieren kann, weil ich es einfach nicht tun werde.«

»Vielleicht, vielleicht auch nicht«, sagte John beharrlich und wrang seinen Lappen aus. Dann goss er das Seifenwasser in die Spüle und ließ neues Wasser einlaufen. »Sie könnten dich durch eine List dazu bringen.«

»Nein, das glaube ich nicht.«

»Oder du wirst irgendwann krank. Grippe oder Diphtherie oder irgendeine andere Infektionskrankheit.« Das war eine der Erfolg versprechenden Möglichkeiten, die Hockstetter angedeutet hatte. »Hat man dir schon den Blinddarm herausgenommen, Charlie?«

»Nn-ein ...«

John machte sich wieder über den Fußboden her.

»Meinem Bruder musste er herausgenommen werden, aber das Ding platzte vorher, und er wäre fast gestorben. Wir waren ja nur Indianer in einem Reservat, und den Leuten war es scheiß..., den Leuten war es gleichgültig, ob wir starben oder am Leben blieben. Er bekam hohes Fieber, ich glaube einundvierzig Grad, und er fantasierte wie wild, fluchte entsetzlich und sprach mit Leuten, die gar nicht da waren. Weißt du, er glaubte sogar, unser Vater sei der Todesengel und gekommen, ihn zu holen. Er versuchte, ihn mit einem Messer zu erstechen, das er neben seinem Bett liegen hatte. Habe ich dir die Geschichte nicht schon einmal erzählt?«

»Nein«, sagte Charlie flüsternd. Sie flüsterte jetzt nicht aus Angst vor Lauschern, sondern aus entsetzter Faszination. »Wirklich?«

»Wirklich«, bestätigte John. Wieder wrang er seinen Lappen aus. »Es war nicht seine Schuld. Es lag am Fieber. Im Fieberwahn sind Menschen zu allem fähig. Zu *allem*.«

Charlie verstand, was er meinte, und empfand bedrückende Angst. An so etwas hatte sie überhaupt noch nicht gedacht.

»Aber wenn du diese Pyro – wie immer das heißt – kontrollieren könntest ...«

»Wie kann ich es kontrollieren, wenn ich im Fieberwahn wäre?«

»Weil du es ganz einfach *kannst*.« Rainbird dachte an das Beispiel, das Wanless Cap gegenüber angeführt hatte und das dieser so ekelhaft fand. »Es ist wie bei einem Kind, das man zur Sauberkeit erzieht. Kann es erst einmal Darm und Blase kontrollieren, dann kann es das für immer. Leute im Fieberwahn machen das Bett vielleicht mit ihrem Schweiß nass, hineinpissen tun sie selten.« Hockstetter hatte aufgezeigt, dass das nicht immer stimmen müsse, aber das würde Charlie nicht wissen.

»Was ich sagen will: Wenn du diese Fähigkeit erst *kontrollieren* kannst, brauchtest du dir darüber keine Sorgen mehr zu machen. Du hättest sie dann endgültig im Griff. Aber um diese Kontrolle zu lernen, musst du immer wieder üben. Genauso wie du es gelernt hast, dir die Schuhe zuzubinden oder in der Vorschule Buchstaben zu schreiben.«

»Ich ... ich will einfach keine Feuer machen! Und ich tu's auch nicht! Ich *will* nicht!«

»Jetzt habe ich dich wieder aufgeregt«, sagte John traurig. »Das wollte ich nicht. Es tut mir Leid, Charlie. Ich sag nichts mehr. Ich mit meinem großen Maul.«

Aber beim nächsten Mal fing sie selbst davon an.

Es war drei oder vier Tage später, und sie hatte sich das, was er gesagt hatte, sorgfältig überlegt ... und, wie sie glaubte, eine schwache Stelle gefunden. »Es wird nie ein Ende nehmen«, sagte sie. »Sie werden mehr und mehr von mir verlangen. Wenn Sie nur wüssten, wie sie uns *gejagt* haben. Sie geben *niemals* auf. Wenn ich erst anfange, werden sie größere Feuer verlangen, dann noch größere, und dann ... ich weiß es nicht ... aber ich habe Angst.«

Wieder bewunderte er sie. Ihre Intuition und ihr Verstand waren unglaublich. Was wohl Hockstetter sagen würde, wenn er, Rainbird, ihn darauf hinwies, dass Charlie McGee eine recht genaue Vorstellung von ihrem streng geheimen Aktionsplan hatte. In allen Berichten stellten sie die Theorie auf, dass Charlies Pyrokinese nur das Herzstück verschiedener anderer psionischer Talente sei, und Rainbird glaubte, dass ihre Intuition dazugehörte. Ihr Vater hatte ihnen gegenüber immer wieder beteuert, dass Charlie schon vor dem Eintreffen Al Steinowitz' und der anderen *gewusst* hatte, dass sie auf dem Weg zur Mandersfarm waren. Ein Besorgnis erregender Gedanke, fand Rainbird. Wenn sie über *seine* Echtheit je eine ihrer merkwürdigen Ahnungen haben sollte ... hieß es nicht, schlimmer als alle Schrecken der Hölle sei ein gekränktes Weib? Und wenn auch nur die Hälfte seiner Vorstellungen über Charlie stimmte, war sie durchaus in der Lage, die Hölle erstehen zu lassen, oder doch wenigstens ein getreues Abbild. Es könnte ihm passieren, dass er sich plötzlich wie auf dem

Bratrost vorkam. Das gab den Dingen ein wenig Würze ... eine Würze, die ihm schon lange gefehlt hatte.

»Charlie, ich habe ja nicht gesagt, dass du diese Dinge *umsonst* tun sollst.«

Sie sah ihn erstaunt an.

John seufzte. »Ich weiß nicht recht, wie ich es dir sagen soll«, sagte er. »Ich glaube, ich hab dich sehr gern. Du bist wie die Tochter, die ich nie hatte. Und wie man dich hier einsperrt. Du darfst deinen Daddy nicht besuchen, du darfst hier nie raus, du hast nichts, was alle anderen kleinen Mädchen haben ... das macht mich *krank*.«

Jetzt blitzte er sie mit seinem gesunden Auge an und machte ihr ein wenig Angst.

»Du könntest alles Mögliche für dich erreichen, indem du ihnen gefällig bist ... daran müsstest du natürlich ein paar Bedingungen knüpfen.«

»Bedingungen?«, fragte Charlie, die nicht wusste, was er meinte.

»Ja! Ich wette, du könntest sie dazu veranlassen, dir Ausgang zu geben. Du könntest in die Sonne, vielleicht ließen sie dich sogar nach Longmont zum Einkaufen. Du kämst aus diesem verdammten Zwinger raus und könntest in einem richtigen Haus wohnen. Mit anderen Kindern zusammen sein. Und –«

»Meinen Vater besuchen?«

»Auch das.« Aber genau das würde nie geschehen, denn wenn die beiden ihre Informationen austauschten, würden sie ganz schnell merken, dass John, der freundliche Wärter, einfach zu gut war, um wahr zu sein. Rainbird hatte Andy McGee keine einzige Botschaft seiner Tochter ausgehändigt. Hockstetter hatte das für ein unnötiges Risiko gehalten, und Rainbird, der Hockstetter im Übrigen für ein gigantisches Arschloch hielt, war seiner Meinung.

Es war eine Sache, einer Achtjährigen das Märchen zu erzählen, dass es in der Küche keine Wanzen gab und man nur leise sprechen müsse, eine andere, diese Geschichte dem Vater des Mädchens aufzutischen, wenn sie ihn auch unter Rauschgift gesetzt hatten. Vielleicht erkannte McGee trotz seiner Drogenabhängigkeit die Tatsache, dass sie mit Charlie den guten Mann und den bösen Mann spielten, eine Technik, die von der Polizei seit Jahrhunderten angewandt wird, um verstockte Kriminelle zu knacken.

So erhielt er auch weiterhin die Fiktion aufrecht, dass er ihrem Vater Botschaften aushändigte, wie er auch so manche andere Fiktion aufrechterhielt. Es stimmte, dass er Andy oft sah, aber er sah ihn nur über die TV-Monitore. Es stimmte, dass Andy sich für Tests zur Verfügung stellte, aber Tatsache war auch, dass er umgekippt war. Er konnte nicht einmal mehr ein Kind dazu veranlassen, ein Bonbon zu essen. Er hatte sich in eine dicke, fette Null verwandelt, die nur noch in die Röhre glotzte und auf die nächste Pille wartete. Er bat auch nicht mehr darum, seine Tochter besuchen zu dürfen. Wenn sie ihren Vater zu Gesicht bekam und sah, was man aus ihm gemacht hatte, würde sie erneut Widerstand leisten, und er war nahe daran, sie zu überzeugen; sie *wollte* jetzt überzeugt werden. Nein, man konnte über alles verhandeln, nur über dies eine nicht: dass Charlie McGee ihren Vater wiedersah. Rainbird rechnete damit, dass Cap ihn schon bald mit einem Flugzeug der Firma nach Maui schaffen lassen würde. Aber das musste das Mädchen nicht unbedingt erfahren.

»Glauben Sie wirklich, dass man mir erlaubt, ihn zu besuchen?«

»Keine Frage«, sagte er leichthin. »Natürlich nicht gleich, denn sie wissen, dass er ihre einzige Trumpfkarte dir gegenüber ist. Aber wenn du bis zu einem gewissen Punkt mitmachst und ihnen dann sagst, dass du aufhörst, wenn du deinen Vater nicht besuchen darfst –« Er sprach den Satz nicht zu Ende. Der Köder war ausgeworfen, ein schöner, fetter Köder trieb im Wasser. Er war voller Haken und ohnehin ungenießbar, aber das konnte diese hartnäckige kleine Göre nicht wissen.

Sie sah ihn nachdenklich an. Mehr wurde darüber nicht gesprochen. An diesem Tag nicht.

Jetzt, etwa eine Woche später, dachte Rainbird um. Er tat es nicht aus einem besonderen Grund, sondern nur, weil seine eigene Eingebung ihm sagte, dass es keinen Zweck mehr hatte, angeblich ihr Bestes zu wollen. So kam er nicht weiter. Jetzt musste er betteln. Wie das Kaninchen, das Bruder Fuchs gebeten hatte, es nicht in die Dornenhecke zu schmeißen.

»Weißt du noch, worüber wir gesprochen haben?«, eröffnete er die Konversation. Er bohnerte gerade den Küchenfußboden. Sie tat so, als prüfe sie, was sie sich gerade zum Essen aus dem Kühlschrank geholt hatte. Mit ihrem sauberen rechten Fuß rieb sie sich die linke Wade, sodass er die Sohle sehen konnte – eine Pose, die Kinder in ihrem Alter wohl gern einnehmen. Sie erschien ihm präerotisch, fast mystisch. Wieder entdeckte er sein Herz für sie. Misstrauisch sah sie ihn über die Schulter an, über die ihr zu einem Pferdeschwanz gebundenes Haar fiel.

»Ja«, sagte sie. »Das weiß ich noch.«

»Ich habe darüber nachgedacht und mich gefragt, wieso ich eigentlich der Mann bin, der dir Ratschläge gibt. Ich könnte nicht mal ein Tausenddollardarlehen bei der Bank flottmachen, wenn ich mir ein Auto kaufen wollte.«

»Oh, John, das hat doch nichts zu bedeuten –«

»Natürlich hat es was zu bedeuten. Wenn ich mehr wüsste, wäre ich einer wie Hockstetter. Ich hätte eine Universitätsausbildung.«

Sie antwortete voller Verachtung: »Daddy sagt, dass sich jeder Idiot irgendwo eine Universitätsausbildung kaufen kann.«

Rainbird war begeistert.

2

Drei Tage später hatte der Fisch den Köder geschluckt. Charlie sagte ihm, dass sie sich entschlossen habe, die Tests vornehmen zu lassen. Sie würde vorsichtig sein und auch die anderen zur Vorsicht veranlassen, wenn sie nicht selbst wüssten, wie sie sich verhalten müssten. Dabei war ihr Gesicht ganz schmal und blass.

»Tu's nicht«, sagte John, »bevor du dir alles genau überlegt hast.«

»Das habe ich versucht«, flüsterte sie.
»Tust du es ihnen zu Gefallen?«
»Gut! Du tust es also für dich selbst?«
»Ja. Für mich selbst. Und für meinen Vater.«
»In Ordnung«, sagte er. »Und Charlie – achte darauf, dass sie sich so verhalten, wie du es willst. Du hast ihnen gezeigt, wie hartnäckig du sein kannst. Du darfst ihnen jetzt keine Schwäche zeigen. Die würden sie nur ausnutzen. Lass dir nichts gefallen. Verstehst du, was ich meine?«
»Ich ... glaube ja.«
»Sie bekommen etwas, du bekommst etwas. Jedes Mal. Keine Gratisvorstellungen.« Er ließ die Schultern hängen, und aller Glanz wich aus seinen Augen. Sie hasste es, ihn so deprimiert und niedergeschlagen zu sehen. »Lass dich nicht so behandeln, wie man mich behandelt hat. Ich habe vier Jahre meines Lebens und ein Auge für mein Land hingegeben. Ein Jahr habe ich in einem Erdloch verbracht. Ich musste Ungeziefer essen, hatte Fieber und musste die ganze Zeit meine eigene Scheiße riechen und Läuse knacken. Und als ich rauskam, bekam ich nur ein Dankeschön, und man drückte mir einen Waschlappen in die Hand. Sie haben mich bestohlen, Charlie. Verstehst du? Pass auf, dass man das nicht mit dir macht.«
»Ja, ich weiß, was Sie meinen«, sagte sie feierlich.
Seine Miene hellte sich ein wenig auf. Er lächelte. »Wann ist denn nun der große Tag?«
»Morgen kommt Dr. Hockstetter. Ich werde ihm sagen, dass ich mich entschlossen habe mitzumachen ... ein bisschen. Und ich werde ... ich werde ihm sagen, was *meine* Wünsche sind.«
»Gut, aber verlang am Anfang nicht zu viel. Denk an den goldenen Mittelweg. Ein paar Funken musst du ihnen schon bieten, bevor du ihre Belohnung nimmst. Zeig ihnen, wer der Boss ist.«
»Ja.«
Sein Lächeln wurde breiter. »Braves Mädchen!«, sagte er.

3

Hockstetter war wütend.

»Was, zum Teufel, wird hier gespielt?«, schrie er Rainbird an. Sie waren in Caps Büro. Er wagt zu schreien, dachte Rainbird, weil Cap hier ist und den Schiedsrichter spielen kann. Dann schaute er Hockstetter ein zweites Mal an, sah seine funkelnden blauen Augen, sein rot angelaufenes Gesicht und die weiß hervorgetretenen Knöchel und musste zugeben, dass er sich wahrscheinlich irrte. Rainbird hatte es gewagt, in die heiligsten Reservate Hockstetterscher Privilegien einzudringen. Dass er ihn nach dem Stromausfall durchgeschüttelt hatte, war eine Sache. Hockstetter hatte einen schweren Fehler gemacht und es eingesehen. Dies aber war etwas völlig anderes.

Rainbird sah Hockstetter nur an.

»Sie haben sie mit etwas Unmöglichem geködert. Sie wissen verdammt gut, dass sie ihren Vater nicht treffen wird! ›Sie bekommen etwas, du bekommst etwas‹«, ahmte Hockstetter wütend nach. »Sie Narr!«

Rainbird wandte den Blick nicht von Hockstetter. »Nennen Sie mich nicht noch einmal einen Narren«, sagte er in völlig neutralem Tonfall. Hockstetter zuckte zusammen ... kaum merklich.

»Bitte, meine Herren«, sagte Cap müde. »Bitte.«

Auf seinem Tisch stand ein Tonbandgerät. Sie hatten sich gerade das Gespräch angehört, das Rainbird am Morgen mit Charlie geführt hatte.

»Anscheinend ist es Dr. Hockstetter ganz entgangen, dass er und sein Team endlich wenigstens *etwas* bekommen«, sagte Rainbird. »Das wird ihren Vorrat an praktischem Wissen um hundert Prozent vermehren, wenn meine Berechnung stimmt.«

»Als Ergebnis eines völlig unvorhersehbaren Zwischenfalls.«

»Eines Zwischenfalls, den von sich aus herbeizuführen, Sie und Ihre Leute zu kurzsichtig waren«, konterte Rainbird. »Vielleicht waren Sie zu sehr damit beschäftigt, mit Ihren Ratten zu spielen.«

»Meine Herren, das reicht«, sagte Cap. »Wir sind nicht hier, um gegenseitige Anschuldigungen vorzubringen. Das ist nicht der Zweck dieser Besprechung.« Er schaute Hockstetter an. »Sie bekommen Ihr Spielzeug doch jetzt«, sagte er. »Ich muss sagen, dass Sie bemerkenswert wenig Dankbarkeit zeigen.«

Hockstetter murmelte etwas vor sich hin.

Cap schaute zu Rainbird hinüber. »Wie dem auch sei, ich bin ebenfalls der Ansicht, dass Sie ihre Rolle als Freund in der Not am Ende ein wenig übertrieben haben.«

»So? Dann haben Sie immer noch nicht begriffen.« Rainbird sah Cap an, dann Hockstetter, dann wieder Cap. »Ich finde, Sie haben beide einen fast lähmenden Mangel an Einsicht an den Tag gelegt. Ihnen stehen zwei Kinderpsychiater zur Verfügung, und wenn diese repräsentativ für das Kaliber der übrigen sind, gibt es draußen eine Menge gestörter Kinder, die mir Leid tun können.«

»Sie haben gut reden«, sagte Hockstetter. »Dies –«

»Sie begreifen einfach nicht, wie *intelligent* sie ist«, fuhr ihm Rainbird über den Mund. »Sie begreifen nicht, mit welcher ... mit welcher Klarheit sie Ursache und Wirkung unterscheiden kann. Ich habe ihr die Sache mit Zuckerbrot und Peitsche erzählt, weil sie selbst darauf gekommen wäre. Indem ich für sie daran gedacht habe, gelang es mir, ihr Vertrauen zu mir zu verstärken ... ich habe in Wirklichkeit einen Nachteil in einen Vorteil verwandelt.«

Hockstetter öffnete den Mund. Cap hob die Hand und wandte sich wieder an Rainbird. Er sprach in einem leisen, besänftigenden Ton, den er anderen gegenüber nicht gebrauchte ... aber andere waren eben nicht Rainbird. »Das ändert nichts an der Tatsache, dass Sie Hockstetter und seinen Leuten ihre Aktivitäten beschnitten haben. Früher oder später wird sie erkennen, dass ihr wichtigster Wunsch – ihren Vater wiederzusehen – nicht erfüllt wird. Wir sind uns doch alle darüber einig, dass das nicht geht. Denn dann wäre ihr Nutzen für uns gleich null.«

»Genau«, sagte Hockstetter.

»Und wenn sie so gescheit ist, wie Sie behaupten«, sagte Cap, »wird sie diesen unerfüllbaren Wunsch eher früher als später äußern.«

»Das wird sie tun«, stimmte Rainbird zu. »Und damit wäre die

Sache gelaufen. Sobald sie ihren Vater sieht, weiß sie ganz genau, dass ich sie über seinen Zustand die ganze Zeit belogen habe. Daraus wird sie auch sofort schließen, dass ich die ganze Zeit für euch den Schlepper gemacht habe. Die Frage ist also nur, wie lange man sie bei der Stange halten kann.« Rainbird beugte sich vor. »Ein paar Punkte. Zunächst müssen Sie beide sich daran gewöhnen, dass sie ganz einfach keine Lust hat, bis in alle Ewigkeit für euch Feuer anzuzünden. Sie ist nur ein Mensch. Ein kleines Mädchen, das den Vater wiedersehen will. Sie ist keine Laborratte.«

»Wir haben doch schon –«, sagte Hockstetter ungeduldig.

»Nein, nein, Sie haben überhaupt nicht. Ganz grundsätzlich geht es hier um die Belohnung bei einem Experiment. Zuckerbrot und Peitsche. Charlie denkt, dass sie Ihnen das Zuckerbrot anbietet, indem sie Feuer anzündet, und dass es ihr am Ende gelingt, ihren Vater wiederzusehen. Wir wissen es besser. In Wirklichkeit ist ihr Vater das Zuckerbrot, das sie nie bekommen wird. Ein Maultier würde ganze Äcker pflügen, um die Karotte zu bekommen, die man ihm vor die Nase hält, denn ein Maultier ist dumm. *Aber dieses kleine Mädchen ist nicht dumm.*«

Er sah Cap und Hockstetter an.

»Ich sage es immer wieder. Es ist, als ob man einen Nagel in Eichenholz schlägt. Sie wissen genau, wie schwierig das ist, aber Sie scheinen es immer wieder zu vergessen. Früher oder später wird sie Ihnen auf die Schliche kommen und Sie abfahren lassen. Denn sie ist kein Maultier. Und auch keine weiße Laborratte.«

Und du willst, dass sie mit den Tests aufhört, dachte Cap mit langsam aufsteigendem Ekel. Du willst, dass sie aufhört, damit du sie töten kannst.

»Von dieser grundsätzlichen Tatsache müssen Sie zunächst ausgehen«, fuhr Rainbird fort. »Dann überlegen Sie, wie Sie sich ihrer Mitarbeit möglichst lange versichern können. Wenn nichts mehr geht, schreiben Sie Ihren Bericht. Wenn man Ihre Daten für ausreichend hält, werden Ihnen weitere erhebliche Geldmittel zugewiesen. Sie fressen also die Karotte. Und dann können Sie wieder damit anfangen, ein paar unwissenden Idioten Ihre Hexenbrühe zu injizieren.«

»Sie werden beleidigend«, sagte Hockstetter mit zitternder Stimme.

»Und Ihre Dummheit kennt keine Grenzen«, antwortete Rainbird.

»Und wie könnte man sie, Ihrer Meinung nach, für eine weitere Mitarbeit gewinnen?«, fragte Cap.

»Sie holen noch allerhand aus ihr heraus, wenn Sie ihr kleine Vorteile gewähren«, sagte Rainbird. »Ein Spaziergang auf dem Rasen. Oder ... kleine Mädchen mögen Pferde. Lassen Sie sie doch von einem Stallknecht auf einem dieser Klepper mal über die Reitwege führen. Ich wette, dafür zündet sie Ihnen ein halbes Dutzend Feuer an. Das sollte ausreichen, ein Dutzend Federfuchser vom Schlage Hockstetters fünf Jahre lang auf Trab zu halten.«

Hockstetter stieß seinen Stuhl zurück. »Ich habe es nicht nötig, mir so etwas anzuhören.«

»Setzen Sie sich und halten Sie den Mund«, sagte Cap.

Hockstetters Gesicht wurde krebsrot, und es sah aus, als ob er zuschlagen wollte. Aber seine Erregung verging so schnell, wie sie gekommen war, und jetzt sah es aus, als würde er jeden Augenblick in Tränen ausbrechen. Er setzte sich wieder.

»Lassen Sie sie doch einmal in der Stadt einkaufen«, sagte Rainbird. »Arrangieren Sie für sie mal einen Ausflug nach Seven Flags in Georgia. Da kann sie mit der Berg- und Talbahn fahren. Vielleicht sogar zusammen mit ihrem guten Freund, dem Wärter John.«

»Glauben Sie denn ernsthaft, dass allein diese Dinge –«, fing Cap an.

»Nein, das glaube ich nicht. Jedenfalls wird es nicht lange funktionieren. Früher oder später wird ihr Vater wieder in den Vordergrund rücken. Aber sie ist schließlich nur ein Mensch. Sie will auch für sich selbst etwas. Sie wird eine Zeit lang mitmachen, weil sie weiß, dass sie was bieten muss, um zu kassieren. Aber am Ende geht es dann nur noch um den guten alten Daddy. Die kriegen Sie nicht zu Schleuderpreisen. Die ist zäh.«

»Und das wäre das Ende der Straßenbahnfahrt«, sagte Cap nachdenklich. »Alles aussteigen. Das Projekt endet hier. Jedenfalls diese Phase.« In mancher Hinsicht war die Hoffnung auf ein mögliches Ende des Projekts für ihn eine gewaltige Erleichterung.

»Noch nicht«, sagte Rainbird und lächelte sein freudloses Lächeln. »Wir haben noch eine Karte im Ärmel. Noch eine sehr dicke Karotte, wenn die anderen abgenagt sind. Nicht ihr Vater – nicht der ganz große Preis –, aber etwas, das sie noch eine Weile bei der Stange halten wird.«

»Und das wäre?«, fragte Hockstetter.

»Das müssen Sie schon selbst herausfinden«, sagte Rainbird, immer noch lächelnd, und schwieg dann. Cap dürfte es trotz seiner Auflösungserscheinungen während des letzten halben Jahres wohl herausbekommen. Er hatte bei halber Kraft mehr Witz als die meisten seiner Angestellten (und alle Anwärter auf seinen Sessel), wenn sie sich scharf ins Zeug legten. Hockstetter jedoch würde es nie begreifen. Er war mehrere Stockwerke über die Ebene seiner Fähigkeiten aufgestiegen. Hockstetter hätte alle Mühe, mit der Nase einen Haufen Scheiße zu finden.

Aber es spielte keine Rolle, ob sie herausbekamen, um was es sich bei der letzten Karotte in diesem kleinen Wettbewerb handelte; das Resultat wäre gleich. So oder so, Rainbird würde jetzt das Steuer übernehmen. Er hätte sie fragen können: *Was glauben Sie, wer ihren Vater jetzt vertritt, wo er nicht da ist?*

Sollten sie es doch selbst herausbekommen. Wenn sie konnten.

Rainbird lächelte immer noch.

4

Andy McGee saß vor seinem Fernsehgerät. Die kleine gelbe Lampe über dem Geldeinwurf leuchtete bernsteinfarben. Auf der Mattscheibe versuchte Richard Dreyfuss, mit seiner Darstellungskunst Andys Wohnzimmer zu beleben. Andy verfolgte die Sendung mit ruhigem, gelassenem Vergnügen. Innerlich kochte er vor Nervosität. Heute war der Tag.

Für Andy waren die drei Wochen seit dem Stromausfall eine Zeit fast unerträglicher Spannung gewesen. Aber in den seelischen Druck hatten sich helle Fäden schuldbewusster Heiterkeit eingewoben. Er verstand jetzt, wieso der russische KGB solchen Terror verbreiten konnte und wie sehr George Orwells Winston Smith die kurze Periode seiner verrückten, heimlichen Rebellion genossen haben musste. Er hatte wieder ein Geheimnis. Es machte ihm schwer zu schaffen, wie es bei jedem der Fall ist, der ein bedeutsames Geheimnis zu wahren hat, aber gleichzeitig fühlte er sich wieder intakt und stark.

Er führte sie an der Nase herum.

Wie lange er das noch konnte, und ob es überhaupt etwas nützen würde, mochte Gott wissen, aber im Augenblick *tat* er es.

Es war fast zehn Uhr morgens, und Pynchot, der Mann mit dem ewigen Grinsen, kam um zehn. Sie würden ein wenig im Garten spazieren gehen und »seine Fortschritte diskutieren«. Andy hatte sich vorgenommen, ihn geistig zu beeinflussen ... oder es wenigstens zu versuchen. Er hätte den Versuch schon vorher unternommen, wenn die Fernsehkameras und die vielen Wanzen nicht gewesen wären. Und die Wartezeit hatte ihm Gelegenheit gegeben, sein Vorgehen genau zu überdenken und es immer wieder auf schwache Stellen zu untersuchen. Er hatte Teile des ganzen Drehbuchs im Geiste immer wieder neu geschrieben.

Nachts, wenn er in der Dunkelheit im Bett lag, hatte er immer wieder an eines gedacht: *Der Große Bruder sieht dich. Sag dir das immer wieder. Du musst jeden Augenblick daran denken. Der Große Bruder vergisst dich nicht eine Sekunde lang, und wenn du Charlie wirklich helfen willst, musst du sie alle weiter zum Narren halten.* So wenig wie jetzt hatte er in seinem ganzen Leben nicht geschlafen, hauptsächlich weil ihn der Gedanke entsetzte, dass er im Schlaf reden könnte. Manche Nacht lag er stundenlang wach und wagte nicht, sich umzudrehen, weil sie sich dann vielleicht fragten, wieso ein Mann, der unter Drogen stand, so unruhig schlief. Und wenn er wirklich schlief, war es ein leichter Schlaf, in den sich Träume drängten (oft kam in ihnen die Gestalt des einäugigen Piraten John Silver mit dem Holzbein vor), aus denen er schnell wieder erwachte.

Die Pillen verschwinden zu lassen, war das geringste Problem, denn sie glaubten ja, dass er sie dringend brauchte. Er bekam sie jetzt viermal täglich, und seit dem Stromausfall hatte es keine Tests mehr gegeben. Er vermutete, dass sie aufgegeben hatten und dass Pynchot ihm das heute während ihres Spaziergangs mitteilen wollte.

Manchmal spuckte er die Pillen in die vorgehaltene Hand und versteckte sie in Essenresten, die er dann in den Müllschlucker warf. Andere gingen in die Toilette, und manchmal gab er vor, sie mit Ginger Ale zu nehmen. Er spuckte die Pillen in das halb leere Glas und ließ es stehen, bis sie sich auflösten. Später goss er sie in das Spülbecken.

In diesen Dingen war er weiß Gott kein Profi. Das waren eher die Leute, die ihn überwachten. Aber er glaubte nicht, dass sie ihn noch sehr intensiv überwachten. Und wenn, dann würden sie ihn eben erwischen. Das war alles.

Dreyfuss und die Frau, deren Sohn die Leute von der fliegenden Untertasse mitgenommen hatten, bestiegen gerade den Teufelsberg, als er kurz den Summer hörte, der den Stromkreis unterbrach, damit die Tür geöffnet werden konnte. Andy dachte nicht daran aufzuspringen.

Man muss sie täuschen, sagte er sich wieder.

Herman Pynchot trat ein. Er war kleiner als Andy, aber sehr schlank; er hatte etwas Weibisches an sich, das war Andy schon immer aufgefallen, aber man konnte es nicht genau definieren. Heute sah er sehr adrett aus in seinem dünnen grauen Rollkragenpullover und dem leichten Jackett. Und natürlich grinste er.

»Guten Morgen, Andy«, sagte er.

»Oh«, sagte Andy. Und schwieg, als dächte er nach. »Hallo, Dr. Pynchot.«

»Macht es Ihnen etwas aus, wenn ich das Ding abstelle? Wir sollten einen kleinen Spaziergang machen.«

»Oh.« Andy zog nachdenklich die Stirn kraus. »Natürlich. Ich habe den Film schon drei- oder viermal gesehen. Aber mir gefällt das Ende. Wunderbar. Die Ufos entführen ihn. Zu den Sternen.«

»Wirklich?«, sagte Pynchot und schaltete das Gerät aus. »Gehen wir?«

»Wohin?«, fragte Andy.

»Unser Spaziergang«, sagte Pynchot geduldig. »Wissen Sie das nicht mehr?«

»Oh«, sagte Andy. »Natürlich.« Er stand auf.

5

Der Korridor vor Andys Wohnung war breit und mit Fliesen ausgelegt. Die Beleuchtung war gedämpft und indirekt. Irgendwo musste sich ein Computerzentrum befinden; Leute mit Lochkarten gingen irgendwo hinein, andere kamen mit Stößen von Ausdrucken wieder heraus, und das Summen von Maschinen war zu hören.

Ein junger Mann mit einem Anzug von der Stange – der Inbegriff eines Regierungsagenten – lungerte vor der Tür herum. Der Agent gehörte zur Routine, aber während Andy und Pynchot umherschlenderten, würde er zurückbleiben und sie aus der Distanz und außer Hörweite betrachten. Andy sah in ihm kein Problem.

Der Agent folgte ihnen, als er und Pynchot zum Fahrstuhl gingen. Andys Herz schlug jetzt so wild, als wolle es seinen Brustkorb zertrümmern. Trotzdem beobachtete er alles sehr genau, wenn er es sich auch nicht anmerken ließ. Es gab vielleicht ein Dutzend Türen ohne Aufschrift. Bei anderen Ausgängen hatte er die eine oder andere offen stehen sehen – eine kleine Bibliothek, offenbar spezialisiert; in einem anderen Raum ein Fotokopiergerät –, aber er hatte keine Ahnung, was sich in den anderen befand. Vielleicht war Charlie jetzt hinter einer dieser Türen ... aber möglicherweise hielt sie sich in einem anderen Teil der Anlage auf.

Sie betraten den geräumigen Fahrstuhl. Pynchot zog einen Schlüssel aus der Tasche und drehte ihn im Schloss. Dann drückte er einen der unbeschrifteten Knöpfe. Die Tür verriegelte sich, und der Fahrstuhl setzte sich nach oben in Bewegung. Der Agent stand hinten in der Kabine. Andy hatte die Hände in den Taschen seiner Lee Jeans und lächelte gelangweilt.

Der Fahrstuhl hielt, und sie betraten einen Raum, der früher ein Tanzsaal gewesen war. Der Fußboden bestand aus poliertem Eichenparkett. Am anderen Ende des weiten Raumes führte eine elegante Wendeltreppe zu den oberen Stockwerken. Nach links führten Balkontüren auf die sonnenbeschienene Terrasse und den dahinter liegenden Steingarten hinaus. Von rechts hörte man hinter den halb geöffneten schweren Eichentüren das Klappern der Maschinen im Schreibsaal.

Überall duftete es nach frischen Blumen.

Pynchot ging durch den im hellen Sonnenlicht liegenden Tanzsaal voran, und Andy äußerte sich wieder über den Parkettfußboden, als hätte er ihn vorher noch nie bemerkt. Sie gingen durch die Balkontüren nach draußen, und ihr Schatten folgte ihnen. Es war sehr warm und sehr feucht. Bienen summten träge durch die Luft. Hinter dem Steingarten wuchsen Hydrangen, Forsythien und Rhododendronbüsche. Man hörte das Rattern der unablässig ihre Runden drehenden Rasenmäher. Andy hob das Gesicht in die Sonne, und seine Dankbarkeit war echt.

»Wie fühlen Sie sich, Andy?«, fragte Pynchot.

»Gut. Gut.«

»Wissen Sie, dass Sie schon fast ein halbes Jahr hier sind?«, fragte Pynchot, als wundere er sich selbst darüber. Sie wandten sich nach rechts und gingen auf den Kiespfad hinaus. Der Duft von Geißblatt und Sassafrasblüten hing in der Luft. Jenseits des Ententeichs in der Nähe des anderen Gebäudes bewegten sich zwei Pferde in leichtem Galopp.

»So lange«, sagte Andy.

»Ja, das ist eine lange Zeit«, sagte Pynchot grinsend. »Und wir sind zu dem Schluss gekommen, dass Ihre Fähigkeit ... sich verringert hat, Andy. Wir hatten in der Tat überhaupt keine merkbaren Resultate zu verzeichnen.«

»Nun, Sie haben mich ja auch ständig unter Drogen gehalten«, sagte Andy vorwurfsvoll. »Wie kann ich denn etwas leisten, wenn ich dauernd high bin?«

Pynchot räusperte sich, aber er wies Andy nicht darauf hin, dass er während der ersten drei Testserien völlig sauber gewesen war und alle drei nichts erbracht hatten.

»Ich meine, ich habe doch getan, was ich konnte, Dr. Pynchot. Ich habe es *versucht.*«

»Ja, ja. Natürlich haben Sie das. Und wir glauben – das heißt, *ich* glaube, dass Sie eine Ruhepause verdient haben. Die Firma hat eine kleine Niederlassung auf Maui, das zur Inselkette von Hawaii gehört, Andy. Und ich muss sehr bald meinen Bericht über die letzten sechs Monate schreiben. Was halten Sie davon« – sein Grinsen war jetzt geradezu lüstern, und er redete im Tonfall eines Mannes, der einem Kind etwas unglaublich Schönes verspricht – »was halten Sie davon, wenn ich vorschlage, dass man Sie für die nächste Zukunft dort unterbringt?«

Die nächste Zukunft könnte zwei Jahre bedeuten, dachte Andy. Vielleicht fünf. Sie würden ihn scharf überwachen für den Fall, dass er seine Fähigkeit, andere geistig zu beeinflussen, wiedererlangte. Und vielleicht brauchten sie ihn auch als Trumpfkarte, wenn sich im Zusammenhang mit Charlie Schwierigkeiten ergaben. Aber er zweifelte nicht daran, dass es am Ende einen Unfall oder eine Überdosis oder einen »Selbstmord« geben würde. In Orwells Sprache würde er zur Unperson werden.

»Würde ich dort auch meine Drogen bekommen?«, fragte Andy.

»Aber natürlich«, sagte Pynchot.

»Hawaii ...«, sagte Andy verträumt. Dann sah er Pynchot mit einem Gesichtsausdruck an, der ziemlich dumm und verschlagen wirken sollte. »Wahrscheinlich wird Dr. Hockstetter mich nicht gehen lassen. Dr. Hockstetter mag mich nicht. Das weiß ich genau.«

»Oh, er mag Sie«, beruhigte ihn Pynchot. »Er mag Sie wirklich, Andy. Und im Übrigen sind Sie mein Baby, nicht Dr. Hockstetters. Ich versichere Ihnen, er wird meinen Vorschlägen folgen.«

»Aber Sie haben über dieses Thema noch keine Mitteilung geschrieben«, sagte Andy.

»Nein, ich wollte vorher mit Ihnen reden. Aber Hockstetters Zustimmung ist wirklich nur eine Formsache.«

»Eine weitere Testserie wäre ratsam«, meinte Andy und konzentrierte sich auf Pynchot. Er stieß nur leicht zu. »Sicherheitshalber.«

Eine seltsame Nervosität lag plötzlich in Pynchots Blicken. Sein Grinsen wurde schwächer, wirkte erstaunt und war dann verschwunden.

Nun war es Pynchot, der so aussah, als stünde er unter Drogen, und der Gedanke verschaffte Andy eine boshafte Befriedigung. Die Bienen summten in den Blüten. Der schwere Geruch von frisch gemähtem Gras lag in der Luft.

»Schlagen Sie in Ihrem Bericht doch eine weitere Testserie vor«, wiederholte Andy.

Pynchots Augen wurden wieder klar, und auch sein Grinsen kam zurück. »Natürlich muss die Sache mit Hawaii vorläufig unter uns bleiben«, sagte er. »In meinem Bericht werde ich eine weitere Testserie vorschlagen. Das dürfte ratsam sein. Sicherheitshalber, wissen Sie.«

»Aber anschließend könnte ich nach Hawaii gehen?«

»Ja«, sagte Pynchot. »Anschließend.«

»Und eine weitere Testserie könnte etwa drei Monate in Anspruch nehmen?«

»Ja, etwa drei Monate.« Pynchot strahlte Andy an wie ein Musterschüler.

Sie näherten sich jetzt dem Teich. Enten segelten gemächlich über die spiegelglatte Fläche. Der junge Mann hinter ihnen beobachtete einen Mann in mittleren Jahren und eine Frau, die jenseits des Teiches nebeneinander ritten. Ihre Spiegelbilder im Wasser wurden nur durch das langsame Dahingleiten der weißen Enten gestört.

Andy fand, dass das Paar auf schaurige Weise wie die Versicherungswerbung wirkte, die einem morgens aus dem Sonntagsblatt auf den Schoß fällt – oder in den Kaffee.

Er hatte leichte Kopfschmerzen. Durchaus erträglich. Aber in seiner Nervosität hätte er bei Pynchot fast härter als nötig zugestoßen, und dem Agenten hätten die Auswirkungen auffallen können. Er schien sie nicht zu beobachten, aber Andy ließ sich nicht täuschen.

»Erzählen Sie mir doch ein wenig über die Umgebung und die Straßen«, sagte er leise zu Pynchot und stieß wieder leicht zu. Er wusste aus verschiedenen hingeworfenen Bemerkungen, dass sie nicht sehr weit von Washington D. C. entfernt waren, wenn auch längst nicht so nahe wie die Operationsbasis der CIA in Langley. Darüber hinaus wusste er nichts.

»Sehr schön hier«, sagte Pynchot verträumt, »seit die Löcher zugeschüttet wurden.«

»Ja, sehr hübsch«, sagte Andy und verfiel in Schweigen. Manchmal löste die geistige Beeinflussung in dem »Opfer« fast hypnotische Erinnerungsspuren aus – gewöhnlich durch irgendwelche verschwommenen Assoziationen –, und dann war es unklug zu unterbrechen. Das konnte einen Echo-Effekt zur Folge haben, und das Echo konnte querschlagen, und diese Querschläger führten dann zu ... sie konnten zu allem Möglichen führen. Es war ihm einmal bei einem der Geschäftsleute passiert, die er beruflich weiterbringen wollte. Andy hatte eine Heidenangst gehabt. Am Ende war es okay gewesen, aber wenn Pynchot plötzlich Schreikämpfe bekäme, wäre das alles andere als okay.

»Meine Frau liebt das Ding«, sagte Pynchot mit derselben verträumten Stimme.

»Was?«, fragte Andy. »Was liebt sie?«

»Ihren neuen Müllschlucker. Er ist sehr ...« Seine Stimme verlor sich.

»Sehr schön«, half ihm Andy. Ihr Schatten war näher gekommen, und Andy spürte leichten Schweiß an seiner Oberlippe.

»Sehr schön«, stimmte Pynchot zu und schaute zum Teich.

Der Agent der Firma war noch näher gekommen. Andy glaubte, noch einen kleinen Anstoß geben zu müssen ... nur ganz leicht. Pynchot stand neben ihm wie ein Fernsehgerät mit einer kaputten Röhre.

Der Schatten sammelte ein kleines Stück Holz auf und warf es ins Wasser.

Es schlug leicht auf, und an der glatten Wasseroberfläche bildeten sich Ringe. Pynchots Augen bewegten sich nervös.

»Die Gegend hier ist sehr schön«, sagte Pynchot. »Ziemlich hügelig. Hier kann man gut reiten. Meine Frau und ich reiten hier einmal die Woche, wenn wir Zeit haben. Ich denke, in westlicher Richtung ist Dawn die nächste Stadt ... vielmehr südwestlich. Kleines Nest. Dawn liegt an der Drei-null-eins. Gether ist der nächste Ort nach Osten hin.«

»Liegt Gether an einer Bundesstraße?«

»Nein. An einer kleinen Nebenstraße.«

»Wohin führt die Drei-null-eins? Außer nach Dawn?«

»Nach Norden ganz bis D.C. Nach Süden fast bis Richmond.«

Andy wollte sich jetzt nach Charlie erkundigen, das war sein Plan gewesen, aber Pynchots Reaktion gefiel ihm ganz und gar nicht. Seine Assoziationen *Ehefrau, Löcher, schön* und – sehr merkwürdig! – *Müllschlucker* waren recht seltsam und irgendwie beunruhigend. Pynchot war zwar zugänglich, aber vielleicht dennoch kein geeignetes Objekt. Vielleicht hatte er eine gestörte Persönlichkeit, die nur in ein Korsett äußerlicher Normalität eingeschnürt war, während unter der Oberfläche Gott weiß welche Kräfte entgegenwirkten. Leute gedanklich zu beeinflussen, die seelisch nicht stabil waren, konnte zu allen möglichen unvorhersehbaren Ergebnissen führen. Wenn ihr Bewacher nicht gewesen wäre, hätte Andy es vielleicht trotzdem versucht (nach allem, was man ihm zugefügt hatte, verursachte es ihm verdammt wenige Gewissensbisse, Herman Pynchots Kopf durcheinander zu bringen), aber hatte er Angst davor.

Ein Psychiater, der Andys Fähigkeit hatte, mochte ein Segen für die Menschheit sein ... aber Andy McGee war kein Psychiater.

Vielleicht war es albern, Pynchots Reaktion so wichtig zu nehmen; Andy hatte schon bei vielen Leuten ähnliche Reaktionen erlebt, und nur sehr wenige hatten sich extrem verhalten. Aber er traute Pynchot nicht. Pynchot lächelte zu oft.

Tief aus seinem Unbewussten sprach plötzlich eine kalte, mörderische Stimme: *Sag ihm, er soll nach Hause gehen und Selbstmord verüben. Und dann stoß zu. Hart.*

Entsetzt verscheuchte er den Gedanken. Ihm war ganz übel.

»Nun«, sagte Pynchot und sah ihn grinsend an. »Gehen wir zurück?«

»Gern«, sagte Andy.

Er hatte den Versuch gemacht. Aber über Charlie schwebte er immer noch völlig im Dunkeln.

6

Interne Mitteilung

Von	Herman Pynchot
An	Patrick Hockstetter
Datum	12. September
Betr.	Andy McGee

Ich habe mir in den letzten drei Tagen meine sämtlichen Notizen und die meisten Bänder noch einmal vorgenommen und mit McGee gesprochen. Die Situation hat sich nicht entscheidend verändert, seit wir sie am 5. Mai diskutierten, aber dennoch möchte ich, wenn keine erheblichen Bedenken bestehen, die Sache mit Hawaii vorläufig auf Eis legen (wie Captain Hollister selbst sagt, »geht es ja nur um Geld«!).

Tatsache ist nämlich, Pat, dass ich eine abschließende Testserie für angezeigt halte – sicherheitshalber. Anschließend können wir ihn nach Maui schicken. Die Testserie dürfte etwa drei Monate dauern.

Bevor ich mit der Schreibarbeit beginne, bitte ich um Ihre Stellungnahme.

Herm

7

Interne Mitteilung
Von P. H.
An Herman Pynchot
Datum 13. September
Betr. Andy McGee

Ich begreife das nicht. Als wir das letzte Mal alle zusammen waren, waren wir uns darüber einig – Sie genau wie wir –, dass McGee so tot ist wie eine durchgebrannte Sicherung. Wieso plötzlich diese Sinneswandlung?

Wenn Sie eine weitere Testserie wünschen – eine verkürzte Serie, bitte sehr. Wir fangen nächste Woche mit dem Mädchen an, aber, dank ungeschickter Einmischung von gewisser Seite, wird sie vielleicht nicht lange zu einer Zusammenarbeit mit uns bereit sein. Während das aber noch der Fall ist, wäre es vielleicht keine schlechte Idee, ihren Vater in der Nähe zu haben ... als Feuerlöscher???

Oh ja, es mag sich »nur um Geld« handeln, aber es ist das Geld des Steuerzahlers, und Leichtsinn auf diesem Gebiet sieht man nicht gern, Herrn. *Besonders* Captain Hollister nicht. Bedenken Sie das bitte.

Richten Sie sich auf eine Testzeit von höchstens sechs bis acht Wochen ein, es sei denn, Sie erzielten Resultate ... und wenn das der Fall ist, verspeise ich persönlich Ihre Hush Puppies.

Pat

8

Dieser verdammte Hurensohn«, sagte Herrn Pynchot laut, als er die Mitteilung gelesen hatte. Er las den dritten Absatz noch einmal: typisch Hockstetter, derselbe Hockstetter, der einen komplett überholten 1958er Thunderbird besaß, machte ausgerechnet *ihm* wegen des Geldes Vorwürfe. Er zerknüllte den Zettel und warf ihn in den Papierkorb. Dann lehnte er sich auf seinem Drehstuhl zurück. Höchstens zwei Monate! Drei hätten sich besser angehört. Er hatte wirklich das Gefühl, dass –

Seltsamerweise und ohne es zu wollen, musste er wieder an den Müllschlucker denken, den er zu Hause hatte installieren lassen. Auch das gefiel ihm nicht. Ständig hatte er in letzter Zeit diesen verdammten Müllschlucker im Kopf und schien den Gedanken daran gar nicht loswerden zu können. Besonders wenn er sich mit Andy McGee beschäftigte, trat dieser Gedanke in den Vordergrund. Das dunkle Loch in dem Ding war mit einer Gummimanschette versehen ... irgendwie vaginal ...

Er lehnte sich noch weiter zurück und hing seinen Gedanken nach. Als er aus seinen Träumen fuhr, stellte er entsetzt fest, dass inzwischen zwanzig Minuten vergangen waren. Er nahm ein Formular und schrieb eine Notiz an diesen dreckigen Hockstetter, in der er sich für den Satz »es geht ja nur um Geld« entschuldigte. Mit Mühe verzichtete er darauf, seine Bitte um drei Monate noch einmal vorzutragen (und wieder stand ihm das Bild des glatten, dunklen Lochs im Müllschlucker vor Augen). Wenn Hockstetter zwei sagte, dann blieb es eben dabei. Aber wenn er bei McGee Resultate erzielte, würden fünfzehn Minuten später Hush Puppies Größe neun auf Hockstetters Schreibtisch stehen, und Messer und Gabel würde er gleich dazulegen.

Die Notiz war fertig. Er schrieb *Herm* darunter, lehnte sich zurück und rieb sich die Schläfen. Er hatte Kopfschmerzen.

In der Oberschule und am College war Herrn Pynchot ein heimlicher Transvestit gewesen. Er liebte es, sich wie eine Frau zu kleiden, denn das ließ ihn ... nun, schön aussehen. Als junger Student und Mitglied der Verbindung Delta Tau Delta hatten ihn zwei seiner Verbindungsbrüder einmal dabei überrascht. Der Preis für ihr Schweigen war eine rituelle Demütigung, die sich nicht sehr von den Schikanen unterschied, die man, sehr zu Pynchots Belustigung, auch anderen zugefügt hatte.

Um zwei Uhr morgens hatten die beiden in der Küche von einem Ende zum anderen Unrat und Abfälle verstreut und Pynchot gezwungen, nur mit einem Damenslip, Strumpfgürtel, Strümpfen und einem mit Toilettenpapier ausgestopften BH bekleidet, alles wieder zu säubern und anschließend den Fußboden aufzuwischen, und dabei hatte ständig die Gefahr einer erneuten Entdeckung bestanden: es hätte nur ein weiterer Verbindungsbruder kommen müssen, der sich vielleicht einen Morgenimbiss aus der Küche holen wollte.

Anschließend hatten sie gemeinsam onaniert, und darüber hätte Pynchot noch froh sein können, denn das war vermutlich der einzige Grund, warum sie ihr Versprechen auch tatsächlich hielten. Aber er war, entsetzt und von sich selbst angewidert, aus der Verbindung ausgetreten – hauptsächlich, weil der ganze Vorfall ihn irgendwie erregt hatte. Seitdem hatte er sich nie wieder »verkleidet«. Er war nicht schwul. Er hatte eine gut aussehende Frau und zwei nette Kinder, und das bewies, dass er nicht schwul war. Er hatte schon seit Jahren nicht mehr an diesen demütigenden Zwischenfall gedacht. Und doch –.

Das Bild des glatten, dunklen Lochs im Müllschlucker blieb. Und seine Kopfschmerzen waren schlimmer geworden.

Das Echo, das Andy mit seiner Beeinflussung ausgelöst hatte, hatte sich eingestellt. Noch war es langsam; das Bild des Müllschluckers, mit dem Begriff schön gekoppelt, kam nur zeitweilig. Aber es würde sich beschleunigen. Es würde anfangen, von allen Seiten her auf ihn einzudringen. Bis es unerträglich wurde.

9

Nein«, sagte Charlie. »Das ist falsch.« Sie drehte sich um und verließ den kleinen Raum wieder. Ihr Gesicht war blass und übermüdet.

»He, einen Augenblick«, sagte Hockstetter und breitete die Arme aus. Er lachte kurz auf. »Was ist denn falsch, Charlie?«

»Alles«, sagte sie. »Alles ist falsch.«

Hockstetter sah sich im Raum um. In einer Ecke war eine Sony-TV-Kamera aufgestellt. Ihre Kabel führten durch die mit

Presskork beschichtete Wand zu einem Gerät im angrenzenden Beobachtungsraum. Auf einem Tisch in der Mitte des Zimmers stand ein Stahltablett voller Holzspäne. Links stand ein Elektroencephalograph mit Anschlussdrähten. Ein junger Mann in weißem Kittel bewachte das Gerät.

»Das ist nicht sehr hilfreich«, sagte Hockstetter. Er lächelte immer noch väterlich, aber er war wütend. Um das zu erkennen, brauchte man kein Gedankenleser zu sein; man brauchte ihm nur in die Augen zu sehen.

»Sie hören nicht zu«, rief sie schrill. »Keiner von Ihnen hört zu, außer –«

(außer John, aber das darfst du nicht sagen)

»Dann sag uns, was wir ändern sollen«, sagte Hockstetter.

Sie ließ sich nicht beruhigen. »Wenn Sie *zugehört* hätten, würden Sie es selbst wissen. Das Stahltablett mit den Holzspänen, *das* ist in Ordnung, aber das ist auch das Einzige. Der Tisch ist aus Holz, das Zeug an der Wand brennt leicht ... auch die Kleidung des Mannes da.« Sie zeigte auf den Techniker, der leicht zusammenzuckte.

»Charlie –«

»Auch die Kamera.«

»Charlie, diese Kamera ist –«

»Sie ist aus Plastik, und wenn sie heiß genug ist, explodiert sie, und die Stücke fliegen durch die Gegend. Und hier ist kein Wasser! Ich sagte Ihnen doch, dass ich Wasser brauche, wenn es erst einmal anfängt. Mein Vater und meine Mutter haben mir das gesagt. Ich kann nur Feuer anzünden, wenn Wasser zum Löschen da ist. Oder ... oder ...«

Sie brach in Tränen aus. Sie brauchte jetzt John. Und ihren Vater. Sie wollte hier weg. Sie hatte die letzte Nacht nicht geschlafen.

Hockstetter sah sie nachdenklich an. Die Tränen, ihre Erregung ... das alles schien darauf hinzudeuten, dass sie weitermachen wollte. »In Ordnung, Charlie. Sag uns, was wir tun sollen, und wir tun es.«

»Gut«, sagte sie. »Oder Sie bekommen nichts.«

Hockstetter dachte: *Wir werden eine Menge bekommen,* du Rotzgör.

Wie sich herausstellen sollte, hatte er damit absolut Recht.

10

Am späten Nachmittag zeigte man ihr einen anderen Raum. Als man sie vorher in ihr Quartier zurückbrachte, war sie vor dem Fernsehgerät gleich eingeschlafen – ihr Körper war noch jung genug, um trotz ihrer Sorge und Verwirrung sein Recht zu fordern – und erst nach fast sechs Stunden wieder aufgewacht. Nachdem sie dann noch ein wenig gegessen hatte, fühlte sie sich wieder ganz gut und hatte sich auch besser in der Gewalt. Sie sah sich lange und sorgfältig im Raum um.

Das Tablett mit den Holzspänen stand auf einem Metalltisch. Die Wände bestanden aus grauem Stahlblech.

Hockstetter sagte: »Der Techniker trägt einen Asbestanzug und Asbestschuhe.« Während er mit ihr sprach, lächelte er wieder sein väterliches Lächeln.

Der Mann am EEG schwitzte und schien sich nicht sehr wohl zu fühlen. Er trug eine weiße Tuchmaske, um keine Asbestfasern einzuatmen. Hockstetter zeigte auf einen breiten Spiegel an der gegenüberliegenden Wand. »Das ist ein Einwegspiegel. Dahinter steht unsere Kamera. Und dort drüben siehst du die Wanne.«

Charlie ging hinüber. Es war eine altmodische Wanne mit Klauenfüßen, und sie passte ganz und gar nicht in diese sachliche Umgebung. Sie war voll Wasser. Charlie fand, dass es ausreichte.

»In Ordnung«, sagte sie.

Hockstetters Grinsen wurde noch breiter. »Fein.«

»Aber Sie müssen in den anderen Raum gehen. Ich will Sie nicht ansehen müssen, wenn ich es tue.« Charlie starrte Hockstetter rätselhaft an. »Es könnte etwas passieren.«

Hockstetters väterliches Lächeln wurde ein wenig verkniffen.

11

Sie hat Recht«, sagte Rainbird. »Wenn Sie auf sie gehört hätten, wäre alles schon beim ersten Mal in Ordnung gewesen.«

Hockstetter sah ihn an und schnaufte.

»Aber Sie glauben es immer noch nicht, oder doch?«

Hockstetter, Rainbird und Cap standen hinter dem Einwegspiegel. Hinter ihnen stand die Kamera. Sie war auf den Raum gerichtet, und summte fast unhörbar. Das Glas war leicht polarisiert, und im Testraum sah alles leicht blau aus wie eine Landschaft, die man von einem Greyhound-Bus aus durchs Fenster erblickt. Der Techniker schloss Charlie an das Gerät an. Ein TV-Monitor im Nebenzimmer zeichnete ihre Gehirnströme auf.

»Sehen Sie sich die Alphawerte an«, murmelte einer der Techniker. »Sie ist ziemlich aufgeregt.«

»Angst«, sagte Rainbird. »Sie hat wirklich Angst.«

»Jetzt glauben Sie es, nicht wahr?«, fragte Cap plötzlich. »Zuerst wollten Sie es nicht glauben, aber jetzt.«

»Ja«, sagte Rainbird. »Ich glaube es.«

Im anderen Raum trat der Techniker von Charlie zurück. »Hier sind wir fertig.«

Hockstetter legte einen Kippschalter um. »Du kannst anfangen, Charlie.«

Charlie hatte ihr Gesicht dem Einwegspiegel zugewandt, und einen schaurigen Augenblick lang schien sie Rainbird direkt in sein verbliebenes Auge zu schauen.

Er schaute sie an und lächelte schwach.

12

Charlie McGee schaute in den Einwegspiegel und sah nichts als ihr eigenes Bild, aber das Gefühl, beobachtet zu werden, war sehr intensiv. Sie wünschte sich, John könnte dabei sein; dann hätte sie sich besser gefühlt. Aber sie hatte nicht das Empfinden, dass er in der Nähe war.

Sie sah zu dem Tablett mit den Holzspänen hinüber.

Es war kein Zustoßen; eher ein Schieben. Sie dachte daran, und war entsetzt und hatte Angst, als sie merkte, dass sie es tun *wollte.* Sie dachte daran wie jemand, der erhitzt und hungrig vor einem Schokoladeneisbecher sitzt und seinen Inhalt verschlingen möchte. Das war okay, aber man brauchte einen Augenblick, um es zu ... genießen.

Sie schämte sich dafür, dass sie es wollte, aber dann schüttelte sie fast wütend den Kopf. *Warum sollte ich es nicht wollen? Wenn Leute etwas gut können, wollen sie es auch tun. Wie Mami mit ihrem doppelten Kreuzstich und Mr Douray in Port City, etwas weiter unten in der Straße, der so gern Brot backte. Wenn er genug im Haus hatte, backte er es für andere. Wenn man etwas gut kann, will man es auch tun ...*

Holzspäne, dachte sie ein wenig verächtlich. *Sie hätten mir etwas* Schweres *geben sollen.*

13

Der Techniker spürte es zuerst. Er fühlte sich heiß und ungemütlich und verschwitzt in seiner Asbestkleidung, und zuerst dachte er, das sei auch alles. Dann sah er, dass die Alphawellen des Kindes jetzt in diesem hohen, spitzen Rhythmus verliefen, der ein untrügliches Zeichen äußerster Konzentration ist und auf rege Tätigkeit der Fantasie hinweist.

Sein Gefühl, dass es heißer wurde, steigerte sich und schlug plötzlich in Angst um.

14

Irgendetwas geht dort drüben vor«, sagte einer der Techniker im Beobachtungsraum mit heller, aufgeregter Stimme. »Die Temperatur ist eben um zwölf Grad gestiegen. Ihr Alphamuster sieht aus wie die verdammten Anden –«

»Es geht los!«, rief Cap. *»Es geht los!«* Seine Stimme vibrierte und klang durchdringend wie der Triumphschrei eines Mannes, der jahrelang auf diesen Augenblick gewartet hatte.

15

Sie richtete ihre Energie gegen das Tablett mit den Holzspänen. Sie gingen nicht in Flammen auf. Sie explodierten. Sekundenbruchteile später drehte sich das Tablett ein paar Mal um die eigene Achse, wobei es brennendes Holz versprühte, und knallte so hart gegen die Wand, dass im Stahlblech eine Delle zurückblieb.

Der Techniker, der das EEG überwacht hatte, schrie vor Angst auf und stürzte plötzlich zur Tür. Der Klang seines Schreis versetzte Charlie auf den Flughafen von Albany zurück. Es war der Schrei Eddi Delgardos, der mit seinen brennenden Armeestiefeln in die Damentoilette rannte.

In plötzlichem Entsetzen, aber auch mit Stolz, dachte Charlie: *Mein Gott, es ist viel* stärker *geworden!*

Die Stahlwand hatte sich eigenartig gewellt, und der Raum hatte sich explosiv erhitzt. Im Nebenraum war das Digitalthermometer anfangs von 21 auf 27 Grad gestiegen und dort stehen geblieben. Jetzt aber kletterte es rasch auf über 35 Grad.

Charlie konzentrierte sich jetzt auf die Wanne. Sie war einer Panik nahe. Im Wasser zeigten sich Strudel, die dann zu Blasen aufsprangen. Innerhalb von fünf Sekunden war aus dem kalten Inhalt der Wanne sprudelndes, dampfend kochendes Wasser geworden.

Der Techniker war verschwunden und hatte die Tür zum Versuchsraum offen gelassen. Im Beobachtungsraum entstand plötzlich ein aufgeregtes Durcheinander. Cap stand mit offenem Mund an der Glasscheibe und starrte auf das kochende Wasser in der Wanne. Dampfwolken stiegen auf, und das Einwegglas fing an zu beschlagen. Nur Rainbird war ganz ruhig und stand mit auf dem Rücken verschränkten Händen lächelnd da. Er wirkte wie ein Lehrer, dessen bester Schüler soeben eine besondere schwierige Aufgabe gelöst hat.

(Zurück!)

Sie schrie in Gedanken.

(ZURÜCK! ZURÜCK! ZURÜCK!)

Und plötzlich war es weg. Irgendetwas klinkte aus, bewegte sich noch eine oder zwei Sekunden im Leerlauf und hielt dann einfach an. Ihre Konzentration wandte sich vom Feuer ab. Sie konnte das Zimmer wieder erkennen und merkte, dass sie durch die Hitze, die sie verursacht hatte, ins Schwitzen geraten war. Im Beobachtungsraum blieb das Thermometer bei 36 Grad stehen und sank dann um ein Grad. Die wild kochende Flüssigkeit beruhigte sich – aber mindestens der halbe Inhalt war verkocht. Trotz der geöffneten Tür war der kleine Raum so feucht und heiß wie eine Sauna.

16

Hockstetter prüfte fieberhaft seine Instrumente. Sein Haar, sonst so ordentlich und straff zurückgekämmt, war jetzt zerzaust und stand hinten hoch. Er sah ein wenig aus wie Alfalfa aus *Die kleinen Schelme*.

»Wir haben es!«, keuchte er. »Wir haben es, wir haben alles ... es ist auf Band ... der Temperaturanstieg ... haben Sie gesehen, wie das Wasser in der Wanne kochte? ... mein Gott ... haben wir das Audio ... ja? ... mein Gott, habt ihr gesehen, was sie gemacht hat?«

Er ging an einem seiner Techniker vorbei, fuhr herum und packte ihn vorn am Kittel. »Würden Sie behaupten, dass irgendein Zweifel bestehen kann, dass *sie* es verursacht hat?«

Der Techniker, fast so aufgeregt wie Hockstetter, schüttelte den Kopf. »Nicht im Geringsten, Chef. Da gibt es keinen Zweifel.«

»Heiliger Gott«, rief Hockstetter und wirbelte herum. Er war völlig konfus. »Ich hätte gedacht ... etwas ... ja, irgendetwas ... aber das Tablett ... es ist einfach *weggeflogen* ...«

Er sah Rainbird, der noch immer, die Hände auf dem Rücken verschränkt, vor dem Einwegspiegel stand, ein freundliches, nichts sagendes Lächeln im Gesicht. Für Hockstetter war die alte Feindschaft vergessen. Er rannte zu dem großen Indianer hinüber, ergriff dessen Hand und schüttelte sie.

»Wir haben es«, sagte er zu Rainbird, und in seiner Stimme schwang wilde Befriedigung. »Wir haben es alles, wir könnten sogar damit vor Gericht gehen! *Notfalls bis zum Obersten Gerichtshof, verdammt noch mal!*«

»Ja, Sie haben es«, sagte Rainbird freundlich. »Jetzt sollten Sie aber jemanden schicken, damit Sie auch das *Mädchen* haben.«

»Was?« Hockstetter schaute ihn verständnislos an.

»Nun«, sagte Rainbird, immer noch äußerst freundlich, »der Kerl, der bei ihr im Raum war, hatte vielleicht eine dringende Verabredung vergessen, denn er hatte es verdammt eilig wegzukommen. Er ließ die Tür auf, und Ihr Feuerkind ist gerade davonspaziert.«

Hockstetter starrte durch die Scheibe. Die Wirkung des Dampfes hatte sich noch verstärkt, aber zweifellos war der Raum leer. Er sah dort nur noch die Wanne, das EEG-Gerät, das Stahltablett und die noch glimmenden Reste der Holzspäne.

»Einer von den Männern soll sie holen!«, rief Hockstetter und wandte sich um. Die fünf oder sechs Männer standen bei ihren Instrumenten und rührten sich nicht. Offenbar hatte außer Rainbird niemand bemerkt, dass Cap im gleichen Augenblick verschwunden war wie das Mädchen.

Rainbird grinste Hockstetter an und machte mit dem Auge eine Bewegung, die die anderen einschloss, die Männer, deren Gesichter plötzlich so weiß waren wie ihre Laborkittel.

»Aber natürlich«, sagte er leise. »Wer von den Herren möchte das kleine Mädchen holen?«

Niemand bewegte sich. Es war wirklich lustig; so würden die Politiker aussehen, dachte Rainbird, wenn sie feststellten, dass es passiert war, dass die Raketen schon in der Luft waren, es Bomben regnete und die Wälder und Städte brannten. Es war so lustig, dass er lachen musste. Er lachte ... und lachte ... und lachte.

17

Sie sind so schön«, sagte Charlie leise. »Es ist alles so schön.« Sie standen am Ententeich, nicht weit von der Stelle, an der noch vor ein paar Tagen ihr Vater und Pynchot gestanden hatten. Heute war es allerdings kühler als vor ein paar Tagen, und ein paar Blätter waren schon ein wenig gelb. Ein leichter Wind, eine Brise konnte man ihn nicht mehr nennen, bewegte die Wasseroberfläche.

Charlie wandte ihr Gesicht der Sonne zu und schloss lächelnd die Augen. John Rainbird, der neben ihr stand, hatte in Camp Stewart in Arizona ein halbes Jahr Wachdienst gemacht, bevor er nach Übersee ging, und er kannte diesen Gesichtsausdruck. Er hatte ihn bei Männern gesehen, die lange eingesperrt gewesen waren.

»Möchtest du mal zu den Ställen hinübergehen und dir die Pferde ansehen?«

»Oh ja, gern«, sagte sie sofort und sah ihn dann schüchtern an. »Das heißt, wenn es Ihnen nichts ausmacht.«

»Ausmacht? Ich bin selbst froh, einmal draußen zu sein. Dies ist für mich die reinste Erholung.«

»Sind Sie dazu bestimmt worden?«

»Nein, ich habe mich freiwillig gemeldet.« Sie gingen am Teich entlang zu den auf der anderen Seite gelegenen Ställen. »Nach dem, was gestern passiert ist, bekommen sie kaum noch Freiwillige.«

»Habe ich ihnen Angst gemacht?«, fragte Charlie eine Nuance zu liebenswürdig.

»Das will ich meinen«, sagte Rainbird, und er sprach die reine Wahrheit. Cap hatte Charlie noch im Flur eingeholt und sie in ihr Quartier gebracht. Der junge Mann, der seinen Posten verlassen hatte, war nach Danama City strafversetzt worden. Dann hatte eine verrückte Besprechung unter Anwesenheit aller Beteiligten stattgefunden. Die Wissenschaftler hatten einerseits hundert Ideen gehabt und sich andererseits darüber Sorgen gemacht – ein wenig spät –, wie man das Mädchen unter Kontrolle behalten konnte.

Es wurde vorgeschlagen, ihr Quartier feuersicher zu machen, sie rund um die Uhr zu bewachen und sie wieder unter Drogen zu setzen. Rainbird hatte sich so viel davon angehört, wie er gerade noch ertragen konnte, und dann mit der Einfassung seines schweren Türkisrings hart auf den Konferenztisch geklopft. Er klopfte, bis auch der Letzte aufmerksam wurde. Weil Hockstetter ihn nicht mochte (vielleicht wäre »hassen« in diesem Zusammenhang kein übertriebener Ausdruck), mochten ihn auch die übrigen Wissenschaftler nicht, aber dennoch war Rainbirds Stern gestiegen. Schließlich hatte er einen guten Teil jedes Tages mit dieser menschlichen Lötlampe zugebracht.

»Ich schlage vor«, sagte er und erhob sich, um aus seinem zerstörten Gesicht gütig in die Runde zu schauen, »dass wir so weitermachen wie heute. Bisher sind Sie von der Voraussetzung ausgegangen, dass das Mädchen die Fähigkeit gar nicht hat, obwohl sie in zwei Dutzend Vorfällen dokumentiert ist, und dass es sich, falls sie sie hat, nur um eine unbedeutende Fähigkeit handelt. Oder dass sie diese Fähigkeit nie wieder einsetzen würde. Jetzt wissen Sie es besser, und schon wollen Sie wieder anfangen, sie in Aufregung zu versetzen.«

»Das stimmt nicht«, sagte Hockstetter verärgert. »Das ist einfach –«

»Es stimmt!«, brüllte Rainbird ihn an, und Hockstetter schrumpfte in seinem Stuhl zusammen. Wieder lächelte Rainbird in die Runde. »Jetzt isst das Mädchen wenigstens wieder. Sie hat zehn Pfund zugenommen und ist nicht mehr ein dürrer Schatten ihrer selbst. Sie liest, erzählt und malt nach Vorlage; sie möchte ein Puppenhaus haben, und ihr Freund, der Wärter John, hat versprochen, ihr eins zu besorgen. Kurz gesagt, sie befindet sich in einer besseren Verfassung als bei ihrer Einlieferung. Meine Herren, wir wollen uns doch eine so günstige Ausgangslage nicht wieder verderben, oder?«

Der Mann, der die Videoanlage bedient hatte, sagte zögernd: »Und wenn sie nun ihre kleine Wohnung in Brand steckt?«

»Wenn sie das wollte«, sagte Rainbird ruhig, »hätte sie es schon getan.« Darauf antwortete der Mann nicht.

Jetzt, als er und Charlie den Teich hinter sich ließen und auf die dunkelroten Stallungen mit ihren frisch in Weiß gestrichenen Balken zugingen, musste Rainbird laut lachen. »Ich denke, du hast ihnen tatsächlich Angst gemacht, Charlie.«

»Hatten Sie denn keine Angst?«

»Warum sollte ich Angst haben?«, sagte Rainbird und fuhr ihr durchs Haar. »Ich benehme mich nur wie ein Baby, wenn es dunkel ist und ich nicht rauskann.«

»Oh, John, deswegen brauchen Sie sich doch nicht zu schämen.«

»Wenn du mich anzünden wolltest«, wiederholte er seinen Kommentar vom Vorabend, »hättest du es schon getan.«

Sie zuckte zusammen. »Ich wünschte, Sie würden ... würden solche Dinge nicht sagen.«

»Charlie, es tut mir Leid. Manchmal rede ich schneller, als ich denke.«

Sie betraten die dunklen Stallungen mit ihrem typischen Geruch. Trübes Sonnenlicht fiel ein und zeichnete Streifen und Muster, und träge schwebten Häckselteilchen in der Luft.

Ein Stallknecht striegelte die Mähne eines schwarzen Wallachs, der eine Stirnblesse hatte. Charlie blieb stehen und schaute mit verzücktem Erstaunen das Pferd an. Der Knecht sah sie und grinste. »Du musst die junge Dame sein. Man hat dich schon angekündigt.«

»Wie *schön* sie ist«, flüsterte Charlie. Ihre Hände konnten es kaum erwarten, das seidige Fell zu streicheln. Ein Blick in die sanften, dunklen Augen des Pferdes, und sie hatte sich in das Tier verliebt.

»Nun, eigentlich ist es ein Junge«, sagte der Stallknecht und zwinkerte Rainbird zu, den er noch nie gesehen hatte. »Aber nur eigentlich.«

»Wie heißt er?«

»Necromancer«, sagte der Stallknecht. »Willst du ihn streicheln?«

Zögernd trat Charlie näher heran. Das Pferd senkte den Kopf, und sie streichelte es; dann sprach sie mit ihm. Ihr kam nicht in den Sinn, dass sie ein halbes Dutzend Feuer anzünden würde, um einmal, mit John an ihrer Seite, auf diesem Pferd zu reiten zu dürfen ... aber Rainbird erkannte es in ihren Augen, und er lächelte.

Sie sah ihn an und bemerkte, dass er lächelte, und sie ließ die Hand sinken, mit der sie das Tier gestreichelt hatte. In seinem Lächeln lag etwas, das ihr nicht gefiel. Dabei hatte sie gedacht, dass sie alles an John mochte. Sie beurteilte die meisten Leute nach ihrem Gefühl und machte sich darüber gewöhnlich kaum Gedanken; es gehörte zu ihr wie ihre blauen Augen und die Tatsache, dass ihr Daumen zwei Gelenke hatte. Sie mochte Hockstetter nicht, weil sie das Gefühl hatte, dass sie ihm so gleichgültig war wie ein Reagenzglas. Für ihn war sie nur ein Objekt.

Aber bei John basierte ihre Zuneigung auf seiner Freundlichkeit ihr gegenüber; und vielleicht gehörte dazu auch sein entstelltes Gesicht. Sie empfand Mitgefühl, konnte sich mit ihm identifizieren. War nicht auch sie hier, weil etwas mit ihr nicht stimmte? Aber darüber hinaus war er einer der wenigen Menschen – wie Mr Raucher, der in New York ein Delikatessengeschäft hatte und früher öfter mit ihrem Daddy Schach spielte –, die ihr aus irgendeinem Grund völlig verschlossen blieben. Mr Raucher war alt und trug ein Hörgerät, und an seinem Unterarm war eine blassblaue Nummer eintätowiert. Charlie hatte ihren Vater gefragt, was diese Nummer bedeutete, und ihr Daddy hatte gesagt – nachdem er sie ermahnt hatte, nicht mit Mr Raucher darüber zu sprechen –, dass er es später erklären würde. Aber das hatte er nie getan.

Und jetzt, als sie Johns irgendwie beunruhigendes Lächeln sah, überlegte sie zum ersten Mal: *Was denkst du?*

Dann fegte ihre Bewunderung für das Pferd solche unwichtigen Gedanken hinweg. »John«, sagte sie, »was bedeutet ›Necromancer‹?«

»Ach«, sagte er, »so viel wie ›Hexenmeister‹ oder ›Zauberer‹.«

»Hexenmeister. Zauberer«, sagte sie leise und genoss den Klang ihrer Worte, während sie das dunkle, glatte Fell streichelte.

18

Als er mit ihr zurückging, sagte Rainbird: »Du solltest Hockstetter fragen, ob er dich mal auf dem Pferd reiten lässt, wenn es dir so gut gefällt.«

»Nein ... das könnte ich nicht«, sagte sie und sah ihn aus großen Augen erschrocken an.

»Natürlich könntest du das«, sagte er und tat absichtlich so, als hätte er sie missverstanden. »Ich verstehe nicht viel von Wallachen, aber sie sollen sanftmütig sein. Er sieht zwar sehr groß aus, aber ich glaube nicht, dass er mit dir wegrennt, Charlie.«

»Nein, das meine ich nicht. Er würde es mir nicht erlauben.«

Er blieb stehen und legte ihr die Hände auf die Schultern. »Charlie McGee, manchmal bist du wirklich dumm«, sagte er. »Als das Licht ausging, hast du mir geholfen, Charlie, und es für dich behalten. Und jetzt werde ich dir helfen. Du willst doch deinen Vater wiedersehen?«

Sie nickte rasch.

»Dann zeig ihnen, dass du es ernst meinst. Es ist wie beim Pokern, Charlie. Du musst tun, als hättest du verdammt gute Karten ... aber du tust überhaupt nichts. Jedes Mal wenn du ihnen für ihre Tests ein Feuer anzündest, musst du von ihnen etwas verlangen.« Er schüttelte sie leicht. »Das sagt dir dein alter Onkel John. Hörst du, was ich sage?«

»Glauben Sie, dass sie es erlauben? Wenn ich sie darum bitte?«

»Wenn du sie darum *bittest?* Dann vielleicht nicht. Du musst es von ihnen *verlangen.* Ich höre manchmal, was sie miteinander sprechen. Man geht rein und leert die Papierkörbe und Aschenbecher, und sie denken, man ist nur ein Möbelstück. Dieser Hockstetter macht sich fast in die Hosen.«

»Wirklich?« Sie lächelte ein wenig.

»Wirklich.« Sie gingen weiter. »Und was ist mit dir, Charlie? Ich weiß, welche Angst du davor hattest. Wie fühlst du dich denn jetzt?«

Sie antwortete nicht gleich. Und als sie dann antwortete, tat sie es in einem so nachdenklichen und irgendwie erwachsenen Ton, wie Rainbird sie noch nie hatte sprechen hören. »Jetzt ist es anders«, sagte sie. »Es ist viel stärker geworden. Aber ... ich habe es besser unter Kontrolle gehabt als je zuvor. Damals auf der Farm« – sie zitterte ein wenig und ließ die Stimme sinken – »konnte ich es einfach ... nicht beeinflussen. Es ... es war plötzlich überall.« Ihre Augen wurden ganz dunkel. Sie dachte an die Hühner, die wie lebendes Feuerwerk explodiert waren. »Aber gestern, als ich wollte, dass es aufhörte, da hörte es auch auf. Ich sagte mir, dass es nur ein kleines Feuer werden sollte, und es wurde nur ein kleines Feuer. Es verlief nur in einer geraden Linie.«

»Und dann hast du es wieder in dich selbst zurückgeholt?«

»Mein Gott, nein«, sagte sie und sah ihn an. »Ich habe es in das Wasser gelenkt. Wenn ich es in mich selbst zurückgeholt hätte ... ich glaube, dann wäre ich verbrannt.«

Sie gingen eine Weile schweigend nebeneinander her.

»Beim nächsten Mal brauche ich mehr Wasser.«

»Aber du hast keine Angst mehr?«

»Nicht so viel wie sonst«, sagte sie einschränkend. »Wann darf ich wohl meinen Vater sehen?«

Ein wenig grob, wie unter guten Freunden, legte er ihr den Arm um die Schulter. »Du musst ihnen schon ein bisschen Zeit lassen, Charlie.«

19

Am Nachmittag bewölkte sich der Himmel, und abends setzte ein kalter Herbstregen ein. In einem Haus in einem kleinen und sehr exklusiven Vorort – er hieß Longmont Hills und lag ganz in der Nähe – baute Patrick Hockstetter in seiner Werkstatt an einem Schiffsmodell (die Schiffe und sein generalüberholter Thunderbird waren seine einzigen Hobbys, und im Haus standen Dutzende von Walfängern, Fregatten und Postdampfern herum) und dachte an Charlie McGee. Er hatte äußerst gute Laune. Er hatte das Gefühl, dass seine Zukunft gesichert war, wenn er

Charlie noch zu einem Dutzend weiterer Tests veranlassen konnte – vielleicht genügten auch zehn. Er konnte dann den Rest seines Lebens darauf verwenden, die Eigenschaften von Lot Sechs zu untersuchen ... und natürlich hatte er eine beträchtliche Gehaltsaufbesserung zu erwarten. Sorgfältig leimte er den Besanmast fest und fing an zu pfeifen.

In einem anderen Haus in Longmont Hills zog sich Herman Pynchot einen Slip seiner Frau über seine gewaltige Erektion. Seine Frau war auf einer Party. Eins seiner wohlgeratenen Kinder war zu einem Pfadfindertreffen gegangen, und das andere wohlgeratene Kind nahm in seiner Schule an einem Schachturnier teil. Pynchot legte sorgfältig den BH seiner Frau an und hakte ihn am Rücken fest. Schlaff hing er vor seiner schmalen Brust. Er betrachtete sich im Spiegel und fand ... dass er schön aussah. Ohne sich um die nicht verhängten Fenster zu kümmern, ging er in die Küche. Er stellte sich neben die Spüle und schaute in den neu installierten Müllschlucker. Nach langem Nachdenken schaltete er ihn ein. Und beim Geräusch der herumwirbelnden Stahlzähne des Zerkleinerers legte er Hand an sich und onanierte. Als der Orgasmus gekommen und wieder gegangen war, fuhr er zusammen und schaute sich um. Nacktes Entsetzen stand in seinen Augen, es waren die Augen eines Mannes, der aus einem Albtraum erwacht. Er stellte den Müllschlucker ab und rannte ins Schlafzimmer, wobei er sich duckte, als er die Fensterfront passierte. Ihm dröhnte der Kopf. Was in Gottes Namen war nur mit ihm los?

In einem dritten Haus in Longmont Hills – ein Haus am Berghang, das sich Leute wie Hockstetter und Pynchot nie im Leben erlauben konnten – saßen Cap Hollister und Rainbird und tranken Brandy. Sie saßen im Wohnzimmer, und aus Caps Stereoanlage erklang Musik von Vivaldi. Vivaldi war einer der Lieblingskomponisten seiner Frau gewesen. Arme Georgia.

»Ich bin Ihrer Meinung«, sagte Cap langsam und wunderte sich zum wiederholten Mal, warum er diesen Mann, den er hasste und fürchtete, zu sich nach Hause eingeladen hatte. Die Fähigkeiten dieses Mädchens waren außergewöhnlich, und außergewöhnliche Fähigkeiten begründeten gelegentlich seltsame Kumpanei. »Die Tatsache, dass sie so beiläufig vom ›nächsten Mal‹ gesprochen hat, ist von größter Bedeutung.«

»Ja«, sagte Rainbird. »Wir scheinen gute Karten zu haben.«

»Aber das wird nicht ewig dauern.« Cap ließ den Brandy in seinem Schwenker kreisen und zwang sich dazu, Rainbird in dessen einziges Auge zu schauen. »Ich glaube, ich weiß, wie Sie unsere Glückssträhne verlängern wollen, auch wenn Hockstetter es nicht kapiert.«

»Wirklich?«

»Ja«, sagte Cap und ließ eine Pause eintreten. Dann fügte er hinzu: »Es ist gefährlich für Sie.«

Rainbird lächelte.

»Wenn sie merkt, auf welcher Seite Sie wirklich stehen«, sagte Cap, »haben Sie eine gute Chance festzustellen, wie sich ein Steak in einem Mikrowellenherd fühlt.«

Rainbirds Lächeln verwandelte sich in ein unfrohes Haifischgrinsen. »Und würden Sie darüber auch nur eine einzige Träne vergießen, Captain Hollister?«

»Nein«, sagte Cap. »Warum sollte ich lügen? Aber seit einiger Zeit – schon bevor sie es wirklich tat – habe ich das Gefühl, dass der Geist des alten Dr. Wanless hier herumschwebt. Manchmal hockt er mir direkt auf der Schulter.« Über den Rand seiner Brille sah er Rainbird an. »Glauben Sie an Geister, Rainbird?«

»Ja.«

»Dann wissen Sie, was ich meine. Während meiner letzten Unterredung mit ihm hat er versucht, mich zu warnen. Er gebrauchte eine Metapher – warten Sie –, John Milton, der mit sieben Jahren versucht, in leserlichen Buchstaben seinen Namen zu schreiben, und der als Erwachsener dann *Das Verlorene Paradies* schrieb. Er sprach über ihr ... ihr Zerstörungspotenzial.«

»Ja«, sagte Rainbird, und sein Auge leuchtete.

»Er fragte mich, was wir tun würden, wenn wir feststellten, dass dieses kleine Mädchen, das jetzt nur Feuer anzünden kann, eines Tages in der Lage sein wird, nukleare Explosionen zu verursachen, die diesen Planeten in zwei Hälften spalten können.

Ich fand das witzig, ein wenig irritierend, und ganz gewiss hielt ich es für eine verrückte Idee.«

»Und nun glauben Sie, dass er vielleicht Recht hatte.«

»Sagen wir lieber, ich mache mir manchmal gegen drei Uhr morgens Gedanken darüber. Sie nicht auch?«

»Cap, als die mit dem Manhattan-Projekt befassten Wissenschaftler ihre erste Atombombe zündeten, wusste niemand genau, was geschehen würde. Manche waren der Ansicht, dass die Kettenreaktion nicht mehr aufzuhalten sein würde – dass draußen in der Wüste bis zum Ende der Welt eine Miniatursonne glühen würde.«

Cap nickte langsam.

»Auch die Nazis waren schrecklich«, sagte Rainbird. »Die Japse waren schrecklich. Heute sind die Deutschen und die Japaner nette Leute, und die Russen sind schrecklich. Die Moslems sind schrecklich. Wer weiß, wer morgen schrecklich sein wird?«

»Sie ist gefährlich«, sagte Cap unruhig. »Da hat Wanless Recht gehabt.«

»Vielleicht.«

»Hockstetter sagt, dass die Stelle, an der das Tablett die Wand traf, sich gewellt hat. Sie bestand aus Stahlblech, aber sie hat sich durch die Hitze gewellt. Das Tablett selbst wurde völlig verbogen. Sie hat es geschmolzen. Das kleine Mädchen hat wahrscheinlich für Sekundenbruchteile eine Temperatur von über 1800 Grad verursacht.« Er schaute Rainbird an, aber der sah sich nur gelangweilt im Zimmer um, als hätte er jedes Interesse verloren. »Was ich damit sagen will – Ihr Plan ist gefährlich. Nicht nur für Sie, sondern für uns alle.«

»Oh ja«, sagte Rainbird selbstzufrieden. »Die Sache ist nicht ohne Risiko. Aber vielleicht bleibt es uns erspart. Vielleicht hat Hockstetter, was er braucht, bevor wir ... äh, den Plan B durchführen.«

»Hockstetter ist ein komischer Typ«, sagte Cap kurz. »Er ist süchtig nach Informationen. Er wird nie genug bekommen. Er könnte sie zwei Jahre lang testen und würde immer noch schreien, dass es voreilig ist, wenn wir ... wenn wir sie fortschaffen.

Sie wissen es, und ich weiß es. Warum sollten wir um den Brei herumreden?«

»Wir werden wissen, wann es Zeit ist«, sagte Rainbird. »Ich werde es wissen.«

»Und was geschieht dann?«

»Dann kommt John, der freundliche Wärter, ins Bild«, sagte Rainbird und lächelte. »Er wird sie begrüßen und mit ihr reden und sie zum Lachen bringen. John, der freundliche Wärter, wird es schaffen, dass sie sich glücklich fühlt, denn er ist der Einzige, der das kann. Und wenn John das Gefühl hat, dass ihr Glücksgefühl den Höhepunkt erreicht hat, wird er sie auf das Nasenbein schlagen, dass ihr die Knochensplitter ins Gehirn dringen. Es wird schnell gehen ... und wenn es geschieht, werde ich ihr in die Augen sehen.«

Er lächelte – und diesmal erinnerte sein Lächeln nicht an das eines Hais. Es war sanft und freundlich ... und *väterlich.* Cap trank seinen Brandy aus. Er brauchte ihn jetzt. Er hoffte nur, dass Rainbird tatsächlich den richtigen Zeitpunkt erkennen würde, oder sie würden alle feststellen, wie sich ein Steak in einem Mikrowellenherd fühlt.

»Sie sind verrückt«, sagte Cap. Er hätte das Wort gern ungesprochen gelassen, aber Rainbird schien keinen Anstoß zu nehmen.

»Oh ja«, sagte er und trank ebenfalls seinen Brandy aus. Er lächelte immer noch.

20

Der Große Bruder. Der Große Bruder war das Problem.

Andy ging aus dem Wohnzimmer seiner Unterkunft in die Küche. Er zwang sich dazu, langsam zu gehen und zu lächeln – er wollte wirken wie ein Mann, der sich angenehm high fühlt.

Bisher war es ihm lediglich gelungen, hier in Charlies Nähe zu bleiben und festzustellen, dass die nächste Straße die Bundesstraße 301 war und dass es sich um eine ziemlich ländliche Gegend handelte. Das war vor einer Woche gewesen. Der Stromausfall lag jetzt einen Monat zurück, und er wusste immer noch nicht mehr über diese Anlage, als er bei seinen Spaziergängen mit Pynchot hatte beobachten können.

Hier unten in seinem Quartier wollte er niemanden gedanklich beeinflussen, denn der Große Bruder lag ständig auf der Lauer und hörte zu. Und auch gegen Pynchot wollte er nicht wieder zustoßen, denn Pynchot war im Begriff, den Verstand zu verlieren – davon war Andy überzeugt. Seit ihrem gemeinsamen Spaziergang zum Ententeich hatte Pynchot an Körpergewicht verloren. Er hatte dunkle Ringe unter den Augen, als ob er zu wenig Schlaf bekäme. Manchmal fing er an zu sprechen und verstummte dann, als ob er den Faden verloren hätte ... oder unterbrochen worden sei.

Das alles brachte Andy in eine umso gefährlichere Lage.

Wie lange würde es dauern, bis Pynchots Kollegen merkten, was mit ihm vorging? Zuerst hielten sie es vielleicht für nervöse Störungen. Was aber, wenn sie es mit Andy in Verbindung brachten? Das wäre das Ende jeder noch so geringen Chance, zusammen mit Charlie hier rauszukommen. Und er hatte immer stärker das Gefühl, dass Charlie sich in großer Gefahr befand.

Aber wie in aller Welt konnte er dem Großen Bruder beikommen? Er holte sich eine Grapefruit aus dem Kühlschrank, ging ins Wohnzimmer zurück und setzte sich vor das Fernsehgerät, ohne es überhaupt zu sehen. Sein Verstand suchte rastlos nach einem Ausweg. Aber als dieser Ausweg kam, kam er (wie der Stromausfall) völlig überraschend. In gewisser Weise war es Herman Pynchot, der ihm die Tür öffnete: Er tat es durch seinen Tod.

21

Zwei Männer kamen, um ihn zu holen. Er kannte einen von ihnen von der Mandersfarm.

»Kommen Sie, alter Junge«, sagte der. »Kleiner Spaziergang.«

Andy lächelte albern, aber innerlich fing für ihn das Entsetzen an. Etwas war geschehen. Etwas Schlimmes war geschehen; sie schickten nicht solche Leute, wenn es sich um etwas Gutes handelte. Vielleicht war man ihm auf die Schliche gekommen. »Wohin?«

»Einfach nur mitkommen.«

Sie führten ihn zum Fahrstuhl, aber als sie im Tanzsaal ausstiegen, gingen sie nicht nach draußen, sondern weiter ins Gebäude hinein. Sie gingen am Sekretärinnenbüro vorbei und betraten einen kleineren Raum, in dem eine Sekretärin an einer IBM-Schreibmaschine Korrespondenz erledigte.

»Sie können gleich hineingehen«, sagte sie.

Sie gingen rechts an ihr vorbei und durch eine Tür in ein kleines Büro mit einem Panoramafenster, das durch ein Erlengestrüpp hindurch den Blick auf den Ententeich freigab. Hinter einem altmodischen Rollschreibtisch saß ein älterer Mann mit einem scharf geschnittenen intelligenten Gesicht; seine Wangen waren gerötet, aber eher von Sonne und Wind als von Alkohol, wie Andy erkannte.

Er schaute zu Andy auf und nickte den Männern zu, die ihn hergebracht hatten. »Sie können draußen warten.«

Sie verschwanden.

Der Mann hinter dem Schreibtisch sah Andy aufmerksam an, und dieser gab den Blick freundlich zurück und lächelte leise. Er hoffte nur, dass er nicht übertrieb. »Hallo, wer sind Sie?«, fragte er.

»Mein Name ist Captain Hollister, Andy. Sie können mich Cap nennen. Man erzählt mir, dass ich diese Wildwest-Show leite.«

»Freut mich, Sie kennen zu lernen«, sagte Andy und lächelte ein wenig breiter, aber innerlich wuchs seine Spannung.

»Ich habe eine traurige Nachricht für Sie, Andy.«

Oh Gott, nein, es geht um Charlie. Etwas ist mit Charlie passiert!)

Cap beobachtete ihn mit seinen kleinen klugen Augen, die so tief zwischen Faltengewirr begraben waren, dass man kaum merkte, wie kalt und aufmerksam sie blickten.

»So?«

»Ja«, sagte Cap und schwieg einen Augenblick. Das Schweigen zog sich quälend in die Länge.

Cap betrachtete inzwischen seine Hände, die er vor sich auf

der Schreibunterlage gefaltet hatte. Andy musste sich bis aufs Äußerste beherrschen, um nicht über den Schreibtisch zu springen und den Mann zu erwürgen.

Cap schaute vom Tisch auf.

»Dr. Pynchot ist tot, Andy. Er hat sich gestern Abend umgebracht.«

Andys Unterkiefer fiel herab. Ein ungeheures Gefühl der Erleichterung überkam ihn, aber ebenso sehr empfand er Entsetzen. Und über allem, wie ein tobender Himmel über der aufgewühlten See, das Wissen, dass dies alles veränderte ... aber wie? *Wie?*

Cap beobachtete ihn. *Er ist misstrauisch. Er hat einen Verdacht. Aber hat er einen ernsthaften Verdacht, oder gehört Misstrauen einfach nur zu seinem Job?*

Hundert Fragen. Viele hundert Fragen. Er brauchte Zeit, darüber nachzudenken, aber er hatte keine Zeit. Er musste seine Denkarbeit im Stehen erledigen.

»Das überrascht Sie?«, fragte Cap.

»Er war mein Freund«, sagte Andy nur und schloss den Mund, um nicht noch mehr zu sagen. Dieser Mann würde ihm geduldig zuhören; nach jeder Bemerkung würde er eine lange Pause machen (wie auch jetzt), um abzuwarten, ob Andy weiterplaudern, gedankenlos daherreden würde. Die Standardtechnik bei einem Verhör. Andy spürte förmlich die Fallen. Es war natürlich ein Echo gewesen. Er hatte Pynchot den Anstoß gegeben und ein Echo ausgelöst, das den Mann zerstört hatte. Andy konnte darüber beim besten Willen kein Bedauern empfinden. Er war entsetzt ... und der Höhlenmensch in ihm sprang herum und freute sich.

»Sind Sie sicher ... ich meine, manchmal sieht ein Unfall wie –«

»Ich fürchte, es war kein Unfall.«

»Hat er eine Nachricht hinterlassen?«

(und mich erwähnt?)

»Er hat sich die Unterwäsche seiner Frau angezogen, ist in die Küche gegangen, hat den Müllzerkleinerer eingeschaltet und den Arm hineingesteckt.«

»Oh ... mein ... *Gott.*« Andy ließ sich schwer auf den Stuhl fallen. Er hatte plötzlich keine Kraft mehr in den Beinen. Er starrte Cap Hollister angewidert und entsetzt an.

»Sie haben doch nichts damit zu tun, Andy?«, fragte Cap. »Sie haben ihm doch nicht etwa den Anstoß dazu gegeben?«

»Nein«, sagte Andy. »Selbst wenn ich es noch könnte, warum sollte ich so etwas tun?«

»Vielleicht, weil Sie nicht nach Hawaii geschickt werden wollten«, sagte Cap. »Vielleicht wollten Sie nicht nach Maui, weil Ihre Tochter noch hier ist. Vielleicht haben Sie uns die ganze Zeit zum Narren gehalten, Andy.«

Und obwohl Cap Hollister gar nicht so weit von der Wahrheit entfernt war, fühlte Andy sich erleichtert. Wenn Cap wirklich davon überzeugt war, dass Andy Pynchot dazu veranlasst hatte, hätte er dieses Interview nicht unter vier Augen mit ihm geführt. Nein, er hielt sich nur an die Routine. Wahrscheinlich hatten sie in Pynchots Lebenslauf genügend Gründe gefunden, die einen Selbstmord rechtfertigen konnten, und hatten es nicht nötig, wegen undurchsichtiger Mordmethoden zu ermitteln. Hieß es nicht, dass Psychiater unter allen Berufen die höchste Selbstmordrate aufwiesen?

»Nein, das stimmt nicht«, sagte Andy. Seine Stimme klang ängstlich und verwirrt. Fast schluchzte er. »Ich *wollte* nach Hawaii. Das habe ich ihm auch gesagt. Deshalb wollte er wohl auch noch einige Tests machen. Irgendwie mochte er mich wohl nicht. Aber ich habe nichts zu tun mit ... mit dem, was ihm passiert ist.«

Cap sah ihn nachdenklich an. Ihre Blicke trafen sich kurz, und Andy schlug die Augen nieder.

»Ich glaube Ihnen, Andy«, sagte Cap. »Herrn Pynchot hat seit einiger Zeit unter ziemlichem Druck gestanden. Das gehört wohl zu unserem Leben. Bedauerlich. Zu allem Überfluss noch dieses heimliche Transvestitentum. Seine Frau kann einem Leid tun. Aber wir müssen uns um unsere eigenen Angelegenheiten kümmern, Andy.« Andy fühlte, wie die Augen des Mannes ihn durchbohrten. »Wir kümmern uns immer um unsere eigenen Angelegenheiten. Das ist das Wichtigste.«

»Gewiss«, sagte Andy dumpf.

Dann trat ein längeres Schweigen ein. Nach einer Weile schaute Andy auf, aber Cap sah ihn nicht an. Er starrte auf den hinteren Rasen und die Erlen, und sein Gesicht sah schlaff und alt aus, das Gesicht eines Mannes, der an die alte, vielleicht gute Zeit dachte. Er merkte, dass Andy ihn ansah, und ganz kurz zeigte sein Gesicht einen Anflug von Ekel. Plötzlich flackerte wütender Hass in Andy auf. Warum sollte Hollister nicht Widerwillen zeigen? Er sah einen fetten Drogensüchtigen vor sich sitzen – jedenfalls glaubte er das. Aber wer gab hier die Befehle? Und was hast du Ungeheuer mit meiner Tochter vor?

»Nun«, sagte Cap. »Ich freue mich, Ihnen mitteilen zu können, dass Sie ohnehin nach Maui gehen, Andy – es ist ein übler Wind, der nicht irgendwem auch etwas Gutes zubläst, heißt es nicht so ähnlich? Ich habe schon die entsprechenden Formulare ausgefüllt.«

»Aber ... hören Sie, Sie glauben doch nicht wirklich, dass ich mit dem, was Dr. Pynchot passiert ist, etwas zu tun habe?«

»Nein, natürlich nicht.« Wieder der Anflug von Ekel in seinem Gesicht. Und diesmal empfand Andy diese unschöne Befriedigung, die, wie er sich vorstellte, ein Schwarzer empfinden musste, der einen unsympathischen Weißen aufs Kreuz gelegt hat. Aber vorherrschend war sein Erschrecken über den Satz *Ich habe die entsprechenden Formulare schon ausgefüllt.*

»Das ist ja sehr schön. Der arme Dr. Pynchot.« Es gelang ihm, einen Augenblick niedergeschlagen zu wirken, und dann sagte er eifrig: »Wann fliege ich?«

»Sobald wie möglich, spätestens Ende nächster Woche.«

Höchstens noch neun Tage also! Es war, als hätte man ihm einen harten Gegenstand in den Magen gerammt.

»Es war mir ein Vergnügen, mich mit Ihnen zu unterhalten, Andy. Ich bedaure nur, dass wir uns unter so traurigen und unangenehmen Umständen kennen gelernt haben.«

Er griff nach dem Schalter der Sprechanlage, und Andy wusste plötzlich, dass er das nicht zulassen durfte. In seinem eigenen Quartier mit seinen Kameras und Abhörgeräten konnte er nichts unternehmen. Aber wenn dieser Kerl wirklich der große Boss war, dann musste sein Büro absolut tot sein: er würde es regelmäßig auf Wanzen untersuchen lassen. Natürlich könnte er eine eigene Abhöranlage haben, aber –

»Legen Sie die Hand auf den Tisch«, sagte Andy und stieß zu.

Cap zögerte. Er zog die Hand zurück und legte sie neben die andere auf die Schreibunterlage. Wieder schaute er wie abwesend auf den Rasen hinaus.

»Zeichnen Sie die Gespräche auf, die Sie hier führen?«

»Nein«, sagte Cap gleichmütig. »Ich hatte lange Zeit ein Uher-fünftausend, das sich einschaltete, sobald jemand anfing zu sprechen – wie das Gerät, das Nixon in Schwierigkeiten brachte –, aber ich habe es vor vierzehn Wochen ausbauen lassen.«

»Warum?«

»Weil es so aussah, als sollte ich meinen Job verlieren.«

»Warum glaubten Sie, dass Sie Ihren Job verlieren könnten?«

Sehr schnell, es klang wie eine Art Litanei, sagte Cap: »Nichts Produktives. Nichts Produktives. Finanzielle Mittel müssen durch Erfolge gerechtfertigt sein. Löst den Mann an der Spitze ab. Keine Bandaufzeichnungen. Kein Skandal.«

Andy versuchte, die Lage zu überdenken. Brachte dies ihn auf den Weg, den er gehen wollte? Er wusste es nicht, und er hatte wenig Zeit. Er kam sich vor wie das dümmste und langsamste Kind bei der Ostereiersuche. Er beschloss, diese Spur noch ein wenig zu verfolgen.

»Warum haben Sie nichts produziert?«

»McGee hat nicht mehr die Fähigkeit, andere geistig zu beherrschen. Für immer ausgebrannt. Das Mädchen wollte keine Feuer anzünden. Unter keinen Umständen, hat sie gesagt. Die Leute sagen, ich sei auf Lot Sechs fixiert. Hätte mein Pulver verschossen.« Er grinste. »Und jetzt ist alles okay. Das sagt selbst Rainbird.«

Andy stieß verstärkt zu, und leises, schmerzhaftes Pochen begann hinter seiner Stirn. »Wieso ist alles okay?«

»Drei Tests bisher. Hockstetter ist begeistert. Gestern hat sie ein Stück Stahlblech geschmolzen. Vier Sekunden lang eine konzentrierte Temperatur von elftausend Grad, sagt Hockstetter.«

Der Schock machte die Kopfschmerzen schlimmer, erschwerte es ihm, seine wirren Gedanken zu ordnen. Charlie zündete Feuer an? Was hatten sie mit ihr gemacht? Was, um Gottes willen?

Er wollte gerade etwas sagen, als die Sprechanlage summte. Er gab sich einen Ruck und stieß viel härter zu als nötig. Cap zuckte zusammen, als hätte man ihn mit einem elektrischen Treibstock berührt. Er stieß ein leises, gurgelndes Geräusch aus, und sein Gesicht hatte alle Farbe verloren. Andys Kopfschmerzen vollführten einen Quantensprung, und er mahnte sich selbst zur Vorsicht. Wenn er in diesem Büro einen Schlag erlitte, wäre Charlie wenig geholfen.

»Lassen Sie das«, wimmerte Cap. »Es tut weh –«

»Sagen Sie den Leuten: keine Anrufe in den nächsten zehn Minuten«, sagte Andy. Irgendwo trat das schwarze Pferd gegen die Stalltür, wollte herausgelassen werden, wollte frei laufen. Öliger Schweiß lief ihm über das Gesicht.

Wieder summte die Sprechanlage. Cap beugte sich vor und stieß den Kippschalter nach unten. Sein Gesicht war um fünfzehn Jahre gealtert.

»Cap, Senator Thompsons Sekretär ist hier. Er hat die Zahlen für das Projekt –«

»Keine Anrufe in den nächsten zehn Minuten«, sagte Cap und schaltete ab.

Andy saß schweißüberströmt da. Würde sie das eine Weile zurückhalten? Oder würden sie den Braten riechen? Willy Loman hatte immer gesagt, der Wald brennt. Verdammt, wieso dachte er jetzt an Willy Loman? Er war verrückt. Bald würde das schwarze Pferd frei sein, und er konnte davonreiten. Fast hätte er gekichert.

»Charlie hat Feuer angezündet?«

»Ja.«

»Wie haben Sie sie dazu gebracht?«

»Zuckerbrot und Peitsche. Rainbirds Idee. Für die ersten beiden Feuer belohnten wir sie mit Spaziergängen im Freien. Jetzt darf sie das Pferd reiten. Rainbird glaubt, dass wir sie damit für die nächsten paar Wochen im Griff haben.« Und er wiederholte: »Hockstetter ist begeistert.«

»Wer ist dieser Rainbird?«, fragte Andy und hatte keine Ahnung, dass er damit die Hunderttausenddollarfrage gestellt hatte.

Cap redete fünf Minuten lang in kurzen Ausbrüchen. Er erzählte Andy, dass Rainbird einer der Killer der Firma sei, der in Vietnam durch eine furchtbare Verwundung ein Auge verloren hatte (der einäugige Pirat in meinem Traum, dachte Andy benommen). Cap berichtete, dass es Rainbird gewesen war, der Andy und seine Tochter am Tashmore-See festgenommen hatte. Er berichtete von dem Stromausfall und Rainbirds geschickter Methode, Charlie zu veranlassen, Feuer anzuzünden. Endlich erzählte er Andy, dass Rainbirds hauptsächliches Interesse darin bestand, Charlie umzubringen, sobald die Täuschungen bei ihr nicht mehr fingen. Er sprach ohne jede Erregung, aber dennoch schien es ihn zu seiner Aussage zu drängen. Dann schwieg er.

Andy hatte mit steigender Wut und wachsendem Entsetzen zugehört. Er zitterte am ganzen Körper, als Cap seinen Bericht beendet hatte. Charlie, dachte er. Oh Charlie, Charlie.

Die zehn Minuten waren fast vorüber, und es gab noch so vieles, was er wissen musste. Sie saßen einander noch eine Weile schweigend gegenüber, und ein Beobachter hätte meinen können, dass hier zwei alte Freunde zusammensaßen, die sich auch ohne Worte verstanden. In Andys Kopf raste es.

»Captain Hollister«, sagte er.

»Ja?«

»Wann ist Pynchots Beerdigung?«

»Übermorgen«, sagte Cap ruhig.

»Wir nehmen daran teil. Sie und ich. Haben Sie verstanden?«

»Ja, ich verstehe. Wir gehen zu Pynchots Beerdigung.«

»Ich habe darum gebeten. Ich bin zusammengebrochen und habe geweint, als ich davon erfuhr.«

»Ja, Sie sind zusammengebrochen und haben geweint.«

»Ich war sehr aufgeregt.«

»Ja, das waren Sie.«

»Wir fahren in Ihrem Privatwagen. Nur wir beide. Von mir aus können Leute von der Firma vor und hinter uns fahren, meinetwegen Motorräder zu beiden Seiten, wenn das die Standardroutine ist. *Aber wir fahren allein.* Haben Sie verstanden?«

»Oh ja. Das ist vollkommen klar. Nur wir beide.«

»Und wir werden uns ausführlich unterhalten. Kapiert?«

»Ja, eine ausführliche Unterhaltung.«

»Sind Wanzen in Ihrem Wagen?«

»Keine.«

Wieder stieß Andy zu. Es war nur eine Serie von ganz leichten Anstößen. Jedes Mal zuckte Cap ein wenig zusammen, und Andy wusste, dass er auch hier vielleicht ein gefährliches Echo auslöste, aber es musste getan werden.

»Wir werden uns darüber unterhalten, wo Charlie festgehalten wird. Wir werden uns darüber unterhalten, wie wir diesen ganzen Laden in Verwirrung stürzen können, ohne dass, wie beim Stromausfall, die Türen verriegelt sind. Und wir werden uns darüber unterhalten, wie Charlie und ich hier rauskommen.«

»Sie dürfen nicht fliehen«, sagte Cap mit wütender Kinderstimme. »Das steht nicht im Drehbuch.«

»Jetzt aber«, sagte Andy und stieß wieder zu.

»Auuu!«, winselte Cap.

»Haben Sie verstanden?«

»Ja, ich habe verstanden, aber lassen Sie das doch, es tut weh!«

»Dieser Hockstetter – wird er sich darüber wundern, dass ich an der Beerdigung teilnehmen will?«

»Hockstetter hat nur das kleine Mädchen im Kopf. Er denkt an nichts anderes mehr.«

»Gut.« Es war überhaupt nicht gut. Es war Verzweiflung. »Eins noch, Captain Hollister. Sie werden dieses kleine Gespräch vergessen.«

»Ja, ich werde es vergessen.«

Das schwarze Pferd war los. Es fing an zu galoppieren. *Bringt mich hier raus*, dachte Andy verschwommen. *Bringt mich hier raus; das schwarze Pferd ist los, und die Wälder brennen.* Die Kopfschmerzen kamen in hässlichen klopfenden Schüben.

»Alles was ich Ihnen gesagt habe, werden Sie natürlich als Ihre eigene Idee betrachten.«

»Ja.«

Andy sah sich auf Caps Schreibtisch um und entdeckte eine Packung Kleenex. Er nahm ein Tuch und tupfte sich damit die Augen. Er weinte nicht, aber die Kopfschmerzen ließen seine Augen tränen.

»Ich möchte jetzt gehen«, sagte er zu Cap.

Andy nahm seine Beeinflussung zurück. Cap schaute nachdenklich zu den Erlen hinaus. Allmählich kam wieder Leben in sein Gesicht, und er wandte sich Andy zu, der sich die Augen wischte und noch ein wenig schniefte. Er brauchte es nun nicht mehr zu übertreiben.

»Wie fühlen Sie sich jetzt, Andy?«

»Ein wenig besser«, sagte Andy. »Aber ... wissen Sie ... wenn man das so aus heiterem Himmel erfährt ...«

»Ja, Sie haben sich sehr aufgeregt. Möchten Sie eine Tasse Kaffee oder sonst etwas?«

»Nein, danke. Ich möchte in meine Wohnung zurück, bitte.«

»Natürlich. Ich bringe Sie hinaus.«

»Danke.«

22

Die beiden Männer, die ihn hergebracht hatten, sahen ihn misstrauisch an – das Kleenex-Tuch, die tränenden Augen und der Arm, den Cap ihm tröstend um die Schulter gelegt hatte. Denselben Gesichtsausdruck sah er bei Caps Sekretärin.

»Er ist zusammengebrochen und hat geweint, als er hörte, dass Pynchot tot ist«, sagte Cap ruhig. »Er hat sich sehr aufgeregt. Ich werde veranlassen, dass er mit mir zusammen an Hermans Beerdigung teilnehmen kann. Das möchten Sie doch gern, nicht wahr, Andy?«

»Ja«, sagte Andy. »Bitte. Der arme Dr. Pynchot.«

Und plötzlich brach er wirklich in Tränen aus. Die beiden Männer führten ihn an Senator Thompsons Sekretär vorbei, der mit einigen blauen Aktendeckeln in der Hand ein wenig verlegen dastand. Sie führten Andy hinaus, der immer noch weinte. Der Ausdruck von Ekel in ihren Gesichtern ähnelte dem Caps – dieser fette Drogensüchtige, der die Kontrolle über seine Emotionen und jeden Sinn für Perspektive verloren hatte und der um seinen Kerkermeister Tränen vergoss, widerte sie an.

Andys Tränen waren echt ... aber er weinte um Charlie.

23

John war zwar immer dabei, wenn sie ausritt, aber in ihren Träumen ritt Charlie allein. Der Oberstallknecht Peter Drabbe hatte ihr einen kleinen englischen Sattel besorgt, aber in ihren Träumen saß sie ohne Sattel auf dem Rücken des Pferdes. Sie und John ritten auf den Reitwegen, die sich kreuz und quer durch das Gelände der Firma zogen, in die Spielzeugwälder von Zuckerkiefern hineinführten und wieder heraus und auch um den Ententeich herumliefen.

Meist ritten sie langsam, fielen höchstens gelegentlich in leichten Trab, aber in ihren Träumen galoppierte sie auf Necromancer schneller und immer schneller durch einen richtigen Wald; sie schossen auf wilden Pfaden daher, und grün fiel das Licht von oben durch die dichten Zweige, und ihre Haare flatterten im Wind.

Sie fühlte Necromancers Muskeln unter dem seidigen Fell spielen, hielt sich an seiner Mähne fest und flüsterte ihm ins Ohr, dass er schneller laufen sollte, schneller ... schneller.

Necromancer gehorchte. Seine Hufe donnerten. Der Weg durch dieses verschlungene Grün war wie ein Tunnel, und von hinten irgendwo kam ein leises, prasselndes Geräusch und

(Die Wälder brennen)

der Geruch von Rauch. Es war ein Feuer, ein Feuer, das sie angezündet hatte, aber sie hatte kein Schuldgefühl – sie empfand nur Freude. Sie waren schneller als das Feuer. Necromancer konnte alles. Sie würden aus dem Waldtunnel entkommen. Sie ahnte vor sich schon das Licht.

»Schneller. Schneller.«

Wie glücklich sie sich fühlte. Das war die Freiheit! Sie wusste nicht mehr, wo ihre Schenkel endeten und Necromancers Flanken begannen. Sie waren eins, zusammengeschweißt wie die Metallstücke, die sie bei den Tests durch ihre Kraft zusammenschweißen konnte. Vor ihnen lag ein riesiger Haufen Windbruch, herabgewehte Äste, weißes Holz, wie eine aus Skeletten errichtete Pyramide. In wilder Freude stieß sie Necromancer leicht die nackten Füße in die Weichen und spürte, wie sich seine Muskeln anspannten.

Sie sprangen und schwebten einen Augenblick lang durch die Luft. Sie hatte den Kopf zurückgeworfen, hielt sich an Pferdehaaren fest und schrie – nicht aus Angst. Sie schrie, weil sie sonst explodiert wäre. *Frei, frei, frei ... Necromancer, ich liebe dich.*

Leicht übersprangen sie das Hindernis, aber der Brandgeruch war schärfer und klarer – hinter sich hörten sie ein knackendes Geräusch, und erst als ein Funke herabfiel und ihr wie eine Nessel ins Fleisch stach, merkte sie, dass sie nackt war. Nackt,

(Aber die Wälder brennen)

frei und ihrer Fesseln ledig raste sie auf Necromancer dem Licht entgegen.

»Schneller«, flüsterte sie. »Schneller, oh bitte.«

Irgendwie wurde der schwarze Wallach sogar noch schneller. Der Wind hörte sich in Charlies Ohren wie Donner an. Sie brauchte nicht zu atmen; durch ihren halb geöffneten Mund strömte die Luft ihr von selbst durch die Kehle. In dunstigen Streifen schien die Sonne zwischen den alten Bäumen hindurch. Und vor ihnen wurde es hell – der Wald war zu Ende, und offenes Land breitete sich aus, über das sie mit Necromancer für immer dahinrasen konnte. Das Feuer lag hinter ihnen, der verhasste Rauchgeruch, das Gefühl der Angst. Die Sonne lag vor ihnen, und Charlie würde auf Necromancer bis an das Meer reiten, wo sie vielleicht ihren Vater finden würde, und sie würden dann beide Netze voll glatter, silberner Fische einholen und davon leben.

»Schneller!«, rief sie triumphierend. »Oh, Necromancer, lauf schneller, lauf schneller, lauf –«

Und in diesem Augenblick trat eine Silhouette vor sie in das sich verbreiternde Licht und versperrte den Weg ins Freie. Zuerst, wie immer in diesem Traum, dachte sie, es sei ihr Vater, war dann *sicher,* dass es ihr Vater war, und ihre Freude war so groß, dass es fast schmerzte ... bis sich ihre Freude plötzlich in äußerstes Entsetzen verwandelte.

Sie hatte gerade noch Zeit zu registrieren, dass der Mann zu groß und zu breit war – aber dennoch seltsam vertraut, schrecklich vertraut, selbst als Silhouette – als Necromancer sich schreiend aufbäumte.

Können Pferde schreien? Ich wusste nicht, dass sie schreien können –

Sie versuchte sich festzuhalten, und ihre Schenkel glitten am Rücken des Pferdes entlang, als seine Hufe die Luft traten, und der Wallach schrie nicht, er wieherte, aber es war ein *Schrei*, und hinter sich hörte sie noch mehr schreiendes Wiehern. *Oh, mein Gott, dachte sie, da hinten sind Pferde, und die Wälder brennen –*

Vorn stand immer noch die Silhouette, diese schreckliche Gestalt im Licht. Jetzt kam sie ihr entgegen; sie war auf den Weg gestürzt, und Necromancer berührte mit dem Maul leicht ihren nackten Bauch.

»Tun Sie meinem Pferd nichts!«, schrie sie die Silhouette an, ihren Traumvater, der nicht ihr Vater war. »Tun Sie den Pferden nichts. Oh, bitte, tun Sie den Pferden nichts!«

Aber die Gestalt kam näher und zog einen Revolver, und das war immer der Augenblick, da Charlie aufwachte, manchmal mit einem Schrei und manchmal schweißgebadet, und dann wusste sie, dass sie schlecht geträumt hatte, und sie konnte sich an nichts erinnern als an den beglückenden Ritt durch den Wald und den Brandgeruch ... und an das ekelhafte Gefühl, dass man sie verraten hatte.

Und irgendwann während des Tages streichelte sie dann Necromancer oder legte vielleicht ihre Wange an seine warme Schulter und spürte eine Angst, für die sie keinen Namen hatte.

Endspiel

1

Es war ein größerer Raum.

Bis vor einer Woche hatte er als konfessionsneutrale Kapelle der Firma gedient. Das Tempo, in dem jetzt alles ablief, hätte durch die Leichtigkeit symbolisiert werden können, mit der es Cap gelungen war, Hockstetters Wünsche durchzusetzen. Eine neue Kapelle – nicht etwa nur ein zusätzlicher Raum, sondern eine richtige Kapelle – sollte an der Ostseite des Grundstücks errichtet werden. Inzwischen wollte man die restlichen Tests mit Charlie McGee hier durchführen.

Die unechte Holztäfelung und das Gestühl hatte man herausgerissen. Fußboden und Wände waren mit einer Asbestschicht isoliert worden, die wie Stahlwolle aussah. Alles war mit gehärtetem Stahlblech ausgekleidet. Die Stelle, an der sich Altar und Schiff befunden hatten, war abgeteilt worden. Hockstetter hatte seine Kontrollinstrumente und einen Computer-Terminal installieren lassen. Die Arbeiten hatten nur eine Woche gedauert und waren vier Tage vor Herman Pynchots grässlichem Tod begonnen worden.

Jetzt, an einem frühen Oktobertag um zwei Uhr nachmittags, stand in der Mitte des großen Raumes eine dicke Mauer aus Schlacke. Links davon hatte man einen riesigen flachen Wassertank aufgestellt. In diesem Tank, der etwa zwei Meter tief war, lagen über 1000 Kilogramm Eis. Und daneben stand Charlie McGee. Sie sah klein und niedlich aus in ihrem blauen Drellanzug und den rot-schwarz gestreiften Rugbysocken. Ihre blonden Zöpfe waren mit kleinen schwarzen Samtschleifen gebunden und fielen ihr über die Schultern.

»Okay, Charlie«, sagte Hockstetter über das Intercom. Wie alles andere war auch das Intercom in aller Eile installiert worden, und die Wiedergabe war dünn und blechern. »Sobald du willst, können wir anfangen.«

Die Kamera nahm alles in Farbe auf. Auf diesem Film neigt das Mädchen leicht den Kopf, und einige Sekunden lang geschieht überhaupt nichts. Am linken unteren Filmrand wird digital die Temperatur angezeigt. Plötzlich steigt sie von einundzwanzig auf siebenundzwanzig und dann auf fünfunddreißig. Danach steigen die Werte so rasch, dass man nur noch ein rötliches Flimmern erkennt. Die elektronische Temperatursonde ist mitten in der Schlackenmauer angebracht.

Jetzt läuft der Film in Zeitlupe ab; nur so lässt sich der ganze Vorgang beobachten. Für die Männer, die vom Kontrollraum aus durch die bleiverglasten Luken zuschauen, geschah es mit der Geschwindigkeit eines Gewehrschusses.

In extremer Zeitlupe fängt die Schlackenmauer an zu qualmen; kleine Mörtel- und Betonteilchen springen langsam hoch wie Popcorn. Dann sieht man, wie der Mörtel, der die einzelnen Schlackenblöcke zusammenhält, wie heißer Sirup zerfließt. Dann fängt die Schlacke an zu zerbröckeln, von innen her auseinander zu fallen. Ein Regen von Teilchen, dann steigen ganze Wolken auf, als die Blöcke in der Hitze explodieren.

Die Temperaturanzeige bleibt bei etwa viertausend Grad stehen. Sie bleibt nicht stehen, weil die Temperatur nicht mehr steigt, sondern weil die Sensoren zerstört sind.

Um den Testraum herum, der früher eine Kapelle war, sind acht riesige Kelvinator-Klima-Anlagen aufgestellt, die auf volle Leistung geschaltet sind und eiskalte Luft in den Testraum blasen.

Sie schalten sich simultan ein, als die Gesamttemperatur im Testraum fünfunddreißig Grad erreicht hatte. Charlie hatte mittlerweile gelernt, den Hitzestrom genau zu lenken, der bei ihr von einem Punkt auszugehen schien, aber, wie jeder weiß, der sich schon einmal am Stiel einer Bratpfanne die Hand verbrannt hat, leiten auch so genannte nicht leitende Flächen die Hitze – wenn es genügend Hitze zu leiten gibt.

Die acht Kühlaggregate hätten die Temperatur im Testraum auf etwa zehn Grad halten müssen. Stattdessen wurde ein Temperaturanstieg auf über siebenunddreißig, dann vierzig und endlich auf zweiundvierzig Grad verzeichnet. Aber der Schweiß, der den Beobachtern über die Gesichter lief, war nicht nur auf die Hitze zurückzuführen.

Nun gibt nicht einmal die extreme Zeitlupe ein klares Bild des Geschehens wieder, aber eines ist klar: da die Schlackenblöcke weiter explodieren, ist nicht zu bezweifeln, dass sie brennen; diese Blöcke brennen so rasch wie Zeitungspapier in einem Ofen.

Natürlich steht in jedem Schulbuch für die achte Klasse, dass *alles* brennt, wenn es nur heiß genug wird. Aber es ist eine Sache, so etwas zu lesen, eine andere ist es, zu sehen, wie diese Schlackenblöcke mit blauen und gelben Flammen tatsächlich brennen.

Und dann gab es einen wütenden Rückstoß desintegrierender Teilchen, als die ganze Wand verdampfte. Das kleine Mädchen vollführt in Zeitlupe eine halbe Drehung, und einen Augenblick später brodelt die glatte Oberfläche des Eiswassers im Tank in wilden Wirbeln.

Und die Hitze im Raum, die fünfundvierzig Grad erreicht hat, geht zurück (obwohl alle acht Kühlaggregate auf vollen Touren laufen, ist es trotzdem noch so heiß wie im Tal des Todes um die Mittagszeit).

Der Rest ist für den Reinigungsdienst.

2

Interne Mitteilung
Von Bradford Hyuck
An Patrick Hockstetter
Datum 2. Oktober
Betrifft Telemetrie, letzter Test C. McGee (Nr. 4)

Pat – ich habe mir die Filme jetzt viermal angesehen und bin immer noch nicht ganz sicher, ob es sich nicht um einen Trick mit

Special Effekts handelt. Hier ein ungebetener Rat: Wenn Sie vor den Senatsausschuss gehen, der mit der Bereitstellung weiterer Mittel für Lot Sechs und der Genehmigung weiterer Vorhaben befasst ist, sollten Sie sich gründlich absichern – mehr noch, legen Sie sich Panzerplatten an! Wie die menschliche Natur nun einmal ist – die Leute werden sich die Filme ansehen und die größten Schwierigkeiten haben zu glauben, dass es sich nicht um kompletten Unsinn handelt.

Zur Sache:

Die Ausdrucke schicken wir durch Boten. Sie werden Ihnen zwei bis drei Stunden später als diese Mitteilung vorliegen. Sie können sie selbst lesen, aber ich möchte unsere Ergebnisse kurz zusammenfassen.

Unsere Schlussfolgerung lässt sich mit drei Worten umschreiben:

Wir sind fassungslos.

Sie war mit Drähten gespickt wie ein Astronaut bei einem Raumflug.

Beachten Sie:

1.) Der Blutdruck liegt innerhalb der für achtjährige Kinder charakteristischen Unter- und Obergrenzen, und als die Wand wie die Hiroshima-Bombe hochgeht, tritt kaum eine Veränderung ein.

2.) Abnorm hohe Werte bei den Alphawellen; was wir Steuerung der Vorstellungskraft nennen, ist gut entwickelt. Sie mögen mit Clapper und mir darin einig gehen, dass die Kurve recht gleichmäßig verläuft, was eine gewisse Geschicklichkeit in der »Handhabung der imaginativen Kontrolle« andeutet (ich zitiere Clappers etwas übertriebene Bezeichnung). Es könnte heißen, dass sie jetzt ihre Fähigkeit unter Kontrolle hat und sie mit größerer Präzision anwenden kann. Übung macht den Meister, wie man so sagt. Es mag aber auch ohne jede Bedeutung sein.

3.) Alle durch Fernmessung erlangten veränderlichen Werte entsprechen den charakteristischen Konstanten. Als ob sie gerade ein gutes Buch las oder einen Schulaufsatz schrieb. Anstatt Temperaturen von über 4000 Grad zu erzeugen. Was mich am meisten fasziniert (und frustriert!), ist der CAT-Test nach Beal-

Searles. *Nahezu kein Kalorienverbrauch!* Falls Sie Ihre Physik vergessen haben – bei euch Psychiatern ein Berufsrisiko –, eine Kalorie ist nichts weiter als eine Wärmeeinheit; genauer gesagt: die Wärme, die nötig ist, ein Gramm Wasser um ein Grad Celsius zu erwärmen.

Sie hat während ihrer kleinen Vorführung vielleicht 25 Kalorien verbraucht, und das tun wir schon, wenn wir uns zehnmal aus liegender Stellung aufrichten oder zweimal um den Block gehen. Aber Kalorien sind die Maßeinheit für *Wärme,* verdammt noch mal, und was sie produziert, ist doch Wärme ... oder etwa nicht?

Kommt diese Wärme nun *aus* ihr, oder geht sie nur durch sie hindurch?

Wenn das Letztere der Fall ist, woher kommt sie dann?

Bekommen Sie das heraus, und Sie haben den Nobelpreis in der Tasche!

Ich sage Ihnen eins:

Wenn wir unsere Tests nur in so begrenztem Umfang durchführen dürfen, wie Sie es sagen, werden wir es nie herausfinden.

Ein letztes Wort noch:

Sind Sie sicher, dass Sie die Tests überhaupt fortsetzen *wollen?* In der letzten Zeit werde ich schon unruhig, wenn ich nur an das Kind *denke.*

Ich denke dann an Dinge wie Pulsare, Neutrinos, schwarze Löcher und Gott weiß was.

In diesem Universum wirken Kräfte, die wir nicht einmal kennen, und einige können wir nur in einer Entfernung von Millionen von Lichtjahren registrieren ... worüber wir verdammt froh sein können.

Als ich mir das letzte Mal den Film ansah, fing ich an, das Mädchen für einen Riss – einen Sprung, wenn Sie so wollen – im innersten Kern der Schöpfung zu halten.

Ich weiß, wie sich das anhört, aber es wäre ein Versäumnis, es Ihnen nicht zu sagen.

Gott möge mir vergeben, und ich habe selbst zwei kleine Töchter, aber mir würde ein Stein vom Herzen fallen, wenn sie erst neutralisiert wäre.

Wenn sie, ohne sich anzustrengen, Temperaturen von 4000 Grad erzeugen kann, was könnte passieren, wenn sie sich wirklich Mühe gibt?

Brad

3

Ich will meinen Vater sehen«, sagte Charlie, als Hockstetter eintrat. Sie sah blass und müde aus. Statt des Anzugs trug sie ein altes Nachthemd, und das Haar fiel ihr lose über die Schultern.

»Charlie –«, begann er, aber was er sagen wollte, war plötzlich weg. Brad Hyucks Mitteilung hatte ihn zutiefst beunruhigt, insbesondere die Ausdrucke der Messergebnisse. Die Tatsache, dass Brad die letzten beiden Absätze überhaupt dem Papier anvertraut hatte, besagte sehr viel und ließ noch mehr vermuten.

Hockstetter hatte selbst Angst. Cap hatte die Aufstellung weiterer Kühlaggregate um Charlies Quartier herum genehmigt – nicht acht, sondern zwanzig. Bisher hatte man erst sechs installiert, aber nach dem vierten Test war es Hockstetter gleichgültig, ob man überhaupt noch welche installierte. Nach seiner Meinung konnte man hundert von den verdammten Dingern aufstellen, ohne ihre Fähigkeiten auch nur im Geringsten zu beeinträchtigen.

Es ging nicht mehr darum, ob sie sich selbst umbringen konnte; die Frage war: Konnte sie, wenn sie wollte, nicht vielleicht die gesamten Anlagen der Firma zerstören – und das gesamte östliche Virginia obendrein? Hockstetter war mittlerweile davon überzeugt, dass ihr das gelingen würde, wenn sie sich darauf versteifte. Und wenn er diesem Gedankengang folgte, sah er nur eine Möglichkeit, sie aufzuhalten, und die war noch erschreckender: Rainbird war der Einzige, der sie zu diesem Zeitpunkt wirksam beeinflussen konnte.

Und Rainbird war verrückt.

»Ich will meinen Vater sehen«, wiederholte sie.

Ihr Vater nahm gerade an Herman Pynchots Beerdigung teil. Zusammen mit Cap und auf dessen Veranlassung. Selbst Pynchots Tod, wenn er auch mit den Vorgängen hier nicht das Geringste zu tun hatte, warf seinen eigenen unheimlichen Schatten über Hockstetters Gedanken.

»Nun, ich denke, das können wir arrangieren«, sagte Hockstetter vorsichtig, »wenn du uns ein wenig mehr zeigen –«

»Ich habe Ihnen genug gezeigt«, sagte sie. »Ich will meinen Daddy sehen.« Ihre Unterlippe zitterte, und in ihren Augen schimmerten Tränen.

»Dein Wärter«, sagte Hockstetter, »dieser Indianer, sagt, dass du heute Morgen nach dem Test nicht auf deinem Pferd reiten wolltest. Er scheint sich Sorgen um dich zu machen.«

»Es ist nicht mein Pferd«, sagte Charlie. Ihre Stimme klang heiser. »Nichts hier gehört mir. Nichts außer meinem Daddy, und ich ... will ... *ihn sehen*!«

»Reg dich nicht auf, Charlie«, sagte Hockstetter, und ihn ergriff nackte Angst. Wurde es im Raum plötzlich heißer? Oder war das nur Einbildung? »Bitte ... reg dich nicht auf.«

Rainbird. Verdammt noch mal, dies war Rainbirds Job.

»Hör zu, Charlie«, sagte Hockstetter und setzte ein breites, freundliches Lächeln auf. »Hättest du nicht Lust, nach Six Flags drüben in Georgia zu fahren? Das ist der schönste Vergnügungspark im ganzen Süden, Disney World vielleicht ausgenommen. Eigens für dich würden wir den ganzen Park für einen Tag mieten. Du könntest mit dem Riesenrad fahren, in das Geisterhaus gehen, oder mit dem Karussell –«

»Ich will nicht in den Vergnügungspark. Ich will nur meinen Daddy sehen. Und das werde ich auch. Hoffentlich haben Sie das gehört. Ich *werde* ihn sehen!«

Es *war* heißer geworden.

»Sie schwitzen ja«, sagte Charlie.

Er dachte an die Mauer aus Schlacke, die so schnell explodiert war, dass man die Flammen nur in Zeitlupe beobachten konnte. Er dachte an das Stahltablett, das Funken sprühend durch den Raum gewirbelt war. Wenn sie diese Kräfte gegen ihn richtete, wäre er ein Haufen Asche und geschrumpfter Knochen, bevor er wusste, was geschah.

Oh Gott, bitte –

»Charlie, auf mich wütend zu sein, hilft dir gar ni...«

»Oh doch«, sagte sie, und das entsprach voll und ganz der Wahrheit. »Es wird mir helfen. Und ich bin wütend auf Sie, Dr. Hockstetter. Ich bin wirklich wütend auf Sie.«

»Charlie, bitte –«

»Ich will ihn sehen« wiederholte sie. »Und jetzt gehen Sie. Sagen Sie den Leuten, dass ich ihn sehen will, und dann können sie weitere Tests mit mir machen, wenn sie wollen. Mir ist es gleich. Aber wenn ich meinen Vater nicht sehen darf, passiert etwas. Sagen Sie den Leuten das.«

Er ging. Er hätte gern noch etwas gesagt – um sein Gesicht zu wahren und die Angst zu überspielen,

(»Sie schwitzen ja«)

die sie in seinem Gesicht gelesen hatte – aber er brachte kein Wort heraus. Er ging, und nicht einmal die Stahltür, die jetzt zwischen ihnen lag, konnte ihm die Angst völlig nehmen ... oder seine Wut auf Rainbird mildern. Denn John Rainbird hatte dies vorausgesehen und nichts gesagt. Und wenn er sich bei Rainbird darüber beklagte, würde der nur eiskalt lächeln und fragen, wer denn hier der Psychiater sei.

Die Tests hatten ihren Komplex hinsichtlich des Feuers so weit abgebaut, dass er nur noch einem an vielen Stellen geborstenen Erdwall glich. Die Tests hatten ihr die Praxis vermittelt, die nötig war, um aus einem groben Schmiedehammer ein Instrument zu machen, das sie mit tödlicher Präzision handhaben konnte wie ein Messerwerfer seine Messer.

Und die Tests waren für sie ein perfekter Unterricht gewesen. Sie hatten ihr ohne den Hauch eines Zweifels gezeigt, wer hier das Sagen hatte.

Sie.

4

Als Hockstetter gegangen war, ließ sich Charlie auf die Couch fallen, schlug die Hände vors Gesicht und schluchzte. Eine Welle widerstreitender Emotionen überschwemmte sie – Schuldgefühle und Entsetzen, Empörung, sogar eine Art böses Vergnügen. Aber Angst überwog. Die Situation hatte sich verändert, seit sie den Tests zugestimmt hatte, und sie fürchtete, dass sie sich endgültig verändert hatte. Und jetzt *wollte* sie nicht nur ihren Vater sehen; sie *brauchte* ihn. Sie brauchte ihn, damit er ihr sagte, was sie jetzt tun sollte.

Anfangs hatte es Belohnungen gegeben – Spaziergänge im Freien mit John, sie hatte Necromancer striegeln und später reiten dürfen. Sie mochte John, und sie mochte Necromancer ... wenn dieser dumme Mensch nur wüsste, wie sehr er sie gekränkt hatte, als er sagte, dass Necromancer ihr Pferd sei, wo Charlie doch genau wusste, dass es nie der Fall sein würde. Nur in ihren unruhigen Träumen, an die sie sich kaum erinnerte, gehörte der große Wallach ihr. Aber jetzt ... jetzt ... waren die Tests selbst die Chance, ihre Fähigkeiten anzuwenden und zu spüren, wie sie wuchsen ... war *das* mehr oder mehr die eigentliche Belohnung. Es war zu einem schrecklichen, aber zwanghaften Spiel geworden. Und sie hatte das Gefühl, noch kaum die Oberfläche angekratzt zu haben. Sie war wie ein Baby, das gehen lernte.

Sie brauchte ihren Vater. Er musste ihr sagen, was richtig und was falsch war, ob sie weitermachen oder endgültig aufhören sollte. Wenn –

»Wenn ich überhaupt noch aufhören *kann*«, flüsterte sie.

Sie fing wieder an zu weinen. Sie hatte sich noch nie so entsetzlich einsam gefühlt.

5

Die Beerdigung war schlimm.

Andy hatte gedacht, dass alles gut verlaufen würde; er hatte keine Kopfschmerzen mehr, und schließlich war die Beerdigung für ihn nur ein Vorwand. Er wollte nur eine Zeit lang mit Cap allein sein. Er hatte Pynchot nicht gemocht, obwohl Pynchot einfach zu unbedeutend war, um ihn hassen zu können. Seine kaum verhüllte Arroganz und sein unverhohlenes Vergnügen daran, sich einem Mitmenschen gegenüber in einer überlegenen Position zu befinden – all diese Dinge und Andys große Sorge um Charlie ließen bei ihm kaum Bedauern darüber aufkommen, dass er in Pynchot das Echo ausgelöst hatte, das den Mann schließlich umgebracht hatte.

Diese Echowirkung hatte er schon früher erlebt, aber es hatte immer eine Möglichkeit gegeben, die Dinge wieder zurechtzurücken. Zu der Zeit, als er New York City fluchtartig verlassen musste, hatte er darin schon eine gewisse Fertigkeit entwickelt. Tief in jedem menschlichen Gehirn schienen Minen gelegt zu sein, tief eingewurzelte Ängste und Schuldgefühle, schizophrene und paranoide Impulse – sogar mörderische. Geistige Manipulation konnte extreme Beeinflussbarkeit verursachen, und wenn der äußere Anstoß auf einen jener dunklen Pfade stieß, konnte er zerstörerische Wirkung haben. Eine der Hausfrauen, die an seinem Schlankheitskursus teilnahm, hatte beängstigende katatonische Schübe erlitten. Einer der Geschäftsleute hatte über einen krankhaften Drang berichtet, seinen Dienstrevolver aus dem Schrank zu holen und damit russisches Roulett zu spielen. Dieser Drang stand in seinen Gedanken irgendwie mit einer Erzählung von Edgar Allan Poe, »William Wilson«, in Verbindung, die er schon als Schüler gelesen hatte. In beiden Fällen war es Andy gelungen, das Echo zu stoppen, bevor es sich beschleunigen und schließlich tödlich auswirken konnte. Bei dem Geschäftsmann, einem drittklassigen, bescheidenen Bankbeamten mit aschblondem Haar, hatte es genügt, noch einmal zuzustoßen und ihm zu suggerieren, dass er die Geschichte von Poe überhaupt nicht gelesen hatte. Die Verbindung – worin sie auch bestanden haben mochte – war abgerissen. Eine Chance, das Echo auszuschalten, hatte er bei Pynchot nie gehabt.

Während sie durch einen kalten Herbstregen zum Begräbnis fuhren, sprach Cap unablässig über den Selbstmord des Mannes; er versuchte offenbar, den Vorfall innerlich zu verarbeiten. Er sagte, er habe es nicht für möglich gehalten, dass ein Mann einfach ... seinen Arm hineinhalten konnte, wenn die Messer herumwirbelten. Aber Pynchot hatte es getan. Irgendwie hatte Pynchot das fertig gebracht. In diesem Augenblick war die Beerdigung für Andy nur noch unangenehm.

Die beiden nahmen nur an der Zeremonie am Grab teil und standen ein wenig abseits von der kleinen Gruppe von Freunden und Familienangehörigen, die sich unter schwarzen Regenschirmen zusammendrängten. Andy fand, dass es eine Sache war, sich an Pynchots Arroganz zu erinnern, an die caesarenhaften Allüren eines kleinen Mannes, der keine wirkliche Macht besaß; sich an sein ständiges nervöses Lächeln zu erinnern. Eine ganz andere Sache war es, seine bleiche, verhärmte Frau in ihrem schwarzen Kostüm und mit ihrem verschleierten Gesicht, die beiden Kinder an der Hand, vor sich zu sehen (das Jüngste war etwa in Charlies Alter, und sie wirkten beide wie betäubt). Und sicherlich war ihr klar, dass alle Freunde und Verwandten wussten, wie man ihn gefunden hatte: mit ihrer Unterwäsche bekleidet, der rechte Arm bis zum Ellbogen verstümmelt, angespitzt wie ein lebendiger Bleistift, sein Blut überall verspritzt und Fetzen seines Fleisches –

Andy wurde übel. Er kämpfte dagegen an. Die Stimme des Pfarrers hob und senkte sich ohne erkennbaren Sinn.

»Ich will gehen«, sagte Andy. »Können wir gehen?«

»Ja, natürlich«, sagte Cap. Er sah selbst blass und alt aus und schien sich nicht besonders wohl zu fühlen. »Ich habe in diesem Jahr schon an so vielen Beerdigungen teilgenommen, dass ich froh wäre ...«

Sie verließen die Gruppe, die um das unechte Ziergras und die Blumen herumstand, die unter dem starken Regen schon die Köpfe hängen ließen und ihre Blütenblätter verloren, und ließen auch den Sarg hinter sich, der auf Brettern über der Grube stand.

Seite an Seite gingen sie über den gewundenen Kiesweg zu Caps Mittelklasse-Chevrolet, der weit hinten in der Autoschlange parkte. Sie liefen unter Weiden her, von denen es tropfte und die geheimnisvoll rauschten. Drei oder vier Männer bewegten sich unauffällig in ihrer Nähe. Andy glaubte jetzt zu wissen, wie man sich als Präsident der Vereinigten Staaten fühlte.

»Schlimm für die Witwe und ihre kleinen Söhne«, sagte Cap. »Der Skandal, wissen Sie.«

»Wird sie ... äh, ist sie denn versorgt?«

»Was das Geld betrifft, sehr anständig«, sagte Cap fast tonlos. Sie näherten sich jetzt der Straße, und Andy sah Caps orangefarbenen Vega. Zwei Männer stiegen wortlos in den Biscayne, den sie vor Caps Wagen geparkt hatten. Zwei weitere stiegen in einen Plymouth, der dahinter stand. »Aber niemand wird den beiden kleinen Jungen helfen können. Haben Sie ihre Gesichter gesehen?«

Andy sagte nichts. Jetzt fühlte er sich schuldig; es war, als ob scharfe Sägezähne sich in seine Eingeweide fraßen. Er sagte sich zwar, dass seine eigene Situation verzweifelt gewesen war, aber nicht einmal das half. Ihm blieb nichts anderes übrig, als an Charlie zu denken ... an Charlie und an eine dunkle, unheimliche Gestalt hinter ihr, einen einäugigen Piraten namens John Rainbird, der sich in ihr Vertrauen geschlichen hatte, um noch schneller den Tag herbeiführen zu können, an dem er –

Sie stiegen in den Vega, und Cap ließ den Motor an. Der Biscayne war schon davongezogen, und Cap folgte ihm. Der Plymouth schloss sich ihnen an.

Andy hatte plötzlich das unangenehme Gefühl, dass seine Fähigkeit ihn wieder verlassen hatte – dass nichts geschehen würde, wenn er es jetzt versuchte. Als ob er für den Gesichtsausdruck der beiden Jungen büßen sollte.

Aber ihm blieb nichts anderes übrig, als es zu versuchen.

»Wir werden uns ein wenig unterhalten«, sagte er zu Cap und stieß zu. Der Anstoß war da, und auch die Kopfschmerzen stellten sich sofort wieder ein – der Preis dafür, dass er seine Fähigkeit nach einer so kurzen Pause schon wieder anwandte. »Es wird Sie beim Fahren nicht stören.«

Cap schien es sich in seinem Sitz bequem zu machen. Seine linke Hand, die den Blinker betätigen wollte, zögerte und bewegte sich dann weiter. Gemächlich folgte der Vega dem voranfahrenden Wagen zwischen den Steinpfeilern hindurch auf die Hauptstraße.

»Nein, ich glaube nicht, dass unsere kleine Unterhaltung mich beim Fahren stören wird«, sagte Cap.

Sie waren zwanzig Meilen vom Gelände der Firma entfernt; Andy hatte vor Beginn und nach Ende der Fahrt den Kilometerstand geprüft. Sie benutzten fast die ganze Zeit die Straße, von der Pynchot ihm erzählt hatte, die 301. Eine Schnellstraße. Er hatte höchstens fünfundzwanzig Minuten Zeit, alles zu erledigen. Er hatte während der letzten zwei Tage kaum an irgendetwas anderes gedacht und glaubte, nichts vergessen zu haben, aber es gab noch etwas, das er unbedingt wissen musste.

»Wie lange wird Charlie mit Ihnen und Rainbird noch zusammenarbeiten, Captain Hollister?«

»Nicht mehr sehr lange«, sagte Cap. »Rainbird hat alles sehr geschickt arrangiert. Während Ihrer Abwesenheit ist er der Einzige, der sie wirklich unter Kontrolle hat. Der Vaterersatz.« Mit leiser, fast singender Stimme sagte er: »Rainbird ist ihr Vater, wenn der richtige Vater nicht da ist.«

»Und wenn sie aufhört, wird sie getötet?«

»Nicht gleich. Rainbird kann sie noch eine Weile länger halten.« Cap bog auf die 301 ab. »Er wird so tun, als hätten wir alles herausbekommen, herausbekommen, dass sie miteinander gesprochen haben, dass er ihr Ratschläge gegeben hat, wie sie ihr ... ihr Problem bewältigen kann, herausgefunden, dass er Ihnen Zettel von ihr zugesteckt hat.«

Er schwieg, aber Andy reichte es. Er fühlte sich elend. Ob die beiden sich wohl gegenseitig zu der Leichtigkeit gratuliert hatten, mit der es ihnen gelungen war, ein kleines Kind zu täuschen? Durch Charlies Einsamkeit hatten sie ihre Zuneigung gewonnen, und als sie ihr Vertrauen hatten, sie für ihre Zwecke ausgenutzt. Und wenn nichts anderes mehr funktionierte, brauchten sie ihr nur zu sagen, dass ihr einziger Freund, John der Wärter, seinen

Job verlieren und vielleicht wegen Geheimnisverrats vor Gericht gestellt werden würde, weil er die Unverschämtheit besessen hatte, sich mit ihr anzufreunden. Den Rest würde Charlie schon erledigen. Sie würde mit ihnen verhandeln. Und sie würde sich für weitere Tests zur Verfügung stellen.

Ich hoffe, dass ich diesen Kerl einmal treffe. Das hoffe ich wirklich.

Aber jetzt hatte er keine Zeit, an so etwas zu denken ... und wenn alles klappte, würde er Rainbird nie kennen lernen müssen.

»Es ist vorgesehen, dass ich heute in einer Woche nach Hawaii gehe.«

»Ja, das ist richtig.«

»Wie?«

»Mit einer Transportmaschine der Armee.«

»Und mit wem haben Sie das arrangiert?«

»Puck«, sagte Cap sofort.

»Wer ist Puck, Captain Hollister?«

»Major Victor Puckeridge«, sagte Cap. »In Andrews.«

»Andrews Air Force Base?«

»Ja, natürlich.«

»Ein Freund von Ihnen?«

»Wir spielen Golf.« Cap lächelte vage. »Er schneidet die Bälle immer.«

»Äußerst interessant«, dachte Andy. Sein Kopf pochte wie ein verrotteter Zahn.

»Und wenn Sie ihn heute Nachmittag anrufen und ihm sagen, dass Sie den Flug um drei Tage vorverlegen wollen?«

»Ja«, sagte Cap ein wenig unsicher.

»Wäre das denn ein Problem? Viel Schreibarbeit?«

»Oh nein, Puck würde sich vor der Schreibarbeit drücken.« Er lächelte wieder, wenn auch ein wenig seltsam und nicht sehr glücklich.

Der Wagen rauschte mit völlig legalen fünfundachtzig Stundenkilometern die Straße entlang. Aus dem Regen war Nebel geworden. Die Scheibenwischer fuhren mit leisem Klicken hin und her.

»Rufen Sie ihn heute noch an, Cap. Sobald wir zurück sind.«

»Ich werde Puck anrufen. Ja, das sollte ich tun.«

»Sagen Sie ihm, dass ich nicht erst am Samstag, sondern schon am Mittwoch fliegen werde.«

Vier Tage waren keine lange Erholungszeit – drei Wochen wären besser gewesen –, aber die Dinge bewegten sich rasch auf den kritischen Punkt zu. Das Endspiel hatte begonnen. Andy hatte es mit Tatsachen zu tun, die er nicht ignorieren konnte. Er durfte Charlie auf keinen Fall länger als unbedingt nötig in den Fängen dieses Rainbird lassen.

»Mittwoch statt Samstag.«

»Ja. Und Sie können Puck auch gleich sagen, dass Sie selbst mitkommen.«

»Mitkommen? Ich kann nicht –«

Wieder stieß Andy zu. Es tat weh, aber er stieß hart zu. Cap fuhr in seinem Sitz hoch, und der Wagen geriet ein wenig aus der Spur. Andy war sich klar darüber, dass er jetzt fast mit Sicherheit im Kopf dieses Mannes ein Echo auslöste.

»Ich komme mit, ja. Ich komme mit.«

»So ist's recht«, sagte Andy böse. »Und – welche Sicherheitsmaßnahmen haben Sie veranlasst?«

»Keine besonderen Sicherheitsmaßnahmen«, sagte Cap. »Sie sind durch das Thorazin ziemlich ausgeschaltet. Außerdem sind Sie umgekippt. Sie können Ihre Fähigkeit, andere geistig zu beeinflussen, nicht mehr anwenden. Sie ruht.«

»Ach ja«, sagte Andy und fasste sich mit zitternder Hand an die Stirn. »Heißt das, dass ich allein fliege?«

»Nein«, sagte Cap schnell, »ich denke, ich werde selbst mitkommen.«

»Ja, aber außer uns beiden?«

»Zwei Männer von der Firma werden Sie begleiten, teils als Stewards und teils, um Sie zu bewachen. Standardroutine, Sie verstehen? Wir müssen unsere Investitionen schützen.«

»Nur zwei Agenten sind vorgesehen? Sind Sie sicher?«

»Ja.«

»Und natürlich die Besatzung.«

»Ja.«

Andy schaute aus dem Fenster. Sie hatten die Hälfte der Strecke zurückgelegt. Dies war der entscheidende Teil, und er hatte so entsetzliche Kopfschmerzen, dass er fürchtete, er würde etwas vergessen. Wenn das geschah, würde das ganze Kartenhaus zusammenfallen.

Charlie, dachte er und riss sich zusammen.

»Hawaii ist sehr weit von Virginia entfernt, Captain Hollister. Wird die Maschine zum Auftanken zwischenlanden?«

»Ja.«

»Wissen Sie wo?«

»Nein«, sagte Cap fröhlich, und Andy hätte ihm aufs Auge schlagen können.

»Wenn Sie das Gespräch mit ...« Wie hieß der Mann noch? Er dachte fieberhaft nach. Er war müde und zerschlagen, aber er erinnerte sich. »Wenn Sie mit Puck sprechen, fragen Sie ihn, wo die Maschine zwischenlandet.«

»Ja, okay.«

»Flechten Sie es ganz beiläufig in die Unterhaltung ein.«

»Ja, ich werde feststellen, wo die Maschine zwischenlandet. Ich werde es ganz beiläufig in die Unterhaltung einflechten.«

Nachdenklich und mit abwesendem Blick sah er Andy an, und Andy überlegte, ob dies der Mann war, der den Befehl zu Vickys Ermordung gegeben hatte.

Er verspürte den plötzlichen Impuls, ihm zu befehlen, das Gaspedal durchzutreten und gegen den Brückenpfeiler zu fahren, der vor ihnen auftauchte. Wenn Charlie nicht gewesen wäre. Charlie!, rief sein Verstand. Es geht um Charlie!

»Sagte ich Ihnen schon, dass Puck die Bälle schneidet?«, sagte Cap freundlich.

»Das sagten Sie schon.« Nachdenken! Nachdenken, verdammt! Entweder Chicago oder Los Angeles. Aber nicht auf einem Zivilflughafen wie O'Hare oder L. A. International. Die Maschine würde auf einem Militärflughafen zwischenlanden. Das war für die Durchführung seines Plans nicht problematisch – was man von anderen Dingen nicht sagen konnte –, wenn er nur vorher erfuhr, wo die Zwischenlandung stattfinden würde.

»Wir werden um drei Uhr nachmittags starten«, sagte er zu Cap.

»Drei.«

»Sie werden dafür sorgen, dass Rainbird sich woanders aufhält.«

»Ihn wegschicken?«, fragte Cap voll Hoffnung, und Andy überlief ein kalter Schauer, als er merkte, dass Cap vor Rainbird Angst hatte – große Angst.

»Ja. Ganz gleich, wohin.«

»San Diego?«

»In Ordnung.«

Jetzt die letzte Hürde. Er würde es gerade noch schaffen; vor ihnen zeigte ein reflektierendes Schild die Abfahrt nach Longmont an. Andy griff in die Hosentasche und holte ein zusammengefaltetes Stück Papier heraus. Vorerst hielt er es zwischen Daumen und Zeigefinger auf dem Schoß.

»Sie werden den Jungs von der Firma, die mit uns nach Hawaii fliegen, sagen, dass sie uns erst in Andrews treffen sollen. Wir werden allein hinfahren. Wie heute.«

»Ja.« Andy atmete tief ein. »Aber meine Tochter wird uns begleiten.«

»Sie?« Cap zeigte zum ersten Mal Erregung. »*Sie?* Sie ist gefährlich! Sie kann nicht – wir können nicht –«

»Sie war nicht gefährlich, bevor Sie und Ihre Leute mit ihr herumgespielt haben«, sagte Andy grob. »Sie kommt mit uns, und Sie haben mir gefälligst nicht zu widersprechen. *Ist das klar*?«

Diesmal geriet der Wagen noch weiter aus der Spur, und Cap stöhnte. »Sie kommt mit uns«, sagte Cap. »Ich werde Ihnen nicht mehr widersprechen. Verdammt. Das tut weh.«

Nicht halb so sehr wie mir.

Jetzt schien Andys Stimme von weit her zu kommen, und ein blutgetränktes Netz von Schmerzen zog sich immer fester um sein Gehirn. »Sie werden ihr dies geben«, sagte er und reichte Cap den gefalteten Zettel. »Heute noch, aber seien Sie vorsichtig, damit niemand Verdacht schöpft.«

Cap steckte den Zettel in die Brusttasche. Jetzt näherten sie sich dem Gelände der Firma; links begann schon der elektrisch geladene Doppelzaun, und alle fünfzig Meter blitzten Warnleuchten auf.

»Wiederholen Sie die wichtigsten Punkte«, sagte Andy.

Cap sprach schnell und fasste sich kurz – der Vortrag eines Mannes, der schon auf der Militärakademie gelernt hatte, Texte aus dem Gedächtnis wiederzugeben.

»Ich werde veranlassen, dass Sie am Mittwoch statt am Samstag mit einer Transportmaschine der Armee nach Hawaii fliegen. Ich werde mitkommen; auch Ihre Tochter wird uns begleiten. Die beiden Agenten werden erst in Andrews zu uns stoßen. Ich werde Puck fragen, wo die Maschine zum Auftanken zwischenlandet. Das werde ich beiläufig in die Unterhaltung einflechten, wenn ich den neuen Abflugtermin durchgebe. Ich werde den Zettel Ihrer Tochter geben, nachdem ich mit Puck gesprochen habe. Und ich werde streng darauf achten, dass niemand Verdacht schöpft. Außerdem werde ich veranlassen, dass John Rainbird für den kommenden Mittwoch nach San Diego beordert wird. Ich glaube, das war's.«

»Ja«, sagte Andy. »Das glaube ich auch.« Er lehnte sich im Sitz zurück und schloss die Augen. Zusammenhanglose Erinnerungsfragmente aus Vergangenheit und Gegenwart gingen ihm durch den Kopf, ohne Ziel, wie Strohpuppen, die der Wind durch die Luft fegt. Konnte dies wirklich funktionieren, oder bedeutete das seinen Tod und den seiner Tochter? Sie wussten jetzt, wozu Charlie in der Lage war; sie wussten es aus erster Hand. Ging es schief, würden sie beide ihre Reise im Frachtraum der Armeemaschine beenden. In zwei Särgen.

Cap hielt an der Wache, ließ das Seitenfenster herunter und reichte eine Plastikkarte nach draußen, die der Dienst habende Beamte in einen Computer-Terminal schob.

»Sie können durchfahren, Sir«, sagte er.

Cap fuhr weiter.

»Noch eines, Captain Hollister. Sie werden unsere Unterhaltung vergessen. Sie werden das Ihnen Aufgetragene unverzüglich erledigen. Sie werden es mit niemandem diskutieren.«

»In Ordnung.«

Andy nickte. Nichts war in Ordnung, aber das musste reichen. Das Risiko, in diesem Mann ein fatales Echo auszulösen, lag ungewöhnlich hoch, denn erstens war Andy gezwungen gewesen, außerordentlich hart zuzustoßen, und zweitens gingen die Anweisungen, die er Cap gegeben hatte, diesem absolut gegen den Strich. Vielleicht brachte er alles ganz einfach kraft seiner Position über die Bühne. Das musste aber nicht unbedingt der Fall sein. Im Augenblick war Andy zu müde und hatte zu heftige Schmerzen, als dass er sich darum noch kümmern konnte.

Er konnte kaum aussteigen, und Cap musste seinen Arm nehmen, um ihm behilflich zu sein. Dumpf registrierte er, dass der kalte Herbstregen, der ihm ins Gesicht schlug, angenehm war.

Die beiden Männer aus dem Biscayne sahen ihn kalt an, und er las den Ekel in ihren Blicken. Einer von ihnen war Don Jules. Er trug ein Hemd mit der Aufschrift OLYMPISCHE SAUFMANNSCHAFT der USA.

Seht euch den fetten Drogensüchtigen ruhig noch einmal an, dachte Andy verschwommen. Er war schon wieder den Tränen nahe, und das Atmen machte ihm Mühe. Seht ihn euch gut an, denn wenn dieser fette Kerl euch diesmal entwischt, wird er diesen ganzen verfaulten Laden hochgehen lassen.

»Na, na«, sagte Cap und strich ihm gönnerhaft über die Schulter.

Tu du nur, was dir aufgetragen wurde, dachte Andy und kämpfte mit aller Gewalt gegen die Tränen an; er wollte vor keinem von ihnen mehr weinen. Tu du nur, was ich dir aufgetragen habe, du Hurensohn.

6

Wieder in seiner Wohnung, wusste Andy kaum noch, was er tat. Er taumelte ins Bett und schlief sofort ein. Wie tot lag er sechs Stunden lang da, während aus einem winzigen Riss in seinem Gehirn Blut sickerte und eine Anzahl von Zellen weiß wurden und abstarben.

Als er aufwachte, war es zehn Uhr abends. Die Kopfschmerzen wüteten immer noch. Er legte die Hände ans Gesicht. Die tauben Stellen – eine unter dem linken Auge, eine am linken Jochbein und eine unter dem Kinn – waren wieder da. Diesmal waren sie größer.

Ich kann nicht mehr lange so weitermachen, ohne mich umzubringen, dachte er, und er wusste genau, dass er sich nicht irrte. Aber diese Sache würde er noch durchstehen. Charlie musste ihre Chance haben, wenn er es nur irgendwie schaffte. Er durfte jetzt nicht aufgeben.

Er ging ins Badezimmer und trank ein Glas Wasser. Dann legte er sich wieder hin, aber es dauerte lange, bis er einschlief. Sein letzter Gedanke war, dass Charlie inzwischen seine Notiz gelesen haben musste.

7

Nachdem Cap Hollister von Herrn Pynchots Beerdigung zurückgekommen war, hatte er sehr viel zu tun. Er hatte sich kaum an seinen Schreibtisch gesetzt, als ihm seine Sekretärin eine interne Mitteilung mit der Aufschrift DRINGEND hereinreichte. Sie kam von Pat Hockstetter. Cap bat das Mädchen, ihn mit Vic Puckeridge zu verbinden, und nahm sich das Papier vor. Ich sollte öfter ins Freie gehen, dachte er; gut für die Gehirnzellen. Während der Rückfahrt war ihm eingefallen, dass es sinnlos wäre, McGees Überführung nach Maui noch eine Woche aufzuschieben; der nächste Mittwoch war schon spät genug.

Dann erwachte seine Aufmerksamkeit.

Hockstetters Mitteilung war nicht im gewohnten kühlen, wenn auch barocken Stil abgefasst. Er hatte sie in bunte, geradezu hysterische Prosa gekleidet. Amüsiert überlegte Cap, dass das Kind für Hockstetter tatsächlich eine Nummer zu groß war.

Die Notiz lief darauf hinaus, dass Charlie sich auf die Hinterbeine gestellt hatte. Früher als man erwarten konnte, weiter nichts. Vielleicht – nein, wahrscheinlich – sogar früher, als Rainbird vermutet hatte. Er würde die Mitteilung einfach ein paar Tage liegen lassen, und dann ...

Er verlor den Faden. Er starrte vor sich hin und musste an einen Golfplatz denken. Er hörte sogar, wie die Schläger die Bälle trafen, wie die Bälle durch die Luft sausten. Weit wurde ein Ball durch die Luft geschlagen, hob sich weiß gegen den blauen Himmel ab. Aber er war angeschnitten ... angeschnitten ...

Er gab sich einen Ruck. Woran hatte er nur gedacht? Es war überhaupt nicht seine Art, plötzlich von einem Thema abzuschweifen. Charlie hatte sich auf die Hinterbeine gestellt; daran hatte er eben gedacht. Kein Grund, aus der Fassung zu geraten. Man würde sie einfach eine Weile in Ruhe lassen, vielleicht bis zum Wochenende, und dann Rainbird auf sie ansetzen. Sie würde eine Menge Feuer anzünden, um Rainbird aus der Patsche zu helfen.

Seine Hand tastete zur Brusttasche mit dem kleinen gefalteten Zettel. Und wieder hörte er in Gedanken einen Golfschläger durch die Luft sausen; das Geräusch schien den ganzen Raum zu erfüllen. Aber jetzt war es eher ein zischendes Geräusch, fast wie von ... einer Schlange. Das war unangenehm. Seit frühester Kindheit hatte er sich vor Schlangen geekelt.

Gewaltsam verscheuchte er die albernen Gedanken an Golfschläger und Schlangen. Vielleicht hatte ihn die Beerdigung doch mehr als erwartet mitgenommen.

Die Sprechanlage summte, und seine Sekretärin stellte Puck zu ihm durch. Cap nahm den Hörer auf, und nach Austausch einiger Belanglosigkeiten fragte er Puck, ob der Flug nach Maui problemlos auf Mittwoch vorverlegt werden könne. Puck überlegte kurz und sagte dann, dass das kein Problem sei.

»Sagen wir, um drei Uhr nachmittags?«

»Kein Problem«, wiederholte Puck. »Aber jetzt sollten Sie den Termin nicht mehr ändern, sonst sind wir im Eimer. Hier ist mehr Betrieb als auf der Autobahn nach Feierabend.«

»Nein, dieser Termin ist endgültig«, sagte Cap. »Und noch etwas: ich fliege selbst mit. Aber das sollten Sie für sich behalten, okay?«

Puck lachte laut und herzlich. »Sonne, Meer und Mädchen im Baströckchen, was?«

»Warum eigentlich nicht?«, sagte Cap. »Ich begleite eine sehr wertvolle Fracht. Wenn ich mich vor einem Senatsausschuss rechtfertigen müsste, hätte ich wahrscheinlich keine Schwierigkeiten. Und ich habe seit 1973 keinen richtigen Urlaub mehr gehabt. Und damals haben mir die verdammten Araber und ihr Öl die letzte Woche versaut.«

»Ich werde es für mich behalten«, versprach ihm Puck. »Werden Sie dort draußen auch Golf spielen? Auf Maui kenne ich mindestens zwei große Plätze.«

Cap schwieg. Nachdenklich starrte er ins Leere. Der Hörer glitt ihm ein wenig vom Ohr.

»Cap? Sind Sie noch da?«

Leise deutlich hörte er wieder dieses Zischen, das in seinem kleinen Büro fast unheimlich klang.

»Scheiße, ich glaube, die Verbindung ist unterbrochen«, murmelte Puck. »Cap! Cap?«

»Schneiden Sie immer noch die Bälle an, alter Junge?«, fragte Cap.

Puck lachte. »Sie machen wohl Witze? Ich dachte schon, die Verbindung sei abgerissen.«

»Nein, ich bin noch da«, sagte Cap. »Puck, gibt es in Hawaii eigentlich Schlangen?«

Puck stutzte.

»Wie bitte?«, fragte er erstaunt.

»Schlangen. Giftschlangen.«

»Ich ... verdammt, ich habe keine Ahnung. Aber wenn es wichtig ist, werde ich mich erkundigen ...« Puck dachte: Cap muss fünftausend Schnüffler beschäftigen, wenn er sich um solche Lappalien kümmert.

»Nein, nicht nötig«, sagte Cap. Er hatte den Hörer wieder fest am Ohr. »Ich habe nur laut gedacht. Ich glaube, ich werde alt.«

»Sie nicht, Cap. In Ihnen steckt zu viel von einem Vampir.«

»Vielleicht. Vielen Dank, alter Junge.«

»Keine Ursache. Ich freue mich, dass Sie mal ein bisschen rauskommen. Wenn man bedenkt, was im letzten Jahr alles los war, hat das keiner mehr verdient als Sie.« Er dachte natürlich an Caps Frau; von den McGees wusste er nichts. Und das bedeutete, dachte Cap müde, dass er nicht einmal die Hälfte wusste.

Er war schon im Begriff, sich zu verabschieden, und fragte noch beiläufig: »Sie wissen nicht zufällig, wo die Maschine zum Auftanken zwischenlandet?«

»Durban, Illinois«, sagte Puck sofort. »In der Nähe von Chicago.«

Cap bedankte sich und legte auf.

Wieder tasteten seine Finger nach dem Zettel in seiner Brusttasche, und dann fiel sein Blick auf Hockstetters Mitteilung. Es hörte sich so an, als hätte das Mädchen sich ziemlich aufgeregt. Vielleicht konnte es nicht schaden, wenn er hinunterging, um mit ihr zu reden. Sie brauchte gewiss ein paar Streicheleinheiten.

Er beugte sich vor und drückte auf den Knopf an der Sprechanlage.

»Ja, Cap?«

»Ich gehe mal kurz nach unten«, sagte er. »Ich bin in etwa dreißig Minuten wieder zurück.«

»Okay.«

Er stand auf und verließ sein Büro. Verstohlen tastete er wieder nach dem Zettel in seiner Tasche.

8

Fünfzehn Minuten nachdem Cap gegangen war, lag Charlie entsetzt und verstört auf ihrem Bett und stellte wirre Überlegungen an. Sie wusste buchstäblich nicht mehr, was sie denken sollte.

Er war vor einer halben Stunde um sechzehn Uhr fünfzehn gekommen und hatte sich als Captain Hollister vorgestellt (»aber nenn mich ruhig Cap; das tun hier alle«). Er hatte ein freundliches, kluges Gesicht, das sie ein wenig an die Illustrationen aus dem Buch *Der Wind in den Weiden* erinnerte. Sie hatte sein Gesicht kürzlich irgendwo gesehen, es aber nicht unterbringen können, bis Cap ihrem Gedächtnis nachhalf. Er war es gewesen, der sie nach dem ersten Test in ihr Quartier gebracht hatte, als der Mann im weißen Kittel weggelaufen war. Sie war von Entsetzen und Schuldgefühlen und – ja – einem Triumphgefühl so benebelt gewesen, dass es kein Wunder war, dass sie sich sein Gesicht nicht gemerkt hatte. Das wäre ihr bei jedem anderen genauso ergangen.

Er sprach so glatt und überzeugend, dass sie ihm von Anfang an misstraute.

Er berichtete ihr, dass Hockstetter sich Sorgen machte, weil sie darauf bestand, ihren Vater zu sehen, bevor sie an weiteren Tests teilnahm. Charlie gab nur die Tatsache zu und schwieg im Übrigen trotzig ... hauptsächlich aus Angst. Wenn man so glatten Leuten gegenüber irgendwelche Dinge begründete, würden sie jedes Argument zerpflücken, bis aus Schwarz Weiß wurde und umgekehrt. Es war besser, ganz einfach seine Forderung zu stellen. Und es war sicherer.

Aber er hatte sie in Überraschung versetzt.

»Okay«, hatte er gesagt, »wenn du darauf bestehst.« Ihr erstauntes Gesicht muss komisch gewirkt haben, denn er lachte. »Das zu arrangieren, wird allerdings einige Zeit dauern, aber –«

Bei den Worten »das zu arrangieren« wurde ihr Gesicht sofort wieder abweisend. »Keine Feuer mehr«, sagte sie. »Keine Tests mehr. Und wenn es zehn Jahre dauert, es zu ›arrangieren‹.«

»Oh, so lange natürlich nicht«, sagte er ohne das geringste Anzeichen von Verstimmung. »Aber ich muss das gewissen Leuten gegenüber verantworten, Charlie. Und in einem Laden wie diesem gibt es viel Papierkrieg. Aber du brauchst vorher nicht einmal eine Kerze anzuzünden.«

»Gut«, sagte sie mit versteinertem Gesicht und glaubte ihm kein Wort. Sie glaubte nicht, dass er irgendetwas arrangieren würde. »Ich würde es auch nicht tun.«

»Vielleicht kann ich es bis ... Mittwoch arrangieren. Ja, das wäre zu schaffen.«

Dann hatte er plötzlich geschwiegen und den Kopf schief gelegt, als lauschte er auf etwas, das sie nicht hören konnte. Charlie sah ihn erstaunt an und wollte schon fragen, ob ihm etwas fehle. Aber sie schwieg. Irgendetwas ... irgendetwas an der Art, wie er so dasaß, kam ihr bekannt vor.

»Glauben Sie wirklich, dass ich ihn am Mittwoch sehen kann?«, fragte sie ängstlich.

»Ich denke doch«, sagte Cap. Er saß unruhig auf seinem Stuhl und stieß einen lauten Seufzer aus. Sie sahen einander an, und er lächelte ein wenig verwirrt ... auch dieses Lächeln kam ihr irgendwie bekannt vor. Völlig zusammenhanglos sagte er dann: »Dein Vater spielt doch einigermaßen Golf, nicht wahr?«

Charlie dachte scharf nach. Soweit sie wusste, hatte ihr Vater in seinem ganzen Leben keinen Golfschläger angefasst. Das wollte sie gerade sagen ... als ihr plötzlich alles klar war.

(Mr Merle! Er ist wie Mr Merle!)

Mr Merle war einer der leitenden Angestellten gewesen, die sich in New York an ihren Vater gewandt hatten. Ein kleiner Mann, hellblond und mit einer rosa gerandeten Brille. Er war gekommen, um sich sein Selbstvertrauen stärken zu lassen, wie die anderen Klienten auch. Er war bei einer Versicherungsgesellschaft oder einer Bank oder so was. Und Daddy hatte sich eine Zeit lang Sorgen um Mr Merle gemacht. Es ging um ein Echo. Und es hatte etwas mit einem Buch zu tun, das Mr Merle einmal gelesen hatte. Daddy hatte Mr Merle beeinflusst, damit er mehr Selbstvertrauen bekam, und seitdem wurde er ganz krank, wenn er an die Geschichte dachte. Daddy sagte, dass das Echo von dieser Geschichte kam und wie ein Tennisball in seinem Kopf herumhüpfte. Es kam nie zur Ruhe, und die Erinnerung an diese Geschichte wurde immer schlimmer, bis Mr Merle sehr krank wurde. Aber Charlie wusste, dass Daddy viel Übleres befürchtete; er hatte Angst, dass Mr Merle sterben könnte. Deshalb musste Mr Merle eines Abends länger bleiben, und Daddy beeinflusste ihn, sodass er glaubte, er hätte die Geschichte nie gelesen. Und danach ging es Mr Merle wieder gut. Daddy hoffte nur, wie er ihr einmal sagte, dass Mr Merle niemals den Film »*The Deer Hunter*« sehen würde, aber er erklärte ihr nicht den Grund.

Aber bevor Daddy Mr Merle behandelte, hatte der so ausgesehen wie Cap jetzt.

Sie war plötzlich ganz sicher, dass ihr Vater diesen Mann beeinflusst hatte, und gewaltige Aufregung ergriff sie. Nachdem sie, abgesehen von Johns spärlichen Berichten, nichts von ihrem Vater gehört hatte und nicht wusste, wo er sich befand, hatte sie jetzt das eigenartige Gefühl, dass ihr Vater plötzlich bei ihr im Zimmer war und ihr sagte, dass alles in Ordnung und er in der Nähe sei.

Cap stand plötzlich auf. »Ich gehe jetzt. Aber ich komme wieder, Charlie. Und mach dir keine Sorgen.«

Sie wollte ihn bitten zu bleiben und ihr von ihrem Vater zu erzählen. Sie wollte wissen, wo er war und wie es ihm ging ... aber sie brachte kein Wort heraus.

Cap ging zur Tür und blieb dann stehen. »Oh, fast hätte ich es vergessen.« Er trat auf sie zu, nahm einen gefalteten Zettel aus der Brusttasche und reichte ihn ihr. Sie nahm ihn stumm, betrachtete ihn und steckte ihn in die Tasche ihres Bademantels. »Und wenn du auf diesem Pferd reitest, musst du auf Schlangen achten«, riet er ihr. »Wenn ein Pferd eine Schlange sieht, scheut es. Jedes Mal. Es –«

Er brach ab und rieb sich die Schläfe. Einen Augenblick lang sah er ganz alt und wirr aus. Dann schüttelte er langsam den Kopf, als wollte er den Gedanken abschütteln. Er verabschiedete sich und ging.

Als er weg war, blieb Charlie einen Augenblick stehen. Dann nahm sie den Zettel heraus und las ihn. Und jetzt sah alles ganz anders aus.

9

Charlie, Liebes –

Erstens: wenn du dies gelesen hast, musst du den Zettel durch die Toilette spülen, okay?

Zweitens: Wenn alles abläuft wie geplant – was ich hoffe –, werden wir am nächsten Mittwoch hier herauskommen. Der Mann, der dir diesen Zettel gab, arbeitet mit uns zusammen, obwohl er es nicht weiß ... wenn du verstehst, was ich meine.

Drittens: Du musst am Mittwochnachmittag um ein Uhr im Stall sein. Wie du das machst, ist gleich – zünde notfalls noch ein Feuer für sie an. Aber du musst unbedingt kommen.

Viertens, und das ist das Wichtigste: *Du darfst diesem John Rainbird nicht trauen.* Das bringt dich vielleicht ein wenig aus der Fassung, denn ich weiß, dass du Vertrauen zu ihm hattest. Aber er ist ein sehr gefährlicher Mann. Niemand nimmt dir übel, dass du ihm vertraut hast – Hollister sagt, dass er seine Rolle höchst überzeugend gespielt hat. Aber du musst eins wissen: Er war der Anführer der Männer, die uns bei Großvaters Hütte gefangen nahmen. Hoffentlich regst du dich nicht zu sehr auf, aber wie ich dich kenne, wird das wohl der Fall sein. Es macht keine Freude festzustellen, dass andere einen für ihre Zwecke ausgenutzt haben. Hör zu, Charlie: falls Rainbird dich aufsucht – und das wird er wahrscheinlich tun –, ist es *sehr wichtig,* dass er nicht merkt, dass sich deine Einstellung zu ihm verändert hat. Am Mittwoch wird er uns nicht mehr im Wege sein.

Wir gehen nach Los Angeles oder Chicago, Charlie, und ich glaube, es wird mir gelingen, eine Pressekonferenz zu arrangieren. Ich rechne damit, dass ein alter Freund namens Quincey uns helfen wird, und ich glaube – ich muss es glauben –, dass er sich für uns einsetzen wird, wenn es uns gelingt, Verbindung mit ihm aufzunehmen. Man würde uns vielleicht immer noch festhalten wollen, aber wir wären wenigstens zusammen. Ich hoffe, dass du dir das genauso sehr wünschst wie ich.

Alles wäre nicht so schlimm, wenn sie nicht die falschen Gründe dafür hätten, dich Feuer anzünden zu lassen. Wenn du Bedenken dagegen hast, wieder fortzulaufen, dann vergiss nicht, dass es das letzte Mal ist ... und auch deine Mutter hätte es so gewünscht.

Ich vermisse dich, Charlie, und hab dich sehr lieb.

Dad.

10

John?

John der Anführer der Männer, die auf sie und ihren Vater mit Betäubungspfeilen geschossen hatten?

John?

Sie schüttelte den Kopf. Ein Gefühl der Verlassenheit und des Schmerzes überwältigte sie. Wenn sie ihrem Vater glaubte, hatte John sie von Anfang an belogen und betrogen, nur damit sie mit den Tests einverstanden war. Wenn sie aber weiter an John glaubte, dann war die Mitteilung, die sie zerknüllt und durch die Toilette gespült hatte, eine mit dem Namen ihres Vaters unterschriebene Lüge. Jede dieser Möglichkeiten tat weh und setzte ihr gewaltig zu. Bedeutete Erwachsensein *das*? Solche Schmerzen zuzufügen? So viel Leid? Wenn es so war, würde sie gerne jung sterben.

Sie wusste noch, wie sie bei ihrem ersten Ritt auf Necromancer einmal aufgeschaut und Johns Lächeln gesehen hatte ... und etwas hatte in seinem Lächeln gelegen, das ihr gar nicht gefiel. Sie erinnerte sich daran, dass sie seine Gefühle nicht hatte deuten können. Er war gegen sie wie abgeschirmt gewesen oder ... oder ...

Sie versuchte, den Gedanken beiseite zu schieben,

(oder innerlich tot)

aber es gelang ihr nicht.

Aber so *war* er nicht. Er war doch ganz *anders*. Seine entsetzliche Angst in der Dunkelheit. Seine Geschichte über das, was die Vietcong ihm angetan hatten. Konnte das eine Lüge gewesen sein? Wo doch sein zerstörtes Gesicht dafür sprach, dass seine Geschichte stimmte?

Sie lag mit dem Kopf auf dem Kissen und bewegte ihn immer wieder hin und her in einer fortwährenden Geste der Verneinung. Sie wollte nicht daran denken. Sie wollte es einfach nicht.

Aber sie konnte nicht anders.

Wenn sie ... wenn sie nun den Stromausfall absichtlich herbeigeführt hatten? Oder wenn er ganz einfach passiert war ... *und er ihn ausgenutzt hatte*?

(NEIN! NEIN! NEIN! NEIN!)

Aber sie hatte jetzt keine bewusste Kontrolle über ihre Gedanken, die mit kalter und unerbittlicher Entschlossenheit um dieses schreckliche und quälende Dilemma kreisten. Sie war ein gescheites Mädchen, und sie spulte die Kette ihrer Logik so gewissenhaft ab, wie ein reumütiger Sünder rückhaltlos und bis zum bitteren Ende die Beichte ablegt.

Sie erinnerte sich an ein Fernsehstück aus der Serie *Starsky und Hutch*, das sie einmal gesehen hatte. Sie hatten den Kriminalbeamten mit dem Verbrecher, der alles über einen Raub wusste, zusammen in eine Zelle gesteckt. Der Beamte, der so tat, als sei er ein Verbrecher, war ein »Spitzel« gewesen.

War John Rainbird ein Spitzel?

Ihr Vater behauptete das. Und warum sollte ihr Vater sie belügen?

Wem glaubst du jetzt? John oder Daddy? Daddy oder John?

Nein, nein, nein, wiederholte ihr Verstand monoton ... aber sie kam zu keinem Ergebnis. Die quälende Ungewissheit, in der sie steckte, war zu viel für ein achtjähriges Mädchen. Als sie endlich einschlief, kam auch der Traum wieder. Aber diesmal erkannte sie das Gesicht der Silhouette, die sich vor das Licht gestellt hatte.

11

Ja, um was geht es denn?«, fragte Hockstetter mürrisch.

Sein Ton verriet, dass er sich nicht mit Lappalien belästigen lassen wollte. Es war Sonntag, und er hatte gerade einen Film mit James Bond gesehen, als das Telefon klingelte und eine Stimme ihm sagte, dass es mit dem kleinen Mädchen ein Problem gäbe. Über eine offene Leitung wagte Hockstetter nicht zu fragen, um was es sich denn handle. Er zog sich nicht erst um, sondern behielt seine farbbeschmierten Jeans und ein Tennishemd an.

Er hatte gleich Angst gehabt und eine Tablette gegen sein Sodbrennen genommen. Dann hatte er sich von seiner Frau verabschiedet und auf ihren fragenden Blick hin gesagt, dass er eine geringfügige technische Störung beheben müsse. Was hätte sie wohl gesagt, wenn sie wüsste, dass diese »geringfügige Störung« ihn jeden Augenblick umbringen könnte.

Jetzt stand er da und schaute auf den gespenstischen Infrarotmonitor, mit dem man Charlie überwachte, wenn das Licht aus war, und wünschte sich wieder einmal, dass alles vorbei und das Mädchen aus dem Weg wäre. Mit diesen Komplikationen hatte er nicht gerechnet, als das Ganze noch ein in ein paar blauen Ordnern zusammengefasstes akademisches Problem war.

Die Wahrheit aber war eine brennende Mauer aus Schlacke; die Wahrheit waren Spitzentemperaturen von über 16 000 Grad; die Wahrheit war, dass Brad Hyuck über Urkräfte, die das Universum bewegten, geredet hatte; und die Wahrheit war, dass er schreckliche Angst hatte. Er hatte das Gefühl, auf einem Kernreaktor zu sitzen, der außer Kontrolle geriet.

Neary, der Mann, der gerade Dienst hatte, fuhr herum, als Hockstetter eintrat. »Cap hat sie um ungefähr siebzehn Uhr besucht«, sagte er. »Sie wollte abends nicht essen und ist früh ins Bett gegangen.«

Hockstetter schaute auf den Monitor. Charlie lag angezogen auf dem Bett und warf sich unruhig hin und her. »Sie scheint einen Albtraum zu haben.«

»Oder eine ganze Serie von Albträumen«, sagte Neary grimmig. »Ich habe Sie angerufen, weil die Temperatur bei ihr im Raum in der letzten Stunde um drei Grad angestiegen ist.«

»Das ist nicht viel.«

»Wenn man bedenkt, wie wir den Raum klimatisieren, ist es eine ganze Menge. Zweifellos verursacht sie selbst den Temperaturanstieg.«

Hockstetter überlegte und biss sich dabei auf einen Knöchel.

»Ich denke, jemand sollte hineingehen und sie wecken«, sagte Neary, der endlich zur Sache kam.

»Haben Sie mich deshalb geholt?«, schrie Hockstetter. »Ein Kind zu wecken und ihm ein Glas warme Milch zu bringen?«

»Ich wollte meine Kompetenzen nicht überschreiten«, sagte Neary ungerührt.

»Nein«, sagte Hockstetter und verschluckte, was er sonst noch sagen wollte. Wenn die Temperatur noch sehr viel höher stieg, musste man das Mädchen tatsächlich wecken, und es bestand immer die Möglichkeit, dass sie sich nach dem Erwachen gegen den ersten Menschen wandte, den sie zu Gesicht bekam. Dazu würde schon ausreichen, dass sie sich erschreckte. Immerhin hatten sie sich selbst bemüht, die Hemmungen und Kontrollen, die ihrer pyrokinetischen Fähigkeit vorgelagert waren, abzubauen, und das mit bemerkenswertem Erfolg.

»Wo ist Rainbird?«, fragte er.

Neary zuckte die Achseln. »Der pfeift in Winnipeg nach seinem Wiesel, soweit ich weiß. Aber für die Kleine hat er dienstfrei. Sie würde ganz schön misstrauisch werden, wenn er plötzlich aufkreuzte und –«

Das Digitalthermometer an Nearys Kontrollanlage flackerte um einen Grad höher, verhielt und legte dann rasch noch zwei Grad zu.

»Jemand *muss* hineingehen«, sagte Neary, und jetzt klang seine Stimme ein wenig nervös. »Die Temperatur im Raum beträgt schon vierundzwanzig Grad. Die kann noch bis zum Himmel steigen.«

Hockstetter versuchte, sich darüber klar zu werden, was zu tun war, aber sein Gehirn schien eingefroren zu sein. Sein Schweiß lief jetzt in Strömen, aber sein Mund war trocken wie eine Wollsocke. Er wollte nach Hause, sich in seinen Sessel setzen und James Bond sehen. Oder sonst was. Hier wollte er nicht bleiben. Er wollte die roten Zahlen unter dem kleinen Glasviereck nicht mehr sehen und darauf warten, dass sie in Sprüngen von zehn, zwanzig oder hundert stiegen, wie es bei der Schlackenmauer der Fall gewesen war, als sie –

Denk nach!, rief er sich zur Ordnung. *Was tust du denn? Was –*

»Sie ist gerade aufgewacht«, sagte Neary leise.

Sie starrten beide gebannt auf den Monitor. Charlie hatte die Beine auf den Fußboden gestellt und saß mit gesenktem Kopf auf dem Bettrand, die Handflächen an die Wangen gelegt, das Gesicht von den Haaren verdeckt. Nach einer Weile stand sie auf und ging mit leerem Gesichtsausdruck und halb geschlossenen Augen ins Bad – wahrscheinlich schlief sie noch halb, dachte Hockstetter. Neary legte einen Schalter um, und der Monitor für das Badezimmer war eingeschaltet. Im Licht der fluoreszierenden Röhre war das Bild klar zu erkennen. Hockstetter erwartete, dass sie urinieren würde, aber Charlie blieb an der Tür stehen und sah zur Toilette hinüber.

»Heilige Mutter Maria, sehen Sie sich das an«, murmelte Neary.

Das Wasser im Toilettenbecken hatte angefangen, leicht zu dampfen. Das blieb etwas mehr als eine Minute so (eine Minute und einundzwanzig Sekunden nach Nearys Aufzeichnung), und dann spülte Charlie, urinierte, spülte noch einmal, trank ein Glas Wasser und ging wieder ins Bett. Diesmal schien sie leichter und ruhiger zu schlafen. Hockstetter schaute auf das Thermometer und sah, dass die Temperatur um vier Grad gefallen war. Dann sank sie um einen weiteren Grad und lag nur noch ein Grad höher als die normale Temperatur der Räumlichkeiten.

Hockstetter blieb bis nach Mitternacht bei Neary. »Ich gehe zum Schlafen nach Hause. Sie schreiben doch ein Protokoll, nicht wahr?«

»Dafür werde ich schließlich bezahlt«, sagte Neary ungerührt.

Hockstetter fuhr nach Hause. Am Tag darauf schrieb er eine Mitteilung, in der er darauf hinwies, dass jede weitere Information, die man durch weitere Tests vielleicht erlangen mochte, gegen die Gefahr möglicher Risiken abgewogen werden müsse, und dass diese Gefahr, seiner Ansicht nach, schon ungemütlich hoch sei.

12

An diese Nacht erinnerte sich Charlie nur schwach. Sie wusste noch, dass ihr heiß geworden war, dass sie dann aufgestanden war, um die Hitze loszuwerden. Sie erinnerte sich an den Traum, wenn auch nur vage – an ein Freiheitsgefühl,

(Voraus war Licht – das Ende des Waldes, offenes Land, über das sie mit Necromancer für immer dahinrasen konnte)

aber auch ein Gefühl der Angst und das Bewusstsein eines Verlustes. Es war sein Gesicht gewesen. Es war von Anfang an John Rainbirds Gesicht gewesen. Und vielleicht hatte sie es gewusst. Vielleicht hatte sie es schon die ganze Zeit

(Die Wälder brennen, tun Sie den Pferden nichts, oh bitte, tun Sie den Pferden nichts)

gewusst.

Als sie am nächsten Morgen aufwachte, hatte bei ihr die vielleicht unvermeidliche Umwandlung von Angst, Verwirrung und Hoffnungslosigkeit in helle, harte Wut eingesetzt.

Er soll uns bloß am Mittwoch nicht über den Weg laufen, dachte sie. *Wenn er wirklich getan hat, was Daddy schreibt, soll er mir und Daddy am Mittwoch besser nicht nahe kommen.*

13

Später am Vormittag kam Rainbird und rollte seinen Wagen mit Reinigungsmitteln, Scheuertüchern, Schwämmen und Lappen herein. Seine weiße Wärterkleidung hing lose um ihn herum.

»Hallo, Charlie«, sagte er.

Charlie saß auf dem Sofa und las in einem mit Illustrationen ausgestatteten Buch. Sie schaute auf, und ihr Gesicht war blass und ernst ... sie war auf der Hut. Die Haut schien ihr zu straff über die Wangenknochen gespannt. Endlich lächelte sie. Aber Rainbird glaubte zu erkennen, dass es nicht ihr normales Lächeln war.

»Hallo, John.«

»Du siehst heute Morgen gar nicht gut aus, Charlie, wenn ich das mal sagen darf.«

»Ich habe nicht gut geschlafen.«

»So?« Er wusste es schon. Hockstetter, dieser Narr, hatte fast Schaum vor dem Mund gehabt, weil sie den Raum im Schlaf um ein paar Grad aufgeheizt hatte. »Das tut mir aber Leid. Ist es wegen Daddy?«

»Ich glaube ja.« Sie schloss das Buch und stand auf. »Ich denke, ich werde mich einen Augenblick hinlegen. Ich möchte mich jetzt nicht unterhalten.«

»Natürlich. Das kann ich gut verstehen.«

Er sah ihr nach, und als die Tür zum Schlafzimmer ins Schloss gefallen war, ging er in die Küche, um seinen Scheuereimer zu füllen. Wie sie ihn angesehen hatte. Das Lächeln. Das gefiel ihm nicht. Gut, sie hatte eine schlechte Nacht verbracht. Das konnte jedem mal passieren, und am nächsten Morgen schrie man dann seine Frau an oder starrte ein Loch durch die Zeitung.

Alles gut und schön. Aber ... irgendetwas in ihm schlug Alarm. Seit Wochen hatte sie ihn nicht mehr so angesehen. Sie war ihm heute nicht aus Freude, ihn zu sehen, entgegengelaufen, und das gefiel ihm genauso wenig. Sie hatte sich ihm heute verschlossen. Das beunruhigte ihn. Vielleicht war es wirklich auf die schlechte Nacht zurückzuführen, und vielleicht hatte sie sich auch den Magen verdorben und deshalb schwer geträumt. Er war dennoch beunruhigt.

Und noch etwas nagte in ihm. Cap hatte sie gestern am späten Nachmittag besucht, und das hatte er noch nie getan.

Rainbird setzte seinen Eimer ab, tauchte das Scheuertuch ein, wrang es aus und fing an, den Fußboden aufzuwischen. Sein entstelltes Gesicht wirkte ruhig und konzentriert.

Hast du mir ein Messer in den Rücken gestoßen, Cap? Oder hast du geglaubt, es reichte schon? Oder hast du vielleicht nur Schiss vor mir gehabt?

Wenn das Letzte stimmte, hatte er Cap völlig falsch eingeschätzt. Mit Hockstetter war es etwas anderes. Hockstetters Erfahrungen mit Senatsausschüssen und Unterausschüssen waren nicht der Rede wert; ein bisschen Gepinkel hier, ein bisschen Gepinkel da. Zeug, das irgendwelche Ergebnisse bestätigte. Er konnte sich den Luxus erlauben, Angst zu haben. Cap nicht. Cap wusste genau, dass es durchaus noch nicht genügend Beweise gab, besonders wenn es sich um etwas so potenziell Explosives handelte (der Witz war *wirklich* beabsichtigt) wie Charlie McGee. Und Cap würde nicht nur weitere Mittel beantragen. Wenn er erst in der geheimen Ausschusssitzung auftrat, würde von seinen Lippen jener von Bürokraten gefürchtete Satz fallen: *langfristige Mittel.* Und im Hintergrund, unausgesprochen aber bedeutsam, lauerte die Eugenik. Rainbirds Vermutung war, dass Cap es auf längere Sicht kaum würde vermeiden können, dass Senatoren Charlies Vorführungen beiwohnten. Vielleicht sollte man ihnen erlauben, ihre Kinder mitzubringen, dachte Rainbird, während er aufwischte. Dies war doch mal was anderes als die dressierten Delfine in Sea World.

Cap würde jede Hilfe brauchen, die er bekommen konnte.

Warum hatte er sie also gestern Nachmittag besucht? Warum brachte er den Kahn zum Schaukeln?

Rainbird drückte den Lappen aus und sah, wie das schmutzig graue Wasser in den Eimer zurücklief. Durch die offene Küchentür sah er Charlies geschlossene Schlafzimmertür. Sie hatte ihn ausgesperrt, und das gefiel ihm nicht. Es machte ihn nervös. *Sehr* nervös.

14

An jenem Montagabend Anfang Oktober kam ein leichter Sturm auf, der schwarze, zerrissene Wolken von Süden herantrieb. Es war Vollmond. Die ersten Blätter fielen und raschelten über den sorgfältig gepflegten Rasen und das übrige Gelände, um am nächsten Morgen von den unermüdlichen Gärtnern wieder entfernt zu werden. Einige waren in den Ententeich gewirbelt und trieben dort wie kleine Schiffe. Es war wieder Herbst in Virginia.

In seinem Quartier saß Andy vor dem Fernseher und versuchte, mit seinen Kopfschmerzen fertig zu werden. Die tauben Stellen in seinem Gesicht waren zurückgegangen, aber nicht verschwunden. Er konnte nur hoffen, dass er sich am Mittwochnachmittag erholt haben würde. Wenn alles nach Plan verlief, würde er seine Fähigkeiten nur noch minimal einsetzen müssen. Wenn Charlie seine Notiz bekommen hatte und es ihr gelang, sich mit ihm bei den Ställen drüben zu treffen ... dann würde *sie* seine Fähigkeit ersetzen, er würde *sie* als Hebel, als Waffe benutzen. Wer wollte mit ihm schon lange streiten, wenn er eine Art Atomkanone zur Verfügung hatte?

Cap war in seiner Wohnung in Longmont Hills. Wie an dem Abend, an dem Rainbird ihn besucht hatte, trank er ein Glas Brandy, und aus der Stereoanlage klang Musik. Heute Abend war es Chopin. Cap saß auf der Couch. An der gegenüberliegenden Seite des Raumes lehnte unter zwei Drucken von van Gogh seine abgewetzte alte Golftasche an der Wand. Er hatte sie aus dem Keller geholt, wo sich allerlei Sportgeräte angesammelt hatten, seit er vor zwölf Jahren mit Georgia dieses Haus bezogen hatte. Er hatte die Golftasche ins Wohnzimmer gebracht, weil er in letzter Zeit immer wieder an Golf denken musste. An Golf und an Schlangen.

Er hatte die Golftasche heraufgebracht, weil er sich die beiden Schläger ansehen wollte. Vielleicht beruhigte es ihn ein wenig, wenn er sie berührte. Und dann schien einer der Schläger ... es war merkwürdig (sogar lächerlich), aber einer der Schläger schien sich *bewegt* zu haben. Als ob er kein Golfschläger sei, sondern eine Schlange, eine Giftschlange, die in die Tasche gekrochen war –

Cap hatte die Tasche gegen die Wand fallen lassen und war zurückgesprungen. Ein halbes Glas Brandy sollte das leichte Zittern seiner Hände kurieren. Wenn das Glas leer war, konnte er sich einbilden, dass er überhaupt nicht gezittert hatte.

Er führte das Glas zum Mund und hielt inne. Da war es wieder! Eine Bewegung ... oder spielten ihm seine Augen einen Streich?

Eine optische Täuschung. Ganz bestimmt. In dieser verdammten Golftasche waren keine Schlangen. Nur Schläger, die er lange nicht benutzt hatte. Er war zu beschäftigt gewesen. Dabei war er kein schlechter Golfspieler. Natürlich kein Nicklaus oder Tom Watson, aber er schlug einen guten Ball. Er schnitt die Bälle nicht an wie Puck. Cap mochte den Ball nicht gern anschneiden, denn dann kam man leicht in unebenes Gelände, ins hohe Gras, und da waren manchmal –

Reiß dich zusammen. Reiß dich ganz einfach zusammen. Entweder bist du noch der Captain oder nicht.

Seine Finger zitterten wieder. Woran lag das nur? Woran, um alles in der Welt, lag das? Manchmal schien es eine Erklärung zu geben, eine völlig vernünftige Erklärung – vielleicht etwas, das jemand gesagt hatte und an das er sich ganz einfach ... nicht ... erinnern konnte. Aber manchmal

(wie jetzt, verdammt, wie jetzt)

hatte er das Gefühl, kurz vor einem Nervenzusammenbruch zu stehen. Es war, als zögen diese fremden Gedanken, derer er sich nicht erwehren konnte, sein Gehirn auseinander wie ein weiches Sahnebonbon.

(Bist du nun noch der Captain oder nicht?)

Cap schleuderte plötzlich das Brandyglas in den Kamin, wo es wie eine Bombe zerschellte. Ein ersticktes Geräusch – ein Schluchzen – drang ihm aus der Kehle, wie etwas Verfaultes, das um jeden Preis ausgestoßen werden musste. Dann zwang er sich, durch das Zimmer zu gehen (er taumelte dabei wie betrunken), die Riemen der Tasche zu ergreifen (wieder schien sich in ihr etwas zu bewegen ... zu zischen) und sie sich über die Schulter zu werfen. Er nahm allen Mut zusammen und schaffte die Tasche in das Dunkel des Kellers zurück. Dicke Schweißtropfen standen ihm auf der Stirn, und sein Gesicht war zu einer Fratze der Angst und der Entschlossenheit erstarrt.

Es sind nur Golfschläger, nichts als Golfschläger, sang ihm sein Verstand immer wieder vor, und bei jedem Schritt erwartete er, dass etwas Langes, Braunes mit schwarzen Perlenaugen und scharfen Giftzähnen aus der Tasche vorstoßen würde, um ihm die tödliche Doppelspritze ins Genick zu jagen.

Als er wieder in seinem Wohnzimmer war, fühlte er sich viel besser. Abgesehen von quälenden Kopfschmerzen, fühlte er sich sehr viel besser.

Er konnte wieder zusammenhängend denken.

Fast.

Er betrank sich.

Und am nächsten Morgen fühlte er sich wieder besser.

Für kurze Zeit.

15

Rainbird verbrachte den stürmischen Montagabend damit, Informationen zu sammeln. Beunruhigende Informationen. Zuerst wandte er sich an Neary, den Mann, der die Monitore überwacht hatte, als Cap Charlie besucht hatte.

»Ich will die Videobänder sehen«, sagte Rainbird.

Neary hatte vorsichtshalber nichts dagegen. Er gab Rainbird die Bänder von Sonntag, die er dann auf einem Sony-Gerät abspielen konnte. Neary schickte ihn in einen Nebenraum und war froh, ihn loszuwerden. Er hoffte nur, dass Rainbird nicht noch einmal kam. Das Mädchen war schlimm genug. Rainbird, diese verdammte Schlange, war unvergleichlich schlimmer.

Es waren Dreistundenbänder, markiert von 0000 bis 0300. Rainbird fand das Band mit Cap und ließ es viermal durchlaufen. Dabei bewegte er sich nicht, außer, um das Band an der Stelle zurückzuspulen, an der Cap sagte: »Ich gehe jetzt. Aber ich komme wieder, Charlie. Und mach dir keine Sorgen.«

Aber auf diesem Band war sehr viel aufgezeichnet, das Rainbird Sorgen machte.

Caps Aussehen gefiel ihm nicht. Er schien gealtert, und wenn er mit Charlie sprach, schien er manchmal den Faden zu verlieren, wie ein Mann, der langsam senil wird. Sein wirrer Blick erinnerte Rainbird auf fatale Weise an das Aussehen von Leuten, bei denen sich eine Frontneurose ankündigte.

Vielleicht kann ich es bis ... Mittwoch arrangieren. Ja, das wäre zu schaffen.

Warum, um Gottes willen, hatte er das gesagt?

In dem Kind eine solche Erwartung zu wecken, war nach Rainbirds Ansicht die sicherste Methode, weitere Tests unmöglich zu machen. Der Schluss lag nahe, dass Cap sein eigenes kleines Spiel spielte – er intrigierte in der besten Tradition der Firma.

Aber das glaubte Rainbird nicht. Cap wirkte nicht wie ein Mann, der intrigierte. Er wirkte total kaputt und völlig durcheinander. Zum Beispiel seine Bemerkung, dass Charlies Vater doch wohl Golf spiele. Diese Bemerkung war absolut sinnlos gewesen und hatte mit dem vorher und nachher Gesagten nicht das Geringste zu tun. Ganz kurz spielte Rainbird mit dem Gedanken, dass es sich vielleicht um eine Art Geheimsprache handeln mochte, aber das war offensichtlich lächerlich. Cap wusste, dass alles, was in Charlies Räumen passierte, überwacht und aufgezeichnet wurde und ständiger Nachprüfung zugänglich war. Cap hätte das geschickter angefangen. Eine Bemerkung über Golf. Sie hing einfach so im Raum. Sinnlos und ohne jeden Zusammenhang.

Und dann die Sache am Schluss.

Rainbird ließ die Szene immer wieder ablaufen. *Oh, fast hätte ich es vergessen.* Und dann gibt er ihr etwas, das sie neugierig betrachtet und dann in die Tasche ihres Bademantels steckt.

Rainbird ließ die Finger an den Knöpfen des Sony-Geräts, und Cap sagte ein dutzend Mal *oh, fast hätte ich es vergessen.* Ein dutzend Mal gab er ihr den Gegenstand. Zuerst dachte Rainbird, es sei ein Kaugummi, und dann stoppte er das Bild und holte es so nah wie möglich heran. Das überzeugte ihn davon, dass es sich höchstwahrscheinlich um einen Zettel handelte.

Cap, was, zum Teufel, hast du vor?

16

Rainbird verbrachte den Rest des Abends und den frühen Dienstagvormittag an einer Computer-Konsole und rief jede erdenkliche Information über Charlie McGee ab, um vielleicht eine Art Muster zusammenzustellen. Erfolglos. Er hatte sein Auge so angestrengt, dass der Kopf wehtat.

Er stand auf, um das Licht auszuschalten, als ihm plötzlich ein

Gedanke kam. Er hatte nichts mit Charlie zu tun, sondern mit der fetten, drogensüchtigen Null, die ihr Vater war.

Pynchot.

Pynchot hatte sich mit Andy McGee befasst, und vorige Woche hatte sich Herman Pynchot auf die grässlichste Weise das Leben genommen, die sich Rainbird vorstellen konnte. Offensichtlich war er aus dem Gleichgewicht geraten. Verrückt geworden. Cap nimmt Andy zur Beerdigung mit – vielleicht ein wenig seltsam, wenn man es recht bedachte, aber in keiner Weise auffällig.

Dann fängt Cap an, sich eigenartig zu verhalten – er redet über Golf und gibt Zettel weiter.

Das ist lächerlich. Er ist umgekippt.

Rainbirds Hand lag immer noch an den Lichtschaltern. Der Bildschirm an der Computer-Konsole leuchtete wie ein frisch gegrabener Smaragd.

Wer sagt, dass er umgekippt ist? Er?

Plötzlich fiel Rainbird ein, dass noch etwas anderes sehr merkwürdig war. Hinsichtlich Andys Fähigkeit hatte Pynchot aufgegeben und beschlossen, ihn nach Maui zu schicken. Wenn Andy nichts dazu beitragen konnte, die Wirkung von Lot Sechs zu demonstrieren, gab es keinen Grund mehr, ihn hier festzuhalten ... und es wäre sicherer, ihn von Charlie zu trennen. So weit in Ordnung. Aber dann überlegt es sich Pynchot plötzlich anders und entscheidet sich für eine weitere Testreihe.

Und dann beschließt er, den Müllzerkleinerer zu reinigen ... während dieser noch läuft.

Rainbird ging an die Computer-Konsole zurück. Er überlegte einen Augenblick und tippte dann HALLO COMPUTER/ANFRAGE STATUS ANDREW MCGEE 14 112/WEITERE TESTS/NIEDERLASSUNG MAUI/Q4

PROCESS blitzte der Computer auf. Und ein wenig später: HALLO RAINBIRD/ANDREW MCGEE 14 112 KEINE WEITEREN TESTS/ANWEISUNG »STARLING«/GEPLANTE ABREISE NACH MAUI 15.00 9. OKTOBER/ANWEISUNG »STARLING«/ ANDREWS AIRFORCE BASE – DURBAN (ILLINOIS) AIR FORCE BASE – KALAMI ALRFIELD (HAWAII)/BREAK

Rainbird sah auf die Uhr. Der 9. Oktober war der nächste Mittwoch. Andy sollte Longmont morgen Nachmittag in Richtung Hawaii verlassen. Wer sagte das? Die Anweisung Starling sagte das. Und das war Cap selbst. Aber Rainbird erfuhr es erst jetzt.

Wieder tanzten seine Finger über die Tasten.

ANFRAGE WAHRSCHEINLICHKEIT ANDREW McGEE 14 112/VERMUTETE FÄHIGKEIT GEDANKLICHE BEEINFLUSSUNG ANDERER/QUERVERWEIS HERMAN PYNCHOT

In dem zerfledderten Code-Verzeichnis, das er eingesteckt hatte, bevor er herunterkam, musste er erst Pynchots Codenummer suchen.

14 409 Q4

PROCESS antwortete der Computer, und der Schirm blieb so lange leer, dass Rainbird schon glaubte, er habe falsch programmiert und würde für seine ganze Mühe nur eine »609« bekommen.

Dann leuchtete der Schirm wieder auf. ANDREW McGEE 14 112/WAHRSCHEINLICHKEIT GEDANKLICHER BEEINFLUSSUNG ANDERER 35%/QUERVERWEIS HERMAN PYNCHOT/BREAK

Fünfunddreißig Prozent?

Wie war das möglich?

In Ordnung, dachte Rainbird. Wir wollen sehen, was geschieht, wenn wir Pynchot aus der verdammten Gleichung rausnehmen.

Er tippte ANFRAGE WAHRSCHEINLICHKEIT ANDREW MCGEE 14 112/VERMUTETE FÄHIGKEIT GEDANKLICHER BEEINFLUSSUNG Q4

PROCESS blitzte der Computer, und diesmal kam die Antwort innerhalb von fünfzehn Sekunden. ANDREW MCGEE 14 112/WAHRSCHEINLICHKEIT GEDANKLICHER BEEINFLUSSUNG 2%/BREAK

Rainbird lehnte sich zurück, schloss das gesunde Auge, und trotz seiner dumpfen Kopfschmerzen durchfuhr ihn ein Gefühl des Triumphes. Er hatte die wichtigsten Fragen zuletzt gestellt, aber das war der Preis, den der Mensch für seine intuitiven Sprünge zahlen musste, Sprünge, von denen der Computer nichts wusste, obwohl er darauf programmiert war, »Hallo«, »Good bye«, »Tut mir Leid (Name des Programmierers)«, »Wie ärgerlich«, und »Scheiße« zu sagen.

Der Computer hielt es für wenig wahrscheinlich, dass Andy noch die Fähigkeit besaß, andere gedanklich zu beeinflussen ... bis man den Pynchot-Faktor hinzufügte. Dann stieg der Prozentsatz fast bis zum Mond.

Er tippte ANFRAGE WARUM STEIGT WAHRSCHEINLICHKEIT FÄHIGKEIT GEDANKLICHER BEEINFLUSSUNG ANDY MCGEE 14 112 VON 2% AUF 35% BEI QUERVERWEIS HERMAN PYNCHOT 14 409 Q4

PROCESS antwortete der Computer und dann: HERMAN PYNCHOT 14409 SELBSTMORD FESTGESTELLT/WAHRSCHEINLICHKEIT STEIGT WEIL VERURSACHUNG DES SELBSTMORDS DURCH ANDREW MCGEE 14 112 MÖGLICH/GEDANKLICHE BEEINFLUSSUNG/BREAK

Da hatte er es. Direkt aus dem Datenspeicher des größten und kompliziertesten Computers der Westlichen Hemisphäre.

Er wartete nur darauf, dass man die richtigen Fragen stellte.

Vielleicht sollte ich eingeben, was ich bei Cap als sicher annehme, dachte Rainbird und beschloss, den Gedanken in die Tat umzusetzen. Wieder zog er das zerfledderte Code-Verzeichnis aus der Tasche und suchte Caps Nummer heraus.

SPEICHERN tippte er. CAPTAIN JAMES HOLLISTER 16 040/ TEILNAHME BEERDIGUNG HERMAN PYNCHOT 14409/ZUSAMMEN MIT ANDREW MCGEE 14112 F4

GESPEICHERT las Rainbird.

SPEICHERN tippte er. CAPTAIN JAMES HOLLISTER 16 040/ ZURZEIT ANZEICHEN STARKER SEELISCHER BELASTUNG F4

609 las Rainbird. Wahrscheinlich konnte der Computer »seelische Belastung« nicht verstehen.

»Verdammter Mist«, murmelte Rainbird und versuchte es noch einmal.

SPEICHERN/CAPTAIN JAMES HOLLISTER 16 040/VERHÄLT SICH ZURZEIT ENTGEGEN DIREKTIVEN BETR. CHARLENE MCGEE 14 111 F4

GESPEICHERT

»Gleich haben wir es«, sagte Rainbird. Seine Finger glitten wieder über die Tasten.

ANFRAGE WAHRSCHEINLICHKEIT ANDREW MCGEE 14112/ VERMUTETE FÄHIGKEIT GEDANKLICHER BEEINFLUSSUNG ANDERER/QUERVERWEIS HERMAN PYNCHOT 14 409/QUERVERWEIS CAPTAIN JAMES HOLLISTER 16 040 Q4

PROCESS leuchtete auf, und Rainbird lehnte sich zurück und wartete, wobei er den Schirm nicht aus den Augen ließ. Zwei Prozent waren zu wenig und auf fünfunddreißig Prozent konnte man auch noch keine Wette abschließen. Aber –

Jetzt gab der Computer diese Auskunft: ANDREW MCGEE 14 112/FÄHIGKEIT GEDANKLICHER BEEINFLUSSUNG 90%/ QUERVERWEIS HERMAN PYNCHOT 14 409/QUERVERWEIS CAPTAIN JAMES HOLLISTER 16 040/BREAK

Jetzt waren es schon neunzig Prozent, und darauf *konnte* man schon wetten.

John Rainbird hätte noch auf zwei andere Dinge gewettet; erstens, dass Cap Charlie tatsächlich eine Nachricht von ihrem Vater überbracht hatte, und zweitens, dass diese Nachricht eine Art Fluchtplan enthielt.

»Du dreckiger alter Hurensohn«, murmelte Rainbird – nicht ohne Bewunderung für Andy McGee.

Er schob sich wieder an den Computer heran und tippte

600 GOOD BYE COMPUTER 600

604 GOOD BYE RAINBIRD 604

Rainbird schaltete die Tastatur aus und grinste zufrieden.

17

Rainbird fuhr zu dem Haus zurück, in dem er wohnte, und schlief ein, ohne sich vorher auszuziehen. Am Dienstag wachte er kurz nach Mittag auf, rief Cap an und entschuldigte sich für den Nachmittag. Er sei stark erkältet, und er wolle Charlie nicht gern anstecken.

»Hoffentlich hindert Sie das nicht daran, morgen nach San Diego zu fliegen«, sagte Cap schnell.

»San Diego?«

»Drei Akten«, sagte Cap. »Topsecret. Ich brauche einen Kurier. Der sind Sie. Ihre Maschine startet morgen früh um sieben Uhr in Andrews.«

Rainbird überlegte blitzschnell. Auch das war Andy McGees Werk. McGee hatte von ihm gehört. Natürlich. Und zusammen mit irgendeinem verrückten Fluchtplan, den McGee sich ausgedacht hatte, war auch Rainbird in der Notiz an Charlie erwähnt worden. Das erklärte auch, warum sich das Mädchen am Vortag so eigenartig benommen hatte. McGee hatte Cap während der Fahrt zur Beerdigung oder auf dem Rückweg einen gewaltigen Stoß versetzt, und Cap hatte ausgepackt. McGee sollte morgen Nachmittag von Andrew abfliegen; und jetzt wollte Cap ihn, Rainbird, morgen früh nach San Diego schicken. McGee wollte ihn aus dem Weg schaffen und benutzte dazu Cap. Er war –

»Rainbird? Sind Sie noch am Apparat?«

»Ja«, sagte Rainbird. »Können Sie nicht einen anderen Mann schicken? Ich fühl mich ziemlich mies.«

»Ich habe keinen, dem ich so traue wie Ihnen«, erwiderte Cap. »Dies Zeug ist explosiv. Wir wollen doch nicht ... dass irgendeine Schlange im Gras ... damit abhaut.«

»Sagten Sie Schlange?«, erkundigte sich Rainbird.

»Ja! Schlange!« Cap kreischte fast.

Kein Zweifel, McGee hatte zugestoßen und eine Lawine ausgelöst, die sich im Zeitlupentempo in Cap Hollisters Kopf bewegte. Rainbird hatte plötzlich das Gefühl – nein, die intuitive Gewissheit, dass Cap explodieren würde, wenn er sich weigerte und weiter auf ihn einredete. Genauso wie Pynchot explodiert war.

Wollte er das wirklich? Nein, das wollte er wirklich nicht. »In Ordnung«, sagte er. »Ich werde in der Maschine sein. Sieben Uhr morgens. Und ich werde mich mit Antibiotika voll pumpen. Sie sind ein Schwein, Cap.«

»Ich kann meine Abstammung einwandfrei nachweisen«, sagte Cap, aber der Scherz klang gequält und hohl. Er wirkte erleichtert, aber ein wenig angeschlagen.

»Ja, das glaube ich gern.«

»Vielleicht könnten Sie da drüben ein bisschen Golf spielen.«

»Ich spiele nicht –« Golf. Auch Charlie gegenüber hatte er Golf erwähnt – Golf und Schlangen. Irgendwie gehörten diese Dinge zu dem seltsamen Karussell, das McGee in Caps Gehirn in Bewegung gesetzt hatte. »Ja, vielleicht«, sagte er dann.

»Sie müssen um sechs Uhr dreißig in Andrews sein«, sagte Cap. »Fragen Sie nach Dick Folsam. Er ist Major Puckeridges Adjutant.«

»In Ordnung«, sagte Rainbird. Er hatte nicht die Absicht, am nächsten Tag auch nur in der Nähe der Andrews Air Force Base zu sein.

Er legte auf und setzte sich auf das Bett. Dann zog er seine alten Wüstenstiefel an und fing an zu planen.

18

HALLO COMPUTER/ANFRAGE STATUS JOHN RAINBIRD 14 222/ANDREWS AIR FORCE BASE (DISTRICT OF COLUMBIA) NACH SAN DIEGO (KALIFORNIEN) BESTIMMUNGSORT

HALLO CAP/STATUS JOHN RAINBIRD 14 222/ANDREWS (DISTRICT OF COLUMBIA) NACH SAN DIEGO (KALIFORNIEN) BESTIMMUNGSORT/ABFLUG ANDREWS AIR FORCE BASE 0700 UHR EASTERN STANDARD TIME/STATUS OK/BREAK.

Computer sind wie Kinder, dachte Rainbird, als er die Antwort las. Er hatte einfach Caps neuen Code eingegeben – Cap würde verrückt werden, wenn er wüsste, dass er ihn hatte –, und für den Computer war er Cap. Er fing an, tonlos zu pfeifen. Es war kurz nach Sonnenuntergang. SPEICHERN TOP SECRET

CODE BITTE

CODE 19 180

CODE 19 180 wiederholte der Computer BITTE EINGEBEN TOP SECRET

Rainbird zögerte nur kurz und tippte dann Speichern/John Rainbird 14 222/Andrews (District of Columbia) nach San Diego (Kalifornien) Bestimmungsort/Annullieren/Annullieren/Annullieren F9 (19 180)

Gespeichert

Unter Zuhilfenahme des Code-Verzeichnisses wies er den Computer an, die entsprechenden Benachrichtigungen vorzunehmen. Victor Puckeridge und sein Adjutant Richard Folsom. Die neuen Anweisungen würden um Mitternacht per Telex nach Andrews abgehen, und die Maschine, die er benutzen sollte, würde einfach ohne ihn starten. Niemand, einschließlich Cap, würde etwas erfahren.

600 GOOD BYE COMPUTER 600

604 GOOD BYE CAP 604

Rainbird schob seinen Stuhl zurück. Es wäre natürlich durchaus möglich, dem ganzen Spuk schon heute Abend ein Ende zu bereiten. Aber das wäre nicht überzeugend. Bis zu einem gewissen Grad konnte er sich auf das Material des Computers stützen, aber damit war nicht viel auszurichten. Man musste sie stoppen, wenn die Sache schon ablief und die Hintergründe zu erkennen waren. Das war auch viel amüsanter.

Die Sache war überhaupt zum Lachen. Während sie sich auf das Mädchen konzentriert hatten, hatte der Mann seine Fähigkeit wiedererlangt, wenn er sie je wirklich verloren hatte. Vielleicht hatte er sie die ganze Zeit nur erfolgreich vor ihnen verborgen. Wahrscheinlich nahm er schon lange keine Drogen mehr. Jetzt hatte er Cap im Griff, und es bedurfte für ihn nur noch eines Schritts, um die ganze Organisation in den Griff zu bekommen, deren Gefangener er war. Es war wirklich komisch; Rainbird wusste aus Erfahrung, dass das Ende solcher Spiele oft komisch war.

Er wusste nicht genau, was McGee plante, aber er konnte es

sich denken. Sie würden tatsächlich nach Andrews fliegen, aber Charlie würde mitkommen. Cap würde sie ohne Schwierigkeiten vom Gelände schaffen – Cap und wahrscheinlich sonst niemand auf der Welt. Sie würden nach Andrews fliegen, aber nicht nach Hawaii. Vielleicht hatte Andy die Absicht, sich nach Washington, D.C. abzusetzen. Möglicherweise wollten sie das Flugzeug auch in Durban verlassen, und Andy würde Cap darauf programmieren, ihnen einen Dienstwagen zu besorgen. In diesem Fall würden sie nach Shytown verschwinden – aber nur, um ein paar Tage später in Balkenschlagzeilen der Chicago *Tribune* wieder aufzutauchen.

Er hatte kurz mit dem Gedanken gespielt, sich überhaupt nicht einzumischen. Auch das wäre amüsant. Cap würde wahrscheinlich im Irrenhaus landen, wo er über Golfschläger und Schlangen im Gras fantasieren oder sich das Leben nehmen würde. Was die Firma anbetraf: Man brauchte sich nur einen Ameisenhaufen vorzustellen, unter dem ein Kanister mit einer Viertelgallone Nitroglyzerin steht. Keine fünf Monate, nachdem die Presse von dem seltsamen Schicksal der Familie McGee erfahren hatte, so vermutete Rainbird, würde die Firma aufhören zu existieren. Er empfand der Firma gegenüber keine Loyalität und hatte sie nie empfunden. Er war sein eigener Herr, ein verkrüppelter Söldner des Glücks, ein kupferhäutiger Todesengel. Sein Status hier interessierte ihn nicht viel mehr als Bullendreck auf einer Wiese. In diesem Augenblick galt seine Loyalität nicht der Firma.

Sie galt Charlie. Sie beide hatten eine Verabredung. Er würde ihr in die Augen schauen und sie ihm ... und es könnte passieren, dass sie gemeinsam verbrennen würden. Auch die Tatsache, dass er die Welt möglicherweise vor einer fast unvorstellbaren Katastrophe bewahrte, wenn er sie tötete, hatte in seinen Überlegungen keine Rolle gespielt. Er schuldete der Welt nicht mehr Loyalität als der Firma. Nicht nur die Firma, sondern auch die Welt hatte ihn aus einer in sich geschlossenen Wüstengesellschaft herausgerissen, die seine Rettung hätte sein können ... oder ihn doch wenigstens zu einem Schnaps saufenden harmlosen Indianer gemacht, der in einer Tankstelle an der 76 Benzin verkauft oder an einem schäbigen Stand an der Straße zwischen Flagstaff und Phönix als Eingeborenenkunst deklarierte billige Puppen verhökert.

Aber Charlie. Charlie!

Schon seit jener endlosen, dunklen Nacht während des Stromausfalls hatte er mit ihr eng umschlungen einen langen Todeswalzer getanzt. Was er an jenem frühen Morgen in Washington, als Wanless unter seinen Händen starb, nur vermutet hatte, war zur unumstößlichen Gewissheit geworden: das Mädchen gehörte ihm. Aber es würde ein Akt der Liebe sein, nicht der Zerstörung, weil mit fast der gleichen Sicherheit auch das Entgegengesetzte stimmte.

Das konnte man akzeptieren. In vieler Hinsicht wünschte er sich den Tod. Und durch sie, in ihren Flammen, zu sterben, wäre ein Akt der Reue ... und möglicherweise der Absolution.

Wenn sie und ihr Vater wieder zusammen waren, würde sie zu einer geladenen Kanone werden ... nein, zu einem geladenen Flammenwerfer. Er würde das Mädchen beobachten und nichts dagegen tun, dass sie sich mit ihrem Vater traf. Was würde dann geschehen? Wer konnte das wissen?

Und würde dieses Wissen nicht den ganzen Spaß verderben?

19

Am gleichen Abend fuhr Rainbird nach Washington und fand einen jungen Anwalt, der zu dieser späten Stunde noch arbeitete. Diesem Anwalt gab er dreihundert Dollar in kleinen Scheinen. Und im Büro des Anwalts regelte er seine wenigen Angelegenheiten, um für den nächsten Tag gerüstet zu sein.

Feuerkind

1

Am Mittwoch stand Charlie McGee morgens um sechs Uhr auf, zog ihr Nachthemd aus und ging unter die Dusche. Sie seifte sich ab, wusch sich die Haare, drehte auf kalt und blieb noch eine Minute zitternd unter dem Strahl stehen. Dann rieb sie sich trocken und zog sich sorgfältig an – Baumwollslip, Seidenslip, blaue Kniestrümpfe, Drellanzug. Zuletzt stieg sie in ihre ausgetretenen Mokassins.

Sie hatte nicht gedacht, dass sie die ganze Nacht so gut schlafen würde; sie war voller Angst und in nervöser Aufregung ins Bett gegangen. Aber sie hatte geschlafen. Unablässig hatte sie geträumt, aber nicht von Necromancer und dem Ritt durch die Wälder, sondern von ihrer Mutter. Das war sonderbar, denn sie dachte in letzter Zeit nicht mehr so oft an ihre Mutter wie früher; manchmal hatte sie ihr Gesicht nur in vager Erinnerung. Aber in den Träumen der letzten Nacht hatte das Gesicht ihrer Mutter – ihre lachenden Augen, ihr hübscher, freundlicher Mund – so deutlich vor ihr gestanden, als hätte Charlie sie erst einen Tag vorher gesehen.

Jetzt, da sie angezogen und auf den Tag vorbereitet war, zeigte ihr Gesicht nicht mehr die verkniffenen Falten der Anspannung.

An der Wand neben der Tür, die zur Küche führte, war unter dem Lichtschalter eine Glanzchromplatte angebracht, in die ein Sprechgitter mit einem Rufknopf eingelassen war. Sie drückte auf den Knopf.

»Ja, Charlie?«

Den Mann, dem die Stimme gehörte, kannte sie nur als Mike. Um sieben Uhr – in etwa einer halben Stunde – würde Mike verschwinden, um von Louis abgelöst zu werden.

»Ich gehe heute Nachmittag in den Stall zu Necromancer. Sagen Sie das den Leuten bitte?«

»Ich werde Dr. Hockstetter einen Zettel hinlegen, Charlie.«

»Danke.« Sie schwieg einen Augenblick. Man kennt ihre Stimmen. Die von Mike, Louis und Gary. Man macht sich eine Vorstellung von ihrem Aussehen, genauso wie man sich vorstellt, wie die Discjockeys aussehen, die man im Radio hört. Man mag sie sogar. Plötzlich wurde ihr klar, dass sie höchstwahrscheinlich nie wieder mit Mike sprechen würde.

»War noch was, Charlie?«

»Nein, Mike. Ich ... ich wünsche Ihnen einen schönen Tag.«

»Danke, Charlie.« Mikes Stimme klang überrascht, aber gleichzeitig schien er erfreut zu sein. »Das wünsche ich dir auch.«

Sie schaltete das Fernsehgerät ein und wählte den Kanal, auf dem jeden Morgen über Kabel der Trickfilm kam. Popeye inhalierte Spinat durch seine Pfeife und machte sich bereit, Bluto fürchterlich zu verprügeln.

Wenn Hockstetter ihr nun sagte, dass sie nicht in den Stall gehen dürfe?

Auf dem Schirm waren gerade Popeyes gewaltige Muskeln im Querschnitt zu sehen.

Das soll er lieber nicht sagen. Denn ich gehe. So oder so. Ich gehe.

2

Andys Schlaf war nicht so leicht und erholsam gewesen wie der seiner Tochter. Er hatte sich unruhig hin und her geworfen, und wenn er eingeschlafen war, hatte irgendein schrecklicher Albtraum ihn aufschrecken lassen. In dem einzigen, an den er sich erinnern konnte, taumelte Charlie im Stall den Gang zwischen den Boxen entlang. Sie hatte keinen Kopf mehr, aber statt Blut schossen rötlich blaue Flammen aus ihrem Hals.

Er hatte bis sieben Uhr im Bett bleiben wollen, aber als die Digitaluhr auf seinem Nachttisch sechs Uhr fünfzehn anzeigte, hielt es ihn nicht länger. Er stand auf und ging unter die Dusche.

Gestern Abend kurz nach neun hatte Dr. Nutter, Pynchots früherer Assistent, Andys Reisepapiere gebracht. Nutter, ein großer Mann Ende fünfzig, dem schon die Haare ausgingen, trat laut und onkelhaft auf. Schade, dass Sie uns verlassen; ich wünsche Ihnen einen angenehmen Aufenthalt in Hawaii; ich wünschte, ich könnte mitfliegen, ha-ha-ha; bitte unterschreiben Sie dies.

Das Papier, das Nutter ihm zur Unterschrift vorlegte, war ein Verzeichnis seiner persönlichen Habseligkeiten (auch sein Schlüsselbund war aufgeführt, wie Andy voll schmerzhafter Nostalgie feststellte). In Hawaii würde es erneut eine Bestandsaufnahme geben, und auf einem weiteren Formular musste er bestätigen, dass er die Gegenstände auch tatsächlich zurückerhalten hatte. Sie muteten ihm zu, ein seine persönliche Habe betreffendes Formular zu unterschreiben, nachdem sie seine Frau ermordet und ihn und Charlie durch das halbe Land gejagt, gekidnappt und gefangen gehalten hatten. Das hielt Andy für einen recht finsteren Humor; kafkaesk. Ich möchte die Schlüssel wirklich nicht gern verlieren, dachte Andy, während er seine Unterschrift kritzelte; vielleicht brauche ich gelegentlich einen davon, um eine Flasche Soda zu öffnen. Stimmt's, Jungs?

Er erhielt auch eine von Cap säuberlich abgezeichnete Kopie des Zeitplans für diesen Mittwoch. Die Abfahrt war auf zwölf Uhr dreißig festgesetzt, und Cap würde Andy in seinem Quartier abholen. Er und Cap würden sich dann zum östlichen Kontrollpunkt begeben, wobei sie den Parkplatz C passieren mussten. Dort würden sich ihnen zwei Begleitfahrzeuge anschließen. Dann würden sie nach Andrews fahren und um etwa fünfzehn Uhr die Maschine besteigen. Zum Auftanken war nur eine Zwischenlandung vorgesehen – Durban Air Force Base in der Nähe von Chicago.

In Ordnung, dachte Andy. *Okay.*

Er zog sich an und wurde aktiv. Er packte seine Kleidung ein, sein Rasierzeug, Schuhe, Hausschuhe. Man hatte ihm zwei Samsonite-Koffer zur Verfügung gestellt. Er vergaß nicht, alles sehr bedächtig zu tun. Er bewegte sich mit der vorsichtigen Konzentration eines Mannes, der unter Drogen steht.

Nachdem er von Cap über Rainbird informiert worden war, hatte er zuerst gehofft, mit ihm zusammenzutreffen: es wäre ein solches Vergnügen gewesen, den Mann, der Charlie den Betäubungspfeil in den Hals geschossen und sie später noch übler verraten hatte, so zu beeinflussen, dass er sich die Waffe an die Schläfe setzte und abdrückte. Aber er wollte Rainbird nicht mehr treffen. Er wollte keine Überraschungen. Die tauben Stellen in seinem Gesicht waren auf die Größe von Stecknadelköpfen geschrumpft, aber sie waren noch da – eine ständige Erinnerung daran, dass er wahrscheinlich sterben würde, wenn er seine Fähigkeit zu sehr strapazieren musste.

Er wollte nur, dass alles glatt ablief.

Seine wenigen Habseligkeiten waren schnell gepackt, und jetzt konnte er sich nur noch hinsetzen und warten. Bei dem Gedanken, dass er seine Tochter bald wiedersehen würde, wurde ihm warm ums Herz.

Auch ihm erschien die Zeit bis dreizehn Uhr wie eine Ewigkeit.

3

Rainbird hatte die ganze Nacht nicht geschlafen. Er war gegen fünf Uhr morgens von Washington zurückgekommen, hatte seinen Cadillac in die Garage gefahren, und saß jetzt an seinem Küchentisch und trank eine Tasse Kaffee nach der anderen. Er wartete auf einen Anruf aus Andrews, und bevor dieser Anruf kam, konnte er sich nicht in Sicherheit wiegen. Es war theoretisch denkbar, dass Cap noch erfuhr, dass er den Computer manipuliert hatte. McGee hatte Cap Hollister zwar ganz schön durcheinander gebracht, aber dennoch sollte man ihn nicht unterschätzen.

Gegen sechs Uhr fünfundvierzig klingelte das Telefon. Rainbird setzte seine Tasse ab, ging ins Wohnzimmer und nahm den Hörer ab. »Rainbird hier.«

»Rainbird? Hier spricht Dick Folsom in Andrews. Adjutant von Major Puckeridge.«

»Sie haben mich geweckt, Mann«, sagte Rainbird. »Ich wünsche Ihnen Filzläuse so groß wie Apfelsinenkisten. Das ist ein alter indianischer Fluch.«

»Ihr Flug ist annulliert«, sagte Folsom. »Das wussten Sie wohl schon.«

»Ja, Cap hat mich gestern Abend selbst angerufen.«

»Tut mir Leid«, sagte Folsom. »Übliche Routine, weiter nichts.«

»Gut, und die haben Sie eingehalten. Kann ich jetzt weiterschlafen?«

»Ja. Ich beneide Sie.«

Rainbird ließ das obligatorische Lachen hören und legte auf. Er ging in die Küche zurück, nahm seine Tasse, ging ans Fenster, schaute hinaus, sah nichts.

Dabei ging ihm das Totengebet seines Volkes durch den Sinn.

4

Cap erschien an diesem Morgen erst gegen halb elf in seinem Büro, anderthalb Stunden später als sonst. Bevor er das Haus verließ, hatte er seinen kleinen Vega von hinten bis vorne durchsucht. Während der Nacht war in ihm die Überzeugung gereift, dass es in dem Wagen von Schlangen nur so wimmelte. Für die Durchsuchung hatte er zwanzig Minuten gebraucht – er musste sichergehen, dass sich keine Klapperschlangen oder Mokassinschlangen (oder gar etwas noch Bösartigeres und Exotischeres) in der Dunkelheit des Kofferraums eingenistet hatten, auf dem warmen Motorblock schliefen oder sich im Handschuhfach ringelten. Er hatte das Handschuhfach aus sicherer Entfernung mit einem Besenstiel geöffnet, für den Fall, dass eins der zischenden Ungeheuer ihm entgegensprang, und als eine Karte von Virginia aus dem viereckigen Loch im Armaturenbrett herausglitt, hätte er fast laut aufgeschrien.

Dann, auf dem halben Weg zur Firma, war er am Greenway Golfplatz vorbeigefahren und hatte auf dem Seitenstreifen angehalten, um mit einer Art verträumter Konzentration den Spielern zuzuschauen, wie sie das achte und neunte Loch in Angriff nahmen. Immer wenn einer von ihnen den Ball schnitt und ins unebene Gelände schlug, konnte er kaum dem Zwang widerstehen, aus dem Wagen zu steigen und ihnen zuzubrüllen, sie sollten sich in dem hohen Gras vor Schlangen in Acht nehmen.

Endlich schreckte ihn die Hupe eines Lastzugs aus seiner Benommenheit, und er fuhr weiter.

Seine Sekretärin empfing ihn mit einem Bündel Fernschreiben, die über Nacht eingegangen waren, und Cap nahm sie einfach entgegen, ohne sich die Mühe zu machen, sie durchzublättern, um zu sehen, ob etwas Wichtiges dabei war. Das Mädchen am Schreibtisch beschäftigte sich mit einigen Anfragen und Mitteilungen, als sie plötzlich neugierig zu Cap aufschaute. Cap beachtete sie überhaupt nicht. Mit wirrem Blick betrachtete er die breite Schublade oben in ihrem Schreibtisch.

»Verzeihung«, sagte sie. Selbst nach so vielen Monaten fühlte sie sich immer noch ganz als die Neue, die an die Stelle einer Frau getreten war, die Cap nahe gestanden hatte. Mit der er vielleicht sogar geschlafen hatte, wie sie manchmal glaubte.

»Hmmmm?« Endlich schaute er sie an. Aber seine Augen behielten ihren leeren Ausdruck. Es war irgendwie erschreckend ... sie wirkten wie die geschlossenen Fensterläden eines Hauses, in dem es spukt.

Sie zögerte und sagte dann rasch: »Cap, ist Ihnen nicht gut? Sie sehen ... ein wenig blass aus.«

»Ich fühle mich ausgezeichnet«, sagte er und schien einen Augenblick wieder ganz er selbst zu sein. Das zerstreute einen Teil ihrer Zweifel. Seine Haltung straffte sich, und seine Augen blickten wieder klar. »Wer nach Hawaii fliegt, muss sich doch wohl fühlen, stimmt's?«

»Hawaii?«, sagte Gloria misstrauisch. Das war ihr neu.

»Die Sachen haben Zeit«, sagte Cap, nahm die Anfragen und Mitteilungen und legte sie zu den Fernschreiben. »Ich sehe sie mir später an. Gibt es irgendwas über die McGees zu berichten?«

»Es gibt etwas«, sagte sie. »Ich wollte gerade darauf zu sprechen kommen. Mike Kellaher sagt, dass Charly heute Nachmittag in den Stall zu den Pferden gehen will –«

»Aber selbstverständlich«, sagte Cap.

»– und ein wenig später klingelte sie wieder und sagte, dass sie um Viertel vor eins gehen wolle.«

»Geht in Ordnung.«

»Wird Mr Rainbird sie abholen?«

»Rainbird ist auf dem Weg nach San Diego«, sagte Cap, und seine Befriedigung war nicht zu überhören. »Ich werde einen Mann schicken, der sie abholt.«

»In Ordnung. Ich zeige Ihnen am besten noch ...« Ihre Stimme verlor sich. Caps Blick hatte sich von ihr gelöst, und er starrte jetzt die breite Schublade an. Sie war immer ein Stück geöffnet, denn das war Vorschrift. In ihr lag eine Schusswaffe. Gloria war eine ausgezeichnete Schützin, genau wie Rachel es gewesen war.

»Cap, sind Sie sicher, dass alles in Ordnung ist?«

»Sie sollten die Schublade geschlossen halten«, sagte Cap. »Sie lieben dunkle Örtlichkeiten. Sie kriechen gern hinein und verstecken sich.«

»Sie?«, fragte sie vorsichtig.

»Schlangen«, sagte Cap und marschierte in sein Büro.

5

Er saß am Schreibtisch, und die Fernschreiben und Mitteilungen lagen unordentlich verstreut vor ihm. Er hatte sie vergessen. Er hatte alles vergessen und dachte nur noch an Schlangen und Golfschläger und an das, was er um Viertel nach zwölf zu tun hatte. Er würde hinuntergehen und Andy McGee aufsuchen. Er war fest überzeugt, dass Andy ihm sagen würde, was als Nächstes zu tun war. Er war fest überzeugt, dass Andy schon alles in Ordnung bringen würde.

Was die Zeit nach zwölf Uhr fünfzehn anbetraf, so lag alles in tiefster Dunkelheit.

Es war ihm gleich. Es war für ihn sogar eine Erleichterung.

6

Um neun Uhr fünfundvierzig schlich Rainbird sich in den kleinen Überwachungsraum in der Nähe von Charlies Quartier. Louis Tranter, ein ungeheuer fetter Mann, dessen Hintern über die Kanten des Stuhls quoll, auf dem er saß, kontrollierte gerade den Monitor. Das Digitalthermometer zeigte eine Temperatur von zwanzig Grad an. Er schaute sich um, als die Tür aufging, und als er Rainbird sah, spannten sich die Muskeln in seinem Gesicht.

»Ich dachte, Sie sind weggefahren«, sagte er.

»Annulliert«, sagte Rainbird. »Und Sie haben mich heute Morgen nicht gesehen, Louis.«

Louis sah ihn argwöhnisch an.

»Sie haben mich nicht gesehen«, wiederholte Rainbird. »Nach fünf Uhr heute Nachmittag ist es mir scheißegal. Aber bis dahin haben Sie mich nicht gesehen. Und sollte ich hören, dass Sie mich doch gesehen haben, komme ich her und schneide Ihnen eine Portion Speck aus dem Wanst. Kapiert?«

Louis Tranter wurde deutlich blasser. Der Kuchen, den er gerade aß, fiel ihm aus der Hand auf die schräge Stahlplatte, auf der die TV-Monitoren und die Mikrofonsteuerung installiert waren. Eine Spur von Krümeln hinter sich lassend, rollte das Kuchenstück die schräge Fläche hinab und fiel unbeachtet auf den Fußboden. Plötzlich hatte Louis überhaupt keinen Hunger mehr. Man hatte ihm schon erzählt, dass dieser Kerl verrückt war, und jetzt sah er, dass es wirklich stimmte.

»Ja, ich habe kapiert«, flüsterte er und registrierte ängstlich das unheimliche Grinsen und das durchdringende einäugige Starren des anderen.

»Gut«, sagte Rainbird und bewegte sich auf ihn zu. Louis

zuckte zurück, aber Rainbird ignorierte ihn im Augenblick völlig und schaute auf den Monitor. Da stand Charlie, und in ihrem blauen Anzug sah sie bildhübsch aus. Mit dem Auge eines Liebenden bemerkte Rainbird, dass sie ihr Haar heute nicht zu Zöpfen geflochten hatte. Es fiel ihr lose und sehr hübsch über Hals und Schultern. Sie saß auf dem Sofa, ohne sich mit irgendetwas zu beschäftigen. Kein Buch, kein Fernsehen. Sie sah aus wie eine Frau, die auf den nächsten Bus wartet.

Charlie, dachte er voll Bewunderung, *ich liebe dich. Ich liebe dich wirklich.*

»Was hat sie sich für heute vorgenommen?«, fragte Rainbird.

»Nichts weiter«, sagte Louis eifrig. Fast lallte er. »Sie will nur um Viertel vor eins in den Stall gehen, um das Pferd zu striegeln, auf dem sie immer reitet. Morgen soll sie noch einen Test machen.«

»Morgen also?«

»Ja.« Die Tests waren Louis so oder so gleichgültig, aber er dachte, Rainbird würde sich darüber freuen und vielleicht gehen.

Er schien auch zufrieden zu sein. Sein Grinsen kam wieder zum Vorschein.

»Sie geht also um Viertel vor eins zu den Ställen?«

»Ja.«

»Wer bringt sie hin? Da ich ja auf dem Weg nach San Diego bin?«

Louis lachte laut. Sein Lachen klang schrill, fast wie das einer Frau. Er wollte zeigen, dass er den Witz verstanden hatte.

»Ihr Freund. Dieser Don Jules.«

»Er ist nicht mein Freund.«

»Natürlich nicht«, gab ihm Louis eilfertig recht. »Er ... er fand die Anweisung ein wenig komisch, aber da sie direkt von Cap kam –«

»Komisch? Was fand er daran komisch?«

»Nun, sie einfach in den Stall zu bringen und dann dort allein zu lassen. Cap sagte, die Stallknechte würden schon auf sie aufpassen. Aber sie wissen doch von nichts. Don dachte, dass es sehr riskant –«

»Ja, aber er wird nicht fürs Denken bezahlt. Nicht wahr, Fettsack?«, Er schlug Louis auf die Schulter. Hart. Es hörte sich an wie ein kleiner Donnerschlag.

»Nein, natürlich nicht«, sagte Louis schnell. Er schwitzte jetzt.

»Bis später«, sagte Rainbird und ging wieder zur Tür.

»Gehen Sie jetzt?« Louis konnte seine Erleichterung nicht verbergen.

Rainbird blieb stehen, die Hand am Türknauf. Er drehte sich um. »Was meinen Sie damit?«, sagte er. »Ich war nie hier.«

»No, Sir. Sie waren nie hier«, stimmte Louis hastig zu.

Rainbird nickte und glitt nach draußen. Er schloss die Tür hinter sich.

Louis starrte einige Sekunden lang die geschlossene Tür an und stieß dann einen tiefen Seufzer der Erleichterung aus. Er war schweißnass unter den Armen, und sein weißes Hemd klebte ihm am Rücken. Er hob seinen Kuchen auf, wischte ihn ab und aß weiter. Das Mädchen saß immer noch ruhig und untätig da. Wie Rainbird – ausgerechnet *Rainbird* – es geschafft hatte, dass sie ihn mochte, war Louis Tranter völlig schleierhaft.

7

Um Viertel vor Eins – für Charlie war seit ihrem Aufwachen an diesem Morgen eine Ewigkeit vergangen – ertönte kurz der Summer, und Don Jules trat ein. Er trug eine Baseballjacke und alte Kordhosen und sah sie kalt und ohne besonderes Interesse an.

»Komm«, sagte er.

Charlie ging mit.

8

Der Tag war kühl und heiter. Um zwölf Uhr dreißig schlenderte Rainbird über den noch grünen Rasen auf die L-förmig angelegten Ställe mit ihrem roten Anstrich – die Farbe von trocknendem Blut – und den weißen Verzierungen zu. Große Schönwetterwolken zogen langsam über den Himmel. Eine leichte Brise zerrte an seinem Hemd.

Falls jemand sterben sollte, war dieser Tag dafür geeignet.

Im Stall ging er zum Büro des Oberstallknechts und trat ein. Er zeigte seinen Ausweis mit der A-Klassifizierung.

»Ja, Sir?«, sagte Drabble.

»Räumen Sie das Gebäude«, sagte Rainbird. »Alles raus. Fünf Minuten.«

Der Stallknecht wagte keinen Widerspruch, und wenn er ein wenig blass wurde, war es bei seiner gesunden Bräune kaum zu erkennen. »Auch die Pferde?«

»Nur die Leute. Hinten raus.«

Rainbird trug eine Arbeitsmontur. Die Taschen der Hose waren weit, und aus einer dieser Taschen zog er eine großkalibrige Pistole. Ohne Anzeichen von Überraschung betrachtete der Oberstallknecht die Waffe. Rainbird hielt sie locker in der Hand; der Lauf zeigte nach unten.

»Wird es Ärger geben, Sir?«

»Vielleicht«, sagte Rainbird ruhig. »Ich weiß es nicht genau. Beeilen Sie sich, Alter.«

»Ich hoffe nur, dass den Pferden nichts passiert.«

Rainbird lächelte. *Das hofft sie wohl auch*, dachte er. Er hatte ihre Augen gesehen, wenn sie bei den Pferden war. Und dies Gebäude mit dem losen Heu in den Raufen, den Heuballen auf dem Boden und dem vielen trockenen Holz ringsum war das reinste Pulverfass. Ein Pulverfass mit vielen Rauchverbotsschildern.

Er wanderte auf einem schmalen Grat.

Aber seit er im Laufe der Jahre immer sorgloser mit seinem Leben umgegangen war, hatte es wesentlich schmalere gegeben.

Er ging zu den großen Doppeltüren zurück und hielt Ausschau. Noch war niemand zu sehen. Er wandte sich ab und ging an den Boxen entlang. Der süßliche, scharfe Geruch der Pferde drang ihm in die Nase. Er vergewisserte sich, dass die Boxen alle verriegelt waren.

Dann ging er wieder zu den Doppeltüren. Zwei Gestalten. Sie

waren noch jenseits des Ententeichs, etwa fünf Minuten Fußweg entfernt. Es waren nicht Cap und Andy McGee. Es waren Don Jules und Charlie.

Komm zu mir, Charlie, dachte er zärtlich. *Komm jetzt zu mir.*

Er schaute einen Augenblick zum dunklen Heuboden hinauf, trat dann an die Leiter – einfache, an einen Balken genagelte Holzsprossen – und stieg leicht und geschmeidig nach oben.

Drei Minuten später traten Charlie und Don Jules in den schattigen und kühlen Stall. Sie blieben am Eingang stehen, bis ihre Augen sich an die Dunkelheit gewöhnt hatten. Die 357 Magnum in Rainbirds Hand war so umgebaut, dass ein Schalldämpfer angebracht werden konnte, den Rainbird selbst konstruiert hatte. Wie eine seltsame schwarze Spinne saß er auf dem Lauf. Sehr wirksam war das Ding allerdings nicht: Es ist fast unmöglich, eine großkalibrige Waffe ohne Lärm abzufeuern. Wenn – falls – er abdrückte, würde es beim ersten Mal ein heiseres Bellen geben, beim zweiten Mal einen dumpfen Knall; und dann würde der Schalldämpfer nicht mehr funktionieren. Rainbird hoffte, dass es ihm erspart bleiben würde, von der Waffe Gebrauch zu machen, aber vorläufig hielt er sie mit beiden Händen so, dass der Schalldämpfer sich auf einen kleinen Kreis auf Don Jules' Brust ausrichtete.

Jules sah sich vorsichtig um.

»Sie können gehen«, sagte Charlie.

»Heh!«, rief Jules laut, ohne Charlie zu beachten. Rainbird kannte Jules. Ein Agent nach Vorschrift. Buchstabengetreu führte er jeden Befehl aus, und niemand konnte ihm an den Karren fahren. Er sicherte sich immer ab. »Heh, Stallknecht. Ist denn niemand hier? Ich bringe das Kind!«

»Sie können jetzt gehen«, sagte Charlie noch einmal, und wieder ignorierte Jules sie.

»Komm«, sagte er und umklammerte Charlies Handgelenk. »Wir müssen jemanden finden.«

Mit einigem Bedauern machte Rainbird sich bereit, Don Jules zu erschießen. Es hätte schlimmer kommen können; wenigstens würde Jules nach Vorschrift sterben. Und abgesichert.

»Ich sagte, dass Sie jetzt *gehen* können«, sagte Charlie, und plötzlich ließ Jules ihre Hand los. Er ließ sie nicht einfach los; er riss seine Hand weg, wie man es tut, wenn man etwas Heißes angefasst hat.

Aufmerksam beobachtete Rainbird diese interessante Entwicklung. Jules hatte sich umgedreht und sah Charlie an. Er rieb sich das Handgelenk, aber Rainbird konnte nicht erkennen, ob er eine Brandwunde hatte oder nicht.

»Sie verschwinden jetzt«, sagte Charlie leise.

Jules griff sich unter die Jacke, und wieder machte Rainbird sich bereit, ihn zu erschießen. Er würde es erst dann tun, wenn Jules seine Waffe ganz gezogen hatte und seine Absicht klar war, Charlie wieder ins Gebäude zurückzubringen.

Aber kaum hatte er die Kanone halb draußen, als er sie mit einem Aufschrei fallen ließ. Mit weit aufgerissenen Augen sprang er zwei Schritte von dem Mädchen zurück.

Charlie wandte sich halb ab, als interessiere Jules sie nicht mehr. In der Mitte der Längsseite des L ragte ein Wasserhahn aus der Wand, unter dem ein halb mit Wasser gefüllter Eimer stand.

Träge stieg Dampf aus dem Eimer auf.

Rainbird glaubte nicht, dass Jules es bemerkt hatte, denn sein Blick war auf Charlie geheftet.

»Raus, Sie Schwein«, sagte sie, »oder ich verbrenne Sie. Ich werde Sie rösten.«

John Rainbird spendete Charlie stummen Applaus.

Jules blieb unentschlossen stehen und sah sie an. In diesem Augenblick, den Kopf gesenkt und leicht schief, mit flackerndem Blick, sah er aus wie eine gefährliche Ratte. Rainbird war bereit, ihr Spiel mitzuspielen, falls sie eins beabsichtigte, aber er hoffte, dass Jules vernünftig sein würde. Ihre Kräfte konnten sehr leicht außer Kontrolle geraten.

»Verschwinden Sie jetzt«, sagte Charlie. »Dahin, wo Sie hergekommen sind. Ich werde genau aufpassen. *Bewegen Sie sich! Raus hier!*«

Die schrille Wut in ihrer Stimme gab den Ausschlag.

»Langsam, langsam«, sagte er. »Okay. Aber wohin wolltest du schon gehen? Es wird verdammt schwer für dich werden.«

Während er sprach, glitt er an ihr vorbei und bewegte sich rückwärts zur Tür.

»Ich werde aufpassen«, sagte Charlie böse. »Wagen Sie es nicht, sich auch nur umzudrehen, Sie ... Sie Stück Scheiße.«

Jules ging. Er sagte noch etwas, aber Rainbird konnte ihn nicht verstehen.

»Verschwinden Sie!«, schrie Charlie.

Den Rücken Rainbird zugewandt, stand sie im Eingang, eine schmale Silhouette in der fahlen Nachmittagssonne. Wieder überkam ihn ein Gefühl der Zuneigung. Dies war also der Ort ihrer Verabredung.

»Charlie«, rief er leise von oben.

Sie erstarrte und trat einen Schritt zurück. Sie drehte sich nicht um, aber er spürte deutlich, wie beim Klang seiner Stimme die Wut in ihr aufstieg, wenn es auch nur daran zu erkennen war, dass sie ganz langsam die Schultern hob.

»Charlie«, rief er noch einmal. »Heh, Charlie.«

»Sie!«, flüsterte sie. Er hörte es kaum. Irgendwo unter ihm schnaubte leise ein Pferd.

»Ja, ich bin es«, bestätigte er. »Ich war es die ganze Zeit.«

Jetzt drehte sie sich doch um und schaute den langen Gang hinunter. Rainbird beobachtete sie dabei, aber sie sah ihn nicht; er hockte hinter einem Stapel Heuballen und war in der Dunkelheit, die auf dem Boden herrschte, nicht zu erkennen.

»Wo sind Sie?«, rief sie heiser. »Sie haben mich betrogen! Sie waren es! Mein Daddy sagt, dass Sie es waren, damals bei Großvaters Haus!« Instinktiv griff sie sich an den Hals, wo er sie mit dem Pfeil getroffen hatte. *»Wo sind Sie?«*

Das möchtest du wohl gern wissen, Charlie.

Ein Pferd wieherte; diesmal war es kein Laut der Zufriedenheit, es war ein Laut plötzlicher, tiefer Angst. Der Schrei wurde von einem anderen Pferd aufgenommen. Es gab ein dumpfes Krachen, als einer der Vollblüter gegen die verriegelte Tür seiner Box trat.

»Wo *sind Sie?«*, schrie sie wieder, und Rainbird merkte, dass die Temperatur plötzlich anstieg. Direkt unter ihm wieherte eines der Pferde – vielleicht Necromancer – laut, und es hörte sich an, als ob eine Frau schrie.

9

Kurz und schrill ertönte der Summer, und Cap Hollister betrat Andys Quartier unter dem Nordgebäude. Er war nicht mehr der Mann, der er noch vor einem Jahr gewesen war. Jener Mann war zwar schon älter, aber zäh, gesund und scharfsinnig gewesen; jener Mann hatte ein Gesicht gehabt, das man bei einem Mann vermutet hätte, der im November bei der Entenjagd plötzlich aus dem Schilf auftaucht, die Schrotflinte lässig in der Hand. Dieser Mann aber bewegte sich wie abwesend und mit schlurfenden Schritten. Sein Haar, vor einem Jahr noch stahlgrau, war jetzt fast weiß und schütter wie das eines Babys. Sein Mund zuckte unkontrolliert. Aber die größte Veränderung war an seinen Augen festzustellen, die verwirrt und irgendwie kindisch blickten. Dieser Ausdruck wurde gelegentlich durch misstrauische und ängstliche Seitenblicke abgelöst, durch die er fast kriecherisch wirkte. Er ließ die Hände herabhängen und bewegte fahrig und sinnlos die Finger. Das Echo hatte sich gewaltig verstärkt und raste mit irrsinniger, tödlicher Geschwindigkeit durch sein Gehirn.

Andy stand auf. Er war genauso gekleidet wie an dem Tag, als er mit Charlie die Third Avenue entlanghastete, während die Limousine der Firma ihnen hart auf den Fersen war. Der Saum der Kordjacke war an der Schulter gerissen, und die Hose war abgewetzt und glänzte hinten.

Das lange Warten hatte ihm gut getan. Er fühlte, dass es ihm gelungen war, zur Ruhe zu kommen. Das Verständnis für diese Dinge fehlte ihm zwar immer noch, und er würde es auch dann nicht haben, wenn es ihm und Charlie trotz der ungeheuren Schwierigkeiten gelang, zu fliehen, um irgendwo weiterzuleben. Er konnte an seinem Charakter keinen Fehler entdecken, den er dafür verantwortlich machen konnte, dass er in dieses Durcheinander hineingeraten war, keine Sünde des Vaters, für die die Tochter büßen muss. Es war kein Unrecht, dringend zweihundert Dollar zu brauchen oder an einem kontrollierten Experiment teilzunehmen, und es war auch kein Unrecht, wenn man frei sein wollte. *Wenn ich hier rauskomme,* dachte er, *werde ich den Leuten Folgendes sagen: lehrt eure Kinder, lehrt eure Babys, und lehrt es sie gründlich: sie sagen zwar immer, dass sie wissen, was sie tun, und manchmal stimmt es, aber meistens lügen sie.*

Aber zunächst musste er sich mit den Gegebenheiten abfinden. So oder so, auf jeden Fall würden sie den Laden hier ganz schön durcheinander wirbeln. Aber das konnte ihn nicht dazu bringen, für die Leute, die ihnen das alles angetan hatten, Verständnis zu haben oder ihnen gar zu verzeihen. Wenn er mit sich selbst ins Reine gekommen war, hatte er dadurch seinen Hass auf die gesichtslosen bürokratischen Kretins, die dies alles im Namen der nationalen Sicherheit, oder wie sie es sonst nennen mochten, getan hatten, lediglich eingedämmt. Allerdings waren sie jetzt nicht mehr gesichtslos: Einer von ihnen stand vor ihm. Lächelnd, zuckend und mit leerem Blick. Aber Andy hatte mit Cap und seinem elenden Zustand nicht das geringste Mitgefühl.

Selbst schuld, alter Junge.

»Hallo, Andy«, sagte Cap. »Sind Sie fertig?«

»Ja«, sagte Andy. »Würden Sie bitte einen meiner Koffer tragen?«

Die Leere in Caps Augen verschwand, und er sah Andy mit einem jener listigen Blicke an, die man in letzter Zeit manchmal an ihm bemerken konnte. »Haben Sie sie durchsucht?«, bellte er. »Auf Schlangen untersucht?«

Andy stieß zu – nur ganz leicht. Er wollte so viel Kraft wie möglich für den Notfall aufsparen. »Nehmen Sie ihn auf«, sagte er und deutete auf einen der beiden Koffer.

Cap ging hin und hob den Koffer auf. Andy griff sich den anderen.

»Wo steht Ihr Wagen?«

»Gleich draußen vor der Tür«, sagte Cap. »Man hat ihn hergebracht.«

»Wird irgendjemand uns überprüfen?« Was er meinte, war: *Wird jemand versuchen, uns aufzuhalten?*

»Warum sollten sie?«, fragte Cap ehrlich überrascht. »Ich bin der Boss.«

Damit musste Andy sich zufrieden geben. »Wir gehen jetzt«, sagte er, »und das Gepäck kommt in den Kofferraum –«

»Der Kofferraum ist okay«, unterbrach ihn Cap. »Ich habe ihn heute Morgen untersucht.«

»– und dann fahren wir zu den Ställen und holen meine Tochter. Noch Fragen?«

»Nein«, sagte Cap.

»Gut. Gehen wir.«

Sie verließen die Wohnung und gingen zum Fahrstuhl. In der Halle begegneten ihnen einige Leute, die ihrer jeweiligen Beschäftigung nachgingen. Sie sahen Cap verstohlen an und schauten dann wieder weg. Mit dem Fahrstuhl fuhren sie zum Tanzsaal hoch, und Cap ging ihm voraus durch die breite Eingangshalle.

Josie, die Rothaarige, die an dem Tag Dienst gehabt hatte, als Cap Al Steinowitz nach Hastings Glen schickte, hatte längst etwas Besseres zu tun. Jetzt saß hier ein junger Mann, der vorzeitig eine Glatze bekam, und brütete über einem Computer-Programm. In der einen Hand hielt er einen gelben Filzstift. Als sie sich ihm näherten, schaute er auf.

»Hallo, Richard«, sagte Cap. »Machen Sie die Unterlagen fertig?«

Richard lachte. »Ich würde eher sagen, sie machen mich fertig.« Er sah Andy neugierig an. Gleichgültig gab Andy den Blick zurück.

Cap schob seinen Daumen in einen Schlitz, und man hörte ein Rasseln. Auf Richards Konsole leuchtete grünes Licht auf.

»Wohin?«, fragte Richard. Er vertauschte den Filzstift mit einem Kugelschreiber und hielt ihn erwartungsvoll hoch. Vor ihm lag ein kleines Meldebuch.

»Zu den Ställen«, sagte Cap rasch. »Wir holen Andys Tochter ab, und dann wollen die beiden fliehen.«

»Andrews Air Force Base«, konterte Andy und stieß zu. Wie ein stumpfes Hackmesser fuhr ihm der Schmerz ins Gehirn.

»Andrews Air Force Base«, wiederholte Richard und schrieb es samt Uhrzeit in sein Buch. »Ich wünsche Ihnen einen schönen Tag.«

Sie traten in den kühlen, sonnigen Oktobertag hinaus. Caps Vega parkte auf dem weißen Kies der halbkreisförmigen Anfahrt. »Geben Sie mir Ihre Schlüssel«, sagte Andy. Cap reichte sie ihm. Andy öffnete den Kofferraum, und sie verstauten das Gepäck. Andy schlug die Klappe wieder zu und gab die Schlüssel zurück. »Fahren Sie.«

In einer Schleife fuhr Cap um den Ententeich herum zu den Ställen. Während der Fahrt beobachtete Andy einen Mann in einer Baseballjacke, der zu dem Gebäude hinüberrannte, das sie gerade verlassen hatten, und ihn beschlich Unbehagen. Cap hielt vor der geöffneten Stalltür.

Er griff nach den Schlüsseln, und Andy schlug ihm leicht auf die Hand. »Nein. Lassen Sie den Motor laufen. Kommen Sie.« Er stieg aus. In seinem Kopf klopfte es. Rhythmisch pulsierte der Schmerz in seinem Gehirn, aber es war auszuhalten. Noch.

Auch Cap stieg aus und blieb unentschlossen stehen. »Ich gehe dort nicht hinein«, sagte er. Wild schossen seine Blicke hin und her. »Zu dunkel. Sie lieben Dunkelheit. Sie verstecken sich. Sie beißen.«

»Da sind keine Schlangen«, sagte Andy und stieß leicht zu. Es reichte, Cap in Marsch zu setzen, aber er wirkte nicht sehr überzeugt.

Sie gingen in den Stall.

Einen entsetzlichen Augenblick lang fürchtete Andy, dass sie nicht hier war. Bei dem plötzlichen Übergang vom Licht zur Dunkelheit des Stalles konnte er kaum etwas erkennen. Im Innern war es heiß und stickig, und irgendetwas hatte die Pferde beunruhigt. Sie wieherten und traten unruhig gegen ihre Boxen. Andy sah nichts.

»Charlie?«, rief er drängend und mit rauer Stimme. *»Charlie?«*

»Daddy!«, hörte er sie rufen, und ein Glücksgefühl durchströmte ihn – ein Glücksgefühl, das sich in Entsetzen verwandelte, als er die schrille Angst in ihrer Stimme erkannte. »Daddy, komm nicht rein! Daddy, komm nicht –«

»Dafür ist es wohl ein wenig zu spät«, sagte eine Stimme irgendwo über ihnen.

10

Charlie«, sagte die Stimme jetzt leise. Sie kam von oben, aber woher genau? Sie schien von überall zu kommen.

Wut hatte sie gepackt – eine Wut, die dadurch angeheizt wurde, dass alles so grauenhaft unfair war, dass es nie endete, dass immer wieder einer von ihnen auftauchte, um jeden Fluchtweg zu versperren. Und gleichzeitig spürte sie, dass *es* wieder aus ihr herausbrechen wollte. Es schien in letzter Zeit viel dichter unter der Oberfläche zu liegen ... und war nur noch schwer zu beherrschen. Wie bei dem Mann, der sie hergebracht hatte. Als er seinen Revolver zog, hatte sie ihn einfach heiß gemacht, damit er ihn fallen ließ. Er konnte von Glück sagen, dass die Patronen nicht explodiert waren.

Sie spürte schon, wie sich die Hitze in ihr staute und, da sich jetzt diese unheimliche Batterie, oder was immer es war, einschaltete, nach außen abstrahlte. Forschend blickte sie zum Boden hinauf, aber sie konnte ihn nicht entdecken. Dort lagen zu viele Heuballen, und es gab zu viel Schatten.

»Sei vernünftig, Charlie.« Seine Stimme war jetzt ein wenig lauter; aber immer noch ruhig. Sie durchschnitt den Nebel ihrer Wut und ihrer Verwirrung.

»Sie sollten runterkommen!«, rief Charlie laut. Sie zitterte. »Sie sollten runterkommen, bevor ich auf den Gedanken komme, alles anzuzünden! Ich könnte es!«

»Ich weiß, dass du es könntest«, antwortete die leise Stimme. Sie schwebte aus dem Nirgendwo herab. Sie kam von überall.

»Aber wenn du es tust, wirst du eine Menge Pferde verbrennen, Charlie. Hörst du sie nicht?«

Sie hörte sie. Jetzt, da er sie darauf aufmerksam gemacht hatte, hörte sie sie. Sie waren fast verrückt vor Angst, wieherten und traten gegen das Holz ihrer Boxen. In einer dieser Boxen stand Necromancer.

Ihr stockte der Atem.

Wieder sah sie die Feuerschlange, die über den Hof der Mandersfarm züngelte und die Hühner in Flammen aufgehen ließ.

Sie wandte sich wieder dem Wassereimer zu und hatte jetzt schreckliche Angst. Ihre Kräfte waren im Begriff, ihre Fähigkeit, sie zu kontrollieren, zunichte zu machen, und im nächsten Augenblick

(Zurück!)

würden sie zum Ausbruch kommen

(ZURÜCK!)

und unaufhaltsam ihren Lauf nehmen.

(ZURÜCK, ZURÜCK, HÖRT IHR MICH, ZURÜCK!!)

Diesmal dampfte der halb volle Eimer nicht nur; der Inhalt fing an, wild zu brodeln. Wenig später verbog sich der Wasserhahn über den Eimer, drehte sich wie ein Propeller und riss von der Leitung ab, die aus der Wand ragte. Wie eine Rakete schoss er durch den ganzen Gang und prallte hart von der hinteren Wand ab. Wasser sprudelte aus der Leitung. Kaltes Wasser; sie *spürte* seine Kälte. Aber kaum hatte es das Rohr verlassen, als es auch schon verdampfte. Dunstiger Nebel hing im Gang zwischen den Boxen. Ein aufgerollter grüner Plastikschlauch, der neben der Wasserleitung an einem Pflock hing, war geschmolzen.

(ZURÜCK!)

Sie bekam es wieder unter Kontrolle, und der Ausbruch schwächte sich ab. Vor einem Jahr wäre sie dazu nicht imstande gewesen; unaufhaltsam hätte es seinen Weg der Zerstörung vollendet. Jetzt aber beherrschte sie es besser ... aber ach, es gab noch so viel anderes, das man unter Kontrolle bringen musste.

Sie stand zitternd da. »Was wollen Sie noch mehr?«, fragte sie leise. »Warum lassen Sie uns nicht einfach gehen?«

Hell und verängstigt wieherte ein Pferd. Charlie wusste genau, was das Tier empfand.

»Niemand denkt auch nur im Traum dran, dich einfach gehen zu lassen«, antwortete Rainbirds ruhige Stimme. »Nicht einmal dein Vater glaubt das. Du bist gefährlich, Charlie, und du weißt es. Wir könnten dich gehen lassen, und die Nächsten, die dich erwischen, könnten Russen sein oder Nordkoreaner, vielleicht sogar die heidnischen Chinesen. Du denkst vielleicht, ich mache Spaß, aber das ist nicht der Fall.«

»Es ist doch nicht meine Schuld!«, schrie sie.

»Nein«, sagte Rainbird nachdenklich. »Natürlich nicht. Es ist sowieso alles Scheiße. Über den Z-Faktor habe ich mir noch nie Gedanken gemacht, Charlie. Ich mache mir nur um dich Sorgen.«

»Oh, Sie Lügner!«, kreischte Charlie gellend. »Sie haben mich betrogen. Sich für etwas ausgegeben, das Sie nicht sind –«

Sie verstummte. Gewandt kletterte Rainbird über einen Stapel Heuballen hinweg, setzte sich oben auf die Kante und ließ die Füße baumeln. Die Pistole lag auf seinem Schoß. Wie ein geborstener Mond hing sein Gesicht über ihr.

»Dich belogen? Nein. Ich habe nur die Wahrheit durcheinander gebracht, Charlie, mehr habe ich nie getan. Und ich tat es, um dich am Leben zu halten.«

»Dreckiger Lügner«, flüsterte sie und stellte voll Entsetzen fest, dass sie ihm nur zu *gern* geglaubt hätte; sie spürte schon die Tränen hinter den Lidern. Sie war so müde, und sie wollte ihm glauben. Sie wollte glauben, dass er sie gemocht hatte.

»Es ging überhaupt nicht um irgendwelche Tests«, sagte Rainbird. »Auch bei deinem Vater nicht. Aber was sollten die Leute tun? Sollten sie sagen ›Oh, es tut uns Leid, wir haben einen Fehler gemacht‹ und euch wieder auf die Straße schicken? Du hast diese Kerle doch arbeiten sehen, Charlie. Du hast gesehen, wie sie in Hastings Glen auf Manders geschossen haben. Sie haben deiner eigenen Mutter die Fingernägel rausgerissen und sie dann getö...«

»Hören Sie auf!«, schrie sie gequält, und wieder regten sich ihre Kräfte unruhig und ganz dicht unter der Oberfläche.

»Nein, ich höre nicht auf«, sagte er. »Es ist Zeit, dass du die Wahrheit erfährst, Charlie. Ich selbst habe dich auf Trab gebracht. Durch mich bist du für sie erst wichtig geworden. Du denkst, ich habe es getan, weil es mein Job ist? Beim Teufel, nein. Das sind Arschlöcher. Cap, Hockstetter, Pynchot, dieser Jules, der dich hergebracht hat – sie sind alle Arschlöcher.«

Sie starrte zu ihm hinauf, als sei sie von dem über ihr schwebenden Gesicht hypnotisiert.

Er trug keine Augenklappe, und die Stelle, an der sein Auge gewesen war, sah aus wie ein schrecklicher zerfurchter Abgrund, wie eine grauenhafte Erinnerung.

»Darüber habe ich dich nicht belogen«, sagte er und fasste sich ans Gesicht. Leicht, fast zärtlich glitten seine Finger über die tiefen Narben am Kinn, die zerfetzte Wange und die ausgebrannte Augenhöhle. »Ich habe die Wahrheit durcheinander gebracht, ja. Es hat kein Rattenloch in Hanoi gegeben und keine Vietkong. Meine eigenen Leute haben es getan. Weil sie genau solche Arschlöcher waren wie diese Kerle.«

Charlie verstand nicht, wusste nicht, was er meinte. Sie war ganz verwirrt. Wusste er denn nicht, dass sie ihn, wie er dort saß, rösten konnte?

»Nichts von alledem spielt eine Rolle«, sagte er. »Nur du und ich. Wir müssen miteinander ins Reine kommen. Mehr will ich nicht. Nur mit dir ins Reine kommen.«

Und sie spürte, dass er die Wahrheit sagte – aber auch, dass sich hinter seinen Worten eine dunklere Wahrheit verbarg. Er verschwieg ihr etwas.

»Komm rauf«, sagte er. »Wir wollen darüber reden.«

Ja, es war wie Hypnose. Und in gewisser Hinsicht war es wie Telepathie. Denn, obwohl sie die Natur dieser dunklen Wahrheit erkannte, bewegten sich ihre Füße auf die Leiter zu. Er wollte mit ihr über nichts reden. Er wollte etwas beenden. Den Zweifel, das Elend und die Angst beenden ... die Versuchung beenden, immer größere Feuer zu machen, bis es eines Tages entsetzlich endete. Auf seine verdrehte und verrückte Art sagte er, dass er ihr in einer Weise Freund sein wolle, wie es sonst niemand sein könne.

Und ... ja, etwas in ihr wollte das. Etwas in ihr wollte ein Ende, eine Befreiung.

Sie bewegte sich auf die Leiter zu, und ihre Hände lagen schon an den Sprossen, als ihr Vater hereinstürzte.

11

»Charlie?«, rief er, und der Bann war gebrochen.

Sie nahm die Hände von den Sprossen, und ihr kam eine schreckliche Erkenntnis. Sie drehte sich zur Tür um und sah ihn dort stehen. Ihr erster Gedanke

(Daddy, bist du dick geworden!)

war so schnell wieder weg, dass sie ihn kaum registrierte. Dick oder nicht dick, sie hätte ihn überall wieder erkannt, und ihre ganze Liebe zu ihrem Daddy stieg wieder in ihr auf und raffte Rainbirds Einfluss hinweg wie Nebel. Und sie begriff: was immer Rainbird für sie bedeuten mochte, für ihren Vater bedeutete er den Tod.

»Daddy!«, schrie sie. »Komm nicht rein!«

Rainbird runzelte irritiert die Stirn. Er hatte die Pistole nicht mehr auf dem Schoß liegen; sie war direkt auf die Silhouette im Eingang gerichtet.

»Dafür ist es wohl ein wenig zu spät«, sagte er.

Neben Daddy stand ein Mann. Sie hielt ihn für den Mann, der sich Cap genannt hatte. Er stand nur da und ließ die Schultern hängen, als ob sie gebrochen seien.

»Kommen Sie herein«, sagte Rainbird, und Andy kam. »Bleiben Sie jetzt stehen.«

Andy blieb stehen. Cap folgte ihm in ein oder zwei Schritten Abstand, als sei er an ihn gefesselt. In der Dunkelheit des Stalls huschten seine Blicke unruhig hin und her.

»Ich weiß, dass du es könntest«, sagte Rainbird. »Ihr könntet es gemeinsam tun. Aber, Mr McGee ... Andy? Darf ich Sie Andy nennen?«

»Sie können mich nennen, wie Sie wollen«, sagte ihr Vater. Seine Stimme zeigte keine Erregung.

»Andy, wenn Sie versuchen sollten, Ihre Fähigkeiten gegen mich einzusetzen, werde ich versuchen, lange genug zu widerstehen, um noch Ihre Tochter zu erschießen. Und natürlich, Charlie, wenn du versuchst, deine Fähigkeiten gegen mich einzusetzen ... wer weiß, was dann geschieht?«

Charlie rannte zu ihrem Vater. Sie presste ihr Gesicht gegen den rauen Stoff seiner Kordjacke.

»Daddy, Daddy«, flüsterte sie heiser.

»Hallo, Kleines«, sagte er und strich ihr übers Haar. Er nahm sie in den Arm und schaute dann zu Rainbird hinauf. Der saß auf dem Heuboden wie ein Seemann auf dem Mast und war der Inbegriff des einäugigen Piraten, von dem Andy geträumt hatte. »Und was soll jetzt geschehen?«, fragte er Rainbird. Ihm war klar, dass Rainbird sie wahrscheinlich hier festhalten konnte, bis der Bursche, den er über den Rasen hatte laufen sehen, Hilfe geholt hatte, aber irgendwie hatte er das Gefühl, dass Rainbird etwas ganz anderes wollte.

Rainbird ignorierte seine Frage. »Charlie?«, sagte er.

Charlie zuckte in den Armen ihres Vaters zusammen, aber sie drehte sich nicht um.

»Charlie«, sagte er wieder leise und eindringlich. »Sieh mich an, Charlie.«

Langsam und widerwillig drehte sie sich um und schaute zu ihm hoch.

»Komm rauf«, sagte er, »wie du es vorhin schon wolltest. Nichts hat sich geändert. Wir werden unsere Sache erledigen, und alles wird zu Ende sein.«

»Nein, das kann ich nicht zulassen«, sagte Andy fast liebenswürdig. »Wir gehen jetzt.«

»Komm rauf, Charlie«, sagte Rainbird, »oder ich schieße deinem Vater sofort eine Kugel durch den Kopf. Du kannst mich verbrennen, aber ich wette, dass ich vorher noch abdrücke.«

Charlie stöhnte wie ein verwundetes Tier.

»Bleib hier, Charlie«, sagte Andy.

»Ihm wird es gut gehen«, sagte Rainbird. Seine Stimme klang leise, sachlich und überzeugend. »Sie werden ihn nach Hawaii schicken, und dort wird es ihm gut gehen. Du kannst wählen, Charlie. Für ihn gibt es eine Kugel in den Kopf oder den goldenen Sand am Strand von Kalami. Was von beiden soll es sein? Du hast die Wahl.«

Ihre blauen Augen fest auf Rainbirds verwüstetes Gesicht gerichtet, entfernte sie sich zitternd einen Schritt von ihrem Vater.

»Charlie!«, sagte Andy scharf. »Nein!«

»Es wird vorbei sein«, sagte Rainbird. Der Lauf der Pistole bewegte sich nicht; er blieb auf Andys Kopf gerichtet. »Und das willst du doch eigentlich, nicht wahr? Ich werde es ganz sanft und sauber erledigen. Du kannst mir vertrauen, Charlie. Tu es für deinen Vater und tu es für dich selbst. Vertraue mir.«

Sie tat noch einen Schritt. Und noch einen.

»Nein«, sagte Andy. »Hör nicht auf ihn, Charlie.«

Aber es war, als hätte er ihr einen Grund gegeben zu gehen. Wieder trat sie an die Leiter. Sie legte die Hände an die Sprosse direkt über ihrem Kopf und verharrte so. Sie schaute zu Rainbird hinauf, und ihre Blicke trafen sich.

»Versprechen Sie mir, dass es ihm gut gehen wird?«

»Ja«, sagte Rainbird, aber plötzlich empfand Andy die ganze Ungeheuerlichkeit dieser Lüge ... all seiner Lügen.

Ich muss sie beeinflussen, dachte er in sprachlosem Erstaunen. *Nicht ihn, sondern sie.*

Er konzentrierte sich darauf. Sie stand schon auf der ersten Sprosse, und ihre Hand griff über ihrem Kopf nach der nächsten.

In diesem Augenblick geschah es, dass Cap – keiner hatte mehr an ihn gedacht – anfing, laut zu schreien.

12

Als Don Jules das Gebäude erreicht hatte, das Cap und Andy erst vor ein paar Minuten verlassen hatten, sah er so wild aus, dass Richard, der immer noch den Eingang bewachte, sofort zu seiner Waffe in der Schublade griff.

»Was –«, fing er an.

»Alarm, sofort Alarm auslösen!«, brüllte Jules.

»Haben Sie Vollma...«

»Ich habe jede Vollmacht, die ich brauche, Sie verdammter Dummkopf! Das Mädchen! Das Mädchen will abhauen!«

An Richards Konsole befanden sich zwei Wählscheiben für Zahlenkombinationen. Nervös warf er den Kugelschreiber hin und drehte die linke Scheibe auf etwas weiter als sieben. Jules trat hinter den Tisch und stellte die rechte Scheibe auf etwas weiter als eins. Wenig später ertönte ein tiefes Summen aus der Konsole, und das gleiche Geräusch ertönte überall auf dem Gelände der Firma.

Die Gärtner stellten ihre Rasenmäher ab und rannten zu den Schuppen, in denen die Gewehre aufbewahrt wurden. Die Türen zu den Räumen, in denen die empfindlichen Computerterminals standen, schlossen und verriegelten sich automatisch. Caps Sekretärin Gloria nahm ihre Waffe aus der Schublade. Alle verfügbaren Agenten der Firma rannten zu den Lautsprechern, um weitere Instruktionen abzuwarten, und knöpften sich dabei die Jacken auf, um leichteren Zugang zu ihren Waffen zu haben. Die elektrische Ladung des äußeren Zaunes, die während des Tages beim Anfassen nur kitzelte, wurde auf eine tödliche Voltzahl hochgefahren. Die Dobermänner zwischen den Zäunen witterten die Veränderung, als die Firma sich für den Ernstfall rüstete, und bellten laut und sprangen hysterisch hin und her. Auch die Tore zur Außenwelt schlossen und verriegelten sich automatisch. Einem Bäckereifahrzeug, das die Verpflegungsstelle beliefert hatte, wurde durch ein sich schließendes Schiebetor die hintere Stoßstange abgerissen, und der Fahrer hatte Glück, dass er keinen tödlichen Stromschlag bekam.

Das Summen schien kein Ende zu nehmen.

Jules riss das Mikrofon von Richards Konsole und sagte: »Alarmstufe Hellgelb. Ich wiederhole, Alarmstufe Hellgelb. Dies ist keine Übung. Ställe von allen Seiten sichern. Äußerste Vorsicht.« Er versuchte, sich an den Code zu erinnern, den man Charlie zugewiesen hatte, aber er fiel ihm nicht ein. Der verdammte Code wurde anscheinend jeden Tag geändert. »Es geht um das Mädchen. Sie wird wieder aktiv! Ich wiederhole, sie wird wieder aktiv.«

13

Orv Jamieson stand unter dem Lautsprecher im Aufenthaltsraum im dritten Stock des Nordgebäudes und hielt seinen Revolver in der Hand. Als er Jules' Durchsage hörte, setzte er sich hin und steckte die Waffe wieder ein.

»Hmmm«, murmelte er vor sich hin, als die drei anderen, mit denen er Pool gespielt hatte, rausgerannt waren. »Ohne mich. Auf mich könnt ihr nicht rechnen.« Sollten die anderen ruhig hinrennen wie Hunde auf einer heißen Fährte, wenn sie Lust hatten. Sie waren nicht auf der Mandersfarm gewesen. Sie hatten die Kleine noch nicht in Aktion gesehen.

Mehr als alles andere wünschte sich OJ zu diesem Zeitpunkt ein tiefes Loch, um hineinzukriechen und es über sich zuzuschütten.

14

Cap Hollister hatte von der Unterhaltung zwischen Charlie, ihrem Vater und Rainbird kaum etwas mitbekommen. Er befand sich in der Schwebe; die alten Befehle waren ausgeführt, neue noch nicht erteilt. Die Unterhaltung lief an ihm vorbei, und er hatte Zeit, an Golf und Schlangen zu denken, an neun Löcher und eine Boa Constrictor, an Golfschläger für kürzere Schläge und solche mit geneigter Schlagfläche, an Klapperschlangen und Pythons, die so groß waren, dass sie eine Ziege in einem Stück verschlingen konnten. Dieser Ort gefiel ihm überhaupt nicht. Hier lag zu viel loses Heu herum, und das erinnerte ihn an den Geruch des unebenen, mit hohem Gras bewachsenen Geländes auf einem Golfplatz. Als Cap erst drei Jahre alt war, hatte er erlebt, wie sein Bruder im Heu von einer Schlange gebissen wurde. Es war keine sehr gefährliche Schlange gewesen, aber sein Bruder hatte ganz fürchterlich geschrien, und der Geruch von Heu und Klee und Gras hatte in der Luft gehangen, und sein Bruder war zwar der stärkste und mutigste Junge der Welt, aber jetzt *schrie* er, der große, kräftige Leon Hollister *schrie.* »Hol *Daddy*!«, schrie er, und Tränen liefen ihm übers Gesicht, als er sich das anschwellende Bein hielt. Und als der dreijährige Cap Hollister tun wollte, was sein Bruder sagte, und dabei vor Angst schluchzte, war es über seinen *Fuß* gekrochen, über seinen eigenen *Fuß*, wie giftiges grünes Wasser – und später hatte der Doktor gesagt, dass der Biss nicht gefährlich sei, dass die Schlange vorher etwas anderes gebissen und ihre Giftdrüse entleert haben müsse, aber Lennie glaubte, sterben zu müssen, und überall hatte der Sommergeruch von Gras gelegen, und die Grashüpfer hüpften und zirpten; angenehme Gerüche und angenehme Geräusche, Golfplatzgerüche und Golfplatzgeräusche, dazu das Geschrei seines Bruders, und die Schlange hatte sich trocken und schuppig angefühlt, und er hatte ihren flachen dreieckigen Kopf gesehen und ihre schwarzen Augen ... und die Schlange war auf dem Weg ins hohe Gras über seinen Fuß geglitten ... zurück ins unebene Gelände könnte man sagen ... und es war der gleiche Geruch gewesen wie jetzt hier im Stall ... und ihm gefiel dieser Ort nicht.

Golf und Nattern und Schläger und Mokassinschlangen –

Immer schneller schoss das Echo in seinem Kopf hin und her, und geistesabwesend starrte Cap in das Dunkel des Stalles, während Rainbird sich mit den McGees auseinander setzte. Endlich blieb sein Blick an dem teilweise geschmolzenen grünen Plastikschlauch neben der geborstenen Wasserleitung hängen. Vom Pflock gehalten, war der Schlauch immer noch aufgerollt und in den sich zerteilenden Dampfschwaden nur undeutlich zu erkennen.

Entsetzen stieg in ihm auf, so explosiv wie Flammen, die sich in einen Haufen dürres Reisig fressen. Einen Augenblick war sein Entsetzen so groß, dass er kaum atmen, geschweige denn einen Warnruf ausstoßen konnte. Seine Muskeln waren wie erstarrt.

Dann entkrampften sie sich. Cap sog tief die Luft ein und stieß sie in einem ohrenbetäubenden Schrei wieder aus. *»Eine Schlange! SCHLANGE! SCHLAAANGE!«*

Er rannte nicht weg. Obwohl geschwächt, war Cap Hollister nicht der Mann, der wegrannte. Er taumelte vorwärts wie ein defekter Roboter und ergriff einen Rechen, der an der Wand lehnte. Es war eine Schlange, und er würde sie totschlagen, sie vernichten, sie zermalmen. Er würde ... würde ...

Er würde Lennie retten!

Den Rechen schwingend, rannte er auf den teilweise geschmolzenen Schlauch zu.

Dann überstürzten sich die Ereignisse.

15

Die Agenten, die meisten mit Faustfeuerwaffen, und die Gärtner, die fast alle Gewehre hatten, bewegten sich von allen Seiten auf das niedrige L-förmige Stallgebäude zu, als das Geschrei anfing. Wenig später hörte man ein Geräusch wie von einem schweren Fall und eines, das man für einen erstickten Schmerzensschrei halten konnte. Eine Sekunde später ein dumpfer Knall, der nur von einer Waffe mit Schalldämpfer kommen konnte.

Die Männer, die den Kreis um das Stallgebäude gebildet hatten, blieben stehen und bewegten sich dann weiter nach innen.

16

Caps Aufschrei und sein plötzlicher Sprung Richtung Rechen störten Rainbird einen Augenblick in seiner Konzentration, aber dieser Augenblick genügte. Er riss die Pistole herum und zielte jetzt auf Cap; es war eine instinktive Bewegung, die rasche und hellwache Reaktion eines Tigers bei der Jagd im Dschungel. Und so kam es, dass seine feinen Instinkte ihm einen Streich spielten und dafür sorgten, dass er von dem schmalen Grat herunterstolperte, auf dem er so lange gewandert war.

Genauso rasch und genauso instinktiv stieß Andy zu. Als die Pistole herumfuhr und sich auf Cap richtete, rief er Rainbird zu: »Spring!«, und er stieß härter zu, als er es je in seinem Leben getan hatte. Wie ein zerplatzendes Schrapnell schoss ihm der Schmerz so heftig durch den Kopf, dass ihm übel wurde. Er spürte, dass etwas in ihm zerbrach. Endgültig und unwiderruflich.

Ausgebrannt, dachte er. Der Gedanke war verschwommen. Er taumelte zurück. Seine ganze linke Körperseite war gefühllos. Sein linkes Bein wollte ihn nicht mehr tragen.

(Jetzt ist es so weit, ich bin ausgebrannt, das verdammte Ding hat mich geschafft)

Rainbird stieß sich mit den Armen hart vom Heuboden ab. Sein Gesicht zeigte einen fast komischen Ausdruck der Überraschung. Er hielt die Waffe fest; selbst als er wuchtig auf den Boden aufschlug und mit einem gebrochenen Bein liegen blieb, hielt er die Waffe fest. Er schrie auf vor Schmerz und Verblüffung, aber er hielt die Waffe fest.

Cap hatte den grünen Schlauch erreicht und drosch wild mit dem Rechen auf ihn ein. Er bewegte die Lippen, aber kein Laut war zu hören – nur Speichel sprühte hervor.

Rainbird schaute auf. Das Haar hing ihm ins Gesicht. Er riss den Kopf zurück, um freie Sicht zu haben. Sein Auge funkelte. Seine Mundwinkel waren scharfe Striche. Er hob die Pistole und richtete sie auf Andy.

»Nein!«, kreischte Charlie. »Nein!«

Rainbird feuerte, und Rauch drang aus den Luftschlitzen des Schalldämpfers. Die Kugel fetzte neben Andys angelehntem Kopf helle, frische Splitter aus dem Holz. Rainbird stützte sich auf einen Arm und feuerte noch einmal. Andys Kopf fuhr ruckartig nach rechts, und aus seiner linken Halsseite floss Blut.

»Nein!«, schrie Charlie wieder und schlug die Hände vors Gesicht. *»Daddy! Daddyl«*

Rainbird zog die Hand unter seinem Körper hervor und riss sich dabei lange Splitter in die Handfläche.

»Charlie«, murmelte er. »Charlie, sieh mich an.«

17

Sie hatten jetzt das Gebäude umstellt und warteten unentschlossen. Sie wussten nicht recht, wie sie sich in dieser Situation verhalten sollten.

»Das Mädchen«, sagte Jules. »Wir erledigen sie –«

»Nein!«, schrie Charlie im Stall, als hätte sie gehört, was Jules plante. Dann: *»Daddy! Daddy!«*

Wieder gab es einen Knall, viel lauter als der erste, und ein greller Blitz flammte auf, sodass die Männer die Augen mit den Händen schützten. Aus den offenen Stalltüren schlug ihnen eine Hitzewelle entgegen, vor der sie zurücktaumelten.

Dann folgten Rauch und rote Feuersglut.

Irgendwo in der Hölle, die dort entstand, schrien Pferde.

18

Völlig aufgelöst rannte Charlie zu ihrem Vater, aber als Rainbird sprach, drehte sie sich zu ihm um. Er lag auf dem Bauch und versuchte mit beiden Händen, seine Waffe ruhig zu halten.

Es war unglaublich, aber er lächelte.

»Komm«, krächzte er. »Ich will deine Augen sehen. Ich liebe dich, Charlie.«

Und er drückte ab.

Wild und völlig außer Kontrolle brachen ihre Kräfte aus ihr heraus, bewegten sich auf Rainbird zu und ließen das Bleigeschoss verdampfen, das ihr sonst ins Gehirn gedrungen wäre. Einen Augenblick lang schien es, als kräuselte ein scharfer Wind Rainbirds Kleidung – und die von Cap, der weiter hinten stand – und als ob sonst nichts geschah. Aber es war nicht nur Kleidung, die sich kräuselte; es war das Fleisch selbst, das sich kräuselte, um dann wie Talg herabzufließen; und dann wurde es von den schon schwarz gesengten und brennenden Knochen gefegt. Lautlos flammte ein greller Lichtblitz auf, der sie blendete; sie sah es nicht, aber sie hörte, wie die Pferde in ihren Boxen vor Angst fast verrückt wurden ... und sie spürte den Rauchgeruch.

Die Pferde! Die Pferde! Dachte sie und versuchte, sich in der gleißenden Helle vor ihren Augen zurechtzufinden. Das war ihr Traum. Etwas anders, aber er war es. Und plötzlich sah sie sich wieder auf dem Flughafen von Albany, ein kleines Mädchen, fünf Zentimeter kleiner und zehn Pfund leichter und entsprechend unschuldiger, ein kleines Mädchen mit einer Einkaufstasche aus der Mülltonne, die von Telefonzelle zu Telefonzelle ging und jeden Apparat veranlasste, sein Silber auszuspucken ...

Fast blind versuchte sie, sich darüber klar zu werden, was sie tun musste.

Wie eine Welle fuhr es an den Türen der Boxen entlang, die den längeren Balken des L bildeten. Qualmend und durch die Hitze verbogen, lösten sich die Verriegelungen nacheinander und fielen auf den Stallboden.

Der rückwärtige Teil des Stalles hatte sich, nachdem die Kraft, wie aus einer psychischen Kanone abgefeuert, über Cap und Rainbird hinweggerast war, in ein Inferno von brennenden Balken und Brettern verwandelt. Brennendes, splitterndes Holz schoss in einem breiten Fächer fünfzig Meter weit nach draußen, und die Agenten der Firma, die dort standen, wurden niedergestreckt. Ein Mann namens Clayton Braddock wurde von einem heranwirbelnden Brett aus der Seitenwand der Scheune enthauptet. Der Mann neben ihm wurde von einem Balken, der wie ein verrückt gewordener Propeller durch die Luft sauste, in zwei Teile gerissen. Einem Dritten trennte ein brennendes Stück Holz ein Ohr ab, und er merkte es erst zehn Minuten später.

Die Gefechtslinie der Agenten löste sich auf. Wer nicht mehr rennen konnte, kroch davon. Nur ein Mann blieb auf seinem Posten, wenn auch nur kurz. Es war George Sedaka, der Mann, der in New Hampshire zusammen mit Orv Jamieson Andys Briefe geraubt hatte. Sedaka hatte auf dem Weg nach Panama City nur kurz auf dem Gelände der Firma Station gemacht. Der Mann, der links von Sedaka gestanden hatte, lag jetzt stöhnend im Gras. Der Mann rechts von Sedaka war der unglückliche Clayton Braddock gewesen.

Sedaka selbst war wie durch ein Wunder unverletzt geblieben. Keiner der brennenden Splitter hatte ihn getroffen. Ein scharfkantiger Packhaken hatte sich keine zehn Zentimeter neben seinen Füßen in die Erde gebohrt. Er war rot glühend, und ein Treffer wäre tödlich gewesen.

Der hintere Teil des Stalles sah aus, als hätte man dort ein halbes Dutzend Stangen Dynamit gezündet. Herabgestürzte, brennende Balken lagen um ein schwarzes Loch von etwa acht Metern Durchmesser herum. Ein großer Komposthaufen hatte Charlies explosiv hervorbrechende Energien zum großen Teil aufgefangen und brannte jetzt. Was hinten im Stall noch intakt war, fing ebenfalls an zu brennen.

Im Gebäude hörte Sedaka die Pferde wiehern und schreien. Er sah das gespenstische Orangerot der Flammen aufleuchten, als sie sich zu dem Boden mit dem vielen trockenen Heu emporfraßen. Es war, als ob man durch ein Tor direkt in die Hölle schaute.

Plötzlich beschloss Sedaka, dass er von alledem nichts mehr sehen wollte.

Es war ein wenig unangenehmer, als auf irgendwelchen Landstraßen unbewaffnete Postbeamte zu überfallen.

George Sedaka steckte seine Pistole ein und lief davon.

19

Sie konnte noch immer keinen klaren Gedanken fassen und konnte nicht begreifen, was geschehen war. *»Daddy«*, schrie sie. *»Daddy! Daddy!«*

Alles war auf gespenstische Weise verschwommen. Heißer, erstickender Rauch lag in der Luft, und überall zuckten rote Flammenblitze. Die Pferde traten immer noch gegen die Türen ihrer Boxen, und die Türen, die nicht mehr verriegelt waren, sprangen auf. Wenigstens einigen der Pferde war es gelungen, sich zu befreien.

Charlie sank auf die Knie und tastete sich zu ihrem Vater vor. Die Pferde rasten an ihr vorbei ins Freie, aber sie nahm sie nur als undeutliche Schemen wahr. Von oben stürzte ein brennender Sparren herab und entzündete das lose Heu in den Raufen. An der kurzen Seite des L explodierte mit dumpfem Knall ein Dreißiggallonenfass voll Traktorentreibstoff.

Nur um Zentimeter verfehlten die Hufe der flüchtenden Tiere Charlies Kopf, während sie wie blind dahinkroch. Dann streifte sie der Huf eines der Pferde, und sie taumelte zurück. Mit der einen Hand fühlte sie einen Schuh.

»Daddy?«, wimmerte sie. »Daddy?«

Er war tot. Sie war sicher, dass er tot war. Alles war tot; die Welt stand in Flammen; sie hatten ihre Mutter getötet, und jetzt hatten sie auch ihren Vater umgebracht.

Sie konnte wieder ein wenig sehen, aber alles war noch trübe. In Wellen ging die Hitze über sie hinweg. Sie tastete an seinem Bein entlang, berührte seinen Gürtel, und dann glitten ihre Finger über sein Hemd, bis sie einen feuchten, klebrigen Fleck erreichten, der sich ausbreitete. Entsetzt hielt sie inne. Sie wagte es nicht, ihre Finger weiterzubewegen.

»Daddy?«, flüsterte sie.

»Charlie?«

Es war nur ein leises, raues Krächzen ... aber er war es. Seine Hand fand ihr Gesicht, und kraftlos zog er sie an sich. »Komm her. Komm ... näher.«

Sie schob sich neben ihn, und jetzt tauchte sein Gesicht aus dem grauen Nebel auf. Die linke Seite war zu einer Fratze verzerrt; sein linkes Auge war stark blutunterlaufen, und das erinnerte sie an jenen Morgen in Hastings Glen, als sie im Motel aufwachten.

»Daddy, sieh dir dieses Elend an«, stöhnte Charlie und fing an zu weinen.

»Keine Zeit«, sagte er. »Hör zu. Hör zu, Charlie!«

Sie beugte sich über ihn, und ihre Tränen fielen auf seine Wangen.

»Das musste so kommen, Charlie ... du darfst meinetwegen nicht weinen. Aber –«

»Nein! Nein!«

»Charlie, halt den Mund!«, sagte er energisch. »Sie werden dich jetzt töten wollen. Hast du verstanden? Jetzt ... jetzt wird nicht mehr gespielt. Jetzt geht es nur noch mit harten Bandagen.« Nur schwer verständlich kamen die Worte aus seinem grausam verzerrten Mund. »Du darfst es nicht zulassen, Charlie. Und du darfst nicht zulassen, dass dies alles vertuscht wird. Sie dürfen nicht behaupten, dass es einfach nur ein Feuer war ...«

Er hatte den Kopf leicht gehoben und ließ ihn keuchend wieder zurücksinken. Von außen war durch das laute Prasseln des Feuers schwach das Echo von Schüssen zu hören ... und wieder das Geschrei von Pferden.

»Daddy, sprich nicht ... ruh dich aus ...«

»Nein. Keine Zeit.«

Mit Hilfe seines rechten Arms gelang es ihm, sich halb aufzurichten und sie anzusehen. Blut lief ihm aus beiden Mundwinkeln. »Du musst von hier verschwinden, wenn es nur irgendwie geht, Charlie.« Sie wischte ihm mit dem Ärmel das Blut ab. »Du musst verschwinden, wenn du es schaffst. Und wenn du die Leute umbringen musst, die sich dir in den Weg stellen, dann tu es. Dies ist Krieg, und sie sollen es erfahren.«

Die Stimme versagte ihm. »Lauf weg, wenn du kannst, Charlie. Tu es für mich. Hast du verstanden?«

Sie nickte.

Über ihnen, ein wenig weiter hinten, stürzte, wie ein gelbe und orangefarbene Funken sprühendes Feuerrad, ein weiterer Sparren aus dem Dach. Die Hitze traf sie jetzt wie aus einem offenen Hochofen. Wie hungrige, beißende Insekten trafen Funken ihre Haut, um dann zu verlöschen.

»Sorg dafür« – er hustete dickes Blut und konnte kaum noch sprechen. »Sorg dafür, dass sie so etwas nie wieder tun können. Lass es verbrennen, Charlie. *Brenn alles nieder.*«

»Daddy –«

»Geh jetzt. Bevor alles zusammenstürzt.«

»Ich kann dich hier nicht allein zurücklassen«, sagte sie hilflos und mit zitternder Stimme.

Er lächelte und zog sie noch näher an sich, als ob er ihr etwas ins Ohr flüstern wollte. Aber stattdessen küsste er sie.

»– hab dich lieb, Ch...«, sagte er und starb.

20

Durch seinen eigenen Fehler war Jules die Leitung des ganzen Unternehmens zugefallen. Er wartete, nachdem das Feuer ausgebrochen war, so lange er konnte, denn er war überzeugt, dass das Mädchen ihnen ins Schussfeld laufen würde. Als das nicht geschah – und als die Männer vor den Stallungen erkannten, was ihren Kollegen hinter dem Gebäude zugestoßen war –, sah er ein, dass er nicht länger warten konnte, wenn er die Kontrolle über die Männer nicht verlieren wollte. Er begann vorzurücken, und die anderen folgten ihm ... aber ihre Gesichter waren straff und angespannt. Sie sahen nicht mehr so aus, als handle es sich nur um eine Fasanenjagd.

Dann bewegten sich Schatten innerhalb der geöffneten Doppeltür. Sie kam heraus. Die Waffen fuhren hoch, und zwei Männer feuerten, bevor überhaupt etwas herauskam. Dann –

Aber es war nicht das Mädchen; es waren die Pferde, ein halbes Dutzend, acht, zehn, die Flanken schweißbedeckt und mit vor Angst verdrehten Augen, in denen man nur noch das Weiße sah.

Jules' Männer eröffneten das Feuer. Selbst diejenigen, die sich zurückgehalten hatten, weil sie sahen, dass nicht Menschen, sondern Pferde aus dem Stall kamen, waren nicht mehr zu bremsen, als ihre Kollegen angefangen hatten zu schießen. Es war ein Massaker. Zwei der Pferde knickten mit den Vorderbeinen ein, und eins davon wieherte jämmerlich. Blut floss im Licht der blassen Oktobersonne in das Gras.

»Halt!«, brüllte Jules. *»Halt, verdammt noch mal. Hört auf, die verdammten Pferde zu erschießen!«*

Genauso gut hätte er König Knut sein können, der den Wogen gebieten wollte. Die Männer – die Angst vor etwas hatten, was sie nicht sehen konnten, und von dem Dröhnen des Summers für Alarmstufe Hellgelb wie hypnotisiert waren, die schließlich auch noch hörten, wie das Fass mit dem Traktorentreibstoff brüllend detonierte – hatten endlich lebende Ziele, auf die sie schießen konnten ... und sie schossen.

Zwei Pferde lagen tot im Gras. Ein drittes lag halb auf dem Rasen, halb auf dem Kies der Auffahrt, und seine Flanken hoben und senkten sich in schnellem Rhythmus. Drei Tiere brachen in ihrer Angst nach links aus und rasten auf die vier oder fünf Männer zu, die dort verteilt lagen. Sie versuchten, den Tieren aus dem Weg zu laufen, während sie immer noch schossen, aber einer stolperte über seine eigenen Füße und schrie grauenhaft, als er zertrampelt wurde.

»Hört auf!«, kreischte Jules. *»Hört auf! Einstellen – Feuer einstellen! Verdammt noch mal, hört auf zu schießen, ihr Arschlöcher!«*

Aber das Massaker nahm seinen Fortgang. Mit seltsam leerem Gesichtsausdruck luden die Männer nach. Viele von ihnen waren wie Rainbird Veteranen des Vietnamkriegs, und ihre Gesichter zeigten den stumpfen, entsetzten Ausdruck von Männern, vor denen mit wahnsinniger Intensität ein alter Albtraum wieder lebendig wird. Einige hatten das Feuer eingestellt, aber sie waren in der Minderheit. Fünf Pferde lagen verwundet oder tot im Gras oder auf dem Kies. Ein paar andere waren davongaloppiert, und unter ihnen war Necromancer, der seinen Schweif wie ein Feldbanner flattern ließ.

»Das Mädchen!«, brüllte jemand und zeigte auf die Stalltür. *»Das Mädchen!«*

Es war zu spät. Das Abschlachten der Pferde war kaum zu Ende, und ihre Aufmerksamkeit war abgelenkt. Als sie endlich dorthin schauten, wo Charlie stand, den Kopf gesenkt, klein und Unheil drohend in ihrem Drellanzug und den blauen Kniestrümpfen, strahlten von ihr die Feuerstränge aus und bewegten sich auf die Männer zu wie die Fäden eines tödlichen Spinnennetzes.

21

Charlie war tief in ihre furchtbaren Kräfte eingetaucht und empfand das als Erleichterung.

Der Verlust ihres Vaters, der sie scharf und schneidend wie ein Dolchstoß getroffen hatte, trat zurück und war nur noch ein dumpfer Schmerz.

Wie immer fand sie Gefallen an ihrer Fähigkeit, wie an einem faszinierenden und schrecklichen Spielzeug, dessen ganze Möglichkeiten noch der Entdeckung harrten.

Die Feuerstränge rasten auf die schon gelichtete Formation der Männer zu.

Ihr habt die Pferde getötet, ihr Schweine, dachte sie, und wie ein Echo hallte die Stimme ihres Vaters in ihr nach: *Wenn du die Leute umbringen musst, die sich dir in den Weg stellen, dann tu es. Dies ist Krieg, und sie sollen es erfahren.*

Ja, beschloss sie, sie wollte ihnen zeigen, dass dies Krieg war.

Einige der Männer gaben auf und rannten. Mit einer leichten Kopfbewegung lenkte sie eine der Feuerschlangen nach rechts, und drei von ihnen waren in Flammen gehüllt. Ihre Kleidung bestand nur noch aus brennenden Fetzen. Sie stürzten zu Boden und wälzten sich schreiend im Gras.

Etwas pfiff an Charlies Kopf vorbei, und etwas anderes zog eine heiße Spur über ihr Handgelenk.

Es war Jules, der sich aus Richards Station ein neues Gewehr geholt hatte. Breitbeinig stand er da, die Waffe im Anschlag, und schoss auf sie.

Charlie stieß zu: sie konzentrierte ihre ganze Energie auf ihn, und es war wie ein Donnerschlag.

Urplötzlich und mit furchtbarer Gewalt wurde Jules zurückgeschleudert. Es war, als hätte ihn die Abrissbirne eines riesigen, unsichtbaren Krans mit ihrer ganzen Wucht getroffen. Er schoss fünfzehn Meter weit durch die Luft, kein Mensch mehr, sondern ein brodelnder Feuerball.

Dann stob alles auseinander und rannte. Sie rannten, wie sie auf der Mandersfarm gerannt waren.

Gut, dachte sie. *Gut für euch.*

Sie wollte keine Menschen töten. Das hatte sich seit früher nicht geändert. Was sich geändert hatte: heute war sie bereit zu töten, wenn es sein musste. Wenn man sich ihr in den Weg stellte.

Sie ging auf das am nächsten gelegene der beiden Gebäude zu, hinter dem eine Scheune stand. Es war ein Augenblick wie aus dem Bilderbuch. Jenseits der weiten Rasenfläche lag das zweite Gebäude.

Mit dem Knallen von Gewehrschüssen zerplatzten die Fensterscheiben. Das Efeuspalier, das sich an der Ostseite hochrankte, erzitterte und fing dann an mehreren Stellen an zu brennen. Die Farbe qualmte, warf Blasen und flammte auf. Wie Hände, die nach etwas griffen, erreichte das Feuer das Dach.

Eine der Türen flog auf, und das aufgeregte Heulen der Alarmsirene war zu hören. Zwei Dutzend Sekretärinnen, Techniker und Analytiker stürzten aus dem Haus. Sie rannten quer über den Rasen zum Zaun und machten vor der tödlichen Stromspannung des Zauns und den kläffenden Hunden Halt. Sie drängten sich wie verängstigte Schafe zusammen. Die Energie ging in ihre Richtung, aber Charlie lenkte sie ab und konzentrierte sie auf den Zaun selbst. Die hübschen rautenförmigen Kettenglieder tropften und weinten Tränen aus geschmolzenem Metall. Mit einem tiefen Dröhnen kündigte sich die Überlastung an, und mit lautem Knacken erfolgte in einem Segment nach dem andern der Kurzschluss. Grelle, purpurfarbene Funken sprangen auf. Kleine Feuerbälle tanzten oben auf dem Zaun, und die Isolatoren aus Porzellan zerplatzten wie Tontauben auf dem Schießstand.

Die Hunde waren wie toll. Mit gesträubtem Fell rasten sie wie Ungeheuer der Hölle auf und ab. Einer von ihnen sprang in den Funken sprühenden Hochspannungszaun und wurde als hilfloses Bündel in die Luft geschleudert. Verschmort und qualmend schlug er auf dem Boden auf, und wild und hysterisch fielen seine Artgenossen über ihn her.

Hinter dem Haus, in dem man Charlie und ihren Vater gefangen gehalten hatte, stand keine Scheune. Dort lag ein langes, niedriges, sorgfältig gepflegtes und ebenfalls rot und weiß gestrichenes Gebäude. Hier war die Fahrbereitschaft der Firma untergebracht. Jetzt flogen die breiten Türen auf, und ein gepanzerter Cadillac mit Regierungskennzeichen raste ins Freie. Das Schiebedach war geöffnet, und Kopf und Oberkörper eines Mannes schauten heraus. Er stützte sich mit den Ellenbogen vom Dach ab und feuerte mit einer leichten Maschinenpistole auf Charlie. Direkt vor ihr fetzten die Geschosse große Brocken aus dem Rasen.

Charlie drehte sich zu dem Wagen um und lenkte ihre Energien in seine Richtung. Ihre Kräfte wuchsen noch; sie verwandelten sich in etwas, das bei all seiner Wucht flexibel zu handhaben war, etwas, das sich in einer Art Kettenreaktion der freigesetzten Kräfte selbst zu erhalten schien. Der Benzintank der Limousine explodierte und zerriss das Heck des Fahrzeugs. Das Auspuffrohr schoss wie ein Pfeil in den Himmel. Aber noch bevor das geschah, waren Kopf und Oberkörper des Schützen zu Asche verbrannt, die Windschutzscheibe geborsten und die pannensicheren Spezialreifen wie Talg geschmolzen.

Durch seinen eigenen Flammenring rollte der Wagen weiter und geriet außer Kontrolle. Er verlor seine ursprüngliche Form und schmolz, sodass er wie ein Torpedo aussah. Dann rollte er zweimal über die Seite und wurde von einer weiteren Explosion geschüttelt.

Jetzt verließen die Sekretärinnen fluchtartig das andere Haus. Sie rannten wie Ameisen. Sie hätte das Feuer über sie hinwegjagen können – und etwas in ihr hatte großes Verlangen danach –, aber unter Aufbietung ihrer ganzen, schon schwindenden Willenskraft richtete sie ihre Energien gegen das Haus selbst, das Haus, in dem sie gegen ihren Willen festgehalten worden waren ... das Haus, in dem John seinen Verrat an ihr begangen hatte.

Sie stieß mit aller Gewalt zu. Einen Augenblick lang schien überhaupt nichts zu geschehen; ein leichtes Flimmern hing in der Luft, wie über einem Grill, unter dem die Kohlen kräftig angefacht wurden ... und dann explodierte das ganze Haus.

Die einzige Erinnerung, die ihr blieb (und später wurde es durch die Aussagen von Überlebenden mehrfach bestätigt), war der Anblick des Schornsteins, der, scheinbar intakt, wie eine

Rakete aus Ziegeln in den Himmel stieg, während unter ihm das Gebäude mit seinen fünfundzwanzig Zimmern auseinander fiel wie die Puppenstube eines kleinen Mädchens in der Flamme einer Lötlampe. Steine, Bretter und Planken wurden in die Luft geschleudert und flogen im heißen Drachenhauch der Energien davon, die Charlie produzierte. Eine IBM-Schreibmaschine, zusammengeschmolzen und verbogen zu etwas, das wie grüne Stahlwolle aussah, schoss hoch in die Luft und landete zwischen den beiden Zäunen, wo sie einen tiefen Krater riss. Der Stuhl einer Sekretärin, dessen Drehsitz wie wild herumwirbelte, verschwand in der Ferne, schnell wie der Pfeil einer Armbrust.

Die Hitze dörrte den Rasen und kroch auf Charlie zu.

Sie schaute sich um, ob es noch etwas zu zerstören gab. Von verschiedenen Stellen aus stieg jetzt Rauch in den Himmel – von den beiden schönen alten Häusern (von denen nur eins noch als Haus zu erkennen war), vom Stallgebäude und von den Überresten der Limousine. Selbst hier draußen im Freien war die Hitze kaum noch erträglich.

Und immer noch wollten sich die Kräfte entfalten, *mussten* sich entfalten, um nicht auf ihre Quelle zurückgeworfen zu werden und sie zu zerstören.

Charlie hatte keine Ahnung, welche unvorstellbaren Dinge noch geschehen konnten. Aber als sie sich wieder dem Zaun und der Straße, die aus dem Gelände der Firma hinausführte, zuwandte, sah sie Menschen, die sich in blinder und wilder Panik gegen den Zaun warfen. An einigen Stellen war der Zaun so beschädigt, dass es einigen gelungen war, über ihn zu klettern. Die Hunde hatten eine junge Frau in einem gelben Gaucho-Rock angefallen, die fürchterlich schrie. Und so deutlich, als ob er noch lebte und neben ihr stünde, hörte sie ihren Vater sagen: *Genug, Charlie! Es ist genug. Hör auf, solange du noch kannst!*

Aber war sie dazu überhaupt noch in der Lage?

Sie wandte sich vom Zaun weg und hielt verzweifelt Ausschau nach etwas, das sie dringend brauchte, um die Kräfte zurückzudrängen, sie im Gleichgewicht und in der Schwebe zu halten. Sie breiteten sich weiter aus, ziellos und in verrückten Spiralen, die auf dem Gras ein sich ständig ausdehnendes Muster bildeten.

Nichts, Nichts. Nur –

Der Ententeich.

22

OJ wollte verschwinden, und kein Hund sollte ihn aufhalten. Er war aus dem Haus geflüchtet, als die anderen im Begriff waren, das Stallgebäude zu umstellen. Er hatte große Angst, aber er befand sich noch nicht in solcher Panik, dass er versucht hätte, den elektrisch aufgeladenen Zaun zu übersteigen, nachdem sich die Tore automatisch geschlossen hatten. Er hatte hinter dem knorrigen Stamm einer alten Ulme gestanden und von dort aus die Katastrophe beobachtet. Nachdem das kleine Mädchen die Kurzschlüsse im Zaun herbeigeführt hatte, wartete er, bis sie sich auf die Zerstörung des Hauses konzentrierte. Dann rannte er an den Zaun, den Revolver in der rechten Hand.

Als diese Sektion des Zauns ohne Strom war, stieg er hinüber und sprang in den Hundeauslauf hinab. Zwei der Tiere attackierten ihn. Er stützte sein rechtes Handgelenk mit der linken und erschoss beide. Die Biester waren riesig, aber sein Revolver war stärker. Die Köter konnten kein Pal mehr fressen, es sei denn, das Zeug wurde auch im Hundehimmel serviert.

Ein dritter Hund fiel ihn von hinten an, riss ihm die Hose auf und ein gutes Stück aus seiner linken Hinterbacke und stieß ihn zu Boden. OJ drehte sich um und wehrte mit einer Hand den Hund ab. In der anderen hielt er den Revolver, mit dessen Griff er auf das Tier einschlug. Als der Hund nach seiner Kehle schnappte, stieß er ihm den Lauf entgegen. Sauber glitt der Lauf dem Dobermann in den Rachen, und OJ drückte ab. Es gab einen gedämpften Knall.

»Das war knapp!«, schrie OJ und kam zitternd wieder auf die Beine. Er lachte hysterisch. Die äußere Pforte stand nicht mehr unter Strom; auch hier hatte es einen Kurzschluss gegeben. OJ versuchte, sie zu öffnen. Schon hatten sich weitere Leute herangedrängt und rüttelten am Zaun. Die restlichen Hunde waren knurrend zurückgewichen. Einige der überlebenden Agenten hatten ebenfalls ihre Waffen gezogen und erledigten ein Tier nach dem anderen. Genügend Disziplin war zurückgekehrt, dass die Männer mit Revolvern um die unbewaffneten Sekretärinnen, Analytiker und Techniker einen Halbkreis bildeten, um sie gegen die wütenden Tiere abzuschirmen.

OJ warf sich mit seinem ganzen Gewicht gegen die Pforte, aber sie gab nicht nach. Wie alles andere hatte sie sich automatisch verriegelt. OJ sah sich um und wusste nicht, was er tun sollte. Allein und unbeobachtet das Weite zu suchen, war gut und schön, aber hier gab es zu viele Zeugen.

Wenn dieses Höllenkind überhaupt Zeugen übrig ließ.

»Sie müssen über den Zaun steigen!«, schrie er. Seine Stimme verlor sich in der allgemeinen Verwirrung. »Rübersteigen, verdammt!« Keiner antwortete. Sie drängten sich nur gegen den Zaun, stumm und mit Gesichtern, in denen nackte Panik zu lesen war.

OJ packte eine Frau, die sich neben ihm gegen die Pforte gelehnt hatte. *»Neiiin!«*, kreischte sie.

»Steig rüber, du Miststück!«, brüllte OJ und stieß ihr zur Aufmunterung in den Rücken. Sie fing an zu klettern.

Andere sahen es und begriffen. Der innere Zaun qualmte noch, und stellenweise sprühten noch Funken auf. Ein fetter Kerl, den OJ als einen der Köche erkannte, hielt sich an grob geschätzten zweitausend Volt fest. Er zuckte und sprang, und seine Füße vollführten im Gras einen wilden Tanz. Er hatte den Mund weit aufgerissen, und seine Wangen färbten sich schwarz.

Wieder sprang einer der Hunde vor und riss einem mageren, bebrillten jungen Mann in einem Laborkittel einen Fetzen Fleisch aus dem Bein. Einer der Agenten schoss auf den Hund, verfehlte ihn und zerschmetterte stattdessen dem jungen Mann den Ellenbogen. Der Labortechniker stürzte und wälzte sich am Boden, wobei er sich den Arm hielt und die Heilige Jungfrau um

Hilfe anflehte. OJ erschoss den Hund, bevor er dem jungen Mann die Kehle zerfleischen konnte.

Was für ein elender Scheißdreck, stöhnte er innerlich. Oh Gott, was für ein elender Scheißdreck.

Mittlerweile stiegen etwa ein Dutzend Leute über die breite Pforte. Die Frau, die OJ angetrieben hatte, war jetzt oben und fiel mit einem erstickten Schrei an der anderen Seite herunter. Sofort fing sie laut an zu schreien. Die Pforte war hoch; etwa zwei Meter siebzig; sie war falsch gelandet und hatte sich den Arm gebrochen.

Oh, mein Gott, was für ein Elend.

OJ wandte den Kopf und versuchte, das Kind irgendwo zu entdecken. Er wollte sehen, ob es sie vielleicht verfolgte. Wenn das der Fall war, sollten die Leute selbst sehen, wie sie damit fertig wurden; er hätte dann schon den Zaun hinter sich und wäre verschwunden.

Plötzlich schrie einer der Analytiker gellend auf. »Was, um Gottes willen –«

Das zischende Geräusch schwoll an und übertönte seine Stimme. Später behauptete OJ, dass er zuerst geglaubt habe, seine Großmutter würde Eier braten, nur war dieses Geräusch millionenfach lauter, als hätte sich ein ganzer Stamm von Riesen entschlossen, gemeinsam Eier zu braten.

Das Geräusch schwoll immer noch an, und plötzlich war der Ententeich zwischen den beiden Häusern von aufsteigendem weißem Dampf eingehüllt. Der ganze Teich, etwa fünfzehn Meter im Durchmesser und in der Mitte ein Meter fünfzig tief, kochte.

Ganz kurz konnte OJ Charlie erkennen, die etwa zwanzig Meter vom Teich entfernt stand, den Rücken den Leuten zugewandt, die immer noch versuchten, den Zaun zu überwinden, und dann war sie im Dampf verschwunden. Das Zischen hörte nicht auf. Weißer Nebel zog über den grünen Rasen, und die helle Herbstsonne malte bizarre Regenbögen auf die feuchten Schwaden. Die wogende Dampfwolke verteilte sich über dem Gelände. Wie Fliegen hingen noch einige Flüchtende am Zaun, schauten über die Schulter zurück und beobachteten das Schauspiel.

Wenn im Teich nun nicht genug Wasser ist?, dachte OJ plötzlich. Was ist, wenn es nicht ausreicht, ihr Streichholz oder ihre Fackel oder was es auch immer ist, zu löschen? Was geschieht dann?

Orville Jamieson beschloss, nicht zu bleiben, um das herauszufinden. Er hatte lange genug die Heldenrolle gespielt. Er stieß den Revolver in das Schulterhalfter zurück und rannte fast die Pforte hoch. Elegant sprang er ab und landete federnd und geduckt neben der Frau, die sich immer noch schreiend den Arm hielt.

»Ich rate Ihnen, sparsam mit Ihrer Luft umzugehen und verdammt schnell zu verschwinden«, sagte OJ und befolgte sofort seinen eigenen Rat.

23

Charlie stand allein in ihrer Welt aus Weiß und lenkte ihre Energien in den Ententeich. Sie kämpfte mit ihren Kräften, versuchte, sie zu reduzieren, zur Ruhe zu bringen. Ihre Vitalität war ungebrochen. Sie hatte sie zwar unter Kontrolle und richtete sie, wie durch ein unsichtbares Rohr, gezielt in den Teich. Aber was würde geschehen, wenn alles Wasser im Teich verkochte, bevor sie den Ausbruch stoppen und zerstreuen konnte?

Keine Zerstörung mehr. Lieber wollte sie die Kräfte auf sich lenken und sich selbst vernichten, als ihnen weiter freien Lauf lassen.

(Zurück! Zurück!)

Jetzt spürte sie endlich, dass die Kräfte zur Ruhe kamen, ihre ... ihren Zusammenhalt verloren. Alles fiel auseinander. Überall dichter weißer Dampf und ein Geruch wie in einer Wäscherei. Sie konnte das brodelnde, zischende Wasser im Teich nicht mehr sehen.

(ZURÜCK!!)

Flüchtig dachte sie wieder an ihren Vater, und der Gedanke schnitt ihr ins Herz, aber gleichzeitig schien er die Kräfte weiter zurückzudrängen, und endlich ließ das Zischen nach. Majestätisch wälzte sich der Dampf an ihr vorbei. Wie eine glanzlose Silbermünze stand oben die Sonne.

Ich habe die Sonne verändert, dachte sie verwirrt, und dann: *Nein – nein, nicht ich – es ist der Dampf – der Nebel – er wird wegwehen –*

Aber mit einer plötzlichen Gewissheit, die tief aus ihrem Innern kam, wusste sie, dass sie *tatsächlich* die Sonne verändern konnte, wenn sie es wollte ... irgendwann.

Ihre Kräfte würden zunehmen.

Mit diesem Akt der Zerstörung, mit dieser Apokalypse hatte sie lediglich ihre jetzigen Grenzen erreicht.

Das *Potenzial* war kaum angezapft.

Charlie sank im Gras auf die Knie und weinte. Sie trauerte um ihren Vater, um die Menschen, die sie umgebracht hatte, sogar um John. Vielleicht wäre das, was Rainbird mit ihr beabsichtigt hatte, das Beste für sie gewesen, aber trotz ihres Vaters Tod, trotz all der Zerstörungen, die sie auf sich geladen hatte, fühlte sie sich vom Leben angesprochen, hatte sie den stummen und zähen Willen zum Überleben.

Und deshalb trauerte sie vielleicht am meisten über sich selbst.

24

Wie lange sie, den Kopf in die Arme gestützt, auf dem Rasen gesessen hatte, wusste sie nicht; so unmöglich es auch schien, sie meinte sogar, kurz eingeschlafen zu sein. Wie lange es auch gewesen sein mochte, als sie sich ihrer Umgebung wieder bewusst wurde, sah sie, dass die Sonne wieder heller war und ein wenig weiter westlich stand. Ein leichter Wind hatte den letzten Dampf aus dem kochenden Teich auseinander geweht.

Langsam stand Charlie auf und schaute sich um.

Zuerst fiel ihr der Teich ins Auge. Sie sah, dass es eben noch gut gegangen war ... eben noch. Nur ein paar Wasserpfützen waren geblieben, die, von der sinkenden Sonne beschienen, wie in den glatten Teichgrund eingelegter, heller Glasschmuck wirkten. Hier und da lagen schlammbedeckte Wasserlilien und andere Wasserpflanzen wie beschädigte Juwelen herum; stellenweise war der Schlamm schon getrocknet und gerissen. Sie sah ein paar Münzen und einen verrosteten Gegenstand, vielleicht ein langes Messer oder die Klinge eines Rasenmähers. Das Gras um den Teich herum war schwarz.

Über dem Gelände der Firma lag tödliche Stille, die nur von dem Knacken und Prasseln der verschiedenen Feuer unterbrochen wurde. Ihr Vater hatte ihr geraten, ihnen zu zeigen, dass sie sich im Krieg befanden, und was hier noch übrig war, sah wirklich wie ein verlassenes Schlachtfeld aus. Der Stall, die Scheune und das Haus jenseits des Teichs standen noch immer in hellen Flammen. Von dem Haus auf der anderen Seite waren nur rauchende Trümmer übrig geblieben, als sei das Gebäude von einer großen Brandbombe oder einer V2-Rakete des Zweiten Weltkriegs getroffen worden.

Über den Rasen liefen in alle Richtungen versengte und geschwärzte Streifen, die ein verrücktes spiralenförmiges Muster bildeten und noch rauchten. Die gepanzerte Limousine, unter der die Explosionen den Boden ausgehöhlt hatten, war ausgebrannt. Sie hatte mit einem Wagen keine Ähnlichkeit mehr und sah nur noch aus wie ein gestaltloser Haufen Schrott.

Am schlimmsten sah es am Zaun aus.

Auf dem Gelände innerhalb des Zauns lagen ein halbes Dutzend Leichen. Zwischen den beiden Zäunen lagen zwei oder drei weitere und auch zahlreiche tote Hunde.

Wie im Traum schlug Charlie die Richtung zum Zaun hin ein.

Auf dem Rasen bewegten sich noch andere Leute, aber nur wenige. Zwei von ihnen sahen Charlie kommen und rannten ihr aus dem Weg. Einige schienen keine Ahnung zu haben, wer sie war, und nicht zu wissen, dass sie das alles verursacht hatte. Sie gingen mit den merkwürdig verträumten Schritten von Leuten, die eine Katastrophe überlebt haben und unter Schockeinwirkung stehen.

Charlie machte sich daran, über den inneren Zaun zu klettern.

»Das würde ich nicht tun«, rief ein Mann in weißer Wärterkleidung ihr zu. »Wenn du das tust, fallen dich die Hunde an, Mädchen.«

Charlie beachtete ihn nicht. Die verbliebenen Hunde knurrten zwar, aber sie kamen nicht näher; auch sie schienen genug zu haben. Sie kletterte über den äußeren Zaun, wobei sie sich langsam und vorsichtig bewegte und bedächtig die Spitzen ihrer Mokassins in die rautenförmigen Zwischenräume schob.

Oben angekommen, schwang sie erst ein Bein, dann das andere über den Zaun und kletterte auf der anderen Seite ebenso vorsichtig wieder nach unten. Zum ersten Mal seit einem halben Jahr stand sie jetzt auf einem Gelände, das nicht der Firma gehörte. Einen Augenblick blieb sie einfach stehen, als ob auch sie unter Schockeinwirkung stünde.

Ich bin frei, dachte sie dumpf. *Frei.*

In der Ferne hörte man Sirenengeheul, das rasch näher kam.

Die Frau mit dem gebrochenen Arm saß immer noch im Gras, etwa zwanzig Schritte von dem verlassenen Kontrollgebäude entfernt. Sie sah aus wie ein dickes Kind, das zu faul ist aufzustehen. Sie war blass unter den Augen, ihre Lippen hatten eine bläuliche Färbung angenommen.

»Ihr Arm«, sagte Charlie heiser.

Die Frau schaute hoch, und ihr Blick zeigte, dass sie Charlie erkannt hatte. Vor Angst wimmernd, kroch sie zur Seite. »Komm mir nicht zu nahe«, zischte sie rau. »All ihre Tests! All ihre Tests! Ich brauche keine Tests! Du bist eine Hexe! Eine Hexe!«

Charlie blieb stehen. »Ihr Arm«, sagte sie. »Bitte. Ihr Arm. Es tut mir so Leid.« Und wieder zuckten ihre Lippen. Die Panik, in der sich die Frau befand, die Art, wie sie mit dort Augen rollte, wie sie unbewusst die Lippen hochzog, sodass ihre Zähne zu sehen waren – das war für Charlie schlimmer als alles andere.

»Bitte!«, rief sie. »Es tut mir Leid! Sie haben meinen Daddy umgebracht!«

»Sie hätten dich auch umbringen sollen«, sagte die Frau keuchend. »Warum verbrennst du dich nicht selbst, wenn dir alles so Leid tut?«

Charlie ging einen Schritt auf sie zu, und die Frau wich weiter vor ihr zurück. Sie schrie, als sie auf ihren verletzten Arm fiel.

»Komm mir nicht zu nahe!«

Und plötzlich fand Charlie die Worte für ihren Schmerz, ihren Kummer und ihre Wut.

»Es war alles nicht meine Schuld!«, schrie sie die Frau mit dem gebrochenen Arm an. *»Es war nicht meine Schuld; sie haben es sich selbst zuzuschreiben, und ich lasse mir keine Vorwürfe machen, und ich werde mich auch nicht umbringen! Haben Sie das gehört?«*

Ängstlich duckte sich die Frau und murmelte etwas vor sich hin.

Das Heulen der Sirenen kam näher.

Charlie spürte, dass bei ihrer Erregung die Kräfte wieder in ihr aufstiegen und zum Ausbruch drängten.

Aber sie bezwang sie, ließ sie verschwinden.

(Und auch das werde ich nicht wieder tun)

Sie überquerte die Straße und ließ die jammernde Frau hinter sich zurück. Jenseits der Straße lag eine Wiese mit hüfthohem Gras, das der beginnende Herbst schon gebleicht hatte, das aber noch sommerlich duftete.

(Wohin gehe ich?)

Sie wusste es noch nicht.

Aber sie würde sich nie wieder einfangen lassen.

Charlie allein

1

Unvollständig wurden die Ereignisse an jenem Mittwochabend in den Abendnachrichten des Fernsehens berichtet. Die ganze Geschichte erfuhren die Amerikaner erst, als sie am nächsten Morgen aufstanden. Bis dahin hatte man alle verfügbaren Informationen zu dem zusammengefügt, was die Amerikaner offenbar wirklich meinen, wenn sie sagen, dass sie »die Nachrichten« hören wollen – und was sie wirklich meinen, ist »Erzählt mir eine Geschichte« und sorgt dafür, dass sie einen Anfang, eine Mitte und irgendein Ende hat.

Die Geschichte, die Amerika zum Morgenkaffee über *Today, Good Morning, America,* und *The CBS Morning News* aufgetischt bekam, war diese: Terroristen hatten auf ein unter topsecret operierendes wissenschaftliches Institut in Longmont, Virginia, einen Bombenanschlag verübt. Es sei noch nicht bekannt, um welche Terroristengruppe es sich handelte, obwohl sich schon drei gemeldet und die Verantwortung übernommen hätten – eine Gruppe Japanischer Roter, die Khafadi-Splittergruppe des Schwarzen September und eine einheimische Gruppe mit dem blumigen und wunderschönen Namen Militant Midwest Weatherpeople.

Obwohl niemand genau wusste, wer für den Anschlag verantwortlich war, schienen die Berichte über seine Durchführung eindeutig zu sein. Ein Agent namens John Rainbird, Indianer und Vietnamveteran, sei Doppelagent gewesen und habe im Auftrag der terroristischen Organisation die Bomben gelegt. Er sei dabei entweder tödlich verunglückt oder habe im Stallgebäude, in dem er ebenfalls eine Bombe deponiert hatte, Selbstmord begangen. Eine Quelle wollte wissen, dass Rainbird der Hitze und dem

Rauch zum Opfer gefallen sei, als er versuchte, die Pferde aus dem brennenden Stall zu treiben; dazu gab es den üblichen irononischen Kommentar über eiskalte Terroristen, denen Tiere mehr bedeuten als Menschen. Die Tragödie hatte zwanzig Menschenleben gefordert, und fünfundvierzig Leute waren verletzt worden, zehn davon schwer. Die Überlebenden seien von der Regierung vorläufig unter »Schutz« gestellt worden.

Soweit die Geschichte. Die Firma selbst wurde nur am Rande erwähnt. Alles war befriedigend geklärt.

Bis auf eines.

2

»Mir ist es egal, wo sie ist«, sagte die neue Chefin der Firma vier Wochen nach der Brandkatastrophe und Charlies Flucht. Während der ersten zehn Tage hatte völlige Verwirrung geherrscht. Dabei hätte man das Mädchen möglicherweise leicht wieder ins Netz bekommen. Auch jetzt war man noch nicht zur Normalität zurückgekehrt. Die neue Chefin saß an einem behelfsmäßigen Schreibtisch; ihr eigener sollte erst in drei Tagen geliefert werden. »Und mir ist es auch egal, was sie anrichten kann. Sie ist ein achtjähriges Kind und keine Superfrau. Sie kann sich nicht lange verstecken. Ich will, dass man sie findet, und ich will, dass man sie dann tötet.«

Sie sprach zu einem Mann in mittleren Jahren, der wie ein Kleinstadtbibliothekar aussah. Selbstverständlich war er keiner. Er legte die Hand auf einen Stapel Computerausdrucke, die sie vor sich auf dem Tisch liegen hatte. Caps Akten hatten den Brand nicht überstanden, aber fast alle Informationen waren in den Datenbänken der Computer gespeichert. »Wie ist denn jetzt die Lage?«

»Was Lot Sechs anbetrifft, sind sämtliche Fälle vorläufig ad acta gelegt«, klärte ihn die Chefin auf. »Natürlich aus politischen Gründen. Elf alte Kerle, ein junger Mann und drei grauhaarige alte Damen, die wahrscheinlich Anteile an Schweizer Frischzellenkliniken besitzen ... sie alle schwitzen Blut und Wasser, wenn sie daran denken, was geschehen würde, wenn das Mädchen wieder auftaucht. Sie –«

»Ich bezweifle sehr, ob die Senatoren aus Idaho, Maine und Minnesota Blut und Wasser schwitzen«, murmelte der Mann, der kein Bibliothekar war.

Die Chefin zuckte auf seinen Einwand hin die Achseln. »Natürlich sind sie an dem Projekt Lot Sechs interessiert.« Sie fuhr sich mit der Hand durch ihr langes Haar – kraus, aber ein hübsches, dunkles Rot. »›Vorläufig ad acta gelegt‹ heißt, nur so lange, bis wir ihnen das Mädchen mit einem Etikett an der Zehe vorzeigen können.«

»Wir müssen Salome spielen«, murmelte der Mann vor ihrem Schreibtisch. »Aber das Tablett ist noch leer.«

»Verdammt noch mal, was reden Sie da?«

»Nichts weiter«, sagte er. »Wir sind also wieder bei Null.«

»Das nicht«, erwiderte die Chefin böse. »Sie hat ja nicht mehr den Vater, der auf sie aufpasst. Sie ist allein. Und ich will, dass man sie findet. Schnell.«

»Und wenn sie alles erzählt, bevor wir sie finden?«

Die Chefin lehnte sich in Caps Stuhl zurück und verschränkte die Hände hinter dem Nacken. Der Mann, der kein Bibliothekar war, beobachtete genüsslich, wie der Pullover sich über ihren Brüsten straffte. Cap war ganz anders gewesen.

»Wenn sie alles erzählen wollte, hätte sie es wohl schon längst getan.« Sie beugte sich vor und tippte auf den Tischkalender. »Wir haben den fünften November«, sagte sie, »und nichts ist geschehen. Inzwischen haben wir alle nötigen Sicherheitsmaßnahmen getroffen. Die *Times*, die Washington *Post*, die Chicago *Tribune* ... wir lassen keine wichtige Zeitung aus, aber bis jetzt hat sich nichts getan.«

»Nehmen wir an, sie wendet sich an eine kleinere Zeitung? An die Podunk *Times* statt an die New York *Times*? Wir können doch nicht jedes Provinzorgan überwachen.«

»Bedauerlicherweise haben Sie Recht«, sagte die Chefin. »Aber bisher war nichts. Und das bedeutet, dass sie sich noch nicht geäußert hat.«

»Wer würde einer Achtjährigen denn eine solche entsetzliche Geschichte glauben?«

»Wenn sie am Ende der Geschichte ein kleines Feuer anzündet, wären die Leute wohl dazu geneigt«, antwortete die Chefin. »Wollen Sie wissen, was der Computer sagt?« Sie lächelte und tippte auf den Bogen. »Der Computer sagt, dass wir dem Komitee mit achtzigprozentiger Sicherheit ihre Leiche bringen können, ohne auch nur einen Finger zu rühren ... außer um sie zu identifizieren.«

»Selbstmord?«

Die Chefin nickte. Die Aussicht darauf schien ihr sehr zu gefallen.

»Gut«, sagte der Mann, der kein Bibliothekar war, und stand auf. »Was mich betrifft: ich erinnere mich, dass der Computer mit einiger Sicherheit registriert hat, dass Andrew McGee seine Fähigkeiten nicht mehr besaß.«

Über das Lächeln der Chefin legte sich ein leiser Schatten.

»Ich wünsche Ihnen einen angenehmen Tag, Chefin«, sagte der Mann, der kein Bibliothekar war, und schlenderte hinaus.

3

An ebendiesem Novembertag war ein Mann in einem Flanellhemd, Flanellhosen und hohen grünen Stiefeln mit Holzhacken beschäftigt. Es war ein milder Tag, und der Winter schien noch weit entfernt; die Temperatur betrug angenehme zehn Grad. Die Jacke des Mannes, die er auf dringenden Wunsch seiner Frau angezogen hatte, hing jetzt an einem Zaunpfahl. Hinter ihm, an der Wand der alten Scheune aufgestapelt, lag ein beachtlicher Haufen orangeroter Kürbisse – von denen einige bedauerlicherweise schon faulten.

Der Mann legte einen weiteren Klotz auf den Hackblock, hob die Axt und ließ sie niedersausen. Mit einem Krachen wurde der Klotz gespalten, und an jeder Seite des Blocks fiel ein Scheit herab. Er bückte sich gerade, um sie aufzuheben und zu den anderen zu werfen, als eine Stimme hinter ihm sagte: »Sie haben einen neuen Block, aber die Stelle ist noch zu sehen, nicht wahr? Sie ist noch da.«

Erschrocken fuhr er herum. Was er sah, ließ ihn unwillkürlich einen Schritt zurücktreten, wobei er die Axt vom Block stieß, dass sie auf die immer noch deutlich erkennbare Brandstelle fiel. Zuerst glaubte er einen Geist vor sich zu sehen, das grausige Gespenst eines Kindes, das aus dem drei Meilen weiter an der Straße gelegenen Friedhof von Dartmouth Crossing aufgestiegen war. Blass und schmutzig und dünn stand sie an der Auffahrt. Ihre Augen lagen tief in den Höhlen und hatten einen eigenartigen Glanz. Ihr Kleidung war zerlumpt und zerrissen. An ihrem rechten Arm lief eine Kratzwunde bis zum Ellenbogen. Sie sah entzündet aus. An den Füßen trug sie Mokassins oder was einmal Mokassins gewesen waren; jetzt waren sie kaum noch als solche zu erkennen.

Und dann erkannte er sie plötzlich. Es war das kleine Mädchen von vor einem Jahr; sie hatte sich Roberta genannt und hatte einen Flammenwerfer im Kopf.

»Roberta?«, sagte er. »Du lieber Gott, ist das Roberta?«

»Ja, die Stelle ist immer noch da«, wiederholte sie, als ob sie seine Worte nicht gehört hätte, und er wusste, was der Glanz in ihren Augen zu bedeuten hatte: sie weinte.

»Roberta«, sagte er, »was ist denn los, Kleines? Wo ist dein Daddy?«

»Sie ist noch da«, sagte sie ein drittes Mal, und dann brach sie ohnmächtig zusammen. Irv Manders konnte sie gerade noch auffangen. Im Schmutz des Hofes kniend und das Mädchen im Arm haltend, schrie Irv Manders nach seiner Frau.

4

Dr. Hofferitz kam bei Anbruch der Dämmerung und hielt sich zwanzig Minuten bei dem Mädchen im hinteren Schlafzimmer auf. Irv und Norma Manders saßen in der Küche, und statt sich ihrem Abendessen zu widmen, starrten sie einander an. Norma sah ihren Mann nicht vorwurfsvoll, sondern fragend an, und nicht so sehr in ihren Augen wie um sie herum war Angst zu erkennen – die Augen einer Frau, die sich ihre Kopfschmerzen oder vielleicht Rückenschmerzen nicht anmerken lassen will.

Am Tag nach dem großen Feuer war dieser Tarkington gekommen. Er hatte Irv im Krankenhaus besucht und ihm seine Karte gegeben, auf der lediglich stand: WHITNEY TARKINGTON REGIERUNGSBEAUFTRAGTER FÜR AUSGLEICHSZAHLUNGEN.

»Machen Sie, dass Sie rauskommen«, hatte Norma gesagt. Sie hatte die blutleeren Lippen zusammengepresst, und um ihre Augen hatte der gleiche Ausdruck des Schmerzes gelegen wie jetzt. Sie hatte auf den Arm ihres Mannes gezeigt, der in dicke Bandagen gewickelt war; man hatte Schläuche eingeführt, die erhebliche Schmerzen verursachten. Irv hatte ihr gesagt, dass er den ganzen Zweiten Weltkrieg, von entsetzlichen Hämorrhoiden abgesehen, heil überstanden hätte, um dann ausgerechnet zu Hause auf seinem eigenen Besitz zusammengeschossen zu werden. »Machen Sie, dass Sie rauskommen«, wiederholte Norma.

Aber Irv, der vielleicht ein wenig mehr Zeit zum Nachdenken gehabt hatte, meinte nur: »Sagen Sie schon, was zu sagen ist, Tarkington.«

Tarkington hatte einen Scheck über fünfunddreißigtausend Dollar aus der Tasche gezogen – der Scheck war nicht von der Regierung, sondern von einer großen Versicherungsgesellschaft ausgestellt worden, allerdings von einer, mit der Manders keine geschäftlichen Beziehungen unterhielt.

»Wir wollen Ihr Schweigegeld nicht«, hatte Norma wütend gesagt und nach dem Rufknopf über Irvs Bett gegriffen.

»Ich denke, Sie sollten zuhören, bevor Sie etwas unternehmen, was Sie vielleicht später bedauern«, hatte Whitney Tarkington ruhig und höflich erwidert.

Norma schaute Irv an, und Irv hatte genickt. Sie ließ die Hand wieder sinken, die sie nach dem Rufknopf ausgestreckt hatte. Widerwillig.

Tarkington hatte eine Aktentasche bei sich. Jetzt nahm er sie auf die Knie, öffnete sie und nahm eine mit MANDERS und BREEDLOVE beschriftete Akte heraus. Norma bekam ganz große

Augen, und der Magen krampfte sich ihr zusammen. Niemand sieht gern eine Regierungsakte mit seinem eigenen Namen darauf; der Gedanke, dass Listen geführt wurden, dass vielleicht Geheimnisse bekannt waren, hatte etwas Schreckliches an sich.

Tarkington hatte vielleicht fünfundvierzig Minuten lang leise und sachlich mit ihnen geredet. Manchmal illustrierte er, was er sagen wollte, mit Fotokopien aus der Manders/BreedloveAkte. Norma überflog die Bögen mit zusammengepressten Lippen und reichte sie dann an Irv in seinem Krankenbett weiter.

Es geht um die nationale Sicherheit, hatte Tarkington an jenem schrecklichen Abend gesagt. Das müssen Sie verstehen. Wir tun es ungern, aber wir müssen ganz einfach darauf dringen, dass Sie Vernunft zeigen. Dies sind Dinge, über die Sie sehr wenig wissen.

Ich weiß, dass Sie versucht haben, einen unbewaffneten Mann und seine kleine Tochter umzubringen, hatte Irv geantwortet.

Tarkington hatte kalt gelächelt – ein für jene Leute reserviertes Lächeln, die närrischerweise so tun, als wüssten sie, wie die Regierung arbeitet, um die ihr Anvertrauten zu schützen – und erwidert, Sie wissen nicht, was Sie gesehen haben und was es bedeutet. Es ist nicht mein Job, Sie von dieser Tatsache zu überzeugen. Mein Job ist es, Sie zu veranlassen, nicht darüber zu reden. Schauen Sie her: dies brauchte alles gar nicht so schwierig zu sein. Der Scheck ist steuerfrei. Er reicht für die Reparaturen an Ihrem Haus und für die Krankenhausrechnung, und es bleibt noch eine hübsche Summe übrig. Und überdies können wir auf diese Weise viele Unannehmlichkeiten vermeiden.

Unannehmlichkeiten, dachte Norma jetzt, während sie Dr. Hofferitz im Hinterzimmer hantieren hörte, und sah auf ihr Abendessen, das sie kaum angerührt hatte. Als Tarkington damals gegangen war, hatte Irv sie angeschaut, und sein Mund hatte gelächelt, aber seine Augen hatten elend und gekränkt geblickt. Er sagte zu ihr: Mein Vater sagte immer, wenn man an einem Wettbewerb im Scheißeschleudern teilnimmt, spielt es keine Rolle, wie viel man wirft, sondern wie viel an einem hängen bleibt.

Sie stammten beide aus kinderreichen Familien. Irv hatte drei Brüder und drei Schwestern; Norma hatte vier Schwestern und einen Bruder. Sie hatten haufenweise Onkel, Nichten, Neffen und Cousinen. Es gab Eltern, Großeltern, Schwäger ... und, wie in jeder Familie, ein paar schwarze Schafe.

Einer von Irvs Neffen, ein Junge namens Fred Drew, den er höchstens drei- oder viermal gesehen hatte, baute laut Tarkingtons Unterlagen in einem Hinterhof in Kansas Rauschgift an. Einer von Normas Onkeln, ein Bauunternehmer, steckte bis zum Hals in Schulden und windigen Geschäften an der Golfküste von Texas; dieser Mann, der Milo Breedlove hieß, musste eine siebenköpfige Familie ernähren, und ein Wink seitens der Regierung hätte Milos ganzes Kartenhaus zum Einsturz gebracht, und sie wären alle als gewöhnliche Bankrotteure auf die Fürsorge angewiesen. Eine von Irvs Cousinen (eine Cousine zweiten Grades, die er wahrscheinlich irgendwann kennen gelernt hatte, aber an deren Aussehen er sich nicht erinnern konnte) hatte offenbar bei der Bank, bei der sie bis vor sechs Jahren beschäftigt war, einen gewissen Geldbetrag unterschlagen. Es war herausgekommen, aber die Bank hatte auf eine Strafanzeige verzichtet, um ungünstige Publicity zu vermeiden. Irvs Cousine hatte den Schaden innerhalb von zwei Jahren ersetzt und war jetzt mit einem Schönheitssalon in North Fork, Minnnesota, leidlich erfolgreich. Aber die Sache war noch nicht verjährt, und sie konnte immer noch nach irgendwelchen das Bankgewerbe betreffenden Bundesgesetzen verfolgt werden. Das FBI hatte eine Akte über Normas jüngsten Bruder Don. Don hatte in den Sechzigern in linksgerichteten Studentenkreisen verkehrt und könnte Mitwisser eines geplanten Bombenanschlags auf das Büro der Dow Chemical Company in Philadelphia sein. Die Beweise reichten zur Anklageerhebung nicht aus (und Don hatte Norma selbst erzählt, dass er sich entsetzt von der Gruppe abgewandt habe, als er erfuhr, was dort gespielt wurde), aber wenn eine Kopie der Akte seiner Firma zugespielt worden wäre, hätte er mit Sicherheit seinen Job verloren.

Endlos und mit monotoner Stimme hatte Tarkington in dem engen kleinen Zimmer auf sie eingeredet. Das Beste hatte er sich für den Schluss aufgespart. Als Irvs Urgroßeltern 1888 aus Polen nach Amerika kamen, hatte die Familie noch Mandrowski geheißen. Sie waren Juden, obwohl seit seinem Großvater, der eine Nichtjüdin geheiratet hatte, niemand aus der Familie noch dem mosaischen Glauben anhing; sie selbst hatten immer in einem glücklichen Agnostizismus gelebt. Der jüdische Anteil war weiter zurückgegangen, als auch Irvs Vater eine Nichtjüdin heiratete (und Irv hatte es ihm durch seine Eheschließung mit Norma Breedlove, die aus einer Methodistenfamilie stammte, gleichgetan). Aber in Polen lebten noch Mandrowskis, und Polen lag hinter dem Eisernen Vorhang, und wenn die CIA wollte, konnte sie etwas in Gang setzen, das diesen Verwandten, die er nie gesehen hatte, das Leben sehr, sehr schwer machen würde. Juden waren hinter dem Eisernen Vorhang nicht sehr beliebt.

Tarkington schwieg. Er steckte seine Akte wieder ein, ließ die Tasche zuschnappen, stellte sie zwischen seine Füße zurück und sah die beiden so strahlend an wie ein Student, der eben einen gelungenen Vortrag gehalten hat.

Irv lehnte sich gegen sein Kissen und fühlte sich sehr müde. Tarkington hielt immer noch die Augen auf ihn gerichtet, doch das machte ihm nicht viel aus, aber auch Normas Augen sahen ihn an, ängstlich und fragend.

Sie haben doch Verwandte in der alten Heimat, nicht wahr?, dachte Irv. Das war ein solches Klischee, dass es komisch war, aber irgendwie war ihm überhaupt nicht zum Lachen zumute. *Wann ist man mit den Leuten nicht mehr verwandt? Wenn es Vettern vierten Grades sind? Sechsten? Achten? Mein Gott. Und wenn wir uns von diesem scheinheiligen Kerl nicht einwickeln lassen und sie die Leute nach Sibirien verfrachten, was soll ich dann tun? Soll ich auf einer Postkarte schreiben, dass sie nur deshalb im Salzbergwerk arbeiten, weil ich in Hastings Glen eine kleine Göre und ihren Daddy in meinem Wagen mitgenommen habe? Mein Gott!*

Dr. Hofferitz, der fast achtzig war, kam langsam aus dem hinteren Schlafzimmer und strich sich mit der knotigen Hand über das Haar. Irv und Norma sahen ihn an. Sie waren beide froh, aus ihren unangenehmen Erinnerungen gerissen zu werden.

»Sie ist wach«, sagte Dr. Hofferitz und zuckte die Achseln.

»Sie ist in keiner guten Verfassung, Ihr kleiner Strolch, aber es besteht auch keine Gefahr. Sie hat einen entzündeten Riss am Arm und einen auf dem Rücken. Sie sagt, den habe sie sich geholt, als sie unter einem Stacheldraht hindurchkriechen musste, um ›vor einem wütenden Schwein zu flüchten‹.«

Hofferitz setzte sich an den Küchentisch, holte seine Schachtel Camel heraus und zündete eine an. Er hatte sein ganzes Leben lang geraucht und gelegentlich Kollegen zu verstehen gegeben, soweit es ihn beträfe, könne der Inspekteur des Sanitätswesens ihn am Arsch lecken.

»Wollen Sie etwas essen, Karl?«, fragte Norma.

Hofferitz sah auf ihre Teller. »Nein – aber wenn ich wollte, hätten Sie wohl nichts Neues aufzutragen brauchen«, sagte er trocken.

»Wird sie lange im Bett bleiben müssen?«, fragte Irv.

»Man sollte sie nach Albany schaffen«, sagte Hofferitz. Auf dem Tisch stand eine Schüssel mit Oliven, und er nahm sich eine Hand voll. »Hauptsächlich muss sie essen, trinken und sich ausruhen. Unterernährung. Zu wenig Flüssigkeit.« Er schob sich eine Olive in den Mund. »Es war richtig, dass Sie ihr Hühnerbrühe gegeben haben, Norma. Etwas anderes wäre ihr bestimmt nicht bekommen. Morgen nur klare Flüssigkeiten. Rinderbrühe, Hühnerbrühe, viel Wasser. Und natürlich viel Gin; das ist die beste aller klaren Flüssigkeiten.« Er gackerte über diesen alten Witz, den Irv und Norma schon hundertmal gehört hatten, und steckte sich noch eine Olive in den Mund. »Wissen Sie, ich müsste eigentlich die Polizei verständigen.«

»Nein«, sagten Irv und Norma wie aus einem Mund und sahen einander so entsetzt an, dass Dr. Hofferitz wieder lachen musste.

»Sie steckt doch offenbar in Schwierigkeiten, nicht wahr?«

Irv war unbehaglich zumute. Er öffnete den Mund und schloss ihn dann wieder.

»Hat es vielleicht etwas mit dem Ärger zu tun, den Sie im letzten Jahr hatten?«

Diesmal öffnete Norma den Mund, aber bevor sie etwas sagen konnte, meinte Irv: »Ich dachte, Sie müssen nur Schussverletzungen melden, Karl.«

»Nach dem Gesetz, nach dem Gesetz«, sagte Hofferitz ungeduldig und drückte seine Zigarette aus. »Aber es gibt nicht nur den Buchstaben, es gibt auch den Geist des Gesetzes. Hier ist ein kleines Mädchen, und Sie sagen, sie heißt Roberta McCauley, und das glaube ich so wenig, wie ich glaube, dass ein Schwein Dollarnoten scheißt. Sie sagt, dass sie sich den Rücken aufgekratzt hat, als sie unter einem Stacheldraht hindurchkriechen musste. Dass einem so etwas auf dem Weg zu seinen Verwandten passiert, ist doch recht seltsam, selbst wenn das Benzin knapp ist. Sie sagt, dass sie sich an die letzte Woche kaum erinnern könne, und das glaube ich ihr. Wer ist sie, Irv?«

Norma sah ängstlich ihren Mann an. Irv lehnte sich in seinem Stuhl zurück und sah Dr. Hofferitz an.

»Ja«, sagte er endlich, »sie hat mit dem Ärger zu tun, den wir hier im letzten Jahr hatten. Deshalb habe ich Sie gerufen, Karl. Sie haben selbst Schwierigkeiten erlebt, hier und früher in Europa. Sie wissen, was wahre Schwierigkeiten sind. Und Sie wissen, dass Gesetze nur so gut sind wie die Leute, die sie handhaben. Ich sage nur dies: Wenn Sie darüber reden, dass das kleine Mädchen hier ist, werden eine Menge Leute, die es nicht verdient haben, erhebliche Schwierigkeiten bekommen. Norma und ich, eine ganze Anzahl von unseren Verwandten ... und sie selbst. Mehr, glaube ich, kann ich Ihnen nicht sagen. Wir kennen uns seit fünfundzwanzig Jahren. Sie müssen selbst entscheiden, was Sie tun wollen.«

»Und wenn ich den Mund halte«, sagte Hofferitz und zündete sich noch eine Zigarette an, »was werden Sie dann tun?«

Irv und Norma schauten einander an. Nach einer Weile schüttelte sie den Kopf und schlug die Augen nieder.

»Ich weiß es nicht«, sagte Irv ruhig.

»Wollen Sie sie wie einen Papagei in einem Käfig halten?«, fragte Hofferitz. »Dies ist eine kleine Stadt, Irv. Ich kann den Mund halten, aber ich bin in der Minderheit. Ihre Frau und Sie sind Mitglieder in der Kirche. Sie sind im Farmerverein. Hier kommen und gehen die Leute. Die Meiereiinspektoren überwachen Ihre Kühe. Eines schönen Tages kommt der Mann vom Finanzamt – dieser widerliche Glatzkopf –, um Ihr Gebäude zu veranlagen. Was wollen Sie tun? Ihr im Keller ein Zimmer ausbauen? Schönes Leben für ein kleines Kind.«

Norma sah immer besorgter aus.

»Ich weiß es nicht«, wiederholte Irv. »Ich denke, ich muss ein wenig darüber nachdenken. Ich weiß, was Sie meinen ... aber wenn Sie die Leute kennen würden, die hinter ihr her sind ...« Hofferitz sah ihn scharf an, aber er sagte nichts.

»Ich muss nachdenken. Werden Sie wenigstens vorläufig schweigen?«

Hofferitz schob sich die letzte Olive in den Mund, seufzte und stand auf. Er hielt sich mit der Hand an der Tischkante fest. »Es geht ihr einigermaßen. Die Entzündung wird durch die Medikamente zurückgehen. Ich werde den Mund halten, Irv. Aber Sie sollten sich Gedanken machen. Lange und gründlich. Denn ein kleines Kind ist kein Papagei.«

»Nein«, sagte Norma leise. »Natürlich nicht.«

»Etwas ist seltsam an dem Kind«, sagte Hofferitz und nahm seine schwarze Tasche auf. »Etwas an ihr ist verdammt merkwürdig. Ich habe es gesehen. Ich kann es nicht genau definieren ... aber ich habe es deutlich gemerkt.«

»Ja«, sagte Irv. »Es ist wirklich etwas Seltsames an ihr, Karl. Deshalb steckt sie ja auch in Schwierigkeiten.«

Er begleitete den Arzt in den warmen, verregneten Novemberabend hinaus.

5

Nachdem der Doktor sie mit seinen alten, knotigen, aber wunderbar sanften Händen abgetastet und befühlt hatte, fiel Charlie in einen fiebrigen, aber nicht unangenehmen Halbschlaf. Sie hörte die Stimmen im Nebenzimmer. Sie wusste, dass man über sie sprach, aber sie war ganz sicher, dass nur geredet wurde ... dass keine Pläne ausgeheckt wurden.

Die Laken waren kühl und sauber. Die Steppdecke auf ihrer Brust gab ihr ein Gefühl der Geborgenheit. Gedanken zogen vorbei. Sie erinnerte sich an die Frau, die ihr gesagt hatte, sie sei eine Hexe. Sie erinnerte sich daran, dass sie weggegangen war. Sie erinnerte sich daran, dass ein Wagen voller Hippies sie mitgenommen hatte, die Hasch rauchten und Wein tranken. Und sie hatten sie kleine Schwester genannt und gefragt, wohin sie wolle.

»Nach Norden«, hatte sie geantwortet, und das hatte einen Begeisterungssturm ausgelöst.

An das, was danach geschehen war, konnte sie sich kaum erinnern. Sie wusste nur noch, dass sie gestern von einem Schwein angegriffen worden war. Wahrscheinlich wollte es sie fressen. Wie sie die Mandersfarm erreicht hatte, warum sie hergekommen war – ob es ein bewusster Entschluss gewesen war oder etwas anderes –, an all das erinnerte sie sich nicht.

Endlich schlief sie fest ein. Und im Traum waren sie wieder alle in Harrison, und mit tränennassem Gesicht fuhr sie nachts im Bett hoch und schrie vor Entsetzen, und ihre Mutter stürzte herein, und ihr rotblondes Haar glänzte in der Morgensonne, und Charlie hatte geweint. »Mami, ich habe geträumt, du wärst tot und Daddy auch.« Und ihre Mutter streichelte ihr mit ihrer kühlen Hand die heiße Stirn und sagte: »Pssst, Charlie, pssst. Es ist schon heller Morgen. Was für ein alberner Traum.«

6

Für Irv und Norma Manders gab es in dieser Nacht wenig Schlaf. Sie sahen zur Hauptsendezeit einige alberne Fernsehspiele, dann die Nachrichten und später die *Tonight* Show. Und ungefähr alle fünfzehn Minuten stand Norma auf und verließ leise das Zimmer, um nach Charlie zu sehen.

»Wie geht es ihr?«, fragte Irv gegen Viertel vor eins.

»Gut. Sie schläft.«

Irv grunzte.

»Hast du darüber nachgedacht, Irv?«

»Sie muss hier bleiben, bis sie wieder gesund ist. Dann werden wir mit ihr sprechen. Wir müssen herausbekommen, was mit ihrem Vater ist. Weiter habe ich noch nicht gedacht.«

»Wenn sie nun wiederkommen –«

»Warum sollten sie?«, fragte Irv. »Sie haben uns zum Schweigen verpflichtet und denken, sie hätten uns Angst gemacht –«

»Sie *haben* mir Angst gemacht«, sagte Norma leise.

»Aber es war unrecht«, sagte Irv genauso leise. »Und das weißt du. Dieses Geld ... dieses ›Versicherungsgeld‹ ... dabei habe ich nie ein gutes Gefühl gehabt. Du etwa?«

»Nein«, sagte sie und rutschte nervös hin und her. »Aber was Dr. Hofferitz sagt, stimmt, Irv. Ein kleines Mädchen braucht ihre Familie ... und sie muss in die Schule gehen ... und Freunde haben ... und ... und –«

»Du weißt doch, was sie damals getan hat«, sagte Irv tonlos. »Dieses Pyro... wie heißt es noch. Du selbst hast sie ein Ungeheuer genannt.«

»Dies unfreundliche Wort habe ich schon lange bereut«, sagte Norma. »Ihr Vater – er schien ein so netter Mann zu sein. Wenn wir nur wüssten, wo er jetzt ist.«

»Er ist tot«, sagte eine Stimme hinter ihnen, und Norma schrie auf, als sie sich umdrehte und Charlie in der Tür stehen sah. Sie war jetzt sauber und sah dafür umso blasser aus. Ihre Stirn glänzte fiebrig, und Normas Flanellnachthemd hing lose an ihr. »Mein Daddy ist tot. Sie haben ihn umgebracht, und ich weiß nicht, wohin ich gehen soll. Bitte, helfen Sie mir. Es tut mir so Leid. Es ist doch nicht meine Schuld. Ich habe ihnen gesagt, dass es nicht meine Schuld ist ... ich habe es ihnen gesagt ... aber diese Dame sagte, ich sei eine Hexe ... sie sagte ...« Jetzt kamen die Tränen und flossen ihr die Wangen herab, und Charlies Stimme löste sich in Schluchzen auf.

»Oh, Honey, komm her zu mir«, sagte Norma, und Charlie rannte hin.

7

Dr. Hofferitz kam am nächsten Tag und stellte fest, dass Charlies Befinden sich gebessert hatte. Er kam zwei Tage später und stellte fest, dass sich ihr Befinden sehr gebessert hatte. Er kam am Wochenende und erklärte sie für gesund.

»Irv, weißt du schon, was du tun willst?«

Irv schüttelte den Kopf.

8

An diesem Sonntagmorgen ging Norma allein in die Kirche und sagte den Leuten, dass Irv stark erkältet sei. Irv war bei Charlie geblieben, die immer noch schwach war, sich aber im Haus bewegen konnte. Am Vortage hatte Norma ihr einige Kleidungsstücke gekauft – nicht in Hastings Glen, wo ein solcher Kauf aufgefallen wäre, sondern in Albany.

Irv saß am Ofen und schnitzte, und nach einer Weile kam Charlie und setzte sich neben ihn. »Wollen Sie es nicht erfahren?«, fragte sie. »Wollen Sie nicht wissen, was geschah, nachdem wir mit Ihrem Auto weggefahren waren?«

Irv sah von seiner Schnitzarbeit auf und lächelte. »Ich denke, das wirst du uns schon erzählen, wenn du so weit bist, Kleines.«

Sie lächelte nicht zurück, und ihr Gesicht blieb blass und angespannt. »Haben Sie keine Angst vor mir?«

»Sollte ich denn?«

»Haben Sie keine Angst, dass ich Sie verbrenne?«

»Nein, Kleines. Das glaube ich nicht. Ich will dir mal etwas sagen. Du bist kein kleines Mädchen mehr. Vielleicht auch kein großes Mädchen – irgendwo in der Mitte –, aber du bist groß genug. Ein Kind in deinem Alter – jedes Kind – kann, wenn es will, Streichhölzer nehmen und das Haus anzünden. Aber das tun nicht viele. Warum sollten sie es auch tun wollen? Und warum solltest du es tun wollen? Einem Kind in deinem Alter sollte man ein Taschenmesser oder Streichhölzer anvertrauen können, wenn es einigermaßen gescheit ist. Nein. Ich habe keine Angst.«

Charlies Gesicht entspannte sich und zeigte einen Ausdruck fast unbeschreiblicher Erleichterung.

»Ich werde es Ihnen erzählen«, sagte sie dann. »Ich werde Ihnen alles erzählen.« Sie fing an zu sprechen und sprach immer noch, als Norma eine Stunde später nach Hause kam. Norma blieb an der Tür stehen, hörte zu und knöpfte langsam ihren Mantel auf und zog ihn aus. Sie legte ihr Portemonnaie auf den Tisch. Und immer noch sprach Charlie mit ihrer jungen und doch irgendwie alten Stimme unentwegt weiter und erzählte. Sie ließ nichts aus.

Und als sie fertig war, wussten sie beide, worin das Risiko bestand und wie enorm hoch es jetzt war.

9

Der Winter kam, und noch war keine endgültige Entscheidung gefallen. Irv und Norma gingen wieder gemeinsam in die Kirche und ließen Charlie allein im Haus. Sie war strikt angewiesen, nicht den Hörer aufzunehmen, wenn das Telefon klingelte, und sofort in den Keller zu gehen, wenn jemand, während sie allein war, auf den Hof fuhr. Hofferitz' Worte *›wie ein Papagei in einem Käfig‹* kamen Irv immer wieder in den Sinn. Er kaufte einige Schulbücher – in Albany – und unterrichtete Charlie selbst. Obwohl sie schnell begriff, machte ihm die Sache Schwierigkeiten. Norma konnte es ein wenig besser. Aber manchmal saßen sie, über ein Geschichts- oder Erdkundebuch gebeugt, in der Küche, und Norma sah ihn dann an und in ihren Augen stand eine Frage ... eine Frage, auf die Irv keine Antwort wusste.

Neujahr kam; März. Charlies Geburtstag. In Albany gekaufte Geschenke. Wie ein Papagei in einem Käfig. Charlie schien es nicht übermäßig viel auszumachen, und in gewisser Weise, so überlegte Irv nachts, wenn er nicht schlafen konnte, war diese lange Zeit der Heilung für sie vielleicht das Beste. Vielleicht war jeder Tag dieses langsam verstreichenden Winters für sie nur gut. Aber was kam dann?

Er wusste es nicht.

An einem Tag Anfang April, es hatte zwei Tage lang geregnet, war das verdammte Feuerholz so nass, dass er den Küchenofen nicht anzünden konnte.

»Treten Sie bitte einen Augenblick zur Seite«, sagte Charlie, und er gehorchte automatisch, weil er glaubte, dass sie in den Ofen hineinschauen wollte. Er spürte, dass etwas durch die Luft an ihm vorbeizog, etwas Dichtes und Heißes, und einen Moment später flammte das Holz auf.

Irv starrte sie mit weit aufgerissenen Augen an und merkte, dass Charlie ihn nervös und schuldbewusst, aber auch ein wenig hoffnungsvoll ansah.

»Ich wollte Ihnen doch nur helfen«, sagte sie, und ihre Stimme zitterte ein wenig. »Es war doch nicht schlimm, oder?«

»Nein«, sagte er. »Nicht, wenn du es unter Kontrolle hast, Charlie.«

»Die kleinen Feuer habe ich unter Kontrolle.«

»Tu's nur nicht, wenn Norma da ist, Mädchen. Sie würde verrückt werden.«

Charlie lächelte ein wenig.

Irv zögerte und sagte dann: »Für mich kannst du es tun, wenn du mir helfen willst und ich mich dann nicht mit dem verdammten Feuerholz abmühen muss. Mit dem Feuer habe ich dauernd Schwierigkeiten.«

»Ich werde es tun«, sagte sie und lächelte jetzt noch mehr. »Und ich will auch sehr vorsichtig sein.«

»Aber ja«, sagte er, und ganz kurz sah er die Männer auf der Veranda vor sich, die sich auf das brennende Haar schlugen und versuchten, die Flammen zu löschen.

Charlie erholte sich zusehends, aber sie hatte immer noch schlimme Träume, und ihr Appetit ließ zu wünschen übrig. Sie war, was Norma Manders »reizbar« nannte.

Manchmal wachte sie aus diesen Albträumen ganz plötzlich auf. Der Traum ließ sie nicht einfach los, sie wurde aus ihm herausgeschleudert wie ein Pilot aus seiner Maschine. Das passierte ihr eines Nachts in der zweiten Aprilwoche; erst schlief sie, und im nächsten Augenblick lag sie hellwach in ihrem schmalen Bett im Hinterzimmer, und ihr ganzer Körper war schweißbedeckt. Eine Zeit lang hielt der Albtraum sie noch gefangen, lebendig und schrecklich (der Saft lief jetzt reichlich aus den Ahornbäumen, und Irv hatte sie am Nachmittag mitgenommen, um die Eimer auszuwechseln; in ihrem Traum waren sie wieder im Wald gewesen, und hinter ihnen hatte sich etwas geregt, und als sie sich umdrehte, hatte sie John Rainbird gesehen, der sich an sie heranschlich. Er huschte von Baum zu Baum und war kaum zu sehen; sein Auge funkelte unheilvoll und erbarmungslos; er hielt die Pistole, mit der er ihren Daddy erschossen hatte, in der Hand und kam immer näher.). Und dann war der Traum weg. Glücklicherweise behielt sie diese schrecklichen Träume nie lange im Gedächtnis, und sie schrie auch nur noch selten, wenn sie aus ihnen erwachte, sodass sie Irv und Norma nachts nicht mehr erschreckte, die früher dann immer in ihr Zimmer gestürzt waren, um zu sehen, was los war.

Charlie hörte sie in der Küche miteinander sprechen. Sie tastete nach dem Big Ben auf dem kleinen Tisch neben ihrem Bett und hielt ihn dicht vor das Gesicht. Es war zehn Uhr. Sie hatte nur anderthalb Stunden geschlafen.

»– denn tun?«, fragte Norma.

Man durfte nicht lauschen, aber wie sollte sie es vermeiden? Und sie sprachen über sie; das wusste sie genau.

»Ich weiß es nicht«, sagte Irv.

»Hast du mal wieder an die Zeitung gedacht?«

Zeitung, dachte Charlie. *Daddy wollte sich an die Zeitungen wenden. Daddy sagte, dann würde alles wieder gut.*

»Welche denn?«, fragte Irv. »Die Hastings *Bugle*? Sie könnten es direkt zwischen die Kleinanzeigen und die Kinoreklame rücken.«

»Aber ihr Vater hatte das geplant.«

»Norma«, sagte er. »Ich könnte mit ihr nach New York City fahren. Ich könnte sie zur *Times* bringen. Aber was geschieht, wenn schon im Foyer vier Kerle die Kanonen ziehen und anfangen zu schießen?«

Charlie war jetzt ganz Ohr. Sie hörte Normas Schritte in der Küche, der Deckel der Teekanne klapperte, und was sie erwiderte, ging im Geräusch von fließendem Wasser unter.

Irv sagte: »Ja, das könnte passieren. Und ich will dir sagen, was noch viel schlimmer wäre, sosehr ich an der Kleinen hänge. Sie könnte ihre Kräfte gegen *sie* anwenden. Und wenn das außer Kontrolle gerät wie in dem Laden, in dem man sie festgehalten hat ... in New York City leben immerhin acht Millionen Menschen, Norma. Ich glaube, ich bin zu alt, um ein solches Risiko einzugehen.«

Charlie hörte Norma zum Tisch zurückgehen, und die alten Dielen knarrten unter ihren Schritten. »Aber Irv, jetzt hör einmal zu«, sagte sie. Norma sprach langsam und überlegt, als hätte sie lange darüber nachgedacht. »Selbst eine kleine Zeitung, selbst eine kleine Wochenzeitung wie die Hastings *Bugle* ist an diese Fernschreiber der Associated Press angeschlossen. Heutzutage kommen Nachrichten von überall. Vor zwei Jahren bekam eine kleine Zeitung in Südkalifornien für eine Geschichte sogar den Pulitzerpreis, und die hatte eine Auflage von unter fünfzehnhundert!«

Er lachte, und Charlie wusste plötzlich, dass er über dem Tisch ihre Hand genommen hatte. »Du hast dich sehr damit beschäftigt, nicht wahr?«

»Ja, das habe ich, und das ist noch lange kein Grund für dich, mich auszulachen, Irv Manders! Dies ist eine ernste Angelegenheit! Wir sind in einer verzwickten Lage! Wie lange können wir sie bei uns behalten, bevor jemand es merkt? Du hast sie heute Nachmittag zu den Ahornbäumen mitgenommen –«

»Norma, ich habe dich nicht ausgelacht, und das Kind muss doch mal an die frische Luft –«

»Glaubst du, ich weiß das nicht? Habe ich etwa nein gesagt? Das ist es ja gerade! Ein Kind, das noch wächst, braucht frische Luft und Bewegung. Sie muss das haben, damit sie Appetit bekommt, und sie hat –«

»Hat keinen Appetit, ich weiß.«

»Sie ist blass und hat keinen Appetit, das stimmt. Deshalb habe ich auch nicht nein gesagt. Ich war froh, dass du sie mitgenommen hast. Aber Irv, wenn nun Johnny Gordon oder Ray Parks heute draußen gewesen wären? Wenn sie zu dir gegangen wären, um dich zu fragen, was du da machst, wie sie es manchmal tun?«

»Honey, sie haben es nicht getan.« Man hörte Irvs Stimme an, dass ihm bei dem Gedanken nicht wohl war.

»Diesmal nicht. Das erste Mal auch nicht. Aber Irv, das kann nicht so weitergehen. Wir haben bis jetzt nur Glück gehabt, und das weißt du genau!«

Wieder waren ihre Schritte in der Küche zu hören und dann das Geräusch, als der Tee eingeschenkt wurde.

»Ja«, sagte Irv. »Ja, ich weiß es. Aber ... danke, Darling.«

»Bitte«, sagte sie und setzte sich wieder. »Und hier gibt es kein Aber. Du weißt doch, nur einer oder zwei brauchen es zu wissen, und schon wissen es alle. Es wird *herauskommen,* dass wir ein kleines Mädchen bei uns haben. Das wäre noch nicht so schlimm, aber wenn *sie* es nun erfahren?«

Charlie bekam in ihrem dunklen Zimmer eine Gänsehaut.

Irv antwortete langsam und bedächtig. »Ich weiß, was du meinst, Norma. Wir müssen irgendetwas unternehmen. Ich denke dauernd darüber nach. Eine kleine Zeitung ... das wäre einfach nicht *sicher* genug. Die Geschichte muss ganz groß rausgebracht werden, wenn wir erreichen wollen, dass das Mädchen den Rest ihres Lebens in Sicherheit verbringt. Um das zu erreichen, müssen eine Menge Leute erfahren, dass es sie gibt und wozu sie imstande ist – stimmt das nicht? Eine *Menge* Leute.«

Norma saß unruhig da, aber sie schwieg.

Irv sprach weiter. »Wir müssen das Richtige für sie tun, und auch für uns müssen wir das Richtige tun. Es geht schließlich auch um unser Leben. Mich hat man schon einmal angeschossen. Ich müsste es wissen. Ich liebe sie wie mein eigenes Kind, und ich weiß, dass es dir nicht anders geht, aber wir müssen die Sache realistisch betrachten, Norma. Wir könnten durch sie umkommen.«

Charlie spürte, wie sie vor Scham errötete ... und vor Entsetzen. Sie dachte dabei nicht an sich, sondern an Irv und Norma. Was hatte sie nur über dieses Haus gebracht?

»Und es geht nicht nur um sie. Du weißt doch, was dieser Tarkington uns sagte. Du erinnerst dich an die Akten, die er uns zeigte. Es geht auch um deinen Bruder und meinen Neffen Fred und Shelley und –«

»– und um all die Verwandten in Polen«, ergänzte Norma.

»Nun, damit hat er vielleicht nur geblufft. Ich bitte Gott, dass es so war. Ich kann kaum glauben, dass jemand so gemein sein könnte.«

»Sie sind schon ziemlich gemein gewesen«, sagte Norma böse.

»Wie dem auch sei«, meinte Irv. »Ich weiß, dass die Schweine nicht lockerlassen werden. Und dann geht es hier wieder los. Ich sage nur, Norma, ich will nicht, dass die Scheiße hier wieder losgeht. Wenn wir etwas unternehmen, dann muss es etwas Vernünftiges sein. Ich will nicht zu einer kleinen Provinzzeitung gehen, damit sie es erfahren und unterdrücken. Das könnten sie. Glaub mir, das könnten sie.«

»Aber was bleibt uns dann übrig?«

»Das«, sagte Irv langsam, »überlege ich mir ja gerade die ganze Zeit. Eine Zeitung oder eine Illustrierte, aber eine, an die sie nicht denken. Es muss ein angesehenes Blatt und in ganz Amerika verbreitet sein. Aber das Wichtigste ist, es darf nicht von der Regierung beeinflusst sein oder die Meinung der Regierung vertreten.« »Du meinst, die Meinung der Firma.«

»Ja, genau das meine ich.« Es gab ein leises Geräusch, als Irv seinen Tee schlürfte. Charlie lag im Bett, horchte und wartete.

... es geht schließlich auch um unser Leben ... mich hat man schon einmal angeschossen ... ich liebe sie wie mein eigenes Kind, und ich weiß, dass es dir nicht anders geht, aber wir müssen die Sache realistisch betrachten, Norma ... wir könnten durch sie umkommen.

(nein, bitte nicht)

(wir könnten durch sie umkommen wie ihre Mutter durch sie umgekommen ist)

(nein, bitte, bitte, sagt das nicht)

(wie ihr Daddy durch sie umgekommen ist)
(bitte, hört auf)

Sie hatte das Gesicht zur Seite gedreht, und Tränen liefen ihr jetzt in die Ohren und auf das Kopfkissen.

»Gut, wir werden noch ein wenig darüber nachdenken«, sagte Norma zuletzt. »Es gibt eine Antwort darauf, Irv. Irgendwo.«

»Ja. Das hoffe ich.«

»Und inzwischen«, sagte sie, »können wir nur hoffen, dass niemand weiß, dass sie hier ist.« Ihre Stimme wurde plötzlich ganz aufgeregt. »Irv, vielleicht sollten wir einen Anwalt nehmen –«

»Morgen«, sagte er. »Ich bin müde. Und noch weiß keiner, dass sie hier ist.«

Aber jemand wusste es. Und die Neuigkeit machte schon die Runde.

10

Bis er Ende sechzig war, hatte Dr. Hofferitz, ein eingefleischter Junggeselle, mit seiner langjährigen Haushälterin Shirley McKenzie geschlafen. Die sexuelle Seite der Angelegenheit war dann allmählich eingeschlafen; das letzte Mal war, soweit sich Hofferitz erinnern konnte, vor vierzehn Jahren gewesen, und auch das kam damals schon fast einer Anomalie gleich. Aber die beiden waren eng befreundet geblieben; nachdem der Sex ausgeklammert war, hatte sich die Freundschaft sogar noch vertieft und hatte etwas von der gespannten Gereiztheit verloren, die so oft die sexuellen Beziehungen bestimmt. Ihre Freundschaft war jetzt von jener platonischen Art, die nur bei sehr jungen und sehr alten Menschen beiderlei Geschlechts Bestand zu haben scheint.

Dennoch behielt er sein Wissen um den »Logiergast« auf der Mandersfarm über drei Monate für sich. Dann aber hatten er und Shirley an einem Februarabend (Shirley war im Januar gerade fünfundsiebzig geworden) vor dem Fernsehgerät gesessen, und nach drei Gläsern Wein hatte er ihr die ganze Geschichte erzählt, nicht ohne sie zu strengstem Stillschweigen zu verpflichten.

Geheimnisse, das hätte Cap Dr. Hofferitz sagen können, sind so wenig stabil wie Uran-235, und diese geringe Stabilität verringert sich dann noch proportional zur Anzahl der Personen, die das Geheimnis teilen. Shirley McKenzie behielt das Geheimnis fast einen Monat für sich, bevor sie es Hortense Barcley, ihrer besten Freundin, erzählte. Hortense schwieg zehn Tage, bevor sie es an *ihre* beste Freundin weitergab, eine gewisse Christine Traegger. Christine erzählte es ihrem Mann und ihren besten Freundinnen (allen dreien) auf der Stelle.

So verbreitet sich in kleinen Städten die Wahrheit; und an dem Aprilabend, an dem Irv und Norma ihr belauschtes Gespräch führten, wusste ein guter Teil der Einwohnerschaft von Hastings Glen, dass die beiden ein mysteriöses Mädchen beherbergten. Die Neugier schlug hohe Wellen, und die Zungen gerieten in Bewegung.

Am Ende erreichte die Neuigkeit ein verkehrtes Paar Ohren. Von einem Zerhackertelefon aus wurde ein Gespräch geführt.

Zum zweiten Mal machten sich am letzten Apriltag Agenten der Firma zur Mandersfarm auf den Weg; diesmal bewegten sie sich im Morgengrauen durch den Frühnebel über die Felder und sahen in ihren leuchtenden Feuerschutzanzügen wie schreckliche Invasoren vom Planeten X aus. Sie wurden verstärkt durch eine Einheit der Nationalgarde, deren Angehörige allerdings nicht wussten, warum, zum Teufel, man sie in die friedliche kleine Stadt Hastings Glen im Staate New York geschickt hatte.

Sie trafen Irv und Norma in der Küche an. Die beiden waren völlig verdutzt, und zwischen ihnen lag eine Nachricht. Irv hatte sie morgens gefunden, als er um fünf Uhr aufstand, um die Kühe zu melken. Sie bestand aus einer einzigen Zeile: *Ich glaube, ich weiß jetzt, was ich zu tun habe. Liebe Grüße, Charlie.*

Wieder war sie den Agenten der Firma entkommen – aber wo sie sich auch aufhalten mochte, sie war allein.

11

Der Bibliothekar war ein junger Mann von sechsundzwanzig Jahren mit Bart und langen Haaren. Vor seinem Tisch stand ein kleines Mädchen in grüner Bluse und Bluejeans. In einer Hand hielt sie eine Einkaufstasche. Sie war erbärmlich mager, und der junge Mann fragte sich, was ihre Eltern ihr nur zu essen gegeben hatten ... wenn überhaupt.

Aufmerksam und höflich hörte er sich ihre Frage an. Ihr Daddy, sagte sie, habe ihr erzählt, dass man, wenn man eine wirklich schwierige Frage hat, in die Bibliothek gehen muss, weil die Leute in der Bibliothek die Antwort auf fast alle Fragen wissen. Hinter ihnen warf die große Halle der öffentlichen Bibliothek von New York ein leises Echo zurück; draußen hielten die beiden steinernen Löwen ihre endlose Wache.

Als sie fertig war, wiederholte der Bibliothekar ihr Anliegen und zählte die wichtigsten Punkte mit Hilfe der Finger auf.

»Also eine Illustrierte.«

Sie nickte.

»Eine große ... das heißt, in ganz Amerika verbreitet.«

Wieder nickte sie.

»Darf nichts mit der Regierung zu tun haben.«

Zum dritten Mal nickte das Mädchen.

»Darf ich fragen, warum?«

»Ich –«, sie zögerte –, »ich habe ihnen etwas zu erzählen.«

Der junge Mann überlegte einen Augenblick. Er schien gerade etwas sagen zu wollen, aber dann stieß er einen Finger in die Luft und besprach sich mit einem Kollegen. Er ging zu dem kleinen Mädchen zurück und sagte zwei Worte.

»Können Sie mir die Adresse geben?«, fragte sie.

Er suchte die Adresse heraus und schrieb sie deutlich und in Druckbuchstaben auf ein viereckiges Stück gelbes Papier.

»Danke«, sagte das Mädchen und wandte sich zum Gehen.

»Hör zu«, sagte er, »wann hast du zuletzt gegessen, Kleine? Brauchst du ein paar Dollar?«

Sie lächelte – ein erstauntlich freundliches und sanftes Lächeln. Einen Augenblick lang war der Bibliothekar fast in sie verliebt.

»Ich habe Geld«, sagte sie und hielt die Einkaufstasche auf, damit er hineinsehen konnte.

Die Papiertasche war voll Silbergeld.

Bevor er etwas sagen konnte – sie vielleicht fragen, ob sie ihr Sparschwein geschlachtet habe oder Ähnliches –, war sie verschwunden.

12

Das kleine Mädchen fuhr mit dem Fahrstuhl in den dritten Stock des Wolkenkratzers. Einige der Männer und Frauen, die mit ihr in der Kabine standen, schauten die Kleine neugierig an – ein kleines Mädchen in einer grünen Bluse und Bluejeans, die in der einen Hand eine zerknitterte Einkaufstüte, in der anderen eine Dose Orangensaft trug. Aber sie waren New Yorker, und das Wichtigste für einen New Yorker ist es, sich um seine eigenen Angelegenheiten zu kümmern.

Sie stieg aus dem Fahrstuhl, las die Schilder und wandte sich nach links. Am Ende des Korridors lag hinter doppelten Glastüren ein hübsch ausgestatteter Empfangsraum. Unter dem Namen, den der Bibliothekar ihr genannt hatte, hing ein Motto: »Wir bringen alles, was interessant ist.«

Charlie blieb noch einen Augenblick draußen.

»Ich tu es jetzt, Daddy«, flüsterte sie. »Oh, hoffentlich tu ich das Richtige.«

Charlie McGee zog eine der Glastüren auf und ging in das Büro des *Rolling Stone,* wohin der Bibliothekar sie geschickt hatte.

Am Empfang saß eine junge Frau mit klaren grauen Augen. Sie schaute Charlie einige Sekunden lang schweigend an und registrierte die zerknitterte Einkaufstüte, die Dose mit Orangensaft und das Mädchen selbst: es war schlank, fast mager, aber groß, und sein Gesicht strahlte heitere Ruhe aus. *Sie wird einmal sehr schön werden,* dachte die junge Frau am Empfang.

»Was kann ich für dich tun, kleine Schwester?«, fragte die junge Frau und lächelte.

»Ich muss jemanden sprechen, der für Ihre Illustierte schreibt«, sagte Charlie. Ihre Stimme war leise, aber klar und fest. »Ich habe eine Geschichte zu erzählen. Und etwas zu zeigen.«

»Wie eine Bildbeschreibung in der Schule, was?«, fragte die Frau.

Charlie lächelte. Es war das Lächeln, das schon den Bibliothekar begeistert hatte.

»Ja«, sagte sie. »Ich habe lange darauf gewartet.«

STEPHEN KING

CUJO

ROMAN

Ins Deutsche übertragen
von Harro Christensen

BASTEI LÜBBE

Dieses Buch ist für meinen Bruder David,
der beim Überqueren der West Broad Street
meine Hand festhielt und der mir beibrachte,
wie man aus alten Kleiderbügeln Windvögel bastelt.
Das war so aufregend,
dass ich einfach nicht damit aufhören konnte.

Ich liebe dich, David.

About suffering they were never wrong,
The Old Masters: how well they understood
Its human position; how it takes place
While someone else is eating or opening a window or
just walking dully along ...
– W. H. AUDEN, »Musée des Beaux Arts«

Old Blue died and he died so hard
He shook the ground in my back yard.
I dug his grave with a silver spade
And I lowered him down with a golden chain.
Every link you know l did call his name,
I called, »Here, Blue, you good dog, you.«
– FOLK SONG

»Nope, nothing wrong here.«
– THE SHARP CEREAL PROFESSOR

Es war einmal ...

... und es ist noch gar nicht lange her, da kam ein Ungeheuer in die kleine Stadt Castle Rock in Maine. Es tötete 1970 eine Serviererin namens Alma Frechette; 1971 eine Frau namens Pauline Toothaker und eine Studentin namens Cheryl Moody; 1974 ein hübsches Mädchen namens Carol Dunbarger; im Herbst 1975 eine Lehrerin namens Etta Ringgold; und schließlich, Ende desselben Jahres, eine Schülerin namens Mary Kate Hendrasen.

Es war kein Werwolf, Vampir oder Gespenst, und es war auch keine namenlose Kreatur aus dem Hexenwald oder aus den Schneewüsten; es war nur ein Polizist namens Frank Dodd, der seelische und sexuelle Probleme hatte. Ein guter Mann namens John Smith machte wie durch ein Wunder seinen Namen ausfindig, aber bevor man ihn erwischen konnte – und das war vielleicht auch gut so –, brachte Frank Dodd sich selbst um.

Es gab natürlich einiges Entsetzen, aber hauptsächlich herrschte Freude in der kleinen Stadt, Freude darüber, dass das Ungeheuer, das so viele Albträume verursacht hatte, tot, endlich tot war. Die Albträume einer ganzen Stadt wurden mit Frank Dodd begraben.

Aber selbst in unserer aufgeklärten Zeit, da so viele Eltern den psychischen Schaden kennen, den sie ihren Kindern vielleicht zufügen, gab es gewiss irgendwo in Castle Rock die eine oder andere Mutter – vielleicht auch eine Großmutter –, die ihre Kinder zur Ordnung rief, indem sie ihnen erzählten, dass Frank Dodd sie holen würde, wenn sie nicht gehorchten. Und sicherlich herrschte angstvolles Schweigen, wenn Kinder ihre dunklen Fenster sahen und an Frank Dodd in seinem glänzenden schwarzen Plastikregenmantel dachten. An Frank Dodd, der gewürgt hatte ... und gewürgt ... und gewürgt.

Da draußen ist er, höre ich die Großmutter flüstern, wenn der Wind durch den Schornstein fährt und pfeifend über den alten Topfdeckel streicht, den jemand in das Ofenloch geklemmt hat. *Da draußen ist er, und wenn du nicht brav bist, ist es vielleicht* sein *Gesicht, das durch das Schlafzimmerfenster schaut, wenn außer dir alle im Hause schlafen; vielleicht starrt sein lächelndes Gesicht dich mitten in der Nacht aus dem Schrank an, in der einen Hand das Stopp-Schild, das er hochhielt, wenn er kleine Kinder traf, in der anderen das Rasiermesser, mit dem er sich umbrachte ... deshalb seid schön ruhig, Kinder ... pssst ... pssst ...*

Aber für die meisten war Dodds Ende auch das Ende der Geschichte. Gewiss gab es Albträume, und gewiss lagen Kinder nachts wach, und das leere Haus der Dodds (denn seine Mutter erlitt wenig später einen Schlaganfall und starb) wurde bald als Spukhaus gefürchtet, und man mied es; aber das waren vorübergehende Phänomene – die wahrscheinlich unvermeidlichen Nebenwirkungen einer Serie sinnloser Morde.

Aber die Zeit verging. Fünf Jahre.

Das Ungeheuer war weg, das Ungeheuer war tot. Frank Dodd vermoderte in seinem Sarg.

Aber das Ungeheuer stirbt nie. Werwolf, Vampir, Gespenst, namenlose Kreatur aus den Schneewüsten. Das Ungeheuer stirbt nie.

Im Sommer 1980 kam es wieder nach Castle Rock.

Tad Trenton, vier Jahre alt, wachte im Mai jenes Jahres kurz nach Mitternacht auf und musste auf die Toilette. Er stand auf und ging im Halbschlaf auf den weißen Lichtstreifen zu, der durch die angelehnte Tür hereinfiel, wobei er schon die Pyjamahose herunterzog. Er urinierte eine Ewigkeit, spülte und ging wieder ins Bett. Er zog die Decke hoch, und in diesem Augenblick sah er die Kreatur in seinem Schrank.

Sie hockte ganz unten, und der Kopf saß zwischen riesigen Schultern. Die Augen waren bernsteinfarbene Höhlen. Das Ding hätte halb Mensch, halb Wolf sein können. Seine Augen rollten und folgten Tads Bewegungen, als dieser sich im Bett aufrichtete; er spürte ein Kribbeln zwischen den Beinen, seine Haare sträubten sich, und er wagte kaum zu atmen: Irre Augen lachten ihn an, Augen, die ihm mit einem grauenhaften Tod drohten, mit Schreien, die ungehört verhallten; etwas war im Schrank.

Er hörte sein leises Knurren; er roch seinen süßen Leichenatem.

Tad Trenton riss die Hände vor die Augen, holte tief Luft und stieß einen lang gezogenen Schrei aus.

Ein undeutlicher Ausruf in einem anderen Zimmer – sein Vater.

Ein ängstlicher Schrei »Was war das?« aus demselben Zimmer – seine Mutter.

Das Geräusch ihrer eiligen Schritte. Als sie hereinkamen, schaute er zwischen seinen Fingern hindurch und sah es dort im Schrank, und es fletschte drohend die Zähne: sie kamen vielleicht, aber sie würden auch wieder gehen, und dann –

Das Licht ging an. Vic und Donna Trenton kamen an sein Bett und warfen sich einen besorgten Blick zu, als sie sein kreideweißes Gesicht und seine entsetzten Augen sahen, und seine Mutter sagte – nein schimpfte: »Ich habe doch gleich gesagt, dass drei Hot Dogs zu viel sind, Vic!«

Und dann saß Daddy an seinem Bett, legte ihm den Arm um die Schultern und wollte wissen, was passiert war.

Tad wagte es, noch einmal in den Schrank zu schauen.

Das Ungeheuer war verschwunden. Statt der blutdürstigen Bestie, die er gesehen hatte, sah er nur noch zwei unordentliche Stapel Wolldecken, das Bettzeug für den Winter, das Donna noch nicht nach oben gebracht hatte. Statt des zottigen, raubgierig erhobenen Kopfes sah er auf dem größeren Stapel seinen Teddy sitzen. Statt der tief liegenden, bösartigen Bernsteinaugen sah er die freundlichen braunen Glasknöpfe, aus denen sein Teddy die Welt betrachtete.

»Was ist denn los, Tadder?«, fragte sein Daddy ihn noch einmal.

»Da war ein Ungeheuer!«, rief Tadder. »In meinem Schrank!« Und er brach in Tränen aus.

Seine Mommy saß bei ihm; sie hatten ihn zwischen sich genommen und trösteten ihn, so gut sie konnten. Sie folgten dem Ritual aller Eltern. Sie erklärten, dass es keine Ungeheuer gebe; dass er nur schlecht geträumt hätte. Seine Mommy erklärte ihm, dass Schatten manchmal so aussehen konnten wie die gruseligen Dinge, die man manchmal im Fernsehen oder in den Comics sieht. Und Daddy sagte ihm, dass alles in bester Ordnung sei, dass nichts in diesem schönen Haus ihm gefährlich werden könnte. Tad nickte und stimmte ihm zu, aber er war vom Gegenteil überzeugt.

Sein Vater erklärte ihm, dass zwei Stapel Wolldecken wie hochgezogene Schultern aussehen konnten, dass der Teddybär wie ein Kopf ausgesehen hatte. Seine Augen hätten das Licht aus dem Badezimmer reflektiert, und deshalb hätte Tad sie für richtige Tieraugen gehalten.

»Jetzt pass gut auf«, sagte er. »Schau genau zu, Tadder.«

Tad gehorchte.

Sein Vater schob die Wolldecken in Tads Schrank ganz nach hinten. Tad hörte, wie die Kleiderbügel leise klapperten und sich in ihrer Kleiderbügelsprache über Daddy unterhielten. Das war komisch, und er musste lächeln. Mommy sah es, und sie lächelte erleichtert zurück.

Sein Daddy nahm den Teddy aus dem Schrank und legte ihn Tad in die Arme.

»Und nun, Ladys and Gentlemen«, sagte Daddy mit großer Geste und einer Verbeugung, dass Tad und Mommy lachen mussten, »der Stuhl.«

Er stellte den Stuhl vor die Schranktür und drückte sie fest zu. Als er wieder vor Tads Bett stand, lächelte er immer noch, aber sein Blick war ernst.

»Okay, Tad?«

»Ja«, sagte Tad, und dann gab er sich einen Ruck. »Aber es war da, Daddy. Ich habe es gesehen. Bestimmt.«

»Du hast es *in Gedanken* gesehen, Tad«, sagte Daddy, und seine große, warme Hand strich Tad über das Haar. »Aber du hast kein Ungeheuer in deinem Schrank gesehen, kein richtiges. Es gibt keine Ungeheuer, Tad. Nur in Geschichten und in deinem Kopf.«

Er sah seinen Vater an, dann seine Mutter – ihre lieben, freundlichen Gesichter.

»Bestimmt?«

»Bestimmt«, sagte seine Mommy. »Und nun steh auf und geh noch rasch ins Badezimmer.«

»Aber ich war doch schon. Davon bin ich doch aufgewacht.«

»Ach«, sagte sie, denn Eltern glauben einem nie, »tu mir den Gefallen.«

Er ging also und schaffte unter ihrer Aufsicht vier Tropfen. Sie lächelte und sagte triumphierend: »Siehst du, du musstest *doch*!«

Resigniert nickte Tad. Ging wieder ins Bett. Ließ sich zudecken. Empfing die obligaten Küsse.

Und als Vater und Mutter zur Tür gingen, legte sich wie kalter Nebel die Angst wieder über ihn. Wie ein Leichentuch, das nach Tod stank. *Oh, bitte,* dachte er, nur dies eine, *oh, bitte, bitte, bitte.*

Vielleicht hatte sein Vater seine Gedanken erraten, denn Vic stand wieder in der Tür, eine Hand am Lichtschalter, und wiederholte: »Keine Ungeheuer, Tad.«

»Nein, Daddy«, sagte Tad, denn in diesem Augenblick waren die Augen seines Vaters ganz dunkel und abwesend, als sei er selbst nicht recht überzeugt. »Keine Ungeheuer.« *Außer dem in meinem Schrank.*

Das Licht ging aus.

»Gute Nacht, Tad«, hörte er von fern die leise Stimme seiner Mutter, und in Gedanken rief er ihr zu: *Pass auf, Mommy, sie fressen Frauen! In den Filmen fangen sie die Frauen und verschleppen sie, und dann fressen sie sie! Oh, bitte, bitte, bitte –*

Und der vierjährige Tad Trenton lag in seinem Bett und zitterte vor Angst. Er hatte sich die Decke bis an das Kinn gezogen, und mit einem Arm drückte er seinen Teddy fest an die Brust, und an der Wand hing Lucky Skywalker; auf einem Bord stand ein Backenhörnchen und grinste fröhlich (WENN DAS LEBEN DIR LIMONEN SCHENKT, MACH LIMONADE!, sagte das freche, grinsende Backenhörnchen); und auf einem anderen Bord standen alle bunten Figuren aus der Sesamstraße: Big Bird, Bert, Ernie, Oscar, das Krümelmonster. Symbole des Guten; ein Gegenzauber. Aber der Wind draußen. Er heulte über das Dach und fuhr in den schwarzen Schlund der Dachrinne hinein. Heute Nacht war an Schlaf nicht mehr zu denken.

Aber ganz allmählich löste sich die Spannung ein wenig. Er dachte nach ...

Und dann wieder ein Kreischen, das den Wind draußen übertönte, und er war sofort hellwach.

Die Scharniere an der Schranktür.

Kriiiiiiii –

Ein dünnes Geräusch, so hoch, dass vielleicht nur Hunde oder kleine Jungen, die nachts nicht schlafen, es hören konnten. Die Schranktür öffnete sich, ganz langsam und gleichmäßig, ein toter Rachen, der sich in der Dunkelheit auftat, Zentimeter um Zentimeter.

Und in dieser Dunkelheit verbarg sich das Ungeheuer. Es hockte da, wo es vorher gehockt hatte. Es grinste ihn an, und seine riesigen Schultern standen höher als sein Kopf, und seine Augen glühten bernsteinfarben und bösartig. Ich habe dir doch gesagt, dass sie gehen würden, Tad, flüsterte es. *Das tun sie am Ende immer. Und dann komme ich wieder. Ich komme gern wieder. Ich mag dich, Tad. Ich denke, ich werde jetzt jede Nacht wiederkommen, und jede Nacht komme ich ein wenig näher an dein Bett ... und immer näher ... bis du eines Nachts etwas knurren hörst,* direkt neben dir *knurren hörst, Tad, und das werde ich sein, und du wirst keine Zeit mehr haben, um Hilfe zu schreien, und ich werde mich auf dich stürzen und dich fressen, und dann wirst du in mir sein.*

Betäubt vor Entsetzen starrte Tad die Kreatur in seinem Schrank an. Sie hatte etwas ... etwas fast Vertrautes. Etwas, das er fast kannte. Und das war schlimmer als alles andere: es fast zu kennen. Weil –

Weil ich verrückt bin, Tad. Ich bin hier. Ich bin die ganze Zeit hier gewesen. Ich hieß früher Frank Dodd, und ich habe die Frauen umgebracht, und vielleicht habe ich sie auch gefressen. Ich bin die ganze Zeit hier gewesen. Ich bleibe in der Nähe und lausche. Ich bin das Ungeheuer, Tad, das alte Ungeheuer, und ich werde dich bald haben, Tad. Merkst du nicht, wie ich immer näher komme ... immer näher ...?

Vielleicht sprach das Ding im Schrank mit seinem eigenen pfeifenden Atem zu ihm, aber vielleicht war seine Stimme auch die Stimme des Windes. Es spielte keine Rolle. Tad hörte voll Grauen die Worte und wäre fast ohnmächtig geworden (und war doch so wach); er sah das dunkle, zähnefletschende Gesicht, das er fast kannte. Er würde heute Nacht nicht mehr schlafen; vielleicht würde er nie mehr schlafen.

Aber etwas später, zwischen Mitternacht und ein Uhr, schlief Tad dann doch ein, vielleicht weil er noch so klein war. Es war ein unruhiger Schlaf, in dem große, zottige Kreaturen mit bleckenden weißen Zähnen ihn verfolgten, bis er endlich tief und traumlos schlief.

Der Wind unterhielt sich noch lange mit der Dachrinne. Die weiße Sichel des Mondes stieg am Himmel auf. Weit weg, irgendwo auf den nächtlichen Wiesen oder auf einer tannengesäumten Waldlichtung, bellte wütend ein Hund und verstummte wieder.

Und in Tad Trentons Schrank hielt etwas mit Bernsteinaugen Wache.

Hast du die Wolldecken zurückgelegt?«, fragte Donna am nächsten Morgen ihren Mann. Sie stand am Herd und bereitete den Frühstücksspeck. Tad saß im Nebenzimmer, sah *Die Neue Zoo-Revue* und aß eine Schüssel Twinkles. Twinkles waren Kornflocken von Sharp, und die Trentons bekamen ihre Sharp-Kornflocken umsonst.

»Hmmm?«, fragte Vic. Er war mit dem Sportteil der Zeitung beschäftigt.

Als ehemaliger New Yorker hatte er dem Red-Sox-Fieber bisher erfolgreich widerstanden. Aber er empfand ein masochistisches Vergnügen, als er las, dass die Metropolitans einen überaus schlechten Start gehabt hatten.

»Die Wolldecken. Aus Tads Schrank.« Der Speck zischte noch, als sie ihn auf den Tisch stellte. »Hast du sie wieder auf den Stuhl gelegt?«

»Ich nicht«, sagte Vic und blätterte um. »Da riecht es wie in einer Mottenkugelfabrik.«

»Das ist aber komisch. Dann muss *er* sie zurückgelegt haben.«

Er faltete die Zeitung zusammen und sah seine Frau an. »Wovon redest du überhaupt, Donna?«

»Erinnerst du dich an Tads schlechten Traum gestern Abend –?«

»Den vergess ich nicht so leicht. Als ob ihn jemand umbrachte. Als ob er Krämpfe hatte oder so was Ähnliches.«

Sie nickte. »Er hielt die Wolldecken für eine Art ...« Sie zuckte die Achseln.

»Gespenst«, sagte Vic und grinste.

»Wahrscheinlich. Und du gabst ihm seinen Teddybär und schobst die Decken nach hinten in den Schrank. Aber als ich sein Bett machen wollte, lagen sie wieder auf dem Stuhl.« Sie lachte. »Ich sah in den Schrank, und eine Sekunde dachte ich ...«

»Jetzt weiß ich auch, warum«, sagte Vic. Er sah sie freundlich an. »Drei Hot Dogs, du meine Güte.«

Später, Vic war schon zur Arbeit gefahren, fragte Donna Tad, warum er die Wolldecken auf den Stuhl zurückgelegt hätte.

Tad sah zu ihr auf, und sein sonst so frisches und lebhaftes Gesicht wirkte blass und verschlossen – und zu alt. Sein Krieg-der-Sterne-Malbuch lag geöffnet vor ihm, und er malte die einzelnen Figuren mit Buntstiften aus.

»Das habe ich nicht getan«, sagte er.

»Aber Tad, wenn du es nicht getan hast, und Daddy nicht, und *ich* nicht ...«

»Dann war es eben das Ungeheuer«, sagte Tad. »Das Ungeheuer in meinem Schrank.«

Er konzentrierte sich wieder auf sein Malbuch.

Sie sah ihn besorgt und ein wenig ängstlich an. Er war ein aufgeweckter Junge, wenn auch manchmal seine Fantasie mit ihm durchging. Dies aber gefiel ihr gar nicht. Heute Abend würde sie mit Vic darüber sprechen müssen, und zwar ausführlich.

»Tad, du weißt doch, was dein Vater gesagt hat. Es gibt keine Ungeheuer.«

»Wenigstens nicht am Tage«, sagte er und lächelte sie so unbekümmert und strahlend an, dass ihre Angst verflog. Sie fuhr ihm durchs Haar und küsste ihn auf die Wange.

Sie nahm sich dennoch vor, mit Vic darüber zu sprechen, und dann kam Steve Kemp, während Tad im Kindergarten war, und sie vergaß es, und auch in dieser Nacht schrie Tad wieder, dass es in seinem Schrank sei, das Ungeheuer, das Ungeheuer!

Die Schranktür stand offen, die Decken lagen auf dem Stuhl. Diesmal brachte Vic sie in den dritten Stock und legte sie dort in einen Schrank.

»Sie sind weggeschlossen, Tadder«, sagte Vic und küsste seinen Sohn. »Jetzt ist alles in Ordnung. Nun schlaf wieder ein und träum schön.«

Aber Tad schlief noch lange nicht ein, und bevor er einschlief, öffnete sich die Schranktür, die sein Vater geschlossen hatte, ganz weit mit einem leisen Knarren, und er sah wieder den toten Rachen, in dessen toter Finsternis etwas Zottiges mit scharfen Zähnen und Klauen hockte, etwas, das nach Blut und Verderben roch.

Hallo, Tad, flüsterte es aus seinem verfaulten Rachen, und der Mond starrte wie das weiße Schlitzauge einer Leiche in Tads Fenster.

Die älteste Person, die in jenem Spätfrühling in Castle Rock lebte, war Evelyn Chalmers, den älteren Einwohnern der Stadt als Tante Evvie, George Meara als »alte Schreihälsin« bekannt. George Meara musste ihr die Post bringen – die hauptsächlich aus Katalogen, Subskriptionsangeboten von *Reader's*

Digest und frommen Broschüren vom Kreuzzug für den Ewigen Christus bestand – und sich dabei ihre endlosen Monologe anhören. »Das Einzige, was die alte Schreihälsin gut kann, ist das Wetter voraussagen«, hatte George gelegentlich zugegeben, wenn er leicht angetrunken mit seinen Kumpanen im Sanften Tiger saß. Ein saudummer Name für eine Kneipe, aber es war die einzige, deren Castle Rock sich rühmen konnte, und das würde sich auch so bald nicht ändern.

Georges Ansicht fand allgemeine Zustimmung. Tante Evvie war Inhaberin des Goldenen Spazierstocks der *Boston Post*, seit vor zwei Jahren der hundertzweijährige Arnold Heebert von der hinteren Veranda des städtischen Pflegeheims getorkelt war und sich das Genick gebrochen hatte, nicht ohne vorher noch ein letztes Mal gewaltig zu furzen. Der Alte war schon so senil gewesen, dass ein Gespräch mit ihm die gleiche intellektuelle Herausforderung bedeutete wie der Versuch, sich mit einer leeren Katzenfutterdose zu unterhalten.

Tante Evvie war nicht annähernd so senil, wie Arnie Heebert gewesen war, und auch nicht annähernd so alt, aber mit dreiundneunzig hatte sie immerhin ein beachtliches Alter erreicht, und es machte ihr nicht nur Spaß, den resignierten, oft verkaterten George Meara anzubrüllen, wenn er die Post brachte, sie war auch nicht dumm genug gewesen, sich wie Heebert aus ihrer Wohnung drängen zu lassen.

Und mit dem Wetter kannte sie sich aus. Die Stadt war sich darüber einig – jedenfalls die älteren Leute, die sich für diese Dinge interessierten – dass Tante Evvie sich in drei Dingen niemals irrte: wann im Sommer das erste Gras gemäht werden konnte, wie gut (oder wie schlecht) die Heidelbeeren ausfallen würden, und wie das Wetter sein würde.

An einem Tag Anfang Juni schlurfte sie zu ihrem Briefkasten am Ende der Auffahrt, stützte sich dabei schwer auf ihren Spazierstock von der *Boston Post* und rauchte eine Zigarette der Marke Herbert Tareyton. Den Stock würde wahrscheinlich Vin Marchant erben, wenn die alte Schreihälsin abkratzte. Brüllend begrüßte sie Meara und zeterte dann, dass es den heißesten Sommer seit dreißig Jahren geben würde. Am Anfang heiß und am Ende heiß, schrie sie mit lederner Lunge in die schläfrige Mittagsstille, und in der Mitte heiß. In ihrer Taubheit war sie offenbar davon überzeugt, dass alle anderen aus lauter Sympathie gleichzeitig taub geworden wären.

»Tatsächlich?«, fragte George.

»Was?«

»Ich sagte ›tatsächlich?‹« Das war das andere: Tante Evvie schaffte es immer, dass man selbst genauso laut schrie wie sie selbst. Da konnte einem leicht eine Ader platzen.

»Ich will ein Schwein küssen und dabei lachen, wenn das nicht stimmt!«, johlte Tante Evvie. Die Asche ihrer Zigarette fiel auf George Mearas blaue Uniformjacke, die er erst heute Morgen frisch gereinigt angezogen hatte. Resigniert wischte er sie ab.

Tante Evvie schob den Kopf durch das Wagenfenster, um ihm noch besser ins Ohr brüllen zu können. Ihr Atem roch nach sauren Gurken.

»Die Feldmäuse sind schon alle aus ihren Löchern raus! Tommy Neadeau hat am Moosuntic Pond schon Hirsche gesehen, die sich den Bast von den Geweihen scheuerten, und das, bevor die erste Wanderdrossel aufgetaucht ist! Als der Schnee schmolz, war Gras darunter! Grünes Gras, Meara!«

»Tatsächlich, Evvie?«, erwiderte George, da irgendeine Antwort geboten schien. Er bekam Kopfschmerzen.

»Was?«

»TATSÄCHLICH, TANTE EVVIE?«, kreischte George. Speichel spritzte von seinen Lippen.

»Oh, jaa!«, heulte Tante Evvie zufrieden. *»Und gestern habe ich Wetterleuchten gesehen! Ein schlechtes Zeichen, Meara! Frühes Wetterleuchten ist ein schlechtes Zeichen! In diesem Sommer werden eine Menge Leute an Hitze sterben! Es wird ein schlimmer Sommer!«*

»Ich muss weiter, Tante Evvie!«, grölte George. *»Ich habe eine Eilzustellung für Stringer Beaulieu!«*

Evvie Chalmers warf den Kopf zurück und gackerte in den Frühlingshimmel. Sie gackerte, bis sie fast erstickt wäre, und diesmal fiel die Zigarettenasche vorn auf ihr Hauskleid. Sie spuckte die Zigarette aus, und sie blieb glimmend neben einem ihrer Altweiberschuhe liegen – ein Schuh schwarz wie ein Ofen und eng wie ein Korsett; ein Schuh für die Ewigkeit.

»Du hast eine Eilzustellung für Frenchy Beaulieu? Der könnte den Namen auf seinem eigenen Grabstein nicht lesen!«

»Ich muss weiter, Tante Evvie«, sagte George rasch und legte den Gang ein.

»Frenchy Beaulieu ist ein reiner Dummkopf von Geburt, wenn Gott je einen gemacht hat!«, schrie Tante Evvie, aber sie schrie in den Wind, denn George war die Flucht gelungen.

Sie blieb noch eine Minute am Briefkasten stehen und schaute ihm nach. Private Post hatte sie nicht bekommen; die bekam sie in letzter Zeit selten. Die meisten Leute, die sie kannte und die ihr hätten schreiben können, waren inzwischen tot. Sie würde ihnen bald folgen, vermutete sie. Bei dem Gedanken an den bevorstehenden Sommer hatte sie ein ungutes Gefühl, ein Angstgefühl. Sie konnte darüber reden, dass die Mäuse früh aus ihren Löchern gekommen waren, und über das Wetterleuchten am Frühlingshimmel, aber sie konnte nicht über die Hitze sprechen, die sie irgendwo über dem Horizont spürte, die dort lauerte wie eine ausgemergelte, aber starke Bestie mit krätzigem Fell und rot glühenden Augen; sie konnte nicht über ihre Träume sprechen, die heiß und schattenlos und durstig waren; sie konnte nicht darüber sprechen, dass sie früh am Morgen ohne jeden Grund weinen musste und dass die Tränen sie nicht erleichterten, sondern ihr in den Augen brannten wie der Schweiß eines ganzen Sommers. Sie roch Wahnsinn in einem Wind, der noch nicht geweht hatte.

»George Meara, du bist ein alter Furz«, sagte Tante Evvie, und sie zog das Wort so lang, dass es höchst lächerlich klang.

Auf ihren Stock von der *Boston Post* gestützt, machte sie sich auf den Weg zum Haus zurück. Dieser Stock war ihr im Rathaus feierlich überreicht worden, nur weil sie erfolgreich alt geworden war. Kein Wunder, dachte sie, dass diese verdammte Zeitung Pleite gemacht hatte.

Sie blieb auf ihrer Veranda stehen und schaute in den klaren pastellfarbenen Frühlingshimmel. Sie spürte es kommen: Etwas Heißes. Etwas Böses.

Ein Jahr vor jenem Sommer, als Vic Trentons alter Jaguar am linken Hinterrad ein ärgerliches Klappern entwickelt hatte, war es George Meara gewesen, der ihm riet, den Wagen zu Joe Camber zu bringen, der am Stadtrand von Castle Rock eine Autoreparaturwerkstatt betrieb. »Er legt ein eigenartiges Geschäftsgebaren an den Tag«, sagte George zu Vic, als dieser eines Morgens an seinem Briefkasten stand. »Er sagt Ihnen, was der Job kosten wird, und nach der Reparatur verlangt er genau den Betrag, den er vorher genannt hat. Komische Art, Geschäfte zu machen, was?« Und er fuhr davon und überließ es Vic, sich darüber klar zu werden, ob er das ernst gemeint hatte oder ob Vic nur das Opfer eines Yankeewitzes geworden war.

Aber er rief Camber an, und eines Tages im Juli (es war ein kühlerer Juli als der im folgenden Jahr) waren er und Donna gemeinsam hingefahren. Der Laden lag ziemlich weit draußen, und Vic musste zweimal anhalten, um nach dem Weg zu fragen, und seitdem nannte er diesen Außenbezirk der Gemeinde die Östliche Galoschenecke.

Er fuhr auf Cambers Hof, und das Hinterrad klapperte lauter als je zuvor. Tad, damals drei Jahre alt, saß auf Donna Trentons Schoß und lachte sie an. Eine Fahrt in Daddys Auto »ohne Dach« versetzte ihn immer in gute Stimmung, und auch Donna fühlte sich ausgezeichnet.

Ein Junge von acht oder neun Jahren stand auf dem Hof und schlug einen alten Baseball mit einem noch älteren Baseballschläger. Der Ball sauste durch die Luft und schlug an der Seitenwand der Scheune auf, die wahrscheinlich Mr Cambers Werkstatt war. Dann rollte er wieder zurück.

»Hallo«, sagte der Junge, »sind Sie Mr Trenton?«

»Der bin ich«, sagte Vic.

»Ich hole Daddy«, sagte der Junge und rannte in die Scheune.

Die drei Trentons stiegen aus, und Vic ging um den Wagen herum nach hinten, wo er sich ohne große Zuversicht neben das defekte Rad hockte. Vielleicht hätte er den Wagen doch lieber nach Portland schaffen sollen. Was er hier sah, war nicht sehr ermutigend. Camber hatte nicht einmal ein Schild draußen hängen.

Donna störte ihn in seinen Überlegungen. Sie rief nervös seinen Namen. Und dann: »Oh, mein *Gott*, Vic –«

Er stand rasch auf und sah einen riesigen Hund aus der Scheune kommen. Albern fragte er sich im ersten Augenblick, ob es überhaupt ein Hund war oder vielleicht eine seltsame und hässliche Art Pony. Aber als der Hund aus dem Schatten der Scheune heraustrat, sah er seine traurigen Augen und wusste, dass es ein Bernhardiner war.

Instinktiv hatte Donna Tad hochgerissen und sich hinter die Kühlerhaube des Wagens zurückgezogen, aber der Junge strampelte ungeduldig in ihren Armen und wollte herunter.

»Will Wauwau sehen, Mom ... will *Wauwau* sehen!«

Donna sah nervös Vic an, der die Achseln zuckte und selbst unruhig wurde. Dann kam der fremde Junge wieder und kraulte dem Hund den Kopf. Das Tier wedelte mit seinem gewaltigen Schwanz, und Tad strampelte nur noch mehr.

»Sie können ihn runterlassen, Madam«, sagte der Junge höflich. »Cujo mag Kinder. Er tut ihm nichts.« Dann wandte er sich an Vic: »Mein Vater kommt sofort. Er wäscht sich nur die Hände.«

»Gut«, sagte Vic. »Das ist aber ein verdammt großer Hund, mein Junge. Bist du sicher, dass er nicht beißt?«

»Der beißt nicht«, sagte der Junge, aber Vic rückte näher an seine Frau heran, als sein Sohn auf den Hund zuwatschelte, neben dem er unglaublich klein wirkte. Das Tier hielt den Kopf schief, und sein buschiger Schwanz bewegte sich langsam hin und her.

»Vic ...« Donna beendete den Satz nicht.

»Es ist schon in Ordnung«, sagte Vic und dachte: *hoffentlich.* Der Hund sah aus, als könnte er Tadder in einem Bissen verschlingen.

Tad blieb einen Augenblick unsicher stehen. Er und der Hund sahen einander an.

»Wauwau?«, sagte Tad.

»Cujo«, sagte Cambers Sohn und ging zu Tad hinüber. »Er heißt Cujo.«

»Cujo«, sagte Tad, und der Hund ging zu ihm und leckte ihm schlabbernd das Gesicht. Tad kicherte und versuchte, ihn abzuwehren. Dann drehte er sich zu seinen Eltern um und lachte, wie er immer lachte, wenn sie ihn kitzelten. Er ging einen Schritt auf sie zu und stolperte über seine eigenen Füße. Er stürzte, und plötzlich war der Hund über ihm. Vic hatte den Arm um Donna gelegt und spürte und hörte die entsetzte Reaktion seiner Frau. Er setzte sich in Bewegung ... und blieb stehen.

Cujos Zähne hatten sich in Tads T-Shirt mit dem Spider-Man-Emblem verbissen. Er hob den Jungen hoch – einen Augenblick lang sah Tad aus wie ein Katzenjunges im Maul seiner Mutter – und stellte ihn auf die Füße.

Tad rannte zu seinem Vater und seiner Mutter zurück. »Mag Wauwau! Mom! Dad! Ich mag Wauwau!«

Mit den Händen in den Taschen seiner Jeans hatte Cambers Junge leicht amüsiert zugeschaut.

»Klar. Er ist ein feiner Hund«, sagte Vic. Auch er amüsierte sich, aber sein Herz klopfte immer noch wild. Eine Sekunde hatte er wirklich geglaubt, dass der Hund Tad den Kopf abbeißen würde. »Das ist ein Bernhardiner, Tad«, sagte er.

»Bennadiner!«, rief Tad und rannte zu Cujo zurück, der wie ein kleiner Berg vor dem Scheunentor saß. »Cujo! Cuuuujo!«

Neben Vic zuckte Donna zusammen. »Oh, Vic, meinst du wirklich ...«

Aber Tad war schon wieder bei Cujo, umarmte ihn ausgiebig und sah ihm aufmerksam ins Gesicht. Als Cujo vor ihm saß und mit dem Schwanz den Kies peitschte, wobei er seine rosa Zunge heraushängen ließ, konnte Tad ihm, wenn er sich auf die Zehenspitzen stellte, gerade noch in die Augen sehen.

»Die vertragen sich doch prächtig«, sagte Vic.

Tad hatte inzwischen Cujo eine seiner kleinen Hände ins Maul gesteckt und schaute hinein wie der kleinste Zahnarzt der Welt. Wieder wurde Vic unruhig, aber Tad kam schon wieder angelaufen.

»Wauwau hat Zähne«, berichtete er Vic.

»Ja«, sagte Vic. »Viele Zähne.«

Er drehte sich zu dem Jungen um und wollte ihn fragen, wie er auf diesen ungewöhnlichen Namen gekommen sei, aber Joe Camber kam gerade aus der Scheune und wischte sich die Hände mit einem Putzlappen ab, um Vic die Hand schütteln zu können.

Vic war angenehm überrascht, dass Camber sein Handwerk verstand. Als er und Vic zu dem Haus unten am Hügel fuhren und dann wieder die Werkstatt ansteuerten, lauschte er aufmerksam auf das Klappern.

»Das Radlager«, sagte Camber kurz. »Sie haben Glück, dass es sich noch nicht festgefressen hat.«

»Können Sie es reparieren?«, fragte Vic.

»Oh ja. Ich erledige das sofort, wenn es Ihnen nichts ausmacht, ein paar Stunden zu warten.«

»Das wird schon gehen«, sagte Vic. Er sah zu Tad und dem Hund hinüber. Tad hatte sich den Baseball geholt, mit dem Cambers Sohn gespielt hatte. Er warf ihn, so weit er konnte (was nicht sehr weit war), und gehorsam sprang der Bernhardiner hinterher und brachte ihn zu Tad zurück. Der Ball sah entschieden schmierig aus. »Ihr Hund hält meinen Sohn bei Laune.«

»Cujo mag Kinder«, meinte Camber. »Fahren Sie den Wagen bitte in die Scheune, Mr Trenton?«

Jetzt kommst du zum Arzt, dachte Vic belustigt und fuhr den Wagen hinein. Es dauerte dann doch nur anderthalb Stunden, bis die Reparatur erledigt war, und Cambers Rechnung fiel erstaunlich niedrig aus.

Und Tad rannte noch lange durch den kühlen, wolkenverhangenen Nachmittag und rief immer wieder den Namen des Hundes: »Cujo ... Cuujo ... hiiiier, Cujo ...« Kurz bevor sie gingen, hob Brett, so hieß Cambers Sohn, Tad sogar auf Cujos Rücken und hielt ihn fest, während Cujo brav auf dem Vorhof hin und her trottete. Als er vorbeilief, sah Vic die Augen des Hundes ... und Vic hätte schwören können, dass er lachte.

Genau drei Tage nach George Mearas lautstarker Unterhaltung mit Tante Evvie Chalmers stand ein kleines Mädchen in Tad Trentons Alter vom Frühstückstisch auf – dieser Frühstückstisch stand in der Essecke eines hübschen kleinen Hauses in Iowa City, Iowa – und verkündete: »Oh, Mommy, mir ist ganz schlecht. Ich glaube, ich werde krank.«

Ihre Mutter drehte sich zu ihr um und war nicht gerade überrascht. Zwei Tage vorher war Marcys großer Bruder mit einer entsetzlichen Darmgrippe von der Schule nach Hause geschickt worden. Jetzt ging es ihm wieder gut, aber vierundzwanzig Stunden lang war es schlimm gewesen, und er hatte vorn und hinten aus Leibeskräften Ballast abgestoßen.

»Bist du sicher, Honey?«, fragte Marcys Mutter.

»Oh, ich ...« Marcy stöhnte und hielt sich den Magen. Dann ging sie nach unten. Ihre Mutter folgte ihr, sah Marcy im Badezimmer verschwinden und dachte: *Oh Gott, jetzt ist es wieder so weit. Es sollte mich sehr wundern, wenn ich mich diesmal nicht anstecke.*

Sie hörte die würgenden Geräusche, und als sie das Badezimmer betrat, beschäftigte sie sich schon mit den Einzelheiten: Tee ohne Zucker, Bettruhe, Nachttopf, ein paar Bücher; Brock könnte das tragbare Fernsehgerät in ihr Zimmer bringen, wenn er aus der Schule kam und – sie schaute hin, und was sie sah, beendete auf einen Schlag all ihre Überlegungen.

Das Toilettenbecken, in das sich ihre vierjährige Tochter übergeben hatte, war voll Blut; es hatte den Porzellanrand des Beckens bespritzt, und ein paar Tropfen röteten die Fliesen.

»Oh, Mommy, mir ist so schlecht ...«

Ihre Tochter drehte sich um, und ihr Mund war blutbeschmiert, das Blut lief ihr am Kinn herab und klebte an ihrem Matrosenkleid, Blut, oh, du lieber Gott, oh, Jesus, Maria und Josef, so viel *Blut* –

Und wieder erbrach ihre Tochter blutige Klumpen, die wie ein unheilvoller Regen herausspritzten, und dann nahm die Mutter ihre Tochter in den Arm und rannte mit ihr in die Küche an das Telefon, um den Notarzt anzurufen.

Cujo wusste, dass er zu alt war, Kaninchen zu jagen.

Er war nicht *alt*; nein, nicht einmal für einen Hund. Aber mit fünf Jahren war er doch kein ganz junger Hund mehr, der schon wegen eines Schmetterlings eine wilde Jagd durch den Wald und die Felder hinter dem Haus und der Scheune veranstaltete. Er war fünf, und wenn er ein Mensch wäre, würde er langsam das mittlere Alter erreichen.

Aber es war der sechzehnte Juni, ein wunderschöner früher Morgen, und der Tau lag noch auf dem Gras. Die Hitze, die Tante Evvie George Meara prophezeit hatte, war wirklich eingetroffen – es war der heißeste Juni seit Jahren –, und nachmittags um zwei würde Cujo auf dem staubigen Hof liegen (oder in der Scheune, wenn DER MANN ihn hineinließ, was er manchmal tat, wenn er trank, und er trank in der letzten Zeit fast immer) und unter der heißen Sonne hecheln. Aber das kam erst später.

Und das große, dicke, braune Kaninchen dort unten am Ende des nördlichen Feldes, eine Meile vom Haus entfernt, hatte nicht die leiseste Ahnung, dass Cujo in der Nähe war. Für Bruder Kaninchen blies der Wind aus der falschen Richtung.

Cujo schlich sich an das Kaninchen heran, nicht um Beute zu machen, sondern zum Vergnügen. Das Kaninchen fraß seelenruhig von dem frischen Klee, der in einem Monat von der sengenden Sonne verdorrt sein würde. Wenn er nur die Hälfte der ursprünglichen Distanz zurückgelegt hätte, als das Kaninchen ihn sah und davonsauste, hätte Cujo aufgegeben. Aber er war schon bis auf fünf Meter herangekommen, als das Kaninchen den Kopf aufrichtete und die Ohren hochstellte. Einen Augenblick blieb das Tier reglos sitzen; wie eine Kaninchenskulptur mit schwarzen Glasaugen, die komisch vorstanden. Dann war es weg.

Mit wütendem Gebell schoss Cujo hinterher. Das Kaninchen

war sehr klein, und Cujo war sehr groß, aber allein die *Möglichkeit,* es zu erwischen, ließ zusätzliche Energie in seine Knochen fahren. Er kam so nahe heran, dass er das Kaninchen mit der Pfote berührte. Das Kaninchen schlug einen Haken. Cujo änderte ein wenig schwerfälliger die Richtung, und seine Pfoten wühlten den schwarzen Boden unter dem Gras auf. Zuerst fiel er zurück, aber dann holte er rasch wieder auf. Mit seinem rauen Gebell scheuchte er einige Vögel auf; wenn ein Hund überhaupt grinsen konnte, dann grinste Cujo jetzt. Wieder schlug das Kaninchen einen Haken und rannte dann geradeaus über das nördliche Feld. Cujo stürmte hinterher. Er vermutete schon, dass er dieses Rennen nicht gewinnen würde.

Aber er strengte sich an, und er holte wieder auf, als es in einem Loch an der Seite eines flachen Hügels verschwand. Das Loch war von hohem Gras überwachsen, und Cujo zögerte keine Sekunde. Er duckte seinen gelb-braunen Körper, und wie eine Art pelziges Projektil ließ ihn seine Vorwärtsbewegung in das Loch hineinschießen ... wo er prompt wie ein Korken in der Flasche stecken blieb.

Joe Camber bewohnte die Seven-Oaks-Farm am Ende der Town Road Nummer 3 seit siebzehn Jahren, aber von der Existenz des Lochs hatte er keine Ahnung. Wenn er Ackerbau betrieben hätte, wäre es ihm nicht verborgen geblieben, aber das war nicht der Fall. In der großen roten Scheune stand kein Vieh; sie diente ihm als Garage und Werkstatt. Sein Sohn Brett durchstreifte häufig den Wald und die Felder hinter dem Haus, aber auch ihm war das Loch noch nie aufgefallen, obwohl er einige Male fast hineingetreten war, wobei er sich bestimmt den Fuß gebrochen hätte. An sonnigen Tagen konnte man das Loch für einen Schatten halten; war es bewölkt, verschwand es völlig im hohen Gras.

John Mousam, der frühere Besitzer der Farm, hatte das Loch gekannt, aber er hatte es Joe Camber gegenüber nicht erwähnt, als dieser 1963 die Farm kaufte. Er hätte es spätestens erwähnen müssen, als Joe und Charity 1970 ihren Sohn bekamen, aber da hatte der Krebs den alten John schon weggerafft.

Es war ganz gut, dass Brett es noch nicht gefunden hatte. Es gibt für einen Jungen nichts Interessanteres auf der Welt als so ein Loch, und dieses führte in eine kleine natürliche Kalksteinhöhle. An der tiefsten Stelle war sie ungefähr sechs Meter tief, und ein kleiner Junge hätte sich leicht hineinzwängen und bis nach unten rutschen können. Er hätte dann festgestellt, dass es unmöglich war, wieder herauszukommen. Das war einigen kleineren Tieren schon passiert. An der glatten Kalksteinwand konnte man schlecht hochklettern, und der Boden war von Knochen bedeckt: ein Waldmurmeltier, ein Skunk, ein paar Backenhörnchen, ein paar Eichhörnchen und eine Hauskatze. Die Hauskatze hatte auf den Namen Mr Clean gehört. Der Kater war den Cambers vor zwei Jahren abhanden gekommen, und sie hatten geglaubt, er sei von einem Auto überfahren worden oder einfach davongelaufen. Aber hier lag er, zusammen mit dem Skelett einer dicken Feldmaus, die er gejagt hatte.

Das Kaninchen war ganz nach unten gerutscht. Das Tier zitterte, und seine Nase vibrierte wie eine Stimmgabel, als Cujos Gebell die Höhle erfüllte. Durch das Echo hörte es sich an, als sei dort oben eine ganze Hundemeute.

Von Zeit zu Zeit hatten auch kleine Fledermäuse die Höhle aufgesucht – nie sehr viele, denn die Höhle war nur klein, aber an der rauen Decke konnten sie sich gut aufhängen und den Tag verschlafen. Schon wegen der Fledermäuse war es, ganz besonders in diesem Jahr, gut, dass Brett die Höhle nicht gefunden hatte. Die braunen Insektenfresser, die die kleine Höhle bewohnten, waren nämlich in diesem Jahr mit besonders bösartigen Tollwutviren infiziert.

Cujos Schultern waren stecken geblieben. Er stieß sich wütend mit den Hinterbeinen ab, aber das nützte nichts. Er hätte sich aus dem Loch zurückziehen können, aber er wollte unbedingt das Kaninchen haben. Es war gefangen, es konnte ihm nicht entkommen. Cujos Augen waren nicht besonders scharf, und mit seinem massigen Körper hielt er ohnehin das meiste Licht ab, und er merkte nicht, dass vor seinen Vorderpfoten ein steiler Abhang lag. Er roch die Feuchtigkeit, und er roch alte und frische Tierexkremente ... aber vor allem roch er das Kaninchen. Heißes und schmackhaftes Kaninchenfleisch. Das Dinner ist serviert.

Sein Gebell hatte die Fledermäuse aufgescheucht. Verängstigt merkten sie, dass etwas in ihre Behausung eingedrungen war. In einem dichten Schwarm flogen sie pfeifend zum Ausgang. Aber ihre Sonarorgane registrierten eine rätselhafte und betrübliche Tatsache: Es gab keine Öffnung mehr. Wo die Öffnung gewesen war, stand der Räuber.

Sie kreisten in der Dunkelheit und schossen hin und her, und ihre membranartigen Schwingen hörten sich an wie Stofffetzen, die bei heftigem Wind an der Leine flattern. Unter ihnen hockte zitternd das Kaninchen.

Cujo spürte einige der Fledermäuse über den Teil seines Körpers streifen, den er in die Höhle gezwängt hatte, und bekam es mit der Angst. Er mochte weder ihren Geruch noch das Geräusch, das sie verursachten; ihm missfiel die seltsame Hitze, die sie auszuströmen schienen. Er bellte noch lauter und schnappte nach den Dingern, die pfeifend um seinen Kopf herumflatterten. Er erwischte eine der schwarzbraunen Schwingen und biss zu. Die dünnen Knochen knackten. Die Fledermaus wehrte sich mit Krallen und Zähnen und riss die Haut an der empfindlichen Schnauze des Hundes auf. Die lange, gebogene Wunde sah aus wie ein Fragezeichen. Sich überschlagend und sterbend stürzte das Tier dann in die Tiefe. Aber der Schaden war schon geschehen. Der Biss eines tollwütigen Tieres ist besonders in der Nähe des Kopfes sehr gefährlich, denn die Tollwut ist eine Krankheit des Zentralnervensystems. Hunde sind empfindlicher als ihre Herren, und der Impfstoff aus inaktivierten Viren, den jeder Veterinär injiziert, bietet ihnen keinen vollkommenen Schutz. Und Cujo hatte in seinem ganzen Leben keine einzige Spritze gegen Tollwut bekommen.

Das wusste Cujo nicht, aber er wusste, dass das unbekannte Ding, das er gebissen hatte, ekelhaft geschmeckt hatte. Er kam zu dem Schluss, dass sich das Spiel nicht lohnte. Mit einem gewaltigen Ruck seiner Schultern befreite er sich aus dem Loch und verursachte dabei eine kleine Erdlawine. Er schüttelte sich, und übel riechende Kalksteinbrocken flogen aus seinem Fell. Von seiner Schnauze tropfte Blut. Er setzte sich, hob den Kopf zum Himmel und stieß einen einzigen klagenden Heullaut aus.

Die Fledermäuse flatterten in einer kleinen braunen Wolke aus dem Loch heraus, flogen ein paar Sekunden lang ziellos unter der heißen Junisonne hin und her und suchten dann wieder ihren Schlafplatz auf. Es waren hirnlose Wesen, und nach zwei oder drei Minuten hatten sie den bellenden Eindringling vergessen und schliefen wieder. Sie hatten sich an den Krallen aufgehängt und ihre Schwingen um ihre rattenähnlichen Körper gelegt.

Cujo trottete davon. Wieder schüttelte er sich. Hilflos rieb er sich mit der Pfote über das Maul. Das Blut trocknete schon, aber die Wunde schmerzte. Hunde haben ein eigenes Bewusstsein, das ihre Intelligenz weit übersteigt, und Cujo war von sich selbst angewidert. Er hatte keine Lust, nach Hause zu laufen. Wenn er das tat, würde einer aus seiner Dreieinigkeit – DER MANN, DIE FRAU oder DER JUNGE – merken, dass er sich verletzt hatte. Es war möglich, dass einer der drei ihn sogar einen BÖSEN HUND nannte. Und in diesem Augenblick kam er sich auch wirklich wie ein BÖSER HUND vor.

Anstatt nach Hause zu laufen, trabte Cujo also zu dem Bach hinunter, der Cambers Land von dem Besitz des nächsten Nachbarn Gary Pervier trennte. Er watete stromaufwärts; er trank; er wälzte sich im Wasser und versuchte, den schlechten Geschmack loszuwerden, den Dreck und den wässerig grünen Gestank des Kalksteins, versuchte, das Gefühl loszuwerden, ein BÖSER HUND zu sein.

Ganz allmählich fühlte er sich besser. Er stieg aus dem Wasser und schüttelte sich, und die Tropfen bildeten in der Luft sekundenlang einen wunderschönen Regenbogen.

Sein Gefühl, ein BÖSER HUND zu sein, schwand langsam, und auch die Schmerzen an seiner Schnauze waren nicht mehr so schlimm. Er machte sich auf den Weg zum Haus hinüber, um zu sehen, ob DER JUNGE in der Nähe war. Er hatte sich an den großen gelben Schulbus gewöhnt, der DEN JUNGEN jeden Morgen abholte und ihn nachmittags wiederbrachte, aber in der letzten

Woche war der Bus mit seinen blitzenden Augen und den vielen schreienden Kindern nicht gekommen. DER JUNGE war immer zu Hause. Gewöhnlich war er draußen in der Scheune bei DEM MANN. Vielleicht war der gelbe Schulbus heute gekommen. Vielleicht auch nicht. Das würde er schon sehen. Er hatte das Loch und den ekelhaften Geschmack der Fledermaus vergessen, und seine Nase schmerzte kaum noch.

Leicht bahnte Cujo sich seinen Weg durch das hohe Gras des nördlichen Feldes und scheuchte dabei gelegentlich einen Vogel auf, ohne jedoch hinterherzurennen. Für heute hatte er genug gejagt, und wenn sich sein Gehirn auch nicht erinnerte, sein Körper tat es. Er war ein Bernhardiner in der Blütezeit seines Lebens, fünf Jahre alt, fast zweihundert Pfund schwer, und heute, am 16. Juni 1980, hatte er sich mit Tollwut infiziert.

Sieben Tage später und dreißig Meilen von der Seven-Oaks-Farm in Castle Rock entfernt trafen sich zwei Männer in einem Restaurant namens Yellow Submarine in der Innenstadt von Portland. Im Submarine gab es eine reiche Auswahl an Riesen-Sandwiches und Pizzas. Auf einem Schild über der Theke stand, dass man umsonst essen konnte, wenn man zwei Submarine-Albträume schaffte; darunter hatte jemand in Klammern WENN SIE KOTZEN, ZAHLEN SIE hinzugefügt.

Normalerweise wäre Vic Trenton nichts lieber gewesen als eins der Riesen-Sandwiches vom Yellow Submarine, aber heute hätte er davon nur Sodbrennen bekommen.

»Sieht aus, als ob wir den Ball verlieren, was?«, sagte Vic zu dem anderen Mann, der ohne jede Begeisterung auf sein Sandwich mit dänischem Schinken starrte. Der Mann hieß Roger Breakstone, und wenn er ein Essen ohne Begeisterung betrachtete, konnte man sicher sein, dass sich irgendeine Katastrophe ereignet hatte. Roger wog zweihundertsiebzig Pfund, und wenn er saß, war auf seinem Schoß kein Platz mehr.

»Es sieht beschissen aus«, gab Roger zu. »Es sieht so beschissen aus, dass es kaum zu glauben ist, Victor, alter Junge.«

»Meinst du wirklich, dass diese Reise irgendeinen Zweck hat?«

»Vielleicht nicht«, sagte Roger, »aber wenn wir nicht fahren, sind wir den Sharp-Etat auf jeden Fall los. Vielleicht können wir noch etwas retten.« Er biss in sein Sandwich.

»Wir können es uns nicht leisten, zehn Tage dichtzumachen.«

»Können wir uns dies denn leisten?«

»Natürlich nicht. Aber wir müssen in Kennebunk Beach noch die Spots für Book Folks drehen ...«

»Das schafft Lisa schon.«

»Ich bin nicht ganz überzeugt, dass Lisa ihr eigenes Liebesleben schafft, von den Spots für Book Folks ganz abgesehen«, sagte Vic. »Aber selbst *wenn* sie es schafft, die Serie für Yor Choice Blueberries ist überfällig ... Casco Bank and Trusts ... und du sollst dich noch mit dem Boss von Maine-Immobilien treffen –«

»Das ist alles nicht so wichtig, und du weißt es. Jeder dieser Etats ist höchstens ein Zehntel so hoch wie der von Sharp. Soll ich jetzt den Flug buchen oder nicht?«

Der Gedanke an fünf Tage in Boston und fünf in New York ließ bei Vic den kalten Schweiß ausbrechen. Er und Roger hatten sechs Jahre für die Werbeagentur Ellis in New York gearbeitet. Vic hatte jetzt ein Haus in Castle Rock. Roger und Althea Breakstone wohnten im benachbarten Bridgton, etwa fünfzehn Meilen entfernt.

Vic hatte mit seiner New Yorker Vergangenheit abgeschlossen. Er hatte immer das Gefühl gehabt, nie recht gelebt, nie seinen Platz gefunden zu haben. Das änderte sich erst, als er mit Donna nach Maine zog. Und nun hatte er das ungute Gefühl, dass New York die letzten drei Jahre nur darauf gewartet hatte, ihn wieder in seine Klauen zu bekommen. Bei der Landung würde die Maschine über die Landebahn hinausschießen, und er würde in einem Flammenmeer umkommen. Oder es würde auf der Triborough Bridge einen Unfall geben, der ihr Taxi in eine gelbe Ziehharmonika verwandeln würde. Irgendein Ganove würde abdrücken, anstatt mit der Kanone bloß zu wedeln. Eine Gasleitung würde explodieren, und ein Schachtdeckel würde wie ein Neunzigpfünder durch die Luft sausen und ihn enthaupten. Irgendetwas. Wenn er wieder zurückging, würde die Stadt ihn sich greifen.

»Rog«, sagte er und legte sein Sandwich, von dem er nur wenig abgebissen hatte, auf den Teller zurück, »hast du schon mal daran gedacht, dass es kein Weltuntergang wäre, den Sharp-Etat zu verlieren?«

»Die Welt wird sich weiterdrehen«, sagte Roger und schenkte Bier nach, »aber was wird aus uns? Ich muss noch siebzehn Jahre lang meine Hypothek abbezahlen, und meine Zwillingstöchter wollen unbedingt die Akademie in Bridgton besuchen. Du hast ebenfalls eine Hypothek am Hals, und dein Jaguar wird dich ohnehin ruinieren.«

»Ja, aber die örtliche Wirtschaft ...«

»Die örtliche Wirtschaft kann mich mal!«, sagte Roger heftig und knallte sein Bierglas auf den Tisch.

Vier Männer am Nebentisch, drei in Tennishemden, einer in einem verblichenen T-Shirt, das vorn die Aufschrift DARTH VADER IST SCHWUL trug, fingen an zu applaudieren.

Roger winkte ungeduldig ab und beugte sich zu Vic hinüber. »Mit Kampagnen für Yor Choice Blueberrie und Maine-Immobilien ist es nicht getan, und das weißt du. Wenn wir den Sharp-Etat verlieren, gehen wir sang- und klanglos unter. Wenn wir andererseits für die nächsten zwei Jahre wenigstens einen Teil des Sharp-Etats behalten, haben wir bessere Chancen, in die Touristik einzusteigen und vielleicht sogar die Staatliche Lotterie an Land zu ziehen, wenn die sich bis dahin nicht zu Grunde gewirtschaftet hat. Saftige Brocken, Vic. Dann können wir uns von Sharp und ihren beschissenen Getreideprodukten verabschieden, und alle sind glücklich. Der große böse Wolf kriegt sein Fressen woanders, und die kleinen Ferkel haben es umsonst.«

»Alles hängt davon ab, ob wir Rücklagen schaffen können, und mit der gleichen Wahrscheinlichkeit gewinnen die Cleveland Indians in diesem Herbst die Weltserie.«

»Wir müssen es versuchen, alter Junge.«

Vic saß stumm da und betrachtete sein Sandwich, das langsam trocken wurde. Es war zwar unfair, aber damit hätte er leben können. Das Schlimme war das Absurde der ganzen Situation. Es war aus heiterem Himmel gekommen, wie ein Tornado, der eine Schneise der Zerstörung schlägt und dann verschwindet. Er und Roger und Ad Worx, ihre gemeinsame Firma, waren vom Pech verfolgt, wie sehr sie sich auch abmühten. Er hatte Rogers rundes Gesicht noch nie so blass und verzweifelt gesehen, seit der Sohn des Ehepaares Breakstone im Alter von nur neun Tagen gestorben war. Drei Wochen später war Roger in Vics Gegenwart mit einem Weinkrampf zusammengebrochen. Das war Vic sehr nahe gegangen. Aber auch die Panik war schlimm, die jetzt in Rogers Gesicht stand.

In der Werbebranche kamen Tornados gelegentlich aus heiterem Himmel. Ein großer Laden wie die Agentur Ellison, die Etats in Millionenhöhe verwaltete, konnte sie verkraften. Ein kleiner wie Ad Worx konnte es nicht. Sie hatten einen Korb mit vielen kleinen Eiern gehabt und einen Korb mit einem großen Ei – dem Sharp-Etat –, und nun blieb abzuwarten, ob das Ei ganz verloren war oder ob wenigstens etwas Rührei übrig blieb. Und nichts von alledem war ihre Schuld gewesen, aber Werbeagenturen werden gern zu Prügelknaben gemacht.

Als sie vor sechs Jahren bei Ellison zum ersten Mal zusammenarbeiteten, entwickelte sich zwischen Vic und Roger schon bald ein hervorragendes Verständnis. Vic, groß, hager und zurückhaltend, war die ideale Ergänzung für den dicken, fröhlichen und extrovertierten Roger. Sie kamen nicht nur beruflich, sondern auch persönlich gut miteinander aus. Ihre erste Aufgabe war eine Serie von Illustriertenanzeigen für die Vereinigung zum Kampf gegen die Kinderlähmung gewesen.

Sie hatten eine Schwarzweißanzeige entwickelt, die einen kleinen Jungen mit Beinschienen und Krücken zeigte, der im Strafraum eines Baseballfeldes der Little League stand. Auf seinem Kopf saß keck eine Mütze der New York Metropolitans, und sein Gesichtsausdruck – Roger hatte immer behauptet, dass die Wirkung der Anzeige auf dem Gesichtsausdruck des Jungen beruhte – war überhaupt nicht traurig; er war ganz einfach verträumt. Sogar fast glücklich. Die Unterschrift lautete schlicht: BILLY BELLAMY WIRD NIE SPIELEN. Darunter: BILLY HAT KINDERLÄHMUNG. Darunter, in kleinerer Schrift: *Sie helfen uns doch?*

Die Spenden für die Vereinigung waren beachtlich gestiegen. Gut für die Leute, aber auch gut für Vic und Roger. So hatte das Team Trenton und Breakstone seinen Aufstieg eingeleitet. Ein halbes Dutzend erfolgreiche Kampagnen waren gefolgt, wobei die allgemeine Konzeption jeweils von Vic stammte, während Roger die Ausführung übernahm.

Für eine Sony-Anzeige hatten sie einen Mann im Straßenanzug auf eine sechzehnspurige Autostraße gesetzt, auf dem Schoß ein Sony-Radio, im Gesicht ein verzücktes Lächeln. Darunter stand: POLIZEIORCHESTER, THE ROLLING STONES, VIVALDI, MIKE WALLACE, PAUL HARVEY, PATTI SMITH, JERRY FALWELL. Und darunter: HALLO, LOS ANGELES!

Eine Anzeige für Voit, Hersteller von Taucherausrüstungen, zeigte einen Mann, der das genaue Gegenteil eines Miami Strandathleten darstellte. Er stand mit affektiert verdrehter Hüfte am goldenen Strand irgendeines tropischen Paradieses. Das Modell war ein fünfzigjähriger Mann mit Tätowierungen, einem Bierbauch, Muskelpaketen an Armen und Beinen und einer hässlichen Narbe am Oberschenkel. Im Arm hielt der lädierte Veteran ein paar Schwimmflossen von Voit. MISTER, hieß der Anzeigentext, ICH TAUCHE, UM GELD ZU VERDIENEN. ICH KANN MIR KEINE FUMMELEIEN ERLAUBEN. Darunter stand das übliche Blabla, aber der fett gedruckte Text war ein Hammer. Vic und Roger hatten einen drastischeren Text vorgeschlagen, aber den hatten sie den Leuten von Voit nicht verkaufen können. Schade, hatte Vic gelegentlich gesagt. Sie hätten viel mehr Schwimmflossen verkaufen können.

Und dann kam Sharp.

Die Sharp Company in Cleveland hatte unter den großen amerikanischen Nährmittelherstellern an zwölfter Stelle gestanden, als der alte Sharp zögernd die Agentur Ellison in New York aufsuchte, nachdem er zwanzig Jahre lang eine örtliche Agentur beschäftigt hatte. Der Alte wies gern darauf hin, dass Sharp vor dem Zweiten Weltkrieg größer als Nabisco gewesen sei. Sein Sohn wies ebenso gern darauf hin, dass der Zweite Weltkrieg fünfunddreißig Jahre zurücklag.

Den Etat – zunächst für eine Probezeit von sechs Monaten – bekamen Vic Trenton und Roger Breakstone. Am Ende der Probezeit war Sharp auf dem Keks-Kuchen-Flocken-Markt vom zwölften auf den neunten Platz vorgerückt. Ein Jahr später, als Vic und Roger ihre Zelte abbrachen und nach Maine gingen, um sich selbstständig zu machen, rangierte die Sharp Company an siebenter Stelle.

Es war eine umfassende Kampagne gewesen. Für Sharp-Kekse hatten Vic und Roger den Keks-Scharfschützen entwickelt, einen gemütlichen Sheriff aus dem Westen, dessen Revolver, dank der Fachleute für Spezialeffekte, Kekse statt Kugeln verschoss – in anderen Spots auch Chocka Chippers oder Ginger Snappies. In noch anderen Haferflocken. Die Spots endeten immer damit, dass er mit dem Revolver in der Hand traurig in einem Kekshaufen stand. »Nun, die Schurken sind leider entkommen«, erzählte er jeden Tag Millionen Amerikanern, »aber ich hab die Kekse. Die besten Kekse im ganzen Westen ... und anderswo.« Der Scharfschütze beißt in einen Keks. Sein Gesichtsausdruck deutet an, dass er gerade das gastronomische Äquivalent des ersten Orgasmus eines Knaben erlebt. Ausblenden.

Für die Kuchen – sechzehn verschiedene Sorten vom Pfundkuchen über Streuselkuchen bis zum Käsekuchen – gab es den George-und-Gracie-Spot, wie Vic ihn nannte. Wir blenden uns auf George und Gracie ein, die gerade eine vornehme Dinnerparty verlassen, wo sich die Tische unter der Last aller möglichen Delikatessen biegen. Wir blenden über auf eine grell ausgeleuchtete schäbige kleine Wohnung. George sitzt an einem einfachen Küchentisch mit einer karierten Decke. Gracie nimmt einen Pfundkuchen von Sharp (oder einen Käsekuchen oder einen Streuselkuchen) aus dem Eisfach eines alten Kühlschranks und stellt ihn auf den Tisch. Sie sind beide noch in Abendgarderobe. Voll Wärme und Liebe und Einverständnis lächeln sie einander an, zwei Menschen, die sich völlig einig sind. Dann werden die Worte eingeblendet: MANCHMAL BRAUCHT MAN NUR EINEN KUCHEN VON SHARP. Im ganzen Spot wird kein einziges Wort gesprochen. Mit diesem Spot hatten sie einen Preis gewonnen.

Auch der Cornflake-Professor von Sharp war mit einem Preis bedacht worden, und die Branche hatte die Spots mit ihm als »die verantwortungsbewussteste je für Kinderprogramme entworfene Werbung« bezeichnet. Vic und Roger hatten diese Spots als ihre beste Leistung betrachtet ... und jetzt war es ausgerechnet der Cornflake-Professor, der ihnen Sorgen machte.

Von einem älteren Charakterdarsteller gespielt, war der Cornflake-Professor von Sharp eine unaufdringliche und auf gewagte Weise erwachsene Werbung in einer Flut von lebhafter, krampfhaft auf Kinder abgestimmter Reklame für Bubblegum, Abenteuerspielzeug, Puppen, Action-Puppen ... und Konkurrenzflocken.

Die Anzeige blendete ein leeres Klassenzimmer für die vierte oder fünfte Klasse ein, eine Szene, mit der sich das Samstagsvormittagspublikum der Bugs Bunny Show besonders gut identifizieren konnte. Der Cornflake-Professor von Sharp trug unter einem Sportsakko einen Pullover mit V-Ausschnitt und ein Hemd mit offenem Kragen. Sein Aussehen und seine Sprache waren gemildert autoritär; Vic und Roger hatten mit vierzig Lehrern und einem halben Dutzend Kinderpsychiatern gesprochen und dabei festgestellt, dass dies dem elterlichen Rollenmodell entsprach, bei dem sich die meisten Kinder wohl fühlen und das so wenige von ihnen tatsächlich zu Hause erleben können.

Der Cornflake-Professor saß zwanglos am Schreibtisch – und der junge Zuschauer mochte irgendwo unter dem grüngrauen Tweed das Herz eines wahren Freundes vermuten – aber er sprach gemessen und ernst. Er kommandierte nicht. Er redete niemanden unter den Tisch. Er beschwatzte niemanden. Er versuchte nicht zu überzeugen, und er pries nicht an. Er sprach zu den Millionen Cornflakes essenden, Zeichentrickfilme sehenden

Samstagsvormittagszuschauern in T-Shirts, als seien sie *richtige Menschen.*

»Guten Morgen, Kinder«, sagte der Professor ruhig. »Dies ist eine Werbesendung für Cornflakes. Hört mir bitte genau zu. Ich verstehe sehr viel von Cornflakes, denn ich bin der Cornflake-Professor von Sharp. Sharps Cornflakes – Twinkles, Cocoa Bears, Bran-16 – sind die schmackhaftesten Cornflakes in Amerika. Und sie sind gut für euch.« Ein paar Takte Schweigen, und dann grinste der Cornflake-Professor von Sharp ... und wenn er grinste, *wusste* man, dass das Herz eines wahren Freundes in seiner Brust schlug. »Ihr könnt es mir glauben, denn ich weiß es. Eure Mutter weiß es; ich dachte, dass ihr es vielleicht auch erfahren wolltet.«

In diesem Augenblick kam ein junger Mann ins Bild und reichte dem Cornflake-Professor von Sharp eine Schale mit Twinkles oder Cocoa Bears oder sonst etwas. Der Cornflake-Professor von Sharp fing an zu essen und richtete den Blick dann in jedes Wohnzimmer im ganzen Land und sagte: »Nein, hier ist nichts verkehrt.«

Der letzte Satz hatte dem alten Sharp nicht sonderlich gefallen, schon gar nicht der Gedanke, dass etwas mit seinen Getreideprodukten überhaupt verkehrt sein *könnte.* Schließlich hatten Vic und Roger ihn überzeugen können, wenn auch nicht mit rationalen Argumenten. Werbung ist keine rationale Angelegenheit. Manchmal tat man gefühlsmäßig das Richtige, aber *warum* man es für richtig hielt, wusste man nicht. Vic und Roger hatten das Gefühl, dass der letzte Satz des Professors ungeheuer wirksam sein musste. Vom Cornflake-Professor gesprochen, bedeutete er die endgültige und totale Beruhigung, versprach er völlige Sicherheit. Mir könnt ihr vertrauen, schwang darin mit. In einer Welt, in der Eltern sich scheiden lassen, in der man von größeren Geschwistern ohne jeden Grund fürchterlich verprügelt wird, in der die Guten durchaus nicht immer gewinnen, wie es im Fernsehen der Fall ist, wo man nicht immer zu den schönen Geburtstagspartys eingeladen wird, in einer Welt, in der so *vieles* verkehrt ist, wird es immer Twinkles und Cocoa Bears geben, und sie werden immer gut schmecken. »Nein, hier ist nichts verkehrt.«

Von Sharps Sohn hatten sie einige Unterstützung (man hätte glauben können, meinte Roger, dass der Junge die Anzeige selbst ausgedacht und entworfen hätte), der Cornflake-Professor wurde akzeptiert und garnierte Samstagsvormittagsprogramme wie *Star Blazers. U. S. of Archie, Hogans Heroes, und Gilligans Island.* Der Umsatz der Sharp-Cornflakes stieg noch stärker als der der übrigen Sharp-Produkte, und der Cornflake-Professor wurde zu einer amerikanischen Institution. Sein letzter Satz »Nein, hier ist nichts verkehrt« wurde zu einer Redensart, die ungefähr dasselbe bedeutete wie »Ruhig bleiben« oder »Nur keine Panik«.

Als Vic und Roger beschlossen, sich selbstständig zu machen, taten sie das unter strikter Wahrung des Protokolls. Sie sprachen ihre früheren Kunden erst an, als sie sich formal – und in gutem Einvernehmen – von der Agentur Ellison getrennt hatten. Ihre ersten sechs Monate in Portland waren für sie alle eine Zeit voller Angst und Spannung. Vics und Donnas Sohn Tad war erst ein Jahr alt. Donna vermisste New York und war abwechselnd mürrisch und launenhaft. Sie fürchtete sich ganz einfach vor der Zukunft. Roger litt an einem alten Magengeschwür – eine der Wunden aus vielen Werbeschlachten –, und als er und Althea ihr Baby verloren, hatte es sich wieder unangenehm bemerkbar gemacht, und Roger hatte sich das Tablettenschlucken angewöhnt. Althea hatte sich unter den Umständen noch am besten gehalten, fand Vic, bis Donna ihn darauf hinwies, dass aus dem einen schwachen Drink, den die ausgeglichene Althea vor dem Dinner zu sich zu nehmen pflegte, zwei vorher und drei nachher geworden waren. Gemeinsam und getrennt waren die Ehepaare in Maine auf Urlaub gefahren, aber weder Vic noch Roger hatte geahnt, wie viele Türen einem verschlossen bleiben, wenn man von außerhalb zugewandert ist.

Sie wären auch tatsächlich untergegangen, wie Roger sagte, wenn Sharp nicht beschlossen hätte, sie weiterhin zu beschäftigen. Und in der Zentrale der Firma in Cleveland hatten sich die Positionen eigenartig verschoben. Jetzt war es der Alte, der an ihnen festhalten wollte, und der Junge (inzwischen vierzig Jahre alt) wollte sie zum Teufel jagen. Er argumentierte nicht ohne Logik, dass es heller Wahnsinn sei, den Etat einer Zweimann-Agentur sechshundert Meilen nördlich vom Zentrum New Yorks zu überlassen. Die Tatsache, dass Ad Worx mit New Yorker Marketing-Spezialisten zusammenarbeitete, verfing bei dem Jungen nicht, und sie hatte auch bei den anderen Firmen nicht verfangen, für die sie in den letzten Jahren Werbekonzepte entworfen hatten.

»Wenn Treue Toilettenpapier wäre«, hatte Roger bitter gesagt, »könnten wir uns kaum noch den Arsch abwischen, alter Junge.«

Aber Sharp war gekommen und hatte ihnen den Spielraum verschafft, den sie so dringend brauchten. »Wir sind vierzig Jahre lang mit einer örtlichen Agentur ausgekommen«, sagte der alte Sharp, »und wenn die Jungs diese gottlose Stadt verlassen wollen, beweisen sie nur gesunden Menschenverstand.«

Das war's. Der Alte hatte gesprochen. Der Junge hielt den Mund. Und während der letzten zweieinhalb Jahre hatte der Scharfschütze weiter Kekse verschossen, George und Gracie hatten weiter in ihrer schäbigen Küche Sharp-Kuchen gegessen, und der Cornflake-Professor von Sharp hatte den Kindern nach wie vor erzählt, dass hier nichts verkehrt sei. Die eigentliche Produktion der Spots war einem unabhängigen kleinen Studio in Boston übertragen worden, und die New Yorker Marketing-Spezialisten arbeiteten genauso kompetent und sorgfältig wie vorher. Den Verkehr zwischen dem Kunden und der Agentur regelten die Post und die Bell-Telefongesellschaft. Das war zwar ungewöhnlich und manchmal lästig, aber es funktionierte.

Und dann kamen die roten Himbeerflakes.

Vic und Roger hatten natürlich schon einige Zeit von ihnen gewusst, obwohl sie erst vor ungefähr sechs Wochen, im April 1980 auf den Markt gekommen waren. Die meisten Getreideprodukte von Sharp waren überhaupt nicht oder nur leicht gesüßt. Die roten Himbeerflakes aber zielten auf den Teil der Kundschaft, der Süßeres verlangte. Sie sollten die Leute ansprechen, die Produkte wie Count Chocula, Frankenberry oder Lucky Charms kauften, alles Produkte, die in der Grauzone zwischen Nährmitteln und Süßwaren angesiedelt waren.

Im Spätsommer und im Frühherbst 1979 waren die roten Himbeerflakes erfolgreich in Boise, Idaho und in Scranton, Pennsylvania, sowie in Rogers Wahlheimat Bridgton, Maine, getestet worden. Roger hatte Vic schaudernd erzählt, dass er seine Zwillinge nicht einmal in die Nähe dieser Dinger lassen würde (aber er hatte sich doch gefreut, als Althea ihm erzählte, die Kinder hätten sofort danach geschrien, als sie sie im Supermarkt entdeckten). »Sie enthalten mehr Zucker als Getreide, und die Packungen sind rot wie Feuerwehrautos.«

Vic hatte genickt und, ohne auch nur im Traum daran zu denken, dass er damit eine Prophezeiung aussprach, ganz arglos gesagt: »Als ich das erste Mal in eine dieser Schachteln sah, glaubte ich, sie sei voll Blut.«

»Was meinst du also?«, wiederholte Roger. Er hatte sein Sandwich halb geschafft, während Vic über die betrübliche Wendung der Dinge nachdachte. Er war überzeugt, dass der alte Sharp und sein alternder Sohn in Cleveland nur darauf warteten, sie abzuschießen.

»Wir müssen es versuchen.«

Roger klopfte ihm auf die Schulter. »Gut so«, sagte er. »Iss endlich.«

Aber Vic hatte keinen Hunger. Die beiden waren zu einer Krisensitzung nach Cleveland gebeten worden, die drei Wochen nach dem Unabhängigkeitstag abgehalten werden sollte – viele der regionalen Verkaufsleiter und einige Angehörige der Geschäftsleitung waren auf Urlaub, und so lange würde es dauern, sie alle zu versammeln. Einer der Tagesordnungspunkte hatte direkt mit Ad Worx zu tun: »eine Bewertung der bisherigen Zusammenarbeit«, hatte im Brief gestanden. Und das bedeutete, wie Vic annahm, dass der Junior das Debakel mit den Himbeerflakes zum Anlass nahm, sie endlich loszuwerden.

Etwa drei Wochen nachdem die roten Himbeerflakes landesweit auf dem Markt waren und von Sharps Cornflake-Professor begeistert – und ernsthaft – empfohlen wurden, hatte die erste Mutter ihr Kleines ins Hospital gebracht und hysterisch vor Angst behauptet, es habe innere Blutungen. Das kleine Mädchen, das lediglich an einer leichten Virusinfektion litt, hatte etwas erbrochen, das die Mutter für Blut hielt.

Nein, hier ist nichts verkehrt.

Das war in Iowa City, Iowa, gewesen. Am nächsten Tag hatte es sieben weitere Fälle gegeben. Am Tag darauf vierundzwanzig. In allen Fällen hatten Eltern, deren Kinder an Erbrechen und Durchfall litten, die Kleinen schnellstens ins Hospital gebracht, weil sie innere Blutungen vermuteten. Dann war die Zahl der Fälle sprunghaft angestiegen – zuerst waren es Hunderte, dann Tausende. In keinem Fall waren das Erbrechen und/oder der Durchfall von den Cornflakes verursacht worden, aber das wurde bei der wachsenden Aufregung allgemein übersehen.

Nein, hier ist überhaupt nichts verkehrt.

Die Fälle hatten sich von Westen nach Osten ausgebreitet. Das Problem war das Mittel, das den Himbeerflakes die tiefrote Farbe verlieh. Das Mittel selbst war harmlos, aber auch das wurde übersehen. Eine ärgerliche Panne war passiert. Anstatt den roten Farbstoff zu verdauen, leitete der Körper ihn nur weiter. Dieser komische Farbstoff war nur in einen Teil der Produktion gelangt, aber es handelte sich um eine Riesenmenge. Wenn ein Kind gestorben wäre, nachdem es einen großen Teller voll Himbeerflakes gegessen hätte, so erfuhr Vic von einem Arzt, hätte sein Verdauungstrakt bei einer Leichenöffnung rot wie ein Stopp-Schild ausgesehen. Diese Wirkung wäre nur vorübergehend gewesen, aber das wurde ebenfalls übersehen.

Roger wollte mit fliegenden Fahnen untergehen, wenn sie schon untergehen mussten. Er hatte Marathonkonferenzen mit den Leuten von Image-Eye in Boston, bei denen die Spots abgedreht wurden, vorgeschlagen. Er wollte mit dem Cornflake-Professor selbst sprechen, der sich so mit seiner Rolle identifiziert hatte, dass ihn die Vorfälle geistig und seelisch total durcheinander gebracht hatten. Dann nach New York, um mit den Marketing-Spezialisten zu reden. Wichtiger noch, Vic und Roger würden fast zwei Wochen in Bostons Ritz-Carlton und New Yorks UN Plaza verbringen. Sie würden also Zeit haben, eine Strategie zu entwerfen. Wie in alten Tagen würden sie sich gemeinsam etwas einfallen lassen. Roger dachte an eine Gegenkampagne, die den alten Sharp und seinen Sohn ganz einfach umhauen würde. Sie wollten sich nicht mit ausrasiertem Nacken unter die Guillotine legen und darauf warten, dass das Beil niedersauste, sondern mit einem Schlachtplan aufwarten, der die Auswirkungen des Missgeschicks auffangen sollte. Soweit die Theorie. In der Praxis waren ihre Chancen gleich null. Das wussten sie.

Vic hatte andere Probleme. Seit etwa acht Monaten hatte er das Gefühl, dass seine Frau und er sich auseinander lebten. Er liebte sie immer noch, und er hing sehr an Tad, aber es war nicht mehr, wie es sein sollte, und er hatte das Gefühl, dass schlimmere Dinge – und schlechtere Zeiten – ihn erwarteten. Vielleicht schon sehr bald. Diese Reise von Boston über New York nach Cleveland kam zu einer Zeit, die sie eigentlich gemeinsam verbringen wollten, und er fand den ganzen Plan gar nicht mehr so gut. Wenn er ihr ins Gesicht sah, kam sie ihm in letzter Zeit wie eine Fremde vor.

Und eine Frage quälte ihn. Sie tauchte immer wieder auf, wenn er nachts nicht schlafen konnte, und solche Nächte erlebte er immer häufiger. Hatte sie einen Geliebten? Jedenfalls schliefen sie nicht mehr oft miteinander. Er hoffte zwar, dass es nicht der Fall war, aber glaubte er es auch? War er davon überzeugt? Sagen Sie die Wahrheit, Mr Trenton, oder Sie müssen die Konsequenzen tragen.

Er wusste es nicht. Er wollte es auch gar nicht wissen. Er hatte Angst vor der Gewissheit, fürchtete, dass es das Ende ihrer Ehe bedeuten würde. Er war immer noch so vernarrt in sie, dass ihm ein außereheliches Verhältnis nie in den Sinn gekommen wäre, und er würde ihr viel verzeihen. Aber er hatte keine Lust, sich in seinem eigenen Haus Hörner aufsetzen zu lassen. Solche Hörner trägt man nicht gern; sie wachsen einem aus den Ohren heraus, und man wird zum Gespött der Kinder auf der Straße.

»Was?«, sagte Vic und fuhr aus seinen Grübeleien hoch. »Ich habe nicht zugehört, Rog.«

»Ich sagte ›Diese verdammten roten Flakes‹. Ende des Zitats. Genau das waren meine Worte.«

»Ja«, sagte Vic. »Darauf werde ich trinken.«

Roger hob sein Glas. »Ich auch«, sagte er.

Sie tranken.

Ungefähr eine Woche nach Vics und Rogers deprimierendem Gespräch im Yellow Submarine saß Gary Pervier in seinem ungepflegten Vorgarten am Fuße des Seven Oaks Hill an der Straße Nummer 3 und trank eine Mischung aus 25 Prozent eisgekühltem Orangensaft von Bird's Eye und 75 Prozent Popow-Wodka. Er saß im Schatten einer Ulme, die sich im letzten Stadium der Holländischen Ulmenkrankheit befand, in einem alten Liegestuhl von Sears-Roebuck, der es auch nicht mehr lange machen würde. Er trank Popow, weil Popow billig war. Auf seiner letzten Sauftour nach New Hampshire, wo der Schnaps billiger war, hatte Gary sich reichlich eingedeckt. Popow kostete in Maine schon nicht viel, aber in New Hampshire war er *spottbillig*. New Hampshire war bekannt für die besseren Dinge im Leben – eine staatliche Lotterie, billigen Schnaps, billige Zigaretten und Touristenattraktionen wie das Weihnachtsdorf und Six-Gun City. New Hampshire war wunderbar. Der Liegestuhl war langsam in den verwahrlosten Rasen eingesunken.

Das Haus hinter dem Rasen war nicht weniger verwahrlost; es war ein grauer Trümmerhaufen mit abblätternder Farbe und durchhängendem Dach. Die Fensterläden hingen schief in den Angeln, und der Schornstein sah aus wie ein Betrunkener, der versucht, wieder auf die Beine zu kommen. Die Schindeln, die der letzte Wintersturm vom Dach gefegt hatte, hingen noch in den Zweigen der sterbenden Ulme. Es ist nicht das Taj Mahal, sagte Gary gelegentlich, aber wen interessiert das auch nur einen Scheißdreck?

An diesem drückend heißen Tag Ende Juni war Gary total besoffen, aber dieser Zustand war für ihn nicht ungewöhnlich. Er kannte Roger Breakstone nicht. Er kannte Vic Trenton nicht. Er kannte auch Donna Trenton nicht, und wenn er sie gekannt hätte, wäre sie ihm scheißegal gewesen. Er kannte allerdings die Cambers und ihren Hund Cujo; die Familie wohnte weiter oben am Hügel, am Ende der Straße Nummer 3. Er und Joe Camber tranken oft zusammen, und verschwommen wusste Gary, dass Joe Camber auf dem Weg in den Alkoholismus schon eine gute Strecke zurückgelegt hatte. Allerdings war Gary ihm schon ein Stück voraus.

»Nur ein nichtsnutziger alter Säufer«, erzählte Gary den Vögeln und den Schindeln in der kranken Ulme. Er leerte sein Glas. Er furzte. Er zerdrückte einen Käfer. Die Schatten der Zweige tanzten über sein Gesicht. Hinter dem Haus standen ein paar ausgeschlachtete Autos, die im hohen Unkraut schon fast verschwunden waren. Der Efeu an der Westseite des Hauses war so gewuchert, dass die Wand nicht mehr zu sehen war. Nur ein Fenster lugte hervor, und an sonnigen Tagen glänzte es wie ein schmutziger Diamant. Vor zwei Jahren hatte Gary in betrunkener Raserei in einem der oberen Räume eine Kommode hochgewuchtet und aus dem Fenster geworfen – er wusste nicht mehr, warum. Er hatte das Fenster selbst wieder verglast, weil es im Winter verdammt kalt geworden war, aber die Kommode lag immer noch an der gleichen Stelle, und es war, als streckte sie ihm mit der halb herausgeglittenen Schublade die Zunge heraus.

1944, als Gary zwanzig war, hatte er in Frankreich ganz allein eine deutsche MG-Stellung ausgehoben und war mit dem Rest seiner Leute noch zehn Meilen vorgerückt, bevor er unter den sechs Kugeln zusammenbrach, die ihn bei seinem Unternehmen getroffen hatten. Dafür war ihm eine der höchsten Auszeichnungen verliehen worden, die sein dankbares Vaterland zu vergeben hatte, das Distinguished Service Cross. 1968 hatte er Buddy Torgeson unten in Castle Falls gebeten, aus der Medaille einen Aschenbecher zu machen. Buddy war entsetzt gewesen. Aber Gary hatte ihm erklärt, dass er sich aus der verdammten Medaille am liebsten eine Toilettenschüssel machen ließe, um darauf scheißen zu können, aber sie sei leider zu klein. Buddy erzählte die Geschichte weiter, und das war vielleicht Garys Absicht gewesen, vielleicht aber auch nicht.

Jedenfalls hatte er die örtlichen Hippies in helle Begeisterung versetzt. Im Sommer 1968 machten viele dieser Hippies zusammen mit ihren reichen Eltern im Seengebiet Urlaub, um im September wieder zu den Universitäten zurückzufahren, wo sie wahrscheinlich Protest, Hasch und Weiber studierten.

Nachdem Buddy, der in seiner Freizeit Schweißarbeiten machte und in Castle Falls bei der Esso arbeitete (jetzt hieß der Laden Exon, und das war Gary Pervier scheißegal), Garys DSC in einen Aschenbecher verwandelt hatte, erschien eine Version der Geschichte in der Castle Rock *Gazette.* Ein hiesiger Reporter hatte die Geschichte geschrieben und Garys Verhalten als Antikriegsdemonstration gedeutet. Seitdem tauchten immer wieder Hippies vor Garys Grundstück auf. Die meisten wollten Gary sagen, dass er ein »irrer Typ« sei. Andere wollten ihm seine »Klasse« bescheinigen oder ihm sonst wie ihre Bewunderung ausdrücken.

Gary zeigte ihnen allen denselben Gegenstand, nämlich seine Winchester .30-.06. Er jagte sie von seinem Grundstück. Für ihn seien sie nur eine Bande langhaariger, verlauster Arschlöcher und es mache ihm einen Scheißdreck aus, sie von Castle Rock nach Fryeburg zu schießen. Nach einiger Zeit kamen sie nicht mehr, und das war das Ende der DSC-Affäre.

Eine dieser deutschen Kugeln hatte Gary Pervier den rechten Hoden abgerissen; ein Stabsarzt fand die Reste in Garys GI-Unterwäsche. Aber der andere blieb heil, und manchmal bekam er immer noch eine beachtliche Erektion. Nicht, so hatte er Joe Camber oft erzählt, dass es ihn auch nur einen Scheißdreck interessiere. Sein dankbares Vaterland hatte ihm das Distinguished Service Cross verliehen. Das dankbare medizinische Personal des Lazaretts in Paris entließ ihn im Februar 1945 mit einer Pension für achtzigprozentige Arbeitsunfähigkeit. Eine dankbare Heimatstadt veranstaltete ihm zu Ehren am Unabhängigkeitstag 1945 eine Parade (er war inzwischen nicht mehr zwanzig, sondern einundzwanzig und wahlberechtigt, sein Haar wurde an den Schläfen grau, und er fühlte sich so, als sei er mindestens siebenhundert Jahre alt). Die dankbaren Stadtvertreter gewährten ihm eine lebenslängliche Befreiung von der Grundsteuer. Das war günstig, denn sonst hätte er das Grundstück schon vor zwanzig Jahren aufgeben müssen. Das Morphium, das er nicht mehr bekam, hatte er durch hochprozentigen Schnaps ersetzt und sich dann an seine Lebensaufgabe gemacht, die darin bestand, so langsam und angenehm wie möglich Selbstmord zu begehen.

Jetzt, im Jahre 1980, war er sechsundfünfzig Jahre alt, völlig ergraut und bösartiger als ein Stier mit dem Griff eines Wagenhebers im Arsch. Nahezu die einzigen Lebewesen, die er ertragen konnte, waren Joe Camber, dessen Sohn Brett und Bretts großer Bernhardiner Cujo.

Er lehnte sich so weit in seinem morschen Liegestuhl zurück, dass er fast nach hinten gekippt wäre, und trank noch ein wenig Schnaps. Das Glas hatte er in einem McDonald-Restaurant geklaut. Gary aß oft bei McDonald's in Castle Rock, wo man noch einen billigen Hamburger bekam. Die Hamburger waren gut ... aber Bürgermeister McCheese ... und Monsieur Ronald McDonald ... die waren Gary Pervier scheißegal.

Ein großer gelbbrauner Schatten bewegte sich links von ihm durch das hohe Gras, und gleich darauf erschien Cujo, der auf einem seiner Streifzüge war. Er sah Gary und bellte einmal höflich. Dann kam er schwanzwedelnd näher.

»Cujo, du alter Hurensohn«, sagte Gary. Er stellte das Glas ab und durchsuchte methodisch seine Taschen auf Hundekuchen. Er hielt immer einige für Cujo bereit. Er war noch einer von diesen guten, altmodischen, waschechten Hunden.

Er fand ein paar in der Hemdtasche und hielt sie dem Tier hin. »Sitz, mein Junge. Sitz.«

Ganz gleich, wie schlecht er sich fühlte, der Anblick dieses zweihundert Pfund schweren Hundes, wenn er sich wie ein Kaninchen aufrichtete, machte ihm immer Vergnügen.

Cujo richtete sich auf, und Gary sah eine hässliche, kaum verheilte Wunde an der Schnauze des Hundes. Er warf ihm die Hundekuchen zu, die wie Knochen geformt waren, und Cujo schnappte sie mühelos aus der Luft. Er ließ einen zwischen seine Pfoten fallen und nagte am anderen.

»Guter Hund«, sagte Gary und streckte die Hand aus, um Cujos Kopf zu kraulen. »Guter ...«

Cujo fing an zu knurren. Es war ein kehliger, grollender, fast beschaulicher Laut. Er sah Gary an, und in den Augen des Hundes lag etwas Kaltes und Abschätzendes, das Gary frösteln ließ. Rasch zog er seine Hand zurück. Bei einem so großen Hund wie Cujo musste man vorsichtig sein. Außer man wollte sich für den Rest seines Lebens mit einem Haken den Arsch wischen.

»Was ist denn los mit dir, Junge?«, fragte Gary. Der Hund lebte schon so viele Jahre bei den Cambers, aber er hatte ihn noch nie knurren hören. Um ehrlich zu sein, er hätte nicht geglaubt, dass Cujo überhaupt knurren konnte.

Wieder wedelte Cujo mit dem Schwanz und kam zu Gary, um sich streicheln zu lassen. Es war, als hätte er ein schlechtes Gewissen.

»Heh, das ist schon besser«, sagte Gary und zerwühlte dem großen Hund das Fell. Die Woche war entsetzlich heiß gewesen, und es würde heiß bleiben, wenn man George Meara glauben durfte, der es von Tante Evvie Chalmers erfahren hatte. Daran lag es wohl. Hunde empfanden die Hitze stärker als Menschen, und warum sollte der Köter nicht auch einmal empfindlich reagieren? Dennoch hatte es ihn eigenartig berührt, den Hund knurren zu hören. Gary hätte es kaum geglaubt, wenn Joe Camber es ihm erzählt hätte.

»Friss deinen anderen Kuchen«, sagte Gary und zeigte darauf.

Cujo drehte sich um, lief zu dem Brocken, nahm ihn ins Maul und ließ ihn wieder fallen. Speichel troff ihm aus dem Maul. Er sah Gary traurig an.

»Was? Du frisst dein Futter nicht?«, sagte Gary ungläubig. *»Du?«*

Wieder nahm Cujo den Hundekuchen auf, und diesmal fraß er ihn.

»So ist's recht«, sagte Gary. »Das bisschen Hitze wird dich nicht gleich umbringen. Mich auch nicht, aber es ist verdammt schlecht für meine Hämorrhoiden. Aber die sind mir scheißegal, und wenn sie so groß werden wie Golfbälle. Was meinst du dazu?« Er zerdrückte eine Stechmücke.

Als Gary wieder nach seinem Glas griff, legte sich Cujo neben seinen Stuhl. Es wurde langsam Zeit, ins Haus zu gehen und sich aufzufrischen, wie die Weiber im Country-Club immer sagten.

»Ich werde mir den Arsch abkühlen«, sagte Gary und zeigte auf das Dach seines Hauses, und eine klebrige Mischung von Orangensaft und Wodka lief an seinem hageren sonnengebräunten Arm herab. »Sieh dir den Schornstein an, Cujo, alter Junge. Der fällt verdammt bald um. Und weißt du was? Es ist mir scheißegal. Von mir aus kann der ganze Laden zusammenkrachen, und ich würde darauf furzen. Weißt du das?«

Cujo schlug mit dem Schwanz auf den Boden. Er wusste nicht, was der MANN sagte, aber die Rhythmen waren vertraut und der Tonfall beruhigend. Cujo mochte den MANN, der immer Futter für ihn hatte. Aber in der letzten Zeit wollte Cujo nicht fressen, und er tat es nur, weil der MANN es wünschte. Dann konnte er hier liegen – wie jetzt – und den beruhigenden Worten lauschen. Alles in allem fühlte Cujo sich nicht wohl. Er hatte den MANN nicht angeknurrt, weil es ihm zu heiß war, sondern ganz einfach weil er sich nicht wohl fühlte. Im ersten Augenblick – nur ganz kurz – hatte er Lust gehabt, den MANN zu beißen.

»Hast du die Nase in Brombeeren gesteckt?«, fragte Gary. »Sieht ganz so aus. Was hast du denn gejagt? Ein Murmeltier? Ein Kaninchen?«

Wieder schlug Cujo mit dem Schwanz auf den Boden. Im wuchernden Gebüsch zirpten die Grillen. Hinter dem Haus blühten die Heckenkirschen und lockten die von der Sommerhitze trägen Bienen an.

Schwankend stand Gary auf. Der Liegestuhl kippte um und faltete sich zusammen. Wenn jemand glaubte, das sei Gary Pervier scheißegal, hätte er Recht gehabt. »Entschuldigung, Junge.«

Er ging ins Haus und mixte sich noch einen Drink. Die Küche war ein summendes, mit Fliegendreck garniertes Durcheinander von faulendem Unrat in Einkaufsbeuteln, leeren Dosen und leeren Schnapsflaschen.

Als Gary mit dem Glas in der Hand wieder nach draußen ging, war Cujo weg.

Am letzten Junitag kam Donna Trenton aus der Innenstadt von Castle Rock zurück, wo sie Tad auf dem Spielplatz der Vorschule abgeliefert hatte, um anschließend im Agway-Supermarkt noch ein paar Lebensmittel einzukaufen. Sie war erhitzt und müde, und als sie Steve Kemps verbeulten Ford-Lieferwagen mit den geschmacklosen Malereien an den Seiten vor ihrem Haus sah, wurde sie plötzlich wütend.

Sie hatte schon den ganzen Tag innerlich gekocht. Vic hatte ihr beim Frühstück von der bevorstehenden Reise erzählt, und als sie dagegen protestierte, zehn oder vierzehn Tage oder Gott weiß wie lange mit Tad allein gelassen zu werden, hatte er ihr genau klargemacht, was auf dem Spiel stand. Er hatte sie in Angst und Schrecken versetzt, und das gefiel ihr überhaupt nicht.

Bis heute Morgen hatte sie die Sache mit den roten Himbeerflakes als Witz betrachtet – als einen guten Witz, wenn er auch auf Vics und Rogers Kosten ging. Sie hatte nicht im Traum daran gedacht, dass diese absurde Angelegenheit so ernste Folgen haben konnte.

Dann hatte Tad sich geweigert, auf den Spielplatz zu gehen, und geklagt, dass ein größerer Junge ihn am letzten Freitag umgestoßen hätte. Der Junge hieß Stanley Dobson, und Tad hatte Angst, dass Stanley Dobson ihn heute wieder umstoßen könnte. Er hatte geweint und sich an sie geklammert, und als sie seine Finger einzeln von ihrer Bluse lösen musste, war sie sich schrecklich vorgekommen. Manchmal wirkte Tad für sein Alter so jung und so verletzlich. Sollten Kinder nicht eigentlich frühreif und gerissen sein? Er hatte Schokoladenfinger gehabt, und die Abdrücke hatte sie jetzt auf der Bluse. Sie erinnerten sie an die blutigen Handabdrücke, die man manchmal in billigen Kriminalfilmen sah.

Zu allem Überfluss hatte sich ihr kleiner Wagen auf der Rückfahrt vom Markt komisch benommen. Der Motor hatte gespuckt und gestottert, als hätte er Schluckauf. Nach einiger Zeit war es besser geworden, aber was einmal passierte, konnte wieder passieren und –

Und jetzt war auch noch Steve Kemp gekommen.

»Das läuft nicht mehr«, murmelte sie, nahm die Tasche mit den Lebensmitteln und stieg aus, eine hübsche, dunkelhaarige Frau von neunundzwanzig, groß, mit grauen Augen. Trotz der erbarmungslosen Hitze, der von Tad beschmierten Bluse und der grauen Shorts, die ihr an den Hüften und zwischen den Beinen klebten, brachte sie es fertig, einigermaßen frisch auszusehen. Rasch eilte sie die Stufen hoch und betrat das Haus durch die Verandatür. Steve saß im Wohnzimmer in Vics Sessel und trank Vics Bier. Er rauchte eine Zigarette – wahrscheinlich eine von seinen eigenen. Das Fernsehgerät war eingeschaltet, und in Farbe sah man das Elend im *General Hospital*.

»Die Prinzessin kommt«, sagte Steve mit dem schiefen Grinsen, das sie früher so charmant und attraktiv gefunden hatte. »Ich dachte, du würdest überhaupt nicht ...«

»Mach, dass du rauskommst, du Hurensohn«, sagte sie tonlos und ging in die Küche. Sie stellte ihre Tasche auf den Tisch und fing an, die Sachen wegzupacken. Sie wusste nicht mehr, wann sie das letzte Mal so wütend gewesen war, so wütend, dass sie Magenschmerzen bekam. Vielleicht bei einer der endlosen Streitereien mit ihrer Mutter. Es waren die reinsten Horrorshows gewesen, bis sie dann endlich ins Internat kam. Als Steve hinter sie trat und ihr seine braun gebrannten Arme um die nackte Taille legte, handelte sie ohne jede Überlegung; sie stieß ihm den Ellbogen in den Leib. Die Tatsache, dass er den Stoß erwartet hatte, trug nicht dazu bei, sie freundlicher zu stimmen. Er spielte häufig Tennis, und es war ein Gefühl, als sei sie mit dem Ellbogen gegen eine mit Hartgummi beschichtete Steinwand geprallt.

Sie drehte sich um und sah sein grinsendes bärtiges Gesicht. Sie war ein Meter achtzig groß und drei Zentimeter größer als Vic, wenn sie hochhackige Schuhe trug. Aber Steve war fast einsfünfundneunzig.

»Hast du nicht gehört? Mach, dass du rauskommst!«

»Aber warum denn?«, fragte er. »Der Kleine ist weg und bastelt einen Lendenschurz aus Perlen oder schießt mit Pfeil und Bogen den Ratsherren Äpfel von den Köpfen, oder was sie da sonst so tun ... der liebe Gatte wälzt im Büro Probleme ... und jetzt werden Castle Rocks schönste Hausfrau und Castle Rocks Stadtpoet und Tennismeister alle Glocken sexueller Vereinigung in schöner Harmonie erklingen lassen.«

»Du parkst in der Auffahrt. Warum hängst du nicht gleich ein Schild an deinen Lieferwagen? ICH BUMSE GERADE DONNA TRENTON oder etwas ähnlich Witziges?«

»Ich musste in der Auffahrt parken«, sagte Steve immer noch lächelnd. »Ich habe die Kommode hinten im Wagen. Den Lack habe ich abgeschliffen. Sie ist sozusagen nackt, und so will ich dich auch gleich sehen, mein Schatz.«

»Du kannst sie auf die Veranda stellen. Ich kümmere mich dann schon darum. Ich schreibe inzwischen einen Scheck aus.«

Er lächelte nicht mehr. Zum ersten Mal seit sie nach Hause gekommen war, sah sie hinter der glatten Fassade sein wahres Gesicht, den wahren Menschen. Es war ein Mensch, der ihr nicht gefiel. Ein Mensch, der sie erschreckte, wenn sie an ihre Beziehung zu ihm dachte. Sie hatte Vic belogen und hintergangen, um mit Steve Kemp ins Bett zu gehen. Wenn es sich bei ihrem jetzigen Gefühlszustand doch nur darum handelte, sich von einem schlimmen Fieber zu erholen. Oder sich als Vics Partnerin wieder zu erkennen. Aber wenn man alles Beiwerk wegließ, blieb die simple Tatsache übrig, dass Steve Kemp – Schriftsteller mit ein paar Veröffentlichungen, reisender Möbelrestaurator und Stuhlflechter, leidlicher Tennisspieler und ausgezeichneter Liebhaber für den Nachmittag – ein Stück Scheiße war.

»Lass die Witze«, sagte er.

»Oh ja, wer könnte schon den gut aussehenden, sensiblen

Steve Kemp zurückweisen? Das muss ja ein Witz sein. Ist es aber nicht. Der gut aussehende, sensible Steve Kemp wird jetzt drei Dinge tun: die Kommode auf die Veranda stellen, seinen Scheck nehmen und verschwinden.«

»So redest du nicht mit mir, Donna.« Er kniff in ihre Brust. Es tat weh. Sie war jetzt nicht nur wütend, sie hatte Angst. (Aber hatte sie nicht schon die ganze Zeit Angst gehabt? Hatte ein wenig Angst dieses hässliche kleine Abenteuer nicht eigentlich interessant gemacht?)

Sie schlug seine Hand weg.

»Du solltest mich nicht aufregen, Donna.« Die letzte Spur eines Lächelns war aus seinem Gesicht verschwunden. »Dafür ist es zu heiß.«

»Ich will, dass du aus meiner Wohnung verschwindest.« Ihre Angst vor ihm machte sie nur noch wütender. Steve hatte einen dichten schwarzen Bart, und ihr fiel plötzlich ein, dass sie zwar seinen Penis aus der Nähe gesehen – ihn im Mund gehabt hatte –, aber nicht einmal genau wusste, wie sein Gesicht aussah.

»Du meinst also«, sagte er, »es hat dich gejuckt, und ich habe dich gekratzt, und jetzt darf ich abhauen? Und es interessiert dich einen Scheißdreck, was ich dabei empfinde?«

»Du interessierst mich wirklich nicht«, sagte sie und stieß ihn zur Seite, um die Milch in den Kühlschrank zu stellen.

Diesmal kam der Angriff überraschend, und er taumelte einen Schritt zurück. Seine Stirn zeigte plötzlich tiefe Furchen, und er lief rot an. So hatte sie ihn schon auf dem Tennisplatz hinter der Akademie von Bridgton erlebt, wenn er einen leichten Ball verschlug. Sie hatte ihn einige Male spielen sehen – auch, in zwei Sätzen, gegen ihren keuchenden und schwitzenden Mann, den er mit Leichtigkeit geschlagen hatte – und auch gelegentlich erlebt, dass er verlor. Seine Reaktion darauf hatte sie erschreckt, und sie hatte sich besorgt gefragt, auf was sie sich da eingelassen hatte. Er hatte in Drew, New Jersey, studiert und in unbedeutenden Blättern über zwei Dutzend Gedichte veröffentlicht. Ein kleiner Verlag in Baton Rouge hatte ein Buch von ihm herausgegeben. Er hatte sehr entschiedene Ansichten über moderne Kunst, das bevorstehende Atomwaffen-Referendum und Filme von Andy Warhol, und auf einen Doppelfehler reagierte er wie Tad, wenn ihm eröffnet wurde, dass er ins Bett müsse.

Er folgte ihr, packte sie an der Schulter und riss sie herum. Die Packung Milch glitt ihr aus der Hand und zerplatzte auf dem Fußboden.

»Jetzt schau dir das an«, sagte Donna. »Das hast du wirklich gut gemacht.«

»Hör zu, ich lasse mich von dir nicht herumschubsen. Weißt du ...«

»Du verschwindest jetzt!«, kreischte sie ihm ins Gesicht. Ihr Speichel spritzte ihm auf Wangen und Stirn. *»Was soll ich denn jetzt noch tun, damit du es endlich glaubst? Brauchst du eine Zeichnung? Du bist hier nicht willkommen! Hau ab und sei das Geschenk Gottes für irgendeine andere Frau!«*

»Du schäbige kleine Nutte«, sagte er böse, und sein Gesicht sah jetzt ganz hässlich aus. Er ließ ihren Arm nicht los.

»Und nimm die Kommode wieder mit. Du kannst sie auf den Müll schmeißen.«

Sie riss sich los und nahm den Lappen, der am Wasserhahn über der Spüle hing. Ihre Hände zitterten, sie hatte ein unangenehmes Gefühl im Magen, und zu allem Überfluss bekam sie auch noch Kopfschmerzen. Sie hatte das Gefühl, sich gleich übergeben zu müssen.

Sie kniete sich auf den Fußboden und fing an, die verschüttete Milch aufzuwischen.

»Für wen hältst du dich eigentlich«, sagte er. »Glaubst du, dein Ding hätte sich in Gold verwandelt? Es hat dir doch Spaß gemacht. Du konntest gar nicht genug kriegen.«

»Du redest wenigstens in der Vergangenheit«, sagte sie, ohne aufzuschauen. Das Haar hing ihr wirr ins Gesicht, und das war gut so. Er sollte ihr blasses, elendes Gesicht nicht sehen. Ihr war, als sei ein Albtraum über sie hereingebrochen. Wenn sie sich jetzt im Spiegel betrachten würde, müsste sie das Bild einer scheußlichen Hexe vor sich sehen.

»Verschwinde, Steve. Ich sage es nicht noch einmal.«

»Und wenn ich bleibe? Dann rufst du Sheriff Bannerman, was? Du sagst dann einfach: ›Hallo, George, hier ist Mr Businessmans Frau, und der Kerl, mit dem ich außerdem noch bumse, will nicht abhauen. Würden Sie bitte kommen und ihn rausschmeißen?‹ Das wirst du doch sagen, nicht wahr?«

Sie hatte jetzt noch mehr Angst. Bevor sie Vic heiratete, hatte sie in Westchester als Bibliothekarin im Schuldienst gearbeitet, und es war für sie immer entsetzlich gewesen, die Kinder – so laut sie nur konnte – anzuschreien, damit sie endlich Ruhe gaben. Das hatten sie dann auch immer getan – wenigstens einigermaßen –, aber was war, wenn sie einmal nicht gehorchten? Das war ihr Albtraum. Wenn sie absolut nicht gehorchen wollten? Was blieb ihr dann übrig? Die Frage ängstigte sie. Es war schlimm, dass man sich eine solche Frage überhaupt stellen musste. Sie hatte es immer vermieden, laut zu werden, außer wenn es sich gar nicht mehr umgehen ließ. Denn hier endete jedes zivilisierte Verhalten. Hier verwandelte sich die Tünche in Dreck. Wenn lautes Schreien nicht mehr verfing, konnte man nur noch kreischen.

Auch jetzt hatte sie diese Angst. Die einzige Antwort auf die Frage des Mannes war natürlich, dass sie laut schreien würde, wenn er sie anfasste. Würde sie es wirklich tun?

»Geh«, sagte sie leise. »Bitte. Es ist aus.«

»Und wenn mir das nicht passt? Wenn es mir einfällt, dich gleich hier in dieser verdammten Milchpfütze zu vergewaltigen?«

Sie schaute durch ihre Haarsträhnen zu ihm hoch. Sie war immer noch blass, und ihre Augen wirkten unnatürlich groß. »Dann werde ich mich wehren. Und wenn ich dir die Eier abreißen oder die Augen auskratzen kann, werde ich keine Sekunde zögern.«

Sie hatte den Eindruck, dass er unsicher wurde. Er wusste, dass sie gewandt und in guter Verfassung war. Er konnte sie zwar im Tennis schlagen, aber es kostete Schweiß. Wahrscheinlich würde sie seine Eier und seine Augen verschonen, aber es war nicht auszuschließen, dass sie ihm das Gesicht zerkratzte. Die Frage war, wie weit er gehen wollte. Sie roch etwas Unangenehmes in der Luft, den Hauch des Dschungels, und sie erkannte voll Abscheu, dass es eine Mischung aus ihrer Angst und seiner Wut war. Es drang ihnen aus den Poren.

»Ich werde die Kommode in meine Werkstatt zurückbringen«, sagte er. »Dein Mann könnte sie ja abholen. Dabei könnte ich mich mit ihm über dies oder jenes unterhalten.«

Er ging und knallte die Tür vom Wohnzimmer zur Veranda so heftig hinter sich zu, dass die Scheiben gerade noch heil blieben. Wenig später hörte sie den Motor anspringen. Er heulte auf, und mit quietschenden Reifen fuhr Steve vom Grundstück.

Donna wischte den Rest der Milch auf und stand von Zeit zu Zeit auf, um den Lappen über der Spüle auszudrücken. Sie sah zu, wie die Milchfäden im Abfluss verschwanden. Sie zitterte am ganzen Körper. Es war die Reaktion auf die unangenehme Szene, und teils war es Erleichterung. Sie hatte Steves kaum verhüllte Drohung, es ihrem Mann zu sagen, gar nicht richtig registriert. Sie konnte nur immer wieder an die Ereignisse denken, die zu dieser Situation geführt hatten.

Sie war aufrichtig davon überzeugt, dass sie völlig unabsichtlich in die Affäre mit Steve hineingeraten war. Es war, als sei ein unterirdisches Abflussrohr explodiert. Ähnliche Abflussrohre verliefen, wie sie glaubte, unter der gepflegten Oberfläche fast jeder amerikanischen Ehe.

Sie hatte nicht nach Maine übersiedeln wollen und war entsetzt gewesen, als Vic ihr seine diesbezügliche Absicht mitteilte. Trotz verschiedener Urlaubsreisen (und die Urlaubsreisen selbst hatten diesen Eindruck vielleicht noch verstärkt) war ihr der Staat immer wie eine bewaldete Wüste vorgekommen, eine Gegend, wo der Schnee im Winter fünf Meter hoch lag und die Leute dann von der Welt abgeschnitten waren. Der Gedanke, ihr Baby dorthin mitzunehmen, war schrecklich. Sie hatte sich ausgemalt – und es Vic auch gesagt –, wie Vic in Portland und sie in Castle Rock vom Schnee eingeschlossen waren.

Wie Tad in dieser Situation etwas Giftiges schluckte, vielleicht Tabletten, oder sich am Herd verbrannte. Was konnte nicht alles geschehn? Aber vielleicht beruhte ihr Widerstand auch ganz einfach darauf, dass sie die Aufregung und Hektik New Yorks nicht entbehren konnte.

Um ehrlich zu sein – alle diese Dinge waren nicht das Schlimmste gewesen. Das Schlimmste war die quälende Überzeugung gewesen, dass sie mit Ad Worx hier Schiffbruch erleiden würden, um dann mit eingezogenem Schwanz wieder zurückschleichen zu müssen. Das war zwar nicht passiert, denn Vic und Roger hatten hart gearbeitet. Aber das hatte auch bedeutet, dass sie ständig mit ihrem Kind allein war und zu viel Zeit hatte.

Ihre engeren Freunde konnte sie an den Fingern einer Hand abzählen. Die wenigen, die sie hatte, würden immer zu ihr halten, aber sie schloss nicht leicht neue Freundschaften. Sie hatte schon mit dem Gedanken gespielt, eine Qualifikation für Maine zu beantragen – ein New Yorker Examen wurde in Maine anerkannt und umgekehrt; sie musste lediglich ein paar Formulare ausfüllen. Dann konnte sie sich in Castle Rock beim Schuldienst bewerben. Es war eine lächerliche Idee, und sie legte sie zu den Akten, nachdem sie ein wenig gerechnet hatte. Benzingeld und der Lohn für den Babysitter würden die achtundzwanzig Dollar aufzehren, die sie am Tag verdienen konnte.

Ich bin die berühmte wunderbare Amerikanische Hausfrau geworden, hatte sie sich im vergangenen Winter oft verzweifelt gesagt, wenn sie durch das Verandafenster in das Schneetreiben hinaussah. Ich füttere Tad mittags mit Bohnen, Käsetoast und Suppe von Campbell, und mein Leben besteht darin, mir Lisa in *Wie die Welt sich dreht* und Mike in *Die Jungen und die Ruhelosen* anzusehen. Hin und wieder wird das Ganze mit dem *Glücksrad* ein wenig angereichert. Sie könnte gelegentlich Joanie Welsh besuchen, die eine kleine Tochter in Tads Alter hatte, aber bei Joanie fühlte sie sich nie so recht wohl. Sie war drei Jahre älter als Donna und wog zehn Pfund mehr. Diese zusätzlichen zehn Pfund schienen sie nicht zu stören. Ihr Mann mochte sie so. Joanie war mit ihrem Leben in Castle Rock zufrieden.

Ganz allmählich hatte sich der Dreck im Rohr gestaut. Sie fing an, sich mit Vic über Kleinigkeiten in die Haare zu geraten und überspielte damit die wichtigen Dinge, die schwer zu definieren und noch schwerer zu artikulieren waren. Dinge wie das Gefühl, etwas zu versäumen, und die Angst vor dem Altwerden. Dinge wie Einsamkeit und ihre schrecklichen Auswirkungen. Manchmal genügte es, ein Lied zu hören, das sie von früher kannte, um ohne Grund in Tränen auszubrechen. Sie beneidete Vic, denn sein Leben bedeutete Kampf; er baute etwas auf; er war wie ein fahrender Ritter mit dem Familienwappen auf dem Schild, während ihr Leben darin bestand, Tad durch den Tag zu bringen, ihn aufzumuntern, wenn er schlechte Laune hatte, ihm zuzuhören und seine Mahlzeiten zu bereiten. Ihr Leben war ein einziges Warten.

Sie hatte immer geglaubt, es würde besser werden, wenn Tad größer war, und die Feststellung, dass das nicht der Fall war, brachte neues Entsetzen. In diesem Jahr war er an drei Vormittagen in der Woche zur Vorschule gegangen; in diesem Sommer kamen fünf Nachmittage wöchentlich hinzu, die er auf dem Spielplatz verbrachte. Das Haus war so leer, wenn er weg war. Die Türen standen offen, aber Tad kam nicht hereingelaufen. Die Treppe lag einsam da, aber kein Tad saß vor seinem Mittagsschlaf im Pyjama auf einer der Stufen, die Nase in einem seiner Bilderbücher vergraben.

Die Türen wurden Rachen, die Treppe ein tiefer Schlund. Die leeren Zimmer verwandelten sich in Fallen.

Sie reinigte Fußböden, die schon sauber waren. Sie sah sich alberne Fernsehspiele an. Sie dachte an Steve Kemp, der im vergangenen Herbst mit einer Virginia-Autonummer in die Stadt gerollt war und sich als Möbelrestaurator niedergelassen hatte. Manchmal ertappte sie sich dabei, dass sie vor dem Fernsehgerät saß und gar nicht wusste, was auf der Mattscheibe vor sich ging, weil sie daran dachte, wie interessant Steves tiefe Bräune mit seinem Tennisdress kontrastierte oder wie seine Schenkelmuskeln sich bewegten, wenn er lief. Und endlich hatte sie etwas unternommen. Und heute –

Wieder verkrampfte sich ihr Magen. Sie riss die Hand vor den Mund und rannte mit weit aufgerissenen Augen ins Badezimmer.

Sie schaffte es gerade noch und brach alles aus. Sie betrachtete die Schweinerei und stöhnte laut.

Sie fühlte sich nun ein wenig besser (wenn auch ihre Beine noch zitterten) und betrachtete sich im Spiegel. Das grelle Licht der Neonleuchte schmeichelte ihr nicht. Ihre Haut war zu weiß, und unter den Augen hatte sie rote Ränder. Hässlich klebte ihr das Haar am Kopf. Jetzt wusste sie, wie sie aussehen würde, wenn sie alt war, und das Schlimmste war, dass sie nichts dagegen gehabt hätte, wenn Steve sie jetzt lieben wollte. Wenn er sie nur festhielt und küsste und ihr sagte, dass die Zeit ein Mythos und der Tod ein Traum sei, dass alles seine Ordnung habe.

Sie stieß einen Laut aus, einen wimmernden Laut, der nicht aus ihrer Kehle gekommen sein konnte. Es war der Schrei einer Wahnsinnigen. Sie ließ den Kopf sinken und weinte.

Charity Camber saß auf dem Doppelbett, das sie mit ihrem Mann teilte, und betrachtete etwas, das sie in der Hand hielt. Sie war eben vom Supermarkt gekommen, demselben, in dem auch Donna Trenton kaufte. Ihre Hände fühlten sich so kalt und klamm an, als sei sie mit Joe stundenlang im Schneemobil unterwegs gewesen. Dabei war morgen der erste Juli, und das Schneemobil stand unter einer Persenning hinten im Schuppen.

Es kann nicht stimmen. Sie müssen sich geirrt haben.

Aber es war kein Irrtum. Sie hatte immer wieder verglichen, und es war kein Irrtum.

Einen traf es immer, nicht wahr?

Ja, natürlich, aber ausgerechnet *sie*?

In seiner Werkstatt schlug Joe mit dem Hammer auf etwas ein. Es war ein hohes, knallendes Geräusch, als ob er dünnes Metall bearbeitete. Dann Stille und ein leiser Ausruf: »Scheiße!«

Wieder hörte sie den Hammer. Dann eine längere Pause. Endlich brüllte ihr Mann: *»Brett!«*

Sie zuckte immer ein wenig zusammen, wenn er die Stimme so hob und nach dem Jungen schrie. Brett liebte seinen Vater sehr, aber Charity kannte Joes Einstellung gegenüber seinem

Sohn nicht. Es war schrecklich, so etwas zu denken, aber es stimmte. Einmal, vor ungefähr zwei Jahren, hatte sie einen grauenhaften Albtraum gehabt, den sie wohl nie vergessen würde. Sie träumte, dass ihr Mann Brett eine Mistgabel durch die Brust stieß. Die Zinken traten am Rücken wieder aus, und Bretts T-Shirt stand wie ein Zelt von seinem Körper ab. *Der Bengel kam nicht, als ich ihn rief*, sagte ihr Mann im Traum, und sie war schlagartig aufgewacht, und ihr richtiger Mann hatte in seinen Boxershorts neben ihr gelegen und seinen Bierrausch ausgeschlafen. Der Mond hatte durch das Fenster auf das Bett geschienen, auf dem sie jetzt saß, und in seinem kalten Licht hatte sie begriffen, welche Angst ein Mensch empfinden kann und dass die Angst ein Ungeheuer mit langen, gelben Zähnen ist, von einem wütenden Gott ausgesandt, um die Unvorsichtigen und die Unfähigen zu fressen. Im Laufe ihrer Ehe hatte Joe sie gelegentlich geschlagen, und sie hatte gelernt. Sie war vielleicht kein Genie, aber ihre Mutter hatte keine *Närrin* aufgezogen. Jetzt tat sie, was Joe verlangte, und widersprach ihm nicht. So handelte Brett wohl auch. Aber manchmal hatte sie Angst um den Jungen.

Sie erreichte gerade rechtzeitig das Fenster, um Brett über den Hof laufen und in der Scheune verschwinden zu sehen. Cujo rannte hinter ihm her, aber die Hitze schien ihn zu stören, und er wirkte deprimiert.

Leise: »Halt das mal fest, Brett.«

Noch leiser: »Gern, Daddy.«

Und wieder hörte sie das Geräusch von Hammerschlägen. Sie konnte sich vorstellen, dass Brett etwas gegen etwas halten musste – vielleicht einen Meißel gegen ein festgefressenes Lager. Und ihr Mann, eine Pall Mall im Mundwinkel und die Ärmel aufgekrempelt, holte mit dem Vorschlaghammer aus. Und wenn er nun betrunken war ... und ein wenig daneben traf ...

In Gedanken hörte sie Bretts Aufschrei, als der Hammer seine Hand zu einem blutigen, splitternden Brei zerquetschte, und sie schüttelte sich vor Entsetzen.

Sie betrachtete das Ding in ihrer Hand und überlegte, welchen Gebrauch sie davon machen sollte. Sie wäre liebend gern nach

Connecticut gefahren, um ihre Schwester Holly zu besuchen. Es war schon Jahre her, im Sommer 1974 – das wusste sie noch genau, denn von jenem angenehmen Wochenende abgesehen war es für sie ein schlechter Sommer gewesen. 1974 war das Jahr gewesen, in dem Bretts Schlafprobleme angefangen hatten – unruhiger Schlaf, schlechte Träume und immer häufiger Schlafwandeln. Es war auch das Jahr, in dem Joe anfing, übermäßig zu trinken. Mit Bretts unruhigen Nächten und seinem Schlafwandeln war es eines Tages vorbei gewesen. Mit Joes Trinken nicht.

Brett war damals vier Jahre alt gewesen. Jetzt war er zehn, und er erinnerte sich nicht einmal mehr an seine Tante Holly, die vor sechs Jahren geheiratet hatte. Sie hatte einen kleinen Jungen, der nach ihrem Mann getauft war, und eine kleine Tochter. Charity hatte ihre Nichte und ihren Neffen noch nie gesehen. Sie kannte die Kinder nur von Fotos, die Holly manchmal geschickt hatte.

Sie mochte Joe nicht mehr fragen. Er duldete es nicht einmal, dass sie es überhaupt erwähnte, und wenn sie ihn wieder darauf ansprach, schlug er sie vielleicht. Es war fast sechzehn Monate her, dass sie ihn das letzte Mal gefragt hatte, ob sie nicht vielleicht nach Connecticut in Urlaub fahren könnten. Joe reiste nicht gern. Ihm gefiel es am besten in Castle Rock. Einmal im Jahr fuhren er, der alte Trunkenbold Gary Pervier und ein paar Freunde nach Moosehead, um Rotwild zu jagen. Im letzten November hatte er Brett mitnehmen wollen, aber sie hatte es nicht zugelassen und sich durchgesetzt, wenn Joe auch geschimpft hatte und Brett sehr enttäuscht gewesen war. Sie würde ihn niemals wochenlang mit diesen Männern herumziehen lassen, um sich ihre dreckigen Witze anzuhören und zu erleben, wie Männer zu Tieren werden können, wenn sie über Tage und Wochen nur saufen. Außerdem führte jeder von ihnen ein geladenes Gewehr mit, wenn sie im Wald umherstreiften. Geladene Gewehre und geladene Männer, und früher oder später wurde immer jemand verletzt, und wenn sie hundert Mal orangefarbene Hüte und Jacken trugen. Nein, nicht Brett. Nicht ihr Sohn.

Rhythmisch traf der Hammer den Stahl. Dann Stille. Sie atmete auf. Dann setzte das Geräusch wieder ein.

Früher oder später würde Brett sich den Männern anschließen, und dann war er für sie verloren. Er würde zu ihnen gehören, und sie war dann nur noch die Haussklavin, die alles in Ordnung hielt. Der Tag würde kommen, und sie wusste es, und es machte ihr jetzt schon Kummer. Aber sie konnte es wenigstens noch um ein Jahr hinausschieben.

Und in diesem Jahr? Würde sie ihn im November zu Hause halten können? Vielleicht nicht. Aber dann war es gut, wenn sie mit ihm vorher noch nach Connecticut fahren würde. Sie würde mit ihm hinfahren und ihm zeigen ...

... zeigen ...

Gib's doch endlich zu, wenigstens dir selbst gegenüber.

(wie anständige Leute leben)

Wenn Joe sie allein fahren lassen würde ... aber es war sinnlos, auch nur daran zu denken. Joe konnte gehen, wohin er wollte, allein oder mit Freunden, aber sie konnte es nicht, nicht einmal mit Brett im Schlepptau. Das war eine der Grundregeln ihrer Ehe. Aber wie viel schöner würde es ohne ihn sein – ohne seinen Anblick, wenn er in Hollys Küche saß und Bier soff und Holly Jim dabei immer wieder unfreundlich ansah. Wenn er so lange deutlich zu erkennen gab, dass er den Abreisetermin herbeisehnte, bis Holly und Jim sich selbst auf ihre Abreise freuten ...

Sie und Brett.

Nur sie beide.

Sie könnten mit dem Bus fahren.

Sie dachte: Im vorigen November wollte er Brett mit auf die Jagd nehmen.

Sie dachte: Ob ich einen Handel mit ihm abschließen kann?

Ihr lief es kalt über den Rücken. Sollte sie sich tatsächlich auf einen solchen Handel einlassen? Joe könnte ihn im Herbst nach Moosehead mitnehmen, wenn er sie beide dafür mit dem Bus nach Stratford fahren ließ –?

Geld war genug da – jetzt wenigstens –, aber mit Geld allein war es nicht getan. Er würde das Geld nehmen, und sie war es los. Wenn sie ihre Karten nicht ganz geschickt ausspielte. Ganz ... geschickt.

Ihre Gedanken überschlugen sich. Das Hämmern draußen hörte auf. Sie sah Brett aus der Scheune kommen, und sie war sehr erleichtert. Wenn Brett je etwas zustoßen sollte, das ahnte sie, dann würde es in dieser dunklen Scheune passieren.

Als Steve seinen Laden erreicht hatte, befand er sich in einer Art wütender Ekstase. Seine Werkstatt lag in einem westlichen Randbezirk von Castle Rock an der Route 11. Er hatte sie von einem Farmer gemietet, der in Castle Rock und im benachbarten Bridgton Anwesen besaß. Dieser Farmer war ein ganz besonders großes Arschloch.

Der Bottich mit dem Lösungsmittel zum Entfernen von Farbe und Lack beherrschte den ganzen Raum. Es war ein riesiger Kessel aus Wellblech, in dem man gleich mehrere Missionare auf einmal hätte kochen können. Um ihn herum standen wie Satelliten um einen größeren Planeten seine einzelnen Werkstücke: Kommoden, Frisiertische, kleine Schränke, Bücherregale, Tische. In der Luft hing der schwere Geruch von Lack, Farbverdünner und Leinöl.

In einer alten TWA-Flugtasche hatte er saubere Wäsche; er hatte sie nach dem Besuch bei dieser Edelnutte anziehen wollen. Wütend schleuderte er die Tasche von sich. Sie prallte von der hinteren Wand ab und landete auf einer Kommode. Er ging hinüber und fegte sie beiseite. Dann fing er sie mit dem Fuß auf und schoss sie gegen die Decke. Sie fiel herab und blieb auf der Seite liegen wie ein totes Murmeltier. Dann blieb er schwer atmend stehen, inhalierte den schweren Geruch und sah zu den drei Stühlen hinüber, an denen er bis zum Wochenende das Flechtwerk erneuern wollte. Das hatte er einem Kunden versprochen. Er hatte die Daumen in den Gürtel gesteckt und die Finger zu Fäusten geballt. Mit seiner vorgeschobenen Unterlippe sah er aus wie ein schmollendes Kind.

»Verdammte *Scheiße*!«, sagte er und ging zur Tasche. Er wollte nach ihr treten, überlegte es sich anders und hob sie auf. Er ging durch die Werkstatt in das Dreizimmerhaus, das sich daran anschloss. Hier war es womöglich noch heißer. Verdammte Julihitze. Sie stieg einem zu Kopf. Die Küche stand voll von schmutzigem Geschirr. Fliegen summten um eine grüne Plastiktüte mit leeren Konservendosen. Im Wohnzimmer stand ein Schwarzweißfernsehgerät, das er im Sperrmüll gefunden hatte. Darauf lag sein großer, bunter, kastrierter Kater namens Bernie Carbo. Er schlief wie tot.

Seine Schreibarbeiten erledigte Steve im Schlafzimmer. Das zusammenklappbare Bett stand auf Rollen, und das Laken war steif von Sperma. Ganz gleich, ob er Frauen hatte (und das war in den letzten zwei Wochen kaum der Fall gewesen), er onanierte ständig. Er hielt Masturbation für ein Zeichen von Kreativität. Dem Bett gegenüber stand sein Schreibtisch. An beiden Seiten lagen Stapel von Manuskripten. Weitere Manuskripte hatte er in Pappkartons verstaut. Er schrieb viel und reiste viel in der Gegend umher, und sein Gepäck bestand hauptsächlich aus dem, was er geschrieben hatte – sehr viele Gedichte, einige Kurzgeschichten, ein surrealistisches Theaterstück, in dem die Charaktere insgesamt neun Worte sprachen, und ein Roman, den er unter den verschiedensten Blickwinkeln erfolglos bearbeitet hatte. Es war fünf Jahre her, dass er lange genug irgendwo gewohnt hatte, um seine Sachen auszupacken.

Im vergangenen Dezember hatte er eines Tages beim Rasieren die ersten grauen Fäden in seinem Bart entdeckt. Diese Entdeckung hatte ihn in eine tiefe Depression gestürzt, von der er sich wochenlang nicht erholte. Seitdem hatte er keinen Rasierapparat mehr angefasst, so als hätte der Akt des Rasierens das Grau zum Vorschein gebracht. Er war achtunddreißig. Er wollte es nicht wahrhaben, dass er schon so alt war, aber manchmal überfiel ihn diese Erkenntnis ganz gegen seinen Willen. So alt zu sein – kaum siebenhundert Tage von vierzig entfernt –, erfüllte ihn mit Entsetzen. Er hatte ernsthaft geglaubt, dass vierzig nur für andere Leute galt.

Dieses Miststück, dachte er immer wieder. *Dieses Miststück.*

Er hatte Dutzende von Frauen sitzen lassen, seit er als Schüler von einer hübschen französischen Aushilfslehrerin verführt worden war, aber er selbst war nur zwei- oder dreimal zum Teufel gejagt worden. Er hatte ein Talent, es vorher zu merken und zuerst auszusteigen. Es war eine Art Schutzmechanismus. Man musste es tun, solange man die Weiber noch im Griff hatte, sonst wurde man angeschissen. Man sicherte sich ab. So ähnlich, wie man es vermied, an sein Alter zu denken. Er hatte zwar bemerkt, dass Donna ihm gegenüber zurückhaltender wurde, aber er hatte sie für eine Frau gehalten, die man psychologisch und sexuell manipulieren konnte, wenigstens eine Zeit lang. Die man zur Not durch Einschüchterung bei der Stange halten konnte. Dass es so nicht funktioniert hatte, kränkte ihn und machte ihn so wütend, als sei er ausgepeitscht worden.

Er warf Brieftasche und Kleingeld auf den Tisch, zog sich aus, ging ins Bad und duschte. Als er fertig war, fühlte er sich ein wenig besser. Er nahm seine Jeans und ein gemustertes Baumwollhemd aus der Tasche und zog sich an. Er steckte das Kleingeld wieder ein und betrachtete nachdenklich die Brieftasche. Einige Geschäftskarten waren herausgeglitten. Das taten sie immer, denn er hatte so viele davon.

Steve Kemps Brieftasche war prall gefüllt. Geschäftskarten gehörten zu den Dingen, die er immer gern nahm und einsteckte. Man konnte sie gut als Lesezeichen verwenden, und auf der leeren Rückseite konnte man Adressen oder Telefonnummern notieren. Wenn er etwa bei einem Klempner war oder wenn ein Versicherungsvertreter ihn besuchte, nahm er manchmal zwei oder drei.

Als zwischen Donna und ihm noch alles in Ordnung war, hatte er eine Karte ihres Mannes auf dem Fernsehgerät liegen sehen. Donna duschte gerade. Er hatte die Karte eingesteckt. Ohne einen besonderen Grund.

Jetzt öffnete er die Brieftasche und blätterte die Karten durch, Karten von Versicherungsagenten in Virginia, Immobilienmaklern in Colorado und diversen anderen Geschäftsleuten. Er glaubte schon, dass er Trentons Karte verloren hatte, aber sie war nur zwischen einige Geldscheine gerutscht. Er fischte sie heraus und betrachtete sie. Eine weiße Karte mit blauem Aufdruck in modischer Kleinschreibung, ganz der erfolgreiche Geschäftsmann. Unaufdringlich, aber eindrucksvoll. Nichts Auffälliges.

roger breakstone ad worx victor trenton
1633 congress street
telex: ADWORX portland, maine 04001 tel. (207)799-8600

Steve riss einen Zettel von seinem Block und räumte den Tisch vor sich frei. Er schaute kurz zu seiner Schreibmaschine hinüber. Nein. Die Typen einer Schreibmaschine sind so individuell wie ein Fingerabdruck. Das hängende kleine »a« hat den Kerl an den Galgen gebracht, Inspektor. Die Jury blieb nur lange genug draußen, um eine Tasse Tee zu trinken.

Dies würde natürlich nie ein Fall für die Polizei werden, in keiner Weise, aber seine Vorsicht kam automatisch. Billiges Papier, das es in jedem Papierwarengeschäft gab, keine Schreibmaschine.

Er nahm einen Kugelschreiber aus dem Behälter auf seinem Schreibtisch und schrieb in großen Blockbuchstaben:

HALLO, VIC.
SIE HABEN EINE NETTE FRAU.
ES HAT MIR WIRKLICH SPASS GEMACHT, SIE ZU BUMSEN.

Er überlegte und schlug sich mit dem Kugelschreiber gegen die Zähne. Er fühlte sich wieder ausgezeichnet. Er war wieder ganz oben. Natürlich, sie war eine gut aussehende Frau, und es war möglich, dass Trenton das, was er bisher geschrieben hatte, nicht ernst nehmen würde. Reden konnte man leicht, und einen Brief konnte man schon für den Gegenwert einer Tasse Kaffee abschicken. Da musste es noch etwas geben ... es gab immer etwas. Was könnte es in diesem Fall sein?

Er lächelte plötzlich; wenn er so lächelte, strahlte sein ganzes Gesicht, und man konnte verstehen, dass er seit dem Abend mit der hübschen französischen Lehrerin nie Schwierigkeiten gehabt hatte, eine Frau zu erobern.

Er schrieb:

DAS MUTTERMAL ÜBER IHREN SCHAMHAAREN.
ICH FINDE, ES SIEHT WIE EIN FRAGEZEICHEN AUS.
HABEN *SIE* IRGENDWELCHE FRAGEN?

Das reichte; eine Mahlzeit ist so gut wie ein Festgelage, hatte seine Mutter immer gesagt. Er fand einen Umschlag und schob den Zettel hinein. Er dachte eine Weile nach und tat dann auch die Geschäftskarte in den Brief. In Blockschrift adressierte er ihn an Vics Büro. Dann beschloss er, dem armen Kerl eine kleine Gnade zu erweisen. Er schrieb das Wort PERSÖNLICH unter die Adresse.

Er warf den Brief auf die Fensterbank und lehnte sich in seinem Stuhl zurück. Er war mit sich und der Welt wieder zufrieden. Heute Abend würde er bestimmt schreiben können.

Ein Wagen mit fremden Kennzeichen bog in seine Auffahrt ein. Auf der Ladefläche stand ein großer Schrank. Den hatten die Leute wohl günstig auf einer Auktion gekauft. Herzlichen Glückwunsch.

Steve schlenderte nach draußen. Er würde gern ihr Geld und ihren Schrank nehmen, aber er bezweifelte, dass er noch Zeit haben würde, ihn zu restaurieren. Wenn er den Brief erst abgeschickt hatte, wäre eine Luftveränderung vielleicht ganz gut. Natürlich nicht zu weit. Er musste noch eine Weile in der Nähe bleiben, denn er war es sich schuldig, diesem hochmütigen Ding noch einen Besuch abzustatten ... natürlich nur, wenn er ganz sicher sein konnte, dass ihr Mann nicht zu Hause war. Steve hatte mit dem Kerl schon mal Tennis gespielt, und er war wirklich kein Paket Dynamit – hager, mit dicken Brillengläsern und einer Rückhand wie Spaghetti –, aber man konnte nie wissen, wann so ein Ehemann aus der Rolle fiel und etwas Unsoziales tat. Viele dieser Ehemänner hatten Waffen im Haus. Er musste also sorgfältig das Terrain sondieren, bevor er dort auftauchte. Er würde sich noch diesen einen Besuch genehmigen und dann endgültig seine Zelte abbrechen. Vielleicht würde er eine Zeit lang nach Ohio gehen. Oder nach Pennsylvania. Oder nach Taos in New Mexico. Aber wie ein Witzbold, der jemandem einen Knallkörper in die Zigarre gesteckt hat, wollte er bleiben (natürlich in angemessener Entfernung), bis das Ding hochging.

Der Fahrer des Lieferwagens und seine Frau sahen durch das Fenster, um ihn zu suchen. Steve trat ins Freie, die Hände in den Taschen seiner Jeans, und lächelte. Die Frau lächelte sofort zurück. »Hallo, kann ich etwas für Sie tun?«, fragte er und nahm sich vor, den Brief abzuschicken, sobald er diese Leute los war.

Rot und rund und heiß versank die Sonne im Westen. Vic, das Hemd an den Ärmeln um die Hüfte gebunden, stand vor dem kleinen Wagen seiner Frau und sah in den Motorraum. Donna stand neben ihm, und in ihren weißen Shorts und der rot gemusterten ärmellosen Bluse wirkte sie frisch und jugendlich. Sie war barfuß. Tad hatte nur einen Badeanzug an und fuhr wie wild mit dem Dreirad in der Auffahrt hin und her.

»Trink deinen Eistee, bevor er warm wird«, sagte sie zu Vic.

»Hmm.« Das Glas stand auf der Seitenleiste im Motorraum. Vic nahm einen Schluck, und ohne hinzusehen, stellte er das Glas ab. Es glitt weg – in die Hände seiner Frau.

»Heh«, sagte er. »Gut gefangen.«

Sie lächelte. »Ich weiß es einfach, wenn du an etwas anderes denkst. Schau her. Kein Tropfen verschüttet.«

Sie lächelten sich einen Augenblick an – ein guter Augenblick, dachte Vic. Vielleicht war es nur Einbildung oder Wunschdenken, aber diese guten Augenblicke schien es in letzter Zeit häufiger zu geben. Weniger scharfe Worte. Weniger oft dieses kalte Schweigen oder – und das war vielleicht schlimmer – diese Gleichgültigkeit. Er kannte den Grund nicht, aber er war froh.

»Provinzniveau«, sagte er. »In die Erste Mannschaft kommst du noch lange nicht.«

»Und was ist nun mit meinem Wagen los, Trainer?«

Er hatte den Luftfilter abgeschraubt und auf den Boden gestellt. Jetzt stocherte er mit dem Schraubenzieher am Vergaser herum.

»Es liegt am Vergaser. Ich glaube, das Nadelventil klemmt.«

»Ist das schlimm?«

»Nicht unbedingt«, sagte er, »aber wenn es sich überhaupt nicht mehr bewegt, kannst du nicht weiterfahren. Das Nadelventil steuert die Benzinzufuhr, und ohne Benzin kannst du nicht fahren. Das ist wie ein Naturgesetz, Baby.«

»Daddy, schiebst du mich beim Schaukeln?«

»Ja, sofort.«

»Gut, ich bin hinten!«

Tad fuhr um das Haus herum zu der Schaukel, die Vic im vergangenen Sommer selbst gebaut hatte, nicht ohne dabei reichlich Gin und Tonic zu schlucken. Er hatte nach Feierabend und an Wochenenden gearbeitet und dazu die Baseball-Reportagen im Transistorradio gehört. Tad hatte, das Kinn in die Hände gestützt, auf der Hintertreppe gesessen und zugeschaut. Es war ein guter Sommer gewesen, nicht so entsetzlich heiß wie dieser. Donna hatte sich endlich ein wenig eingelebt und begriffen, dass Maine und Castle Rock und Ad Worx für sie alle gar nicht schlecht waren.

Dann folgte eine böse Zeit, und das Schlimmste war die ewige Nörgelei und das Gefühl, dass die Dinge viel schlechter standen, als er fürchtete. Verschiedene Sachen im Haus standen plötzlich nicht mehr genau da, wo sie gestanden hatten, als ob eine fremde Hand sie bewegt hätte. Dann hatte er die verrückte Idee – war sie wirklich so verrückt? –, dass Donna zu oft das Bettzeug wechselte. Es war immer sauber, und eines Abends hatte er sich die alte Märchenfrage gestellt: *Wer hat in meinem Bett geschlafen?,* und er hatte sich dabei überhaupt nicht wohl gefühlt.

Inzwischen hatte sich die Lage anscheinend entspannt. Wenn diese verrückte Sache mit den Himbeerflakes nicht passiert wäre und er diese verdammte Reise nicht vor sich hätte, könnte auch dieser Sommer schön werden. Vielleicht wurde er es tatsächlich noch. Manchmal gewann man. Nicht jede Hoffnung war vergebens. Das glaubte er, aber dieser Glaube war noch nie ernsthaft geprüft worden.

»Tad!«, schrie Donna, und Tad hielt sofort an. »Stell dein Dreirad in die Garage.«

»Nein, Mommy!«

»Bitte, Monsieur.«

»Mmsöh«, sagte Tad und lachte. »Du hast dein Auto auch nicht weggestellt, Mommy.«

»Daddy arbeitet noch daran.«

»Ja, aber ...«

»Tu, was deine Mommy sagt, Tadder«, sagte Vic und hob den Luftfilter auf.

»Ich komme gleich nach hinten.«

Tad stieg wieder auf sein Dreirad und fuhr es in die Garage, wobei er heulte wie eine Polizeisirene.

»Warum willst du ihn wieder einbauen?«, fragte Donna. »Willst du den Vergaser nicht reparieren?«

»Das ist Präzisionsarbeit«, sagte Vic. »Dafür habe ich das Werkzeug nicht. Aber selbst wenn ich es hätte, ich würde wahrscheinlich alles nur schlimmer machen.«

»Verdammt«, sagte sie ärgerlich und trat gegen den Reifen. »So etwas passiert immer erst, wenn die Garantiezeit abgelaufen ist.« Der Wagen hatte eben über 20 000 Meilen auf dem Tacho, und sechs Monatsraten waren noch zu bezahlen.

»Auch das ist wie ein Naturgesetz«, sagte Vic. Er setzte den Luftfilter auf und drehte die Flügelschraube fest.

»Ich könnte nach South Paris fahren, während Tad auf dem Spielplatz ist. Ich müsste allerdings einen Leihwagen haben, denn du bist ja weg. Ob ich damit noch nach South Paris komme, Vic?«

»Das ist doch gar nicht nötig. Du kannst doch zu Joe Cambers Werkstatt fahren. Das sind nur sieben Meilen, und er arbeitet gut. Weißt du noch, als das Radlager am Jaguar kaputt war? Er hat es mit einem Hebezeug aus Telefondrähten abgezogen und zehn Dollar verlangt. Wenn ich zu dieser Werkstatt in Portland gegangen wäre! Die hätten mich ausgenommen wie eine Weihnachtsgans.«

»Der Kerl hat mich nervös gemacht«, sagte Donna. »Ganz abgesehen davon, dass er besoffen war.«

»Wieso hat er dich nervös gemacht?«

»Seine Augen.«

Vic lachte. »Honey, bei dir gibt es ja auch einiges zu sehen.«

»Danke«, sagte sie. »Einer Frau macht es nicht unbedingt etwas aus, wenn man sie *ansieht.* Aber dieses in Gedanken Ausgezogenwerden macht einen nervös.« Seltsam, dass sie plötzlich schweigt, dachte er und schaute in den blutroten westlichen Himmel. Dann sah sie ihn wieder an. »Einige Männer geben einem das Gefühl, dass in ihrem Kopf ständig ein Film mit dem Titel *der Raub der Sabinerinnen* abläuft, in dem man selbst die Hauptrolle spielt.«

Er hatte dieses komische und unangenehme Gefühl, dass sie schon wieder über verschiedene Dinge gleichzeitig sprach. Aber heute Abend wollte er sich damit nicht befassen. Schließlich kroch er gerade aus der angesammelten Scheiße eines ganzen Monats hervor.

»Baby, er ist wahrscheinlich völlig harmlos. Er hat eine Frau, einen Sohn ...«

»Du hast wahrscheinlich Recht.« Aber sie verschränkte die Arme vor der Brust und griff sich mit den Händen an die Ellbogen. Bei ihr ein typisches Zeichen für Nervosität.

»Hör zu«, sagte er. »Ich fahre deinen Wagen am Samstag hin und lasse ihn dort, wenn es nötig ist, okay? Wahrscheinlich macht er es sofort. Ich werde ein paar Bier mit ihm trinken und seinen Hund streicheln. Erinnerst du dich noch an den Bernhardiner?«

Donna musste lachen. »Ich weiß sogar noch seinen Namen. Er hätte Tad fast umgestoßen, als er ihm das Gesicht leckte. Weißt du noch?«

Vic nickte. »Und dann lief Tad den ganzen Nachmittag hinter ihm her und rief: ›Cuuujo ... hiier, Cuuujo‹.«

Jetzt lachten sie beide.

»Ich komme mir so blöd vor«, sagte Donna. »Wenn ich nur mit der Standardgangschaltung umgehen könnte, würde ich deinen Jaguar fahren, während du weg bist.«

»Sei froh. Der Jaguar hat Launen. Man muss ihm gut zureden.« Er schlug die Motorhaube zu.

»Ooooh, du TROTTEL!«, stöhnte sie. »Dein Teeglas steht noch drin.«

Und er sah so komisch überrascht aus, dass sie laut loslachte. Gleich darauf lachte er mit. Es wurde so schlimm, dass sie sich wie zwei Betrunkene aneinander festhalten mussten. Mit runden Augen kam Tad hinter dem Haus hervorgelaufen, um zu sehen, was los war. Als er merkte, dass sie trotz ihres seltsamen Verhaltens noch einigermaßen normal waren, lachte er auch. Etwa um diese Zeit steckte Steve Kemp weniger als zwei Meilen entfernt seinen Brief ein.

Später, als es schon dämmerte, die Hitze ein wenig nachließ und die ersten Glühwürmchen über den Hof schwirrten, setzte Vic die Schaukel in Bewegung, auf der sein Sohn saß.

»Höher, Daddy! Höher!«

»Noch höher, und du machst einen Looping, Junge.«

»Dann schieb doch, Daddy! Schieb doch!«

Vic gab Tad einen gewaltigen Schubs, und die Schaukel stieg in den Himmel, an dem schon die ersten Sterne erschienen. Tad kreischte vor Freude. Er warf den Kopf zurück, und seine Haare flogen.

»Das war *gut*, Daddy! Noch mal!«

Wieder schob Vic seinen Sohn an, diesmal von vorn, und Tad stieg hoch in die warme Nachtluft. Tante Evvie Chalmers wohnte in der Nähe, und Tads Schreie waren die letzten Laute, die sie hörte, als sie starb: Ihr Herz versagte; eine seiner dünnen Wände war plötzlich (und fast schmerzlos) gerissen, als sie an ihrem Küchentisch saß, eine Hand an der Tasse Kaffee, in der anderen eine Zigarette; sie lehnte sich zurück, ihr wurde schwarz vor Augen, und irgendwo hörte sie ein Kind schreien, und einen Augenblick dachte sie, es seien Freudenschreie, aber als sie das Bewusstsein verlor, als hätte eine harte, aber nicht unfreundliche Hand sie von hinten angestoßen, schienen sie wie Schreie der Angst und der

Qual; dann war sie tot, und so würde ihre Nichte Abby sie am nächsten Tag finden, und ihr Kaffee würde so kalt sein wie sie, und die Zigarette würde als feiner, dünner Aschenstab auf dem Tisch liegen; ihr Unterkiefer würde herabgesunken sein und ihr faltiger Mund wie ein Schlitz voller Zähne aussehen.

Kurz bevor Tad ins Bett musste, saßen Vic und er auf der Veranda hinter dem Haus. Vic trank Bier, Tad ein Glas Milch.

»Daddy?«

»Was ist denn?«

»Ich will nicht, dass du nächste Woche wegfährst.«

»Ich komm doch bald wieder zurück.«

»Ja, aber ...«

Tad schlug die Augen nieder und kämpfte mit den Tränen. Vic legte ihm die Hand auf den Nacken.

»Aber was?«

»Wer sagt dann die Worte, damit das Ungeheuer nicht aus dem Schrank kommt? Mommy kennt sie nicht. Nur du kennst sie!«

Jetzt liefen Tad die Tränen über die Wangen.

»Ach deshalb«, sagte Vic.

Die Worte an die Ungeheuer (ursprünglich hatte Vic sie den Ungeheuerkatechismus genannt, aber mit diesem Wort hatte Tad Schwierigkeiten) waren gegen Ende des Frühjahrs entstanden, als es mit Tads schlaflosen Nächten und seinen Angstträumen anfing. Er behauptete immer, es sei etwas in seinem Schrank; nachts ging manchmal die Schranktür auf, und er sah dann etwas mit gelben Augen, das ihn auffressen wollte. Donna glaubte, das seien Nachwirkungen irgendwelcher Gruselgeschichten, die er vielleicht gehört hatte. Vic hatte Roger gegenüber (Donna hatte er davon nichts gesagt) geäußert, Tad habe vielleicht von der Mordserie in Castle Rock gehört und sei nun überzeugt, dass der Mörder noch lebte und sich in seinem Schrank versteckt hielt. Roger hielt das für möglich; bei Kindern sei *alles* möglich.

Und einige Wochen später glaubte selbst Donna ein wenig an den Spuk; sie erzählte Vic eines Morgens unter nervösem Lachen, dass die Sachen in Tads Schrank manchmal plötzlich anders lagen. Vic hatte gemeint, das müsse Tad wohl getan haben. Du verstehst einfach nicht, sagte Donna. Er geht nicht mehr an den Schrank, Vic ... niemals. Er hat Angst davor. Und sie hatte behauptet, selbst einen schlechten Geruch im Schrank festgestellt zu haben, nachdem Tad seine Albträume erlebt hatte. Als ob ein Tier dort eingesperrt gewesen wäre. Vic hatte den Schrank inspiziert und darin geschnüffelt. Vielleicht war Tad im Schlaf aufgestanden und in den Schrank gegangen und hatte dort als Folge irgendeines Traumablaufs uriniert. Aber Vic hatte nur Mottenkugeln gerochen. Der Schrank hatte etwa die Größe eines Schlafwagenabteils, aber ein Ungeheuer gab es dort nicht.

Donna hatte vorgeschlagen, dafür zu sorgen, dass Tad vor dem Einschlafen »gute Gedanken« hatte und dass er betete, um seine nächtlichen Ängste zu bekämpfen. Tad hatte geantwortet, das Ungeheuer raube ihm seine guten Gedanken, und Beten habe keinen Zweck, weil Gott nicht an Ungeheuer glaube. Sie hatte allmählich die Geduld verloren, teils wahrscheinlich deshalb, weil der Spuk in Tads Schrank sie selbst in seinen Bann gezogen hatte. Einmal, als sie Tads Hemden hineinhängte, hatte sich die Tür lautlos hinter ihr geschlossen, und sie hatte vierzig entsetzliche Sekunden gebraucht, die Tür zu finden. Und diesmal hatte sie etwas gerochen, etwas Heißes und Bösartiges und Stickiges. Der Geruch erinnerte sie ein wenig an Steve Kemps Schweiß, wenn sie sich geliebt hatten. Aber da es keine Ungeheuer *gab*, konnte man Tad nur den guten Rat geben, ganz einfach seinen Teddy in den Arm zu nehmen und zu schlafen.

Vic sah die Dinge anders. Vielleicht erinnerte er sich auch besser daran, dass eine geöffnete Schranktür im Dunkel der Nacht tatsächlich wie der Rachen eines Ungeheuers aussehen konnte, dass hängende Kleider wie hängende Menschen wirken konnten. Er erinnerte sich vage, welche unheimlichen Schatten die Straßenlaternen in den endlosen Stunden nach Mitternacht an die Wand werfen konnten, und er kannte die knarrenden Geräusche, die vielleicht das Haus verursachte, die vielleicht aber auch bedeuteten, dass sich etwas leise heranschlich.

Seine Lösung war der Ungeheuerkatechismus gewesen, oder,

für einen in der Semantik noch unbedarften Vierjährigen, ganz einfach die Worte an die Ungeheuer. In jedem Fall waren sie nicht mehr (und nicht weniger) als eine primitive Beschwörung, um das Übel fern zu halten. Vic hatte sie sich eines Tages während der Mittagspause ausgedacht, und zu Donnas Erleichterung und auch zu ihrem Kummer funktionierte die Sache, während ihre Bemühungen, wie die Anwendung psychologischer Tricks, sowie alles, was sie in der Elternschule gelernt hatte, und schließlich nackte Disziplinierungsversuche keinen Erfolg gebracht hatten. Wie einen Segen sprach Vic die Worte jeden Abend an Tads Bett, wenn Tad an den drückend heißen Abenden nackt unter seiner Decke lag.

»Glaubst du, dass es ihm auf lange Sicht hilft?«, fragte Donna. Ihre Stimme klang belustigt und irritiert zugleich. Das war Mitte Mai gewesen, als es zwischen ihnen beiden erhebliche Spannungen gab.

»Werbeleute arbeiten nicht auf lange Sicht«, hatte Vic geantwortet. »Sie sind an schnellen Ergebnissen interessiert. Und ich bin in meinem Beruf ziemlich gut.«

Und jetzt saß Tad neben ihm. »Dann sagt keiner die Worte an die Ungeheuer«, klagte er und wischte sich verlegen die Tränen aus dem Gesicht.

»Pass auf«, sagte Vic. »Ich habe sie aufgeschrieben. Deshalb weiß ich sie auch jeden Abend. Ich schreibe sie auf ein Stück Pappe und hefte es an die Wand. Und wenn ich weg bin, kann Mommy sie dir jeden Abend vorlesen.«

»Oh ja, tust du das?«

»Klar. Das sagte ich doch.«

»Vergisst du es auch nicht?«

»Natürlich nicht, mein Junge. Ich tu's gleich heute Abend.«

Tad schlang die Arme um seinen Vater, und Vic drückte ihn ganz fest an sich.

Spätabends, als Tad schon lange schlief, ging Vic leise in das Zimmer des Jungen und heftete mit einer Reißzwecke ein Stück Pappe an die Wand. Es hing direkt neben Tads Kalender, sodass der Junge es sehen musste. Groß und deutlich hatte er in Blockschrift darauf geschrieben:

Die Worte an die Ungeheuer

Für Tad

Ungeheuer, kommt nicht in dieses Zimmer!
Ihr habt hier nichts zu suchen.
Keine Ungeheuer unter Tads Bett!
Dort passt ihr nicht hin.
Keine Ungeheuer, die sich in Tads Schrank verstecken!
Dort ist es zu eng.
Keine Ungeheuer vor Tads Fenster!
Dort könnt ihr euch nicht festhalten.
Keine Vampire, keine Werwölfe, nichts, was beißt.
Ihr habt hier nichts zu suchen.
Die ganze Nacht wird niemand Tad anfassen oder ihm etwas tun.
Ihr habt hier nichts zu suchen.

Lange betrachtete Vic den Text und nahm sich vor, Donna, bevor er wegfuhr, mindestens noch zweimal zu bitten, ihn dem Kind jeden Abend vorzulesen. Ihr eindringlich nahe zu legen, wie wichtig die Worte an die Ungeheuer für Tad waren.

Als er hinausging, sah er, dass die Schranktür sich einen Spalt geöffnet hatte. Er schloss sie ganz fest und verließ das Zimmer seines Sohnes.

Spät in der Nacht ging die Tür wieder auf. Sporadisches Wetterleuchten warf verrückte Schatten in den Schrank.

Aber Tad schlief.

Am nächsten Morgen um Viertel nach sieben ließ Steve Kemp seinen Lieferwagen auf die Route 11 rollen und fuhr zur Route 302. Dort wollte er links abbiegen und in südöstlicher Richtung über die Staatsgrenze nach Portland fahren. In Portland wollte er eine Weile bei der YMKA übernachten.

Auf dem Armaturenbrett des Wagens lag ein Stapel adressierter Briefe – diesmal hatte er die Adressen nicht in Blockschrift, sondern mit der Schreibmaschine geschrieben, die er zusammen mit seinen anderen Sachen hinten im Laderaum stehen hatte. Das Packen hatte nur anderthalb Stunden gedauert. Er hatte auch Kater Bernie Carbo mitgenommen, der hinten in seiner Kiste schlief. Er und Bernie reisten mit leichtem Gepäck.

Er hatte die Umschläge wie ein Profi adressiert. Was immer ihm sechzehn Jahre Schriftstellerei eingebracht hatten, Maschineschreiben hatte er wenigstens gelernt. Er hielt an dem Briefkasten, in den er am Vorabend den Brief an Vic gesteckt hatte, und warf den Stapel Briefe hinein. Es hätte ihm nichts ausgemacht, den Laden und das Haus zu verlassen, ohne die fällige Miete zu bezahlen, wenn er den Staat endgültig hätte verlassen wollen, aber da er nur nach Portland fuhr, war es klüger, alles streng legal abzuwickeln. Diesmal konnte er sich das auch erlauben, denn im Handschuhfach lagen mehr als sechshundert Dollar.

Außer dem Scheck für die Miete, die er schuldete, schickte er mehreren Leuten die Anzahlungen zurück, die sie für größere Arbeiten geleistet hatten. Jedem Scheck hatte er ein höfliches Schreiben beigelegt, in dem er sich entschuldigte, Ungelegenheiten bereitet zu haben, aber seine Mutter sei plötzlich ernsthaft krank geworden (jeder echte Amerikaner fiel auf eine Mommy-Geschichte rein). Diejenigen, von denen er Aufträge entgegengenommen hatte, möchten doch bitte ihre Möbelstücke wieder abholen – sie fänden den Schlüssel rechts über der Tür und möchten ihn bitte anschließend wieder hinlegen. Herzlichen Dank und blabla. Natürlich würden die Leute nicht entzückt sein, aber richtigen Ärger würde er nicht bekommen.

Steve hatte die Briefe in den Kasten geworfen und genoss das beruhigende Gefühl, sich abgesichert zu haben. Er fuhr in Richtung Portland und sang mit, als »Sugaree« von den Grateful Dead aus dem Lautsprecher dröhnte. Er beschleunigte auf fünfundfünfzig Meilen und hoffte auf wenig Verkehr, damit er Portland früh genug erreichte, um noch einen Tennisplatz mieten zu können. Alles in allem war es ein guter Tag. Heute müsste Mr Businessman seine kleine Briefbombe erhalten. Wie hübsch, dachte Steve und fing an zu lachen.

Um halb acht, als Steve Kemp an Tennis dachte und Vic Trenton sich vornahm, wegen des Wagens seiner Frau Joe Camber anzurufen, bereitete Charity Camber das Frühstück für ihren Sohn. Joe war vor einer halben Stunde nach Lewiston gefahren, wo er auf einem Schrottplatz oder bei einem Gebrauchtteilehändler eine Windschutzscheibe für einen Camaro Modell 72 aufzutreiben hoffte. Das passte genau in den Plan, den Charity sich sorgfältig zurechtgelegt hatte.

Sie stellte Brett den Teller mit Rührei und Speck vor die Nase und setzte sich neben den Jungen. Brett schaute überrascht von dem Buch auf, das er gerade las. Nachdem sie sein Frühstück gemacht hatte, erledigte seine Mutter gewöhnlich ihre Hausarbeit. Wenn man zu viel redete, bevor sie Zeit fand, ihre zweite Tasse Kaffee zu trinken, konnte sie recht ungemütlich werden.

»Kann ich dich einen Augenblick sprechen, Brett?«

Seine Überraschung verwandelte sich in Erstaunen. Als er sie ansah, entdeckte er etwas, das ihrer sonst so ruhigen Art überhaupt nicht entsprach. Sie war nervös. Er klappte sein Buch zu und sagte: »Natürlich, Mom.«

»Möchtest du ...« Sie räusperte sich und fing von vorn an. »Möchtest du nach Stratford, Connecticut, fahren und Tante Holly und Onkel Jim besuchen? Und deinen Vetter und deine Cousine?«

Brett grinste. Er war erst zweimal in seinem Leben über die Grenzen von Maine hinausgekommen. Das letzte Mal war er mit seinem Vater nach Portsmouth, New Hampshire, gefahren, wo Joe einen 58er Ford mit einem ›halben Motor‹ abgeholt hatte. »Klar«, sagte er. »Wann?«

»Ich hatte an Montag gedacht«, sagte sie. »Nach dem Unabhängigkeitstag. Wir würden ungefähr eine Woche fortbleiben. Kannst du das einrichten?«

»Ich glaube, ja! Allerdings hat Daddy sich für die nächste Woche viel Arbeit vorgenommen. Er muss ...«

»Mit deinem Vater habe ich darüber noch nicht gesprochen.«

Brett lachte nicht mehr. Er nahm ein Stück Speck auf die Gabel und fing an zu essen. Draußen tappte Cujo die Treppe zur Veranda hoch und ließ sich grunzend im Schatten auf die Bretter fallen. Mit müden, rot geränderten Augen sah er DEN JUNGEN und DIE FRAU an. Er fühlte sich jetzt sehr schlecht, sehr, sehr schlecht.

»Verdammt, Mom, ich weiß nicht ...«

»Sag nicht immer verdammt. Man darf nicht fluchen.«

»Entschuldigung.«

»*Möchtest* du denn gern mitfahren? Wenn dein Vater es erlaubt?«

»Ja, bestimmt! Glaubst du wirklich, dass wir fahren dürfen?«

»Vielleicht.« Sie sah nachdenklich durch das Fenster über der Spüle.

»Wie weit ist es bis Stratford, Mom?«

»Ich denke, ungefähr dreihundertfünfzig Meilen.«

»Verdammt – ich meine, das ist aber weit.«

»Brett.«

Er sah sie aufmerksam an. Wieder lag diese eigenartige Spannung in ihrer Stimme und in ihrem Gesicht. Diese Nervosität.

»Was, Mom?«

»Fällt dir irgendetwas ein, das dein Vater draußen in der Werkstatt braucht? Etwas, nach dem er sich schon umsieht?«

Begreifen blitzte in Bretts Augen auf. »Verstellbare Schlüssel kann er immer brauchen ... und er hätte gern einen neuen Satz Steckschlüssel ... und einen neuen Schweißhelm, weil bei dem alten die Frontscheibe einen Sprung hat ...«

»Nein, ich meine etwas Größeres. Etwas Teures.«

Brett überlegte einen Augenblick. Dann hellte sich sein Gesicht auf. »Ja, ich glaube, was er wirklich braucht, ist ein Deckenkran. Einer von Jörgen. Er muss den Motor aus Richie Simms' International rausreißen, und das geht dann glatt wie Sch- nun, eben glatt.« Er wurde rot und sprach schnell weiter. »Aber den könntest du ihm nicht kaufen, Mom. Der ist wirklich teuer.«

»Wie teuer?«

»Im Katalog steht tausendsiebenhundert Dollar. Aber von Mr Belasco bei Portland Machine könnte er ihn wahrscheinlich zum Großhandelspreis kriegen. Daddy sagt, Mr Belasco hat Angst vor ihm.«

»Findest du das etwa gut?«, fragte sie scharf.

Brett lehnte sich auf seinem Stuhl zurück. Ihre Heftigkeit erschreckte ihn ein wenig. Er konnte sich nicht erinnern, dass seine Mutter sich je so verhalten hatte wie heute. Selbst Cujo draußen auf der Veranda spitzte die Ohren.

»Nun? Ich habe dich etwas gefragt.«

»Nein, Mom«, sagte er, aber Charity erkannte mit leiser Verzweiflung, dass er log. Wenn man jemanden dazu bringen konnte, einem aus Angst etwas zum Großhandelspreis zu verkaufen, war man ein ganzer Kerl. Sie hatte die Bewunderung in Bretts Stimme gehört, auch wenn es dem Jungen nicht aufgefallen war. *Er will genau wie Joe werden. Er findet seinen Daddy großartig, wenn er andere in Angst versetzt. Oh, mein Gott.*

»Anderen Leuten Angst zu machen, ist keine Heldentat«, sagte Charity. »Dazu braucht man nur ein großes Maul und einen schlechten Charakter. Das ist wirklich nichts Besonderes.« Sie sprach jetzt leiser und machte eine ungeduldige Handbewegung. »Nun iss dein Rührei. Ich werde auch nicht mehr schreien. Es liegt wohl an der Hitze.«

Er aß und musterte sie dabei immer wieder vorsichtig. Heute Morgen waren hier versteckte Minen ausgelegt.

»Was meinst du, wie hoch ist der Großhandelspreis? Tausenddreihundert? Tausend?«

»Ich weiß es nicht, Mamma.«

»Würde dieser Belasco das Ding anliefern? Es wäre ja schließlich ein großer Auftrag.«

»Das würde er bestimmt. Wenn wir so viel Geld hätten.«

Ihre Hand fuhr in die Kitteltasche. Das Los war noch da. Die beiden Zahlen auf ihrem Los, die grüne 76 und die rote 434, waren vor zwei Wochen von der staatlichen Lotteriekommission gezogen worden. Sie hatte es ein Dutzend Mal überprüft und konnte es immer noch kaum glauben. In jener Woche hatte sie, wie jede Woche, fünfzig Cents investiert, und diesmal hatte sie fünftausend Dollar gewonnen. Sie hatte das Los noch nicht eingereicht, aber seit sie es wusste, hatte sie es nicht mehr aus den Augen gelassen.

»Wir haben so viel Geld«, sagte sie, und Brett machte große Augen.

Um Viertel nach zehn verschwand Vic aus seinem Büro bei Ad Worx und ging zu Bentleys hinüber, um eine Tasse Kaffee zu trinken. Ihm graute vor dem widerlichen Gesöff, das die dumme Ziege ihnen im Büro aufbrühte. Er hatte sich den ganzen Vormittag mit Werbung für die Decoster-Eierfarm beschäftigt, aber die Arbeit war ihm nicht gut von der Hand gegangen. Seit seiner Kindheit hasste er Eier, die er auf Geheiß seiner Mutter an vier Tagen in der Woche essen musste. EIER REDEN VON LIEBE ... NAHTLOS war das Beste, was ihm bisher eingefallen war. Nicht sehr gut. Bei ›nahtlos‹ fiel ihm ein Trickfoto ein, das ein Ei mit einem Reißverschluss zeigte. Das Bild war nicht schlecht, aber wie kam man weiter? Er hatte keine Ahnung. Ich müsste Tadder fragen, dachte er, als die Serviererin ihm seinen Kaffee und ein Stück Gebäck brachte. Tad mochte Eier.

Es war natürlich nicht die Eierwerbung, die ihm Sorgen machte. Es war der Gedanke, dass er zwölf Tage fort sein würde. Gut, es musste sein. Davon hatte Roger ihn überzeugt. Sie mussten die Reise machen, um zu retten, was noch zu retten war.

Der gute alte schwatzhafte Roger. Vic liebte ihn fast wie einen

Bruder. Roger wäre gern mit ihm zu Bentleys gegangen, um Kaffee zu trinken und ihm die Ohren voll zu plärren. Aber dieses eine Mal wollte Vic allein sein. Er musste nachdenken. Ab Montag würden die beiden fast zwei Wochen ständig zusammen sein, um die leidige Sache durchzustehen, und das reichte. Selbst für gute Freunde.

Er musste wieder an das Fiasko mit den roten Himbeerflakes denken. Das war nicht schlimm. Im Gegenteil. Wenn man ganz zwanglos über eine verfahrene Situation nachdachte, gelangte man manchmal zu einer völlig anderen Betrachtungsweise, zu ganz neuen Einsichten. Ihm ging es jedenfalls so.

Die ganze Sache war schlimm genug, und die Flakes waren vom Markt genommen worden. Schlimm genug, aber so entsetzlich nun auch wieder nicht. Es war nicht wie bei dieser Sache mit den Pilzkonserven; niemand war krank geworden oder gestorben, und selbst die Kunden sahen ein, dass einer Firma schon einmal ein Missgeschick unterlaufen konnte. Man brauchte nur an die Trinkgläser von McDonald zu denken, die vor ungefähr drei Jahren als Werbegeschenk verteilt wurden und bei deren Farbaufschrift man einen unzulässig hohen Bleigehalt feststellte. Die Gläser wurden rasch wieder eingezogen und in die Werbehölle verbannt, in der sich Kreaturen wie Speedy Alka-Seltzer, Mr Clean und Vics persönlicher Favorit Big Dick Chewing Gum schon befanden.

Die Gläser hatten der McDonald's Corporation zwar geschadet, aber niemand hatte Ronald McDonald vorgeworfen, er hätte seine jugendliche Gemeinde vergiften wollen. Und auch dem Cornflake-Professor von Sharp hatte niemand einen Vorwurf gemacht. Aber Komiker wie Bob Hope hatten ihn aufs Korn genommen. Und in der Eröffnungssendung der *Tonight Show* hatte Johnny Carson einen ganzen Monolog – schön doppelsinnig verpackt – über die Affäre mit den roten Himbeerflakes gebracht.

Überflüssig zu erwähnen, dass die Spots mit dem Cornflake-Professor sofort vom Bildschirm verschwanden. Überflüssig zu erwähnen auch, dass der Charakterdarsteller, der den Professor spielte, höchst ungehalten darüber war, dass sich die Dinge so gegen ihn gekehrt hatten.

Ich könnte mir eine schlimmere Situation vorstellen, hatte Roger gesagt, als die ersten Wogen sich geglättet hatten und nicht mehr dreimal täglich Ferngespräche zwischen Portland und Cleveland stattfanden.

Und Vic hatte ihm zugestimmt.

»Noch Kaffee, Sir?«

Vic schaute auf. Er wollte nein sagen, nickte dann aber. »Eine halbe Tasse, bitte«, sagte er.

Sie schenkte ein und ging. Vic rührte um, trank aber nicht.

Die Leute machten sich nur kurze Zeit Sorgen um die Gesundheit ihrer Kinder, denn im Fernsehen und in vielen Zeitungen meldeten sich Ärzte zu Wort, die alle auf die absolute Harmlosigkeit des Färbemittels hinwiesen. Es war schon einmal Ähnliches passiert: Bei den Stewardessen einer Fluglinie zeigten sich plötzlich seltsame rötliche Hautverfärbungen. Die Sache stellte sich dann als völlig harmlos heraus. Die Hautverfärbungen stammten vom Abrieb der orangefarbenen Schwimmwesten, die sie den Passagieren vor dem Start demonstriert hatten. Jahre zuvor hatte das Färbemittel einer bestimmten Sorte Frankfurter Würstchen ähnliche Wirkungen wie das der Himbeerflakes gehabt.

Die Anwälte des alten Sharp hatten gegen den Hersteller des Mittels eine Schadenersatzklage auf mehrere Millionen Dollar angestrengt, ein Fall, der sich wahrscheinlich über Jahre hinziehen und mit einem außergerichtlichen Vergleich enden würde. Wie dem auch sei; der Prozess überzeugte die Öffentlichkeit davon, dass der Fehler – der völlig harmlos und nur ganz kurzfristig aufgetretene – nicht bei der Sharp Company gelegen hatte.

Dennoch hatten die Sharp-Aktien an der Börse einen Kurssturz erlitten. Seitdem war der Verlust zur Hälfte wieder aufgeholt. Der Verkauf der Getreideprodukte war plötzlich zurückgegangen, aber auch hier war das Terrain schon fast wiedergewonnen, das verloren ging, als die Himbeerflakes ihr heimtückisches rotes Gesicht gezeigt hatten. Einige Produkte verkauften sich sogar besser als vorher.

Also war hier tatsächlich nichts verkehrt?

Es war verkehrt. Ganz verkehrt.

Der Cornflakes-Professor von Sharp war verkehrt. Der arme Kerl würde nie ein Comeback erleben. Nach der Angst kam das Gelächter, und der Professor mit seiner nüchternen Miene und seinem Klassenzimmer war buchstäblich totgelacht worden.

George Carlin in seiner Nachtklubsendung: »Ja, es ist eine verrückte Welt. Eine verrückte Welt.« Er beugt sich über das Mikrofon, überlegt und hebt dann den Kopf. »Reagans Leute verzapfen ihren Mist im Fernsehen, stimmt's? Die Russen überholen uns im Wettrüsten. Die Russen bauen Tausende von Raketen, stimmt's? Jetzt hat Jimmy Carter *seinen* Auftritt im Fernsehen und sagt: ›Liebe amerikanische Mitbürger, der Tag, an dem die Russen das Wettrüsten gegen uns gewinnen, wird der Tag sein, da die Jugend Amerikas rot scheißt.‹«

Großes Gelächter im Publikum

»Ronny ruft also Jimmy an und sagt: ›Mr President, was hat Amy zum Frühstück gegessen?‹«

Gewaltiges Gelächter der Zuhörer. Carlin wartet ein paar Sekunden. Und jetzt kommt der Satz, die leise vorgetragene Anspielung: »Nein ... hier ist nichts verkehrt.«

Das Publikum brüllt vor Begeisterung. Wilder Applaus. Carlin schüttelt traurig den Kopf. »Rote Scheiße, Mann. Waw! Damit hat man ganz schön zu tun.«

Das war das Problem. George Carlin war das Problem. Bob Hope war das Problem. Johnny Carson war das Problem. Steve Martin war das Problem. Die Witze in jedem Friseurladen Amerikas waren das Problem.

Und dann muss man bedenken: Die Sharp-Aktien waren um neun Punkte gefallen und nur um viereinviertel Punkte wieder gestiegen. Die Aktionäre würden Köpfe fordern. Wir wollen sehen ... wessen Kopf soll es sein? Wer hatte denn die schlaue Idee mit dem Cornflake-Professor gehabt? Boten die Kerle sich nicht geradezu an? Ohne Rücksicht darauf, dass der Professor schon vier Jahre vor dem Debakel mit den Himbeerflakes eingesetzt worden war. Ohne Rücksicht auf die Tatsache, dass die Aktien, als der Professor (mitsamt dem Scharfschützen und George und Gracie) die Szene betrat, um dreieinhalb Punkte schlechter standen als heute.

Das spielte alles keine Rolle. Wohl aber dies: Allein die *Tatsache,* dass Ad Worx den Sharp-Etat verloren hatte – allein das würde die Aktien wahrscheinlich um weitere anderthalb Punkte steigen lassen. Und wenn dann eine neue Werbekampagne anlief, würde das für die Aktionäre ein Zeichen sein, dass die Gesellschaft ihre Schwierigkeiten überwunden hatte, und die Aktien würden vielleicht um einen weiteren Punkt steigen.

Natürlich, dachte Vic und rührte den Süßstoff in seinem Kaffee um, war das nur Theorie. Und selbst wenn diese Theorie sich als richtig erweisen sollte, würde ein kurzfristiger Gewinn leicht zunichte gemacht durch eine in aller Eile zusammengestoppelte Werbekampagne von Leuten, die weder die Sharp Company noch den Markt für Getreideprodukte auch nur annähernd so gut kannten wie Vic und Roger. Davon war er überzeugt.

Und plötzlich war der Einfall da. Er kam ganz unerwartet. Vic stellte die Tasse wieder hin, die er gerade zum Mund führen wollte, und riss die Augen auf. In Gedanken sah er zwei Männer – es waren vielleicht er und Roger, oder der alte Sharp und sein alternder Sohn –, die ein Grab zuschaufelten. Die Spaten flogen nur so. Unruhig flackerte eine Laterne in der stürmischen Nacht. Es regnete. Die beiden Totengräber sahen sich immer wieder verstohlen um. Es war ein nächtliches Begräbnis, eine geheime Handlung im Schutze der Dunkelheit. Sie begruben den Cornflake-Professor heimlich, *und das war verkehrt.*

»Verkehrt«, sagte er laut.

Es war bestimmt verkehrt. Denn wenn sie ihn in finsterer Nacht heimlich begruben, konnte er nicht mehr sagen, was er sagen musste: dass er die Angelegenheit bedaure.

Er nahm den Filzstift aus der Innentasche seines Jacketts und legte eine Serviette vor sich hin. Er schrieb:

Der Cornflake-Professor muss sich entschuldigen.

Er schaute auf das Geschriebene. Auf der Serviette liefen die Buchstaben auseinander. Dem ersten Satz fügte er hinzu:

Ein anständiges Begräbnis.

Und darunter:

Ein Begräbnis bei TAGESLICHT.

Das ergab noch keinen rechten Sinn. Es war eher eine Metapher. Aber in Form von Metaphern kamen ihm seine besten Einfälle. Er hatte jetzt etwas in der Hand. Das stand fest.

Cujo lag im Halbdunkel der Werkstatt auf dem Fußboden. Es war heiß, aber draußen war es noch schlimmer... und die Sonne schien zu grell. Das war vorher nie so gewesen. Er hatte früher nicht einmal bemerkt, wie hell es jeweils war. Aber jetzt fiel es ihm auf. Cujo hatte Kopfschmerzen. Seine Muskeln taten weh. Seine Augen schmerzten von dem Licht. Und die vernarbte Wunde an seinem Maul schmerzte.

Sie schmerzte und eiterte.

Der MANN war verschwunden. Kurz nachdem er weggefahren war, verschwanden auch die FRAU und der JUNGE. Der JUNGE hatte einen großen Napf voll Hundefutter für Cujo hingestellt, aber Cujo hatte nur sehr wenig davon gefressen. Wenn er fraß, fühlte er sich schlechter statt besser, und er ließ den Rest liegen.

Er hörte das Motorengeräusch eines Lastwagens, der in die Auffahrt einbog. Cujo stand auf und ging an die Tür. Er wusste gleich, dass es ein Fremder war. Er konnte die Geräusche der Fahrzeuge unterscheiden, und es war nicht der Lieferwagen des MANNES und auch nicht der Wagen der FRAU. Der Lastwagen fuhr rückwärts die Auffahrt hoch und blieb stehen. Zwei Männer sprangen aus dem Fahrerhaus und gingen nach hinten. Einer von ihnen öffnete die hintere Schiebetür. Das rasselnde Geräusch drang Cujo unangenehm in die Ohren. Er jaulte und zog sich in den schützenden Schatten zurück.

Der Lastwagen kam von Portland Machine. Vor drei Stunden waren Charity Camber und ihr immer noch verblüffter Sohn in das Hauptbüro der Firma in der Bridgton Avenue gegangen, und sie hatte einen Scheck für einen neuen Jörgen-Deckenkran ausgeschrieben – der Großhandelspreis belief sich auf genau eintausendzweihunderteinundvierzig Dollar und einundsiebzig Cents, inklusive Mehrwertsteuer. Vorher war sie in den staatlichen Spirituosenladen in der Congress Street gegangen, um ihren Gewinn anzumelden. Brett hatte nicht mit hineingehen dürfen und stand mit den Händen in den Hosentaschen draußen auf dem Fußweg.

Der Angestellte erklärte Charity, dass sie den Scheck von der Lotteriekommission mit der Post bekommen würde. Wie lange? Höchstens zwei Wochen. Abzüglich etwa achtzig Dollar Steuern. Dieser Betrag war nach ihren Angaben über Joes jährliches Einkommen berechnet.

Die Tatsache, dass sie auch noch Steuern bezahlen musste, störte Charity nicht weiter. Bis zu dem Augenblick, als der Angestellte die Zahlen mit denen auf seiner Liste verglichen hatte, war sie ganz aufgeregt gewesen und hatte es noch gar nicht glauben können. Aber dann hatte der Angestellte genickt, ihr gratuliert und sogar den Manager aus seinem Büro herbeigerufen, damit er sie begrüße. Das war alles nicht wichtig. Wichtig war, dass sie aufatmen konnte. Sie brauchte nicht mehr auf ihr Los zu achten. Die Lotteriekommission hatte es sich wieder einverleibt. Sie würde den Scheck mit der Post bekommen – ein wunderbarer, mystischer Satz. Fast ein Zauberspruch.

Und doch gab es ihr einen Stich, als der Angestellte das vom vielen Anfassen arg mitgenommene Los an das Formular heftete, das sie eben ausgefüllt hatte, und beides weglegte. Das Glück hatte ihr gelächelt. Zum ersten und vielleicht einzigen Mal in ihrem Leben hatte sich der Vorhang, der über ihrem trüben Alltag lag, ein wenig gelüftet und ihr eine helle, strahlende Welt gezeigt. Sie war eine nüchterne Frau, und tief in ihrem Innern wusste sie, dass sie ihren Mann hasste und fürchtete, aber sie würden zusammen alt werden, und er würde sterben und ihr seine Schulden und seinen missratenen Sohn hinterlassen. Das Letztere gestand sie sich ungern ein, aber es war wohl zu befürchten.

Wenn ihr Name bei der zweimal jährlich stattfindenden Superziehung aus der großen Trommel gezogen worden wäre, wenn sie also zehnmal fünftausend Dollar gewonnen hätte, wäre es ihr vielleicht eingefallen, den Vorhang ganz wegzureißen, ihren Sohn bei der Hand zu nehmen und mit ihm in die Welt einzutreten, die jenseits der Straße Nummer 3 lag, jenseits von Castle Rock und Cambers Werkstatt, Spezialität: ausländische Wagen. Sie wäre mit Brett nach Connecticut gegangen und hätte ihre Schwester gefragt, was wohl eine kleine Wohnung kosten würde.

Aber der Vorhang hatte sich nur ein winziges Stück gehoben. Das war alles. Das Glück hatte ihr nur einen Augenblick zugelächelt, wunderbar und rätselhaft und unerklärlich wie eine schöne Elfe, die im Mondschein auf einer Waldlichtung tanzt ... die man einmal sieht und dann nie wieder. Darum gab es ihr einen Stich, als das Los verschwand, obwohl es ihr vorher den Schlaf geraubt hatte. Sie wusste, dass sie bis zum Ende ihrer Tage jede Woche ein Lotterielos kaufen würde, ohne je mehr als zwei Dollar zu gewinnen.

Ganz gleich. Einem geschenkten Gaul schaut man nicht ins Maul. Wenn man schlau ist.

Sie gingen zu Portland Machine, und sie schrieb den Scheck aus. Auf dem Rückweg musste sie noch zur Bank, um das Girokonto aus dem Sparkonto aufzufüllen, damit der Scheck nicht platzte. Sie und Joe hatten in fünfzehn Jahren etwas über viertausend Dollar gespart. Das reichte gerade, um drei Viertel ihrer Schulden zu bezahlen, wenn man die Hypothek für die Farm nicht rechnete. Die musste sie natürlich berücksichtigen, aber das tat sie nie. An die Hypothek dachte sie immer erst, wenn die nächste Zahlung fällig war. Aber jetzt konnte sie das Ersparte ruhig angreifen. Wenn der Scheck kam, würde sie ihn auf das Sparkonto einzahlen. Sie würden nur die Zinsen für zwei Wochen verlieren.

Lewis Belcanto, der Mann von Portland Machine, hatte gesagt, er würde den Deckenkran noch heute Nachmittag anliefern, und er war ein Mann, auf dessen Wort man sich verlassen konnte.

Joe Magruder und Ronnie DuBay wuchteten den Deckenkran auf die hydraulische Ladeplattform und ließen diese mit einem Zischen nach unten sinken.

»Ziemlich großer Auftrag für den alten Joe Camber«, sagte Ronnie.

Magruder nickte. »In die Scheune stellen, hat seine Frau gesagt. Das ist seine Werkstatt. Halt gut fest, Joe, das Ding ist verdammt schwer.«

Joe Magruder packte an, und Ronnie ging an die andere Seite. Halb schoben und halb trugen sie den Kran unter Stöhnen und Ächzen in die Scheune. Joe ging zurück und ließ die Ladeplattform wieder hochfahren.

»Warte einen Augenblick«, stieß Ronnie hervor. »Wir müssen uns erst an die Dunkelheit gewöhnen. Ich habe keine Lust, auf den Arsch zu fallen.«

Mit einem dumpfen Laut setzten sie den Kran ab, den sie gerade angehoben hatten. Nach dem grellen Licht draußen war Joe fast blind. Er konnte die Gegenstände nur in Umrissen erkennen – einen aufgebockten Wagen, eine Werkbank und ein paar aufragende Balken.

»Wir müssten das Ding ...«, fing Ronnie an und verstummte abrupt.

Aus der Dunkelheit hinter dem Kühler des aufgebockten Wagens kam ein gutturales Knurren. Ronnies reichlich fließender Schweiß fühlte sich plötzlich kalt an. Im Nacken sträubten sich ihm die Haare.

»Oh, Gott, hast du das gehört?«, flüsterte Magruder. Ronnie konnte Joe jetzt sehen. Joe hatte große ängstliche Augen.

»Ja.«

Das Geräusch hörte sich so laut an wie ein Außenbordmotor

im Leerlauf. Ronnie wusste, dass ein solches Geräusch nur von einem sehr großen Hund kommen konnte. Und wenn ein großer Hund so knurrte, hatte er wahrscheinlich keine besonders freundlichen Absichten. Er hatte draußen kein Warnschild gesehen, aber diese Bauernlümmel nahmen das manchmal nicht so genau. Er hoffte bei Gott, dass der Hund, der diese Laute ausstieß, angekettet war.

»Joe, bist du schon mal hier gewesen?«

»Einmal. Das ist ein Bernhardiner. Groß wie ein verdammtes Haus. Aber geknurrt hat er damals nicht.« Joe schluckte. Ronnie hörte ein Knacken in seiner Kehle. »Oh, Gott, sieh dir das an, Ronnie.«

Ronnies Augen hatten sich noch nicht ganz an die Dunkelheit gewöhnt, und was er verschwommen sah, wirkte gespenstisch und fast übernatürlich. Er wusste, dass man einem Hund seine Angst nicht zeigen durfte – das rochen die Tiere –, und doch zitterte er am ganzen Körper. Er konnte nicht anders. Der Hund war ein Ungetüm. Er stand auf der anderen Seite des aufgebockten Wagens hinten in der Scheune. Es war in der Tat ein Bernhardiner; man sah das zottige Fell, das selbst im Halbdunkel gelbbraun glänzte, und den breiten Körper. Der Hund hielt den Kopf gesenkt, und seine Augen glitzerten bösartig.

Er war nicht angekettet.

»Geh langsam rückwärts«, sagte Joe. »Um Gottes willen nicht laufen.«

Sie bewegten sich langsam rückwärts, und als sie das taten, kam der Hund langsam auf sie zu. Sein Gang war steif. Es war eigentlich kein Gang, fand Ronnie. Es war ein *Schleichen.* Er hielt immer noch den Kopf gesenkt, und sein Knurren hörte sich genauso an wie vorher. Für jeden Schritt, den sie zurückgingen, tat er einen vorwärts.

Am schlimmsten war es für Magruder, als sie wieder in die grelle Sonne hinaustraten. Sie blendete ihn, und er konnte den Hund nicht mehr sehen. Wenn der sich nun auf ihn stürzte –

Er griff hinter sich und stieß mit der Hand gegen die Seite des Lastwagens. Das gab seinen Nerven den Rest. Er rannte zum Fahrerhaus.

Das tat Ronnie DuBay auf der anderen Seite ebenfalls. Er erreichte die Tür an der Beifahrerseite und fummelte endlos lange am Griff. Er klammerte sich daran fest. Immer noch hörte er das dumpfe Knurren, das sich wie ein 80-PS-Evinrude im Leerlauf anhörte. Die Tür ging nicht auf. Er wartete darauf, dass der Hund ihm ein Stück aus dem Hintern riss. Endlich fand sein Daumen den Knopf, die Tür ging auf, und er kletterte keuchend in den Sitz. Ein Blick in den Außenspiegel zeigte ihm, dass der Hund reglos in der offenen Scheunentür stand. Er sah zu Joe hinüber, der schon am Steuer saß und ihn angrinste. Ronnie grinste ein wenig verlegen zurück.

»War ja nur ein Hund«, sagte Ronnie.

»Ja. Bellende Hunde beißen nicht.«

»Stimmt. Wir gehen wieder rein und stellen den Kran vernünftig hin.«

»Du kannst mich am Arsch lecken«, sagte Joe.

Sie lachten. Ronnie reichte ihm eine Zigarette.

»Was hältst du davon, wenn wir abhauen?«

»Ich bin sehr dafür«, sagte Joe und startete den Motor.

Auf halbem Weg nach Portland sagte Ronnie wie im Selbstgespräch: »Ein übles Vieh.«

Joe hielt beim Fahren den Ellbogen aus dem Fenster. Er drehte sich zu Joe um. »Ich hatte Angst, das muss ich zugeben. Die Leute sind nicht zu Hause und lassen einen solchen Hund frei herumlaufen. Ich hätte mir fast in die Hose geschissen. Ich hätte ihn in die Eier treten sollen. Wenn sie den Köter nicht anketten, haben sie selbst Schuld. Hast du das Ungetüm gesehen? Ich wette, der wiegt seine zweihundert Pfund.«

»Vielleicht sollte ich Joe Camber anrufen«, sagte Ronnie. »Ihm sagen, was hier los war. Damit er aufpasst, dass der Köter ihm nicht den Arm abbeißt. Was meinst du?«

»Und was hat Joe Camber in letzter Zeit für dich getan?«, fragte Joe Magruder grinsend.

Ronnie wiegte nachdenklich den Kopf. »Er hat mich nicht so geärgert wie du.«

Sie lachten. Der Anruf bei Joe Cambers unterblieb. Als sie die Portland Machine erreichten, war es schon fast Feierabend. Sie alberten herum und brauchten eine Viertelstunde, um ihre Eintragungen zu machen. Belasco kam und fragte, ob sie Camber angetroffen hätten. Klar, sagte Ronnie DuBay. Belasco, ein besonders großes Arschloch, verschwand wieder. Joe Magruder wünschte Ronnie ein schönes Wochenende und einen angenehmen Unabhängigkeitstag. Ronnie sagte, er würde sich besaufen und bis zum Sonntagabend durchmachen. Sie stempelten.

Sie dachten erst wieder an Cujo, als sie in der Zeitung über ihn lasen.

Vic verbrachte fast den ganzen Nachmittag vor dem langen Wochenende damit, mit Roger die Einzelheiten der Reise zu besprechen. Mit der Planung nahm Roger es so genau, dass man es fast paranoid nennen konnte. Über eine Agentur hatte er den Flug und die Übernachtungen gebucht. Sie würden am Montagmorgen um sieben Uhr zehn von Portland Airport nach Boston fliegen. Vic hatte Roger versprochen, ihn um fünf Uhr dreißig mit dem Jaguar abzuholen. Er hielt das zwar für unnötig früh, aber er kannte Roger, und bei Roger konnte man nie wissen. Sie besprachen die Reise ganz allgemein, wobei sie es bewusst vermieden, den Zweck ihrer Mission zu erwähnen. Vic behielt seine Ideen aus der Kaffeepause für sich. Die Serviette mit den Notizen hatte er in die Jackentasche gesteckt. Wenn sie erst unterwegs waren, würde Roger dafür empfänglicher sein.

Vic wollte früh gehen und beschloss, vorher noch die Nachmittagspost durchzusehen. Lisa, ihre Sekretärin, hatte ihr Wochenende von sich aus verlängert. Sie war schon weg. Man konnte Sekretärinnen einfach nicht mehr dazu bringen, bis Punkt fünf zu bleiben, Wochenende oder nicht. Für Vic war das ein weiteres Zeichen für den Niedergang der westlichen Zivilisation.

Lisa war ein hübsches Mädchen von einundzwanzig Jahren und hatte so gut wie keinen Busen. Im Augenblick fädelte sie sich wahrscheinlich in den Feierabendverkehr auf der Interstate ein, um Richtung Süden nach Old Orchard oder Hamptons zu fahren, und wahrscheinlich trug sie nur enge Jeans und einen Nichtshalter. Vic musste lachen.

Auf seiner Schreibunterlage fand er einen einzigen ungeöffneten Brief.

Neugierig nahm er ihn in die Hand. Zuerst fiel ihm der Vermerk PERSÖNLICH unter der Adresse auf. Dann sah er, dass die Adresse in Blockbuchstaben geschrieben war.

Er betrachtete den Brief, und ein vages Gefühl der Unruhe beschlich ihn und störte sein träges Wohlbefinden. Unterschwellig verspürte er einen Impuls, den Brief ganz einfach in Stücke zu reißen und in den Papierkorb zu werfen.

Stattdessen riss er ihn auf und zog einen Zettel heraus.

Wieder in Blockschrift.

Die Nachricht – nur ein paar Sätze – traf ihn wie ein Schlag in die Magengrube. Er saß nicht mehr, er hing nur noch in seinem Sessel. Er ächzte wie ein Mann, der keine Luft mehr bekommt. In seinem Kopf dröhnte weißes Rauschen, und eine Zeit lang begriff er überhaupt nichts mehr. Wenn Roger jetzt hereingekommen wäre, hätte er einen Herzanfall vermutet. Und irgendwie war es auch einer. Sein Gesicht war kalkweiß. Sein Unterkiefer hing herab. Unter seinen Augen hatte er bläuliche Ringe.

Er las den Zettel noch einmal. Sein Blick verweilte bei dem Satz:

DAS MUTTERMAL ÜBER IHREN SCHAMHAAREN.
ICH FINDE, ES SIEHT WIE EIN FRAGEZEICHEN AUS.

Das ist ein Irrtum, dachte er wirr. *Niemand außer mir kennt* es *... nun ja, ihre Mutter. Und ihr Vater.* Schmerzhaft kam Eifersucht in ihm hoch: *Selbst ihr Bikini verdeckt* es ... *ihr winziger Bikini.*

Er fuhr sich mit einer Hand durchs Haar. Er legte den Brief hin und fuhr sich mit beiden Händen durchs Haar. Seine Brust fühlte sich wie eingezwängt an. Er hatte das Gefühl, dass sein Herz Luft statt Blut durch die Adern pumpte. Er empfand Angst und Schmerz und war völlig verwirrt. Aber das vorherrschende Gefühl, die alles überwältigende Emotion war entsetzliche Angst.

Der Brief glotzte ihn an und schrie:

ES HAT MIR WIRKLICH SPASS GEMACHT, SIE ZU BUMSEN

Jetzt fixierte er diese Zeile. Er konnte den Blick nicht von ihr abwenden. Draußen war das Geräusch einer startenden Maschine zu hören, die aufstieg und abdrehte und irgendeinen unbekannten Ort anflog, und er saß hier und dachte: ES HAT MIR WIRKLICH SPASS GEMACHT, SIE ZU BUMSEN. Das ist widerlich und gemein. Es war wie der Schnitt eines stumpfen Messers. SIE ZU BUMSEN! Es war, als ob ihm jemand aus einer Wasserpistole Schwefelsäure in die Augen spritzte.

Er versuchte, zusammenhängend zu denken,

(ES HAT MIR WIRKLICH SPASS GEMACHT)
und schaffte es
(SIE ZU BUMSEN)
einfach nicht.

Jetzt fiel sein Blick wieder auf die letzte Zeile, und er las sie immer wieder, als wollte er sich ihren Sinn klarmachen. Und immer wieder kam dieses Angstgefühl auf.

HABEN *SIE* IRGENDWELCHE FRAGEN?

Ja. Er hatte plötzlich eine ganze Menge Fragen. Nur: Wollte er wirklich die Antwort wissen?

Ein neuer Gedanke tauchte auf. Wenn Roger noch hier war?

Bevor er ging, kam er meistens noch in Vics Büro. Heute, wo die Reise bevorstand, war das besonders wahrscheinlich. Der Gedanke versetzte Vic in Panik, und ihm kam eine absurde Erinnerung: Immer wenn er als Teenager im Badezimmer onaniert hatte, weil er nicht anders konnte, hatte er entsetzliche Angst gehabt, dass alle wussten, was er dort tat. Wenn Roger hereinkäme, würde er sofort wissen, dass etwas nicht stimmte. Und das wollte Vic nicht. Er stand auf und ging ans Fenster. Ihr Büro lag sechs Stockwerke über dem Parkplatz. Rogers hellgelber Honda Civic war verschwunden. Er war schon nach Hause gefahren.

Vic lauschte. Im Büro herrschte völlige Stille. Es war diese widerhallende Stille, die Büroräumen nach Dienstschluss eigen ist. Er hörte nicht einmal Mr Steigmeyer, den alten Hausmeister, mit seinem Schlüsselbund rasseln. Er würde sich unten im Buch eintragen müssen. Er würde –

Nun hörte er doch ein Geräusch. Zuerst konnte er es nicht identifizieren. Dann wusste er, es war ein Winseln. Der Laut eines verletzten Tieres. Er schaute immer noch aus dem Fenster, er sah die Wagen doppelt, er sah sie hinter einem Tränenschleier.

Warum konnte er sich nicht aufregen? Warum hatte er nur diese *verdammte Angst*?

Immer noch das winselnde Geräusch. Er ließ den Kopf sinken und hielt sich am Schutzgitter der Klimaanlage fest, das in Hüfthöhe unter dem Fenster entlanglief. Er umklammerte es, bis seine Finger schmerzten und das Gitter protestierend quietschte.

Wie lange hatte er schon nicht mehr geweint? In der Nacht, als Tad geboren wurde, hatte er geweint, aber vor Erleichterung. Er hatte geweint, als sein Vater nach einem Todeskampf, der drei Tage dauerte, an einem Herzanfall starb, und diese Tränen, die er als Siebzehnjähriger vergossen hatte, waren wie die Tränen heute. Sie brannten ihm in den Augen, aber sie wollten nicht fließen. Es war kein Weinen, es war ein Bluten. Aber mit siebzehn weinte man leichter. Man blutete auch leichter. Wenn man siebzehn war, wusste man, dass man noch oft bluten und weinen würde.

Er hörte auf zu winseln. Es war genug. Und dann brach ein leiser Schrei aus ihm hervor, ein rauer und zitternder Laut, und er dachte: *War ich das? Mein Gott, habe ich das Geräusch gemacht?*

Die Tränen flossen ihm über die Wangen. Und er gab noch einen dieser rauen Laute von sich. Dann noch einen. Er umklammerte das Gitter und schluchzte.

Vierzig Minuten später saß er im Deering Oaks Park. Er hatte zu Hause angerufen und Donna gesagt, dass er später kommen würde. Sie hatte wissen wollen, warum, und warum er so eigenartig sprach. Er sagte ihr, er würde vor Einbruch der Dunkelheit zu Hause sein. Er sagte ihr, sie solle Tad ruhig schon das Essen bereiten. Er legte auf, bevor sie antworten konnte.

Und jetzt saß er im Park.

Seine Tränen hatten die Angst verscheucht. Was blieb, war Wut. Aber Wut war nicht das richtige Wort. Er war außer sich. Er war der Raserei nahe.

Es war, als ob etwas ihn gestochen hatte. Er wusste, dass es gefährlich wäre, jetzt nach Hause zu fahren ... gefährlich für sie alle drei.

Es wäre so angenehm, dem Unheil ein zweites folgen zu lassen. Es wäre (er musste es sich eingestehen) so sinnlos angenehm, ihr für diesen Betrug das Gesicht einzuschlagen.

Er saß neben dem Ententeich. Auf der anderen Seite spielten Kinder mit fliegenden Untertassen. Es ging lebhaft zu. Er sah, dass die vier beteiligten Mädchen – und zwei von den Jungs – Roller Skates hatten. In diesem Sommer waren Roller Skates der große Hit. Ein junges Mädchen schob einen Wagen mit Gebäck, Erdnüssen und Erfrischungsgetränken vor sich her. Ihr Gesicht war glatt und frisch und unschuldig. Einer der Burschen warf ihr die Scheibe zu. Geschickt fing sie das Ding und schleuderte es zurück. In den Sechzigern, dachte Vic, wäre sie in einer Landkommune gewesen und hätte fleißig die Käfer von den Tomatenpflanzen abgesammelt. Und jetzt übte sie wahrscheinlich erfolgreich ihr Kleingewerbe aus.

Manchmal waren er und Roger in diesen Park gegangen, um ihr Frühstück zu verzehren. Das war im ersten Jahr gewesen. Dann hatte Roger festgestellt, dass aus dem sonst so hübschen Teich ein schwacher, aber deutlicher Fäulnisgestank aufstieg ... und das kleine Haus mitten im Teich war nicht mit weißer Farbe gestrichen, es war weiß von Möwenscheiße. Ein paar Wochen später hatte Vic zwischen Kondomen und Kaugummipapier eine verweste Ratte am Rand des Teiches treiben sehen. Seitdem waren sie nicht wieder hier gewesen.

Die hellrote Untertasse schwebte durch die Luft.

Das Bild, das seine Wut angefacht hatte, kam immer wieder. Er konnte nichts dagegen tun. Es war so gemein wie die Worte des anonymen Schreibers. Er sah die beiden in seinem und Donnas Schlafzimmer bumsen. Was er in dem Film, der vor seinen Augen ablief, sah, war genauso eindeutig wie das, was man im State Theater in der Congress Street sehen konnte. Sie stöhnte, ihr Körper glänzte von Schweiß. Sie war schön. Jeder Muskel gestrafft.

Ihre Augen hatten diesen hungrigen Blick, den sie immer bekamen, wenn sie Freude am Sex hatte, und sie waren dunkler als sonst. Er kannte den Ausdruck, er kannte die Stellung, er kannte die Laute. Er hatte gedacht – gedacht –, dass nur er das alles kannte.

Dann dachte er an den Penis des Mannes – an seinen Schwanz –, der in sie hineinfuhr. *Im Sattel.* Dieser Satz fiel ihm idiotischerweise ein. Er sah sie bumsen, während ein Band von Gene Autry abgespielt wurde: *I'm back in the saddle again, out where a friend is a friend ...*

Es gab ihm ein unruhiges Gefühl. Es versetzte ihn in Wut. Es brachte ihn zur Raserei.

Die Untertasse stieg hoch in die Luft und schwebte wieder herab, und Vic folgte ihr mit den Augen.

Gewiss, er hatte Ähnliches schon vermutet. Aber vermuten heißt nicht wissen. Jetzt wusste er es. Er hätte über den Unterschied zwischen Vermuten und Wissen einen Essay schreiben können. Es traf ihn doppelt grausam, weil er schon angefangen hatte zu glauben, dass für seine Vermutungen kein Anlass bestand. Und selbst wenn sie begründet wären: Was man nicht wusste, konnte einen nicht kränken. Stimmte das etwa nicht? Wenn jemand durch einen dunklen Raum mit einem tiefen Loch in der Mitte geht und es um Zentimeter verfehlt, muss er nicht unbedingt wissen, dass er fast hineingefallen wäre. Er muss keine Angst haben. Nicht, wenn es dunkel ist.

Nun, er war nicht hineingefallen. Man hatte ihn hinein*gestoßen*. Die Frage war, was sollte er unternehmen? Sein wütendes, gekränktes und verletztes Ich zeigte nicht die geringste Neigung, sich »erwachsen« zu verhalten und einzusehen, dass es solche Fehltritte auf einer oder beiden Seiten in sehr vielen Ehen gibt. Zum Teufel mit den Illustriertenberichten, die so etwas heutzutage als normal bezeichneten. Hier geht es um meine *Frau*, die mit anderen Männern bumst,

(out where a friend is a friend)

sobald ich ihr den Rücken zudrehe, sobald Tad nicht im Haus ist –

Und wieder sah er die Bilder vor sich, zerwühlte Laken, die Bewegungen der Körper, leise Geräusche. Er dachte in diesem Zusammenhang an hässliche Ausdrücke.

In meiner Frau!, dachte er und rang gequält die Hände. *In meiner Frau*!

Aber sein wütendes, gekränktes Ich erkannte – widerwillig –, dass er jetzt nicht nach Hause fahren und Donna zusammenschlagen konnte. Er konnte allerdings Tad nehmen und wegziehen. Er brauchte nicht einmal eine Erklärung abzugeben. Sollte sie ruhig versuchen, ihn aufzuhalten, wenn sie unverschämt genug war. Das würde sie bestimmt nicht tun. Tad nehmen, in ein Motel ziehen und sich mit einem Anwalt in Verbindung setzen. Ein sauberer Schnitt und kein Blick zurück.

Aber wenn er einfach Tad mitnahm und in ein Motel zog, würde der Junge sich dann nicht ängstigen? Würde er nicht eine Erklärung verlangen? Er war zwar erst vier, aber er war alt genug zu erkennen, dass etwas ganz schrecklich verkehrt war. Und dann war da noch die Reise – Boston, New York, Cleveland. Dieser Trip interessierte ihn im Augenblick einen Dreck. Was ihn betraf, konnte der alte Sharp sich mitsamt seinem Sohn auf den Mond schießen lassen. Aber es ging ja nicht nur um ihn. Er hatte einen Partner. Und der Partner hatte eine Frau und zwei Kinder. Selbst jetzt, in seiner Qual, vergaß Vic nicht, dass er mitverantwortlich war. Er musste wenigstens versuchen, den Etat zu retten, denn das bedeutete gleichzeitig, die Firma Ad Worx zu retten.

Und es gab noch eine andere Frage, wenn er sie auch nicht gern stellte: Warum wollte er Tad nehmen und gehen, ohne sie auch nur anzuhören? Weil es Tads Moral schadete, dass sie mit anderen Männern schlief? Nein, deshalb nicht. Er würde es tun, weil es die sicherste Methode war, ihr genau den gleichen Kummer zuzufügen, den er jetzt empfand. Dazu war Tad das geeignete Mittel. Aber wollte er seinen Sohn wirklich als das emotionale Äquivalent einer Brechstange oder eines Vorschlaghammers benutzen? Doch wohl nicht.

Es gab noch mehr Fragen.

Der Zettel. Man musste an den Zettel denken. Nicht an die sechs Zeilen Dreck, die er enthielt. Ganz einfach an die Tatsache selbst. Hier hatte gerade jemand die Gans getötet, die – Verzeihung – die goldenen Eier gelegt hatte. Warum hatte Donnas Liebhaber diesen Zettel geschickt?

Weil die Gans keine Eier mehr legte. Ganz klar. Und der Schattenmann war jetzt natürlich stinksauer.

Hatte Donna den Kerl zum Teufel gejagt?

Anders konnte man die Sache nicht sehen. Wenn man von dem plötzlichen Schock für ihn einmal absah, ging es dann hier nicht um das klassische Spiel? Wenn du etwas nicht bekommen kannst, musst du darauf pissen, damit andere es auch nicht wollen. Unlogisch, aber sehr befriedigend. In diese Leseart passte auch die neuerdings so aufgelockerte Atmosphäre zu Hause. Das fast greifbare Gefühl der Erleichterung, das Donna ausstrahlte. Sie hatte den Kerl rausgeworfen, und er hatte mit der anonymen Mitteilung an den Ehemann reagiert.

Die letzte Frage: Änderte das etwas an der Sache?

Er nahm den Zettel aus der Tasche und drehte ihn hin und her, ohne ihn noch einmal zu lesen. Er schaute zu, wie die Untertasse wieder durch die Luft segelte, und war ratlos. Er wusste nicht, was er tun sollte.

Was, zum Teufel, ist das?«, fragte Joe Camber.

Fast ohne jede Betonung sprach er jedes Wort einzeln aus. Er stand in der Tür und sah seine Frau an. Charity setzte ihm sein Essen vor. Sie und Brett hatten schon gegessen. Joe war in seinem Lieferwagen mit verschiedenen Ersatzteilen nach Hause gekommen und war in die Werkstatt gefahren. Dort hatte er den Kran stehen sehen.

»Das ist ein Deckenkran«, sagte sie. Sie hatte Brett zum Spielen zu seinem Freund Dave Bergeron geschickt. Er sollte nicht dabei sein, wenn sie jetzt Ärger bekam. »Brett sagte, du brauchtest einen. Einen Jörgen-Deckenkran, sagte er.«

Joe ging quer durch das Zimmer auf sie zu. Er war schlank, aber von muskulösem Körperbau. Er hatte eine scharf geschnittene Nase. Er bewegte sich ruhig, aber behände. Er hatte seinen grünen Filzhut zurückgeschoben, und sein Haaransatz verriet, dass er allmählich eine Glatze bekam. Seine kleinen blauen Augen blickten kalt. Er roch nach Bier. Er war ein Mann, der keine Überraschungen liebte.

»Das musst du mir mal näher erklären, Charity«, sagte er.

»Setz dich. Dein Essen wird kalt.«

Sein Arm schoss vor. Harte Finger packten sie an der Schulter. »Was, zum Teufel, geht hier vor? Ich hatte dich um eine Erklärung gebeten.«

»Hör auf zu fluchen, Joe Camber.« Er tat ihr weh, aber sie ließ es sich nicht anmerken. Die Befriedigung gönnte sie ihm nicht. In mancher Hinsicht war er wie ein Tier. Als sie jung war, hatte sie das aufregend gefunden, aber das lag lange zurück. Die Erfahrung aus vielen gemeinsamen Jahren hatte ihr aber gezeigt, dass sie hin und wieder die Oberhand gewinnen konnte, indem sie energisch auftrumpfte. Nicht immer, aber manchmal.

»Jetzt sag mir endlich, was zum Teufel das zu bedeuten hat, Charity!«

»Setz dich und iss. Dann sage ich es dir.«

Er setzte sich, und sie brachte seinen Teller. Ein Lendensteak lag darauf.

»Seit wann können wir es uns leisten, wie die Rockefellers zu essen?«, fragte er. »Ich glaube, du wirst mir allerhand zu erklären haben.«

Sie brachte seinen Kaffee und eine gebackene Kartoffel. »Kannst du den Deckenkran brauchen?«

»Ich habe nie gesagt, dass ich ihn nicht brauchen kann. Aber ich kann ihn mir verdammt nicht leisten.« Er fing an zu essen, aber dabei starrte er sie unverwandt an. Sie wusste, dass er sie jetzt nicht schlagen würde.

Ihre Chance war, dass er noch relativ wenig getrunken hatte. Wenn er sie schlagen wollte, würde er es tun, wenn er von Gary Pervier zurückkam, voll Wodka und in seinem männlichen Stolz gekränkt.

Charity setzte sich ihm gegenüber und sagte: »Ich habe in der Lotterie gewonnen.«

Er hörte einen Augenblick auf zu kauen. Dann schaufelte er sich mehr Fleisch in den Mund. »Ach nein«, sagte er. »Und morgen fängt der alte Cujo da draußen an, Goldstücke zu scheißen.«

Er zeigte mit der Gabel auf den Hund, der auf der Veranda unruhig auf und ab lief. Brett nahm ihn nicht gern zu den Bergerons mit, denn sie hatten einen Stall voll Kaninchen, und die machten Cujo verrückt.

Charity griff in die Schürzentasche und holte ihre Kopie der Gewinnbestätigung heraus, die ihr der Angestellte gegeben hatte. Sie reichte sie über den Tisch.

Joe glättete das Papier mit seinen groben Fingern und betrachtete es aufmerksam. Dann las er den Betrag. »Fünf –«, fing er an und klappte hörbar den Mund zu.

Charity beobachtete ihn, sagte aber nichts. Er lächelte nicht.

Er kam nicht um den Tisch herum, um ihr einen Kuss zu geben. Für einen Mann seiner Gemütsart, dachte sie bitter, bedeutete ein solcher Glücksfall nur doppelte Wachsamkeit.

Endlich sah er sie an. »Du hast fünftausend Dollar gewonnen?«

»Abzüglich Steuern, ja.«

»Wie lange spielst du schon in der Lotterie?«

»Ich kaufe jede Woche ein Los zu fünfzig Cents ... und wage es nicht, mir Vorwürfe zu machen, Joe Camber, bei all dem Bier, das du kaufst.«

»Pass auf, was du sagst, Charity«, sagte er. Seine blauen Augen zeigten keine Regung. »Halt den Mund, sonst könnte es sein, dass er dir gleich anschwillt.« Er fing wieder an zu essen, und hinter ihrer aufgesetzten Maske beruhigte sie sich ein wenig. Zum ersten Mal hatte sie dem Tiger den Stuhl ins Gesicht geworfen, und er hatte sie nicht gebissen. Wenigstens noch nicht. »Dieses Geld. Wann kriegen wir es?«

»Der Scheck kommt in spätestens zwei Wochen. Ich habe den Drehkran von dem Geld gekauft, das wir auf unserem Sparkonto hatten. Diese Gewinnbestätigung ist so gut wie Gold. Das sagte der Agent.«

»Und da bist du hingegangen und hast das Ding gekauft?«

»Ich habe Brett gefragt, was du am dringendsten brauchst. Es ist ein Geschenk.«

»Danke.« Er aß weiter.

»Ich habe dir ein Geschenk gemacht«, sagte sie. »Nun machst du mir auch eins, Joe. Okay?«

Er aß weiter und sah sie immer noch an. Er sagte nichts. Seine Augen waren völlig ausdruckslos. Er hatte den Hut beim Essen aufbehalten. Er saß ihm immer noch im Genick.

Sie sprach langsam und überlegt. Es wäre ein Fehler, die Dinge zu überstürzen. »Ich möchte für eine Woche verreisen. Mit Brett. Ich will Holly und Jim in Connecticut besuchen.«

»Nein«, sagte er und aß weiter.

»Wir könnten mit dem Bus fahren. Wir würden bei ihnen wohnen. Es würde nicht ein Drittel von dem kosten, was ich für den

Drehkran bezahlt habe. Ich habe mich am Busbahnhof nach einer Rückfahrkarte erkundigt.«

»Nein. Brett wird hier gebraucht. Er muss mir helfen.«

Unter dem Tisch presste sie wütend die Hände zusammen, aber ihr Gesicht blieb ganz ruhig. »Wenn er Schule hat, kommst du ja auch gut ohne ihn aus.«

»Ich sagte, nein, Charity«, sagte er, und sie erkannte voll Bitterkeit, dass es ihm sogar Spaß machte, ihr den Wunsch abzuschlagen. Er sah, wie sehr sie es sich wünschte, wie sie schon alles geplant hatte. Er weidete sich an ihrem Kummer.

Sie stand auf und ging an die Spüle, nicht, weil sie dort etwas zu tun gehabt hätte, sondern weil sie Zeit brauchte, sich wieder unter Kontrolle zu bekommen. In weiter Ferne sah sie hoch am Himmel den Abendstern. Sie ließ das Wasser laufen. Das Porzellan des Beckens hatte sich hässlich gelb verfärbt. Wie Joe war auch ihr Leitungswasser hart.

Camber, vielleicht enttäuscht, weil sie so schnell aufgab, ging in die Einzelheiten. »Der Junge muss Verantwortung lernen. Es wird ihm nicht schaden, wenn er mir in diesem Sommer hilft, anstatt dauernd zu diesem David Bergeron rüberzulaufen.«

Sie drehte das Wasser ab. »Ich habe ihn hingeschickt.«

»*Du?* Warum?«

»Weil ich schon ahnte, dass es so ausgehen würde«, sagte sie und wandte sich ihm wieder zu. »Aber ich habe ihm gesagt, dass du ja sagen würdest, einmal, weil wir Geld haben, und außerdem wegen des Deckenkrans.«

»Dann hast du dich gegen den Jungen versündigt«, sagte Joe. »Das nächste Mal wirst du hoffentlich nachdenken, bevor du deine Zunge in Bewegung setzt.« Er lächelte sie mit vollem Mund an und griff nach dem Brot.

»Du kannst ja mitkommen, wenn du willst.«

»Natürlich. Ich sage Richie Simms einfach, dass es in diesem Sommer mit seinem ersten Schnitt nichts wird. Außerdem, warum sollte ich die beiden besuchen? Nach dem, was ich von ihnen weiß und was du mir von ihnen erzählt hast, muss ich annehmen, dass sie ein paar ausgemachte Arschlöcher sind. Du magst sie nur, weil du gern genauso überheblich wärest wie sie.« Er wurde immer lauter. Zerkautes Essen sprühte ihm aus dem Mund. Wenn er in solchem Zustand war, hatte sie Angst und gab nach. Meistens. Aber nicht heute Abend. »Hauptsächlich willst du, dass der Junge so wird wie sie. Das glaube ich. Ich nehme an, du möchtest ihn gegen mich aufhetzen. Habe ich Recht?«

»Warum nennst du ihn eigentlich nie bei seinem Namen?«

»Halt endlich dein freches Maul, Charity«, sagte er und sah sie drohend an. Eine leichte Röte zog ihm über Wangen und Stirn. »Sei vorsichtig.«

»Nein«, sagte sie. »Ich bin noch nicht fertig.«

Er ließ erstaunt die Gabel fallen. »Was? Was hast du gesagt?«

Sie ging auf ihn zu und erlaubte sich zum ersten Mal in ihrer Ehe den Luxus ungehemmter Wut. Sie drang nicht nach außen, aber sie brannte in ihr wie Säure. Sie fühlte, wie es in ihr fraß. Sie durfte jetzt nicht schreien. Damit hätte sie alles verdorben. Sie sprach leise.

»Ja, so denkst du über meine Schwester und ihren Mann. Das ist mir völlig klar. Sieh dich doch nur an, wie du da sitzt und isst. Mit dem Hut auf dem Kopf und mit dreckigen Fingern. Du willst nicht, dass Brett sieht, wie andere Leute sich benehmen. Genauso will ich nicht, dass er sieht, wie du und deine Kumpane sich benehmen, wenn ihr euch selbst überlassen seid. Darum durfte er dich im vergangenen November auch nicht auf deinem Jagdausflug begleiten.«

Sie schwieg, und er saß nur da, ein angebissenes Stück Brot in der Hand und Bratenfett am Kinn. Sie war überzeugt, dass er sich schon lange auf sie gestürzt hätte, wenn er nicht so erstaunt gewesen wäre, dass sie so mit ihm sprach.

»Ich will ein Geschäft mit dir machen«, sagte sie. »Ich habe dir den Deckenkran gekauft, und ich bin bereit, dir auch den Rest des Geldes zu geben – was nicht jede tun würde –, aber wenn du schon so undankbar bist, gehe ich noch weiter. Du lässt ihn mit mir nach Connecticut fahren, und in der nächsten Saison darf er mit dir in Moosehead auf Jagd gehen.« Ihr war kalt und unheimlich. Es war, als versuchte sie, ein Geschäft mit dem Teufel zu machen.

»Ich sollte dir ein paar mit dem Riemen überziehen«, sagte er erstaunt. Er redete mit ihr, als sei sie ein Kind, das einen einfachen Fall von Ursache und Wirkung nicht begriffen hatte. »Ich nehme ihn mit auf die Jagd, wann ich will und wenn ich will. Kapierst du das nicht? Mein Gott, er ist schließlich mein *Sohn. Wenn* ich will und *wann* ich will.« Er lächelte, als hätten ihm seine Worte außerordentlich gefallen. »Hast du das jetzt endlich begriffen?«

Ihre Blicke trafen sich. »Nein«, sagte sie. »Das kommt gar nicht in Frage.«

Er stand so rasch auf, dass der Stuhl umfiel.

»Ich werde es verhindern«, sagte sie. Sie wollte zurückweichen, aber das wäre das Ende gewesen. Eine falsche Bewegung, ein Zeichen der Schwäche, und er würde auf sie losgehen.

Er löste seinen Gürtel. »Ich werde dich züchtigen, Charity«, sagte er bedauernd.

»Ich werde es mit allen Mitteln verhindern. Ich werde zur Schule gehen und sagen, dass er schwänzt. Ich werde zu Sheriff Bannerman gehen und sagen, dass er entführt wurde. Aber hauptsächlich werde ich dafür sorgen, dass Brett nicht mitgehen *will*.«

Er zog den Gürtel aus den Schlaufen an seiner Hose und ließ das Ende mit der Schnalle über dem Fußboden hin und her pendeln.

»Bevor er fünfzehn ist, geht er nur dann mit dir und deinen besoffenen Kumpanen auf die Jagd, wenn ich zustimme«, sagte sie. »Du kannst mich mit deinem Gürtel schlagen, Joe Camber, aber das ändert nichts daran.«

»Tatsächlich?«

»So wahr ich hier stehe.«

Aber plötzlich schien er gar nicht mehr bei ihr im Raum zu sein. In sich versunken schien er zu grübeln. So hatte sie ihn schon erlebt. Ihm war etwas eingefallen, eine neue Tatsache, die er mühselig in die Gleichung einfügen musste. Sie betete, dass es zu ihrem Vorteil ausschlagen möge. So energisch wie heute hatte sie sich ihm noch nie widersetzt, und sie hatte Angst.

Camber lächelte plötzlich. »Du bist ein richtiger kleiner Drachen, was?«

Sie sagte nichts.

Er schob den Gürtel wieder durch die Schlaufen seiner Hose. Er lächelte immer noch, aber seine Augen blickten abwesend. »Glaubst du denn, dass du auch so gut bumsen kannst wie diese Drachen? Diese kleinen mexikanischen Drachen?«

Sie schwieg immer noch. Aber sie war auf der Hut.

»Wenn ich nun sage, dass ihr fahren könnt, was dann?«

»Ich weiß nicht, was du meinst.«

»Ich meine okay«, sagte er.

»Ihr könnt fahren.«

Er ging rasch auf sie zu, und ihr wurde übel, wenn sie daran dachte, dass er sich vorhin ebenso rasch hätte auf sie stürzen können, um sie mit seinem Gürtel zu schlagen. Und wer hätte ihn davon abhalten sollen? Was ein Mann mit seiner Frau machte, war seine Sache. Sie hätte nichts dagegen tun und nichts sagen können. Wegen Brett. Und aus Stolz.

Er legte ihr die Hand auf die Schulter. Er ließ sie herabgleiten und kniff in eine ihrer Brüste. »Komm«, sagte er, »ich bin jetzt scharf.«

»Brett ...«

»Der kommt erst um neun. Komm. Ich habe dir doch gesagt, dass ihr fahren könnt. Du kannst dich wenigstens bedanken.«

Eine Absurdität von kosmischen Ausmaßen kam ihr über die Lippen und war schon ausgesprochen, bevor sie die Worte zurückhalten konnte: »Nimm den Hut ab.«

Er schleuderte ihn achtlos durch die Küche. Er lachte. Seine Zähne waren ganz gelb. Die beiden mittleren Schneidezähne oben waren Prothesen.

»Wenn wir das Geld jetzt schon hätten, könnten wir in einem Bett voll grüner Scheine bumsen«, sagte er. »Das hab ich mal im Kino gesehen.«

Sie ging mit ihm nach oben, und sie erwartete jeden Augenblick, dass er bösartig wurde, aber das war nicht der Fall. Er liebte sie wie gewöhnlich, schnell und rücksichtslos, aber er war nicht bösartig. Er tat ihr nicht absichtlich weh, und heute Abend hatte sie, vielleicht das zehnte oder elfte Mal in ihrer ganzen Ehe, einen Orgasmus. Sie ließ sich gehen, schloss die Augen und spürte sein Kinn an ihrem Kopf. Sie unterdrückte den Schrei, den sie ausstoßen wollte. Wenn sie geschrien hätte, wäre er vielleicht misstrauisch geworden. Sie fragte sich, ob er überhaupt wusste, dass das, was die Männer zum Schluss immer erleben, auch bei Frauen passieren kann.

Bald darauf (eine Stunde bevor Brett von den Bergerons nach Hause kam) ging er, ohne ihr zu sagen, wohin. Sie vermutete, dass er Gary Pervier aufsuchen wollte, wo das Saufen erst richtig anfangen würde. Sie lag im Bett und versuchte, sich über ihr Verhalten klar zu werden. Ob es sich gelohnt hatte, ihm diese Versprechungen zu machen? Sie unterdrückte die Tränen. Ausgestreckt und mit brennenden Augen lag sie da, und kurz bevor Cujos Bellen und das Klappen der hinteren Tür Bretts Rückkehr anzeigte, ging in silberglänzender Unnahbarkeit der Mond auf. *Dem Mond ist es gleichgültig,* dachte Charity, aber dieser Gedanke brachte ihr keinen Trost.

Was ist denn?«, fragte Donna.

Ihre Stimme klang dumpf und verzagt. Die beiden saßen im Wohnzimmer. Vic war erst kurz bevor Tad ins Bett musste nach Hause gekommen, und das war eine halbe Stunde her. Der Junge schlief oben in seinem Zimmer, die Worte an die Ungeheuer neben seinem Bett, die Schranktür geschlossen.

Vic stand auf und trat an das Fenster, hinter dem jetzt Dunkelheit lag. Sie weiß es, dachte er finster. Sie kennt nicht die Einzelheiten, aber sie ist im Bilde. Auf der Fahrt nach Hause hatte er sich die ganze Zeit überlegt, ob er es ihr gleich ins Gesicht sagen sollte oder ob es besser wäre, vorläufig darüber zu schweigen. Nach seinem Aufbruch vom Deering Oaks Park hatte er die Notiz zerrissen, und während der Rückfahrt über die 302 hatte er die

Fetzen aus dem Fenster geworfen. Aber jetzt war ihm die Entscheidung abgenommen. Er sah ihr Gesicht, das von der dunklen Scheibe reflektiert wurde. Es erschien blass unter dem gelben Schein der Lampe.

Er wandte sich ihr zu und wusste nicht, was er sagen sollte.

Er weiß es, dachte Donna.

Der Gedanke war inzwischen nicht mehr neu, denn die letzten drei Stunden waren die längsten ihres Lebens gewesen. Sie hatte sein Wissen um die Dinge an seiner Stimme gehört, als er anrief, um ihr zu sagen, dass er später kommen würde. Zuerst war sie in Panik geraten – die wilde, flatternde Panik eines gefangenen Vogels. *Er weiß es! Er weiß es! Er WEISS ES!* hatte sie nur immer gedacht. In einem Nebel der Angst hatte sie für Tad das Abendessen gemacht. Sie hatte versucht sich auszumalen, was jetzt logischerweise als Nächstes geschehen könnte. Es war ihr nicht gelungen. Ich werde jetzt abwaschen, dachte sie. Dann abtrocknen. Dann das Geschirr wegräumen. Dann Tad ein paar Geschichten vorlesen. Und dann geht die Welt unter.

Ihre panische Angst war von einem tiefen Schuldgefühl abgelöst worden. Dem Schuldgefühl war nacktes Entsetzen gefolgt. Dann hatte sich eine Art fatalistische Apathie eingestellt, und diese Apathie brachte sogar eine gewisse Erleichterung. Das Geheimnis war aufgedeckt. Sie wusste nicht, ob es Steves Schuld war oder ob Vic von selbst darauf gekommen war. Sie tippte eher auf Steve, aber das spielte eigentlich keine Rolle. Es war auch eine Erleichterung, dass Tad ruhig in seinem Bett lag und schlief. Aber was würde am Morgen sein, wenn er aufwachte? Und jetzt war der Kreis geschlossen.

Sie empfand wieder panische Angst. Sie fühlte sich elend und verloren.

Er trat vom Fenster zurück und sagte: »Ich habe heute einen Brief bekommen. Einen Brief ohne Unterschrift.«

Er konnte nicht weitersprechen. Unruhig ging er im Zimmer auf und ab. Wie gut er aussieht, dachte sie plötzlich. Sie fand es schade, dass er so früh grau wurde. Bei manchen jüngeren Männern sah es gut aus, aber Vic würde nur vorzeitig gealtert wirken und –

– und wieso musste sie jetzt ausgerechnet an sein *Haar* denken? Sein Haar war im Augenblick wirklich ihre geringste Sorge.

Ganz leise sagte sie, was zu sagen war, und sie merkte, dass ihre Stimme zitterte. Sie spuckte es aus wie eine bittere Medizin, die man nicht schlucken konnte: »Steve Kemp. Der Mann, der deinen Schreibtisch hergerichtet hat. Fünfmal. Nie in unserem Bett, Vic. Nie.«

Vic griff nach der Packung Winston auf dem kleinen Tisch am Sofa und stieß sie auf den Fußboden. Er hob sie auf, nahm eine Zigarette heraus und zündete sie an. Seine Hände zitterten stark. Sie sahen aneinander vorbei. *Das ist schrecklich,* dachte Donna. *Wir sollten uns in die Augen sehen.* Aber sie wollte nicht den Anfang machen. Sie hatte Angst, und sie schämte sich. Er hatte nur Angst.

»Und warum hast du es getan?«

»Ist das wichtig?«

»Für mich ist es wichtig. Sehr wichtig. Außer du willst dich von mir trennen. Dann spielt es wohl keine Rolle mehr. Ich kann dir meine Wut gar nicht beschreiben, Donna. Aber ich lasse mich davon ... nicht hinreißen, denn wir müssen jetzt offen miteinander reden, und wenn es das letzte Mal ist. Willst du dich von mir trennen?«

»Sieh mich an, Vic.«

Es kostete ihn Überwindung, aber er tat es. Vielleicht war er wirklich so wütend, wie er behauptete, aber sie erkannte bei ihm nur Angst, elende Angst. Plötzlich traf es sie wie ein Boxhieb. Sie sah, wie sehr er am Ende war. Die Agentur steckte in einer schweren Krise. Das war schlimm genug. Und jetzt, wie ein scheußliches Dessert dem verdorbenen Hauptgang folgt, steckte auch seine Ehe in einer schweren Krise. Und plötzlich empfand sie nichts als Zärtlichkeit für diesen Mann, den sie oft gehasst und während der letzten drei Stunden gefürchtet hatte. Es war wie eine Offenbarung. Sie wünschte sich so sehr, dass er immer glauben möge, es sei nur Wut gewesen ... und nicht das, was so deutlich in seinem Gesicht zu lesen war.

»Ich will mich nicht von dir trennen«, sagte sie. »Ich liebe dich. Während der letzten paar Wochen hat sich das für mich wieder bestätigt.«

Einen Augenblick schien er erleichtert zu sein. Er trat wieder an das Fenster und ging dann zur Couch zurück. Er setzte sich und sah sie an.

»Und warum hast du es dann getan?«

Das zärtliche Gefühl verwandelte sich in Empörung. *Warum!* Eine typische Männerfrage. Ihr Ursprung lag tief in der Vorstellung verwurzelt, die sich ein intelligenter Mann, der im Westlichen Kulturkreis des zwanzigsten Jahrhunderts lebte, von Männlichkeit machte. *Ich muss wissen, warum du es getan hast.* Als sei sie ein Auto mit einem defekten Nadelventil, dessen Motor stotterte, oder ein Roboter mit einem durcheinander geratenen Programm, sodass er das Dinner schon zum Frühstück servierte. Was die Frauen in Weißglut versetzt, dachte sie plötzlich, ist vielleicht gar nicht der Sexismus. Es ist das verrückte Streben der Männer nach Vollkommenheit.

»Ich weiß nicht, ob ich es erklären kann. Es hört sich wahrscheinlich albern und unwichtig und trivial an.«

»Versuch's doch. War es ...« Er räusperte sich, spuckte sich im Geiste in die Hände (wieder dieser verdammte Versuch, Nägel mit Köpfen zu machen). »Habe ich dich nicht befriedigt? War es das?«

»Nein«, sagte sie.

»Was dann?«, fragte er hilflos. »Um Gottes willen, *was*?«

Okay ... du willst es nicht anders.

»Angst«, sagte sie. »Ich glaube, es war hauptsächlich Angst.«

»Angst?«

»Wenn Tad in der Schule war, gab es nichts, was mir die Angst nehmen konnte. Tad war wie ... wie nennt man das? ... weißes Rauschen. Wie das Geräusch im Fernsehen, wenn der Sender sich ausschaltet.«

»Er geht doch noch gar nicht zur Schule«, sagte Vic schnell, und sie merkte, dass er ärgerlich wurde. Gleich würde er ihr vorwerfen, sie wolle alles auf Tad abwälzen, und wenn er erst einmal wütend war, würden böse Worte fallen, und das durfte nicht sein. Wenigstens jetzt nicht. Es gab Dinge, die sie, wie sie nun einmal war, nicht auf sich sitzen lassen konnte. Die Situation würde eskalieren. Etwas sehr Zerbrechliches würde zwischen ihnen hin und her geworfen werden. Wie leicht konnte man es dabei fallen lassen.

»Das gehört aber dazu«, sagte sie. »Er geht noch nicht zur Schule. Ich hatte ihn die meiste Zeit zu Hause, aber wenn er weg war ... dieser Kontrast ...« Sie sah ihn an. »Die Stille kam mir so laut vor. Und da fing meine Angst an. Nächstes Jahr geht er in den Kindergarten, dachte ich. Dann ist er statt dreimal in der Woche jeden Tag einen halben Tag weg. Und im Jahr darauf an fünf Tagen den ganzen Tag. Und dann würde ich so viel Zeit haben. Ich hatte einfach Angst davor.«

»Und da kam dir der Gedanke, die Zeit dazu zu verwenden, mit anderen Männern zu bumsen?«, fragte er bitter.

Das saß, aber sie erzählte weiter. Sie erklärte es ihm, so gut sie konnte, ohne laut zu werden. Er hatte gefragt. Und jetzt wollte sie ihm alles sagen.

»Ich hatte keine Lust, mich in irgendeinem Frauenverein zu betätigen oder im Bibliotheks- oder Krankenhausausschuss mitzuarbeiten. Ich wollte keine Kochrezepte austauschen. Ich wollte nicht immer wieder dieselben langweiligen Gesichter sehen und ständig die gleichen Klatschgeschichten hören. Ich wollte nicht wissen, wer in dieser Stadt was tut. Ich wollte mir nicht an anderen Leuten das Maul wetzen.«

Ihre Worte sprudelten nur so hervor. Sie hätte nicht aufhören können, auch wenn sie es gewollt hätte.

»Ich wollte nicht an Wohltätigkeitsveranstaltungen teilnehmen. Ich wollte keine Partys geben, und bei den Weight Watchers wäre ich fehl am Platze. Du ...«

Sie schwieg für den Bruchteil einer Sekunde und empfand die Bedeutung ihres Gedankens.

»Du kennst diese Leere nicht, Vic. Du bist ein Mann, und Männer kämpfen. Männer kämpfen, und Frauen wischen Staub. Und wenn man in den leeren Räumen Staub wischt, hört man manchmal draußen den Wind wehen. Aber, weißt du, manchmal kommt es einem so vor, als wehte der Wind nicht draußen, sondern im Zimmer. Man legt also eine Platte auf. Bob Seger oder J. J. Cale oder sonst wen, und man hört den Wind immer noch, und man hat Gedanken und Ideen, keine guten, aber man hat sie. Also reinigt man beide Toiletten, dann reinigt man die Spüle, und eines Tages geht man zu einem der Antiquitätengeschäfte in der Stadt und sieht die kleinen Nippessachen aus Porzellan und erinnert sich daran, dass auch Mutter solche hatte, dass alle Tanten ganze Regale voll hatten, dass auch *Großmutter* diese Nippessachen hatte.«

Er sah sie aufmerksam an und wirkte so verblüfft, dass sie von Verzweiflung gepackt wurde.

»Ich rede von *Gefühlen,* nicht von Tatsachen!«

»Ja, aber warum ...«

»Das will ich dir doch gerade erzählen. Es wurde so schlimm, dass ich dauernd vor dem Spiegel stand, um zu sehen, wie mein Gesicht sich veränderte, zu erkennen, dass kein Mensch mich mehr für einen Teenager halten oder mich nach meinem Ausweis fragen würde, wenn ich irgendwo in einer Bar einen Drink bestellte. Ich hatte Angst, weil ich älter wurde. Tad geht zur Vorschule, und das bedeutet, dass er bald zur Schule kommt, und eines Tages ...«

»Willst du damit sagen, dass du dir einen Liebhaber genommen hast, weil du dich *alt* fühltest?« Er sah sie überrascht an, und dafür liebte sie ihn, denn das *war* Teil ihrer Ängste. Steve Kemp hatte sie attraktiv gefunden, und das war natürlich schmeichelhaft. Das war der Grund, warum ihr der Flirt Spaß gemacht hatte. Aber das hatte nicht die wichtigste Rolle dabei gespielt.

Sie nahm seine Hände und sprach ganz ernst mit ihm. Sie dachte – wusste –, dass sie vielleicht nie wieder so ernst (oder ehrlich) mit einem Mann sprechen würde. »Es ist mehr. Es ist das Wissen, dass man nicht mehr darauf warten kann, erwachsen zu werden. Dass man sich mit dem, was man hat, bescheiden muss.

Das Wissen, dass die Chancen sich von Tag zu Tag verringern. Für eine Frau – nein, für *mich* – sind das entsetzliche Aussichten.

Ehefrau sein, gut und schön. Aber du gehst zur Arbeit, und selbst wenn du zu Hause bist, beschäftigst du dich mit deiner Arbeit. Mutter sein, auch gut und schön. Aber jedes Jahr ist es ein bisschen weniger, denn jedes Jahr nimmt das Leben dir ein Stück von deinem Sohn.

Männer ... sie wissen, was sie sind. Sie haben eine Vorstellung von sich selbst. Sie kommen ihrem Ideal nie nahe, und sie zerbrechen daran, und das ist vielleicht einer der Gründe, warum so viele Männer unglücklich und vor der Zeit sterben. Aber sie wissen, was es bedeutet, ein Erwachsener zu sein. Dreißig, vierzig, fünfzig sind für sie feste Größen. Sie hören jenen Wind nicht, und wenn sie ihn hören, nehmen sie eine Lanze und stürmen auf ihn ein, weil sie ihn für eine verdammte Windmühle halten, die man bekämpfen muss.

Und was eine Frau tut – was ich tat – war, vor der Zukunft davonzulaufen. Ich hatte Angst vor der Stille im Haus, wenn Tad weg war. Weißt du, einmal – das ist verrückt – war ich in seinem Zimmer und wechselte seine Bettwäsche, und ich musste plötzlich an meine Schulfreundinnen denken. Ich fragte mich, was sie jetzt wohl machten. Ich war wie benommen. Und plötzlich ging Tads Schranktür auf und ... ich schrie und rannte aus dem Zimmer. Ich weiß nicht, warum ... außer ... Ja, ich weiß es. Ich dachte eine Sekunde lang, dass Joan Milliken aus Tads Schrank herauskam, und ihr Kopf war ab, und ihre Kleidung war voll Blut, und sie sagte: ›Ich bin mit neunzehn Jahren bei einem Autounfall gestorben, als ich aus Sammys Pizza kam, und das interessiert mich einen Dreck‹.«

»Um Gottes willen, Donna«, sagte Vic.

»Ich hatte Angst, weiter nichts. Ich hatte Angst, als ich die Nippessachen sah und daran dachte, einen Töpferkurs mitzumachen oder Yoga oder etwas Ähnliches. Und wenn man vor der Zukunft wegläuft, kann man sich nur in die Vergangenheit flüchten. Und deshalb ... deshalb fing ich an, mit ihm zu flirten.«

Sie schaute zu Boden und schlug plötzlich die Hände vor das Gesicht. Ihre Worte klangen erstickt, aber sie waren noch zu verstehen.

»Es machte Spaß. Es war wie in College-Zeiten. Es war wie ein Traum. Ein dummer Traum. Als sei er das weiße Rauschen. Ich hörte den Wind nicht mehr. Das Flirten machte Spaß. Der Sex ... war nicht gut. Ich hatte Orgasmen, aber es war nicht gut. Ich kann nicht erklären, warum es nicht gut war, außer, dass ich dich die ganze Zeit immer noch liebte und begriff, dass es nur eine Flucht war ...« Sie sah ihn wieder an. Sie weinte jetzt. »Er läuft auch davon. Er hat es zu seinem Beruf gemacht. Er ist Dichter ... jedenfalls bezeichnet er sich so. Was er mir gezeigt hat, habe ich nicht begriffen. Er ist ständig unterwegs und träumt davon, dass er noch im College ist und gegen den Vietnamkrieg protestiert. Er muss es gewesen sein. Und jetzt weißt du alles, was ich dir sagen kann. Eine hässliche Geschichte, aber meine eigene.«

»Ich hätte Lust, ihn zu verprügeln«, sagte Vic. »Wenn ich ihm die Nase blutig schlagen könnte, würde ich mich wahrscheinlich besser fühlen.«

Sie lächelte müde. »Er ist weg. Nach dem Abendessen sind Tad und ich Eis essen gegangen, weil du noch nicht zu Hause warst. Ich sagte dir doch, er ist ständig unterwegs.«

»In seinem Zettel lag wenig Poesie«, sagte Vic. Er sah sie kurz an. Sie berührte sein Gesicht, und er zuckte zusammen. Das schmerzte mehr als alles andere. Es schmerzte mehr, als sie gedacht hätte. Sofort stellte sich das Schuldgefühl wieder ein, und Angst brach über sie herein. Aber sie weinte nicht mehr. Es würde wohl lange Zeit keine Tränen mehr geben. Die Wunde und das sie begleitende Schocktrauma waren zu tief.

»Vic«, sagte sie. »Es tut mir Leid. Ich habe dir wehgetan, und es tut mir Leid.«

»Wann hast du mit ihm Schluss gemacht?«

Sie erzählte ihm von Steves letztem Besuch, aber sie verschwieg ihm, dass sie Angst vor einer Vergewaltigung gehabt hatte.

»Dann wollte er sich mit diesem Zettel also an dir rächen.«

Sie strich sich das Haar aus der Stirn und nickte. Sie sah blass und elend aus. Unter den Augen hatte sie rote Flecken. »Das wollte er wohl.«

»Lass uns nach oben gehen«, sagte er. »Es ist spät, und wir sind beide müde.«

»Willst du mich lieben?«

Er schüttelte langsam den Kopf. »Nicht heute.«

»Gut.«

Sie gingen zur Treppe. Bevor sie hinaufstiegen, fragte Donna: »Was soll nun werden, Vic?«

Er schüttelte den Kopf. »Ich weiß es nicht.«

»Muss ich fünfhundertmal ›ich will es nie wieder tun‹ an die Wandtafel schreiben? Lassen wir uns scheiden? Wollen wir es nie wieder erwähnen? Was?« Sie war nicht hysterisch. Sie war nur müde, aber sie hob die Stimme auf eine Weise, die ihr nicht gefiel und die nicht beabsichtigt war. Die Schande war das Schlimmste, die Schande, erwischt worden zu sein und jetzt zu sehen, wie sehr er darunter litt. Und sie hasste ihn fast so sehr wie sich selbst, weil sie sich seinetwegen so sehr schämen musste, denn sie konnte nichts für die Entwicklung, die zu ihrem Entschluss geführt hatte – wenn es denn überhaupt ein Entschluss gewesen war.

»Wir müssten irgendwie darüber hinwegkommen können«, sagte er, aber sie wusste, dass seine Worte nicht für sie bestimmt waren. »Diese Sache ...« Er sah sie flehentlich an. »Er war doch der Einzige, nicht wahr?«

Es war die unverzeihliche Frage, die einzige, die zu stellen er kein Recht hatte. Sie ließ ihn stehen und rannte die Treppen hoch, bevor alles aus ihr hervorbrach, die dummen Beschuldigungen und Anklagen, die das Problem nicht lösten, sondern höchstens das bisschen Ehrlichkeit, das sie gegeneinander aufgebracht hatten, wieder zerstörten.

In dieser Nacht fanden sie beide wenig Schlaf. Und die Tatsache, dass er vergessen hatte, Joe Camber anzurufen, um ihn zu bitten, Donnas Wagen zu reparieren, war das Letzte, an das Vic jetzt dachte.

Was Joe Camber selbst anbetraf, so saß er auf einem der klapprigen Liegestühle, die auf dem ungepflegten Rasen vor Gary Perviers Haus standen. Sie saßen unter dem Sternenhimmel und tranken eine Mischung von Wodka und Martini aus Gläsern von McDonald. Glühwürmchen flimmerten in der Dunkelheit, und der schwere, süßliche Duft der Heckenkirschen, die sich an Garys Zaun hochrankten, erfüllte die Luft.

Cujo hätte normalerweise zur großen Belustigung der Männer die Glühwürmchen gejagt und verbellt, aber heute Abend lag er mit der Nase auf den Pfoten reglos zwischen ihnen. Sie glaubten, er schlief, aber sie irrten sich. Er lag nur ruhig da und spürte die Schmerzen in seinen Knochen und im Kopf. Es fiel ihm immer schwerer, sich in seinem einfachen Hundeleben die nächsten Schritte vorzunehmen. Irgendetwas stand diesem normalen Instinkt im Wege. Wenn er schlief, hatte er Träume von ungewohnter und unangenehmer Lebendigkeit. In einem dieser Träume hatte er den JUNGEN grausam angefallen, ihm die Kehle zerbissen und die Eingeweide in dampfenden Bündeln aus seinem Leib gerissen. Zuckend und jaulend war er aus diesem Traum erwacht.

Er hatte ständig Durst, aber er mied gern seinen Wassernapf. Wenn er trank, schmeckte das Wasser wie Metallspäne. Seine Zähne schmerzten von dem Wasser, und die Schmerzen drangen ihm bis in die Augen. Und jetzt lag er im Gras und kümmerte sich weder um die Glühwürmchen noch um sonst etwas. Die Stimmen der MÄNNER waren für ihn nur ein Dröhnen, das von oben kam. In seinem Elend waren die Laute für ihn ohne jede Bedeutung.

»Boston!«, rief Gary Pervier und fing an zu gackern. *»Boston!* Was, zum Teufel, willst du in Boston, und wie kommst du darauf, dass ich es mir leisten könnte mitzukommen? Bevor ich meinen nächsten Scheck bekomme, habe ich nicht mal genug, um in die nächste Kneipe zu gehen.«

»Scheiße! Du schwimmst doch in Geld«, sagte Joe. Er war schon ziemlich betrunken. »Du brauchst nur in deiner Matratze zu wühlen.«

»In der Matratze sind höchstens Wanzen«, sagte Gary und gackerte wieder. »Es wimmelt nur so, und das ist mir scheißegal. Wollen wir uns noch einen reinfegen?«

Joe hielt ihm das Glas hin. Gary hatte die Zutaten gleich neben seinem Stuhl stehen. Mit der geübten, ruhigen und schweren Hand des chronischen Trinkers mixte er in der Dunkelheit die Getränke.

»Boston«, sagte er noch einmal und reichte Joe den Drink. »Du willst also die Puppen tanzen lassen, Joey, stimmt's?«, fragte er listig. Gary war der einzige Mann in Castle Rock – vielleicht in der Welt –, der ihn ungestraft Joey nennen durfte. »Mal richtig was erleben? Bisher bist du ja auch noch nicht viel weiter als Portsmouth gekommen.«

»Ich war schon ein paar Mal in Boston. Sei bloß vorsichtig, Pervier, oder ich hetze meinen Hund auf dich.«

»Du könntest den Hund nicht mal auf einen schreienden Nigger hetzen«, sagte Gary. Er griff nach unten und fuhr Cujo durch das Fell. »Was hält denn deine Frau davon?«

»Sie weiß nicht, dass wir fahren. Muss sie auch nicht unbedingt.«

»Ach so.«

»Sie fährt mit dem Jungen nach Connecticut. Sie will ihre Schwester besuchen und den Spinner, mit dem sie verheiratet ist. Sie bleiben eine Woche weg. Sie hat ein bisschen Geld in der Lotterie gewonnen. Das kann ich dir ruhig gleich sagen. Sie geben die Namen sowieso im Radio durch. Das steht alles auf der Gewinnbescheinigung, die sie unterschreiben musste.«

»Sie hat Geld in der Lotterie gewonnen?«

»Fünftausend Dollar.«

Gary pfiff durch die Zähne. Cujo bewegte bei dem Geräusch unruhig die Ohren.

Joe berichtete Gary, was Charity ihm beim Abendessen erzählt hatte, aber er erwähnte nicht, dass sie sich gestritten hatten. Er stellte das Ganze als einen Handel hin, der seine Idee gewesen war: Sie durfte mit dem Jungen nach Connecticut, dafür durfte er ihn im Herbst eine Woche lang in Moosehead mit auf die Jagd nehmen.

»Und du gehst jetzt nach Boston und gibst einen Teil des Geldes für dich selbst aus, du schäbiger Hund«, sagte Gary. Er schlug Joe auf die Schulter und lachte. »Du bist mir der Richtige.«

»Warum sollte ich nicht? Weißt du, wann ich das letzte Mal einen freien Tag hatte? Ich kann mich gar nicht erinnern. Ich habe diese Woche nicht viel zu tun. Ich hatte fast zwei Tage für die Ventile an Richies International eingeplant, weil ich den Motor rausreißen muss, aber mit dem Deckenkran geht es in vier Stunden. Er soll ihn morgen bringen, dann erledige ich das am Nachmittag. Außerdem habe ich noch eine Getriebereparatur, aber die ist nur für einen Lehrer. Von der höheren Schule. Der kann warten. Ein paar andere Sachen auch. Ich rufe die Leute einfach an und sage ihnen, dass ich ein paar Tage Urlaub mache.«

»Und was willst du in Boston?«

»Nun, vielleicht sehe ich mir in Fenway ein Spiel der Dead Sox an. Und dann gehe ich vielleicht in die Washington Street ...«

»Die Nahkampfzone! Verdammt, das wusste ich doch!« Gary lachte laut und schlug sich auf die Schenkel. »Erst siehst du 'ne Porno-Show, und anschließend fängst du dir einen Tripper ein!«

»Allein macht es aber keinen Spaß.«

»Na ja, ich könnte ja mitkommen, wenn du mir ein bisschen von dem Geld leihst, bis ich meinen Scheck habe.«

»Kann ich machen«, sagte Joe. Gary war ein alter Säufer, aber seine Schulden bezahlte er zuverlässig.

»Ich glaube, ich habe seit vier Jahren keine Frau mehr gehabt«, sagte Gary nachdenklich. »Ich habe die halbe Sperma-Fabrik drüben in Frankreich verloren. Was noch übrig ist, funktioniert manchmal, aber manchmal auch nicht. Würde Spaß machen zu sehen, ob ich mit meiner Ramme noch rammen kann.«

»Ja«, sagte Joe. Er lallte jetzt schon, und in seinen Ohren summte es. »Und vergiss nicht das Baseballspiel. Weißt du, wann ich zuletzt in Fenway war?«

»Nein.«

»Neun-zehn-hun-dert-acht-und-sech-zig«, sagte Joe und unterstrich jede Silbe durch einen Schlag auf Garys Arm. Dabei verschüttete er die Hälfte seines Getränks. »Bevor mein Sohn geboren wurde. Sie spielten gegen die Tiger und verloren sechs zu vier, die Flaschen.«

»Und wann willst du fahren?«

»Ich denke, Montagnachmittag gegen drei. Meine Frau und der Junge werden wohl morgens fahren. Ich bringe sie zur Greyhound-Station nach Portland. Dann habe ich noch den Vormittag und den halben Nachmittag, um das Wichtigste zu erledigen.«

»Nimmst du den PKW oder den Lastwagen?«

»Den PKW.«

Garys Augen wurden in der Dunkelheit ganz weich und verträumt. »Schnaps, Baseball und Weiber«, sagte er und setzte sich aufrecht hin. »Das macht mir einen Scheißdreck aus.«

»Du kommst also mit?«

»Ja.«

Joe rülpste, und sie fingen beide an zu lachen. Sie merkten nicht, dass Cujo den Kopf gehoben hatte und ganz leise knurrte.

Am Montag dämmerte der Morgen in allen Schattierungen von Grau. Der Nebel war so dicht, dass Brett Camber von seinem Fenster aus die Ulme im Hof nicht erkennen konnte, die nur zwanzig Meter entfernt war.

Alles im Haus schlief noch, aber er selbst konnte nicht mehr schlafen. Er dachte an die bevorstehende Reise und fieberte ihr entgegen. Nur er und seine Mutter. Es würde eine schöne Reise werden, das wusste er genau, und unbewusst war er froh, dass sein Vater nicht mitkam. Er würde unter keinem Zwang stehen. Er würde nicht versuchen müssen, irgendeinem Männlichkeitsideal zu entsprechen, das sein Vater für sich selbst verwirklicht hatte, das er aber noch kaum begriff. Er fühlte sich gut – unglaublich gut und unglaublich lebendig. Ihm taten alle Leid, die an diesem schönen Nebelmorgen nicht verreisen konnten. Wenn der Nebel sich erst verzog, würde es wieder sehr heiß werden. Er wollte im Bus am Fenster sitzen und während der ganzen Reise vom Greyhound-Terminal bis Stratford nach draußen schauen. Er hatte gestern Abend lange nicht einschlafen können, und jetzt war es noch nicht einmal fünf Uhr, aber wenn er noch länger im Bett geblieben wäre ... wahrscheinlich wäre er explodiert oder so was.

So leise wie möglich zog er Jeans und T-Shirt an, weiße Sportsocken und Schuhe. Er ging nach unten und füllte Cocoa Bears in eine Schüssel. Er versuchte, leise zu essen, aber er war überzeugt, dass das Krachen der Flakes, das er im Kopf vernahm, durch das ganze Haus schallte. Oben hörte er seinen Vater grunzen und sich in dem Doppelbett umdrehen, das er und seine Mutter teilten. Die Federn quietschten. Brett unterbrach seine Kaubewegungen. Nach einer Weile nahm er sich eine zweite Schüssel Cocoa Bears und trug sie auf die hintere Veranda. Er achtete darauf, dass die Tür nicht zuschlug.

Im dichten Nebel waren die verschiedenen Düfte des Sommers deutlich wahrzunehmen. Die Luft war schon warm. Im Osten, eben über den schwachen Umrissen des Fichtengürtels am Ende der östlichen Wiese, sah er schon die Sonne. Sie war klein und silberhell wie der Mond, wenn er hoch am Himmel steht. Der feuchte, alles verhüllende Nebel würde um acht oder neun verschwunden sein, aber die Feuchtigkeit würde bleiben.

Vorläufig aber sah Brett eine weiße, geheimnisvolle Welt vor sich, und er genoss ihre geheimen Freuden: den würzigen Geruch des Grases, das in einer Woche gemäht werden sollte, die duftenden Rosen seiner Mutter. Ganz schwach kam sogar das Aroma der Heckenkirschen herüber, die Gary Perviers Zaun, der das Ende seines Grundstücks markierte, allmählich unter einem Gewirr von Ranken begruben.

Er schob die Schüssel zur Seite und ging über den Hof zur Scheune hinüber, die im Nebel verschwunden war. Auf halbem Weg schaute er zurück und sah, dass auch das Haus nur noch in Umrissen zu erkennen war. Ein paar Schritte weiter, und der Nebel hatte es völlig verschluckt. Er war allein im feuchten Weiß der Nebelschwaden, und nur die winzige silberne Sonne schaute auf ihn herab. Er roch die frische Erde, die Heckenkirschen, die Rosen.

Und dann hörte er das Knurren.

Sein Herz machte einen Satz, und er sprang einen Schritt zurück. Alle seine Muskeln spannten sich. *Ein Wolf*, dachte er voll Entsetzen, wie ein Kind, dem plötzlich ein altes Märchen einfällt. Er sah sich wild um. Es war nichts zu sehen, nur Weiß.

Cujo kam aus dem Nebel.

Ein schluchzendes Geräusch drang Brett aus der Kehle. Der Hund, mit dem er aufgewachsen war, der geduldig den fröhlich jauchzenden fünfjährigen Brett auf seinem Wagen immer wieder über den Hof gezogen hatte und dabei ein Geschirr trug, das Joe in seiner Werkstatt gebastelt hatte. Der Hund, der jeden Tag, selbst bei Wind und Regen, am Briefkasten auf den Schulbus gewartet hatte ... dieser Hund war in der schlammbedeckten, zottigen Kreatur nicht mehr wieder zu erkennen, die langsam aus dem Morgennebel zum Vorschein kam. Die großen traurigen Augen des Bernhardiners waren gerötet und hatten einen stumpfen Blick: Es waren eher Schweineaugen als die eines Hundes.

Sein Fell war von bräunlich grünem Morast überzogen, als hätte er sich an der sumpfigen Stelle unten an der Wiese gewälzt. Sein Maul schien zu einem höhnischen Grinsen verzerrt, das Brett vor Entsetzen erstarren ließ. Das Herz schlug ihm bis zum Hals.

Dicker weißer Schaum troff Cujo zwischen den Zähnen hervor.

»Cujo?«, flüsterte Brett. »Cujo?«

Cujo sah den JUNGEN an, aber er erkannte ihn nicht mehr, kannte sein Aussehen nicht mehr und nicht den Farbton seiner Kleidung (er konnte Farben nicht genau unterscheiden, jedenfalls nicht so, wie die Menschen es können), und er erkannte ihn auch nicht am Geruch. Er sah nur ein Ungeheuer auf zwei Beinen. Cujo war krank, und jetzt erschienen ihm alle Dinge wie

Ungeheuer. In seinem Kopf regte sich dumpfe Mordlust. Er wollte beißen und reißen und zerfetzen. Verschwommen hatte er die Vorstellung, dass er den JUNGEN ansprang, ihn zu Boden warf, ihm das Fleisch von den Knochen riss und sein Blut trank, das noch pulsierte, von einem sterbenden Herzen getrieben.

Dann sprach das Ungeheuer, und Cujo erkannte seine Stimme. Es war der JUNGE, der JUNGE, und der JUNGE hatte ihm nie etwas getan. Er hatte den JUNGEN einmal geliebt, und er wäre für ihn gestorben, wenn man es von ihm verlangt hätte. Von diesem Gefühl war noch genug übrig, um die Mordvorstellungen zurückzudrängen, bis sie auseinander liefen wie der Nebel um sie herum. Sie verschwanden, und Cujo empfand nur noch den Schmerz seiner Krankheit.

»Cujo? Was ist denn mit dir, Junge?«

Der Hund, der er gewesen war, bevor die Fledermaus ihn verletzte, wandte sich ab, und der kranke, gefährliche Hund musste sich mit ihm abwenden. Wandte sich ein letztes Mal ab. Cujo stolperte davon, tiefer in den Nebel hinein. Aus seinem Maul spritzte Schaum in den Sand. Er verfiel in einen unbeholfenen Trott, versuchte, der Krankheit davonzulaufen, aber sie lief mit und quälte ihn, und sein ganzer Körper schmerzte vor Hass und Mordlust. Er wälzte sich im hohen Gras, schnappte danach und rollte mit den Augen.

Die Welt war ein Meer von verrückten Gerüchen. Er würde jeden bis zu seiner Quelle verfolgen und zerreißen.

Cujo fing wieder an zu knurren. Er sprang auf die Füße. Er glitt tiefer in den Nebel hinein, der sich allmählich lichtete, ein großer Hund, der fast zweihundert Pfund wog.

Nachdem Cujo im Nebel verschwunden war, blieb Brett länger als fünfzehn Minuten auf dem Hof stehen und wusste nicht, was er tun sollte. Cujo war krank. Vielleicht hatte er einen vergifteten Köder gefressen. Brett wusste, was Tollwut ist, und wenn er ein Murmeltier oder einen Fuchs oder ein Stachelschwein mit den gleichen Symptomen gesehen hätte, wäre es ihm sofort eingefallen. Aber es kam ihm nicht einmal in den Sinn, dass sein Hund diese entsetzliche Krankheit des Gehirns und des Nervensystems haben könnte. Ein vergifteter Köder, das war noch das Wahrscheinlichste.

Er müsste es seinem Vater sagen. Sein Vater könnte einen Tierarzt rufen. Oder vielleicht könnte sein Vater selbst etwas unternehmen, wie vor zwei Jahren, als er Cujo mit der Zange die Stacheln eines Stachelschweins aus dem Maul gezogen hatte, wobei er wegen der Widerhaken sehr vorsichtig gearbeitet hatte, damit sie nicht abbrachen und Entzündungen verursachten. Ja, er würde es Daddy sagen. Daddy würde schon Rat wissen, wie damals, als Cujo sich mit dem Stachelschwein eingelassen hatte.

Aber was wurde dann aus der Reise?

Man musste ihm nicht erst sagen, dass seine Mutter diese Reise nur mit verzweifelten Tricks durchgesetzt hatte. Oder mit Glück. Oder mit einer Kombination aus beidem. Wie die meisten Kinder empfand er die Spannungen zwischen seinen Eltern, und er wusste, wie sich die Stimmung jeden Tag änderte. Es hatte auf der Kippe gestanden, und wenn sein Vater auch zugestimmt hatte, es war gewiss nur widerwillig geschehen. Sicher war die Reise erst, wenn er sie am Busterminal abgesetzt hatte und wieder weggefahren war. Wenn er Daddy erzählte, dass Cujo krank sei, würde er das nicht zum Vorwand nehmen, sie zu Hause zu behalten?

Reglos stand er im Hof. Zum ersten Mal in seinem Leben befand er sich in totaler geistiger und seelischer Verwirrung. Nach einiger Zeit versuchte er, Cujo hinter der Scheune aufzustöbern. Leise rief er den Hund. Seine Eltern schliefen noch, und er wusste, wie deutlich jedes Geräusch im Morgennebel zu hören ist. Er fand Cujo nirgends ... und das war sein Glück.

Um Viertel vor fünf riss der Wecker Vic aus dem Schlaf. Er stand auf, stellte ihn ab und taumelte nach unten ins Badezimmer. Innerlich verfluchte er Roger Breakstone, der es nie schaffte, wie ein normaler Reisender zwanzig Minuten vor Abflug am Portland Airport zu sein. Nicht Roger. Roger kalkulierte alle möglichen Katastrophen ein. Es könnte ja eine Reifenpanne, einen Verkehrsstau, eine unterspülte Straße oder ein Erdbeben geben. Oder fremde Wesen aus dem Weltraum könnten gerade auf der Startbahn gelandet sein.

Er duschte, rasierte sich, schluckte eine Vitamintablette und ging ins Schlafzimmer zurück, um sich anzuziehen. Das große Doppelbett war leer, und er seufzte leise. Er und Donna hatten kein sehr angenehmes Wochenende verbracht ... ein solches Wochenende wollte er nie wieder erleben. Zwar hatten sie – wegen Tad – ihre normalen Gesichter aufgesetzt, aber er war sich vorgekommen wie auf einem Maskenball. Er hatte es nicht gern, wenn ihm das Spiel seiner Gesichtsmuskeln bewusst war, während er lachte.

Sie hatten in einem Bett geschlafen, aber zum ersten Mal war ihm das riesige Bett nicht groß genug erschienen. Jeder hielt sich an seiner Seite, und der Platz dazwischen war ein mit frischem Laken bezogenes Niemandsland. Am Freitag und am Samstag hatte er nachts lange wach gelegen, und unangenehm hatte er jede Gewichtsverlagerung gespürt, wenn Donna sich bewegte. Er hatte sich gefragt, ob sie jenseits der Leere zwischen ihnen ebenfalls wach lag.

In der letzten Nacht hatten sie die Leere zwischen sich nicht länger ertragen. Der sexuelle Teil hatte einigermaßen geklappt (wenigstens hatte keiner von ihnen anschließend geweint, was Vic sehr befürchtet hatte). Aber Vic war nicht sicher, ob es sehr viel mit Liebe zu tun gehabt hatte.

Er zog seinen leichten grauen Sommeranzug an und nahm seine beiden Koffer auf. Einer war besonders schwer. Er enthielt die meisten Sharp-Unterlagen. Die grafischen Entwürfe hatte Roger in seinem Gepäck.

Donna machte in der Küche Waffeln. Das Wasser für den Tee fing schon an zu kochen. Sie trug seinen alten blauen Flanellbademantel. Ihr Gesicht war ein wenig aufgequollen, als hätte sie kaum geschlafen.

»Startet die Maschine denn bei diesem Nebel?«, fragte sie.

»Der bleibt nicht lange. Man kann schon die Sonne sehen.« Er zeigte nach draußen und küsste sie behutsam auf den Nacken. »Du hättest nicht aufstehen sollen.«

»Kein Problem.« Sie hob den Deckel des Waffeleisens und ließ die Waffel geschickt auf einen Teller gleiten, den sie ihm dann reichte. »Ich wünschte, du würdest nicht verreisen.« Sie sprach leise. »Nicht jetzt. Nicht nach gestern Abend.«

»So schlimm war es doch nicht?«

»Nicht so wie sonst«, sagte Donna. Sie lächelte ein wenig bitter und fast unmerklich. Sie schlug den Waffelteig mit dem Schneebesen und füllte noch eine Kelle in die Form. Sie schloss den schweren Deckel, und es zischte. Sie goss kochendes Wasser über ein paar Teebeutel und stellte die Tassen – auf der einen stand VIC, auf der anderen DONNA – auf den Tisch. »Iss deine Waffel. Da ist Erdbeermarmelade, wenn du welche willst.«

Er nahm die Marmelade und setzte sich. Er strich sich Butter auf die Waffel und schaute zu, wie sie in den kleinen Vierecken verlief, wie er es als Kind schon getan hatte. Die Marmelade war von Smucker. Er mochte die Marmelade von Smucker. Ganz dick bestrich er seine Waffel damit. Es sah großartig aus. Aber er hatte keinen Appetit.

»Wirst du dir in Boston oder New York ein Mädchen nehmen?«, fragte sie und drehte ihm den Rücken zu. »Die Rechnung ausgleichen? Wie du mir, so ich dir?«

Er fuhr zusammen – wurde vielleicht sogar rot. Er war froh, dass sie ihm den Rücken zeigte, denn er hatte das Gefühl, dass sein Gesicht gerade in diesem Augenblick mehr von ihm verriet, als sie sehen durfte. Nicht, dass er empört war. Er hatte schon daran gedacht, dem Nachtportier nicht wie üblich einen, sondern zehn Dollar zu geben und ihm dann ein paar Fragen zu stellen. Er wusste, dass Roger es gelegentlich getan hatte.

»Für so etwas werde ich wohl keine Zeit haben.«

»Wie heißt es noch in der Anzeige? Für Jell-O hat man immer Zeit.«

»Sag mal, willst du mich ärgern, Donna?«

»Nein, nein. Iss nur. Dein Körper braucht Betriebsstoff.«

Sie setzte sich mit ihrer Waffel zu ihm an den Tisch. Sie nahm keine Butter. Nur ein wenig Sirup Marke Vermont Maid. Wie gut sie einander kannten, und wie wenig.

»Wann musst du bei Roger sein?«, fragte sie ihn.

»Nach zähen Verhandlungen haben wir uns auf sechs geeinigt.«

Sie lächelte wieder, aber diesmal war es ein gutes, zärtliches Lächeln. »Das mit dem frühen Aufstehen nimmt er sich wohl langsam zu Herzen, nicht wahr?«

»Ja. Ich bin erstaunt, dass er nicht schon angerufen hat, um festzustellen, ob ich auch wirklich aufgestanden bin.«

Das Telefon klingelte.

Sie sahen sich über den Tisch hinweg an, und nach kurzem Schweigen brachen sie in Gelächter aus. Es war ein köstlicher Augenblick, gewiss köstlicher als der vorsichtige Liebesakt in der letzten Nacht. Er sah, wie schön ihre Augen waren, wie leuchtend. Sie waren so grau wie draußen der Morgennebel. »Nimm schnell ab, bevor Tadder aufwacht«, sagte sie.

Er stand auf. Es war Roger. Er versicherte Roger, dass er schon auf sei, fertig angezogen und genau in der richtigen Stimmung. Er würde Roger um Punkt sechs abholen. Er legte auf und dachte darüber nach, ob er Roger die Sache mit Donna und Steve Kemp erzählen sollte. Wahrscheinlich nicht. Selbst wenn Roger versprach, es Althea nicht zu sagen, würde er es dennoch tun. Und Althea würde kaum der Versuchung widerstehen können, diesen saftigen Klatsch weiterzutragen. Diese eingehende Betrachtung der Frage stürzte ihn wieder in tiefe Depressionen. Es schien fast, als ob er und Donna bei dem Versuch, das Problem zu bewältigen, bei Mondschein ihre eigenen Leichen verscharrten.

»Der gute alte Roger«, sagte er und setzte sich wieder. Er lächelte, aber das Lächeln war nicht echt. Es kam nicht mehr spontan.

»Ist im Jaguar überhaupt Platz für euer Gepäck?«

»Sicher«, sagte er. »Es muss hineinpassen. Althea braucht den

Wagen, und du hast – ach, Scheiße, ich habe ganz vergessen, Joe Camber anzurufen.«

»Du hattest wirklich andere Dinge im Kopf«, sagte sie. In ihrer Stimme lag leise Ironie. »Das ist schon in Ordnung. Ich schicke Tad heute nicht auf den Spielplatz. Er hat einen Schnupfen. Wenn es dir recht ist, werde ich ihn für den Rest des Sommers zu Hause behalten. Ich kriege Schwierigkeiten, wenn er weg ist.«

Sie konnte vor Schluchzen kaum noch sprechen, und er wusste nicht, was er sagen und wie er reagieren sollte. Er schaute hilflos zu, als sie ein Kleenex nahm, sich die Nase putzte und die Augen abwischte.

»Was immer«, sagte er betroffen, »was immer du für richtig hältst.« Er sprach rasch weiter: »Ruf einfach Joe Camber an. Er ist fast immer in seiner Werkstatt, und ich glaube nicht, dass er für die Reparatur länger als zwanzig Minuten braucht. Selbst wenn er einen neuen Vergaser ...«

»Wirst du über alles nachdenken, während du weg bist? Was wir tun sollen? Wir beide?«

»Ja«, sagte er.

»Gut. Das werde ich auch tun. Möchtest du noch eine Waffel?«

»Nein, danke.« Die ganze Unterhaltung nahm surrealistische Züge an. Plötzlich wollte er nur noch weg. Plötzlich hielt er die Reise für sehr notwendig. Er freute sich sogar darauf. Endlich raus aus diesem Elend. Meilenweit davon entfernt sein. Er konnte es plötzlich gar nicht mehr erwarten. In Gedanken sah er schon den Delta-Jet durch den Nebel in den blauen Himmel steigen.

»Kann ich eine Waffel haben?«

Sie sahen sich erstaunt um. Tad stand in seinem gelben Pyjama im Flur. Er hatte sich seine rote Decke um die Schultern geworfen, und an einem Ohr hielt er seinen ausgestopften Kojoten fest. Er sah aus wie ein schläfriger kleiner Indianer.

»Ich denke, ich könnte eine organisieren«, sagte Donna überrascht. Tad war sonst kein Frühaufsteher.

»Bist du vom Telefon wach geworden?«, fragte Vic.

Tad schüttelte den Kopf. »Ich wollte so früh wach werden, um dir goodbye zu sagen, Daddy. Musst du wirklich weg?«

»Ich bleibe ja nicht lange.«

»Zu lange«, sagte Tad finster. »Ich habe auf meinem Kalender einen Kreis um den Tag gemacht, an dem du wiederkommst. Mom hat mir gezeigt, welcher es ist. Und ich werde jeden Tag ausstreichen, und sie hat gesagt, dass sie mir jeden Abend die Worte an die Ungeheuer sagen will.«

»Dann ist ja alles in Ordnung.«

»Rufst du an?«

»Jeden zweiten Tag«, versprach Vic.

»Jeden Tag«, beharrte Tad. Er kletterte auf Vics Schoß und stellte seinen Kojoten neben Vics Teller. Tad kaute auf einem Stück Toast herum. »Jeden *Abend*, Daddy.«

»Ich kann nicht jeden Abend anrufen«, sagte Vic und dachte an das höllische Arbeitspensum, das Roger am Freitag, bevor der Brief gekommen war, für sie geplant hatte.

»Warum nicht?«

»Weil ...«

»Weil dein Onkel Roger unerbittlich ist, wenn es um Arbeit geht«, sagte Donna und stellte Tads Waffel auf den Tisch. »Komm her und nimm deinen Kojoten mit. Daddy wird uns morgen Abend von Boston aus anrufen und erzählen, was er erlebt hat.«

Tad setzte sich auf seinen Platz am Tischende. »Bringst du mir ein Spielzeug mit?«

»Vielleicht. Wenn du artig bist. Und vielleicht rufe ich heute Abend noch an, damit ihr wisst, dass ich heil in Boston angekommen bin.«

»Abgemacht.« Vic sah fasziniert zu, wie Tad einen kleinen Sirupsee auf seine Waffel laufen ließ. »Was für ein Spielzeug?«

»Das werden wir sehen«, sagte Vic und beobachtete seinen Sohn beim Essen. Plötzlich fiel ihm ein, dass Tad gern Eier aß. Rühreier, Spiegeleier, hart gekochte Eier, Tad verschlang alles. »Tad?«

»Was ist, Daddy?«

»Wenn du wolltest, dass die Leute Eier kaufen, was würdest du ihnen dann sagen?«

Tad überlegte. »Ich würde ihnen sagen, Eier schmecken gut«, sagte er.

Vic und seine Frau sahen einander an, und wieder war es zwischen ihnen wie vorhin, als das Telefon klingelte. Diesmal lachten sie beide nur innerlich.

Ihr Abschied war kurz und schmerzlos. Nur Tad, der noch nicht begriff, wie kurz die Zukunft sein kann, weinte.

»Wirst du darüber nachdenken?«, sagte Donna wieder, als er in den Jaguar stieg.

»Ja.«

Aber auf der Fahrt nach Bridgton, um Roger abzuholen, dachte er nur an jene beiden Augenblicke fast perfekter Kommunikation. Zwei solcher Augenblicke an einem Vormittag. Das war nicht schlecht. Dazu musste man eben acht oder neun Jahre zusammen sein, grob gerechnet ein Viertel der Jahre, die er bisher auf dieser Erde verbracht hatte. Er dachte daran, wie lächerlich das gesamte System zwischenmenschlicher Kommunikation doch war, wenn es eines so monströsen Aufwands bedurfte, um so wenig zu erreichen. Und wenn man die Zeit investiert hatte und es endlich funktionierte, musste man immer noch vorsichtig sein. Ja, er wollte darüber nachdenken. Sie hatten gemeinsam eine schöne Zeit verbracht, und obwohl einige Kanäle jetzt mit Gott weiß wie viel Dreck verstopft waren, standen andere doch noch zur Verfügung und schienen zu funktionieren.

Er musste gründlich über alles nachdenken, – aber das ging nicht so schnell. Und je mehr er sich darüber den Kopf zerbrach, umso größer schien ihm das Problem.

Er drehte das Radio lauter und dachte über den guten alten Cornflake-Professor von Sharp nach.

Joe Camber hielt um zehn Minuten vor acht vor dem Greyhound-Terminal in Portland. Der Nebel hatte sich aufgelöst, und die digitale Temperaturanzeige oben auf der Casco Bank and Trust zeigte schon 23 Grad an.

Er hatte während der ganzen Fahrt den Hut aufbehalten. Ständig hatte er wütend darauf gewartet, dass ihn jemand schnitt oder vor ihm ausscherte. Er hasste es, in der Stadt zu fahren. Wenn er und Gary nach Boston fuhren, würde er den Wagen stehen lassen. Dort konnten sie die U-Bahn benutzen, wenn sie damit zurechtkamen. Sonst mussten sie eben laufen.

Charity hatte ihren besten Hosenanzug an – es war ein unaufdringliches Grün – und eine weiße Bluse mit Rüschen am Kragen. Sie trug Ohrringe, was Brett ein wenig erstaunte. Vorher hatte sie höchstens zum Kirchgang Ohrringe getragen.

Brett hatte sie allein erwischt, als sie nach oben ging, um sich anzuziehen, nachdem sie Joe seinen Haferbrei hingestellt hatte. Joe hatte fast die ganze Zeit geschwiegen und Fragen nur einsilbig beantwortet. Zuletzt hatte er das Radio eingeschaltet, um die Baseballergebnisse zu hören, und war überhaupt nicht mehr ansprechbar gewesen. Sie hatten beide Angst, dass seinem Schweigen ein fürchterlicher Ausbruch folgen und er die Reise im letzten Augenblick verbieten würde. Charity hatte die Hosen angezogen und schlüpfte gerade in ihre Bluse. Brett stellte erstaunt fest, dass sie einen pfirsichfarbenen BH trug. Er hatte gar nicht gewusst, dass sie andere als weiße Unterwäsche besaß.

»Ma«, sagte er aufgeregt.

Sie drehte sich zu ihm um, und es schien fast, als ob sie sich auf ihn stürzen wollte. »Hat er etwas gesagt?«

»Nein ... nein. Es ist wegen Cujo.«

»Cujo? Was ist mit Cujo?«

»Er ist krank.«

»Was meinst du damit, krank?«

Brett berichtete, dass er hinausgegangen sei, nachdem er auf der Veranda seine Cocoa Bears gegessen hatte. Plötzlich sei Cujo aus dem Nebel aufgetaucht, mit roten, wild blickenden Augen und Schaum vor dem Maul.

»Und er ging auch nicht richtig«, beendete Brett seinen Bericht. »Es war eine Art ... Taumeln. Ich glaube, ich muss es Daddy sagen.«

»Nein«, sagte seine Mutter böse und packte ihn so hart an den Schultern, dass es schmerzte. »Das wirst du nicht tun!«

Er sah sie überrascht und ängstlich an. Sie lockerte ihren Griff und sprach leiser. »Du hast nur einen Schock bekommen, als er so aus dem Nebel kam. Wahrscheinlich fehlt ihm gar nichts. Okay?«

Brett versuchte die richtigen Worte zu finden, um ihr zu schildern, wie schlecht Cujo ausgesehen hatte und dass er einen Augenblick gefürchtet hatte, Cujo würde ihn anfallen. Aber er fand die Worte nicht. Vielleicht wollte er sie auch nicht finden.

»Wenn er etwas hat, ist es wahrscheinlich nur eine Kleinigkeit«, fuhr Charity fort. »Vielleicht hat er an einem Skunk geschnuppert ...«

»Ich habe keinen Skunk gero...«

»... oder er hat ein Murmeltier oder ein Kaninchen gejagt. Unten im Sumpf hat er sich vielleicht sogar mit einem Elch angelegt. Oder er hat Nesseln gefressen.«

»Das könnte sein«, sagte Brett zweifelnd.

»Auf so etwas wartet dein Vater nur«, sagte sie. »Ich höre ihn schon: ›Er ist krank, was? Es ist dein Hund, Brett. Dann musst du ihn eben pflegen. Ich habe zu viel Arbeit, um mich um den Köter zu kümmern.‹«

Brett nickte unglücklich. Sie sprach seine eigenen Gedanken aus. Sein Vater hatte schon beim Frühstück schlechte Laune gehabt.

»Du brauchst nichts zu sagen. Er wird schon bei deinem Vater angewinselt kommen, und der wird für ihn sorgen«, sagte Charity. »Er liebt Cujo genauso sehr wie du, wenn er es auch nie zugeben würde. Wenn er sieht, dass mit ihm etwas nicht stimmt, wird er mit ihm zum Tierarzt nach South Paris fahren.«

»Ja, das glaube ich auch.« Die Worte seiner Mutter klangen plausibel, aber trotzdem war Brett nicht sehr glücklich.

Sie bückte sich und küsste ihn auf die Wange. »Ich mache dir einen Vorschlag. Wenn du willst, rufen wir deinen Vater heute Abend an. Und wenn du mit ihm sprichst, fragst du ihn einfach ganz beiläufig: ›Hast du meinen Hund gefüttert, Daddy?‹, und dann wirst du es schon erfahren.«

»Ja«, sagte Brett und lächelte seine Mutter dankbar an. Sie lächelte erleichtert zurück. Der Ärger schien abgewendet. Aber während der Ewigkeit, die es dauerte, bis Joe endlich mit dem Wagen vorgefahren war und die Gepäckstücke einlud, hatte Brett eine andere Sorge. Wenn Cujo nun vor der Abfahrt noch angelaufen kam? Dann würde Daddy selbst sehen, dass etwas mit ihm nicht stimmte.

Aber Cujo war nicht gekommen.

Jetzt öffnete Joe die Heckklappe des Country Squire, reichte Brett die beiden kleineren Taschen und nahm die großen selbst.

»Frau, du hast so viel Gepäck, dass ich mich frage, ob du nicht anstatt nach Connecticut nach Reno fährst, um dich scheiden zu lassen.« (Sie hatte heimlich alle ihre sechs Fotoalben eingepackt.)

Charity und Brett lächelten verlegen. Es hörte sich wie ein Scherz an, aber bei Joe Camber konnte man nie wissen.

»Das wäre schön«, sagte sie.

»Dann müsste ich wohl hinfahren und dich mit dem neuen Kran wieder nach Hause ziehen«, sagte er, ohne zu lächeln. Er hatte seinen grünen Hut nach hinten geschoben. »Junge, wirst du auch gut auf Mom aufpassen?«

Brett nickte.

»Das musst du auch.« Er musterte den Jungen. »Du bist verdammt groß geworden. Wahrscheinlich willst du dem Alten keinen Abschiedskuss geben.«

»Doch, Daddy«, sagte Brett. Er umarmte seinen Vater und küsste ihn auf die stoppelige Wange und roch sauren Schweiß und einen leichten Wodkageruch von gestern Abend. Er war selbst überrascht, dass er seinen Vater so lieb hatte. Dieses Gefühl kam immer dann in ihm auf, wenn er es am wenigsten erwartete. Allerdings war es während der letzten zwei oder drei Jahre seltener geworden, was seine Mutter nicht wusste und ihm wohl auch nicht geglaubt hätte. Diese Liebe hatte nichts mit Joe Cambers täglichem Verhalten ihm oder seiner Mutter gegenüber zu tun. Es war eine nackte biologische Tatsache, ein Phänomen, das man ein Leben lang nicht abstreifte. Es war die Erinnerung an den Geruch von Zigarettenrauch, an einen Rasierapparat im Badezimmer und eine über den Stuhl gehängte Hose. Und die Erinnerung an gewisse Flüche.

Sein Vater drückte ihn an sich und wandte sich dann Charity zu. Er legte ihr einen Finger unter das Kinn und hob ihr Gesicht zu sich auf. In der Ladezone hinter dem flachen Ziegelgebäude ließ ein Busfahrer seinen Motor warm laufen. Man hörte das gutturale Dröhnen des Dieselmotors. »Gute Reise«, sagte er.

Ihre Augen füllten sich mit Tränen, und sie wischte sie rasch ab. Es war eine fast wütende Geste. »Okay«, sagte sie.

Sofort nahm sein Gesicht wieder den gewohnten verschlossenen und unverbindlichen Ausdruck an. Es war, als ließe er das Visier herab. Er war wieder ganz der Mann vom Lande. »Wir müssen die Koffer verstauen, Junge«, sagte er. »In diesem hier muss Blei sein ... Mein Gott!«

Er blieb, bis alle vier Gepäckstücke abgefertigt waren, und der herablassende Blick des Kontrolleurs entging ihm völlig. Er schaute zu, wie das Gepäck auf einen Wagen geladen und weggerollt wurde, um dann im Bus zu verschwinden. Dann drehte er sich zu Brett um.

»Komm mit nach draußen«, sagte er.

Charity sah die beiden gehen. Sie setzte sich auf eine der harten Bänke, öffnete ihre Handtasche und nahm ein Taschentuch heraus. Das sah ihm ähnlich. Ihr wünschte er eine gute Reise, und jetzt versuchte er, den Jungen zu überreden, mit ihm wieder nach Hause zu fahren.

Auf dem Fußsteig sagte Joe: »Ich will dir zwei Ratschläge geben, Junge. Wahrscheinlich wirst du keinen von ihnen befolgen, das tun Jungs selten, aber das hat noch keinen Vater davon abgehalten, Ratschläge zu geben. Mein erster Rat an dich ist dieser: Der Bursche, den ihr jetzt besuchen wollt, dieser Jim, ist nichts als ein Stück Scheiße. Ich lasse dich auch nur mitfahren, weil du schon zehn bist, und das ist alt genug, einen Haufen Scheiße von einer Teerose zu unterscheiden. Lern ihn nur kennen, dann wirst du schon sehen. Er tut nichts, als im Büro zu sitzen und Papiere hin und her zu schieben. Das meiste Elend dieser Welt kommt von Leuten wie ihm, denn ihr Gehirn hat nichts mehr mit ihren Händen zu tun.« Hektische Flecken erschienen in Joes Gesicht. »Er ist ein Stück Scheiße. Du wirst schon sehen, dass ich Recht habe.«

»Okay«, sagte Brett leise.

Joe Camber lächelte. »Mein zweiter Rat ist: Achte auf deine Brieftasche.«

»Ich habe doch kein Ge...«

Camber hielt ihm einen zerknüllten Fünfdollarschein vor die Nase. »Jetzt hast du welches. Gib nicht alles auf einmal aus. Ein Narr wird sein Geld schnell los.«

»Okay, Daddy. Vielen Dank!«

»Bis bald«, sagte Camber. Er verlangte keinen zweiten Kuss.

»Goodbye, Daddy.« Brett stand auf dem Bürgersteig und sah seinen Vater in den Wagen steigen und wegfahren. Es war das letzte Mal, dass er seinen Vater lebend sah.

Um Viertel nach acht an diesem Morgen taumelte Gary Pervier in seinen voll gepinkelten Unterhosen aus seinem Haus und urinierte an den Zaun mit den Heckenkirschen. Er hatte die perverse Hoffnung, dass sein Urin eines Tages vom Schnaps so scharf sein würde, dass die Heckenkirschen eingingen. Aber dieser Tag war noch nicht gekommen.

»Arrrrggh, mein Kopf!«, schrie er und hielt ihn sich mit der freien Hand, während er die Heckenkirschen besprühte, die sich an seinem Zaun hochrankten. Seine Augen waren blutunterlaufen. Sein Herz rasselte und stampfte wie eine alte Wasserpumpe, die mehr Luft als Wasser einzog. Als er sich entleert hatte, bekam er entsetzliche Magenkrämpfe – sie hatten sich in letzter Zeit gehäuft –, und als er sich zusammenkrümmte, entluden sich seine Blähungen in einem dröhnenden, übel riechenden Furz.

Er wollte wieder ins Haus gehen, und in diesem Augenblick hörte er das Knurren. Es war ein tiefer, kräftiger Laut, der von der Stelle kam, wo sein von Unkraut überwucherter Hof in das hohe Gras der benachbarten Wiese überging.

Rasch wandte er sich nach dem Geräusch um. Die Kopfschmerzen, das Herzklopfen und die Magenkrämpfe waren vergessen. Er hatte lange nicht mehr diese Rückblenden auf seine Kriegserlebnisse in Frankreich erlebt, aber jetzt erlebte er eine. Plötzlich schrie es in ihm: Deutsche! Deutsche! Alles hinlegen!

Aber es waren nicht die Deutschen. Als das Gras sich teilte, erschien Cujo.

»Hey, Junge, warum knurrst du denn ...«, sagte Gary und stockte.

Es war zwanzig Jahre her, dass er einen tollwütigen Hund gesehen hatte, aber diesen Anblick vergisst man nicht. Er war von einem Camping Trip in der Gegend von Eastport gekommen und hatte östlich von Machias eine Esso-Tankstelle angesteuert. Wie ein Gespenst war ein keuchender, dürrer gelber Hund an der Tankstelle vorbeigeschlichen. Er atmete hastig und flach, und seine Flanken bewegten sich rasch dabei. Schaum troff ihm aus dem Maul, und er rollte wild mit den Augen. Sein Hinterteil war von seinem eigenen Kot verschmiert. Das Tier taumelte mehr als es lief, als ob eine unfreundliche Seele ihm billigen Whiskey ins Maul geschüttet hätte.

»Verdammt, da ist er wieder«, hatte der Tankwart gesagt. Er hatte den Schraubenschlüssel fallen lassen und war in das winzige Büro neben der Tankstelle gerannt. Mit einem Gewehr .30-.30 in den kräftigen ölverschmierten Händen kam er wieder heraus. Er trat auf den Asphalt hinaus, ließ sich auf die Knie fallen und fing an zu schießen. Der erste Schuss lag zu tief und riss dem Hund in einer Wolke von Blut ein Hinterbein ab. Der gelbe Hund bewegte sich nicht einmal. Daran erinnerte sich Gary genau, als er Cujo jetzt sah. Er sah sich nur ausdruckslos um, als hätte er nicht die geringste Ahnung, wie ihm geschah. Der zweite Versuch des Tankwarts hätte das Tier fast in zwei Teile gerissen. Schwarz und rot klatschten seine Gedärme gegen eine der Pumpen der Tankstelle. Einen Moment später hielten drei weitere Kerle an, die sich im Fahrerhaus eines 1940er Dodge Pickup drängten. Sie waren alle bewaffnet. Sie stürzten aus ihrem Wagen und gaben acht oder neun Schüsse auf den toten Hund ab. Eine Stunde später, als der Tankwart an Garys Motorrad gerade einen neuen Scheinwerfer eingebaut hatte, erschien eine Veterinärbeamtin in einem Studebaker ohne Tür an der Beifahrerseite. Sie zog lange Gummihandschuhe an und schnitt ab, was vom Kopf des Hundes noch übrig war, um es zum Gesundheitsamt zu schaffen.

Cujo wirkte wesentlich lebhafter als der gelbe Hund von damals, aber im Übrigen waren seine Symptome die gleichen. *Noch nicht so weit fortgeschritten,* dachte Gary. *Umso gefährlicher. Mein Gott, ich muss mein Gewehr holen –*

Er ging langsam rückwärts. »Heh, Cujo ... guter Hund, guter Junge, gutes Hündchen ...« Cujo stand am Rand des Rasens, den großen Kopf gesenkt, die Augen gerötet und verhangen. Er knurrte.

»Guter Junge ...«

Die Worte des MANNES bedeuteten Cujo nichts. Sie waren sinnlose Geräusche, nicht anders als der Wind. Schlimmer war der *Geruch,* der von dem ausging. Ein heißer, ranziger und stechender Geruch. Es war der Geruch der Angst. Er machte ihn verrückt, er war unerträglich. Er wusste plötzlich, dass der MANN ihn krank gemacht hatte. Er tat einen Satz, und sein Knurren schwoll zu einem Wutgeheul.

Gary sah den Hund heranspringen. Er drehte sich um und rannte. Ein Biss, ein einziger Kratzer konnte den Tod bedeuten. Er rannte zur Veranda, um sich im Haus dahinter in Sicherheit zu bringen. Aber es waren zu viele Drinks gewesen, zu viele lange Wintertage am Ofen und zu viele Sommerabende im Liegestuhl. Er hörte Cujo näher kommen, und dann dieser entsetzliche Sekundenbruchteil, da er nichts mehr hörte und wusste, dass Cujo jetzt sprang.

Als er die erste zersplitterte Stufe der Veranda erreichte, trafen ihn zweihundert Pfund Bernhardiner wie eine Lokomotive, schleuderten ihn zu Boden und pressten ihm die Luft aus dem Brustkorb. Der Hund schnappte nach seinem Genick. Gary versuchte hochzukommen, aber der Hund war über ihm, und sein dichtes Bauchfell erstickte ihn fast. Mit Leichtigkeit warf der Hund ihn wieder zu Boden. Gary kreischte.

Cujo biss ihn oben in die Schulter. Seine kräftigen Kiefer schlossen sich, und die Zähne drangen tief in das Fleisch und zerrissen die Muskeln. Er knurrte immer noch. Das Blut floss in Strömen. Gary spürte, wie es an seinem mageren Oberarm herablief. Er drehte sich um und drosch mit den Fäusten auf den Hund ein. Dieser wich ein Stück zurück, und Gary konnte drei Stufen weiter nach oben kriechen. Er kroch auf Händen und Füßen. Dann war Cujo wieder da.

Gary trat nach dem Hund. Cujo wich aus, und dann sprang er Gary wieder an und schnappte und knurrte. Schaum spritzte ihm aus dem Maul, und Gary roch seinen Atem. Es war ein fauliger Gestank – ranzig und gelb. Gary ballte die rechte Faust und schlug mit letzter Kraft zu. Er traf den harten Knochen an Cujos Unterkiefer. Es war Glück. Er spürte die Wucht des Schlages bis in die Schulter, die von der tiefen Bisswunde brannte.

Cujo wich zurück.

Gary sah den Hund an. Seine schmale, unbehaarte Brust hob und senkte sich. Sein Gesicht war aschfahl. Blut quoll aus seiner zerfleischten Schulter und tropfte auf die abgeblätterten Verandastufen.

»Komm her, du Hurensohn«, sagte er. »Komm nur, komm, es ist mir scheißegal.« Er kreischte. »Hörst du mich? Es ist mir scheißegal!«

Aber Cujo wich noch ein Stück zurück.

Die Worte hatten immer noch keine Bedeutung für ihn, aber der Geruch der Angst hatte den MANN verlassen. Cujo wusste nicht, ob er noch einmal angreifen sollte. Er hatte Schmerzen, elende Schmerzen, und die Welt war ein verrücktes Durcheinander von Wahrnehmung und Eindrücken –

Gary kam zitternd wieder auf die Füße. Er quälte sich die letzten beiden Stufen hoch. Rückwärts ging er auf die Tür zu und fasste hinter sich nach dem Türgriff. Seine Schulter fühlte sich an, als hätte man ihm reines Benzin unter die Haut gegossen. Seine Gedanken rasten. *Tollwut! Ich habe Tollwut!*

Egal. Eins nach dem andern. Seine Schrotflinte stand im Flurschrank. Gott sei Dank waren Charity und Brett Camber nicht auf dem Hügel dort drüben. Hier war Gottes Gnade am Werk.

Er fand den Türgriff und zog die Tür auf. Er ließ Cujo nicht aus den Augen, bis er im Haus war und die Tür hinter sich geschlossen hatte. Er empfand große Erleichterung. Seine Beine waren wie Gummi. Die Welt verschwamm vor seinen Augen. Er biss sich auf die Zunge, um wach zu werden. Er durfte jetzt nicht wie ein Mädchen in Ohnmacht fallen. Wenn er wollte, konnte er das tun, wenn er den Hund erledigt hatte. Mein Gott, das war knapp. Er hatte schon mit seinem Leben abgeschlossen.

Er ging den dunklen Flur entlang zum Schrank, und in diesem Augenblick brach Cujo durch die untere Hälfte der Tür. Er fletschte die Zähne, dass es wie ein höhnisches Grinsen aussah, und stieß ein trockenes Gebell aus.

Wieder kreischte Gary laut auf. Er wirbelte gerade noch rechtzeitig herum, um Cujo mit beiden Armen aufzufangen, als dieser ihn ansprang. Der Hund schob ihn durch den Flur, und Gary torkelte von einer Seite auf die andere, als er versuchte, sich auf den Beinen zu halten. Einen Augenblick schien es, als tanzten sie Walzer. Dann ging Gary, der fünfzig Pfund leichter war, zu Boden. Schwach nahm er Cujos Schnauze unter seinem Kinn wahr, spürte, wie ekelhaft heiß und trocken Cujos Nase war. Er versuchte, die Hände hochzubringen, und wollte Cujo die Daumen in die Augen stoßen, als Cujo zuschnappte und ihm die Kehle aufriss. Gary schrie, und wieder fuhr der Hund auf ihn los. Gary fühlte das Blut in seinem Gesicht und dachte: *Lieber Gott, es ist meines!* Fahrig und wirkungslos schlug er gegen Cujos Oberkörper. Dann sanken seine Hände herab.

Schwach roch er den unangenehmen und betäubenden Duft der Heckenkirschen.

»Was siehst du dort draußen?«

Brett drehte sich ein wenig um, als er die Stimme seiner Mutter hörte. Nicht ganz, denn er wollte auch nicht einen Augenblick darauf verzichten, die an ihm vorbeirollende Landschaft zu betrachten. Der Bus war schon fast eine Stunde unterwegs. Sie waren über die Million Dollar Bridge nach South Portland gefahren, und Brett hatte die beiden rostigen alten Frachter im Hafen bewundert. Dann hatten sie die Autobahn nach Süden erreicht und näherten sich jetzt der Grenze nach New Hampshire.

»Alles«, sagte Brett. »Was siehst du, Mom?«

Sie dachte: *Dein Spiegelbild in der Scheibe. Ganz schwach sehe ich es.*

Aber sie antwortete: »Ich glaube, ich sehe die Welt. Ich sehe die Welt, die an uns vorbeirollt.«

»Mom, am liebsten möchte ich mit diesem Bus ganz bis Kalifornien fahren und alles sehen, was ich in den Geografiebüchern in der Schule gelesen habe.«

Sie lachte und fuhr ihm durch das Haar. »Du würdest von der Landschaft verdammt bald genug bekommen.«

»Nein. Nein, bestimmt nicht.«

Und wahrscheinlich hatte er sogar Recht. Sie war plötzlich traurig und fühlte sich ganz alt. Als sie am Samstag Holly angerufen hatte, um zu fragen, ob sie kommen könnten, war Holly ganz begeistert gewesen, und ihre Begeisterung hatte Charity angesteckt, und sie hatte sich jung gefühlt. Seltsam, dass sie sich bei der Freude und offensichtlichen Euphorie ihres eigenen Sohnes alt fühlte. Aber wenn auch ...

Wie wird seine Zukunft aussehen?, fragte sie sich und beobachtete sein Gesicht in der Scheibe, das wie durch einen Kameratrick vor der vorbeiziehenden Szenerie zu sehen war. Er war intelligent, intelligenter als sie und viel intelligenter als Joe. Er müsste das College besuchen, aber sie wusste genau: Schon wenn er zur höheren Schule ging, würde Joe ihn drängen, Autoreparaturkurse zu belegen, damit er ihm besser in der Werkstatt helfen konnte. Vor zehn Jahren wäre er damit nicht durchgekommen. Die Schulbehörde hätte nicht zugelassen, dass ein intelligenter Junge wie Brett alle Handwerkskurse belegte hätte, aber heutzutage hatte man eine freiere Auswahl, und da konnte es schon geschehen.

Sie hatte Angst davor. Früher hatte sie sich immer gesagt, dass die Schule noch in weiter Ferne lag – die *richtige* Schule. Ein Junge, der so leicht lernte wie Brett, würde mit der höheren Schule spielend fertig werden. Aber dann musste man sich unwiderruflich entscheiden. Dann konnte man von einem einmal gefassten Entschluss nicht mehr zurücktreten.

Sie zitterte, und das lag nicht daran, dass die Klimaanlage des Busses falsch eingestellt war.

Für Brett wäre es mit der höheren Schule in vier Jahren so weit.

Wieder zitterte sie, und plötzlich wünschte sie sich wütend, dass sie das Geld nie gewonnen hätte oder dass das Los verloren gegangen wäre. Sie hatten sich erst vor einer Stunde von Joe verabschiedet. Seit sie 1966 geheiratet hatten, war dies das erste Mal, dass sie von Joe getrennt war. Sie hatte nicht gewusst, dass sie bei dieser Vorstellung so viel Bitterkeit empfinden würde. Man musste es sich vorstellen: Frau und Sohn wurden aus der Gefangenschaft freigelassen ... aber es gab einen Haken. Viele Haken, und an denen hingen dicke unsichtbare Gummibänder. Und bevor man sich zu weit entfernen konnte, schwupp! Und man war für weitere vierzehn Jahre eingekerkert.

Ein leiser krächzender Laut kam aus ihrer Kehle.

»Sagtest du etwas, Mom?«

»Nein. Ich habe mich nur geräuspert.«

Sie zitterte ein drittes Mal, und diesmal bekam sie Gänsehaut an den Armen. Sie dachte an eine Zeile aus einem Gedicht, das sie in der Englischstunde gelernt hatte. Sie hatte das College besuchen wollen, aber ihr Vater war wütend geworden – ob sie wohl glaube, er sei reich –, und ihre Mutter hatte ihren Plan sanft und mitleidig totgelacht. Die Zeile war aus einem Gedicht von Dylan Thomas, und sie kannte nicht mehr das ganze Gedicht, aber es hatte davon gehandelt, dass man sich ›durch das Verhängnis der Liebe bewegt‹.

Die Zeile war ihr damals komisch vorgekommen und hatte sie verwirrt, heute aber glaubte sie sie zu verstehen. Was war denn dieses unsichtbare Gummiband, wenn nicht Liebe? Wollte sie sich etwas vormachen? Wollte sie behaupten, dass sie den Mann, den sie geheiratet hatte, nicht auch irgendwie liebte? Dass sie es nur aus Pflichtgefühl oder um des Jungen willen bei ihm ausgehalten hatte? Das war geradezu lächerlich. Wenn sie ihn je verlassen hätte, dann *wegen* des Kindes. Dass es ihr mit ihm im Bett nie Spaß gemacht hätte? Dass er nicht manchmal (wie vorhin an der Bus-Station) auch zärtlich sein konnte?

Und doch ... und doch ...

Brett sah aus dem Fenster und war entzückt. Ohne den Blick von der Landschaft zu wenden, fragte er: »Glaubst du, dass mit Cujo alles in Ordnung ist, Mom?«

»Sicher«, sagte sie abwesend.

Zum ersten Mal dachte sie ganz konkret an Scheidung und überlegte, wie sie ihren Sohn und sich durchbringen könnte, wie sie mit dieser unvorstellbaren *(fast* unvorstellbaren) Situation fertig werden würde. Wenn sie und Brett von dieser Reise nicht zurückkamen, würde er dann kommen, um sie zu holen? Er hatte in Portland vage damit gedroht. Würde er sich dazu entschließen, Charity fahren zu lassen, aber mit allen Mitteln versuchen, Brett nach Hause zu holen?

Im Geiste ging sie die verschiedenen Möglichkeiten durch und wog sie gegeneinander ab. Es kann nicht schaden, ein wenig Abstand zu gewinnen, dachte sie plötzlich. Das mag schmerzlich sein, aber vielleicht auch ein bisschen nützlich.

Der Greyhound ließ die Grenze nach New Hampshire hinter sich und rollte nach Süden.

Die Delta 727 stieg steil hoch, drehte eine Schleife über Castle Rock – Vic hielt immer Ausschau nach seinem Haus zwischen Castel Lake und der 117, jedes Mal vergeblich – und nahm dann wieder Kurs auf die Küste. Der Flug bis Logan Airport dauerte zwanzig Minuten.

Irgendwo, sechstausend Meter unter ihnen, war Donna. Und Tadder. Er war plötzlich deprimiert und hatte eine düstere Vorahnung, dass es nicht funktionieren würde, dass es verrückt war, auch nur darauf zu hoffen. Wenn das Haus zusammenstürzte, musste man ein neues bauen. Man konnte das alte nicht einfach wieder zusammenkleben.

Die Stewardess kam vorbei. Er und Roger flogen erster Klasse (»Noch können wir uns das leisten, alter Junge«, hatte Roger gesagt, als er den Flug buchte, »wenn schon ins Armenhaus, dann aber standesgemäß.«), und außer ihnen waren nur vier oder fünf andere Passagiere in der Kabine, die fast alle die Morgenzeitung lasen. Das tat auch Roger.

»Kann ich Ihnen irgendetwas bringen?«, fragte sie Roger mit jenem Berufslächeln, das auszudrücken schien, dass es ihr eine riesige Freude gemacht hatte, um fünf Uhr dreißig aufzustehen und von Bangor nach Portland, nach Boston, nach New York und nach Atlanta zu fliegen.

Roger schüttelte zerstreut den Kopf, und sie richtete ihr unheimliches Lächeln gegen Vic. »Für Sie, Sir? Kuchen? Orangensaft?«

»Könnten Sie einen Drink für mich auftreiben?«, fragte Vic, und Rogers Kopf fuhr hinter der Zeitung hoch.

Die Stewardess hielt ihr Lächeln durch. Schon vor neun Uhr morgens um einen Drink gebeten zu werden, war für sie nichts Neues. »Sicher kann ich das«, sagte sie, »aber Sie werden ihn schnell trinken müssen, denn bis Boston ist es nur ein Katzensprung.«

»Ich werde mich beeilen«, versprach Vic feierlich, und mit ihrem strahlenden Lächeln und ihrer hübschen blauen Uniform verschwand sie in der Kombüse.

»Was ist denn mit dir los?«, fragte Roger.

»Wie meinst du das?«

»Das weißt du ganz genau. Du trinkst doch sonst vormittags nicht mal ein Bier.«

»Heute ist Stapellauf?«

»Was für ein Stapellauf?«

»Die R. M. S. *Titanic*«, sagte Vic.

Roger runzelte die Stirn. »Findest du das nicht ein bisschen geschmacklos?«

Vic musste ihm Recht geben. Das hatte Roger nicht verdient. Aber in seiner Niedergeschlagenheit heute Morgen war ihm nichts anderes eingefallen. Er lächelte ziemlich unglücklich, aber Roger sah ihn immer noch unfreundlich an.

»Hör zu«, sagte Vic. »Im Zusammenhang mit diesen Himbeerflakes ist mir etwas eingefallen. Es wird zwar verdammt schwer sein, das dem alten Sharp und seinem Sohn zu verkaufen, aber es könnte glücken.«

Roger schien erleichtert. So hatten sie es immer gehalten. Vic lieferte die Ideen, Roger verarbeitete sie und setzte sie um. Sie hatten immer als Team gearbeitet, wenn es darum ging, Ideen mediengerecht aufzubereiten und auf geeignete Weise zu präsentieren.

»Was ist es?«

»Gib mir noch ein wenig Zeit«, sagte Vic. »Vielleicht bis heute Abend. Dann ziehen wir das Ding über die Bühne ...«

»... und sehen, wer dann ohne Hosen dasteht«, sprach Roger grinsend den Satz zu Ende. Er schüttelte die Zeitung und schlug den Wirtschaftsteil auf. »Okay. Aber heute Abend muss ich es wissen. Die Sharp-Aktien sind übrigens wieder um null Komma acht Punkte gestiegen. Wusstest du das?«

Vic murmelte etwas Unverständliches und schaute wieder aus dem Fenster. Der Nebel hatte sich aufgelöst, und es herrschte klare Sicht. Die Strände von Kennebunk und Ogunquit und York sahen aus wie auf einer Panoramapostkarte – die kobaltblaue See, der khakifarbene Sand und dahinter die Landschaft von Maine mit ihren sanften Hügeln und den von Waldstreifen durchzogenen Feldern. Sie war wunderschön. Und seine Depressionen wurden davon nur noch schlimmer.

Wenn ich heulen muss, werde ich es verdammt in der Toilette tun, dachte er grimmig. Und das alles hatten die paar Sätze auf schäbigem Papier angerichtet. Wie zerbrechlich war doch diese Welt, so zerbrechlich wie Ostereier, die außen bunt und innen hohl sind. Erst in der letzten Woche hatte er daran gedacht, einfach auszuziehen und Tad mitzunehmen. Und jetzt überlegte er sich schon, ob Donna und Tad überhaupt zu Hause sein würden, wenn er von seiner Reise zurückkam. Konnte es nicht sein, dass Donna das Kind nahm und verschwand? Vielleicht zu ihrer Mutter in die Poconos?

Ganz sicher war das möglich. Vielleicht hielt sie eine Trennung von zehn Tagen für zu kurz. Für ihn und für sich selbst. Vielleicht wäre eine Trennung von zehn Monaten besser. Und Tad war bei ihr. Das zählte vor dem Gesetz schon neun Punkte.

Und vielleicht, flüsterte eine Stimme in ihm, *vielleicht weiß sie, wo Steve Kemp ist. Vielleicht beschließt sie, zu ihm zu fahren, es eine Zeit lang mit ihm zu probieren. Die beiden könnten versuchen, an ihre glückliche Vergangenheit anzuknüpfen.* Ein sehr seltsamer Gedanke für den Montagmorgen, sagte er sich ungehalten, aber er wurde den Gedanken nicht los. Fast. Aber nicht ganz.

Er hatte sein Glas bis auf den letzten Tropfen geleert, als die Maschine in Logan landete. Er hatte Sodbrennen bekommen und wusste, dass es ihn den ganzen Vormittag quälen würde – wie der Gedanke an Donna mit Steve Kemp – und wenn er zwanzig Tabletten schluckte. Aber seine Depressionen waren nicht mehr so schlimm. Also hatte es sich vielleicht doch gelohnt.

Vielleicht.

Joe Camber betrachtete den Werkstattfußboden unter seinem großen Schraubstock mit einiger Verwunderung. Er schob sich den grünen Filzhut ins Genick und starrte noch eine Weile auf das, was er vorgefunden hatte. Dann steckte er ein paar Finger zwischen die Zähne und stieß einen durchdringenden Pfiff aus.

»Cujo! Heh, Junge! Komm, Cujo!«

Er pfiff noch einmal, stemmte die Hände auf die Knie und bückte sich. Der Hund würde gleich kommen, daran zweifelte er nicht. Cujo lief nie weit weg. Aber wie sollte er sich in diesem Fall verhalten?

Der Hund hatte in der Werkstatt auf den Fußboden geschissen. Er konnte sich nicht daran erinnern, dass Cujo das je getan hatte, nicht einmal als Welpe. Er hatte gelegentlich irgendwo gepinkelt und das eine oder andere Kissen zerfetzt, aber so etwas hatte es noch nicht gegeben. Er überlegte kurz, ob irgendein anderer Hund es getan haben konnte, aber er verwarf den Gedanken. Soweit er wusste, war Cujo der größte Hund in Castle Rock.

Große Hunde fraßen viel, und große Hunde schissen auch viel. Kein Pudel, kein Beagle und keine Promenadenmischung hätte diesen Haufen hier hinsetzen können. Ob der Hund wohl gemerkt hatte, dass Charity und Brett für eine Weile verreisen würden? Wenn das der Fall war, hatte er auf diese Weise gezeigt, was er von der Sache hielt. Von ähnlichen Dingen hatte Joe schon gehört.

Er hatte den Hund 1975 für eine Reparatur in Zahlung genommen. Der Kunde war ein einäugiger Bursche namens Ray Crowell aus der Gegend von Fryeburg gewesen. Dieser Crowell hatte hauptsächlich in den Wäldern gearbeitet, aber es war bekannt, dass er sich gut auf Hunde verstand, – er war ein erfolgreicher Züchter, und seine Tiere waren hervorragend abgerichtet. Er hätte ein gutes Auskommen gehabt, wenn er eine »Hundefarm« aufgemacht hätte, wie es die Leute in Neu-England nannten, aber er hatte ein unglückliches Naturell und vergraulte viele Kunden mit seiner Unfreundlichkeit.

»Mein Lastwagen braucht einen neuen Motor«, hatte Crowell in jenem Frühling zu Joe gesagt.

»Ja«, hatte Joe geantwortet.

»Ich habe den Motor, aber ich kann nicht bezahlen. Ich bin pleite.«

»Schlecht für dich, Ray«, sagte Joe, »aber ich arbeite nicht umsonst. Ich bin kein Wohlfahrtsinstitut.«

»Mrs Beasley hat gerade Junge gehabt«, sagte Ray. Mrs Beasley war eine erstklassige Bernhardinerhündin. »Reinrassige. Du machst die Arbeit und kannst dir dafür aus dem Wurf den besten aussuchen. Was hältst du davon? Ich würde dich damit natürlich zu teuer bezahlen, aber ich brauche den Wagen nun mal für meine Arbeit.«

»Ich brauche keinen Hund«, sagte Joe. »Schon gar nicht einen so großen. Diese verdammten Bernhardiner sind doch nichts als Fressmaschinen.«

»*Du* brauchst keinen Hund«, sagte Ray und schaute zu Brett hinaus, der im Gras saß und seiner Mutter zuschaute, »aber dein Junge hätte vielleicht gern einen.«

Joe machte den Mund auf und schloss ihn wieder. Er und Charity brauchten keinen Schutz, aber nach Brett hatten sie keine Kinder mehr bekommen, und auch mit Brett hatte es lange gedauert. Manchmal, wenn er den Jungen so ansah, hatte Joe sich gefragt, ob der Junge sich vielleicht einsam fühlte. Vielleicht war das tatsächlich der Fall, und vielleicht hatte Ray Crowell Recht. Bretts Geburtstag rückte näher. Dann konnte er ihm den kleinen Hund schenken.

»Ich werde es mir überlegen«, sagte er.

»Das darf aber nicht zu lange dauern«, sagte Ray. »Ich könnte auch zu Vin Callahan drüben in North Conway gehen. Der arbeitet genauso gut wie du, Camber. Vielleicht besser.«

»Vielleicht«, sagte Joe gelassen. Damit konnte Ray Crowell ihn wirklich nicht schrecken.

Ein wenig später brachte der Manager von Shop and Save seinen Thunderbird, um das Getriebe nachsehen zu lassen. Es war nur eine Kleinigkeit, aber Donovan, so hieß der Manager, machte ein Aufheben mit dem Wagen wie eine besorgte Mutter, als Joe das Getriebeöl erneuerte und die Schrauben anzog. Der

Wagen war ein schönes Stück, ein 1960er Thunderbird in ausgezeichnetem Zustand. Und als Donovan ihm erzählte, dass seine Frau ihn ständig bat, den Wagen zu verkaufen, hatte Joe eine Idee.

»Ich überlege mir, ob ich meinem Sohn nicht einen Hund schenken soll«, sagte er zu Donovan, als der den Thunderbird wieder herunterließ.

»So?«, fragte Donovan höflich.

»Ja. Ein Bernhardiner. Er ist jetzt zwar noch klein, aber wenn er heranwächst, wird er eine Menge fressen. Wenn Sie mir auf das Trockenfutter für Hunde, Gaines Meal, Ralsto-Purina, oder was Sie gerade verkaufen, einen Rabatt gewähren, garantiere ich Ihnen, dass ich hin und wieder Ihren Wagen repariere, ohne die Arbeitszeit zu berechnen.«

Donovan war begeistert gewesen, und sie hatten einander darauf die Hand gegeben. Joe hatte Ray Crowell angerufen und ihm gesagt, dass er den Hund nehmen wolle, wenn Crowell einverstanden sei. Crowell war einverstanden, und am Geburtstag seines Sohnes hatte er Brett und Charity in Erstaunen versetzt, als er dem Jungen das zappelnde kleine Bündel in den Arm legte.

»Danke, Daddy, danke, danke!«, hatte Brett gerufen und seinen Vater umarmt und geküsst.

»In Ordnung«, sagte Joe. »Aber du musst selbst für ihn sorgen. Es ist dein Hund, nicht meiner. Wenn er überall hinpinkelt und hinscheißt, werde ich ihn wohl hinter die Scheune bringen und als Fremden erschießen.«

»Ich will für ihn sorgen, Daddy ... das verspreche ich!«

Er hatte sein Versprechen so ziemlich gehalten, und wenn er es wirklich mal vergaß, hatten Charity oder er hinter dem Hund aufgewischt. Und Joe hatte festgestellt, dass man sich seinem Charme einfach nicht entziehen konnte. Als Cujo heranwuchs (und er wuchs verdammt schnell und wurde zu einer wahren Fressmaschine, wie Joe vorausgesagt hatte), nahm er wie selbstverständlich seinen Platz in der Familie ein. Er war einer von den wirklich guten Hunden.

Er war bald völlig stubenrein geworden ... und nun dies. Joe drehte sich um, steckte die Hände in die Taschen und machte ein finsteres Gesicht. Nirgends eine Spur von Cujo.

Er ging auf den Hof und pfiff ein drittes Mal. Der verdammte Köter war vielleicht unten am Bach und kühlte sich ab. Das konnte Joe ihm nicht verdenken. Es musste fast dreißig Grad im Schatten sein. Aber der Hund musste bald zurückkommen, und dann würde er ihn mit der Nase reinstecken. Es sollte ihm Leid tun, wenn Cujo es nur getan hatte, weil er seine Leute vermisste, aber so etwas durfte man einem Hund nicht durchgehen lassen.

Plötzlich musste er an etwas denken. Joe schlug sich mit der flachen Hand vor die Stirn. Wer sollte Cujo füttern, während er mit Gary in Boston war? Vielleicht konnte er den alten Schweinetrog hinter der Scheune mit Gaines Meal füllen – sie hatten ungefähr eine Tonne von dem Zeug im Keller stehen –, aber es würde weich werden, wenn es regnete. Und wenn er es ins Haus oder in die Scheune stellte, könnte Cujo auf den Gedanken kommen, wieder auf den Fußboden zu scheißen. Außerdem war Cujo ein Vielfraß. Er würde am ersten Tag die Hälfte, am nächsten die andere Hälfte fressen und dann hungern, bis Joe zurück war.

»Scheiße«, murmelte er.

Der Hund kam nicht. Wahrscheinlich ahnte er, dass Joe die Scheiße gefunden hatte, und schämte sich jetzt. Cujo war ein intelligenter Hund, und solche Dinge zu wissen oder zu erraten, überstieg gewiss nicht seine geistigen Fähigkeiten.

Joe nahm eine Schaufel und räumte den Dreck fort. Er goss ein wenig von dem Reinigungsmittel, das immer bereitstand, auf die Stelle und wischte den Rest auf. Dann holte er Wasser von dem Hahn an der hinteren Werkstattwand und kippte es über den Fußboden.

Als er damit fertig war, holte er das Notizbuch aus der Tasche, in dem er über seine Arbeiten Buch führte. Richies International Harvester war erledigt – der neue Kran war wirklich eine Hilfe, wenn er einen Motor rausreißen musste. Das Getriebe hatte er ohne Schwierigkeiten zurückstellen können. Der Lehrer hatte Verständnis gezeigt, ganz wie Joe erwartet hatte. Bei einem halben Dutzend weiterer Aufträge handelte es sich um Kleinigkeiten.

Er ging ins Haus (in der Werkstatt hatte er keinen Apparat installieren lassen. Er hatte Charity gesagt, das sei zu teuer) und rief ein paar Leute an, um ihnen zu sagen, dass er geschäftlich für einige Tage verreisen müsse. Die meisten Arbeiten würde er schaffen, bevor die Kunden ungeduldig wurden, und wenn der eine oder andere seinen neuen Keilriemen oder Kühlschlauch unbedingt sofort haben musste, konnte er ihm gestohlen bleiben.

Nachdem die Gespräche abgehakt waren, ging er wieder zur Scheune hinaus. Er musste nur noch einen Motor einbauen, bei dem er die Kolbenringe ausgewechselt hatte, und einen Ölwechsel machen. Der Besitzer wollte den Wagen gegen Mittag abholen. Joe machte sich an die Arbeit. Wie ruhig es hier war ohne Charity und Brett ... und ohne Cujo. Normalerweise lag der große Bernhardiner hechelnd im Schatten am Eingang und schaute Joe bei der Arbeit zu. Manchmal sprach Joe dann mit ihm, und es sah immer so aus, als hörte Cujo aufmerksam zu.

Man hat mich verlassen, dachte er fast beleidigt. Alle drei hatten ihn verlassen. Er schaute zu der Stelle hinüber, die Cujo verunreinigt hatte, und schüttelte angewidert den Kopf. Wieder dachte er an das Fütterungsproblem und kam zu keinem Ergebnis. Er nahm sich vor, nachher den alten Pervier anzurufen. Vielleicht wusste er Rat. Vielleicht konnte ein Kind aus der Nachbarschaft den Hund ein paar Tage füttern.

Er nickte vor sich hin und stellte das Radio laut. Bevor die Baseballergebnisse durchgegeben wurden, hörte er kaum hin, aber er hatte Gesellschaft. Wo doch alle weg waren. Er arbeitete. Und als das Telefon im Haus ein Dutzend Mal klingelte, hörte er es nicht.

Tad Trenton saß am späten Vormittag in seinem Zimmer und spielte mit seinen Autos. In den vier Jahren seines Lebens hatten sich bei ihm über dreißig Stück angesammelt, von den Plastikautos für neunundsiebzig Cents, die sein Vater ihm manchmal aus der Drogerie in Bridgton mitbrachte, wo er am Mittwochabend immer das Nachrichtenmagazin *Time* kaufte, bis zum Prunkstück seiner Sammlung, einer großen gelben Tonka Planierraupe, die ihm bis an die Knie reichte, wenn er stand. Mit den Autos für siebenundneunzig Cents musste man übrigens vorsichtig spielen, denn sie waren MADE IN TAIWAN und neigten dazu, auseinander zu fallen.

Er hatte verschiedene »Männer«, die er in seine Autos hineinsetzen konnte. Einige hatte er von seinem anderen Spielzeug genommen, andere waren Soldaten. Und dann hatte er noch die Figuren aus dem *Krieg der Sterne.*

Er beschäftigte sich jetzt mit einem Spiel, das er besonders oft spielte. Es hatte keinen Namen. Es bestand darin, dass er die Autos und die »Männer« aus seinen beiden Spielzeugschränken herausholte und sie parallel zueinander aufstellte. Es war, als parkten sie schräg auf einer Straße, die nur für Tad sichtbar war. Dann fuhr er die Autos ganz langsam zur anderen Seite des Zimmers, wo er sie Stoßstange an Stoßstange aufreihte. Manchmal wiederholte er die Prozedur stundenlang, ohne müde zu werden.

Das Spiel war Vic und Donna aufgefallen. Die ständige Wiederholung, fast schon ein Ritual, hatte sie ein wenig beunruhigt. Sie hatten ihn gefragt, was denn so schön daran sei, aber Tads Wortschatz hatte nicht ausgereicht, es ihnen zu erklären. Es war ein ruhiges, friedliches, streng geordnetes Spiel, und *wenn* sein Vokabular groß genug gewesen wäre, hätte er seinen Eltern sagen können, dies Spiel böte ihm Gelegenheit, nachzudenken und gewisse Überlegungen anzustellen.

Und das war auch, während er jetzt spielte, der Fall. Etwas stimmte nicht.

Automatisch – und unbewusst – sah er zu dem großen Schrank hinüber, aber dort gab es keine Probleme. Die Tür war geschlossen, und seit er die Worte an die Ungeheuer hatte, war sie nicht wieder von selbst aufgegangen. Nein, etwas anderes war verkehrt.

Er wusste nicht, was es war, und vielleicht wollte er es auch gar nicht wissen. Aber wie Brett Camber hatte auch er ein feines Gefühl für Stimmungsschwankungen zwischen seinen Eltern. Er hatte das Gefühl, dass es unter der Oberfläche brodelte. Irgendetwas stimmte nicht mit seinen Eltern.

Wie sie einander ansahen. Wie sie miteinander redeten. Er sah es in ihren Gesichtern. Und er ahnte es in ihren Gedanken.

Er hatte eine Runde seines Spiels beendet, stand auf und ging an das Fenster. Seine Knie taten weh, denn er hatte schon eine ganze Weile gespielt. Hinten im Hof hängte seine Mutter Wäsche auf. Vor einer halben Stunde hatte sie versucht, den Mann anzurufen, der ihren Wagen reparieren sollte. Sie hatte lange gewartet, dass jemand sich meldete, und dann wütend den Hörer aufgelegt. Sonst wurde Mom über Kleinigkeiten nie so wütend.

Als er sie beobachtete, hängte sie gerade die letzten beiden Laken auf. Sie betrachtete sie ... und ließ die Schultern hängen. Sie stellte sich neben den Apfelbaum jenseits der doppelt gespannten Wäscheleinen, und er sah an ihrer Haltung – daran, wie sie die Beine stellte, den Kopf senkte und die Schultern bewegte –, dass sie weinte. Tad schaute noch eine Weile aus dem Fenster und ging dann zu seinen Autos zurück. Er hatte ein hohles Gefühl im Magen. Er vermisste seinen Vater, er vermisste ihn sehr, aber dies war schlimmer.

Langsam fuhr er die Autos, eines nach dem anderen, zu ihrem ursprünglichen Parkplatz zurück. Er hielt inne, als er unten die Tür schlagen hörte. Er dachte, sie würde ihn rufen, aber das tat sie nicht. Er hörte sie durch die Küche gehen, und dann knarrte ihr Stuhl im Wohnzimmer. Aber das Fernsehgerät blieb stumm. Er dachte daran, dass sie jetzt dort unten saß – einfach nur *saß* –, und vergaß den Gedanken rasch wieder.

Er hatte die Autos in einer Reihe aufgestellt. Greedo, seine Lieblingsfigur, saß in der Fahrerkabine der Planierraupe, und aus seinen runden schwarzen Augen starrte er Tads Schrank an. Er hatte die Augen weit aufgerissen, als ob er dort etwas gesehen hätte, etwas wirklich Gespenstisches und *Grauenhaftes,* das sich näherte ...

Nervös beobachtete Tad die Schranktür. Sie war fest eingeklinkt.

Aber er hatte die Lust am Spiel verloren. Er stellte die Autos in die Spielzeugschränke zurück und tat es absichtlich laut, damit sie wusste, dass er im Begriff war, nach unten zu kommen, um auf dem achten Kanal *Gunsmoke* zu sehen. Er ging an die Tür und blieb bei dem Zettel mit den Worten an die Ungeheuer stehen. Er betrachtete sie fasziniert.

Ungeheuer, kommt nicht in dieses Zimmer! Ihr habt hier nichts zu suchen.

Er kannte sie auswendig. Er schaute auf die Worte, die sein Vater geschrieben hatte, und sagte sie mechanisch her.

Die ganze Nacht wird niemand Tad anfassen oder ihm etwas tun. Ihr habt hier nichts zu suchen.

Einem plötzlichen Impuls folgend, zog er die Reißzwecke, die den Zettel hielt, aus der Wand, faltete das Papier zusammen und steckte es in seine hintere Jeanstasche. Er fühlte sich sehr viel besser als vorhin und rannte nach unten, um Marshal Dillon und Festus zu sehen.

Um Viertel nach elf war der letzte Kunde gekommen, um seinen Wagen abzuholen. Er hatte bar bezahlt, und Joe hatte das Geld in seine schmierige Brieftasche getan und dabei daran gedacht, dass er noch zur Bank musste, um weitere fünfhundert Dollar abzuheben, bevor er und Gary losfuhren.

Gleichzeitig fiel ihm ein, dass Cujos Futterprobleme noch nicht gelöst waren. Er stieg in seinen Ford, fuhr zu Garys Haus unten am Hügel und parkte in der Einfahrt. Er stieg die Verandastufen hoch, und der Begrüßungsschrei blieb ihm im Hals stecken. Er drehte sich um und bückte sich zu den Stufen hinunter.

Dort lag Blut.

Er berührte es mit den Fingern. Es war klebrig, aber noch nicht ganz trocken. Er richtete sich wieder auf und war noch nicht übermäßig besorgt. Gary war vielleicht mit dem Glas in der Hand gestolpert, als er besoffen war. Er machte sich noch keine Sorgen, bis er sah, dass die dünne Türfüllung unten eingeschlagen war.

»Gary?«

Keine Antwort. Ob vielleicht jemand hier gewesen war, der mit Gary eine Rechnung zu begleichen hatte? Oder ein Tourist hatte nach dem Weg gefragt, und Gary hatte auf seine übliche Art geantwortet und war an den Falschen geraten.

Er stieg die Stufen hoch und fand auf dem Bretterfußboden der Veranda noch mehr Blutspritzer.

»Gary?«, rief er noch einmal und hätte gern das Gewicht seiner Schrotflinte im rechten Arm gespürt. Wenn jemand Gary verprügelt und ihm vielleicht sogar ein paar seiner restlichen Zähne ausgeschlagen hatte, war er aber schon verschwunden, denn außer Joes rostigem Ford stand nur Garys weißer 1966er Chrysler Hardtop auf dem Hof. Und zu Garys Grundstück ging man nicht einfach zu Fuß. Es lag sieben Meilen außerhalb der Stadt und zwei Meilen von der Maple Sugar Road entfernt, die zur 117 führte.

Wahrscheinlich hat er sich geschnitten, dachte Joe. Hoffentlich nur die Hand und nicht gleich die Kehle.

Joe öffnete die Tür. Sie quietschte in den Angeln.

»Gary?«

Immer noch keine Antwort. Der widerlich süßliche Geruch im Raum gefiel ihm nicht, aber er glaubte zuerst, es seien die Heckenkirschen. Links lag die Treppe zum ersten Stock. Der Flur führte geradeaus zur Küche, und von ihm aus erreichte man auch das Wohnzimmer.

Im Flur lag etwas auf dem Fußboden, aber es war zu dunkel, sodass Joe es nicht genau erkennen konnte. Es könnte ein kleiner

Tisch sein, der umgefallen war ... aber soweit Joe wusste, hatten hier nie Möbel gestanden. Bei Regen schaffte Gary seine Liegestühle ins Haus, aber es hatte seit zwei Wochen keinen Regen mehr gegeben. Außerdem hatte er die Stühle draußen gesehen. Neben dem Chrysler. Und neben den Heckenkirschen.

Aber der Geruch kam nicht von den Heckenkirschen. Es war Blut. Eine Menge Blut. Und das war kein umgekippter Tisch.

Joe lief den Flur entlang, und sein Herz hämmerte wild. Er kniete neben dem Gegenstand, und ein quiekender Laut kam aus seiner Kehle. Plötzlich war die Luft im Flur entsetzlich heiß und stickig. Er musste würgen. Er wandte sich von Gary ab und hielt sich eine Hand vor den Mund. Jemand hatte Gary ermordet. Jemand hatte –

Er zwang sich dazu, wieder hinzuschauen. Gary lag in einer Lache seines eigenen Blutes. Blicklos starrten seine Augen gegen die Decke. Er hatte eine klaffende Wunde an der Kehle. Mein Gott, das war kein Schnitt. Die Kehle war durch*gebissen*.

Vergebens kämpfte Joe Camber gegen seine Übelkeit an. Ihm kam alles hoch. Er konnte nur hilflos würgen. Es war völlig absurd, aber in diesem Augenblick dachte er wütend an Charity. Sie hatte ihre Reise angetreten, aber er konnte nicht reisen. Er konnte nicht reisen, weil jemand bei dem alten Gary Pervier Jack the Ripper gespielt hatte und –

– er musste die Polizei anrufen. Alles andere war jetzt unwichtig. Auch wenn Garys Augen gegen die dunkle Decke starrten und der Kupfergeruch seines Bluts sich mit dem widerlich süßen Aroma der Heckenkirschen mischte.

Er stand mühsam auf und taumelte zur Küche. Er merkte kaum, dass er laut stöhnte. Das Telefon hing in der Küche an der Wand. Er musste die Polizei anrufen, Sheriff Bannerman oder ...

Er blieb in der Tür stehen. Die Augen traten ihm fast aus dem Kopf. Im Kücheneingang lag ein Haufen Hundedreck ... und er sah an der Größe des Haufens, welcher Hund hier gewesen war.

»Cujo«, flüsterte er. »Oh, mein Gott, Cujo ist tollwütig geworden!«

Er glaubte, hinter sich ein Geräusch zu hören, und fuhr herum.

Die Haare standen ihm zu Berge. Nur Gary lag im Flur, derselbe Gary, der gestern Abend noch behauptet hatte, Joe könnte Cujo nicht einmal auf einen schreienden Nigger hetzen, Gary, dessen Kehle jetzt ein klaffendes, blutiges Loch war.

Er durfte nicht das geringste Risiko eingehen. Er rannte durch den Flur zurück, rutschte in Garys Blut aus und hinterließ eine lange Spur. Wieder stöhnte er auf, aber als er die schwere Innentür geschlossen hatte, fühlte er sich ein wenig besser.

Er ging in die Küche zurück, wobei er um Garys Leiche einen weiten Bogen machte, und schaute hinein, bereit, sofort die Tür zuzuschlagen, falls Cujo dort sein sollte. Wieder dachte er daran, wie tröstlich es wäre, jetzt eine Schrotflinte im Arm zu halten.

Die Küche war leer. Nur die Vorhänge bewegten sich im trägen Windhauch, der durch die geöffneten Fenster hereinzog. Es roch nach leeren Wodkaflaschen. Ein ekelhafter Geruch, aber immer noch besser als dieser ... dieser andere Geruch. Auf das verblichene gewölbte Linoleum zeichneten die Sonnenstrahlen regelmäßige Muster. Das früher weiße, jetzt von dem Fett mancher Junggesellenmahlzeit verunreinigte Telefon hing nach wie vor an der Wand, wenn das Gehäuse auch einen Sprung hatte, den Gary im Suff verursacht haben mochte.

Joe ging hinein und zog die Tür fest hinter sich zu. Er ging an die beiden geöffneten Fenster, aber er sah auf dem ungepflegten Hof nur die rostenden Leichen der beiden Wagen, die Gary vor dem Chrysler gehabt hatte. Vorsichtshalber schloss er die Fenster.

In der Küche war es drückend heiß, und er triefte vor Schweiß, als er an das Telefon trat. Das Telefonbuch hing an einer Hanfschlinge daneben. Das Loch für die Schlinge hatte Gary vor ungefähr einem Jahr mit Joes Stanzbohrer gemacht. Er war stockbesoffen gewesen und hatte lauthals verkündet, das sei ihm scheißegal.

Joe hob das Buch an und ließ es wieder fallen. Das Buch klatschte gegen die Wand. Seine Hände waren wie Blei. Im Mund hatte er noch den sauren Geschmack des Erbrochenen. Er nahm das Buch wieder hoch und öffnete es so ruckartig, dass fast der Einband abriss. Er hätte die Null oder 555-1212 wählen können, aber in seinem Zustand dachte er nicht daran.

Sein hastiger, pfeifender Atem, sein Herzklopfen und das Rascheln der Seiten überdeckten ein schwaches Geräusch hinter ihm: das leise Knarren der Kellertür, als Cujo sie mit der Nase aufstieß.

Nachdem er Garry Pervier getötet hatte, war er in den Keller gelaufen. Das Licht in der Küche war ihm zu hell gewesen, hatte ihn zu stark geblendet, und sein Gehirn, das sich langsam zersetzte, hatte die Schmerzen nicht ertragen. Die Kellertür war nur angelehnt gewesen, und er war unbeholfen die Stufen hinuntergelaufen, in die wohltuende kühle Dunkelheit hinein. Neben Garys altem Schuhschrank war er eingeschlafen, und der Luftzug vom offenen Fenster her hatte die Tür zugeweht, war aber nicht stark genug gewesen, sie ins Schloss fallen zu lassen.

Joes Stöhnen, die würgenden Geräusche, als er sich erbrach, das Poltern und Stampfen, als Joe durch den Flur rannte, um die Vordertür zu schließen, hatten ihn geweckt und mit ihm seine Schmerzen und seine dumpfe quälende Wut. Jetzt stand er hinter Joe in der Kellertür. Er hielt den Kopf gesenkt. Seine Augen waren fast scharlachrot. Sein gelb-braunes Fell war von geronnenem Blut und angetrocknetem Schlamm verklebt. Schaum lief ihm aus dem Maul, und er zeigte ständig die Zähne, weil seine Zunge angeschwollen war.

Joe hatte die Sektion Castle Rock gefunden und suchte unter C. Zitternd fuhren seine Finger über die Seite, bis er weiter unten die Behördennummern fand. Dort stand auch die des Sheriffs.

Er streckte einen Finger aus und wollte wählen. In diesem Augenblick fing Cujo an zu knurren.

Joe Camber war wie gelähmt. Das Telefonbuch glitt ihm aus den Fingern und schlug wieder gegen die Wand. Er drehte sich ganz langsam nach dem Geräusch um. Cujo stand in der Kellertür.

»Guter Hund«, flüsterte er heiser, und Speichel floss ihm über das Kinn.

Er konnte sein Wasser nicht mehr halten, und der scharfe Ammoniakgeruch traf Cujos Nase wie ein Schlag. Er sprang. Joe warf sich zur Seite. Seine Beine fühlten sich an wie Stelzen. Der Hund prallte so hart gegen die Wand, dass der Putz in einer weißen Wolke aus der Tapete stob. Der Hund knurrte nicht mehr. Er gab mahlende Laute von sich, Laute, die schrecklicher waren als jedes Bellen.

Joe ging rückwärts zur Hintertür. Seine Füße stießen gegen einen Küchenstuhl, und er riss die Arme hoch. Cujo ließ ihm keine Zeit, das Gleichgewicht wiederzugewinnen. Er stürzte sich auf ihn, eine blutbesudelte Mordmaschine, und der Schaum flog ihm aus dem Maul nach hinten. Er verströmte grünen Modergestank.

»Oh, mein Gott, lass mich los!«, kreischte Joe Camber.

Er dachte an Gary. Schützend hielt er sich eine Hand vor die Kehle und versuchte, mit der anderen Cujo abzuwehren. Cujo ließ kurz von ihm ab, das Maul wie zu einem humorlosen Grinsen verzerrt. Er fletschte die spitzen gelben Zähne. Dann griff er wieder an.

Diesmal schnappte er nach Joe Cambers Hoden.

»Heh, Junge, gehst du mit mir einkaufen und anschließend bei Mario essen?«

Tad stand auf. »Oh, ja. Gern.«

»Dann komm.«

Sie hatte ihre Tasche über die Schulter gehängt und trug Jeans und ein verblichenes blaues Hemd. Tad fand, dass sie sehr hübsch aussah. Er war erleichtert, dass er bei ihr keine Spuren von Tränen sah, denn wenn sie weinte, musste er auch weinen. Er wusste, dass nur Babys so etwas tun, aber er konnte nichts dafür.

Er war noch auf dem Weg zum Wagen, als sie schon hinter das Steuer glitt, und ihm fiel plötzlich ein, dass der Wagen einen Defekt hatte.

»Mommy?«

»Was ist denn? Steig ein.«

Aber er hielt sich ängstlich zurück. »Wenn das Auto nun stehen bleibt?«

»Stehen bleibt?« Sie sah ihn erstaunt an, und dann merkte er an ihrem bösen Gesichtsausdruck, dass sie völlig vergessen hatte, dass mit dem Wagen etwas nicht stimmte. Er hatte sie daran erinnert, und jetzt war sie wieder unglücklich. War das Auto nun schuld oder er? Er wusste es nicht, aber ein Schuldgefühl hatte er so oder so. Dann hellte sich ihr Gesicht auf, und sie lächelte das schiefe kleine Lächeln, das speziell für ihn reserviert war. Er fühlte sich besser.

»Wir fahren ja nur in die Stadt, Tadder. Wenn Moms alter blauer Schlitten den Geist aufgibt, müssen wir eben zwei Dollar riskieren und mit Castle Rocks einzigem Taxi wieder nach Hause fahren. Okay?«

»Okay«, sagte Tad. Er stieg ein und schaffte es sogar, die Tür zu schließen. Sie beobachtete ihn dabei genau, bereit, sofort einzugreifen. Tad nahm an, dass sie an das letzte Weihnachtsfest dachte. Da hatte er sich nämlich mit der Tür den Fuß eingeklemmt und musste einen Monat lang eine Bandage tragen. Aber damals war er noch ein Baby gewesen, und jetzt war er vier Jahre alt. Jetzt war er ein großer Junge. Das musste stimmen, denn das hatte sein Daddy ihm gesagt. Er lächelte seine Mutter an, um ihr zu zeigen, wie leicht er mit der Tür fertig geworden war, und sie lächelte zurück.

»Ist sie auch fest zu?«

»Fest«, sagte Tad, und sie öffnete die Tür und schlug sie noch einmal zu, denn Mommys glauben einem nie, außer man erzählt ihnen etwas Schlechtes. Zum Beispiel, dass man die Zuckertüte runtergeworfen hat, weil man die Erdnussbutter haben wollte. Oder dass man ein Fenster eingeworfen hat, weil man einen Stein über die Garage schleudern wollte.

»Schnall dich an«, sagte sie. »Wenn das Nadelventil, oder was es auch ist, nicht funktioniert, fängt der Wagen schrecklich an zu bocken.«

Ein wenig ängstlich legte er sein Geschirr an und befestigte den Sitzgurt. Er hoffte, dass sie keinen Unfall haben würden wie bei seinen Spielen mit den Autos. Aber noch viel mehr hoffte er, dass Mom nicht wieder weinte.

»Landeklappen?«, fragte sie und rückte eine unsichtbare Schutzbrille zurecht.

»Landeklappen klar«, sagte er grinsend. Dieses Spiel hatten sie schon oft gespielt.

»Startbahn frei?«

»Frei.«

»Wir starten.« Sie drehte den Zündschlüssel um und fuhr rückwärts die Auffahrt hinunter. Wenig später waren sie auf dem Weg in die Stadt.

Nach etwa einer Meile waren sie beide beruhigt. Bis dahin hatte Donna ganz steif am Steuer gesessen, und Tad war es auf dem Beifahrersitz nicht anders ergangen. Aber der Wagen lief so glatt, als sei er erst gestern vom Band gerollt.

Sie gingen zum Agway Market, und Donna kaufte für vierzig Dollar Lebensmittel. Die würden reichen, bis Vic in zehn Tagen wieder da war. Tad wollte unbedingt eine Packung Twinkles haben, und er hätte auch noch Cocoa Bears genommen, wenn Donna es erlaubt hätte. Von der Firma Sharp bekamen sie regelmäßig Sendungen, aber ihre Vorräte waren ihnen gerade ausgegangen.

Donna hatte alle Hände voll zu tun, aber in der Schlange vor der Kasse (Tad saß auf dem Kindersitz im Einkaufswagen und ließ lässig die Beine baumeln) hatte sie Zeit, einige bittere Überlegungen anzustellen. So viel Geld für die paar lausigen Lebensmittel. Es war nicht nur deprimierend, es war beängstigend. Und dieser Gedanke ließ sie an die entsetzliche Möglichkeit denken – *Wahrscheinlichkeit,* flüsterte ihr Verstand –, dass Vic und Roger tatsächlich den Sharp-Etat verlieren könnten und damit zugleich ihre Agentur aufgeben mussten. Wie sollten sie dann solche Preise bezahlen?

Sie sah, wie eine fette Frau mit einem gewaltigen Hintern in avocadofarbenen Hosen ihr Einkaufsbuch von der Fürsorge aus der Tasche kramte und wie die Kassiererin ihrer Kollegin an der Nachbarkasse einen vielsagenden Blick zuwarf. Sie wurde von einer leisen Panik ergriffen. Könnte es mit ihnen so weit kommen? Nein, natürlich nicht. Woher denn. Sie würden wieder nach New York gehen, sie würden ...

Die Art, wie sich ihre Gedanken jetzt überschlugen, gefiel ihr überhaupt nicht, und resolut fegte sie alles beiseite, bevor es zur Lawine wurde und sie erneut in Depressionen schleuderte. Das nächste Mal brauchte sie wenigstens keinen Kaffee zu kaufen, und die Rechnung würde um drei Dollar niedriger sein.

Sie rollte Tad und ihre Einkäufe zum Wagen hinaus, stellte die Taschen mit den Lebensmitteln nach hinten und setzte Tad auf den Beifahrersitz. Dann blieb sie stehen und passte auf, dass Tad die Tür auch richtig zuschlug. Sie hätte die Tür gern selbst zugeschlagen, aber das konnte sie ihm nicht antun. Er war doch ein großer Junge. Im letzten Dezember hätte sie fast einen Herzanfall gekriegt, als Tad sich den Fuß einklemmte. Wie er *geschrien* hatte! Sie wäre fast in Ohnmacht gefallen ... und dann war Vic barfuß und im Bademantel aus dem Haus gestürzt. Und Vic hatte die Situation bereinigt. Sie selbst war in solchen Fällen immer so hilflos. Er hatte nachgesehen, ob der Fuß gebrochen war, hatte sich angezogen und war mit ihnen zum Bridgton Hospital gefahren.

Als Tad und die Lebensmittel verstaut waren, setzte sie sich an das Steuer und ließ den Motor an. Jetzt bleibt er gleich stehen, dachte sie, aber gehorsam fuhr der Wagen die Straße hinauf zu Mario, wo man eine ausgezeichnete Pizza bestellen konnte, die allerdings den Kalorienbedarf für eine ganze Woche deckte. Das Parken gelang ihr einigermaßen. Der Wagen stand nur vierzig Zentimeter vom Bordstein entfernt. Sie nahm Tad aus dem Sitz und fühlte sich sehr viel besser als vorher. Vielleicht hatte Vic sich geirrt. Vielleicht war nur etwas Schmutz in der Benzinleitung gewesen, der sich inzwischen aufgelöst hatte. Sie hatte nicht viel Lust gehabt, zu Joe Cambers Werkstatt zu fahren. Sie lag zu weit draußen (Vic nannte es immer die Östliche Galoschenecke), und sie hatte sogar ein wenig Angst vor Camber gehabt, als sie ihn kennen lernte. Er war der typische Yankee-Hinterwäldler. Statt zu reden, grunzte er, und ständig machte er ein unfreundliches Gesicht. Und der Hund ... wie hieß er doch noch? Es hatte spanisch geklungen. Cujo, ja, er hieß Cujo. Genau denselben Namen hatte sich William Wolfe von der SLA zugelegt, obwohl

Donna sich nur schwer vorstellen konnte, dass Camber seinen Hund nach einem radikalen Bankräuber und Entführer genannt hatte. Sie bezweifelte, ob Joe Camber von der Symbionistischen Befreiungsarmee überhaupt je gehört hatte. Der Hund schien gutmütig zu sein, aber sie war doch nervös geworden, als Tad das Ungeheuer streichelte – ähnlich nervös war sie immer, wenn Tad die Tür selbst zuschlug. Cujo war groß genug, Tad in zwei Happen zu verschlingen.

Sie bestellte für Tad ein Sandwich, denn er mochte keine Pizza, und eine Käsepizza mit Pepperoni und Zwiebeln für sich selbst. Sie aßen an einem der Tische, von dem aus man die Straße überblicken konnte.

Mein Atem würde ein Pferd umhauen, dachte sie, aber das spielte keine Rolle. Sie hatte es fertig gebracht, sich ihrem Mann zu entfremden. Und dem Kerl, der sie in den letzten sechs Wochen besucht hatte.

Und wieder war sie deprimiert, und wieder wehrte sie sich dagegen ... aber ihre Waffen wurden allmählich stumpf.

Sie waren fast zu Hause, als es wieder losging.

Zuerst gab es einen kleinen Ruck. Dann einen größeren. Sie trat ein paar Mal kräftig auf das Gas. Das half manchmal.

»Mommy?«, fragte Tad erschrocken.

»Es wird gleich besser, Tad«, sagte sie. Aber es wurde nicht besser. Der Wagen ruckte so stark, dass sie nach vorn geschleudert wurden. Der Ruck war so heftig, dass sich die Sitzgurte strafften. Hinten fiel eine Tasche um, und Dosen und Flaschen purzelten durcheinander. Sie hörte etwas zerbrechen.

»Du verdammtes Scheißding!«, schrie sie außer sich vor Wut. Sie konnte ihr Haus am Rand des Hügels sehen, so nahe, dass es ein Hohn war, aber sie glaubte nicht, dass der Wagen es noch schaffen würde.

Ihr Aufschrei hatte Tad genauso erschreckt wie das plötzliche Stottern des Wagens, und er fing an zu weinen. Das raubte ihr endgültig die Fassung.

»Ruhe!«, kreischte sie ihn an. *»Um Gottes willen, Tad, sei ruhig!«*

Er weinte nur noch lauter, und seine Hand fuhr an die hintere Tasche, in der die Worte an die Ungeheuer steckten. Sie anzufassen, beruhigte ihn ein wenig. Nicht sehr, aber ein wenig.

Donna sah nur noch eine Möglichkeit: Sie musste anhalten. Sie steuerte den Wagen an den Straßenrand und hoffte, dass der Schwung noch reichte. Sie könnte die Einkäufe in Tads Karre zum Haus schaffen und dann überlegen, was mit dem Wagen geschehen sollte. Vielleicht ...

Gerade als die Räder über den Kies am Straßenrand knirschten, gab es zwei Fehlzündungen, und der Motor lief wieder gleichmäßig, wie sie es schon früher erlebt hatte. Wenig später schoss sie die Auffahrt zum Haus hoch und hielt an. Sie zog die Handbremse, stellte den Motor ab, beugte sich über das Lenkrad und fing an zu weinen.

»Mommy?«, sagte Tad kläglich. *Du sollst nicht mehr weinen*, hatte er hinzufügen wollen, aber ihm blieb die Stimme weg, und er sprach die Worte tonlos, als sei er stark erkältet. Er sah sie nur an. Er hätte sie so gern getröstet, aber er wusste nicht, wie. Sie zu trösten, war Daddys Job, nicht seiner, und plötzlich hasste er seinen Vater, weil er einfach weggefahren war. Tad war entsetzt, dass er sich darüber so aufregen konnte, und ohne jeden Grund sah er plötzlich die Schranktür sich öffnen und eine Dunkelheit aus ihr hervorquellen, die hässlich und bitter stank.

Endlich richtete Donna sich wieder auf. Sie hatte ein verweintes Gesicht. Sie nahm ein Tuch aus ihrer Handtasche und wischte sich die Augen. »Es tut mir Leid, Honey. Ich habe dich nicht angeschrien. Ich habe dies ... dies *Ding* hier angeschrien!« Sie schlug mit der Hand hart auf das Lenkrad. »Au!« Sie nahm die Hand an den Mund und lachte ein wenig. Es war kein glückliches Lachen.

»Er ist immer noch kaputt«, sagte Tad trübsinnig.

»Das glaube ich auch«, pflichtete sie ihm bei und wünschte sich nichts sehnlicher, als dass Vic hier wäre. »Wir wollen die Sachen ins Haus bringen. Wir haben wenigstens Proviant, Cisco.«

»Okay, Pancho«, sagte er. »Ich hole meinen Wagen.«

Er brachte das Gefährt, und Donna lud die drei Taschen ein, nachdem sie die eine neu gepackt hatte. Eine Flasche mit Ketchup war zerbrochen. Das hätte man sich fast denken können. Die Hälfte des Inhalts hatte sich auf dem rauchblauen Teppichboden verteilt. Es sah aus, als hätte jemand dort hinten Harakiri begangen. Das Gröbste würde sie wohl mit einem Schwamm wegbekommen, aber der Fleck würde noch zu sehen sein. Auch wenn sie ein Reinigungsmittel nahm, würde er nicht ganz weggehen.

Sie zog den Wagen zur Küchentür an der Seite des Hauses, während Tad schob. Sie packte die Sachen aus und überlegte gerade, ob sie nicht vor dem Einräumen das Ketchup aufwischen sollte, ehe es austrocknen konnte, als das Telefon klingelte. Tad rannte los wie ein Sprinter beim Startschuss. Er konnte schon sehr gut Telefongespräche entgegennehmen.

»Ja, wer ist da bitte?«

Er lauschte, grinste und reichte ihr den Hörer.

Wieder jemand, der sich zwei Stunden lang über nichts unterhalten will, dachte sie. Zu Tad sagte sie: »Weißt du, wer es ist, Honey?«

»Klar«, sagte er. »Es ist Daddy.«

Ihr Herz schlug schneller. Sie nahm den Hörer und sagte: »Hallo? Vic?«

»Hallo, Donna.« Es war seine Stimme, aber sie klang so reserviert ... so *vorsichtig.* Sie gab ihr ein Gefühl der Niedergeschlagenheit, und das hatte ihr zu allem anderen noch gefehlt.

»Ist alles in Ordnung?«, fragte sie.

»Aber ja.«

»Ich dachte, du würdest erst später anrufen. Wenn überhaupt.«

»Na ja, wir sind gleich zu den Leuten von Image-Eye gefahren. Sie haben die Spots mit dem Cornflake-Professor hergestellt. Und stell dir vor, sie können die verdammten Filme nicht finden. Roger reißt sich die Haare einzeln aus.«

»Ja«, sagte sie und nickte. »Er hat es nicht gern, wenn etwas seinen Plan durcheinander bringt, nicht wahr?«

»Das ist noch sehr gelinde ausgedrückt.« Er seufzte. »Da habe ich mir gedacht, solange sie suchen ...«

Er verlor den Faden, und ihre Niedergeschlagenheit, dieses unangenehme und doch so albern passive Gefühl verwandelte sich in ein aktives Gefühl der Angst. Vic verlor *nie* den Faden, nicht einmal, wenn etwas um ihn herum ihn ablenkte. Sie musste daran denken, wie er am Donnerstagabend ausgesehen hatte, so elend und völlig am Ende.

»Vic, ist *wirklich* alles in Ordnung?« Sie hörte das Entsetzen in ihrer Stimme und wusste, dass auch er es hören musste. Selbst Tad schaute von seinem Malbuch auf, das er auf dem Fußboden im Flur vor sich liegen hatte. Er hatte ganz große Augen und zog angestrengt seine kleine Stirn in Falten.

»Ja«, sagte er. »Ich wollte sagen, es ist besser, dich jetzt anzurufen, während sie hier herumwühlen. Heute Abend werde ich kaum Zeit haben. Wie geht es Tad?«

»Tad geht es ausgezeichnet.«

Sie lächelte zu Tad hinüber und zwinkerte ihm zu. Tad lächelte zurück, und seine Stirn glättete sich wieder. *Er hört sich so müde an, und ich will ihm die ganze Scheiße mit dem Wagen gar nicht erst erzählen,* dachte sie, und tat es dann doch.

Sie merkte, dass sich wieder das so vertraute jammernde Selbstmitleid in ihre Stimme schlich, und sie versuchte, es zurückzudrängen. Warum in aller Welt erzählte sie ihm das alles? Er hörte sich an, als stünde er kurz vor dem Zusammenbruch, und sie quasselte von ihrem Vergaser und einer zerbrochenen Flasche Ketchup.

»Ja, es sieht ganz so aus, als sei es das Nadelventil«, sagte Vic. Er sprach jetzt anders. Seine Stimme klang nicht ganz so deprimiert. Vielleicht, weil diese Kleinigkeit so unwichtig war, wenn er an die Probleme dachte, mit denen Roger und er zu kämpfen hatten. »Konnte Joe Camber das heute nicht machen?«

»Ich habe versucht, ihn zu erreichen, aber er war nicht zu Hause.«

»Wahrscheinlich war er doch da«, sagte Vic. »Er hat kein Telefon in der Werkstatt. Wenn jemand anruft, nehmen seine Frau oder sein Sohn gewöhnlich ab. Wahrscheinlich sind sie nicht im Haus.«

»Aber vielleicht ist er selbst auch nicht da ...«

»Gewiss«, sagte Vic. »Aber ich bezweifle es, Schatz. Wenn ein Mensch überhaupt Wurzeln schlagen kann, dann Joe Camber.«

»Ob ich einfach hinfahren sollte?«, fragte Donna unentschlossen. Sie dachte an den langen Weg über die 117 und über die Maple Sugar Road ... und dann hatte sie immer noch nicht die Straße erreicht, an der Camber sein Grundstück hatte und die so weit draußen lag, dass sie nicht einmal einen Namen hatte. Und wenn das Nadelventil ausgerechnet in dieser Einöde endgültig ausfiel?

»Nein, lieber nicht«, sagte Vic. »Er ist wahrscheinlich da ... außer wenn du ihn wirklich dringend brauchst. Dann ist er natürlich weg.« Seine Stimme klang unglücklich.

»Was soll ich dann tun?«

»Ruf den Fordhändler an und sag den Leuten, dass du abgeschleppt werden willst.«

»Aber ...«

»Nein, das musst du schon tun. Die zwanzig Meilen bis Norway – South Paris schaffst du bestimmt nicht mehr. Und wenn du den Leuten vorher die Situation erklärst, geben sie dir vielleicht einen Leihwagen.«

»Leihwagen ... Vic, ist das nicht teuer?«

»Ja«, sagte er.

Wieder dachte sie, dass es falsch war, ihn mit diesen Dingen zu belasten. Er traute ihr wahrscheinlich überhaupt nichts mehr zu ... außer dass sie sich von dem örtlichen Möbelrestaurator bumsen ließ. Darin war sie gut. Heiße, salzige Tränen stiegen ihr in die Augen. Es war teils Wut, teils Selbstmitleid. »Ich werde mich schon darum kümmern«, sagte sie und versuchte verzweifelt, normal zu sprechen. Sie lehnte sich mit einem Ellbogen gegen die Wand und hielt sich eine Hand vor die Augen. »Mach dir nur keine Sorgen.«

»Nun, ich – oh, Scheiße, Roger kommt. Von oben bis unten eingestaubt, aber sie haben die Filme gefunden. Gib mir noch schnell Tad an den Apparat.«

Wichtige Dinge blieben unausgesprochen. War es wieder gut? Glaubte er, dass alles wieder gut werden würde? Konnten sie noch einmal von vorn anfangen? Zu spät. Keine Zeit. Sie hatte die Zeit damit verschwendet, ihm wegen des Wagens in den Ohren zu liegen. Was für eine saudumme Kuh sie doch war.

»Gern«, sagte sie. »Er wird sich für uns beide verabschieden. Und ... Vic?«

»Was ist denn?« Seine Stimme klang jetzt ungeduldig. Er hatte keine Zeit mehr.

»Ich liebe dich«, sagte sie, und bevor er antworten konnte, fügte sie hinzu: »Hier ist Tad.« Sie reichte Tad den Hörer so schnell, dass sie ihm damit fast auf den Kopf schlug. Sie rannte durch das Haus zur vorderen Veranda, stolperte über ein Kissen und gab ihm einen Tritt, dass es durch das Zimmer segelte. Sie sah alles durch einen Tränenschleier.

Sie stand auf der Veranda und schaute auf die 117 hinaus. Sie presste die Ellbogen gegen den Körper, um sich wieder unter Kontrolle zu bekommen – Kontrolle, verdammt, *Kontrolle* –, und war erstaunt darüber, dass man solche entsetzlichen Schmerzen empfinden konnte, ohne dass einem körperlich etwas fehlte.

Hinter sich hörte sie Tads leise Stimme. Er erzählte seinem Vater von ihrem Besuch bei Mario und dass Mommy ihre Lieblingspizza gegessen hatte und dass der Wagen erst kurz vor dem Haus wieder gestottert hatte. Dann sagte er Vic, wie lieb er ihn habe. Dann hörte sie an dem leisen Geräusch, dass Tad aufgelegt hatte. Kontakt unterbrochen.

Kontrolle.

Schließlich hatte sie sich wieder im Griff. Sie ging zurück in die Küche und räumte die Sachen aus dem Supermarkt ein.

An diesem Nachmittag um Viertel nach drei stieg Charity Camber aus dem Greyhound-Bus. Brett kam hinterher. Nervös krampften sich ihre Finger um die Handtasche. Sie hatte plötzlich eine völlig irrationale Angst, dass sie Holly nicht wieder erkennen würde. Das Gesicht ihrer Schwester, das sie sonst immer wie ein Foto vor Augen hatte (Die Jüngere Schwester, Die Gut Geheiratet Hatte), war ihr auf geheimnisvolle Weise ganz entfallen, und wo ihr Bild hätte sein sollen, war ein leerer Fleck.

»Siehst du sie?«, fragte Brett, als sie ausgestiegen waren. Er sah sich auf dem Busbahnhof von Stratford nur interessiert um. In seinem Gesicht lag nicht die Spur von Angst.

»Ich muss mich doch erst mal umschauen«, sagte Charity scharf. »Wahrscheinlich wartet sie drüben in dem Café oder ...«

»Charity?«

Sie drehte sich um, und Holly stand vor ihr. Das Bild, das sie von ihr gehabt hatte, war sofort wieder da, aber es lag jetzt transparent über ihrem wirklichen Gesicht. Charitys erster Gedanke war: Holly trägt eine Brille. Wie komisch! Dann bemerkte sie entsetzt, dass Holly Falten hatte – nicht viele, aber es war ganz klar, was sie bedeuteten. Ihr dritter Gedanke war genau genommen eigentlich gar kein Gedanke. Er war ein Bild, klar und scharf wie ein gutes Foto: Holly, die in ihrer Unterwäsche und mit fliegenden Zöpfen bei dem alten Seltzer in den Teich sprang und sich dabei die Nase zukniff, damit es noch komischer aussah. *Damals hatte sie keine Brille,* dachte Charity, und ihr Herz krampfte sich zusammen.

Neben Holly standen ein etwa fünfjähriger Junge, der sie und Brett schüchtern ansah, und ein Mädchen, das zweieinhalb Jahre alt sein mochte. Man sah an der Kleidung des kleinen Mädchens, dass sie noch Windeln trug. Ihr Kinderwagen stand ein wenig abseits.

»Hallo, Holly«, sagte Charity so leise, dass es kaum zu hören war.

Die Falten waren noch nicht tief. Holly trug ein dunkelblaues Kleid der mittleren Preisklasse. Ihre Ohrringe waren entweder besonders schöner Modeschmuck oder sehr kleine Smaragde.

Eine kleine Pause entstand, und während dieser kurzen Zeitspanne empfand Charity eine so wilde und uneingeschränkte Freude, dass es ihr überhaupt nicht mehr darauf ankam, wie viel diese Reise gekostet hatte. Denn sie war jetzt *frei*, und auch ihr Sohn war frei. Hier stand ihre Schwester mit ihren Kindern. Es waren keine Bilder, es war die Wirklichkeit.

Halb lachend und halb weinend gingen die beiden Frauen aufeinander zu, erst zögernd, dann schneller. Sie umarmten sich. Brett rührte sich nicht vom Fleck. Das kleine Mädchen hielt sich am Kleid ihrer Mutter fest, vielleicht weil es Angst hatte. Vielleicht wollte es auch verhindern, dass seine Mutter zusammen mit der fremden Dame davonflog.

Der kleine Junge sah Brett eine Weile an und trat dann vor. Er trug Cordjeans und ein T-Shirt mit einem Bild Darth Vaders darauf.

»Du bist mein Cousin Brett«, sagte der Kleine.

»Ja.«

»Ich heiße Jim. Genau wie mein Vater.«

»Ja.«

»Du bist aus Maine«, sagte Jim. Hinter ihm unterhielten sich Charity und Holly sehr angeregt. Ständig unterbrachen sie sich gegenseitig und lachten darüber, dass sie es so eilig hatten, hier, auf diesem schmutzigen Busbahnhof südlich von Milford und nördlich von Bridgeport schon alles zu erzählen, was es zu erzählen gab.

»Ja, ich bin aus Maine«, sagte Brett.

»Du bist zehn.«

»Richtig.«

»Ich bin fünf.«

»So?«

»Ja. Aber ich bin stärker als du. Wumm!« Er schlug Brett in die Magengrube, dass dieser sich krümmte.

Brett schrie überrascht auf. Die beiden Frauen verstummten.

»Jimmy!«, rief Holly entsetzt, aber mit einer Art Resignation.

Brett richtete sich langsam wieder auf und sah, dass seine Mutter ihn gespannt beobachtete.

»Ja, du bist viel stärker als ich«, sagte er und lächelte.

Und alles war in schönster Ordnung. Das sah er am Gesicht seiner Mutter, und er freute sich.

Es war fünfzehn Uhr dreißig, und Donna hatte beschlossen, für Tad einen Babysitter zu besorgen und mit dem Wagen zu Camber zu fahren. Sie hatte wieder versucht, ihn telefonisch zu erreichen, und niemand hatte abgenommen. Wenn aber Camber nicht in seiner Werkstatt war, so hatte sie überlegt, würde er bald wieder zurück sein, vielleicht schon bevor sie selbst dort ankam ... immer angenommen, *dass* sie überhaupt ankam. Vic hatte ihr vor einer Woche gesagt, dass Camber ihr wahrscheinlich irgendeinen alten Schlitten leihen würde, wenn sich herausstellte, dass der Wagen über Nacht dort bleiben musste. Und das war für sie der entscheidende Punkt gewesen. Aber es wäre falsch gewesen, Tad mitzunehmen. Wenn sie mit dem Wagen liegen blieb, konnte sie per Anhalter zurückfahren, okay. Aber Tad wollte sie das nicht zumuten.

Tad aber hatte andere Vorstellungen.

Kurz nachdem er mit seinem Vater gesprochen hatte, war Tad auf sein Zimmer gegangen und hatte sich mit einem Stapel Bilderbücher auf seinem Bett ausgestreckt. Fünfzehn Minuten später war er eingeschlafen. Dann hatte er einen Traum gehabt, der eigentlich nicht ungewöhnlich war, der aber eine seltsame und erschreckende Macht über ihn gewann. Im Traum sah er einen großen Jungen, der einen Baseball hochwarf und ihn zu treffen versuchte. Zweimal, dreimal, viermal verfehlte er ihn. Beim fünften Versuch traf er den Ball ... und der mit Isolierband geflickte Schläger brach ab. Der Junge hielt den Griff einen Augenblick in der Hand (schwarzes Band flatterte daran), bückte sich und hob das dicke Ende des Schlägers auf. Er betrachtete es kurz, schüttelte ungehalten den Kopf und schleuderte es in das hohe Gras neben der Einfahrt. Dann drehte er sich um, und Tad sah plötzlich halb erschrocken und halb erfreut, dass er selbst der große Junge war. Im Alter von zehn oder elf Jahren. Ja, er war es. Tad war ganz sicher.

Dann war der Junge weg, und alles wurde grau. In diesem grauen Halbdunkel hörte er zwei Geräusche: das Quietschen der Ketten an einer Schaukel ... und das entfernte Quaken von Enten. Gleichzeitig mit diesen Geräuschen hatte er plötzlich das fürchterliche Gefühl, dass er nicht mehr atmen konnte, dass er erstickte. *Und ein Mann kam aus dem Nebel ... ein Mann, der einen schwarzen, glänzenden Regenmantel trug und ein Stoppschild in der Hand hatte. Er grinste, und seine Augen waren wie helle Silbertaler. Er hob eine Hand und zeigte auf Tad, und er sah voll Grauen, dass es keine Hand war, es waren* Knochen, *und das Gesicht unter der glänzenden Plastikkapuze war kein Gesicht. Es war ein Totenschädel. Es war –*

Er fuhr hoch und war schweißgebadet, und das kam nicht nur von der drückenden Hitze in seinem Zimmer. Auf seine Ellbogen gestützt, richtete er sich im Bett auf und atmete keuchend.

Klick.

Die Schranktür öffnete sich, und als sie sich öffnete, sah er etwas im Schrank, nur eine Sekunde lang, und dann rannte er, so schnell er konnte, an die Tür, die zum Flur führte. Er hatte es nur eine Sekunde lang gesehen, aber er wusste, dass es nicht Frank Dodd war, der Mann in dem schwarz glänzenden Regenmantel, der Mann, der die Damen umgebracht hatte. Nicht er. Etwas anderes. Etwas mit Augen so rot wie blutige Sonnenuntergänge.

Aber zu seiner Mutter konnte er über diese Dinge nicht reden. Deshalb konzentrierte er sich auf Debbie, die während der Abwesenheit seiner Mutter auf ihn aufpassen sollte.

Er *wollte* nicht bei Debbie bleiben. Debbie war immer so gemein zu ihm. Sie drehte den Plattenspieler zu laut auf, et cetera, et cetera. Als dies alles seine Mutter nicht beeindruckte, ließ Tad in Unheil kündendem Ton durchblicken, dass Debbie ihn vielleicht erschießen würde. Als Donna bei dem Gedanken, die fünfzehnjährige kurzsichtige Debbie Gehringer könnte jemanden erschießen, unbedacht loskicherte, fing Tad ganz elend an zu weinen und rannte in das Wohnzimmer. Er musste seiner Mutter sagen, dass Debbie vielleicht nicht stark genug war, das Ungeheuer im Schrank festzuhalten – dass es vielleicht herauskam, wenn es dunkel wurde und seine Mutter noch nicht zu Hause war. Es war vielleicht der Mann in dem schwarzen Regenmantel oder das wilde Tier.

Donna ging hinter ihm her. Es tat ihr Leid, dass sie gelacht hatte. Wie hatte sie nur so verständnislos sein können? Der Vater des Jungen war nicht da, und das war schlimm genug. Er wollte seine Mutter nicht einmal eine Stunde lang aus den Augen lassen. Und ...

Ist es nicht möglich, dass er ahnt, was zwischen Vic und mir vorgeht? Hat er vielleicht sogar etwas gehört?

Nein, das glaubte sie nicht. Das *konnte* sie nicht glauben. Es war nur der veränderte Tagesablauf.

Die Tür zum Wohnzimmer war geschlossen. Sie griff nach dem Knopf, zögerte und klopfte leise an. Sie bekam keine Antwort. Sie klopfte noch einmal, und als sich immer noch nichts regte, trat sie vorsichtig ein. Tad lag mit dem Gesicht nach unten auf der Couch und hatte sich eines der hinteren Kissen über den Kopf gelegt. Dies Verhalten legte er gewöhnlich nur bei größeren Unglücksfällen an den Tag.

»Tad?«

Keine Antwort.

»Es tut mir Leid, dass ich gelacht habe.«

Sein Gesicht lugte unter einer Ecke des dicken taubengrauen Sofakissens hervor. Er hatte Tränen im Gesicht. »Bitte, darf ich nicht mitkommen?«, fragte er. »Lass mich nicht bei Debbie bleiben, Mom.« Große Schauspielkunst, dachte sie. Große Schauspielkunst und ein krasser Fall von Nötigung. Das erkannte sie (oder glaubte sie zu erkennen), aber es war ihr unmöglich, streng mit ihm zu sein ... teils, weil sie selbst schon wieder den Tränen nahe war. In letzter Zeit schien immer irgendwo über dem Horizont ein Wolkenbruch zu drohen.

»Honey, du weißt doch, was mit dem Wagen war, als wir nach Hause fuhren. Mitten in der Galoschengegend könnte er plötzlich stehen bleiben, und wir würden ein Haus suchen müssen, um telefonieren zu können. Wir würden vielleicht sehr weit laufen müssen ...«

»Ich kann gut laufen.«

»Ich weiß. Aber du könntest Angst bekommen.«

Tad dachte an das Ding im Schrank und brüllte plötzlich so

laut er konnte: *»Ich werde keine Angst bekommen!«* Seine Hand war automatisch zur Tasche gezuckt, in der er die Worte an die Ungeheuer aufbewahrte.

»Schrei bitte nicht so laut. Das hört sich hässlich an.«

Er senkte die Stimme. »Ich werde keine Angst bekommen. Ich will nur mit dir gehen.«

Sie sah ihn ratlos an. Sie wusste, dass sie eigentlich Debbie Gehringer anrufen müsste. Sie fand, dass ihr vierjähriger Sohn sie schamlos manipulierte. Und wenn sie nachgab, tat sie es aus den falschen Gründen. *Es ist wie eine Kettenreaktion,* dachte sie hilflos, *die nirgends aufhört, und es wirft Probleme auf, von deren Existenz ich nicht einmal etwas ahnte. Oh, Gott, ich wünschte, ich wäre in Tahiti.*

Sie öffnete den Mund, um ihm ganz klar und ein für alle Mal zu sagen, dass sie Debbie Gehringer anrufen würde und dass die beiden Popcorn machen könnten, wenn er artig sei, und dass er andernfalls gleich nach dem Abendessen ins Bett müsse, und damit *basta*. Stattdessen sagte sie: »Okay, du kannst mitkommen. Aber wenn unser Auto es nicht schafft, müssen wir ein Haus suchen, damit wir anrufen und das Stadttaxi bestellen können. Und wenn wir gehen müssen, will ich keine Quengelei von dir hören, Tad Trenton.«

»Nein, ich werde nicht ...«

»Lass mich ausreden. Ich will nicht, dass du quengelst, und du brauchst mich auch nicht zu bitten, dich auf den Arm zu nehmen, denn das werde ich nicht tun. Haben wir uns verstanden?«

»Ja! Ja, natürlich.« Tad sprang vom Sofa und hatte allen Kummer vergessen.

»Fahren wir gleich?«

»Ja. Das heißt ... weißt du was? Ich mache uns ein paar Schnitten. Und in der Thermosflasche nehmen wir Milch mit.«

»Falls wir die ganze *Nacht* wegbleiben?« Tad war plötzlich wieder misstrauisch.

»Nein, Honey.« Sie lächelte und drückte ihn an sich. »Aber ich habe Mr Camber immer noch nicht am Telefon erreichen können. Daddy meint, das sei, weil er in der Werkstatt kein Telefon hat. Darum weiß er nicht, dass ich angerufen habe, und seine Frau und sein Sohn sind vielleicht nicht zu Hause. Deshalb ...«

»Er müsste aber in der Werkstatt ein Telefon haben«, sagte Tad. »Das ist *dumm* von ihm.«

»Sag ihm das lieber nicht«, sagte Donna rasch, und Tad schüttelte eifrig den Kopf. »Und wenn nun keiner da ist, könnten wir im Auto eine Kleinigkeit essen. Oder wir könnten uns auch auf seine Treppe setzen und warten, bis er wieder da ist.«

Tad klatschte in die Hände. »Prima! Prima! Darf ich meine Snoopy-Frühstücksdose mitnehmen?«

»Natürlich«, sagte Donna, die ihm kaum noch etwas abschlagen konnte.

Sie fand verschiedene Süßigkeiten im Küchenschrank (Donna waren sie allesamt ein Gräuel, aber Tad war ganz wild darauf). Sie wickelte ein paar Oliven und einige Gurkenscheiben in Folie und füllte Tads Thermosflasche mit Milch. Vics große Thermosflasche, die er immer auf seine Campingausflüge mitnahm, füllte sie nur halb.

Aus irgendeinem Grund beunruhigte sie der Anblick der Lebensmittel.

Sie schaute zum Telefon hinüber und überlegte, ob sie Joe Cambers Nummer noch einmal wählen sollte. Aber das schien ihr wenig sinnvoll, denn sie würden ja so oder so zu seiner Werkstatt fahren. Dann dachte sie daran, Tad zu fragen, ob sie nicht doch lieber Debbie Gehringer anrufen sollte, aber sie verwarf den Gedanken sofort – in dieser Angelegenheit hatte Tad sich völlig unmissverständlich geäußert.

Donna hätte nicht sagen können, warum, aber sie hatte plötzlich ein ungutes Gefühl. Sie sah sich in der Küche um, als erwartete sie hier Aufschluss über den Grund ihrer Unruhe. Sie bekam keinen.

»Gehen wir, Mom?«

»Ja«, sagte sie zerstreut. Neben dem Kühlschrank hing ein Notizblock an der Wand. Sie kritzelte eine Nachricht darauf: *Tad & ich bringen den Wagen in J. Cambers Werkstatt. Sind bald zurück.*

»Fertig, Tad?«

»Klar.« Er grinste. »Für wen schreibst du da was auf, Mom?«

»Oh, vielleicht kommt Joanie vorbei, um die Himbeeren zu bringen«, sagte sie vage. »Oder vielleicht Alison MacKenzie. Sie wollte mir ein paar Sachen von Amway und Avon zeigen.«

»Ach so.«

Donna fuhr ihm durch das Haar, und sie gingen zusammen nach draußen. Die Hitze traf sie wie ein Wattehammer. Wahrscheinlich lässt sich die Scheißkarre gar nicht mehr starten, dachte sie.

Sie ließ sich starten.

Es war fünfzehn Uhr fünfundvierzig.

Sie fuhren auf der Route 117 nach Osten, um die Maple Sugar Road zu erreichen, die etwa fünf Meilen außerhalb der Stadt lag. Der kleine Wagen benahm sich mustergültig, und wenn das Stottern und Rucken nach der Einkaufsfahrt nicht gewesen wäre, hätte Donna nicht gewusst, warum sie sich so aufgeregt hatte. Aber es *hatte* diesen Ärger gegeben, und deshalb saß sie auch jetzt wieder ganz steif hinter dem Lenkrad und fuhr nicht schneller als sechzig. Wenn ein Wagen hinter ihr auftauchte, fuhr sie ganz scharf rechts, und auf der Straße herrschte dichter Verkehr. Der sommerliche Touristen- und Urlauberstrom hatte eingesetzt. Der Wagen hatte keine Klimaanlage. Deshalb fuhren sie mit geöffneten Fenstern.

Ein Continental mit New Yorker Kennzeichen, der einen riesigen Campingwagen zog, überholte sie in einer unübersichtlichen Kurve, und der Fahrer hupte wie wild. Die Frau des Fahrers, ein fettes Weib mit dunkler Sonnenbrille, schaute Donna und Tad mit arroganter Verachtung an.

»Leck mich am Arsch!«, brüllte Donna und schnitt ihr eine Fratze. Die fette Dame wandte sich ganz schnell ab. Tad sah seine Mutter ein wenig nervös an, aber Donna lächelte. »Alles in Ordnung, Tad. Wir haben nichts falsch gemacht. Das waren Idioten von außerhalb.«

»Oh«, sagte Tad, der nicht so recht überzeugt war.

Hört, hört, dachte sie. Der große Yankee. Vic wäre stolz.

Sie musste über sich selbst lachen, denn wer von außerhalb nach Maine zugezogen war, galt bis an sein Lebensende als einer von außerhalb, und auf seinem Grabstein stand dann etwa dies: HARRY JONES, CASTLE CORNERS, MAINE (Ursprünglich aus Omaha, Nebraska).

Die meisten Touristen waren auf dem Weg zur 302, von der sie in östlicher Richtung nach Naples abbiegen konnten oder in westlicher nach Bridgton, Fryeburg und North Conway, New Hampshire, mit seinen Berghängen, verbilligten Vergnügungsparks und steuerfreien Restaurants. Zur 302 wollten Donna und Tad nicht.

Von ihrem Haus aus hatten sie Ausblick auf einen guten Teil von Castle Rock und auf den wunderschönen öffentlichen Park, aber kaum fünf Meilen von ihrer Haustür entfernt reichte der Wald von beiden Seiten bis an die Straße heran. Gelegentlich trat er ein wenig zurück, und sie sahen ein Grundstück mit einem Haus oder einem Campingwagen darauf. Je weiter sie hinausfuhren, umso ärmlicher wurden die Häuser. Ihr Vater hatte solche Hütten immer »irische Schuppen« genannt. Die Sonne strahlte hell, und sie hatten noch vier Stunden Tageslicht vor sich, aber der Verkehr wurde weniger, und das beunruhigte Donna. Hier auf der 117 war es noch nicht so schlimm, aber wenn sie erst von der Hauptstraße abbogen –

An der Abzweigung sahen sie ein Holzschild, auf dem in verblichenen, fast unleserlichen Buchstaben MAPLE SUGAR ROAD stand. Es war ziemlich zersplittert, denn Kinder hatten mit Kleinkalibergewehren und Luftbüchsen darauf geschossen. Die Straße war zweispurig und hatte eine holprige und vom Frost gewölbte Asphaltdecke. Sie führte an zwei oder drei hübschen Häusern vorbei und an zwei oder drei nicht so hübschen. Auf dem nächsten Grundstück stand auf einem zerbröckelnden Betonfundament ein schäbiger alter Road-King-Campingwagen. Um den Wagen herum wuchs dichtes Unkraut. Donna sah billiges Plastikspielzeug im Gras liegen. An einem Baum vor der Einfahrt war ein

Schild angenagelt: JUNGE KATZEN ZU VERSCHENKEN. Ein dickbäuchiger, etwa zweijähriger Junge stand in der Einfahrt, und eine völlig durchnässte Windel hing zwischen seinen Beinen herab. Er stand mit offenem Mund da und bohrte mit einem Finger in der Nase, während er sich mit einem anderen am Nabel kratzte. Als Donna ihn sah, bekam sie eine Gänsehaut.

Hör auf! Mein Gott, was ist denn los mit dir?

Wieder trat der Wald bis an die Straße heran. Ein alter Ford Fairlane mit rostroter Grundierung auf der Kühlerhaube und um die Scheinwerfer herum kam ihnen entgegen. Ein junger Mann mit langer Mähne saß lässig am Steuer. Er trug kein Hemd. Er fuhr fast hundertdreißig. Donna zuckte zusammen. Sonst war die Straße leer.

Die Maple Sugar Road stieg stetig an, und wenn sie gelegentlich an einem Feld oder größeren Garten vorbeifuhren, hatten sie einen atemberaubenden Ausblick über das westliche Maine in Richtung Bridgton und Fryeburg. Wie der Saphirschmuck einer ungeheuer reichen Frau glitzerte der Long Lake in der Ferne.

Wieder stieg die Straße an, und sie fuhren einen dieser ausgewachsenen Hügel hinauf. Die Straße war (wie im Prospekt angegeben) von Ahornbäumen gesäumt, die offensichtlich unter der Hitze litten. Und ausgerechnet jetzt streikte der Wagen und fing wieder an zu bocken. Donna stockte der Atem, und sie dachte: *weiter, weiter, weiter, du elendes kleines Ding!*

Tad rutschte unruhig auf seinem Sitz hin und her und umklammerte seine Snoopy-Frühstücksdose fester.

Sie tippte leicht auf das Gas, und wie ein unartikuliertes Gebet wiederholte sie in Gedanken die Worte: *weiter, weiter, weiter.*

»Mommy, ist er ...«

»Sei ruhig, Tad.«

Das Rucken wurde schlimmer. Sie trat das Gaspedal hart durch – der Wagen machte einen Satz, und der Motor lief wieder normal.

»Hurra!«, schrie Tad plötzlich so laut, dass sie zusammenfuhr.

»Wir sind noch nicht da, Tadder.«

Eine Meile weiter bogen sie in die Straße Nummer 3 ein. Donna triumphierte. Soweit sie sich erinnerte, waren es von hier nur noch ungefähr anderthalb Meilen bis zu Cambers Werkstatt. Wenn sie hier liegen blieben, konnten Tad und sie den Rest zu Fuß schaffen.

Sie kamen an einem verfallenen Haus vorbei, in dessen Einfahrt ein Kombi und ein großer weißer Wagen standen. Im Rückspiegel sah Donna die wild wuchernden Heckenkirschen an der Südseite des Hauses, und ihr Wagen tuckerte jetzt einen langen steilen Hang hinauf.

Auf halber Höhe fing er wieder an zu bocken, diesmal schlimmer als je zuvor.

»Kommen wir noch hoch, Mommy?«

»Ja«, sagte sie verbissen.

Die Tachonadel ging von fünfundsechzig auf fünfzig zurück. Sie schaltete in einen niedrigeren Gang und hoffte vage, dass es helfen würde. Aber jetzt spielte der Wagen erst recht verrückt. Eine Salve von Fehlzündungen knallte aus dem Auspuff, und Tad schrie entsetzt auf.

Der Wagen fuhr jetzt fast im Schritttempo, aber sie konnten Cambers Haus schon sehen und die rote Scheune, die ihm als Werkstatt diente.

Den Gashebel ganz durchzutreten, hatte schon einmal geholfen, und sie tat es auch jetzt. Eine Weile lief der Motor einwandfrei. Die Nadel kroch von fünfundzwanzig auf dreißig. Dann wieder ein Rütteln. Donna trat auf das Gas, aber diesmal blieb der Motor stehen. Das Idiotenlicht am Armaturenbrett blitzte auf und zeigte an, dass der Motor aussetzte.

Aber das war jetzt unwichtig, denn der Wagen hatte eben Cambers Briefkasten passiert. Sie hatten es geschafft. Am Deckel des Briefkastens hing ein Paket, auf dem sie im Vorbeifahren deutlich den Absender lesen konnte: J. C. Whitney & Co.

Diese Information registrierte ihr Gehirn direkt, aber ihre unmittelbare Aufmerksamkeit war darauf gerichtet, den Wagen in die Einfahrt hineinzubugsieren. *Da kann er ruhig stehen bleiben*, dachte sie. *Dann muss er ihn gleich reparieren, damit die Einfahrt frei wird.*

Die Einfahrt lag ein wenig hinter dem Haus. Wenn hier ein Anstieg gewesen wäre, wie bei den Trentons, hätte der Wagen es nicht mehr geschafft. Aber nach einer kurzen Steigung verlief der Weg entweder eben oder leicht abfallend bis zu der großen Scheune.

Donna nahm den Gang raus, und der Wagen kam vor den großen, halb geöffneten Schiebetoren der Scheune zum Stehen. Als sie den Fuß vom Gas nahm, um auf die Bremse zu treten, ging noch einmal ein schwacher Ruck durch den Motor. Das Licht zuckte wie langsamer Pulsschlag und leuchtete dann hell auf. Der Wagen stand.

Tad sah Donna an.

Sie grinste. »Tad, alter Junge«, sagte sie, »wir sind da.«

»Ja«, sagte er. »Aber ist auch jemand zu Hause?«

Neben der Scheune parkte ein grüner Lieferwagen. Der gehörte Camber. Es war nicht etwa der Wagen eines Kunden. Aber in der Werkstatt brannte kein Licht. Sie verrenkte sich den Hals, um zu sehen, ob auch im Haus keines brannte. Außerdem hatte ein Paket am Briefkasten gehangen.

Der Absender des Pakets hatte J. C. Whitney & Co gelautet. Sie kannte die Firma. Ihr Bruder hatte als Teenager immer den Katalog mit der Post bekommen. Sie handelte mit Autoersatzteilen und Zubehör. Es war die natürlichste Sache der Welt, dass Joe Camber von J. C. Whitney ein Paket bekam. Aber wenn er hier wäre, hätte er es doch bestimmt schon geholt.

Niemand zu Hause, dachte sie mutlos und empfand Vic gegenüber eine leichte Verärgerung. *Er ist immer zu Hause, natürlich, wenn er könnte, würde er in seiner Werkstatt Wurzeln schlagen, natürlich ist er zu Hause, außer wenn ich ihn brauche.*

»Na, wir sehen mal nach«, sagte sie und öffnete die Tür.

»Ich kriege meinen Gurt nicht auf«, sagte Tad und fummelte vergebens an der Auslösung.

»Okay, fang nicht gleich an zu toben, Tad. Ich komme herum und helfe dir.«

Sie stieg aus, schlug die Tür zu und wollte um den Motor herum an die andere Seite gehen, um Tad aus seinem Geschirr zu helfen. Falls Camber hier war, würde er wohl inzwischen herauskommen, um zu sehen, wer ihn besuchte. Irgendwie gefiel es ihr nicht, dass sie unangemeldet hier aufgetaucht war. Wahrscheinlich war es albern, aber seit der hässlichen und beängstigenden Szene mit Steve Kemp in ihrer Küche hatte sie immer klarer erkannt, was es hieß, als Frau schutzlos zu sein. Nicht einmal als Sechzehnjährige, als ihre Eltern ihr zum ersten Mal erlaubten, sich mit einem Jungen zu treffen, hatte sie das so deutlich empfunden.

Sofort fiel ihr die Stille auf. Es war heiß und so ruhig, dass sie nervös wurde. Es gab natürlich Geräusche, aber selbst nach einigen Jahren in Castle Rock hatten sich ihre Ohren bestenfalls von »Großstadtohren« in »Kleinstadtohren« verwandelt. Sie waren durchaus keine »Landohren« ... und hier war sie wirklich auf dem Lande.

Sie hörte Vögel zwitschern, und von den Feldern her, die sich über den Hügel erstreckten, den sie eben hinaufgefahren waren, hörte sie den raueren Gesang einer Krähe. Ein leiser Windhauch bewegte die Luft, und das Laub der Eichen an der Einfahrt warf unruhige Schattenmuster auf den Sand. Aber kein einziger Automotor war zu hören. Nicht einmal das ferne Brummen eines Traktors oder einer Ballenpressmaschine. Großstadtohren und Kleinstadtohren sind mehr auf von Menschen verursachte Geräusche eingestellt; die Laute der Natur werden durch ein Netz selektiver Wahrnehmung ausgeblendet. Das völlige Fehlen mechanischer Geräusche beunruhigt.

Wenn er in der Scheune arbeitet, müsste ich ihn doch hören, dachte Donna, aber die einzigen Geräusche, die sie registrierte, waren das Knirschen ihrer Schritte auf dem Kies der Einfahrt und das leise Summen eines Transformators an irgendeiner Stromleitung.

Sie war schon vorne und wollte auf die andere Seite des Wagens gehen, als sie ein neues Geräusch hörte. Ein leises dumpfes Knurren.

Sie blieb wie angewurzelt stehen und hob den Kopf, um festzustellen, woher das Geräusch kam. Das gelang ihr nicht gleich, und sie war plötzlich entsetzt, nicht über das Geräusch selbst, sondern weil sie die Richtung nicht ermitteln konnte, aus der es kam. Es war nirgends. Es war überall. Und dann schaltete sich ein inneres Radar – vielleicht ihre innere Überlebensausrüstung – voll ein, und sie wusste, dass das Knurren aus der Werkstatt kam.

»Mommy?« Tad schob den Kopf, so weit wie sein Geschirr es erlaubte, aus dem offenen Fenster. »Ich kann diesen verdammten alten ...«

»Pssst!«

(Knurren)

Sie trat vorsichtig einen Schritt zurück und stützte die rechte Hand leicht auf die flache Motorhaube. Ihre Nerven waren wie dünne Drahtfäden. Es war keine Panik. Es war ein Zustand höchster Wachsamkeit. Sie dachte: *Früher hat er nicht geknurrt.*

Cujo kam aus Joe Cambers Werkstatt. Donna starrte ihn an. Ihr Atem kam zu einem absoluten Stillstand. Es war derselbe Hund. Es war Cujo. Aber –

Aber oh mein

(oh mein Gott)

Die Augen des Hundes sahen sie an. Sie waren rot und entzündet. Eine zähe Flüssigkeit leckte heraus. Der Hund schien Gummitränen zu weinen. Sein gelb-braunes Fell war von getrocknetem Schlamm bedeckt. Und von –

Blut?

(es ist Blut oh mein Gott)

Sie konnte sich nicht mehr bewegen. Nicht mehr atmen. Ihre Lungen waren wie tot. Sie hatte gehört, dass man vor Angst gelähmt sein konnte, aber sie hatte nicht gewusst, dass es eine so totale Lähmung sein würde. Zwischen ihrem Gehirn und ihren Beinen gab es keine Verbindung mehr. Die gewundenen grauen Fasern, die durch ihre Wirbelsäule liefen, hatten alle Signale blockiert. Ihre Hände waren Fleischklumpen südlich ihrer Handgelenke und hatten kein Gefühl. Ihr lief der Urin. Sie merkte es nicht. Vage empfand sie nur eine Wärme.

Und der Hund schien es zu wissen. Seine schrecklichen intelligenzlosen Augen bohrten sich in Donnas weit aufgerissene graue

Augen. Langsam, fast träge, lief er ein paar Schritte vorwärts. Jetzt stand er am Eingang der Werkstatt. Jetzt stand er in einer Entfernung von sieben oder acht Metern auf dem Kies. Er hatte keine Sekunde aufgehört zu knurren. Es war ein tiefer, schnurrender Laut, beruhigend noch in seiner Bedrohlichkeit. Aus Cujos Maul tropfte Schaum. Und sie konnte sich nicht bewegen. Nicht einen Zentimeter.

Dann sah Tad den Hund, erkannte die blutigen Streifen in seinem Fell und kreischte – ein hoher, durchdringender Laut, der Cujos Blick von Donna ablenkte. Und das schien sie aus ihrer Erstarrung zu lösen.

Wie eine Betrunkene drehte sie sich um ihre eigene Achse und stieß hart mit dem Bein gegen den Kotflügel ihres Wagens. Cujos Knurren wurde zu einem Wutgebrüll, und er sprang auf sie los. Sie rutschte im lockeren Kies aus und stürzte nur deshalb nicht, weil ihr Arm auf die Motorhaube schlug. Sie hatte sich den Ellbogen gestoßen und schrie vor Schmerz.

Die Wagentür war geschlossen. Sie hatte sie beim Aussteigen automatisch zugeschlagen. Der verchromte Knopf unter dem Griff blendete sie plötzlich. *Ich werde es nie schaffen, die Tür zu öffnen und einzusteigen und sie wieder zu schließen,* dachte sie. Und der beklemmende Gedanke, dass sie jetzt vielleicht sterben musste, stieg in ihr auf. *Nicht genug Zeit. Ich schaffe es nicht.*

Sie riss die Tür auf. Sie hörte ihren Atem wie ein Schluchzen. Tad schrie wieder, gellend und mit überschnappender Stimme.

Sie fiel fast in den Fahrersitz. Sie sah Cujo heranjagen, die Muskeln zum Sprung gespannt, und mit diesem Sprung würden seine zweihundert Pfund direkt auf ihrem Schoß landen.

Mit beiden Händen schlug sie die Tür zu und drückte dabei mit der Schulter auf die Hupe. Sie hatte es gerade noch geschafft. Sekundenbruchteile nachdem sie die Tür zugeschlagen hatte, gab es einen schweren Aufprall, als hätte jemand mit einem dicken Stück Holz gegen das Blech geschlagen. Das wütende Gebell des Hundes war wie abgeschnitten, und es war still.

Er ist bewusstlos, dachte sie hysterisch. *Gott sei Dank –*

Und einen Augenblick später erschien Cujos schaumbedecktes, wutverzerrtes Gesicht an ihrem Fenster, nur einige Zentimeter entfernt, wie das Ungeheuer in einem Horror-Film, das die Zuschauer zu äußerstem Entsetzen treibt, indem es aus der Leinwand hervorspringt. Sie sah seine gewaltigen Zähne. Und wieder hatte sie das grauenhafte Gefühl, dass der Hund *sie* ansah, nicht irgendeine Frau, die zufällig mit ihrem kleinen Jungen in einem Auto in der Falle saß, sondern *Donna Trenton,* als hätte er schon lange auf sie gewartet.

Cujo fing wieder an zu bellen. Selbst durch das Sicherheitsglas hörte es sich unglaublich laut an. Ein Glück, dass sie das Fenster hochgedreht hatte, als sie anhielt. Sonst säße sie hier jetzt ohne Kehlkopf (Das hatte ihr Vater ihr schon eingeschärft: Anhalten, Fenster hochdrehen, Bremse feststellen, Schlüssel abziehen, Wagen abschließen.), und ihr Blut würde am Lenkrad, am Armaturenbrett und an der Windschutzscheibe kleben. Und diese eine Handlung hatte das verhindert. Eine Handlung, die so automatisch erfolgt war, dass sie sich nicht einmal daran erinnern konnte.

Sie schrie.

Das grässliche Hundegesicht verschwand von ihrem Fenster.

Sie dachte an Tad und drehte sich zu ihm um. Als sie ihn ansah, wurde sie von neuer Angst gepackt. Er war nicht in Ohnmacht gefallen, aber er war auch nicht richtig bei Bewusstsein. Er war nach hinten gegen die Sitzlehne gesunken, und seine Augen blickten ins Leere. Sein Gesicht war kalkweiß, und seine Lippen waren an den Mundwinkeln blau angelaufen.

»Tad!« Sie schnippte mit den Fingern vor seiner Nase, und er blinzelte träge bei dem schnalzenden Geräusch. »Tad!«

»Mommy«, sagte er mit belegter Stimme. »Wie ist das Ungeheuer aus meinem Schrank gekommen? Ist das ein Traum? Schlafe ich?«

»Es wird alles wieder gut«, sagte sie, aber sie war dennoch verstört von dem, was er über den Schrank gesagt hatte. »Es ist ...«

Sie sah den Schwanz des Hundes und seinen breiten Rücken hinter der Haube des Wagens. Er ging zu Tads Seite hinüber –

Und Tads Fenster war nicht geschlossen.

Sie hechtete über Tad hinweg und bewegte sich so verkrampft, dass sie ihre Finger an der Fensterkurbel aufschlug. Sie drehte, so schnell sie konnte, und fühlte Tad unter sich zappeln.

Das Fenster war schon fast oben, als Cujo gegen die Scheibe sprang. Sein Maul fuhr in den noch offenen Spalt und wurde durch die Scheibe nach oben gedrückt. Sein lautes Gebell füllte den kleinen Wagen. Wieder schrie Tad und hielt die Arme vor die Augen.

Er versteckte seinen Kopf auf Donnas Schoß und behinderte sie beim Drehen.

Momma! Mommal Momma! Mach, dass er aufhört! Mach, dass er weggeht!

Etwas Warmes lief ihr über den Handrücken. Mit steigendem Entsetzen sah sie, dass es eine Mischung aus Schleim und Blut war, die aus dem Maul des Hundes kam. Mit aller Kraft schaffte sie noch eine viertel Umdrehung ... dann zog Cujo seine Schnauze aus dem Spalt. Sie sah noch kurz sein Gesicht, verzerrt und böse, die wahnsinnige Karikatur eines gutmütigen Bernhardiners. Dann ließ er sich auf alle viere fallen, und sie sah nur noch seinen Rücken.

Jetzt ließ sich die Kurbel leicht drehen. Sie schloss das Fenster ganz und wischte sich den Handrücken an ihren Jeans ab. Dabei stieß sie leise, nervöse Schreie aus.

(oh du Heilige Mutter Gottes)

Tad befand sich wieder in diesem betäubten Zustand halber Bewusstlosigkeit. Als sie diesmal wieder vor seinem Gesicht mit den Fingern schnippte, zeigte er keine Reaktion.

Oh, Gott, davon wird er Komplexe bekommen. Bestimmt. Oh, mein kleiner Tad, hätte ich dich nur bei Debbie zu Hause gelassen.

Sie nahm ihn bei den Schultern und schüttelte ihn leicht hin und her.

»Schlafe ich?«, fragte er wieder.

»Nein«, sagte sie. Er stöhnte – ein leises, schmerzliches Geräusch, das ihr ans Herz griff. »Nein, aber es ist alles in Ordnung. Tad? Es ist okay. Der Hund kann nicht reinkommen. Die Fenster sind zu. Er kann nicht reinkommen. Er kann uns nicht kriegen.«

Das verstand Tad, und seine Augen wurden ein wenig klarer. »Dann lass uns nach Hause fahren, Mommy. Ich will hier nicht bleiben.«

»Ja. Ja, wir werden ...«

Wie ein großes gelbbraunes Projektil sprang Cujo auf die Motorhaube des Wagens und auf die Windschutzscheibe zu. Tad stieß noch einen Schrei aus. Seine Augen traten aus den Höhlen, und mit seinen kleinen Händen griff er sich so heftig an die Wangen, dass kleine rote Stellen zurückblieben.

»Er kann uns nicht kriegen!«, schrie Donna ihn an. »Hörst du mich? Er kann nicht in den Wagen rein, Tad!«

Cujo schlug mit einem dumpfen Laut gegen die Windschutzscheibe und prallte zurück. Kratzend suchte er auf der Motorhaube Halt. Dann sprang er ein zweites Mal.

»Ich will nach Hause!«, schrie Tad.

»Halt dich an mir fest, Tadder, und mach dir keine Sorgen.«

Wie verrückt sich das anhörte ... aber was hätte sie sonst sagen sollen?

Tad presste das Gesicht an ihre Brust, als Cujo wieder gegen die Windschutzscheibe schlug. Geifer verschmierte das Glas, als er versuchte hineinzubeißen. Mit seinen trüben Augen sah er Donna an. Ich werde dich in Stücke reißen, sagten diese Augen. Dich und auch den Jungen. Sobald ich weiß, wie ich in diese Blechdose hineinkomme, werde ich euch bei lebendigem Leibe fressen. Ich werde euch stückweise verschlingen, während ihr noch schreit.

Tollwütig, dachte sie. *Der Hund ist tollwütig.*

Ihre Angst wuchs, und sie sah an dem Hund vorbei zu Joe Cambers geparktem Lieferwagen hinüber. Hatte der Hund ihn gebissen?

Sie drückte auf den Knopf, und die Hupe schmetterte einen gellenden Ton. Der Hund schnellte zurück und wäre fast von der Motorhaube gerutscht. »Das gefällt dir wohl nicht, was?«, schrie sie triumphierend. »Tut dir in den Ohren weh, was?« Wieder schlug sie auf die Hupe.

Cujo sprang von der Haube.

»Mommy, *bitte,* lass uns nach Hause fahren.«

Sie schaltete auf Zündung. Der Motor drehte und drehte und drehte ... aber er sprang nicht an. Endlich schaltete sie wieder aus.

»Honey, wir können noch nicht fahren. Der Verga –«

»Doch! Doch! Jetzt! *Jetzt sofort!*«

In ihrem Kopf fing es an zu pochen. Rasende, hämmernde Schmerzen, genau im Rhythmus ihres Pulsschlags.

»Hör zu, Tad. Der Wagen will nicht anspringen. Es ist dieses Nadelventil. Wir müssen warten, bis der Motor abgekühlt ist. Ich glaube, dann wird es gehen. Dann können wir wegfahren.«

Wir müssen nur wieder auf die Straße zurück, dass der Wagen bergab fahren kann. Wenn der Motor dann stehen bleibt, ist es nicht schlimm. Wir können den Wagen rollen lassen. Wenn ich es vernünftig anstelle, schaffen wir es auch ohne Motor bis zur Maple Sugar Road ... oder ...

Sie dachte an das Haus unten am Hügel, das mit den wild wuchernden Heckenkirschen. Dort waren Leute. Sie hatte Autos gesehen.

Leute!

Sie fing wieder an zu hupen. Dreimal kurz, dreimal lang, dreimal kurz, immer und immer wieder. Es war das Einzige, was sie aus ihrer Pfadfinderinnenzeit noch vom Morsen wusste. Sie würden es hören. Selbst wenn sie die Botschaft nicht verstanden, würden sie heraufkommen, um zu sehen, wer auf Joe Cambers Grundstück diesen Lärm veranstaltete – und warum.

Wo war der Hund? Sie sah ihn nicht mehr. Aber das war gleichgültig. Im Wagen waren sie vor ihm in Sicherheit, und bald würde Hilfe kommen.

»Es wird noch alles gut«, beruhigte sie Tad. »Wart's nur ab.«

Die Image-Eye Studios hatten ihre Geschäftsräume in einem schmutzigen Backsteingebäude in Cambridge. Die Büroräume befanden sich im vierten Stock, zwei Studios im fünften, und im sechsten und letzten Stock gab es einen unzureichend klimatisierten Vorführraum, der so klein war, dass er nur sechzehn Sitzplätze hatte.

An jenem frühen Montagabend saßen Vic Trenton und Roger Breakstone in der dritten Stuhlreihe des Vorführraums. Sie hatten ihre Jacketts ausgezogen und die Krawatten gelockert. Sie hatten sich alle Werbe-Spots mit dem Cornflake-Professor von Sharp fünfmal angesehen. Es gab insgesamt genau zwanzig. Von den zwanzig betrafen drei die berüchtigten roten Himbeerflakes.

Die letzte Rolle mit sechs Spots war vor einer halben Stunde gelaufen, und der Vorführer hatte sich verabschiedet und war gegangen, um seinen Abendjob anzutreten. Er musste im Orson-Welles-Kino Filme vorführen. Fünfzehn Minuten später hatte ihnen Rob Martin, der Präsident vom Image-Eye, mürrisch eine gute Nacht gewünscht und ihnen eröffnet, er würde morgen und am Mittwoch den ganzen Tag zur Verfügung stehen, falls sie ihn brauchten. Was er nicht aussprach, aber alle drei dachten: nur wenn Ihnen etwas einfällt, über das es sich zu reden lohnt.

Für seine schlechte Laune hatte Rob allen Grund. Er war Vietnamveteran und hatte in der Tet-Offensive ein Bein verloren. Ende 1970 hatte er mit seiner Entschädigung und mit beträchtlicher Unterstützung von Seiten seiner Schwiegereltern die I-E Studios eröffnet. Er hatte seitdem immer kämpfen müssen, und Image-Eye hatte von dem reich gedeckten Medientisch, an dem die größeren Bostoner Studios tafelten, nur die Brosamen erhascht. Vic und Roger hatten sich für ihn entschieden, weil er sie in gewisser Weise an ihr eigenes Schicksal erinnerte – auch sie hatten es nicht leicht gehabt, einigermaßen klarzukommen. Natürlich herrschten in Boston nicht ganz so raue Sitten wie in New York.

Während der letzten sechzehn Monate war es mit Image-Eye bergauf gegangen. Rob war es allein aufgrund der Tatsache, dass sein Studio die Sharp-Spots herstellte, gelungen, einige größere Aufträge an Land zu ziehen, und zum ersten Mal hatte der Laden eine solide Basis gehabt. Aber seit dem Fiasko mit den roten Himbeerflakes hatten zwei Kunden ihre Verträge mit I-E aufgekündigt, und wenn Ad Worx den Sharp-Etat verlor, würde Rob außer Sharp mit Sicherheit noch weitere Kunden loswerden. Daher seine Wut und daher auch seine Angst ... Emotionen, die Vic nur allzu gut verstand.

Sie hatten fast fünf Minuten schweigend dagesessen und geraucht, als Roger leise sagte: »Es ist doch zum Kotzen, Vic. Ich sehe den Kerl da an seinem Tisch sitzen, als ob er kein Wässerchen trüben könnte, und dann frisst er einen großen Löffel von den Flakes mit der verdammten Farbe drin und sagt: ›Nein, hier ist nichts verkehrt‹. Das schlägt mir ganz einfach auf den Magen. Ich bin froh, dass der Vorführer gegangen ist. Wenn ich mir die Dinger noch mal ansehen müsste, dann nicht ohne Spucktüte auf dem Schoß.«

Er drückte seine Zigarette in dem in die Sessellehne eingelassenen Aschenbecher aus. Er sah *wirklich* krank aus. Sein Gesicht hatte einen gelblichen Glanz, der Vic überhaupt nicht gefiel. Ganz gleich, welche Bezeichnung man für seinen Zustand wählte, er hatte ganz einfach Schiss und hätte sich am liebsten in ein Mauseloch verkrochen.

»Ich habe mir immer wieder gesagt«, meinte Roger und griff nach einer neuen Zigarette, »dass ich irgendetwas finden würde. Verstehst du? *Irgendetwas.* Ich konnte einfach nicht glauben, dass es so schlecht war, wie es den Anschein hatte. Aber der Gesamteindruck der Spots ... es ist, als ob man Jimmy Carter sieht, der gerade sagt: ›Ich werde Sie nie belügen‹.« Er zog an der neuen Zigarette, verzog das Gesicht und stieß sie in den Aschenbecher. »Kein Wunder, dass George Carlin und Steve Martin und diese verdammte Sendung *Saturday Night Live* ihren großen Tag hatten. Heute kommt mir der Kerl so *scheinheilig* vor ...« Seine Stimme zitterte plötzlich. Er schloss hörbar den Mund.

»Ich habe eine Idee«, sagte Vic leise.

»Ja, das hast du schon im Flugzeug angedeutet.« Roger sah ihn an, wenn auch ohne große Hoffnung. »Wenn du eine hast, dann her damit.«

»Ich denke, wir sollten mit dem Cornflake-Professor von Sharp noch einen Spot drehen«, sagte Vic.

»Und davon müssen wir den alten Sharp überzeugen. Nicht den Sohn. Den Alten.«

»Und was soll der alte Professor diesmal verkaufen?«, fragte Roger und öffnete einen weiteren Knopf an seinem Hemd. »Rattengift?«

»Komm, Roger. Niemand wurde vergiftet.«

»Hätte aber passieren können«, sagte Roger und lachte schrill. »Manchmal frage ich mich, ob du überhaupt weißt, was Werbung eigentlich ist. Werbung bedeutet, den Wolf am Schwanz zu packen. Nun, dieser Wolf hat sich losgerissen, und er kommt gerade zurück, um uns zu fressen.«

»Roger ...«

»Wenn eine Verbrauchervereinigung die Viertelpfünder von McDonald wiegt und feststellt, dass sie ein Gramm weniger wiegen, gibt es in diesem Land Schlagzeilen. Irgendein obskures Magazin in Kalifornien veröffentlicht einen Bericht, in dem es heißt, dass Auffahrunfälle bei Pintos Benzintankexplosionen verursachen können, und die ganze Ford Motor Company zittert ...«

»Erzähl bloß so etwas nicht«, sagte Vic und lachte. »Meine Frau fährt einen Pinto. Ich habe schon genug Probleme.«

»Ich sage ja nur, den Cornflake-Professor einen neuen Spot drehen zu lassen, wäre genauso, als wollte man Richard Nixon veranlassen, noch einmal den Bericht zur Lage der Nation vorzutragen. Er ist *kompromittiert,* Vic, er ist total erledigt.« Roger machte eine Pause und sah Vic an. Vic erwiderte den Blick ernst. »Was soll er denn sagen?«

»Dass es ihm Leid tut.«

Roger starrte ihn eine Weile verständnislos an. Dann warf er den Kopf zurück und lachte schallend. »Dass es ihm Leid tut. Leid? Oh, Gott, das ist ja köstlich. War das deine wunderbare Idee?«

»Halt, Roger. Du hast mir noch keine Chance gegeben. Das ist sonst nicht deine Art.«

»Nein«, sagte Roger. »Da hast du wohl Recht. Erzähl mir, was du damit meinst. Aber ich kann mir nicht vorstellen, dass es dein ...«

»Ernst ist? Es ist mein voller Ernst. Du hast doch selbst an den Kursen teilgenommen. Was ist die Grundlage jeder erfolgreichen Werbung? Warum überhaupt werben?«

»Die Grundlage jeder erfolgreichen Werbung ist, dass die Leute glauben wollen. Dass die Leute sich selbst verkaufen.«

»Ja. Wenn ein Monteur von Maytag behauptet, er sei der einsamste Mann in der ganzen Stadt, wollen die Leute glauben, dass es tatsächlich irgendwo einen solchen Kerl gibt, der nur zu Hause herumhockt und Radio hört. Die Leute wollen glauben, dass ihre Maytag-Geräte *nie* repariert werden müssen. Wenn Joe DiMaggio auf dem Bildschirm erscheint und sagt, Mr Coffee spart Kaffee, spart Geld, wollen die Leute *das* glauben. Wenn ...«

»Aber geht uns nicht gerade deshalb jetzt der Arsch auf Grundeis? Sie wollten dem Cornflake-Professor glauben, und er hat sie im Stich gelassen. Genauso wie sie an Nixon glauben wollten, und *er* ...«

»Nixon, Nixon, Nixon!«, sagte Vic und war selbst überrascht, dass er so heftig reagierte. »Dieser eine Vergleich macht dich für alles andere blind. Seit dieses Ding in die Binsen ging, habe ich ihn zweihundertmal von dir gehört, und er *stimmt* nicht.«

Roger sah ihn verblüfft an.

»Nixon war ein Ganove, er wusste, dass er einer war, und behauptete, er sei keiner. Der Cornflake-Professor von Sharp sagte, es sei nichts verkehrt mit den roten Himbeerflakes, und es war *doch* etwas mit ihnen verkehrt, aber er wusste es nicht.« Vic beugte sich vor und tippte Roger mit dem Finger gegen den Arm, um seine Worte zu unterstreichen. »Es gab keinen Vertrauensbruch. Das muss er sagen, Rog. Er muss vor dem ganzen amerikanischen Volk aufstehen und sagen, dass es keinen Vertrauensbruch gegeben habe. Hier habe lediglich ein Farbstoffhersteller einen Fehler gemacht. Dieser Fehler ginge *nicht* auf das Konto der Sharp Company. Das muss er sagen. Und, was am wichtigsten ist, er muss sich für diesen Fehler entschuldigen. Und er muss sein Bedauern darüber zum Ausdruck bringen, dass die Leute in Angst versetzt wurden, wenn auch niemand einen Schaden erlitten hat.«

Roger nickte und zuckte dann die Achseln. »Ich sehe schon, was du meinst. Aber weder der Alte noch sein Sohn werden sich darauf einlassen. Sie wollen den Kerl ganz einfach begraben und ...«

»Ja, ja, *ja*!«, schrie Vic so laut, dass Roger zurückwich. Vic sprang auf und ging nervös in dem kurzen Mittelgang des Vorführraums auf und ab. »Natürlich wollen sie das, und sie haben Recht, er ist tot, und er muss begraben werden, der Cornflake-Professor muss begraben werden. Die roten Himbeerflakes *sind* schon begraben worden. Aber was wir den Leuten nahe bringen müssen, ist, dass es kein Begräbnis um Mitternacht sein darf. Genau das ist der Punkt! Sie wollen ihn heimlich verscharren, bei Nacht und Nebel, wie ein Mafiaopfer oder einen Pesttoten.«

Er trat so dicht an Roger heran, dass ihre Nasen sich fast berührten.

»Unser Job ist, sie davon zu überzeugen, dass der Cornflake-Professor keine Ruhe finden kann, wenn er nicht bei Tageslicht begraben wird. Und ich möchte gern, dass die ganze Nation um ihn trauert.«

»Du bist ver –«, fing Roger an ... und wieder schloss er hörbar den Mund.

Endlich sah Vic diesen gehetzten Ausdruck aus den Augen seines Partners verschwinden. Rogers Gesicht leuchtete plötzlich auf, und der gehetzte Ausdruck wich einem leicht verrückten. Roger fing an zu grinsen. Vic war so erleichtert, ihn grinsen zu sehen, dass er zum ersten Mal seit Steve Kemps Brief nicht an Donna dachte und an das, was mit ihr passiert war. Er konzentrierte sich jetzt nur noch auf seinen Job. Erst viel später fragte er sich verblüfft, wie lange er wohl schon nicht mehr dieses wunderbare Gefühl gehabt hatte, sich intensiv mit einer Sache zu beschäftigen, die er beherrschte.

»Oberflächlich betrachtet, soll er eigentlich nur das sagen, was der alte Sharp seit den Vorfällen schon selbst gesagt hat«, fuhr Vic fort. »Aber wenn der Cornflake-Professor es *selbst* sagt ...«

»Dann ist es umso eindrucksvoller«, murmelte Roger. Er zündete sich noch eine Zigarette an.

»Ganz recht. Wir verkaufen es dem Alten als Schlussszene der Farce von den roten Himbeerflakes. Wir gestehen alles. Bringen es hinter uns ...«

»Und schlucken die bittere Pille. Klar, das würde dem Alten gefallen. Öffentliche Reue ... er geißelt sich ...«

»Und statt sich wie der vornehme Herr, der mit dem Hintern in eine dreckige Pfütze gefallen ist, unter allgemeinem Gelächter zurückzuziehen, verlässt er die Szene wie Douglas MacArthur und sagt: Alte Soldaten sterben nie, sie verschwinden einfach. Das ist die äußere Form. Aber unter der Oberfläche suchen wir einen *Ton* ... ein *Gefühl* ...« Er befand sich jetzt auf Rogers Territorium. Wenn dieser nur begriff, was er meinte. Wenn er ihm nur annähernd die Idee erklären konnte, die ihm bei Bentley über einer Tasse Kaffee gekommen war, würde Roger es schon machen.

»MacArthur«, sagte Roger leise. »Aber das ist es doch schon, nicht wahr? Der Ton ist der des Abschieds, und das Gefühl ist Bedauern. Er gibt den Leuten das Gefühl, dass man ihn ungerecht behandelt hat, dass es aber jetzt zu spät ist. Und ...« Er sah Vic fast erschrocken an.

»Was?«

»Beste Sendezeit«, sagte Roger.

»Hmm?«

»Die Spots. Wir fahren sie in der besten Sendezeit ab. Diese Werbung ist für die Eltern, nicht für die Kinder. Stimmt's?«

»Ja. Natürlich.«

»Wenn das verdammte Ding überhaupt gemacht wird.«

Vic grinste. »Wir werden es machen.« Und jetzt benutzte er Rogers Terminologie: »Es ist ein Tank, Roger. Notfalls werden wir sie damit platt walzen. Wir müssen nur etwas Konkretes in der Hand haben, wenn wir nach Cleveland kommen ...«

Sie blieben noch eine Stunde in dem winzigen Vorführraum

sitzen und besprachen die Angelegenheit, und als sie endlich aufbrachen, um verschwitzt und erschöpft in ihr Hotel zu fahren, war es draußen schon dunkel.

Können wir nach Hause fahren, Mommy?«, fragte Tad apathisch.

»Bald, Honey.«

Sie betrachtete den Zündschlüssel. Am Ring hingen drei weitere Schlüssel: der Haustürschlüssel, der Garagenschlüssel und der Schlüssel für den Kofferraum. An dem Ring hing ein Stück Leder mit einem eingebrannten Pilz. Sie hatte den Ring bei Swanson, einem Kaufhaus in Bridgton, gekauft. Damals im April, als sie völlig desillusioniert war und Angst hatte, ohne zu wissen, was Angst wirklich bedeutete. Wirkliche Angst war es, wenn man versuchte, das Fenster neben seinem Kind hochzudrehen, während der Geifer eines tollwütigen Hundes einem auf die Hand tropft.

Sie streckte die Hand nach dem Zündschlüssel aus. Sie berührte das Stück Leder. Sie zog die Hand wieder zurück.

In Wahrheit hatte sie Angst, es noch einmal zu versuchen.

Es war Viertel nach sieben. Der Tag war noch hell, obwohl der Schatten des Wagens länger geworden war und fast bis an die Werkstatt reichte. Sie wusste es zwar nicht, aber um diese Zeit sahen sich ihr Mann und sein Partner im Studio von Image-Eye in Cambridge immer noch die Spots mit dem Cornflake-Professor von Sharp an. Sie wusste jetzt, dass ihr SOS, das sie mit der Hupe gesendet hatte, ungehört geblieben war. In einem Roman wäre jemand erschienen. Allein schon, um die Heldin für ihren klugen Einfall zu belohnen. Aber niemand war aufgetaucht.

Der Lärm musste doch bis zu dem baufälligen Haus unten am Hügel gedrungen sein. Vielleicht waren die Leute betrunken. Oder vielleicht waren die Besitzer der beiden Wagen in der Einfahrt *(im Hof*, korrigierte ihr Verstand sie automatisch, *hier oben nennt man es Hof)* in einem dritten Wagen weggefahren. Wenn sie das Haus von hier aus doch nur sehen könnte, aber es lag hinter dem Hang.

Endlich hatte sie es aufgegeben, SOS zu hupen. Sie fürchtete, dass die Batterie leer werden würde, wenn sie weitermachte. Sie glaubte immer noch, dass der Wagen anspringen würde, wenn der Motor erst abgekühlt war. Das hatte er vorher immer getan.

Aber du hast Angst, es zu versuchen, denn wenn er nicht anspringt ... was dann?

Wieder griff sie nach dem Zündschlüssel, als der Hund in ihr Blickfeld stolperte. Er hatte vor dem Wagen gelegen. Jetzt bewegte er sich mit gesenktem Kopf und hängendem Schwanz langsam zur Scheune hinüber. Er torkelte und schwankte wie ein Betrunkener nach einer ausgedehnten Zechtour. Ohne sich umzuschauen, glitt Cujo in den Schatten der Scheune und verschwand.

Sie nahm die Hand wieder vom Schlüssel.

»Mommy, fahren wir nicht?«

»Lass mich nachdenken, Honey.«

Aus dem Fenster an der Fahrerseite schaute sie nach links. Mit acht schnellen Schritten könnte sie die Hintertür des Hauses erreichen. In der Schule war sie in den Laufwettbewerben immer der Star gewesen, und sie joggte heute noch regelmäßig. Bis zur Tür und ins Haus wäre sie schneller als der Hund. Davon war sie überzeugt. Drinnen war ein Telefon. Sie konnte Sheriff Bannermans Büro anrufen, und dann hätte der ganze Spuk ein Ende.

Andererseits, wenn sie jetzt versuchte, den Wagen zu starten, sprang er vielleicht nicht an ..., aber der Hund würde aufmerksam werden.

Sie wusste nicht viel über Tollwut, aber sie glaubte gelesen zu haben, dass tollwütige Tiere übermäßig empfindlich auf Geräusche reagieren. Laute Geräusche können sie ganz verrückt machen.

»Mommy?«

»Pssst, Tad. Pssst!«

Acht schnelle Schritte.

Selbst wenn Cujo lauerte und sie von der Werkstatt aus beobachtete, sie war sicher – sie *wusste* –, dass sie das Rennen bis zur Hintertür gewinnen konnte. Das Telefon, ja. Und ... ein Mann wie Joe Camber hatte bestimmt ein Gewehr, vielleicht einen ganzen Schrank voll. Ihr sollte es ein Vergnügen sein, den Kopf dieses verdammten Köters in Haferbrei und Erdbeermarmelade zu verwandeln.

Acht schnelle Schritte.

Und wenn die Tür zur Veranda abgeschlossen war?

Lohnt sich das Risiko?

Ihr Puls raste, während sie die Chancen abwog. Wenn sie allein gewesen wäre, hätte die Sache anders ausgesehen. Aber wenn die Tür abgeschlossen war? Bis zur Tür konnte sie es schaffen.

Aber nicht zur Tür und dann wieder zum Wagen zurück. Nicht, wenn er angerannt kam, sie angriff, wie er es vorhin getan hatte.

Und was wäre mit Tad? Wenn Tad sah, wie ein zweihundert Pfund schwerer tollwütiger Hund seine Mutter zerfleischte, sie zerbiss und ihr den Leib aufriss –

Nein, im Wagen war Sicherheit.

Noch einmal versuchen zu starten!

Sie griff wieder nach dem Schlüssel, und eine innere Stimme schrie ihr zu, dass es besser wäre – zu warten, bis der Motor ganz abgekühlt war –

Ganz abgekühlt? Sie standen hier doch schon länger als drei Stunden.

Sie drehte den Zündschlüssel um.

Der Motor drehte sich kurz, einmal, zweimal, dreimal, und sprang heulend an.

»Oh, Gott sei Dank!«, rief sie.

»Mommy?«, fragte Tad mit schriller Stimme. »Fahren wir jetzt? Fahren wir jetzt?«

»Wir fahren«, sagte sie trotzig und legte den Rückwärtsgang ein. Cujo sprang aus der Scheune hervor ... und blieb dann stehen. Er beobachtete sie. »Leck mich am Arsch, Köter!«, brüllte sie triumphierend.

Sie trat auf das Gas. Der Wagen rollte etwa einen Meter zurück – und blieb stehen.

»Nein!«, kreischte sie, und das rote Idiotenlicht leuchtete auf. Als der Motor verstummte, war Cujo ein paar Schritte näher gekommen, aber jetzt blieb er ruhig stehen, den Kopf gesenkt. Er *beobachtet* mich, dachte sie wieder. Er warf seinen Schatten hinter sich, scharf wie aus schwarzem Krepppapier geschnitten.

Donna fummelte am Zündschlüssel. Sie drehte ihn um. Der Motor regte sich, aber diesmal sprang er nicht an. Sie hörte ein ächzendes Geräusch und wusste ein paar Sekunden lang nicht, dass sie das Geräusch selbst verursachte. Verschwommen hatte sie gedacht, dass es der Hund sein musste. Wieder ließ sie die Zündung kommen und fluchte mit verzerrtem Gesicht, ohne auf Tad Rücksicht zu nehmen. Sie hatte gar nicht gewusst, dass sie die Worte überhaupt kannte, die sie jetzt gebrauchte. Und die ganze Zeit stand Cujo da und zog seinen Schatten hinter sich her wie ein surrealistisches Trauergewand. Er beobachtete sie.

Zuletzt legte er sich in die Einfahrt, als wüsste er, dass sie keine Chance hatten, ihm zu entkommen. Sie hatte das Tier gehasst, als es durch Tads Fenster eindringen wollte. Jetzt hasste sie es noch mehr.

»Mommy ... Mommy ... Mommy!«

Sie hörte ihn kaum. Unwichtig. Wichtig war jetzt allein dieser verdammte kleine Wagen. Er musste anspringen. Sie würde ihn dazu zwingen durch *reine ... Willenskraft!*

Sie hatte keine Ahnung, wie lange sie wirklich mit wirr ins Gesicht hängenden Haaren hinter dem Steuer gehockt und vergeblich den Starter betätigt hatte. Was sie endlich aufschreckte, waren nicht Tads Schreie – sie waren nur noch ein leises Winseln –, sondern das Geräusch des Motors. Er drehte sich rasch fünf Sekunden lang und verstummte dann. Das Spiel wiederholte sich, und jedes Mal war die Pause länger.

Die Batterie wurde leer. Sie hörte auf.

Sie kam in Etappen wieder zu sich, wie eine Frau, die aus einer Ohnmacht erwacht. Sie erinnerte sich an einen Anfall von Darmkatarrh, den sie einmal im College gehabt hatte. Alles, was sie in sich hatte, war ihr oben und unten gleichzeitig herausgekommen, und zum Schluss war sie in der Wohnheimtoilette bewusstlos geworden. Das Aufwachen damals war genau wie heute gewesen. Sie hatte sich wie vorher gefühlt, aber ein unsichtbarer Maler hatte der Welt neue Farben hinzugefügt, sie zum Überfließen gebracht. Es waren schreiende Farben, und alles sah unecht und wie Plastik aus, ganz wie die Dekorationen im Schaufenster eines Kaufhauses.

Tad hatte sich ein wenig von ihr abgewandt. Seine Augen waren geschlossen, und er hatte den Daumen im Mund. Die andere Hand lag an der Tasche, in der er die Worte an die Ungeheuer aufbewahrte. Sein Atem ging flach und schnell.

»Tad«, sagte sie. »Honey, mach dir keine Sorgen.«

»Mommy, ist mit dir alles in Ordnung?« Seine Stimme war nur ein heiseres Flüstern.

»Ja. Und mit dir auch. Hier sind wir sicher. Aber das Auto will nicht anspringen. Wir müssen abwarten.«

»Ich dachte, du bist böse auf mich.«

Sie nahm ihn in die Arme und drückte ihn fest an sich. Sie roch den Schweiß in seinem Haar, und sie merkte genau, dass er sich große Mühe gab, nicht mehr zu weinen.

»Nein, Honey, nicht auf dich. Auf dich bin ich nie böse.«

Tad kuschelte sich an sie. »Hier kann er uns doch nicht kriegen?«

»Nein.«

»Kann er ... kann er sich zu uns durchfressen?«

»Nein.«

»Ich hasse ihn«, sagte Tad nachdenklich. »Ich wünschte, er wäre tot.«

»Ja. Ich auch.«

Sie schaute aus dem Fenster und sah, dass die Sonne allmählich unterging. Bei dem Gedanken setzte sich eine abergläubische Furcht in ihr fest. Sie dachte an die Versteckspiele in ihrer Kindheit, die immer endeten, wenn die Schatten sich trafen und zu purpurnen Teichen wurden, wenn die geheimnisvollen Schreie durch die Vorstadtstraßen ihrer Kindheit hallten, hohe Kinderstimmen, die ankündigten, dass überall das Abendessen auf dem Tisch stand und dass nun alle Türen und Fenster sich gegen die Dunkelheit verriegelten. Der Hund beobachtete sie. Es war verrückt, aber daran war nicht mehr zu zweifeln. Seine irren, trüben Augen suchten ständig die ihren.

Nein, das bildest du dir nur ein. Es ist nur ein Hund, ein kranker dazu. Es ist alles schon schlimm genug. Warum in den Augen des Hundes etwas sehen, was es da nicht gibt?

Sie rief sich energisch zur Ordnung. Und ein paar Minuten später redete sie sich ein, dass Cujos Augen wie die Augen auf einigen Porträts seien, die einen immer ansahen, ganz gleich, wo man sich in dem Zimmer aufhielt, in dem sie hingen.

Aber der Hund schaute sie wirklich an. Und ... in seinem Blick lag etwas Vertrautes.

Nein, sagte sie sich und ließ den Gedanken fallen, aber es war zu spät.

Du hast ihn doch schon einmal gesehen, nicht wahr? Am Morgen, nachdem Tad zum ersten Mal so schlecht geträumt hatte, am Morgen, als die Decken und die Laken wieder auf dem Stuhl gelegen hatten, der Teddy obendrauf, und als du die Schranktür öffnetest, hast du ganz kurz die geduckte Gestalt mit roten Augen gesehen, etwas in Tads Schrank, sprungbereit, und das war Cujo, und Tad hatte die ganze Zeit Recht gehabt, aber das Ungeheuer war nicht in seinem Schrank ... es war hier draußen. Es war

(aufhören)

hier draußen und wartete nur darauf

(!AUFHÖREN DONNA!)

Sie starrte den Hund an und hatte das Gefühl, dass er ihre Gedanken hörte. Einfache Gedanken. Das gleiche einfache Muster, ständig wiederholt, trotz ihrer entsetzlichen Übelkeit, trotz ihres Deliriums.

DIE FRAU zu töten. DEN JUNGEN zu töten. DIE FRAU zu töten.

Aufhören, befahl sie sich grob. *Der Hund kann nicht denken, und er ist kein Ungeheuer aus dem Schrank irgendeines Kindes. Er ist ein kranker Hund, weiter nichts. Am Ende glaubst du noch, er ist die Strafe Gottes dafür, dass du –*

Cujo stand plötzlich auf – fast als hätte sie ihn gerufen – und verschwand wieder in der Scheune.

(fast als hätte ich ihn gerufen)

Sie brach in ein halb hysterisches Gelächter aus.

Tad schaute hoch.

»Mommy?«

»Nichts, Honey.«

Sie sah in den dunklen Rachen der Scheune und dann zur Hintertür des Hauses hinüber. *Abgeschlossen? Nicht abgeschlossen? Abgeschlossen? Nicht abgeschlossen?* Sie dachte an eine Münze, die man in die Luft wirft. Kopf oder Zahl. Sie dachte an einen Revolver, dessen Trommel man kreisen lässt, fünf Kammern leer, eine geladen. *Abgeschlossen? Nicht abgeschlossen?*

Die Sonne war untergegangen, und nur ein heller Strich am westlichen Horizont war vom Tag noch übrig geblieben. Er war nicht breiter als der weiße Streifen auf einer Autostraße. Und auch er würde bald verschwunden sein. Im hohen Gras rechts neben der Einfahrt zirpten Grillen.

Cujo war noch in der Scheune. Ob er wohl schläft?, fragte sie sich. Oder frisst?

Das erinnerte sie daran, dass sie etwas zu essen eingepackt hatte. Sie beugte sich zwischen den beiden Vordersitzen nach hinten und holte Tads Snoopy-Frühstücksdose und ihre braune Tasche nach vorn. Ihre Thermosflasche war ganz nach hinten gerollt, wahrscheinlich, als der Wagen am Hügel anfing zu bocken und zu rucken. Sie musste sich strecken, und ihre Bluse schob sich hoch, Tad regte sich und wachte aus seinem Halbschlaf auf. Seine Stimme war so voll Angst, dass wilder Hass auf den verdammten Hund in ihr hochkam.

»Mommy? Mommy? Was machst du ...«

»Ich hole nur unser Essen«, beruhigte sie ihn, »und meine Thermosflasche.«

»Okay.« Er lehnte sich im Sitz zurück und steckte wieder den Daumen in den Mund.

Sie hielt die Thermosflasche an das Ohr und schüttelte sie vorsichtig, um festzustellen, ob sie auch nicht zerbrochen war. Aber sie hörte innen nur die Milch schwappen. Wenigstens etwas.

»Tad, möchtest du ein wenig essen?«

»Ich will schlafen«, sagte er, ohne den Daumen aus dem Mund zu nehmen oder die Augen zu öffnen.

»Du musst doch etwas essen«, sagte sie. »Dein Körper braucht Treibstoff.« Diese Wendung hatte sie von Vic übernommen.

Er lächelte nicht einmal. »Ich hab keinen Hunger. Ich bin müde.«

Sie sah ihn besorgt an, aber sie wollte ihn nicht weiter drängen. Schlaf war Tads natürliches Abwehrmittel – vielleicht sein einziges –, und normalerweise hätte sie ihn schon vor einer halben Stunde ins Bett gebracht. Wenn sie zu Hause gewesen wären, hätte er vor dem Zähneputzen natürlich noch ein Glas Milch und ein paar Kekse bekommen ... und sie hätte ihm vielleicht eine Geschichte vorgelesen ... und ...

Wieder kamen ihr die Tränen, und sie vermochte, nicht mehr daran zu denken. Mit zitternden Händen öffnete sie ihre Thermosflasche und goss sich einen halben Becher Milch ein. Sie stellte ihn auf dem Armaturenbrett ab und nahm sich einen Schokoladenriegel. Nach dem ersten Bissen merkte sie, dass sie einen Heißhunger hatte. Sie trank einen Schluck Milch und aß ein paar Oliven. Dann leerte sie den Becher und schaute aufmerksam zur Scheune hinüber.

Vor dem Gebäude lag jetzt ein dunklerer Schatten. Aber es war kein Schatten. Es war der Hund.

Er bewacht uns.

Nein, das glaubte sie nicht. Sie glaubte auch nicht, dass sie Cujos Geist auf einem Stapel Wolldecken im Schrank ihres Sohnes gesehen hatte. Sie glaubte es nicht ... außer... außer, dass ein Teil von ihr es doch glaubte. Aber dieser Teil hatte nichts mit ihrem Verstand zu tun.

Sie sah durch den Rückspiegel zur Straße hinaus. Es war jetzt zu dunkel, sie zu erkennen, aber sie wusste, dass sie dort lag, genauso wie sie wusste, dass niemand vorbeikommen würde. Als sie das erste Mal alle drei in Vics Jaguar hier draußen gewesen waren (*damals war der Hund noch freundlich,* sagte ihr Verstand, *und Tadder streichelte ihn und lachte, weißt du noch*?), hatte Vic ihnen erzählt, dass am Ende der Straße Nummer 3 früher die Mülldeponie von Castle Rock gewesen sei. Dann war am anderen Ende der Stadt die neue Müllverbrennungsanlage in Betrieb genommen worden, und jetzt hörte die Straße fünfhundert Meter hinter Cambers Grundstück einfach auf. Dort war sie mit einer schweren Kette abgesperrt, an der ein Schild hing: ZUTRITT VERBOTEN. DEPONIE GESCHLOSSEN. Jenseits des Camberschen Grundstücks war nichts mehr.

Donna fragte sich, ob nicht Leute, die einen wirklich einsamen Parkplatz suchten, gelegentlich vorbeifuhren, aber sie konnte sich nicht vorstellen, dass ein junger Mann seine Freundin ausgerechnet zu einer Müllkippe fuhr. Jedenfalls war noch keiner vorbeigekommen.

Der weiße Streifen am Horizont war nur noch ein schwaches Leuchten ... und selbst das kam ihr fast wie Wunschdenken vor. Der Mond war nicht zu sehen.

Es war kaum zu glauben, aber auch sie war müde. Vielleicht war der Schlaf auch ihr natürliches Abwehrmittel. Und was sollte sie auch sonst tun? Der Hund war immer noch da draußen (sie glaubte es wenigstens; es war schon zu dunkel, als dass man einen Schatten von einer Gestalt unterscheiden konnte). Die Batterie musste sich erholen. Dann konnte sie es noch einmal versuchen. Warum also nicht schlafen?

Das Paket am Briefkasten. Das Paket von J. C. Whitney.

Sie richtete sich hinter dem Steuer auf und runzelte nachdenklich die Stirn. Sie drehte sich um, aber von hier versperrte ihr die Hausecke die Sicht auf den Briefkasten. Sie hatte das Paket gesehen, das am Kasten hing. Warum hatte sie eben daran gedacht? War es von irgendwelcher Bedeutung?

Sie hielt immer noch die Schüssel mit den säuberlich in Folie verpackten Oliven und Gurkenscheibchen. Statt noch etwas zu essen, packte sie alles in Tads Frühstücksdose. Sie gab sich keine Rechenschaft darüber, warum sie mit dem Essen so vorsichtig war. Sie lehnte sich im Sitz zurück und fand den Hebel, mit dem sie die Lehne nach hinten kippen konnte. Sie wollte über das Paket im Briefkasten nachdenken – irgendetwas war damit, sie war fast sicher –, aber während sie allmählich einschlief, dachte sie an etwas anderes. Ihr kam ein Gedanke, der wohl eher der Wirklichkeit entsprach.

Die Cambers waren weggefahren, um Verwandte zu besuchen. Die Verwandten wohnten in einer vielleicht zwei oder drei Autostunden entfernten Stadt. Vielleicht in Kennebunk. Oder Hollis. Oder Augusta. Es war ein Familientreffen.

Sie fing an zu träumen. Auf dem Rasen, so grün und schön wie sonst nur in der Fernsehwerbung, sah sie fünfzig oder mehr Leute versammelt. Über einem aus Steinen errichteten offenen Grill flimmerte ein Hitzeschleier. An einem langen Tisch saßen mindestens vier Dutzend Leute und reichten einander Platten mit Maiskolben und gebackenen Bohnen. Es gab auch Platten mit gegrillten Frankfurter Würstchen. Auf dem Tisch lag eine einfache karierte Tischdecke. Die beherrschende Person war eine gut aussehende alte Dame mit weißen Haaren, die sie im Nacken zu einem Knoten gebunden hatte. Donna erkannte ohne jede Überraschung, dass diese Frau ihre Mutter war.

Die Cambers waren da, aber es waren eigentlich gar nicht die Cambers. Joe Camber trug einen sauberen Arbeitsanzug und sah wie Vic aus. Mrs Camber trug Donnas grünes Seidenkleid. Ihr Junge sah aus, wie Tad aussehen würde, wenn er erst in der fünften Klasse war ...

»Mommy?«

Das Bild schwankte und fiel auseinander. Sie versuchte, es festzuhalten, denn es war so friedlich und schön: der Archetypus eines Familienlebens, wie sie es nie gehabt hatte, wie auch Vic und sie mit ihrem einen Wunschkind und ihrem vorprogrammierten Leben es nie haben würden. Mit einer plötzlich aufsteigenden Traurigkeit fragte sie sich, warum sie die Dinge nie in diesem Licht betrachtet hatte.

Wieder schwankte das Bild und wurde dunkler. Die Stimme von außen durchdrang ihre Vision, wie eine Nadel die Eierschale durchsticht. Aber das machte nichts aus. Die Cambers würden gegen zehn Uhr vorfahren, glücklich und satt. Der Joe Camber mit Vics Gesicht würde die Dinge in die Hand nehmen, und alles war dann wieder gut. Es gab Dinge, die Gott nicht zuließ. Es würde –

»Mommy?«

Sie erwachte aus ihrem Traum und richtete sich auf. Sie war überrascht, dass sie am Steuer ihres Wagens saß und nicht zu Hause im Bett lag ... aber nur eine Sekunde lang. Schon löste sich das schöne surrealistische Bild der um den Tisch versammelten Verwandten auf, und in fünfzehn Minuten würde sie nicht einmal mehr wissen, dass sie geträumt hatte.

»Hmmm? Was ist?«

Plötzlich, es traf sie wie ein Schock, fing das Telefon im Haus der Cambers an zu klingeln. Der Hund stand auf. Schatten bewegten sich und flossen dann zu einer großen, hässlichen Gestalt zusammen.

»Mommy, ich muss auf die Toilette.«

Cujo hatte das Telefon natürlich gehört und fing an zu brüllen. Er bellte nicht, er *brüllte.* Plötzlich rannte er auf das Haus zu. Er sprang so hart gegen die Hintertür, dass sie in ihrem Rahmen zitterte.

Nein, dachte sie, *oh nein, aufhören, bitte aufhören –*

»Mommy, ich muss ...«

Der Hund knurrte und biss in das Holz der Tür. Sie hörte das splitternde Geräusch, das seine Zähne verursachten.

»... Pipi machen.«

Das Telefon klingelte sechsmal. Achtmal. Zehnmal. Dann verstummte es.

Jetzt erst merkte sie, dass sie die ganze Zeit die Luft angehalten hatte. Heiß stieß sie sie jetzt durch die Zähne aus.

Cujo stand an der Tür, die Hinterpfoten im Sand, die Vorderpfoten auf der obersten Stufe. Er knurrte wütend. Ein abscheuliches, albtraumhaftes Geräusch. Endlich drehte er sich um und schaute wieder zum Wagen hin. Donna sah den getrockneten Schaum an seinem Maul und auf seiner Brust. Dann trottete er wieder in den Schatten zurück und war nicht mehr deutlich zu sehen. Man konnte nicht erkennen, wohin er lief. Vielleicht in die Werkstatt. Oder vielleicht neben der Scheune entlang.

Tad zerrte verzweifelt am Ärmel ihrer Bluse.

»Mommy, ich muss ganz *doll*!«

Sie sah ihn hilflos an.

Brett Camber legte langsam den Hörer auf. »Es geht niemand dran. Er ist wohl nicht zu Hause.«

Charity nickte. Sie war nicht sonderlich überrascht. Sie war froh, dass Jim vorgeschlagen hatte, von seinem Büro aus zu telefonieren, das im Erdgeschoss lag, weit weg vom »Familienzimmer«. Das Familienzimmer war schallisoliert. Dort standen Regale mit Brettspielen, ein Panasonic-Fernsehgerät mit großem Bildschirm und eine Zusatzvorrichtung für Video-Spiele. In einer Ecke stand eine herrliche alte Wurlitzer-Musicbox, die tatsächlich funktionierte.

»Er ist wohl unten bei Gary«, fügte Brett hinzu. Er war untröstlich.

»Ja, ich glaube auch, dass er mit Gary zusammen ist«, pflichtete sie ihm bei. Und das musste nicht unbedingt bedeuten, dass er mit Gary in dessen Haus war. Sie hatte den verträumten Blick in Joes Augen gesehen, als sie handelseinig geworden waren und er ihr erlaubte, zusammen mit Brett nach Connecticut zu fahren. Sie hoffte, Brett würde nicht auf den Gedanken kommen, wegen Garys Nummer die Auskunft anzurufen, denn dort würde wahrscheinlich ebenfalls niemand abnehmen. Sie vermutete, dass die beiden alten Hunde ausgegangen waren und irgendwo den Mond anbellten.

»Glaubst du, dass mit Cujo alles in Ordnung ist, Mom?«

»Wenn nicht, würde dein Vater ihn doch nicht allein lassen«, sagte sie, und es stimmte – sie glaubte nicht, dass er das tun würde. »Warum lassen wir es nicht für heute Abend? Wir können ihn auch morgen früh anrufen. Du solltest jetzt sowieso schlafen gehen. Es ist nach zehn, und du hast doch wirklich einen schönen Tag gehabt.«

»Ich bin nicht müde.«

»Wenn man so viel gesehen hat, ist man aufgeregt und sollte nicht zu lange aufbleiben. Ich habe dir eine Zahnbürste zurechtgelegt, und Tante Holly hat dir Waschlappen und Handtuch hingehängt. Weißt du noch, welches Schlafzimmer –?«

»Ja, natürlich. Gehst du auch schlafen, Mom?«

»Bald. Tante Holly und ich bleiben noch eine Weile auf. Wir haben uns so viel zu erzählen.«

»Sie sieht dir ähnlich«, sagte Brett ein wenig verschämt. »Weißt du das?«

Charity sah ihn überrascht an. »So? Nun ja, ein bisschen vielleicht.«

»Und der kleine Junge, Jimmy. Der hat vielleicht einen rechten Haken. O je!« Brett fing an zu lachen.

»Hat dir der Magen wehgetan?«

»Verdammt. Nein.« Brett sah sich genau in Jims Studio um. Er sah die Schreibmaschine auf dem Tisch und den offenen Schrank mit den säuberlich aufgereihten Akten. In seinen Blicken lag etwas Abschätzendes, das sie nicht deuten konnte. Er schien mit seinen Gedanken weit weg zu sein. »Nein, er hat mir nicht wehgetan«, sagte er endlich. »Er ist doch noch ein kleines Kind.« Er legte den Kopf schief.

»Mein Cousin, nicht wahr?«

»Richtig.«

»Blutsverwandtschaft.« Er schien darüber nachzudenken.

»Brett, magst du Onkel Jim und Tante Holly?«

»Sie ja. Bei ihm weiß ich das noch nicht. Diese Musicbox. Sie ist wirklich hübsch. Aber ...« Er schüttelte ungeduldig den Kopf.

»Was ist damit, Brett?«

»Er ist so *stolz* darauf«, sagte Brett. »Sie war das Erste, was er mir zeigte, wie ein Kind mit einem neuen Spielzeug, ist das nicht hübsch ...«

»Nun, er hat sie noch nicht lange«, sagte Charity. Eine unbestimmte Angst kam in ihr auf, die irgendwie mit Joe zu tun hatte – was hatte er Brett gesagt, als er ihn mit zu seinem Auto nahm? »Jeder freut sich über etwas Neues. Holly hat mir gesagt, dass er sich schon als junger Mann eins von diesen Dingern gewünscht hat. Die Leute ... Honey, verschiedene Leute kaufen sich verschiedene Dinge, um ... um sich zu beweisen, dass sie erfolgreich sind, nehme ich an. Man kann es nicht genau erklären. Aber meistens ist es etwas, was sie sich nicht leisten konnten, als sie noch arm waren.«

»War Onkel Jim arm?«

»Ich weiß es wirklich nicht«, sagte sie. »Jetzt sind sie jedenfalls nicht arm.«

»Was ich meinte, war, dass er eigentlich nichts damit zu tun hatte. Weißt du, was ich meine?« Er sah sie eindringlich an. »Er hat es für Geld gekauft, er hat Leute bestellt, die es herrichten mussten, und andere Leute haben es hier aufgestellt, und er sagt, es gehört ihm, aber er hat nicht ... weißt du, er hat nicht ... ach, ich weiß nicht.«

»Er hat es nicht selbst gemacht? Nicht mit seinen eigenen Händen?«

Ihre Angst war jetzt noch größer, aber sie sprach leise.

»Ja! Das meine ich! Er hat sie für Geld gekauft, aber er hatte eigentlich nichts damit zu tun. Er tut nur so.«

»Er hat gesagt, eine Musicbox ist eine empfindliche und komplizierte Maschine ...«

»Daddy hätte sie in Gang gekriegt«, sagte Brett, und Charity kam es vor, als hätte sie plötzlich eine Tür zuschlagen hören. Mit einem lauten, erschreckenden Knall. Es war nicht hier im Haus. Es war in ihrem Herzen. »Dad hätte sie zusammengebastelt, und es wäre *seine* gewesen.«

»Brett«, sagte sie (und ihre Stimme klang schwach und wie eine Rechtfertigung), »nicht jeder kann so gut basteln und Sachen reparieren wie dein Vater.«

»Das weiß ich«, sagte er und sah sich immer noch im Büro um. »Ja, aber Onkel Jim sollte nicht so tun, bloß weil er das Geld hat. Verstehst du? Dass er so tut als ob, gefällt ... stört mich ein wenig.«

Sie war plötzlich wütend auf ihn. Sie hätte ihn gern bei den Schultern gepackt und kräftig durchgeschüttelt. Ganz laut hätte sie ihm die Wahrheit in die Ohren schreien mögen. Dass Geld nicht von ungefähr kommt; dass es immer das Ergebnis einer Willensanstrengung ist und dass Willenskraft den Kern des Charakters ausmacht. Sie hätte ihm gern erzählt, dass sein Vater zwar basteln gelernt, aber ansonsten mit seinen Kumpanen Black Label gesoffen hat. Dass er auf alten Autoreifen gesessen und mit seinen Kollegen über Franzosenwitze gelacht hatte, während Jim Brooks an der juristischen Fakultät studierte und hart arbeitete, um seine Prüfungen zu bestehen, denn wenn man seine Prüfungen bestand, bekam man ein Diplom, und das Diplom war die Eintrittskarte, um auf dem großen Karussell mitzufahren. Es garantierte noch keinen riesigen Erfolg, aber es gab einem die Möglichkeit, es wenigstens zu *versuchen.*

»Du gehst jetzt nach oben und wäschst dich«, sagte sie ruhig. »Was du über Onkel Jim denkst, solltest du besser für dich behalten. Aber ... gib ihm eine Chance, Brett. Du darfst ihn nicht allein danach beurteilen.« Sie gingen jetzt durch das Familienzimmer, und sie zeigte mit dem Daumen auf die Musicbox.

»Nein, das tu ich auch nicht«, sagte er.

Sie ging mit ihm in die Küche, wo Holly für alle vier Kakao machte. Jim Junior und Gretchen waren schon lange ins Bett gegangen.

»Hast du deinen Mann erreicht?«, fragte Holly.

»Nein. Er ist wahrscheinlich auf einen Schwatz zu seinem Freund gegangen«, sagte Charity. »Wir versuchen es morgen wieder.«

»Möchtest du etwas Kakao, Brett?«

»Ja, bitte.«

Charity sah, wie er sich an den Tisch setzte. Sie sah, wie er die Ellbogen auf den Tisch stützte und sie rasch wieder wegnahm, weil ihm eingefallen war, dass es sich nicht gehörte. Ihr Herz war so voll Liebe und Hoffnung und Angst, dass es in ihrer Brust zu taumeln schien.

Zeit, dachte sie. *Zeit und die richtige Einstellung zu den Dingen. Das braucht er. Wenn ich ihn zu sehr dränge, werde ich ihn verlieren.*

Aber wie viel Zeit hatte sie noch? Eine Woche, und dann war er wieder unter Joes Einfluss. Und als sie sich neben ihren Sohn setzte und Holly für den Kakao dankte, kreisten ihre Gedanken wieder um eine eventuelle Scheidung.

In ihrem Traum war Vic gekommen.

Er ging einfach durch die Einfahrt auf den Wagen zu und öffnete die Tür an ihrer Seite. Er hatte seinen besten Anzug an, den dreiteiligen dunkelgrauen (wenn er ihn anzog, ärgerte sie ihn immer und behauptete, er sähe aus wie Jerry Ford ohne Glatze). *Kommt, ihr beiden,* sagte er mit seinem verschmitzten kleinen Grinsen, *es ist Zeit, nach Hause zu gehen, bevor die Vampire kommen.*

Sie versuchte, ihn zu warnen, ihm zu sagen, dass der Hund tollwütig sei, aber sie brachte kein Wort heraus. Und plötzlich tauchte Cujo aus der Dunkelheit auf, den Kopf gesenkt und mit drohendem Knurren. *Pass auf!* Wollte sie rufen. *Sein Biss ist tödlich!* Aber kein Laut war zu hören.

Bevor Cujo sich auf Vic stürzen konnte, drehte dieser sich um und zeigte mit dem Finger auf den Hund. Cujos Fell wurde sofort ganz weiß. Seine roten trüben Augen verschwanden in seinem Kopf wie Murmeln in einem Loch. Seine Schnauze brach ab und zerbrach wie schwarzes Glas im Kies der Einfahrt. Zuletzt blieb von dem Hund vor der Werkstatt nur ein Pelzmantel übrig.

Macht euch keine Sorgen, sagte Vic in ihrem Traum. *Ihr braucht keine Angst vor dem alten Hund zu haben, er ist ja nur ein Pelzmantel. Habt ihr die Post schon bekommen? Kümmert euch nicht um den Hund. Die Post kommt. Die Post ist das Wichtige. Okay? Die Post –*

Seine Stimme verschwand in einem langen Tunnel, und bald hörte sie nur noch ein schwaches Echo. Und plötzlich war es nicht mehr der Traum mit Vics Stimme, sondern die Erinnerung an einen Traum – sie war wach, und ihre Wangen waren nass von Tränen. Sie hatte im Schlaf geweint. Sie sah auf die Uhr und konnte eben noch die Zeit erkennen: Viertel nach eins. Sie schaute zu Tad hinüber und sah, dass er fest schlief, den Daumen im Mund.

Kümmert euch nicht um den Hund. Die Post kommt. Die Post ist das Wichtige.

Und plötzlich war ihr die Bedeutung des Pakets, das am Briefkasten hing, klar. Wie ein Pfeil schoss es aus ihrem Unterbewusstsein hoch, eine Idee, die ihr vorher wieder entglitten war. Eine gewaltige Idee, und doch so einfach, so elementar-mein-lieber-Watson. Gestern war Montag, und die Post war gekommen. Das Paket von J. C. Whitney an Joe Camber war der Beweis.

Heute war Dienstag, und auch heute würde die Post kommen.

Tränen der Erleichterung rollten ihr die noch nicht trockenen Wangen herab. Sie musste sich mit Gewalt zurückhalten, sonst hätte sie Tad wachgeschüttelt und ihm erzählt, dass alles in Ordnung sei und dass spätestens um zwei Uhr heute Nachmittag – wahrscheinlich schon um zehn oder elf Uhr morgens, wenn die Post hier so pünktlich kam wie in den übrigen Stadtteilen – dieser Albtraum zu Ende sein würde.

Der Mann von der Post würde auch dann kommen, wenn er keine Post für Joe Camber hatte, das war das Gute. Er musste nachsehen, ob die Flagge oben war, denn sie war das Zeichen für Post, die aufzugeben war. Er musste zu diesem letzten Haus an der Straße Nummer 3 kommen, und heute würde eine vor Erleichterung fast hysterische Frau ihn sehnsüchtig erwarten.

Ihr Blick fiel auf Tads Frühstücksdose, und sie dachte an das Essen darin. Sie erinnerte sich, dass sie etwas davon vorsorglich weggepackt hatte, nur für den Fall ... Nun war das nicht mehr so wichtig, obwohl Tad am Morgen Hunger haben würde. Sie aß die restlichen Gurkenscheiben. Tad mochte Gurken sowieso nicht besonders gern. Ein seltsames Frühstück für den Jungen, dachte sie und musste lächeln. Schokoladenriegel und Oliven.

Als sie die letzten zwei oder drei Gurkenscheiben kaute, wurde ihr klar, dass die seltsamen Zufälle das eigentlich Erschreckende waren. Diese Serie von Zufällen, die miteinander in keinem Zusammenhang standen, die aber dennoch eine Art gewolltes Schicksal vortäuschten, diese Zufälle waren es gewesen, die den Hund so bedeutungsvoll erscheinen ließen, so ... so zielbewusst, als ob er sie persönlich verfolgte. Dass Vic für zehn Tage weggefahren war ... damit hatte es angefangen. Dass Vic schon heute Morgen anrief, war Zufall Nummer zwei. Wenn er sie nicht erreicht hätte, wäre er gewiss besorgt gewesen und hätte es immer wieder versucht. Er hätte sich gefragt, wo sie sein könnten. Die Tatsache, dass alle drei Cambers nicht zu Hause waren und, wie es schien, über Nacht wegbleiben würden, war Zufall Nummer drei. Mutter, Sohn und Vater. Sie waren alle weg. Aber sie hatten den Hund zurückgelassen. Oh, ha. Sie hatten ...

Plötzlich kam ihr ein grauenhafter Gedanke. Fast hätte sie das letzte Stückchen Gurke verschluckt. Sie wollte den Gedanken weit von sich weisen, aber das gelang nicht. Er war von der Logik eines Wasserspeiers.

Wenn sie nun alle tot in der Scheune lagen?

Sofort hatte sie das Bild vor Augen. Es war von der unheimlichen Schärfe jener wachen Visionen, die sich gelegentlich in den frühen Morgenstunden einstellen. Die drei Leichen auf dem Fußboden, mit verrenkten Gliedern, die Sägespäne um sie herum blutgetränkt. Ihre gebrochenen Augen starren nach oben in die schwarze Dunkelheit, wo Schwalben girren und flattern. Ihre Kleidung ist zerfetzt. Teile ihres Fleisches ...

Oh, nein, das ist doch Wahnsinn. Das ist –

Vielleicht hatte er den Jungen zuerst erwischt. Die anderen sind vielleicht in der Küche, oder vielleicht machen sie oben eine kleine Nummer, sie hören Schreie, stürzen nach draußen –

(hör auf, hör jetzt endlich auf)

– sie stürzen nach draußen, aber der Junge ist schon tot, der Hund hat ihm die Kehle zerrissen, und während sie noch betäubt sind von dem Tod ihres Sohnes, kommt der Bernhardiner aus der Dunkelheit herangeschlichen, ein schreckliches altes Werkzeug der Zerstörung, ja, das alte Ungeheuer kommt aus der Dunkelheit, tollwütig und knurrend. Der Hund springt zuerst die Frau an, und der Mann versucht, sie zu retten –

(nein, er hätte sein Gewehr mitgenommen oder das Tier mit ei-

nem schweren Schraubenschlüssel erschlagen, und wo ist der Wagen? Hier war ein Wagen, bevor sie alle zu einem Familienausflug wegfuhren – hörst du mich? FAMILIENAUSFLUG – sie nahmen den Personenwagen und ließen den Lieferwagen stehen.)

Warum war dann niemand gekommen, um den Hund zu füttern?

Es war diese Logik, die ihr solche Angst machte. Warum war niemand gekommen, um den Hund zu füttern? Wenn man nämlich einen oder mehrere Tage verreiste, traf man mit irgendwem eine Vereinbarung. Die Leute fütterten dann den Hund, und wenn sie selbst verreisten, fütterte man ihre Katze oder ihre Fische oder ihren Wellensittich, oder was auch immer. Wo also –

Und der Hund lief immer wieder in die Scheune.

Fraß er da?

Das ist die Lösung, sagte ihr Verstand ihr, und sie war erleichtert. *Er hatte niemanden, der den Hund füttern wollte. Deshalb hat er ihm einen Napf voll Fressen hingestellt. Gaines Meal oder so etwas Ähnliches.*

Aber dann fiel ihr das ein, was Joe Camber an diesem langen, langen Tag ebenfalls eingefallen war. Ein großer Hund würde auf einmal fressen und dann hungern. Gewiss wäre es besser, einen Freund zu bitten, den Hund zu füttern, während man abwesend war. Vielleicht hatte es ein Familientreffen gegeben, und Camber hatte sich besoffen und war ausgefallen. Vielleicht dies, vielleicht jenes. Es konnte alles Mögliche passiert sein.

Frisst der Hund in der Scheune?

(was frisst er da? Gaines Meal? Menschen?)

Sie spuckte den Gurkenrest in ihre Hand und spürte, wie sich ihr der Magen zusammenzog und wieder von sich geben wollte, was sie schon gegessen hatte. Sie zwang sich dazu, es nicht zuzulassen, und es gelang ihr, denn wenn sie wollte, konnte sie sehr energisch sein. Sie hatten dem Hund sein Fressen hingestellt und waren mit dem Auto weggefahren. Um zu einer solchen Schlussfolgerung zu kommen, brauchte man nicht Sherlock Holmes zu sein. Der Rest war nichts als ein schlimmer Fall von schwachen Nerven.

Aber immer wieder beschlich sie die Vorstellung von Tod. Das dominierende Bild waren die blutgetränkten Sägespäne, Sägespäne, die die dunkle Farbe von Frankfurter Würstchen im Naturdarm angenommen hatten.

Schluss. Denk lieber an die Post, wenn du schon an irgendetwas denken musst. Denk daran, dass du in Sicherheit bist.

Sie hörte ein leises, schlurfendes, kratzendes Geräusch an ihrer Seite des Wagens.

Sie wollte nicht hinschauen, tat es aber dann doch. Wie von kräftigen unsichtbaren Händen gepackt, drehte sie den Kopf zur Seite. Sie hörte das leise Knacken der Sehnen in ihrem Genick. Cujo war gekommen. Sein Gesicht war keine fünfzehn Zentimeter von ihrem entfernt. Nur das Sicherheitsglas des Fensters an der Fahrerseite trennte sie. Die trüben roten Augen starrten in ihre. Das Maul des Hundes sah aus, als hätte man es mit Rasiercreme eingeschäumt und dann trocknen lassen.

Cujo grinste sie an.

Ein Schrei staute sich in ihr und wollte ihr schmerzhaft in die Kehle steigen, denn sie spürte, dass der Hund seine Gedanken auf sie projizierte und ihr sagte: *Ich kriege dich doch, Baby. Und auch dich kriege ich, Kleiner. Ihr könnt, so oft ihr wollt, an den Mann von der Post denken. Wenn nötig, töte ich auch ihn, wie ich alle drei Cambers getötet habe und wie ich dich und deinen Sohn töten werde. Ihr könnt euch ruhig an den Gedanken gewöhnen. Ihr könnt euch ruhig –*

Der Schrei wollte sich lösen. Es war, als lebte er und wollte unbedingt hinaus. Alles stürzte zu gleicher Zeit auf sie ein: Tad hatte Pipi machen müssen, und sie hatte das Fenster zehn Zentimeter geöffnet, damit er rauspinkeln konnte. Sie hatte ihn dazu hochgehalten, aber es hatte nicht gleich geklappt, und ihre Arme waren lahm geworden. Dann der Traum, dann die Vorstellung von Tod, und nun dies –

Der Hund grinste sie an; er grinste sie an, er hieß Cujo, und sein Biss bedeutete den Tod.

Der Schrei musste kommen

(aber Tad)

oder sie würde verrückt werden

(schlief)

Sie biss die Zähne zusammen gegen den Schrei, wie sie vorhin dem Drang, sich zu erbrechen, nicht nachgegeben hatte. Sie kämpfte. Und schließlich schlug ihr Herz ruhiger, und sie wusste, dass sie gewonnen hatte.

Sie lächelte den Hund an und spreizte beide Mittelfinger von den geballten Fäusten ab. Sie hielt sie gegen das von Cujos Atem leicht beschlagene Glas. »Du verdammter Scheißköter«, flüsterte sie.

Nach einer Zeit, die ihr wie eine Ewigkeit vorkam, nahm der Hund die Pfoten vom Fenster und lief in die Scheune zurück. Und ihre Gedanken folgten wieder denselben dunklen Pfaden,

(was frisst er da?)

und dann schlug sie irgendwo in ihrem Gehirn eine Tür zu.

Aber sie würde nicht mehr schlafen können, und bis der Morgen dämmerte, würde es noch lange dauern. Sie saß aufrecht am Lenkrad und zitterte. Immer wieder sagte sie sich, dass es lächerlich, wirklich lächerlich sei, den Hund für ein scheußliches, aus Tads Schrank entwichenes Gespenst zu halten und zu glauben, er wisse mehr über die Situation als sie.

In völliger Dunkelheit fuhr Vic hoch. Sein Atem ging schnell, und er hatte ein widerlich trockenes Gefühl im Hals. Sein Herz hämmerte, und er war total desorientiert, so desorientiert, dass er plötzlich zu stürzen glaubte und sich an der Bettkante festhielt.

Er schloss kurz die Augen und zwang sich zur Ruhe.

(du bist im)

Er öffnete die Augen wieder und sah ein Fenster, einen Nachttisch und eine Lampe.

(Ritz-Carlton in Boston, Massachusetts)

Er beruhigte sich. Als er diesen Anhaltspunkt hatte, machte es *klick*, und alles hatte wieder seine Ordnung, und er wunderte sich, wie er, selbst für einen kurzen Augenblick, so verwirrt und durcheinander sein konnte. Wahrscheinlich, weil er sich an einem Ort befand, der ihm nicht vertraut war. Und dazu kam der Albtraum.

Albtraum? Es war entsetzlich gewesen. Seit seiner Pubertät, als ihn immer Träume quälten, in denen er abzustürzen glaubte, hatte er keinen so grauenhaften Traum mehr gehabt. Er griff nach der Uhr neben seinem Bett, nahm sie in beide Hände und hielt sie nahe an sein Gesicht. Es war zwanzig Minuten nach eins. Leise schnarchte Roger im Nebenbett, und jetzt, da er sich an die Dunkelheit gewöhnt hatte, konnte er ihn erkennen. Er lag flach auf dem Rücken. Er hatte die Decke über das Fußende des Bettes getreten und trug einen lächerlichen, mit College-Wimpeln gemusterten Pyjama.

Vic schwang sich aus dem Bett, ging leise ins Badezimmer und schloss die Tür. Rogers Zigaretten lagen auf dem Waschtisch, und er nahm sich eine. Er brauchte sie. Er saß auf dem Toilettenbecken und rauchte und schnippte die Asche in das Waschbecken.

Ein Angsttraum, hätte Donna gesagt, und es gab weiß Gott genügend Dinge, vor denen er aus gutem Grund Angst hatte. Merkwürdig, aber heute war er, als er gegen zehn ins Bett ging, in so guter Stimmung gewesen wie lange nicht mehr. Als sie gestern im Hotel ankamen, hatten sie noch eine halbe Stunde in der Bar des Ritz-Carlton gesessen und sich über die Idee mit der Entschuldigung unterhalten, und dann hatte Roger seine riesige alte Brieftasche gezückt und aus ihren Tiefen einen Zettel mit der Privatnummer Yancey Harrringtons herausgefischt. Harrrington war der Schauspieler, der den Cornflake-Professor von Sharp gemimt hatte.

»Wir sollten uns lieber vergewissern, ob er es auch machen will, bevor wir weitere Schritte unternehmen«, sagte Roger. Er hatte den Hörer aufgenommen und Harrrington angerufen, der in Westport, Connecticut, wohnte. Vic hatte nicht gewusst, wie Harrrington reagieren würde. Man würde ihm wohl ein wenig um den Bart gehen müssen – die Affäre mit den roten Himbeerflocken hatte ihn sehr mitgenommen, und er hielt sein Image seitdem für angekratzt.

Sie hatten eine angenehme Überraschung erlebt. Harrrington hatte sofort zugesagt. Er hatte die Situation erkannt und wusste, dass der Professor ziemlich erledigt war (»Der arme Kerl ist mausetot«, hatte Harrrington düster gesagt). Aber auch er war der Ansicht, dass diese letzte Aktion der Sharp Company endgültig über die unerquickliche Angelegenheit hinweghelfen würde. Sie sozusagen wieder auf das Gleis setzen würde.

»Alles Scheiße«, sagte Roger grinsend, als er aufgelegt hatte. »Ihm gefällt der Gedanke, noch einen letzten Vorhang zu bekommen. In der Werbung kriegt nicht jeder Darsteller diese Chance. Er würde sich den Flugschein nach Boston selbst kaufen, wenn wir es verlangten.«

Vic war also ganz zufrieden ins Bett gegangen und sofort eingeschlafen. Und dann hatte er den Traum. Er stand vor Tads Schrank und sagte Tad, dass nichts darin sei, überhaupt nichts. *Ich werde es dir ein für alle Mal zeigen,* erklärte er Tad. Er öffnete die Schranktür und sah, dass Tads Kleidung und seine Spielsachen weg waren. In Tads Schrank wuchs ein Wald – alte Fichten, Rottannen und Hartholzbäume. Auf dem Schrankboden lagen duftende Nadeln und herabgefallenes Laub. Er hatte mit dem Fuß gescharrt, um zu sehen, ob die mit Farbe gestrichenen Bretter des Schrankbodens darunter lagen. Aber er fand nur fetten schwarzen Waldboden.

Er trat in den Schrank, und die Tür schloss sich hinter ihm. Das war nicht weiter schlimm. Das Licht war ausreichend. Er ging einen Pfad entlang, der vor ihm lag. Sofort merkte er, dass er ein Bündel auf dem Rücken und eine Feldflasche über der Schulter trug. Er hörte das geheimnisvolle Rauschen des Windes und das Zwitschern der Vögel. Vor sieben Jahren, lange vor Ad Worx, hatten sie während des Urlaubs eine Wanderung durch einen Teil der Appalachen gemacht, und die Landschaft hatte ähnlich ausgesehen wie die Geographie in seinem Traum. Sie hatten es nur einmal getan und waren später immer in die Küstenregion gefahren. Für Vic, Donna und Roger war es wunderbar gewesen, aber Althea Breakstone hasste Wanderungen und hatte sich überdies eine unangenehm juckende Entzündung eingehandelt.

Der erste Teil seines Traumes war recht angenehm gewesen. Der Gedanke, dass all dies sich in Tads Schrank abspielte, war ihm auf seltsame Weise wunderbar erschienen. Dann war er an eine Lichtung gekommen ... aber jetzt zerfloss alles wieder, wie es Träume tun, wenn sie wachen Gedanken ausgesetzt sind.

Auf der anderen Seite der Lichtung erhob sich eine steile Wand etwa tausend Meter hoch in den Himmel. In einer Höhe von ungefähr sechs Metern befand sich eine Höhle – nein, für eine Höhle war sie nicht tief genug. Es war eher eine Nische, eine Vertiefung im Felsen, die einen flachen Boden hatte. Und in dieser Vertiefung hockten Donna und Tad. Sie duckten sich vor einer Art Ungeheuer, das versuchte, hinaufzureichen, hinaufzureichen und sie zu packen. Sie zu fressen.

Es war wie die Szene aus King Kong, nachdem der große Affe die Männer, die versucht hatten, Fay Wray zu retten, vom Baum geschüttelt hat und jetzt den letzten Überlebenden fangen will. Aber der Kerl hat sich in ein Loch verkrochen, und Kong kann ihn nicht ganz erreichen.

Das Ungeheuer in seinem Traum war allerdings kein riesiger Affe gewesen. Es war ... was gewesen? Ein Drache? Nein, nichts dergleichen. Kein Drache, kein Dinosaurier, kein Troll. Er kam nicht mehr darauf. Jedenfalls konnte es Donna und Tad nicht ganz erreichen, und darum wartete es vor ihrem Schlupfloch, wie eine Katze mit grausamer Geduld auf eine Maus wartet.

Er rannte los, aber wie schnell er auch rannte, er kam der anderen Seite der Lichtung nicht näher. Er hörte Donnas Hilfeschreie, aber als er zurückbrüllte, waren die Worte, kaum hatten sie seinen Mund verlassen, wie abgeschnitten. Es war Tad, der ihn schließlich entdeckte.

»Sie nützen nichts!«, schrie Tad, und in seiner Stimme lag eine so hoffnungslose Verzweiflung, dass Vic die Angst im Magen spürte. *»Daddy, die Worte an die Ungeheuer nützen nichts! Oh, Daddy, sie nützen nichts, sie haben nie etwas genützt! Du hast gelogen, Daddy! Du hast gelogen!«*

Vic rannte weiter, aber er lief wie auf einer Tretmühle. Und er hatte am Fuße der steilen grauen Wand einen Haufen von alten

Knochen und grinsenden Totenschädeln gesehen, von denen einige mit grünem Moos bedeckt waren.

In diesem Augenblick wachte er auf.

Aber was war das für ein Ungeheuer gewesen?

Er wusste es einfach nicht mehr. Schon erschien ihm der Traum wie eine Szene, die man durch ein Fernglas betrachtet, in das man von der verkehrten Seite hineinschaut. Er ließ die Zigarette in das Becken fallen, spülte und drehte den Wasserhahn auf, damit auch die Asche aus dem Waschbecken verschwand.

Er urinierte, schaltete das Licht aus und ging wieder ins Bett.

Als er sich hinlegte, fiel sein Blick auf das Telefon, und er verspürte plötzlich den irrationalen Impuls, zu Hause anzurufen.

Irrational? Das war noch sehr milde ausgedrückt. Es war zehn nach zwei Uhr morgens. Er würde sie nicht nur wecken, er würde ihr außerdem auch noch einen fürchterlichen Schreck einjagen. Man durfte Träume nicht wörtlich deuten; das wusste jeder. Wenn die Ehe und das Geschäft gefährdet waren, durfte man sich nicht wundern, dass die ständige Beschäftigung mit diesen Dingen beunruhigende Träume zur Folge hatte.

Trotzdem. Nur einmal ihre Stimme hören und erfahren, dass alles in Ordnung ist.

Er kehrte dem Telefon den Rücken, legte sich das Kissen zurecht und schloss die Augen.

Ruf sie morgen früh an, wenn es dich beruhigt. Gleich nach dem Frühstück.

Er fand seine Gelassenheit wieder und war bald eingeschlafen. Diesmal träumte er nicht – und wenn es doch der Fall war, prägten sich diese Träume jedenfalls nicht seinem Bewusstsein ein. Und als am Dienstag der Weckruf kam, hatte er seinen Traum von der Bestie auf der Waldlichtung ganz vergessen. Er erinnerte sich nur vage daran, dass er in der Nacht überhaupt aufgestanden war. Vic rief an diesem Tag nicht zu Hause an.

Charity Camber wachte am Dienstagmorgen um Punkt fünf Uhr auf und erlebte ihre eigene kurze Phase der Desorientierung – gelbe Tapeten statt der Holzwände, die Vorhänge lebhaftes Grün statt des weißen Chintz, ein schmales Einzelbett statt des breiten Doppelbetts, das in der Mitte schon durchhing.

Dann wusste sie, wo sie war – Stratford, Connecticut – und empfand plötzlich eine angenehme Vorfreude. Sie konnte sich den ganzen Tag mit ihrer Schwester unterhalten, über alte Zeiten reden und erfahren, wie es ihr während der letzten Jahre ergangen war. Und Holly hatte schon einen Einkaufsbummel in Bridgeport angekündigt.

Sie war anderthalb Stunden vor ihrer normalen Zeit aufgewacht, wahrscheinlich zwei Stunden, bevor sich im übrigen Haus etwas regte.

Aber vor der dritten Nacht schlief man in einem fremden Bett in der Regel nicht besonders gut.

Allmählich waren aus der Stille leise Geräusche zu hören, während sie wachlag und lauschte. Das fahle Licht des dämmernden Morgens fiel durch die halb geöffneten Vorhänge ... der erste Schein des heraufziehenden Tages, der immer so weiß und klar und schön war. Sie hörte ein Dielenbrett knarren. Draußen hatte ein Blauhäher seinen ersten Wutanfall des Vormittags. Der erste Pendlerzug nach Westport, Greenwich und New York City rauschte in der Ferne vorbei.

Wieder knarrte das Dielenbrett.

Und noch einmal.

Es war kein Balken des Hauses, in dem es arbeitete. Es waren Schritte.

Charity setzte sich im Bett auf. Die Decke und das Laken glitten ihr bis zur Hüfte herab und zeigten ihre in ein rosa Nachthemd gehüllte Gestalt. Jetzt hörte sie jemanden langsam über die Treppe nach unten gehen. Es waren leichte Schritte: barfuß oder auf Socken. Es war Brett. Wenn man lange mit jemandem zusammenlebte, erkannte man seine Schritte am Geräusch. Das war eins dieser mysteriösen Dinge, die sich im Laufe der Jahre so ergeben.

Sie warf die Decke zur Seite, stand auf und ging an die Tür. Ihr Zimmer lag am oberen Flur, und sie sah gerade noch Bretts Kopf verschwinden.

Sie ging hinterher.

Als Charity die Treppe erreicht hatte, verschwand Brett in der Diele, die sich über die ganze Breite des Hauses erstreckte. Sie öffnete den Mund, um ihn zu rufen ... und schloss ihn wieder. Sie fühlte sich unsicher in dem Haus, in dem alles schlief und das nicht ihr Haus war.

Es war etwas an seinem Gang ... an seiner Körperhaltung ... aber das lag doch schon Jahre zurück –

Rasch und leise ging sie barfuß die Treppe hinunter. Sie folgte Brett in die Küche. Er trug nur seine hellblaue Pyjamahose, und die weiße Baumwollkordel hing ihm zwischen den Beinen herab. Er war schon sehr braun, obwohl es noch nicht Hochsommer war – er hatte von Natur aus eine dunkle Haut, wie sein Vater, und er wurde leicht braun.

Als sie in der Tür stand, sah sie ihn im Profil, und die ersten Strahlen der Sonne tauchten seinen nackten Oberkörper in helles Licht, als er an den Wandschränken über dem Herd, dem Tisch und der Spüle entlanglief. Die Bewunderung, die sie empfand, war mit Angst gemischt. *Er ist schön*, dachte sie. *Alles, was an uns schön ist, oder je schön war, ist auf ihn übergegangen.* Es war ein unvergesslicher Augenblick. Sie sah ihren Sohn nur mit einer Pyjamahose bekleidet, und zum ersten Mal begriff sie etwas vom Geheimnis seines Knabenalters, aus dem er schon so bald herauswachsen würde.

Mit den liebenden Augen einer Mutter betrachtete sie seine schmale, aber muskulöse Silhouette. Er schien ihr ... der Inbegriff der Perfektion.

Sie hatte Zeit gehabt, ihn zu betrachten, denn Brett war nicht wach. Als Kind hatte er Perioden gehabt, da er schlafwandelte; insgesamt vielleicht zwei Dutzend, im Alter zwischen fünf und acht. Schließlich war sie besorgt – und so erschrocken – gewesen, dass sie (ohne Joes Wissen) Dr. Gresham konsultierte. Sie hatte keine Angst, dass Brett den Verstand verlor – jeder sah, dass er aufgeweckt und normal war –, aber sie fürchtete, dass er sich in diesem seltsamen Zustand verletzen könnte. Dr. Gresham hatte sie beruhigt und gesagt, das sei sehr unwahrscheinlich. Die komischen Vorstellungen vom Schlafwandeln hätten die Leute meistens aus schlechten Filmen.

»Wir wissen nicht viel über das Schlafwandeln«, hatte er ihr gesagt, »aber wir wissen, dass es bei Kindern häufiger auftritt als bei Erwachsenen. Es gibt eine ständig wachsende, ständig reifende Wechselwirkung zwischen Geist und Körper, Mrs Camber, und viele Leute, die auf diesem Gebiet geforscht haben, sind der Ansicht, dass es sich bei dem Schlafwandeln um das Symptom eines zeitweiligen und nicht so sehr bedeutsamen Missverhältnisses zwischen beiden handelt.«

»Wie Wachstumsschmerzen?«, hatte sie misstrauisch gefragt.

»So ähnlich«, hatte Dr. Gresham grinsend geantwortet. Er zeichnete eine Kurve auf ein Stück Papier und meinte, dass Bretts Schlafwandeln einen Höhepunkt erreichen und dann zurückgehen würde, bis es völlig verschwunden sei.

Die Überzeugung des Arztes, dass Brett im Schlaf nicht etwa aus dem Fenster springen oder auf die Autobahn laufen würde, hatte sie ein wenig beruhigt, aber sie war nicht viel schlauer geworden. Eine Woche später hatte sie Brett zum Arzt gebracht. Es war kurz nach seinem sechsten Geburtstag. Gresham hatte ihn gründlich untersucht und festgestellt, dass er in jeder Hinsicht normal sei. Und tatsächlich schien Gresham Recht behalten zu haben, jedenfalls lag der letzte seiner nächtlichen »Spaziergänge«, wie Charity sie nannte, schon zwei Jahre zurück.

Bis jetzt.

Brett öffnete die Schränke, einen nach dem anderen, und schloss jeden sorgfältig, bevor er sich dem nächsten zuwandte. Sie sah Hollys Bratenschüsseln, ihre ordentlich aufgeschichteten Geschirrtücher, einen noch nicht ganz kompletten Satz sehr teurer Gläser. Er hatte die Augen weit geöffnet, aber sein Blick war leer. Sie hatte das bestimmte Gefühl, dass er in diesem Augenblick auch den Inhalt anderer Schränke an anderen Orten sah.

Sie empfand das alte hilflose Entsetzen, das sie fast schon vergessen hatte, wie Eltern den Ärger und die Aufregungen der frühen Kindheit ihrer Sprösslinge vergessen: das Zahnen, das erschreckend hohe Fieber nach der Impfung, die Diphtherie, die Mittelohrentzündung, die Hand oder das Bein, aus denen plötzlich ohne jeden Grund Blut floss. *Was denkt er?*, überlegte sie. *Wo ist er? Und warum passiert es jetzt? Nach all den Jahren?* War es die ungewohnte Umgebung? Sie hatte an ihm keine Aufregung feststellen können ... wenigstens bis jetzt nicht.

Er öffnete den letzten Schrank und nahm eine rosa Soßenschale heraus. Er stellte sie auf den Tisch. Er griff in die Luft und machte eine Bewegung, als ob er etwas in die Soßenschale schüttete. Ihre Arme bekamen eine Gänsehaut, als sie erkannte, wo er war und was seine Vorstellung zu bedeuten hatte. Es war eine Routine, die er zu Hause Tag für Tag durchexerzierte. Er fütterte Cujo.

Instinktiv ging sie einen Schritt auf ihn zu und blieb dann stehen. Sie glaubte diese Altweibergeschichten nicht, in denen geschildert wurde, was alles passieren konnte, wenn man einen Schlafwandler weckte – dass die Seele ohne Wiederkehr aus dem Kopf fahren würde, dass der Betreffende den Verstand verlieren oder plötzlich sterben könnte –, und darüber hätte Dr. Gresham sie nicht erst belehren müssen. Sie hatte sich in der Bibliothek von Portland eigens ein Buch über das Thema ausgeliehen ... aber auch das hatte sie eigentlich nicht gebraucht. Ihr gesunder Verstand hatte ihr gesagt, was passierte, wenn man einen Schlafwandler weckte: Er wachte auf. Es mochte Tränen geben, vielleicht eine leichte Hysterie, aber diese Reaktion war ganz einfach auf Desorientierung zurückzuführen.

Dennoch hatte sie Brett während seiner nächtlichen Spaziergänge niemals geweckt, und sie wagte es auch jetzt nicht. Gesunder Verstand war eine Sache. Ihre unsachlichen Befürchtungen eine andere. Sie hatte plötzlich entsetzliche Angst und wusste nicht, warum. Was konnte daran so schrecklich sein, dass Brett träumte, er füttere gerade seinen Hund? Das war doch völlig natürlich, zumal er sich um Cujo solche Sorgen gemacht hatte.

Jetzt beugte er sich vor und streckte die Hand mit der Soßenschale aus, und seine weiße Pyjamakordel hing im rechten Winkel zu der rot-schwarzen Linoleumfläche. Sein Gesicht vollführte in Zeitlupe eine Pantomime des Kummers. Er fing an zu sprechen und murmelte die Worte guttural und hastig und schwer verständlich, wie es Schlafwandlern eigen ist. Und die Worte selbst drückten keine Emotionen aus. Diese lagen in ihm, lagen unter der Larve des Traumes, der lebhaft genug gewesen sein musste, um ihn nach vielen Jahren wieder schlafwandeln zu lassen. In seinen rasch und mit einem schläfrigen Seufzer ausgestoßenen Worten lag nichts Melodramatisches, aber Charity fuhr sich mit der Hand an die Kehle. Ihre Haut fühlte sich kalt an. Sehr kalt.

»Cujo hat keinen Hunger mehr«, sagte Brett und richtete sich wieder auf. Er presste die Soßenschale gegen die Brust. »Nein, nicht mehr, nicht mehr.«

Er blieb eine Weile bewegungslos am Tisch stehen, und Charity tat dasselbe an der Küchentür. Eine einzelne Träne lief ihm über das Gesicht. Er stellte die Schale auf den Tisch und ging zur Tür. Er hatte die Augen geöffnet, aber sie glitten gleichgültig und blicklos über seine Mutter hin. Er blieb stehen und sah sich noch einmal um.

»Such im Gras«, sagte er zu jemandem, der nicht da war. »Such im hohen Gras.«

Dann ging er wieder auf sie zu. Sie trat zur Seite, immer noch die Hand an der Kehle. Rasch und geräuschlos ging er an ihr vorbei und verschwand in der Diele, um zur Treppe zu gehen.

Sie wollte ihm folgen und erinnerte sich an die Soßenschüssel. Sie stand einsam auf dem sonst leeren Tisch wie die Zentralfigur in einem seltsamen Gemälde. Sie nahm sie auf, und sie glitt ihr aus der Hand, sie hatte nicht daran gedacht, dass ihre Finger schweißnass waren. Sie jonglierte Bruchteile von Sekunden und hörte schon den berstenden Knall durch das schlafende Haus tönen. Dann hatte sie die Schüssel mit beiden Händen sicher aufgefangen. Sie stellte sie in den Schrank zurück, schloss die Tür und konnte einen Augenblick nur noch stehen bleiben. Sie hörte ihr

Herz laut schlagen und empfand sich überdeutlich als Fremde in dieser Küche. Sie war hier eingedrungen. Sie folgte ihrem Sohn.

Sie kam gerade noch rechtzeitig an seine Zimmertür, um ihn ins Bett steigen zu sehen. Er zog die Decke hoch und rollte sich auf die linke Seite, seine normale Schlafposition. Charity wusste, dass es jetzt vorbei war, aber sie blieb noch eine Weile stehen.

In einem der Zimmer hustete jemand, und auch das erinnerte sie daran, dass dieses Haus anderen Leuten gehörte. Sie hatte Heimweh. Sie hatte ein Gefühl, als hätte sie betäubendes Gas im Magen, das Zeug, das die Zahnärzte gebrauchen. Im ruhigen Licht dieses frühen Morgens kamen ihre Gedanken an eine Scheidung ihr so unreif und wirklichkeitsfern vor wie die Gedanken eines Kindes. Hier fiel es ihr leicht, an solche Dinge zu denken. Es war nicht ihr Haus. Sie gehörte nicht hierher.

Warum hatte diese Pantomime, in der Brett Cujo fütterte, sie so entsetzt? *Cujo hat keinen Hunger mehr, nein, nicht mehr.*

Sie ging wieder in ihr eigenes Zimmer und blieb im Bett liegen, bis die Sonne am Himmel stand und den Raum erhellte. Beim Frühstück verhielt Brett sich nicht anders als sonst. Er erwähnte Cujo nicht, und er dachte anscheinend nicht mehr daran, zu Hause anzurufen, wenigstens im Augenblick nicht. Charity überlegte eine Weile und beschloss dann, die Sache auf sich beruhen zu lassen.

Es war heiß.

Donna drehte das Fenster ein wenig weiter herunter – es war jetzt etwa ein Viertel offen, weiter wagte sie nicht –, und dann lehnte sie sich über Tads Schoß, um auch seins ein wenig zu öffnen. Dabei bemerkte sie den zerknitterten gelben Zettel auf seinem Schoß.

»Was ist das, Tad?«

Er sah zu ihr auf. Er hatte verwischte braune Ringe unter den Augen. »Die Worte an die Ungeheuer«, sagte er.

»Darf ich sie mal sehen?«

Er hielt den Zettel einen Augenblick fest. In seinem Gesicht lag ein misstrauischer, auf sein Eigentum pochender Ausdruck, und sie empfand sofort Eifersucht. Das Gefühl war kurz, aber sehr intensiv. Bis jetzt hatte sie es geschafft, dass er am Leben und unverletzt war, aber sein Herz hing an Vics Hokuspokus. Doch das Gefühl verwandelte sich in Scham und Traurigkeit. Sie ekelte sich vor sich selbst. Sie war es doch, die ihn in diese Situation gebracht hatte. Wenn sie nicht nachgegeben hätte, wenn sie ihn mit Debbie zu Hause gelassen hätte ...

»Ich hab sie mir gestern in die Tasche gesteckt«, sagte er, »bevor wir zum Einkaufen fuhren. Mommy, wird das Ungeheuer uns fressen?«

»Es ist kein Ungeheuer, Tad, es ist nur ein *Hund*, und ... nein, er will uns nicht fressen!« Sie sprach schärfer, als sie beabsichtigt hatte. »Ich habe dir doch gesagt, dass wir nach Hause fahren können, wenn der Briefträger kommt.« *Und ich habe ihm auch gesagt, dass der Wagen bald anspringen wird und dass jemand kommen wird und dass die Cambers bald wieder zu Hause sein werden –*

Aber welchen Sinn hatte es, darüber nachzudenken?

»Darf ich die Worte an die Ungeheuer wiederhaben?«, fragte er.

Für einen Augenblick hatte sie unbändige Lust, das schweißverklebte und zerknitterte Stück Papier zu zerreißen und die Fetzen aus dem Fenster zu werfen wie Konfetti. Dann gab sie Tad den Zettel zurück und fuhr sich mit beiden Händen durch das Haar. Sie schämte sich. Und sie hatte Angst. Was um Gottes willen war nur mit ihr los? So ein sadistischer Gedanke. Warum wollte sie es für ihn noch schlimmer machen? War es Vic? Sie selbst? Was?

Es war entsetzlich heiß – zu heiß, einen klaren Gedanken zu fassen. Der Schweiß floss ihr über das Gesicht, und sie sah, dass er auch Tad über die Wangen lief. Das Haar klebte ihm hässlich am Kopf, und es sah zwei Schattierungen dunkler aus als sein normales Mittelblond. *Ich muss ihm die Haare waschen,* dachte sie wirr, und dabei fiel ihr die Flasche Haarwaschmittel ein, die zu Hause ruhig und sicher im Badezimmer stand und darauf wartete, dass sie jemand herunternahm und sich etwas davon in die Hand goss.

(verlier nicht wieder deine Selbstkontrolle)

Nein, natürlich nicht. Sie hatte keinen *Grund*, die Selbstkontrolle zu verlieren. Alles würde gut werden, oder etwa nicht? Natürlich. Der Hund war nicht in Sicht. Sie hatte ihn schon über eine Stunde nicht mehr gesehen. Und der Briefträger. Es war jetzt fast zehn Uhr. Der Briefträger musste bald kommen, und dann würde es ihr nichts mehr ausmachen, dass es im Wagen so heiß war. »Den Treibhauseffekt« nannte man es. Das hatte sie mal in einer Broschüre vom Tierschutzverein gelesen, in der erklärt wurde, warum man seinen Hund nicht lange im Wagen lassen durfte, wenn es so heiß war wie jetzt. Der Treibhauseffekt. In der Broschüre hatte gestanden, dass in einem geparkten Auto bei geschlossenen Fenstern Temperaturen von bis zu sechzig Grad entstehen können. Darum war es grausam und gefährlich, seinen Hund einzuschließen, wenn man einkaufen ging oder sich einen Film ansah. Donna lachte auf. Hier saß der Schuh allerdings am falschen Fuß. Hier hatte der Hund die Menschen eingesperrt.

Aber der Briefträger würde kommen. Der Briefträger würde kommen, und dann war alles ausgestanden. Es spielte keine Rolle, dass sie nur noch eine viertel Thermosflasche Milch hatten, oder dass sie heute Morgen gemusst hatte. Sie hatte Tads kleine Thermosflasche benutzt – oder hatte es versucht –, und sie war übergelaufen, und jetzt stank der Wagen nach Urin, ein übler Gestank, der durch die Hitze nur noch schlimmer wurde. Sie hatte die Thermosflasche zugeschraubt und aus dem Fenster geworfen. Sie hatte gehört, wie sie auf dem Kies zerschellte. Dann hatte sie geweint.

Aber all das spielte keine Rolle. Es war demütigend, versuchen zu müssen, in eine Thermosflasche zu urinieren, aber es war ohne Bedeutung, denn bald würde der Briefträger kommen. Vor dem efeubewachsenen Backsteingebäude der Post in der Carbine Street belud er jetzt schon seinen Wagen ... oder vielleicht hatte er schon seine Runde begonnen und war schon unterwegs, die 117 entlang zur Maple Sugar Road. Bald war alles zu Ende. Sie würde mit Tad nach Hause fahren und nach oben gehen. Sie würden sich ausziehen und gemeinsam duschen. Aber bevor sie mit Tad in die Badewanne und unter die Dusche ging, würde sie die Flasche mit dem Shampoo von der Ablage nehmen, die Kappe abschrauben und vorsichtig auf die Kante des Waschbeckens stellen und zuerst Tad, dann sich selbst die Haare waschen.

Tad las schon wieder den gelben Zettel, und stumm bewegten sich seine Lippen. Kein richtiges Lesen, nicht wie er in ein paar Jahren lesen würde (*wenn wir hier je herauskommen,* fügte ihr heimtückischer Verstand sofort hinzu), aber er las, wie man eben liest, wenn man etwas auswendig gelernt hat. Wie die Fahrschulen funktionale Analphabeten auf die schriftliche Prüfung vorbereiten. Das hatte sie auch irgendwo gelesen oder vielleicht in einer Fernsehsendung gehört. War es nicht erstaunlich, wie viel Mist das menschliche Gehirn speichern konnte? Und war es nicht erstaunlich, wie leicht das Gehirn es alles wieder ausspucken konnte, wenn es sich nicht mit etwas anderem beschäftigte? Wie ein Müllschlucker im Rückwärtsgang.

Dabei dachte sie an einen Zwischenfall im Haus ihrer Eltern, bei denen sie damals noch wohnte. Knapp zwei Stunden vor einer von Mutters berühmten Cocktailpartys (so nannte Donnas Vater sie immer ironisch, was Samantha in helle Wut versetzte) hatte der Müllzerkleinerer in der Küchenspüle nicht richtig funktioniert, und als ihre Mutter das Gerät wieder einschaltete, um die Abfälle loszuwerden, war grünlicher Dreck bis an die Decke geschossen. Donna war damals vierzehn gewesen, und sie wusste jetzt noch, wie die hysterische Wut ihrer Mutter sie erschreckt und angewidert hatte. Es hatte sie angewidert, weil ihre Mutter sich vor den Leuten so gehen ließ, und sie war erschrocken gewesen, weil der Wutanfall ihrer Mutter so völlig unlogisch war ... und weil sie in den Augen ihres Vaters den Ausdruck einer Art resignierten Ekels gesehen hatte. Das war das erste Mal gewesen, dass sie sich fest vorgenommen hatte, wenigstens zu versuchen, eine bessere Frau zu werden als ihre Mutter, die sich wegen einer solchen Kleinigkeit in einen so Furcht erregenden Zustand hineinsteigern konnte.

Sie schloss die Augen und versuchte, den Gedanken zu verdrängen. Die von dieser Erinnerung wachgerufenen Emotionen beunruhigten sie. Tierschutzverein, Treibhauseffekt, Müllzerkleinerer, was kam als Nächstes? Wie ich meine Unschuld verlor? Der *Briefträger,* das ist das Einzige, was jetzt interessiert. Der gottverdammte *Briefträger.*

»Mommy, vielleicht springt das Auto jetzt an.«

»Honey, ich habe Angst, es zu versuchen. Die Batterie hat nicht mehr viel Strom.«

»Aber wir *sitzen* nur hier«, sagte er gereizt und müde und böse. »Was macht es, wenn die Batterie keinen Strom hat, wenn wir nur hier sitzen? Versuch es doch!«

»Fang nicht an, mich herumzukommandieren, Kleiner, oder ich hau dir den Arsch voll!«

Er zuckte zurück, als er ihre heisere, keifende Stimme hörte, und sie verwünschte sich. Er wurde langsam unruhig ... und wer wollte ihm das verdenken? Außerdem hatte er Recht. Deshalb war sie auch so wütend geworden. Aber Tad begriff nicht. Sie wollte den Wagen nicht starten, weil sie Angst hatte, den Hund damit anzulocken. Sie hatte Angst, dass Cujo kommen würde, und das hatte ihr gerade noch gefehlt.

Grimmig schaltete sie die Zündung ein. Der Motor drehte jetzt ganz langsam und mit einem schleppenden, protestierenden Geräusch. Er hustete zweimal, aber er sprang nicht an. Sie zog den Schlüssel ab und drückte auf die Hupe. Sie gab nur ein schwaches Signal, das wahrscheinlich keine hundert Meter weit zu hören war, geschweige denn im Haus unten am Hügel.

»Siehst du?«, sagte sie brutal. »Bist du jetzt zufrieden? Gut.«

Tad fing an zu weinen. Es fing so an, wie sie es noch aus der Zeit kannte, als er ein Baby war: Er verzog den Mund, seine Lippen begannen zu zittern, und die ersten Tränen rollten ihm schon über das Gesicht, bevor er anfing zu schluchzen. Sie nahm ihn in den Arm und sagte, dass es ihr Leid täte, dass sie nicht mehr schimpfen wolle, dass sie selbst aufgeregt sei. Sie sagte, dass sie beide nur noch auf den Briefträger warten müssten, und dann würde sie mit ihm nach Hause fahren und ihm die Haare waschen. Und sie dachte: *Eine bessere Frau werden als deine Mutter. Dass ich nicht lache, Mädchen. Du bist genau wie sie. Sie hätte in dieser Situation genau dasselbe gesagt. Wenn du dich schlecht fühlst, müssen alle andern darunter leiden. Na ja, wie die Mutter, so die Tochter. Und wenn Tad groß ist, wird er über dich genauso denken wie du über deine –*

»Warum ist es so heiß, Mommy?«, fragte er dumpf.

»Der Treibhauseffekt«, antwortete sie, ohne überhaupt nachzudenken. Sie war dieser Sache nicht gewachsen, und das wusste sie jetzt. Wenn dies in irgendeiner Weise eine Abschlussprüfung für Mütter wäre – oder auch nur für Erwachsene –, dann war sie durchgefallen. Wie lange saßen sie in dieser Einfahrt fest? Allerhöchstens fünfzehn Stunden. Und sie stand vor dem Zusammenbruch, vor der völligen Auflösung.

»Kriege ich eine Limonade, wenn wir nach Hause kommen, Mommy?« Die Worte an die Ungeheuer lagen zerknüllt auf seinem Schoß.

»So viel du möchtest«, sagte sie und drückte ihn fest an sich. Aber sein Körper fühlte sich so erschreckend hölzern an. Ich hätte ihn nicht anschreien sollen, dachte sie zerstreut. Wenn ich nur nicht geschrien hätte.

Aber ab sofort würde sie es besser machen, gelobte sie sich. Denn der Briefträger würde bald kommen.

»Ich glaube, das Unge... ich glaube, der Hund will uns fressen«, sagte Tad.

Sie setzte zu einer Antwort an, aber sie schwieg. Cujo war immer noch nicht in der Nähe. Das Geräusch des Motors hatte ihn nicht angelockt. Vielleicht schlief er. Vielleicht hatte er Krämpfe bekommen. Das wäre schön ... besonders, wenn er ganz langsam unter Schmerzen gestorben war. Ihr Blick fiel wieder auf die Hintertür. Sie lag so verlockend nahe. Sie war abgeschlossen. Das wusste sie jetzt ganz sicher. Wenn Leute wegfahren, schließen sie vorher ab. Es wäre tollkühn, zur Tür zu rennen, zumal der Briefträger bald kommen musste. Tu so, als sei es ein Ernstfall, sagte Vic manchmal. Ihr blieb nichts anderes übrig, denn dies *war* ein Ernstfall. Lieber glauben, dass der Hund noch lebte und gleich hinter dem halb geöffneten Garagentor lag. Im Schatten lag.

Bei dem Gedanken an Schatten wurde ihr der Mund wässrig.

Es war fast elf Uhr. Fünfundvierzig Minuten später sah sie an Tads Seite des Wagens jenseits der Einfahrt etwas im hohen Gras liegen. Fünfzehn Minuten später wusste sie, dass es ein alter Baseballschläger war, der dort zwischen wilder Hirse und Thimoteusgras halb versteckt lag. Sein Griff war mit Isolierband geflickt.

Ein paar Minuten später stolperte Cujo aus der Scheune hervor. Seine trüben roten Augen blinzelten in der heißen Sonne.

When they come to take you down,
When they bring that waggon 'round,
When they come to call on you
And drag your poor body down ...

Laut und ein wenig verzerrt tönte Jerry Garcias leichte und doch irgendwie müde Stimme aus einem Transisterradio durch den Flur. Irgendwo stöhnte jemand. Als er am Morgen in den übel riechenden Waschraum gegangen war, um sich zu rasieren und zu duschen, hatte er in einem der Urinbecken Erbrochenes und in einem der Waschbecken eine Menge angetrocknetes Blut vorgefunden.

»Shake it, shake it, Sugaree«, sang Jerry Garcia, *»just don't tell'em you knew me.«*

Steve Kemp stand am Fenster seines Zimmers im fünften Stock des YMCA-Gebäudes in Portland, schaute auf die Spring Street hinunter und fühlte sich beschissen, ohne recht zu wissen, warum. Er hatte Kopfschmerzen. Er dachte immer wieder an Donna Trenton und wie er sie gebumst hatte – gebumst und dann bei ihr herumgehangen. Warum eigentlich? Und was zum Teufel war überhaupt passiert?

Er wünschte, er wäre in Idaho. Er hatte in letzter Zeit oft an

Idaho gedacht. Warum ging er dann nicht einfach hin? Er wusste es nicht. Und diesen Zustand schätzte er wenig. Er hasste unbeantwortete Fragen. Solche Fragen wirkten jeder gelassenen Heiterkeit entgegen, und gelassene Heiterkeit war für die Entwicklung eines Künstlers unverzichtbar. Er hatte sich heute Morgen in einem der mit Zahnpasta bespritzten Spiegel betrachtet und gefunden, dass er alt aussah. Wirklich alt. Anschließend hatte er in seinem Zimmer eine Kakerlake Zickzack durch das Zimmer laufen sehen. Alles schlechte Vorzeichen.

Sie hat mich nicht zum Teufel gejagt, weil ich alt bin, dachte er. *Ich bin nicht alt. Sie hat es getan, weil sie nur ihren Spaß haben wollte, weil sie eine Nutte ist und weil ich sie nach ihrem eigenen Rezept behandelt habe. Wie hat deinem Alten denn der kleine Liebesbrief gefallen, Donna? Hat er ihn kapiert?*

Hat der Alte seinen kleinen Liebesbrief überhaupt *bekommen?*

Steve drückte seine Zigarette im Deckel eines Marmeladenglases aus, der in seinem Zimmer als Aschenbecher diente. War das nicht die zentrale Frage? War die beantwortet, dann beantworteten die anderen Fragen sich von selbst. Wie hasste er die Macht, die sie dadurch über ihn hatte, dass sie von sich aus den Bruch herbeigeführt hatte, bevor er selbst die Affäre beenden konnte (sie hatte ihn gedemütigt, verdammt). Und diese Demütigung konnte er nicht ertragen. Er konnte nicht einfach verschwinden. Das wäre so, als hätte er jemandem einen Knallkörper in die Zigarette getan und nicht gesehen, wie er explodierte.

Plötzlich wusste er, was er zu tun hatte, und die Vorfreude ließ sein Herz schneller schlagen. Er steckte die Hand in die Tasche und klimperte mit seinem Kleingeld. Er ging nach draußen. Es war schon Nachmittag, und in Castle Rock begann der Briefträger, den Donna so sehnsüchtig erwartete, den Teil seiner Runde, der ihn in die Maple Sugar Road und die Straße Nummer 3 führte.

Vic, Roger und Rob Martin verbrachten den Dienstag im Studio von Image-Eye und gingen dann hinunter, um ein paar Bier zu trinken und eine Kleinigkeit zu essen. Sie aßen auch eine Kleinigkeit, aber bei ein paar Bieren war es nicht geblieben. Vic merkte plötzlich, dass er betrunkener war als je zuvor bei einem Geschäftsessen. Normalerweise trank er nur einen Cocktail oder ein Glas Weißwein. Er kannte zu viele gute New Yorker Werbeleute, die sich in den dunklen Kneipen an der Madison Avenue immer häufiger betranken und ihren Freunden von Werbekampagnen erzählten, die sie nie in Szene setzen würden ... und wenn sie betrunken genug waren, erzählten sie dem Mann an der Bar von Romanen, die sie mit Sicherheit nie schreiben würden.

Der Anlass war seltsam genug. Halb war es eine Siegesfeier, halb eine Art Totenwache. Rob hatte ihre Idee mit der letzten Anzeige für den Cornflake-Professor mit gebremstem Enthusiasmus aufgenommen und gesagt, er würde das bestens hinkriegen ... vorausgesetzt, man gab ihm die Chance. Und das war es eben. Ohne Sharps Zustimmung und die seines sagenhaften Sohnes würde ihnen der beste Spot nichts nützen. Sie würden allesamt hinausfliegen.

Unter den Umständen, fand Vic, war es das Beste, sich zu besaufen.

Jetzt, um die Mittagszeit, war das Restaurant gut besucht. Sie saßen alle drei in Hemdsärmeln an einem Ecktisch und hatten die Reste ihrer Snacks vor sich liegen. Auf dem Tisch standen etliche Bierflaschen, und die Aschenbecher liefen über. Vic musste an den Tag denken, als er und Roger im Yellow Submarine in Portland saßen und diese kleine Safari diskutierten. Damals war es nur das Geschäft gewesen, das ihm Sorgen bereitete. Er empfand seltsamerweise fast so etwas wie Nostalgie.

Was Donna und Tad jetzt wohl machten? *Ich muss sie heute Abend anrufen,* dachte er. *Das heißt, wenn ich so nüchtern bleibe, es nicht zu vergessen.*

»Und jetzt?«, fragte Rob. »Bleiben Sie noch in Boston oder fliegen Sie gleich nach New York? Ich könnte Ihnen Tickets für die Boston-Kansas City-Serie beschaffen. Vielleicht muntert ein Baseballspiel Sie ein wenig auf.«

Vic sah Roger an, aber der zuckte die Achseln. »Ich denke, wir fliegen gleich nach New York. Vielen Dank, Rob, aber ich glaube nicht, dass wir für Baseball in der rechten Stimmung sind.«

»Hier haben wir nichts mehr zu tun«, stimmte Vic zu. »Wir hatten viel Zeit für Brain-Storming eingeplant, aber ich denke, wir sind uns über diesen letzten Spot grundsätzlich einig.«

»Das Ding hat noch Ecken und Kanten«, sagte Rob. »Freuen Sie sich nicht zu früh.«

»Die können wir abschleifen«, sagte Roger. »Ein Tag bei den Marketing-Leuten sollte genügen. Was meinst du, Vic?«

»Vielleicht dauert es auch zwei Tage«, sagte Vic. »Aber warum sollten wir nicht trotzdem früher fertig werden, als wir erwartet hatten?«

»Und dann?«

Vic grinste trübselig. »Dann rufen wir den alten Sharp an und machen einen Termin. Wahrscheinlich fliegen wir dann von New York direkt nach Cleveland weiter.«

»Cleveland sehen und dann sterben«, sagte Roger finster und goss den Rest Bier in sein Glas. »Ich kann es gar nicht erwarten, den alten Furz wiederzusehen.«

»Vergiss nicht den Sohn«, sagte Vic und lachte.

»Wie könnte ich das Arschloch vergessen?«, erwiderte Roger. »Gentlemen, ich schlage vor, wir bestellen noch eine Runde.«

Rob sah auf die Uhr. »Ich müsste wirklich ...«

»Die letzte Runde«, beharrte Roger. »Auf die alten Zeiten, wenn es Ihnen recht ist.«

Rob zuckte die Achseln. »Okay. Immerhin habe ich noch ein Geschäft. Das dürfen Sie nicht vergessen. Ohne Sharp werde ich allerdings bald genug Zeit zum Saufen haben.« Er hob sein Glas hoch und schwenkte es, bis der Ober ihn bemerkte und nickte.

»Sagen Sie mir, was Sie wirklich von der Sache halten«, sagte Vic zu Rob. »Glauben Sie, die Sache geht schief?«

Rob sah ihn an, schien etwas sagen zu wollen, schüttelte dann aber den Kopf.

Roger sagte: »Nein, reden Sie doch. Wir sitzen alle in einem maigrünen Boot. Oder in einer roten Himbeerflake-Packung. Sie erwarten einen Fehlschlag, nicht wahr?«

»Ich glaube nicht, dass wir auch nur die geringste Chance haben«, sagte Rob. »Sie arbeiten eine gute Präsentation aus – das tun Sie immer. Die Vorbereitungen erledigen Sie in New York, und bei der knappen Frist werden Ihnen die Jungs vom Marketing ohnehin eine gute Prognose stellen. Und Yancey Harrrington ... ich glaube, der Kerl wird alle Register ziehen. Die große Totenbett-Szene. Er wird so gut sein, dass Bette Davies in *Dark Victory* dagegen aussieht wie Ali MacGraw in *Love Story*.«

»Aber so ist es doch überhaupt nicht ...«, fing Roger an.

Rob zog die Schultern hoch. »Das war vielleicht ein wenig unfair. Okay. Nennen Sie es dann eben seinen letzten Vorhang. Wie Sie es auch nennen, ich bin lange genug in diesem Gewerbe, um zu wissen, dass kein Auge trocken bleibt, wenn dieser Spot drei oder vier Wochen lang regelmäßig ausgestrahlt wird. Er wird *jeden* umhauen. Aber ...«

Die Getränke kamen. Der Ober sagte zu Rob: »Mr Johnson hat angerufen. Ich soll Ihnen ausrichten, dass eine ganze Reihe von Leuten auf Sie warten, Mr Martin.«

»Gut. Sagen Sie Mr Johnson, dass die Jungs die letzte Runde saufen, und er soll aufpassen, dass seine Unterwäsche trocken bleibt. Okay, Rocky?«

Der Ober lächelte, leerte den Aschenbecher und nickte.

Er ging. Rob wandte sich Vic und Roger zu. »Worum geht es also? Sie sind doch nicht von gestern. Sie brauchen keinen einbeinigen Kameramann, der Ihnen erzählt, wo der Bär in den Buchweizen geschissen hat.«

»Sharp will sich einfach nicht entschuldigen«, sagte Vic. »Davon reden Sie doch, nicht wahr?«

Rob salutierte mit seiner Bierflasche. »Eins rauf.«

»Es ist keine Entschuldigung«, sagte Roger kläglich. »Es ist eine verdammte *Erklärung*.«

»So sehen *Sie* das«, antwortete Rob. »Aber er? Das ist doch die Frage. Ich kenne den alten Knacker. Er würde sich vorkommen wie ein Kapitän, der vor Frauen und Kindern das sinkende Schiff verlässt. Nein, ich werde Ihnen sagen, was geschehen wird, Freunde.« Er hob sein Glas und nahm einen bedächtigen Schluck. »Eine wertvolle und viel zu kurze Geschäftsverbindung neigt sich ihrem Ende zu. Der alte Sharp wird sich Ihre Vorschläge anhören und den Kopf schütteln. Dann wird er Sie hinauskomplimentieren. Für immer. Und die nächste PR-Firma wird sein Sohn aussuchen. Er wird seine Wahl davon abhängig machen, wie weit die Leute bereit sind, seine verrückten Ideen zu tolerieren.«

»Vielleicht«, sagte Roger. »Aber vielleicht wird er ...«

»Auf das Vielleicht kommt es einen Scheißdreck an, so oder so«, sagte Vic so heftig, dass ein paar Leute von ihren Tellern aufsahen. »Der einzige Unterschied zwischen einem guten Werbemann und einem guten Ölhändler ist, dass ein guter Werbemann versucht, aus dem Material, das er hat, das Beste zu machen ... ohne die Grenzen des Anstands zu überschreiten. Und darum geht es bei diesem Spot. Wenn er ihn ablehnt, lehnt er das Beste ab, was uns überhaupt möglich war. Und damit hat sich's.« Er drückte seine Zigarette aus und stieß beinahe Rogers halb volle Flasche Bier um. Seine Hände zitterten.

Rob nickte. »Darauf werde ich trinken.« Er hob sein Glas. »Zum Wohl, Gentlemen.«

Auch Vic und Roger hoben ihre Gläser.

Rob dachte einen Augenblick nach und sagte dann: »Hoffentlich schaffen wir es wider alle Erwartungen.«

»Amen«, sagte Roger.

Sie stießen an und tranken. Während er sein letztes Bier herunterkippte, musste Vic wieder an Donna und Tad denken.

George Meara, der Briefträger, hob ein in das Blaugrau der Post gekleidetes Bein und furzte. Er furzte in der letzten Zeit recht häufig. Er machte sich schon Sorgen. Er konnte essen, was er wollte. Gestern Abend hatten er und seine Frau Dorsch in Sahnesoße auf Toast gegessen, und er hatte gefurzt. Heute Morgen Kelloggs Produkt 19 mit einer hineingeschnittenen Banane – und er hatte gefurzt. Heute Mittag unten im Sanften Tiger zwei Cheese-Burger mit Mayonnaise ... ein Furz nach dem anderen.

Er hatte die Symptome in der *Medizinischen Enzyklopädie für das Heim* nachgeschlagen, einem unbezahlbaren Werk in zwölf Bänden, das seine Frau Band für Band gekauft hatte, indem sie die Kassenbons von Shop and Save aufbewahrte. Was George Meara dort unter EXZESSIVE BLÄHUNGEN gefunden hatte, war nicht sehr ermutigend. Es konnte das Symptom für eine Magenverstimmung sein. Es konnte bedeuten, dass sich ein hübsches kleines Geschwür entwickelte. Es konnte eine Darmgeschichte sein. Es konnte sogar auf Krebs hinweisen. Wenn es sich nicht besserte, würde er den alten Dr. Quentin aufsuchen. Dr. Quentin würde ihm sagen, das viele Furzen sei eine Alterserscheinung und damit basta.

Tante Evvie Chalmers' Tod im Frühjahr hatte George Meara hart getroffen – härter als er je geglaubt hätte –, und gerade in der letzten Zeit dachte er sehr ungern an das Älterwerden. Er dachte lieber an die »Goldenen Jahre des Ruhestands«, die er und Cathy zusammen verbringen würden. Nicht mehr um sechs Uhr dreißig aufstehen. Nicht mehr Postsäcke herumtragen und sich von diesem Arschloch Michael Furnier etwas sagen lassen, der das Postamt von Castle Rock leitete. Er würde sich nicht mehr im Winter die Eier abfrieren und sich im Sommer über die vielen Leute krankärgern, denen er dann auf ihren Campingplätzen und in ihren Ferienhäusern die Post zustellen musste. Stattdessen würde er Reiseprospekte studieren und im Garten arbeiten. Er würde sich seinen Hobbys widmen. Aber hauptsächlich würde es »Ruhe und Entspannung« geben. Und der Gedanke, sich durch seine späten Sechziger hindurchzufurzen wie eine defekte Rakete, entsprach nicht ganz seinen Vorstellungen über die »Goldenen Jahre des Ruhestands«.

Er lenkte den kleinen blau-weißen Postwagen auf die Straße Nummer 3 und zuckte zusammen, als die grelle Sonne ihn durch die Windschutzscheibe einen Augenblick blendete. Er hörte das schläfrige Zirpen der Grillen im hohen Sommergras und hatte eine kurze Vision von den »Goldenen Jahren des Ruhestands«. Es war eine Szene mit dem Titel »George entspannt sich auf dem Hof in einer Hängematte«.

Er hielt bei den Millikens an und schob einen Werbeprospekt von Zayre und die Stromrechnung in den Kasten. Heute wurden sämtliche Stromrechnungen zugestellt, und er wunderte sich, dass die Millikens überhaupt noch eine bekamen. Sie waren ärmliches Gesindel, genau wie Gary Pervier, der weiter oben wohnte. Es war ein Skandal, wie Pervier sich aufführte, ein Mann, der einst mit dem DSC ausgezeichnet wurde. Und der alte Joe Camber war nicht viel besser. Sie gingen beide allmählich vor die Hunde.

John Milliken war draußen im Hof und reparierte einen Gegenstand, der wie eine Egge aussah. George winkte ihm zu, und Milliken quittierte den Gruß mit einem Fingerschnippen. Dann machte er sich wieder an die Arbeit. *Einen für dich, du Wohlfahrtsempfänger,* dachte George Meara. Er hob das Bein und blies seine Posaune. Dies Gefurze war schlimm. In Gesellschaft musste man verdammt aufpassen.

Er fuhr die Straße hinauf zu Gary Pervier und steckte auch in seinen Kasten einen Werbeprospekt und die Stromrechnung. Er wendete in Garys Einfahrt, denn heute brauchte er nicht den ganzen Weg zu Joe Cambers Grundstück zu fahren. Joe hatte gestern Morgen das Postamt angerufen und gebeten, seine Post vorläufig zurückzuhalten. Mike Furnier, das Großmaul, der im Postamt der Boss war, hatte routinemäßig eine Karte POST BIS AUF WEITERES ZURÜCKHALTEN geschrieben und sie an Georges Platz gelegt, der leer war, weil George seine Montagsrunde schon angetreten hatte.

Furnier hatte Joe Camber darauf aufmerksam gemacht, dass die Montagszustellung schon unterwegs sei.

»Macht nichts«, hatte Joe gesagt. »Ich denke, die von heute kann ich noch entgegennehmen.«

Als George Gary Perviers Post einwarf, sah er, dass die Post vom Montag – die letzte Ausgabe des *Popular Mechanix* und ein Bettelbrief von einer wohltätigen Stiftung – nicht abgeholt worden war. Jetzt, als er wendete, sah er, dass Garys alter Chrysler auf dem Hof stand und Joe Cambers verrosteter Kombi genau dahinter parkte.

»Sie sind zusammen weggegangen«, murmelte er vor sich hin. »Zum Saufen und Randalieren.«

Wieder hob er das Bein und furzte.

George kam zu dem Schluss, dass die beiden wahrscheinlich in Joe Cambers Lieferwagen weggefahren waren und irgendwo soffen und herumhurten. Er fragte sich nicht, warum sie Joes Lieferwagen genommen hatten, wo doch zwei viel bequemere Fahrzeuge zur Verfügung standen, und er bemerkte nicht das Blut auf den Verandastufen. Er sah auch nicht das klaffende Loch in Garys Türfüllung.

»Saufen und Randalieren«, wiederholte er. »Joe Camber hat wenigstens daran gedacht, die Postzustellung aussetzen zu lassen.«

Er fuhr denselben Weg nach Castle Rock zurück und hob hin und wieder das Bein, um seine Posaune zu blasen.

Steve Kemp fuhr zur Dairy Queen in der Nähe des Einkaufszentrums von Westbrook und kaufte sich ein paar Cheeseburger. Er aß sie im Wagen und schaute dabei auf die Brighton Avenue hinaus, aber er sah weder die Straße, noch schmeckte er, was er aß.

Er hatte im Büro ihres Mannes angerufen. Als die Sekretärin fragte, hatte er seinen Namen mit Adam Swallow angegeben. Er sei Marketing-Direktor der Firma House of Lights, Inc. und hätte gern Mr Trenton gesprochen. Er hatte vor Aufregung einen ganz trockenen Mund gehabt. Und wenn Trenton dann am Apparat war, konnten sie sich über interessantere Dinge als Marketing unterhalten. Zum Beispiel über das Muttermal der kleinen Frau, oder wie sie ihn einmal im Orgasmus gebissen hatte, dass er blutete, oder wie die Dinge denn liefen für die kleine Hure, seit ihr Mann erfahren hatte, was sich auf der anderen Seite der Laken so alles abspielte.

Aber so war es nicht gekommen. Die Sekretärin hatte gesagt: »Es tut mir Leid, aber Mr Trenton und Mr Breakstone sind diese Woche nicht im Büro. Sie werden auch fast die ganze nächste Woche nicht da sein. Wenn ich Ihnen vielleicht helfen kann –?« Ihre Stimme hatte einen hoffnungsvollen, ansteigenden Tonfall gehabt. Sie wollte wirklich helfen. Es war ihre große Chance, einen Etat an Land zu ziehen, während die Bosse ihre Geschäfte in Boston besorgten oder vielleicht in New York – sicher nicht an einem so exotischen Ort wie Los Angeles. Das war kein Pflaster für eine so schäbige kleine Agentur wie Ad Worx. Und du kannst Steptanzen, bis dir die Schuhe qualmen, Baby.

Er hatte sich bedankt und gesagt, dass er Ende des Monats wieder anrufen würde. Er hatte aufgehängt, bevor sie sich nach seiner Nummer erkundigen konnte, denn die Firma House of Lights, Inc. hatte ihr Büro in der Congress Street, in einer Telefonzelle vor Joes Tabakladen.

Und nun saß er hier und aß Cheeseburgers und fragte sich, was er als Nächstes tun sollte. *Als ob du das nicht wüsstest?,* flüsterte eine innere Stimme.

Er ließ den Motor an und fuhr in Richtung Castle Rock. Bis er seine restlichen Vorräte gegessen hatte, war er in North Windham. Er warf seine Abfälle auf den Wagenboden, wo sie einen Haufen ähnlichen Zeugs ergänzten – Trinkbecher aus Plastik, Pappschachteln, Pfandflaschen, leere Zigarettenpackungen. Seine Abfälle fortzuwerfen, war asozial und nicht sehr umweltbewusst. Er tat es nie.

An jenem heißen, sonnenhellen Nachmittag um halb vier erreichte er das Haus der Trentons. Mit einer Vorsicht, die ihm kaum bewusst wurde, fuhr er, ohne die Geschwindigkeit zu verringern, am Haus vorbei und parkte den Wagen in einer fünfhundert Meter entfernten Seitenstraße. Er ging zu Fuß zurück.

Die Einfahrt war leer, und er war frustriert und enttäuscht. Er wollte es sich nicht eingestehen – besonders jetzt nicht, wo es so aussah, als sei sie nicht da –, dass er beabsichtigt hatte, ihr ein wenig von dem zu geben, auf das sie im Frühjahr noch so begierig gewesen war. Dennoch, während der ganzen Fahrt von Westbrook nach Castle Rock hatte er eine halbe Erektion gehabt, die erst jetzt total zusammenbrach.

Sie war weg.

Nein. Der *Wagen* war weg. Eins bewies nicht unbedingt das andere.

Steve sah sich um.

Was Sie hier sehen, Ladys and Gentlemen, ist eine friedliche Vorstadtstraße an einem Sommertag. Die meisten kleinen Kinder halten ihren Mittagsschlaf, und die meisten Hausfrauen auch, wenn sie nicht vor ihrer Glotze sitzen und Love of Life *oder* Search for Tomorrow *sehen. Und die lieben Ehemänner arbeiten, um in eine höhere Steuerklasse zu kommen und eines Tages auf die Intensivstation des Eastern Maine Medical Center.*

Zwei kleine Kinder hatten mit Kreide Kästchen auf das Pflaster gemalt und hüpften von einem zum andern. Sie hatten Badeanzüge an und schwitzten. Eine alte Dame mit schütterem Haar zog vorsichtig einen Einkaufsroller hinter sich her und machte um die spielenden Kinder einen weiten Bogen.

Kurz gesagt, es tat sich nicht viel. Still lag die Straße unter der drückenden Hitze.

Steve ging die leicht ansteigende Einfahrt hoch, als ob er das Recht dazu hätte. Zuerst schaute er in die kleine Garage. Er hatte noch nie gesehen, dass Donna sie benutzte, und sie hatte ihm mal gesagt, dass sie Angst davor habe. Der Eingang sei so schmal. Ihr Mann würde ihr die Hölle heiß machen, wenn sie den Wagen verbeulte.

Die Garage war leer. Kein Wagen, auch nicht der altersschwache Jaguar. Was Sportwagen anbetraf, war ihr Mann in den Wechseljahren. Dieser Spruch hatte Donna nicht sehr gefallen, aber Steve hatte noch keinen offensichtlicheren Fall beobachtet.

Steve verließ die Garage und ging die drei Stufen zur hinteren Veranda hoch. Er drückte auf die Klinke. Die Tür war unverschlossen. Er schaute sich kurz um, ob niemand in der Nähe war, und ging hinein, ohne anzuklopfen.

Er schloss die Tür hinter sich. Kein Laut war zu hören. Wieder hatte er Herzklopfen. Und wieder gestand er sich gewisse Dinge nicht ein. Er *musste* sie sich nicht eingestehen, aber dennoch existierten sie.

»Hallo? Niemand zu Hause?« Seine Stimme klang laut, ehrlich, angenehm, fragend.

»Hallo?« Er war schon durch den halben Flur gegangen.

Offensichtlich war niemand da. Im Haus hing Schweigen, Hitze, Erwartung. Ein leeres Haus voller Möbel hatte etwas Unheimliches, wenn es nicht das eigene war. Man fühlte sich beobachtet.

»Hallo? Niemand zu Hause?«, rief er ein letztes Mal.

Du musst ihr ein kleines Andenken an dich hinterlassen. Beeil dich.

Er ging in das Wohnzimmer und sah sich um. Er hatte die Ärmel seines Hemdes aufgekrempelt. Seine Unterarme waren schweißnass. Jetzt konnte man gewisse Dinge zugeben. Er hätte sie umbringen mögen, als sie ihn einen Hurensohn nannte und ihm dabei ins Gesicht spuckte. Wie gern hätte er sie dafür umgebracht, dass sie ihm das Gefühl gab, alt zu sein und Angst zu haben. Der Situation nicht mehr gewachsen zu sein. Der Brief war wenigstens etwas gewesen, aber der Brief reichte nicht.

Rechts standen Nippessachen in einem Regal. Kräftig trat er unten dagegen, und die Scheiben, auf denen sie standen, zerklirrten. Das Gestell schwankte und kippte um, und zersplitterndes Glas regnete herab. Kleine Porzellanfiguren von Katzen und Hunden und Schäfern und ähnliche bürgerliche Scheiße zerbrachen. Er spürte seinen wilden Pulsschlag in den Schläfen. Er merkte nicht, dass sein Gesicht zu einer Fratze verzerrt war. Er zertrat die heil gebliebenen Figuren zu kleinen Splittern. Dann nahm er ein Familienfoto von der Wand und betrachtete neugierig Trentons lachendes Gesicht (Tad saß auf seinem Schoß, und er hatte den Arm um Donna gelegt) und ließ es auf den Boden fallen. Hart trat er auf das Glas.

Wieder sah er sich um und atmete so schwer, als sei er gerade ein Rennen gelaufen. Plötzlich stürzte er sich auf das Zimmer, als sei es etwas Lebendiges, das ihn verletzt hatte und bestraft werden musste. Er warf Vics Sessel um und hob die Couch an. Sie stand einen Augenblick auf der Kante und stürzte dann krachend auf den kleinen Beistelltisch, der daneben gestanden hatte und sofort zerbrach. Er riss Bücher aus den Regalen und fluchte leise über den beschissenen Geschmack der Leute, die sie gekauft hatten. Er packte den Zeitschriftenständer und schleuderte ihn gegen den Spiegel über dem Kamin, der zerschellte. Die an der Rückseite geschwärzten Spiegelsplitter fielen zu Boden wie die Teile eines Puzzles. Er schnaufte in der Hitze jetzt wie ein Bulle. Sein Gesicht war purpurrot.

Er ging durch das kleine Esszimmer in die Küche. Als er an dem Esstisch vorbeiging, den Donnas Eltern ihr beim Einzug geschenkt hatten, streckte er den Arm aus und fegte alles, was darauf stand, auf den Fußboden. Den Gewürzständer, die Kristallvase, die Donna für einen Dollar fünfundzwanzig im Emporium Galorium in Bridgton gekauft hatte, Vics Bierseidel aus seiner College-Zeit. Der Salz- und der Pfefferstreuer aus Keramik detonierten wie Bomben. Er hatte wieder eine Erektion. Er raste. Jeder Gedanke an Vorsicht, jede Angst vor Entdeckung waren wie weggeblasen. Er dachte nicht mehr an die Außenwelt.

In der Küche riss er das untere Herdfach auf und schleuderte die Töpfe und Pfannen überall hin. Sie klapperten laut, aber das Klappern allein befriedigte ihn nicht. An drei Wänden der Küche waren Hängeschränke angebracht. Er öffnete einen nach dem anderen, riss die Teller stapelweise heraus und ließ sie fallen. Steingut zerklirrte melodisch. Er fegte die Gläser aus dem Schrank und grunzte, als sie zerbrachen. Unter ihnen war ein Satz hauchdünner langstieliger Weingläser, die Donna schon seit ihrem zwölften Lebensjahr besaß. Sie waren für ihre Aussteuer bestimmt gewesen und dienten dafür als Grundstock. An einer Aussteuer hatte sie später jedes Interesse verloren, aber sie hatte die Gläser schon ihr halbes Leben und hing an ihnen.

Die Suppenschüssel folgte dem übrigen Geschirr. Die große Bratenplatte. Der Radiorecorder von Sears landete krachend auf dem Fußboden. Steve Kemp tanzte darauf herum, er tanzte Boogie darauf. Sein Penis war hart wie Stein und zuckte in seiner Hose. Seine geschwollenen Schläfenadern pulsierten kontrapunktisch. Unter dem kleinen verchromten Waschbecken in der Ecke fand er Alkohol. Er nahm die halb oder dreiviertel vollen Flaschen und warf sie gegen die geschlossene Tür des Kühlschranks. Er warf sie mit aller Kraft, sodass er morgen den Arm kaum würde bewegen können. Bald floss Gilbeys Gin von der Schranktür herab, Jack Daniels, J & B Whiskey, klebrige grüne Creme de Menthe und der Amaretto, ein Weihnachtsgeschenk von Roger und Althea Breakstone. Glas glitzerte freundlich in der heißen Nachmittagssonne, die durch das Fenster über der Spüle hereinfiel.

Steve ging in den kleinen Raum, in dem die Waschmaschine stand. Er fand Waschmittel, flüssig und in Pulverform, Bleichmittel, Weichspüler und Reinigungsmittel aller Art. Wie jemand, der auf einer Silvesterfeier völlig durchdreht, rannte er in der Küche hin und her und verschüttete überall die Flüssigkeit.

Als er damit fertig war, entdeckte er die Notiz: *Tad und ich bringen den Wagen zu Joe Cambers Werkstatt. Wir sind bald zurück.* Das war zweifellos Donnas steile Schrift.

Das rief ihn schlagartig in die Wirklichkeit zurück. Er war schon mindestens eine halbe Stunde hier, wenn nicht sogar länger. In seinem Wüten hatte er nicht auf die Zeit geachtet. Wie lange war sie schon weg gewesen, als er ankam? Wem hatte sie den Zettel hinterlassen? Jedem, der zufällig hereinkam oder einer bestimmten Person? Er musste verschwinden ... aber zuerst musste er noch etwas erledigen.

Er riss den Zettel ab, und auf den nächsten schrieb er in großen Blockbuchstaben:

ICH HABE ETWAS FÜR DICH HINTERLASSEN, BABY.

Er nahm zwei Stufen auf einmal und rannte in das Schlafzimmer, das oben auf der linken Seite lag. Er hatte es plötzlich sehr eilig. Er war überzeugt davon, dass es jeden Augenblick klingeln konnte. Oder vielleicht steckte eine weitere glückliche Hausfrau ihren Kopf zur Hintertür herein und rief (wie er vorhin): »Hallo! Ist niemand zu Hause?«

Aber auf perverse Weise steigerte das noch seine Erregung bei diesem verrückten Happening. Er löste seinen Gürtel, riss den Reißverschluss auf und ließ seine Jeans fallen. Er trug keine Unterwäsche; das tat er selten. Steil ragte sein Glied aus der rötlich blonden Schambehaarung hervor. Es dauerte nicht lange. Er war zu erregt. Zwei oder drei ruckartige Bewegungen durch seine geschlossene Faust, und er hatte einen raschen und wilden Orgasmus. Zuckend spritzte er seinen Samen auf das Bett.

Er riss die Jeans wieder hoch, schloss in fliegender Hast den Reißverschluss (dabei hätte er fast seinen Penis eingeklemmt – *das* wäre ein Witz gewesen) und rannte zur Tür. Auf dem Weg nach draußen würde ihm jemand entgegenkommen. Ja. Er war ganz sicher. Als sei es vorausbestimmt. Irgendeine glückliche Hausfrau würde sein gerötetes Gesicht und seine hervortretenden Augen sehen und laut anfangen zu schreien.

Er versuchte, sich darauf einzustellen, als er die Hintertür öffnete und hinaustrat. Rückblickend fand er, dass er genug Lärm gemacht hatte, um Tote zu erwecken ... Diese Pfannen! Warum hatte er nur mit diesen verdammten Pfannen geworfen? Was hatte er sich nur dabei gedacht? Das musste doch die ganze Nachbarschaft gehört haben.

Aber es war niemand im Hof oder in der Einfahrt. Der Nachmittagsfrieden war ungetrübt. Auf der gegenüberliegenden Straßenseite drehte sich ein Rasensprenger. Ein Kind auf Rollschuhen lief vorbei. Vor ihm lag eine hohe Hecke, die das Grundstück der Trentons vom Nachbargrundstück trennte. Wenn man von der hinteren Veranda aus nach links sah, hatte man einen Ausblick auf die Stadt unten am Hügel. Steve erkannte die Kreuzung der Route 117 mit der High Street und den Park im Winkel, den die beiden Straßen bildeten. Er stand auf der Veranda und versuchte, sich wieder zu beruhigen. Allmählich fand sein Atem wieder den normalen Rhythmus. Er setzte ein freundliches Gesicht auf. Das Ganze dauerte so lange, wie eine Verkehrsampel braucht, um von Rot über Gelb auf Grün und wieder auf Rot zu schalten.

Und wenn sie jetzt die Einfahrt hochkommt?

Das brachte ihn wieder in Bewegung. Er hatte seine Visitenkarte hinterlassen, und auf weiteren Ärger mit ihr wollte er gern verzichten. Sie konnte ohnehin nichts machen, es sei denn, sie rief die Polizei. Und das würde sie wahrscheinlich nicht tun. Es gab zu viel, das er erzählen konnte: das Geschlechtsleben der glücklichen amerikanischen Hausfrau am Ort ihres natürlichen Vorkommens. Es war allerdings eine verrückte Szene gewesen. Es war schon besser, viele Meilen zwischen sich und Castle Rock zu legen. Vielleicht würde er sie später anrufen. Sie fragen, wie ihr seine Arbeit gefallen habe. Das könnte sogar Spaß machen.

Er ging die Einfahrt hinunter und ging zu seinem Wagen zurück. Er wurde nicht angehalten. Niemand nahm Notiz von ihm. Das Kind mit den Rollschuhen schoss an ihm vorbei und schrie: »Hallo!« Steve erwiderte den Gruß.

Er stieg ein und startete den Wagen. Er fuhr über die 117, bog in die 302 ein und folgte der Straße bis Portland, wo sie die Interstate 95 kreuzte. Er kaufte ein Interstate-Ticket und rollte nach Süden. Er machte sich inzwischen unruhige Gedanken über das, was er angerichtet hatte – die Zerstörungswut, die ihn gepackt hatte, als er sah, dass niemand zu Hause war, hatte sich verzogen. War die Strafe zu schwer für das Vergehen? Sie wollte also nichts mehr mit ihm zu tun haben. Na und? Er hatte das ganze verdammte Haus verwüstet. Ließ das etwa unangenehme Rückschlüsse auf seinen Geisteszustand zu?

Er setzte sich mit diesen Fragen auseinander, wie es die meisten Leute tun: Er nahm die objektiven Tatsachen und tauchte sie in ein Bad von Chemikalien, die zusammengenommen den komplizierten menschlichen Wahrnehmungsmechanismus ausmachten, den man Subjektivität nennt. Wie ein Schulkind, das zuerst sorgfältig mit dem Bleistift arbeitet und dann den Radiergummi nimmt, dann wieder den Bleistift, zerlegte er, was geschehen war, und baute es sorgfältig wieder auf – zeichnete es in seinem

Kopf neu wieder auf –, bis die Tatsachen selbst und seine Betrachtung der Tatsachen so übereinstimmten, dass er mit dem Resultat leben konnte.

Als er die Route 495 erreichte, bog er nach Westen in Richtung New York ab und fuhr immer weiter, bis er die stille Landschaft Idahos durchfuhr, wo Papa Hemingway seine Zuflucht gesucht hatte, alt und vom Leben tödlich angewidert. Er spürte den vertrauten Aufschwung seiner Gefühle, den er immer erlebte, wenn er die Brücken hinter sich abriss und einen neuen Aufbruch wagte. Bei solchen Gelegenheiten fühlte er sich wie neugeboren und hatte das intensive Empfinden, im Besitz der größten aller Freiheiten zu sein, der Freiheit, sich selbst neu zu erschaffen. Er hätte die Bedeutung nicht begriffen, wenn jemand ihn auf die Tatsache hingewiesen hätte, dass er, ob in Maine oder in Idaho, nach einem verlorenen Tennismatch auch in Zukunft den Schläger wütend fortschleudern würde. Dass er sich in einem solchen Fall auch in Zukunft weigern würde, dem Gegner über das Netz die Hand zu reichen. Er reichte dem Gegner immer nur die Hand, wenn er gewonnen hatte.

Er übernachtete in einer kleinen Stadt namens Twickenham. Sein Schlaf blieb unbehelligt. Er war zu der Überzeugung gelangt, dass er das Haus der Trentons nicht aus halb wahnsinniger eifersüchtiger Wut verwüstet hatte. Es war ein Akt revolutionärer Anarchie gewesen – gerichtet gegen ein paar fette Mittelklassenschweine von der Sorte, die es ihren faschistischen Herren leicht machen, an der Macht zu bleiben, indem sie blind ihre Steuern und Telefonrechnungen zahlen. Es war eine mutige Tat gewesen, zu der ihn heiliger und gerechter Zorn getrieben hatte. Es war eine Art, »Alle Macht dem Volk« zu rufen, ein Gedanke, den er in allen seinen Gedichten auszudrücken versuchte.

Dennoch war er nachdenklich, als er sich in dem schmalen Motelbett zum Schlafen umdrehte. Was Donna wohl gedacht hatte, als sie und der Junge nach Hause kamen? Als er einschlief, lag ein Lächeln auf seinem Gesicht.

An jenem Dienstagnachmittag um fünfzehn Uhr dreißig hatte Donna die Hoffnung auf den Briefträger aufgegeben.

Sie hatte einen Arm leicht um Tad gelegt, der im Halbschlaf neben ihr saß. Seine Lippen waren von der Hitze aufgeschwollen, und im Gesicht hatte er hektische Flecken. Ein winziger Schluck Milch war noch übrig, und den wollte sie ihm bald geben. Während der letzten dreieinhalb Stunden – zu Hause wären es dreieinhalb Stunden nach dem Mittagessen gewesen – hatte die Sonne erbarmungslos gebrannt. Obwohl sie beide Fenster ein Stück geöffnet hatte, betrug die Temperatur im Wagen weit über dreißig Grad. So heiß, wie es in einem Wagen eben wurde, wenn man ihn in der Sonne stehen ließ. Nur, dass man unter normalen Umständen sämtliche Fenster öffnete, die Lüftung anstellte und losrollte.

Lasst uns rollen – was für einen wunderbaren Klang hatten diese Worte!

Sie leckte sich die Lippen.

Zeitweise hatte sie die Fenster ganz heruntergedreht, sodass es einen leisen Luftzug gab, aber sie wagte es nicht, sie so zu lassen. Sie könnte einschlafen. Die Hitze versetzte sie in Panik – sie dachte dabei nicht so sehr an sich selbst wie an Tad –, aber noch weit mehr Angst als vor der Hitze hatte sie vor dem Gesicht des Hundes, seinem schaumtriefenden Maul und dem starren Blick seiner roten trüben Augen.

Zuletzt hatte sie die Fenster ganz heruntergedreht, als Cujo im Schatten der Werkstatt verschwunden war, aber jetzt war Cujo wieder da.

Mit gesenktem Kopf saß er im Schatten der großen Scheune, der immer länger wurde, und starrte unverwandt den blauen Wagen an. Der Boden zwischen seinen Pfoten war nass von seinem Geifer. Hin und wieder knurrte er und schnappte in die Luft, als hätte er Halluzinationen.

Wie lange noch. Wie lange dauert es, bis er stirbt?

Sie war eine vernünftige Frau. Sie glaubte nicht an Ungeheuer in Kleiderschränken; sie glaubte an Dinge, die sie sehen und anfassen konnte. Es war nichts Übernatürliches an diesem geifernden Wrack eines Bernhardiners im Schatten der Scheune; er war nur ein krankes Tier, das von einem tollwütigen Fuchs oder Skunk gebissen worden war. Er war nicht hinter ihr persönlich her. Er war kein vierbeiniges Schicksal.

Aber ... sie hatte sich schon fast dazu entschlossen, zur hinteren Verandatür des Hauses zu rennen, als Cujo taumelnd und schwankend aus dem Schatten der Werkstatt herauskam.

Tad. Tad war das Problem. Er musste hier raus. Er antwortete nicht einmal mehr zusammenhängend. Er schien kaum noch die Realität wahrzunehmen. Wenn er mit ihr sprach, rollte er mit den Augen und hatte einen ganz glasigen Blick. Seine Augen waren wie die eines Boxers, auf den eine ganze Serie von Schlägen niederprasselt, eines Boxers, der gleichzeitig mit seinem Mundschutz auch seine Fähigkeit, zusammenhängend zu denken, verloren hat und nur darauf wartet, dass der nächste Hieb ihn bewusstlos in den Ringstaub sinken lässt – diese Dinge erfüllten sie mit Entsetzen und riefen all ihre Mutterinstinkte wach. Tad war das Problem. Wenn sie ihn nicht bei sich gehabt hätte, wäre sie schon längst zu der Tür gerannt. Nur Tad hielt sie davon ab, denn ihre Gedanken kreisten immer wieder um die Vorstellung, dass der Hund sie zerfleischte und Tad dann im Wagen allein blieb.

Und doch, bevor Cujo vor fünfzehn Minuten aufgetaucht war, hatte sie sich schon darauf eingestellt, zu der Tür zu rennen. Wie einen Film ließ sie diesen Vorgang in Gedanken immer wieder ablaufen, bis es ihr fast so vorkam, als hätte sie es schon getan. Sie würde Tad schütteln, damit er ganz wach wurde. Wenn es sein müsste, würde sie ihn sogar schlagen. Ihm sagen, dass er den Wagen nicht verlassen, ihr nicht hinterherlaufen durfte. *Unter keinen Umständen, ganz gleich was geschieht.* Sie würde vom Wagen zur Verandatür rennen. Den Knauf drehen. Wenn die Tür nicht abgeschlossen war, umso besser. Aber sie war auch auf die sehr reale Möglichkeit vorbereitet, dass sie abgeschlossen war.

Sie hatte das Hemd ausgezogen und saß nun in ihrem weißen Baumwoll-BH hinter dem Steuer, das Hemd auf dem Schoß. Bevor sie loslief, wollte sie sich das Hemd um die Hand wickeln.

Das war natürlich kein ausreichender Schutz, aber es war besser als gar nichts. Sie würde die Scheibe neben dem Türknopf einschlagen und nach innen greifen und die kleine hintere Veranda erreichen. Und wenn die innere Tür ebenfalls abgeschlossen war, würde sie auch damit fertig werden.

Irgendwie.

Aber Cujo war wieder herausgekommen, und das nahm ihr den Schneid.

Wird er wirklich hineingehen?, schnatterte ihr Verstand. *Es ist alles viel zu perfekt, nicht wahr? Die Cambers sind weg, und als gute Bürger haben sie daran gedacht, die Postzustellung aussetzen zu lassen. Vic ist weg, und die Chance ist gering, dass er vor morgen Abend anruft, denn wir können uns einfach nicht jeden Abend ein Ferngespräch leisten. Und wenn er anruft, wird er früh anrufen. Wenn niemand abnimmt, wird er vermuten, dass wir zu Mario essen gegangen sind oder uns vielleicht irgendwo ein Eis genehmigen. Später wird er nicht mehr anrufen, weil er denkt, dass wir dann schlafen. Dafür wird er dann morgen anrufen. Der gute, rücksichtsvolle Vic. Ja, es ist alles einfach viel zu perfekt. Saß in der Geschichte von dem Fährmann auf dem Fluss Charon nicht ein Hund vorn im Boot? Der Hund des Fährmanns. Nennt mich einfach Cujo. Auf in das Tal des Todes.*

Geh rein, hypnotisierte sie stumm den Hund, *geh in die Scheune zurück, verdammt.*

Cujo bewegte sich nicht.

Sie leckte sich wieder die Lippen, die sich fast so geschwollen anfühlten, wie die von Tad aussahen.

Sie strich ihm das Haar aus der Stirn und sagte leise: »Wie fühlst du dich, Tadder?«

»Pssst«, sagte Tad zerstreut. »Die Enten ...«

Sie schüttelte ihn. »Tad? Honey? Ist alles in Ordnung? Sag doch etwas!«

Er öffnete ganz langsam die Augen. Er schaute sich um, ein verwirrter kleiner Junge, dem es zu heiß war und der sich schrecklich müde fühlte. »Mommy? Können wir nicht nach Hause fahren? Es ist so *heiß* ...«

»Wir fahren bald nach Hause«, tröstete sie ihn.

»Wann, Mom? *Wann?*« Er fing kläglich an zu weinen.

Oh, Tad, geh vorsichtig mit deiner Flüssigkeit um, dachte sie, *du könntest sie brauchen.* Dass man solche verrückten Dinge denken muss. Aber war die ganze Situation nicht auf lächerliche Weise verrückt? Allein der Gedanke, ein kleiner Junge stirbt an Wassermangel,

(hör auf, er stirbt NICHT)

und das keine sieben Meilen von einer größeren Stadt entfernt, allein dieser Gedanke war verrückt.

Aber die Lage ist nun einmal, wie sie ist, sagte sie sich energisch. Und mach dir nur keine Illusionen, Schwester. Dies ist ein Miniaturkrieg, und alles, was vorher klein schien, hat jetzt gewaltige Dimensionen angenommen. Der leiseste Lufthauch war ein Zephyr. Die Entfernung zur hinteren Veranda war eine halbe Meile durch Niemandsland. Und wenn du glauben willst, der Hund sei das Schicksal oder der wiederauferstandene Geist der Sünde oder gar die Reinkarnation Elvis Presleys, dann glaub es doch. In dieser so seltsam im Maßstab verkleinerten Situation – einer Situation, in der es um Leben und Tod ging – wurde sogar die Verrichtung der Notdurft zu einem Scharmützel.

Wir werden hier herauskommen. Kein Hund wird das meinem Sohn antun.

»Wann, Mommy?« Mit tränenfeuchten Augen sah er sie an. Sein Gesicht war kalkweiß.

»Bald«, sagte sie entschlossen. »Sehr bald.« Sie strich sein Haar zurück und drückte ihn an sich. Sie schaute durch das Fenster an Tads Seite, und wieder fiel ihr Blick auf das Ding, das dort im hohen Gras lag, auf den alten, mit Isolierband reparierten Baseballschläger.

Ich möchte dir den Schädel damit einschlagen.

Im Haus klingelte das Telefon.

Voll Hoffnung riss sie den Kopf herum.

»Ist das für uns? Ist das Telefon für uns, Mommy?«

Sie antwortete nicht. Sie wusste nicht, für wen es war. Aber wenn sie Glück hatten – und das Blatt musste sich doch bald wenden, nicht wahr? –, rief jemand an, den es misstrauisch machte, dass bei den Cambers niemand den Hörer abnahm, und der kommen würde, um festzustellen, warum.

Cujo hob den Kopf. Er hielt ihn schräg, und in diesem Augenblick hatte er eine verrückte Ähnlichkeit mit Nipper, dem Hund der RCA, der das Ohr vor den Grammofontrichter hält. Zitternd stand er auf und lief auf das Haus zu, dem Klingeln des Telefons entgegen.

»Vielleicht geht der Hund ans Telefon«, sagte Tad. »Vielleicht ...«

Erschreckend schnell und gewandt änderte der große Hund die Richtung und rannte auf den Wagen zu. Er taumelte nicht mehr unbeholfen. Als sei das Ganze nur geschickte Verstellung gewesen. Er bellte nicht, er brüllte. Seine roten Augen glühten. Mit einem harten dumpfen Aufprall traf er den Wagen und sank zurück – die Augen blickten betäubt. *Er ist tot*, dachte sie hysterisch, *er muss sich sein krankes Gehirn verletzt, sich das Genick gebrochen haben, er muss er muss er MUSS –*

Cujo stand auf. Seine Schnauze blutete. Er ließ seine leeren Blicke schweifen. Im Haus klingelte das Telefon immer noch. Der Hund schien weglaufen zu wollen und schnappte plötzlich wild nach seiner eigenen Flanke, als habe ihn etwas gestochen. Dann fuhr er herum und sprang gegen Donnas Fenster. Mit einem entsetzlichen dumpfen Geräusch prallte er auf, direkt vor Donnas Gesicht. Blut spritzte über das Glas, und ein langer silbriger Sprung entstand. Tad schrie auf und riss die Hände vors Gesicht. Er zerkratzte sich mit den Fingernägeln die Wangen.

Wieder machte der Hund einen Satz. Schaum lief aus der blutenden Schnauze. Sie sah seine Zähne, groß und gelb und bedrohlich. Seine Pfoten klatschten auf das Glas. Aus einer Wunde zwischen seinen Augen strömte Blut. Er sah sie an, mit einem trüben, stumpfen Blick, aber – das hätte sie beschwören können – es war ein wissender Blick. Er verriet irgendein unheilvolles Wissen.

»Raus hier!«, kreischte sie.

Unter ihrem Fenster warf Cujo sich gegen den Wagen. Und noch einmal. Und noch einmal. Die Tür war schon stark nach innen gebeult. Immer wenn die zweihundert Pfund des Hundes auf den Wagen trafen, wiegte er sich auf den Federn. Jedes Mal hörte sie den schweren Aufprall, und jedes Mal glaubte sie, dass er tot sein müsse, wenigstens bewusstlos. Und jedes Mal lief er in Richtung auf das Haus davon, wirbelte herum und griff erneut an. Cujos Gesicht war eine Maske von Blut und zottigem Fell, aus dem seine Augen, früher freundlich und sanft und braun, in dumpfer Wut hervorglotzten.

Sie schaute zu Tad hinüber und sah seine Reaktion auf den Schock. Wie ein Fötus hatte er sich auf seinem Sitz zusammengekrümmt, die Hände um den Nacken verschränkt, und er atmete stoßweise.

Vielleicht ist es das Beste. Vielleicht –

Das Telefon im Haus hörte auf zu klingeln. Cujo, der gerade erneut angreifen wollte, blieb stehen. Wieder hielt er den Kopf schief. Eine seltsam beschwörende Geste. Donna hielt den Atem an. Die Stille war unerträglich. Cujo setzte sich hin, hob seine grässlich verstümmelte Schnauze in die Luft und stieß ein lang gezogenes Heulen aus, – es war ein so dunkler und einsamer Laut, dass sie zitterte. Ihr war nicht länger heiß, sie fühlte sich so kalt wie in einer Gruft. In diesem Augenblick wusste sie – sie fühlte oder dachte es nicht nur –, sie *wusste,* dass der Hund mehr war als nur ein Hund.

Dieser Augenblick ging vorüber. Langsam und müde stand Cujo wieder auf und ging vorn an den Wagen. Sie nahm an, dass er sich dort hingelegt hatte, denn sie konnte seinen Schwanz nicht mehr sehen. Aber sie blieb noch eine Weile angespannt sitzen und bereitete sich darauf vor, dass er wieder auf die Haube sprang, wie er es schon einmal getan hatte. Er tat es nicht. Um sie herum war Stille. Sie nahm Tad in den Arm und fing an, ihn zu wiegen.

Als Brett es aufgegeben hatte und die Telefonzelle verließ, nahm Charity ihn bei der Hand und ging mit ihm in Caldors Restaurant.

Sie waren in Caldors Kaufhaus gegangen, um Vorhänge auszusuchen und Tischdecken, die dazu passten.

Holly wartete auf sie und trank gerade den Rest Ice-Cream Soda.

»Ist etwas nicht in Ordnung?«, fragte sie.

»Es ist nichts Ernstes«, sagte Charity und strich ihrem Sohn über das Haar. »Er macht sich Sorgen um seinen Hund. Nicht wahr, Brett?«

Brett zuckte die Achseln. Dann nickte er traurig.

»Mach ruhig weiter«, sagte Charity zu ihr. »Wir finden dich schon.«

»Okay. Ich bin dann unten.«

Holly trank aus und sagte: »Ich wette, es geht deinem Köter ausgezeichnet, Brett.«

Brett lächelte, so gut er konnte, aber er sagte nichts. Sie schauten hinterher, als Holly ging. Sie sah gut aus in ihrem burgunderfarbenen Kleid und den Korksandalen. Darin konnte Charity es ihr nicht gleichtun. Vielleicht eines Tages, aber vorläufig noch nicht. Holly hatte für ihre Kinder einen Babysitter engagiert, und sie waren gegen Mittag in Bridgport angekommen. Holly hatte sie beide zu einem guten Essen eingeladen – und dafür mit einer Diners-Club-Karte bezahlt –, und dann hatten sie eingekauft. Aber Brett war sehr ruhig und in sich gekehrt gewesen, weil er sich um Cujo Sorgen machte. Charity hatte wenig Lust, für sich selbst einzukaufen; die Hitze störte sie, und sie war immer noch nervös, wenn sie an Bretts Schlafwandeln von heute früh dachte. Zuletzt hatte sie vorgeschlagen, von einer der Zellen neben der Snack Bar zu Hause anzurufen ... aber genau dieses Ergebnis hatte sie befürchtet.

Die Serviererin kam. Charity bestellte Kaffee, Milch und zwei Stücke Blätterteiggebäck.

»Brett«, sagte sie, »als ich deinem Vater sagte, dass ich mit dir verreisen will, war er dagegen ...«

»Ja, das hatte ich mir gedacht.«

»... und dann hat er es sich anders überlegt. Ganz plötzlich. Ich glaube, dass er vielleicht ... dass er darin vielleicht eine Chance gesehen hat, selbst auf Urlaub zu fahren. Manchmal gehen die Männer gern allein weg, weißt du, um gewisse Dinge zu tun ...«

»Auf die Jagd gehen?«

(und huren und saufen und Gott weiß was sonst noch)

»Ja. Zum Beispiel.«

»Und sich Filme ansehen«, sagte Brett. Ihre Bestellung wurde gebracht, und Brett biss in seine Blätterteigschnitte.

(ja, in der Nahkampfzone in der Washington Street)

»Das könnte sein. Es ist jedenfalls möglich, dass dein Vater für ein paar Tage nach Boston gefahren ist ...«

»Oh, das glaube ich nicht«, sagte Brett ganz ernst. »Er hat viel zu tun. *Sehr* viel. Das hat er mir gesagt.«

»Vielleicht war es nicht so viel, wie er gedacht hatte«, sagte sie und hoffte, dass der Zynismus, den sie empfand, sich nicht in ihrer Stimme bemerkbar machte. »Ich glaube jedenfalls, dass er weggefahren ist, und deshalb konnte er auch gestern und heute das Telefongespräch nicht annehmen. Trink deine Milch, Brett. Sie ist gut für den Knochenbau.«

Er trank die Milch halb aus und bekam einen Schnurrbart wie ein alter Mann. »Vielleicht hast du Recht. Dann hat er gewiss Gary mitgenommen. Er mag Gary.«

»Ja, vielleicht ist Gary mit ihm gefahren«, sagte Charity. Sie redete, als hätte sie nicht im Traum daran gedacht. In Wirklichkeit hatte sie Gary heute Morgen angerufen, als Brett mit Jim Junior im Hof spielte, aber er hatte nicht abgenommen. Wo immer sie sein mochten, sie waren zusammen. Daran bestand kein Zweifel. »Du hast noch nicht viel von deinem Kuchen gegessen.«

Er nahm ihn in die Hand, biss symbolisch hinein und legte ihn wieder hin. »Mom, ich glaube, Cujo ist krank. Er sah gestern Morgen sehr krank aus. Ehrlich.«

»Brett ...«

»*Ja*, Mom. Du hast ihn nicht gesehen. Er sah ... so schrecklich unsauber aus.«

»Würde es dich beruhigen, wenn du wüsstest, dass mit Cujo alles in Ordnung ist?«

Brett nickte.

»Dann werden wir heute Abend Alva Thornton in der Maple Sugar Road anrufen«, sagte sie. »Er soll hinaufgehen und nachsehen, okay? Ich nehme an, dein Vater hat ihn ohnehin gebeten, Cujo zu füttern, während er weg ist.«

»Meinst du wirklich?«

»Ja, das meine ich.« Alva oder jemand anderen. Alva war nicht direkt Joes Freund. Soviel sie wusste, war Gary Joes einziger Freund. Aber Alva gehörte zu den Männern, die gern einmal gefällig waren, wenn man ihnen bei Gelegenheit auch mal einen Gefallen tat.

Wie durch einen Zauber hellte sich Bretts Gesicht auf. Wieder einmal hatte ein Erwachsener die richtige Antwort hervorgezogen wie ein Kaninchen aus dem Hut. Statt sich darüber zu freuen, stimmte es sie trübsinnig. Was sollte sie ihm sagen, wenn es sich herausstellte, dass Alva Joe schon seit der Schneeschmelze nicht mehr gesehen hatte? Unmöglich war das nicht, aber sie konnte immer noch nicht glauben, dass Joe Cujo einfach sich selbst überlassen hatte. Das sah ihm nicht ähnlich.

»Wollen wir jetzt deine Tante suchen?«

»Klar. Lass mich noch aufessen.«

Halb amüsiert und halb entsetzt beobachtete sie, wie er seinen Kuchen in zwei Bissen herunterschluckte und dann mit der restlichen Milch nachspülte. Dann schob er seinen Stuhl zurück.

Charity zahlte, und sie gingen zur Rolltreppe.

»Das ist aber ein großer Laden«, sagte Brett erstaunt. »Das ist auch eine große Stadt, nicht wahr, Mommy?«

»Gegen New York ist Bridgton so klein wie Castle Rock«, dämpfte Charity seine Begeisterung.

Er hielt sich am dahingleitenden Geländer fest und sah sich um. Rechts war eine Unmenge von zwitschernden und kreischenden Wellensittichen zu sehen. Links lag die Haushaltswarenabteilung. Überall blitzendes Chrom. Ein Geschirrspüler hatte eine Vorderseite aus Glas, sodass man die Lauge sehen konnte. Als sie die Rolltreppe verließen, sah er seine Mutter an. »Ihr seid zusammen aufgewachsen, nicht wahr?«

»Das will ich wohl meinen«, sagte Charity lächelnd.

»Sie ist wirklich nett«, sagte Brett.

»Es freut mich, dass du das findest. Ich mochte sie auch immer gern.«

»Wie ist sie so reich geworden?«

Charity blieb stehen. »Du glaubst, Holly und Jim sind *reich?*«

»Das Haus, in dem sie wohnen, war bestimmt nicht billig«, sagte er, und wieder sah sie hinter seinem unfertigen Gesicht seinen Vater hervorlugen, Joe Camber, den schäbigen grünen Hut ins Genick geschoben, den Blick zur Seite gerichtet. »Und diese Musicbox. Die war teuer. Sie hat die ganze Brieftasche voll Kreditkarten, und wir haben nur die Texaco ...«

Sie trat einen Schritt auf ihn zu. »Findest du es schön, anderen Leuten in die Brieftaschen zu sehen, wenn sie für dich gerade ein schönes Essen ausgegeben haben?« Ihre Stimme klang wütender, als sie beabsichtigt hatte.

Brett schien überrascht und gekränkt zu sein, denn sein Gesicht hatte wieder einen verschlossenen Ausdruck. Auch diesen Trick hatte er von Joe Camber. »Ich habe es nur gesehen. Das musste ich ja, wo sie damit geprotzt hat ...«

»Sie hat *nicht* damit geprotzt«, sagte Charity schockiert. Wieder blieb sie stehen. Sie hatten die Textilabteilung erreicht.

»Hat sie doch«, sagte Brett. »Wenn die Karten ein Akkordeon gewesen wären, hätte sie ›Lady of Spain‹ darauf gespielt.«

Sie war plötzlich sehr wütend auf ihn – zum Teil, weil sie vermutete, dass er Recht haben könnte.

»Du solltest sie alle sehen«, sagte Brett. »Das glaube *ich* wenigstens.«

»Es interessiert mich nicht besonders, wie du über die Sache denkst, Brett Camber.« Sie war rot im Gesicht, und ihr juckte die Hand. Vorhin in der Cafeteria hatte sie ihn so nett gefunden.

Wichtiger noch, sie hatte sich als seine Freundin gefühlt. Wo war jetzt dieses freundliche Gefühl?

»Ich habe mir nur überlegt, woher sie wohl so viel Kohle hat.«

»Das ist ein ziemlich ordinäres Wort dafür, findest du nicht?«

Er zuckte die Achseln. Er war ganz offen aufsässig und wollte sie absichtlich provozieren, vermutete sie. Es waren nicht nur seine Beobachtungen während des Essens, es lag tiefer. Er verglich sein Leben und das seines Vaters mit einem anderen Leben. Hatte sie wirklich geglaubt, er würde automatisch die Art, wie Holly und ihr Mann lebten, akzeptieren, nur weil sie es von ihm erwartete? Einen Lebensstil, der ihr durch unglückliche Zufälle oder durch ihre eigene Dummheit, vielleicht auch durch beides, versagt geblieben war? Hatte er nicht das Recht, diesen Lebensstil zu kritisieren ... oder zu analysieren?

Ja, das hatte er, aber sie hätte nicht gedacht, dass seine Beobachtungen (wenn auch intuitiv) so beunruhigend gescheit, so genau und so deprimierend negativ ausfallen würden.

»Ich nehme an, dass Jim das Geld verdient hat«, sagte sie. »Du weißt ja, was er macht ...«

»Er ist ein Bürohengst.«

Aber diesmal ließ sie sich nicht aus der Ruhe bringen.

»Wenn du es so sehen willst. Holly heiratete ihn, als er noch an der juristischen Fakultät von Maine in Portland studierte. Während er sein Studium in Denver fortsetzte, musste sie die verschiedensten Jobs annehmen, damit er es schaffte. Das machen viele. Die Frauen arbeiteten, damit die Männer studieren können ...«

Sie hielt nach Holly Ausschau und glaubte, den Kopf ihrer jüngeren Schwester einige Gänge weiter erkannt zu haben.

»Als Jim mit dem Studium fertig war, gingen sie jedenfalls in den Osten, und er fing bei einer Anwaltsfirma in Bridgton an. Damals verdiente er nicht viel Geld. Aber er hat sich hochgearbeitet, und jetzt ist er Junior-Partner, wie man das nennt. Und nach unseren Maßstäben verdient er wahrscheinlich eine Menge Geld.«

»Vielleicht zeigt sie ihre Kreditkarten herum, weil sie sich manchmal innerlich noch immer arm fühlt«, sagte Brett.

Wieder war sie erstaunt über sein fast unheimliches Einfühlungsvermögen. Sie fuhr ihm zärtlich durch das Haar, und ihre Wut war verflogen. »Du sagtest doch, dass du sie magst.«

»Ja, das tu ich auch. Da ist sie ja. Gleich da drüben.«

»Ich sehe sie.«

Sie gingen zu ihr hinüber. Holly hatte schon einen ganzen Arm voller Vorhangstoffe und sah sich nun nach passenden Tischdecken um.

Die Sonne war endlich hinter dem Haus verschwunden. Ganz allmählich nahm die Backofenhitze im Wagen der Trentons ab. Ein anhaltender leichter Wind kam auf, und Tad drehte dankbar sein Gesicht in die Richtung, aus der er wehte. Er hatte sich den ganzen Tag über viel schlechter gefühlt als jetzt. Der Tag kam ihm wie ein böser Traum vor, aber er konnte sich nicht mehr an jede Einzelheit erinnern. Manchmal war er weggegangen. Er war einfach aus dem Auto gestiegen und weggegangen. Das wusste er noch. Er hatte auf einem Pferd gesessen. Er war mit dem Pferd über ein großes Feld geritten, und dort spielten Kaninchen, wie in dem Zeichentrickfilm, zu dem ihn Mommy und Daddy in das Magic Lantern Theater in Bridgton mitgenommen hatten. Am Ende des Feldes war ein Teich, und in dem Teich waren Enten. Die Enten waren lieb. Tad spielte mit ihnen. Dort war es besser als bei Mommy, denn wo Mommy war, war auch das Ungeheuer, das Ungeheuer, das aus seinem Schrank gekommen war. Aber hier bei den Enten war das Ungeheuer nicht. Hier gefiel es Tad, obwohl er irgendwie wusste, dass er nicht zu lange bleiben durfte. Vielleicht konnte er dann den Weg zum Wagen zurück nicht mehr finden.

Dann war die Sonne hinter dem Haus verschwunden. Es gab kühle Schatten, die fast so dicht waren wie Samt. Das Ungeheuer hatte nicht mehr versucht, sie zu kriegen. Der Briefträger war nicht gekommen, aber er konnte jetzt wenigstens in Ruhe schlafen. Das Schlimmste war der Durst. Noch nie im Leben hatte er sich so sehr etwas zu trinken gewünscht. Deshalb war es bei den Enten auch so schön – dort war es feucht und grün.

»Was hast du gesagt, Honey?« Mommys Gesicht beugte sich über ihn.

»Durstig«, sagte er und quakte dabei wie ein Frosch. »Ich bin so durstig, Mommy«

»Ja, ich weiß. Mommy ist auch durstig.«

»In dem Haus ist bestimmt Wasser.«

»Honey, wir können nicht in das Haus gehen. Jetzt noch nicht. Der böse Hund liegt vor dem Auto.«

»Wo?« Tad kniete sich auf den Sitz und war erstaunt über das leichte Gefühl in seinem Kopf. Es war wie eine Welle, die sich langsam überschlug. Er stützte sich mit einer Hand auf das Armaturenbrett, und die Hand schien am Ende eines Arms zu sitzen, der eine Meile lang war. »Ich sehe ihn nicht.« Selbst seine Stimme hörte er aus weiter Ferne wie ein Echo.

»Setz dich zurück, Tad. Du ...«

Sie sprach immer noch, und er merkte, dass sie ihn in den Sitz zurückdrückte, aber es schien alles so weit weg. Auch ihre Worte kamen wie von weit her; zwischen ihm und ihr lag Nebel, genauso wie er heute Morgen über dem Hof gelegen hatte ... oder gestern Morgen ... oder an jedem Morgen, seit sein Vater weggefahren war. Aber vor ihm lag ein heller Ort, und er verließ seine Mutter, um hinzugehen. Dort waren die Enten. Enten und ein Teich und Seerosen. Mommys Stimme war ein fernes Rauschen. Ihr schönes großes Gesicht, das immer da war, so ruhig und dem Mond so ähnlich, der manchmal nachts in sein Fenster schaute, wenn er mal musste ... dieses Gesicht wurde grau und war nicht mehr zu erkennen. Es verschmolz mit dem grauen Nebel. Ihre Stimme war wie das Summen von Bienen, die viel zu lieb waren, um zu stechen. Ihre Stimme war wie leise plätscherndes Wasser.

Tad spielte mit den Enten.

Donna schlief ein, und als sie wieder aufwachte, hatten sich alle Schatten miteinander vermischt, und das letzte Licht in Cambers Einfahrt hatte die Farbe von Asche. Es dämmerte. Irgendwie war ein weiterer Tag vergangen, und sie saßen – es war fast nicht zu glauben – immer noch hier. Die Sonne klebte schon am Horizont, rund und scharlachrot. Sie sah wie ein in Blut getauchter Basketball aus. Sie fuhr sich mit der Zunge im Mund umher. Ihr Speichel war zähflüssig und zusammengeklumpt wie Gummi und wurde langsam wieder gewöhnliche Spucke. Ihre Kehle fühlte sich wie Flanell an. Wie herrlich müsste es sein, zu Hause unter dem Wasserhahn im Garten zu liegen, ihn voll aufzudrehen, und sich das eiskalte Wasser einfach nur in den Mund fließen zu lassen. Sie machte sich davon eine so lebhafte Vorstellung, dass sie zitterte und eine Gänsehaut bekam.

Lag der Hund immer noch vor dem Wagen?

Sie schaute nach vorn, aber sie konnte natürlich nichts erkennen. Das Einzige, was sie bestimmt wusste, war, dass er nicht vor der Scheune lag.

Sie tippte auf die Hupe, aber sie gab nur einen leisen, rostigen Husten von sich. Der Hund konnte überall sein. Sie fuhr mit dem Finger über den silbrigen Sprung in der Scheibe und fragte sich, was wohl geschehen würde, wenn der Hund noch ein paar Mal gegen das Glas sprang. Konnte es zerbrechen? Vor vierundzwanzig Stunden hätte sie das noch nicht geglaubt, aber jetzt war sie nicht mehr so sicher.

Sie schaute wieder zu der Tür, die auf Cambers Veranda führte. Sie schien weiter entfernt als vorher. Dabei musste sie an einen Begriff denken, den sie am College einmal in einem Psychologiekurs diskutiert hatten. *Idée fixe,* hatte der Dozent, ein affektierter kleiner Kerl mit einem Schnurrbart wie eine Zahnbürste, das genannt. *Wenn eine Rolltreppe sich nicht bewegt, hat man Schwierigkeiten, darauf zu gehen.* Das hatte sie so amüsiert, dass sie eines Tages in Bloomingdale eine Rolltreppe hinuntergegangen war, an der ein Schild hing: AUSSER BETRIEB. Und dabei hatte sie festgestellt, dass der affektierte kleine Professor tatsächlich Recht hatte – ihre Beine wollten sich einfach nicht bewegen. Daraufhin hatte sie versucht, sich vorzustellen, was wohl mit ihrem Kopf geschehen würde, wenn die Treppe in ihrem eigenen Haus plötzlich anfing, sich zu bewegen, wenn man hinunterging. Allein bei dem Gedanken hatte sie laut lachen müssen.

Aber jetzt war das nicht komisch. Es war ganz und gar nicht komisch.

Die Verandatür schien tatsächlich weiter weg zu sein als vorher.

Der Hund wendet psychologische Tricks an.

Sobald ihr der Gedanke kam, verwarf sie ihn auch schon wieder, aber das wollte ihr nicht recht gelingen. Sie gab es auf. Die Lage war jetzt so verzweifelt, dass man sich den Luxus, sich selbst zu belügen, nicht mehr leisten konnte. Bewusst oder unbewusst, Cujo arbeitete mit psychologischen Tricks. Vielleicht benutzte er ihre eigene *Idée fixe,* ihre eigenen Vorstellungen darüber, wie die Welt auszusehen hatte. Aber die Dinge hatten sich verändert. Die glatte Fahrt auf der Rolltreppe war vorbei. Sie konnte nicht einfach mit ihrem Sohn auf den Stufen stehen bleiben und darauf warten, dass jemand den Motor startete. Tatsache war, dass der Hund sie und Tad belagerte.

Tad schlief. Wenn der Hund in der Scheune war, könnte sie es jetzt tun.

Aber wenn er immer noch vor dem Wagen sitzt? Oder unter dem Wagen?

Sie erinnerte sich an etwas, das ihr Vater manchmal sagte, wenn er sich ein Fußballspiel im Fernsehen ansah. Bei solchen Anlässen ließ ihr Vater sich gewöhnlich voll laufen und aß einen großen Teller kalte Bohnen, die vom Abendessen am Samstag übrig geblieben waren. Darum war der Fernsehraum auch schon lange vor dem vierten Spielviertel für normale Menschen unbewohnbar.

Selbst der Hund pflegte sich verlegen hinauszuschleichen. Diesen Spruch hatte ihr Vater für einen besonders guten Angriff auf den Mann oder einen besonders geschickt abgefangenen Pass reserviert. »Auf das Ding hat er im Gebüsch gelauert«, rief ihr

Vater dann. Das machte ihre Mutter ganz verrückt ... aber zu der Zeit, als Donna ein Teenager war, machte alles an ihrem Vater ihre Mutter verrückt.

Und jetzt hatte sie die Vision, dass Cujo vor dem Wagen nicht etwa schlief, sondern sprungbereit im Kies hockte, die blutunterlaufenen Augen genau auf die Stelle gerichtet, wo sie erscheinen musste, wenn sie an der Fahrerseite den Wagen verließ. Er wartete auf sie und hoffte, dass sie dumm genug sein würde auszusteigen. Er lauerte im Gebüsch auf sie.

Mit einer raschen, nervösen Geste, als ob sie sich wusch, rieb sie sich das Gesicht. Hoch oben trat der Abendstern aus dem dunkler werdenden Blau hervor. Die Sonne war verschwunden, und immer noch lag ein ruhiges, aber irgendwie verrücktes gelbes Licht über den Feldern. Irgendwo sang ein Vogel, schwieg und sang dann weiter.

Sie musste feststellen, dass sie nicht annähernd so begierig darauf war, den Wagen zu verlassen, wie noch am Nachmittag. Teils lag es daran, dass sie eingeschlafen war und beim Aufwachen nicht genau wusste, wo der Hund war. Hinzu kam die simple Tatsache, dass die Hitze zurückging – die quälende Hitze und was sie Tad antat, waren ihr Hauptmotiv gewesen, den Versuch ins Auge zu fassen. Jetzt war es im Wagen einigermaßen auszuhalten, und Tads halb ohnmächtiger Zustand war in richtigen Schlaf übergegangen. Er erholte sich, wenigstens vorläufig.

Aber sie fürchtete, dass diese Dinge nicht der eigentliche Grund dafür waren, dass sie noch hier saß. Sie fürchtete, dass sie einen gewissen Grad der Bereitschaft erreicht und überschritten hatte. Sie wusste noch vom Schwimmunterricht in Camp Tapawingo, dass der Augenblick kam, wo man vom hohen Sprungbrett entweder den Sprung wagen oder sich feige zurückziehen musste, um der Nächsten Platz zu machen. Es kam der Tag, wo man beim Fahrunterricht die offenen Landstraßen verlassen und es im Stadtverkehr versuchen musste. Irgendwann kam immer der Augenblick, wo man abspringen oder fahren musste. Oder versuchen musste, die Hintertür zu erreichen.

Früher oder später würde der Hund wieder auftauchen. Die

Lage war schlimm, zugegeben, aber sie war noch nicht verzweifelt. Die günstigen Augenblicke kamen immer in Zyklen. Das hatte sie in keinem Psychologiekurs gelernt. Das wusste sie instinktiv. Wenn man am Montag den Sprung nicht wagte, konnte man es am Dienstag wieder versuchen. Dagegen gab es kein Gesetz. Man konnte –

Widerwillig erkannte ihr Verstand, dass in dieser Argumentation ein tödlicher Fehler lag.

Sie hatte heute Abend nicht mehr so viel Kraft wie gestern Abend. Und morgen früh würde sie noch schwächer und ausgelaugter sein. Und das war noch nicht das Schlimmste. Sie hatte fast die ganze Zeit gesessen – wie lange? –, es schien unmöglich, aber es waren schon ungefähr achtundzwanzig Stunden. War sie nicht zu steif, um es zu schaffen? Wenn sie nun nur den halben Weg zur Veranda schaffte und dann zusammenbrach, weil sich ihre Oberschenkel verkrampften?

Wenn es um Leben und Tod geht, sagte ihr Verstand ihr unerbittlich, *kommt der günstige Augenblick nur einmal – einmal, und dann ist es zu spät.*

Ihre Atmung und ihr Puls beschleunigten sich. Ihr Körper wusste früher als ihr Verstand, dass sie den Versuch machen würde. Dann wickelte sie das Hemd fester um ihre Hand. Sie legte die Hand an den Türgriff und erkannte: Es war keine bewusste Entscheidung gewesen. Sie tat es ganz einfach. Sie ging jetzt, während Tad fest schlief und nicht die Gefahr bestand, dass er hinterherlief.

Mit ihrer schweißnassen Hand zog sie den Türgriff hoch. Sie hielt den Atem an und lauschte, ob sich etwas verändert hatte.

Der Vogel sang wieder. Sonst nichts.

Wenn er die Tür so stark eingebeult hat, dass sie sich nicht mehr öffnen lässt, dachte sie. Das wäre eine Art bitterer Erleichterung. Sie könnte sitzen bleiben und ihre Entscheidung überdenken, prüfen, ob sie auch alles in ihre Berechnungen einbezogen hatte ... und ein wenig durstiger werden ... ein wenig schwächer ... ein wenig langsamer ...

Sie drückte gegen die Tür, half mit der Schulter nach, setzte ihr Gewicht ein. Ihre rechte Hand schwitzte unter dem Baumwollhemd. Sie hatte die Faust geballt, dass ihre Finger schmerzten. Ihre Nägel gruben sich in die Handflächen. Immer wieder sah sie sich in Gedanken die Scheibe neben dem Türgriff einschlagen, hörte die Scherben auf den Fußboden klirren, sah, wie sie die Hand nach dem Griff ausstreckte ...

Aber die Tür öffnete sich nicht. Donna verstärkte den Druck. Sie strengte sich so an, dass ihre Halsmuskeln hervortraten. Aber sie öffnete sich nicht. Sie –

Und dann öffnete sie sich doch. Ganz plötzlich. Sie öffnete sich so weit, dass Donna fast hinausgefallen wäre. Sie suchte den Türgriff und verfehlte ihn. Sie fasste noch einmal hin. Jetzt hielt sie den Türgriff fest, und plötzlich kam ihr panikartig die Gewissheit. So kalt und betäubend wie das Urteil eines Arztes, der ein inoperables Carcinom feststellt. Sie hatte die Tür geöffnet, aber sie würde sich nicht wieder schließen lassen. Der Hund würde in den Wagen springen und sie beide töten. Tad würde vielleicht noch einen wirren wachen Moment erleben, einen letzten, gnädigen Augenblick, in dem er es noch für einen Traum hielt, bevor Cujo ihm die Kehle durchbiss.

Ihr Atem ging rasselnd und schnell. Er fühlte sich wie heißes Stroh an. Sie konnte jedes Körnchen Kies in der Einfahrt erkennen, aber das Denken fiel ihr schwer. Ihre Gedanken rasten wild durcheinander. Szenen aus ihrer Vergangenheit liefen im Zeitraffer vor ihr ab wie ein Film von einer Parade, in dem die Musikkapellen, die Reiter und die Tambourmajore sich immer schneller bewegten, als wollten sie von der Szene eines unheimlichen Verbrechens fliehen. Der Müllzerkleinerer, der den widerlichen grünen Dreck wieder ausspuckte und gegen die Decke schleuderte.

Der Sturz von der hinteren Veranda, als sie fünf war und bei dem sie sich das Handgelenk brach.

Der schreckliche Tag beim Algebra-Unterricht in der höheren Schule, als sie auf ihrem hellblauen Rock Blutflecken entdeckte und sich entsetzlich schämte. Ihre Periode hatte eingesetzt, und wie sollte sie beim Klingelzeichen aufstehen können, ohne dass jeder sah, dass Donna-Rose jetzt die Periode hatte?

Der erste Junge, den sie mit geöffnetem Mund geküsst hatte, Dwight Sampson.

Sie sah sich mit Tad im Arm, der eben zur Welt gekommen war. Dann nahm die Schwester ihn ihr weg, und sie wollte protestieren – *Geben Sie ihn mir wieder, ich bin noch nicht mit ihm fertig,* hatte sie sagen wollen, aber sie war zu schwach, und dann das grässliche platschende Geräusch, als die Nachgeburt aus ihr herausglitt. Und sie erinnerte sich daran, dass sie damals dachte: *Jetzt kotze ich sein Lebenserhaltungssystem aus.* Dann war sie ohnmächtig geworden.

Sie sah ihren Vater, der bei der Trauung heulte und sich bei der Feier betrank.

Gesichter, Stimmen, Zimmer, Szenen, Bücher. Und sie sah das Entsetzen dieses Augenblicks, den Gedanken ICH WERDE JETZT STERBEN –

Mit einer gewaltigen Anstrengung bekam sie sich wieder notdürftig unter Kontrolle. Sie packte den Türgriff mit beiden Händen und zog mit aller Kraft. Die Tür flog zu. Das Scharnier, das Cujo verbogen hatte, protestierte knarrend. Es gab einen lauten Knall, und Tad zuckte zusammen und murmelte etwas im Schlaf.

Donna lehnte sich im Sitz zurück, zitterte hilflos und weinte stumm in sich hinein. Heiße Tränen kamen unter ihren Lidern hervor und liefen ihr bis zu den Ohren. Sie hatte nie in ihrem Leben solche Angst gehabt, nicht einmal nachts in ihrem Zimmer, als sie noch klein war und dachte, dass überall Spinnen seien.

Sie konnte jetzt nicht zur Tür rennen, sagte sie sich. Das war völlig ausgeschlossen. Sie war total erledigt. Sie war fertig mit den Nerven. Sie musste warten, auf eine bessere Gelegenheit warten ...

Aber diese *Idée* durfte nicht *fixe* werden.

Es würde keine bessere Gelegenheit geben. Wegen Tad nicht und auch wegen Cujo nicht. Der laute Knall, als die Tür ins Schloss fiel. Wenn er vor dem Wagen gesessen hätte, wäre er losgelaufen. Vielleicht war er in der Scheune, aber auch dort musste er den Lärm gehört haben. Gewiss trieb er sich woanders herum.

Eine bessere Chance als jetzt würde es nie geben. Und wenn sie es für sich selbst nicht gewagt hätte, für Tad musste sie es wagen.

Alles sehr edelmütig. Aber den Ausschlag gab der Gedanke, in das dunkle Haus der Cambers zu gehen und das beruhigende Gefühl des Telefonhörers in ihrer Hand zu erleben. In Gedanken hörte sie sich schon mit einem von Sheriff Bannermans Leuten sprechen, ganz ruhig und sachlich, und dann den Hörer wieder auflegen. Sie sah sich in die Küche gehen und ein Glas kaltes Wasser trinken.

Sie öffnete wieder die Tür und machte sich auf das knarrende Geräusch gefasst, um dann doch zusammenzuzucken. Sie verfluchte den Hund aus tiefstem Herzen und hoffte so sehr, dass er schon irgendwo lag, an Krämpfen gestorben und voller Fliegen.

Sie schwang die Beine vom Sitz, die ganz steif waren und schmerzten. Sie stellte die Füße mit den Tennisschuhen in den Kies und richtete sich ganz langsam auf.

Der Vogel sang ganz in der Nähe. Er sang drei Takte und verstummte.

Cujo hörte, dass die Tür wieder aufging. Sein Instinkt hatte es ihm schon gesagt. Als sie das erste Mal aufging, wäre er fast hinter der Kühlerhaube hervorgekommen, wo er halb betäubt gelegen hatte. Er wäre fast gekommen, um DIE FRAU zu packen, die ihm diese schrecklichen Schmerzen im Kopf und im Körper zugefügt hatte. Er wäre fast gekommen, aber der gleiche Instinkt hatte ihm befohlen, ruhig liegen zu bleiben. DIE FRAU wollte ihn nur hervorlocken, warnte ihn dieser Instinkt, und das hatte sich als wahr herausgestellt.

Als die Krankheit sich auf ihn legte, über sein Nervensystem herfiel wie ein Präriefeuer mit grauem Rauch und roten Flammen, während sie seine normalen Gedanken- und Verhaltensmuster zerstörte, hatte sie doch irgendwie seine Schlauheit geschärft. Er wusste, dass er DIE FRAU und DEN JUNGEN kriegen würde. Sie hatten seine Schmerzen verursacht – die fürchterlichen Leiden seines Körpers und die grausamen Qualen in seinem Kopf, die davon kamen, dass er immer wieder gegen den Wagen gesprungen war.

Zweimal hatte er heute DIE FRAU und DEN JUNGEN ganz vergessen. Das war, als er die Scheune durch den Hundeausgang verließ, den Joe Camber in die Wand des hinteren Raumes gesägt hatte, in dem er seine schriftlichen Unterlagen aufbewahrte. Er war zu dem Sumpf hinter Cambers Grundstück hinuntergelaufen und war beide Male ganz nahe an dem überwucherten Eingang zur Kalksteinhöhle vorbeigekommen, in der die Fledermäuse hingen. Im Sumpf gab es Wasser, und er hatte schrecklichen Durst, aber der bloße Anblick des Wassers hatte ihn in rasende Wut versetzt. Er wollte das Wasser trinken, das Wasser töten, im Wasser baden, ins Wasser pissen und scheißen, es verschmutzen, zerfleischen, bluten lassen. Beide Male hatte diese entsetzliche Verwirrung der Gefühle ihn jaulend und zitternd davonschleichen lassen. Das alles hatten DIE FRAU und DER JUNGE ihm zugefügt. Und er würde sie nicht mehr verlassen. Kein Mensch, der je lebte, hätte einen Hund finden können, der treuer oder entschlossener seinen Plan verfolgte. Er würde warten, bis er sie erwischen konnte. Wenn nötig, würde er bis zum Ende aller Tage warten. Er würde warten. Er würde Wache halten.

Es war besonders DIE FRAU. Wie sie ihn immer ansah, als ob sie sagen wollte: *Ja, ja, ich habe es getan, ich habe dich krank gemacht, ich habe dafür gesorgt, dass du Schmerzen hast, ich habe diese Qual für dich ausgedacht, und sie wird dich jetzt immer begleiten.*

Oh, er wollte sie töten, sie töten!

Ein Geräusch. Ein leises Geräusch, aber es war Cujo nicht entgangen. Seine Ohren waren jetzt unnatürlich scharf auf alle Geräusche eingestellt. Das ganze Spektrum des mit den Ohren Wahrnehmbaren gehörte ihm. Er hörte die Glocken des Himmels und die heiseren Schreie, die aus der Hölle aufstiegen. In seinem Wahn hörte er das Wirkliche und das Unwirkliche.

Es war das leise Geräusch kleiner Steine, die aneinander stießen.

Cujo duckte sich auf den Boden und wartete auf sie. Warm

und schmerzhaft floss sein Urin, aber er achtete nicht darauf. Er wartete auf die Frau. Sobald sie sich zeigte, würde er sie töten.

Im Erdgeschoss des Hauses der Trentons klingelte inmitten der Trümmer das Telefon. Es klingelte achtmal, neunmal, zehn. Dann verstummte es. Kurz darauf stieß das für die Trentons bestimmte Exemplar des Castle Rock *Call* dumpf gegen die Vordertür, und Billy Freeman strampelte auf seinem Fahrrad weiter die Straße entlang, den Leinensack auf dem Rücken. Er pfiff vor sich hin.

In Tads Zimmer stand die Schranktür offen, und ein unsäglicher trockener Geruch, wild und wie von Raubtieren, hing in der Luft.

In Boston fragte das Girl von der Vermittlung Vic Trenton, ob sie es weiter versuchen solle. »Nein, das ist okay, Miss«, sagte er und hängte auf.

Roger hatte auf Kanal 38 ein Spiel zwischen den Red Sox und Kansas City eingestellt und saß in seiner Unterwäsche mit einem Sandwich und einem Glas Milch auf dem Sofa.

»Von allen deinen Gewohnheiten«, sagte Vic, »von denen die meisten zwischen ausgesprochen widerwärtig und einigermaßen ekelhaft rangieren, empfinde ich, in Unterhosen zu essen, als die schlimmste.«

»Hör dir den Kerl an«, rief Roger in das Zimmer hinein. »Er ist zweiunddreißig Jahre alt und redet immer noch von Unterhosen.«

»Und was ist daran nicht richtig?«

»Nichts ... wenn du in einem Sommerlager der Pfadfinder bist.«

»Ich werde dir heute Nacht die Kehle durchschneiden, Rog«, sagte Vic fröhlich lächelnd.

»Du wirst in deinem eigenen Blut aufwachen. Du wirst alles bereuen, aber dann ist es ... *zu spät*!« Er nahm die Hälfte von Rogers Sandwich mit heißem Rauchfleisch und biss ein gewaltiges Stück ab.

»Das ist aber verdammt unhygienisch«, sagte Roger und wischte sich ein paar Krumen von seiner behaarten nackten Brust.

»Donna war wohl nicht zu Hause, was?«

»Hmm. Sie und Tad sind wahrscheinlich nach unten gegangen, um ein paar Hamburger zu holen. Ich wünschte, ich wäre zu Hause statt in Boston.«

»Aber stell dir doch vor«, sagte Roger und grinste boshaft, »morgen Abend sind wir im Apple. Trinken Cocktails unter der Uhr im Biltmore ...«

»Zum Teufel mit dem Biltmore samt der Uhr«, sagte Vic. »Wer für eine Woche von Maine wegfährt, um sich in Boston und New York um Geschäfte zu kümmern – und das im Sommer –, muss verrückt sein.«

»Das kann man dir abnehmen«, sagte Roger. Auf dem Schirm trat gerade Bob Stanley in Aktion. Das Spiel hatte begonnen. »Es ist tatsächlich beschissen.«

»Aber das Sandwich ist ausgezeichnet«, sagte Vic und zeigte seinem Partner ein gewinnendes Lächeln.

Roger ergriff den Teller und hielt ihn sich vor die Brust. »Bestell dir doch selbst was, du verdammter Abstauber.«

»Wie ist die Nummer?«

»Sechs-acht-eins glaube ich. Es steht auf der Wählscheibe.«

»Soll ich eine Flasche für dich mitbestellen?«, fragte Vic und ging an den Apparat. Roger schüttelte den Kopf. »Ich habe heute Mittag zu viel gesoffen. Ich habe Kopfschmerzen, mein Magen ist nicht in Ordnung, und morgen habe ich wahrscheinlich die Scheißerei. Ich erkenne die ganze Wahrheit, alter Junge. Ich bin kein Jüngling mehr.«

Vic bestellte ein heißes Fleischsandwich und zwei Flaschen Tuborg. Als er aufgelegt hatte und sich Roger zuwandte, saß Roger vor dem Gerät und starrte auf den Schirm. Er balancierte den Sandwichteller auf seinem bemerkenswerten Bauch und weinte. Zuerst glaubte Vic, nicht recht gesehen zu haben. Vielleicht war es eine optische Täuschung. Aber nein, es waren Tränen. Die Scheibe reflektierte sie in Lichtprismen.

Einen Augenblick war Vic unschlüssig. Sollte er zu Roger gehen oder sich eine Zeitung nehmen und so tun, als hätte er nichts gesehen? Aber Roger sah ihn an. In seinem Gesicht arbeitete es, und es war genauso hilflos und verletzlich wie Tads Gesicht, wenn er von der Schaukel gefallen war und sich das Knie aufgeschlagen hatte.

»Was soll ich nur tun, Vic?«, fragte er heiser.

»Rog, wovon redest ...«

»Du weißt genau, wovon ich rede«, sagte er. Die Zuschauer im Fenway-Stadion brüllten, als Boston den Ball bekam.

»Nimm's doch nicht so tragisch, Roger. Du ...«

»Dies Ding fällt durch. Das wissen wir beide«, sagte Roger. »Es stinkt wie ein Karton Eier, der eine Woche lang in der Sonne gestanden hat. Wir spielen ein hübsches kleines Spiel. Rob Martin ist auf unserer Seite. Dieser Flüchtling aus dem Heim für alte Schauspieler ist auf unserer Seite. Zweifellos sind auch Summers Marketing & Research auf unserer Seite, da wir sie bezahlen. Wie wunderschön. Alle sind auf unserer Seite, außer den Leuten, auf die es ankommt.«

»Noch ist nichts entschieden, Rog. Noch nicht.«

»Althea begreift überhaupt nicht, was auf dem Spiel steht«, sagte Roger. »Meine Schuld, okay. Ich bin also ein dummes Huhn, gluck-gluck. Aber ihr gefällt es so sehr in Bridgton, Vic. Sie *liebt* die Gegend. Und die Mädchen dort, ihre Freundinnen ... der See im Sommer ... und sie haben überhaupt keine *Ahnung,* was auf sie zukommt.«

»Ja, das ist schon beängstigend. Das versuche ich dir ja auch nicht auszureden, Rog.«

»Weiß Donna, wie schlecht es steht?«

»Zuerst hat sie alles für einen guten Witz gehalten. Aber sie kapiert es allmählich.«

»Aber sie hat sich nie recht an Maine gewöhnen können wie wir anderen.«

»Vielleicht am Anfang nicht. Aber jetzt würde sie wahrscheinlich bei dem Gedanken, mit Tad wieder nach New York zu gehen, die Hände über dem Kopf zusammenschlagen.«

»Was soll ich nur tun?«, fragte Roger noch einmal. »Ich bin kein junger Mann mehr. Du bist zweiunddreißig, Vic, aber ich werde nächsten Monat einundvierzig. Was soll ich tun? Meine Zeugnisse herumreichen? Wird J. Walter Thompson mich mit offenen Armen aufnehmen? ›Hallo, Roger, mein Lieber, ich habe Ihre alte Stelle für Sie freigehalten. Anfangsgehalt fünfunddreißigtausendfünfhundert.‹ Meinst du, dass er das sagen wird?«

Vic schüttelte nur den Kopf, aber irgendwie irritierte ihn, was Roger sagte.

»Ich habe Angst«, sagte Roger. »Vorher war ich nur wütend. Ich bin natürlich immer noch wütend; aber das vorherrschende Gefühl ist jetzt Angst. Ich liege die ganze Nacht wach und frage mich, was werden soll. Ich kann es mir noch nicht einmal vorstellen. Du siehst mich an und denkst wahrscheinlich, dass ich die Sache dramatisiere. Du ...«

»Das denke ich nicht«, sagte Vic und hoffte, dass es sich glaubhaft anhörte.

»Ich sage nicht, dass du lügst«, meinte Roger, »aber ich habe mit dir lange genug zusammengearbeitet, um zu wissen, was du denkst. Vielleicht besser als du ahnst. Ich würde dir auch keine Vorwürfe machen – aber zwischen zweiunddreißig und einundvierzig ist ein großer Unterschied, Vic. Zwischen zweiunddreißig und einundvierzig verliert man eine ganze Menge Energie.«

»Hör zu, ich bin überzeugt davon, dass unser Vorschlag noch Aussicht auf Erfolg hat ...«

»Ich hätte Lust, zwei Dutzend Kartons rote Himbeerflakes mit nach Cleveland zu nehmen und die beiden zu bitten, sich zu bücken. Ich wüsste einen Platz für das verdammte Getreide.«

Vic schlug Roger auf die Schulter. »Ich verstehe dich schon.«

»Was willst du denn tun, wenn wir den Etat loswerden?«, fragte Roger.

Vic hatte darüber schon nachgedacht. Er hatte das Problem von allen erdenklichen Seiten betrachtet. Er hatte sich mit dem Problem sogar schon wesentlich früher beschäftigt als Roger.

»Wenn sie sich von uns zurückziehen, werde ich härter arbeiten als je zuvor«, sagte Vic. »Wenn es sein muss, dreißig Stunden am Tag. Und wenn ich mir in Neuengland sechzig kleine Etats zusammenkratzen muss, um den von Sharp zu ersetzen, werde ich es tun.«

»Wir werden uns umbringen für nichts.«

»Vielleicht«, sagte Vic. »Aber wir werden mit fliegenden Fahnen untergehen.«

»Ich nehme an«, sagte Roger unsicher, »dass wir das Haus noch etwa ein Jahr behalten könnten, wenn Althea arbeiten geht. Bei den heutigen Hypothekenzinsen müssten wir es dann wohl verkaufen.«

Plötzlich spürte Vic eben unter seinen Lippen ein Zittern: die ganze Scheiße, in die Donna sich hineingeritten hatte, bloß weil sie es nicht lassen konnte, so zu tun, als sei sie immer noch neunzehn. In gewisser Weise war er auf Roger wütend, der seit fünfzehn Jahren glücklich und problemlos verheiratet war, Roger mit seiner hübschen und anspruchslosen Althea. Vic wäre sehr überrascht gewesen, wenn Althea an Untreue auch nur je gedacht hätte. Roger hatte absolut keine Ahnung, wie viele Dinge gleichzeitig zum Teufel gehen können.

»Weißt du«, sagte er, »am Donnerstag bekam ich mit der Post eine Mitteilung ...«

Jemand klopfte heftig an die Tür.

»Das wird der Zimmerkellner sein«, sagte Roger. Er nahm sein Hemd auf und wischte sich damit das Gesicht ab ... und als die Tränen weg waren, erschien es Vic plötzlich undenkbar, es ihm zu sagen.

Vielleicht hatte Roger trotz allem Recht, und die neun Jahre von zweiunddreißig bis einundvierzig bedeuteten wirklich einen großen Unterschied.

Vic ging an die Tür und bekam sein Bier und sein Sandwich. Er sprach den Satz nicht zu Ende, den er angefangen hatte, als der Kellner klopfte, und Roger fragte auch nicht. Er widmete sich wieder dem Spiel und seinen eigenen Problemen.

Vic setzte sich und aß sein Sandwich und wunderte sich nicht, dass er keinen Appetit mehr hatte. Noch kauend versuchte er, ein zweites Mal zu Hause anzurufen. Er ließ es lange klingeln und runzelte die Stirn. Es war fünf nach acht. Um acht war Tads Bettzeit. Vielleicht hatte Donna mit dem Jungen einen Besuch gemacht. Tadder musste ja nicht unbedingt um acht Uhr ins Bett, besonders wenn es so lange hell blieb und so verdammt heiß war. Vielleicht wollten sie abwarten, bis es kühler wurde, und waren noch ein wenig spazieren gegangen. Das musste es sein.

(oder sie ist vielleicht bei Kemp)

Das war verrückt. Sie hatte gesagt, es sei aus, und er glaubte ihr. Donna log nicht.

(und mit ihm wird sie ganz bestimmt keine Kochrezepte austauschen)

Er versuchte, nicht daran zu denken, aber die Ratte war los und würde eine Zeit lang nagen. Wo hatte sie Tad gelassen, wenn es ihr plötzlich eingefallen war, mit Kemp abzuhauen? Waren sie vielleicht alle drei jetzt in einem Motel? Einem Motel zwischen Castle Rock und Baltimore? Sei kein Dummkopf, Trenton. Sie könnten – das Konzert, das war es natürlich. Im Orchesterpavillon im Park war jeden Dienstagabend Konzert. Manchmal spielte ein Schulorchester, manchmal ein Kammermusikensemble. Manchmal war es auch eine Ragtime-Gruppe aus Castle Rock, die sich the Ragged Edge nannte. Da waren die beiden natürlich – sie genossen die kühle Abendluft und hörten der Gruppe Ragged Edge zu, wie sie »Candy Man« von John Hurt oder vielleicht auch »Beulah Land« herunterfetzte.

(wenn sie nicht mit Kemp zusammen ist)

Er trank sein Bier aus und öffnete die nächste Flasche.

Donna stand schon dreißig Sekunden neben dem Auto und bewegte ihre Füße auf dem Kies, um das Kribbeln aus ihren Beinen zu verscheuchen. Sie beobachtete den Eingang zur Werkstatt, weil sie das Gefühl hatte, dass Cujo, wenn er käme, von dort kommen müsste – vielleicht aus dem Scheunentor, vielleicht um eine der Ecken der Scheune, vielleicht aus dem Schatten des Lastwagens, der im Licht der Sterne selbst wie ein Hund aussah – wie ein riesiger schwarzer Straßenköter, der fest schlief.

Sie stand da und konnte sich noch nicht entschließen. Sie sog die Nachtluft ein, all die verschiedenen Düfte, die sie an ihre Kindheit erinnerten. Klee und Heu und der süße Geruch von Heckenkirschen.

Und sie hörte etwas: Musik. Sehr schwach, aber ihr Gehör, das sich jetzt auf die gespenstische Stille der Nacht eingestellt hatte, registrierte sie. *Irgendjemand hört Radio,* dachte sie zuerst, aber dann begriff sie, dass sie das Konzert aus dem Stadtpark hörte. Dixieland Jazz. Sie erkannte sogar das Stück, das gespielt wurde: »Shuffle off to Buffalo«. *Sieben Meilen,* dachte sie. *Das ist unglaublich. Wie still muss diese Nacht sein! Wie ruhig!*

Sie fühlte sich sehr lebendig.

Ihr Herz arbeitete in ihrer Brust wie eine kleine zuverlässige Maschine und trieb ihr Blut durch den Körper. Ihre Augen bewegten sich mühelos in ihrem feuchten Bett. Sie fühlte sich wohl. Dies war der Augenblick. Der Gedanke, dass es ihr *Leben* war, das sie aufs Spiel setzte, dass es wirklich um ihr *Leben* ging, hatte eine schwere, stille Faszination – wie ein großes Gewicht, das seinen Ruhepunkt erreicht hat. Sie warf die Autotür zu – *klick.*

Sie wartete. Sog die Luft ein wie ein Tier. Nichts. In dem Rachen von Joe Cambers Scheunen-Werkstatt war es finster und still. Die vordere Stoßstange ihres Wagens glänzte schwach. Aus der Ferne kam die Dixieland Musik, schnell, metallisch und fröhlich. Sie machte ein paar Kniebeugen und stellte fest, dass ihre Kniegelenke noch funktionierten. Sie nahm eine Hand voll Kies und fing an, die Steinchen einzeln über die Kühlerhaube ihres Pinto zu werfen, auf die Stelle, die sie nicht sehen konnte.

Das erste Steinchen landete vor Cujos Nase, brachte ein paar andere Steinchen in Bewegung und lag dann still. Cujo zuckte ein bisschen. Seine Zunge hing heraus. Er schien zu grinsen. Der zweite Stein schlug neben ihm ein. Der dritte traf seine Schulter. Er rührte sich nicht. DIE FRAU versucht, mich hereinzulegen, dachte er.

Donna runzelte die Stirn. Den Aufprall des ersten und zweiten Steinchens im Kies hatte sie gehört. Aber der dritte ... es war, als sei der niemals unten angekommen. Sie hatte nicht den kleinsten Laut gehört. Was bedeutete das?

Plötzlich wollte sie nicht mehr zur Verandatür laufen. Zuerst musste sie wissen, dass vor dem Auto nichts auf der Lauer lag.

Dann ja. Okay. Aber zuerst musste sie sich vergewissern.

Sie machte einen Schritt. Zwei. Drei.

Cujos Muskeln spannten sich. Seine Augen glühten in der Dunkelheit.

Donna stand vier Schritte von der Autotür entfernt. Ihr Herz war eine Trommel in ihrer Brust.

Jetzt konnte Cujo Hüfte und Oberschenkel der FRAU sehen. Einen Augenblick später würde sie ihn sehen. Gut. Er wollte, dass sie ihn sah.

Fünf Schritte von der Tür.

Donna wandte den Kopf. Sie hatte eine Ahnung. Eine Art dumpfe Gewissheit. Sie wandte den Kopf, um nach Cujo zu sehen. Er war dort. Er war die ganze Zeit dort gewesen. Flach auf den Boden gepresst, hatte er sich vor ihr versteckt, hatte auf sie gewartet.

Sie sahen sich an. Einen Augenblick sah sie sich mit seinen Augen, sich die FRAU – sah er in dem Moment sich durch ihre Augen?

Dann sprang er.

Dieses Mal gab es keine Lähmung.

Sie warf sich zurück und tastete hinter sich nach dem Türgriff. Er knurrte und fletschte die Zähne, und der Geifer rann ihm in dicken Flocken aus dem Maul. Er landete, wo sie gestanden hatte, und rutschte steifbeinig noch ein Stück auf dem Kies. Dadurch gewann sie eine kostbare zusätzliche Sekunde.

Ihr Daumen fand den Druckknopf unter dem Türgriff. Sie drückte ihn.

Sie zog an der Tür.

Sie war verklemmt.

Die Tür ging nicht auf.

Cujo sprang.

Es war ein Gefühl, als hätte ihr jemand einen Medizinball direkt auf das weiche, empfindliche Fleisch ihrer Brüste geschleudert. Sie fühlte, wie sie an ihre Rippen gepresst wurden – es *schmerzte* –, und dann griff sie nach Cujos Hals, ihre Finger gruben sich in sein raues Fell, und sie versuchte, das Tier von sich zu drängen. Sie atmete stoßweise. Das Licht der Sterne spiegelte sich in Cujos wahnsinnigen Augen. Seine Zähne schnappten nur wenige Zentimeter vor ihrem Gesicht, und sie roch Verwesung in seinem Atem, tödliche Krankheit, sinnlosen Mord. Der Müllzerkleinerer fiel ihr ein, der den grünen Dreck bis an die Decke spritzte, kurz vor Mutters Party.

Irgendwie schaffte sie es, mit all ihrer Kraft den Hund von sich zu stoßen, als er bei einem neuen Angriff auf ihre Kehle den Boden unter den Füßen verloren hatte. Sie griff nach dem Türknopf, fand ihn, aber bevor sie ihn auch nur drücken konnte, griff Cujo wieder an.

Sie trat nach ihm und traf mit der Sohle ihrer Sandale sein Maul, das von seinen Kamikaze-Angriffen auf die Wagentür schon so schrecklich zerfleischt war. Der Hund taumelte zurück und heulte vor Wut und Schmerz.

Wieder griff sie nach der Türklinke und wusste, dass es ihre letzte Chance war. Ihre letzte Chance. Tads letzte Chance. Sie drückte den Knopf und zog mit aller Kraft an der Tür, als der Hund wieder angriff. Eine Kreatur der Hölle, die angreifen und angreifen und angreifen würde, bis einer von ihnen beiden tot wäre. Sie stand im falschen Winkel zur Tür. Ihre Muskeln arbeiteten gegeneinander, und ein grauenhafter Schmerz durchfuhr ihre rechte Schulter, als sich etwas verrenkte. Aber die Tür ging auf.

Sie war kaum in den Sitz gefallen, als der Hund auch schon da war.

Tad erwachte. Er sah, dass seine Mutter gegen etwas kämpfte. Da war etwas auf ihrem Schoß. Etwas Furchtbares, etwas Haariges mit roten Augen, und er wusste, was es war, Oh ja, es war das Ungeheuer aus seinem Schrank, das Ungeheuer, das ihm versprochen hatte, näher zu kommen und immer näher, bis es schließlich *direkt an deinem Bett, Tad*, sein würde. Und hier war es. Kein Zweifel. Es war gekommen. Die Worte an die Ungeheuer hatten versagt. Das Ungeheuer war hier. Jetzt. Und es fraß seine Mommy. Er stieß hysterische Schreie aus und hielt sich die Augen zu.

Cujos schnappende Kiefer waren nur Zentimeter von Donnas nackter Haut zwischen Brust und Taille entfernt. Sie hielt ihn zurück, so gut sie konnte, und nahm die Schreie ihres Sohnes kaum wahr. Cujo sah sie unverwandt an, und – es war unglaublich – er wedelte mit dem Schwanz. Er versuchte, ins Auto zu springen, aber seine Hinterpfoten fanden auf dem losen Kies nicht genug Halt.

Plötzlich stieß er vor, ihre Hände rutschten ab, und er biss zu, direkt unter den weißen Baumwollkörbchen ihres BHs, grub nach ihren Eingeweiden ...

Donna schrie wild auf vor Schmerz. Sie nahm ihre ganze Kraft zusammen und schob den Hund mit beiden Händen zurück. Jetzt saß sie wieder aufrecht. Kleine Rinnsale von Blut liefen aus der Wunde hinunter zu ihrem Hosenbund. Sie hielt sich Cujo mit der linken Hand vom Leibe und griff mit der rechten nach der Türklinke. Dann versuchte sie, die Tür zuzuschlagen – gegen den Hund. Jedes Mal wenn sie Cujo in die Rippen schlug, gab es einen dumpfen Laut, als wenn ein Teppichklopfer auf einen dicken Teppich trifft, der auf der Leine hängt. Jedes Mal wenn die Tür ihn traf, grunzte Cujo, und sie roch seinen warmen, stinkenden Atem.

Er duckte sich ein bisschen, um zu springen. Sie erkannte die Chance und zog mit aller Kraft, die ihr noch verblieben war, die Tür wieder an. Diesmal knallte sie gegen seinen Kopf und Nacken, und man hörte es knirschen. Cujo jaulte vor Schmerz, und sie dachte, *er muss jetzt aufgeben, er muss, er MUSS*, aber Cujo schob sich stattdessen ein Stück vorwärts und schlug seine Zähne in ihren Oberschenkel, kurz oberhalb des Knies. Mit einer kurzen Bewegung riss er ein Stück Fleisch heraus. Donna kreischte.

Sie hörte nicht auf, die Tür gegen Cujos Kopf zu schlagen. Ihre Schreie mischten sich mit Tads Schreien, und alles zerfloss zu einem wilden Albtraum, während Cujo ihr Bein bearbeitete, es in etwas anderes verwandelte, etwas Rotes, Matschiges, Aufgewühltes. Das Fell an Cujos Kopf war dick mit geronnenem Blut verklebt. Stück für Stück schob er sich weiter in den Wagen. Mit ihrer Kraft ging es jetzt zu Ende.

Ein letztes Mal riss sie an der Tür, den Kopf zurückgeworfen, ihr Mund eine zuckende Öffnung, ihr Gesicht ein verschwommener bleifarbener Fleck in der Finsternis. Es war wirklich das letzte Mal. Ihre Kraft war verbraucht.

Plötzlich hatte Cujo genug.

Winselnd zog er sich zurück, stolperte davon und fiel plötzlich auf die Seite. Zitternd lag er da, seine Beine zuckten schwach. Dann fing er an, seinen blutigen Kopf mit der rechten Vorderpfote zu bearbeiten.

Donna schlug die Tür zu und ließ sich in den Sitz zurückfallen. Sie schluchzte leise.

»Mommy – Mommy – Mommy –«

»Tad ... okay ...«

»Mommy!«

»... Okay ...«

Hände: seine auf ihr, zitternd wie Vogelflügel; ihre auf seinem Gesicht, Streicheln, Mut machen, dann kraftloses Zurückfallen.

»Mommy ... nach Haus ... bitte ... Daddy und nach Haus ... Daddy und nach Haus ...«

»Ja, Tad, wir kommen nach Hause ... bestimmt, ich schwöre es dir, ich bringe dich nach Hause ... wir werden ...«

Sinnlose Worte. Es war schon gut. Sie fühlte, wie sie wieder in diese graue Schreckenswelt hinabsank, in diese Nebelschwaden, von denen sie früher nichts gewusst hatte. Aber es war schon gut. Es war –

Nein. Nichts war gut.
Denn der Hund hatte sie gebissen –
– und der Hund war tollwütig.

Sei nicht kindisch, Charity«, sagte Holly zu ihrer Schwester, »du kannst doch durchwählen.« Aber Charity bestand darauf, das Gespräch über Amt vermitteln zu lassen, weil sie wollte, dass ihr eigenes Konto damit belastet wurde. Sie liebte es nicht, Geschenke anzunehmen, selbst wenn es sich um Kleinigkeiten wie ein Ferngespräch nach sechs Uhr abends handelte.

Das Fräulein vom Amt verband sie mit der Auskunft für Maine, und Charity fragte nach Alva Thorntons Nummer in Castle Rock. Kurze Zeit später klingelte Alvas Telefon.

»Hier Thorntons Hühnerfarm.«

»Hallo, Bessie?«

»Ja.«

»Hier ist Charity Camber. Ich rufe aus Connecticut an. Ist Alva zu Hause?«

Brett saß auf dem Sofa und gab vor, ein Buch zu lesen.

»Nein, Charity, leider nicht. Er hat heute seinen Kegelabend drüben in Bridgton. Ist etwas nicht in Ordnung?«

Charity hatte sich genau überlegt, was sie sagen wollte. Die Sache war ein bisschen delikat. Wie fast alle verheirateten Frauen in Castle Rock (und vielleicht sollte man die ledigen lieber gleich dazurechnen), klatschte Bessie gern, und wenn sie herausbekäme, dass Joe Camber nichts Eiligeres zu tun hatte, als sich ein paar lustige Tage zu machen, kaum dass Charity und Brett das Haus verlassen hatten, um ihre Schwester in Connecticut zu besuchen ... das wäre doch ein gefundenes Fressen für ein altes Lästermaul wie Bessie Thornton. Oder etwa nicht?

»Nein«, sagte Charity, »es ist alles in Ordnung, nur dass Brett und ich uns ein bisschen um den Hund sorgen.«

»Um euren Bernhardiner?«

»Ja, Cujo. Joe wollte geschäftlich nach Portsmouth fahren,

während Brett und ich meine Schwester besuchen.« Dies war eine glatte Lüge, aber eine glaubwürdige. Joe fuhr gelegentlich nach Portsmouth, um Ersatzteile zu kaufen (wegen der Steuer) und zu Automobil-Auktionen. »Ich wollte mich nur vergewissern, dass er jemand gebeten hat, den Hund zu füttern. Du weißt, wie Männer sind.«

»Lass mich überlegen. Joe ist gestern hier gewesen, oder vorgestern, wenn ich mich recht erinnere«, sagte Bessie ziemlich unsicher. In Wirklichkeit war es am Donnerstag der vorigen Woche gewesen. Mit Bessie Thorntons Verstand war nicht viel Staat zu machen (ihre Großtante, die selige Evvie Chalmers, hatte gern jedem, der es hören wollte – und jedem, der es nicht hören wollte – in die Ohren posaunt, Bessie »würde niemals einen von diesen Intelligenztests bestehen, aber sie hat ein gutes Herz«), sie arbeitete hart auf Alvas Hühnerfarm, und ihr eigentlicher Lebensinhalt waren ihre Fernsehserien. Im wirklichen Leben brachte sie so ziemlich alles durcheinander, außer es handelte sich um das Füttern und Tränken der Hühner, das Einstellen der Musikberieselung, das Durchleuchten, Sortieren und Verkaufen der Eier, oder um Ordnung und Sauberkeit in Haus und Garten. Und im Winter konnte sie selbstverständlich exakte Auskunft darüber geben, wann das nächste Treffen der Castle-Rock-Schneeteufel stattfand. Das war der Schneemobil-Club, dem sie und Alva angehörten.

An jenem Tag hatte Joe Alva den reparierten Traktorreifen zurückgebracht. Joe hatte dafür nichts berechnet, weil die Cambers ihre Eier zum halben Preis von Thorntons Farm bekamen. Außerdem eggte Alva jedes Jahr im April Joes kleinen Garten. Deshalb hatte Joe gern den Reifen repariert. So war es guter Brauch auf dem Lande.

Für Charity bestand kein Zweifel daran, dass Joe den reparierten Reifen am letzten Donnerstag bei den Thorntons abgeliefert hatte. Ebenso sicher war, dass Bessie gelegentlich die Wochentage durcheinander brachte. Es war eine missliche Situation. Sie konnte Bessie fragen, ob Joe bei seinem letzten Besuch einen Traktorreifen abgeliefert hätte, und wenn Bessie dann sagte, ach ja, jetzt wo du es erwähnst, erinnere ich mich daran, dann würde das bedeuten, dass Joe seit dem letzten Donnerstag nicht bei Alva gewesen war, und das würde bedeuten, dass Joe Alva nicht gebeten hatte, den Hund zu füttern, was *auch* bedeuten würde, dass Alva nicht die geringste Auskunft über Cujos Wohlergehen geben konnte.

Oder sie konnte die Sache auf sich beruhen lassen und Brett erzählen, es sei alles in Ordnung. Dann konnten sie ihren Urlaub hier in Ruhe genießen, ohne dauernd an zu Hause denken zu müssen. Und – um ehrlich zu sein – sie war ein bisschen eifersüchtig auf Cujo. Ausgerechnet in dieser Zeit, die für Brett so wichtig sein konnte, lenkte der Hund Bretts Aufmerksamkeit ab. Sie wollte, dass der Junge ein ganz neues Leben kennen lernte, dass er neue *Möglichkeiten* erkannte, dann würde er in ein paar Jahren, wenn er sich entscheiden musste, welchen Weg er einschlagen wollte, nicht ganz unvorbereitet sein. Wahrscheinlich war es falsch gewesen zu glauben, sie könnte ihn beeinflussen, aber wenn er sich selbst eine Meinung bilden sollte, um sich selbst entscheiden zu können, musste er zuerst das Leben kennen lernen.

Durfte sie zulassen, dass seine Sorgen um den verdammten Hund dies alles vereitelten?

»Charity? Bist du noch da? Ich sagte –«

»Ja. Ich habe verstanden, Bessie. Wahrscheinlich hat er Alva gebeten, den Hund zu füttern.«

»Ich werde ihn fragen, wenn er nach Hause kommt, Charity. Dann gebe ich dir Bescheid.«

»Ja, tu das bitte. Hab vielen Dank.«

»Keine Ursache. Das tu ich gern.«

»Danke. Goodbye.« Und Charity legte den Hörer auf, wobei ihr einfiel, dass Bessie vergessen hatte, nach Hollys Telefonnummer zu fragen. Das war gut. Mit gleichmütigem Gesichtsausdruck drehte sie sich zu Brett um. Sie würde ihm keine Lügen erzählen. Sie würde ihren Sohn nicht anlügen.

»Bessie sagt, dein Vater war am Sonntagabend bei Alva. Da hat er ihn sicher gebeten, sich um Cujo zu kümmern.«

»Oh.« Brett sah sie nachdenklich an, und ihr wurde unbehaglich zumute. »Aber du hast nicht mit Alva gesprochen.«

»Nein, er hat heute seinen Kegelabend. Aber Bessie sagte, sie will uns Nachricht geben ...«

»Sie hat unsere Telefonnummer nicht.« Klang Bretts Stimme nicht ein bisschen anklagend? Oder war es ihr eigenes Gewissen?

»Ich werde morgen früh wieder anrufen«, meinte Charity und hoffte, das Thema damit abzuschließen und gleichzeitig ihr Gewissen zu beruhigen,

»Vorige Woche hat Daddy einen Traktorreifen rübergebracht«, sagte Brett nachdenklich. »Vielleicht verwechselt Mrs Thornton das.«

»Bessie Thornton ist doch nicht schwachsinnig«, behauptete Charity wider besseres Wissen. »Außerdem hat sie überhaupt nichts von einem Traktorreifen erwähnt.«

»Du hast sie ja auch nicht danach gefragt.«

»Dann ruf du sie doch an!«, fauchte Charity ihn an. Sie war völlig hilflos vor Wut. Es war das gleiche hässliche Gefühl, das sie gehabt hatte, als Brett ihr seine teuflisch genauen Beobachtungen im Zusammenhang mit Holly und ihren Kreditkarten offenbart hatte. Dabei hatten sich der Tonfall und sogar die Redeweise seines Vaters in seine Stimme geschlichen, und sie hatte in dem Augenblick und auch jetzt wieder den Eindruck gehabt, dass sie mit dieser Reise nur eins erreicht hatte: Sie wusste jetzt ganz genau, wohin Brett gehörte – und zwar endgültig.

»Mom ...«

»Nein, ruf sie ruhig an. Die Nummer steht da drüben auf dem Zettel. Sag dem Mädchen, dass sie es auf unsere Nummer buchen soll, damit sie es Holly nicht auf die Rechnung setzt. Frag Bessie, was du willst. Ich habe getan, was ich konnte.«

Da hast du es, dachte sie traurig. *Genau vor fünf Minuten wolltest du ihn noch nicht belügen.*

Am Nachmittag hatte ihre Wut auch in ihm Wut ausgelöst. Jetzt sagte er ganz ruhig: »Ist schon in Ordnung.«

»Wenn du willst, können wir jemand anderen bitten, hinaufzugehen und nachzusehen«, sagte Charity. Ihr Ausbruch tat ihr schon Leid.

»Wen könnten wir denn anrufen?«, fragte Brett.

»Vielleicht einen von den Milliken-Brüdern?«

Brett sah sie nur an.

»Das ist vielleicht keine besonders gute Idee«, musste sie zugeben. Im vergangenen Winter hatten Joe Camber und John Milliken sich fürchterlich gestritten. Es ging um die Kosten für Reparaturarbeiten, die Joe an dem alten Chevrolet Bel Air der Milliken-Brüder ausgeführt hatte. Seitdem hatten Joe und die Millikens wenig miteinander geredet. Einmal hatte Charity versucht, mit Kim Milliken, Freddys Tochter, ein freundliches Wort zu reden, aber Kim hatte sich wortlos abgewandt und war mit erhobenem Kopf weggegangen, als ob sie nicht mit der Hälfte der Jungs ihrer Schule in Castle Rock schon was gehabt hätte.

Sie musste daran denken, wie isoliert sie doch dort oben an der Straße Nummer 3 waren. Plötzlich fühlte sie sich einsam, und ihr wurde ganz kalt. Sie wusste wirklich nicht, wem sie zumuten konnte, mit einer Taschenlampe zu ihrem Grundstück zu gehen und Cujo aufzustöbern, um zu sehen, ob alles mit ihm in Ordnung war.

»Macht nichts«, sagte Brett gleichgültig. »Wahrscheinlich ist das Ganze sowieso albern. Er hat wahrscheinlich nur Kletten gefressen oder so was.«

»Hör zu«, sagte Charity und legte einen Arm um ihn. »Dumm bist du nun wirklich nicht, Brett. Ich werde morgen früh Alva selbst anrufen und ihn bitten hinaufzugehen. Sobald wir aufgestanden sind. Okay?«

»Tust du das, Mom?«

»Ja.«

»Das wäre fein. Es tut mir so Leid, dass ich dich damit belästige, aber ich muss immerfort daran denken.«

Jim steckte seinen Kopf zur Tür herein. »Ich habe das Scrablespiel herausgeholt. Hat jemand Lust zu einem Spiel?«

»Ich«, sagte Brett und stand auf, »wenn du mir zeigst, wie es geht.«

»Und du, Charity?«

Charity lächelte. »Im Augenblick nicht. Ich werde noch ein wenig Popcorn essen.«

Brett ging mit seinem Onkel hinaus. Sie saß auf dem Sofa und starrte das Telefon an. Sie dachte daran, wie ihr Sohn Brett im Schlaf in der modernen Küche ihrer Schwester einen Phantomhund mit Phantomfutter gefüttert hatte.

Cujo ist nicht mehr hungrig, nein, nicht mehr.

Sie gab sich einen Ruck. Wir wollen uns morgen um die Sache kümmern, gelobte sie sich. So oder so. Oder wir fahren selbst nach Hause.

Vic rief um zehn noch einmal zu Hause an. Niemand nahm ab. Er versuchte es noch einmal um elf. Auch jetzt wurde nicht abgenommen, obwohl er es sehr lange klingeln ließ. Um zehn fing er an, sich zu ängstigen. Um elf packte ihn nackte Angst – wovor, war ihm nicht klar.

Roger schlief. Vic wählte die Nummer im Dunkeln, horchte im Dunkeln auf das Rufzeichen, legte den Hörer im Dunkeln auf. Er fühlte sich allein gelassen, hilflos wie ein verlassenes Kind. Er wusste nicht, was er tun sollte. Er wusste nicht, was er denken sollte. In seinem Kopf immer wieder dieselbe Litanei: *Sie ist mit Kemp abgehauen, mit Kemp abgehauen, mit Kemp abgehauen.*

Vernunft und Logik sprachen dagegen. Er rief sich ihre Gespräche ins Gedächtnis zurück – spulte sie immer wieder ab, vergegenwärtigte sich die Worte, die sie gesagt hatten, und den Ton, in dem sie gesprochen wurden. Sie und Kemp hatten sich zerstritten, und sie hatte ihn zum Teufel gejagt. Das hatte Kemp veranlasst, seinen rachsüchtigen kleinen Liebesbrief zu schreiben. Das war doch nicht die Situation, in der ein Liebespaar miteinander durchbrannte.

Ein Streit schließt doch eine spätere Versöhnung nicht aus, widersprach sein Verstand ernst und unerbittlich.

Und Tad? Sie konnte Tad doch nicht mitgenommen haben. Nach ihrer Beschreibung kam Kemp ihm wie eine Art Wüstling vor, und obwohl Donna nichts Derartiges erwähnt hatte, wurde Vic das Gefühl nicht los, dass Kemp auf den Rausschmiss ziemlich brutal reagiert haben musste.

Liebende tun seltsame Dinge.

Dieser fremde und eifersüchtige Teil seines Verstandes, von dem er bis zu jenem Nachmittag in Deering Oaks keine Ahnung gehabt hatte, wusste auf alles eine Antwort, und in der Finsternis, in der er saß, fiel es nicht auf, dass die meisten Antworten irrational waren.

Seine Gedanken bewegten sich zwischen zwei scharf geschliffenen Speerspitzen hin und her: auf der einen Seite Kemp (HABEN SIE IRGENDWELCHE FRAGEN?), auf der anderen die Vision ihres leeren Hauses in Castle Rock, in dem unaufhörlich das Telefon klingelt. Vielleicht hatte sie einen Unfall gehabt. Vielleicht waren sie und Tad im Krankenhaus. Vielleicht hatte jemand eingebrochen. Vielleicht lagen sie ermordet in ihren Schlafzimmern. Allerdings – wenn sie einen Unfall gebaut hätte, wäre er benachrichtigt worden. Sowohl Donna als auch die Leute im Büro wussten, in welchem Bostoner Hotel er und Roger abgestiegen waren – aber in der Dunkelheit wirkte dieser Gedanke keineswegs beruhigend, im Gegenteil, er lenkte seinen Verdacht unausweichlich auf Mord.

Grübelnd lag er in der Dunkelheit und dachte *Raubmord,* oder *ist sie mit Kemp abgehauen? – Raubmord,* oder *sie ist mit Kemp abgehauen?*

Zwischen diesen beiden Möglichkeiten gab es eine dritte, eine vernünftigere Erklärung, die ihn in hilflose Wut versetzte. Vielleicht hatten Donna und Tad beschlossen, irgendwo einen Besuch zu machen, und hatten schlicht vergessen, ihn anzurufen und es ihm zu sagen. Er konnte doch nicht mitten in der Nacht bei allen ihren Bekannten anrufen und fragen, ob Donna und Tad dort waren. Sollte er das Büro des Sheriffs anrufen und bitten, dass sie jemand hinschickten, der nach dem Rechten sah? War das nicht übertrieben?

Nein, sagte sein Verstand.

Ja, sagte sein Verstand.

Sie und Tad sind beide tot mit Messern in der Kehle, sagte sein Verstand. *Man konnte es jeden Tag in der Zeitung lesen. Es war sogar in Castle Rock schon passiert, kurz bevor sie sich dort niederließen. Dieser verrückte Polizist. Dieser Frank Dodd.*

Sie ist mit Kemp abgehauen, sagte sein Verstand.

Um Mitternacht versuchte er es noch einmal, und als wieder niemand an den Apparat ging, gab ihm das die tödliche Gewissheit, dass etwas Schlimmes passiert war. Kemp, Räuber, Mörder, irgendetwas sehr Schlimmes.

Er legte den Hörer auf und knipste die Nachttischlampe an. »Roger«, sagte er. »Wach auf.«

Roger grunzte und bedeckte seine Augen mit dem Unterarm. Er trug seinen Pyjama mit den kleinen, gelben College-Wimpeln.

»Roger. Roger!«

Roger öffnete die Augen, blinzelte, sah auf seinen Reisewecker.

»Was ist los, Vic? Es ist Mitternacht.«

»Roger ...«, er schluckte, »Tad und Donna sind immer noch nicht zu Hause. Ich mach mir Sorgen.«

Roger setzte sich auf und sah noch einmal auf die Uhr. Es war vier Minuten nach zwölf.

»Vielleicht hatten sie Angst, allein im Haus zu bleiben, Vic. Wenn ich nicht zu Hause bin, geht Althea oft mit den Mädchen zu Sally Petrie rüber. Sie sagt, es macht sie nervös, wenn nachts der Wind über den See weht.«

»Dann hätte sie mir Bescheid gegeben.« Jetzt wo das Licht an war und Roger mit ihm sprach, erschien ihm der Gedanke, Donna könnte mit Kemp auf und davon sein, absurd – er verstand gar nicht mehr, wie er darauf hatte kommen können. Es war unlogisch. Sie hatte ihm gesagt, es sei vorbei, und er hatte ihr geglaubt. Er glaubte ihr auch jetzt noch.

»Dann hätte sie angerufen?«, fragte Roger. Er war immer noch nicht ganz wach.

»Sie weiß, dass ich fast jeden Abend zu Hause anrufe, wenn

ich verreist bin. Wenn sie abends ausgehen wollte, hätte sie bestimmt vorher hier im Hotel angerufen und eine Nachricht hinterlassen. Das hätte Althea doch auch getan, oder nicht?«

Roger nickte. »Ja. Sicher.«

»Sie hätte angerufen und eine Nachricht hinterlassen, damit du dir keine Sorgen machst. Aber ich muss mir jetzt Sorgen machen.«

»Ja. Aber sie könnte es einfach vergessen haben, Vic«, sagte Roger ohne Überzeugung.

»Sicher, Rog. Andererseits könnte ihr auch etwas zugestoßen sein.«

»Trägt sie ihren Personalausweis bei sich, wenn sie weggeht? Dann würde die Polizei doch im Falle eines Unfalls zuerst bei euch zu Hause anrufen und dann im Büro, und der Telefondienst würde ...«

»Ich dachte nicht an einen Unfall«, sagte Vic. »Ich dachte an ...« Seine Stimme fing an zu zittern. »Ich dachte daran, dass sie und Tadder allein sind, ... verdammt, ich weiß es nicht ... ich habe einfach Angst.«

»Ruf den Sheriff an«, schlug Roger vor.

»Ja, aber ...«

»Kein Aber. Donna merkt nichts davon. Sie ist nicht zu Hause. Das ist sicher. Aber du musst dir Gewissheit verschaffen. Es muss ja nicht mit Blaulicht und Sirene sein. Frag einfach, ob sie jemand hinschicken können, der nachsieht, ob alles in Ordnung ist. Verdammt, es gibt tausend Erklärungen dafür, dass sie nicht zu Hause ist. Vielleicht ist sie ganz zufällig in eine Party geraten.«

»Donna hasst Partys.«

»Dann sitzt sie vielleicht irgendwo und spielt mit Freundinnen Karten, und sie merken nicht, wie die Zeit läuft. Und Tad schläft im Gästezimmer.«

Vic erinnerte sich daran, was sie ihm über »Freundinnen« erzählt hatte und warum sie keine haben wollte. Aber davon mochte er Roger nichts erzählen. Das führte zu nahe an das Thema Steve Kemp.

»So ähnlich wird es wohl sein«, sagte Vic.

»Legt Donna einen Schlüssel unter die Fußmatte, wenn sie weggeht?«

»Es hängt einer an einem Haken unter dem Verandadach.«

»Erzähl das dem Sheriff. Dann kann jemand hineingehen und sich umsehen ... außer du hast Haschisch oder Kokain oder sonst etwas im Haus, was die Polizei nicht sehen darf.«

»Unsinn.«

»Dann tu es«, sagte Roger ernst. »Wahrscheinlich wird Donna hier anrufen, wenn die Polizisten bei ihr gewesen sind, und du wirst dir ziemlich blöd vorkommen, aber manchmal ist es *gut*, sich blöd zu fühlen. Verstehst du, was ich meine?«

»Ja«, sagte Vic und lächelte schwach. »Ich werde es tun.«

Er ging zum Telefon und nahm den Hörer ab, zögerte und rief dann erst noch einmal zu Hause an. Keine Antwort. Etwas von der Zuversicht, die Roger ihm gegeben hatte, verflog. Er rief die Auskunft an und ließ sich die Nummer des Bezirkssheriffs in Castle Rock geben. Es war jetzt fast fünfzehn Minuten nach zwölf am Mittwochmorgen.

Donna Trenton saß in ihrem Wagen. Ihre Hände lagen locker auf dem Lenkrad. Tad war endlich wieder eingeschlafen. Aber es war kein guter Schlaf. Er wand und drehte sich und stöhnte manchmal. Sie fürchtete, dass er in seinen Träumen wiedererlebte, was vorher passiert war.

Sie fühlte seine Stirn. Er murmelte etwas und entzog sich ihrer Berührung. Seine Augenlider flatterten und fielen dann wieder zu. Er schien Fieber zu haben – sicher von dem dauernden Stress und der Angst. Sie selbst hatte sicher auch Fieber, aber vor allem hatte sie heftige Schmerzen. Die Verletzung an ihrem Bauch tat weh, aber diese Wunden waren oberflächlich, kaum mehr als Kratzer. Da hatte sie Glück gehabt. Ihr linkes Bein hatte Cujo schlimmer zugerichtet. Die Wunden (es sind *Bisse*, sagte sie sich, als ob sie das Grauen richtig auskosten wollte) waren tief und hässlich. Sie hatten zuerst lange geblutet, aber sie hatte sie nicht gleich verbunden, obwohl ihr Verbandskasten griffbereit im Handschuhfach lag. Wahrscheinlich hatte sie gehofft, dass das Blut die Wunde sauber waschen würde. Passierte das wirklich, oder war das nur eine Altweibergeschichte? Sie wusste es nicht. Es gab so vieles, was sie nicht wusste. So verdammt vieles.

Als die Wunde endlich aufhörte zu bluten, waren ihr Bein und der Fahrersitz klebrig von ihrem Blut. Sie brauchte drei Mullbinden aus dem Verbandskasten, um die Wunde abzudecken. Es waren die letzten drei. *Ich muss neue kaufen,* dachte sie und musste bei diesem Gedanken hysterisch lachen.

Im schwachen Licht sah das Fleisch eben über ihrem Knie aus wie dunkle, gepflügte Erde. Seit der Hund sie gebissen hatte, spürte sie dort heftige, pochende Schmerzen. Sie hatte ein paar Aspirin trocken heruntergeschluckt, aber die Tabletten hatten die Schmerzen nicht gelindert. In ihrem Kopf hämmerte es.

Wenn sie das Bein bewegte, wurden die Schmerzen unerträglich. Sie hatte keine Ahnung, ob sie mit dem Bein gehen konnte, geschweige denn zur Verandatür hinüberlaufen. Und war das wirklich wichtig? Der Hund saß auf dem Kies zwischen ihrer Wagentür und der Tür zur Veranda und hielt den grauenhaft verstümmelten Kopf gesenkt ... aber seine Augen waren die ganze Zeit auf den Wagen gerichtet. Auf *sie*.

Sie hatte nicht das Gefühl, dass Cujo etwas unternehmen würde, jedenfalls nicht heute Nacht. Morgen würde die Hitze ihn vielleicht in die Scheune treiben.

»Er will mich«, flüsterten ihre mit Blasen bedeckten Lippen. Es stimmte. Irgendwie stimmte es. Aus irgendwelchen vom Schicksal bestimmten Gründen oder aus seinen unbekannten eigenen hatte der Hund es auf sie abgesehen.

Als er in den Kies gesunken war, hatte sie bestimmt geglaubt, dass er im Sterben lag. Kein Lebewesen hätte die gewaltigen Schläge ausgehalten, die sie ihm mit der Tür gegeben hatte. Selbst sein dichtes Fell hatte die Stöße nicht abfangen können. Das eine Ohr des Bernhardiners schien nur noch an einem Fleischfetzen zu hängen.

Aber er war ganz langsam wieder aufgestanden. Sie hatte ihren Augen nicht trauen wollen.

»Nein!«, hatte sie geschrien. Ohne jede Beherrschung. *»Nein, leg dich hin, du sollst doch tot sein, leg dich hin, leg dich hin und stirb, du Scheißköter!«*

»Mommy, nicht«, murmelte Tad und hielt sich den Kopf. »Es tut weh ... es tut mir weh ...«

Seitdem hatte sich nichts an der Situation geändert. Die Zeit kroch genauso langsam dahin wie vorher. Sie hatte öfter die Uhr an das Ohr gehalten, um zu hören, ob sie noch tickte, denn die Zeiger schienen sich überhaupt nicht zu bewegen.

Zwanzig nach zwölf.

(Was wissen wir über Tollwut, Mädchen?)

Recht wenig. Nur Bruchstücke, wahrscheinlich aus der Beilage der Sonntagszeitung. Eine hastig durchgeblätterte Broschüre beim Tierarzt in New York, als sie die Familienkatze Dinah gegen Katzenstaupe impfen ließ. Verzeihung, auch gegen *Tollwut.*

Tollwut, eine Krankheit des Zentralnervensystems. Bewirkt dessen langsame Zerstörung – aber wie? Darüber wusste sie nichts, und den Ärzten ging es wahrscheinlich nicht viel besser. Sonst würden sie die Krankheit doch nicht für so verdammt gefährlich halten. Natürlich weiß ich nicht, ob der Hund überhaupt Tollwut *hat*, dachte sie voll Hoffnung. Der einzige tollwütige Hund, den ich je gesehen habe, war der, den Gregory in *Wer die Nachtigall stört* erschoss. Aber der war natürlich nicht *wirklich* tollwütig, sondern irgendein Köter aus dem Tierheim, den sie mit Rasiercreme eingeschmiert hatten ...

Sie kam zum eigentlichen Punkt zurück. Vorläufig täte sie gut daran, das Schlimmste anzunehmen. Außerdem war sie zutiefst davon überzeugt, dass der Hund tatsächlich tollwütig war – sonst hätte er sich anders verhalten. Das Vieh war total verrückt.

Und er hatte sie gebissen. Übel zugerichtet. Was war die Folge?

Sie wusste, dass auch Menschen von Tollwut befallen werden können, und das war eine schreckliche Todesart. Vielleicht die schrecklichste. Es gab einen Impfstoff, und eine Serie von Injektionen war die vorgeschriebene Behandlungsmethode. Diese Injektionen waren sehr schmerzhaft, aber wenn sie an den Zustand des Hundes dachte ...

Sie glaubte, von zwei Fällen von Tollwut im fortgeschrittenen Stadium gelesen zu haben, bei denen die Opfer überlebt hatten – Fälle, die erst erkannt wurden, als die Symptome sich schon zeigten. Ein Überlebender war ein Junge, der völlig wiederhergestellt wurde. Der andere, ein Zoologe, erlitt einen bleibenden Gehirnschaden.

Je länger die Krankheit unbehandelt blieb, umso geringer die Heilungschancen. Sie rieb sich die Stirn und fühlte kalten Schweiß.

Wann war es zu spät? Nach Stunden? Tagen? Wochen? Vielleicht nach einem Monat? Sie wusste es nicht.

Plötzlich schien der Wagen zusammenzuschrumpfen. Zuerst auf die Größe eines Honda Civic, dann auf die eines der dreirädrigen Fahrzeuge, die man in England Körperbehinderten zur Verfügung stellt, und dann auf die Größe eines Motorradbeiwagens. Zuletzt war er nur noch so groß wie ein Sarg. Wie ein Doppelsarg für sie und Tad. Sie mussten raus, raus, raus –

Ihre Hand suchte schon nach dem Türgriff, aber dann hatte sie sich wieder unter Kontrolle. Ihr Herz raste und verstärkte das dumpfe Pochen in ihrem Kopf. *Bitte,* dachte sie. *Es ist auch ohne Klaustrophobie schon schlimm genug, also bitte ... bitte ... bitte ...*

Sie hatte wieder Durst. Fürchterlichen Durst.

Sie schaute nach draußen, und erbarmungslos erwiderte Cujo ihren Blick. Durch den silbrigen Sprung in der Scheibe erschien sein Körper wie in zwei Hälften geteilt.

Einer *muss* uns doch helfen, dachte sie. Bitte, bitte, helft uns.

Roscoe Fisher parkte im Schatten eines Hauses. Als die Durchsage kam, hielt er vorgeblich nach Schnellfahrern Ausschau, aber in Wirklichkeit schlief er. An einem Mittwochmorgen um null Uhr dreißig war die Route 117 wie ausgestorben. Er hatte einen kleinen Wecker im Schädel, und der pflegte ihn zuverlässig um eins zu wecken, wenn das Norway Drive-In dichtmachte. Dann gab es gelegentlich etwas zu tun.

»Wagen drei, bitte kommen, Wagen drei. Over.«

Roscoe war sofort hellwach und stieß einen Plastikbecher mit kaltem Kaffee um. Der Inhalt ergoss sich über seinen Schoß.

»Scheiße«, sagte Roscoe ärgerlich. »Das hat mir gerade noch gefehlt!«

»Wagen drei, hören Sie? Over.«

Er nahm das Mikrofon und drückte auf den Knopf. »Ich höre, Zentrale.« Er hätte gern hinzugefügt, dass er mit dem Hintern in einer Pfütze Kaffee säße, und es sei hoffentlich nichts Schlimmes, aber man konnte nie wissen, wer den Polizeifunk mithörte ... selbst nachts um null Uhr dreißig.

»Fahren Sie nach dreiundachtzig Larch Street«, sagte Billy. »Wohnung Mr und Mrs Trenton. Überprüfen Sie die Wohnung. Over.«

»Auf was soll ich sie überprüfen, Zentrale? Over.«

»Trenton ist in Boston, und niemand nimmt ab, wenn er anruft. Er sagt, es müsste jemand zu Hause sein. Over.«

Ist das nicht wunderschön?, dachte Roscoe Fisher missmutig. Die Reinigung kostet vier Dollar, und wenn ich tatsächlich einen Schnellfahrer erwische, denkt der, ich bin so aufgeregt, dass ich mir in die Hose gepisst habe.

»In Ordnung. Uhrzeit«, sagte Roscoe und startete seinen Kreuzer.

»Ich habe null Uhr dreißig«, sagte Bill.

»An einem Haken unter dem Verandadach hängt ein Schlüssel, Wagen drei. Mr Trenton wünscht, dass Sie hineingehen und nachsehen, ob die Wohnung einen verlassenen Eindruck macht. Over.«

»Roger, Zentrale. Ich bin unterwegs. Over.«

Roscoe schaltete die Scheinwerfer ein und fuhr die leere Hauptstraße von Castle Rock entlang und am Park mit dem Orchesterpavillon vorbei, dessen kegelförmiges grünes Dach deutlich zu sehen war. Er fuhr den Hügel hinauf und bog ziemlich weit oben rechts in die Larch Street ein. Trentons Haus war das zweite hinter der Kreuzung. Bei Tage mussten die Leute einen wunderbaren Ausblick über die Stadt haben. Er hielt am Bordstein und stieg aus. Leise schloss er die Tür. Dunkel und in tiefem Schlaf lag die Straße da.

Er blieb einen Augenblick stehen und zupfte an der nassen Stelle seiner Uniform, die ihm am Körper klebte. Er verzog das Gesicht und ging dann die Einfahrt hinauf. Die Einfahrt war leer, und das galt auch für die kleine Garage am Ende. Dort stand nur ein Big Wheel Dreirad. Sein Sohn hatte genau das gleiche.

Er schloss die Garagentür und ging zur vorderen Veranda. Er sah, dass die letzte Wochenausgabe des *Call* an der Tür lehnte. Er hob sie auf und fasste an den Türgriff. Die Tür war unverschlossen. Er betrat die Veranda und kam sich wie ein Eindringling vor. Er warf die Zeitung auf den Verandatisch und drückte auf den Klingelknopf im Haus, aber niemand kam. Im Abstand von anderthalb Minuten klingelte er noch zweimal. Die Zeit müsste für die Dame ausreichen, aufzuwachen, sich einen Morgenmantel überzuwerfen und nach unten zu kommen ... wenn die Dame da war.

Als sich immer noch nichts tat, drückte er auf die Klinke. Die Tür war abgeschlossen.

Der Mann ist weg, und sie übernachtet wahrscheinlich bei Freunden, dachte er – aber dass ihr Mann das nicht wusste, kam Roscoe Fisher einigermaßen seltsam vor.

Er griff unter die vorspringende Kante und fand den Schlüssel, den Vic kurz nach dem Einzug dort hingehängt hatte. Roscoe nahm ihn herunter und schloss die Vordertür auf – wenn er es bei der Küchentür versucht hätte, wie heute Nachmittag Steve Kemp, hätte er gleich hineingehen können. Wie die meisten Leute in Castle Rock nahm auch Donna es mit dem Abschließen nicht so genau, wenn sie fortging.

Roscoe betrat das Haus. Er hatte eine Taschenlampe, aber er zog es vor, sie nicht zu benutzen. Dann hätte er noch mehr das Gefühl gehabt, unbefugt hier einzudringen – ein Einbrecher mit einem großen Kaffeefleck auf der Hose. Er suchte nach dem

Lichtschalter und fand einen Doppelschalter. Der obere schaltete das Verandalicht ein, und er schaltete es rasch wieder aus. Der untere war für das Wohnzimmerlicht.

Er sah sich eine Weile um und konnte nicht glauben, was er sah – zuerst dachte er, seine Augen hätten sich noch nicht an das Licht gewöhnt. Aber er hatte richtig gesehen, und sein Herz schlug plötzlich schneller.

Ich darf nichts berühren, dachte er. *Nur keinen Mist machen.* Er hatte den nassen Kaffeefleck auf seiner Hose ganz vergessen und fühlte sich auch nicht mehr als Eindringling. Er empfand nur noch Angst und Aufregung.

Hier war tatsächlich etwas passiert. Das Wohnzimmer war ein einziges Durcheinander. Das zersplitterte Glas von dem Regal mit Nippessachen lag über den ganzen Fußboden verstreut. Die Möbel waren umgestürzt, und jemand hatte alle Bücher durch die Gegend geschleudert. Auch der große Spiegel über dem Kamin war zerbrochen – *sieben Jahre Pech* für irgendwen, dachte Roscoe, und plötzlich musste er ohne jeden Grund an Frank Dodd denken, mit dem er oft Streife gefahren war. An Frank Dodd, den freundlichen Kleinstadtpolizisten, der zufällig nebenbei Psychopath war und Frauen und Kinder ermordete. Roscoes Arme hatten plötzlich eine Gänsehaut. Hier durfte er nicht ausgerechnet an Frank denken.

Er ging durch das Esszimmer in die Küche. Vom Esszimmertisch war alles heruntergefegt worden. Vorsichtig ging er um die zersplitterten Trümmer herum. In der Küche war es am schlimmsten. Hier hatte jemand wie wahnsinnig gehaust. Alle Schränke waren aufgerissen, und jemand hatte die Küche als Kegelbahn benutzt. Ihm lief ein kalter Schauer über den Rücken. Überall lagen Töpfe und weißes Zeug, das wie Schnee aussah, aber Seifenpulver sein musste.

Auf dem Notizblock an der Wand stand in großen, flüchtig hingekritzelten Blockbuchstaben:

ICH HABE OBEN ETWAS FÜR DICH HINTERLASSEN, BABY

Plötzlich hatte Roscoe Fisher keine Lust, nach oben zu gehen. Nicht die geringste. Dreimal war er dabei gewesen, als hinter Frank Dodd aufgeräumt wurde. Auch bei der Leiche von Kate Hendason, die im Orchesterpavillon im Stadtpark von Castle Rock vergewaltigt und ermordet worden war. So etwas wollte er nie wieder sehen ... und wenn nun die Frau oben lag? Erschossen, erstochen oder erwürgt? Auf den Straßen hatte Roscoe oft verstümmelte Unfallopfer gesehen und sich in gewisser Weise daran gewöhnt. Vor zwei Jahren im Sommer hatten er und Sheriff Bannerman einen Mann stückweise aus einer Kartoffelsortiermaschine herausgeholt. Aber seit der Sache mit dem Hendrasen-Mädchen hatte er keinen Ermordeten gesehen, und das wollte er auch heute nicht.

Er wusste nicht, ob er über das, was er auf dem Bett der Trentons fand, Erleichterung oder Ekel empfinden sollte.

Er ging zu seinem Wagen zurück und rief die Zentrale.

Als das Telefon klingelte, saßen Vic und Roger, ohne viel zu reden, vor dem Fernseher und rauchten eine Zigarette nach der anderen. *Frankenstein* lief, die Originalfassung. Es war zwanzig Minuten nach eins.

Vic nahm den Hörer auf, als das erste Klingelzeichen noch kaum verstummt war. »Hallo? Donna? Bist du ...«

»Sind Sie Mr Trenton?« Eine Männerstimme.

»Ja?«

»Hier spricht Sheriff Bannerman, Mr Trenton. Es tut mir Leid, aber ich habe eine beunruhigende Information für Sie. Es tut mir Leid ...«

»Sind sie tot?«, fragte Vic. Plötzlich kam er sich völlig unwirklich und zweidimensional vor, wie das Gesicht eines Statisten, der in einem alten Film im Hintergrund zu sehen ist. Wie in dem Film, den sie gerade sahen. Er hatte die Frage wie in einer normalen Unterhaltung gestellt. Aus dem Augenwinkel sah er Rogers Schatten sich bewegen, als sein Partner rasch aufstand. Es war unwichtig. Alles andere auch. In den paar Sekunden, die vergangen waren, seit er den Hörer abgenommen hatte, war ihm vieles über sein Leben klar geworden. Es bestand nur aus Bühnenausstattung und falschen Fassaden.

»Mr Trenton, Officer Fisher wurde hinbeordert ...«

»Lassen Sie doch diese offizielle Scheiße und beantworten Sie meine Frage. Sind sie tot?« Er drehte sich zu Roger um. Rogers Gesicht war grau und fragend. Hinter ihm drehte sich eine unechte Windmühle vor einem unechten Himmel. »Rog, hast du eine Zigarette?«

Roger gab ihm eine.

»Mr Trenton, sind Sie noch da?«

»Ja. Sind sie tot?«

»Wir haben keine Ahnung, wo Ihre Frau und Ihr Sohn sich zur Zeit befinden«, sagte Bannerman, und Vic hatte plötzlich das Gefühl, als läge bei ihm jedes Organ wieder an der richtigen Stelle. Die Welt nahm ein wenig von ihrer früheren Farbe an. Er fing an zu zittern. Die kalte Zigarette hüpfte zwischen seinen Lippen auf und ab.

»Was ist passiert? Was wissen Sie? Sie sind Bannerman, sagten Sie?«

»Ja. Bezirks-Sheriff von Castle Rock. Und ich versuche, Sie ins Bild zu setzen, wenn Sie mir eine Minute Zeit lassen.«

»Ja, okay.« Jetzt hatte er Angst. Es ging alles zu schnell.

»Officer Fisher wurde auf Ihren Wunsch heute früh um null Uhr dreißig in Ihre Wohnung in der Larch Street beordert. Er stellte fest, dass sich weder in der Einfahrt noch in der Garage ein Wagen befand. Er klingelte wiederholt, und als nicht geöffnet wurde, benutzte er den Schlüssel über der Tür und betrat das Haus. Er stellte Zerstörungen an der Einrichtung fest. Möbel waren umgestürzt, Flaschen zerbrochen, Seifenpulver war in der Küche zerstreut, und die Einbauschränke ...«

»Mein Gott, Kemp«, flüsterte Vic. Ihm fiel der Zettel ein:

HABEN SIE IRGENDWELCHE FRAGEN?

Von allem anderen abgesehen, hatte er den Zettel als beunruhigenden Hinweis auf die seelische Verfassung des Mannes bewertet. Er hatte sich auf bösartige Weise dafür gerächt, dass Donna ihn zum Teufel gejagt hatte. Was hatte Kemp anschließend getan? Was hatte er getan, außer wie ein Indianer auf dem Kriegspfad durch das Haus zu ziehen?

»Mr Trenton?«

»Ich bin noch am Apparat.«

Bannerman räusperte sich, als habe er Schwierigkeiten fortzufahren. »Officer Fisher ging nach oben. Oben war nichts zerstört, aber er fand Spuren einer – äh, einer weißlichen Flüssigkeit, wahrscheinlich Sperma, auf dem Bett im Elternschlafzimmer.« Mit unfreiwilliger Komik fügte er hinzu: »Das Bett schien unbenutzt.«

»Wo ist meine Frau?«, schrie Vic in die Muschel. »Wo ist mein Junge? Wissen Sie darüber denn überhaupt nichts?«

»Reg dich nicht auf«, sagte Roger und legte Vic die Hand auf die Schulter. Roger hatte gut reden. Seine Frau lag zu Hause im Bett. Auch die Zwillingstöchter. Vic schüttelte die Hand ab.

»Mr Trenton, im Augenblick kann ich Ihnen nur sagen, dass Beamte der State Police am Tatort sind und von unseren Männern unterstützt werden. Weder im Elternschlafzimmer noch im Zimmer Ihres Sohnes wurde irgendetwas verändert.«

»Sie meinen, außer Sperma auf unserem Bett«, sagte Vic böse, und Roger zuckte zusammen wie unter einem Hieb. Sein Unterkiefer fiel herab.

»Ja, das schon.« Bannerman war die Sache offenbar peinlich. »Aber es gibt keine Anzeichen von Gewaltanwendung gegen eine Person oder Personen. Es sieht ganz einfach wie Vandalismus aus.«

»Und wo sind dann Donna und Tad?« Die Härte war aus seinem Tonfall verschwunden, und er spürte, wie ihm die Tränen kamen.

»Bis jetzt haben wir noch keine Ahnung.«

Kemp ... mein Gott, sollte Kemp sie entführt haben?

Ganz kurz blitzte der Traum in seinen Gedanken auf, den er in der vergangenen Nacht gehabt hatte: Donna und Tad, die in der

Felsnische hockten und von einer abscheulichen Bestie bedroht wurden. Dann war der Traum wieder weg.

»Wenn Sie irgendeinen Anhaltspunkt hätten, wer hinter dieser Sache stecken könnte, Mr Trenton ...«

»Ich fahre zum Flughafen und leihe mir einen Wagen«, sagte Vic. »Ich könnte um fünf Uhr dort sein.«

Geduldig sagte Bannerman: »Ja, Mr Trenton. Aber wenn das Verschwinden Ihrer Frau und Ihres Sohnes irgendwie mit diesem Zerstörungsakt in Verbindung steht, dürfen wir keine Minute verlieren. Wenn Sie auch nur die leiseste Idee haben, wer Ihnen oder Ihrer Frau übel wollen könnte, wirklich oder nur vermutet ...«

»Kemp«, sagte Vic mit leiser, erstickter Stimme. Er konnte die Tränen nicht mehr zurückhalten. Sie liefen ihm schon über das Gesicht. »Das hat Kemp getan. Ich bin ganz sicher, Kemp war es. Oh, mein Gott, wenn er sie nun in seiner Gewalt hat?«

»Wer ist dieser Kemp?«, fragte Bannerman. Seine Stimme klang jetzt nicht mehr verlegen. Sie klang scharf und gebieterisch.

Vic hielt den Hörer in der rechten Hand. Er hielt die linke vor die Augen. Er wollte Roger nicht mehr sehen, nicht das Hotelzimmer und nicht das Fernsehgerät. Er stand jetzt in der Dunkelheit. Er war allein mit seiner zitternden Stimme und den heißen Tränen, die ihm über das Gesicht liefen.

»Steve Kemp«, sagte er. »Steve Kemp. Er hatte eine kleine Werkstatt in Castle Rock. Er restauriert alte Möbel. Jetzt ist er weg. Meine Frau sagt das jedenfalls. Er und meine Frau ... Donna ... sie ... sie hatten ... nun, sie hatten ein Verhältnis. Es hat nicht lange gedauert. Sie hat mit ihm Schluss gemacht. Ich erfuhr davon, weil er mir eine Mitteilung schickte. Es war ... ein ziemlich übles Geschmiere. Ich nehme an, er wollte sich rächen. Es hat ihm wohl nicht sehr gefallen, davongejagt zu werden. Was Sie mir da erzählen, kommt mir wie eine eindrucksvollere Version dieser Mitteilung vor.«

Er fuhr sich so heftig mit der Hand über die Augen, dass er Sterne sah.

»Vielleicht war er enttäuscht, dass unsere Ehe nicht zerbrach.

Oder vielleicht war er ganz einfach wütend. Donna sagt, er wird schon wütend, wenn er ein Tennismatch verliert. Die Frage ist ...« Plötzlich war seine Stimme weg, und er musste sich räuspern, bevor er weitersprechen konnte. Es war, als ob ihm etwas die Kehle zuschnürte. »Ich glaube, die Frage ist, wie weit er gehen würde. Es könnte sein, dass er sie entführt hat, Bannerman. Er wäre dazu imstande, nach dem, was ich von ihm weiß.«

Am anderen Ende war es still. Nein, nicht ganz. Ein Stift kritzelte über Papier. Wieder legte Roger Vic die Hand auf die Schulter, und diesmal ließ er sie liegen. Sie fühlte sich warm und tröstlich an, und ihm war kalt.

»Mr Trenton, haben Sie die Mitteilung noch, die Kemp Ihnen geschickt hat?«

»Nein, ich habe sie zerrissen. Es tut mir Leid, aber unter den Umständen ...«

»War sie vielleicht in Blockbuchstaben geschrieben?«

»Ja. Ja, das war sie.«

»Officer Fisher hat auf dem Schreibblock in der Küche eine in Blockbuchstaben geschriebene Notiz gefunden. Der Text lautete: ›Ich habe oben etwas für dich hinterlassen, Baby‹.«

Vic ächzte. Die letzte schwache Hoffnung, dass es jemand anders gewesen sein könnte – ein Einbrecher oder vielleicht nur Kinder –, war dahin. Geh nach oben und sieh dir an, was auf dem Bett liegt. Es war Kemp. Diese Zeile auf dem Schreibblock in der Küche hätte genau in den kleinen Brief gepasst, den Kemp ihm geschickt hatte. »Die Notiz scheint zu beweisen, dass Ihre Frau nicht zu Hause war, als er es tat«, sagte Bannerman, und selbst in seinem Schockzustand hörte Vic einen falschen Ton in der Stimme des Sheriffs.

»Sie mag ins Haus gekommen sein, als er noch da war. Das können Sie sich doch selbst sagen«, antwortete Vic. »Vom Einkaufen zurück. Oder vielleicht hatte sie den Vergaser an ihrem Wagen reparieren lassen und kam gerade von der Werkstatt zurück. Was auch immer.«

»Was für einen Wagen fuhr Kemp?«

»Ich glaube, er hatte einen Lieferwagen.«

»Farbe?«

»Keine Ahnung.«

»Mr Trenton, ich schlage vor, dass Sie sich von Boston auf den Weg hierher machen. Wenn Sie sich einen Wagen leihen, fahren Sie bitte vorsichtig. Stellen Sie sich vor, Ihre Leute sind gesund und munter, und Sie brechen sich unterwegs auf der Interstate das Genick.«

»Ja, okay.« Er wollte nirgends hinfahren, langsam oder schnell. Er wollte sich verstecken. Besser noch, die letzten sechs Tage fingen noch einmal von vorn an.

»Noch etwas, Sir.«

»Und das wäre?«

»Auf Ihrem Weg nach hier sollten Sie sich in Gedanken eine Liste aller Freunde und Bekannten machen, die Ihre Frau hier hat. Es besteht doch immer noch die Möglichkeit, dass sie bei irgendwem die Nacht verbracht hat.«

»Gewiss.«

»Vorläufig ist es für uns wichtig, dass es keine Anzeichen von Gewaltanwendung gibt.«

»Das ganze Erdgeschoss ist zum Teufel«, sagte Vic. »Das sieht mir verdammt nach Gewaltanwendung aus.«

»Ja«, sagte Bannerman verlegen.

»Nun.«

»Ich werde kommen«, sagte Vic und legte auf.

Vic konnte seinem alten Freund nicht in die Augen sehen. *Hörner aufgesetzt bekommen,* dachte er. So *nennen es die Engländer doch, nicht wahr? Jetzt weiß Roger, dass man mir Hörner aufgesetzt hat.*

»Ist schon gut«, sagte Vic und fing an, sich anzuziehen.

»Und unter diesen Umständen ... bist du mitgefahren?«

»Was hätte es genützt, wenn ich zu Hause geblieben wäre?«, fragte Vic. »Es ist passiert. Ich ... ich weiß es erst seit Donnerstag. Ich dachte ... ein wenig Abstand ... Zeit nachzudenken ... ich weiß nicht, welchen Blödsinn ich sonst noch dachte. Und jetzt dies.«

»Es ist ja nicht deine Schuld«, sagte Roger ernst.

»Rog, in diesem Moment weiß ich überhaupt nicht mehr, was meine Schuld ist und was nicht. Ich mache mir Sorgen um Donna, und ich werde verrückt, wenn ich an Tad denke. Ich muss einfach nach Hause fahren. Und wenn ich Kemp, dieses Schwein, in die Hände kriege. Ich würde ...« Er hatte die Stimme gehoben. Dann sprach er plötzlich ganz leise. Er ließ die Schultern hängen. Einen Augenblick sah er alt und eingefallen und total verbraucht aus. Dann ging er an den Koffer, der auf dem Fußboden stand, um saubere Wäsche zu suchen. »Rufst du bitte Avis am Flughafen an und bestellst mir einen Wagen? Meine Brieftasche liegt auf dem Nachttisch. Sie fragen bestimmt nach der American Express-Nummer.«

»Ich rufe für uns beide an. Ich fahre mit.«

»Nein.«

»Aber ...«

»Da gibt es kein Aber.« Vic streifte sich ein dunkelblaues Hemd über. Er hatte es schon halb zugeknöpft, als er sah, dass etwas verkehrt war. Der eine Zipfel hing viel weiter unten als der andere. Er knöpfte es wieder auf und fing von vorn an. Er war jetzt in Bewegung, und das half ein wenig, aber dieses Gefühl der Unwirklichkeit blieb. Er dachte an Filmausstattungen, wo alles, was wie italienischer Marmor aussieht, nur Pappe ist, wo alle Räume eben über dem Einstellwinkel der Kamera enden und wo im Hintergrund immer jemand mit der Klappe lauert. Szene 41, Vic überredet Roger, weiterzumachen, erste Einstellung. Er war Schauspieler, und dies war ein verrückter, absurder Film. Aber es war unbestreitbar erträglicher, wenn der Körper in Bewegung war.

»Heh, Mann ...«

»Roger, dies ändert nichts an der Situation zwischen Ad Worx und der Sharp Company. Ich bin mitgekommen, nachdem ich das mit Donna und diesem Kemp erfahren hatte. Wahrscheinlich wollte ich das Gesicht wahren – niemand wird es gern an die große Glocke hängen, wenn er feststellt, dass seine eigene Frau fremdgeht –, aber hauptsächlich bin ich mitgekommen, weil die

Leute, die von uns abhängig sind, essen müssen, ganz gleich mit wem meine Frau ins Bett steigt.«

»Geh nicht so streng mit dir ins Gericht, Vic. Hör auf, dich zu quälen.«

»Das kann ich nicht«, sagte Vic. »Nicht einmal jetzt.«

»Ich kann nicht einfach nach New York fliegen, als sei nichts geschehen!«

»Soweit wir wissen, ist auch nichts geschehen. Das hat der Sheriff immer wieder betont. Du *kannst* gehen. Du musst das Ding durchstehen. Vielleicht stellt es sich heraus, dass es von Anfang an eine Scharade war, aber ... man muss es wenigstens *versuchen,* Roger. Mehr können wir nicht tun. Und zu Hause in Maine könntest du noch weniger tun. Da könntest du nur warten.«

»Mein Gott, das ist alles so verkehrt.«

»Das ist es nicht. Ich werde dich in Biltmore anrufen, sobald ich etwas weiß.« Vic zog den Reißverschluss an seiner Hose zu und schlüpfte in seine Mokassins. »Und jetzt ruf Avis für mich an. Ich bekomme unten schon ein Taxi nach Logan. Hier, ich schreibe dir meine Amex-Nummer auf.«

Er tat es, und Roger blieb schweigend stehen, als er seinen Mantel nahm und an die Tür ging.

»Vic«, sagte Roger

Er drehte sich um, und Roger umarmte ihn unbeholfen, aber mit überraschender Kraft. Auch Vic drückte ihn an sich und legte seine Wange an Rogers Schulter.

»Ich bitte Gott, dass alles gut wird«, sagte Roger rau.

»Okay«, sagte Vic und ging hinaus.

Auf dem Weg nach unten hörte er das schwache Summen des Paternosters – *er bewegte sich nicht wirklich,* dachte er. Es *ist ein Geräuscheffekt.* Zwei Betrunkene, die sich gegenseitig stützten, stiegen unten ein, wo er ausstieg. *Statisten,* dachte er.

Er sprach mit dem Portier – auch ein Statist –, und nach ungefähr fünf Minuten rollte ein Taxi an die blaue Markise des Hotels heran.

Der Fahrer war ein einsilbiger Schwarzer. Er hatte einen Soul-

Sender eingestellt. Endlos lange sangen The Temptations »Power«, während der Wagen ihn durch fast leere Straßen zum Logan Airport brachte. *Verdammt gute Filmkulisse,* dachte er. Als die Temptations verstummten, meldete sich ein alberner Discjockey mit der Wettervorhersage zu Wort. Es sei gestern heiß gewesen, berichtete er, und heute würde es den heißesten Tag des Sommers geben, Temperaturen von über 37 Grad im Binnenland und nicht viel weniger an der Küste. Heißluftmassen trafen auf ein ausgedehntes Hoch über Neuengland, und so weiter.

Für Vic hatte der Wetterbericht wenig oder gar keine Bedeutung, aber wenn Donna ihn gehört hätte, wäre sie jetzt noch entsetzter als ohnehin schon.

Wie am Vortag wachte Charity, kurz bevor der Morgen dämmerte, auf. Schon gleich beim Aufwachen lauschte sie und wusste einen Augenblick lang gar nicht, worauf. Dann fiel es ihr ein. Knarrende Dielen. Schritte. Sie lauschte, ob ihr Sohn wieder schlafwandelte.

Aber das Haus lag schweigend da.

Sie stand aus dem Bett auf, ging an die Tür und schaute auf den Flur hinaus. Der Flur war leer. Sie überlegte kurz, ging zu Bretts Zimmer und sah hinein. Sie sah nur seinen Haarschopf. Wenn er schlafgewandelt war, musste er es während der Nacht getan haben, denn er schlief fest.

Charity ging in ihr Zimmer zurück, setzte sich auf ihr Bett und beobachtete den schmalen hellen Streifen am Horizont. Sie war sich darüber im Klaren, dass ihr Entschluss gefasst war. Irgendwie und insgeheim in der Nacht, während sie schlief. Jetzt, im ersten kalten Licht des Tages, konnte sie prüfen, was sie beschlossen hatte, und die Folgen bedenken.

Ihr fiel ein, dass sie sich ihrer Schwester Holly gegenüber nicht ein einziges Mal ausgesprochen hatte. Dabei hatte sie sich gerade darauf so sehr gefreut.

Sie hätte es immer noch tun können, wenn gestern beim Essen die Sache mit den Kreditkarten nicht gewesen wäre. Und gestern

Abend hatte Holly Charity erzählt, wie viel dies oder jenes gekostet hatte – der viertürige Buick, das Farbfernsehgerät von Sony, der Parkettfußboden im Flur. Als ob diese Dinge für Holly noch immer unsichtbare Preisschilder trügen und immer tragen würden.

Charity mochte ihre Schwester immer noch. Holly war großzügig und freundlich, impulsiv und liebenswürdig. Aber ihr Lebensstil hatte sie dazu gezwungen, einige der grausamen Wahrheiten über die Umstände, unter denen sie und Charity im ländlichen Maine aufgewachsen waren, zu verdrängen. Und diese Umstände hatten Charity schließlich in die Ehe mit Joe Camber gezwungen, während Holly das Glück hatte – eigentlich nicht viel anders als Charitys Lotteriegewinn –, Jim kennen zu lernen und sich von den ungünstigen Verhältnissen im Elternhaus endgültig zu lösen.

Sie durfte Holly gar nicht erzählen, dass sie Joe seit *Jahren* gebeten hatte, diese Reise unternehmen zu dürfen, und dass sie es nur ihrer eigenen brutalen Strategie zu verdanken hatte, dass es endlich geklappt hatte, ja, dass Joe sie fast mit seinem Gürtel verprügelt hätte. Wenn sie Holly das erzählte, hätte sie weder guten Zuspruch noch Hilfe zu erwarten. Holly würde mit Entsetzen und Wut reagieren. Warum mit Entsetzen und Wut? Vielleicht weil viertürige Buicks, Sony-Farbfernsehgeräte mit Trinitronbildröhre und Parkettfußböden niemals ganz beruhigen können. Weil Holly erkennen würde, dass sie einer ähnlichen Ehe, einem ähnlichen *Leben* nur ganz knapp entgangen war.

Sie hatte es Holly nicht erzählt, weil sie sich in ihrem Leben als Angehörige der gehobenen Mittelklasse so verschanzt hatte wie ein wachsamer Soldat in seinem Schützenloch. Sie hatte es ihr nicht erzählt, weil sie nicht dastehen wollte wie eine Frau, die ihre Tage, Wochen, Monate und Jahre mit einem unangenehmen, wortkargen und manchmal beängstigenden Mann verbringen musste. Charity hatte entdeckt, dass es Dinge gab, die man nicht gern erzählte. Scham war nicht der Grund. Manchmal war es einfach besser – und höflicher –, die Fassade aufrechtzuerhalten.

Hauptsächlich aber hatte sie nicht darüber gesprochen, weil es ihre Probleme waren. Was aus Brett wurde, war ihr Problem ... und während der letzten beiden Tage war sie mehr und mehr zu der Überzeugung gekommen, dass es weniger von ihr und Joe abhing, was aus ihm wurde, sondern eher von Brett selbst.

Es würde keine Scheidung geben. Sie würde nach wie vor gegen Joe den nie endenden Guerillakrieg um Bretts Seele führen, was immer es nützen mochte. In ihrer Sorge wegen Bretts Bemühungen, seinem Vater nachzueifern, hatte sie vielleicht vergessen – oder übersehen, dass die Zeit kommt, da die Kinder urteilen und die Eltern – Vater *und* Mutter – sich diesem Urteil stellen müssen. Brett war aufgefallen, dass Holly mit ihren Kreditkarten protzte, und Charity konnte nur hoffen, dass es ihm eines Tages auch auffallen würde, dass sein Vater beim Essen den Hut aufbehielt ... unter anderem.

Es wurde langsam hell. Sie nahm ihren Morgenmantel vom Haken an der Tür und zog ihn an. Sie beabsichtigte zu duschen, aber sie würde warten, bis die anderen im Haus sich bewegten. Die Fremden. Es waren Fremde. Selbst Hollys Gesicht war ihr jetzt fremd, ein Gesicht, das nur noch geringe Ähnlichkeit mit den Schnappschüssen in ihren Fotoalben hatte. Sogar Holly selbst hatte sich die Fotos ein wenig verwirrt betrachtet.

Sie würden nach Castle Rock zurückfahren, zurück zu dem Haus am Ende der Straße Nummer 3, zurück zu Joe. Sie würde ihr gewohntes Leben wieder aufnehmen, und alles würde so weiterlaufen wie bisher. Das würde das Beste sein.

Sie nahm sich vor, Alva kurz vor sieben anzurufen, denn das war seine Frühstückszeit.

Es war kurz nach sechs Uhr morgens und schon heller Tag, als Tad seine Krämpfe bekam.

Er war um Viertel nach fünf aus einem anscheinend tiefen Schlaf aufgewacht und hatte Donna aus ihrem unruhigen Schlummer gerissen und geklagt, dass er hungrig und durstig sei. Als hätte er bei ihr auf einen verborgenen Knopf gedrückt, merkte Donna zum ersten Mal, dass auch sie Hunger hatte. Durstig war sie die ganze Zeit gewesen – das war mehr oder weniger gleich geblieben –, aber seit irgendwann gestern Morgen hatte sie an Nahrungsmittel eigentlich nicht mehr gedacht. Jetzt hatte sie plötzlich einen Heißhunger.

Sie tröstete Tad, so gut sie konnte, aber es waren nur leere Worte, die für sie keine wirkliche Bedeutung mehr hatten. Dass bald Leute kommen würden, um den bösen Hund wegzubringen und sie zu retten.

Real war nur der Gedanke an Nahrung.

Sie dachte an ein Frühstück: zwei Spiegeleier, nicht zu scharf gebraten, bitte. Französischer Toast. Ein paar Gläser frisch gepressten Orangensaft, so kalt, dass Tropfen am Glas herabperlen. Kanadischer Schinken. Gebratenes. Flakes mit Sahne und obendrauf eine Portion Blaubeeren. Ihr Magen knurrte laut, und Tad lachte. Sie schrak bei seinem Lachen zusammen, aber dann freute sie sich, weil es so unerwartet kam, unerwartet wie eine Rose, die auf einem Müllhaufen wächst. Sie lächelte ihn an. Beim Lächeln taten ihr die Lippen weh.

»Hast du das gehört?«

»Du musst auch Hunger haben.«

»Nun, ich würde ein gutes Frühstück nicht ablehnen, wenn mir jemand eines brächte.«

Tad stöhnte, und wieder lachten sie beide. Im Hof hatte Cujo die Ohren gespitzt. Er knurrte, als er ihr Gelächter hörte. Einen Augenblick schien es, als wollte er aufstehen, vielleicht, um den Wagen wieder anzugreifen. Dann setzte er sich müde auf sein Hinterteil und ließ den Kopf hängen.

Donna hatte das irrationale Hochgefühl, das sich fast immer mit Tagesanbruch einstellt. Gewiss würde bald alles vorbei sein. Das Schlimmste hatten sie wohl überstanden. Bisher war das Glück gegen sie gewesen, aber einmal reißt selbst die schlimmste Pechsträhne.

Tad war fast wieder so wie früher. Zu blass, ziemlich mitgenommen und trotz des Schlafs schrecklich müde, aber unverkennbar der Tadder. Sie umarmte ihn liebevoll. Die Schmerzen am Bauch hatten ein wenig nachgelassen, aber die Kratzer und

Bisse sahen geschwollen und entzündet aus. Ihr Bein war schlimmer verletzt, aber sie konnte es wenigstens bewegen, wenn auch nur unter Schmerzen. Außerdem fing es wieder an zu bluten. Sie würde eine große Narbe behalten.

Während der nächsten etwa vierzig Minuten unterhielten die beiden sich. Donna wollte Tad beschäftigen und schlug vor, »Zwanzig Fragen« zu spielen. So würde beiden die Zeit schneller vergehen. Tad war begeistert. Dies war ein Spiel, von dem er nie genug kriegen konnte. Das einzige Problem für Tad war dabei immer gewesen, seinen Vater oder seine Mutter zu überreden, es mit ihm zu spielen. Sie waren beim vierten Spiel, als die Krämpfe einsetzten.

Seit ungefähr fünf Fragen ahnte Donna, dass Tad für dieses Spiel die Aufgabe gestellt hatte, Fred Redding zu erraten, das war einer von seinen Freunden aus dem Kindergarten. Aber sie sagte das natürlich nicht gleich.

»Hat er rotes Haar?«, fragte sie.

»Nein, er ... er hat ... er hat ...«

Plötzlich hatte er einen Erstickungsanfall. Sein Atem ging mühsam und keuchend. Donna wurde von Entsetzen gepackt.

»Tad? *Tad?*«

Tad rang keuchend nach Luft. Er griff sich an den Hals, als ob er den Kehlkopf herausreißen wollte. Seine Fingernägel hinterließen rote Linien. Er verdrehte die Augen. Man sah nur noch das Weiße und den unteren Teil der Iris.

»Tad!«

Sein Adamsapfel bewegte sich ruckartig rauf und runter wie ein mechanisches Spielzeug. Seine Hände griffen in die Luft, dann wieder an seinen Hals. Er würgte.

Donna vergaß, wo sie war, und öffnete die Tür, als stände ihr Wagen auf dem Parkplatz des Supermarktes, wo sie einfach aussteigen und Hilfe holen könnte.

Sofort war Cujo auf den Beinen. Er sprang gegen den Wagen, als die Tür kaum halb geöffnet war, was Donna wahrscheinlich das Leben rettete.

Er schlug gegen die Tür, fiel zurück und sprang wieder an. Er knurrte böse. Seine Exkremente fielen auf den zerwühlten Kies der Einfahrt.

Donna schrie auf und riss die Tür wieder zu. Cujo warf sich gegen den Wagen und beulte ihn noch ein bisschen mehr ein. Dann sprang er gegen das Fenster. Es krachte dumpf, und von dem einen Riss in der Scheibe gingen noch ein halbes Dutzend andere aus.

Cujo sprang wieder, und das Sicherheitsglas bog sich sternförmig zersplittert nach innen, ohne zu zerbrechen. Die Welt dahinter war jetzt milchig verschwommen.

Wenn er noch einmal springt –

Aber Cujo wandte sich ab, zog sich auf seinen Beobachtungsposten zurück.

Donna sah sich nach ihrem Sohn um.

Tads Körper zuckte wie in einem epileptischen Anfall. Sein Gesicht wurde bläulich. Die Venen an seinen Schläfen traten hervor. Von ihrem Erste-Hilfe-Kursus im College wusste sie, was das bedeutete. Er hatte nicht seine Zunge verschluckt. Das passierte nur in schlechten Romanen. Aber seine Zunge war nach hinten gerutscht und blockierte die Luftröhre. Er erstickte vor ihren Augen.

Sie nahm sein Kinn in die linke Hand und riss ihm den Mund auf. Seine Kiefergelenke knackten. Sie tastete nach seiner Zungenspitze und fand sie unglaublich weit hinten, dort, wo seine Weisheitszähne wachsen würden, wenn er jemals welche bekommen sollte. Die Zunge war feucht und glitschig und rutschte immer wieder weg. Ihr Herz raste. *Ich verliere ihn*, dachte sie. *Oh, lieber Gott, ich verliere meinen Sohn.*

Plötzlich biss Tad zu. Blut floss von ihren Fingern und von Tads aufgesprungenen Lippen über sein Kinn. Sie bemerkte kaum den Schmerz. Tads Füße trommelten wild gegen den Sitz. Sie suchte verzweifelt nach seiner Zungenspitze, fand sie ... und wieder rutschte sie ihr aus den Fingern.

(der Hund dieser verdammte Köter es ist seine Schuld du elender Höllenhund ich werde dich umbringen das schwöre ich bei Gott)

Tad biss wieder zu, und dann hatte sie seine Zunge wieder, aber diesmal ließ sie nicht locker, sie grub ihre Fingernägel von oben und unten hinein und zog sie nach vorn, wie man ein Springrollo herunterzieht. Gleichzeitig schob sie ihm mit der Hand unter seinem Kinn den Kopf zurück, um die Luftröhre zu strecken. Tad fing wieder an zu atmen, trocken und rasselnd, wie ein alter Mann mit Emphysemen. Dann begann er zu schreien.

Donna schlug ihm ins Gesicht. Sie wusste nicht, was sie sonst hätte tun sollen. Also tat sie das.

Tads Atmung wurde zu einem flachen Keuchen. Auch Donna war außer Atem. Ihr wurde schwindlig. Sie hatte ihr verletztes Bein bewegt und spürte die warme Nässe von Blut.

»Tad!«, rief sie heiser. »Tad, kannst du mich hören?«

Sein Kopf nickte. Ein wenig. Seine Augen waren geschlossen.

»Bleib ganz ruhig. Du musst dich entspannen.«

»... ich will nach Hause ... Mommy ... das Ungeheuer ...«

»Shh, Tadder. Sei still und denk nicht an Ungeheuer. Hier.« Die »Worte an die Ungeheuer« waren auf den Boden gefallen. Sie hob sie auf und gab sie ihm in die Hand. Tad griff krampfhaft zu. »Jetzt konzentrier dich darauf, langsam und regelmäßig zu atmen, Tad. Dann kommen wir auch nach Hause. Langsam und regelmäßig atmen.«

Draußen im hohen Unkraut auf der rechten Seite der Einfahrt sah sie wieder den alten Baseballschläger liegen, dessen Griff mit Isolierband umwickelt war.

»Du musst ganz ruhig bleiben, Tadder, kannst du das versuchen?«

Tad nickte schwach, ohne die Augen zu öffnen.

»Es ist bald vorüber, Honey, das verspreche ich dir.«

Draußen wurde es heller. Es war schon warm. Die Temperatur in dem kleinen Wagen begann zu steigen.

Vic kam um zwanzig nach fünf zu Hause an. Zu der Zeit als sein Sohn fast an seiner Zunge erstickt wäre. Er ging langsam im Wohnzimmer hin und her und versuchte, etwas aufzuräumen. Aber er war nicht bei der Sache.

Bannerman, ein Beamter der State Police und ein Beamter der Generalstaatsanwaltschaft saßen auf dem Sofa und tranken Instantkaffee.

»Ich habe Ihnen alles erzählt, was ich weiß«, sagte Vic. »Wenn sie nicht bei den Leuten ist, mit denen Sie schon gesprochen haben, weiß ich nicht, wo sie sein könnte.« Mit dem Kehrblech schaufelte er Glasscherben in einen Müllsack. »Es sei denn, sie ist bei Kemp.«

Die Herren schwiegen. Vic konnte sich nicht erinnern, jemals so müde gewesen zu sein wie jetzt, aber wahrscheinlich würde er trotzdem nicht schlafen können. Jedenfalls nicht ohne ein Beruhigungsmittel. Er konnte nicht richtig denken. Zehn Minuten nach seiner Ankunft hatte das Telefon geklingelt, und er war gesprungen wie ein Tier, ohne auf den milden Einwand des Mannes von der Staatsanwaltschaft zu achten, dass der Anruf wahrscheinlich für ihn sei. Er war nicht für ihn gewesen. Es war Roger, der wissen wollte, ob Vic angekommen sei und ob es etwas Neues gäbe.

Es *gab* Neues, aber nicht das, was Vic wissen wollte. Man hatte im ganzen Haus Fingerabdrücke gefunden, und man hatte auch Fingerabdrücke in Steve Kemps Wohnung genommen, und man würde bald Gewissheit darüber haben, ob Kemp derjenige war, der diese Verwüstung angerichtet hatte. Vic hielt das für völlig überflüssig. Er *wusste,* dass Kemp es gewesen war.

Der Beamte der State Police hatte eine Beschreibung von Kemps Lieferwagen erstellt. Es war ein 1971er Ford Econoline, Kennzeichen Maine 641-644. Farbe hellgrau. Aber sie wussten von Kemps Hauswirt, den sie um vier Uhr früh aus dem Bett geholt hatten, dass die Seiten des Wagens bemalt waren: Berge, Hochebenen, Sanddünen. Auf der Rückseite zwei Aufkleber: SPALTET HOLZ KEINE ATOME und RONALD REAGAN HAT J. R. ERSCHOSSEN. Ein komischer Vogel, dieser Steve Kemp. Aber die Wandmalereien und die Aufkleber würden die Suche nach dem Wagen sehr erleichtern, und wenn er sie nicht übermalt hatte, würde man ihn sicher noch im Laufe dieses Tages irgendwo auftreiben. Die Fahndung lief in allen Staaten von Neuengland und im Hinterland von New York. Zusätzlich waren das FBI in Portland und Boston alarmiert worden wegen einer möglichen Entführung. Zurzeit wurde geprüft, ob Kemps Name in Washingtoner Akten auftauchte. Sie würden drei unbedeutende Vergehen finden, alle im Zusammenhang mit Protesten gegen den Vietnamkrieg in den Jahren 1968 bis 1970.

»Eins verstehe ich nicht«, sagte der Mann von der Staatsanwaltschaft. Er zeichnete Strichmännchen auf den Notizblock, der immer noch auf seinem Knie lag, obwohl Vic ihm längst alles erzählt hatte, was er wusste. »Da ist eine Frage, die mir verdammt Sorgen bereitet.«

»Was ist es?«, fragte Vic. Er hob das Familienfoto auf und sah es an. Dann schüttelte er die Scherben der zerbrochenen Glasscheibe in den Müllbeutel.

»Der Wagen. Wo ist der Wagen Ihrer Frau?«

Sein Name war Masen – Masen mit ›e‹, wie er Vic bei der Begrüßung mitgeteilt hatte. Masen ging zum Fenster und klopfte sich geistesabwesend mit dem Notizblock gegen den Schenkel. Vics verbeulter Sportwagen stand in der Einfahrt neben Bannermans Streifenwagen. Vic hatte den Wagen von Avis, mit dem er nördlich von Boston gefahren war, am Flughafen Portland stehen gelassen und war dort in seinen Jaguar umgestiegen.

»Was hat das damit zu tun?«, fragte Vic.

Masen zuckte die Achseln. »Vielleicht nichts. Vielleicht viel. Vielleicht alles. Wahrscheinlich nichts. Aber es gefällt mir nicht. Kemp kommt hierher, nicht wahr? Greift sich Ihre Frau und Ihren Sohn. Warum? Er ist wütend. Das ist Grund genug. Er ist ein schlechter Verlierer. Vielleicht ist dies ja auch seine Art, jemandem einen Streich zu spielen.«

Alles das hatte Vic ihm selbst erzählt. Masen gab es fast wörtlich wieder.

»Was tut er also? Er packt sie in seinen Ford-Lieferwagen mit den Wandmalereien an den Seiten und flieht mit ihnen oder hält sich irgendwo versteckt. Richtig?«

»Ja, das ist das, was ich befürchte ...«

Masen drehte dem Fenster den Rücken zu und sah Vic an. »Wo ist dann aber der Wagen Ihrer Frau?«

»Ja ...« Vic versuchte, sich zu konzentrieren. Es war schwer. Er war sehr müde. »Vielleicht ...«

»Vielleicht hatte er einen Komplizen, der damit wegfuhr«, sagte Masen. »Das würde wie eine Entführung mit Lösegeldforderung aussehen. Wenn Kemp es allein getan hat, war die Entführung wahrscheinlich gar nicht geplant, sondern nur einer seiner plötzlichen, verrückten Einfälle. Wenn es eine erpresserische Entführung ist, warum sollten sie dann den Wagen mitgenommen haben? Um umzusteigen? Lächerlich. Der Pinto ist zwar nicht ganz so auffällig wie Kemps Lieferwagen, aber es musste ihm klar sein, dass wir auch nach ihm fahnden würden. Und – wer sollte den Wagen Ihrer Frau gefahren haben, wenn Kemp allein war?«

»Vielleicht kam er zurück und holte ihn«, äußerte der Beamte der State Police eine Vermutung. »Hat den Jungen und die Frau irgendwo versteckt und ist zurückgekommen, um den Wagen zu holen.«

»Ohne einen Komplizen wäre das wohl etwas problematisch«, meinte Masen, »wenn auch vielleicht nicht ganz unmöglich. Wenn er sie in der Nähe versteckt hat, könnte er zu Fuß zurückgekommen sein, um den Wagen zu holen; wenn er sie weiter weggebracht hat, per Anhalter. Aber warum?«

»Sie könnte den Pinto selbst gefahren haben«, warf Bannerman ein, der bisher noch kein Wort gesagt hatte.

Masens Augenbrauen schossen nach oben.

»Wenn er den Jungen in seinem Wagen mitgenommen hat ...« Bannerman sah Vic an.

»Es tut mir Leid, Mr Trenton, aber er könnte den Jungen gefesselt neben sich gesetzt und Ihrer Frau gesagt haben, dass sie ihm in ihrem Wagen folgen soll, wenn sie nicht will, dass dem Jungen was passiert.«

Vic nickte und fühlte sich noch elender.

Masen schien irritiert. Vielleicht, weil ihm dieser Gedanke nicht selbst gekommen war. »Ich wiederhole: zu welchem Zweck?«

Bannerman schüttelte den Kopf, und Vic fiel kein einziger Grund ein, warum Kemp Donnas Wagen mitgenommen haben sollte.

Masen zündete sich eine Pall Mall an, hustete und sah sich nach einem Aschenbecher um.

»Entschuldigen Sie«, sagte Vic und kam sich wieder wie ein Schauspieler vor, der seinen Text hersagt. »Die zwei Aschenbecher, die hier standen, sind kaputt. Ich hole Ihnen einen aus der Küche.«

Masen folgte ihm, nahm den Aschenbecher und sagte: »Lassen Sie uns vor die Tür gehen, wenn es Ihnen nichts ausmacht. Es wird heute wieder verdammt heiß.«

»Okay«, sagte Vic gleichgültig.

Als sie hinausgingen, warf er einen Blick auf das an der Hauswand angeschraubte Thermometer-Barometer ... ein Geschenk von Donna letztes Jahr zu Weihnachten. Die Temperatur stand schon auf dreiundzwanzig Grad, die Nadel des Barometers zeigte unerschütterlich auf »schön«.

»Die Sache mit dem Auto fasziniert mich«, sagte Masen. »Ich muss das weiterverfolgen. Es geht also um eine Frau mit ihrem Sohn. Eine Frau, deren Ehemann auf Geschäftsreise ist. Sie braucht ihren Wagen. Bis zur Innenstadt ist es eine halbe Meile, und der Weg zurück geht die ganze Zeit bergauf. Wenn wir also annehmen, dass Kemp sie von hier aus entführt hat, würde der Wagen noch hier sein. Stellen Sie sich stattdessen Folgendes vor: Kemp kommt ins Haus, verwüstet die Wohnung und verschwindet wieder, aber er ist immer noch wütend. Er sieht sie irgendwo in der Stadt und nimmt sie mit. In dem Fall würde der Wagen noch irgendwo in der Stadt stehen. Vielleicht auf dem Parkplatz am Supermarkt ...«

»Ein herrenloser Wagen die ganze Nacht auf dem Parkplatz. Wäre das nicht aufgefallen?«, fragte Vic.

»Wahrscheinlich«, sagte Masen. »Glauben Sie, dass Ihre Frau ihn selbst irgendwo hat stehen lassen?«

Plötzlich wusste Vic: das Nadelventil.

»Ist Ihnen gerade ein Licht aufgegangen?«, fragte Masen.

»Das war ein ganzes Feuerwerk. Der Wagen ist nicht hier, weil er bei Ford in South Paris steht. Der Vergaser war nicht in Ordnung. Das Nadelventil klemmte. Am Montagnachmittag sprach ich mit ihr am Telefon darüber. Sie war ziemlich ratlos. Ich hatte sie bei einer Werkstatt hier am Ort anmelden wollen, es aber total vergessen, weil ...«

Er brach ab und dachte daran, warum er es vergessen hatte.

»Sie haben vergessen, den Wagen hier zur Reparatur anzumelden, und glauben deshalb, dass sie ihn nach South Paris gebracht hat?«

»Ja.« Er konnte sich nicht mehr genau an das Gespräch erinnern, aber er wusste, dass sie Angst davor hatte, auf dem Weg zur Werkstatt mit dem Wagen liegen zu bleiben.

Masen warf einen Blick auf seine Uhr und stand auf. Vic machte Anstalten, ihm zu folgen.

»Nein, bleiben Sie sitzen. Ich bin gleich zurück. Nur ein kurzes Telefongespräch.«

Vic blieb auf den Stufen sitzen. Der Knall, mit dem die Verandatür hinter Masen ins Schloss fiel, erinnerte ihn so sehr an Tad, dass er die Zähne aufeinander beißen musste, um nicht wieder zu weinen. Wo waren die beiden? Die Tatsache, dass der Wagen nicht hier war, konnte ihn keineswegs beruhigen.

Die Sonne stand jetzt über dem Horizont und tauchte die Häuser und die Straße und ganz Castle Hill in rosiges Licht. Sein Blick fiel auf die Schaukel, in der Tad so oft gesessen hatte ... Sein einziger Wunsch war jetzt, seinen Sohn zu schaukeln, und seine Frau sollte daneben stehen. Er wollte ihn schaukeln, bis ihm die Hände abfielen, wenn nur sein Sohn glücklich wäre.

Daddy, höher, viel höher!

Die Erinnerung an die Stimme seines Sohnes ließ ihn erschauern. Sie klang gespenstisch.

Einen Augenblick später öffnete sich die Verandatür. Masen

setzte sich neben ihn und steckte sich eine neue Zigarette an. »Twin City Ford in South Paris«, sagte er. »Das ist es doch, oder nicht?«

»Ja, wir haben den Wagen dort gekauft.«

»Ich habe angerufen. Hatte Glück. Der Service Manager war schon da. Er sagte mir, dass der Wagen Ihrer Frau nicht dort ist, er war auch nicht dort. Wie heißt die Werkstatt in Castle Rock?«

»Joe Camber«, sagte Vic. »Dann muss sie doch zu ihm gefahren sein. Das wollte sie eigentlich nicht, denn es ist sehr weit draußen, und als sie dort anrief, meldete sich niemand. Ich sagte ihr, dass Camber wahrscheinlich doch da sei und in der Werkstatt arbeitete. Es ist eine umgebaute Scheune, und ich glaube nicht, dass er dort Telefon hat. Als wir das letzte Mal draußen waren, hatte er jedenfalls keins.«

»Wir werden das prüfen«, sagte Masen, »aber Sie können sich drauf verlassen, Mr Trenton, dort ist der Wagen auch nicht.«

»Warum nicht?«

»Weil es keinen Sinn ergibt«, sagte Masen. »Deshalb wusste ich ja auch im Voraus, dass er nicht bei Ford in South Paris war. Sehen Sie. Es bleibt doch dabei, dass eine junge Frau mit einem Kind ein Auto braucht. Wenn wir nun annehmen, sie hätte den Wagen zu Ford gebracht und man hätte ihr dort gesagt, es würde ein paar Tage dauern. Wie hätte sie dann zurückkommen sollen?«

»Ganz einfach ... mit einem Leihwagen ...«

»Richtig! Ganz prima! Und wo ist der Leihwagen?«

Vic ließ seinen Blick über die Einfahrt schweifen, als ob er dort auftauchen würde.

»Mit dem Wagen Ihrer Frau zu türmen, war für Kemp ebenso unsinnig, wie den Leihwagen zu nehmen«, sagte Masen. »Deshalb kam auch die Ford-Werkstatt von vornherein nicht in Frage. Nehmen wir aber an, sie ist zu diesem Joe Camber gefahren, und er hat ihr einen alten Schrottwagen als Ersatz gegeben: Wo ist dann dieser Ersatzwagen? Es könnte natürlich auch sein, dass Camber ihr keinen Wagen leihen konnte. Was macht sie also? Sie ruft eine Freundin an, und die Freundin kommt und bringt sie nach Hause. Verstehen Sie?«

»Ja, sicher.«

»Wer war es dann, der sie hergebracht hat? Sie haben uns eine Reihe Leute genannt, und wir haben sie alle aus dem Bett geklingelt. Erstaunlicherweise waren sie alle zu Hause, mitten im Sommer und bei diesem Wetter. Keiner von ihnen hat sie nach Hause gebracht. Niemand hat sie später als Montagmorgen gesehen.«

»Warum reden wir dann noch herum?«, fragte Vic. »Wir sollten Camber anrufen und uns Gewissheit verschaffen.«

»Lassen Sie uns bis sieben warten«, sagte Masen. »Das sind nur noch fünfzehn Minuten. Geben wir ihm eine Chance, sich Wasser ins Gesicht zu schütten und ein bisschen wach zu werden. Service Manager müssen früh am Arbeitsplatz sein, aber dieser Camber ist sein eigener Herr.«

Vic zuckte die Achseln. Dies war sowieso nur eine Sackgasse. Kemp hatte Donna und Tad. Davon war er überzeugt, und genauso sicher wusste er, dass Kemp es gewesen war, der seine Einrichtung zertrümmert und sein Sperma auf das Bett gespritzt hatte, das Vic mit Donna teilte ... »Es muss natürlich nicht unbedingt jemand von ihren Bekannten gewesen sein«, grübelte Masen und beobachtete, wie der Rauch seiner Zigarette in den Morgenhimmel stieg. »Es gibt tausend andere Möglichkeiten. Sie fährt zu Camber, und zufällig ist dort jemand, den sie flüchtig kennt, und dieser Jemand bietet ihr an, sie und ihren Jungen nach Hause zu bringen. Oder Camber tut es selbst. Oder seine Frau. Ist er verheiratet?«

»Ja. Nette Frau.«

»Sie könnten es auch gewesen sein. Irgendjemand. Manche Leute sind sehr hilfsbereit, wenn es darum geht, einer Lady zu helfen.«

»Ja«, sagte Vic und steckte sich auch eine Zigarette an.

»Aber das ist ja alles von untergeordneter Bedeutung. Die wesentliche Frage bleibt: Wo ist der verdammte Wagen? Denn die Situation bleibt dieselbe: Frau und Kind allein im Haus. Sie muss zum Supermarkt, zur Reinigung, zur Post. Dutzende von Besorgungen. Wenn der Mann nur ein paar Tage weg ist, vielleicht sogar eine Woche, dann könnte sie versuchen, solange ohne Auto zurechtzukommen. Aber zehn Tage oder zwei Wochen? Großer Gott, das ist eine lange Zeit in einer Stadt, in der es nur ein verdammtes Taxi gibt. Das ist das ideale Pflaster für Leihwagenfirmen. Vielleicht hat sie Hertz oder Avis oder National angerufen, damit sie ihr einen Wagen hinstellen, entweder hier oder bei Camber. Aber wo, zum Teufel, ist dann der Leihwagen? Diese Frage verfolgt mich. Sie braucht doch irgendein Fahrzeug. Begreifen Sie das?«

»Ich halte das nicht für so wichtig«, sagte Vic.

»Vielleicht haben Sie Recht. Vielleicht gibt es eine ganz simple Erklärung, und wir werden uns fragen, wie wir so beschränkt sein konnten, nicht gleich darauf zu kommen. Aber das Problem übt eine eigenartige Faszination auf mich aus ... es war das Nadelventil, sagten Sie? Sind Sie sicher?«

»Vollkommen sicher.«

Masen schüttelte den Kopf. »Dann brauchen wir doch an Leihwagen und Ersatzwagen keinen einzigen Gedanken zu verschwenden. Das ist ein Fünfzehnminutenjob für jemand, der das nötige Werkzeug und Ahnung hat. Da fährt man rein und wieder raus. Wo also ist ...«

»... ihr verdammter Wagen?«, fragte Vic erschöpft. Ihm war schwindelig.

»Warum gehen Sie nicht nach oben und legen sich hin?«, fragte Masen. »Sie sehen müde aus.«

»Nein, ich will wach sein, wenn irgendwas passiert ...«

»Wenn etwas passiert, wird jemand hier sein, um Sie zu wecken. Die Leute vom FBI werden herkommen und eine Fangschaltung an Ihrem Telefon installieren. Die machen so viel Lärm, dass selbst Tote aufwachen – Sie brauchen sich also keine Sorgen zu machen.«

Vic war zu müde, um mehr als dumpfe Angst zu verspüren. »Finden Sie, dass diese Fangschaltung wirklich nötig ist?«

»Besser man hat es und braucht es nicht, als man braucht es und hat es nicht«, meinte Masen und drückte seine Zigarette aus. »Ruhen Sie sich ein bisschen aus, Vic, das wird Ihnen gut tun.«

»Ja.«

Er ging langsam nach oben. Das Bett war bis auf die Matratze abgezogen. Das hatte er selbst getan. Er legte zwei Kissen auf seine Seite und zog die Schuhe aus. Dann legte er sich hin. Grelles Morgenlicht fiel durch das Fenster herein. *Ich werde nicht schlafen,* dachte er, *nur ruhen. Jedenfalls werde ich es versuchen.* Eine Viertelstunde ... vielleicht eine halbe ...

Aber als das Telefon ihn weckte, stand schon die glühende Nachmittagshitze über dem Haus.

Charity Camber trank ihren Morgenkaffee und rief dann Alva Thornton in Castle Rock an. Alva war selbst am Apparat. Er wusste, dass sie am Abend vorher mit Bessie gesprochen hatte.

»Nein«, sagte Alva, »von Joe hab ich seit letztem Donnerstag nichts gesehen. Er brachte einen Traktorreifen, den er für mich repariert hatte. Er hat nichts davon gesagt, dass ich Cujo füttern soll. Das hätte ich mit Vergnügen getan.«

»Alva, könntest du zu unserem Haus gehen und nachsehen, wie es Cujo geht? Brett sah ihn am Montagmorgen, bevor wir zu meiner Schwester fuhren, und er fand, dass er krank aussah. Und ich habe wirklich keine Ahnung, wen Joe gebeten hat, ihn zu füttern. Es eilt nicht«, fügte sie nach der Art der Leute auf dem Land hinzu.

»Ich lauf schnell rauf und sehe nach«, sagte Alva. »Ich will nur erst diesen verdammten Gackerviechern Futter und Wasser geben.«

»Das wäre nett, Alva«, sagte Charity dankbar und gab ihm die Nummer ihrer Schwester. »Vielen Dank.«

Sie unterhielten sich noch eine Weile, hauptsächlich über das Wetter. Alva machte sich wegen der ständigen Hitze um seine Hühner Sorgen. Dann legte sie auf.

Brett schaute von seinem Teller auf, als sie in die Küche kam. Jim Junior zeichnete mit seinem Orangensaftglas Ringe auf den Tisch und plapperte vor sich hin. Irgendwann während der vergangenen achtundvierzig Stunden hatte er herausgefunden, dass Brett Camber ein naher Verwandter von Jesus Christus war.

»Nun?«, fragte Brett.

»Du hattest Recht. Daddy hat Alva nicht gebeten, Cujo zu füttern.« Sie sah die Enttäuschung und die Unruhe in Bretts Gesicht und fuhr fort: »Aber er geht heute Morgen hin, um nachzusehen. Sobald er seine Hühner versorgt hat. Diesmal habe ich ihm die Nummer gegeben. Er hat mir versprochen, hier anzurufen.«

»Danke, Mom.«

Geräuschvoll verschwand Jim vom Tisch, als Holly ihn nach oben rief, damit er sich anzog. »Kommst du mit, Brett?«

Brett lächelte. »Ich warte auf dich, du Preisboxer.«

»Okay.« Jim trompetete: »Mom! Brett sagt, dass er warten will! Brett wartet, bis ich angezogen bin!«

Es hörte sich an, als sei eine ganze Elefantenherde auf der Treppe.

»Er ist ein netter Junge«, sagte Brett beiläufig.

»Ich habe mir gedacht«, sagte Charity, »dass wir ein wenig früher nach Hause fahren, wenn es dir recht ist.«

Bretts Gesicht hellte sich auf, und obwohl sie ihre Entscheidung getroffen hatte, machte seine Freude sie ein wenig traurig. »Wann?«, fragte er.

»Wie wäre es mit morgen?« Sie hatte den Freitag vorschlagen wollen.

»Prima! Aber« – er sah sie eine Weile an – »war der Besuch nicht zu kurz, Mom? Ich meine, sie ist doch deine Schwester.«

Charity dachte an die Kreditkarten und an die Musicbox von Wurlitzer. Hollys Mann hatte sie sich leisten können, aber reparieren konnte er sie nicht. Das waren die Dinge, die sich Brett eingeprägt hatten, und auch sie selbst war nicht ganz unbeeindruckt geblieben. Vielleicht sah sie jetzt alles ein wenig mit Bretts Augen ... und mit Joes Augen. Es reichte ihr.

»Ja«, sagte sie.

»Aber ich bin lange genug hier gewesen. Ich werde es Holly heute Morgen sagen.«

»Okay, Mom.« Er sah sie ein wenig verlegen an. »Ich würde gern einmal wiederkommen. Ich mag sie. Und er ist ein netter kleiner Junge. Vielleicht kann er uns einmal in Maine besuchen.«

»Ja«, sagte sie überrascht und dankbar. Sie glaubte nicht, dass Joe etwas dagegen haben würde. »Ja, das können wir vielleicht arrangieren.«

»Okay. Und erzähl mir nachher, was Mr Thornton gesagt hat.«

»Das werde ich tun.«

Aber Alva rief nicht zurück. Als er an diesem Morgen seine Hühner fütterte, ging der Motor seiner großen Klimaanlage zum Teufel, und er hatte alle Hände voll zu tun, die Tiere zu retten, bevor sie in der Mittagshitze verendeten. Donna Trenton hätte das vielleicht als einen weiteren Schlag des Schicksals bezeichnet, das sie in Cujos trüben, mordlüsternen Augen reflektiert sah. Als die Sache mit der Klimaanlage sich erledigt hatte, war es vier Uhr nachmittags (Alva Thornton verlor an diesem Tag sechzig Hennen und konnte noch von Glück sagen, dass es nicht mehr waren, und das Duell, das am Montagnachmittag auf Cambers Grundstück unter den sengenden Strahlen der Sonne begonnen hatte, war zu Ende).

Andy Masen war das Wunderkind der Generalstaatsanwaltschaft von Maine, und manche sagten, dass er eines Tages – und zwar eines nicht allzu fernen Tages – die Leitung der Kriminalabteilung der Staatsanwaltschaft übernehmen würde. Andy Masens eigene Pläne zielten noch um einiges weiter. Er hoffte, im Jahre 1984 selbst Generalstaatsanwalt zu werden und 1987 für den Posten des Gouverneurs zu kandidieren. Und nach acht Jahren im Gouverneursamt, wer konnte wissen, wie es danach weiterginge?

Er stammte aus einer großen Familie in ärmlichen Verhältnissen. Er und seine drei Brüder und zwei Schwestern waren in einer Bruchbude an der äußeren Sabbatus Road in der Stadt Lisbon aufgewachsen, einer typischen »Armeleutegegend«. Seine Brüder und Schwestern hatten den unter den Umständen vorgegebenen Erwartungen entsprochen. Nur Andy Masen und sein jüngster Bruder Marty hatten die höhere Schule absolviert. Eine Weile hatte es so ausgesehen, als ob auch Roberta es schaffen könnte, aber dann hatte sie sich anlässlich eines Tanzabends bis über beide Ohren verliebt. Sie war von der Schule abgegangen, um den Jungen zu heiraten, der mit neunundzwanzig noch Pickel hatte, Narragansett direkt aus der Dose trank und sie und ihr Kind schikanierte. Marty war bei einem Autounfall auf der Route 9 in Durham umgekommen. Er und einige betrunkene Freunde hatten die Kurve den Sirois Hill hinauf mit hundertzehn nehmen wollen. Der Camaro, in dem sie fuhren, überschlug sich zweimal und brannte aus.

Andy war der Star der Familie gewesen, aber seine Mutter hatte ihn nie gemocht. Sie hatte ein wenig Angst vor ihm. Wenn sie mit Freunden sprach, pflegte sie zu sagen: »Mein Andy ist kalt wie ein Fisch«, aber er war noch mehr als das. Er hatte sich immer streng unter Kontrolle und war immer zugeknöpft. Schon in der fünften Klasse wusste er, dass er irgendwie ein Studium absolvieren und Anwalt werden würde. Anwälte verdienten viel Geld. Anwälte arbeiteten mit Logik. Und Logik war Andys Heiligtum.

Er sah jedes Geschehen als einen Punkt an, von dem eine begrenzte Anzahl von Möglichkeiten strahlenförmig ausging. Am Ende jedes dieser Strahlen befand sich der Ausgangspunkt für ein weiteres Ereignis. Und so weiter. Und dieser Punkt-zu-Punkt-Lebensplan hatte ihm gute Dienste geleistet. Er bekam in der Schule nur gute Noten und erhielt für seine guten Leistungen anschließend ein Stipendium. Er hätte überall studieren können, aber er entschied sich für die Universität von Maine. Damit verzichtete er auf seine Chance in Harvard, aber er hatte schon beschlossen, seine Karriere in Augusta zu beginnen, und er wollte nicht, dass irgendein Hinterwäldler in Gummistiefeln und Holzfällerjacke ihm seine Harvardausbildung um die Ohren schlug.

An diesem heißen Julimorgen lief alles planmäßig.

Er legte Vic Trentons Telefonhörer auf. Bei Camber hatte niemand abgenommen. Der Mann von der State Police und Bannerman waren noch hier und warteten wie gut dressierte Hunde auf weitere Anweisungen. Mit Townsend, dem Mann von der State Police, hatte er schon früher zusammengearbeitet. Er gehörte zu den Leuten, die Andy Masen gern um sich hatte. Wenn man sagte ›holen‹, dann holte Townsend. Bannerman war ein Neuer, und Masen mochte ihn nicht besonders. Seine Augen waren ein bisschen zu flink, und wie er mit der Idee herausgeplatzt war, Kemp könnte das Kind benutzt haben, um die Frau gefügig zu machen ... nun, solche Ideen, wenn sie denn auftauchten, sollten von Andy Masen kommen. Sie saßen alle drei schweigend auf dem Sofa, tranken Kaffee und warteten auf die Jungs vom FBI, die die Fangschaltung am Telefon installieren sollten.

Andy ließ sich den Fall durch den Kopf gehen. Vielleicht war es nur ein Sturm im Wasserglas. Vielleicht war es aber mehr. Der Ehemann jedenfalls glaubte fest an eine Entführung und maß dem Fehlen des Wagens keine Bedeutung bei. Er war auf die Idee fixiert, dass seine Leute sich in Steve Kemps Gewalt befänden.

Andy Masen war da nicht so sicher.

Camber war nicht zu Hause; da oben war überhaupt niemand. Vielleicht waren sie in Urlaub gefahren. Das war ziemlich wahrscheinlich. Der Juli war der übliche Urlaubsmonat. Hätte er ihren Wagen zur Reparatur angenommen, wenn er wegfahren wollte? Unwahrscheinlich. Unwahrscheinlich, dass der Wagen dort stand. Immerhin musste der Vergaser nachgesehen werden, und eine Möglichkeit hatte er Vic Trenton gegenüber nicht erwähnt.

Angenommen, sie *hatte* den Wagen zu Cambers Werkstatt gefahren? Angenommen, jemand *hatte* sie in seinem Wagen mitgenommen? Kein Freund, kein Bekannter, sondern ein Fremder? Andy hörte jetzt schon Trenton sagen: »Oh, nein, meine Frau würde sich nie von einem Fremden mitnehmen lassen.« Aber sie hatte sich, um es mal volkstümlich auszudrücken, doch auch von Steve Kemp einige Male »mitnehmen« lassen, der ihr ebenfalls fast fremd war. Wenn der hypothetische Fremde freundlich auftrat und ihr daran gelegen war, das Kind nach Hause zu bringen, hatte sie vielleicht akzeptiert. Und vielleicht war der nette, lächelnde Mann eine Art Ungeheuer. So ein Ungeheuer hatten sie hier in Castle Rock erst kürzlich gehabt, Frank Dodd. Vielleicht hatte der nette, lächelnde Mann sie mit aufgeschnittener Kehle im Gebüsch liegen gelassen und war fröhlich weitergezogen. Wenn das der Fall war, musste der Wagen bei Camber stehen.

Andy hielt diesen Ablauf der Dinge nicht für *wahrscheinlich,* aber er war *möglich.* Er hätte ohnehin einen Mann zu Camber hinaufgeschickt – das war Routine –, aber er wusste immer gern, warum er jeweils das tat, was er tat. Er nahm an, dass er Cambers Werkstatt für jeden praktischen Zweck aus der logisch geordneten Struktur, die er für sich errichtete, ausklammern konnte. Es war denkbar, dass sie hingefahren war und Camber nicht angetroffen hatte. Anschließend mochte ihr Wagen dann liegen geblieben sein. Aber Castle Rocks Straße Nummer 3 war nicht die Antarktis. In diesem Fall hätten sie und das Kind einfach zum nächsten Haus gehen und telefonieren können, aber das hatten sie nicht getan.

»Mr Townsend«, sagte Andy mit seiner gewohnt leisen Stimme. »Sie und Sheriff Bannerman sollten zur Werkstatt dieses Joe Cambers hinausfahren. Stellen Sie drei Dinge fest: kein blauer Ford Pinto dort, Kennzeichen 218-864, keine Donna und kein Theodore Trenton dort, keine Cambers dort. Kapiert?«

»In Ordnung«, sagte Townsend. »Wollen Sie ...«

»Ich will nur diese drei Dinge«, sagte Andy leise. Die Art, wie Bannerman ihn ansah, gefiel ihm überhaupt nicht. Es lag etwas in seinem Blick, das man müde Verachtung nennen konnte. Es regte ihn auf. »Wenn Sie auch nur einen von den dreien dort finden, rufen Sie mich hier an. Und wenn ich nicht hier sein sollte, hinterlasse ich eine Nummer. Verstanden?«

Das Telefon klingelte. Bannerman nahm den Hörer ab. Nach einer Weile reichte er ihn Andy Masen. »Für Sie, Draufgänger.«

Ihre Blicke trafen sich über dem Apparat. Masen dachte, Bannerman würde wegschauen, aber er tat es nicht. Andy zögerte. Dann nahm er den Hörer. Der Anruf kam von der State Police in Scarborough. Sie hatten Steve Kemp gefasst. Sein Lieferwagen war im Hof eines kleinen Motels in der Stadt Twickenham in

Massachusetts gefunden worden. Die Frau und der Junge waren nicht bei ihm. Kemp hatte seinen Namen angegeben und sich im Übrigen auf sein Aussageverweigerungsrecht berufen.

Für Andy Masen schien diese Nachricht Unheil anzukünden.

»Townsend, Sie kommen mit mir«, sagte er. »Sie können die Sache bei Camber allein erledigen, nicht wahr, Sheriff Bannerman?«

»Es ist meine Stadt.«

Andy Masen zündete sich eine Zigarette an und sah Bannerman durch den Rauch hindurch an. »Haben Sie Probleme mit mir, Sheriff?«

Bannerman lächelte. »Keine, mit denen ich nicht fertig werde.«

Mein Gott, wie ich diese Bauernlümmel hasse, dachte Masen, als Bannerman ging. *Aber jetzt ist er erst einmal aus dem Spiel. Man muss auch für kleine Dinge dankbar sein.*

Bannerman setzte sich hinter das Lenkrad seines Streifenwagens, startete und fuhr rückwärts die Einfahrt der Trentons hinunter. Es war zwanzig Minuten nach sieben. Es amüsierte ihn fast, dass Masen ihn fein säuberlich auf ein Nebengleis geschoben hatte. Die anderen stießen zum Kern der Dinge vor, er aber zielte ins Leere. Aber der alte Hank Townsend musste sich den ganzen Vormittag Masens Scheiße anhören, insofern war er also gut davongekommen.

George Bannerman fuhr langsam die Route 117 in Richtung Maple Sugar Road entlang. Ohne Sirene und Blaulicht. Es war wirklich ein herrlicher Tag. Und er sah keinen Grund zur Eile.

Donna und Tad schliefen.

Ihre Haltung war ziemlich ähnlich: Es war die unbequeme Schlafhaltung von Leuten, die lange Stunden in Interstatebussen verbringen mussten. Ihre Köpfe waren zwischen die Schultern gesunken, Donnas nach links und Tads nach rechts. Tads Hände lagen auf seinem Schoß wie Fische auf dem Trockenen. Hin und wieder zuckten sie. Sein Atem ging heiser und röchelnd. Seine

Lippen waren aufgesprungen, die Augenlider gerötet. Speichel war ihm aus dem Mund gelaufen und an seinem Kinn schon getrocknet.

Donna schlief nicht sehr fest. So erschöpft sie auch war, ihre verkrampfte Haltung und die Schmerzen an Bauch, Bein und jetzt auch am Finger (während seines Anfalls hatte Tad bis auf den Knochen hineingebissen) ließen es nicht anders zu. Ihr Haar klebte ihr am Kopf wie ein Helm aus schweißnassen Strähnen. Der Verbandsmull an ihrem linken Bein war schon durchblutet, und die Ränder ihrer oberflächlichen Verletzungen am Bauch waren hässlich rot. Auch sie atmete heiser, aber nicht so unregelmäßig wie Tad.

Tad Trenton hatte fast die Grenzen seiner Belastbarkeit erreicht. Der Wasserentzug zeigte schon seine Auswirkungen. Er hatte durch das Schwitzen wichtige Mineralien verloren. Nichts hatte sie wieder ersetzt. Seine inneren Abwehrmechanismen waren stark beeinträchtigt, und er erreichte jetzt das letzte kritische Stadium. Sein Leben war nicht mehr fest in Fleisch und Knochen verwurzelt. Es war nur noch schwach, bereit, beim leisesten Windhauch zu verströmen.

In seinen Fieberträumen schob sein Vater ihn auf der Schaukel an, höher und immer höher, und er sah nicht den Hof, er sah den Ententeich, und die leichte Brise kühlte seine sonnenverbrannte Stirn, seine schmerzenden Augen, seine aufgesprungenen Lippen.

Auch Cujo schlief.

Er lag neben der Veranda im Gras und hielt seinen übel zugerichteten Schädel zwischen den Vorderpfoten. Seine Träume waren wirr und verrückt. Der Abend dämmerte, und der Himmel war dunkel von hin und her huschenden rotäugigen Fledermäusen. Er sprang immer wieder hoch, und jedes Mal holte er eine aus dem Himmel, verbiss sich in ihre lederartigen zuckenden Flügel. Aber die Fledermäuse bissen mit ihren kleinen Rattenzähnen immer wieder in sein empfindliches Gesicht. Daher kamen die Schmerzen. Daher kam all seine Qual. Aber er würde sie alle töten. Er würde ...

Plötzlich wachte er auf. Er hob den Kopf von den Pfoten und legte den Kopf schief.

Ein Auto näherte sich.

Für seine höllisch wachen Ohren war das Geräusch des Wagens entsetzlich. Unerträglich. Es war das Geräusch eines großen, stechenden Insekts, das ihn mit Gift füllen wollte.

Jaulend stand er auf. Seine Gelenke schienen voller Glassplitter zu sein. Er sah zu dem toten Wagen hinüber. In seinem Innern sah er den Kopf DER FRAU als unbewegliche Silhouette. Vorher hatte Cujo sie durch das Glas deutlich sehen können, aber DIE FRAU hatte etwas mit dem Glas gemacht, und jetzt war sie kaum zu erkennen. Aber es war gleichgültig. Herauskommen konnte sie nicht. Und auch nicht DER JUNGE.

Das Dröhnen war näher gekommen. Der Wagen kam den Hügel herauf, aber ... war es ein Wagen? Oder eine riesige Biene oder Wespe, die sich auf ihn stürzen wollte, um ihn zu stechen? Seine Schmerzen noch schlimmer zu machen?

Er musste abwarten.

Cujo schlich unter die Veranda, wo er früher oft die heißen Sommertage verbracht hatte. Dort lagen die modernden Herbstblätter vom vergangenen Jahr, Blätter, die einen Duft ausströmten, den er damals als angenehm empfunden hatte. Jetzt fand er den Geruch ekelhaft. Erstickend und fast unerträglich. Wenn ein Hund Gerüche töten könnte, hätte Cujo diesen getötet.

Jetzt war das Dröhnen ganz nahe. Und dann bog ein Wagen in die Einfahrt ein. Ein Wagen mit blauen Flanken und weißem Dach, auf dem Lichter waren.

Der Gegenstand, den George Bannerman am wenigsten erwartet hatte, als er auf Cambers Grundstück fuhr, war der Wagen der vermissten Frau, den er jetzt vor sich sah. Er war nicht dumm, und wenn ihn auch Andy Masens Punkt-zu-Punkt-Logik irritierte (er hatte sich schließlich mit Frank Dodds Taten befassen müssen und wusste, dass es manchmal keine Logik *gab*), so gelangte er doch auf ähnliche Weise zu seinen eigenen Schlüssen. Vielleicht aber unbewusst. Und er stimmte Masen zu, wenn dieser es für unwahrscheinlich hielt, dass die Frau und ihr Sohn hier waren. Der Wagen aber stand direkt vor seinen Augen.

Bannerman griff nach dem Mikrofon unter dem Armaturenbrett und beschloss dann, sich zuerst den Wagen anzusehen. Von hier aus, direkt hinter dem kleinen Wagen, konnte man nicht erkennen, ob jemand darin saß. Die Lehnen der Vordersitze waren hoch, und Donna und Tad waren in ihren Sitzen im Schlaf zusammengesunken.

Bannerman stieg aus und schlug die Tür hinter sich zu. Bevor er zwei Schritte gegangen war, sah er, dass das Fenster an der Fahrerseite über die ganze Länge gesplittert war. Sein Herz schlug schneller, und seine Hand fuhr an den Kolben der .38 Police Special.

Cujo starrte den Mann aus dem blauen Wagen an. DER MANN hatte all seine Schmerzen verursacht; er war ganz sicher. DER MANN hatte die Schmerzen in seinen Gelenken verursacht und das entsetzliche hohe Singen in seinem Kopf. DER MANN war auch schuld daran, dass der Haufen alter Blätter unter der Veranda jetzt faulig stank. DER MANN war schuld, dass er kein Wasser mehr sehen konnte, ohne zu heulen und zurückzuschrecken. DER MANN war schuld, dass er das Wasser töten wollte, obwohl er schrecklichen Durst hatte.

Tief in seiner schweren Brust begann ein Knurren, als seine Beine sich unter ihm bewegten. Er konnte den MANN riechen, seinen öligen Schweiß und seine Aufregung, das dicke Fleisch an seinen Knochen.

Das Knurren wurde lauter und stieg zu einem wilden Wutgeschrei an. Er sprang unter der Veranda hervor und stürzte auf den furchtbaren MANN los, der seine Schmerzen verursacht hatte.

In diesem ersten, so wichtigen Augenblick hatte Bannerman Cujos tiefes, ansteigendes Knurren nicht einmal gehört. Er war nahe genug an den Wagen herangekommen, dass er an der Fahrerseite am Fenster Haare erkennen konnte. Sein erster Gedanke war, dass jemand die Frau erschossen haben musste, aber wo war das Einschussloch?

Das Glas sah aus, als hätte man es mit dem Knüppel zersplittert, aber nicht zerschossen.

Dann sah er, dass der Kopf sich bewegte. Nicht sehr – nur ganz leicht – aber er *hatte* sich bewegt. Die Frau lebte. Er trat einen Schritt vor ... und in diesem Augenblick setzte gerade Cujos Gebrüll ein, dem ein knurrendes Bellen folgte. Sein Irish Setter

(Rusty?)

war sein erster Gedanke, aber er hatte Rusty vor vier Jahren einschläfern lassen, nicht lange nach der Sache mit Frank Dodd. Und solche Laute hatte Rusty nie von sich gegeben, und einen zweiten wichtigen Augenblick lang blieb Bannerman wie gelähmt stehen und empfand ein schreckliches atavistisches Grauen.

Dann endlich drehte er sich um, zog seinen Revolver und sah verschwommen einen Hund – einen unglaublich großen Hund – durch die Luft springen. Er traf ihn in Brusthöhe und schleuderte ihn gegen den Kofferraum des Pinto. Er stöhnte. Mit der rechten Hand schlug er gegen die Chromverzierung, und sein Revolver segelte davon. Sich überschlagend flog die Waffe über das Wagendach und landete im hohen Gras auf der anderen Seite der Einfahrt.

Der Hund *biss* ihn, und als Bannerman das erste Blut an seinem hellblauen Hemd sah, wusste er plötzlich alles. Sie waren hergekommen, ihr Wagen war verreckt ... und dann war der Hund da gewesen. Der Hund hatte in Masens hübscher kleiner Punkt-zu-Punkt-Analyse gefehlt.

Bannerman rang mit dem Tier, versuchte, die Hand unter das Maul des Hundes zu bekommen und ihn von seinem Körper wegzudrängen. Weiter unten spürte er plötzlich einen stechenden und betäubenden Schmerz. Sein Hemd hing in Fetzen. Über seiner Hose quoll Blut hervor. Er warf sich nach vorn, und der Hund trieb ihn mit Furcht erregender Kraft zurück und stieß ihn mit solcher Wucht gegen den Wagen, dass dieser sich auf den Federn bewegte.

Bannerman versuchte sich zu erinnern, ob er und seine Frau sich gestern Nacht geliebt hatten.

Ein völlig verrückter Gedanke. Wahnsinn –

Wieder drang der Hund auf ihn ein. Bannerman versuchte, ihm auszuweichen, aber der Hund hatte es vorausgesehen, er *grinste* ihn an, und plötzlich hatte er entsetzlichere Schmerzen, als er je im Leben gehabt hatte. Sie elektrisierten ihn, sie durchbohrten ihn. Schreiend griff er mit beiden Händen unter das Maul des Hundes und riss es hoch. Einen Augenblick, als er in diese dunklen, wahnsinnigen Augen sah, überkam ihn namenloses Grauen, und er dachte: *Hallo, Frank. Das bist du, nicht wahr? War die Hölle für dich zu heiß?*

Dann schnappte Cujo nach seinen Fingern und riss sie auf. Bannerman vergaß Frank Dodd. Er vergaß alles. Er dachte nur noch daran, sein Leben zu retten. Er versuchte, sein Knie zu heben und es zwischen sich und den Hund zu bringen, aber es gelang ihm nicht. Bei dem Versuch wurde der Schmerz in seinem Unterleib zu rasender Qual.

Was hat er mir da unten angetan? Oh, mein Gott, was hat er getan? Vicky, Vicky –

Dann öffnete sich die Tür an der Fahrerseite. Es war die Frau. Er hatte das Familienbild gesehen, das Kemp zertreten hatte, und er hatte eine hübsche, gut frisierte Frau gesehen, eine, nach der man sich auf der Straße zweimal umschaut und beim zweiten Blick auf gewisse Gedanken kommt. Beim Anblick einer solchen Frau konnte man den Mann beneiden, der sie im Bett hat.

Die Frau war ein Wrack. Der Hund hatte sich auch mit ihr schon beschäftigt. An ihrem Bauch klebte getrocknetes Blut. Ein Bein ihrer Jeans war abgerissen, und über dem Knie saß ein triefender Verband. Aber das Schlimmste war ihr Gesicht. Es sah aus wie ein grauenhafter Bratapfel. Die Haut ihrer Stirn war rissig und schälte sich. Ihre Lippen waren aufgesprungen und eiterten. Ihre Augen lagen tief in den Höhlen und waren von geschwollenem, rotem Fleisch umgeben.

Blitzartig ließ der Hund von Bannerman ab und wollte sich auf die Frau stürzen. Sie sprang in den Wagen zurück und knallte die Tür zu.

(Zum Wagen ich muss durchrufen ich muss dies durchrufen)

Er drehte sich um und rannte zu seinem Wagen zurück. Der Hund jagte ihn, aber er war schneller. Er schlug die Tür zu, riss das Mikrofon aus der Halterung und rief um Hilfe, Code 3, Beamter braucht Hilfe. Hilfe kam. Der Hund wurde erschossen. Sie waren alle gerettet.

All dies geschah in drei Sekunden. Es geschah nur in George Bannermans Gedanken. Als er sich umdrehte, um zum Streifenwagen zurückzurennen, gaben seine Beine nach, und er sank auf den Kies der Einfahrt.

(Oh, Vicky, was hat er mir da unten angetan?)

Die Welt war eine einzige blendende Sonne. Man konnte nichts sehen. Bannerman gelang es endlich, sich hinzuknien. Er schaute nach unten und sah dicke graue Stränge von Eingeweide aus seinem zerfetzten Hemd hervorhängen. Seine Hose war bis an die Knie blutgetränkt.

Genug. Da unten hatte ihm der Hund genug angetan.

Behalt deine Eingeweide im Leib, Bannerman. Wenn du stirbst, stirbst du. Aber erst wenn du bei dem verdammten Mikrofon bist und dies durchgegeben hast. Halt deine Eingeweide fest und komm auf deine großen Plattfüße –

(das Kind oh Gott ihr Kind ist ihr Kind im Wagen?)

Das ließ ihn an seine eigene Tochter Katrina denken, die in diesem Jahr in die siebte Klasse kam. Sie bekam jetzt Brüste. Sie wurde eine richtige kleine Dame. Klavierstunden. Sie wünschte sich ein Pferd. Wenn sie an jenem Tag allein von der Schule zur Bibliothek gegangen wäre, hätte Frank Dodd sie gehabt und nicht Mary Kate Hendrasen. Wenn –

(beweg deinen Arsch)

Bannerman taumelte zu seinem Kreuzer. Sein Gesicht war weiß wie Pastetenteig. Seine Lippen waren blau-grau. Es war der größte Hund, den er je gesehen hatte, und er hatte ihn ausgeweidet. Ihn *ausgeweidet,* um Gottes willen, und warum war alles so heiß und so hell?

Seine Eingeweide glitten ihm durch die Finger.

Er erreichte die Tür seines Wagens. Er hörte das Prasseln unter dem Armaturenbrett. Das Funkgerät. *Ich hätte sofort durchrufen sollen. Das ist Vorschrift. Man handelt nicht gegen die Vorschrift. Vicky, Katrina, es tut mir Leid –*

Der Junge. Er musste Hilfe für den Jungen rufen.

Er wäre fast gestürzt und hielt sich an der Tür fest.

Dann hörte er den Hund kommen und fing wieder an zu schreien. Er versuchte, sich zu beeilen. Wenn er nur die Tür schließen könnte ... oh, Gott, wenn er es nur schaffte, die Tür zu schließen, bevor der Hund da war ... oh, *Gott* ...

Oh, GOTT)

Tad schrie wieder, er schrie und zerkratzte sich das Gesicht, und wackelte mit dem Kopf hin und her, als Cujo dumpf gegen die Tür schlug.

»Tad, lass das! Lass das ... Honey, bitte, lass das!«

»Ich will zu Daddy ... zu Daddy ... will zu Daddy ...«

Plötzlich Stille.

Donna drückte Tad an ihre Brust und schaute sich um. Sie sah, dass Cujo den Mann ansprang, als er in seinen Wagen steigen wollte. Die Wucht des Anpralls war so stark, dass er die Tür loslassen musste.

Sie konnte nicht mehr hinsehen. Wenn sie sich doch nur die Ohren verstopfen könnte, um nicht zu hören, wie Cujo den Mann erledigte, wer immer es gewesen sein mochte.

Er hat sich versteckt, dachte sie hysterisch. *Er hat sich versteckt, als er den Wagen kommen hörte.*

Die Verandatür. Jetzt war Gelegenheit, zur Tür zu rennen, während Cujo ... beschäftigt war.

Sie legte die Hand an den Türgriff, riss ihn hoch und schob. Nichts geschah. Die Tür ging nicht auf. Cujo hatte sie endlich so verbogen, dass sie sich nicht mehr öffnen ließ.

»Tad«, flüsterte sie fieberhaft. »Tad, lass mich auf deinen Platz, *schnell*. Tad? Tad?«

Tad zitterte am ganzen Körper. Er rollte wieder mit den Augen.

»Enten«, sagte er guttural. »Die Enten sehen. Worte an die Ungeheuer. Daddy. Ah ... ahhh ... ahhhhhhhh –«

Er hatte wieder Krämpfe. Seine Arme hingen schlaff herab. Sie fing an, ihn zu schütteln, und rief immer wieder seinen Namen. Sie versuchte, seinen Mund offen zu halten, die Luftwege frei zu halten. Sie hatte ein grauenhaftes Summen im Kopf und fürchtete, ohnmächtig zu werden. Dies war die Hölle. Sie waren mitten in der Hölle. Die Morgensonne schien in den Wagen und bewirkte den Treibhauseffekt, heiß und erbarmungslos.

Endlich wurde Tad ruhiger. Seine Augen hatten sich wieder geschlossen. Er atmete flach und schnell. Sie legte einen Finger an seinen Puls. Er ging schwach und unregelmäßig.

Sie sah nach draußen. Cujo hielt den Arm des Mannes fest und schüttelte ihn, wie ein junger Hund eine Spielzeugpuppe schüttelt. Immer wieder sprang er den leblosen Körper an. Das Blut ... da war so viel Blut.

Als ob er merkte, dass er beobachtet wurde, sah Cujo auf. Sein Maul triefte. Er sah sie mit einem Gesichtsausdruck an (konnte ein Hund einen Gesichtsausdruck haben?, fragte sie sich verwirrt), in dem zugleich Strenge und Mitleid lagen ... und wieder hatte Donna das Gefühl, dass sie sich gut kannten und dass es für keinen von ihnen Ruhe geben würde, bis sie diese schreckliche Beziehung bis zu irgendeinem endgültigen Schluss durchgestanden hatten.

Der Hund stürzte sich wieder auf den Mann im blutbespritzten blauen Hemd. Der Kopf des Toten fiel zur Seite. Sie schaute weg, und ihr kam die Magensäure hoch. Ihr zerfleischtes Bein schmerzte und klopfte. Sie hatte sich die Wunde wieder aufgerissen.

Tad ... wie ging es ihm jetzt?

Ihm geht es ganz schrecklich schlecht, antwortete ihr Verstand. *Was wirst du also tun? Du bist seine Mutter, was wirst du tun?*

Was *konnte* sie tun? Würde es Tad helfen, wenn sie hinausginge und selbst getötet würde?

Der Polizist. Jemand musste den Polizisten doch hergeschickt haben. Und wenn er nicht zurückkam ...

»Bitte«, krächzte sie. »Bald, bitte.«

Es war jetzt acht Uhr, und es war noch relativ kühl – fünfundzwanzig Grad. Gegen Mittag würde am Flughafen von Portland eine Temperatur von neununddreißig Grad gemessen werden, ein neuer Rekord für diese Jahreszeit.

Townsend und Andy Masen erreichten um acht Uhr dreißig vormittags das Gebäude der State Police in Scarborough, und Masen ließ Townsend von der Leine. Dies war Townsends Amtsbezirk und nicht Masens, und mit Andys Ohren war alles in Ordnung.

Der Dienst habende Beamte berichtete, dass Kemp auf dem Wege nach Maine sei. Damit hatte es keine Probleme gegeben, aber Kemp hatte immer noch nicht ausgepackt. Sein Lieferwagen war in Massachusetts von den Labortechnikern und Gerichtsmedizinern gründlich untersucht worden. Es hatten sich keine Hinweise darauf ergeben, dass sich hinten im Wagen eine Frau und ein Junge aufgehalten hatten. Aber im Reserverad des Lieferwagens hatte man eine hübsche kleine Apotheke gefunden – Marihuana, etwas Kokain in einer Anazinflasche, Amylnitrat und zwei Kombinationen einer Droge, die unter dem Namen Black Beautys bekannt ist. Das reichte, um Mr Kemp vorläufig festzuhalten.

»Dieser Ford Pinto«, sagte Andy zu Townsend und brachte für jeden eine Tasse Kaffee. »Wo ist ihr verdammter Wagen?«

Townsend schüttelte den Kopf.

»Hat Bannerman irgendetwas durchgegeben?«

»Nein.«

»Dann setzen Sie sich mit ihm in Verbindung. Ich wünsche, dass er an Ort und Stelle ist, wenn Kemp gebracht wird. Es ist sein Bezirk, und er müsste das Verhör leiten. Wenigstens formell.«

Townsend kam fünf Minuten später ziemlich verdutzt zurück.

»Ich kann ihn nicht erreichen, Mr Masen. Der Einsatzleiter sagt, er muss sich außerhalb seines Wagens aufhalten.«

»Verdammt, wahrscheinlich trinkt er irgendwo Kaffee. Zum Teufel mit ihm. Dann ist er eben draußen.« Andy Masen zündete sich eine neue Pall Mall an, hustete und grinste Townsend an. »Glauben Sie, wir werden mit Kemp auch ohne ihn fertig?«

Townsend lächelte zurück. »Oh, das denke ich doch.«

Masen nickte. »Diese Sache sieht langsam schlecht aus, Mr Townsend. Sehr schlecht.«

»Gut jedenfalls nicht.«

»Ich fange an, mich zu fragen, ob Kemp sie nicht im Graben an irgendeiner Landstraße zwischen Castle Rock und Twickenham verscharrt hat.« Masen lächelte wieder. »Aber wir werden ihn knacken, Mr Townsend. Ich habe schon härtere Nüsse geknackt.«

»Ja, Sir«, sagte Townsend respektvoll. Das glaubte er Masen gern.

»Wir werden ihn knacken, und wenn wir ihn zwei Tage lang in dieses Büro setzen und schwitzen lassen.«

Alle fünfzehn Minuten ging Townsend hinaus, um zu versuchen, mit Bannerman Kontakt aufzunehmen. Er kannte Bannerman nur flüchtig, aber er hatte eine höhere Meinung von ihm als Masen. Er sollte ihn warnen und ihm sagen, dass Andy Masen es auf ihn abgesehen hatte. Bannerman verdiente es. Als er ihn um zehn Uhr noch nicht erreicht hatte, fing er an, sich Sorgen zu machen. Er fragte sich, ob er Masen über Bannermans beharrliches Schweigen Mitteilung machen oder lieber den Mund halten sollte.

Roger Breakstone kam um 8.49 Uhr morgens mit dem Zug in New York an, fuhr mit dem Taxi in die City und stieg um kurz vor 9.30 Uhr im Biltmore ab.

»Es war für zwei Personen reserviert?«, fragte der Mann am Empfang.

»Mein Partner wurde in einer dringlichen Angelegenheit nach Hause gerufen.«

»Wie schade«, sagte der Mann gleichgültig und gab Roger ein Formular. Während dieser es ausfüllte, unterhielt er sich mit dem Angestellten an der Kasse.

Roger legte sich in seinem Zimmer auf das Bett und versuchte, ein wenig zu schlafen, aber obwohl er in der letzten Nacht kaum Ruhe gefunden hatte, wollte der Schlaf sich nicht einstellen. Donna bumst mit einem andern Mann, und Vic hält das alles aus – versucht es wenigstens –, dazu noch dieser ganze Mist mit roten Zuckerflakes für Kinder. Und jetzt waren Donna und Tad verschwunden. Vic war verschwunden. In der letzten Woche war alles sozusagen in Rauch aufgegangen. Der schönste Trick, den Sie je gesehen haben, Abrakadabra, und alles verwandelt sich in einen großen Haufen Scheiße. Er hatte Kopfschmerzen.

Nach einiger Zeit stand er auf. Er wollte mit seinen Kopfschmerzen und seinen unguten Gedanken nicht allein sein. Warum sollte er nicht zu Summers Marketing & Research in der 47th Street, Ecke Park Avenue gehen und dort ein wenig schlechte Laune verbreiten – wofür bezahlte Ad Worx die Leute denn sonst?

Er holte sich im Foyer ein Aspirin und ging hinüber. Der kurze Spaziergang half seinem Kopf nicht, aber er gab ihm die Chance, seinen Hass auf New York zu erneuern.

Nie wieder hierher zurück, dachte er. *Ich will lieber Pepsi-Kartons auf einen Lastwagen laden, als mit Althea und den Mädchen wieder nach New York gehen.*

Summers hatten ihre Büros im fünfzehnten Stock eines großen hässlichen Wolkenkratzers. Das Mädchen am Empfang lächelte und nickte, als Roger seinen Namen nannte. »Mr Hewitt ist gerade für ein paar Minuten außer Haus. Ist Mr Trenton auch hier?«

»Nein, er wurde nach Hause gerufen.«

»Ich habe etwas für Sie. Es ist heute Morgen gekommen.«

Sie gab Roger ein Telegramm in einem gelben Umschlag. Er war adressiert an V. TRENTON / R. BREAKSTONE / AD WORX / C/O IMAGE-EYE STUDIOS. Rob hatte ihn gestern an Summers Marketing umgeleitet.

Roger riss ihn auf und sah sofort, dass das Telegramm von dem alten Sharp kam und ziemlich lang war.

Unsere Marschpapiere, dachte er und las das Telegramm.

Das Telefon weckte Vic ein paar Minuten vor zwölf. Er hätte sonst vielleicht noch den halben Nachmittag verschlafen. Der Schlaf war nicht sehr erholsam gewesen, und als er aufwachte, war er völlig desorientiert. Er hatte wieder diesen Traum gehabt. Donna und Tad in einer Felsnische, verfolgt von einer geheimnisvollen Bestie.

Der Raum schien sich um ihn zu drehen, als er nach dem Telefon griff.

Donna und Tad, dachte er. *Sie sind in Sicherheit.*

»Hallo?«

»Vic, hier ist Roger.«

»Roger?« Er richtete sich im Bett auf. Das Hemd klebte ihm am Körper. Er schlief noch halb, und seine Gedanken schlugen sich noch mit dem Traum herum. Es war zu hell. Die Hitze ... als er einschlief, war es noch relativ kühl gewesen. Jetzt war das Schlafzimmer ein Ofen. Wie spät war es? Wann hatten sie ihn ins Bett gehen lassen? Das Haus war so *ruhig*.

»Roger, wie spät ist es?«

»Wie spät?« Roger machte eine Pause. »Es ist ungefähr zwölf Uhr. Was ...«

»Zwölf? Oh, Gott ... Roger, ich habe geschlafen.«

»Was ist geschehen, Vic? Sind sie wieder da?«

»Als ich einschlief, noch nicht. Dieser Masen hat mir versprochen ...«

»Wer ist Masen?«

»Er leitet die Ermittlungen. Roger, ich muss gehen. Ich muss feststellen ...«

»Einen Moment, Mann. Ich rufe von Summers an. Ich muss es dir erzählen. Von Sharp in Cleveland ist ein Telegramm gekommen. Wir behalten den Etat.«

»Was? Was?« Das ging ihm alles viel zu schnell. Donna ... der Etat ... Roger, dessen Stimme fast lächerlich heiter klang.

»Das Telegramm war schon da, als ich ankam. Der Alte und sein Sohn haben es an Image-Eye geschickt, und Rob hat es umgeleitet. Soll ich es dir vorlesen?«

»Sag mir nur die wesentlichen Punkte.«

»Der alte Sharp und sein Sohn sind anscheinend auf verschiedenen Wegen zu dem gleichen Ergebnis gekommen. Der Alte sieht die Sache als eine Art Seeschlacht an – wir sind die Guten, die an der Reeling stehen und die bösen Piraten zurückschlagen. Wir müssen alle zusammenhalten, alle für einen, einer für alle.«

»Ja, so hätte man ihn einschätzen können«, sagte Vic und rieb sich das Genick. »Treue hat er schon früher gezeigt. Er ist bei uns geblieben, als wir von New York weggingen.«

»Der Junge würde uns immer noch gern loswerden, aber er glaubt, dies ist nicht der richtige Zeitpunkt. Er fürchtet, es würde als Zeichen von Schwäche und als Schuldeingeständnis aufgefasst. Ist das zu *glauben*?«

»Ich traue diesem kleinen paranoiden Lümmel alles Mögliche zu.«

»Sie wollen, dass wir nach Cleveland fliegen und einen neuen Zweijahresvertrag unterschreiben. Diesmal nicht für fünf Jahre, und bis dahin ist bestimmt der Junge der Boss, und er wird uns dann zweifellos rausschmeißen. Aber zwei Jahre ... das lässt uns genug Zeit, Vic! In zwei Jahren stehen wir ganz anders da. Dann können wir ihnen sagen ...«

»Roger, ich muss ...«

»... dass sie ihren verdammten Kuchen nehmen und ihn sich in den Arsch stecken können! Sie wollen auch die neue Kampagne mit uns diskutieren, und sie werden auch auf den Schwanengesang des Cornflake-Professors reinfallen.«

»Das ist alles gut und schön, Roger, aber ich muss herausfinden, was mit Donna und Tad passiert ist.«

»Ja, ja. Ich weiß. Der Anruf kommt verdammt ungelegen. Aber ich konnte es nicht für mich behalten. Ich wäre geplatzt wie ein Ballon.«

»Für gute Nachrichten gibt es keine ungelegene Zeit«, sagte Vic. Dennoch war es schmerzlich für ihn, die freudige Erleichterung in Rogers Stimme zu hören. Er war neidisch und tief enttäuscht darüber, dass er die Gefühle seines Partners nicht teilen konnte. Aber vielleicht war es ein gutes Vorzeichen.

»Vic, du rufst mich an, wenn du etwas hörst, okay?«

»Das werde ich tun, Roger. Vielen Dank für den Anruf.«

Er legte auf, zog sich die Schuhe an und ging nach unten. In der Küche herrschte noch ein heilloses Durcheinander – schon bei dem Anblick drehte sich ihm der Magen um. Aber auf dem Tisch lag unter einem Salzstreuer eine Mitteilung von Masen:

Mr Trenton.

Steve Kemp wurde in Twickenham, einer Stadt im Westen von Massachusetts, festgenommen. Ihre Frau und Ihr Sohn sind nicht, ich wiederhole, *nicht* bei ihm. Ich habe Sie nicht geweckt, weil Kemp auf seinem Aussageverweigerungsrecht besteht. Wenn keine Komplikationen eintreten, wird er direkt in den Gewahrsam der State Police in Scarborough übergeführt und wegen Sachbeschädigung und einiger Drogendelikte angeklagt. Wir erwarten ihn hier um 11.30 Uhr vormittags. Sobald wir mehr wissen, werde ich mich mit Ihnen in Verbindung setzen.

Andy Masen

»Zur Hölle mit seinem Aussageverweigerungsrecht«, knurrte Vic. Er ging in das Wohnzimmer, schlug die Nummer der State Police in Scarborough nach und rief an. »Mr Kemp ist hier«, sagte ihm der Dienst habende Beamte. »Er ist vor ungefähr fünfzehn Minuten angekommen. Mr Masen ist gerade bei ihm. Kemp hat sich mit seinem Anwalt in Verbindung gesetzt. Ich glaube nicht, dass Mr Masen an den Apparat ...«

»Hören Sie zu, Mann«, sagte Vic. »Sagen Sie ihm, dass Donna

Trentons Mann am Apparat ist, und er soll mit dem Arsch hochkommen und mit mir sprechen.«

Einen Augenblick später war Masen am Apparat.

»Mr Trenton, ich verstehe ja Ihre Sorge, aber diese kurze Zeit, bevor Kemps Anwalt kommt, kann sehr wertvoll sein.«

»Was hat er Ihnen gesagt?«

Masen zögerte und sagte dann: »Er hat die Sachbeschädigung zugegeben. Ihm ist wohl klar geworden, dass sie schwerwiegender ist als das bisschen Rauschgift in seinem Reserverad. Er hat die Sachbeschädigung dem Beamten gegenüber zugegeben, der ihn hergebracht hat. Aber er behauptet, dass niemand zu Hause war, als er es tat, und dass er ungehindert wieder verschwinden konnte.«

»Die Scheiße glauben Sie doch wohl nicht.«

Masen wählte sorgfältig seine Worte: »Es klang überzeugend. Im Übrigen glaube ich im Augenblick noch überhaupt nichts. Ich hätte ihm gern noch einige Fragen gestellt ...«

»Hat sich im Zusammenhang mit Cambers Werkstatt etwas ergeben?«

»Nein. Ich habe Sheriff Bannerman hingeschickt und ihn angewiesen, mir sofort Mitteilung zu machen, falls Mrs Trenton oder ihr Wagen sich dort befinden. Und da er nicht durchgerufen hat ...«

»Daraus kann man wohl kaum etwas schließen«, sagte Vic scharf.

»Mr Trenton, ich muss wirklich gehen. Sobald wir etwas erfahren ...«

Vic knallte den Hörer auf die Gabel und blieb einen Augenblick im Wohnzimmer stehen. Er atmete schwer. Die Stille und die Hitze waren schwer erträglich. Langsam ging er zur Treppe und stieg hinauf. Im Flur überlegte er kurz und ging in das Zimmer seines Sohnes. Tads Autos standen ordentlich an der Wand aufgereiht. Ihr Anblick schnitt ihm ins Herz. Tads gelber Regenmantel hing an dem Messinghaken neben dem Bett, und seine Malbücher waren säuberlich auf dem Tisch aufgestapelt. Seine Schranktür war offen. Zerstreut schloss Vic sie und stellte Tads Stuhl davor. Er tat es unbewusst.

Er setzte sich auf Tads Bett, ließ die Hände zwischen den Beinen herabbaumeln und schaute in den heißen, strahlenden Tag hinaus.

Sackgassen. Nichts als Sackgassen. Und wo *waren* die beiden?

(Sackgassen)

Sackgassen. Als Junge in Tads Alter hatten Sackgassen ihn fasziniert. Das hatte seine Mutter ihm einmal erzählt. Er fragte sich, ob so etwas wohl erblich sei, ob vielleicht auch Tad sich für Sackgassen interessierte. Er fragte sich, ob Tad überhaupt noch lebte.

Und plötzlich fiel ihm ein, dass die Straße Nummer 3, an der Cambers Werkstatt lag, eine Sackgasse war.

Er sah sich um und stellte plötzlich fest, dass die Wand über Tads Bett leer war. Die Worte an die Ungeheuer waren weg. Aber warum hatte er sie mitgenommen? Oder hatte Kemp sie aus irgendeinem seltsamen Grund abgenommen? Wenn aber Kemp in diesem Zimmer gewesen war, warum hatte er es dann nicht verwüstet wie die unteren Räume?

(Sackgassen und Worte an die Ungeheuer)

Hatte sie den Wagen zu Camber gebracht? Er erinnerte sich nur vage daran, dass sie über das Nadelventil gesprochen hatten. Sie fürchtete sich ein wenig vor Joe Camber. Hatte sie das nicht gesagt?

Nein. Nicht Camber. Camber hatte sie nur in Gedanken ausgezogen. Nein, sie hatte Angst vor dem *Hund*. Wie hieß er noch?

Sie hatten noch darüber gelacht. Tad. Wie Tad den Hund immer gerufen hatte.

Und wieder hörte er Tads gespenstische Phantomstimme, hoffnungslos und verloren in diesem allzu leeren und jetzt plötzlich unheimlichen Zimmer: Cujo ... hiiier, Cujo ... Cuuuujo ...

Und dann geschah etwas, über das Vic in seinem ganzen Leben zu niemandem sprach. Statt Tads Stimme in Gedanken zu hören, hörte er sie *wirklich,* hoch und einsam und entsetzt, eine sich entfernende Stimme, *die aus dem Innern des Schranks kam.*

Vic stieß einen Schrei aus und stand mit weit aufgerissenen

Augen von Tads Bett auf. Die Schranktür ging auf und schob den Stuhl vor sich her, und sein Sohn rief: »Cuuuuuuuu –«

Und dann erkannte er, dass es nicht Tads Stimme war. Es waren seine müden, überreizten Sinne, die aus dem leisen scharrenden Geräusch der Stuhlbeine auf dem Holzfußboden Tads Stimme herausgehört hatten. Weiter war es nichts, und –

– und im Schrank waren Augen, er sah Augen, rot und eingesunken und grauenhaft –

Er schrie laut auf. Ohne jeden ersichtlichen Grund kippte der Stuhl um. Und er sah Tads Teddybär im Schrank, der auf einem Stapel Laken und Decken saß. Er hatte die Glasaugen des Bären gesehen. Weiter nichts.

Das Herz schlug ihm bis zum Hals. Vic stand auf und ging an den Schrank. Er roch etwas in dem Schrank, etwas Drückendes und Unangenehmes. Vielleicht waren es nur Mottenkugeln – ihr Geruch war zweifellos dabei – aber es roch ... wild.

Mach dich nicht lächerlich. Es ist nur ein Schrank. Keine Höhle. Nicht das Versteck eines Ungeheuers.

Er sah Tads Bären an. Tads Bär sah ihn an. Furchtlos. Hinter dem Bären, hinter den im Schrank hängenden Kleidern war Dunkelheit. Dort konnte alles Mögliche sein. Alles Mögliche. Aber da war natürlich nichts.

Du hast mich aber erschreckt, Bär, sagte er.

Ungeheuer, kommt nicht in dieses Zimmer, sagte der Bär. Seine Augen funkelten. Sie waren aus totem Glas, aber sie funkelten.

Die Tür hat sich nur verzogen, das ist alles, sagte Vic. Er schwitzte. Große salzige Tropfen liefen ihm wie Tränen langsam über das Gesicht.

Ihr habt hier nichts zu suchen, erwiderte der Bär.

Was ist mit mir los?, fragte Vic den Bären. *Werde ich verrückt? Sieht es so aus, wenn man verrückt wird?*

Darauf erwiderte der Bär: *Ungeheuer, lasst Tad in Ruhe.*

Das habe ich nicht gesehen. Ich will nicht glauben, dass ich das gesehen habe.

Er schlug die Tür zu und stellte den Stuhl wieder dagegen. Er nahm einen dicken Stapel von Tads Malbüchern und legte ihn auf den Stuhl, damit dieser mehr Gewicht hatte. Diesmal würde die Tür geschlossen bleiben. Vic betrachtete die geschlossene Tür und dachte an Sackgassen. In Sackgassen herrscht nicht viel Verkehr. Alle Ungeheuer sollten unter Brücken oder in Schränken oder am Ende von Sackgassen leben. Das müsste ein nationales Gesetz sein.

Er war jetzt sehr unruhig.

Er verließ Tads Zimmer, ging nach unten und setzte sich auf die Hintertreppe. Mit zitternder Hand zündete er sich eine Zigarette an, starrte in den blaugrauen Himmel und fühlte, wie seine Unruhe immer stärker wurde. Irgendetwas war in Tads Zimmer geschehen. Er war nicht sicher, was es gewesen war, aber etwas war geschehen. Irgendetwas.

Ungeheuer und Hunde und Schränke und Werkstätten und Sackgassen.

Sollen wir das addieren, Herr Lehrer? Subtrahieren? Dividieren? In Brüche verwandeln?

Er warf seine Zigarette weg.

Er glaubte, es sei Kemp, nicht wahr? Kemp war für alles verantwortlich. Kemp hatte das Haus verwüstet. Kemp war verdammt nahe daran gewesen, seine Ehe zu zerstören. Kemp war nach oben gegangen und hatte seinen Samen auf das Bett gespritzt, in dem Vic und seine Frau seit drei Jahren schliefen. Kemp hatte ein riesiges Loch in die sonst fest gefügte Struktur seines Lebens gerissen.

Kemp. Kemp. Alles Steve Kemps Schuld. Warum Kemp nicht gleich für den Kalten Krieg verantwortlich machen und für die Geiselnahme in Iran und für die Vernichtung der Ozonschicht?

Dumm. Es war nicht alles Kemps Schuld. Die Affäre mit den Himbeerflakes zum Beispiel. Damit hatte Kemp nun wirklich nichts zu tun. Und man konnte Kemp auch nicht gut für das defekte Nadelventil an Donnas Wagen verantwortlich machen.

Er sah zu seinem alten Jaguar hinüber. Mit dem würde er heute irgendwo hinfahren. Er konnte hier nicht bleiben. Er würde verrückt werden, wenn er hier blieb. Er könnte in den Wagen steigen und nach Scarborough fahren. Sich diesen Kemp schnappen und ihn so lange schütteln, bis es herauskam, bis er erzählte, was er mit Donna und Tad gemacht hatte. Aber bis dahin war natürlich längst sein Anwalt eingetroffen, und, so unglaublich es schien, vielleicht hatte der ihn sogar schon zum Reden gebracht.

Vic ging zum Jaguar hinunter, stieg ein und zuckte vor dem heißen Ledersitz zurück. Schnell losfahren, damit es etwas kühler wird.

Wohin?

Zu Cambers Werkstatt, antwortete sein Verstand sofort.

Aber das war doch albern, nicht wahr? Masen hatte Sheriff Bannerman mit der Anweisung hingeschickt, sich sofort zu melden, wenn irgendetwas nicht stimmte, und der Polizist hatte sich nicht gemeldet, und das bedeutete –

(dass das Ungeheuer ihn erwischt hatte)

Nun, es konnte nicht schaden, kurz hinzufahren. Und er hatte etwas zu tun.

Er startete den Jaguar und fuhr den Hügel hinab zur Route 117. Er wusste immer noch nicht genau, ob er nach links in die Interstate Richtung Scarborough oder nach rechts in die Straße Nummer 3 abbiegen sollte.

Er hielt an einem Stoppschild, und irgendjemand hinter ihm hupte. Er bog abrupt rechts ein. Es konnte nicht schaden, kurz zu Cambers Werkstatt zu fahren. Er konnte in fünfzehn Minuten dort sein. Er sah auf die Uhr. Es war zwanzig Minuten nach zwölf.

Die Zeit war gekommen, und Donna wusste es. Die Zeit hätte auch wieder vorbeigehen können, aber damit würde sie leben müssen – und vielleicht sterben. Niemand würde kommen. Kein Prinz auf einem schneeweißen Pferd würde die Straße Nummer 3 entlanggeritten kommen – Travis McGee war gewiss anderweitig beschäftigt.

Tad musste sterben.

Sie wiederholte es laut mit einem rauen, erstickten Flüstern: »Tad stirbt.«

Es war ihr heute Morgen nicht gelungen, für etwas Luftzug im Wagen zu sorgen. Ihr Fenster ließ sich nicht mehr öffnen, und Tads Fenster hätte nur noch mehr heiße Luft hereingelassen. Einmal hatte sie es ein Stück geöffnet, aber Cujo war sofort aus dem Schatten der Werkstatt herbeigelaufen und knurrend an Tads Seite aufgetaucht.

An Tads Gesicht und Hals lief kein Schweiß mehr herab. Er hatte nicht mehr genug Feuchtigkeit in sich. Seine Haut war heiß und trocken. Seine Zunge war geschwollen und sah wie tot aus. Er hatte sie über die Unterlippe hervorgeschoben. Sein Atem ging jetzt so schwach, dass sie ihn kaum noch wahrnahm. Zweimal hatte sie ihren Kopf schon an seine Brust gelegt, um festzustellen, ob er überhaupt noch atmete.

Ihr eigener Zustand war schlecht. Im Wagen war es wie in einem Hochofen. Die Metallteile waren so heiß, dass man sie nicht mehr anfassen konnte. Ihr Bein schmerzte und klopfte, und sie zweifelte nicht mehr daran, dass die Bisse des Hundes sie mit irgendetwas infiziert hatten. Vielleicht war es zu früh für Tollwut – sie betete darum –, aber die Bisswunden waren rot und entzündet.

Cujos Zustand war nicht viel besser. Der große Hund schien in seinem verfilzten und blutbefleckten Fell zusammengeschrumpft zu sein. Seine Augen blickten trübe und leer, die Augen eines alten, vom Grauen Star befallenen Mannes. Wie eine auf Zerstörung ausgerichtete Maschine, die sich allmählich selbst zerstörte, aber immer noch äußerst gefährlich war, hielt er Wache.

Ihm lief nicht mehr der Schaum aus dem Rachen. Sein Maul war zerfetztes, getrocknetes Grauen. Es glich einem ausgehöhlten, glühenden Stein, aus dem Inferno eines Vulkans emporgeschleudert.

Das alte Ungeheuer, dachte sie unzusammenhängend, *hält immer noch Wache.*

Hatte diese entsetzliche Wache nur Stunden gedauert oder ein ganzes Leben lang? War alles vorher nur ein Traum gewesen, ein kurzes Verhalten im Flug? Die Mutter, die von allem um sie herum so angeekelt und abgestoßen schien, der wohlmeinende, aber schwache Vater, die Schule, die Freunde, die Verabredungen und Tanzveranstaltungen – für Donna war das alles jetzt ein Traum, so wie die Jugend den Alten erscheinen muss. Nichts war wichtig, nichts *existierte* überhaupt außer diesem stillen, von der grellen Sonne beschienenen Hof, wo Tod ausgeteilt worden war und wo noch mehr Tod in den Karten lag, so sicher wie Asse und Achten.

Das alte Ungeheuer hielt immer noch Wache, und ihr Sohn entglitt ihr ... entglitt ...

Der Baseballschläger. Das war alles, was ihr jetzt noch blieb.

Der Baseballschläger und vielleicht etwas aus dem Wagen des toten Polizisten, wenn sie ihn erreichen konnte. Vielleicht eine Schrotflinte.

Ächzend und pustend schaffte sie Tad nach hinten auf den Rücksitz. Endlich lag er da, still und stumm wie ein Sack Getreide.

Sie sah aus dem Fenster, sah den Baseballschläger im hohen Gras liegen und öffnete die Tür.

Im dunklen Eingang der Werkstatt stand Cujo auf und ging langsam und mit gesenktem Kopf über den Kies auf sie zu.

Es war zwölf Uhr dreißig, als Donna zum letzten Mal aus dem Wagen stieg.

In dem Moment, als seine Frau sich Brett Cambers altem Baseballschläger im hohen Gras näherte, verließ Vic die Maple Sugar Road und bog in die Straße Nummer 3 ein. Er fuhr schnell, denn nach seinem Besuch bei Camber wollte er noch nach Scarborough fahren, das fünfzig Meilen entfernt lag. Als er sich zu diesem Umweg entschlossen hatte, bedauerte er es perverserweise sofort wieder. Er sagte sich, dass er hier Hirngespinsten nachjagte. Er hatte sich in seinem ganzen Leben noch nicht so hilflos gefühlt.

Er fuhr den Jaguar mit über neunzig und achtete so konzentriert auf die Straße, dass er schon an Gary Perviers Haus vorbei war, als er registrierte, dass Joe Cambers Kombi dort parkte. Er stieg hart in die Bremse und verbrannte ein paar Meter Gummi. Die Nase des Jaguar tauchte nach vorn. Vielleicht war der Polizist zu Camber gefahren und hatte ihn nicht angetroffen, weil Camber hier unten war. Er sah in den Rückspiegel, sah, dass die Straße leer war, und setzte schnell zurück. Er bog in Perviers Einfahrt ein und stieg aus.

Seine Gefühle waren denen Joe Cambers sehr ähnlich, als dieser vor zwei Tagen die Blutspritzer entdeckte, nur dass diese jetzt getrocknet waren und braun aussahen. Vic sah auch die eingeschlagene Türfüllung. Er hatte einen ekelhaften metallischen Geschmack im Mund. Das gehörte alles dazu. Irgendwie hatte das alles mit Tads und Donnas Verschwinden zu tun.

Er betrat das Haus, und sofort stieg ihm der Geruch in die Nase – der gedunsene grüne Geruch von Verwesung. Die letzten beiden Tage waren heiß gewesen. Irgendein Gegenstand lag hinten im Flur, der wie ein umgestürzter kleiner Tisch aussah, aber Vic war sicher, dass es kein Tisch war. Er ging hin, und es war kein Tisch. Es war ein Mann. Man hatte ihm anscheinend mit einer sehr stumpfen Klinge die Kehle durchgeschnitten.

Vic trat zurück. Ein gurgelnder Laut fuhr aus seiner Kehle. Das Telefon. Er musste sofort telefonieren.

Er wollte in die Küche rennen und blieb stehen. Plötzlich stand ihm alles ganz klar vor Augen. Es war eine niederschmetternde Erkenntnis. Es war, als fügten sich zwei Bildhälften zu einem dreidimensionalen Ganzen zusammen.

Der Hund. Das hatte der Hund getan.

Der Pinto stand bei Joe Camber. Der Wagen hatte die ganze Zeit dort gestanden. Der Wagen und –

»Oh, mein Gott, Donna ...«

Vic drehte sich um, stürzte zur Tür und rannte zu seinem Wagen.

Donna wäre fast gestolpert; so steif waren ihre Beine. Sie konnte es gerade noch verhindern und griff nach dem Baseballschläger. Sie wagte es nicht, sich nach Cujo umzuschauen, bevor sie ihn fest in den Händen hielt. Sie hatte Angst, wieder das Gleichgewicht zu verlieren. Wenn sie Zeit gehabt hätte, noch einen Blick in das Gras zu werfen – ein kleines bisschen weiter –, hätte sie George Bannermans Dienstpistole dort liegen sehen. Aber sie tat es nicht.

Schwankend drehte sie sich um, und Cujo rannte auf sie zu.

Sie schlug mit dem dicken Ende des Schlägers nach dem Bernhardiner und wurde ganz mutlos, als sie merkte, dass das Ding in ihrer Hand hin und her schlenkerte. Der Griff war ziemlich zersplittert. Der Bernhardiner fuhr zurück und knurrte. Ihre Brüste hoben und senkten sich rasch unter ihrem weißen Baumwoll-BH. Die Körbchen waren blutbeschmiert. Sie hatte sich daran die Hände abgewischt, nachdem sie Tad den Mund freigemacht hatte.

Im grellen Licht der Sommersonne starrten sie einander an, maßen einander. Die einzigen Geräusche waren ihr rasselnder Atem und Cujos böses Knurren und das Zwitschern eines Sperlings in der Nähe. Ihre Schatten waren kurze, gestaltlose Schemen zu ihren Füßen.

Cujo bewegte sich nach links. Donna bewegte sich von ihrem Standort aus gesehen nach rechts. Sie umkreisten sich. Donna hielt den Schläger an der Stelle, wo sie ihn besonders stark gesplittert glaubte, und packte ihn, so fest sie konnte.

Cujo duckte sich zum Sprung.

»Komm doch!«, kreischte sie, und Cujo sprang.

Sie schwang den Schläger mit aller Kraft. Sie verfehlte Cujos Kopf, aber der Schläger traf ihn in die Rippen. Es gab ein schweres, dumpfes Geräusch, und in Cujos Leib schien etwas zu reißen. Der Hund gab einen Laut von sich, der wie ein Schrei klang, und sackte im Kies zusammen. Sie hatte das ekelhafte Gefühl, dass der Schläger unter dem Isolierband nachgab – aber noch hielt er.

Donna schrie mit überschnappender Stimme und ließ den Schläger auf Cujos hintere Körperhälfte niedersausen. Wieder brach etwas. Sie hörte es deutlich. Der Hund bellte und versuchte davonzukriechen, aber wieder war sie über ihm, schwang den Schläger und drosch schreiend auf ihn ein. Ihr Kopf war leicht und beschwingt wie von Wein, und ihre Gedanken waren wie Stahl. Die Welt tanzte. Sie war eine Rothaut, sie war eine der Unheimlichen Schwestern, sie war ein Racheengel – nicht um ihrer selbst willen, sondern um dessen, was er ihrem Sohn zugefügt hatte. Der zersplitterte Griff des Schlägers bewegte sich, die Hälften verschoben sich gegeneinander, als sei es ein Herz, das sich unter ihren Händen und dem Isolierband ausdehnte und wieder zusammenzog.

Der Schläger war jetzt voll Blut. Cujo versuchte immer noch, ihr zu entkommen, aber seine Bewegungen wurden langsamer. Er wich einem Schlag aus – der Schläger fuhr knirschend in den Kies –, aber der nächste Hieb traf ihn mitten im Rücken, dass seine Hinterbeine einknickten.

Sie glaubte, sie hätte ihn erledigt. Sie trat sogar ein paar Schritte zurück. Keuchend strömte ihr der Atem aus den Lungen, und er fühlte sich an wie eine heiße Flüssigkeit. Dann stieß er ein tiefes Knurren aus und sprang sie wieder an. Sie schwang den Schläger und hörte den dumpfen Aufschlag ... aber während Cujo auf den Kies sank, zerbrach der alte Schläger in zwei Teile. Das dicke Ende sauste mit einem melodischen Klingen gegen die Radkappe ihres Wagens. *Sie hatte nur noch ein fünfzig Zentimeter langes, zersplittertes Stück Holz in der Hand.*

Cujo kam wieder auf die Füße ... er quälte sich auf die Füße. Blut lief ihm über die Flanken. Seine Augen flackerten wie die Lichter an einem defekten Flippergerät.

Und sie hatte den Eindruck, dass er immer noch grinste.

Zum letzten Mal sprang dieses sterbende Wrack, das einst Brett Cambers guter Hund Cujo gewesen war, DIE FRAU an, die all sein Elend verschuldet hatte. Donna stieß mit dem Rest ihres Baseballschlägers zu, und ein langer spitzer Splitter von dem Hickoryholz drang Cujo durch das Auge ins Gehirn. Es gab ein leises platzendes Geräusch, wie wenn man eine Weintraube zwischen den Fingern zerdrückt. Cujo riss sie in seiner Vorwärtsbewegung mit sich und begrub sie unter sich. Er schnappte nach ihr, und seine Zähne waren nur Zentimeter von ihrem Hals entfernt. Sie riss den Arm hoch, als Cujo weiter auf sie kroch. Aus seinem Auge lief Flüssigkeit an seinem Gesicht herab. Sein Atem war widerwärtig. Sie versuchte, sein Maul nach oben zu stoßen, und er verbiss sich in ihren Unterarm.

»Aufhören!«, kreischte sie. *»Aufhören, willst du denn nie aufhören?*

Bitte! Bitte! Bitte!«

Klebrig floss Blut über ihr Gesicht – ihr eigenes und das des Hundes. Die Schmerzen in ihrem Arm waren grauenhaft. Der zersplitterte Griff des Schlägers schwankte und tanzte grotesk hin und her und schien ihm aus dem Kopf zu wachsen, wo vorher sein Auge gewesen war.

Er schnappte nach ihrem Hals.

Donna spürte schon seine Zähne, und mit einem letzten gellenden Schrei warf sie die Arme hoch und stieß ihn von sich. Schwer sank Cujo auf den Kies.

Mit den Hinterbeinen scharrte er im Kies. Seine Bewegungen wurden langsamer ... langsamer ... und er lag still. Sein heiles Auge starrte in den heißen Sommerhimmel. Sein Schwanz lag auf ihren Beinen, schwer wie ein türkischer Teppichläufer. Er zog den Atem ein und stieß ihn wieder aus. Noch einmal.

Er gab einen knurrenden Laut von sich, und plötzlich brach Blut aus seiner Schnauze hervor. Er war tot.

Donna Trenton stieß ein Triumphgeheul aus. Sie kam halb auf die Beine, fiel hin und stand wieder auf. Sie machte zwei schlurfende Schritte, stolperte über die Leiche des Hundes und scheuerte sich die Knie auf. Sie kroch ins Gras hinüber, wo das dicke Ende des Schlägers lag. Das eine Ende war voll Blut. Sie sammelte das Stück auf und zog sich am Wagen hoch, sodass sie wieder auf die Füße kam. Dann taumelte sie zu der Stelle, wo Cujo lag. Sie fing an, mit dem Baseballschläger auf ihn einzuschlagen, und nach jedem Schlag gab es ein dumpfes Klatschen. Schwarze Streifen Isolierband flatterten durch die Luft. Sie riss sich Splitter in die Hände, und das Blut lief ihr an den Unterarmen entlang. Sie schrie immer noch, aber ihre Stimme war ein heiseres Krächzen. Es hörte sich fast an wie Cujos Laute, bevor er starb. Immer wieder hob sie den Schläger und verprügelte das tote Tier. Hinter ihr bog Vics Jaguar in Cambers Einfahrt ein.

Er wusste nicht genau, was er erwartet hatte, aber dies nicht. Er hatte Angst gehabt, aber der Anblick seiner Frau – war das *wirklich* Donna? –, die über dem zusammengekrümmten und grauenhaft zugerichteten Hund stand und immer wieder mit etwas auf ihn einschlug, das aussah wie die Keule eines Höhlenmenschen ... verwandelte seine Angst in schreiende Panik, die jeden klaren Gedanken ausschloss. Einen winzigen Augenblick lang – er würde es sich selbst gegenüber später nie zugeben – überkam ihn der Impuls, den Rückwärtsgang einzulegen und wegzufahren ... wegzufahren für immer. Was in diesem stillen sonnigen Hof vor sich ging, war monströs.

Stattdessen stellte er den Motor ab und sprang aus dem Wagen. *»Donna! Donna!«*

Sie schien ihn nicht zu hören, schien nicht einmal seine Anwesenheit zu bemerken. Ihre Wangen und ihre Stirn waren hässlich von der Sonne verbrannt. Ihr linkes Hosenbein hing in Fetzen herab und war blutdurchtränkt. Und auch ihr Bauch war voll Blut.

Der Baseballschläger fuhr hoch und sauste herab. Immer wieder. Dabei stieß sie raue, krächzende Laute aus. Blut spritzte von der Leiche des Hundes hoch.

»Donna!«

Als sie wieder ausholte, riss er ihr den Baseballschläger aus den Händen. Er schleuderte ihn fort und packte ihre nackten Schultern. Sie wandte ihm das Gesicht zu, die Augen blickleer, das Haar aufgelöst und in Strähnen. Sie sah wie eine Hexe aus. Sie starrte ihn an ... schüttelte den Kopf ... und trat ein paar Schritte zurück.

»Donna, Honey, mein Gott«, sagte er leise.

Es war Vic, aber Vic konnte nicht hier sein. Es war eine Fata Morgana. Es war die tödliche Krankheit in ihr, mit der der Hund sie infiziert hatte und die ihr Halluzinationen verursachte. Sie rieb sich die Augen ... und er war immer noch da. Sie streckte eine zitternde Hand aus, und das Trugbild legte seine braunen Hände darüber. Das war gut. Ihre Hände schmerzten entsetzlich.

»Vvv?«, flüsterte sie heiser. »Vvv – Vvv – Vic?«

»Ja, Honey. Ich bin es. Wo ist Tad?«

Es war keine Fata Morgana. Es war die Wirklichkeit. Er war es wirklich. Sie wollte weinen, aber sie hatte keine Tränen. Ihre Augen rollten nur in den Höhlen wie überhitzte Kugellager.

»Vic? Vic?«

Er legte einen Arm um sie. »Wo ist Tad, Donna?«

»Wagen. Wagen. Krank. Hospital.« Sie konnte nur flüstern und auch das kaum noch. Bald würde sie nur noch die Lippen bewegen können. Aber spielte das eine Rolle? Vic war hier. Sie und Tad waren gerettet.

Er ließ sie stehen und ging zum Wagen. Sie blieb, wo sie war, und betrachtete unbewegt den zerschundenen Körper des Hundes. Am Ende war es doch gar nicht so schlimm gewesen, nicht wahr? Wenn es nur noch ums Überleben ging, ums nackte Überleben, dann überlebte man eben oder man starb, und das schien völlig in Ordnung. Auch das Blut erschien ihr nicht mehr so schlimm und auch nicht das Gehirn, das aus Cujos eingeschlagenem Schädel quoll. Nichts schien mehr schlimm. Vic war hier, und sie waren gerettet.

»Oh, mein Gott«, sagte Vic, und seine Stimme stieg dünn in die ruhige Luft.

Sie schaute hinüber und sah, dass er etwas hinten aus dem Wagen nahm. Einen Sack mit etwas. Kartoffeln? Orangen? Was? Hatte sie vorher eingekauft? Ja, aber sie hatten die Sachen in das Haus getragen. Sie und Tad hatten sie hineingebracht. Sie hatten seinen Wagen dazu genommen. Was also –

»Tad!«, wollte sie sagen und rannte zu ihm hinüber.

Vic trug Tad in den schmalen Schatten an der Seite des Hauses und legte ihn hin. Tads Gesicht war ganz weiß. Das Haar klebte wie Stroh an seinem kleinen Kopf. Seine Hände lagen im Gras, und die Handrücken schienen kaum schwer genug, die Halme niederzudrücken. Vic legte den Kopf an Tads Brust. Er sah zu Donna auf. Er war blass, aber gefasst.

»Wie lange ist er schon tot, Donna?«

Tot?, wollte sie schreien. Aber sie bewegte nur die Lippen. *Er ist nicht tot, er war nicht tot, als ich ihn auf den Rücksitz legte. Was erzählst du mir da? Er ist tot? Was erzählst du mir da, du Schwein?*

Das alles versuchte sie zu sagen mit ihrer stimmlosen Stimme. War Tads Leben fortgeglitten, als auch der Hund sein Leben aushauchte? Das war unmöglich. Kein Gott, kein Schicksal konnte so ungeheuer grausam sein.

Sie rannte zu ihrem Mann und gab ihm einen Stoß. Vic, der alles andere erwartet hatte, fiel nach hinten zu Boden. Sie hockte sich neben Tad. Sie legte seine Hände über seinen Kopf. Sie öffnete seinen Mund, hielt ihm die Nase zu und hauchte ihren stummen Atem in die Lungen ihres Sohnes.

In der Einfahrt hatten die trägen Sommerfliegen Cujos Leiche und die von Sheriff Bannerman gefunden, dem Mann von Victoria, dem Vater von Katrina. Sie machten keinen Unterschied zwischen dem Hund und dem Mann. Es waren demokratische Fliegen. Die Sonne brannte triumphierend vom Himmel. Es war jetzt zehn Minuten vor eins, und die Felder flimmerten und tanzten von der Sommerhitze. Der Himmel war fahlblau. Tante Evvies Voraussage war eingetroffen.

Donna atmete für ihren Sohn. Sie atmete. Sie atmete. Ihr Sohn war nicht tot. Sie war nicht durch diese Hölle gegangen, damit ihr Sohn jetzt tot war, und es durfte einfach nicht sein.

Es durfte nicht sein.

Sie atmete. Sie atmete. Sie atmete für ihren Sohn.

Sie tat es noch, als zwanzig Minuten später die Ambulanz in die Einfahrt einbog. Sie ließ Vic nicht in die Nähe des Jungen. Wenn er kam, fletschte sie die Zähne und knurrte ihn tonlos an.

Vic war vor Kummer wie betäubt. Durch die Verandatür, die Donna so lange und so sehnsüchtig angestarrt hatte, drang er gewaltsam in das Haus ein. Die innere Tür war nicht abgeschlossen. Er telefonierte.

Als er wieder herauskam, versuchte Donna immer noch, ihren toten Sohn durch Mund-zu-Mund-Beatmung wiederzubeleben. Er ging auf sie zu und überlegte es sich anders. Stattdessen ging er zum Wagen. Er öffnete ihn, und die Hitze fuhr ihm entgegen wie ein unsichtbarer Löwe. Hatten sie darin existiert? Am Montagnachmittag, den ganzen Dienstag und heute bis zum Mittag? Das war fast nicht zu glauben.

Unter dem Boden des Kofferraums, wo der Reservereifen lag, fand er eine alte Wolldecke. Er schüttelte sie aus und breitete sie über Bannermans verstümmelte Leiche. Dann setzte er sich in das Gras und schaute auf die Straße Nummer 3 hinaus und auf die staubbedeckten Fichten auf der anderen Seite. Seine Gedanken verschwammen.

Der Fahrer der Ambulanz und seine beiden Gehilfen hoben Bannermans Leiche in den Rettungswagen. Sie näherten sich Donna. Donna zeigte ihnen die Zähne. Ihre trockenen Lippen formten die Worte: Er lebt! Er lebt! Als einer der Männer ihr sanft auf die Füße helfen wollte, um sie wegzuführen, biss sie ihn. Später musste dieser Mann sich selbst im Hospital gegen Tollwut behandeln lassen. Sein Kollege kam ihm zu Hilfe. Donna kämpfte mit ihnen.

Vorsichtig gingen die Männer auf Distanz. Vic saß immer noch auf dem Rasen, das Kinn in die Hände gestützt, und schaute auf die Straße. Der Fahrer des Rettungswagens brachte eine Injektionsspritze. Es gab ein Handgemenge, und die Spritze zerbrach. Tad lag im Gras, immer noch tot. Sein Schatten war ein wenig größer geworden.

Zwei weitere Polizeifahrzeuge erschienen. In einem saß Roscoe Fisher. Als der Fahrer der Ambulanz ihm erzählte, dass Bannerman tot sei, fing Roscoe an zu weinen. Die anderen Polizisten näherten sich Donna. Es gab einen kurzen, heftigen Kampf, und Donna Trenton wurde endlich nur unter großer Anstrengung von vier schwitzenden Polizeibeamten von ihrem Sohn weggezerrt. Fast gelang es ihr, sich loszureißen, und Roscoe Fisher eilte zu Hilfe. Sie schrie lautlos und warf den Kopf hin und her. Eine zweite Spritze wurde gebracht, und diesmal klappte es mit der Injektion.

Die Männer holten eine Trage aus der Ambulanz und rollten sie zu Tad hinüber, der immer noch tot im Gras lag. Sie legten ihm ein Tuch über den Kopf. Als Donna das sah, verdoppelte sie ihre Anstrengungen. Sie riss eine Hand los und schlug wild um sich. Plötzlich war sie frei.

»Donna«, sagte Vic. Er stand auf. »Honey, es ist vorbei. Honey, bitte. Lass uns gehen.«

Sie rannte nicht zu der Trage, auf der ihr Sohn lag. Sie rannte zu dem Baseballschläger. Sie hob ihn auf und fing wieder an, auf den Hund einzuknüppeln. In einer glänzenden, grün-schwarzen Wolke stiegen die Fliegen auf. Das Geräusch des Schlägers, wenn er den Hund traf, war schrecklich. Ein Geräusch wie im Schlachterladen. Jedes Mal federte Cujos Leiche ein wenig hoch.

Die Polizisten setzten sich in Bewegung.

»Nein«, sagte einer der anderen Männer, und gleich darauf brach Donna einfach zusammen. Brett Cambers Schläger fiel ihr aus der Hand.

Etwa fünf Minuten später fuhr die Ambulanz mit heulender Sirene davon. Die Männer hatten Vic eine Spritze angeboten – um Ihre Nerven zu beruhigen, Mr Trenton –, und obwohl Vic sich völlig ruhig fühlte, hatte er das Angebot aus Höflichkeit angenommen. Er hob die Zellophanhülle auf, in der die Spritze gesteckt hatte, und las die aufgedruckte Bezeichnung. UPJOHN.

»Für diese Firma haben wir mal eine Werbekampagne gemacht«, erzählte er einem der Männer.

»Tatsächlich?«, fragte der Mann misstrauisch. Er war noch jung und hatte das Gefühl, sich erbrechen zu müssen. So etwas hatte er in seinem Leben noch nicht gesehen.

Eines der Polizeifahrzeuge wartete, um Vic ins Cumberlandhospital nach Bridgton zu fahren.

»Können Sie eine Minute warten?«, fragte er.

Die beiden Polizisten nickten. Auch sie starrten Vic Trenton misstrauisch an, als ob, was immer er haben mochte, ansteckend sei.

Vic öffnete beide Türen des Wagens. Bei Donnas Tür musste er sich anstrengen. Der Hund hatte sie auf eine Weise verbeult, die er nicht für möglich gehalten hätte. Er fand ihre Handtasche. Ihr Hemd. Das Hemd hatte einen gezackten Riss, der wahrscheinlich von dem Hund stammte. Auf dem Armaturenbrett lag Tads Thermosflasche, die nach saurer Milch roch. Tads Snoopy-Frühstücksdose. Ihm krampfte sich bei dem Anblick das Herz zusammen. Er durfte gar nicht daran denken, was das für die Zukunft bedeutete – wenn es nach diesem schrecklichen heißen Tag überhaupt noch eine Zukunft gab. Er fand einen von Tads Turnschuhen.

Tadder, dachte er. *Oh Tadder.*

Er hatte keine Kraft mehr in den Beinen und ließ sich schwer auf den Sitz fallen. Warum? Warum hatte dies alles geschehen müssen? Wie hatten sich so viele Ereignisse gegen sie verschwören können?

In seinem Kopf spürte er plötzlich ein wildes Pochen. Seine Tränen verstopften ihm die Nase. Er hielt sich die Hand vors Gesicht. Er dachte daran, dass, wenn man Tad mitzählte, Cujo für den Tod von mindestens drei Menschen verantwortlich war, mehr, wenn sich herausstellte, dass auch die Cambers zu den Opfern zählten. Ob der Polizist, über den er seine Decke gebreitet hatte, Frau und Kinder hatte? Wahrscheinlich.

Wenn ich eine Stunde früher gekommen wäre. Wenn ich nicht geschlafen hätte –

Ich war so sicher, dass es Kemp war! So sicher!

Wenn ich nur fünfzehn Minuten früher gekommen wäre, hätte

das noch gereicht? Wenn ich nicht so lange mit Roger gesprochen hätte, würde Tad dann noch leben? Wann ist er gestorben? Und wie soll ich damit weiterleben, ohne verrückt zu werden? Und was wird aus Donna?

Ein weiteres Polizeifahrzeug war gekommen. Einer der Beamten stieg aus und sprach mit den Leuten, die auf Vic warteten. Er trat auf Vic zu und sagte ruhig: »Ich denke, wir sollten fahren, Mr Trenton. Quentin sagt mir gerade, dass die Reporter schon unterwegs sind. Sie wollen doch jetzt nicht mit den Reportern reden.«

»Nein«, gab Vic ihm Recht und wollte aussteigen. Dabei fiel sein Blick auf etwas Gelbes. Es war ein Stück Papier, das unter Tads Sitz lag. Er zog es hervor und sah, dass es die Worte an die Ungeheuer waren, die er für Tad geschrieben hatte, um ihm die Angst beim Einschlafen zu nehmen. Der Bogen war zerknüllt und an einigen Stellen eingerissen. Er war schweißgetränkt und an den Falzstreifen schon fast durchsichtig.

Ungeheuer, kommt nicht in dieses Zimmer!
Ihr habt hier nichts zu suchen.
Keine Ungeheuer unter Tads Bett!
Dort passt ihr nicht hin.
Keine Ungeheuer, die sich in Tads Schrank verstecken!
Dort ist es zu eng.
Keine Ungeheuer vor Tads Fenster!
Dort könnt ihr euch nicht festhalten.
Keine Vampire, keine Werwölfe, nichts, was beißt.
Ihr habt hier nichts zu suchen.
Die ganze Nacht wird niemand Tad anfassen oder ihm etwa –

Er konnte nicht weiterlesen. Er zerknüllte das Stück Papier und warf es auf die Leiche des Hundes. Das Papier war eine sentimentale Lüge, sein Gehalt so unbeständig wie diese dämlichen gefärbten Flakes. Es war eine Lüge. Die Welt wimmelte von Ungeheuern, und sie durften die Unschuldigen und die Unvorsichtigen beißen.

Er ließ sich zum Polizeiwagen führen. Sie fuhren mit ihm davon, wie sie schon George Bannerman und Tad Trenton und Donna Trenton weggefahren hatten. Nach einer Weile kam eine Veterinärbeamtin in einem kleinen offenen Lastwagen. Sie befrachtete den Hund, zog ein paar lange Gummihandschuhe an und holte eine kreisförmige Knochensäge hervor. Die Polizisten merkten, was sie vorhatte, und wandten sich ab.

Die Tierärztin schnitt den Kopf des Bernhardiners ab und tat ihn in eine große weiße Plastiktüte. Der Kopf wurde später an die einschlägige Behörde geschickt, damit das Gehirn auf Tollwut untersucht werden konnte.

Jetzt war Cujo also auch weg.

An diesem Nachmittag um Viertel vor vier rief Holly ihre Schwester Charity ans Telefon. Holly sah ein wenig besorgt aus. »Es hört sich so offiziell an«, sagte sie. Vor einer Stunde hatte Brett Jim Juniors unermüdlichen Bitten nachgegeben und war mit seinem kleinen Cousin zum Spielplatz im Gemeindezentrum von Stratford gegangen.

Seitdem waren in dem Haus nur die Stimmen der beiden Frauen zu hören gewesen, die sich über alte Zeiten unterhielten – über die *guten* alten Zeiten, berichtigte Charity in Gedanken. Wie Daddy in Back Field einmal von einem Heuwagen gepurzelt war (aber nicht, wie oft sie für Kleinigkeiten so verprügelt worden waren, dass sie nicht mehr sitzen konnten). Wie sie sich im Met Theater in Lisbon Falls an der Kasse vorbeigedrückt hatten, um Elvis Presley in *Love Me Tender* zu sehen (aber nicht, wie ihrer Mutter bei Red & White der Kredit gesperrt worden war und sie weinend den Laden verlassen und den ganzen Korb voll Lebensmittel stehen lassen musste, und alle Leute hatten es gesehen). Wie Red Timmins aus ihrer Straße Holly auf dem Schulweg immer küssen wollte (aber nicht, wie Red einen Arm verloren hatte, als er sich im August 1962 mit seinem Traktor überschlug). Die beiden hatten entdeckt, dass es in Ordnung war, die Schränke zu öffnen, solange man nicht zu weit hinten in ihnen herumwühlte. Denn dort konnten immer noch Dinge lauern und ganz plötzlich zuschnappen.

Zweimal hatte Charity schon den Mund geöffnet, um Holly zu sagen, dass sie morgen abreisen würde, und beide Male hatte sie ihn wieder geschlossen, weil sie nicht wusste, wie sie es ihr sagen sollte, ohne dass sie glaubte, es gefiele ihnen hier nicht.

Für den Augenblick war das Problem vergessen. Charity saß mit einer Tasse Tee am Telefontisch und war ein wenig nervös. Niemand bekommt während seines Urlaubs gern einen Anruf von jemandem, der sich offiziell anhört.

»Hallo«, sagte sie.

Holly sah, dass das Gesicht ihrer Schwester ganz weiß wurde. Sie hörte, wie ihre Schwester sagte: »Was? *Was?* Nein ... nein! Das muss ein Irrtum sein. Ich sage Ihnen doch, das muss ...«

Sie schwieg und behielt den Hörer am Ohr. Eine entsetzliche Nachricht kam von Maine her durch den Draht. Davon war Holly überzeugt. Sie erkannte es daran, dass das Gesicht ihrer Schwester immer maskenhafter wurde. Aus dem Telefon hörte sie nur unverständliches Gezeter.

Schlechte Nachrichten aus Maine. Das war für sie eine alte Geschichte. Es war ja ganz schön, an einem sonnigen Vormittag mit ihrer Schwester in der Küche zu sitzen, Tee zu trinken und Orangenscheiben zu essen und darüber zu reden, wie sie sich in das Met Theater geschlichen hatten. Ansonsten hing mit jedem ihrer Kindheitstage irgendeine schlechte Nachricht zusammen. Das Gesamtbild war so schrecklich, dass es ihr wirklich nichts ausgemacht hätte, ihre ältere Schwester nie wieder zu sehen. Zerrissene Baumwollschlüpfer, über die die anderen Kinder sich lustig machten. Kartoffeln sammeln, bis ihr der Rücken wehtat. Red Timmins – wie sorgfältig hatten sie und Charity es vermieden, seinen Arm zu erwähnen. Er war so zerquetscht gewesen, dass er amputiert werden musste, und Holly hatte sich *gefreut.* Red hatte ihr einmal einen unreifen Apfel ins Gesicht geworfen, dass sie Nasenbluten bekam und weinen musste. Red hatte sie oft gequält und dazu noch gelacht. Sie erinnerte sich an das erbärmliche Essen, wenn wieder mal kein Geld im Haus war. Sie erinnerte sich daran, wie die Außentoilette im Hochsommer stank, und der Geruch war *Scheiße,* und falls jemand fragen sollte, das war kein guter Geruch.

Schlechte Nachrichten aus Maine. Und irgendwie wusste sie, dass sie nie darüber sprechen würden, und wenn sie hundert Jahre alt wurden und die letzten zwanzig Jahre gemeinsam verbrachten. Charity war bei diesem elenden Leben geblieben. Von ihrem guten Aussehen war fast nichts geblieben. Ihr Gesicht war voll Falten. Ihre Brüste hingen herab, selbst wenn sie einen BH trug. Im Alter lagen sie nur sechs Jahre auseinander, aber wer sie sah, konnte meinen, es seien sechzehn. Und was das Schlimmste war, es schien ihr überhaupt nichts auszumachen, dass sie ihren hübschen, intelligenten Jungen zu einem ähnlichen Leben verurteilte ... wenn er nicht irgendwann gescheit wurde. Für die Touristen, dachte Holly mit der Verbitterung, die sie auch in all den guten Jahren nicht verloren hatte, war es ein Ferienland. Aber wenn man aus solchem Elend kam, brachte jeder Tag schlechte Nachrichten. Und eines Tages betrachtete man sich im Spiegel, und das Gesicht, das einen dann anstarrte, war Charity Cambers Gesicht. Und jetzt gab es wieder schlechte Nachrichten aus Maine, dieser Heimat aller schlechten Nachrichten. Charity legte den Hörer auf, ihr Blick ruhte auf dem Telefon, und neben ihr stand der Tee.

»Joe ist tot«, verkündete sie plötzlich.

Holly zog scharf die Luft ein. Es gab ein kaltes Gefühl an den Zähnen. *Warum bist du nur hergekommen?* Sie hätte schreien mögen. *Ich wusste, dass du mir das ganze Elend wieder vor Augen führen würdest, und das hast du ja auch getan.*

»Oh, Honey«, sagte sie. »Hast du das auch richtig verstanden?«

»Der Mann hat von Augusta angerufen. Er heißt Masen. Von der Generalstaatsanwaltschaft.«

»War es ... war es ein Autounfall?«

Charity sah ihre Schwester direkt an, und Holly war schockiert und entsetzt. Charity sah überhaupt nicht aus wie jemand, der eine schreckliche Nachricht bekommen hat. Sie sah aus, als hätte sie eine *gute* Nachricht bekommen. Die Falten in ihrem Gesicht hatten sich geglättet. Ihre Augen blickten leer ... aber lag hinter dieser Leere Schock oder die verträumte Ahnung kommender Möglichkeiten?

Wenn sie Charity Cambers Gesicht gesehen hätte, als diese die Zahlen auf ihrem Lotterielos prüfte, hätte sie es gewusst.

»Charity?«

»Es war der Hund«, sagte Charity. »Es war Cujo.«

»Der Hund?« Sie war verwirrt. Sie konnte beim besten Willen keinen Zusammenhang zwischen Joe Cambers Tod und dem Hund der Cambers herstellen. Dann ahnte sie es. Sie dachte an Red Timmins grässlich verstümmelten Arm, und ihre Stimme wurde schriller und höher. »Der *Hund*?«

Bevor Charity antworten konnte – wenn sie es überhaupt beabsichtigt hatte –, waren hinten im Hof fröhliche Stimmen zu hören: Jims hohe, piepsige Stimme und Bretts Stimme, tiefer und ein wenig belustigt. Und jetzt veränderte sich Charitys Gesicht.

Es verriet tiefes Entsetzen. Holly kannte diesen Gesichtsausdruck und hasste ihn. Es war ein Ausdruck, der alle Gesichter gleich machte – ihr eigenes Gesicht hatte in jenen alten Tagen oft diesen Ausdruck gehabt.

»Der Junge«, sagte Charity. »Brett. Holly ... wie soll ich Brett sagen, dass sein Vater tot ist?«

Holly wusste keine Antwort. Sie konnte ihre Schwester nur hilflos anstarren und sich wünschen, dass keiner der beiden sie je besucht hätte.

TOLLWÜTIGER HUND TÖTET 4 IN DREITÄGIGER ORGIE DES SCHRECKENS, schrie die Schlagzeile des Portland *Evening Express.* In der Zeile darunter stand: *Einzige Überlebende im Northern Cumberland Hospital in Quarantäne.* Die Schlagzeile des folgenden Tages im *Press-Herald* hieß: VATER BERICHTET VON FEHLGESCHLAGENEM VERSUCH SOHN ZU RETTEN. Am selben Abend war die Geschichte auf der Seite eins ganz nach unten verbannt: MRS TRENTON SPRICHT AUF BEHANDLUNG GEGEN TOLLWUT AN, SAGEN ÄRZTE. Und daneben: LAUT TIERÄRZTLICHER UNTERSUCHUNG WAR HUND NICHT GEIMPFT. Drei Tage später stand die Meldung auf Seite vier: STAATLICHES GESUNDHEITSAMT GLAUBT TOLLWÜTIGER FUCHS ODER WASCHBÄR VERANTWORTLICH FÜR CASTLE ROCK ZWISCHENFALL. In einer abschließenden Meldung war zu lesen, Victor Trenton beabsichtige nicht, die Überlebenden der Familie Camber, die sich in einem Schockzustand befänden, auf Schadensersatz zu verklagen. Diese Information war dürftig, aber sie bot einen Vorwand, die ganze Geschichte noch einmal aufzuwärmen. Eine Woche später brachte die Sonntagszeitung einen Artikel über die Ereignisse. Wieder eine Woche später gab es in einer überregionalen Zeitung eine Zusammenfassung unter dem Titel: TRAGISCHER KAMPF IN MAINE ALS MUTTER SICH GEGEN MÖRDERISCHEN BERNHARDINER ZUR WEHR SETZT.

Und das war wirklich das Ende der Berichterstattung.

Im mittleren Maine gab es im Herbst eine verbreitete Angst vor Tollwut. Ein Experte führte das auf »Gerüchte und einen schrecklichen, aber einmaligen Vorfall in Castle Rock« zurück.

Donna Trenton blieb fast vier Wochen im Hospital. Die Behandlung war mit erheblichen Schmerzen verbunden, verlief jedoch im Übrigen unproblematisch, aber wegen der potenziellen Gefährlichkeit der Krankheit – und wegen ihrer Depressionszustände – stand sie unter strenger Beobachtung.

Ende August fuhr Vic sie nach Hause.

Sie verbrachten einen regnerischen Tag in Ruhe zu Hause.

Abends, als sie vor dem Fernsehgerät saßen, ohne richtig hinzusehen, erkundigte Donna sich nach dem Stand der Dinge bei Ad Worx.

»Dort läuft alles bestens«, sagte er. »Den letzten Spot mit dem Cornflakes-Professor hat Roger allein über die Bühne gebracht ... natürlich mit Rob Martins Hilfe. Jetzt bereiten wir eine Werbeaktion für sämtliche Sharp-Produkte vor.« Eine halbe Lüge. Roger bereitete sie vor. Vic ging drei-, manchmal viermal die Woche ins Büro und spielte mit seinem Bleistift oder starrte seine Schreibmaschine an. »Aber die Leute von Sharp achten streng darauf, dass der Zweijahresvertrag nicht überschritten wird. Roger hatte Recht. Anschließend schmeißen sie uns raus. Aber bis dahin macht uns das nichts mehr aus.«

»Gut«, sagte sie. Ihr ging es schon wesentlich besser, und manchmal wàr sie schon fast wieder die Alte, aber trotzdem war sie meistens gleichgültig und abgestumpft. Sie hatte zwanzig Pfund verloren und sah mager aus. Ihre Haut glich verwelktem Laub. Ihre Fingernägel waren rissig.

Sie konzentrierte sich für eine Weile auf das Programm und drehte sich dann zu ihm um. Sie weinte.

»Donna«, sagte er. »Oh, Baby.« Er nahm sie in die Arme und hielt sie fest. Sie lag weich, aber ein wenig verkrampft in seinen Armen. Er konnte an zu vielen Stellen ihre Knochen fühlen.

»Können wir hier leben?«, brachte sie heraus, und ihre Stimme zitterte. »Vic, können wir hier leben?«

»Ich weiß nicht«, sagte er. »Aber ich finde, wir sollten es versuchen.«

»Ich sollte dich vielleicht fragen, ob du noch mit mir leben kannst. Wenn du nein sagtest, würde ich das verstehen. Ich würde es vollkommen verstehen.«

»Ich will nichts anderes als mit dir leben. Ich glaube, das habe ich die ganze Zeit gewusst. Vielleicht gab es eine Stunde – gleich nachdem ich Kemps Zettel bekam –, in der ich zweifelte. Aber das war das einzige Mal. Donna, ich liebe dich. Ich habe dich immer geliebt.«

Jetzt legte sie ihre Arme um ihn und drückte ihn fest an sich. Leichter Sommerregen fiel gegen die Scheiben und zeichnete graue und schwarze Schattenmuster auf den Fußboden.

»Ich konnte ihn nicht retten«, sagte sie. »Ich muss immer wieder daran denken. Ich werde es einfach nicht los. Ich exerziere es immer wieder durch. Wenn ich früher zur Veranda gelaufen wäre ... oder mir den Baseballschläger geholt hätte ...« Sie schluckte. »Und als ich endlich den Mut fand auszusteigen, war es einfach ... vorbei. Er war tot.«

Er hätte sie daran erinnern können, dass sie die ganze Zeit Tads Wohl über ihr eigenes gestellt hatte. Dass sie deshalb nicht zur Verandatür gerannt war, weil sie nicht wusste, was mit Tad geschehen würde, wenn der Hund sie erwischte, bevor sie im Haus verschwinden konnte. Er hätte ihr sagen können, dass die Belagerung den Hund wahrscheinlich genauso geschwächt hatte wie Donna, und wenn sie früher versucht hätte, den Hund mit dem Schläger anzugreifen, hätte das ein schreckliches Ende nehmen können. Er hätte sie ja selbst in seinem geschwächten Zustand fast umgebracht. Aber er wusste, dass sie auf diese Dinge schon oft aufmerksam gemacht worden war, von ihm und von anderen. Und keine Logik der Welt kann den Schmerz lindern, den man empfindet, wenn ein Haufen Malbücher stumm vor einem liegt, oder wenn die Schaukel im Hinterhof leer und reglos an ihren Haken hängt. Logik kann einem das entsetzliche Gefühl persönlichen Versagens nicht nehmen. Das kann nur die Zeit und sie nur unvollkommen.

»Ich konnte ihn auch nicht retten«, sagte er.

»Du ...«

»Ich war so sicher, dass es Kemp gewesen war. Wenn ich früher gekommen wäre, wenn ich nicht eingeschlafen wäre, wenn Roger nicht angerufen hätte.«

»Nein«, sagte sie. »Du sollst dir keine Vorwürfe machen.«

»Ich muss es. Du wahrscheinlich auch. Aber wir müssen einfach weitermachen. Und einander helfen.«

»Ich fühle ihn noch ... ich spüre ihn ... hinter jeder Ecke.«

»Ja. Ich auch.«

Am vorletzten Samstag hatten er und Roger Tads Spielzeug zur Heilsarmee gebracht. Als sie zurückkamen, hatten sie vor dem Fernseher noch ein paar Bier getrunken, ohne viel dabei zu reden.

Als Roger nach Hause ging, war Vic nach oben gegangen und hatte sich auf Tads Bett gesetzt und lange geweint. Er hatte sterben wollen, aber er war nicht gestorben, und am nächsten Tag war er wieder ins Büro gegangen.

»Möchtest du uns nicht Kaffee machen?«, fragte er und gab ihr einen leichten Klaps. »Ich werde die Heizung anstellen. Es ist kühl hier.«

»Gut«, sagte sie. »Vic?«

»Was ist?«

Sie schluckte. »Ich liebe dich auch!«

»Danke«, sagte er. »Ich glaube, das brauchte ich.«

Sie lächelte müde und ging hinaus, um Kaffee zu machen. Und sie brachten irgendwie den Abend hinter sich, obwohl Tad immer noch tot war. Sie brachten auch den nächsten Tag hinter sich. Und den nächsten. Ende August war es noch nicht viel besser, und auch im September nicht. Aber als die Blätter sich verfärbt hatten und anfingen zu fallen, war es ein bisschen besser. Ein bisschen.

Als Brett aus der Scheune kam, sich den Schnee von den Schuhen trat und durch die Küchentür in das Haus ging, saß Charity am Küchentisch und trank eine Tasse Tee. Einen Augenblick lang sah er sie nur an. Er hatte in den letzten sechs Monaten ein paar Pfund abgenommen und war größer geworden. Das hatte dazu geführt, dass er schlaksig wirkte, während er früher kompakt und doch behände war. Seine Noten in der Schule waren im ersten Quartal nicht besonders gut gewesen, und er hatte schon zweimal Ärger gehabt – Rempeleien auf dem Schulhof, vermutlich im Zusammenhang mit den Ereignissen vom letzten Sommer. Aber die Noten im zweiten Quartal waren erheblich besser gewesen.

»Mom? Mommy? Ist es ...«

»Alva hat ihn schon gebracht«, sagte sie. Sie setzte ihre Teetasse ab. »Aber du musst ihn ja nicht unbedingt behalten.«

»Ist er geimpft?«, fragte Brett, und sie war ein wenig traurig, dass dies seine erste Frage war.

»Das ist er«, sagte sie. »Alva versuchte, mich aufs Kreuz zu legen, aber ich habe mir die Tierarztrechnung zeigen lassen. Es hat neun Dollar gekostet. Staupe und Tollwut. Und dann ist da noch eine Tube Salbe gegen Zecken und Milben. Wenn du ihn nicht haben willst, gibt Alva mir die neun Dollar zurück.«

Geld war wichtig für sie geworden. Zuerst hatte sie nicht gewusst, ob sie das Haus und das Grundstück behalten konnten oder ob sie überhaupt versuchen sollten, es zu behalten. Sie hatte es mit Brett wie mit einem Erwachsenen besprochen. Sie hatten eine kleine Summe auf die Lebensversicherung ausgezahlt bekommen. Mr Shouper von der Casco Bank in Bridgton hatte gesagt, dass es zusammen mit dem Lotteriegewinn ausreichen würde, fünf Jahre lang die Hypotheken zu bezahlen. Sie hatte einen vernünftigen Job in der Versandabteilung der einzigen wirklichen Industriefirma in Castle Rock bekommen, bei Trace Optical. Sie hatte Joes Werkstatteinrichtung – zusammen mit dem neuen Deckenkran – verkauft, und das hatte zusätzlich dreitausend Dollar gebracht. Es war jetzt *möglich,* das Grundstück zu behalten, aber sie würden sehr sparen müssen. Die Alternative wäre eine Wohnung in der Stadt. Brett hatte die Sache überschlafen, und es hatte sich herausgestellt, dass sie beide dasselbe wollten – ihr altes Haus behalten. Und so waren sie geblieben.

»Wie heißt er?«, fragte Brett.

»Er hat noch keinen Namen. Er wurde gerade erst entwöhnt.«

»Ist er echt?«

»Eine echte Promenadenmischung«, sagte sie und lachte.

Auch er lachte, aber sein Lachen klang gequält. Vielleicht besser als gar kein Lachen, dachte Charity.

»Kann ich ihn reinnehmen? Es schneit schon wieder.«

»Dann musst du aber Papier hinlegen. Und wenn er irgendwo hinmacht, musst du es aufwischen.«

»Okay.« Er öffnete die Tür, um hinauszugehen.

»Wie willst du ihn nennen, Brett?«

»Ich weiß nicht«, sagte Brett und machte eine lange Pause. »Ich weiß es noch nicht. Ich muss darüber nachdenken.«

Sie hatte den Eindruck, dass er weinte, und ging nicht zu ihm. Außerdem drehte er ihr den Rücken zu, sodass sie es nicht genau wusste. Und er war jetzt ein großer Junge, und sie wusste, dass es großen Jungen meist nicht angenehm ist, wenn ihre Mütter sie weinen sehen.

Er ging nach draußen und holte den Hund herein. Er trug ihn auf dem Arm ins Haus. Er blieb bis zum Frühjahr ohne Namen, und aus irgendeinem Grund fingen sie plötzlich an, ihn Willie zu nennen. Es war ein kleiner, lebhafter, kurzhaariger Hund, vorwiegend Terrier. Irgendwie sah er wie ein Willie aus.

Später im Jahr bekam Charity eine kleine Lohnerhöhung. Sie begann jede Woche zehn Dollar zu sparen. Für Bretts College.

Kurz nach den tödlichen Vorfällen in Cambers Hof wurden Cujos Überreste verbrannt. Die Asche kam auf den Müll und wurde später zur Müllverarbeitungsanlage in Augusta geschafft. Vielleicht sollte man an dieser Stelle erwähnen, dass er immer versucht hatte, ein guter Hund zu sein. Er hatte versucht, alle Dinge zu tun, die sein MANN und seine FRAU und besonders sein JUNGE wünschten oder von ihm erwarteten. Er wäre für sie gestorben, wenn sie es verlangt hätten. Er hatte nie jemanden töten wollen. Vielleicht war es Vorbestimmung oder Schicksal, vielleicht auch nur eine degenerative Nervenkrankheit, die man Tollwut nennt. Von freiem Willen konnte hier keine Rede sein.

Die Höhle, in die Cujo das Kaninchen gejagt hatte, wurde nie gefunden. Aus irgendwelchen Gründen zogen die Fledermäuse schließlich weiter. Das Kaninchen konnte nicht heraus und musste verhungern. Es starb einen elenden, stummen Tod. Seine Knochen liegen, soweit ich weiß, noch immer dort, zusammen mit den Knochen anderer kleiner Kreaturen, die das Unglück hatten, schon vor ihm hineinzustolpern.

Ich sag es euch, dass ihr's nur wisst;
Ich sag es euch, dass ihr's nur wisst;
Ich sag es euch, dass ihr's nur wisst;
Old Blues, der gute Hund, im Hundehimmel ist.

– FOLKSONG

September 1977 – März 1981

Wenn der Mensch der Natur gebieten kann, gibt es keine Sicherheit mehr diesseits von Eden

Ein kleines, verschwiegenes Tal in Kalifornien. Hier lebt seit den sechziger Jahren eine Hippie-Kommune. Nun aber soll ihr Dorf einem Stausee weichen. Doch die ›Kinder von Eden‹ wollen sich nicht aus ihrem Paradies vertreiben lassen und greifen in ihrer Not zu einem wahnwitzigen Plan: Sie drohen der Regierung, ein Erdbeben stattfinden zu lassen, das entsetzliche Folgen haben wird. Niemand nimmt ihre Ankündigung ernst. Nur die junge FBI-Agentin Judy Maddox, die bereits auf der Abschussliste ihrer Vorgesetzten steht, hat ihre Zweifel und versucht, die Katastrophe zu verhindern. Aber dann überschlagen sich die Ereignisse …

›Gut recherchiert und nervenaufreibend spannend.‹
Brigitte

ISBN 3-404-14535-6

BASTEI LÜBBE

FEUERKIND
Band 13 001 • 480 Seiten

Charlie ist acht Jahre alt und das süßeste, unwiderstehlichste kleine Mädchen, das man sich vorstellen kann. Sie ist alles, was sich ein stolzer Vater wie Andy McGhee wünschen könnte und mehr, als er sich in seinen schlimmsten Träumen ausmalt. Denn Charlie ist das Feuerkind, geboren aus einem unverantwortlichen Experiment. Ihre Gedanken können töten. Ihre Augen bringen das flammende Inferno.
Kann Andy seine Tochter retten? Vor dem Geheimdienst, der sie jagt, vor skrupellosen Politikern, die sie als Waffe mißbrauchen wollen, vor sich selbst?

SHINING
Band 13 008 • 624 Seiten

Ein Hotel in den Bergen von Colorado. Jack Torrance, ein verkrachter Intellektueller mit Psycho-Problemen, bekommt den Job als Hausmeister, um den er sich beworben hat. Zusammen mit seiner Frau Wendy und seinem Sohn Danny reist er in den letzten Tagen des Herbstes an. Das Hotel ›Overlook‹ ist ein verrufener Ort. Wer sich ihm ausliefert, verfällt ihm, wird zum ausführenden Organ aller bösen Träume und Wünsche, die sich in ihm manifestieren ...

CUJO
Band 13 035 • 352 Seiten

Cujo, ein zwei Zentner schwerer Bernhardiner, ist der Liebling von ganz Castle Rock, einer verträumten Kleinstadt im amerikanischen Bundesstaat Maine. Eines Tages jagt Cujo ein Wildkaninchen, das sich in einem versteckten Erdloch in Sicherheit bringt. In blindem Jagdeifer will der Hund seine Beute verfolgen und scheucht dabei ein namenloses Übel auf, das die Idylle von Castle Rock nach und nach in eine Hölle verwandelt, die von einem vierbeinigen, mordgierigen Ungeheuer beherrscht wird.

TRUCKS
Band 13 043 • 192 Seiten

Wo Schönheit und Unschuld dem Bösen begegnen, da ist das Reich von Stephen King, dem Meister des Horrors. Er ist nicht nur der meistgelesene, sondern auch der meistverfilmte Autor der Gegenwart. Und um seine grandiose Kurzgeschichte TRUCKS in

bewegte Bildern umzusetzen, hat Stephen King selbst auf dem Regiestuhl Platz genommen.
Drei weitere Erzählungen des Horrorkönigs, die ebenfalls verfilmt wurden, runden das Buch ab: KINDER DES ZORNS, QUITTERS INC. und DER MAUERVORSPRUNG.
Mit einer Einführung über Stephen King und seine Verfilmungen.

CARRIE
Band 13 121 • 336 Seiten

Als Dreijährige läßt sie einen Steinregen auf ihr Elternhaus niederregnen, weil ihre Mutter ihr in einem Anfall religiösen Wahns nach dem Leben trachtet. Als Sechzehnjährige muß sie einen Augenblick tiefster Demütigung erleben. Schon immer von ihren Mitschülern wegen ihrer scheuen zurückhaltenden Art gehänselt, wird sie auf dem Abschlußball der Schule das Opfer eines bösen Streichs. Schmerz, Enttäuschung, Wut treiben sie zum Äußersten: Mit schierer Kraft ihres Willens entfesselt sie ein Inferno, gegen das die Hölle ein lieblicher Garten Eden ist. Das ist Carrie, beseelt, besessen von einer unheimlichen Gabe mit ungeheurer Tragweite und furchtbaren Folgen ...

POPSY
Band 13 150 • 288 Seiten

Jeder Mensch hat Angst – Angst vor dem Ungewissen, Angst vor dem Unbegreiflichen, Angst vor dem Unfaßbaren. Und es gab und gibt immer Autoren, die das große Talent haben, so lebendig zu schreiben, daß sich die Menschen fürchten – daß sie das Gefühl ›Angst‹ genießen können, weil sie wissen, daß sich die fürchterlichen Dinge nur in ihren Köpfen abspielen. Einige der besten dieser Autoren – darunter **Stephen King, James Herbert, Ramsey Campbell** und **Robert Bloch** – haben ihre allerbesten Geschichten dem Herausgeber J.N. Williamson zur Verfügung gestellt.
POPSY ist ein Buch, das man am besten ›häppchenweise‹ genießt, mit sechsundzwanzig Kurzgeschichten vom Feinsten zum Vorlesen und Selbergruseln. Jeder Story hat der amerikanische Herausgeber eine kurze, interessante Einführung vorangestellt.

NACHTSCHICHT
Band 13160 • 448 Seiten

In einem verdunkelten Klassenzimmer, lange nach Dienstschluß, sitzt ein nervöser Englischlehrer und erwartet die Henker seiner Frau und seines Bruders ... In einer eleganten Penthouse-Wohnung öffnet ein berufsmäßiger Killer das verdächtige Paket, das ihm eine Spielzeugfabrik geschickt hat ... In einem leeren Waschsalon vollziehen ein Polizist und ein Professor den klassischen Exorzismus an einer mordgierigen Bügelmaschine ...
NACHTSCHICHT stellt eine persönliche Auswahl vom Besten dar, das Stephen King je geschrieben hat: ein Stundenbuch des Grauens.

DER WERWOLF VON TARKER MILLS
Band 13299 • 384 Seiten

Dieses Taschenbuch enthält:
• Die vollständige Geschichte DAS JAHR DES WERWOLFS, die Stephen King im Stil alter Kalendergeschichten erzählt und die sein Freund Berni Wrightson großartig illustriert hat (Zwölf Farb-Tafeln und sechsunddreißig Schwarzweiß-Zeichnungen).
• Ein Vorwort von Stephen King, wie es zu der Geschichte und zu der Verfilmung kam.
• Das vollständige von Stephen King selbst verfaßte Drehbuch zum Film DER WERWOLF VON TARKER MILLS.
• Zahlreiche Bilder aus dem Film.